Von der Herausgeberin erschienen
außerdem als Heyne-Taschenbücher

Regina auf den Stufen · Band 702
Vergiß, wenn du leben willst · Band 980
Die Frauen der Talliens · Band 5018
Jovana · Band 5055
Tanz auf dem Regenbogen · Band 5092
Gestern oder die Stunde nach Mitternacht · Band 5143
Alle Sterne vom Himmel · Band 5169
Quartett im September · Band 5217
Der Maulbeerbaum · Band 5241
Das Paradies der Erde · Band 5286

UTTA DANELLA

STELLA TERMOGEN

Roman

WILHELM HEYNE VERLAG
MÜNCHEN

HEYNE-BUCH Nr. 5310
im Wilhelm Heyne Verlag, München

Genehmigte, ungekürzte Taschenbuchausgabe

Printed in Germany 1977
Umschlagfoto: Gilles Lagarde, Paris
Umschlaggestaltung: Atelier Heinrichs, München
Gesamtherstellung: Presse-Druck Augsburg

ISBN 3-453-00682-8

DIE INSEL DER JUGEND

Jene Schiffe, welche verließen den Hafen,
einem unbekannten Geschick entgegen,
haben sie sich voneinander entfernt?

1

Ein unmöglicher Name, fand die Nachbarin Lehmann, die als einziger familienfremder Gast der Taufe beiwohnte. Stella, sei das überhaupt ein christlicher Name? Sie habe ihn noch nie gehört.

»Ich habe ihn ausgesucht«, erwiderte kurz Schwester Marie, die Taufpatin. Sie trug den Säugling auf dem Arm und wies die ungebetene Fragerin mit einem kühlen Blick zurecht.

Die Witwe Lehmann verzog geringschätzig den schmalen Mund. Das sieht dir ähnlich, schien ihre Miene auszudrücken. Eine alte Jungfer in Schwesterntracht. Weil Krieg ist, bildet sie sich ein, sie sei unentbehrlich. Stella! Was kann aus einem Kind werden, das solch einen Namen trägt? Meine Kinder hätten vernünftige Namen bekommen.

Aber sie hatte keine Kinder. Frau Lehmann war nicht betrübt darüber. Jetzt schon gar nicht mehr. Früher hatte sie sich einen Sohn gewünscht. Heute hätten sie ihn ihr wahrscheinlich schon totgeschossen. Besser so.

Ist ja auch egal, was das Wurm für einen Namen hat, dachte sie weiter, als sie in das Steckkissen blickte. Lange lebt es doch nicht. Das winzige Gesicht war totenbleich, nicht rot wie bei einem gesunden Säugling. Die Augen waren geschlossen. Vielleicht war es schon tot. Es schien kein Leben mehr in dem kaum geborenen Körper zu sein. Wer bekam schließlich auch ein Kind in diesen Zeiten. Mitten im Krieg, wo keiner genug zu essen hatte. Und die Leute waren ohnedies schon immer Hungerleider gewesen. Der Mutter sollte es schlecht gehen, sie lag in der Klinik, wohin man sie nach der Geburt eilig gebracht hatte. Ein Kind in dieser Zeit, und die Frau war schon über vierzig. So etwas konnte nicht gut gehen.

Durch das hohe Kirchenfenster fiel ein breiter Streifen der Junisonne in den dämmrigen Raum. Wie eine goldene Brücke sah es aus, in der Mitte von einem blutroten Pfad geteilt, da, wo sich das Sonnenlicht in dem Purpur einer roten Scheibe brach. Direkt vor den Füßen der Schwester berührte die Brücke den Steinboden. Eine Brücke in den Himmel. In das Leben? In den Tod? Keiner achtete darauf.

Die Geschwister des Täuflings blickten gleichgültig um sich. Lotte, die älteste, kratzte sich am Arm, der voll roter Flecken war. Sie hatte schon seit Wochen diesen brennenden, juckenden Ausschlag. Das komme von der schlechten Ernährung, hatte der Arzt in der Klinik gesagt, als sie dort die Mutter besuchten. Es sei Vitaminmangel, und sie solle dem Neugeborenen nicht zu nahe kommen.

Unter Vitaminmangel konnte sich Lotte nichts vorstellen. Aber was Hunger war, wußte sie um so besser. Im übrigen hatte sie sowieso nicht die geringste Lust, dem kleinen Kind nahe zu kommen. Sie haßte es vom Tag seiner Geburt an. Ein Kind, wozu denn das? Sie hatten selber nichts zu essen. Der Vater im Feld, die Mutter krank. Vermutlich würde sie den Balg sowieso ganz auf dem Hals haben. Aber die sollten sich wundern! Sie würde sich weigern, ganz einfach weigern, das Kind herumzuschleppen. Sie war zwölf und hatte anderes zu denken und zu tun. In zwei Jahren würde sie, Gott sei Dank, in die Lehre kommen, zu der Schneiderin Borgmann. Das stand fest. Dann hörte die Arbeiterei zu Hause auf. Wenn die unbedingt Kinder haben wollten, sollten sie sich selbst darum kümmern.

Fritz, der Junge, bohrte gelangweilt in der Nase. Er blickte niemanden an und dachte nichts. Er war träg und faul. Hunger hatte er allerdings auch. Ob Tante Marie ihnen nachher eine Suppe kochen würde? Sie hatte es versprochen. Natürlich wieder Kohlrüben. Wenn er daran dachte, wurde ihm übel.

Wilhelm Brandt, der Bruder der Kindesmutter und somit der Onkel des Kindes, strich sich verlegen über den grauen Schnurrbart. Er war nur widerwillig gekommen. Ohne viel zu fragen hatte man ihn als zweiten Paten des Kindes bestimmt. Was sollte man da machen? Man konnte schlecht nein sagen, obwohl seine Frau das von ihm verlangt hatte. Amalie mochte ihre Schwägerin nicht und erst recht nicht deren Mann. Unnütze, unvernünftige Leute seien die beiden. Sie habe es schon immer gesagt, und dies sei der beste Beweis. Ein Kind in dieser Zeit und in dem Alter, in dem die beiden schon waren! Aus Protest war sie nicht mit zur Taufe gekommen. Das machte Wilhelm erst recht verlegen. Wenn sie auch schimpfte und er kein leichtes Leben bei ihr hatte, so war sie ihm doch unentbehrlich. Ohne sie fühlte er sich unsicher. Hier erst recht, unter lauter Weibern.

Frau Lehmann blickte ungeduldig zur Tür der Sakristei. Wo der Pfarrer nur blieb? Wenn er nicht bald kam, gab es hier nichts mehr zu taufen. Das Kind rührte sich nicht. Wenn sie sich nicht täuschte, atmete es gar nicht mehr. Außerdem hatte sie es eilig, nach Hause zu kommen. Ihr Bruder hatte ihr am Abend zuvor ein halbes Pfund Schweinefleisch vom Lande mitgebracht. Das würde sie essen, heute mittag. Ganz allein. Gestern abend hatte sie es angebraten, mit dem letzten Rest Fett, der da war. Ein paar Kartoffeln hatte sie auch noch. Das Wasser lief ihr im Munde zusammen, wenn sie daran dachte.

In einer Stunde würde sie essen können, falls der Pfarrer bald käme. Und was für ein Essen! Sie hätte gar nicht kommen sollen zu der Taufe dieses halbtoten Kindes. Aber sie versäumte keine Taufe, keine Beerdigung in der Nachbarschaft, auch keine Hochzeit, wenn es sich irgendwie machen ließ, eingeladen zu werden. Sie hatte viel Familiensinn. Vielleicht weil sie keine eigene Familie besaß. Wenn man allein lebt, muß man an fremdem Glück und fremdem Leid sein Herz beteiligen.

Schwester Marie als einzige war voll Ruhe und Frieden. Sie neigte ihr müdes, früh gealtertes Gesicht über das kleine Bündel in ihrem Arm. Dieses Kind! Noch lebte es. Auch sie bangte darum, daß der kaum spürbare Atem endgültig verwehen würde. Als es geboren wurde, vor zehn Tagen, hatte keiner gedacht, daß es am Leben bleiben würde. Eine schwere Geburt. Die Mutter verbraucht und ausgehungert und voller Widerstand und Haß gegen das keimende Leben in sich. Neun Monate lang Haß und Widerstand und vielleicht auch einige Versuche, das Kind loszuwerden. Schwester Marie zweifelte nicht daran, daß es so gewesen war. Es war sogar zu verstehen. Dann war die Frau beinahe gestorben an der Geburt. Daß das Kind leben würde, hatte sowieso keiner geglaubt. Die Ärzte hatten sich auch nicht viel Mühe damit gegeben. Es gab Wichtigeres in dieser Zeit, als sich um ein kaum lebensfähiges Kind zu kümmern. Das Sterben war eine Alltäglichkeit geworden. Und was versäumte ein Mensch schon, der starb, ehe er gelebt hatte? Nichts. Und wovon sollte dieses Kind leben? Die Mutter hatte keine Nahrung, die Menschen in der großen Stadt hungerten.

Vielleicht war es dieses Ausgeliefertsein, dieses winzige, hilflose Herz in der erbarmungslosen Welt, auf dessen Schlagen keiner lauschte, dieses unerwünschte, ungeliebte kleine Leben, das da vom Himmel gefallen war und das keiner haben wollte — vielleicht war es all dies und eine verschüttete, nie benötigte Mütterlichkeit und Liebesfähigkeit, die Schwester Marie veranlaßt hatten, in jeder freien Stunde, die ihr die schwere Arbeit im Lazarett ließ, quer durch Berlin zu fahren und nach dem Kind zu sehen. Jedesmal hatte sie befürchtet, es nicht mehr lebend anzutreffen. Obwohl der Verstand ihr sagte, daß es am besten sei, wenn es sterben würde, bangte sie um das Leben des Kindes.

Sie hatte auch auf der Taufe bestanden, sobald das Kind etwas gekräftigt erschien. Und sie hatte sich selbst erboten, Patin zu sein. Die Kranke in ihrem Bett hatte nichts dazu gesagt. Es war ihr gleichgültig, was mit dem Kind geschah. Ihr war alles gleichgültig, selbst das eigene Leben, der Mann, die anderen Kinder. Sie war müde. Endlich einmal durfte sie müde sein.

Auch als Schwester Marie, eine entfernte Kusine von ihr, sie fragte, ob ihr der Name recht sei, den sie für das Kind ausgesucht hatte, nickte die Frau nur gleichgültig. Sie hatte gar nicht zugehört, wie der Name lautete. Stella. Sicher hatte sie ihn noch nie gehört.

»Es ist nach einem Schauspiel von Goethe«, hatte Schwester Marie eifrig erklärt. »Die Titelheldin heißt so. Ein wunderbares Stück.« Die Frau im Bett nickte wortlos. Es war ihr gleichgültig, und sie war müde. Stella war ihr kein Begriff. Goethe auch nicht. Mochten sie tun, was sie wollten mit dem Wurm. Sie wünschte, sie brauchte es nie wiederzusehen.

»Stella«, flüsterte Schwester Marie über dem Kopf des Kindes. Die goldene Sonnenbrücke war weitergewandert, glänzte auf der weißen Schürze ihrer Tracht und glitt sacht über ihre Hände, die das Kind hielten.

»Stella.«

Sie liebte den Namen. Und sie war eine Goetheverehrerin. Zweifellos hätte sie bei Goethe andere Namen finden können. Klärchen oder Gretchen hätten sicher Frau Lehmanns Zustimmung gefunden. Warum es Stella sein mußte, war Schwester Maries Geheimnis. Stellas Schicksal glich ihrem eigenen. Es war ein verbotenes und schweres Schicksal gewesen, geheimgehalten vor jedermann. Genau wie jene unglückselige Stella hatte sie einen Mann geliebt, der verheiratet war. Der einzige Mann ihres Lebens. Die Leiden von Goethes Heldin waren ihre Leiden gewesen, ausgekostet bis ins letzte. Allerdings glich ihr ferneres Schicksal nicht dem der Bühnenfigur. Weder der Urfassung, noch der zweiten. Sie hatte keine verständnisvolle Rivalin gehabt, die mit einer Ehe zu dritt einverstanden war. Und sie hatte auch nicht ihr Leben beendet. Sie hatte verzichtet und weitergelebt. Sie war Schwester geworden, eine gute Schwester, die in ihrem Beruf Erfüllung fand und keine weiteren Ansprüche an das Leben stellte.

Endlich. Der Pfarrer. Frau Lehmann atmete auf. Der Schweinebraten rückte in greifbare Nähe. Lange würde es nicht dauern. Sie blickte dem Geistlichen entgegen, der eilig durch den breiten Mittelgang auf die Taufgesellschaft zukam. Dann warf sie einen Blick auf das Kind. Lebte es noch? Schwer zu sagen.

Als sie dann den vollen Namen aus dem Mund des Pfarrers hörte, gefiel er ihr auf einmal. Es klang gar nicht schlecht: Stella Maria Wilhelmina. Wenigstens waren zwei vernünftige Namen dabei. Maria klang zwar etwas katholisch, aber Wilhelmina war gut patriotisch. Das brauchte man in dieser Zeit.

Auch Wilhelm Brandt nickte befriedigt vor sich hin. Es war sein Name und es war der Name Seiner Majestät. Damit hatte alles seine Richtigkeit.

Als der Geistliche die Stirn des Kindes mit Wasser benetzte, schlug es die Augen auf. Augen von einem tiefen, dunklen Blau. Reglos und blicklos standen sie in dem kleinen, weißen Gesicht. Eine tiefe, nie empfundene Zärtlichkeit erfüllte Schwester Maries Herz. – Du sollst leben, dachte die. Du sollst leben. Und du sollst ein glückliches Leben haben.

»Amen«, murmelte der Pfarrer.

»Gott schütze dich!« flüsterte Schwester Marie.

Die Augen schlossen sich wieder. Weiß und leblos wie zuvor lag das kleine Gesicht in den Kissen.

So begann das Leben von Stella Termogen.

2

Karl Termogen bekam seine jüngste Tochter nie zu sehen. Er fiel im September 1917 bei Cambrai. »Noch ein Mädchen«, hatte er geschrieben. »Wenn es schon sein mußte, konnte es wenigstens ein Junge sein. Und warum habt ihr dem Kind so einen komischen Namen gegeben?«

Aber auch ihm war es im Grunde gleichgültig. Sein Dasein im Schlamm der Schützengräben ließ ihm keine Zeit, an seine jüngste Tochter zu denken. Peinlich genug, daß ihm das passiert war. Aber das kam alles von diesem verdammten Krieg. Wenn man mal auf Urlaub kam, da passierten solche Dinge. An sich waren sie über das Alter hinaus, seine Frau auf jeden Fall, das war seine Ansicht gewesen, als er von dem Mißgeschick erfuhr.

Gott mochte wissen, wie das weitergehen sollte, mit drei Kindern und der kränkelnden Frau. Aber Gott wußte es sicher auch nicht. Zu viele verzweifelte Fragen wurden an ihn gestellt in dieser verzweifelten Zeit. Karl Termogen jedenfalls brauchte sich den Kopf über die Zukunft nicht mehr zu zerbrechen. Er starb den sinnlosen Tod auf dem Felde der Ehre. So nannten es die Leute. Es klang gut. Es hängte dem schmutzigen Sterben ein feierliches Kleid um. Den Toten konnte es egal sein.

Wer es ernst mit den leeren Worten nahm, der hätte sagen können, es sei das einzig Ehrenvolle in Karl Termogens Leben gewesen, dieses ehrenvolle Sterben. Seine Schwägerin Amalie hatte nicht ganz unrecht mit ihrem Wort, dieser Mann, den die Schwester ihres Mannes geheiratet hatte, sei ein unnützer Vagabund. Sie sagte es nie mehr nach seinem Tode. So etwas schickte sich nicht. Aber ihre Meinung änderte sie darum nicht.

Stella Termogen aber, das Kind, das niemals lernte, Vater zu sagen, erfuhr auch in ihrem späteren Leben wenig über ihren Vater. Doch sie lernte die Termogens kennen, alle Variationen dieser Män=

ner: den starken Stamm der Mitte, einen Mann, wie ein Baum so fest gegründet, gerade und aufrecht, mit dem großen Herzen, dem frohen Lachen und dem hellen Blick der Augen, die immer das Meer suchten; dann die Träumer, die Vagabunden, die Abenteurer. Alle waren sie Termogens. Sie selbst war eine Mischung aus allem: das unruhige Herz, die tiefe Treue, die ewige Sehnsucht, der unbändige Heißhunger nach dem Leben, der Leichtsinn und dennoch der Traum nach Heimat und Frieden.

Die Termogens waren Seefahrer oder Bauern. Oder beides zugleich. Karl Termogen hingegen wollte Künstler werden, Musiker. Er hatte ein hohes Ziel. Er sah sich als Virtuose auf dem Podium stehen, berühmt und gefeiert. Doch er opferte diesem hohen Ziel keine Arbeit und keinen Fleiß. Keinen ernsthaften Schritt tat er auf dem ersehnten Weg, er irrte ab, ehe er ihn betreten hatte. Kein starker Baum – ein wenig Träumer, ein großer Vagabund. Eine dunkle Seite in der stolzen Chronik der Termogens.

Mit achtzehn Jahren bestahl er seinen Vater und lief in die Welt hinaus. Er ging nicht allein. Eine Kellnerin aus einem Saisonhotel ging mit ihm. Sie war die erste der Frauen, die sein Leben begleiteten. Frauen, immer Frauen, eine nach der anderen. Eine Zeitlang lebte er mit ihr zusammen in Hamburg, in einer dunklen Bude in Barmbek, dann verließ sie den dummen Jungen. Zu der Zeit spielte er in einem billigen Lokal auf der Reeperbahn. Als er einmal Hunger hatte, stahl er einem Gast einen Taler aus dem Mantel. Einen einzigen, lumpigen Taler. Sie verprügelten ihn und warfen ihn hinaus.

Zu der Zeit erwog er ernsthaft, ob er nach Hause zurückkehren solle. Es war das einzige Mal, daß er daran dachte. Doch die Angst vor seinem Vater war größer als die vor einem ungewissen Schicksal. Er ging statt dessen nach Berlin und verließ die Hauptstadt nie wieder, bis der Krieg ihn für immer in eine unbekannte Ferne führte.

Er war hochbegabt, aber er wurde kein Meister, denn er hatte seinen Beruf nie ordentlich erlernt. Da er vom Ruhm nur geträumt hatte, keinen wirklichen Ehrgeiz besaß, litt er nicht unter seinem Versagen. Er war ein hübscher Junge, schlank, hochgewachsen, mit leichtsinnigen Augen und einem weichen Lächeln. Wenn er geigte, fiel ihm eine dunkle Locke in die Stirn. Und er konnte geigen wie der Teufel, ganz von selbst brach es aus ihm hervor, wenn er in Stimmung war. Dann verschlangen ihn die Mädchen und Frauen mit ihren Blicken, er konnte wählen unter ihnen, wie er wollte. Was es eben so zu wählen gab in den Kreisen, in denen er verkehrte, in den Kneipen und Bumslokalen der Vorstadt. Einmal gab es eine Ausnahme: eine reiche, gelangweilte Dame, die ihn eine Zeitlang wie ein Schoßhündchen verwöhnte und ihn dann wegen eines Tenors von der Oper hinauswarf. Sie war sehr musikalisch, die Dame.

Er war achtundzwanzig, als er Lene Brandt kennenlernte. Damals ging es ihm schlecht, er hatte kein Engagement. Seine ewigen Liebesaffären machten ihn unzuverlässig, nie blieb er lange an einem Platz. Außerdem hatte er begonnen zu trinken. Kein Kapellmeister mochte gern mit ihm arbeiten.

Lene war vier Jahre älter als er. Unverheiratet, hungrig nach Liebe, wenn sie sich auch dessen nicht bewußt war. Sie stammte aus einfachen, bürgerlichen Kreisen, arbeitete als Näherin, und ihre Familie sah in ihr eine alte Jungfer. So sah sie sich auch selbst. Keiner hatte sie haben wollen, und es würde wohl auch keiner mehr kommen.

Und dann kam dieser Schöne, dieser Junge, dieser Einmalige. Mit seiner Geige und mit seinen blauen Augen, mit seinen schmalen Händen und seinem kecken Lachen. Sie vergaß die Welt, Herkunft, Erziehung, Anstand und Sitte. Als sie schwanger war, fiel sie aus allen Wolken. Und war sofort entschlossen, ins Wasser zu gehen. Der Vater würde sie totschlagen, die Mutter sterben vor Gram. Ein kurzer, süßer Traum war es gewesen, doch es schien ihr wert, dafür zu sterben.

Der Geiger lachte sie aus und sagte, er würde sie heiraten. Er war ein Termogen, trotz allem Leichtsinn. Er war verkommen, aber er ließ keine Frau im Stich. Und seltsamerweise mochte er dieses stille, unbeholfene Mädchen, das den Jahren nach eine Frau war und in seinen Armen gelegen hatte wie ein staunendes Kind, das in den Himmel blickt. Erinnerte sie ihn nicht an seine Mutter? Daheim, auf dem Hof, wenn sie still und bescheiden ihrer Arbeit nachging, geduldig wartete, bis der Mann heimkehrte, die Kinder versorgte und immer wieder wartend und suchend aufs Meer hinausblickte.

Sie heirateten, das Kind wurde geboren, zwei Jahre darauf ein anderes. In Karl Termogens Leben kam ein wenig Ordnung. Nicht viel, denn was Lene ordnete, zerstörte er wieder mit leichten Händen. Sie hatten immer wenig Geld, nie richtig satt zu essen, er hatte oft keine Arbeit und bemühte sich nicht einmal sehr darum. Er trank und er betrog seine Frau. Sie wurde zeitig alt und verbittert. Das mädchenhafte Lächeln, das sie sich so lange bewahrt hatte, verschwand. Aus dem süßen Traum war eine bittere Wirklichkeit geworden. Aber er verließ sie nie. War es um ihretwillen, der Kinder wegen — darüber gab er sich keine Rechenschaft. Er konnte seine Frau nicht glücklich machen, doch er blieb bei ihr. Im tiefsten Winkel seines treulosen Herzens wohnte die alte Treue der Termogens. Seine Kinder liebten ihn heiß und innig. Für sie war er ein strahlender Held, der mit ihnen lachte und spielte und immer Zeit für sie hatte. Mehr als jeder andere Vater für seine Kinder Zeit hatte.

Vielleicht hätte auch Stella ihn geliebt, wenn sie Gelegenheit gehabt hätte, ihn kennenzulernen. Denn sie war ihm am ähnlichsten.

Sie war eine echte Termogen, auch in ihr lebte der Leichtsinn, das Abenteuer und die Unbeständigkeit. Und sie war so schön wie er. Davon allerdings war in ihrer ersten Kindheit nichts zu bemerken.

Es war eine armselige Kindheit. Lange schien es zweifelhaft, ob sie über die ersten Monate, die ersten Jahre hinauskommen würde. Eine Kindheit ohne Liebe, ohne Sonne. Keiner kümmerte sich um das kleine Wesen. Lene kränkelte lange Zeit nach der späten Geburt, die ihren vom Hunger ausgehöhlten Körper, ihre von Enttäuschungen ermüdete Seele weit überfordert hatte. Sie mußte viel liegen, als sie wieder zu Hause war. Aber sobald sie auf den Beinen war, nahm sie ihre frühere Tätigkeit wieder auf. Sie ging in die Häuser nähen. Sie hatte eine Anzahl von Kunden, die sie nicht wagte zu verlieren. Erst recht nicht, als sie wußte, daß ihr Mann nicht zurückkehren würde. Viel hatte er ja zum Unterhalt der Familie nie beigetragen. Nun lag die Verantwortung allein auf ihren Schultern. Die Rente, die ihr als Kriegerwitwe zustand, reichte nicht aus, um drei Kinder großzuziehen. Karls Tod hatte keinen großen Eindruck auf sie gemacht. Sie war ihm ergeben gewesen bis zuletzt. Wenn man es noch Liebe nennen konnte, dann war es eine Liebe, die stetig und nagend alle Lebenskraft in ihr getötet hatte. Ein kurzes Glück, und viele Jahre Sorgen, Not und Mühe. Sie trug es ihm nicht nach. Nur eins konnte sie ihm nicht verzeihen: daß er ihr dieses letzte Kind noch aufgebürdet hatte, das nichts als eine Last für sie war. Sie hatte kein Gefühl für dieses Kind. Und wenn sie es auch vielleicht nie bis zur letzten Konsequenz zu Ende dachte, sie hätte den Tod des Kindes als Erleichterung empfunden.

Da sie durch ihre Arbeit oft ganze Tage von zu Hause fort war, hätte die Sorge für das kleine Kind allein bei der älteren Schwester gelegen, die sich dieser Aufgabe höchst widerwillig und säumig unterzog, wenn nicht wie ein guter Schutzengel eine Fremde über das Leben des Kindes gewacht hätte.

Nicht Schwester Marie. Sie war der erste gute Engel gewesen, das erste Auge voll Liebe, das Stellas Leben behütet hatte. Doch das dauerte nur zwei Monate. Dann wurde sie in ein Feldlazarett im Osten versetzt. Schweren Herzens trennte sie sich von dem Kind, das immer noch so winzig und leblos in seinem Körbchen lag, niemals schrie, nur manchmal leise vor sich hin weinte. Meist jedoch lag es stumm da, schlafend oder die dunkelblauen Augen weit geöffnet. Augen, die noch kein Leben, kein Erkennen spiegelten. Schwester Marie konnte immer wieder in Entzückensrufe ausbrechen über diese Augen. »Wie zwei blaue Sterne«, pflegte sie zu sagen. »Tief dunkelblau. Ich habe solche Augen noch nie gesehen.«

»Das haben kleine Kinder oft«, sagte Lene gleichgültig. »Lotte hatte auch blaue Augen. Später wurden sie braun.«

»Aber rote Haare hab' ick nie jehabt, nich, Mutter?« fragte Lotte. »Rote Haare sind schrecklich.« Mit einer verächtlichen Kopfbewegung zum Kinderkorb hin: »Die wird sich wundern später. Wir haben eine mit roten Haaren in der Klasse. Was die sich anhören muß. Und allet hat se voller Sommersprossen.«

Schwester Marie strich mit zartem Finger über den roten Flaum auf dem Kopf des Kindes. »Rote Haare können etwas sehr Schönes sein«, meinte sie, allerdings gegen ihre Überzeugung. »Außerdem kann sich das auch noch ändern.«

»Det jloob ick nich«, sagte Lotte. »Rot bleibt rot, det ändert sich nich. Frau Lehmann meent det ooch.« Befriedigt warf sie einen Seitenblick in den kleinen Spiegel über der Kommode, der ihr die eigene dunkelbraune Lockenpracht zeigte. Sie trug das Haar jetzt mit einem Band am Hinterkopf zusammengebunden, sehr gegen den Willen ihrer Mutter, die nach wie vor für ordentlich geflochtene Zöpfe plädierte. Aber Lotte mit ihren zwölf Jahren wußte schon ganz gut, wo ihre Reize lagen.

Schwester Marie ermahnte beide Kinder, gut auf Stella aufzupassen, ihr zur rechten Zeit die Mahlzeiten zu geben, sie auszufahren. Zum Ausfahren hatten weder Lotte noch Fritz Lust. Sie stellten einfach den Korb mit dem Kind in den engen, lichtlosen Hinterhof und gingen ihre eigenen Wege.

Dort lag das Kind ganze Tage lang, meist still und stumm, nur wenn der Hunger es gar zu sehr plagte, fing es kläglich an zu weinen. Mauz, der Kater aus dem Parterre, strich vorbei, betrachtete das seltsame Wesen zunächst mißtrauisch, dann mit Interesse, bis er entdeckte, daß es sich in dem Körbchen besser liegen ließ als auf dem harten Boden. Zufrieden rollte er sich auf der niemals ganz sauberen Decke zusammen und schnurrte. Das Kind schwieg, wenn er bei ihm war. Manchmal blickte eine der Frauen aus dem Fenster, schüttelte wohl den Kopf, sagte vielleicht: »Det arme Wurm. Bin bloß neugierig, wie lange es det noch machen wird.«

Aber sie kannten schließlich die Verhältnisse, da ließ sich nichts daran ändern. Sie hatten selber Kinder, die sie nicht satt kriegen konnten. Sie konnten das Kind bedauern, sie konnten sich auch darüber empören, daß es da so einsam und verwahrlost lag, aber helfen konnten sie ihm nicht. Menschenliebe und Barmherzigkeit gediehen nicht in den engen Hinterhöfen. Schon gar nicht in dieser Zeit.

Bis der gute Engel kam. Er gehörte nicht in dieses Häusergeviert, er wohnte um die Ecke, in der nächsten Straße, und er konnte nicht in diesen Hof blicken. Aber beim Kramer, wo Frau Lehmann einen guten Teil ihrer Tage verbrachte, um einen regen Gedankenaustausch mit den Frauen der Nachbarschaft zu pflegen, hörte er von dem Kind.

»Man muß sich wundern, daß det Wurm noch lebt«, sagte Frau Lehmann. »Zu fressen kriegt et nischt, trockengelegt wird et nich, und eines Tages wird ihm die Katze die Gurgel zudrücken.«

Die Frauen murmelten Zustimmung. Der gute Engel sagte mitleidig: »Aber das ist ja schrecklich.« Als sich ihm die Gesichter rundherum zuwandten, errötete er und schwieg. Der gute Engel war noch jung, in den Zwanzigern. Er hieß Hanna, war jung verheiratet, hatte selbst keine Kinder, und der Mann war natürlich im Feld. Das Leben der jungen Frau war unausgefüllt und traurig, belastet von der Sorge um den geliebten Mann.

Als Frau Lehmann mit ihrem halben Pfund Kartoffeln und den Kohlrüben nach Hause ging, lief Hanna ihr nach.

»Ach, entschuldigen Sie«, sagte sie atemlos und errötete wieder.

»Wat'n los?« fragte Frau Lehmann mißtrauisch. Das war eine Feine, die junge Frau. Sie tratschte nicht, redete nie ein Wort und hatte ein schmales, hübsches Gesicht mit großen, dunklen Augen. »Das Kind, von dem Sie eben erzählt haben, das Kind bei Ihnen da im Hof . . . Kann ich es nicht mal sehen?«

»Klar doch. Warum denn nicht? Wenn Sie noch nie 'n Kind gesehen haben. Ist kein hübsches Kind. Rote Haare hat es auch.«

»Ich möchte es gern mal sehen«, bestand Hanna auf ihrem Wunsch.

»Na, denn komm' Se eben mit.«

Und Hanna sah das Kind. Es war genauso, wie Frau Lehmann berichtet hatte. Das Kind lag in seinem Körbchen, der Kater quer über ihm. Die dunkelblauen Augen des Kindes waren weit geöffnet, eine Fliege flog um sein Gesicht.

Hanna stand einen Augenblick stumm. Sie fühlte einen jähen, tiefen Schmerz. Wenn sie so ein Kind hätte! Dann wäre sie nicht so allein. Und hier lag ein Kind, genauso einsam wie sie selbst.

»Aber das ist ja – das ist ja ungesund«, stammelte die junge Frau. »Die Katze, meine ich.«

Sie verscheuchte das Tier, und dann, ehe sie wußte, was sie tat, kniete sie neben dem Körbchen nieder.

»Kleines«, flüsterte sie mit tiefer, zärtlicher Stimme, »Kleines, Armes. Was tust du so allein? Kleines . . .«

Frau Lehmann blickte überrascht auf die Kniende nieder. »Nu haben Se sich man nich so. Det is nu mal hier nich anders. Die Frau geht arbeeten. Der Mann is nämlich gefallen, Na, und die beeden anderen Fratzen sind ja selber noch Kinder. Und zwee richtige Rotzneesen dazu.«

»Kümmert sich denn niemand um das Kind?«

»Se hören doch, was ich ebent gesagt hab'. Wer soll sich denn kümmern? Hier hat jeder mit sich selbst zu tun.«

Und dann begann sie weitschweifig über die Familie Termogen zu berichten, und da sie gut im Zuge war, gleich über die anderen Hausbewohner auch noch, deren Lebensumstände ihr wohlbekannt waren.

Hanna hörte nicht zu. Sie hatte den Zeigefinger ausgestreckt und damit vorsichtig die winzigen Händchen des Kindes berührt. Es dauerte eine Weile, bis das Kind reagierte. Aber dann kam ein wenig Leben in die Augen.

»Es sieht mich an«, sagte Hanna beglückt.

»Na, da sind Sie der erste Mensch«, stellte Frau Lehmann gleichmütig fest.

Von da an kam Hanna jeden Tag in den Hof. Mauz, der Kater, kannte sie schon und sprang jedesmal davon, wenn er sie sah. Sie nahm das Kind aus dem Korb, legte es sich vorsichtig in den Arm und ging leise summend im Hof mit ihm auf und ab.

Die Frauen schauten aus den Fenstern. Sie sagten: »Die hat es nötig, scheint es. Zeit, daß ihr mal einer ein Kind macht.«

Einmal kam Lotte dazu und schaute verwundert die Fremde an.

»Ist das dein Schwesterchen?« fragte Hanna.

»Ja.«

»Hast du was dagegen, wenn ich sie ein bißchen spazierentrage?«

»Nee, gar nich. Ick hab' sowieso keene Zeit. Wir ham ooch'n Wagen. Wenn Se spazierenfahrn wolln.«

Hanna wollte. Gemeinsam mit Lotte trug sie den alten wackligen Kinderwagen auf die Straße, und von da an fuhr sie das Kind jeden Tag spazieren. Man kannte sie nun schon in den Häusern und wandte nicht mehr den Kopf nach ihr.

Nach einer Woche etwa, als sie wieder einmal kam, hatte sich der Himmel bezogen, und als sie unterwegs waren, fing es an zu regnen. Einen Moment lang blieb sie zögernd stehen. Doch dann, ohne weiteres Überlegen, fuhr sie zu ihrem Haus und nahm das Kind mit in ihre Wohnung.

Von dieser Zeit an hatte Stella so etwas wie eine Mutter. Im Herbst und im folgenden Winter war sie meist bei Hanna. Sie bekam jetzt regelmäßig ihre Mahlzeiten, wurde mit Liebe und wachsender Sachkundigkeit gepflegt und versorgt.

Hanna hatte sich natürlich die Einwilligung Lenes geholt. Die hatte bald von der Fremden gehört, die sich so liebevoll um das Kind kümmerte, und hatte nichts dagegen, das Kind ihrer Obhut zu überlassen.

»Wenn es Ihnen Spaß macht«, sagte sie müde. »Ich hab' wenig Zeit. Ich muß arbeiten.«

»Ja, ich weiß«, sagte Hanna. »Frau Lehmann hat es mir schon erzählt. Sie können ganz beruhigt sein, ich passe gut auf. Und wenn es jetzt kälter wird, kann es doch nicht mehr draußenstehen.«

»Da haben Sie recht.« Lene betrachtete die junge Frau neugierig. Auch sie war von dem feinen, zarten Gesicht beeindruckt. So etwas sah man selten hier in der Gegend. »Sie haben selbst keine Kinder?« fragte sie.

»Nein, noch nicht. Mein Mann ... Sie wissen ja. Ich habe ihn schon seit zwei Jahren nicht mehr gesehen. Aber er ist jetzt in Gefangenschaft. Gott sei Dank!«

»Da können Sie von Glück reden. Meiner kommt nicht mehr zurück.«

»Das tut mir leid«, flüsterte Hanna.

»Na ja, es ist eben so. Da kann man nichts machen.«

»Also ich darf mir die Kleine dann manchmal holen? Wenn Ihre Tochter keine Zeit hat? Sie wissen ja, wo ich wohne.«

»Schon gut.«

Ehe Hanna ging, blieb sie noch einmal stehen. »Wie — wie heißt sie denn?«

»Wie? Ach so: Stella.«

»Stella«, wiederholte Hanna leise.

»Is'n komischer Name, ich weiß. 'ne Kusine von mir, die ist Patin, die hat ihn ausgesucht.«

»Es ist ein sehr hübscher Name«, meinte Hanna. »Man hört ihn selten.«

»Er ist von Goethe«, sagte Lene, nun doch mit einem gewissen Stolz.

Von nun an war Stella die meiste Zeit bei Hanna. Jeder war mit dieser Lösung zufrieden. Hanna sah ihr erstes Lächeln, brachte ihr die ersten Worte bei, führte sie bei den ersten Schritten und litt mit dem ersten Zahn.

»Hamma«, lernte das Kind. Er klang fast wie Mama.

Als der Krieg zu Ende war, konnte Stella laufen und schon allerlei sprechen. Sie war anderthalb Jahre alt, immer noch zart und klein, ein gutwilliges, artiges Mädchen, das selten weinte, niemals schrie und ihrer Pflegemutter ans Herz gewachsen war wie ein eigenes Kind. Sie hatte ein zartes weißes Gesicht, aber die Augen waren so tiefblau geblieben, und das Haar war immer noch rot, vom metallischen Rot einer Kupfermünze.

Als Stella zwei Jahre alt war, kehrte Hannas Mann aus der Gefangenschaft zurück. Nun hatte sie nicht mehr soviel Zeit für Stella, jetzt war der Mann ihr Kind, um den sie sich kümmern, den sie pflegen und verwöhnen mußte. Im Jahr darauf bekam sie selbst ein Kind. Der gute Engel verschwand aus Stellas Leben, sie verlor eine Mutter. Immerhin war es wohl Hanna zu verdanken, daß sie am Leben geblieben war.

Aber nun war Schwester Marie wieder da. An ihrer Zuneigung zu dem Patenkind hatte sich nichts geändert. Sie hatte nicht so viel Zeit wie Hanna, aber in jeder freien Minute kümmerte sie sich um das Kind.

Stella war daran gewöhnt, allein zu sein. Allein zu spielen, sich mit sich selber zu unterhalten. Auch Kater Mauz hatte seine Anhänglichkeit bewahrt. Zusammen saßen sie im Hof auf der Mauer und führten lange Gespräche.

Lotte war in der Lehre und hatte schon einen Verehrer. Die dunkelbraunen Locken machten es und der kleine Busen, der sich entwickelt hatte und den sie durch Taschentücher, die sie in den Ausschnitt steckte, unterstützte. Sie war heiter und gesprächig, lachte gern und verstand es, ihre braunen Augen blitzen zu lassen. Fritz dagegen war noch immer dick und träg und meist schlecht gelaunt. Für die kleine Schwester hatten alle beide nicht viel übrig, nur selten bequemte sich einer von ihnen, die Kleine einmal hinter sich herzuziehen.

Auf solch einem Spaziergang war es, daß Lotte einmal ihrer früheren Lehrerin, Fräulein Trunck, begegnete.

Fräulein Trunck blieb stehen, Lotte machte einen widerwilligen Knicks. Die Lehrerin blickte auf den kleinen Rotschopf hinunter.

»Wen hast du denn da?«

»Det is meine kleene Schwester«, antwortete Lotte.

»Du hast noch so eine kleine Schwester«, wunderte sich die Lehrerin.

»Ja, leider.«

»Das wußte ich gar nicht.«

Stella und Fräulein Trunck blickten sich an. Stumm das Kind, die Augen in dem zarten Gesicht weit geöffnet.

»Was für schöne Augen sie hat«, stellte auch Fräulein Trunck fest. »Wie heißt sie denn?«

»'n komischer Name«, sagte Lotte. »Stella heeßt se.«

»Heißt sie«, verbesserte die Lehrerin. »Das ist ein sehr hübscher Name.«

»Find' ick nich«, sagte Lotte. »So heeßt keen Mensch.«

»Es bedeutet Stern«, sagte die Lehrerin. »Und man spricht es S-tella aus, nicht Schtella. Ein sehr hübscher Name. Und er paßt gut zu diesen Augen.«

»Aber rote Haare hat se«, wies Lotte auf den verhängnisvollen Fehler ihrer kleinen Schwester hin.

»Hat sie«, verbesserte die Lehrerin geduldig. »Ja, das sehe ich. Mir gefallen sie aber.«

»Mir nich.«

Fräulein Trunck lächelte. »Du liebst wohl deine kleine Schwester nicht besonders?«

»Nee, gar nich. Hab' ick bloß Arbeet mit.«

»Hm.« Fräulein Trunck blickte nachdenklich in die blauen Kinderaugen. Dann beugte sie sich herab und streckte dem Kind die Hand hin. »Auf Wiedersehen, Stella. Später kommst du auch zu mir in die Schule.«

Stella nickte und legte ihre kleine Hand vertrauensvoll in die angebotene Hand der Lehrerin.

»Det hab' ick hinter mir«, stellte Lotte befriedigt fest.

Fräulein Trunck wurde der dritte Mensch in Stellas Leben, der sich liebevoll ihrer annahm. Sie hatte vom ersten Augenblick an eine Zuneigung zu dem Kind gefaßt, das so ganz anders war als die anderen Kinder, die die erste Klasse der Volksschule besuchten. Artig, die Hände gefaltet, in einer nicht ganz sauberen blauen Schürze, saß sie auf ihrem Platz und schaute ernsthaft zu der Lehrerin auf. Sie war so dünn und blaß, daß es Fräulein Trunck jedesmal bekümmerte, sie anzusehen. Als sie bemerkte, daß Stella oft kein Frühstücksbrot dabei hatte, packte sie immer extra eines ein und steckte es ihr zu. Das mußte heimlich geschehen, die anderen Kinder durften es nicht merken. Sie tat es in der Pause, wenn die Kinder auf dem Hof oder im Gang waren. Stella wußte genau, von wem das Brot kam.

Sie war eine gute Schülerin, ganz im Gegensatz zu ihrer Schwester und ihrem Bruder, die faul und nachlässig gewesen waren. Sie lernte leicht und schnell und begriff sofort alles.

Im zweiten Schuljahr mußte Fräulein Trunck die Klasse an einen anderen Lehrer abgeben. Sie legte ihm ihre Lieblingsschülerin warm ans Herz.

»Was ist denn Besonderes los mit dem Kind?« fragte der erstaunt.

»Was, weiß ich auch nicht«, sagte Fräulein Trunck. »Aber etwas Besonderes eben. Sie ist sehr zart und empfindlich.«

»Das sind viele Kinder heute«, meinte der Kollege ungerührt. Und zurechtweisend fügte er hinzu: »Ich bin nicht dafür, daß man ein Kind bevorzugt.«

Fräulein Trunck errötete ärgerlich. »Ich habe Stella nie bevorzugt. Ich habe sie nicht anders behandelt. Aber sie ist ein besonderes Kind. Und sehr intelligent. Sie lernt spielend.«

»Das ist nicht immer ein Vorteil«, erwiderte der Kollege im Schulmeisterton. »Fleißige Schüler sind mir lieber.«

Fräulein Trunck gab ihm einen wütenden Blick und ließ ihn stehen. Sie ahnte, daß sie Stella keinen guten Dienst erwiesen hatte. So war es auch. Der neue Lehrer war auf Stella nicht gut zu sprechen. Obwohl sie ihm anfangs keinen Anlaß zu Ärger gab, hatte er immer etwas an ihr auszusetzen. Er fand nichts Besonderes an ihr, fand sie nicht klüger als die anderen und sprach ihren Namen wieder wie Schtella aus.

Und wirklich schien Stella nicht klüger als die anderen zu sein. Sie lernte auch nicht mehr leicht und spielend, sie ging ungern zur Schule, war säumig und nachlässig mit den Schularbeiten, verträumt und unaufmerksam im Unterricht. Zum erstenmal in ihrem Leben zeigte sich ein typischer Zug ihres Wesens. Nur wenn sie geliebt wurde, lebte sie auf. Nur wer ihr Herz ansprach, machte sie lebendig. Wenn sie Gleichgültigkeit spürte, Kälte oder Abneigung, verkroch sie sich wie eine kleine Schnecke in ihr Haus, verblaßte und erlosch.

Natürlich lagen auch keine Frühstücksbrote mehr in ihrer Tasche. Einige Male versuchte es Fräulein Trunck, ihr in der Pause ein Päckchen zuzustecken. Aber das war schwierig, ließ sich kaum unbeobachtet bewerkstelligen. Dafür nahm sie jede Gelegenheit wahr, mit Stella ein paar Worte zu sprechen.

Einmal, zwei Monate nach Beginn des neuen Schuljahrs, erlebte sie dabei etwas, was ihr tage- und wochenlang Kummer bereitete und was sie nie wieder vergaß: Sie hatte Stella etwas gefragt, das Kind antwortete, brach mitten im Satz ab, schlang beide Arme um die Lehrerin, drückte sein Gesicht in ihren Rock und weinte. Nein, es war kein Weinen, ein paar trockene, harte Schluchzer, die unendlich verzweifelt klangen.

»Aber Stella«, murmelte Fräulein Trunck und strich behutsam über den roten Schopf. »Was ist denn? Was hast du denn?« Sie schob das Kind behutsam von sich fort, denn ringsherum war man aufmerksam geworden.

Stella richtete sich auf. Sie preßte die Lippen zusammen, das kleine weiße Gesicht war verschlossen.

»Fehlt dir etwas?« fragte Fräulein Trunck.

Stella schüttelte den Kopf. Doch dann sagte sie: »Ich will Sie wiederhaben.«

»Aber Herr Krüger ist doch sehr nett.«

Stella schüttelte entschieden den Kopf. »Nein.« Und sie wiederholte bestimmt: »Ich will Sie wiederhaben.«

Haben, sagte sie. Und: ich will. Besitzergreifend klang es und entschieden. Ohne Kompromiß, ohne Umweg. Sie liebte die Lehrerin. Sie war der erste Mensch, den sie bewußt liebte. Und wenn sie liebte, kannte sie weder Kompromiß noch Umweg.

Fräulein Trunck schwieg, geradezu verwirrt. Sie konnte nicht wissen, daß dies Termogen-Art war, daß die Termogens so liebten: besitzergreifend, entschieden, ohne Kompromiß, ohne Umweg. Was sollte sie dem Kind sagen? Etwas Zurechtweisendes, etwas Ablenkendes?

Sie strich Stella flüchtig durch das Haar. »Geh wieder zu den anderen, Kind«, murmelte sie. Und dann sagte sie, eilig, fast gegen ihren Willen: »In der vierten Klasse, da kriege ich euch wieder.«

Langsam ging Stella über den Hof. Das war ein magerer Trost. Die vierte Klasse schien unendlich weit entfernt. Die zweite hatte erst begonnen.

Ein einsames, verlorenes Kind, das niemand liebte. Sehnsüchtig suchten ihre Augen in jeder Pause die Lehrerin, die sich in Zukunft zurückhaltender verhielt. Man durfte die Sonderlichkeit des Kindes nicht unterstützen, es erschwerte ihm nur die Schulzeit.

3

Die entscheidende Wende in Stellas Leben sollte das nächste Jahr bringen. Es geschah jedoch nicht von heute auf morgen. Im Winter wurde Stella zunächst einmal krank. Es begann mit einer Erkältung, entwickelte sich dann zu einem besonders schweren und endlos dauernden Keuchhusten, der ihre ohnedies schwache Gesundheit nachhaltig erschütterte.

Schwester Marie sorgte dafür, daß sie in die Klinik kam. Doch als Stella die Krankheit endlich überstanden hatte, war sie nur noch ein Schatten ihrer selbst. Durchsichtig und geschwächt, kaum fähig, wieder die Schule zu besuchen und dem Unterricht zu folgen. Ein harter Husten war zurückgeblieben, angegriffene Bronchien, und eine nervöse Erschöpfung, die zu häufigen, plötzlichen Tränenausbrüchen führte. Bei der geringsten Schwierigkeit in der Schule, bei einem gar nicht ernst gemeinten unfreundlichen Wort zu Hause begann Stella zu weinen und konnte lange nicht mehr aufhören. Die Geschwister lachten sie aus, spotteten über sie, erst recht natürlich die Mitschülerinnen. Die Lehrer verloren die Geduld mit ihr, und die Mutter, selbst gereizt und überarbeitet, fand erst recht nicht den richtigen Ton im Umgang mit dem schwierig gewordenen Kind. Stella befand sich in einer größeren Isolierung als je zuvor.

Schwester Marie betrachtete Stellas Zustand mit wachsender Besorgnis. Sie sprach ernsthaft mit Lene, konnte aber nicht viel ausrichten. Lene war eine alte Frau geworden. Sie brauchte alle Kraft, um ihre Arbeit zu leisten. Ein krankes und nervöses Kind zu betreuen, überstieg ihre geringen Kräfte. Außerdem hatte sie auch Sorgen mit den beiden anderen Kindern. Fritz ging nun zu einem Schlosser in die Lehre. Er war faul und träge geblieben, mit seinen Leistungen war man keineswegs zufrieden. Dazu hatte er eine dummfreche Art, die ihn bei allen unbeliebt machte. Als einige Male Werkzeug verschwunden war und dann auch eine kleinere Geldsumme, bezichtigte man ihn sogar des Diebstahls, und sein Meister wollte ihn kurzerhand hinauswerfen.

Schwester Marie brachte die Angelegenheit in Ordnung. Sie

sprach mit dem Schlossermeister, und ihrer ruhigen Sicherheit gelang es, Fritz die Stellung zu erhalten. Man wolle es noch einmal mit ihm versuchen. Falls aber noch einmal etwas vorkomme, auch nur der geringste Ärger, dann sei Schluß, teilte man ihr mit. Sie redete Fritz kräftig ins Gewissen, was dieser mit trotzigem Schweigen über sich ergehen ließ.

Mit Lotte gab es anderen Ärger. Sie hatte sich zu einem ausgesprochen hübschen Mädchen entwickelt, ein wenig keck, sehr selbstbewußt und, im Gegensatz zu Fritz, sehr tüchtig in ihrem Beruf. Sie war Gesellin in einem guten Schneideratelier, wo man an ihrer Arbeit nichts auszusetzen fand. Höchstens an ihrem gar zu raschen Mundwerk. Ihr schwacher Punkt waren Männer. Schon als ganz junges Ding hatte sie sich mit den Jungen der Nachbarschaft herumgetrieben. Mit achtzehn hatte sie eine Liebschaft mit einem weit älteren Mann, dessen Frau in dem Modeatelier arbeiten ließ, in dem sie beschäftigt war. Natürlich verlor sie ihre Stellung, als es herauskam. Schlimmer war es, daß sie eines Tagens schwankend nach Hause kam und bewußtlos zusammenbrach. Eine pfuscherhaft vorgenommene Abtreibung war der Grund. Sie war eine Zeitlang krank. Ihre Jugend überwand jedoch die Folgen schnell.

Nun aber hatte sie eine neue Liebe. Es war ein junger Mann, nur wenige Jahre älter als sie, der überzeugter und vor allem sehr aktiver Kommunist war. In seinem Fahrwasser verwandelte sich auch Lotte in eine begeisterte Kommunistin. Sie besuchte Versammlungen, kam mit Flugblättern und wilden Drohreden nach Hause, propagierte die freie Liebe, die Emanzipation der Frau und den Untergang der bestehenden Gesellschaftsordnung. Da sie viel zu dumm war, um die Dinge, die sie so begeistert nachplapperte, wirklich zu begreifen, bestand eigentlich kein Anlaß, sie ernst zu nehmen. Aber der Einfluß ihres Freundes war so groß, daß mit der Zeit ihr ganzes Leben davon bedroht wurde. Es sah ganz danach aus, als würde sie demnächst wieder ihre Stellung verlieren; denn immerhin bestand die Kundschaft aus meist wohlhabenden Damen, die Lottes aggressives Geschwätz nicht hören wollten. Nur ihre wirklich gute Arbeit hatte sie bisher vor einem Hinauswurf bewahrt.

Während der Zeit, als Stella krank war, kam es auch in der Familie zu einer heftigen Auseinandersetzung. Lottes Freund war dagewesen, hatte unverschämte Reden gehalten und große Töne gespuckt, und Lene war ganz unvermutet recht energisch geworden. Sie hatte sich den Unsinn verbeten. In ihrer Wohnung wolle sie nichts von dem Lumpengesindel hören. Lumpengesindel sagte sie, klar und deutlich, und anschließend wies sie dem jungen Mann die Tür.

»Dann gehe ich auch«, erklärte Lotte mit flammenden Wangen.

»Das würde ich mir an deiner Stelle überlegen«, sagte ihre Mutter.

Doch Lotte fuhr hitzig fort, daß es da nichts zu überlegen gäbe. Sie lasse die Partei nicht beleidigen, schon gar nicht von ihrer Mutter, die ja keine Ahnung habe, was in der Welt vorgehe. Und was Kurt beträfe — so hieß ihr Kommunistenfreund —, den liebe sie und lasse ihn erst recht nicht beleidigen.

»Warum heiratest du ihn nicht, wenn du ihn liebst?« fragte ihre Mutter ruhig.

Lotte zog verächtlich die Luft durch die Nase. »Heiraten! Auch so ein bürgerlicher Quatsch. Wir sind freie Menschen. Und überhaupt — ich habe es hier schon lange satt. Hier bei euch, in dieser kläglichen Bude«, sie schaute sich mißmutig um, »das habe ich die längste Zeit mitgemacht. Du bist ein Kapitalistenknecht, Mutter, und wirst es immer bleiben. Nähen gehen zu den verdammten Bourgeois«, sie sagte Burschos, »dein ganzes Leben lang, bis du krumm und grau geworden bist, damit hast du dich zufriedengegeben. Ich nicht. Wenn wir erst dran sind, hört das auf. Dann werden *die* für uns nähen.«

Lotte zog aus. Es war für Lene, obwohl sie nicht darüber sprach, ein großer Kummer. Denn wenn sie eins ihrer Kinder wirklich liebte, dann war es Lotte, das erste, das Kind ihrer kurzen, glücklichen Liebe. Außerdem war sie immer stolz auf Lotte gewesen, auf das hübsche, frische Gesicht, die braunen Locken und die schlanke, anmutige Gestalt des Mädchens. Und auch, nicht zuletzt, auf ihre Leistungen im Beruf. Sie selbst war nur eine kleine Näherin, die in die Häuser ging und Änderungen vornahm, alte Sachen trennte und wendete und höchstens mal ein Kinderkleidchen schneiderte. Lotte war in einem feinen Atelier in der Tauentzienstraße, wo nur reiche Leute arbeiten ließen.

Stella, die zu der Zeit, als diese Auseinandersetzung stattfand, fiebernd im Bett lag, hatte alles mit angehört und war tief verstört davon.

Schwester Marie, die sich nun mal für die Termogen-Kinder verantwortlich fühlte, hatte versucht, Lotte zur Rückkehr zu bewegen. Vergebens. Auch sie hatte sich einige Unfreundlichkeiten anhören müssen, obwohl Lotte gewiß keinen Grund hatte, gerade gegen Schwester Marie ungezogen zu sein. Wenn es jemals in ihrer Kindheit eine Tafel Schokolade gegeben hatte oder ein Geschenk zum Geburtstag oder zu Weihnachten, dann war es von Marie gekommen.

Aber das hatte Lotte vergessen. Sie fühlte sich jetzt erwachsen und lebte ihr eigenes Leben. Zum Teufel mit Familie und Verwandten. Diese Sentimentalitäten hatte sie hinter sich. Das jedenfalls erklärte sie temperamentvoll, den hübschen Kopf zurückgeworfen, die Augen blitzend vor Erregung.

»Kind, du weißt nicht, was du sagst. Und du weißt erst recht nicht, was du tust«, sagte Schwester Marie traurig.

»Ich weiß es sehr gut«, fuhr Lotte sie an. »Besser als ihr alle. Ihr seid ja von gestern. Aber euch werden wir schon noch fertigmachen.«

Zu Ehren des jungen Mannes Kurt muß gesagt werden, daß er diesem Gespräch mit Unbehagen beiwohnte. Lotte lebte ja jetzt bei ihm, in seiner engen, dunklen Bude in Berlin-Wedding.

Er liebte Lotte, daran war nicht zu zweifeln. Und wenn er sie so vor sich sah, mit ihrem Temperament und dem roten Mund, der so leichtfertig urteilte, liebte er sie erst recht. Aber daß sie so mit ihrer Tante sprach oder wer immer diese komische Schwester war, die ihm in ihrer ruhigen Würde eine widerwillige Bewunderung abnötigte, das fand er nicht ganz richtig. Leute von gestern, natürlich, damit hatte Lotte schon recht. Aber man mußte das auch irgendwie verstehen. Die kannten es eben nicht anders. Sie waren in dieser komischen Monarchie aufgewachsen, man hatte sie geknechtet und geknebelt und immer untengehalten. Man mußte sie belehren und befreien, aber nicht beleidigen, so dachte er. Außerdem ahnte er, daß auch in einem kommunistischen Weltreich eine Krankenschwester nicht ganz zu entbehren sein würde. Sie war ja keine Kapitalistin, sie war ein armes Luder wie sie alle. Wenn es soweit war, würde sie schon erkennen, wieviel besser die Welt geworden war. Die war nicht dumm, diese Schwester mit ihrem schmalen, ruhigen Gesicht unter dem weißen Häubchen, das sah er wohl. Und schließlich — wußte sie nicht genug vom Leben und von den Menschen, gerade sie? Sogar mehr als jeder andere?

Das versuchte er Lotte klarzumachen, als Schwester Marie gegangen war. Er hatte sie übrigens zur Haustür begleitet und hatte entschuldigend gelächelt.

»Sie meint es nicht so«, sagte er und streckte zaghaft die Hand aus. »Nichts für ungut. Ich — ich würde mich freuen, wenn Sie uns wieder mal besuchen.«

Schwester Marie hatte ihn prüfend betrachtet. Dann nahm sie seine Hand. »Lotte ist sehr jung«, sagte sie. »Sie auch, Herr, Herr . . .«

»Krausmann«, sagte der Kommunist und brachte sogar so etwas Ähnliches wie eine kleine Verbeugung zustande.

»Herr Krausmann. Ich nehme an, Sie sind sich darüber klar, daß Sie eine Verantwortung übernommen haben. Ich weiß nicht, ob es in Ihrer Welt diesen Begriff noch gibt. Aber ich glaube, es wird ihn immer geben. Auch in der neuen Weltordnung, die Sie anstreben. Oder meinen Sie nicht, daß ein Mann einer so jungen Frau gegenüber immer eine Verantwortung übernimmt? Wenn er sie ihrer Familie wegnimmt, ihrer Mutter entfremdet? Lotte ist noch ein Kind.«

Kurt, der Kommunist, kam nicht dazu, nachzudenken. Er nickte.

»Doch«, sagte er, »das ist schon so. Ich werde auf Lotte aufpassen. Ich liebe sie.«

Etwas stockend kam die altmodische Formel über seine Lippen. Aber er sprach es aus: »Ich liebe sie.«

Da lächelte Schwester Marie.

»Liebe ist etwas Wunderschönes«, sagte sie. »Und ohne Liebe kommen wir nicht aus, wir Menschen. Auch ihr nicht. Sie ist der Herzschlag, der die Welt zusammenhält und die Menschen erst zu Menschen macht. Was auch immer ihre politische Überzeugung sein mag.«

Kurt nickte wieder. »Ja«, sagte er. »Ja.« Er sah der schmalen aufrechten Gestalt nach, die die Straße entlangging, sich von ihm entfernte. Er hatte das Gefühl, er müsse ihr nachlaufen, müsse sie festhalten, um noch weiter in dieses stille, beherrschte Gesicht blicken zu können, in diese warmen, gütigen Augen. Er hatte keine Erklärung für das Gefühl, das sein Herz zusammenpreßte und alles andere plötzlich nichtig erscheinen ließ. Liebe? Was war das? War es vielleicht doch mehr als die glühende Umarmung in der Nacht?

Was wußte er denn von Liebe. Ihn hatte niemand geliebt. Er hatte keinen Vater gekannt, keine Mutter. Er war immer allein gewesen, überall eine Last, herumgestoßen, überflüssig. Die Partei war seine Heimat geworden, Vater und Mutter zugleich. Liebe — das war jetzt das Mädchen oben in seinem Zimmer. Bisher hatte er nicht darüber nachgedacht. Liebe bedeutet Verantwortung, hatte die Schwester gesagt. Die Partei sagte auch, daß sie alle eine große Verantwortung trügen, der Welt, der Menschheit gegenüber. Warum nicht auch einem einzelnen Menschen gegenüber? Das war durchaus plausibel. Und vielleicht war es wirklich nicht ganz richtig, wie sich Lotte benahm, ihrer Mutter und dieser Schwester gegenüber.

Er vergaß diese Begegnung mit Marie nicht. An seinen politischen Idealen änderte es nichts. Doch er hielt treu an Lotte fest. Zwei Jahre später, als sie schwanger wurde, heirateten sie.

Als Stella aus der Klinik kam, schlief sie nun allein mit ihrer Mutter in dem Schlafzimmer mit den Doppelbetten. Früher hatten sie zu dritt hier geschlafen. Fritz schlief in der kleinen Kammer, die noch zur Wohnung gehörte. Nachts hörte Lene das Kind neben sich husten, würgend und endlos, noch immer.

Als Stella wieder zur Schule ging, gab es neuen Ärger. Nach einiger Zeit kam ein Brief von der Schule. Stellas Leistungen entsprächen auch nicht mehr den geringsten Ansprüchen, sie sitze nur noch apathisch herum, nehme kaum teil am Unterricht. Frau Termogen möge sich doch einmal in die Schule zu einer Rücksprache bemühen.

Lene zeigte den Brief Schwester Marie, als die das nächstemal zu Besuch kam.

Marie las schweigend, hörte sich die klagenden Worte Lenes eine Weile an und betrachtete dann nachdenklich Stella, die mit großen, ängstlichen Augen dem Gespräch lauschte. Wie immer gab es Marie einen Stich ins Herz, zu sehen, wie elend das Kind war.

»Ich hab' ihr gehörig die Meinung gesagt«, fuhr Lene weinerlich fort, »aber es hilft ja nichts. Sie will nicht. Sie ist vertrotzt.«

»Geh ein bißchen hinaus spielen, Stella«, sagte Marie statt einer Antwort.

»Ich mag nicht spielen«, antwortete Stella leise aber entschieden.

»Dann geh' ein Stück spazieren. Die frische Luft tut dir gut. Oder weißt du was? Lauf zum Bäcker und kaufe uns drei Stück Kuchen. Dann können wir uns nachher Kaffee kochen.« Die Schwester kramte in ihrem Portemonnaie und zog ein paar Groschen heraus. »Hier. Such dir aus, was dir schmeckt.«

Als Stella gegangen war, sagte Marie ruhig: »Das Kind ist nicht vertrotzt. Es ist krank. Immer noch. Und übernervös. Dieser Husten macht mir Sorgen.«

»Ja, der Husten ist schrecklich«, gab Lene zu. »Ich kann oft nachts nicht schlafen deswegen.«

»Sie müßte Luftveränderung haben. Ich habe schon mehrmals daran gedacht.«

Lene lachte bitter. »Arme Leute wie wir fahren nicht zur Erholung, das weißt du ganz genau.«

»Es gibt doch Kinderlandverschickungen. Ich muß mich mal erkundigen.«

»Für uns doch nicht«, beharrte Lene störrisch.

»Für wen denn sonst«, sagte Marie ungeduldig. »Laß mich mal machen. Und in die Schule werde ich auch gehen. Ich werde mit dem Lehrer sprechen.«

Ihren nächsten freien Tag benutzte Schwester Marie, um in die Schule zu gehen. Sie sprach mit dem Lehrer Krüger, fand aber wenig Verständnis.

»Schön, schön, zugegeben«, sagte er, »sie war lange krank und sieht wirklich nicht gut aus. Aber ich muß Ihnen ehrlich sagen, es war schon vorher nicht leicht mit ihr. Sie ist ein schwieriges Kind.«

Marie betrachtete ihn nachdenklich. Er sah auch nicht gut aus, ungesund gelb im Gesicht. Eine angegriffene Leber, konstatierte sie. Für einen Lehrer eine unmögliche Krankheit.

Während sie im Gang standen und miteinander sprachen, kam zufällig Fräulein Trunck vorbei. Als sie Stellas Namen hörte, blieb sie unwillkürlich stehen.

»Verzeihung«, sagte sie, »handelt es sich um Stella Termogen?« Herr Krüger zog unwillig die Brauen hoch. Er hatte Fräulein Truncks einleitende Bemerkungen über diese Schülerin nicht vergessen.

Er schwieg, aber Schwester Marie blickte der jungen Lehrerin ins Gesicht und wußte gleich, wen sie vor sich hatte: »Sie müssen Fräulein Trunck sein.«

Die Lehrerin lächelte. »Ja. Hat Stella von mir erzählt?«

»Sehr viel. Sie hängt sehr an Ihnen. Und ...« Sie brach ab, als sie Herrn Krügers mißbilligende Miene bemerkte. Nein, besser nicht erzählen, mit welcher Begeisterung Stella von Fräulein Trunck gesprochen hatte und wie gern sie im ersten Jahr zur Schule gegangen war.

»Sie ist ein sehr sensibles Kind«, sagte sie nur noch.

»Ich weiß«, sagte Fräulein Trunck. »Aber ich will nicht länger stören. Es ist ja dieses Jahr nicht meine Angelegenheit.« Sie neigte leicht den Kopf und ging weiter.

Das Gespräch mit Herrn Krüger währte nicht mehr lange. Schwester Marie bat ihn um Verständnis und Geduld.

»Selbstverständlich«, bemerkte Herr Krüger steif, »das ist schließlich mein Beruf.«

Als Marie zum Ausgang ging, kam plötzlich kurz vor dem Schulportal Fräulein Trunck auf sie zu.

»Es ist sehr schade, daß Sie die Klasse nicht behalten haben«, sagte Marie.

»Ja, ich weiß. Das Schlimme ist, ich habe Stella versprochen, daß ich sie in der vierten Klasse wiederbekomme. Aber nun werde ich versetzt. Ich verlasse die Schule zu Ostern.«

Schwester Marie war ehrlich erschrocken. »Das ist schlimm«, meinte sie. »Ich weiß gar nicht, wie ich Stella das sagen soll.«

»Ich mache mir Sorgen um Stella«, sagte Fräulein Trunck. »Sie sieht so schlecht aus. Ich spreche ja jetzt selten mit ihr. Absichtlich, wissen Sie. Sie muß es lernen, sich auch an andere Lehrer zu gewöhnen. Es geht nun mal nicht anders. Den meisten Kindern fällt es nicht schwer. Es gibt manchmal eine schwere Trennung, wenn man eine Klasse abgeben muß; aber Kinder vergessen so leicht. Mit Stella ist es anders. Ich komme mir vor, als hätte ich ihr etwas getan. Wenn sie einen so anschaut mit ihren großen Augen ...«

Schwester Marie nickte. »Ich weiß. Es geht mir genauso. Man hat immer das Gefühl, man müsse ihr helfen, müsse sie beschützen. Sie ist so liebebedürftig und hat so wenig Liebe bekommen.«

»Ja. Das Gefühl hatte ich auch immer. Die Eltern — nein, der Vater ist ja wohl gefallen, soweit ich mich erinnere. Und die Mutter?«

»Eine Frau, der die Verhältnisse über den Kopf gewachsen sind. Es war nicht leicht für sie in den vergangenen Jahren. Der Krieg, die Nachkriegszeit, die Inflation. Und Stellas Mutter ist nicht mehr jung. Als sie das Kind bekam, war sie schon über vierzig.«

»Ach? Ich verstehe. Und sonst ist niemand ...«

»Nur ich. Aber meine Arbeit läßt mir wenig Zeit. Ich habe einmal in der Woche frei. Dann sehe ich immer nach Stella. Aber das ist zuwenig.«

»Viel zuwenig«, bestätigte die Lehrerin mit Nachdruck.

Eine Weile schwiegen die beiden Frauen nachdenklich.

»Es muß etwas geschehen«, meinte dann Fräulein Trunck entschieden. »Stella muß vor allem richtig gesund werden. Und kräftiger. Dann wird auch die Nervosität verschwinden. Ein labiler Mensch wird sie immer bleiben. Ich kenne diesen Typ. Aber im Gegensatz zu Herrn Krüger bin ich von ihrer Intelligenz überzeugt. Sie war die beste Schülerin meiner Klasse. Und gerade am Anfang merkt man am besten, ob ein Kind schnell begreift und aufnimmt. Könnte man denn nicht . . .«

»Ja?« fragte Schwester Marie.

»Ich habe mir gedacht, daß Stella einmal zur Erholung aus der Stadt hinaus müßte. Frische Luft und kräftige Ernährung und vor allem eine andere Umgebung.«

Schwester Marie strahlte die Lehrerin an. »Daß Sie das sagen . . . Genau daran habe ich auch gedacht.«

»Es müßte natürlich die richtige Umgebung sein. Die richtigen Menschen, meine ich. Daß sie auch innerlich, ich meine seelisch, gut aufgehoben ist. Hat die Familie keine Verwandten auf dem Land?«

»Nicht, daß ich wüßte«, sagte Schwester Marie. »Alles, was an Verwandtschaft vorhanden ist, lebt hier in der Stadt.«

»Das ist schade.«

»Ich dachte an eine Kinderlandverschickung. Wenn man ein Attest bekäme . . .«

Fräulein Trunck hob zweifelnd die Schultern. »Sicher, das bekäme sie schon. Aber ob Stella sich dabei wohl fühlen würde? Ich glaube es nicht.«

Doch auf dem Weg zu Lene hatte Schwester Marie eine Idee.

Lenes Angehörige lebten in Berlin, das stimmte. Aber die Angehörigen des Vaters, Karl Termogens Familie? Sie wußte nicht viel darüber. Nur daß er seine Familie in jungen Jahren verlassen hatte und nie mehr zurückgekehrt war. Und wie Schwester Marie Karl Termogen kannte, den sie nicht sonderlich geschätzt hatte, war da irgend etwas vorgefallen, was ihm wohl nicht gerade zur Ehre gereichte.

Aber manchmal, so erinnerte sie sich dunkel, besonders, wenn Karl etwas getrunken hatte, begann er mit seiner Familie zu prahlen. »Die Termogens, das sind Burschen! Alte Seefahrer. Und unsere Schafzucht. Was habt ihr für eine Ahnung davon. Wenn der Wind über die Dünen pfeift und das Meer braust, das ist richtiges Leben! Da wißt ihr nichts davon.«

Eine Insel mußte es sein, eine Insel in der Nordsee, daran konnte sich Marie noch erinnern.

Lene wußte auch nicht viel. Sie war ganz und gar dagegen, sich an die Familie ihres Mannes zu wenden.

»Was willst du denn von denen? Die haben sich nie mehr um Karl gekümmert. Und genausowenig um seine Kinder. Warum soll man betteln gehen zu fremden Leuten?«

Sylt habe die Insel geheißen, das wußte Lene noch.

Schwester Marie blickte zu Stella hinüber, die am Küchentisch saß und lustlos in ihrem Schulheft herumkraxelte.

»Sylt«, sagte Marie, »doch, das ist mir ein Begriff. Eine große Insel, ziemlich oben im Norden. Viele Leute verbringen dort ihre Ferien.«

»Laß es bleiben«, sagte Lene, »die wollen von uns nichts wissen.« Aber Schwester Marie ließ es keineswegs bleiben. Sie dachte einige Tage darüber nach, dann besorgte sie sich einen Reiseführer von Sylt; und dann, weil sie jeden danach fragte, den sie kannte, bekam sie eine begeisterte Schilderung der Insel vom Oberarzt Dr. Möller, dem Stationsarzt der Internen.

»Dreimal habe ich schon meinen Urlaub dort verbracht. Menschenskind, Schwester, dort ist noch der liebe Gott zu Hause. Dort werden Tote wieder lebendig. Himmel, Meer und endloser Strand. Und eine Luft wie am ersten Tag der Menschheit. Wollen Sie dort Ferien machen?«

»Ich nicht. Aber mein kleines Patenkind möchte ich gern hinschicken.« Sie gab einen kurzen Bericht über Stellas Zustand.

»Hm«, meinte Dr. Möller. »Bringen Sie mir die Kleine doch mal her. Kommt natürlich ganz drauf an. Wenn die Lunge angegriffen ist, muß man vorsichtig sein. Es ist ein Reizklima, nicht für jeden geeignet. Immerhin hat man auf verschiedenen Nordseeinseln Kinderheime, gerade für gesundheitlich schwache Kinder. Kommt halt immer auf den Fall an. Bringen Sie die Kleine mal mit. Wie heißt sie? Stella? Ein seltener Name.«

»Ich habe ihn ausgesucht«, sagte Schwester Marie mit hörbarem Stolz.

»Sehr apart. Schwester Marie hat eben ihren eigenen Kopf. Sag' ich den Kollegen immer.«

Stella wurde von Dr. Möller gründlich untersucht. Er stellte fest, daß das Kind unterernährt, blutarm, übernervös und leicht rachitisch sei. Sonst aber organisch gesund. Und außerdem stellte er fest, daß dieses Kind Stella ein ganz seltsames, besonderes Wesen sei. Der erste Mann in Stellas Leben, der zu dieser Erkenntnis kam.

»Die Kleine müssen wir unbedingt hochpäppeln«, sagte er nach der Untersuchung zu Schwester Marie. »Das ist ein besonderes Gewächs. Glieder wie aus Elfenbein und so anmutig in der Bewegung. Und die Augen, und dazu das rote Haar. Die Kleine wird einmal apart, darauf können Sie sich verlassen. Wie die einen heute schon angucken kann ... Nee, die müssen wir gesund kriegen. Wie ist das mit der Sylter Verwandtschaft?«

»Ich werde schreiben«, erklärte Schwester Marie entschieden. »Mehr als ablehnen können sie nicht.«

»Und wenn sie ablehnen, werden wir was anderes finden. Verlassen Sie sich drauf.«

»Ich bin Ihnen so dankbar, Herr Doktor, ich kann Ihnen gar nicht sagen ...«

»Nur langsam«, wehrte der Arzt ab. »Keine Lobgesänge. Tu' ich alles für die Menschheit. Wo das ganze Kroppzeug heutzutage blüht und gedeiht und alles überwuchert, da soll man so eine zarte kleine Blume«, er hob den Finger und steigerte sich poetisch, »so eine kleine Orchidee verkommen lassen? Nee, machen wir nicht. Kommt nicht in Frage. Ihre kleine Stella kriegen wir hin. Das ist edle Rasse, und da ist auch Zähigkeit drin und gutes Blut, das seh' ich mit einem Blick. So was muß man behüten und pflegen. Sind wir der Menschheit schuldig.«

Marie ging hinaus ins Wartezimmer, wo Stella artig saß und ihr mit großen Augen entgegensah. »Komm, Kind«, sagte sie, »ich bringe dich zur Straßenbahn. Dann mußt du aber allein nach Hause fahren. Das kannst du doch?« Stella nickte. »Natürlich, Tante Marie.«

Auf dem Weg zur Straßenbahn hielt Schwester Marie die kleine schmale Kinderhand fest in ihrer Hand. Bißchen blutarm, übernervös, rachitisch, aber organisch gesund. Das war die Hauptsache. Und sie würde jetzt die Sache in die Hand nehmen.

4

Der erste Termogen war gegen Ende des achtzehnten Jahrhunderts auf der Insel Sylt seßhaft geworden. Soweit man bei den Termogens von Seßhaftigkeit sprechen konnte. Das Meer war immer ihr Element gewesen, die Ferne hatte sie gelockt.

Nicolaas Termogen war Holländer und fuhr als junger Steuermann auf einem Schiff, das auf der Reise zwischen Holland, Dänemark und Norwegen regelmäßig die Insel Sylt anlief. Dort lernte er eines Tages die junge sittsame Tochter des Bauern Witt kennen.

Der Holländer war ein hübscher Bursche, groß und schlank gewachsen, mit breiten Schultern, lässigen Bewegungen und dem strahlenden Siegerlächeln eines erfahrenen Verführers. Das junge Mädchen schlug die Augen nieder und drehte sich auch nicht mehr um, als sie vom Hafen wieder den Weg zurück nach Keitum ging, wo der Hof der Witts lag. Ein schöner Hof, ein schönes altes Haus. Nicht viel Land gehörte dazu, denn die Insel bot keinen Reichtum an Boden. Doch schon damals gediehen die Schafe und Kühe prächtig durch das feste kurze Gras der feuchten Inselerde. Nicolaas hätte das Mädchen sicher vergessen, dem er so interessiert nachgesehen hatte, wenn er sie nicht am nächsten Morgen, es war ein Sonntag, wiedergesehen hätte. Er stand mit einer Gruppe von Männern zusammen, und Maiken kam vorbei, von der Kirche her. Sie war in ihrem Sonntagsstaat und trug den Kopf hoch erhoben. Auch sie hatte breite, gerade Schultern und kam mit schönen, gleichmäßigen Schritten daher, nicht trippelnd und tänzelnd wie die Frauen der großen Städte, die den jungen Seemann bisher gelockt hatten. Einen Augenblick sahen sie sich in die Augen, eine Sekunde wohl nur, dann blickte sie wieder geradeaus und ging ruhig weiter, als sei nichts geschehen. Aber es war etwas geschehen. Ein Funke war gesprungen, der Blitz hatte eingeschlagen.

Nicolaas strich sein schwarzes Haar zurück und sah ihr lange nach. Am Abend hatte er einen Vorwand gefunden, der ihn in das Haus des Bauern Witt brachte.

Das war zunächst alles. Drei Jahre lang sahen sie sich in unregelmäßigen Abständen, und auch da nur kurz und ohne einander so nahezukommen, wie sie es wünschten. Der Bauer mochte keinen Bewerber um die Hand seiner Tochter, der zur See fuhr und dazu noch ein Ausländer war.

Maiken widersprach nicht. Aber sie wies jeden anderen Bewerber ab. Zwei Dickköpfe standen sich gegenüber: der Bauer und seine junge Tochter.

Dann kam Nicolaas ein ganzes Jahr lang nicht. Er war Kapitän auf einem Ostindienfahrer geworden. Der Bauer Witt freute sich. Seine Tochter schwieg, ihr Blick ging auf das Meer hinaus, sie wartete. Ihr jüngster Bruder ging damals nach Dänemark und kehrte nicht mehr zurück. Der älteste kam mit seinem Fischkutter ums Leben. Sie war die Erbin des Hofes. Aber noch war der Alte da und sagte nein. Doch die Tochter erwiderte sein Nein, wenn er sie drängte, zu heiraten. Sie wartete.

Dann war Nicolaas eines Tages wieder da. Es hatte ihm gefallen in den Kolonien. Ein Bruder von ihm besaß dort eine Pflanzung, er hätte bleiben können. Die Sehnsucht nach dem blonden Mädchen auf Sylt hatte ihn zurückgebracht. Wohl auch die Unrast in seinem Blut. Das Meer war seine Heimat, nicht das Land.

Maiken war vierundzwanzig. Und so sagte der alte Witt schließlich ja. Er erlebte es noch, daß zwei Enkelsöhne geboren wurden. Seinen Schwiegersohn sah er selten. Der fuhr weiter zur See. Maiken arbeitete auf dem Hof, zog die Kinder groß und wartete. Sie bekam den Mann erst zehn Jahre später ganz. Er kämpfte während des nordamerikanischen Unabhängigkeitskrieges in den großen Seeschlachten mit den Engländern. Als er dann endgültig nach Hause kam, hatte er nur noch ein Bein. Aber er war immer noch ein Mordskerl, dieser Stammvater der Termogens auf Sylt. Er lachte wie früher, seine dunklen Augen waren die Augen eines Siegers. Auch mit dem einen Bein arbeitete er wie ein Gesunder auf dem Hof oder beim Fischfang. Von seiner Heimat her war ihm die Aufzucht von großen Schafherden wohl vertraut. Es war eine andere Rasse hier, runde, kurz gebaute Schafe mit dichtem Pelz, aber sie waren leicht zu halten. Die Tiere waren genügsam, an Wind und Wetter gewöhnt, das ganze Jahr über im Freien. Die Weide war frei, das war altes Inselrecht. Nur im Frühsommer wurden die Tiere zusammengetrieben, zur Schur, und im Herbst zur Zählung und zum Aussondern der für Verkauf oder Schlachtung bestimmten Tiere.

Die Inselbevölkerung, die zunächst mißtrauisch dem Fremden gegenüber gewesen war, der auf einen der schönsten Höfe eingeheiratet hatte, akzeptierte ihn schließlich als einen der Ihrigen. Maiken bekam noch drei Kinder. Es war eine glückliche Ehe.

Seit dieser Zeit saßen die Termogens auf Sylt. Sie waren Dänen, später wurden sie Deutsche. Ein starkes, gesundes Geschlecht, treu dem Heimatboden und doch mit dem Leichtsinn und der Abenteuerlust des ersten Termogen im Blut.

Die Männer fuhren meist zur See. Viele kamen nicht wieder. Das Meer behielt sie, oder sie siedelten sich in fremdem Land an. Aber der Stamm der Familie blieb auf der Insel, der Hof des Bauern Witt war zum Termogen-Haus geworden. Schafe züchteten sie immer noch, außerdem hatten sie ein paar Kühe und vier Pferde auf dem Hof.

Den Pferden galt Pieter Termogens große Liebe, seit er nicht mehr zur See fuhr. Er war ein leidenschaftlicher Reiter, fuhr zweispännig mit seinen Braunen über die Insel, auf der ihn jeder kannte.

Pieter Termogen oder Kapitän Termogen, wie ihn jeder nannte, war Mitte der sechzig, als er den Brief aus Berlin erhielt, in dem eine ihm unbekannte Frau über ein ihm unbekanntes kleines Mädchen schrieb, das den Namen Termogen führte. Er mußte sich eine Weile besinnen, wer Karl Termogen gewesen war. Der Sohn seines ältesten Bruders Jens. Er hatte den Neffen kaum gekannt. Als Vierzehnjähriger hatte er seine erste Reise zur See gemacht, und dann war er selten zu Hause gewesen.

Jens starb verhältnismäßig jung, noch vor dem Krieg, und seitdem war Pieter Termogen der Herr auf dem Hof. Er fuhr auch dann noch zur See. Seine Frau versorgte indessen Haus und Hof. Das waren die Termogen-Frauen nicht anders gewohnt. Es dauerte immer lange, bis die Männer zu Hause blieben.

Seine Frau gebar ihm drei Söhne. Heinrich, der älteste, fiel im Krieg. Sein Unterseeboot kehrte von einer Feindfahrt nicht zurück. Jan, der zweite, ein schwarzhaariger, wilder Junge, der seinen Eltern Sorgen bereitete, führte nach 1918 den Krieg weiter. Er kämpfte gegen die Roten, trieb sich dann im Land herum, war kurze Zeit zu Hause und fuhr später als Matrose nach dem Fernen Osten. In Bombay kam er bei Straßenkämpfen ums Leben.

Kapitän Termogen erfuhr das erst einige Jahre später, als ein Hamburger Matrose, der mit Jan zusammen auf dem gleichen Schiff gewesen war, ihm die böse Nachricht überbrachte. Jetzt besaß Pieter Termogen nur noch einen Sohn. Thies, der jüngste, der überraschenderweise noch ein Jahr vor dem Krieg geboren worden war. Die Mutter war bei dieser späten Geburt gestorben.

Viel Kummer hatte Pieter Termogen getroffen. Ein Mann wie er, der das Leben liebte, der so gern lachte und fröhlich war. Und dieser jüngste Sohn, Thies, den er am zärtlichsten liebte, fügte ihm den bittersten Schmerz zu.

Als Neunjähriger bekam er die Kinderlähmung. Zunächst sah es so aus, als solle er die Krankheit nicht überstehen. Er blieb am Leben, doch er war gelähmt.

Kapitän Termogen, der in seinem ganzen Leben nicht eine Stunde krank gewesen war, stand diesem Schicksalsschlag fassungslos gegenüber. Er selbst hatte die ganze Welt bereist, hatte ein großartiges, herrliches Leben gehabt und hatte auch dann, als er zu Hause blieb, jede Stunde dieses Lebens genossen.

Aber Thies, sein Sohn, der einzige Sohn, der ihm geblieben war, würde nun nie hinausgehen können in die Welt. Nicht auf ein Schiff, nicht in fremde Länder und Städte, nicht einmal hinaus auf seine eigenen Wiesen, nicht den Strand entlang, er konnte nicht über die Dünen laufen, nicht durch das Watt.

Erst lag er zwei Jahre fest, seitdem saß er im Rollstuhl. Pieter Termogen hatte die berühmtesten Ärzte in Hamburg aufgesucht. Man hatte alles versucht, um dem Jungen zu helfen. Thies war in verschiedenen Kliniken gewesen, in einem Sanatorium; Bäder, Massagen, Bestrahlungen. Und Thies war dabei immer elender, blasser und verzweifelter geworden.

»Ich will nach Haus, Vadding«, hatte er seinem Vater zugeflüstert, wenn der ihn besuchte. »Bitte, Vadding, nimm mich mit nach Hause.« Nun war Thies wieder zu Hause. Sein Rollstuhl stand im Garten des Termogen-Hauses, bewegte sich die Dorfstraße entlang, meist geschoben von Christian, seinem treuen kleinen Freund.

Thies lächelte. Seine blassen Wangen bekamen in der frischen Luft wieder Farbe, er wurde etwas kräftiger. Wenn Pieter Termogen ihn stützte, konnte er einige Minuten lang gerade stehen.

»Es wird besser, Vadding, nicht?« fragte er dann mit glücklichem Gesicht.

Und Pieter bestätigte rasch: »Ja, min Jung, es ist schon viel besser. Paß man auf, das dauert nicht lang, dann läufst du wieder herum.«

Dann lächelten sich Vater und Sohn ermutigend zu, denn jeder meinte, er müsse den anderen trösten und ihm Hoffnung machen. Denn wenn es etwas gab, das Thies tief unglücklich machte, dann war es das Bewußtsein, seinem wunderbaren, heißgeliebten Vater so große Sorgen zu bereiten.

Pieter Termogen drehte sich um nach solchen Gesprächen, das Lächeln verschwand von seinem Gesicht. Er ging hinaus in den Stall und sattelte Tack, den braunen Wallach, pfiff dem Hund und ritt in scharfem Trab durch die Dorfstraße, hinüber bis zum Meer, und galoppierte dann wie ein Sturmwind den Strand entlang, Verzweiflung und Auflehnung im Herzen. Auflehnung gegen diesen unbegreiflichen Gott, der ihn so hart bestrafte.

»Wenn ich es wäre!« schrie er aufs Meer hinaus. »Ich! Aber der Jung! Was hat der Jung verbrochen?«

Doch diese Ausbrüche währten nie lang. Man mußte sich damit abfinden, daß dieser unbegreifliche Gott ihn für Sünden bestrafte, von denen er nicht wußte, daß er sie begangen hatte. Doch der gleiche Gott ließ die grauen Wogen an den Strand toben, ließ den wilden Sturm übers Meer brausen, diesen Sturm, der Pieter die düsteren Gedanken aus dem Kopf blies.

Auf dem Rückweg kehrte er in der Dorfschenke ein, trank zwei steife Grog und kam mit lächelndem Gesicht zu Thies zurück.

Thies blickte von seinem Buch auf, wenn der Vater die Stube betrat.

»Was liest du, Jung?«

»Ein feines Buch. Von Karl May. Der kann so reiten wie du. Hast du Tack auch gut abgerieben?«

»Das hat Fiete besorgt.«

»Ach, du warst im Krug. Wieviel Grog hast du getrunken?«

»Nur zwei, Jung, nur zwei.«

»Na, das geht ja. War es kalt am Meer?«

»Bannig kalt, Jung. Wir haben Nordwest. Bei der nächsten Flut steigt das Wasser bis an die Dünen.«

»Hm«, sagte der Junge. »Wie gut, daß ich hier sitzen kann.« Und er lächelte zu seinem Vater auf, um zu zeigen, wie zufrieden er mit seinem Los war.

An dem Tag, als der Brief aus Berlin kam, blies kein Wind. Der

Himmel war blau, die Sonne schien warm und strahlend, und nur ein paar verstreute, weiße Wolken segelten über das Dach des alten Friesenhofes.

Kapitän Termogen ging hinaus in den Garten, wo sein Sohn unter einem blühenden Halligen-Fliederstrauch saß und seine Schulaufgaben machte.

»Da, lies mal«, sagte er.

Thies studierte den Brief aufmerksam. »Wer ist das Mädchen?« fragte er dann.

»Es scheint sich um meine Großnichte zu handeln. Onkel Jens hatte doch einen Sohn, der als junger Bursche auf und davon ging. Von dem muß es die Tochter sein. Hab' nie mehr was von ihm gehört. Er ist im Krieg gefallen, schreibt diese Frau.«

»Und wer ist das, die schreibt?« Thies las den Absender. »Marie Brandt. Kennst du die?«

»Nie gehört. Die Patin von der Deern, du liest es ja. Was machen wir da?«

»Soll sie halt herkommen«, meinte Thies. »Wenn sie frische Luft braucht, die kann sie hier haben.«

»Die kann sie hier haben«, wiederholte sein Vater. »Da hast du recht, min Jung. Lassen wir die Deern herkommen.«

»'n Mädchen?« mischte sich Christian Hoog ins Gespräch.

»Ein Mädchen« bestätigte Kapitän Termogen. »Hast du was dagegen, Krischan?«

Christian hatte etwas dagegen. »Mit den Deerns hat man nur Ärger«, gab er zu bedenken. Er mußte es wissen. Er hatte vier Schwestern und war der einzige Junge im Hause, gerade mittendrin, zwei der Schwestern waren älter, zwei jünger. Die Großen erzogen an ihm herum und hatten meist an ihm etwas auszusetzen, die Kleinen weinten und quengelten, man mußte sie behandeln, als seien sie aus Porzellan.

Christian hatte sich immer einen Bruder gewünscht. Vielleicht hatte er sich deshalb so eng an Thies Termogen angeschlossen. Die beiden Jungen waren gleichaltrig und hatten schon als kleine Kinder zusammen gespielt. Als die Schulzeit begann, wurde die Freundschaft noch enger. Und als Thies Termogen krank wurde und krank blieb, wurde das für Christian Hoog zu einer schweren Erschütterung und Belastung seines jungen Lebens. Aber ihre Freundschaft litt nicht darunter, ganz im Gegenteil. Als Thies wieder zu Hause war, wurde Christian sein ständiger Begleiter. Er schob den Rollstuhl, er brachte dem Freund alles ins Haus, was dieser nicht mehr sehen und aufsuchen konnte. Die Muscheln vom Strand, die Fische, die er fing, junge Vögel, die aus dem Nest gefallen waren, die frischen Krabben von den Fischkuttern, überhaupt alles, was ihm interessant und sehenswert erschien. Außerdem besaßen die beiden Jungen eine ganze Menagerie, deren Zusammensetzung gelegentlich wechselte, die aber an Stärke und Zahl ständig zunahm. Zur Zeit waren es zwei Meerschweinchen, sechs Kaninchen, eine Schildkröte, ein Dutzend weißer Mäuse, es konnten auch ein paar mehr sein, ein Hamster, eine Lerche mit gebrochenem Flügel, die Christian eigenhändig einer Katze entrissen, gepflegt und betreut hatte, bis sie wieder Lebenszeichen von sich gab. Von Tönjes, dem Hund, und den beiden gescheckten Katzen nicht zu reden, die gehörten sowieso zur Familie. Genau wie Tack, das Reitpferd des Kapitäns, und die drei anderen Pferde, die abwechselnd vor den Wagen gespannt oder ebenfalls geritten wurden.

Die Betreuung und Fütterung der Tiere beanspruchte eine ganze Menge Zeit. Und da Thies sich nicht bewegen konnte, hatte Christian die meiste Arbeit damit. So kam es, daß er sich mehr bei den Termogens aufhielt als zu Hause. Seine Eltern hatten sich damit abgefunden. Sie bestanden nur darauf, daß der Junge sich zu den Mahlzeiten einfand. Denn, so sagte Meister Hoog, der Töpfer von Keitum, das schickt sich nicht, bei anderen Leuten zu essen. Man könnte meinen, wir haben nicht genug, um unsere Kinder satt zu kriegen. Nur selten einmal blieb Christian daher bei den Termogens zu Tisch, und dann ging jedesmal eine feierliche Einladung voraus, und die Genehmigung der Eltern wurde eingeholt.

Aber jeden Morgen pünktlich um halb acht fand sich Christian ein, dann fuhren die beiden Jungen zusammen zur Schule nach Westerland. An sich hatte Meister Hoog nicht die Absicht gehabt, seinen Sohn auf die höhere Schule zu schicken. Wozu auch? Er würde später ebenfalls Töpfer werden und die väterliche Werkstatt übernehmen. Lateinisch zu reden brauchte er dazu nicht.

Kapitän Termogen war es, der Christians Vater schließlich von der höheren Schule überzeugt hatte. Durch die Krankheit war Thies' Übertritt in die Schule in Westerland sowieso verzögert worden. Zunächst wurde er eine Zeitlang zu Hause unterrichtet. Christian ging währenddessen weiter in die Dorfschule. Aber da er in seiner freien Zeit bei Thies steckte, kam es ganz von selbst, daß er bei den Privatstunden zugegen war. Der Lehrer kam aus Westerland herüber, und da es außerhalb der normalen Schulstunden sein mußte, fiel es immer in die Zeit, wenn Christian da war. Zunächst sagte er nichts dazu, wurde auch nicht in den Unterricht einbezogen. Bis der Lehrer eines Tages dahinterkam, daß der stämmige Junge mit den hellen Augen und dem blonden Strubbelhaar einen recht gescheiten Kopf besaß. Als Thies einmal auf eine Frage keine Antwort wußte und mit nachdenklich gerunzelter Stirn stumm überlegte, platzte Christian plötzlich mit der richtigen Antwort heraus. Als der Lehrer ihn er=

staunt ansah, bekam er einen knallroten Kopf und murmelte entschuldigend: »Ich denk' man bloß so.«

»Du denkst ganz richtig«, sagte der Lehrer. »Wie ich sehe, hast du gut aufgepaßt.«

Von da an kam es ganz von selbst, daß Christian mitlernte. Da auch Thies ein guter Schüler war, leisteten beide Jungen trotz der beschränkten Anzahl von Stunden eine ganze Menge und hielten einigermaßen mit dem Lehrplan der Schule Schritt. Seine Dorfschule hatte Christian auf diese Weise bald überflügelt.

Als Thies einigermaßen gekräftigt erschien, rieten der Lehrer und der Arzt dem Vater dazu, daß er in die Schule gehen sollte.

»Es bleiben ihm zu große Lücken«, sagte der Lehrer. »Alles Wissen, das er braucht, kann durch Privatstunden nicht vermittelt werden.« Und der Arzt meinte: »Er muß unter Menschen, unter Gleichaltrige. Man darf ihn nicht vereinsamen lassen.«

Thies hatte nichts dagegen, in die Schule zu gehen. Die kleine Furcht in seinem Herzen vor all den gesunden und vielleicht rücksichtslosen Kindern bekannte er nicht. Aber er sagte: »Krischan muß mit.«

Kapitän Termogen sah es ein. Auch ihm würde es eine Beruhigung sein, den Freund bei Thies zu wissen. Und außerdem hatte ihm der Lehrer sowieso schon mit warmen Worten von der Begabung und dem Fleiß des Jungen erzählt.

Kapitän Termogen suchte Vater Hoog auf. »Ich bezahle das Schulgeld«, sagte er.

»Dat brukt et nich«, sagte Meister Hoog dickköpfig. »Wenn min Jung in die Schule geht, kann ick dat man selber betoalen.« Schließlich einigte man sich auf die Hälfte. Als das erste Zeugnis vorlag und Vater Hoog erfuhr, daß sein Sohn der Beste der Klasse sei, kannte sein Stolz keine Grenzen.

»Da siehst du man, Martha«, sagte er zu seiner Frau, »wat der Jung für 'n Kopp hat. Den hat er von min Vadder, der war 'n richtiger Kaptän, genau wie Käptn Termogen, und is mit seinem Schiff bis nach China gefohren. Tja, das soll woll wahr sein.«

Frau Martha nickte bereitwillig und gab dann zu erkennen, daß sie schon weiter gedacht hatte. »Denn wirste ja dein Sohn studieren lassen müssen, nöch? Denn kann er ja auch Lehrer werden, nöch? Wenn er nun dat ganze Tügs schon lernt.«

Aber davon wollte Vater Hoog nichts wissen. »Lehrer! Was för 'n Unsinn. Der Jung hat hier sein Auskommen, dat wird woll genügen.«

So ganz nebenher hatte nämlich Christian auch die Töpferei erlernt. Er besaß geschickte Hände und einen ausgeprägten Sinn für Formen. Auch darauf war sein Vater stolz.

Ausgefüllt bis in den letzten Winkel war Christians junges Leben. Die Schule, die Arbeit beim Vater, das Zusammenleben mit Thies.

Daß er in die Schule gehen durfte, hatte er mit Befriedigung zur Kenntnis genommen. Das Lernen machte ihm Spaß. Geschickte Hände wollen sich betätigen, trainierte Glieder verlangen nach Bewegung, und genauso will ein kluger Kopf nicht träge ruhen. Zuerst war er mit dem Rad hinter dem Termogenschen Wagen hergestrampelt, denn auch hierin besaß sein Vater Stolz. »Du kannst allein fohren, Jung, du hast gesunde Glieder.«

Aber Kapitän Termogen, der anfangs seinen Sohn selbst zur Schule kutschierte, bestand schließlich darauf, daß Christian mit auf den Wagen stieg. »Wenn wir doch sowieso 'rüberfahren. Ist doch Unsinn, Krischan.«

Bald überließ Kapitän Termogen Christian die Zügel. Er bekam den frömmsten der Braunen und einen leichten Wagen, und die Jungen fuhren allein. Pferd und Wagen wurden im Gasthof Kröpke, gleich bei der Schule, eingestellt, Thies heruntergehoben und in seinen Rollstuhl gesetzt, und dann schob Christian den Freund hinüber zur Schule. Mit den anderen Kindern gab es keine Schwierigkeiten. Niemals hörte Thies ein unfreundliches Wort. Jeder war bemüht, ihm zu helfen. Es wäre auch keinem zu raten gewesen, den Kranken seine Benachteiligung spüren zu lassen. Christian hatte wachsame Augen, scharfe Ohren und rasch geballte Fäuste. Die einzige ernsthafte Klippe, die es zu umschiffen gab, war der Turnunterricht. Christian hatte zunächst aus Solidarität erklärt, er würde ebenfalls nicht daran teilnehmen. Aber das hatte die Schule nicht geduldet.

»Du bist ja schließlich nicht krank«, hatte sein Klassenlehrer gesagt. »Warum willst du denn nicht mitmachen?«

»Es würde Thies weh tun. Deswegen.«

Der Lehrer betrachtete den Jungen eine Weile schweigend. Dann legte er ihm die Hand auf die Schulter. »Das macht dir alle Ehre, Christian. Aber auch dir wird es nicht gelingen, trotz aller Zuneigung, die du zu deinem Freund hast, ihn vergessen zu machen, daß er auf vieles im Leben verzichten muß. Du willst ein Opfer bringen, ihm zuliebe. Schön. Aber ich glaube, Thies will dieses Opfer nicht. So wie ich ihn kenne. Du machst es ihm damit nur schwer.«

Das sah Christian ein. Er nahm also am Turnunterricht teil, er war sogar ein besonders guter Turner. Thies blieb im Klassenzimmer und las. Manchmal machte er auch die Schularbeiten für seine Klassenkameraden, bis die Lehrer dahinterkamen und es verboten.

Durch Christian wurde die Schulzeit für Thies kein Problem. Die Freundschaft zwischen den beiden Jungen entwickelte sich und wuchs zu einer Freundschaft, die wohl für ein Leben halten mochte.

Deswegen nun sagte Christian enttäuscht: »'n Mädchen!« Was sollten sie mit einem kleinen Mädchen hier in ihrem wohlgeordneten und ausgefüllten Dasein.

Thies, der Kranke, war verständnisvoller. »Wenn sie doch nicht gesund ist«, meinte er. »Tut ihr vielleicht gut, hier zu sein. Und verwandt sind wir auch.«

»Schreib' ich also, daß die Deern kommen soll«, schloß sein Vater das Gespräch. »Dann werden wir ja sehen, was mit ihr los ist.«

So kletterte an einem sonnigen, windigen Nachmittag Anfang Juli ein blasses, dünnes Kind mit kupferroten Haaren an der Hand einer schlanken Frau in Schwesterntracht vom Schiff, das zweimal wöchentlich von Hamburg herüberkam und in Hörnum anlegte.

Kapitän Termogen war auf dem Kutschbock sitzen geblieben, damit er alles besser übersehen konnte. Er hatte die beiden gleich aus den Sommergästen heraus erkannt; Sommergäste kamen jedes Jahr in zunehmender Zahl auf die Insel. Die Seeluft war für alle gesund, für die müden, überarbeiteten Großstädter genauso wie für rachitische Kinder.

Als er die beiden erblickt hatte, kletterte er vom Wagen, tippte einem herumstehenden Fischer auf die Schulter und gab ihm die Zügel in die Hand: »Halt mal.« Dann stapfte er auf die beiden zu.

Groß, breit und gewaltig blieb er vor ihnen stehen, sein dichtes, weißes Haar wehte im Wind, und seine blauen Augen lachten vergnügt. »Sie sind Schwester Marie, nöch? Und das ist also meine kleine Großnichte. Tag denn ooch.« Er streckte ihnen seine Hand hin, erst der Schwester, die sie zögernd ergriff, und dann dem Kind, das ihn mit seinen großen blauen Augen, so groß und blau wie die seinen, ernsthaft und schweigend und ein wenig ängstlich betrachtete.

Stella hatte die Reise nicht gern angetreten. Es hatte Marie einige Überredung gekostet, sie zu überzeugen. Stella war noch nie verreist gewesen. Das Meer war ihr kein Begriff, und vor den fremden Leuten fürchtete sie sich. Zumal ihre Mutter gesagt hatte: »Na, das wird was werden. Das müssen ja Halbwilde sein, da oben. Wenn ich denke, was Karl immer so erzählt hat ...«

Karl hatte ganz gern ein Garn gesponnen, wenn er von seiner Jugend erzählte. Da brauste der Sturm Tag und Nacht über die Insel, daß sich die Balken bogen, das Meer hatte Wellen so hoch wie ein Haus, sein Vater war ein jähzorniger Despot und die Termogen-Männer durchgehend wilde Kerle, die die Welt aus den Angeln heben konnten, wenn ihnen der Sinn danach stünde.

Dazu kamen die vielen Ermahnungen der Mutter, die sich Stella hatte anhören müssen. Ihr war bange davor, etwas falsch zu machen und den Zorn dieser wilden Männer zu erregen.

Schwester Marie hatte die Reise dazu benutzt, Stella Mut zu

machen. »Wir schauen uns das an«, sagte sie. »Und wenn es dir gar nicht gefällt, kommst du wieder mit mir zurück. Aber es gefällt dir sicher, du wirst schon sehen. Das Meer ist etwas Feines. Dr. Möller sagt es auch. Er fährt immer ans Meer.«

Das Meer hatte Stella nun auf der Überfahrt kennengelernt. Es war unruhig. Mit kurzen, jähen Wellen rollte es heran und machte das Schiff schaukeln. Aber sie hatte keine Furcht gehabt. Sie liebte das Meer vom ersten Augenblick an. Fasziniert blieb ihr Blick am Horizont hängen, wo Himmel und Meer sich trafen, als sei dort die Welt zu Ende. Aber sie kamen nicht an, bei diesem Weltende. So weit sie auch fuhren, die Linie blieb unverrückt. »Geht es dahinten noch weiter?« fragte sie.

»Ja, Kind«, sagte Schwester Marie, »dort geht es weiter. Und wenn das Wasser aufhört, kommt wieder Land. Du hast ja schon in der Schule gelernt, daß die Erde rund ist. Es gibt keinen Anfang und kein Ende. Jedenfalls keins, das wir mit unseren Augen sehen können. Anfang und Ende hat immer nur das, was Menschen tun. Nicht das, was der liebe Gott gemacht hat.«

Das Meer hatte also der liebe Gott gemacht. Das überzeugte Stella sofort. Und einer, der auf einer Insel mitten in dem riesigen Meer lebte, der mußte bald so etwas Großartiges wie der liebe Gott sein.

Kapitän Termogen paßte gut in dieses Bild. Seine mächtige Gestalt und seine große, warme Hand, in der Stellas kleine schmale Pfote ganz verschwand, sein fröhliches Lachen — Stella betrachtete ihn hingerissen und vergaß ihre Angst.

»Na, min Deern, wie war die erste Seefahrt? Bist du seekrank geworden?«

»Schön«, sagte Stella, »schön war es. Und seekrank war ich nicht.«

»Bravo. Du bist eben eine Termogen. Die sind auf dem Meer zu Hause. Und nun kommt. Ihr werdet Hunger haben und Durst. War 'ne lange Reise, nöch? Zu Hause trinken wir Kaffee, und Stine hat einen Butterkuchen gebacken. So 'n Butterkuchen.« Er breitete beide Arme aus, um zu zeigen, wie groß der Kuchen war, der sie erwartete.

Er nahm den kleinen Koffer des Kindes und die Tasche von Schwester Marie und schritt breitbeinig auf den Wagen zu. »Einsteigen, meine Damen. Gleich geht's los.«

»Pferde!« rief Stella entzückt. »Richtige Pferde!«

»Klar doch. Dachtest du, ich fahr' mit 'nem Schaukelpferd? Oder mit so einer stinkenden Benzinkutsche? Ich nich. Hoppla, mein Fräulein.« Er hob Stella hoch wie eine Feder und setzte sie in den Wagen. »Du wirst sie schon noch kennenlernen. Der Rechte heißt Borro, und links, das ist die Grete. Zu Hause haben wir noch zwei andere. Schwester, bitte.« Er reichte Schwester Marie galant die Hand und half ihr einsteigen. Dann nahm er dem Mann, der mit breitem Grinsen dabeistand, die Zügel aus der Hand, schnalzte mit der Zunge, und in flottem Trab rollten sie von der Mole 'runter, durch den Ort und über die staubige Straße nordwärts.

»Wir haben ein Stückchen zu fahren«, rief er über die Schulter. »Wenn euch kalt ist, dahinten liegt 'ne Decke.«

Es war nicht kalt, aber der Wind blies frisch und böig. Schwester Marie nahm die Decke und wickelte Stella ein. Kapitän Termogen bemerkte es, als er einmal rückwärts blickte. Das schien so ein richtiges Marzipanpüppchen zu sein, die Kleine. Dünn und blaß und hungrig sah sie aus, das stimmte. Das würde sich ändern. Mit dem riesigen Butterkuchen begann es, und dann würde man weitersehen. Das Kind brauchte Licht, Luft und Sonne, und dabei würde man es nicht einwickeln, dafür würde er sorgen. Und ins Wasser mußte sie auch. Mal sehen, ob es ein großes Geschrei geben würde. Aber vor allen Dingen mußte die Deern ordentlich gefüttert werden. Dafür würde Stine schon sorgen.

Es war später Nachmittag, als sie in Keitum ankamen. Hier wurden sie bereits neugierig erwartet. Stine stand vor der Tür. Thies saß wie immer im Garten, und Christian hatte sich oben auf den Steinwall gesetzt, der den Garten umschloß, und hielt Ausschau. Endlich rief er: »Jetzt kommen sie.« Mit einem gewaltigen Sprung war er unten und vollendete seine Ankündigung: »'n kleines Mädchen mit roten Haaren. Man so 'n spillriges Ding.«

5

Schwester Marie hatte sich vorsorglich eine Woche Urlaub genommen, aber sie hatte eigentlich die Absicht gehabt, Stella nur abzuliefern, sich kurz umzusehen und wieder abzureisen. Doch sie blieb die ganze Woche lang. Vom ersten Moment an gefiel es ihr hier. Es war eine neue, eine fremde und wunderbare Welt, so schien es ihr. Und sie war tief befriedigt, daß sie die Idee gehabt hatte, Stella hierherzubringen. Erst recht, als sie sah, daß sich das Kind vom ersten Tag an wohl fühlte.

Stella lief neben Pieter Termogen her, als hätte sie ihn seit eh und je gekannt. Sie hatte nicht die geringste Scheu vor ihm. Sie begleitete ihn in den Stall, auf die Weiden, in das Dorf.

Am vierten Tag war es. Kapitän Termogen saß auf Tack und rief, halb im Scherz, zu Stella hinab: »Na, wie ist es, min Deern, willst du mitkommen? Ich reite 'rüber an den Strand.«

Und Stella nickte, ganz ernsthaft.

»Na, denn komm«, der Kapitän beugte sich herab und hob sie zu sich aufs Pferd.

»Aber«, begann Schwester Marie. »Wenn sie bloß nicht 'runterfällt.«

»Warum soll sie denn runterfallen? Ich halte sie fest. Oder hast du Angst, min Deern?«

»Nein«, sagte Stella, die Lippen etwas zu fest zusammengepreßt, aber Entschlossenheit im Blick.

»Denn man tau!« rief der Kapitän, und Tack schritt mit weitem, zügigem Schritt zum Tor hinaus.

Schwester Marie blickte den Reitern besorgt nach.

»Keine Bange«, sagte Thies mit einem Lächeln. »Mein Vater ist ein guter Reiter. Er paßt schon auf Stella auf.«

»Wenn du meinst«, Schwester Marie lächelte dem Jungen zu. »Dann wollen wir weiterlesen.« Sie kehrte zu ihrem Platz unter dem Holunderstrauch zurück.

Seit sie hier war, hatte sie viel Zeit mit Thies verbracht. Es war eine Überraschung gewesen, den kranken Jungen hier vorzufinden. Sie hatte sich keine Gedanken über die Familie Termogen gemacht. Nun sah sie, daß in dieser Familie, die nur noch aus Vater und Sohn bestand, das Leid zu Hause war. Sie war Leid und Krankheit gewohnt. Es hier zu finden, bekümmerte sie jedoch.

Thies blickte zu Christian hinüber, der noch am Hoftor stand und sehnsüchtig den Reitern nachblickte.

»He, Krischan!« rief er. »Du solltest mitreiten. Nimm dir Borro. Mach schnell. Dann holst du sie noch ein.«

Christian trat zögernd einen Schritt auf ihn zu. »Meinst du?« fragte er zweifelnd. Er ritt für sein Leben gern. Aber meist unterdrückte er den Wunsch, weil er Thies nicht allein lassen wollte. Aber jetzt war ja die Schwester bei ihm. »Meinst du wirklich?« fragte er noch einmal.

»Mach schon. Du weißt doch, Vadding sagt immer, du sollst ihm helfen, die Pferde zu bewegen.«

Wie ein Blitz schoß Christian in den Stall und machte sich gar nicht erst die Mühe, Borro zu satteln. Er legte ihm nur die Trense an, streifte ihm den Zügel über den Kopf und schwang sich auf den bloßen Pferderücken. Keine Minute dauerte es, da jagte er mit wehendem blondem Schopf Tack nach.

Schwester Marie blickte ein wenig ängstlich in Thies' Gesicht. Sie bemerkte wohl den sehnsüchtigen Ausdruck in den dunklen Augen. Dann trafen sich ihre Blicke.

Plötzlich sagte der Junge leise, scheu, was er sonst nie gesagt hätte: »Ob ich wohl noch einmal gesund werde?«

Schwester Marie wich seinem Blick nicht aus. »Warum nicht? Wie ich gehört habe, hat sich dein Zustand doch schon sehr gebessert. Es dauert eben manchmal lange. Ich habe Fälle gekannt, da dauerte es viele Jahre, aber wenn die Besserung mal in Gang kommt, geht es plötzlich schnell. Und dann, Thies, vergiß eines nicht: die Wissenschaft macht ja auch täglich Fortschritte.«

»Ja«, erwiderte Thies auf diese sachlich und ganz unsentimental gegebene Auskunft. »Ja, ich weiß. Es ist nur ... Manchmal denke ich, es wird immer so bleiben wie jetzt.«

»Das weiß man nicht. Aber wenn es so bleibt, dann mußt du damit fertig werden. Und eins will ich dir sagen, Thies, es gibt zwei Dinge, die dir sehr dabei helfen. Einmal, daß du klug bist, daß du ein Mensch bist, der denken und lernen kann und gerne liest und der sich dadurch eine eigene Welt aufbauen kann. Und dann das zweite, daß du hier leben kannst, in der freien Natur, hier ...« sie wies mit einer Handbewegung über den blühenden Garten ringsumher, »hier dies alles. Hier ist es grün, es blüht, die Vögel singen, und du siehst den Himmel über dir. Denk einmal, wenn ein Mensch sich nicht rühren kann und er lebt dann in der Stadt in einem engen Zimmer, vielleicht in einem Hinterhof, wo er keinen Himmel sieht und nie eine Blume ... Das ist noch viel schlimmer. Und noch etwas wollen wir nicht vergessen: Dein Vater ist immerhin ein wohlhabender Mann, er kann viel für dich tun, was dir das Leben erleichtert.«

»Ja«, sagte Thies leise, »ja, schon. Aber ...«

»Natürlich, das ist alles kein Ersatz für Gesundheit. Aber es ist in deiner Lage eine Erleichterung. Du kannst es mir glauben. Ich habe in meinem Beruf unendliches Elend gesehen. Gerade in der Großstadt. Darum sehe ich auch hier alles, was für dich eine Selbstverständlichkeit ist, mit anderen Augen.«

»Ja«, sagte Thies wieder. Er ließ jetzt auch seinen Blick über den Garten schweifen. »Ja. Es ist wenigstens ein schöner Käfig. Das meinen Sie doch.«

»Ein Käfig wird es nur, wenn du einen daraus machst«, sagte Schwester Marie. »Ich habe dir ja schon gesagt, du hast einen Kopf, und der muß dir helfen, daß dir kein Käfig wächst.«

»Ja«, lächelte Thies, »das hier zum Beispiel, nicht?« Er hob das Buch hoch, das er im Schoß liegen hatte. Es war ein Band Karl May.

Schwester Marie lächelte auch. »Das auch. Jetzt noch. Später wirst du anderes finden. Aber ich gestehe, es macht Spaß, das zu lesen.«

Schwester Marie hatte auch einen Band Karl May in der Hand. Es war ihre erste Begegnung mit diesem Schriftsteller, und sie hatte ihren ehrlichen Spaß daran.

Eine Weile lasen sie schweigend. Plötzlich sagte Thies: »Wissen Sie, was ich möchte?«

»Nun?«

»Ich weiß nicht, ob ich es kann. Aber wenn ich es könnte ... Ich möchte später auch einmal Bücher schreiben.«

»Wenn du es kannst, dann wäre das keine schlechte Sache. Gerade für dich.«

Alle bedauerten es sehr, als Schwester Marie abreisen mußte. Auch ihr selbst fiel der Abschied schwer.

»Aber gleich wenn der nächste Urlaub fällig ist, dann sind Sie wieder hier, Schwester Marie, nöch? Das haben Sie versprochen«, sagte Kapitän Termogen.

»Ja.« Schwester Marie lachte hell und vergnügt. »Ich komme gern. Es war so schön hier. Und ich freue mich schon auf das Gesicht von meinem Oberarzt, wenn ich ihm von hier erzähle. Der macht nämlich immer hier Urlaub.«

Ihre gesamte Zuhörerschaft nickte beifällig über diese erfreuliche, wenn auch nicht gerade neue Mitteilung. Denn daß Oberarzt Dr. Möller auf Sylt seine Ferien verbrachte, hatte Schwester Marie jeden Tag mindestens einmal erzählt.

Die ganze Familie begleitete sie ans Schiff. Christian saß mit auf dem Bock, Stella und Thies hinten bei Schwester Marie im Wagen.

Als die Fähre ablegte, denn Schwester Marie fuhr diesmal über Hoyerschleuse zurück, hatte sie Tränen in den Augen. Wie glücklich sie war, daß Stella hier sein durfte. Und es gab gar keinen Zweifel, schon in der kurzen Zeit hatte sich das Kind erholt, es hatte rote Wangen bekommen und ein wenig zugenommen.

6

Stellas erster Inselsommer. Die Zeit verging wie im Flug. Jeder Tag war randvoll ausgefüllt, sie hätte immer zwei Dinge zu gleicher Zeit tun können. Stine in der Küche beim Kochen helfen oder mit Onkel Pieter zum Hafen nach Munkmarsch fahren und frische Fische einkaufen; bei Thies im Garten sitzen und lesen oder mit Christian in die Töpferwerkstatt gehen und zuschauen, wie er die Scheibe drehte; mit den jungen Kätzchen spielen oder die weißen Mäuse füttern; mit Christian über die Heide laufen oder einen Ausflug zu den Dünen machen; baden gehen oder mit Kapitän Termogen spazierenreiten. Wer hätte je gedacht, daß es so viele herrliche Dinge auf der Welt gab!

Als sie vier Wochen da war, konnte man sie kaum mehr von den anderen Kindern im Dorf unterscheiden. Barfuß, in einem kurzen grauen Röckchen und einem ärmellosen Mieder, das Stine genäht hatte, lief sie Hand in Hand mit Christian durchs Dorf. Ihre helle, zarte Haut hatte eine samtene Tönung angenommen, das kupferne Haar war von der Sonne heller geworden, goldene Lichter blitzten darin, und die Augen waren noch dunkler geworden, tief dunkelblau, und strahlten, wie sie nie zuvor gestrahlt hatten. Sie aß mit einem Appetit, der selbst Kapitän Termogen in Erstaunen versetzte und Stine tief befriedigte.

Christian hatte sich mit dem Besuch ausgesöhnt. Es handelte sich zwar nur um ein Mädchen, ein kleines Mädchen noch dazu, aber man konnte doch einiges mit ihr anfangen. Sie lief tapfer ins Wasser hinein, ohne sich vor noch so hohen Wellen zu fürchten, und wenn die Wellen sie überrollten und umwarfen, dann tauchte sie gleich wieder auf, schüttelte den roten Schopf und stürzte sich der nächsten Welle entgegen. Wenn das Meer ruhig war, erteilte Christian ihr Schwimmunterricht und lehrte sie später, wie man bei Wellengang schräg in die Welle hineinschwamm und sie durchtauchte, ehe sie sich brach.

Manchmal saß Kapitän Termogen oben auf den Dünen und sah den Kindern zu. Gutes Blut ist drin, in der kleinen Kröt', dachte er. Das wird einmal ein Staatsfrauenzimmer.

Vollends entzückt war er, als Stella eines Tages, als er sie wieder aufs Pferd heben wollte, entschieden verkündete, daß sie allein reiten wolle.

»Hm«, meinte der Kapitän, »wenn du willst, dann sollst du. Unternehmungslustige Leute soll man nicht antüdern. Krischan, sattle der Deern mal die Grete.«

Zu dritt ritten sie zum Tor hinaus, und stolz, wie eine Siegerin, kam Stella von diesem ersten selbständigen Ausritt zurück.

Viel Zeit verbrachte sie auch mit Thies. Sie konnte regungslos neben ihm im Gras sitzen und zuhören, wenn er erzählte. Christian lag dann bäuchlings vor ihnen und kaute an einem Grashalm und hörte ebenfalls aufmerksam zu.

Thies konnte gut erzählen. Er hatte viel gelesen. Bücher über die Insel, ihre Vergangenheit und Geschichte, Bücher über das Meer, die Seefahrt, über fremde Länder und ferne Welten. Er vergaß nichts von dem, das er gelesen hatte, und er konnte es blutvoller und farbiger erzählen, als es in den Büchern stand.

Am liebsten hörte Stella die alten Sylter Sagen und Geschichten. Vom wilden Pidder Lüng, der so trotzig und widerspenstig war, daß er niemals ja, sondern stets nur nein sagte, und der dem bösen Dänenherrn, der ihn verspottete und in seinen Grünkohl spuckte, den Kopf in die Kohlschüssel tauchte, bis der Peiniger darin erstickt war.

»Im Grünkohl?« fragte Stella ungläubig und respektvoll.

Thies nickte. »Im Grünkohl.«

Später wurde Pidder Lüng ein gefürchteter Seeräuber, und sein Wahlspruch: »Lewer duad üs Slaav!« war bis heute das Losungswort der stolzen Friesen geblieben.

Großen Eindruck auf Stella machten auch die Önnerersken, die Unterirdischen, die unter der Insel lebten, alles sahen und hörten und den Menschen manchen Schabernack spielten, ihnen aber auch halfen, wenn man sich gut mit ihnen stellte. Man mußte ihnen gelegentlich etwas zu essen hinstellen, dann waren sie friedlich, und man konnte auf ihre Unterstützung bauen, wenn man mal in Not war.

Große Augen bekam Stella, wenn Thies von den bösen Strandräubern erzählte, die in alter Zeit jeden Schiffbrüchigen ausraubten, wenn nicht gar erschlugen, und manchmal sogar mutwillig die Schiffe durch falsche Lichtzeichen zum Stranden brachten, damit sie Beute bekamen. Aber dann kam Lorenz Petersen de Hahn, der schon mit elf Jahren das erstemal zur See fuhr, später mit einem Walfänger bis nach Grönland kam und die Walfängerei auf Sylt einführte. Er bekämpfte energisch die Strandräuberei. In späteren Jahren wurde er Strandhauptmann von Sylt, und zusammen mit fünf Strandvögten, die seine Untergebenen waren, rückte er den Strandräubern zu Leibe.

Einen Strandhauptmann gab es auch heute noch auf der Insel, und Stella betrachtete ihn mit achtungsvollen Augen. Strandhauptmann Hansen war nämlich Kapitän Termogens Freund, er kam regelmäßig zu Besuch, auch er ein großer, weißhaariger Riese mit einem scharfgeschnittenen, kühnen Gesicht und hellen, klaren Augen. Er bestätigte alles, was sie von Thies zu hören bekam.

Stellas ganz besonderer Liebling aber war der Meerkönig Ekke Nekkepenn, der rundherum das Meer beherrschte und der sich, das betonte Thies mit Nachdruck, von Zeit zu Zeit ganz gern ein Menschenmädchen zur Gesellschaft holte. Daher sei es nicht ratsam, allein zu weit ins Meer hinauszuschwimmen, ja nicht einmal allein in den Dünen herumzulaufen, denn Ekke Nekkepenn war durchaus imstande, das Meer zu verlassen und die Dünen zu erklimmen. Man habe da genug Beispiele. Immer wieder gab es mal ein leichtsinniges Mädchen, das spurlos verschwunden war.

Jedes andere kleine Mädchen hätte vielleicht bei so haarsträubenden Geschichten Angst bekommen. Stella nicht. Die Augen weit geöffnet, manchmal auch den Mund, lauschte sie Thies hingerissen und fand all die wilden Gestalten in seinen Geschichten nicht fürchtenswert, sondern höchst bewundernswert und interessant.

Ihre Aufmerksamkeit beflügelte Thies' Phantasie noch mehr. Ein Mädchen hatte er noch nie zur Gesellschaft gehabt. Und eines, daß so gut zuhören konnte, war zweifellos eine Bereicherung seines Lebens.

Kapitän Termogen beobachtete die drei manchmal vom Fenster der Wohnstube aus. Drei Kinder in seinem Garten, es war ein hübscher Anblick. Und sein armer Thies schien an dem Besuch seine

Freude zu haben. Es war schade, daß Stella wieder abreisen mußte. Sie war richtig aufgeblüht hier, vom Husten war nichts mehr zu hören. Wie würde es nun weitergehen, in Berlin, in der dunklen Wohnung ohne Licht und Luft? Von Schwester Marie hatte er einiges über Stellas Familie gehört, und das gefiel ihm nicht sonderlich. Aber was ließ sich dagegen tun?

Wie nicht anders zu erwarten, fiel Stella der Abschied schwer. Als sie mit den Braunen das letztemal durch das Hoftor fuhr, hatte sie die Lippen zusammengepreßt und sprach kein Wort. Sie wollte nicht weinen.

Als sie dann aussteigen mußte, schüttelte sie Thies und Christian stumm die Hände. Sie klopfte Grete und Borro die Hälse und küßte sie plötzlich auf die Nüstern.

»Nächstes Jahr kommst du wieder«, sagte Kapitän Termogen tröstend.

»Werden wir dann wieder reiten?«

»Aber klar, min Deern. Nächstes Jahr fangen wir gleich an, wenn du kommst. Du wirst sehen, bis du abreist, bist du eine großartige Reiterin.«

Stine fuhr mit nach Hamburg. Sie hatte dort ihre Tochter wohnen, die sie sowieso besuchen wollte. Sie würde Stella in den Zug nach Berlin setzen.

Stella war zu jung, um zu erkennen, was ihr diese ersten Ferien ihres Lebens geschenkt hatten: die Begegnung mit ihrem wahren Selbst. Bisher war sie ein kleines, verkümmertes Schattenpflänzchen gewesen. Nun hatte sie lachen gelernt, gelernt, die Tage zu genießen, sich der süßen Lust des Lebens zu erfreuen. Es war eine kurze Zeit gewesen. Aber sie nahm die Erinnerung daran mit. Und die Sehnsucht nach diesem Leben.

7

Es konnte niemals genau festgestellt werden, ob eigentlich eine gute oder eine böse Fee an Stellas Wiege Pate gestanden hatte. Vermutlich beide, wie letztlich bei jedem Menschen, sofern es sich nicht um ein echtes Glückskind oder einen richtigen Pechvogel handelt. Tatsache war, daß es trotz aller Mißerfolge und Schicksalsschläge, die Stella in ihrem Leben ertragen mußte, immer wieder vorkam, daß sich ihr ein heißer Herzenswunsch erfüllte, daß etwas wild Begehrtes sich ganz von selbst anbot, ohne daß sie viel Mühe darauf verwenden mußte, es zu erringen. Sie wurde niemals ein Mensch voll Tatkraft und Zielstrebigkeit, der sein Leben in die Hände nahm und nach eigenem Willen formte. Sie ließ sich treiben, mit einer lässigen

Gleichgültigkeit, die auf tüchtige und strebsame Menschen aufreizend wirken mußte und der im Grunde, ihr selbst nicht bewußt, eine vertrauensvolle Sicherheit innewohnte. Die Sicherheit nämlich, daß der unregelmäßige Wellenschlag des Schicksals sie doch immer wieder, wenn auch nicht vorwärtsbringen, so doch wenigstens tragen würde. Wohin, das war ungewiß, aber es spielte auch keine so große Rolle. Sie hatte niemals, in ihrem ganzen Leben nicht, das Gefühl, daß sie das Schicksal zwingen müsse, daß es ihre Aufgabe sei, auf den Verlauf ihres Daseins Einfluß zu nehmen. Machte sie wirklich einmal den Versuch dazu, so fand sie sich meist in Verwirrung und Chaos wieder. Vertraute sie sich dem Spiel der Wellen an, mit geschlossenen Augen gleichsam, eine rothaarige Nixe mit weißen Händen und stummen Lippen, dann trug das Meer, das ihr Element war, diese Tochter des Meeres oftmals in eine sturmfreie Hafenbucht, an ein seliges Eiland, wo ihr das Glück oder wenigstens die Illusion von Glück begegnete.

Erstmals geschah es in dieser frühen Zeit der Jugend, als sie sich plötzlich nach einer grauen, freudlosen Kindheit auf dem Termogen-Hof wiederfand und nun ein paar glückliche und unbeschwerte Kinderjahre verleben konnte.

Denn es blieb nicht bei den Ferienbesuchen. Zunächst kam gelegentlich ein kleiner Brief von Berlin auf die Insel. Meist von Schwester Marie veranlaßt, von Stella bereitwillig verfaßt. Die Antwort erhielt sie stets von Thies, einen ausführlichen Brief über die Geschehnisse der letzten Zeit. So blieb Stella mit allem, was in Keitum vor sich ging, in Verbindung. Kapitän Termogen ließ jedesmal grüßen, und Christian schrieb eigenhändig einen Gruß darunter.

Diese Briefe machten Stella große Freude. Bisher hatte sie nie Post bekommen. Und nun bekam sie welche. Sie kamen aus dem Termogen-Haus, dem einzigen Paradies auf Erden, das sie kannte. Sie trug die Briefe tage-, ja wochenlang mit sich herum. Nachts lagen sie unter ihrem Kopfkissen.

Ihre Mutter sagte: »Jotte doch, wie du dich hast mit den fremden Leuten.«

Stella erwiderte ernsthaft: »Es sind keine fremden Leute. Es ist meine Familie.«

Sie sagte »meine Familie«, nicht unsere Familie. Als Fritz einmal, neidisch gemacht durch ihre begeisterten Erzählungen, leichthin sagte: »Kann ich ja auch mal in Urlaub hinfahren, wenn's da so schön ist«, fuhr Stella ihn heftig an. »Was willst du denn da?«

»Ich bin schließlich mit denen genauso verwandt wie du«, meinte Fritz beleidigt.

Und Stella darauf, mit entschiedenem Kopfschütteln: »Nein.« Weiter nichts. Nein. Ein eisernes Nein, und nicht zu erschüttern.

Fritz regte sich mächtig darüber auf und ließ eine längere Schimpfkanonade los, die in der durchaus zu Recht bestehenden Feststellung gipfelte, er sei ihr Bruder, und sein Verwandtschaftsgrad zu der Familie Termogen auf Sylt sei der gleiche wie ihrer. Als Stella eigensinnig hierzu ihre Zustimmung verweigerte, wurde die Mutter als Schiedsrichter aufgerufen, die selbstverständlich ihrem Sohn recht geben mußte.

»Nein«, beharrte Stella. Und die Augen, noch dunkler vor Erregung, blickten Mutter und Bruder feindselig an. Neue Wesenszüge im Charakter des Mädchen zeigten sich: Eifersucht und der hochmütige Anspruch auf ein besonderes Recht. Auf eine Besonderheit schlechthin.

Fritz gab sich nicht damit zufrieden. Schwester Marie bekam bei ihrem nächsten Besuch den Fall vorgetragen, und auch sie mußte, verständlicherweise, in diesem Falle Fritz recht und Stella unrecht geben. Die schmerzliche Enttäuschung in Stellas Augen und das trotzige Sichabwenden, nachdem Marie ihre Meinung ausgesprochen hatte, verblüffte die Schwester. Fast kam sie sich vor, als habe sie einen Verrat an dem Kind begangen.

»Stella, sei nicht albern«, sagte sie mit ungewohnter Strenge. »Keiner will dir etwas wegnehmen. Tatsache ist nun mal, daß Fritz dein Bruder ist und er mit den Termogens genauso verwandt ist wie du. Schließlich führt er ja auch den Namen Termogen. Und Onkel Pieter ist genauso sein Großonkel wie deiner.«

Wie eine kleine Furie fuhr Stella herum, das kleine Gesicht schien nur noch aus dunklen, blitzenden Augen zu bestehen, sie stampfte mit dem Fuß auf und schrie wild: »Nein. Nein. Nein. Und er ist nicht mit ihnen verwandt.« Darauf wandte sie sich um und stürzte aus der Wohnung, wobei sie die Tür heftig hinter sich zuwarf. Sie kam nicht zurück bis zum Abend.

Sie bekam daraufhin von ihrer Mutter zwei Ohrfeigen und kein Abendbrot. Schweigend nahm sie die Züchtigung entgegen und kroch ins Bett, ohne zu weinen, ohne ein Wort zu sagen. Nach Marie, die schon gegangen war, fragte sie nicht.

Sie war verraten worden, einsam und unglücklich war sie, ohne eine Menschenseele, die zu ihr gehörte. Gedemütigt und geschlagen hatte man sie, aber sie war nach wie vor nicht geneigt, zuzugeben, daß sie im Unrecht war. Die Leute auf Sylt waren ihr Besitz. Ihr, ihr alleiniger, unantastbarer Besitz, und Fritz mit seinen dicken Fingern und seinen dummen Augen sollte nicht daran rühren. Fritz konnte es sich nicht verkneifen, noch zu ihr ins Zimmer zu kommen und die kleine Schwester zu ärgern. »Alte, dämliche Ziege«, sagte er. »Dummes Luder! Du bist zu doof, um Familienverhältnisse zu begreifen. Tut das weh, wenn man so schwach auf der Birne ist?«

Stella rührte sich nicht, gab keine Antwort, atmete kaum. Aber sie wußte, daß sie ihren Bruder haßte.

Anfang März schrieb Thies, es gäbe ja auch Osterferien, warum also bis zum Sommer warten, sie solle doch mal ein büschen vorbeikommen. Das Reisegeld würde man ihr schicken.

Natürlich war Stella sofort Feuer und Flamme. Ihre Mutter und sogar auch Schwester Marie hatten Bedenken. Stellas wilder Auftritt war nicht vergessen. Wenn sie zu oft dahin fuhr, würde ihr die Trennung, der unvermeidliche Abschied, immer schwerer fallen. Andererseits hatte ihr der Aufenthalt am Meer gesundheitlich sehr gutgetan. Wenn die Kräftigung auch nicht lange vorgehalten hatte, dazu war die Zeit zu kurz gewesen, so war sie doch seitdem etwas gesünder und frischer geworden.

Natürlich brachte es niemand übers Herz, ihr die Reise zu verweigern. Am ersten Ferientag fuhr sie los. Allein diesmal, was sie trotz ihrer Jugend glänzend bewältigte. Eine ernsthafte junge Dame, die Augen ohne Scheu prüfend auf die Umwelt gerichtet, so saß sie im Zug, ohne Angst, mit einer erstaunlichen Sicherheit.

Über die Insel brausten die Frühjahrsstürme, es war kalt, man konnte noch nicht im Garten sitzen, nicht baden gehen natürlich, und kaum gelang es einmal, die Dünen zu erklimmen.

»Halt dich man fest, min Deern«, sagte Kapitän Termogen und legte schützend den Arm um die schmalen Kinderschultern. »Sonst bläst dich der Sturm noch aufs Meer hinaus, bis 'rüber nach England.«

Aber das rauhe Wetter störte Stella nicht im geringsten. Stundenlang saß sie wieder bei Thies, war bei Stine in der warmen Küche oder saß bei Kapitän Termogen neben dem molligen Kachelofen und sah ihm zu, wenn er mit gerunzelter Stirn in seinen Büchern rechnete. Oft war sie auch bei Meister Hoog in der Werkstatt. Ohne sich zu rühren, beobachtete sie, wie die Töpferscheibe kreiste, und es war jedesmal eine aufregende Überraschung, was unter den geschickten Händen des Töpfers hervorging.

»Das möchte ich auch lernen«, verkündete sie eines Tages.

»Woll«, meinte Vater Hoog bedächtig, »büschen später. Nu biste noch tau lütt dortau.«

Von den Osterferien bis zu den Sommerferien war es nicht allzulange. Stella zählte die Tage, bis sie wieder den Zug besteigen konnte. Folgten die langen herrlichen Wochen des Sommers, die nicht anders verliefen als im Jahre zuvor. Nur daß sie diesmal schon schwamm wie ein Fisch, ritt, als sei sie auf dem Pferderücken groß geworden, die Zahl und Art der Schafe kannte, mit dem Rad allein nach Westerland zum Einkaufen fuhr und alle, alle, die hier um sie waren, Thies und Stine und Christian und den Vater Hoog, Tack und die anderen Pferde, den Hund und die Katzen, und vor allem aber und am meisten, Kapitän Termogen mit leidenschaftlicher, grenzenloser Liebe in ihr Herz geschlossen hatte.

Sie war nicht mehr scheu und schüchtern, sie redete und lachte und belebte das Termogen=Haus wie ein junger Sonnenschein.

In diesem Sommer wurde der Hindenburgdamm eröffnet, die lang geplante Bahnverbindung zum Festland, an der viele Jahre lang gearbeitet worden war. Die ganze Insel war in Feststimmung. Der Reichspräsident würde selber zur Einweihung kommen, der Festzug versprach Unvergleichliches an Pracht und Glanz. Sogar Christian würde darin zu sehen sein, in der Ringreitergruppe, die ihn trotz seiner Jugend mitreiten ließ, denn Christian war ein äußerst geschickter Ringreiter. Er traf im raschen Galopp noch den kleinsten Ring und war meist auf den Dörfern dabei, mit einem von Kapitän Termogens Pferden, wenn die Wettbewerbe stattfanden. Schon einige Male war er Sieger gewesen.

Allerdings bedrückte alle die Tatsache, daß Thies nicht mitkommen wollte, um den Festzug zu sehen. Kapitän Termogen hatte vorgeschlagen, Thies solle mit hinüberfahren nach Westerland und vom Fenster einer befreundeten Familie aus den Festzug ansehen.

Thies lehnte ab. Nein, er wolle nicht. Man drang nicht weiter in ihn. Jeder wußte, was er fühlte. Er war zu stolz, um sein Gebrechen in aller Öffentlichkeit zu zeigen, an einem Festtag noch dazu. Außer um in die Schule zu gehen, verließ er Keitum nie. Es wurde daraufhin nicht mehr vom Festzug gesprochen. Doch am Tage vorher erklärte Stella plötzlich, sie würde auch nicht mitgehen.

»Warum nicht, Deern?« fragte Kapitän Termogen erstaunt.

»Ach, soviel Menschen. So ein Gedränge.« Und weil sie fürchtete, daß ihre Argumente nicht ganz überzeugten, fügte sie hinzu: »Mir ist nicht ganz gut. Ich glaube, ich habe Halsschmerzen.« Mit Krankheitssymptomen war sie vertraut.

»Wirklich?« fragte Kapitän Termogen besorgt und befühlte ihre Stirn. »Hm, büschen warm vielleicht. Stine wird dir einen Tee kochen.«

Thies zuliebe schluckte Stella tapfer den Fliedertee. Aber abends, als sie einen Moment lang allein in der Stube waren, sagte Thies, der sie durchschaute: »Mach keinen Unsinn. Natürlich gehst du morgen mit. Wer soll mir denn davon erzählen?«

Stella hob die Lider, und eine kurze Weile begegneten sich das blaue und das dunkle Augenpaar der beiden Termogen=Kinder in einem stummen Dialog. Stella war nicht überrascht, daß Thies die Wahrheit wußte. Er wußte immer alles.

Er lächelte ihr zu. »Kleine Schwester«, sagte er zärtlich.

»Ich hab' dich lieb«, sagte Stella unbeholfen. »Ich hab' euch alle furchtbar lieb. Und dich am meisten.« Dann lief sie aus dem Zimmer.

Der Abschied glich einer Tragödie. Alle waren traurig. Doch Stella ließ diesmal jede Zurückhaltung und Beherrschung vermissen. Sie klammerte sich an Pieter Termogen und schluchzte verzweifelt: »Ich will nicht weg. Ich will nicht weg.«

Ein schwerer Abschied.

Kapitän Termogen überlegte ein paar Tage lang gründlich. Dann hatte er ein Gespräch mit seinem Sohn, darauf auch mit Stine.

In der Woche darauf tauchte er plötzlich in Berlin auf.

8

Es war September. Er mietete sich in einem Hotel in der Innenstadt ein, machte am Nachmittag einige Einkäufe, speiste am Abend allein und mit Genuß bei Lutter und Wegener und machte sich am nächsten Morgen, wohlgeplant zu einer Zeit, als er Stella in der Schule glauben konnte, auf den beabsichtigten Weg.

Er hatte gründlich darüber nachgedacht, wie er sich Stellas Mutter nähern sollte. Erst hatte er an einen einleitenden Brief gedacht. Dann daran, die Vermittlung von Schwester Marie in Anspruch zu nehmen. Aber schließlich war er zu dem Entschluß gekommen, daß es wohl am besten wäre, ohne Umschweife und Vorbereitungen mit seinem Plan herauszurücken. Mit dem Plan nämlich, Stella ganz zu sich auf die Insel zu nehmen.

Man wußte nicht, wie die Mutter reagieren würde. Das einzige, was feststand, war Stellas begeisterte Zustimmung. Ihre Tränen beim Abschied, ihr leidenschaftliches: »Ich will nicht weg!« waren nicht vergessen. Aber die Familie! Die Mutter, der Vormund, die Geschwister. Kleine Leute waren manchmal empfindlich. Und schließlich gab keine Mutter freiwillig ihr Kind her.

Doch nun hatte der Kapitän sich entschlossen, Volldampf voraus zu geben, wie er es nannte, und die Sache mal in gerader Richtung anzusteuern. Kam ein Brief, da konnten sich die Berliner überlegen, was sie antworten sollten. Kam er selbst, blieb ihnen nicht viel Zeit zum Überlegen.

Er musterte das graue Vorstadthaus mißbilligend. Die schiefgetretene Treppe knarrte unter seinem Schritt, ein schmutziges Kind saß im ersten Stock auf der Treppe und heulte, eine Frau schimpfte hinter einer der Wohnungstüren. Drei Türen in jedem Stockwerk. Im zweiten Stock stand an einer dieser Türen *Termogen*. Seltsam, den Namen in dieser Umgebung wiederzufinden.

Der Kapitän blieb einen Moment stehen und verschnaufte. Eine Luft war das hier in diesem Treppenhaus. Einfach gruselig, wie Stine immer sagte. Daß ein Mensch leben konnte in so einer Luft.

Dann klingelte er. Eine Weile blieb es still, und er dachte schon, es sei keiner zu Hause. Dann gab es drinnen ein Geräusch, langsame Schritte näherten sich, die Tür ging einen Spalt auf. Das erste, was der Kapitän bemerkte, war der Geruch gekochter Wäsche, dann sah er das zerfurchte, mürrische Gesicht der Frau.

»Ja?« sagte sie gewohnheitsmäßig, um erst dann die Erscheinung des Besuchers richtig wahrzunehmen. Ihre Augen weiteten sich erstaunt. Da stand ein breitschultriger Hüne, überaus mächtig wirkte er durch den Türspalt, dichtes weißes Haar, ein gerötetes Gesicht und zwei tiefblaue große Augen.

Lene war nicht übermäßig intelligent. Aber diesmal begriff sie gleich. Sie wußte, wer vor ihr stand.

»Tach«, sagte Kapitän Termogen. Da er keinen Hut aufhatte, den er ziehen konnte, nickte er ein bißchen mit dem Kopf, kurz und herrisch. »Frau Termogen?« fragte er, um ganz sicherzugehen. Lene nickte stumm.

Kapitän Termogen bewegte noch einmal den Kopf und sagte: »Termogen. Pieter Termogen aus Keitum. Kann ich Sie wohl mal sprechen?«

Lene hatte Furcht vor dem fremden Mann. Am liebsten hätte sie die Tür wieder zugemacht. Aber das ging wohl nicht. So sagte sie widerwillig: »Bitte«, und ließ den Fremden eintreten.

Der Kapitän stapfte in den dunklen engen Korridor und von dort in die Küche. Lene folgte ihm schweigend, drehte das Gas unter der Wäsche aus und wies mit der Hand auf einen der Stühle am Küchentisch. »Bitte«, sagte sie noch einmal.

Ihre Schweigsamkeit machte den Kapitän unsicher. Er hatte erwartet, mit einem Wortschwall empfangen zu werden. Galten die Berlinerinnen nicht als sehr gesprächig? Und er hatte gedacht, er würde freundlich und gemütlich antworten können, so daß die Frau zu ihm Vertrauen faßte. Aber offenbar war sie nicht geneigt, ihm ein Stichwort zu geben. Sie blieb schweigend neben der Tür stehen.

Er mußte anfangen.

»Äh – Frau Termogen – äh, Sie wissen, wer ich bin?«

»Sie haben's ja gesagt«, erwiderte Lene.

»Hm. Ja. Der Onkel Ihrer Tochter Stella, nicht wahr?« fügte er der Sicherheit halber hinzu.

Lene nickte. »Der Großonkel, soviel ich weiß«, sagte sie dann gründlich.

»Großonkel, bitte schön. Ja, ich ... Aber wollen wir uns nicht setzen, es redet sich dann gemütlicher.«

Es sah aus, als wolle Lene der Aufforderung nicht folgen, aber dann kam sie doch näher und setzte sich an den Tisch. Der Kapitän nahm auf dem anderen Stuhl Platz.

»Ja, hm, ich habe nämlich in Berlin zu tun, wissen Sie. Und da dachte ich, muß ich doch mal vorbeikommen und sehen, wie es Stella geht.«

»Es geht ihr gut«, meinte Lene abweisend. Aber dann, doch bezwungen von dem Blick der großen Augen, die sie nicht losließen, fügte sie hinzu: »Da wird sich Stella aber freuen.«

Stellas Augen in dem Gesicht des weißhaarigen Mannes! Es war seltsam.

»Ja, nöch?« redete Kapitän Termogen weiter, erfreut über das erste freundliche Wort. »Dachte ich mir auch. Vielleicht kann ich die junge Dame mal zu einem Stadtbummel einladen. Büschen konditern gehen, so nennt man das doch woll. Oder vielleicht können wir für sie was einkaufen gehen.«

Das war falsch gewesen. »Sie hat alles, was sie braucht«, meinte Lene kurz.

»Na, ich dachte auch nur. So'n Mädchen hat ja immer einen Wunsch. 'n Kleid vielleicht oder so was.«

»Die Kleider für Stella schneidere ich selbst.«

»Ja, richtig, hat sie mir erzählt.« Und da ihm zunehmend ungemütlicher wurde, verstieg er sich zu einem ungewöhnlichen Kompliment. »Sehr hübsche Kleider, wie ich gesehen habe.«

Ihm war heiß in seinem etwas eng gewordenen Stadtfrack. Es war überhaupt heiß in diesen Septembertagen in Berlin. Mal so ein büschen frischer Wind, der würde guttun. Man war nun mal daran gewöhnt.

Lene erwiderte nichts auf den Ausspruch von den hübschen Kleidern, sie lächelte auch nicht. Immerhin war ihr inzwischen eingefallen, daß doch wohl eine dankende Bemerkung angebracht wäre, nach allem, was Stella von diesen Leuten gehabt hatte. Und der sollte nicht denken, der Alte mit seinen blauen Augen, sie wisse nicht, was sich gehörte.

»Stella hat es immer sehr gut bei Ihnen gefallen«, sagte sie unbeholfen. »Und ich möchte mich bedanken, daß Sie – daß Sie dem Kind . . .«

Pieter Termogen hob abwehrend die Hand. »Geschenkt«, sagte er kurz. »Wir haben uns alle gefreut, wenn Stella da war. Und es ist ihr ja auch immer gut bekommen, nöch? Wenn ich denke, voriges Jahr, als sie das erstemal kam, mit diesem ollen Husten und so spillerig, da hatte man wirklich das Gefühl, daß sie ein büschen Erholung nötig hatte.«

Lene hörte einen Vorwurf heraus. »Leider konnte ich meinen Kindern keine Erholung bieten«, sagte sie. »Wenn man als Frau allein für alles sorgen muß . . .«

»Klar doch, weiß ich ja alles. Aber liebe Frau Termogen«, komisch, daß er zu dieser blassen, unfrohen Person Frau Termogen sagen mußte, es kam ihm nur schwer über die Lippen. Daß der Junge so eine Frau geheiratet hatte! War doch ein hübscher Bengel gewesen, soweit er sich an ihn erinnerte. »Ja, liebe Frau Termogen, kann ich alles gut verstehen. Waren schwere Zeiten für Sie. Und sind es noch. Ihre Kusine, die nette Schwester, die voriges Jahr dabei war, hat mir das erzählt. Und nun inzwischen, wissen Sie, hab' ich mir nämlich was überlegt.« Für weitere diplomatische Umwege fehlte ihm das Geschick. Mal 'raus damit, was er auf dem Herzen hatte. Außerdem befürchtete er, die Frau durch längeres Geschwätz nur unnötig mißtrauisch zu machen.

»Wissen Sie, mein Junge, der Thies – Stella hat Ihnen wohl von ihm erzählt –, der mag Ihre Tochter auch sehr gern. Er ist ja – na ja, er ist nicht so ganz auf dem Posten, haben Sie vielleicht gehört. Und wir alle mögen Stella gern. Wir haben neulich mal darüber gesprochen, das heißt mein Junge und ich, und da dachten wir, eigentlich könnte Stella doch für ganz zu uns kommen.«

Nun war es heraus. Lene saß unbeweglich. Nur ihr Kreuz hatte sich versteift, die Lippen preßten sich schmal zusammen.

Kapitän Termogen redete weiter. Wie es dem Kind guttun würde, ständig in der frischen Luft zu leben, sie sei ja doch sehr zart und empfindlich. Und sie fühle sich wohl auf der Insel. Und es war ja schließlich alles da. Das große Haus, und die Tiere, und die Spielgefährten, und eine ordentliche Schule natürlich auch. Man würde sie genau wie Thies auf die höhere Schule schicken, das sei selbstverständlich. Wie seine eigene Tochter sollte sie in seinem Haus leben.

»Sie hätten es dadurch doch auch leichter, Frau Termogen«, sagte er überredend und ließ den Blick nicht von ihr. »Die beiden anderen Kinder sind doch schon groß, wie ich gehört habe. Sie könnten sich dann mehr Ruhe gönnen.«

So redete er eine Weile weiter. Lene schwieg. Sie war nicht einmal sehr überrascht. Seit sie die Tür geöffnet und den Mann gesehen hatte, wußte sie, was kommen würde. Während sie ihm zuhörte, schossen ihr die verschiedensten Gedanken durch den Kopf.

Ihr erstes Gefühl: eine große Erleichterung. Ja, es würde dann leichter für sie sein. Was sie selber brauchte, verdiente sie leicht. Und die Rente war auch noch da. Und nicht mehr die Sorge um das zarte Kind. Überhaupt kein Kind mehr im Hause haben. Sie war so müde.

Das zweite Gefühl: Nein. Es ist mein Kind. Was will der fremde Mann? Die Termogens auf Sylt. Karl war ihnen davongelaufen, und sie hatten sich nie mehr um ihn gekümmert. Sie waren reich, und Karl hatte oft nicht gewußt, wovon er leben sollte.

Das dritte Gefühl: Nein. Stella liebt diese fremden Menschen. Hat nur wenige Wochen mit ihnen verbracht und liebt sie mehr als uns alle. Mehr als mich, ihre Mutter, mehr als ihre Geschwister. Sie würde nie mehr zurückkehren.

Aber dann: Warum eigentlich nicht? Warum sollte sie denn zurückkehren? Wenn es dort ein besseres Leben für sie gab, wenn man ihr das schenken wollte, warum sollte man das Geschenk zurückweisen? Wann wurde den Armen schon einmal etwas geschenkt? Und warum sollte sich die Familie Termogen nicht wenigstens um *ein* Kind von Karl Termogen kümmern. Vielleicht würde sie später was erben. Und in die höhere Schule konnte sie hier auch nicht gehen.

Dann wieder ein auflehnender Gedanke: Schließlich bin ich die Mutter! Stella ist mein Kind!

Komisch, so hatte sie Stella gegenüber nie empfunden. Mein Kind, mein geliebtes Kind. So hatte sie nicht empfunden, als Stella geboren wurde, später nicht und auch jetzt nicht. Sie wollte bloß dem Fremden nichts geben.

Kapitän Termogen war am Ende. Er hatte alles gesagt, was ihm eingefallen war, und blickte nun die Frau abwartend an. Er sah die Ablehnung in ihrem Gesicht. Aber einmal mußte sie wohl etwas sagen.

Lene sagte nichts, bis sie den Blick dieser Augen nicht mehr ertragen konnte.

»Ja«, begann sie dann, »das ist natürlich ... Ich meine, das ist natürlich eine große Überraschung.«

»Selbstverständlich«, sagte Pieter Termogen, »Sie sollen ja auch in Ruhe darüber nachdenken. Es ist ein Vorschlag, den ich Ihnen mache. Sie sind die Mutter, Sie haben zu entscheiden. Aber ich habe mir gedacht, es wäre für alle Beteiligten gut. Für Sie, für Stella. Sie können sicher sein, daß es Stella bei uns gut haben wird. Und sie geht Ihnen ja nicht verloren. Sie kann Sie hier besuchen, und vielleicht kommen Sie auch mal zu uns. So'n kleiner Urlaub könnte Ihnen doch sicher nicht schaden, nöch?«

Das hatte er eigentlich nicht sagen wollen. Das gerade nicht. Denn wenn man Stella haben wollte, so hieß das noch lange nicht, daß man sich die ganze Sippe ins Haus ziehen wollte. Aber nun hatte er es doch gesagt, Stella zuliebe.

Lene lächelte jetzt doch, halb widerwillig. »Jotte doch, ich! Ich bin mein ganzes Leben nicht verreist.«

»Na, dann wird es mal Zeit!« rief Kapitän Termogen in munterem Ton, erfreut darüber, daß sich ihre Miene endlich ein wenig aufhellte. »Höchste Zeit. Nächsten Sommer machen Sie einen schönen langen Urlaub bei uns. Passen Sie mal auf, das gefällt Ihnen bestimmt.«

Das Lächeln verlor sich wieder aus Lenes Gesicht. Es war dort nicht daheim. »Ich weiß nicht«, sagte sie zögernd. »Das kommt so —

so plötzlich. Ich ...« Dann kam ihr der rettende Gedanke. »Ich muß das mit meinem Bruder besprechen. Er ist sowieso der Vormund.«

»Natürlich«, sagte der Kapitän, befriedigt, daß er sich wenigstens kein glattes Nein geholt hatte. »Besprechen Sie es in aller Ruhe. Reden Sie auch mit Schwester Marie darüber. Ist ja 'ne sehr vernünftige Person. Und morgen sagen Sie mir dann Bescheid.«

Lene sah ihn erschrocken an. »Morgen schon? Nein, so schnell geht das nicht.«

»Schön«, sagte Pieter Termogen geduldig, »wie Sie wollen. Lassen Sie sich Zeit. Wann kommt denn nun Stella aus der Schule?«

»Kurz nach eins«, sagte Lene.

»Denn kann ich sie wohl abholen und mit ihr essen gehen, nöch?«

»Heute?« fragte Lene widerstrebend.

»Ja. Dachte ich mir so. Wir brauchen ihr ja nichts von meinen Absichten zu erzählen, ehe Sie sich entschieden haben. Damit sie nicht enttäuscht ist, falls es nichts wird.«

Das war ungeschickt gesagt. Lenes Gesicht verschloß sich wieder. Gerade weil sie wußte, daß der fremde Mann recht hatte. Stella würde enttäuscht sein, maßlos entäuscht, wenn sie bei ihrer Mutter bleiben müßte und nicht zu den fremden Leuten gehen konnte.

»Ich hab' sowieso noch was zu erledigen«, meinte Kapitän Termogen, »und komm' dann so gegen halb zwei wieder vorbei. Ist es Ihnen recht?«

Er stand auf. Nur erst mal 'raus hier. Mit einer raschen herzlichen Bewegung streckte er Lene die Hand entgegen. »Also, tschüs denn, nachher komme ich wieder.«

Lene nahm zögernd die Hand. Und dann erwiderte sie unwillkürlich sein Lächeln. Es war Karls Lächeln. Das strahlende, offene Termogen-Lächeln. Sie hatte ihm nie widerstehen können.

9

Diese erste Unterredung mit Lene war das schwierigste bei dem ganzen Unternehmen. Nachher ging alles ganz einfach und schnell. Ein bitterer Moment für Lene war es, mitanzusehen, mit welch stürmischer Begeisterung ihre Tochter den Besuch begrüßte. Hatte man Stella jemals so gesehen? Ihre Augen leuchteten, ihr ganzes Gesicht war eine einzige Seligkeit, als sie ihn sah. Sie schlang beide Arme um ihn, preßte ihr Gesicht fest an Kapitän Termogens blaues Revers und rief immer wieder: »Onkel Pieter! Ach, Onkel Pieter. Du bist da!«

Und dann redete sie, ihr Mund stand überhaupt nicht mehr still. Ihre Mutter hatte sie vergessen. »Bleibst du lange? Ist Thies auch da?

Wohnst du bei uns?« Tausend Fragen, deren Antworten sie nicht abwartete.

Kapitän Termogen war gerührt. Er streichelte immer wieder über den roten Schopf und murmelte. »Ja, min Deern. Ist ja gut. Nu laß man, du hast ja bald keine Puste mehr.«

Er schielte zu Lene hinüber. So viel Phantasie hatte er immerhin, daß er sich die Gefühle der Frau vorstellen konnte. Aber was sollte man da machen, die Deern war ja rein närrisch vor Freude.

Er freute sich auch. Eine kleine Tochter hatte er sich eigentlich immer gewünscht. Und Stella war es geworden, vom ersten Tag an, den sie bei ihm verbracht hatte. So etwas Leichtes, Zierliches, und dabei doch mutig und windfest. Wie sie das erstemal vor ihm im Sattel gesessen hatte, ohne eine Miene zu verziehen, und wie sie couragiert in die Wellen hineingelaufen war, die dreimal so groß waren wie sie selber. Die ganze kleine Deern war aus gutem Stoff gemacht, das hatte er damals gleich entdeckt. Eine Termogen eben.

»Ja doch, min Deern, ist ja gut.«

»Bleibst du lange, Onkel Pieter?«

»Nö, das woll nicht. Paar Tage nur. Kann doch Thies nicht so lange allein lassen.«

»Stine ist doch da. Und Krischan. Ach, Onkel Pieter.«

Lene sagte nicht viel dazu. Sie schloß nachdenklich und ein wenig traurig hinter den beiden die Tür, als sie fortgingen, um in der Stadt zu essen. Stella blickte sich nicht um, sie sagte nicht auf Wiedersehen. Sie hatte ihre Mutter vergessen. Treulos war sie, herzlos vielleicht sogar. In ihrem besten Kleid, aus grauem Leinen mit einem weißen, sauberen Kragen, die Kupferhaare fest an den Kopf gebürstet, stieg sie neben Kapitän Termogen die Treppe hinunter, leichtfüßig, in guter Haltung, wie eine kleine Dame.

Lene blickte ihnen nach, bis sie um die Treppenbiegung verschwunden waren.

»Da hat man nun Kinder«, murmelte sie vor sich hin. Ja, man bildete sich ein, sie zu haben. Man gebar sie, zog sie auf, verbrauchte das bißchen klägliche Leben für sie, und dann gingen sie eines Tages fort, ohne sich umzusehen. Das war nun die zweite. Lotte war auch so gegangen. Und die Kleine hier, die ging noch früher.

Lene ging in die Küche zurück und sah mechanisch nach der Suppe auf dem Herd. Kartoffelsuppe mit Speck. Sie tat immer wieder Speck hinein, obwohl Stella ihn nicht mochte. Sorgfältig suchte sie jedesmal die groben Würfel heraus und schob sie an den Tellerrand. Kein Schimpfen half da. Sie verzog widerwillig den Mund. Fritz kam dann mit seinem Löffel herüber und holte sich die Speckbrocken in seine Suppe. Ja, Fritz, das war der einzige, der ihr blieb. Aber wer weiß, wie lange noch. Dann ging er auch, und sie war allein.

Lene blickte verloren aus dem Küchenfenster, den leeren Suppenteller in der Hand. Allein. Aber das machte nichts. Man würde Ruhe haben, Zeit. Zeit, wofür? Zeit, um müde zu sein. Zeit zu warten, bis das bißchen Leben verrann. Das konnte man auch allein.

Eigentlich war es ihr ja auch vom Schicksal bestimmt gewesen, allein zu sein. Sie hatte nie daran gezweifelt. Daß Karl Termogen in ihr Leben kam, die Einsamkeit vertrieb und sich selbst und dann die Kinder in dieses enge bißchen Leben pflanzte, das war wohl mehr ein Irrtum gewesen. Und wie sie gekommen waren, die Termogens, so gingen sie auch wieder, einer nach dem anderen.

Mochte sie doch gehen, die Kleine. Wenn sie dort glücklich war. Mochte sie gehen. Ganz im Unterbewußtsein empfand Lene etwas, was sie niemals in klare Gedanken hätte fassen können. Eine Art höherer Gerechtigkeit. Sie hatte dieses Kind nicht gewollt. Lotte, ja. Auf die hatte sie sich gefreut. Und die hatte sie geliebt. Und mit Fritz war es auch noch gegangen, obwohl sie da schon wußte, daß es nur ein kurzer Traum gewesen war, der ihr Leben so plötzlich verschönt hatte, und daß von ihm nichts übrigblieb als Sorge und Arbeit und Verantwortung. Aber damals war sie noch bereit gewesen, alles auf sich zu nehmen. Die Arbeit zu tun, die Sorge zu leiden, die Verantwortung zu tragen. Für alle drei, für den Mann und die beiden Kinder.

Doch als Stella sich ankündigte, war es anders. Schreck, Entsetzen, Abwehr und Haß gegen das ungeborene Leben, das sich ihr aufdrängte. Es war zuviel, das auch noch ertragen zu müssen. Doch die Last war dazugekommen und mußte getragen werden. Nun sollte sie ihr abgenommen werden. In die Enttäuschung über Stellas Verhalten mischte sich wieder das Gefühl der Erleichterung. Es würde noch lange dauern, bis das Mädchen erwachsen war. Arbeit, Sorge und Verantwortung wurden nicht kleiner, sie wuchsen mit den Kindern.

Nein, es war wohl kein Zufall, daß Stella sie verließ. Sie hatte das Kind nicht haben wollen, hatte es nicht geliebt. Und nun ging es dahin, wo es Liebe und Freude fand, wo es willkommen war. Es war gerecht. Lene wandte sich vom Fenster ab. Geistesabwesend blickte sie auf den Teller in ihrer Hand und stellte ihn dann sorgsam in den Küchenschrank zurück. Sie mochte jetzt nichts essen. Sie war nicht hungrig. Besser, sie ging erst einmal zu Wilhelm, ihrem Bruder, und besprach mit ihm die ganze Angelegenheit. Und vielleicht konnte sie Marie in der Klinik erreichen. Die würde sich freuen, die bestimmt.

War es also entschieden? Gab sie ihre Zustimmung? Lenes Lippen wurden schmal. Was blieb ihr anderes übrig? Es war für alle gut so. Vor allem für Stella. Für die war es ein großes Glück.

Wie nicht anders zu erwarten, war Wilhelm, der Vormund, nicht nur einverstanden, sondern geradezu begeistert. »Was Besseres hätte dem Mädel nicht passieren können«, meinte er.

Und seine Frau fügte hinzu: »So ein Glück. Bei den reichen Leuten. Sogar Reitpferde haben sie. Nein, habt ihr ein Glück.«

Und neidisch betrachtete sie die blasse Schwägerin, von der sie keine besonders gute Meinung hatte. Aber auch ihr wurde eine Sorge abgenommen. Ständig hatte sie befürchtet, Lene könne früh sterben oder wieder ernstlich krank werden, und dann würde man ihr die Sorge für das kleine Mädchen aufhalsen. Zu ihren eigenen vier Kindern auch noch das komische, rothaarige, kleine Ding aufziehen, davor hatte sie immer Angst gehabt. Na, Gott sei Dank, *die* Angst war man los.

»Ich muß natürlich mit diesem – äh, diesem Onkel da mal sprechen. Schließlich bin ich der Vormund«, sagte Wilhelm mit Wichtigkeit.

Lene gab ihrem Bruder einen schrägen Blick. Was willst *du* schon mit ihm sprechen, dachte sie. Wenn der dich einmal ansieht, mit seinen riesigen blauen Augen, dann bist du gar nicht mehr da.

»Natürlich«, sagte sie. »Wenn du willst. Ich werd's ihm bestellen.«

»Nein, so ein Glück«, wiederholte die Schwägerin. »Wenn ich denke, was die Stella für ein armseliger Wurm war, als sie geboren wurde. Und eigentlich immer. Als ob man sie umpusten könnte. Was sagst du, in die höhere Schule soll sie gehen? Kann sie das denn?«

Lene blickte ihre Schwägerin voll Abneigung an. »Warum denn nicht? Stella war immer gut in der Schule. Schon ihre erste Lehrerin hat gesagt, daß sie intelligent ist.«

»Na, ich weiß nicht. Gab doch auch mal Schwierigkeiten. Muß sie denn da auch Latein lernen?«

Lene hatte keine Ahnung, aber sie sagte mit Nachdruck: »Natürlich. Das gehört dazu.«

Schwester Marie, die Lene danach anrief, geriet völlig aus dem Häuschen vor Begeisterung. »Nein, Lene, wirklich? Das kann doch nicht wahr sein. Was für ein Glück für das Kind.«

Waren sie denn alle verrückt geworden, dachte Lene, während sie den Hörer ans Ohr preßte. Gab es denn für ein Kind ein größeres Glück, als bei seiner Mutter zu sein?

»Du meinst also, ich soll meine Einwilligung geben«, sagte sie mit einem letzten Versuch zum Widerspruch.

»Aber Lene! Selbstverständlich. Denk doch an Stellas zarte Gesundheit. Und es ist ja so herrlich dort. Und es sind so nette Leute. Wer hätte das gedacht, als ich damals schrieb und mit ihr dann dort ankam. Manchmal muß doch wohl der liebe Gott einen Finger in unser Leben stecken. Als mir damals der Einfall kam, nach Sylt zu schreiben, muß er mir persönlich auf den Kopf geklopft haben.«

»Der liebe Gott«, sagte Lene bitter. »Als wenn der sich um uns kümmert.«

»Das muß ich gleich Dr. Möller erzählen. Der wird staunen. Der liebt ja doch die Insel auch so sehr. Er sagt immer, die Luft dort . . .«

»Jaja, ich weiß«, unterbrach Lene ungeduldig. »Du bist also dafür?«

»Wie kannst du nur fragen. Das Kind wird mir fehlen, das ist klar. Aber es geht nicht um uns. Wir müssen an Stella denken.«

Stella wußte noch nichts von ihrem Glück. Sie hatte vergnügt mit Onkel Pieter gespeist. Viel gegessen hatte sie nicht, sie war viel zu aufgeregt, ihr Mund stand kaum still. Dann bummelte man Unter den Linden entlang, saß später im warmen Herbstsonnenschein im Vorgarten bei Kranzler, wo Stella ein großes Stück Torte verspeiste und mit strahlenden Augen um sich sah.

Hier war sie noch nie gewesen, doch es gefiel ihr vom ersten Augenblick an. Eine ganz andere Welt als da draußen, wo sie wohnte. Was für schöne Frauen hier saßen!

Am Nebentisch saß eine, schmal und zierlich wie ein Knabe, das lackschwarze glänzende Haar kurz geschnitten, Ponies bis an die Augenbrauen, den Mund tiefrot geschminkt. In der schlanken Hand hielt sie eine Zigarette, die in einer langen Spitze steckte. Mit gleichgültiger Miene hörte sie einem grauhaarigen, elegant gekleideten Mann zu, der neben ihr saß und leise auf sie einsprach. Sie sah ihn nicht an. Die Lider gesenkt, der Blick, der schräg darunter hervorkam, ging träge über die Menschen ringsherum. Einmal traf dieser Blick auf Stella. Das Kind hielt den Atem an. Fasziniert starrte es die Frau an. Die eisgrauen Augen verweilten eine Sekunde, dann glitten sie gleichgültig weiter.

»Wo kiekste denn hin, min Deern?« fragte Kapitän Termogen.

»Die da, nebenan«, flüsterte Stella. »Wie schön sie ist!«

Kapitän Termogen blickte interessiert hinüber. »Schön?« meinte er dann. »Na, ich weiß nicht. Apart könnte man sagen. Wird ein schönes Luder sein. So 'ne richtige Großstadtpflanze.« Und dann sagte er etwas, was Stella nie mehr vergaß. »Du wirst mal hübscher, min Deern. Kann ich dir jetzt schon sagen.«

Stella vergaß die Fremde vom Nebentisch. Sie starrte Kapitän Termogen entgeistert an. »Ich?«

»Ja, du.«

»Aber ich hab' doch rote Haare.«

»Eben drum. Ist doch was Apartes. Die hat nicht jeder. Andere müssen sich die Haare färben, wenn sie was Besonderes wollen.«

»Fritz sagt immer, ich bin eine häßliche Kröte.«

»Fritz muß ja woll ein Dusselkopp sein. Ist er denn so eine Schönheit?«

»Nee, gar nicht. Er ist dick und hat lauter Pickel.«

»Na siehste. Drum sagt er das. Du wirst nämlich nie dick werden. Und Pickel wirst du auch nicht kriegen. Dafür werde ich schon sorgen. Weil du nämlich an der frischen Luft bist und das Salzwasser alles Gift aus dem Körper herausbeißt. Und deine Haare, die kriegen in unserer Sonne und in unserem Wind eine Farbe wie die von der Meernixe Sarnade, von der Thies immer erzählt, und – hm«, Kapitän Termogen unterbrach sich mit einem Räuspern. Beinahe hätte er sich verraten. Stella sollte ja noch nichts wissen, ehe das Ergebnis der familiären Beratungen vorlag. »Du erinnerst dich noch an Sarnade?«

»Natürlich«, sagte Stella eifrig. »Das ist die, die den spanischen Seefahrer in ihr Meerschloß geholt hat, als sein Schiff unterging.«

Das war eine von Thies' Geschichten. Man wußte nie genau, hatte er sie gelesen oder selber ausgedacht. Auf jeden Fall waren es immer sehr spannende Geschichten. Stella hörte mit großen Augen zu, Christians Ohren glühten, Stine ließ ihr Strickzeug sinken, und sogar Kapitän Termogen vergaß, an seiner Pfeife zu ziehen, wenn Thies zu erzählen begann.

»Sehr richtig, das ist sie. Und so schön wie Sarnade wirst du auch mal. Das sag' ich dir, dein Onkel Pieter. Ich versteh' nämlich was davon, jawoll«, schmunzelte und streifte noch mal die schwarzen Ponies vom Nebentisch mit einem kurzen Blick. Nee, das war gar nichts Besonderes. So was lief hier in Berlin zu Dutzenden herum. Gar nicht zu verstehen, warum der alte Stussel da am Nebentisch sich so abtat. Sollte sich überhaupt schämen, der alte Kerl, der war mindestens so alt wie man selber war. Und die Schwarze war höchstens etwas über zwanzig. Komische Sitten waren das hier in Berlin. Hatte alles seine Zeit, und ein Mann mußte wissen, wann er anfing, sich lächerlich zu machen.

»Dann muß ich aber viel zu euch auf die Insel kommen«, unterbrach Stella des Kapitäns tadelnde Gedanken und lächelte ihn listig an.

»Was meinst du, min Deern?«

»Wenn ich so schön werden soll wie Sarnade und keine Pickel kriegen darf, dann muß ich viel auf der Insel sein.«

»Das mußt du wohl. Und das wirst du auch. Paß nur auf ...« Fiel verdammt schwer, die große Neuigkeit für sich zu behalten. Ob die sich wohl bald entscheiden würden? Hm, Stellas Mutter war nicht sehr begeistert gewesen. Sollte doch froh sein, wenn sie ihre Ruhe hatte. Gar nicht gesund sah die Frau aus.

Später gingen sie einkaufen. Stella bekam ein rotes Handtäschchen, das erste ihres Lebens, und einen Teddybär. Kapitän Termogen hatte eigentlich an eine Puppe gedacht. Kleine Mädchen spielten ja wohl mit Puppen. Aber als sie im Spielzeugladen waren, zeigte

Stella wenig Interesse an Puppen. Sie wies auf einen großen, hellbraunen Bären mit vergnügten Glasaugen. »Den da, Onkel Pieter«, flüsterte sie entzückt. »Den möchte ich gern haben.« Als sie ihn dann im Arm hatte, preßte sie ihn zärtlich an sich und küßte ihn auf die schwarze Nase. Ernsthaft sagte sie: »Ich werde ihn Pieter nennen.«

»Da fühle ich mich aber geehrt«, sagte Kapitän Termogen lachend und umschloß die kleine schmale Kinderhand wieder mit seiner breiten Pratze.

Zu dritt pilgerten sie friedlich die Leipziger Straße entlang. »Wenn ich nun hier so irgendwo einen kleinen Köhm trinken würde, hättest du da was dagegen?« fragte er seine Begleiterin nach einer Weile. »Einkaufen macht durstig. Du könntest ja eine Limonade trinken, nöch? Und dann schreiben wir Thies eine Karte.«

»Au ja!« rief Stella begeistert. »Und Krischan auch. Und Stine.«

»Die können wir ja grüßen lassen.«

»Nein, sie müssen eine eigene Karte kriegen, das freut sie viel mehr.«

»Schön, dann kriegen sie eine. Die mußt du aber schreiben.«

»Ja.« Stellas blaue Augen strahlten zu ihm herauf. »Und weißt du, was ich schreibe? Ich schreibe: Ich sitze hier mit zwei Pieters. Dann werden sie sich aber wundern.«

»Das werden sie, min Deern. Das werden sie ganz gewiß.«

Und du erst, fügte er in Gedanken hinzu, du wirst dich noch viel mehr wundern, meine Lütte, morgen oder übermorgen. Vielleicht schon heute abend. Du wirst Augen machen.

10

Augen machte sie, als man es ihr sagte, am nächsten Tag. Nur Augen. – Kein Wort kam über ihre Lippen. Sie wurde totenbleich, selbst aus ihren Lippen schien das Blut zu entweichen. Nur die Augen – fast schwarz standen sie in dem blassen kleinen Gesicht.

Fassungslos blickte sie von ihrer Mutter auf Onkel Pieter, dann wieder zur Mutter. »Für immer?« fragte sie. Die helle Kinderstimme war rauh vor Erregung.

Kapitän Termogen legte ihr vorsichtig die Hand auf die Schulter. Fast hatte er Angst, sie würde gleich auf der Stelle umfallen. »Für die nächsten Jahre«, sagte er vorsichtig. »Wenn du dann größer bist, kannst du selber sagen, wo du gern hin möchtest. Was mich betrifft, so kannst du bleiben, solange du willst.«

Stella fühlte ihr Herz klopfen. Es schien dicht unter die Haut gerückt, es klopfte oben im Hals, in den Schläfen, es schien aus ihr herausspringen zu wollen.

Sie sollte auf der Insel leben! Bei Onkel Pieter, bei Thies, bei Stine und Krischan, bei Tönjes und den Pferden, bei den Schafen! Unter dem weiten Himmel! Am Meer!

»Ist es wirklich wahr?« fragte sie leise.

Lene wandte sich ab. Sie hatte zuvor gewußt, wie Stella reagieren würde. Es war keine Überraschung nun, durfte daher auch keine Enttäuschung sein. Oder hatte sie doch insgeheim gehofft, Stella würde sich an sie klammern, würde sagen: Ich will bei Mutter bleiben? Hatte sie es denn in einem törichten Winkel ihres Herzens gehofft und gewünscht? Dieses Kind, das so wenig Liebe empfangen hatte und das sie jetzt auf einmal, jetzt in diesem Moment, so zärtlich und vergebens liebte. Karls jüngste Tochter. Das Kind, das er ihr gegeben hatte, ehe er fortging für immer. War sie denn blind gewesen, sein Gesicht in diesem Kindergesicht nicht zu sehen? Warum hatte sie denn bisher nicht erkannt, daß sie Stella liebte?

»Onkel Pieter«, flüsterte Stella erstickt hinter ihrem Rücken. Kapitän Termogen nahm Stellas Hand und drückte sie. Er nickte ihr zu und lächelte. Aber dann schüttelte er den Kopf und wies mit dem Blick auf Lene, die ihnen den Rücken wandte, den Kopf gesenkt. Weinte sie?

Stella betrachtete ihre Mutter, eine gewisse Kühle im Blick. Distanz schon jetzt. Auch wenn Lene weinte, sie würde nicht bleiben, jetzt, da man ihr die Tür geöffnet hatte.

Aber dann entschied sie sich rasch für eine kleine, leichte Brücke, die sie mit spielerischer Hand baute, ohne viel Mühe darauf zu verwenden, aber doch so, daß der Abgrund nicht zu tief erschien. Karls Erbteil. Sein Charme, sein Geschick, durchs Leben zu tanzen und sich Freunde zu machen.

Stella trat zu ihrer Mutter, legte überraschend den Arm um sie und sagte freundlich tröstend, als sei sie die Erwachsene und Lene das Kind: »Du bist nicht traurig, Mutter, nicht wahr? Es ist ja nicht weit weg. Und wir werden uns besuchen. Nicht wahr, Onkel Pieter?«

Kapitän Termogen hörte verblüfft die verbindlichen Worte, sah erstaunt Stellas ruhig lächelndes Gesicht, das gleiche Gesicht, das eben noch aufgerissen war in fassungslosem Entzücken. Wie alt war der Fratz? Knapp zehn Jahre? — In der steckt was drin, dachte er respektvoll. Dunnerlittchen, da werden wir noch mal staunen.

»Natürlich, min Deern«, sagte er bereitwillig. »Ich habe deine Mutter schon eingeladen, uns im Sommer zu besuchen.«

»Na siehst du«, sprach Stella tröstend zu ihrer Mutter. »Und dann schreibe ich dir viel. Schöne lange Briefe.«

Lene blickte mit feuchten Augen in das lächelnde Kindergesicht. »Ja«, sagte sie leise. »Ja, du schreibst mir.«

Schöne lange Briefe. Der erste kam nach der Ankunft und war

eine halbe Seite lang. Der nächste zu Weihnachten. Und dann kam ein halbes Jahr lang keiner mehr. Und dabei blieb es: zwei oder drei Briefe im Jahr, das war alles.

Stella war aus ihrem bisherigen Leben herausgeschlüpft wie aus einem ungeliebten, unkleidsamen Gewand, hatte es fallen- und liegenlassen, ohne sich danach umzusehen.

Zu einem Besuch Lenes auf Sylt kam es nie. Lene sah das Meer niemals. Und ihre jüngste Tochter lange nicht mehr.

11

Keitum, das grüne Herz der Insel Sylt, wurde nun Stellas Heimat. Sie selbst war zu jung, um mit dem Verstand zu erfassen, welch schöne Heimat ihr da geschenkt worden war, obwohl ihr Herz es vom ersten Tag an erkannt hatte.

Viele Gesichter hatte diese Insel, die geformt war wie ein abstraktes Dreieck. Die lange Westküste, von der Südspitze Hörnum bis hinauf zum Ellenbogen, der sich in weitem Schwung im Norden schützend über die Insel bog und den Hafen von List schirmte, war ein einziger endloser Strand, der aus dem Himmel zu kommen schien und im Himmel endete. Weißer, weicher Sand, der in der Sonne silbern schimmerte, unberührt, als habe keines Menschen Fuß ihn je betreten, und davor das leuchtende Meer, das mit seiner ungestümen Brandung diesen Strand immer wieder in seine Arme zog, ihn bernsteingolden tönte und zu einem festen, elastischen Teppich werden ließ, auf dem entlangzulaufen, die feuchte Kühle spürend, die reinste Lust bedeutete. Hinter dem Strand stiegen die Dünen auf, manchmal sanft gehügelt, dann wieder hoch und steil wie ein Fels, die weite Mondlandschaft dieser Dünen, wellig sich verlierend von einem Tal ins andere, unübersehbar, immer wieder neugeboren unter dem weiten Himmel. Und dann kam die Heidelandschaft, über die der Wind wehte, wo die Lerchen jubelnd in die Luft stiegen, auch sie trunken von der Weite und dem hohen Himmel, der in den blassen Sommernächten kaum dunkeln mochte. Sie wollten die Nacht nicht kennen, diese Lerchen, sie sangen noch, wenn die ersten Sterne am blassen Himmel aufblitzten und das Leuchtfeuer schon seine weißen Arme warnend aufs Meer hinausstreckte.

Am Westufer lag Westerland, die kleine Stadt, entstanden aus einer winzigen Siedlung, gebaut für die Fremden, die im Sommer das Leben hier bestimmten. Etwas hastig zusammengebaut in den Jahren um die Jahrhundertwende, als es immer mehr Mode wurde, einen Sommerurlaub am Meer zu verbringen. Große Hotels in Strandnähe, über den Dünen erbaut, mächtige Kästen, die alles boten, was der verwöhnte Städter forderte, um im Winter dann verschlossen und unnütz, erbarmungslos den kalten Weststürmen ausgesetzt, wie frierende Riesen, die sich verirrt hatten, dem Sommer entgegenzuwarten. Die Kurpromenade lag dann öde und verlassen, und das tobende Meer griff mit gierigen Fingern über die Mole hinauf und versuchte zu zerstören, was Menschenhand geschaffen.

In der Hauptstraße reihte sich Laden an Laden, Cafés, Restaurants, im Sommer belebt und bunt, im Winter nichts als der Mittelpunkt einer kleinen, verlassenen Provinzstadt.

Aber Keitum, im Osten der Insel, am Watt gelegen, blieb sich immer gleich. Hier war das Brausen des Meeres nicht zu vernehmen und der Westwind hatte seine wildeste Kraft schon verloren, bis er in die Bäume von Keitum fuhr. Denn hier gab es Bäume. Bäume, Büsche und Blumen. Der ganze Ort schien ein einziger blühender Garten zu sein. Die alten Friesenhäuser duckten sich stämmig ins Grün, jedes ein kleiner Hof für sich, jedes mit einem Garten, umfriedet von einem halbhohen Steinwall, der von Gras und Kraut bewachsen war. Im Sommer sah man oft die reetgedeckten Dächer der Häuser kaum, so dicht wurden sie von den alten Bäumen verborgen. Und im Winter besorgte es der Nebel, der feucht von den kahlen Bäumen tropfte und seine grauen Schleier um die Häuser spann.

Wenn die Fremden im Sommer gelegentlich nach Keitum kamen, dann staunten sie. Der Gegensatz der wilden, kühnen Freiheit und der Weite der Westküste zu der behaglichen Traulichkeit des grünen Ortes war überwältigend. Hier schien die Sonne wärmer; grüngolden kam das Licht durch die Baumkronen, und der ungestüme Wind, der drüben am Meer uneingeschränkter Herrscher war, fand sich hier verwandelt als ein lautloser Tänzer wieder, der mit schmeichelnden Händen die Blumen in den Gärten koste. Nur der kalte Ostwind, der vom Watt her manchmal blies und sich über das grüne Kliff schwang, hatte spitze, harte Finger, die die Sonne vergebens versuchte, in ihren goldenen Händen zu erwärmen.

Für die Fremden war Keitum ein Labyrinth. Die Straßen und Wege liefen kreuz und quer, es ließ sich kein System darin erkennen, und nicht selten kam es vor, daß einer, der den Ort erforschen wollte, im Kreise lief und sich nach wenigen Minuten wieder am gleichen Ort befand, beim Denkmal des Uwe Jens Lornsen beispielsweise, dem berühmten Sohn der Insel, oder vor der gemütlichen Kneipe des Fisch-Fiete. Fast zwischen jedem Haus lief ein Weg, kreuzte sich mit dem nächsten, bog um eine Kurve, mündete in einen anderen, teilte sich wieder; und selten gelang es einem Ortsfremden, sich in dem Gewirr zurechtzufinden und einen klaren Überblick über den Ort zu gewinnen.

Stella allerdings kannte sich bald gut aus. Sie hatte den besten

Führer. Christian Hoog, der jeden Winkel, jeden Baum hier kannte. Ihre kleinen, schmalen Füße trabten eifrig neben ihm her und kletterten bereitwillig über Steinwälle, wenn es galt, einen Weg abzukürzen. Das Termogen-Haus lag gleich über dem grünen Kliff. Vom Steinwall aus, der den Garten umgrenzte, sah man hinaus auf das östliche Meer, konnte man ohne große Umwege das Kliff hinunterspringen und ins Wasser hineinlaufen, das hier ruhig und glatt und ohne Brandung war. Es war nicht üblich, hier zu baden, besonders Christian und Stella liebten es nicht, obwohl die Dorfjugend ein paar Badeplätze am Watt hatte, die sich bei Flut gut benützen ließen.

Aber Stella und Christian liebten beide die ungestümen Wellen, die einen überfielen, atemlos machten und mit denen zu kämpfen eine ständige Lust und Herausforderung war. Doch ging Stella gern mit Christian bei Ebbe ins Watt hinaus, um Miesmuscheln zu suchen oder Krebse zu fangen.

Ein ständiger Schatten lag allerdings über all diesen Vergnügungen: daß Thies sie nicht begleiten konnte.

Das, was Christian nun schon seit Jahren empfand und durchlitt, seit sein Freund krank war, das quälende Gefühl, rücksichtslos zu sein, erbarmungslos, dieses nicht abzuschüttelnde Schuldgefühl, das ihn begleitete, sobald er das Termogen-Haus verließ, um irgend etwas zu unternehmen, das seinem Vergnügen galt, dieses Gefühl teilte Stella bald mit ihm.

Es war merkwürdig. Der Junge in seinem Rollstuhl machte es ihnen nicht schwer. Er winkte ihnen fröhlich nach, gab ihnen vielleicht sogar einen Auftrag, oder er gab überhaupt vor, nicht zu bemerken, wenn die beiden aufbrachen. Denn Thies wußte, was Stella und Christian empfanden. Daß sie ein schlechtes Gewissen hatten, wenn sie fortgingen und ihn allein ließen. Nicht weil er allein bleiben mußte. Jeder im Haus wußte, daß es Thies nichts ausmachte, allein zu sein. Er las, er beschäftigte sich mit seinen Tieren, er hatte eine nie endende Freude an dem blühenden Garten, in dem er jeden Strauch, jede Blume kannte. Es war nicht das Alleinsein. Es war die einfache Tatsache, daß er nicht mit ihnen gehen *konnte.*

Darunter hatte Christian Hoog gelitten, von dem Tag an, als Thies im Rollstuhl saß. Vorher nicht. Da war er eben krank gewesen. Das konnte vorkommen. Es würde vorübergehen, auch wenn es lange dauerte. Eines Tages würde Thies gesund sein. Aber dann, als Thies wieder da war, und immer noch nicht laufen konnte und im Rollstuhl saß, da hatte es angefangen.

Christian war damals zehn Jahre alt. Ein kleiner Junge, aus einfachen Verhältnissen stammend, keineswegs besonders zartfühlend veranlagt, wild und munter wie ein Junge eben sein mußte, in der Schule ganz brauchbar, ohne sich hervorzutun, ein tüchtiger Reiter und Schwimmer und ein äußerst erfolgreicher Muschelsucher, ein Junge wie viele andere auch.

Früher war er zusammen mit Thies auf Abenteuer ausgezogen. Niemand hätte dem Jungen einen Vorwurf machen können, wenn er sich nun einen anderen Freund und Begleiter gesucht hätte. Aber das Gegenteil war der Fall. Aus einer unverbindlichen Kinderfreundschaft wurde eine tiefe, enge Bindung, die Christian seinen sonstigen Altersgefährten entfremdete. Er schloß keine andere Freundschaft mehr. Jede freie Minute verbrachte er im Termogen-Haus, und da die Jungen auch zusammen in die Schule gingen, waren sie praktisch ständig zusammen. Christian gewöhnte sich das Lesen an, er teilte alle Unterhaltungen seines kranken Freundes. Thies mußte ihn ausdrücklich fortschicken, damit er einmal irgend etwas unternahm. Manchmal schaltete sich auch Kapitän Termogen ein. »Los, los, Krischan, geh schwimmen. Es ist bannig heiß heute. Du wirst es noch ganz verlernen. Und du weißt ja, du mußt es später Thies wieder beibringen, sonst ersäuft er uns noch.«

Dann lachten sie alle drei, jeder bemüht, ganz unbefangen zu erscheinen. So ganz nebenbei verdrückte sich Christian, ohne Aufsehen, raste mit seinem Rad ans Meer hinüber, und es dauerte nicht lange, da war er wieder da. Die blonden Haare noch feucht, und das nicht zu unterdrückende Schuldbewußtsein im Herzen.

Er winkte verächtlich mit der Hand ab, wenn er Thies wieder sah. »Ist ja schrecklich da drüben. All das Volk. Nee, das macht kein' Spaß nich, am Strand zu sein.«

Dann nickte Thies verständnisvoll und sagte: »Ja, Vadding hat mir schon erzählt, daß viele Leute da sind. Aber laß man, das bringt Geld auf die Insel.« Er wußte genau, wie sehr Christian das kurze Bad genossen hatte.

Es war zweifellos ein seltsames Dasein für einen Jungen wie diesen Christian. Es prägte sein Wesen und sollte bestimmend werden für sein ganzes Leben, obwohl es zunächst keiner in seiner Umgebung erkannte. Viel später erst wurden sich zwei Menschen darüber klar, wie sehr Thies' Krankheit auf Christian eingewirkt hatte, sein ganzes Dasein bestimmte: Christian selbst und Thies. Und die Treue, die Christian in diesen Kindertagen bewies, hielt ein ganzes Leben lang an und wurde gleichermaßen von Thies erwidert. Ob auch die anderen Eigenschaften, die Christian in seinem späteren Leben auszeichneten, so gut entwickelt worden wären, falls Thies nicht krank gewesen wäre, das würde sich wohl nie mit Bestimmtheit sagen lassen.

Stellas Einzug in das Termogen-Haus veränderte die Situation insofern, daß sie nun zu zweit waren. Zwei junge Menschen, die sich ständig um Thies kümmerten. Überdies aber wurde Thies Stellas besonderer Vertrauter, in einem anderen Sinn wieder als Christian. Denn Christian hatte nie ein Hehl daraus gemacht, daß er sich eigentlich aus Mädchen nicht viel machte. Das änderte nichts daran, daß er Stellas Beschützer wurde, vom ersten Tag an, und sie mit dem Leben auf der Insel vertraut machte, und sie Dinge lehrte, die ein Kind, das hier aufwuchs, wissen mußte.

Zu Thies aber kam Stella mit ganz besonderen Sorgen: kleinen Kümmernissen seelischer Art, Ärger in der Schule, der manchmal durch ihr jäh aufflackerndes Temperament verursacht wurde.

Christian schlug dann einen schulmeisterlich-überheblichen Ton an. Thies dagegen hatte stets den richtigen Rat.

Aber bei all der Vertrautheit zwischen den Kindern teilte doch Stella von Anfang an Christians Schuldbewußtsein, wenn man Thies allein ließ.

»Du mußt der Deern ordentlich Schwimmen beibringen«, sagte Kapitän Termogen beispielsweise, »damit sie uns nicht absäuft. Wäre ihrer Mutter sicher nicht recht.«

Oder: »Fahr man lieber mit nach Westerland, Krischan. Es gibt jetzt soviel Autos. Paß man lieber auf, sonst wird die Deern noch überfahren.«

Dann nickte Thies, und beide Kinder, Stella und Christian, liefen schnell davon. Auch zu zweit blieben sie niemals lange. Wenn der Zweck ihres Fortgehens erfüllt war, kehrten sie zurück.

Thies wartete auf ihre Rückkehr, wenn er es auch nicht merken ließ.

»Was? Ihr seid schon wieder da? War das Wasser heute so kalt?«

Durch Stella waren die Ausflüge ergiebiger geworden. Christian hatte nie viel zu erzählen gehabt. Stella hingegen hatte immer furchtbar viel gesehen und gehört. Sie berichtete wortgetreu den Dialog in dem Laden in Westerland, wo sie eingekauft hatten, schilderte die Leute, die sie gesehen, und jede Begegnung, die sie gehabt hatten. Manchmal hörte Christian nicht weniger interessiert zu als Thies. Eher noch erstaunter. Denn in Stellas Erzählungen tauchten Gestalten und Gespräche auf, die ihm völlig entgangen waren.

Einmal, als sie wieder allein waren, sagte er zu ihr: »Du schwindelst aber, den dicken Mann mit der roten Nase, der seinen Kaffee umgestoßen hat, haben wir ja gar nicht gesehen.«

»Klar«, sagte Stella. »Bei Orth saß ein dicker Mann auf der Terrasse.«

»Und der hat seinen Kaffee umgegossen und der Dame neben ihm übers Kleid, und dann ist der Kaffee bis auf die Straße gelaufen?«

»Nö«, meinte Stella, »nicht, als wir vorbeigingen. Aber vielleicht später. Kann doch sein.«

Christian schüttelte tadelnd den Kopf.

Stella sah ihn von unten herauf mit unschuldigem Lächeln an. »Thies hat so gelacht. Und Onkel Pieter auch. Und Stine hätte beinahe auch den Kaffee fallen lassen.«

Darauf schwieg Christian, denn der Erfolg von Stellas Erzählung war nicht zu leugnen. Er blamierte sie auch niemals vor den anderen, ließ sie ihr Garn zu Ende spinnen und beschränkte sich höchstens darauf, sie strafend anzublicken. Das störte Stella nicht im geringsten. Sie vertraute ihm; er würde sie nicht verraten. Und wenn er sie ausschimpfen wollte, sollte er es ruhig tun. Sie wußte genau, er tat es erst, wenn sie allein waren.

12

Don Enrico blickte mit traurigen, dunklen Augen durch den Algenschleier in das blaugrüne Wasser hinaus, das wie eine feste Mauer um das Schloß stand. Bewegte es sich denn gar nicht mehr? »Es ist wie aus Eisen«, murmelte er. Sarnade hob den blassen Kopf aus seinem Arm. »Was ist Eisen, Liebster?« — »Etwas Festes«, erwiderte er. »Härter als der Stein auf dem Grund. Und das Wasser steht um mich wie eine eiserne Wand.«

Sarnade lächelte. »Es ist aber nicht fest, Liebster. Es fließt und rinnt und lebt.« — »Ich sehe es nicht mehr fließen. Es ist hart und fest und hält mich.« Sarnade legte ihren weißen Arm um seinen Hals. »Das Wasser?« Er blickte in ihr schönes Gesicht, das schimmernd wie ein Opal, dicht vor dem seinen war. »Ja, das Wasser. Und du.« Wie schön sie war. Schön wie am ersten Tag. Nie veränderte sich dieses Gesicht, in all den Jahren nicht, die vergangen waren. Es gab kein Altern hier in der Tiefe.

Sarnade lachte. Sie ließ ihn los, glitt mit einer weichen Bewegung von seinem Schoß und war mit einem einzigen leichten Schwung ihres Körpers durch den Algenschleier geschlüpft, vor dem sie nun spielerisch hin und her schwamm. »Ich halte dich nicht«, rief sie leise. »Siehst du, nichts hält dich. Nicht mein Arm, nicht das Meer. Das Wasser ist weich und willig. Komm heraus, und du wirst sehen, wie es sich dir beugt.«

Don Enrico blickte mit zusammengezogenen Augenbrauen auf die Nixe. Sie verhöhnte ihn. Sie wußte genau, daß es sich ihm nicht beugte, dieses kalte grüne Wasser. Daß es zwar schmeichelnd Sarnades schönen Leib umschloß, aber ihn unbarmherzig ersticken würde. »Komm herein!« rief er zornig.

Sarnade steckte den schmalen Kopf mit dem fließenden roten Haar durch die Algen. »Komm heraus!« lockte sie.

Don Enrico versuchte, sie mit einem raschen Griff zu erhaschen, doch sie entzog sich ihm, schwamm ein Stück davon, traf einen langen silberglänzenden Fisch und spielte eine Weile mit ihm, tauchend, lachend, ihn schien sie ganz vergessen zu haben.

Don Enrico fühlte, wie der Zorn ihn übermannte, wie er zu ersticken schien daran, nicht weniger, als es das grausame Wasser tun würde. Mit einem Schrei sprang er auf von dem Lager und stürzte durch die Algen hinaus. Eisig und gewaltsam umfaßte ihn das Meer und riß ihn nach unten, drang in seine Lungen; er glitt in die Tiefe wie ein Stein.

Thies machte eine Pause und ließ einen flüchtigen Blick über seine Zuhörer gleiten. Stine hob das Strickzeug wieder und begann eifrig mit den Nadeln zu klappern. »Na, hoffentlich ist er endlich abgesoffen, dann hat die liebe Seele Ruh«, brummte sie vor sich hin.

Christian hob den Kopf von den aufgestützten Händen und meinte ärgerlich: »Warum hat er nicht schwimmen gelernt, der Döskopp.«

Thies lächelte. »Es war damals nicht üblich. Außerdem würde ihm das in tausend Meter Tiefe gar nichts nützen. Da kann keiner mehr schwimmen. Der Wasserdruck ist viel zu groß.«

Kapitän Termogen in der Sofaecke schaukelte sacht bedämmert auf seiner vierten Sylter Welle dahin. »Muß woll so sein«, murmelte er.

Stella, die zusammengeringelt wie ein Knäuel in der anderen Sofaecke lag, sagte befriedigt: »Sarnade holt ihn schon wieder herauf. Und er will ja auch gar nicht richtig weg.«

Thies, nachdem er festgestellt hatte, daß seine Zuhörer bei der Sache waren, ein Umstand, der ihn immer sehr befriedigte, fuhr fort: »Wie ein silberner Pfeil glitt Sarnade in die Tiefe, umfing Don Enrico mit festen Armen und, ihren Mund zärtlich auf seinen gelegt, schwebte sie mit ihm in die Höhe, die Algen teilten sich vor ihnen, und dann lag Don Enrico wieder auf dem grünen Bett zwischen den Seerosen.«

»'n ganzen Tag im Bett«, murmelte Stine mißbilligend. »Das is ja auch kein Leben nich. Ich muß mich über dich wundern, Thies.«

»Don Enrico rang ächzend nach Luft, das Wasser lief über sein Gesicht, tropfte von seinen Haaren. Sarnades Gesicht jedoch war trocken und schimmernd wie zuvor, ihr nackter Leib glänzte in marmorner Blässe.«

»Thies!« rief Stine jetzt laut und empört. »Nackicht ist sie auch noch. Das Frauenzimmer kann sich doch endlich mal was anziehen.«

Kapitän Termogen lachte schallend, die Kinder lachten mit. Damit war die Stimmung zerstört, worüber Thies nicht böse war. Langsam geriet er in Verlegenheit mit seiner Sarnade-Geschichte. Er wußte oft selbst nicht mehr, wie es weitergehen sollte. Irgendwann mußte er damit mal zu einem Ende kommen, und natürlich zu einem tragischen. Aber dann schob er es immer wieder hinaus, dann fiel ihm wieder eine neue Wendung dieser Geschichte des ungleichen Liebespaares ein. Und manchmal ging es wirklich reichlich frei darin zu. Thies hatte eben Phantasie. Und er war jetzt sechzehn Jahre alt. Gelesen hatte er auch genug, und nicht nur Karl May. Aber außer Stine nahm niemand Anstoß daran.

»Tjä, denn könnte ich woll noch 'n kleinen vertragen«, meinte Kapitän Termogen.

»Es waren vier«, sagte Stine mißbilligend.

»Wirklich? Stine, denn mußte dich woll verzählt haben. Es waren drei. Höchstens.«

»Vier«, beharrte Stine. Aber dann stand sie auf und ging in die Küche, um das Gebräu aufzuwärmen.

»Für die jungen Herren auch noch einen«, rief Kapitän Termogen ihr nach.

»Und für mich auch«, ließ sich Stella vernehmen.

Kapitän Termogen kniff ein Auge zu. »Nee, min Deern, denn wirste mir wieder duhn.«

»Das ist nun schon so lange her«, meinte Stella vorwurfsvoll. »Das merkst du dir.«

»Jawoll, und Stine noch viel besser. Von der kriegst du keinen mehr. Weißt du nicht, wie sie damals geschimpft hat, als sie heimkam, und du hast hier ein Solo getanzt?«

»Dann darf ich mal bei dir mittrinken, nich, Onkel Pieter?« Schmeichelnd glitt Stella auf seine Sofaseite hinüber und kuschelte ihren Kopf an seine Schulter.

Mit einem zufriedenen Grunzen legte der Kapitän seinen Arm um sie und murmelte besiegt: »'n kleinen Schluck. 'n ganz kleinen vielleicht.«

Christian, nun ganz aus Sarnades Zauberreich zurückgekehrt, fragte streng: »Hast du denn nun deine englische Übersetzung gemacht?«

»Ich?« fragte Stella zurück, um Zeit zu gewinnen.

»Sicher du. Wer sonst? Denkst du, ich habe Tönjes gefragt?« Der Hund, als er seinen Namen hörte, hob den Kopf, blickte sich fragend um und wedelte dann auf alle Fälle ein bißchen mit dem Schwanz.

»Übersetzung?« sagte Stella gedehnt. »Nö. Nicht ganz.«

»Was heißt nicht ganz?« forschte Christian weiter. Er war für Gründlichkeit. Und Stellas Nachlässigkeit in allen Schulangelegenheiten war ihm eine Quelle ständigen Ärgers. Er wußte, wie leicht sie lernte, viel leichter als er, und wie mittelmäßig dennoch ihre Leistungen waren, weil sie das meiste verträumte oder vertrödelte. Ohne daß ihn jemand dazu aufgefordert hätte, hatte er es übernommen, sich um ihre Schularbeiten zu kümmern. Da die Kinder immer zu=

sammen zur Schule und auch wieder nach Hause fuhren, obwohl sie in verschiedene Klassen gingen, unterließ er es nie, auf der Heimfahrt zu erkunden, was Stella an diesem Tag gelernt oder auch nicht gelernt hatte, weil sie wieder mal nicht aufgepaßt hatte und was für Schularbeiten sie zu machen hatte.

Stella erzählte es ihm auch jedesmal bereitwillig. Und nicht selten kam es vor, daß am nächsten Morgen, auf dem Weg zur Schule, Stella im Wagen saß, das Heft auf den Knien, während Thies und Christian ihr wechselseitig die nicht gemachte Aufgabe diktierten. Thies tat es lächelnd, aber Christian regte sich jedesmal darüber auf. »Du verflixte Deern!« sagte er. »Kannst du nicht ordentlich deine Aufgaben machen? Ostern bleibst du sitzen, du wirst schon sehen.«

Aber Stella blieb nicht sitzen. Wenn sie wollte, konnte in ihrem krausen Kopf auch manchmal Ordnung herrschen, und wenn es darauf ankam, verblüffte sie ihre Lehrer damit, daß sie wußte, was man von ihr wissen wollte.

Stella rieb ihre Wange an Onkel Pieters Schulter.

»Nu sag schon, min Deern«, meinte der. »Krischan gibt sowieso keine Ruhe. Und er hat ja woll auch recht. Hast du das Dingsda gemacht, die Übersetzung?«

»'n Stückchen«, sagte Stella lässig.

»So, ein Stückchen«, rief Christian aufgebracht. »Und wie geht's weiter? Ein Stückchen heißt vermutlich drei Zeilen. Und wann machst du die restlichen zwei Seiten? Ich finde, es wird Zeit, daß du damit anfängst.«

»Jetzt noch?« fragte Stella gedehnt. »Ist doch schon so spät. Stine sagt immer, abends soll man den Kopf nicht mehr anstrengen, dann schläft man nicht gut.«

»Hättest du ihn halt vorher angestrengt, hast doch den ganzen Nachmittag Zeit gehabt.«

»Ich hab' keine Zeit gehabt«, verwahrte sich Stella energisch. »Erst haben wir Grete behandeln müssen, die hatte eine Kolik, nicht, Onkel Pieter? Und dann war ich bei deinem Vater und hab' eine Vase gemacht. Dein Vater sagt, sie wäre viel schöner als die, die du machst. Und wenn sie getrocknet ist, bemale ich sie, und dann wird sie gebrannt und verkauft. Wenn die Fremden kommen. Pöh!« Nicht viel hätte gefehlt, und sie hätte Christian die Zunge 'rausgestreckt.

»Na ja, dann hörst du am besten mit der Schule auf und gehst zu Vadding in die Lehre. Wird eben ein Töpfer aus dir.«

»'ne Töpferin«, lachte der Kapitän, »Mal was Neues.«

»Wär' gar nicht schlecht«, meinte Stella. »Dein Vater sagt, ich hab' viel Talent. Und später mache ich hier auf dem Hof eine Werkstatt auf, und wenn im Sommer die Fremden kommen, dann kaufen sie nur noch bei mir.«

»Ja, ausgerechnet«, sagte Christian. »Deine schiefen Vasen.«

»Sie sind nicht mehr schief. Und wenn sie schief sind, dann wollte ich sie schief haben. Das ist gerade modern.«

»Modern, ja. Muß man bloß noch sehen, wo man die schiefen Blumen herkriegt, die in deine schiefen Vasen passen. Die kannst du dann gleich mitzüchten.«

Stella legte den Kopf in den Nacken und lächelte träumerisch zur Decke hinauf. »Blumen, die im Wind stehen, wachsen oft schief. Das sind die schönsten. Die besonderen.«

Thies lachte. »Peng! Nun mach mal was. Bloß nicht mit Weibern diskutieren, sag' ich dir immer, Krischan. Da ziehst du den kürzeren.«

»Lange Haare, kurzer Verstand«, gab Christian eine Altväterweisheit zum besten. Was anderes fiel ihm im Moment nicht ein.

Stella fuhr sich vergnügt mit der Hand durch ihren roten Schopf, der kurzgeschnitten war wie bei einem Jungen. »Ich hab' gar keine langen Haare.«

»Ja, leider«, knurrte Christian und blickte sie zornig an. Er hatte ihr noch nicht verziehen, daß sie plötzlich zu Ende des letzten Sommers mit diesem Bubikopf aus Westerland zurückgekehrt war. Als sie damals auf die Insel kam, hatte Stine dafür plädiert, daß sie die Haare wachsen ließ. Und wirklich hatte Stella zwei Jahre lang lustige kleine Zöpfchen getragen, die ihr gut standen und ihr schmales Gesicht ein wenig runder erschienen ließen. Im Sommer aber, als sie unter den Kurgästen viele hübsche Frauen mit den modisch kurz geschnittenen Haaren gesehen hatte, gefielen ihr die Zöpfe nicht mehr. Ohne jemand etwas zu sagen, war sie in Westerland zum Friseur gegangen und hatte sich den Bubikopf schneiden lassen. Man hatte sie ausgeschimpft, aber die Haare waren nun mal ab. Christian war geradezu beleidigt gewesen. Er hatte es immer so gern gesehen, wenn sie gebadet hatten und aus dem Wasser kamen, und Stella dann die Zöpfe löste und die rotgoldene Flut funkensprühend in der Sonne trocknete.

Stine kam mit dampfenden Gläsern. Für sich selbst hatte sie eine Tasse Tee mitgebracht, für Stella auch. Doch Stella griff rasch nach Kapitän Termogens Glas und hob es an die Lippen.

»Vorsicht«, warnte der, »du verbrennst dir die Schnut!«

Mit gespitzten Lippen schlürfte Stella einen winzigen Schluck. »Heiß wie die Sünde«, kommentierte sie dann.

Stine schüttelte den Kopf. »Wo lernst du bloß diese Ausdrücke?« bemerkte sie tadelnd. »Doch nicht in der Schule.«

»Von Thies«, sagte Stella. »Weißt du nicht mehr, Stine? Kalt waren Sarnades Lippen, aber ihre Küsse so heiß wie die — Sünde. Nicht, Thies, so hast du doch gesagt?«

Thies schüttelte verlegen den Kopf. »Weiß ich gar nicht mehr.«

»Na, das möchte ich denn auch nicht gehört haben«, sagte Stine. »Thies, du solltest dich schämen.«

Stella kicherte vor sich hin und griff wieder nach dem Glas. »Ist doch schön«, meinte sie. »Kalte Lippen, aber Küsse so heiß wie die Sünde. Das möchte ich auch mal haben.«

Kapitän Termogen lachte so, daß das alte Sofa in den Fugen krachte. Stines empörte Worte waren nicht zu hören. Auch Thies mußte lächeln. Dieser Fratz! Zwölf Jahre war sie jetzt alt. Vielleicht mußte er doch ein bißchen vorsichtiger sein mit seinen Geschichten. Sie paßte zu gut auf und verstand nachgerade ein bißchen mehr davon. Christian teilte Stines Empörung.

»Kümmere dich nicht um Küsse, sondern lieber um deine Übersetzung«, kam er zum Thema zurück. Er vergaß nie, wovon er gesprochen hatte, und brachte immer zu Ende, was ihm wichtig erschien. »Was ist nun damit?«

Stella seufzte. Sie blickte mit gerunzelter Stirn zu Kapitän Termogen auf. »Ob Krischan wohl auch Schulmeister wird?«

»Warum nicht?« meinte der Kapitän. »Ist doch keine schlechte Sache. Und das täte ihm sicher nicht schlecht liegen.«

Christian ließ sich nicht ablenken. »Wieviel hast du?«

»'n Stückchen, ich sag' es ja.«

»Und das übrige?«

Stella lächelte liebevoll in sein strenges Gesicht hinein. »Ich dachte, das machen wir morgen früh. Wenn wir 'reinfahren.«

»Aha«, machte Christian befriedigt. »Das hab' ich mir gedacht. Und Ostern bleibst du sitzen, das weißt du ja.«

»Ach nö, glaub' ich nicht. Dr. Nielsen kann mich gut leiden. Und in Englisch bin ich gar nicht so schlecht. Neulich hat er erst gesagt, meine Aussprache sei prima.«

»Der sollte es eigentlich besser wissen«, sagte Christian. »Deine Aussprache ist zum Heulen.«

»Ist sie nicht.«

»Ist sie doch.«

»Ruhe!« gebot Stine. »Streitet nicht immer. Und wenn das Kind das stusselige Zeug eben nicht gemacht hat, dann müßt ihr morgen früh helfen, ist ja klar.«

»Ist klar, so!« rief Christian zornig. »Und was wird das Kind machen, wenn wir mit der Schule fertig sind, und sie geht allein hinüber? Wer macht dann die Schularbeiten?«

»Dann brauche ich auch nicht mehr zur Schule zu gehen, nicht, Onkel Pieter?« Stella schob ihre Wange wieder an Onkel Pieters Schulter entlang. »Bis sechzehn Jahre, das langt doch. Hast du doch gesagt, Onkel Pieter. Dann hab' ich genug gelernt.«

Unter Christians forschendem Blick meinte Kapitän Termogen etwas unsicher: »Das wird sich finden, min Deern. Wenn du denkst, daß du dann genug gelernt hast.«

»'ne Masse genug. Ich vergess' ja doch wieder alles. Für meine Töpferei reicht es allemal. Nicht, Onkel Pieter?«

»Ich dachte, du wolltest Archäologie studieren?« meinte Thies erstaunt. »Hast du doch immer von geschwärmt.«

Diese Begeisterung stammte aus der Zeit, als Christian ihr die Höhlen und alten Grabkammern aus der frühesten Vergangenheit der Insel gezeigt und Thies dazu Geschichten und Sagen, aber auch historische Ereignisse erzählt hatte. Auf Stella hatte dies alles großen Eindruck gemacht. Und kurzentschlossen hatte sie erklärt, vergangene Schätze und die damit verbundene Geschichte auszugraben, wäre der Beruf, den sie sich wünsche.

Jetzt aber erklärte sie: »Ich hab' mir's überlegt. Ich mache lieber neue Töppe, die sind hübscher. Studieren will ich überhaupt nicht. Das dauert so lange, und dann muß ich hier weg.« Sie nahm wieder das Glas und trank, diesmal einen großen Schluck. »Will ich aber nicht.«

»Das wird sich finden«, wiederholte Kapitän Termogen seinen Lieblingsspruch. »Und nun sauf nicht mein ganzes Tügs. Trink deinen Tee. Und dann gehen wir schlafen.«

»Schon?« fragte Stella enttäuscht.

»Ist schon gleich halb elf«, sagte Stine. »Morgen stehst du wieder nicht auf.«

»Es ist doch so gemütlich. Und Krischan wollte gerade noch ein bißchen mit mir schimpfen. Wo er doch Schulmeister wird, da muß er sich üben.«

Herausfordernd blickte sie zu Christian hinüber. Doch der sagte plötzlich, ernst und entschlossen: »Ich werde nicht Schulmeister. Ich werde Arzt.«

Eine Weile war es still. Alle blickten den blonden Jungen erstaunt an. Christians Stirn färbte sich rot, aber er widerrief das Geständnis nicht.

»Arzt, Krischan?« fragte Kapitän Termogen erstaunt. »Nanu, ganz was Neues. Ist das dein Ernst?«

»Ja«, sagte Christian, und es klang geradezu feierlich. »Ich werde Arzt.«

Unwillkürlich ging sein Blick zu Thies hinüber. Thies, der immer noch nicht mehr als drei Schritte laufen konnte. Thies, der nun seit Jahren im Rollstuhl saß, nicht über die Dünen laufen, nicht durch die Wellen schwimmen, kein Pferd besteigen konnte.

Ihre Blicke trafen sich. Thies wußte genau, was der Freund dachte und empfand. Er nickte lächelnd. Er als einziger war nicht überrascht, er kannte Christians Pläne.

»Oh!« rief Stella gedehnt. »Arzt, Krischan? Dann mußt du ja weg. Und so lange studieren.«

»Weiß das denn dein Vater schon?« fragte Kapitän Termogen.

Christian schüttelte den Kopf. »Nein. Niemand weiß es. Nur ihr wißt es jetzt.«

»Das ist aber man teuer«, meinte Stine.

»Ja, ich weiß«, sagte Christian. »Aber ich werd's schon schaffen. Man kann ja nebenbei arbeiten.«

Kapitän Termogen schüttelte zweifelnd den Kopf. »Heutzutage ist das man woll schwer. In den Zeiten. Bei all den Arbeitslosen. Aber das wird sich finden, Krischan, das wird sich alles finden. Wenn du erst mal mit der Schule fertig bist, werden wir drüber reden.«

»Dann kann ich deine Sprechstundenhilfe werden«, meinte Stella, »so eine wie Dr. Svensen hat. Dann kriege ich ein weißes Häubchen und einen weißen Kittel und pieke die Leute in den Arm. Ja, Krischan?«

Christian lächelte. Sie war doch noch ein Kind. Manchmal, wenn sie einen so ernsthaft anschaute und vernünftig redete, konnte man es fast vergessen. »Noch ein Beruf«, sagte er mit erwachsener Überlegenheit. »Ich fürchte, Stella, du wirst noch viele Einfälle haben. Ich denke, du wirst Töpferin.«

»Archäologin«, warf Thies ein.

»Nee, Schafzüchter hat sie zu mir gesagt«, lachte Kapitän Termogen.

»Alles Unsinn!« sagte Stine und trank ihren Tee aus. »Heiraten wird sie und Kinder kriegen. Das ist das beste.«

»Nö«, rief Stella temperamentvoll. »Das bestimmt nicht. Das ist mir viel zu langweilig. Das kann jede.« Sie bog sich zurück und dehnte die Arme über dem Kopf. »Ich möchte etwas sein, etwas Besonderes, was nicht jeder ist. Ich möchte einfach ein richtig tolles Leben haben.«

Jetzt wurde sie von allen ausgelacht. Kapitän Termogen gab ihr einen Klaps. »Das ist eine feine Idee, min Deern. Das machst du. Und jetzt gehst du schlafen. Für ein tolles Leben muß man Kräfte sammeln. Da fang man immer schon mit an.«

13

Zwei Jahre lebte Stella nun auf der Insel, und zwei Jahre waren vergangen wie ein Tag. Ein randvoll erfülltes Kinderdasein, dessen Glück durch keine dunkle Stunde getrübt wurde. Selbst die Masern im vergangenen Frühjahr waren ein Vergnügen gewesen. Man lag im Bett, der Doktor kam jeden Tag, scherzte mit ihr, Onkel Pieter schlich mit besorgter Miene ins Zimmer: »Wie geht's dir heute, min Deern? Siehst aber schon viel besser aus. Nun lach doch mal.«

Stine brachte ständig kleine Leckereien, als der Appetit wieder vorhanden war. Thies, der nur bis zur Tür durfte, winkte von seinem Rollstuhl aus und las dann eine Geschichte vor. Und heimlich, wenn keiner es merkte, schlüpfte Tönjes ins Zimmer und legte sich zufrieden vor das Bett.

Nur Christian fehlte. Er hatte angefangen mit dem Unsinn, wie Kapitän Termogen es nannte. Acht Tage vor Stella mußte er sich ins Bett legen. Als er aufstehen durfte, saß auch Stella schon wieder ganz vergnügt in ihrem Bett, die roten Zöpfchen, die damals noch vorhanden waren, auf dem weißen Nachthemd, und berichtete von ihren Fiebertraumreisen.

»Du hast 'ne Phantasie«, meinte Christian dann bewundernd. »Bald so wie Thies. Ich hab' nichts geträumt.«

»Was 'ne langweilige Krankheit, Krischan«, sagte Stella. »Fieber ist was Feines. Man schwebt, und der Himmel ist voll bunter Träume.«

Das graue, häßliche Haus in Berlin hatte Stella vergessen. Kaum wußte sie noch, wie ihre Mutter aussah. Die düstere Kulisse der ersten Jugend war verblaßt, war weggewischt, als sei sie nie dagewesen. Einmal, im zweiten Sommer ihres Aufenthaltes auf der Insel, kam Schwester Marie zu Besuch. Ihre Freude, als sie Stella wiedersah, kannte keine Grenzen. Wie blühend sah das Kind aus! Schmal und hochgewachsen, mit dünnen Armen und Beinen, das noch immer. Aber sie hatte gebräunte Wangen und blanke Augen, sie lachte und strahlte den ganzen Tag, hatte ständig etwas zu erzählen und war ein glückliches, unbeschwertes Kind geworden.

»Sie hat der liebe Gott in Stellas Leben geschickt«, sagte Schwester Marie zu Kapitän Termogen.

Der wehrte verlegen ab. »Der liebe Gott wär' vielleicht gar nicht drauf gekommen«, meinte er. »Das haben Sie besorgt, Schwester Marie.«

Er zündete umständlich seine Pfeife an, und überlegte eine Weile, bis er die richtigen Worte fand, um auszudrücken, was seiner Meinung nach dazu noch zu sagen war. »Sie haben nicht nur für Stella etwas Gutes getan. Für mich auch. Für uns alle hier. Sehen Sie sich Thies an. Seit seine kleine Schwester hier ist, wie er Stella manchmal nennt, ist er viel gelöster, viel fröhlicher geworden. Sie sorgt dafür, daß ihm niemals langweilig wird.«

Das verwunderte Marie am meisten, wie lebhaft und gesprächig Stella geworden war. Früher war sie schweigsam gewesen, hatte oft niedergedrückt und trübsinnig in die Welt geschaut, selten, daß sie einmal gelacht hatte. Ein verschlossenes, unfrohes Kind, ein Kind der

Hinterhöfe, blaß und ungesund. Nichts mehr davon zu finden. Mit bloßen Beinen lief sie über die Dorfstraße, kletterte zu Maries Entsetzen mit Krischan auf die Bäume und schwang sich mit einem Sprung über den Steinwall, der den Garten umschloß. Mit jubelndem Schrei lief sie ins Meer, ließ sich von den Wellen überrollen und hinaustragen, so weit, daß Marie das Herz stehenblieb.

»Kind, schwimm doch nicht so weit hinaus. Das Meer ist gefährlich.«

»Das Meer ist mein Element«, lachte Stella. »Ich bin Sarnade.«

»Wer ist denn das?«

»Eine Nixe. Eine schöne, rothaarige Nixe, die im Meer lebt. Du mußt Thies fragen, er wird es dir erzählen.«

Längst war Stella eine perfekte Reiterin geworden, sie kutschierte die Braunen so sicher über die Landstraße, als sei sie auf dem Kutschbock großgeworden.

»Hier will ich nie mehr weg«, sagte sie. »Nie mehr.«

»Seltsam«, sagte Schwester Marie zu Kapitän Termogen, »seltsam, wie sich ein junger Mensch wandeln kann. Ich erkenne Stella kaum wieder. Woher hat sie bloß dieses veränderte Wesen bekommen?«

»Och«, meinte der Kapitän, »es hat woll in ihr dringesteckt. Man weiß ja nie genau, was in einem Menschen alles drinsteckt, nöch? Weiß man ja von sich selber nicht mal genau. Wenn ich denke, als ich ein junger Mann war und in die Welt 'rauszog, na, da hab' ich mich manchmal über mich selber mächtig gewundert. Hier zu Hause bei uns, da ging es ordentlich streng zu, da durften wir nicht mucksen. Als ich dann meine erste große Reise machte, als Dritter Offizier nach Südamerika, ja . . .« Er spitzte genießerisch die Lippen. »Müßte ich Ihnen direkt mal erzählen, Schwester. Weiß natürlich nicht, was Sie dazu sagen werden. Also das war so . . .«

Schwester Marie errötete ahnungsvoll schon vorweg, und der Kapitän begann ein langes Garn zu spinnen, wobei er aber durchaus Rücksicht auf seine Zuhörerin nahm. Denn was so ein richtiger alter Kapitän ist, der kennt zwar das Leben, aber er ist auch ein Gentleman.

Eine bessere Erklärung für Stellas verändertes Wesen fand Dr. Möller aus Berlin, der ebenfalls im selben Sommer überraschend im Termogen-Haus auftauchte, um sich, wie er es ausdrückte, einmal nach seiner kleinen Patientin umzusehen.

Auch er fand Stella sehr zu ihrem Vorteil verändert, ließ es sich nicht nehmen, sie genau zu untersuchen, lud sie anschließend nach Westerland in die Konditorei Orth zu Kaffee und Kuchen ein, ging am nächsten Tag mit ihr zum Schwimmen, wobei er wesentlich den kürzeren zog.

In Berlin sagte er dann zu Schwester Marie: »Es ist gar nicht so schwer zu erklären. Wir kennen genug Fälle dieser Art. Es ist eine Frage der Umwelt. Wenn ein Mensch in eine ihm gemäße Umwelt kommt, das heißt also in eine solche«, er hob dozierend den Finger, »in der er sich wohl und zu Hause fühlt, anerkannt und geliebt wird, dann erst entwickelt er sein wirkliches Selbst und zeigt seine besten Seiten. Freilich, es gibt zweierlei Arten von Menschen. Einmal die, die sich die Umwelt selber schaffen, die sich rücksichtslos durchsetzen; ihr Wesen, ihr Wille bestimmt das Leben um sie her. Zu diesen gehört Stella nicht, wird sie niemals gehören. Sie gehört zu den anderen, den Echomenschen, wenn ich sie einmal so nennen darf. Sie nehmen alles auf, was um sie herum vorgeht. Und ist es eine ausgeglichene, harmonische Umgebung, eine gesunde Luft im weitesten Sinne, dann werden sie selbst gesund, harmonisch und, logischerweise, glücklich. Alles, was positiv in ihnen ist, kommt zum Vorschein, strahlt wieder nach außen, verändert sie selbst und beeinflußt die Umwelt. Das trifft für Stella zu. Ohne Liebe, ohne Fürsorge wird sie immer blaß und gehemmt sein, nur ein Schatten ihrer selbst. Aber da, wo sie glücklich ist, wo sie sich geliebt weiß, dort ist sie ein anderer Mensch. Eben so wie sie jetzt ist.«

»Und wenn sie einmal nicht mehr dort sein kann?« fragte Schwester Marie sorgenvoll.

»Das bleibt abzuwarten. Ihr Glück war es, daß sie dort hinkam, als sie jung genug war, um sich wandeln zu können. – Eine glückliche Kindheit kann ein ganzes Leben prägen. Es ist wie ein unerschöpflicher Reservetank, aus dem man ein Leben lang immer wieder Kräfte ziehen kann. Auch wenn das Leben einmal schwerer wird. Was sie braucht, ist Liebe. Eine gewisse Leichtigkeit des Lebens. Ich bleibe bei dem, was ich Ihnen damals schon sagte. Sie ist ein seltenes Gewächs. Es würde mich wundern, wenn sie nicht immer genügend Liebe bekäme, auch wenn sie einmal erwachsen ist.«

»Liebe, ja sicher«, meinte Schwester Marie nachdenklich. »Aber Liebe muß nicht immer Glück sein.«

»Irrtum, Schwester«, sagte Dr. Möller überzeugt. »Liebe ist immer Glück. Ein Gefühl, das kein Glück erzeugen kann, ist auch keine Liebe.«

»Es trägt aber oft diesen Namen.«

Dr. Möller schwieg eine Weile und nickte dann langsam mit dem Kopf. »Stimmt auch wieder. Es trägt oft diesen Namen. Man kann also nur danach streben, so klug zu werden, daß man die Hochstaplerin erkennen lernt, die sich den Namen Liebe zulegt und die doch in Wahrheit Torheit oder Versuchung heißt.«

Dr. Möller hatte also eine Erklärung. Die Menschen, die um Stella lebten, machten sich weniger Gedanken um ihre Verwandlung. Kapitän Termogen war der einzige, der ihre frühere Umgebung kannte.

Aber der war gewiß kein Psychologe und hatte daher keine Theorie für das neue Wesen seiner Großnichte. Ihm hatte es nicht gefallen in der engen dunklen Wohnung in Berlin. Er hatte das Kind da 'rausgeholt, das war gut und richtig gewesen, und damit war der Fall für ihn erledigt. So wie Stella sich an die neue Umgebung, an die Menschen dieser Welt gewöhnt hatte, so hatten sich die anderen an sie gewöhnt. Sie hatte sich ihnen angepaßt, als wäre sie in dem alten Friesenhaus groß geworden. Und es war so schnell gegangen, daß keiner sie mehr als Fremdling empfand, nach ganz kurzer Zeit schon.

Übrigens hatte Dr. Möller unrecht, wenn er meinte, es sei nur das Ergebnis der beglückenden Umwelt. Es war vielmehr ein ihr angeborenes Talent, sich einer neuen Umgebung, neuen Menschen anzupassen, sich mühelos zu akklimatisieren, und das Vergangene fallenzulassen, es zu vergessen. Ein Talent übrigens, das ihr lebenslang treu bleiben sollte, auch dann, wenn die Umstände weniger glücklich waren.

Die Leute von Keitum hatten ihr das Eingewöhnen nicht schwer gemacht. Zwar waren die Inselfriesen zunächst zurückhaltende Leute, doch wenn man sie erst richtig kennenlernte, zeigten sie große Herzlichkeit, einen urwüchsigen Humor, und hatten vor allem eine großzügige Art, Menschen und Dinge zu betrachten. Man hatte hier nie in engem Rahmen gelebt. Die Welt lag den Seefahrern vor der Tür. Gerade Keitum barg in seinen Häusern genug Erinnerungen an vergangene, erfolgreiche Zeiten, als die meisten der Männer zur See fuhren und viele davon es bis zum Kapitän brachten, dank Intelligenz, Zuverlässigkeit und einer besonderen mathematischen Begabung, die den Inselfriesen eigen war. Im 18. Jahrhundert hatte diese Entwicklung einen Höhepunkt erreicht. Damals navigierten die Sylter Kapitäne Schiffe aller Nationen über die Weltmeere, denn die Reedereien waren stark interessiert an diesen seekundigen Männern. Schwere Zeiten kamen, als Napoleon über Europa herrschte. Der Handel stockte, auf der Insel kehrte die Not ein. In der Mitte des 19. Jahrhunderts aber waren es wieder von der Insel allein einhundertsechsunddreißig Kapitäne und Steuerleute, die auf der Brücke großer Schiffe standen.

Wenn die Kapitäne von ihren Reisen nach Hause kamen, brachten sie kostbare Schätze mit, aus dem Orient, aus Indien, aus China, von der anderen Seite der Erdkugel. Dann schmückten sich die Frauen mit indischer Seide und schimmernden Perlen. Seltsam nahm es sich aus an ihren hohen, festen Gestalten, ihren klaren blonden Gesichtern. Meist aber blieben die Schätze in Truhen und Schränken und mehrten einen Reichtum, von dem man nicht sprach. Die Frauen saßen am Webstuhl und fertigten aus der Wolle der runden einheimischen Schafe das feste Gewebe, das Wind und Wetter standhielt.

Gewebt wurde auch heute noch viel auf der Insel, und man hatte neuerdings sogar begonnen, einen Erwerb daraus zu machen. Die Fremden, die im Sommer kamen, kauften gern handgewebte Stoffe und nahmen sie als Andenken an die Ferienzeit mit nach Hause.

Auch Stine hatte einen Webstuhl, und Stella lernte bei ihr die alte Kunst. Sie hatte geschickte Hände, blitzschnell sauste das Schiffchen durch die Fäden, und selten geschah es, daß es einmal über sein Ziel hinausschoß und klappernd zu Boden fiel.

Die unerreichte Meisterin in Keitum war jedoch Nora Jessen, die in einem der ältesten Friesenhäuser des Ortes wohnte, dort, wo die Straße nach Westerland hinausführte. Nora war auch die erste, die daran gedacht hatte, mit dem Weben Geld zu verdienen. Ihr Mann war aus dem Krieg nicht zurückgekehrt, und seitdem lebte sie allein mit ihrer Schwiegermutter und ihrer Tochter in dem Haus.

Nora war nicht auf Sylt geboren. Sie stammte aus Hamburg und war als blutjunges Mädchen Dirk Jessen begegnet, der damals im Sommer bei der Hapag fuhr, auf einem der Schiffe, die die Feriengäste auf die Insel beförderten.

Sechs Wochen vor dem Ausbruch des Krieges hatten Nora und Dirk geheiratet. Aber es blieb der jungen Frau nicht die Zeit, um sich an die Liebe, geschweige denn an die Ehe zu gewöhnen. Ihr Eheleben hatte, wenn man die Flitterwochen und Dirks Urlaubstage zusammenzählte, nicht einmal ein halbes Jahr gedauert. Die übrige Zeit lebte sie allein mit der Mutter ihres Mannes im Haus der Familie in Keitum.

Die alte Güde war keine angenehme Schwiegermutter. Sie hatte für ihren Sohn eine reiche Bauerntochter aus Morsum ausgesucht gehabt. Als er die achtzehnjährige, zierliche Nora ins Haus brachte, machte sie aus ihrer Abneigung gegen die unerwünschte Schwiegertochter kein Hehl. Eine von der Stadt, gut einen Kopf kleiner als die stattlichen Friesinnen, mit dunklem Haar und großen, dunklen Augen, mit Händen so fein und weiß, als seien sie nie mit Arbeit in Berührung gekommen.

Die Hochzeit hatte in Hamburg stattgefunden, und Güde hatte sich geweigert, daran teilzunehmen. Ihr Sohn hatte nicht darauf bestanden. Ihm schien es besser, daß Noras Herkunft auf der Insel verborgen blieb. Denn Nora stammte keineswegs aus achtbarer Familie. Dirk hatte zwar seiner Mutter gesagt, Noras Vater sei schon lange tot, doch es blieb natürlich nicht verborgen, daß es diesen Vater nie gegeben hatte. Noras Erzeuger war ein spanischer Matrose gewesen, der ihre Mutter auf der Reeperbahn kennengelernt hatte, wo sie in einem recht zweifelhaften Lokal tätig war. Die Umgebung, in der dieses Kind des Zufalls aufgewachsen war, blieb nach Dirks Meinung besser unbekannt. Das würde seiner jungen Frau das Leben erleichtern. Darum schwieg er über Noras bisheriges Leben, denn zum Lügen war er unbegabt. Sein Schweigen jedoch war aufschlußreich genug und ließ den wildesten Vermutungen Spielraum. Flüsternd erzählte man sich im Ort, Nora sei ein »solches« Mädchen aus St. Pauli. Dabei war sie rein und unberührt, als Dirk sie kennenlernte Sie arbeitete als Verkäuferin, und alles, was sie zweifellos in ihrer Kindheit gesehen und gehört hatte, war ohne Eindruck auf sie geblieben. Ein zartes, etwas verträumtes Mädchen, mit einem allerdings lebhaften Temperament, das nur noch nicht recht entwickelt war. Ihre Mutter, die damals noch jung war, Ende der Dreißig etwa, war allerdings das, was man Nora fälschlicherweise nachsagte: eine Dirne in den Seitengassen der Reeperbahn. Dabei aber eine gutmütige Person mit dem Herzen auf dem rechten Fleck. Das einzige, was sie auf der Welt liebte, war diese Tochter. Und sie hatte getan, was in ihrer Lage möglich war, um von dem Mädchen unerfreuliche und verderbliche Einflüsse fernzuhalten. Nora sollte nicht werden, was ihre Mutter war.

Darum begrüßte Noras Mutter die frühe Heirat ihrer Tochter und erst recht den Ortswechsel, der damit verbunden war, wenn auch sie selbst dadurch das einzige verlor, was ihrem Leben einen beglückenden Inhalt gab. Sie starb gegen Ende des Krieges an einem Lungenleiden. Übrigens hatte Dirk niemals in voller Tragweite begriffen, welchen Beruf Noras Mutter ausübte. Er gab sich damit zufrieden, daß sie Kellnerin in einem Lokal an der Reeperbahn war.

Nora war immerhin alt genug, um zu begreifen, in welchem Milieu sie lebte und was die Veränderung für sie bedeutete. Ihre Mutter hatte sie gründlich darüber belehrt. Sie kam voll guten Willens nach Keitum, voller Bereitschaft, eine tüchtige Frau zu sein, ihren Mann zu lieben, ihre Schwiegermutter zu achten, mit allen Leuten gut Freund zu werden und jede Arbeit zu tun, die man von ihr verlangte.

Aber es wurde ihr schwer gemacht. Und aller guter Wille half nicht immer, ihr jäh aufflackerndes Temperament zu zügeln. Dann gab es Streit und Ärger im Jessen-Haus. Besonders schlimm war es natürlich dadurch, daß Dirk nicht bei ihr sein konnte. Sie hatte ihren Mann zärtlich geliebt, und die ersten Wochen ihrer Ehe waren ein ungetrübtes Glück gewesen, zumal Nora, trotz ihrer Jugend, von geradezu glühender Leidenschaft erfüllt war. Eine Naturbegabung der Liebe gewissermaßen, denn der junge Dirk war keineswegs ein sehr erfahrener Liebhaber gewesen. Wenn er auf Urlaub kam, fielen sie sich in die Arme, und während seines Daseins versank die Welt um sie. Auch dies erregte den Zorn von Güde. Eine anständige Frau gab sich der Liebe nicht so hin. Sie lief nicht herum mit dunkelflammenden Augen, bebenden Lippen, abwechselnd blaß und rot, blaue Schatten unter den Augen, und voller Unruhe, sobald der Mann in ihre Nähe kam.

Wie schwer der jungen Frau unter diesen Umständen das Alleinsein fiel, war leicht zu denken. Sie haßte und verfluchte den Krieg und konnte in einen rasenden Zorn verfallen, wenn irgend jemand eine patriotische Bemerkung machte, wie sie zu jener Zeit üblich waren. »Mir ist es egal«, rief sie mit wilden Augen, »ob wir den Krieg verlieren. Nur zu Ende soll er sein. Zu Ende. Gleich. sofort!«

Man schüttelte den Kopf über sie, die Männer schmunzelten und blickten ihr heimlich nach, wenn sie mit ihrem tänzerischen, anmutigen Gang an ihnen vorüberging; die Frauen mieden sie oder bedachten sie mit offener Feindseligkeit.

Als dann ihre Tochter geboren wurde, hoffte Güde, hoffte Nora selbst, daß nun mehr Ausgeglichenheit und Ruhe in ihr Leben kommen, daß die Mutterschaft ihr einen neuen Lebensinhalt geben würde. Nora liebte ihr Kind zärtlich. Aber niemals konnte das Kind sie über die Trennung von ihrem Mann hinwegtrösten.

Im letzten Kriegswinter fiel Dirk Jessen. Und was Nora damals in ihrem Schmerz aufführte, war bis heute im Ort unvergessen. Dirk war nicht der einzige Mann, der nicht zurückkehrte. Die Friesinnen trugen ihr Leid stumm, sie sprachen nicht davon. Jahrhundertelang waren diese Frauen daran gewöhnt, daß die Männer nicht heimkehrten. Es mußte dazu kein Krieg sein. Das Meer behielt sie immer wieder; Männer, Väter und Söhne. Und jede dieser Frauen hatte ständig in der Nachbarschaft des Todes gelebt, wohl vertraut mit dem Schmerz, den sie bei anderen gesehen, und bereit, ihn stumm und würdevoll zu tragen, wenn er bei ihr einkehren würde.

Nicht so Nora. Sie haderte mit dem Schicksal, schrie und weinte wie ein Kind, rannte mit dem Kopf gegen die Wand und machte sogar einen Versuch, sich das Leben zu nehmen. Die alte Güde schlug sie schließlich rechts und links ins Gesicht, bis sie wimmernd am Boden liegenblieb. Es waren nie erlebte Szenen in diesem Haus.

Doch Nora war jung. Auch für sie ging das Leben weiter. Leidenschaft aber war nun einmal ein Teil ihres Wesen, Leidenschaft in der Liebe, Leidenschaft im Schmerz, und wieder auch in einer neuen Liebe, die ihr begegnete.

Diese neue Liebe jedoch war ein Skandal. Und auch sie endete für Nora unglücklich. Sie wurde verlassen, der Geliebte kehrte nie zurück. Er war umgekommen, fern, in einer anderen Welt. Es war Jan, Kapitän Termogens zweiter Sohn.

Das geschah zwei Jahre nach dem Krieg. Jan hatte lange nicht nach Hause gefunden. Für ihn ging der Krieg weiter. Er kämpfte im Osten gegen die Rote Armee, lebte ein wildes, ungewisses Abenteurerleben, von dem keiner je erfuhr, wie es verlaufen war.

Eines Tages aber war er wieder da. Abgerissen und halb verhungert, aber dennoch ein Bursche, nach dem jedes Mädchen sich umsah. Groß und breitschultrig, mit gewandten, eleganten Bewegungen, ganz anders geartet als die schwerfälligen Friesen. Immer lächelnd und überlegen, trotz seiner Jugend schon ein richtiger Mann. Er war einer von den dunklen Termogens, mit schwarzem Haar und bräunlicher Haut. Und das waren auch immer die unruhigen Termogens gewesen, die friedlosen, die lebenshungrigen. Er verbreitete Unruhe, wo er ging und stand, verwirrte die Köpfe, stritt sich mit den Männern im Wirtshaus, trank damals schon jeden unter den Tisch, und war hinter jedem hübschen Mädchen her.

Mit seinem Vater bekam er bald Streit. Denn für eine ordentliche Arbeit, für einen Beruf, nicht einmal für Mitarbeit auf dem Hof war Jan zu haben. Er trieb sich den ganzen Tag auf der Insel herum, kam auch oft in der Nacht nicht nach Hause und wurde bald zu einem offenkundigen Ärgernis. Er war der erste, der sich Pieter Termogens fester Autorität widersetzte.

Nora und er wurden ein Liebespaar, und dies so unverhohlen, daß aus einem Ärgernis ein offener Skandal wurde. Wenn zwei so leidenschaftliche Naturen zusammentreffen, mußten die Funken sprühen. Jan lachte über das Gerede. Nora war es gleichgültig. Sie liebte, konnte endlich wieder lieben, alles andere zählte nicht für sie. Es dauerte nicht lange. Das Verhältnis zwischen Vater und Sohn spitzte sich zu, es kam zu heftigem Streit schließlich, und Jan verschwand von der Insel.

Zunächst ging er nach Hamburg, dann ins Rheinland, fand Anschluß an eine der damals üblichen politischen Unruheherde, mußte fliehen, heuerte in Rotterdam auf einem Ostindienfahrer an und kam ein Jahr darauf bei Straßenkämpfen in Bombay ums Leben. Pieter Termogen erfuhr dies erst eine ganze Weile später.

Ein kurzes, wildes Leben, ohne Hemmung verspielt und fortgeworfen. Keiner konnte wissen, ob sich der unruhige Jüngling zu einem vernünftigen Mann entwickelt hätte, ob das gute Termogen-Erbteil eines Tages die Oberhand gewonnen hätte.

Nora war wieder allein. Und im Ort verrufener als je zuvor, diesmal mit gutem Grund. Sie warf den Kopf in den Nacken und versuchte, die Stolze zu spielen. Es half ihr wenig. Die stumme Verachtung und Ablehnung, die ihr ringsum begegnete, war wie eine kalte, eisige Wand, an der sie sich wundstieß. Ihr leidenschaftliches Herz, das nach Liebe und Zärtlichkeit verlangte, wandte sich dem einzigen zu, was ihr geblieben war: ihrem Kind. Ihre Tochter Anke war damals vier Jahre alt. Und, wie sie bald bemerken mußte, ihr entfremdet und gegen sie beeinflußt. Das hatte Güde besorgt.

Schließlich floh Nora von der Insel. Sie ließ Anke bei der Großmutter und ging nach Hamburg. Was sie dort in den folgenden Jahren getan hatte, wußte auf der Insel keiner. Natürlich nahm jeder an, Nora habe in der Großstadt ihr anstößiges Leben weitergeführt.

Das stimmte jedoch nicht. Nora lebte ruhig, versuchte sich durch Nähen und Schneidern einen Lebensunterhalt zu verdienen, der allerdings sehr knapp ausfiel. Sie hatte auch einen Freund, einen jungen Lehrer, der sie sogar heiraten wollte. Sie wurde nicht glücklich mit ihm. Er vermochte nicht, die Flamme der Leidenschaft in ihr zu entzünden. Mitte der zwanziger Jahre kehrte sie auf die Insel zurück.

Warum sie das tat, darüber sprach sie nicht. Güde empfing sie ohne Frage, mit der gleichen starren Feindseligkeit wie früher. Aber natürlich hatte Nora ein Recht, in diesem Hause zu wohnen, das verwehrte Güde ihr nicht. Sie war Dirks Frau gewesen und hatte sein Kind geboren. Güde liebte sie nicht, aber sie würde sie nie verstoßen.

Jetzt erstmals bemühte sich Nora ernsthaft, zu ihrer Schwiegermutter in ein besseres Verhältnis zu kommen, und sie wählte dazu geschickt einen wohl geeigneten Weg. Sie hatte früher schon bei Güde weben gelernt, worin Güde eine Meisterin war. Nora überflügelte sie bald, was Güde widerwillig anerkennen mußte. Daneben übernahm Nora Näharbeiten, sie nannte sich Schneiderin, ihr Kundenkreis blieb jedoch klein. Dann kam sie auf die Idee, aus der Weberei ein Geschäft zu machen. Nora ließ am Gartentor einen geräumigen Schaukasten anbringen, in dem sie ihre Arbeiten ausstellte. Darüber befand sich ein Schild: Nora Jessen, Handweberei.

Güde sagte nichts dazu, sie drehte den Kopf zur Seite, wenn sie das Haus verließ oder betrat, um den Schaukasten nicht zu sehen. Andererseits freute es sie im stillen, daß Nora endlich etwas Vernünftiges tat, und als sich nach einiger Zeit herausstellte, daß Nora ihre Arbeiten recht gut verkaufte, ließ sich erst recht nichts mehr dagegen sagen. Denn Geld war knapp im Hause Jessen, sie hatten sich all die Jahre recht mühselig durchgeschlagen.

Das Verhältnis zwischen Nora und ihrer Tochter Anke war immer noch merkwürdig. Es bestand auf seiten der Mutter in einem ständigen zärtlichen Bemühen um die Liebe der Tochter, und auf seiten Ankes in einer kühlen Höflichkeit, an der rein äußerlich nichts zu bemängeln war, die aber Noras warmes Herz gefrieren ließ.

Anke ähnelte ihrer Mutter in keiner Weise, sie war ganz nach Dirks Familie geschlagen: groß und kräftig gewachsen, mit heller Haut, blauen Augen und blondem Haar. Sie war ein ausgesprochen hübsches Kind, doch von ernstem, zurückhaltendem Wesen und allem abgeneigt, was aus dem gewohnten Rahmen fiel. Das aber tat ihre Mutter. Anke spürte es schon als Kind.

Ankes unpersönliche Reserviertheit war Noras ständiger Kummer, von dem sie sich allerdings meist nichts anmerken ließ, nur manchmal, wenn sie einen ihrer jähen Temperamentsausbrüche hatte, die sich je nachdem in wilder Zärtlichkeit oder in ebenso wildem Zorn äußerten, wurde er erkennbar. Dann betrachtete Anke ihre Mutter kühl und abweisend, und Nora gab sich geschlagen. Ihr Charme, den sie in hohem Maße besaß, nützte ihr weder bei der Schwiegermutter noch bei der Tochter.

Um so mehr allerdings, wenn Kunden kamen. Besonders wenn ein Mann dabei war. Denn wer vielleicht nur einen handgewebten Eierwärmer oder einen Kissenbezug kaufen wollte, um ein Andenken an den Urlaub zu haben, der hatte plötzlich einen Rock, eine Jacke oder ein paar Meter Stoff gekauft, nachdem er eine Weile mit Nora geplaudert hatte. Nicht selten kam es vor, daß Nora von einem Sommergast eingeladen wurde, zu einem Ausflug, einem Abendbummel nach Westerland. Doch sie lehnte immer ab, ängstlich bemüht, die so schwierig gewonnene Position in ihrem eigenen Hause und bei den Dorfbewohnern nicht zu gefährden. Ein kleiner, heimlicher Trost, den sie sorgfältig verbarg, wurde mit der Zeit unentbehrlich für sie: ab und zu ein Glas Schnaps, nicht zuviel, aber doch regelmäßig.

Stella fühlte sich vom ersten Tag an zu Nora hingezogen. Ein Mädchen wie sie entwickelt früh einen gewissen weiblichen Instinkt, der sie ein reizvoll und besonders geartetes Frauenwesen erkennen läßt und der sich, bei einem Kind, noch als Neugier und Interesse äußert.

Gleichzeitig aber war Noras Tochter die einzige wirkliche Feindin, die Stella im Ort besaß. Die Mädchen waren gleichaltrig und gingen in dieselbe Klasse. Nora hatte darauf bestanden, daß ihre Tochter die Schule in Westerland besuchte, obwohl Güde es für überflüssig hielt.

Anke mochte Stella nicht. Das war ganz logisch. Was Stella an Nora anzog und was dagegen Anke an ihrer Mutter störte, war zwischen den Kindern bereits gegeben. Auch Anke entdeckte in Stella die ihr verhaßte Frauenart: das Andersartige, Besondere, auch wenn es sich in einem Kind noch nicht deutlich zeigen konnte. Aber es gab Äußerlichkeiten genug, die Anke unbewußt ablehnte: das rote Haar, die seltsamen Augen, Stellas beschwingtes, wandelbares Wesen. Nora war wohl der Anlaß, daß die in jeder Durchschnittsfrau schon im Kindesalter ausgeprägte Abwehr gegen Andersartiges bei Anke besonders stark entwickelt war. Dazu kam noch eine Art Eifersucht. Der Grund war Christian.

Anke und Christian waren Nachbarskinder, und Christians jüngste Schwester Jensine Ankes beste Freundin. Früher war Anke das einzige Mädchen gewesen, mit dem Christian gelegentlich einmal spielte, falls sein Leben mit Thies ihm dazu Zeit ließ. Aber nun war

Christian nur noch mit der Fremden zusammen, das konnte Anke ihm nicht verzeihen.

Beim Biikenbrennen im ersten Jahr nach Stellas Ankunft auf der Insel kam es zum erstenmal richtig zum Ausdruck.

Das Biikenbrennen fand jedes Jahr im Februar statt und war ein Fest, das die ganze Insel feierte. Der Winter wurde damit verabschiedet, der Frühling begrüßt. Der Brauch stammte aus alten Zeiten, als an einem bestimmten Tag auf allen nordfriesischen Inseln auf einer hohen Düne ein Feuer entzündet wurde, das von Insel zu Insel grüßte und den Fischern und Seefahrern ankündigte, daß die Winterruhe vorbei sei und die Schiffe sich zum Aufbruch rüsten sollten.

Jetzt war ein Volksfest daraus geworden. Die Kinder sammelten schon Wochen vorher Reisig und Stroh und alte Christbäume, stapelten alles hinter der Düne, und vor dem Biikentag wurde es aufgeschichtet, in Keitum auf dem Tipkenhoog, der höchsten Stelle am Kliff, dann wurde ein brennendes Teerfaß hineingerollt, und alt und jung tanzte um das Feuer.

Getanzt wurde den ganzen Tag. Die Kinder hatten natürlich schulfrei, und zum Abschluß gab es in jedem Haus ein Festessen, meist Kasseler mit Grünkohl.

Als sie damals um das Feuer standen und die alten Lieder sangen, und Stella eifrig mitsang, obwohl sie den Text noch nicht recht kannte, gab ihr Anke plötzlich einen heftigen Stoß.

»Was willst du denn hier? Du gehörst nicht zu uns. Und du singst ganz falsch.«

Stella blickte sie mit erschrockenen Augen an, hilflos gegenüber der unvermuteten Feindschaft, die ihr da entgegenschlug. Christian, der neben ihr stand, griff nach ihrer Hand.

»Los, sing«, flüsterte er. »Es war ganz richtig.«

Anke schnitt eine wütende Grimasse und gab Stella noch einmal einen Stoß, der sie fast umgeworfen hätte. Da schob sich Christian ruhig zwischen die beiden Mädchen, ohne seinen Gesang zu unterbrechen. Das war alles. Aber es war der Anfang einer nie endenden Feindschaft, die Stella vor allem in der Schule zu schaffen machte, wo kein Christian zugegen war, um sie zu schützen. Anke lernte fleißig und war sehr aufmerksam im Unterricht. Stella war intelligenter und hatte eine raschere Auffassungsgabe, aber leider ließen Fleiß und Aufmerksamkeit bei ihr zu wünschen übrig. So zog sie oft den kürzeren gegenüber Anke, die es nie unterließ, Stella eins auszuwischen, wenn es möglich war. Ihr verdankte Stella auch eine empfindliche Strafe bei einer Klassenarbeit. Es handelte sich um Mathematik, worin Stella ein ständiger Versager war, während Anke, wie viele Inselbewohner, ein besonderes mathematisches Talent besaß.

Stella, rettungslos festgefahren, blickte sich hilfesuchend um und bekam von einer Mitschülerin einen Zettel mit den Lösungen zugeschoben. Anke hatte es gesehen. Sie petzte nicht öffentlich, das hätte ihr das Verdammungsurteil der Klasse eingetragen. Aber es gelang ihr, das Tintenfaß aus seiner Vertiefung zu heben und so zu schwenken, daß die Tinte überschwappte und Stella bespritzte. Stella stieß einen leisen, erschrockenen Ruf aus und drehte sich um. Da war auch schon der Lehrer heran, um zu sehen, was los sei, und entdeckte den Zettel auf Stellas Schoß. Sie wurde aus der Klasse verwiesen, bekam einen Tadel und mußte die Klassenarbeit mit neuen Aufgaben in Klausur wiederholen, wobei sie jämmerlich versagte. Diesmal schien ihre Versetzung ernstlich gefährdet.

»Das hast du absichtlich getan«, fuhr sie Anke an, als sie sie am nächsten Tag traf.

Anke preßte die Lippen zusammen wie ihre Großmutter und musterte Stella aus schmalen Augen. »Absichtlich? Warum sollte ich das tun? Ich konnte doch nicht wissen, daß du zu dumm bist, so ein paar einfache Aufgaben zu lösen.«

Die beiden Kinder starrten sich haßerfüllt an.

»Übrigens«, fuhr Anke fort, »meine Mutter hat gesagt, sie macht dir ein neues Kleid, falls das von gestern verdorben ist.«

»Ich brauche eure Kleider nicht«, sagte Stella hochmütig. »Wir haben Geld genug, uns selber neue Kleider zu kaufen.«

»Wer, wir?« fragte Anke gedehnt. »Du doch nicht. Kapitän Termogen vielleicht.«

»Das ist dasselbe«, sagte Stella mit ernster Sicherheit.

Anke lachte. »Was du dir einbildest. Da wo du schon herkommst.«

Stella ballte die Fäuste, und es sah fast so aus, als würden sich die beiden Mädchen handgreiflich in die Haare geraten. Doch plötzlich lächelte Stella, ganz leicht und ein wenig spöttisch, der übliche Stimmungsumschwung bei ihr. »Du bist mir viel zu dumm«, sagte sie lässig. »Onkel Pieter sagt immer, mit dummen Leuten soll man nicht streiten, da wird man selber dumm davon.« Sie wandte sich um und ließ Anke stehen.

Die anderen Mädchen hatten stumm der Auseinandersetzung beigewohnt, begierig, was daraus werden würde. Die Sympathien waren geteilt.

»Au, der hast du's aber gegeben«, meinte Doort, ein Mädchen aus Kampen, das Stella immer sehr bewunderte, bei allem was diese sagte oder tat.

Stella zuckte die Achseln. »Die ist bloß neidisch«, sagte sie kühl. »Weil sie nie in die Blumen kieken kann.«

Doort machte erstaunte Augen. »In die Blumen kieken? Was heißt denn das?«

»Das sagt Thies immer«, erklärte ihr Stella. »Es gibt Leute, die können in die Blumen kieken und können sehen, wie sie leben. Und andere können es eben nicht. Das ist der ganze Unterschied zwischen den Menschen. Sagt Thies.« Sie lächelte Doort liebenswürdig an und fügte hinzu: »Du kannst es auch nicht.«

Doort war nicht gekränkt. Es erschien ihr ganz selbstverständlich, daß ein Mädchen wie Stella in die Blumen kieken konnte und eines wie sie nicht.

Diese Szene spielte sich ab, als Stella vierzehn Jahre alt war, hochaufgeschossen, sehr schlank, mit endlos langen, dünnen Beinen, einer kleinen Andeutung von einem künftigen Busen, mit immer noch kurz geschnittenem Haar und einem schon geformten Gesicht. Kein Kindergesicht mehr. Die zukünftige Stella war schon darin zu erkennen: der sanfte Bogen der Wange, die gerade, schmalrückige Nase und der schöngezeichnete, große Mund der Termogens. Bemerkenswert waren ihre Hände: schlanke, langfingrige Hände mit langen, gutgeformten Nägeln, sehr biegsam in den Gelenken, verratend, wie sensibel und labil sie war.

In diesem Frühling wurde sie konfirmiert. In der St.-Severins-Kirche in Keitum, dieser schönen alten Kirche mit dem schweren eckigen Turm, hoch überm Meer gelegen, ein Wahrzeichen der Ostseite der Insel.

Kapitän Termogen hatte Stellas Mutter einen herzlichen Brief geschrieben, ob sie nicht kommen und an der Feier teilnehmen wolle. Die nie wiederholte Einladung drückte auf sein Gewissen. Die Verbindung zwischen Sylt und Berlin war ohnedies sehr dünn geworden. Stella schrieb selten. Und wenn sie es tat, war es Thies, der sie dazu veranlaßte. Nach und nach waren die Briefe immer nichtssagender geworden. Mir geht es gut, gestern waren wir Krebse fangen, die Katze hat Junge gekriegt, wir haben ein neues Pferd. In der Schule geht alles gut. Flüchtig hingemalte Kinderbriefe an eine entfernte Verwandte, die einen nicht interessierte.

Lene kam nicht zur Konfirmation. Sie schrieb in einem kurzen Brief, daß sie sich gesundheitlich nicht auf der Höhe fühle. Alles Gute. Auch sie hatte diesem Kind, das so weit entfernt von ihr lebte, wenig zu sagen.

Aber Schwester Marie kam. Und alle erschraken, als sie sie sahen. Sie war alt geworden, ihr Haar ganz weiß, das Gesicht voller Runzeln, der Gang mühsam. Ein langes Leben voller Mühe und Plage und Nachtwachen, ein Leben, nur gelebt für andere, präsentierte seine Rechnung.

Sie starb dreiviertel Jahr darauf. An einem sehr markanten Tag. Irgendwo waren sich in einer Kneipe am Alexanderplatz in Berlin einige Leute wegen verschiedener politischer Meinungen in die

Haare geraten. Es gab ein gebrochenes Nasenbein, einen verrenkten Arm und allerdings auch einen Messerstich in die Lunge.

Eigentlich hatte Schwester Marie an diesem Abend frei. Aber die Lunge mußte gleich operiert werden, so kam sie wieder aus ihrem Zimmer hinunter in den Operationssaal.

»Ein Kommunist«, flüsterte die Narkoseschwester ihr bei den Vorbereitungen zu.

Schwester Marie gab keine Antwort. Das interessierte sie jetzt nicht.

Die Operation dauerte lange, der Chirurg gab sich alle Mühe, doch es war vergebens. Eine Stunde später rollten sie einen toten Kommunisten aus dem Saal, ein kleines zusammengesunkenes Etwas unter dem weißen Tuch. Ein sinnloser Tod. Er hätte ja sagen können. Oder ein sinnvoller Tod, gerade weil er nein gesagt hatte? Wer wußte das? Wo wurde das entschieden?

Schwester Marie ging langsam, mit schleppenden Schritten die Treppe hinauf zu ihrem Zimmer im Dachgeschoß der großen Klinik. Sie war müde, unendlich müde. Der Rücken schmerzte, die Füße taten ihr weh, und in ihrem Kopf sauste es so merkwürdig. Die Stufen der Treppe verschwammen vor ihrem Blick. Ich muß lange schlafen, dachte sie. Einmal richtig ausschlafen. Wie jung der Bursche war, höchstens zwanzig. Und nun schon tot. Warum sie sich wohl immer stritten. Die einen wollten dies, die anderen das. Sie haßten einander und bekämpften sich und töteten sich. Für all dies leere, nichtige Gerede, das den Menschen nichts half und nichts nützte. Ideen, Ideale, oder das, was sie dafür hielten. Parteien. Es war ihr ein verhaßtes Wort. Sie vergaßen darüber die einzig wirklich notwendige Partei, der anzugehören wichtig war: die Menschlichkeit. Barmherzigkeit, Menschlichkeit und Güte, das war die Partei, die Schwester Marie gewählt hatte.

Was sich an diesem Tage in Berlin ereignet hatte, das hatte sie noch gar nicht richtig begriffen. Es interessierte sie nicht sonderlich. War ja wohl wieder nur so eine wichtigtuende Seifenblase, womit sie ihr Parteigezänk gelegentlich krönten. Es war immer dasselbe. Am Ende lagen sie alle stumm und steif unter einem weißen Tuch. War ganz gut so. Einmal mußte ja Ruhe sein, irgendwo mußte es Frieden geben, irgendwo, wenn es schon hier bei den Menschen keinen gab.

Wie viele Stufen noch? Nahm die Treppe heute kein Ende?

Nun schmerzte das Herz auch noch. Ein wilder, reißender Schmerz war es, der wie ein glühender Stahl durch den alten, müden Körper fuhr. Kaum zu ertragen. Doch, alles war zu ertragen. Alles, was kam. Schwester Marie legte die Hand auf die Klinke ihrer Tür, aber sie hatte nicht mehr die Kraft, sie hinunterzudrücken. Sie sank ganz langsam, ganz sacht vor der Tür zu Boden. Nun war der Schmerz verschwunden. Ein wunderbares Gefühl. Ruhe. Frieden. Endlich. Sie hatte gewußt, daß es irgendwo Ruhe und Frieden geben mußte.

Zur gleichen Stunde marschierten Männer mit brennenden Fackeln in den Händen durch die Straßen von Berlin. Und über ihnen, auf einem Balkon, stand einer, der hob in stetem Rhythmus grüßend den Arm. Ein käsiges, dummes Gesicht. Eine schwarze Strähne hing ihm in die Stirn. In seinem flackernden Blick brannten Haß und Gier und Triumph.

Aber bei Stellas Konfirmation, Ostern 1932, war Schwester Marie noch zugegen. Und als Stella, schmal und hochgewachsen, mit etwas abwesender Miene zum Altar schritt, flossen ihr zwei Tränen über die Wangen. Dieses Kind! Wie gut sie sich noch an die Taufe erinnern konnte. Als sie das winzige Bündel im Arm hielt und um sein Leben zitterte. Jetzt war ein großes, gesundes Mädchen daraus geworden.

Kapitän Termogen klopfte beruhigend auf die gefalteten Hände Maries. Er hatte die Tränen gesehen. Er blickte sie von der Seite an und lächelte ihr aufmunternd zu. Aber auch ihm war seltsam zumute. Stella, seine kleine Deern. Sie lebte nun schon so lange in seinem Haus, und daß sie einmal nicht dagewesen war, kam ihm höchst unglaubwürdig vor.

Stine, neben ihm, hochaufgerichtet in ihrem schwarzen Sonntagsstaat, verzog keine Miene. Im Geist überprüfte sie die Vorbereitungen für das Festmahl. Sie hätte doch nicht mit in die Kirche gehen sollen, nachher dauerte es so lange, bis sie das Essen auftragen konnte. Aber Stella hatte darauf bestanden. Es war ihr Fest, und alle sollten dabeisein. Auch Thies saß neben der Kirchenbank in seinem Rollstuhl, ein junger Mann jetzt schon, mit einem früh geprägten ernsten Gesicht, Klugheit auf der hohen Stirn, Güte in den dunklen Augen. Und natürlich Christian, breitschultrig und stämmig, mit hellen, aufmerksamen Augen, auch er ernster, als es seinen Jahren entsprach, verständig, besonnen, Sicherheit ausstrahlend und vertrauenerweckend.

In diesem Frühjahr hatten die Freunde ihre Schulzeit beendet, beide hatten das Abitur mühelos bestanden. Daß Christian Arzt werden wollte, war nun eine allseits bekannte Tatsache, und jedermann, der ihn kannte, war der Meinung, er habe eine ausgezeichnete Berufswahl getroffen. Wenn einer dazu geboren war, Arzt zu sein, dann er.

Selbst sein Vater hatte nachdenklich mit dem Kopf genickt, als er es erfahren hatte. »Hm. Muß ja woll so sein. Wenn du willst, Jung . . .« Er betrachtete seinen gescheiten Sohn mit ausgesprochenem Respekt. Kaum zu glauben, wie sich das entwickelt hatte, er und seine Frau waren schließlich ganz einfache Leute. Und von den Mädchen war keine mit besonderem Verstand geschlagen. Seltsam, daß gerade der Junge so was Besonderes geworden war. Doktor wollte er werden. Nun ja, er mußte es selbst am besten wissen, soviel wie er gelernt hatte in all den Jahren.

Nur wie das mit dem Geld werden sollte, das war Vater Hoog noch ein Rätsel. Christian war optimistisch. Er würde es schon schaffen.

Kapitän Termogen hatte seine Hilfe angeboten. Christian wehrte ab.

»Du hast schon soviel für mich getan, Onkel Pieter. Die Schule und überhaupt alles. Ohne dich wäre das alles nicht möglich gewesen.«

»Junge«, sagte Kapitän Termogen, »ohne dich wäre auch vieles nicht möglich gewesen. Thies hätte die Schule niemals besuchen können, das weißt du doch. Du hast ihm geholfen in all den Jahren, jeden Tag und jede Stunde. Besser als jeder andere ihm helfen konnte. Und wenn du mal ein Doktor bist und du hast einen Patienten mit so einer Krankheit, wie Thies sie hat, wärst du dann nicht froh, wenn der einen Krischan hätte?«

Christian schwieg, Verlegenheit im Gesicht. »Das war doch selbstverständlich«, murmelte er.

»Selbstverständlich ist überhaupt nichts auf der Welt. Nicht mal, daß die Blumen blühen. Das ist auch immer wieder ein Wunder. Und nun Schluß, darüber wird nicht mehr geredet. Ich bin kein reicher Mann, aber ich habe mehr, als ich brauche. Meine Kapitänspension, die Schafe, na, du weißt ja selber. Was wir hier so zum Leben brauchen, das haben wir sowieso. Du kriegst jeden Monat von mir etwas zu deinem Studium dazu. Und ich bilde mir ein, daß du ein verdammt guter Doktor werden wirst und Thies gesund machen kannst. Bilde ich mir ein. Und jetzt braucht er dich erst recht. Wenn er nun doch studieren will, kann er das nur tun, wenn du bei ihm bist. Oder kannst du mir sagen, wie das sonst möglich sein soll?«

Nein, das konnte Christian nicht sagen. Thies hatte sich nämlich überraschend nun auch entschlossen, einige Semester die Universität zu besuchen. Das Thema Berufswahl war in den letzten Jahren vor Thies vermieden worden. Welchen Beruf konnte ein gelähmter Junge ergreifen? Die Bitterkeit, die entgegen seinem sonstigen Verhalten aus Thies' Worten sprach, wenn einmal die Rede auf diese Dinge kam, hatte alle vorsichtig gemacht.

Christian, der zukünftige Arzt, hatte den Stier mutig bei den Hörnern gepackt. Er hatte ungeniert mit Thies über seine Zukunft gesprochen.

»Es ist nun mal, wie es ist«, hatte Christian in seiner bedächtigen

Art gesagt. »Wir können auf ein Wunder hoffen, aber wir können nicht darauf warten. Du mußt etwas tun, Thies. Du bist nicht primitiv genug, um ewig hier zu sitzen und zu warten, wie das Leben vorbeigeht. Du kannst nicht immer nur lesen.«

Thies hörte den erbarmungslosen Worten mit gesenktem Kopf zu. Dann sah er seinen Freund an.

»Was bleibt mir anderes übrig?«

»Du mußt einen Beruf haben«, beharrte Christian.«

»Beruf«, sagte Thies bitter. »Was soll ich denn für einen Beruf haben? Vielleicht kann ich Körbe flechten.«

»Das tun für gewöhnlich Blinde«, erwiderte Christian unberührt. »Deine Augen sind aber ganz in Ordnung. Und dein Kopf auch. Sogar ganz ungewöhnlich in Ordnung. Du hast gern gelernt in der Schule. Und jetzt wirst du weiter lernen.«

»Feine Sache«, meinte Thies. »Studieren um des Studierens willen. Das ist unnötig Geld hinausgeworfen. Besser, Vadding gibt es dir, du kannst wenigstens etwas damit anfangen.«

»Du auch. Das wirst du schon sehen.«

»Und du willst also so weitermachen wie bisher. Du willst dann meinen Rollstuhl durch die Universität schieben. Weißt du, was die anderen Studenten sagen werden? Der hat sich seinen ersten Patienten gleich mitgebracht, werden sie sagen. Das ist ein ganz Schlauer.«

»Das werden wir ja sehen, was sie sagen«, Christian hob langsam seine geballte Faust. »Zu mir hat jeder immer nur *einmal* gesagt, was ich nicht hören wollte. Nur einmal, und dann nicht wieder.«

Thies mußte lächeln. »Ja, Krischan«, sagte er weich. »Ich weiß. Ich weiß auch, was du für mich warst all die Jahre. Und du brauchst gar nicht so drohend die Faust zu heben. Du hast sie bisher kaum gebraucht, und du wirst sie in Zukunft noch weniger brauchen, Doktor. Wenn dich die Leute ansehen, dann sagen sie auch nicht *einmal,* was du nicht hören willst.« Leiser fügte er hinzu: »Du wirst mir fehlen, Krischan.«

Christian bekam eine rote Stirn. »Du mir auch, das ist ja klar. Und darum sollst du mitkommen.«

Wie viele solcher Gespräche zwischen den Freunden stattgefunden hatten, wußte keiner. Tatsache war, daß Thies schließlich seinem Vater mitteilte, er werde auch die Universität besuchen und Vorlesungen über Geschichte, Literatur und Kunstgeschichte hören.

»Ob ich jemals Geld damit verdienen werde, ist fraglich«, sagte er. »Du kannst ruhig nein sagen. Es ist vermutlich 'rausgeworfenes Geld.«

»Du weißt ganz genau, daß ich nicht nein sage«, erwiderte sein Vater ruhig. »Und mit meinem Geld kann ich machen, was ich will. Was aus dir einmal wird, weiß keiner, auch du nicht. Und wenn du kein Geld verdienst, macht es auch nichts. Du bist mein einziger Sohn. Und für dich wird es allemal reichen, was wir hier herauswirtschaften.«

So war es also beschlossen, daß Thies im Herbst ebenfalls die Insel verlassen und mit Christian zusammen die Universität in Kiel beziehen würde. Diese Entscheidung wurde getroffen, noch ehe die Freunde ihre Schulzeit beendet hatten. Keiner konnte wissen, daß es, soweit es Thies betraf, ganz anders kommen sollte.

Bei der Konfirmation war die ganze Familie noch beieinander. Denn daß Christian genauso zur Familie gehörte wie Stella, daran gab es keinen Zweifel.

Stella war den ganzen Tag über in Hochstimmung. Sie hatte viele Geschenke bekommen. Von Schwester Marie, von ihrer Mutter war auch ein Päckchen mitgekommen. Von Onkel Pieter bekam sie die obligatorische Armbanduhr und von Stine ein halbes Dutzend Handtücher. Für die Aussteuer. Thies hatte natürlich ein Buch geschenkt, die Buddenbrooks.

»Du bist jetzt alt genug, das zu lesen«, bemerkte er dazu. »Mit Karl May mußt du langsam aufhören.«

»Nie«, erklärte Stella. »Aber ich kann ja nebenbei auch mal was anderes lesen.«

Christian hatte zunächst nur eine Schale aus der väterlichen Werkstatt überreicht. Aber er hatte noch ein Geschenk für Stella, genierte sich nur, vor den anderen damit herauszurücken.

Nach dem ausgiebigen Festmahl machten sie beide einen kleinen Spaziergang auf das Kliff hinaus. Ein kühler, windiger Frühlingstag; über das blasse Blau des Himmels wehten kleine eilige Wolken. Stellas kurze rote Mähne flatterte um ihren Kopf.

»Wirst du dir die Haare jetzt wieder wachsen lassen?« wollte Christian wissen, als sie oben auf dem Tipkenhoog standen und auf das Wasser hinausblickten, das mit kurzen krausen Wellen auf den Strand lief.

Stella strich sich das verwirrte Haar aus der Stirn. »Warum?« fragte sie. »Bei dem ewigen Wind hier? Da komme ich überhaupt nicht mehr durch.«

»Es gefällt mir besser«, sagte Christian.

»Du änderst deinen Geschmack nie, ich weiß. Du möchtest am liebsten, daß ich wieder Zöpfchen habe wie als kleines Mädchen. Oder vielleicht soll ich mir so einen Dutt auf den Kopf stecken, wie ihn Anke heute hatte.«

»Anke steht der Knoten sehr gut«, sagte Christian. »Ich fand, daß sie sehr hübsch aussah.«

Stella zog ärgerlich die Oberlippe hoch. »Kannst ja zu ihr hingehen, wenn sie dir so gut gefällt. Das wird sie bestimmt freuen.«

»Ich werde ihr sowieso nachher noch einen Besuch machen«, erwiderte Christian ruhig.

Stellas jähe Temperamentsausbrüche waren ihm bekannt. Trotzdem erschrak er, als sie ihn jetzt wütend anschrie: »Du altes Scheusal. Geh doch. Und laß dir erzählen, wie widerlich ich bin.«

»Das wird sie *mir* bestimmt nicht erzählen. Aber ich finde, ihr könntet nun wirklich aufhören mit dem Kleinmädchenkram. Und daß ihr euch sogar noch in der Kirche so feindselig anstarren müßt, das finde ich wirklich kindisch.«

Der Pfarrer nämlich, dem die Feindschaft der beiden Mädchen nicht entgangen war, hatte aus pädagogischen Gründen bestimmt, daß Stella und Anke bei dem Gang zum Altar ein Paar bildeten. Vielleicht hatte er geglaubt, der feierliche Tag der Konfirmation würde die beiden Gegnerinnen versöhnen. Die gute Absicht war mißlungen. Steif, genau einen Abstand zwischen sich wahrend und ohne einander zu beachten, waren die Mädchen nebeneinander hergegangen. Und als sie gezwungen waren, sich anzusehen, war die kühle Abneigung aus ihren Blicken nicht gewichen.

»Anke hat angefangen«, sagte Stella nun, »das weißt du ganz genau. Ich habe ihr nie etwas getan. Aber mir ist es egal. Von mir aus kann sie zum Teufel gehen.«

»Du solltest so etwas nicht sagen«, tadelte Christian. »Gerade heute.«

Sein ernster Ton brachte Stella zum Verstummen. Sie warf ihm einen raschen Blick von der Seite zu und schaute dann wieder aufs Meer hinaus. Besonderen Eindruck hatte der heutige Tag nicht auf sie gemacht. Es war ein Fest, das man feierte. Der Sinn des Festes jedoch war ihr gleichgültig. Sie hatte weder besondere Andacht aufgebracht, noch hatte sie das Gefühl, es sei irgend etwas Bedeutendes mit ihr geschehen.

»Übrigens«, sagte Christian nach einer Weile, »ich habe noch etwas für dich.«

Stella wandte sich ihm mit aufleuchtenden Augen zu. »Wirklich, Krischan? Was denn?«

Er steckte die Hand tief in die Hosentasche und brachte eine kleine Schachtel zum Vorschein, die er ihr ohne weitere Worte übergab.

Stella öffnete neugierig den Deckel und stieß einen überraschten Ruf aus. »O Krischan! Wie schön.« Sie hob das schmale silberne Kettchen aus seinem Wattebett. »Ein Armband. Ich habe mir schon immer eins gewünscht.«

Christian räusperte sich verlegen. »So«, sagte er.

»Es ist wunderschön. Ich freu' mich schrecklich. Daß du darauf gekommen bist.«

Sie legte den Kopf in den Nacken, lachte vergnügt, schlang dann plötzlich beide Arme um seinen Hals und küßte ihn. »Ich danke dir. Ich freu' mich ganz schrecklich.«

Ohne daß er recht wußte, was er tat, legte auch Christian beide Arme um sie und hielt sie fest. Sie war rasch gewachsen in letzter Zeit und war schon fast so groß wie er. Ihre Stirn befand sich gegenüber seinen Lippen, und Christian küßte sie also, ein wenig verlegen, auf die Stirn. Doch das befriedigte sie nicht. Sie hob ihm ihren Mund entgegen und bat leise: »Küß mich richtig.«

Christian wollte etwas sagen, etwas Scherzendes, Ablenkendes, aber die großen tiefblauen Augen, so dicht vor den seinen, ließen keinen Raum für eine Ablenkung. Und da waren ihre neugierigen Lippen auch schon ganz nah herangerückt und legten sich sacht auf die seinen. Vorsichtig, ein wenig scheu, aber sehr erwartungsvoll. Christian küßte sie. Ein kurzer, leichter Kuß. Ihre Lippen waren fest und voll, ihr Atem roch leicht nach Wein.

Mein erster Kuß, dachte Stella. Und gleich danach, respektlos: Na, er wird auch nicht viel davon verstehen, wie ich Krischan kenne.

Er verstand wirklich nicht viel davon. In all den Jahren hatte er keine Zeit gehabt, Mädchenbekanntschaften zu machen, und erst recht keine Zeit, sich um ein Mädchen zu bemühen, sich ihr zu widmen. Da war die Schule, das Leben im Termogen-Haus, Thies, die Bücher, die Tiere, die Töpferei und natürlich immer wieder seine eigene strebsame Arbeit, die weit über das Schulwissen hinauszielte. Kein Platz für eine Liebelei, für irgendein Mädchen in seinem Leben. Ein kleiner Flirt einmal mit einer gleichaltrigen Schülerin, der mit einem ungeschickten Austausch einiger Küsse beim letzten Biikenbrennen seinen Höhepunkt fand. Und dann mal eine flüchtige Bekanntschaft im letzten Sommer. Eine junge Dame, die ihre Ferien in Westerland verbrachte und die er am Strand kennengelernt hatte. Von ihr war der Vorschlag gekommen, sich wieder zu treffen. Dreimal hatten sie sich danach noch gesehen, am Strand. Beim letztenmal waren sie dann anschließend über die Dünen spazierengegangen. Das war schon gegen Abend gewesen, und hier also, ohne daß Christian danach hätte sagen können, wie es geschehen war, hatte er das Mädchen geküßt. Oder sie ihn, das entsprach wohl eher den Tatsachen. Es waren etwas ausführlichere Küsse gewesen, als er sie mit der kleinen Schulfreundin getauscht hatte. Besonderen Eindruck hatte es ihm allerdings nicht gemacht. Im Gegenteil, ein leises Unbehagen überwog. Ein fremder, feuchter Mädchenmund, eine flinke Zunge und ein Biß in seine Lippen. Es hatte kein Entzücken in ihm hervorgerufen. Vorherrschend war das Gefühl, daß hier etwas geschah, das unbedingt einmal geschehen mußte: Es hätte mehr geschehen können; das Mädchen aus der Stadt, mindestens fünf oder sechs Jahre älter als er, schien durchaus nicht abgeneigt.

Als er den Weg nach Westerland zurück einschlug, fragte sie »Willst du schon umkehren?«

Der Doppelsinn der Worte kam ihm erst später zu Bewußtsein. »Es ist schon spät«, murmelte er. »Du mußt doch zum Essen im Hotel sein.«

»Ich kriege eine Stunde später auch noch was.«

Daraufhin hatte er etwas von einer Verabredung gemurmelt.

Seine Begleiterin lachte. »Hast du Angst?« fragte sie. »Du hast noch nie etwas mit einer Frau gehabt, nicht wahr?«

Christian hatte stumm die Zähne aufeinandergebissen, aber dennoch nicht verhindern können, daß ihm das Blut in den Kopf schoß. Er gab keine Antwort. Das amüsierte Lachen der Fremden empörte ihn. Es war nicht zum Lachen, fand er. Er wollte keine Frau küssen und erst recht keine Frau lieben, die alles nur komisch fand. Auch wenn er erst achtzehn war und keine Ahnung von Liebe hatte, wollte er ernst genommen sein.

Stellas Lippen nun, das war etwas anderes. Sie war noch ein Kind. Aber sie zu küssen, das erweckte ein Gefühl in ihm, das er bei den früheren Küssen nicht verspürt hatte. Er riß sich zusammen und bog den Kopf zurück. Sie hob langsam die Lider, ein zärtliches Leuchten war in ihren Augen, sie lächelte.

»Schön«, sagte sie. »Noch mal.« Sie schloß wieder die Augen und bot ihm ihren Mund in einer Art, die gar nichts Kindliches hatte.

Er ließ sie los und trat einen Schritt zurück. »Nein«, sagte er mit etwas rauher Stimme. »Das ist nichts für kleine Mädchen.«

Stella pustete verächtlich durch die Lippen. »Kleines Mädchen! Du bist gerade vier Jahre älter als ich und eigentlich viel zu jung für mich. Aber wenn du es so viel besser kannst als ich, dann zeig es mir doch.«

Er lächelte nun auch. Sie war eben doch noch ein Kind. Das war ein neues Spiel, und er sollte ihr die Regeln beibringen. Sollte ihr zeigen, wie man küßt, genau wie er ihr früher gezeigt hatte, wie man Krebse fängt und Muscheln sucht und durch die Brandung taucht.

»Warte man lieber noch zwei Jahre«, sagte er mit männlicher Überlegenheit. »Dann kannst du es immer noch lernen.«

»Zwei Jahre!« meinte Stella in einem so enttäuschten Ton, als habe er zwanzig Jahre gesagt. »Dann bin ich schon bald siebzehn. Bis dahin muß ich es ordentlich können. Ich möchte so küssen wie Sarnade.«

Jetzt lachte Christian ehrlich erheitert, die Befangenheit war gewichen. »Thies mit seinen Geschichten! Er hat dir allerhand Unfug in den Kopf gesetzt. Mach du erst mal deine Schularbeiten ordentlich. Alles andere ergibt sich später schon von selbst.«

»Gib nur nicht so an, du alter Großvater«, sagte Stella ärgerlich.

»Dann läßt du es eben bleiben. Denkst du, ich finde keinen, der mich küssen mag?«

»Kommt darauf an, ob sich ein erwachsener Mann mit einem kleinen Mädchen abgeben will.«

Sie lachte ihn übermütig ins Gesicht. »Bist du vielleicht ein erwachsener Mann?« Und plötzlich ernst und voll brennender Neugier: »Hast du schon mal jemanden geliebt? Richtig, meine ich?«

Diese direkte Frage brachte Christian in Verlegenheit. »Nun hör schon auf. Darüber redet man doch nicht.«

»Sag doch! Hast du schon?«

»Das würde ich dir gerade erzählen.«

»Ich glaub's nicht. Wann solltest du es denn getan haben? Du bist ja immer bei uns. Anke vielleicht? Liebst du die? Hast du Anke schon mal geküßt?«

»Stella«, begann er energisch, aber sie unterbrach ihn und rief mit funkelnden Augen: »Wenn du die küßt, dann kratze ich dir die Augen aus. Sie ist ein dummes Stück.«

»Das ist sie nicht. Und auf keinen Fall ist sie so kindisch wie du.«

»Na, dann geh doch zu ihr hin. Ich hab's dir ja vorhin schon gesagt. Du brauchst gar nicht mehr wiederzukommen.«

Er betrachtete sie eine kleine Weile stumm, ein kleines Lächeln in den Augen, wirklich jetzt ganz überlegen und erwachsen. Dann sagte er: »Ich bin nicht mit dir spazierengegangen, um mich mit dir zu streiten. Ich wollte dir das Armband geben und ein bißchen mit dir reden. Allein. Aber wenn du nicht willst, gehen wir wieder zurück.«

Ihre Stimmung schlug blitzschnell um. Sie lächelte ihn unbefangen an. »Aber wir haben uns doch sehr gut unterhalten. Und wir haben uns sogar geküßt. Ich fand das schön. Das Armband hast du mir auch gegeben.« Sie öffnete ihre Hand, in der sie das Armband noch hielt. »Mach es mir um.« Sie streckte ihm ihr linkes Handgelenk entgegen.

»Ich dachte auf die andere Seite«, sagte er. »Hier hast du doch schon die Uhr.«

»Ja.« Stella nickte eifrig. »Da kommt es drüber. Neben die Uhr. Das ist viel hübscher.«

»Na, wie du meinst.« Mit geschickten Fingern befestigte er das Armband um ihr Handgelenk. Stella streckte den Arm aus und betrachtete Hand und Schmuck mit prüfend seitwärts geneigtem Kopf. »Hübsch, nicht? Gefällt mir gut. Habe ich schon danke gesagt?«

»Hast du.«

»Ich sag's aber noch mal.« Blitzschnell hatte sie ihn wieder umfaßt und küßte ihn noch einmal. Dann ließ sie ihn los und lachte herausfordernd. »Geht schon besser, nicht? Ich bin gar nicht so klein, wie du denkst. In zwei Monaten werde ich fünfzehn.«

»Das ist mir bekannt«, sagte Christian trocken. »Und nun komm nach Hause. Sonst denkt Stine, wir sind ins Wasser gefallen.«

»Die weiß schon, daß mir nichts passiert, wenn du dabei bist.« Und betont fügte sie hinzu: »Aber schon gar nichts. In zwei Jahren dann vielleicht, nicht?«

»Jetzt hör auf mit dem Unsinn. Komm.«

Er nahm ihre Hand und zog sie mit sich, den Hügel hinab. Stella widerstrebte.

»Du hast's versprochen.«

»Was habe ich versprochen?«

»Daß du mich in zwei Jahren küssen wirst.«

»Gar nichts habe ich versprochen. In zwei Jahren werde ich dich vermutlich ein bißchen unter die Brandung tauchen, damit dir die dummen Gedanken vergehen. Eigentlich wäre es heute schon dringend nötig.«

»Gerade heute«, bemerkte Stella würdevoll. »An solch einem Tag solltest du das nicht sagen.«

Dann liefen sie beide Hand in Hand ins Dorf zurück.

Im Termogen-Haus war inzwischen ein neuer Gast eingetroffen. Nora Jessen. Sie hatte offensichtlich getrunken. Sie redete viel und rasch, und ihre dunklen Augen flatterten. Doch sie sah noch hübscher aus als sonst, mit den geröteten Wangen und dem dichten, schwarzen Haar, das sich ein wenig verwirrt um ihre Stirn bauschte.

»Bei Jessens bin ich überflüssig«, erzählte sie und lachte überlaut dazu. »Meine Tochter feiert ihre Konfirmation lieber im Kreise ihrer Verwandten und Freunde. Ich störe da bloß. Sie sieht mich immer strafend an. Das hat sie glänzend heraus. Sie fand zwar das Kleid sehr hübsch, das ich ihr genäht habe, aber sonst hat sie weiter keine Verwendung für mich.« Sie lachte wieder und bog den Kopf zurück. »Na egal. Mir macht das nichts mehr aus. Ich bin daran gewöhnt.«

Sie trank mit einem Zug den Aquavit aus, den Kapitän Termogen ihr kredenzt hatte.

»He, langsam«, sagte der Kapitän. »Da komm' ich ja kaum mit.«

»Wollen Sie vielleicht eine Tasse Kaffee und ein Stück Kuchen?« fragte Stine einladend – »Täte Ihnen vielleicht ganz gut.«

Nora lächelte ihr liebenswürdig zu und schüttelte den Kopf. »Danke, nein. Hab' ich schon gehabt. Ich kriege noch einen Schnaps, nicht, Käptn? Der wärmt innen so schön. Und mir ist manchmal so kalt innerwärts.«

Pieter Termogen und Strandhauptmann Hansen, der heute mit der Familie Termogen feierte, tauschten einen raschen Blick. Sie kannten Nora lange genug, und sie kannten die Verhältnisse, unter denen sie lebte. Nora tat ihnen leid. Es war schade, daß sie nicht wieder geheiratet hatte. Eine Frau mit so zärtlichem Herzen und so viel leidenschaftlichem Temperament wie Nora ertrug das Alleinsein schlecht. Schon gar nicht in einer liebeleeren Umgebung. Sie war heute fünfunddreißig und immer noch eine bildhübsche Frau. Sie sah viel jünger aus, mit ihrer zierlichen Gestalt und ihrem zarten Gesicht, denn sie gehörte zu dem mädchenhaften Frauentyp, der lange nicht altert. Mädchenhaft und voll lebendiger Leidenschaft, eine reizvolle Mischung. So empfand es jeder Mann.

»Trinken wir noch einen«, meinte Pieter Termogen gemütlich, »das ist eine gute Idee.«

Während er einschenkte, kamen Stella und Christian zurück.

Kapitän Termogen blinkerte unter seinen buschigen Brauen zu ihnen auf. »Na, ihr beiden. Wo wart ihr denn?«

»Bißchen spazieren«, sagte Christian. »Ist bannig windig draußen.«

»Das sieht man«, meinte Stine mit einem vorwurfsvollen Blick auf Stellas zerzausten roten Schopf. »Konntest dir doch wenigstens ein Tuch umbinden.«

Wie sie es gewohnt war, fuhr sich Stella mit allen zehn Fingern durch das kurze Haar. Dann beugte sie sich zu Nora hinab und küßte sie auf die Wange. »Fein, daß du hier bist.« Mit Nora duzte sie sich seit ihrer Kinderzeit.

»Ich wollte dir doch gratulieren«, sagte Nora. »Hübsch siehst du aus. Richtig erwachsen.«

»Ja? Krischan findet, ich bin noch ein dummes kleines Gör. Aber er ist auch schon ein alter Mann, nicht? Neunzehn Jahre. Da muß er ja das Leben gut kennen.«

»Habt ihr euch schon wieder gekabbelt?« fragte Kapitän Termogen. »Hat Krischan dich wieder erzogen?«

»Eben nicht«, sagte Stella bedeutungsvoll und warf Christian einen herausfordernden Blick zu. »Ich wollte es gern. Aber er mochte heute nicht.«

Christian sah sie ärgerlich an. Stella brachte es fertig und erzählte hier vor allen von dem Kuß.

Stella lächelte ein wenig spöttisch. Sie schob einen Stuhl neben Thies' Rollstuhl, setzte sich und schob ihre Hand unter Thies' Arm. »Du bist mir viel lieber als der olle Krischan. Der ist heute schon so ein richtiger alter Professor. Ob wir bald alle Sie zu ihm sagen müssen?«

Die anderen lachten. Kapitän Termogen füllte noch ein Glas und reichte es Christian.

»Und ich?« fragte Stella. »Kriege ich nichts? Ich bin doch jetzt erwachsen.«

»So erwachsen wieder auch nicht«, sagte der Kapitän. Und mit einem unsicheren Blick zu Stine hinüber, fügte er hinzu: »'n Lütten vielleicht. Zur Feier des Tages.«

Stella nippte mit spitzen Lippen an dem Glas. »Schmeckt doch gut. Man muß bloß dran gewöhnt sein. Das ist wie beim Küssen, nicht?«

Schwester Marie schüttelte tadelnd den Kopf. »Das ist heute kein Tag, so leichtfertige Reden zu führen, Kind.«

»Hab' ich ihr auch schon gesagt«, brummte Christian.

»Er hat mir wunderbar gepredigt«, bestätigte Stella. »Ob er nicht doch lieber Pastor werden sollte? Oder Schulmeister? Was meinst du, Onkel Pieter?«

»Ich meine, daß du jetzt mal deine vorlaute Schnut hältst und nicht immer den armen Krischan ärgerst. Er wird dich noch mal übers Knie legen.«

Stella lachte. »Er hat mir schon versprochen, daß er mich demnächst mal untertauchen wird. Nicht, Krischan?«

»Wird wohl nötig sein«, sagte Christian. Dann wandte er sich zu Nora. »Wie geht es Anke? Ich wollte sie noch besuchen.«

»Das tu man, das wird sie freuen. Übrigens hat sie uns heute erklärt, daß sie Lehrerin werden will.«

»Huch«, schrie Stella, »das ist prima. Paßt großartig zu ihr.«

»Finde ich auch«, bemerkte Nora trocken.

»Noch 'n Professor«, kicherte Stella. »Krischan, lauf schnell hin. Da hast du die richtige Gesellschaft.«

Zwei Monate später verließ Christian die Insel. Er hatte eine Fußwanderung durch Dänemark vor und kam dann sogar bis nach Schweden, wo er sich für den Rest des Sommers als Holzfäller Arbeit suchte, um für sein Studium schon im voraus etwas zu verdienen. Er würde erst zurückkehren, wenn im Herbst das Semester begann.

Er fehlte allen sehr. Besonders Thies natürlich, aber er selbst hatte Christian energisch zu der Reise überredet. Denn Christian war gerade wegen Thies voller Hemmungen gewesen, jetzt schon fortzugehen.

Aber Thies hatte gesagt: »Natürlich machst du das, du muß mal 'raus. Nachher hast du keine Zeit mehr. Und einer von uns muß endlich mal was von der Welt sehen. Wer soll mir denn davon erzählen?«

Christian war schweren Herzens losgezogen. Aber einmal allein auf sich gestellt, fern von der gewohnten Umwelt, genoß er die Selbständigkeit und Unabhängigkeit aus vollem Herzen. Regelmäßig trafen ausführliche Briefe an Thies ein. Für Stella stand jedesmal ein Gruß darin.

Bei Schwester Maries Besuch anläßlich der Konfirmation hatte Stella wieder einmal Näheres über ihre Familie in Berlin gehört. Es interessierte sie nicht sonderlich, ihre Familie war jetzt hier in Keitum. Aber Marie berichtete trotzdem.

Lene lebte still und zurückgezogen. Sie bekam ihre kleine Rente, ab und zu übernahm sie noch eine Näharbeit, obwohl ihr das schwerfiel. Sie hatte Rheuma, und besonders schlimm war es in den Händen. Zeitweise konnte sie nicht arbeiten. Aber sie hatte kaum Ansprüche. Ihr genügte das, was ihr zum Leben blieb.

Lotte war verheiratet und hatte vor kurzem ihr zweites Kind bekommen. Die Ehe mit Kurt, dem Kommunisten, ging recht gut. Allerdings hatten sie wenig Geld. Zur Zeit war er gerade wieder einmal arbeitslos. Seine politische Meinung hatte er nicht geändert und war immer noch aktiv tätig. Gelegentlich wurde er in eine Schlägerei mit den Nazis verwickelt, die immer mehr Raum für sich beanspruchten. Lene konnte ihren Schwiegersohn noch immer nicht leiden, sie sah Lotte und die Kinder selten.

Ernsthaften Kummer bereitete Fritz. Er hatte sich nicht geändert. Faul und arbeitsscheu war er geblieben, und natürlich war auch er arbeitslos, lebte bei der Mutter und stahl dem lieben Gott den Tag, wie Schwester Marie es ausdrückte.

»Schön, ich weiß, daß es schwierig ist, Arbeit zu finden. Aber er bemüht sich nicht einmal«, sagte Schwester Marie ärgerlich. »Und leider verwöhnt ihn Lene viel zu sehr. Sie bedient ihn von vorn bis hinten, hungert selber, bloß damit sie ihm den Mund stopfen kann. Und das gefällt ihm. Dieses Leben ist ganz nach seinem Geschmack. Aber Lene hat nun ihre ganze Liebe auf ihn geworfen. Er ist das einzige Kind, das ihr geblieben ist.« Nachdenklich fügte sie hinzu: »Ich frage mich jetzt manchmal, ob es nicht besser ist, gar keine Kinder zu haben. Man erspart sich viel Kummer. Man bringt sie zur Welt, hat Mühe und Arbeit mit ihnen, und dann gehen sie ihre eigenen Wege und sind noch unfreundlich zu ihrer Mutter.«

Auf Stella machte dies keinen besonderen Eindruck. Sie wollte sowieso keine Kinder haben, darüber war sie sich klar.

Ehe Schwester Marie abreiste, sprach sie noch einmal mit Stella allein.

»Vergiß deine Mutter nicht, Stella«, sagte sie. »Sie ist ein armer, unglücklicher Mensch. Und sie hat in ihrem Leben wenig Freude gehabt. Immer war alles so schwer für sie. Vergiß auch nicht, daß sie sehr großzügig war zu dir. Sie hat dich gehen lassen und dir ermöglicht, daß du hier leben kannst, in soviel besseren Verhältnissen. Aber sie ist trotzdem deine Mutter. Und wenn sie dich einmal braucht, mußt du für sie da sein.«

Stella nickte gleichgültig.

»Hast du mich gehört, Stella?« wiederholte Schwester Marie mit ungewohnter Strenge. »Sieh mich an. Sie ist deine Mutter. Sie hat ein Recht darauf, daß du für sie da bist.«

»Warum gerade ich, Tante Marie?« fragte Stella ungeduldig.

»Warum gerade du nicht?« fragte Marie zurück. »Du hast es am besten gehabt von euch dreien. Das ist auch eine Verpflichtung. Wenn sie dich braucht, Stella ... Sie hat keinen Menschen, der sich um sie kümmern kann. Lotte ist mit ihrem Mann und den Kindern beschäftigt. Sie hat es auch nicht leicht. Und Fritz taugt nicht viel. Du bist zur Schule gegangen, du hast etwas gelernt, und du solltest Verstand genug haben, eine Pflicht zu erkennen, wo sie dir auferlegt ist. Du sollst Vater und Mutter ehren, das wirst du ja wohl auch gelernt haben. Es bringt keinen Segen, wenn man es nicht tut.«

Stella zog unbehaglich die Schultern hoch. Aber sie war doch beeindruckt von den ernsten Worten und dem eindringlichen Blick.

»Ich werde schreiben«, murmelte sie. »Einen langen Brief.« Aber dann vergaß sie es wieder.

Dennoch blieb ihr das Gespräch mit Schwester Marie im Gedächtnis. Es war das letztemal, daß sie Marie gesehen hatte. Wenn sie später an sie dachte, fiel ihr immer diese letzte Unterredung ein. Du mußt für deine Mutter da sein, wenn sie dich einmal braucht.

Stella folgte diesem Ruf der Pflicht, als er sie erreichte. Für Lene konnte sie nicht allzuviel tun. Aber ihr eigenes Leben geriet dadurch auf seine unruhige Bahn. Sie verließ die Insel des Friedens und verlor dabei den Frieden ihres Herzens.

14

Dies war ein Sommer des Abschiednehmens. Der erste, der ging, war Christian, und er fehlte allen sehr. Thies natürlich am meisten, aber auch Stella vermißte ihn täglich. Er war ihr Begleiter gewesen in all den Jahren, ohne ihn war das Dasein nur halb so unterhaltend.

Und dann verließ Nora Jessen die Insel. Endlich wieder einmal war ihr die Liebe begegnet. Nora hatte einen Mann kennengelernt, einen Sommergast, und obwohl sie nun eine reife Frau war, wiederholte sich das Geschehen ihrer jungen Jahre: Sie ging restlos auf in der Liebe, verlor völlig den Kopf darüber.

Stella war die erste, die davon erfuhr. Die einzige auch in Keitum, die diesen Mann kennenlernte.

Sie traf das Liebespaar an einem sonnigen Nachmittag draußen am weiten leeren Strand von Rantum. Sie war mit Tack hinausgeritten, ganz allein, trabte nun am Strand entlang zurück und entdeckte zwei im übermütigem Spiel in der Brandung.

Als die Frau aus dem Wasser lief, erkannte Stella sie. Es war Nora. Stella hob grüßend den Arm und ritt auf die beiden zu. Nora lachte ihr strahlend entgegen.

»Darum gehst du jetzt so oft zum Schwimmen, ohne mich mitzunehmen«, sagte Stella und musterte ungeniert den Mann in Noras Begleitung.

»Darum«, entgegnete Nora.

»Hm, gar nicht schlecht«, meinte Stella, denn der Mann sah nicht übel aus. Er war groß und braungebrannt, etwa um die Vierzig herum.

Auch der Mann betrachtete die Reiterin interessiert. »Nicht schlecht«, sagte auch er. »Nora, wer ist diese reizvolle Diana?«

»Das ist meine Freundin Stella.«

»Da hast du dir eine hübsche Freundin ausgesucht«, sagte er galant und lachte Stella an.

»Finden Sie mich hübsch?« fragte Stella ernsthaft.

»Unbedingt«, sagte er. »Sogar ganz außerordentlich.«

Stella lächelte befriedigt. »Das wollte ich schon immer mal wissen. Zu Hause sagt es mir keiner.«

»Das ist sehr unrecht von denen zu Hause. Man sollte das einer jungen Dame gelegentlich sagen.«

Stella blickte Nora triumphierend an. »Er nennt mich eine junge Dame. Ich finde ihn sehr nett, deinen Bekannten.«

Der Mann verbeugte sich lächelnd. Nora lachte. »Ich auch.«

Nora sah reizend aus. Die Verliebtheit ließ ihre Augen strahlen, das Unruhige, Flackernde war ganz daraus geschwunden. Sie wirkte wie ein junges Mädchen mit ihrer schlanken, zierlichen Figur.

Am nächsten Tag kam Stella am Jessen=Haus vorbeigeschlendert. Sie war neugierig.

Anke war im Garten und zupfte Unkraut aus den Blumenbeeten.

»Tach«, sagte Stella und blieb am Zaun stehen.

Anke schaute auf. Ihr Blick war kühl und unpersönlich wie immer.

»Hübsche Blumen habt ihr«, meinte Stella.

Anke war erstaunt, daß Stella sie ansprach. Das tat sie sonst nie. »Ihr ja auch«, sagte sie kurz.

Dann bückte sie sich und fuhr in ihrer Arbeit fort. Aber Stella blieb stehen.

»Ist deine Mutter da?« fragte sie.

»Nein«, antwortete Anke knapp.

»Schade. Ist sie drin, in Westerland?«

»Ich weiß nicht.«

»Wann kommt sie denn wieder?«

»Weiß ich auch nicht.«

»Ich wollte nämlich ... Onkel Pieter meint, ich könnte mir ein neues Kleid machen lassen.«

»So«, sagte Anke uninteressiert. Und in feindseligem Ton fügte sie hinzu: »Da wirst du wohl kein Glück haben Meine Mutter ist sehr beschäftigt.«

»Ach?« fragte Stella gedehnt. »Wirklich? Soviel Arbeit?«

Jetzt richtete sich Anke auf, und eine kleine Weile maßen sich die beiden Mädchen stumm. Anke mit düsterem Blick, Stella ein kleines, spöttisches Lächeln auf den Lippen.

»Was willst du eigentlich?« fragte Anke dann rauh.

»Das hörst du doch. Ein neues Kleid. Den Stoff hab' ich schon. Hab' ich zum Geburtstag gekriegt. Blau mit weißen Tupfen.«

»Ich werd's Mutter sagen«, erklärte Anke schließlich gnädig. »Wenn sie wiederkommt.«

»Das tu man«, sagte Stella. »Und wenn's nicht zu spät ist, soll sie noch zu uns 'rüberkommen. Wenn's nicht zu spät wird«, betonte sie noch einmal mit Nachdruck.

Anke gab keine Antwort, sie bückte sich wieder zu ihrer Arbeit.

»Tschüs«, sagte Stella lässig und schlenderte davon.

Anke hob den Kopf und sah ihr nach, die Zähne wütend in die Unterlippe gegraben.

Kein Zweifel, Stella wußte irgend etwas. Anke wußte nichts, aber sie ahnte etwas. Ihre Mutter war seit zwei Wochen kaum zu Hause. Sie ging morgens weg, kam spät am Abend wieder. Manchmal erst mitten in der Nacht.

Anke lag im Bett und hörte den Wagen kommen. Hörte, wie er anhielt, wie es dann lange still blieb, dann knallte die Autotür, das Gartentor quietschte, und der Wagen fuhr fort.

Ankes Fenster ging zur Seite des Hauses hinaus. Sie konnte nicht sehen, was draußen vorging. Aber täglich sich steigernd, erfüllte sie eine kalte Wut. In der Stille der Nacht konnte man in allen Nachbarhäusern hören, was sie hörte. Und jeder konnte sich gut denken, was vor sich ging. Daß ihre Mutter sich nicht schämte! So alt wie sie war.

Am Tage kam der Wagen niemals vor das Haus gefahren. Dann stieg Nora am Rande des Dorfes aus und ging das letzte Stück zu Fuß. Aber in dieser Woche war sie selten vor Mitternacht nach Hause gekommen.

Auch Güde wußte Bescheid. Wenn Nora da war, wurde zwischen den drei Frauen im Haus fast nichts gesprochen. Nora spürte wohl das feindliche Schweigen, die bösen Blicke. Doch das kümmerte sie nicht. Sie liebte. Endlich liebte sie wieder, und so, wie sie nie geliebt hatte.

Was kümmerte sie das störrische alte Weib, das immer ihre Feindin gewesen war, und was das widerspenstige, altkluge Kind, das ihre Liebe nie erwidert hatte.

An diesem Abend ging Anke nicht zu Bett. Angezogen blieb sie in ihrem Zimmer sitzen und wartete. Es war ein Uhr nachts, als sie das Auto kommen hörte. Sie öffnete lautlos die Tür, schlich auf Strümpfen die Treppe hinunter und wartete hinter der Haustür.

Als Nora nach einer langen Weile das Haus betrat, mit verwirrtem Haar und glühenden Wangen, sah sie sich ihrer Tochter gegenüber, die hochaufgerichtet vor ihr stand, mit wütenden Augen.

Nora erschrak.

»Wo kommst du her?« fuhr Anke sie an. »Schämst du dich nicht?«

Trotz stieg in Nora auf, und gleichzeitig kitzelte sie ein übermütiges Lachen in der Kehle. Was für eine absurde Situation! Sie, die Mutter, wurde von der Tochter bei der nächtlichen Heimkehr abgekanzelt.

»Ich war aus«, sagte sie in herausforderndem Ton. »Hast du vielleicht was dagegen?«

»Es ist unerhört«, zischte Anke mit mühsam unterdrückter Stimme. »Jede Nacht kommst du so spät nach Hause. Jeder hört es. Was sollen die Leute denken?«

»Das ist mir egal.«

»In deinem Alter! Du solltest dich schämen.«

»Was fällt dir ein?« sagte Nora, jetzt auch wütend. »Ich bin nicht alt. Wenn ihr es auch gern haben wollt. Ich kann leben, wie mir's Spaß macht.«

Ehe Anke etwas erwidern konnte, mischte sich Güde in das Gespräch. Sie stand auf der Schwelle ihres Zimmers, in einem langen, weißen Nachthemd, zwei kümmerliche graue Zöpfe hingen ihr über die Schultern.

»Das kannst du nicht«, sagte sie. »Solange du in meinem Hause wohnst, hast du dich anständig zu betragen.«

Noras Augen wurden schmal. In meinem Hause, sagte die Alte. Sie, Nora, war hier nur geduldet, sie sollte kuschen und ihnen die Hände lecken. So war es immer gewesen. Und sie hatte es lange genug getan. Aber das war nun vorbei. Sie würde nicht mehr hier bleiben. Was aus ihrer neuen Liebesaffäre werden würde, das wußte sie nicht. Aber sie blieb nicht länger hier. Sie war nicht alt. Jung genug, um noch zu leben. Und zu lieben. Und wenn man es ihr hier nicht zubilligte, dann würde sie gehen.

Da standen sie alle beide, die Alte und die Junge, und wenn es nach ihnen ginge, würden sie Nora am liebsten einsperren.

»Es geht euch gar nichts an, was ich tue«, sagte Nora kalt. »Ich komme und gehe, wie ich will. Ich bin frei. Und ich verdiene meinen Lebensunterhalt selbst.«

»Mutter«, sagte Anke, auf einmal in weichem, bittendem Ton. »Mutter, bitte . . .«

Aber es war zu spät. Nora ging an beiden vorbei, die Treppe hinauf, in ihr Zimmer, und in der Stille war es deutlich zu hören, wie sie den Schlüssel herumdrehte.

Anke blickte ihre Großmutter an, alle Härte und Strenge war aus ihrem Blick gewichen. Sie war nun ein hilfloses Kind, das nicht mehr weiter wußte. »Was tut sie denn?« flüsterte sie angstvoll.

»Was sie immer getan hat«, sagte Güde haßerfüllt. »Herumludern. Kein Wunder, da wo sie herkommt ...«

Anke blickte sie erschrocken an. »Aber ...«, begann sie. Ihre Stimme bebte, ihre Augen füllten sich mit Tränen.

»Geh schlafen, Kind«, sagte Güde, wieder beherrscht. »Ich werde morgen mit ihr reden.«

Doch mit Nora war nicht mehr zu reden. Die Stimme der Vernunft hatte ihr nie etwas gegolten, wenn sie verliebt war. Jetzt weniger denn je. Sie hatte in den vergangenen Jahren zu unglücklich gelebt. So einsam war sie gewesen, so allein. Von dem, was ihr jetzt geschenkt wurde, würde sie nichts hergeben, nicht ein Stück. Nicht für Güde, nicht für Anke. Nicht für ihr Ansehen im Ort.

Dies erklärte sie auch der gebannt lauschenden Stella, die sie am nächsten Vormittag besuchte. Denn Anke hatte trotz des tödlichen Schweigens, das um den Frühstückstisch geherrscht hatte, pflichtgetreu Stellas Auftrag ausgerichtet.

Nora, froh einen Vorwand zu haben, hatte gleich nach dem Frühstück das Haus verlassen. Sie wußte, daß das nächtliche Gespräch eine Fortsetzung finden würde. Güde würde sie zur Rede stellen, sobald Anke außer Hörweite war. Und Nora wußte auch, daß sie es diesmal nicht fertigbringen würde, die Rolle der dankbaren, demütigen Schwiegertochter weiterzuspielen. Sie würde Güde alles ins Gesicht schreien, was sie dachte und fühlte.

»Erzähl mal«, sagte Stella neugierig, nachdem Nora gekommen war und sie sich in den Garten gesetzt hatten.

Nora lächelte traurig. »Ach, Stella, ich wünschte, du wärst meine Tochter. Mit dir könnte ich über alles sprechen. Mit dir verstehe ich mich. Aber Anke ... – Stell dir vor, was heute nacht passiert ist.« Sie berichtete von dem nächtlichen Auftritt.

»Das sieht ihr ähnlich«, meinte Stella. »Ich konnte sie nie leiden, das weißt du ja. Sie soll doch froh sein, wenn du glücklich bist. Du bist nicht alt. Du bist die schönste Frau hier auf der ganzen Insel. Onkel Pieter sagt es auch immer.«

»Sagt er das?« Nora lächelte erstaunt. »Das ist nett von Onkel Pieter. Ich habe ihn mal sehr geärgert.«

»Das war wegen Jan, nicht wahr?«

»Das weißt du?« fragte Nora verwundert. »Es ist doch schon so lange her. Wer hat dir das erzählt?«

»Erzählt hat es mir keiner. Ich hörte, wie Stine mit einer Frau darüber sprach. Ich verstand nicht genau, was sie meinten. Damals. Aber heute verstehe ich es.« Sie blickte ernst und verständig, wie eine erwachsene Frau. »Hast du Jan sehr geliebt?«

»Er war so jung. Doch, ich mochte ihn gern. Aber er paßte natürlich nicht zu mir. Das stimmt schon.«

»Und jetzt? Dein neuer Freund?«

»Jetzt?« Noras dunkle Augen schimmerten feucht. »Ach, ich bin so glücklich, Stella.«

»Dann ist es gut«, meinte Stella weise. »Dann laß dir nicht hineinreden. Wenn man glücklich ist, dann ist alles gut. Und ich finde ihn sehr nett, deinen Freund.«

Das löste Nora die Zunge. Sie mußte endlich einmal über ihre Liebe sprechen. Sie hatte niemanden sonst, nur dieses Kind, das genauso alt war wie ihre Tochter.

Sie erzählte, wie sie ihn kennengelernt hatte, wie sie sich wiedertrafen, die ersten Worte, der erste Kuß, das täglich wachsende Gefallen aneinander. Er kam aus Berlin, hieß Erich Köhl und war Textilkaufmann.

»Liebe ist schön, nicht?« fragte Stella, als Nora am Ende war.

»Das Schönste, was es gibt«, sagte Nora. »Wenn man sie hat, weiß man erst, wie arm man war, als man ohne sie leben mußte. Und es ist meine erste richtige Liebe. Als ich Dirk heiratete, war ich noch so jung. Und mit Jan, das war etwas anderes. Eine Torheit, eine Verrücktheit. Aber diesmal — diesmal ist es die richtige Liebe.«

»Woran merkt man das?«

Nora hob die Schultern. »Das kann ich dir nicht sagen. Man spürt es eben. Es verändert die ganze Welt.«

»Aber du kennst ihn erst so kurze Zeit«, meinte Stella zweifelnd.

»Trotzdem. Ich liebe ihn. Allerdings . . .« Nora stockte, dann bekannte sie noch das letzte. »Er ist verheiratet.«

»Oh!« Stella blickte sie erschrocken an. Das war ein Fehler, der nicht in das glückliche Bild paßte. »Was wirst du tun?« flüsterte sie.

»Ich weiß nicht«, sagte Nora. »Ich weiß nur eins ganz genau. Seit heute nacht weiß ich es. Ich bleibe nicht länger hier.«

Stella hielt den Atem an. Begierig starrte sie in das süße, zarte Gesicht Noras, das plötzlich eine nie zuvor gezeigte Entschlossenheit ausdrückte. »Du gehst fort?«

»Ja.«

»Wohin?«

»Das weiß ich auch noch nicht. Vielleicht wieder nach Hamburg. Oder nach — nach Berlin.«

»Da wohnt er?«

»Ja.«

»Wenn er aber doch verheiratet ist?«

Nora schwieg eine Weile. »Das macht nichts«, sagte sie dann. »Ich liebe ihn trotzdem. Ich werde in seiner Nähe sein. Und mit seiner Frau — das ist schon lange keine richtige Ehe mehr. Sie verstehen sich nicht. Deswegen ist er auch allein hier im Urlaub. Er verreist immer allein. Sie soll herrschsüchtig sein und kalt.«

»Also ganz anders als du«, sagte Stella begreifend. »Ja, das ist schwierig.«

Offenbar war Nora keine glückliche Erfüllung in der Liebe beschieden. Aber sie war dennoch nicht geneigt, auf das, was sie bekommen konnte, zu verzichten. Und sie blieb bei ihrem Entschluß, die Insel zu verlassen.

Nachdem ihr Freund abgereist war, lebte sie noch eine kurze Zeit im Jessen-Haus. Still wie früher, kein Auto kam mehr in der Nacht. Güde und Anke verharrten in feindseligem Schweigen. Nora saß wieder am Webstuhl, empfing ihre Kunden, verkaufte ihre Arbeiten. Einige Male radelte sie nach Westerland und holte sich einen Brief von der Post.

Ende August teilte sie ihrer Tochter und ihrer Schwiegermutter beim Abendessen plötzlich mit, daß sie verreisen würde.

Anke sah sie erstaunt an. »Verreisen? Wohin denn?«

Nora zögerte mit der Antwort. »Nach Hamburg«, sagte sie dann.

»Warum denn?« wollte Anke wissen.

»Ach«, meinte Nora fahrig, »nichts Besonderes. Bißchen einkaufen, Bekannte besuchen. Ich muß mal wieder in die Großstadt. Man verbauert ja hier völlig.«

Über den Tisch hinweg trafen sich Noras und Güdes Blicke. Unsicherheit und Trotz auf der einen Seite, kaltes Wissen und Feindschaft auf der anderen.

»Du kommst bald wieder?« fragte Anke in das Schweigen hinein.

»Ja«, sagte Nora, »natürlich. Ich muß erst sehen – ich schreibe euch.«

Nun begriff auch Anke. »Ach so«, sagte sie. Sie blickte auf ihren Teller hinab. Schweigend aßen sie zu Ende. Keine von den beiden sagte zu Nora: bleib da.

Nora verließ die Insel Anfang September. Die schönste Zeit auf der Insel, das Meer sanft und ruhig, gewärmt von der Sonne der langen Sommerwochen, leuchtend von den hellen Nächten, die nun wieder dunkelten, der wilde Wind für eine Weile verstummt, bis er im Herbst zurückkehren würde.

Nora reiste mit einem Koffer. Viel besaß sie nicht, und sie wollte auch nicht, daß es so aussah, als gehe sie für immer. Aber jeder vermutete es. Denn natürlich war Noras verändertes Leben in diesen Sommerwochen nicht verborgen geblieben.

Nur von Stella nahm sie Abschied.

»Alle gehen fort, die ich gern habe«, sagte Stella unmutig. »Erst Krischan. Und nun Thies. Und du auch. Was soll ich denn so allein machen?«

»Wir werden uns wiedersehen«, meinte Nora leichthin. »Ewig wirst du auch nicht hierbleiben.«

Stella blickte nachdenklich aufs Watt hinaus. »Aber ich wollte immer hierbleiben.«

Nora schüttelte bestimmt den Kopf. »Nein. Du nicht. Wenn du erst ein paar Jahre älter bist ... Was willst du denn hier? Einen Fischer heiraten? Oder einen Bauern aus Morsum?«

»Ach, heiraten«, meinte Stella wegwerfend. »Warum soll ich denn heiraten? Ich will leben.«

»Und wo willst du das? Hier?«

»Hier ist es doch schön.«

»Ja, sicher. Schön ist es. Aber eng.«

»Eng?« Stellas Augen schweiften auf das Meer hinaus. So weit wie hier war die Welt nirgends. Der Himmel nahm kein Ende, nicht das Meer.

»Trotzdem«, sagte Nora. »Die Menschen, weißt du. Es sind immer dieselben.«

»Wenn Thies fortgeht, kann ich Onkel Pieter nicht allein lassen.«

»Thies wird wiederkommen. Es hat ja auch noch Zeit. Du bist jetzt fünfzehn, Stella. Mein Gott, als ich fünfzehn war ... Aber ich möchte es nicht mehr sein.«

»Wie ist das Leben, wenn man so ...« Stella brach ab. Sie hatte sagen wollen: wenn man so alt ist.

Nora lachte. Sie verstand die unausgesprochene Frage. »Schön ist es. Wenn man liebt. Und man liebt erst richtig, wenn man – ja, wenn man eine Frau ist.«

»Ich werde dir schreiben«, sagte Nora, ehe sie ging. »Und du schreibst mir auch, ja? Von Anke. Auch wenn du sie nicht leiden kannst. Ich muß wissen, wie es ihr geht und was sie tut. Sie wird mir sicher nicht schreiben.«

Noras Augen waren traurig geworden. »Es ist seltsam«, sagte sie leise. »Wenn es mit Anke anders wäre, dann – dann ginge ich vielleicht nicht. Aber sie liebt mich nicht. Man denkt, ein Kind sei einem besonders eng verbunden. Aber wir sind uns fremd geblieben. Meine eigene Tochter. Ob es meine Schuld ist? Ich habe mir soviel Mühe gegeben.«

»Meine Mutter ist mir auch fremd«, sagte Stella. »Ich weiß nicht, ob es ihre Schuld ist. Es ist eben so.«

»Ja«, sagte Nora. »Es ist eben so. Liebe ist nicht selbstverständlich. Nicht einmal zwischen einer Mutter und ihrem Kind.«

Thies würde sie nun also auch verlassen, früher als erwartet und unter ungewöhnlichen Umständen. Diese Tatsache brachte das ganze Termogen-Haus in Aufruhr. Der Kapitän ging mit zusammengezogenen Brauen umher, mit düsterer Miene, was man von ihm nicht gewohnt war. Stine hatte schon einige Male Tränen vergossen, auch dies etwas ganz Neues bei ihr. Stella aber verfiel in bedrücktes Schweigen.

In diesem Sommer war Dr. Möller wieder einmal zu Besuch gekommen. Zwei Jahre lang hatte man ihn nicht gesehen. Eines Tages hielt sein Wagen vor dem Haus. In seiner Begleitung waren seine Frau, die man hier schon kannte, und ein fremder Mann.

»Ich muß doch wieder mal schauen, was Stella macht«, sagte er, als er in den Garten kam, wo Kapitän Termogen und Thies gerade beim Nachmittagskaffee saßen. »Schwester Marie hat mir allerhand von ihr erzählt. Darf ich übrigens vorstellen: mein Freund und Studienkollege, Dr. Warner aus Chikago.«

Stine brachte neuen Kaffee, und Dr. Möller erzählte, daß er den vorjährigen Urlaub in der Schweiz verbracht habe, und vor zwei Jahren seien sie in Italien gewesen. »Man muß doch mal etwas von der Welt sehen. Aber offen gesagt: nirgends ist es so schön wie hier. Und drum sind wir nun wieder da. Ich habe Dr. Warner so viel von Sylt vorgeschwärmt, daß er für eine Woche mitgekommen ist.«

Der Amerikaner war ein großer, dunkelhaariger Mann, er wirkte ernst und verschlossen. Er hatte einige Semester in Berlin studiert, und aus jener Zeit stammte die Freundschaft der beiden Ärzte. Er sprach nicht viel, während sie am Kaffeetisch saßen, doch von Zeit zu Zeit betrachtete er Thies forschend. Dr. Möller hatte ihm bereits von dem Jungen erzählt.

Stella kam, als sie mit dem Kaffeetrinken schon fast fertig waren. Sie warf ihr Rad mitten ins Blumenbeet, als sie den Besuch sah, und gab ihrer Freude lebhaften Ausdruck.

»Na, du siehst ja blendend aus«, sagte Dr. Möller. »Und hübsch bist du geworden. Hab' ich doch den richtigen Blick damals gehabt, als du noch so eine kleene mickrige Kröte warst.«

»Bin ich das jetzt nicht mehr?« fragte Stella kokett.

»Nein, du Fratz, das kann man wirklich nicht sagen. Wie alt bist du jetzt?«

»Ich werde sechzehn«, erwiderte Stella würdevoll.

Kapitän Termogen prustete vor Vergnügen. »Vor zwei Monaten ist sie fünfzehn geworden«, stellte er richtig.

»Hm«, meinte Dr. Möller und ließ mit der Ungeniertheit des Arztes seinen Blick an Stella auf und ab spazieren. »Da fehlt nicht mehr viel, und es ist alles da. Wie ist das, Kapitän? Haben Sie nicht Angst mit so einem hübschen Mädchen im Haus? Die Zeit ist nicht mehr fern, wo Sie gut aufpassen müssen.«

»Den Hintern kriegt sie voll, wenn sie nicht pariert«, sagte Kapitän Termogen gut gelaunt. »Werden wir ja sehen, ob ich nicht mit so 'ner kleinen Deern fertig werde.«

Dr. Warner vertiefte sich später in ein langes Gespräch mit Thies. Er ließ sich von der Insel erzählen, von der Vergangenheit und den geschichtlichen Ereignissen. Darüber wußte Thies gut Bescheid. Er erwärmte sich sichtlich bei diesem Thema. Später besichtigte der Amerikaner das Haus. Ein altes Friesenhaus bekam man in Amerika nicht zu sehen.

Thies war mit seinem Stuhl ins Haus gerollt, erklärte genau Bauweise und Bedeutung der einzelnen Räume, wies auf die alten Schränke hin, auf die blaugetönten Kacheln, die den Wohnraum, und die braungetönten Kacheln, die das Zimmer des Kapitäns schmückten.

»Das ist sicher sehr wertvoll«, meinte der Amerikaner.

»Heute ja«, sagte Thies. »Von den Städtern wird uns manchmal viel dafür geboten. Manche haben schon ganze Wände gekauft und in ihre Häuser mitgenommen. Früher kamen die Kacheln mehr zufällig auf die Insel. Als Ballast gewissermaßen. Wenn die Kapitäne mit leeren Schiffen von Holland zurücksegelten, luden sie die Kacheln ein, damit das Schiff besser im Wasser lag.«

»Interessant«, sagte Dr. Warner. »Und sehr hübsch. Es macht die Zimmer so – so, wie sagt man in Deutsch? So gemütlich.«

»Wenn Sie die oberen Räume noch ansehen wollen, wird Stella Sie hinaufführen.«

Der Arzt betrachtete Thies nachdenklich. »Und Sie, Herr Termogen? Sie verlassen diesen – Stuhl niemals?«

Thies errötete. »Doch, natürlich. Mit Krücken kann ich schon einige Schritte gehen. Aber ich tue es nie, wenn Fremde da sind.«

»*I see*«, sagte Dr. Warner. »Wann hatten Sie die Krankheit?«

»Als ich neun Jahre alt war.«

»Das ist ungefähr zehn Jahre her?«

»Ja. Sogar ganz genau.«

»Und so wenig Besserung in all den Jahren?«

Thies' Miene verschloß sich. Er sprach nicht gern über seine Krankheit. »Es ist alles versucht worden«, sagte er knapp. »Damals. Mehr ist nicht dabei herausgekommen.«

Aber der Amerikaner ließ nicht locker. »Was heißt damals? Ich möchte Sie nicht quälen. Aber könnten Sie mir nicht kurz erzählen, wie Sie behandelt worden sind?«

Thies blickte den Arzt an. Die Sachlichkeit in dessen Gesicht und die unpersönliche Kühle machten ihm das Sprechen leicht. Er gab einen kurzen Bericht über den Verlauf der Krankheit und über die Behandlung, die stattgefunden hatte.

»Das ist alles lange her«, sagte Dr. Warner. »Und dann hat man einfach aufgegeben, und Sie leben hier und lassen alles auf sich beruhen. Da kann es nicht besser werden.«

»Es ist auch nicht besser geworden«, sagte Thies. »Ein bißchen vielleicht. Die Ärzte sagten damals, mit der Zeit . . . Man müsse abwarten.«

»Vom Abwarten allein wird nichts besser. Und die Zeit allein heilt keine Lähmung.«

»Ich wollte nicht mehr von zu Hause fort sein«, sagte Thies, mit plötzlich kaum mehr unterdrückter Erregung.

»Sie waren ein Kind damals. Das ist verständlich. Und Sie haben eine sehr schöne Heimat. Aber jetzt . . . Soviel ich weiß, wollen Sie studieren, wie ich vorhin dem Gespräch entnahm. Dann gehen Sie doch auch von zu Hause weg.«

»Ja.«

»Wäre es nicht besser, erst gesund zu sein? Oder wenigstens etwas beweglicher? Wie wollen Sie es anstellen mit Ihrem Studium?«

»Ich habe einen Freund«, sagte Thies, »wir werden zusammen leben.«

»Ach, dieser Krischan, von dem die Rede war.«

»Ja.«

»Nun, Krischan wird nicht sein ganzes Leben lang an Ihrer Seite bleiben können.«

Thies blickte bedrückt zu dem Arzt auf. »Das weiß ich. Dann werde ich wieder hier leben.«

»Und immer so?«

»Ich kann es nicht ändern«, sagte Thies abweisend.

»Vielleicht nicht«, sagte Dr. Warner bedächtig. »Aber einen Versuch wäre es vielleicht doch noch einmal wert.«

In diesem Augenblick kam Stella ins Haus. Sie erschrak, als sie Thies ansah. Zusammengesunken, mit blassem Gesicht, die Augen dunkel vor Qual, saß er in seinem Stuhl.

»Was hast du denn?« fragte sie bestürzt.

Thies gab keine Antwort.

»Ein schönes Haus, in dem Sie leben, Fräulein Stella«, sagte der Amerikaner. »Darf ich es oben auch noch ansehen?«

Kurz darauf brachen die Gäste auf. Der Amerikaner sprach nicht mehr viel, er sah auch Thies kaum mehr an. Und Thies seinerseits übersah ihn völlig. Auch er war schweigsam.

Auf der Rückfahrt nach Westerland sprach der Amerikaner um so mehr. Dr. Möller hörte ihm aufmerksam zu.

»Menschenskind«, sagte er dann. »Wissen Sie, was Sie damit anrichten? Neue Hoffnung erwecken, wo immer bittere Enttäuschung zurückblieb? Der Junge ist sehr sensibel.«

»Das habe ich bemerkt. Und sehr klug auch. Es ist schade um ihn.«

»Das bestimmt. Aber was soll man machen?«

»Wir sind vielleicht weiter in diesen Dingen als ihr hier«, sagte Dr. Warner. »Bei uns ist die Poliomyelitis mehr verbreitet als hier. An unserer Klinik in Chikago haben wir eine Extraabteilung, die diese Fälle behandelt. Und wenn ich Ihnen erzähle, was für erstaunliche Erfolge wir in den letzten Jahren erzielt haben, dann werden Sie es kaum glauben.«

»Vielleicht bei neuen Fällen. Bei Kindern. Bedenken Sie, daß der junge Termogen schon seit vielen Jahren in diesem Zustand ist. Die Lähmung ist alt. Festgefressen.«

»*Nonsense*«, sagte Dr. Warner. »Eine festgefressene Lähmung gibt es nicht. Es gibt nur eine nicht behandelte. Und das ist ein Verbrechen an dem Jungen.«

Dr. Möller warf dem Amerikaner einen kurzen Blick von der Seite zu. Seltsam, wie wenig sich die Menschen änderten. So hatte der schon als Student ausgesehen, wenn er sich etwas in den Kopf gesetzt hatte, wenn sie über ein ungelöstes Problem grübelten. Die Stirn gesenkt, den Blick der dunklen Augen starr, die Lippen eingekniffen und das Kinn ganz eckig.

»Guckt mal«, hatten die Kommilitonen gesagt, »Warner weckt einen Toten auf. Nie wird es einer seiner Patienten wagen, auf seinem Exitus zu beharren, wenn Warner ihn so fixiert.«

Schweigend fuhren sie zum Hotel. Erst als sie ausstiegen, sagte Dr. Möller: »Schauen Sie nicht so grimmig drein, Dr. Eisenbart. Was haben Sie vor?«

»Laß ihn in Ruhe«, sagte seine Frau, »und hört jetzt auf damit.«

Doch beim Abendessen, gerade als sie eine köstliche Seezunge verspeisten, ließ Dr. Warner plötzlich die Gabel sinken. »Wie sind denn die finanziellen Verhältnisse?« fragte er.

Dr. Möller wußte sofort, was er meinte. »Gott, so genau weiß ich das nicht. Für den Alltagsdurchschnitt wohl nicht schlecht. So kostspielig ist ja das Leben nicht, das sie führen. Was natürlich an Sonderausgaben tragbar ist, davon habe ich keine Ahnung.«

»Der Vater — dieser Kapitän«, sagte Dr. Warner überlegend, »macht doch einen recht vernünftigen Eindruck.«

»Sicher. Das ist eine Pracht von Mann. Einfach knorke, wie wir in Berlin sagen. Mit dem kann man reden.«

»Ich werde mit ihm reden«, sagte Dr. Warner und ließ sich endlich die Seezunge schmecken.

Zwei Tage später, am Abend, hielt sein Wagen vor dem Landschaftlichen Haus in Keitum. Das Landschaftliche Haus ist ein Gasthaus, wie es seinesgleichen selten gibt auf der Welt. Auch nichts anderes als ein altes Friesenhaus, nur ein bißchen größer, die Wände der Gaststube mit Kacheln geschmückt, mit gemütlichen Winkeln und Ecken, und mit einer gastronomischen Kultur, die der eines Grand Hotels in nichts nachsteht. Wer einmal einen Hummer im Landschaftlichen Haus verspeist hatte, der vergaß dieses Essen sein Leben lang nicht mehr. Ein Festessen im wahrsten Sinn des Wortes, wie es in dieser Vollendung selten geboten wird.

Dr. Warner allerdings kam nicht, um einen Hummer zu essen. Er kam, weil er herausgebracht hatte, daß Kapitän Termogen an diesem Abend im Landschaftlichen Haus mit seinen alten Freunden Karten zu spielen pflegte.

Als sich die ersten Teilnehmer der Kartenrunde einfanden, saß der Amerikaner schon still an einem Tisch in der Ecke vor einer Tasse Kaffee.

Die blauen Augen von Kapitän Termogen, denen nichts entging, entdeckten ihn sofort. Er kam herüber.

»'n Abend, Doktor«, sagte er. »Hummeressen?«

Dr. Warner schüttelte den Kopf. »No. Kein Hummer heute.«

Der Kapitän sah sich suchend um. »Wo ist denn Dr. Möller?«

»Ich bin allein hier«, sagte Dr. Warner. »Ich wollte Sie gern sprechen.«

»Mich?« fragte Kapitän Termogen erstaunt.

Dr. Warner nickte. »Ich will Sie nicht lange aufhalten. Ich weiß, Sie haben hier zu tun.« Er lächelte verständnisvoll. »Ich habe Ihnen nur kurz etwas vorzuschlagen. Sie sollen jetzt gar nichts dazu sagen. Überlegen Sie in Ruhe. Wir treffen uns übermorgen wieder hier. Wenn Sie wollen zu einem Hummeressen. Dann geben Sie mir Ihre Antwort. Sie können auch einfach im Hotel anrufen, wenn Sie mich nicht mehr sehen wollen.«

Kapitän Termogen rutschte unruhig auf seinem Stuhl hin und her. »Das klingt ja mächtig geheimnisvoll. Was ist denn los?«

»Es handelt sich um Ihren Sohn.«

»Um Thies?«

»Ja, um Thies.«

Kapitän Termogens Gesicht war ernst geworden. Stumm blickte er den Amerikaner an. Sein Herz klopfte auf einmal, Angst erfüllte ihn. Er ahnte, was kommen würde. Thies, mein Junge. Nein, sie sollen dir nicht wieder weh tun. Sollen dir das bißchen armseligen Frieden nicht rauben.

Sein Kopf rötete sich. »Zum Donnerwetter!« sagte er. Dann drehte er sich um und winkte der Bedienung. »Zwei Bommerlunder. Zwei Doppelte.« Dann schaute er den Amerikaner grimmig an. »Schießen Sie los. Und machen Sie's kurz und klar.«

Das tat Dr. Warner. Er berichtete von der Klinik, an der er arbeitete, von seinem Chefarzt, der eine weithin bekannte Kapazität war, besonders auf dem Gebiet der Poliomyelitis, von den Heilerfolgen, die man in den letzten Jahren erzielt hatte, von der neuartigen Therapie, die man anwandte.

Als er geendet hatte, blieb es eine lange Weile still. Kapitän Termogen hatte den dritten Bommerlunder getrunken. Im Nebenraum hatte das Kartenspiel begonnen. Auf einen fragenden Anruf hatte der Kapitän nur herrisch abgewinkt.

Jetzt saß er wie aus Stein und sprach kein Wort. Nur seine Pfeife qualmte, als wolle er das ganze Haus einnebeln.

Thies nach Amerika. Thies neuen Schmerzen, neuer Qual ausgesetzt. Neuer Hoffnung und vielleicht neuer Enttäuschung.

Und ganz allein, weit fort. Ohne Hilfe, ohne Trost, ohne Zuspruch. Der empfindsame, zarte Thies.

Damals war er ein Kind gewesen. Ein Kind, das vielleicht noch nicht ganz begriff, was mit ihm geschah. Heute war er ein Jüngling, ein junger Mann, weit gereift für sein Alter und voll und ganz imstande zu begreifen. Und zu leiden. Vielleicht aber nicht — zu verzichten.

Jetzt, da das Leben für ihn beginnen sollte — würde er es fertigbringen, es zu verlieren, nachdem man ihm Hoffnung darauf gemacht hatte?

Nein. Eins wußte Kapitän Termogen in dieser Stunde ganz genau. Wenn sie Thies nicht heilen konnten oder seinen Zustand wenigstens so weit bessern, daß er unter den Menschen leben konnte wie ihresgleichen, dann würde er dieses Leben überhaupt nicht mehr haben wollen. Gerade jetzt nicht, in diesem Alter.

Dr. Warner störte das lange Schweigen nicht. Er wußte genau, was in dem Mann ihm gegenüber vor sich ging. Schließlich aber sagte er: »Die finanzielle Seite natürlich . . .«

Kapitän Termogen wischte den Einwand mit einer ungeduldigen Handbewegung fort.

»Davon brauchen wir nicht zu reden. Ich bin kein reicher Mann. Die Zeiten sind schlecht. Aber ich habe Grund und Boden, ich bin auch, was nur wenige wissen, an einem Hotel in Westerland beteiligt. Gehört einem Freund von mir, der mal in Schwierigkeiten war. Ich habe Papiere. Für Thies' Gesundheit würde ich das letzte Stück verkaufen, das ist klar. Aber darüber denke ich nicht nach. Es ist nur . . .« Er verstummte.

»Ich weiß genau, was Sie denken«, sagte Dr. Warner. »Ich kenne die Gefahr. Sie müßten mir vertrauen, auch hierin. Thies ist klug. Er ist beherrscht. Er hat sich eine geistige Welt errichtet. Ich bilde mir ein, ein guter Psychologe zu sein. Vielleicht sind wir auch auf diesem Gebiet schon ein bißchen weiter als ihr hier. Die wirtschaftlichen Schwierigkeiten der letzten Jahre, der Krieg, haben Deutschland doch wohl manchen Fortschritt gekostet. Bei uns wird die Wissenschaft vorwiegend aus privaten Quellen gespeist. Großzügig.«

»Das nützt mir gar nichts«, sagte der Kapitän unwirsch.

»Doch, das nützt Ihnen, Herr Termogen. Ihnen und Ihrem Sohn. Vielleicht.«

»Ja«, sagte der Kapitän bitter. »Vielleicht. Das hat es immer geheißen. Vielleicht.«

»Das ganze Leben ist ein Vielleicht. Es gibt keine Gewißheit und keine Sicherheit. Aber wenn wir vor dem eventuellen Nein kapitulieren, dann gibt es nicht einmal mehr ein Vielleicht. Hätte es nie gegeben. Dann lebten wir noch in der Steinzeit.«

Wieder Schweigen. Auf einen Wink des Kapitäns kamen noch zwei Bommerlunder. Der Amerikaner schluckte ihn jetzt schon ganz geübt. Er war keinen Schnaps gewohnt. Doch sein Kopf war klar wie immer. Und die Intensität, die von ihm ausging, der starke Wille, sie waren fast körperlich spürbar. Auch der Kapitän konnte sich diesem Einfluß nicht entziehen.

»Ich kann es nicht entscheiden«, sagte er schließlich. »Wir müssen Thies fragen.«

»Natürlich«, sagte Dr. Warner ruhig. »Wollen Sie das tun oder soll ich es tun?«

»Besser Sie. Ich – ich hab' nicht den Mut. Wenn Krischan hier wäre, der wäre der richtige Verbündete für Sie. Der konnte Thies alles beibringen. Aber ich? – Ich bin schließlich sein Vater.«

Thies erbat sich Bedenkzeit. Einige Tage lang waren alle bedrückt im Termogen-Haus. Sogar Stella, die nun wußte, worum es ging, wagte kaum den Mund aufzumachen. Tönjes, der Hund, saß vor dem Rollstuhl, seinen Körper eng an Thies gepreßt. Als verstände auch er, was entschieden wurde.

Thies legte dem Hund seine schmale Hand auf den Kopf.

»Dich müßte ich auch verlassen, Tönjes«, murmelte er. »Und bis ich wiederkomme bist du vielleicht schon tot.« Denn Tönjes war nun schon ein alter Herr.

Vielleicht komme ich auch gar nicht wieder, dachte Thies. Wenn ich so wiederkommen müßte, wie ich ging.

Bitterlich vermißte man Christian in diesen Tagen. Jeder dachte, jeder empfand es. So jung er war, seiner Entscheidung hätte man sich gebeugt.

Stella sprach es aus. »Wenn man nur wüßte, wo dieser verdammte Krischan steckt. Er könnte uns sagen, was wir tun sollen. Er ist doch auch ein Doktor.«

Aber Christian war in Schweden. Zwei Wochen vor Semesterbeginn wollte er zurückkommen. Darauf konnte man nicht warten. Dr. Warners Schiff verließ Hamburg bereits in vierzehn Tagen.

Und dann sagte Thies ja. Kurz und einfach ja, ohne Kommentar.

Die anderen sagten nichts mehr dazu, Thies hatte entschieden. Stine begann mit den Reisevorbereitungen, und Stella half ihr dabei. Beide waren sehr geschäftig, sie wuschen und bügelten und packten. Stumm und bedrückt.

Kapitän Termogen ritt stundenlang über die Insel. Wenn er zu Hause war, benahm er sich wie immer. Trank seinen Schnaps und neckte sich mit Stella.

Stella gab sich ebenfalls alle Mühe, ihre trübe Stimmung zu verbergen.

»Mensch, Thies«, sagte sie, »wie ich dich beneide. Nach Amerika! Du mußt mir immerzu schreiben. Versprich es mir. Und Krischan! Wenn der kommt und das hört, der kommt dir gleich nachgereist.«

»Das soll er sich mal unterstehen«, ging Thies auf ihren munteren Ton ein. »Der soll gefälligst jetzt studieren. Er ist dann der nächste Doktor, der an mir herumexperimentieren kann.«

Dr. Warner war mit den Möllers nach Berlin zurückgereist. Aber er würde Thies abholen kommen, am Tag, ehe das Schiff auslief. Alle warteten ungeduldig diesem Tag entgegen. Die letzte Woche erschien unerträglich.

Übrigens hatte man im Termogen-Haus vereinbart, daß man von Thies' Abreise nichts verlauten ließ. Besuche der Nachbarn und Freunde, Neugier, Fragen und Ratschläge waren nicht erwünscht. Nur der Strandhauptmann wußte Bescheid. Und der konnte schweigen.

Kapitän Termogen und Stella fuhren mit nach Hamburg. Ehe das Schiff ablegte, saßen sie alle vier zusammen in der Kabine, die Thies mit Dr. Warner teilte.

Es waren qualvolle Minuten. Keiner wußte, was er reden sollte. Thies war es, der mühsam eine Art Konversation aufrechterhielt.

»Und benimm dich anständig, Stella. Hoffentlich paßt Vadding gut auf dich auf.«

»Wird er doch woll, nöch?« sagte Stella mit gemacht burschikosem Ton. »Und wenn nicht, schadet es auch nicht viel.«

»Den Hintern kriegt sie voll, wenn sie nicht pariert«, zitierte der Kapitän einen seiner Lieblingssprüche.

Dann war es soweit. Kapitän Termogen schüttelte seinem Sohn die Hand. Sprechen konnte er nicht. Seine Augen, mühsam aufgerissen, standen voller Tränen. Er drehte sich abrupt um und stürzte aus der Kabine. Dr. Warner ging ihm nach.

Stella umarmte Thies stürmisch. »Thies, komm bald wieder. Ich denke immer an dich. Und ich hab' dich schrecklich lieb, das weißt du doch, nicht?«

»Das weiß ich, kleine Schwester.«

»Wenn ich fromm wäre, würde ich für dich beten. Vielleicht tu ich's auch. In unserer Kirche. Oder lieber am Strand. Und du schreibst mir. Und weißt du, Thies, wenn du nicht ganz gesund wirst, macht es auch nichts. Dann leben wir eben weiter wie bisher. Es war doch eigentlich ...« Sie verstummte. Sie hatte sagen wollen: es war doch eigentlich immer sehr schön. Aber gerade noch rechtzeitig war ihr eingefallen, daß sie das nur von ihrem eigenen Leben sagen konnte. Ob Thies das seine immer so schön gefunden hatte, war fraglich.

Sie umarmte ihn wieder und küßte ihn auf den Mund, zärtlich und liebevoll. Ihre Tränen rollten über seine Wangen. Und dann verließ auch sie fluchtartig die Kabine.

Thies blickte ihr nach. Sie hatte ihn geküßt wie eine Frau. Nicht wie ein Kind. Seine kleine Schwester.

Kapitän Termogen und Stella standen nebeneinander auf der Pier, als das Schiff ablegte. Der blaue Peter wehte lustig im scharfen Wind.

Pieter Termogen legte den Arm um Stellas Schulter. Er fühlte sich auf einmal alt und müde. Als brauchte er jemanden, der ihn stützte.

»Jetzt habe ich nur noch dich, min Deern«, sagte er.

Aber genau zwei Wochen später traf Jan Termogen auf der Insel ein.

16

Die Sommergäste waren bis auf einen geringen Rest abgereist. Nur wem das kühlere Wetter nichts ausmachte, war noch da und genoß die Stille am Strand.

Die Schule hatte wieder begonnen, und Stella radelte jeden Morgen nach Westerland. Allein. Sie war jetzt viel allein. Die Schulstunden brachte sie mit Eleganz hinter sich und erledigte sogar pünktlich ihre Schularbeiten. Die Freundschaft mit Gleichaltrigen suchte sie nicht.

Im Termogen-Haus war es still geworden. Alle warteten auf Post aus Amerika. Alle drei dachten täglich und stündlich daran, wie es Thies wohl ergehen mochte. Stella hatte phantastische Vorstellungen von schmerzhaften Qualen und Folterinstrumenten. Wie würde das Thies ertragen, so allein? Wie würde sein Körper, erstarrt in der Lähmung, reagieren?

»Warum schreibt denn dieser verdammte Doktor nicht?« unterbrach sie eines Tages heftig das Schweigen beim Essen. »Er könnte doch mal einen Bericht geben.«

»Was soll er denn berichten?« meinte Kapitän Termogen vernünftig. »Sie sind ja eben erst angekommen.«

»Wie wird sich Thies bloß mit denen verständigen?« sagte Stine. »Die reden doch ganz anders.«

»Thies kann gut Englisch«, meinte Stella. »Und außerdem spricht Dr. Warner ja prima deutsch.«

»Und was er wohl zu essen kriegen wird«, ließ Stine einen weiteren Kummer laut werden, der sie bedrückte. »Die essen doch alles aus Konserven, hab' ich gehört. Und Thies ißt so gerne frischen Grünkohl.«

»Nun hört schon auf«, sagte der Kapitän ungeduldig. »Ohne Grünkohl wird er ja woll mal eine Weile leben können.«

An einem windstillen, sonnigen Nachmittag Ende September war Stella allein zu Hause. Stine war nach Westerland gefahren, um ihre Schwester zu besuchen, und der Kapitän war mit Tönjes hinaus zu den Schafen gegangen.

Stella beendete ihre Schularbeiten und blieb dann unschlüssig sitzen. Es war totenstill im Haus. Den Kopf in die aufgestützten Hände gelegt, starrte sie zum Fenster hinaus, in das Grün der Bäume.

Was sollte sie jetzt tun? Onkel Pieter entgegengehen? Oder sich an den Webstuhl setzen? Sie hatte einen neuen Stoff begonnen, ein extra schwieriges Muster, um möglichst viel Aufmerksamkeit an die Arbeit verwenden zu müssen.

»Das ist hübsch«, hatte Stine gesagt, »das gibt ein schönes warmes Winterkleid für dich. Schade, daß Nora nicht mehr da ist.«

Nora schrieb auch nicht, obwohl sie es versprochen hatte. Stella hatte Anke einmal nach ihr gefragt. Nicht, um Anke zu ärgern, sondern weil es sie wirklich interessierte.

»Hat deine Mutter geschrieben?«

Anke hat sie kalt angesehen und sich abgewendet.

Dumme Gans, dachte Stella. In der Schule war Anke die Beste. Daß sie Lehrerin werden wollte, war inzwischen allgemein bekannt, und die Lehrer behandelten sie seitdem geradezu mit Hochachtung.

Ich könnte auch zu Vadding Hoog gehen und mal wieder was töpfern, dachte Stella. Hab' ich lange nicht mehr gemacht.

Aber sie hatte zu nichts Lust an diesem Nachmittag.

Sie betrachtete ihr Handgelenk, die Uhr, das silberne Kettchen von Christian. Ob nicht er wenigstens bald wiederkam? Aber er würde ja sowieso nicht bleiben. Gerade so lange, bis seine Hemden gewaschen waren. Dann würde er für lange Zeit fortgehen. Eigentlich für immer. In den Ferien würde man ihn mal sehen, das war alles. Stella stand langsam auf und stellte sich vor die buntbemalte Kommode, blickte forschend in den kleinen Spiegel, der darüber hing. Sie besah sich jetzt oft im Spiegel. Und sie gefiel sich ganz gut.

Ihre Augen waren groß und schmalgeschnitten und immer noch tiefblau, wie als Kind. Die Augenbrauen saßen hoch, waren weitgeschwungen, dicht und rötlich getönt wie ihr Haar, ein wenig dunkler vielleicht. Das Gesicht war länglich, sehr schmal, kaum mehr gerundet, kaum mehr ein Kindergesicht. Die Nase schmalrückig, nicht zu klein, mit beweglichen Nüstern. Am besten gefiel ihr der Mund. Er war verhältnismäßig groß, die Oberlippe schmal, aber schön geschwungen, die Unterlippe etwas voller, ohne rund zu wirken. Wenn sie lächelte, bogen sich die Winkel leicht nach oben.

Sie lächelte ihrem Spiegelbild zu und gab ihren Augen einen leicht spöttischen Ausdruck, die Lider ein wenig gesenkt. So sah es gut aus. Genau wie in dem Film, den sie neulich gesehen hatte. Die Schauspielerin hatte ihr gut gefallen. Ein überschlankes, hochbeiniges Mädchen, nein, eigentlich mehr eine Frau. Die hatte es genauso gemacht. Den Kopf ein wenig gedreht, die Lider gesenkt, der Blick schräg darunter hervor und die Lippen in einem leichten Lächeln aufgebogen. Die hatte toll ausgesehen. Und dazu noch glattes, halblanges Haar.

Seitdem war sie nicht mehr beim Friseur gewesen. Vom Bubikopf hatte sie genug. Sie würde nun das Haar auch ein wenig wachsen lassen, bis über die Ohren. Sie nahm einen Kamm, kämmte das Haar voll aus der Stirn, immer wieder, bis es knisterte. Dann bog sie die kurzen Zipfel seitwärts unter den Schläfen nach vorn. Wenn es länger sein würde, konnte man diese Zipfel dann über die Ohren biegen, und sonst ganz glatt.

Sie versuchte wieder das amüsierte, überlegene Lächeln der Filmschauspielerin. Nein, so kam es nicht richtig zur Wirkung. Sie zog hastig die Schublade der Kommode auf und suchte nach dem billigen Lippenstift, den sie neulich gekauft hatte. Heimlich. Bisher hatte keiner sie mit geschminkten Lippen gesehen. Sie war sicher, Onkel Pieter würde ihr das glatt verbieten. Sie kannte seine Ansicht über geschminkte Frauen.

Stella teilte sie nicht. Sie hatte im Sommer am Strand genug hübsche Frauen gesehen, die sehr geschickt die kleinen Hilfen der Kosmetik verwandt hatten. Auch Nora hatte sich immer die Lippen nachgezogen.

Vorsichtig begann sie mit dem Stift zu malen. Den Bogen der Oberlippe voll ausfüllen und die Unterlippe ein wenig dunkler und bis in die Winkel hinein, damit der Mund groß wirkte. Dann legte sie den Kopf in den Nacken und öffnete den Mund zu einem weiten Lachen. Das sah nicht schlecht aus. Die Zähne wirkten weißer hinter dem Rot. Die Augenbrauen müßte man auch noch dunkler tönen. Sie kramte in ihren Schulsachen und förderte einen schwarzen Malstift zutage. Damit ging es.

Das war zuviel. Sie rieb die Farbe wieder ab und begann von neuem. So war es besser. Und nun noch einmal die Haare. Erst zurück, dann seitwärts nach vorn. Vielleicht noch eine Strähne in die Stirn.

Entzückt betrachtete sie sich im Spiegel. So war es gut. War sie das wirklich? Kühn sah sie aus, herausfordernd. Eine Frau, die das Leben kannte. Eine Frau, der die Männer zu Füßen lagen. Nun noch das Lächeln, die Lider gesenkt, die Mundwinkel leicht nach oben. Sie gefiel sich. Sie gefiel sich außerordentlich. Du bist aber hübsch geworden, hatte Dr. Möller gesagt. Und damals, Noras Freund, hatte sie auch hübsch gefunden.

Schwarz, dachte Stella. Ein schwarzes Kleid möchte ich haben, so wie die im Film neulich. Ein ganz enges schwarzes Kleid und nackte Schultern. Und dazu meine Haare. Das muß toll aussehen. Und dann lächle ich und komme in ein Restaurant herein. Oder in ein Hotel, wie die im Film. Und alle sehen mich an. Wer ist das? Kennen Sie die? Eine phantastische Frau. Das ist Stella Termogen. Die schöne Stella Termogen. Sie kann jeden Mann haben, den sie haben will. Neulich hat ein amerikanischer Millionär ihr einen Heiratsantrag gemacht. Aber sie hat ihn nur ausgelacht. Sie will nicht heiraten. Sie will nur lieben. Sie verdreht einem Mann den Kopf, und dann geht sie fort und läßt ihn stehen. So ist Stella Termogen.

In ihrem engen schwarzen Kleid geht Stella Termogen langsam durch den Saal. Das Licht sprüht in ihren roten Haaren. Alle Männer starren sie an. Aber Stella Termogen blickt über alle hinweg. Die Lider leicht gesenkt, ein spöttisches Lächeln auf den Lippen.

So. Genauso. Das Lächeln steht im Spiegel wie festgefroren. Das Gesicht, das Stella aus dem Spiegel anblickt, ist nicht das ihre. Es ist ein fremdes Gesicht. Ein schönes Gesicht. Die Stella von morgen. Sie starrt es fasziniert an, dieses fremde, schöne Gesicht, es lächelt, es wird plastisch, hebt sich ihr entgegen. Minutenlang bleibt sie unbeweglich, ganz vertieft, ganz versunken in dieses fremde, schöne Gesicht, das ihr nicht gehört.

»Hallo«, tönte plötzlich eine Stimme von unten aus dem Haus. »Ist denn keiner da?«

Sie fuhr zusammen und lauschte. Besuch! Der Strandhauptmann? Nein, seine Stimme war das nicht.

Stella wandte sich um und lief zur Tür hinaus, die Treppe hinab.

Auf den letzten Stufen ging sie langsamer und blieb dann stehen. Mitten im Vorraum stand ein Mann. Ein Riese von Mann, groß, breitschultrig, in einem eleganten grauen Anzug, das Gesicht gebräunt, ein schönes, wohlgeformtes Gesicht mit dunklen Augen und dichten, dunklen Brauen, auch das Haar war schwarz und wuchs mit einer scharfen Spitze in die Stirn.

So einen Mann hatte Stella noch nie gesehen. Er war einfach überwältigend.

Auch der Mann sah sie an, nicht weniger erstaunt als sie. Dann lächelte er, blitzende weiße Zähne wurden sichtbar, die Augenbrauen zogen sich ein wenig hoch.

»*Devil!*« sagte er. Ein Ausruf voller Anerkennung war es. Der Mann hatte viele reizvolle Frauen in seinem Leben gesehen. Aber was da vor ihm im Halbdunkel auf der Treppe schwebte, war ein bemerkenswertes Gesicht.

Dann verbeugte er sich leicht. »Guten Tag.«

Stella hatte sich gefaßt. Sie kam langsam die letzten Stufen herab, und wie von selbst erschien das eben geübte Lächeln auf ihrem Gesicht.

»Guten Tag«, sagte sie »Wollen Sie zu uns?«

Der Fremde lächelte auch, erstaunt und amüsiert zugleich. »Gewissermaßen ja. Nun sagen Sie bloß noch, Sie seien hier die Dame des Hauses.«

Stella richtete sich gerade auf und hob würdevoll den Kopf. »Ich bin Stella Termogen«, sagte sie gemessen. »Was wünschen Sie?«

Der Fremde schüttelte nun in offener Verwunderung den Kopf. »Hm. Jetzt weiß ich aber wirklich nicht . . . Sie sind sehr jung, meine Gnädigste. Stella Termogen. Nie gehört. Ich kann nicht annehmen, daß Sie die Frau von Thies sind. Oder daß der Alte noch mal . . .«

Der Besucher verstummte. Siebzehn, höchstens achtzehn konnte dieser aparte Rotschopf sein.

»Wer sind Sie eigentlich?« fragte Stella befremdet.

Wieder eine leichte Verbeugung. »Mein Name ist Termogen.«

»Ach so«, Stella lächelte erleichtert. »Ein Verwandter. Warum sagen Sie das denn nicht gleich? Ich dachte, Sie wollten vielleicht das Haus besichtigen.«

»Vielen Dank. Ich kenne es. Zufällig bin ich darin aufgewachsen.«

»So?« Stella war von neuem überrascht. Sie versuchte das Alter des Mannes zu schätzen. So gut verstand sie sich noch nicht auf Männer. Ende dreißig vielleicht. Es war schwer zu sagen vor diesem überlegenen Gesicht mit den lächelnden Augen.

Und dann kam die große Überraschung. »Ich bin Jan Termogen«, sagte der Fremde. »Falls Ihnen das etwas sagt.«

»Jan Termogen!« Stella starrte den Besucher in höchstem Erstaunen an .»Aber der ist doch tot.«

»Keineswegs, Madame«, sagte Jan Termogen, und seine Zähne blitzten wieder, »warum sollte ich tot sein? Ich bin durch und durch lebendig. Und zwar im Augenblick mit besonderem Vergnügen. Wie immer, wenn mir ein hübsches Mädchen begegnet.«

»Na, so was«, sagte Stella kindlich. Jede Pose war von ihr abgefallen. »Jan Termogen. Der Sohn von Onkel Pieter?«

»Der Sohn von Pieter Termogen, ganz richtig«, bestätigte Jan.

»So eine Art verlorener Sohn, wollen wir mal sagen. Und Sie sagen Onkel zu meinem Vater, und Termogen heißen Sie auch. Demnach sind wir also verwandt? Hoffentlich nicht zu nahe verwandt.«

»Ist ja komisch«, sagte Stella. »Nö, so 'ne Art Kusine bin ich. Und Sie leben wirklich?«

»Sie können es mir glauben. Oder denken Sie, ich bin ein Gespenst? Wenn Sie mir vielleicht die Hand geben würden, Stella Termogen, *chère cousine*, dann würden Sie feststellen, daß ich von Fleisch und Blut bin.«

Er streckte ihr die Hand entgegen, und nach einem kleinen Zögern legte Stella die ihre hinein. Eine warme, große Hand war es, die fest ihre schmalen Finger umschloß.

Jan ließ sie nicht los. Er zog sie dicht an sich heran und blickte ihr nahe ins Gesicht. »Reizend, ganz reizend«, sagte er. »Ich wäre längst nach Hause gekommen, wenn ich gewußt hätte, daß ich so eine entzückende Kusine habe. Ich frage mich bloß, wo Sie früher waren. Als ich das letztemal hier war, hatte ich von Ihrer Existenz keine Ahnung.«

»Ich war in Berlin«, erwiderte Stella sachlich und zog ihre Hand zurück. »Aber das ist ja nicht so wichtig. Erzählen Sie lieber, wo Sie waren. Onkel Pieter denkt, Sie sind tot. Alle denken es. Mir hat man immer gesagt, Jan ist umgekommen.«

»Ist ja nicht schön, mich so einfach um die Ecke zu bringen. Obwohl – man sagt ja wohl, Leute, die totgesagt werden, leben besonders lange. Wie bin ich denn eigentlich gestorben? Nur damit ich Bescheid weiß.«

»In Bombay, glaube ich. Bei so 'ner Art Revolution.«

»In Bombay.« Jan nickte. »Das klingt ganz glaubwürdig. Damals fehlte wirklich nicht viel. Da war ich so etwa dreiviertel tot.«

»Na, sehen Sie. Und irgend jemand ist später gekommen und hat es Onkel Pieter erzählt. Viel weiß ich nicht darüber.« Sachlich fügte sie hinzu: »Es ist eigentlich nie von Ihnen gesprochen worden.«

»Das kann ich mir denken«, meinte Jan. »Der Alte hat zweifellos mit Vergnügen Gras über meine Leiche wachsen lassen. Lieber ein toter Sohn als ein ungehorsamer. Das gibt weniger Ärger.«

»Reden Sie doch nicht so abscheulich!« fuhr ihn Stella an. »Onkel Pieter hat gerade genug Kummer mit seinen Kindern gehabt. Warum haben Sie sich denn nicht gemeldet all die Jahre, wenn Sie doch am Leben waren?«

»Dies ist eine ebenso kluge wie berechtigte Frage. Es ist die Frage, offen gestanden, die ich gefürchtet habe, je näher ich diesem Hause kam. Es fällt mir schwer, eine Antwort darauf zu finden. Einesteils war wohl die Art, wie ich von hier fortging, schuld daran. Und zum anderen«, Jan hob die Schultern, »ja, wie soll ich das erklären. Mein

Leben war recht bewegt. Und da vergißt man leicht, was hinter einem liegt. Besonders wenn man vergessen will. Es ist eine lange Geschichte, und ich werde sie wohl erzählen müssen. Muß aber nicht gleich sein.«

Stella war zwar von Neugier erfüllt, aber sie machte ein gleichgültiges Gesicht. »Mir sicher nicht. Aber Ihrem Vater. Den wird es wohl interessieren. Kommen Sie erst mal herein.«

Jan wies nach links. »Dies ist ja wohl das Wohnzimmer, nicht wahr? Nach Ihnen, Madame.«

Im Zimmer war es heller als auf dem dämmerigen Vorplatz. Beide betrachteten sich aufmerksam, Jan mit leichter, lächelnder Überlegenheit, Stella mit unverhohlener Neugier.

Dies war ein aufregender Tag. Jan zurückgekehrt! Und was für ein Mann das war. So mußten die früheren Inselbewohner ausgesehen haben, als sie noch als Strandräuber durch die Dünen zogen, die Schiffbrüchigen erschlugen und beraubten.

Schon in diesem Moment verliebte sie sich in Jan. Alles, was in ihr an Gefallsucht, an unentwickelten, aber angeborenen weiblichen Instinkten und Anlagen vorhanden war, sammelte sich wie bei einem Alarmruf und stand marschbereit. Es geschah in dieser konzentrierten Form erstmals in ihrem Leben. In dem verspielten, ahnungslosen Mädchen war eine Frau verborgen, die den Mann erkannte.

Ein reizendes Girl, dachte Jan. Schade, daß sie sich die Lippen so knallrot anmalt. Eine scheußliche Farbe, paßt nicht zu ihrem Haar und zu ihrem Teint. Das werde ich ihr abgewöhnen. Aber das Haar ist fabelhaft. Sprühendes Kupfergold. Habe ich in unserer Familie nie gesehen. Und wo kommt sie eigentlich her? Aus Berlin, hat sie gesagt. Ich wußte gar nicht, daß in Berlin Termogens leben. Sicher ist sie zum Urlaub hier.

»Warum setzen Sie sich denn nicht?« fragte Stella, verwirrt von seinem ungeniert prüfenden Blick.

»Sie haben mich noch nicht dazu aufgefordert, Madame«, sagte Jan liebenswürdig.

»Schließlich sind Sie ja hier zu Hause«, meinte Stella ein wenig ruppig. »Wollen Sie einen Schnaps?«

»Warum nicht?«

Durch das Fenster hatte sie den Wagen entdeckt. Man konnte durch das Tor hindurch seinen Lack blitzen sehen.

»Ist das Ihr Auto?« fragte sie interessiert.

»Ja.«

»Hm, muß ich mir nachher aus der Nähe ansehen. Weil ich nämlich ...« Sie stockte. Auf dem Gartenweg sah sie Tönjes angetrabt kommen. »Onkel Pieter kommt«, rief sie aufgeregt. »Na, der wird Augen machen.« Sie legte den Finger auf die Lippen und schaute erwartungsvoll aus dem Fenster. Plötzlich entdeckte sie den verschmierten roten Fleck auf ihrer Hand.

»Ach, du lieber Himmel«, rief sie erschrocken. »Meine Lippen.« Eilig begann sie mit der Hand das Rouge fortzureiben. »Das darf Onkel Pieter nicht sehen.«

Aber Onkel Pieter durchschritt eben die Gartenpforte, wie die beiden im Zimmer deutlich sehen konnten, blieb kurz stehen, betrachtete den fremden Wagen, und kam dann aufs Haus zu.

Jan lachte hellauf. »Na, jetzt sehen Sie gut aus, Madame. Wenn Sie noch ein bißchen weiterreiben, können Sie glatt als Indianersquaw auftreten.«

Stella blickte sich verzweifelt um und wandte sich zur Tür.

»Darf ich helfen?« fragte Jan schmeichelnd. Er trat zu ihr, zog ein blütenweißes Taschentuch aus der Tasche und begann zart das verschmierte Rot aus ihrem Gesicht zu putzen.

»Spucken Sie mal drauf«, forderte er sie auf. Stella spuckte, und er setzte sein Säuberungswerk fort und beendete es kurz bevor Onkel Pieter die Tür des Zimmers öffnete.

Jan steckte das beschmutzte Taschentuch seelenruhig ein und wartete hochaufgerichtet auf den Empfang seines Vaters.

17

Nie in ihrem Leben vergaß Stella diesen Augenblick, als Vater und Sohn einander gegenüberstanden. Und niemals konnte sie begreifen, wie sie so gedankenlos sein konnte, Onkel Pieter unvorbereitet dieser Begegnung auszusetzen.

Aber Jan war schuld. Er hatte sie verwirrt. Und dann in letzter Minute diese alberne Szene mit dem Rouge auf ihren Lippen. Vielleicht wenn das nicht gewesen wäre, dann wäre sie Onkel Pieter entgegengelaufen und hätte ihn auf die Neuigkeit vorbereitet.

So aber wurde Kapitän Termogen ohne jede Warnung mit der überraschenden Tatsache konfrontiert, daß sein totgeglaubter Sohn heimgekehrt war. Er hatte das Auto gesehen und war daher darauf vorbereitet gewesen, Besuch vorzufinden. Das war aber auch alles.

Es dauerte keine Sekunde, da hatte er Jan erkannt, obwohl es über ein Jahrzehnt her war, daß er seinen Sohn zum letztenmal gesehen hatte. Damals war Jan ein junger Bursche gewesen, heute stand ein erwachsener, eleganter Mann vor ihm. Aber es war Jan, unverkennbar. Groß, dunkel, mit dem kalten Lächeln um den schöngezeichneten Mund der Termogens.

Stella vergaß nie diesen Moment des Wiedersehens. Wie Onkel Pieter erbleichte, was man noch nie bei ihm gesehen hatte, wie er geradezu schwankte, wie sein Blick starr wurde. Der Schreck fuhr auch Stella in die Glieder. Sie stieß einen Schrei aus, lief zu Onkel Pieter und faßte nach seinem Arm. Der Schlag konnte ihn treffen. Es war ihre Schuld; sie hatte nicht daran gedacht, ihm entgegenzugehen.

Wenige Wochen zuvor hätte Kapitän Termogen vermutlich anders reagiert. Aber jetzt, bekümmert durch die Trennung von Thies, gequält von der Sorge um den Jungen, kam diese Überraschung einem Schock gleich. Er mußte sich setzen und rang nach Luft.

Stella holte die Schnapsflasche, goß ihm ein, ihre Hand zitterte dabei, und sie vergoß ein wenig, als sie ihm das Glas reichte. Auch die Hand des Kapitäns zitterte, und er verschüttete fast die Hälfte des Schnapses über seine Hose.

Sein Anblick in diesem Zustand erschreckte Stella tief. Wenn es etwas gab auf der Welt, das fest und sicher stand wie aus Erz, unerschütterlich, dann war es Onkel Pieter. Kein Sturm, der diesen Baum entwurzeln konnte. So hatte sie es immer empfunden. Und nun dieses Bild. Ein alter, zusammengesunkener Mann, dessen zitternde Hand das Glas beinahe fallen ließ, über dessen farblose Lippen kein Wort kam. Erstmals in dieser Stunde kam es Stella zu Bewußtsein, daß der Kapitän ein alter Mann geworden war. Sie hatte es bisher nicht bemerkt.

Jan, der mitten im Zimmer stand, blieb unbeeindruckt. Er lächelte und sagte leichthin: »Es tut mir leid, Vater, daß ich dich so erschreckt habe. Ich ahnte nicht, daß ich tot bin. Das habe ich eben erst erfahren. Sonst hätte ich natürlich vorher geschrieben.«

Kapitän Termogen blickte ihn eine Weile stumm an. Dieser Blick drückte kein Gefühl aus. Weder Freude noch Schreck. Und dann färbte sich seine Stirn langsam rot. Er streckte Stella wortlos sein Glas entgegen, mit einer Hand, die noch immer bebte. Stella füllte das Glas schweigend, sie war viel zu eingeschüchtert, um etwas zu sagen.

Und dann sprach der Kapitän. »Tote können keine Briefe schreiben«, sagte er. »Das ist mir bekannt. Aber Lebende können es. Und nicht nur, wenn sie die Absicht haben, wieder einmal nach Hause zu kommen. In elf Jahren sollte man meinen . . .« Er brach ab. Es war ihm deutlich anzusehen, wie er sich bezwang. Weil nicht gleich in der ersten Minute, da sein Sohn dieses Haus betreten hatte, wieder böse Worte zwischen ihnen fallen sollten.

Er stand auf, trat dicht vor Jan hin. Und obwohl Kapitän Termogen keineswegs ein kleiner Mann war, überragte ihn Jan fast noch um eine Kopfeslänge.

Der Kapitän blickte seinem Sohn ins Gesicht. »So. Du lebst also. Das kommt wirklich überraschend.«

Jan lachte etwas unbehaglich. »Ich konnte wirklich nicht ahnen, daß ihr mich so einfach sterben laßt, wenn ich mal eine Weile nichts hören lasse.«

»Elf Jahre«, sagte der Kapitän.

»Elf Jahre, wirklich?« sagte Jan, und es klang ehrlich erstaunt. »Kommt mir gar nicht so lange vor. Aber ich gebe zu, es war nicht recht von mir, mich so lange nicht zu melden. Natürlich wird wohl auch der Abschied, den wir damals nahmen, ich meine, die Umstände, unter denen ich fortging, eine Rolle gespielt haben.« Es klang ein wenig arrogant.

»Daß du nicht geschrieben hast, meinst du?« sagte der Kapitän. »Du willst damit sagen, daß ich, dein Vater, nicht das Recht hatte, dir, einem damals jungen Burschen, einmal die Meinung zu sagen?«

Jan lachte. »Wenn du dich erinnerst, Vater, du warst damals reichlich, nun – energisch, und ich ...«

»Ich erinnere mich ganz genau«, unterbrach ihn der Kapitän. »Ich vergesse niemals etwas, was mir wichtig ist. Und wie ich sehe, hast auch du ein gutes Gedächtnis. Du erinnerst dich auch.«

»Allerdings.«

Schweigend blickten sich Vater und Sohn in die Augen. Eine lange Zeit war vergangen. Aber sie würden auch diesmal keine Freunde sein. Das erkannte selbst Stella, so jung sie war. Schweigend wohnte sie diesem Dialog bei, angstvoll und erregt. Dramatik war etwas Seltenes im Termogen-Haus.

Jan wandte als erster den Blick ab. »Ich habe mir damals geschworen, nie mehr zurückzukehren. Das wird wohl auch der Grund gewesen sein, daß ich nicht geschrieben habe.«

»Hm«, sagte der Alte. »Und was hat dich jetzt auf einmal bewogen, den Schwur zu brechen?«

Jan hob die Schultern. Er lächelte wieder, dieses aufreizende, arrogante Lächeln, das schlecht zu seinem kraftvollen Gesicht paßte und das doch, wie man deutlich sah, eine gewohnte Maske geworden war. »Ich weiß es nicht. Wenn ich ein Romantiker wäre, würde ich es Heimweh nennen. Vielleicht sollte man besser sagen – Sentimentalität.«

»Heimweh klingt besser«, sagte der Kapitän langsam, und in seiner Stimme war ein neuer Ton. Müde klangen seine Worte, enttäuscht. »Aber wie du den Grund auch nennen willst, ich bin ihm jedenfalls dankbar, daß er dich nach Hause gebracht hat.«

Das Lächeln verschwand aus Jans Gesicht. »Dankbar? Soll das heißen, du – freust dich, daß ich da bin?«

»Ob ich mich freue?« wiederholte der Alte langsam. »Das kannst du fragen? Hältst du mich für einen Unmenschen? Ich bin dein Vater. Ich hatte einmal drei Söhne. Und dann hatte ich noch einen.

Und wenn ich heute wieder sagen kann: ich habe zwei Söhne, dann fragst du mich, ob ich mich freue?«

Schweigen. Jan war jetzt ernst. Dieses Ernstsein stand fremd und ungewohnt in seinem Gesicht. Er spürte es selbst und fühlte sich unbehaglich, suchte nach einem Ausweg, nach einer Ablenkung. »Ach ja, der Kleine. Wie geht's ihm denn? Er muß ja jetzt auch schon erwachsen sein.«

»Später«, sagte der Kapitän. »Eins nach dem anderen. Ich werde berichten, und du wirst berichten. Jetzt wollen wir uns setzen und einen Begrüßungsschluck trinken.« Er streckte Jan die Hand entgegen. »Willkommen, Jan, zu Hause.«

Jan nahm die Hand und drückte sie, nun doch bewegt, ohne daß er es wollte. »Danke, Vater«, sagte er leise.

Jan blieb nicht lange auf der Insel. Und es war eine seltsame, zwiespältige Zeit. Die Ungebärdigkeit und den Trotz der Jugend hatte er abgelegt. Sie hatten sich verwandelt in überlegene Sicherheit und echte Stärke, dazu kam die Gewandtheit eines weitgereisten Mannes. Und darunter steckte, verborgen, aber jedem spürbar, eine untergründige Gefährlichkeit. Er hatte ein Abenteurerleben geführt, so, wie er es sich immer gewünscht hatte. Nun war er ein Mann geworden. Doch nicht der Wunsch nach Seßhaftigkeit hatte ihn zurückgeführt, die rastlose Unruhe trieb ihn durch die Welt, immer noch, und hatte ihn nun diesmal in die Heimat gebracht.

Der Kapitän bemerkte es wohl. Aber er tat nichts, um seinen Sohn zu beeinflussen. Die Zeiten waren vorbei. Es war ihm damals nicht gelungen, nicht mit guten Worten, nicht mit Zorn. Und nicht mit dem Schlag ins Gesicht, der Jan dann endgültig aus dem Hause getrieben hatte.

Diesen Schlag bereute Kapitän Termogen noch heute. Er hatte seine Kinder nie geschlagen. Seine Autorität war so ausgeprägt, daß sein Wort und sein Blick genügt hatten, die Söhne zu erziehen. Der älteste, der aus dem Krieg nicht zurückgekehrt, war ihm am ähnlichsten gewesen, einer von den ruhigen und beständigen Termogens, heiteren Sinnes und von ausgeglichenem Wesen. Thies dagegen war stets ein ruhiger, verträumter Junge gewesen, schon vor seiner Krankheit. Die Schwierigkeiten, die es mit Jan in dessen Kindheit gegeben hatte, waren von seinem Vater nicht ernst genommen worden. Der Junge war wild, aber doch immer zu bändigen. Der Krieg dann hatte ihn dem Vater entfremdet. Dann war er seinen eigenen Weg gegangen. Daran war nun nichts mehr zu ändern. Man mußte ihn nehmen, wie er war. Dazu war der Kapitän bereit, obwohl es ihm schwerfiel, das jahrelange Schweigen Jans zu verzeihen.

Ein herzliches Einverständnis stellte sich allerdings zwischen Vater und Sohn in den wenigen Wochen, die Jan zu Hause verbrachte, nicht ein. Sie waren überaus höflich zueinander. Sie standen sich nie mehr so unverhüllt gegenüber wie während der ersten Begegnung. Aber sie blieben sich fremd.

Stella war alt genug, dieses seltsame Verhältnis zu begreifen. Und natürlich nahm sie Partei für den Kapitän, sie liebte ihn ja. Aber sie war gleichzeitig fasziniert von Jan. Einen Mann wie ihn hatte sie nie gesehen. Einen Mann wie ihn gab es auch selten. Hätte sie sein Leben gekannt, so hätte sie gewußt, daß es in Jans Leben viele Frauen gab, die er so wie sie beeindruckt hatte. Kluge und erwachsene Frauen. Wieviel mehr mußte sie, ein Kind noch, seinem Zauber verfallen.

Aber sie war kein Schwächling und wehrte sich gegen die Verwirrung ihrer Gefühle. Und daher war ihre Stimmung ihm gegenüber ständig wechselnd. Von Bewunderung zu Abneigung, von stürmischer Verliebtheit bis fast zu Haß wandelten sich ihre Gefühle. Und obwohl sie sich alle Mühe gab, dies nicht merken zu lassen, blieb es Jan natürlich nicht verborgen.

Er lächelte darüber. Sie war ein Kind. Ein kleiner, schmaler Fisch, der noch nicht schwimmen konnte; ein winziger Vogel, der seine Flügel noch nicht zu rühren verstand, der ihm in die Hand geraten war und dem er das Gefieder ein wenig verzupfte. Mehr aus Gewohnheit und aus Freude am vertrauten Spiel.

»Stella«, sagte er gedehnt. »Ein seltsamer Name. Warum heißt du so?«

»Ich heiße eben so«, erwiderte sie, trotzig. »Hast du was dagegen?«

»Klingt ganz verheißungsvoll. Wer ist da bloß drauf gekommen?«

»Meine Patin. Schwester Marie.«

»Schwester was? Was für eine Schwester?«

Als er hörte, daß Marie Krankenschwester war, lachte er. »Was für Abgründe in Schwester Marie. Wie kam sie gerade auf diesen Namen?«

»Nach einem Stück von Goethe«, belehrte ihn Stella.

»Goethe, so. Drum.« Jan kannte das Stück von Goethe nicht, es interessierte ihn auch nicht. »Ich werde dich Estelle nennen. Paßt ganz gut. Ich kannte einmal eine kleine Französin in Hongkong, die hieß so. Pikantes Ding.«

»Ich will aber nicht so genannt werden wie andere Leute heißen«, fuhr ihn Stella an.

»Warum nicht, mein Goldschatz?«

»Ich bin ich, und ich heiße, wie ich heiße.«

»Du bist noch gar nichts«, sagte er lächelnd in ihre zornigen Augen hinein. »Und was du für Namen tragen wirst, weißt du heute noch nicht. In China kannte ich einmal ein Mädchen, die hieß ›Glück der Abendstunde‹. So hatte sie ein Mann, der sie liebte, getauft.

Eigentlich hieß sie ›Schnee der Tugend‹. Aber der neue Name gefiel ihr besser. Sie nannte sich später immer so, auch als der Mann sie verlassen hatte.«

»Na, wenn er sie verlassen hat, kann das Glück in der Abendstunde nicht so groß gewesen sein«, meinte Stella trocken. »Kein Grund, daß sie den Namen behalten hat.«

Er betrachtete sie lächelnd. »Ach, weißt du, mit dem Glück der Liebe ist es so eine Sache, ob es sich nun in der Abendstunde oder in der Morgenstunde einstellt. Es läßt sich nicht festhalten und vor allen Dingen nicht zu einer Gewohnheit machen. Ein Mann kann heute mit einer Frau sehr glücklich sein. Und morgen ist ihm das Glück aus der Hand gerutscht, obwohl er die gleiche Frau im Arm hält. Dann läßt er am besten die Frau los und läuft dem Glück nach, wie einer Kugel, die weiterrollt. Und die findet er dann plötzlich bei einer anderen Frau wieder, die Kugel, meine ich. Bis sie auch da wieder weiterläuft.«

»Schön dumm muß eine Frau sein, die sie fortkullern läßt«, sagte Stella. »Vielleicht triffst du mal eine, die sie nicht deinen Händen überläßt, sondern sie selber festhält.«

Jan schaute sie erstaunt an. »Du bist gar nicht so dumm, Rotschopf. Aber du irrst dich. Die wenigsten Frauen haben die richtigen Hände, um die Kugel festzuhalten. Fest und locker zugleich. Wenn man sie nämlich zu gewaltsam an sich preßt, zerbricht sie. Sie ist aus dünnem Material.«

Unwillkürlich schaute Stella auf ihre Hände herab, die sie im Schoß liegen hatte. Jan war ihrem Blick gefolgt und hob nun ihre linke Hand empor, betrachtete sie.

»Hübsche lange Finger hast du«, sagte er. »Kann sein, daß du mal ganz geschickt mit der Kugel spielen kannst.«

»Bestimmt«, sagte Stella überzeugt. »Einem Mann wie dir würde ich sie sowieso nicht überlassen. Dann würde ich sie lieber selber fortwerfen.«

Jan lachte. »Komisch, hier im Hause hat mir nie jemand recht getraut. Und jetzt nicht einmal du.«

»Und woanders? Haben sie dir da getraut?«

»Das ist eine schwierige Frage. Manchmal schon. Aber nicht lange.«

»Siehst du«, sagte Stella triumphierend. »Wir sind eben klüger hier, wir merken das gleich.«

Das Geplänkel mit Jan unterhielt Stella auf eine ganz neue Weise. Aufregend und prickelnd war das Leben auf einmal. Es lenkte sie ab von ihrem Kummer um Thies, erweckte aber gleichzeitig eine Rastlosigkeit in ihr, eine unbestimmte Sehnsucht, die sie nie empfunden hatte.

Aus dem, was Jan erzählte, fast noch mehr aus dem, was er verschwieg, konnte man entnehmen, wie buntbewegt sein Leben in den vergangenen Jahren gewesen war. Er kannte den Nahen und Fernen Osten gut, hatte in Indien, Arabien und zuletzt in Malaya gelebt. Dort sei er Teilhaber einer Kautschukplantage gewesen, berichtete er.

»Und jetzt?« wollte sein Vater wissen. »Bist du da ausgeschieden?«

»Keineswegs. Ich kann jederzeit zurück. Mein Partner macht das Geschäft allein. Er war voriges Jahr auf einem langen Europaurlaub, und jetzt bin ich dran. Ich habe wichtige Geschäfte in London zu erledigen. Unsere Firma ist britisch, und William ist ebenfalls Engländer. Von Zeit zu Zeit muß man sich dort einmal sehen lassen.«

Kapitän Termogen nickte befriedigt. Also hatte Jan immerhin einen Beruf und verdiente sein Geld auf ehrliche Weise. Kautschukplantage, das klang nicht schlecht. Außerdem erweckte es in dem Kapitän Erinnerungen.

»Malaya«, sagte er. »Das kenne ich auch. Singapur sind wir oft angelaufen. Wie sieht es da jetzt aus?«

Jan gab einen farbigen und sehr prägnanten Bericht.

Daß es nur die halbe Wahrheit war, erfuhr sein Vater nicht. Ebensowenig, daß er eine Schwiegertochter und zwei Enkelkinder besaß. Warum Jan es verschwieg, war ihm selbst wohl nicht klar. Vielleicht schämte er sich dieses bürgerlichen Hintergrundes seiner glänzenden Wanderjahre. Vielleicht war es auch deswegen, weil seine Ehe mit Mabel ein Mißerfolg geworden war, und natürlich durch seine Schuld.

Mabel war die Tochter eines hohen Kolonialbeamten in Bombay gewesen. Er lernte sie kennen, gleich damals, als er nach Indien kam. Und als er dann bei den Straßenkämpfen so schwer verwundet wurde, daß an seinem Aufkommen gezweifelt wurde, war es Mabel, beziehungsweise deren Vater, die sich seiner angenommen hatten. Er hatte keinen Pfennig Geld in der Tasche zu jener Zeit. Mabels Vater hatte die Behandlung im Breach-Candy-Hospital bezahlt, in dem Jan lange gelegen hatte. Später hatte er Mabel dann geheiratet. Es ging nicht anders, sie war seine Geliebte geworden, und die Moralbegriffe dortzulande waren in diesen Kreisen streng.

Aber Mabel hatte nicht mit dem unruhigen Wesen ihres Mannes gerechnet. Immer wieder ließ er sie allein, durchstreifte die weiten Länder Asiens, versuchte sich in den verschiedensten Berufen. Ehe es zu einem endgültigen Bruch kam, sprach Mabels Vater ein Machtwort. Mabel hatte inzwischen ein Kind bekommen, und es ging nicht an, daß sie nach wie vor im Hause ihres Vaters lebte, ewig in der Unsicherheit, wann ihr herumzigeunernder Mann wieder einmal auftauchen würde.

Ihr Bruder William Jackson war Verwalter einer großen britischen Kautschukplantage in Malaya und hatte mit der Zeit Anteile der Firma erworben. Dort bot sich auch für Jan ein Wirkungsfeld. Zusammen mit Mabel und dem Kind siedelte er nach Malaya über, auf die Plantage, und es zeigte sich, daß er, wenn er wollte, eine durchaus brauchbare Arbeitskraft sein konnte. Eine Zeitlang ging alles gut. Mabel bekam ein zweites Kind, die Ehe schien gerettet. Daß Jan immer wieder in den Bars und Kneipen von Singapur verschwand, daß er manchmal längere Reisen unternahm, über deren Verlauf man wenig erfuhr, war für Mabel nicht leicht zu ertragen. Schlimmer noch war es, daß immer wieder andere Frauen in seinem Leben eine Rolle spielten.

Zuletzt nun hatte es einen großen Skandal gegeben. Jan hatte eine Liebschaft mit der jungen Frau eines Assistenten auf der Plantage, der frisch von England herübergekommen war. Längere Zeit gelang es ihm, dieses Verhältnis geheimzuhalten, zumal die junge Frau außerordentlich raffiniert war. Aber ihre Liebe war stärker als ihre Raffinesse. Sie wollte Jan ganz gewinnen, wünschte, daß er sich scheiden ließe, und begann damit, ihn vor vollendete Tatsachen zu stellen, indem sie ihrem Mann mitteilte, was vor sich ging und daß sie die Scheidung wünsche. Der junge Engländer reagierte unvermutet temperamentvoll. Seiner Frau verabreichte er eine Tracht Prügel, dann steckte er sich einen Revolver ein, um Jan niederzuschießen. Es gab einen dramatischen Auftritt. Jans Geliebte kam in höchst derangiertem Zustand dazwischen, gerade als ihr Mann mit seinen blutdürstigen Absichten in Jans Bungalow stürmte, wo Mabel gerade dabei war, ihre Kinder zu Bett zu bringen. Jan war gar nicht da, er war noch draußen auf der Plantage.

Auf diese Weise erfuhr Mabel, daß sie wieder einmal, und diesmal auf besonders schamlose Weise, betrogen wurde. Sie lief tränenüberströmt zu ihrem Bruder William, der mit gewohnter Ruhe die Sache ordnete: Jan mußte in seinem Bungalow bleiben, bis der eifersüchtige Ehemann beruhigt war, der kurze Zeit darauf unter wilden Drohungen die Plantage verließ. Für immer. Die Frau des Engländers hatte William schon vorher auf ein Schiff in Richtung Heimat gebracht; denn der Mann hatte sich geweigert, seine Frau auch nur noch einmal seinen Bungalow betreten zu lassen. Schlimmer war es, daß auch Mabel nun endgültig von Jan genug zu haben schien. Sie reiste mit den Kindern nach England, zu ihrem Vater, der sich inzwischen zur Ruhe gesetzt hatte. Sie wollte Jan nie wiedersehen, teilte sie ihrem Bruder mit. Scheiden lassen allerdings wollte sie sich auch nicht, teils aus religiösen Gründen, teils um der Kinder willen.

William nahm die ganze Sache mit gewohntem Gleichmut auf. Als die beiden Männer dann allein waren, sagte er zwar Jan in aller Schonungslosigkeit, was er von ihm halte, meinte aber schließlich, man solle abwarten. Mabel würde sich beruhigen. Die Kinder seien immerhin die Hauptsache, und um ihretwillen würde Mabel wohl nach einiger Zeit zu einer Versöhnung bereit sein.

Jan widersprach nicht. Im Grunde genommen war er ganz froh, Mabel los zu sein. Sie war ein wenig fade, und seine Liebe zu ihr, wenn es überhaupt je Liebe gewesen war, hatte sich längst verflüchtigt. Aber William war für Ordnung. Jetzt hatte er Jan nach Europa geschickt, damit er versuchen sollte, Mabel zurückzuholen. Jan hatte zugestimmt. Nach Europa wollte er schon lange wieder einmal fahren. Er hatte auch die Absicht, nach London zu reisen und mit Mabel zu sprechen. Er würde sie nicht drängen. Wenn sie nicht mitkommen wollte, gut. Nur hätte er sie gern zur Scheidung veranlaßt. Dies war schließlich der Grund seiner Reise.

Aber all das erzählte er seinem Vater nicht. Er wußte, daß sein Vater diese ungeordneten Verhältnisse tief mißbilligen würde. Jan aber lag daran, wenn er nun schon einmal hier war, einen guten Eindruck zu hinterlassen, und daher war es besser, die Konflikte seines Privatlebens zu verschweigen. Dazu kam, daß Jan sich nicht darüber klar war, wie er sein weiteres Leben gestalten sollte. Er betrachtete die Plantage keineswegs als eine Lebensaufgabe. Er war auch dort nicht Teilhaber, wie er seinem Vater erzählt hatte, er war Angestellter der Gesellschaft, und die leitende Vorzugsstellung, die er eingenommen hatte, verdankte er nur der Tatsache, daß William sein Schwager war. Ließ er sich jedoch von Mabel scheiden, würde William kein Interesse mehr daran haben, ihn weiterzubeschäftigen.

Jan wollte sich in Europa umsehen. Vielleicht bot sich hier eine neue Möglichkeit, ein anderer Weg. Verweigerte Mabel hartnäckig eine Scheidung, nun, dann konnte er immer noch nach Malaya zurück. Er hatte sich noch nie sehr viel Sorgen um die Zukunft gemacht, er tat es jetzt auch nicht. Er war dreiunddreißig, jung genug, um sein Leben in ganz anderer Richtung weiterzuführen.

Wie gesagt, davon wußte im Termogen-Haus niemand etwas. Hier machte Jans Leben einen einigermaßen geordneten Eindruck. Abenteuerlich und interessant genug war es immer noch, was er erzählte.

Auf der Insel hatte seine Rückkehr viel Aufsehen erregt. Es war nicht so ungewöhnlich, daß ein Totgeglaubter zurückkehrte, das erlebte eine seefahrende Bevölkerung immer wieder einmal. Daß es aber gerade Kapitän Termogens ungebärdiger Sohn war, fand überall Beachtung. Man redete über ihn, wärmte die alten Geschichten wieder auf, und genau wie früher sahen die Frauen und Mädchen ihm mit begehrlichen Augen nach. Er sah blendend aus, daran war kein Zweifel. Genau der Typ eines Mannes, an dem Frauen in Gedanken und Träumen gern ein wenig herumnaschen. Bald kannte man ringsherum seinen niedrigen, schnellen Sportwagen.

Der Wagen war übrigens Stellas ganzes Entzücken. Es hatte sich rasch die Gewohnheit herausgebildet, daß Jan sie zur Schule fuhr und auch wieder abholte. Am dritten Tag nach seiner Ankunft hatte er sie mittags vor der Schule erwartet.

»Hallo, Rotschopf! Gehen wir zusammen essen?«

»Wir? Wo?«

»Na hier. Im feinsten Restaurant, das wir finden können. Alle können doch nicht zugemacht haben. Ich hätte Lust auf ein Dutzend Austern und eine Flasche Sekt. Aber allein schmeckt mir's nicht.«

»Austern!« Stella tippte sich an die Stirn. »Wo soll's denn hier jetzt Austern geben?«

»Gibt es keine? Wo wir doch die Austernbänke direkt vor der Tür haben.«

»Das war einmal. Sei froh, wenn du einen marinierten Hering bekommst.«

Aber dann speisten sie doch sehr vornehm in der Altfriesischen Weinstube, und Sekt bekam Stella auch. Zwar hatte sie flüchtig eingewendet: »Aber was wird Onkel Pieter sagen? Und Stine?«

»Sie werden schon merken, daß wir nicht kommen.«

Als sie dann im Lokal saßen, vergaß Stella rasch diese Bedenken. Sie war noch nie ausgegangen, und erst recht nicht in Begleitung eines so gutaussehenden Mannes. Es war ein Ereignis für sie.

Der Kapitän kniff seine blauen Augen zusammen, als die beiden nach Hause kamen, Stella sichtlich mit einem kleinen Schwips. Stine schimpfte. Aber Stella lachte sie aus.

»Es war so schön. Ich hab' Senkt getrunken. Die Suppe wärmst du einfach morgen auf.«

Kapitän Termogen sagte nichts. Er hatte sich vorgenommen, keinen Streit mit seinem Sohn zu bekommen. Lange würde er ja nicht bleiben. Die Flausen, die er Stella in den Kopf setzte, würden sich wieder austreiben lassen. So dachte Kapitän Termogen die ersten Tage.

Nach einer Woche jedoch sah er sich veranlaßt, zu Jan zu sagen: »Stella ist ein Kind. Fünfzehn Jahre alt. Wenn du Damenbegleitung brauchst, findest du in Westerland sicher etwas Geeigneteres. Ein paar Kurgäste sind noch da.«

»Ich habe mich schon umgesehen«, erwiderte Jan lässig. »Nichts Gescheites darunter. Außerdem brauche ich keine Damenbegleitung. Stella ist eine sehr amüsante und unterhaltende Gesellschafterin.«

»Sie ist ein Kind«, wiederholte der Kapitän, und seine Stimme hob sich mit einer leichten Drohung.

»Das ist mir bekannt«, sagte Jan gleichmütig. »Sei beruhigt, ich habe nicht die Absicht, sie zu verführen. Ich habe mich stets nur für erwachsene Frauen interessiert. Daran müßtest du dich doch noch erinnern. Mein Geschmack hat sich nicht geändert.«

Wie immer gingen ihre Gespräche haarscharf an einem Streit vorbei. Aber da sich beide beherrschten, wurde er vermieden.

Stella jedoch gewöhnte sich daran, daß der Zweisitzer mittags vor der Schule stand, und eines Tages sagte sie: »Eigentlich könntest du mich früh auch hineinfahren. Du brauchst nicht so lange zu schlafen.«

»Wie Madame befehlen«, sagte Jan. Am nächsten Morgen fand er sich rechtzeitig am Frühstückstisch ein.

Natürlich wurde Stella in der Schule um diesen aufregenden Kavalier sehr beneidet. Jeden Morgen beobachtete man ihre Ankunft, jeden Mittag ihre Abfahrt. Nonchalant, mit größter Selbstverständlichkeit, setzte sie sich neben Jan, die Haare mit einem blauen Schal festgebunden, denn sie fuhren immer offen, und ohne noch einen Blick an ihre Mitschülerinnen zu verschwenden, brausten sie davon.

Jan beobachtete sie mit heimlichem Vergnügen. »Das macht Spaß, wie?«

Stella nickte. »Ja. Die platzen alle. Anke ist schon ganz grün im Gesicht.«

»Aha, Anke. Ist das deine Busenfreundin?«

»Ich kann sie nicht ausstehen. Und sie dich auch nicht.«

»Was habe ich ihr denn getan?«

»Sie ist die Tochter von Nora.«

»Nora?« Doch dann fiel es ihm gleich ein. »Richtig, Nora. Sie ist nicht mehr da, habe ich gehört.«

»Wenn du ein Vierteljahr früher gekommen wärst, hättest du sie noch antreffen können. Vielleicht wäre sie dann mit dir durchgegangen.«

»Ach nein.« Jan schüttelte den Kopf. »Alte Geschichten soll man nicht aufwärmen. Und sie muß doch jetzt schon ziemlich alt sein.«

»Alt!« rief Stella empört. »Überhaupt nicht. Nora sieht großartig aus. Die hübscheste Frau, die ich kenne.«

»Freut mich für sie«, meinte Jan. »Und jetzt hat sie sich also einen neuen Freund angelacht.«

»Netter Mann«, prahlte Stella. »Und viel Geld muß er haben. Er hat auch so einen Wagen wie du. Noch ein bißchen größer.«

»Freut mich ebenfalls für Nora. Sie ist ja sehr temperamentvoll, soweit ich sie kenne. Und ihre Tochter geht mir dir in die Schule? Damals war sie noch ein kleiner Fratz.«

»Wir gehen in eine Klasse. Soll ich sie dir mal zeigen?«

»Bitte sehr. Ist sie so hübsch wie ihre Mutter?«

Stella verzog den Mund. »Nein, wie Nora sieht sie nicht aus. Und hübsch? Na ja, das ist Geschmackssache.« Und selbstbewußt fügte sie hinzu: »Wenn ich dir gefalle, wird Anke wohl nicht dein Typ sein.«

Jan lachte erheitert. »So. Du denkst also, du gefällst mir.«

»Nicht?«

»Hm. Doch. Man könnte es so nennen. Ich hätte nichts dagegen, dir in einigen Jahren wiederzubegegnen.«

»In einigen Jahren?«

Er blickte sie vergnügt von der Seite an. »In nicht gar zu ferner Zeit würde ich sagen. Du versprichst allerhand. Glaub einem alten Frauenkenner.«

»Überleg es dir nicht zu lange«, erklärte Stella ernsthaft. »In einigen Jahren wirst du mir wohl zu alt sein.« Aber ihr Übermut war nur äußerlich. Sie war ganz von Jan erfüllt. Wenn sie früh die Augen aufschlug, dachte sie an ihn. Nicht mehr an Thies, an Christian, an die Pferde oder gar an die Schule. Jan allein lebte in ihren Gedanken.

Sie zog sich jeden Tag sorgfältig an, suchte lange unter ihrer bescheidenen Garderobe, kämmte und bürstete sich die Haare mit Hingabe und benützte regelmäßig, wenn auch mit größter Zurückhaltung, Augenbrauen- und Lippenstift. Das aber meist erst, wenn sie aus dem Hause war. Der Kapitän, der keinen Blick für diese Dinge hatte, bemerkte es zwar erst beim zweiten- oder drittenmal, aber dann fuhr er sie hart an: »Wie läufst du denn 'rum? Bist du vielleicht ein Indianer? Oder willst du auf die Reeperbahn? Wasch dir sofort das Gesicht!«

Stella lernte auf diese Weise gleich, daß man die kleinen kosmetischen Hilfen vorsichtig und unauffällig handhaben mußte. Denn Onkel Pieter merkte gar nichts, wenn sie die Brauen nur ein wenig nachdunkelte und die Lippen ganz sanft tönte.

Jan, der Zeuge ihrer Maßregelung geworden war, hatte ihr einen neuen Lippenstift gekauft. »Du machst das verkehrt, Estelle«, sagte er. »Nur ein bißchen und nicht mit diesem unmöglichen Rot.« Am nächsten Tag, als er sie von der Schule abholte, brachte er einen teuren französischen Stift mit, den er sorgfältig ausgesucht hatte, damit er zu ihrem Haar und ihrem Teint paßte.

Rauchen lernte sie auch bei ihm, natürlich ganz heimlich, und auf der leeren Straße hinter Wennigstedt ließ er sie an das Steuer seines Wagens.

Kein Wunder, daß er Stella den Kopf verdrehte. Christian, der in dieser Zeit zurückkehrte und kurze Zeit dablieb, ehe er sein Studium begann, erboste sich über die veränderte Stella.

Sie begrüßte ihn geradezu im Vorübergehen: »Hallo, Krischan, bist du wieder da? Wie geht's dir denn? Hast du von Thies gehört? Ist doch toll, nicht?« Flüchtig, uninteressiert, mit den Gedanken ganz woanders. Als seien sie nicht alte Freunde, sondern nur flüchtige Bekannte. Kaum daß sie ihm erzählte, wie das mit Thies alles gekommen war. Seinen Erzählungen hörte sie überhaupt nicht zu. Mittendrin unterbrach sie ihn, denn Jan war hereingekommen.

»Tschüs, Krischan«, rief sie, schon im Gehen. »Wir sehen uns ja nachher noch. Wir fahren nur eben nach Westerland.«

Christian schaute ihr nach. Mit Jan hatte er einen Händedruck getauscht, hatte ihn kurz und prüfend mit seinen hellen Augen betrachtet und nichts Bemerkenswertes an ihm gefunden.

Als er mit dem Kapitän allein war, sagte er: »Stella ist so verändert.«

»Kann man woll sagen«, nickte der Kapitän mit grimmiger Miene. »Ganz verdreht im Kopp wegen diesem Jan. Hab' sie immer für 'ne vernünftige Deern gehalten. Ein Glück, daß sie nicht zwei, drei Jahre älter ist.«

»In dem Alter sind die Mädchen alle ein büschen albern«, meinte Christian bedächtig. »Hab' ich bei meinen Schwestern erlebt. Schwärmen für Filmschauspieler und so was alles. Jan imponiert ihr halt. Das Auto und das alles. Seine vielen Geschichten.«

»Ist alles Schwindel«, sagte der Kapitän. »Wenn der denkt, daß ich dumm bin, dann täuscht er sich. Was er wirklich gemacht hat in all den Jahren, werde ich wohl nie erfahren.«

Zu Christian konnte er das sagen. Keinem anderen gegenüber hätte er es über die Lippen gebracht. Aber mit Christian konnte man trotz seiner Jugend reden wie mit einem Erwachsenen. »Ehrlich gesagt, Krischan, ich bin ganz froh, daß Thies nicht da ist. Täte ihm weh, das alles sehen und hören zu müssen. Nicht nur wegen Stella. Auch sonst – was Jan so alles erzählt. Und Thies dann in seinem Rollstuhl und sollte das mit anhören. Ich bin froh, daß er nicht da ist.«

Christian nickte. Dann sagte er: »Thies ist nicht so dumm. Ihm kann man nichts vormachen. Der wird mit ganz anderen Dingen fertig. Ich glaube, er könnte auch damit fertig werden, wieder gesund zu sein.«

Das war ein erstaunliches Wort. Der Kapitän mußte eine Weile darüber nachdenken. Ein paarmal streifte sein Blick Christian von der Seite. Der war auch nicht dumm. So einen Sohn hätte man haben müssen. Zwar war Christian fast sein Sohn, da war kein großer Unterschied.

»Wie meinst du das?« fragte er.

»Ich meine das so«, erklärte Christian bedächtig. »Viele Jahre hat er nun im Rollstuhl gelebt, hat auf alles verzichten müssen. Wenn er nun gesund wird, dann kann er nicht plötzlich alles auf einmal schlucken. Mancher würde es versuchen, und da würde wohl nichts Gutes dabei 'rauskommen. Bei Thies hätte ich keine Angst. Er würde nicht den Kopf darüber verlieren.«

»Hm.« Kapitän Termogen nickte zustimmend. »Und wenn er nicht gesund wird?« fragte er dann.

Christians helle Augen verrieten keine Besorgnis. »Wird er auch damit fertig. In Thies ist soviel Kraft. Das weiß keiner. Aber ich glaube eigentlich, daß es doch besser werden wird mit seinen Beinen. Wir haben immer schon Laufübungen gemacht. Im letzten Frühling ist er manchmal schon bis vorn zum Tor gekommen, wenn ich ihn gestützt habe. Er wollte bloß immer nicht, daß es einer sieht. Hier hat er sich geniert. Aber wenn er dort in einem Krankenhaus ist, braucht er sich nicht zu genieren. Die anderen sind auch krank. Und er will. Ich weiß, daß er will. Das macht viel aus. Es kann natürlich eine Weile dauern.«

»Ja«, sagte der Kapitän, »darüber bin ich mir klar. Dann müssen wir eben Geduld haben. Weißt du, was ich immer gedacht habe? Ich hab' gedacht, du würdest Thies gesund machen.«

»Ich auch«, gab Christian zu. »Aber wenn es schon vorher was wird, um so besser.«

Dann kam der Kapitän auf die Finanzfrage zu sprechen. »Kostet natürlich 'ne Menge Geld. Ich hab' einen großen Teil der Schafe verkauft, und die Wiesen bei Archsum. Das wird wohl für 'ne Weile reichen. Dann werden wir weitersehen. Was dich anbelangt, Krischan ...«

Christian unterbrach ihn, was bei ihm sonst nie vorkam. »Bitte«, sagte er, und seine Stirn rötete sich. »Bitte, Käptn, ich brauche kein Geld.«

»Doch, min Jung. Du brauchst es auch. Ich hab' gesagt, ich gebe dir was zu deinem Studium dazu, und dabei bleibt es. Nur wird es jetzt ein bißchen weniger werden, als ich mir vorgestellt habe.«

»Ich brauche nichts«, wiederholte Christian eigensinnig. »Ich kann mir selbst etwas verdienen.«

»Erst mußt du mal die Nase 'reinstecken. Und je mehr du nebenbei arbeitest, um so länger dauert das Studium. Man liest manchmal von diesen Werkstudenten. Das ist kein Zuckerlecken, Krischan. Nein, laß man. Vorderhand komme ich gut hin, und du kriegst jeden Monat was und damit Schluß. Was du in den ganzen Jahren für Thies und für mich getan hast, läßt sich sowieso nie gutmachen. Dafür ist kein Dank groß genug. Es ist das wenigste, was ich für dich tun kann.«

»Und was wird aus Stella?« fragte Christian. »Sie braucht doch auch eine Berufsausbildung. Wenn sie nächstes Jahr mit der Schule aufhören will ...«

»Das hat noch Zeit«, meinte der Kapitän. »Bis jetzt hat sie sich nicht ausgesprochen. Wird sich alles finden.«

Christian reiste ab. Stella nahm Abschied von ihm, herzlich, aber ohne großen Aufwand. Diesmal wollte sie keinen Kuß. Jetzt träumte sie davon, daß Jan sie küßte. Aber Jan tat ihr den Gefallen nicht. Er neckte sich mit ihr, machte ihr kleine Komplimente, brachte ihr so unterderhand manches bei, was ein Mädchen über Männer wissen mußte, aber das war alles.

Abends lag Stella im Bett und träumte von dem nicht empfangenen Kuß. Große Liebesszenen spielten sich in ihren Gedanken ab, wilde und zärtliche Worte flüsterte sie in die Kissen, manchmal weinte sie sogar, und dann wieder erfüllte sie Wut. »Warte nur«, flüsterte sie. »Warte nur, du. Ich werd's dir zeigen.« Was sie ihm zeigen wollte, das war ihr selber nicht klar. Vielleicht wollte sie nur einmal sein wirkliches Gesicht sehen, die lächelnde Überlegenheit daraus entfernen, ihn klein sehen, verliebt und hilflos, wie sie es war.

So überraschend wie er gekommen war, reiste Jan auch wieder ab. Eines Tages verkündete er beim Abendessen, daß er am nächsten Tag die Insel verlassen werde. Stella starrte ihn entgeistert an.

Kapitän Termogen fragte: »So plötzlich?«

»Ja«, sagte Jan. »Ich muß fahren. Ich bin sowieso länger geblieben, als ich vorhatte. Man erwartet mich dringend in London.«

Es klang sehr wichtig und machte Eindruck auf seine Zuhörer. In Wirklichkeit war es wohl nur so, daß es Jan langweilig zu werden begann. Das trübe Herbstwetter hatte eingesetzt, und das Leben auf der Insel versank langsam in seinen ruhigen Winterschlaf.

»Och«, sagte Stella und versuchte ihren ersten Liebesschmerz hinter leichten Worten zu verbergen. »Wer soll mich denn da in die Schule fahren?«

»Ja, Estelle, es tut mir leid. In Zukunft wirst du wieder allein hinüberfahren müssen.«

»Mit dem Rad«, maulte Stella wegwerfend.

»Nun hör auf«, sagte der Kapitän ungeduldig. »Ein Auto kann ich dir schlecht kaufen.« Und zu seinem Sohn gewandt: »Und wieviel Jahre wird es diesmal dauern, bis man von dir wieder etwas hört?«

»Ich werde in Zukunft regelmäßig schreiben«, versprach Jan. »Ein bißchen habe ich mich schon gebessert, wenn auch nicht viel.«

»Fährst du mich wenigstens morgen noch in die Schule?« fragte Stella.

»Natürlich. Zum Abschied noch einmal.« Jan lächelte ihr über den Tisch hinweg zu. Aber Stella erwiderte sein Lächeln nicht. Sie war viel zu unglücklich.

Kurz ehe sie am nächsten Morgen in Westerland einfuhren, hielt Jan den Wagen an. Stella hatte die ganze Zeit neben ihm gesessen ohne ein Wort zu sagen.

»Nun mach nicht so ein finsteres Gesicht, Estelle. Wir werden uns schon mal wiedersehen, hm?« Er legte die Hand unter ihr Kinn und bog ihren Kopf zu sich herum. Ihr Gesicht war wirklich finster. Die Unterlippe hatte sie vorgeschoben, und sie hatte alle Mühe, nicht zu weinen. »Man könnte meinen, du magst mich ein bißchen.«

»Das bildest du dir ein«, sagte Stella patzig. »Es ist nur wegen des Autos. Jetzt, wo es kalt wird, ist der Schulweg greulich.«

Jan lachte. »Wenn das Wetter zu schlecht ist, bleibst du eben zu Hause. Du bist klug genug. Das, was dir noch fehlt, lernst du dort doch nicht.«

»Was fehlt mir denn noch?« fragte Stella.

»Ein kleines Stückchen Zeit«, sagte Jan. »Die bringt dann alles andere von selbst mit.«

»Wirst du wiederkommen?« fragte sie.

»Bestimmt.«

»Wann?«

»Nun, vielleicht wenn dieses Stückchen Zeit abgelaufen ist.«

Stella nahm seine Worte ernst. Sie klangen verheißungsvoll. Wie ein Versprechen. Ihre blauen Augen blickten ihn unverwandt an und füllten sich nun doch langsam mit Tränen.

»Aber«, sagte Jan. »Nicht weinen. Abschiednehmen gehört auch zum Leben. Man muß lernen, es mit Leichtigkeit zu tun, dann erspart man sich viel Kummer.«

»Fällt dir der Abschied von mir so leicht?« fragte sie mit zuckenden Lippen. Gar nicht mehr wie ein Kind sah sie aus in diesem Moment, fast schon wie eine kleine Frau.

Jan war unwillkürlich gerührt. Ein kleine Zärtlichkeit erfüllte sein Herz, dieses wilde, unruhige Herz, das keine Heimat kannte. Er legte den Arm um ihre Schulter und zog sie an sich.

»Nein, Estelle«, sagte er weich. »Er fällt mir gar nicht leicht. Ich staune selber. Und ich freue mich jetzt schon darauf, dich wiederzusehen.«

»Wann?« fragte Stella noch einmal.

»Das kann ich noch nicht sagen. Aber eines Tages bin ich da. Und dann ...« Er verstummte.

»Und dann?« fragte Stella atemlos.

»Das werden wir sehen«, sagte er leicht. »Kommt ganz darauf an, ob du mich dann noch leiden magst.«

Stella schluckte. Ich liebe dich, dachte sie. Und ich werde dich immer lieben. Aber sie sagte es nicht. Sie nickte nur stumm.

Jan küßte sie auf die Wange. »Nun müssen wir fahren, sonst kommst du zu spät in die Schule.«

»Ach, wegen der blöden Schule«, rief Stella heftig. Und dann lag sie plötzlich mit dem Gesicht auf seiner Schulter, beide Arme fest um ihn geschlungen.

Jan streichelte über ihr Haar. »Nicht weinen, Estelle. Du hast so schöne Augen. Tränen gehören da nicht hinein.«

Stella hob den Kopf, sah ihn an, und er folgte der stummen Aufforderung ihrer Augen, nahm sie sanft in die Arme und küßte sie.

Stella rührte sich nicht, ihr Herz klopfte wild, und die ganze Welt schien versunken. Dieser schöne, geliebte Mund, von dem sie so lange geträumt hatte. Aber es war schöner nun als jeder Traum.

Jan ließ sie los, schob sie auf ihren Platz zurück. »Genug für den Anfang«, sagte er heiter. »Nur damit du mich nicht vergißt.«

»Ich werde dich nie vergessen«, sagte Stella leidenschaftlich. »Nie.«

»Nie, Rotschopf, ist ein großes Wort.« Er startete und fuhr wieder an. »Ich wette, du hast mich nächste Woche schon vergessen.«

Vor der Schule ging es dann ganz schnell. Da war keine Zeit mehr für viele Worte.

»Bye-bye, Rotschopf. Mach's gut. Sei ein braves Mädchen und lerne halt inzwischen noch ein bißchen was in der Schule. Anke wird sich freuen, daß du jetzt nicht mehr motorisiert vorfährst.«

»Pöh!« machte Stella und schob die Unterlippe vor. »Das ist mir piepegal.«

Aber nichts war ihr piepegal. Daß sie nicht mehr im Auto an der Schule vorfahren konnte, war noch der geringste Kummer. Sie stand am Schulportal und sah dem Wagen nach, bis er um die Ecke verschwunden war. Und auch dann blieb sie stehen und starrte über die leere Straße. Sie war todunglücklich. Er liebte sie nicht, konnte sie nicht lieben, sonst wäre er geblieben.

Aber der Kuß! Sie spürte ihn noch auf ihren Lippen. Sie fühlte seine Arme um sich, seine Hände, die sie hielten. Irgend etwas in ihrem Körper schmerzte, dehnte sich, wollte sich befreien. Ach, Jan. Nur ein kleines Stückchen Zeit, hast du gesagt. Aber dann ...

Längst hatte die Glocke geläutet, der Unterricht mußte bereits begonnen haben. Stella stand noch immer vor der Schule und blickte ins Leere. Nein, nicht ins Leere. In eine herrliche, glückliche Zukunft mit Jan. Er würde wiederkommen, denn er liebte sie. Sonst hätte er sie nicht geküßt.

18

Im Termogen-Haus ging das Leben wie gewohnt weiter. Die Unruhe, die Jans Besuch gebracht hatte, verschwand mit seiner Abreise.

»Gott sei Dank«, sagte Stine. »Den sind wir los. Und so bald sehen wir ihn nicht wieder. Und du«, fügte sie zu Stella gewandt hinzu, »wirst ja wohl jetzt wieder vernünftig werden. Das Herumtreiben hört auf.«

Das hatte aufgehört. Ein trübseliger Herbst und ein endloser Winter folgten. Da war die Schule, die Stella jetzt zu hassen begann. Im Winter wurde der Schulweg manchmal wirklich zu einem Problem. Früher mit Christian und Thies war das anders gewesen. Extra ihretwegen wurde nicht angespannt, außerdem hatte Kapitän Termogen zwei der Pferde verkauft. Mit dem Rad war manchmal kaum gegen den Sturm anzukommen. Oder gegen den dichten Nebel, wenn er die ganze Insel wie in Watte hüllte, so daß man keine drei Schritt weit sehen konnte. In Keitum tropfte es dann von den kahlen Bäumen, dichte, graue Schleier spannen sich um die Büsche und das Haus. Alles Leben schien verstummt.

Dann machte Stella von Jans Rat Gebrauch und stand einfach früh nicht auf.

»Mir ist nicht gut. Ich habe Kopfschmerzen.« Manchmal waren es auch Halsschmerzen. Oder irgend etwas anderes. Die beiden alten Leute waren ihren geschickten Schwindeleien nicht gewachsen. Stine kochte ihr Tee, und der Kapitän flößte ihr einen Schnaps ein.

»Geht es dir besser, min Deern? Soll ich den Doktor holen?«

Seit Thies damals so plötzlich und so schwer krank geworden war, nachdem es harmlos mit einer Erkältung begonnen hatte, war der Kapitän sehr ängstlich geworden und nahm auch kleine Unpäßlichkeiten übertrieben wichtig.

»Nö, nicht nötig«, sagte Stella dann. »Aber ich glaube, ich bleibe besser ein paar Tage zu Hause.«

»Ist wohl besser, ja. Bei dem Wetter. Ich werde deinem Lehrer einen Brief schreiben.«

»Du kannst Anke Bescheid sagen«, meinte Stella faul. Denn sie wußte, daß Onkel Pieter nicht gern einen Brief schrieb, wenn es nicht unbedingt sein mußte. Anke ging natürlich jeden Tag zur Schule, egal, wie das Wetter war.

Mit der Schule war Stella innerlich fertig. Der Gedanke, daß sie noch anderthalb Jahre hineingehen sollte, erfüllte sie mit Grausen. Ihre Leistungen, jetzt, da Christian ihr nicht mehr auf die Finger sah, ließen sowieso zu wünschen übrig. Obwohl sie nun Zeit genug gehabt hätte, ihre Schularbeiten zu machen und zu lernen.

Nachdem der erste Schmerz um Jan ein wenig verblaßt war, begann sie wieder Thies und Christian zu vermissen. Früher war der Winter nie langweilig geworden. Jetzt, mit der einzigen Gesellschaft von Onkel Pieter und Stine, schien er kein Ende zu nehmen. Aber am Zusammensein mit ihren Schulfreundinnen hatte Stella nicht das geringste Interesse. Sie lehnte es auch ab, an der Tanzstunde teilzunehmen, die jetzt in Westerland für ihre Altersklasse stattfand. »So ein Quatsch. Soll ich vielleicht mit den dummen Bengels dort herumhopsen? Ich kann tanzen. Willst du sehen, Onkel Pieter?« Zu den Klängen des Radios begann sie elegant einen Tango zu tanzen. Den geschmeidigen Körper neigend und drehend, mit herausfordernden Hüften. Der Kapitän lachte vergnügt.

»Kannst du wirklich fein, min Deern. Ich glaub' nicht, daß sie das da drinnen so gut lernen.«

Nein, das bot keinen Reiz, mit sechzehn- oder siebzehnjährigen Jungen zu tanzen. Sie liebte Jan. Und er liebte sie auch. Je mehr Zeit verging, um so mehr verklärten sich die Worte und Ereignisse jener Zeit. Flüchtige Sätze, kleine Gesten von ihm gewannen große Bedeutung. Und dann natürlich der Abschiedskuß. Er wuchs sich in Stellas Phantasie zu einer leidenschaftlichen Liebesszene aus. Sie vertrieb sich die müßige Zeit mit Träumen. Malte sich eine glänzende Zukunft an Jans Seite aus. Die einzige andere Möglichkeit, die sie in Erwägung zog, war, eine berühmte Filmschauspielerin zu werden. Auch dann konnte sie Jan lieben. Sie ging regelmäßig ins Kino; da störte sie das schlechte Wetter nicht. Anschließend verbrachte sie dann Stunden vor dem Spiegel, probierte die unmöglichsten Frisuren aus, Farben im Gesicht, den Kopf wollüstig über nackten Schultern drehend. Eine schlimme Zeit. Der Vogel begann sich zu mausern, putzte seine Federn und träumte von künftigen Flügen.

Und bei aller Liebe und Fürsorge waren Stine und Onkel Pieter in dieser Zeit doch nicht in allem der richtige Umgang und die richtigen Erzieher. Es fehlte die energische Hand einer Mutter, es fehlte Rat, Belehrung und Aufklärung.

Stella war ihren heimlichen Sehnsüchten, ihren wilden Träumen und ihrem erwachenden Körper selbst überlassen. Die Labilität, die ihr eigen war, gewann die Oberhand. Sie wurde faul, nachlässig und hatte den Kopf voll wuchernder Phantasien.

Christian fehlte. Thies fehlte. Beide hatten ihr Halt gegeben, hatten ausgleichend gewirkt.

Von Thies traf jetzt regelmäßig Post ein, aber es waren meist kurze Briefe, mit denen sich nicht viel anfangen ließ. Es gehe ihm gut und soweit sei alles in Ordnung. Er schrieb auch von dem Leben im Krankenhaus, von anderen Patienten, von Ärzten, aber nichts über seinen eigenen Zustand. Nichts über die Behandlung und die Auswirkung, die sie hatte. Zwischen den Zeilen war deutlich zu lesen, daß er Heimweh hatte. Mit Dr. Warner schien er sich gut zu verstehen und schrieb in warmen Worten über ihn.

Weihnachten kam und ging vorbei. Ein einsames, trauriges Weihnachten, so still wie noch nie. Von Jan war eine Karte aus London gekommen. »Wenigstens schreibt er jetzt mal«, knurrte der Kapitän. »Fröhliche Weihnachten. Na ja. Was er treibt, das geruht er nicht, uns mitzuteilen.«

Wenigstens war Christian über die Feiertage heimgekommen, und solange er da war, kam Stella sich nicht ganz so verloren vor. Sie belegte ihn ganz mit Beschlag und breitete vor ihm ihr verworrenes Innenleben aus.

Er schüttelte den Kopf. »Du spinnst ja ganz schön. Hat dir der Weltenbummler den ganzen Unsinn in den Kopf gesetzt?«

»Das verstehst du nicht«, sagte Stella hoheitsvoll. »Jan ist ein Mann von Welt. Er versteht die Frauen.«

»Ich höre immer Frauen. Du bist ein Gör. Immer noch.«

»Alter Stussel«, sagte Stella herzlich und überzeugt, was seine Worte bestätigte.

Das Studium hatte erst angefangen, aber Christian hatte sich schon verändert. Er war schlanker geworden, fast ein wenig hager. Sein Gesicht wirkte reifer, ein ernster, grüblerischer Zug war hineingekommen.

»Hast du auch genug zu essen?« wollte Stine wissen.

»Klar doch.«

»Ich schicke dir ab und zu mal ein Paket«, schlug sie vor.

»Das tut Mudding schon«, lachte Christian. »Keine Bange. Ich verhungere schon nicht.«

Als er abreiste, hatte Stine ihm allerhand eingepackt. Butter, eine große Speckseite, geräuchertes Fleisch und einen großen Kuchen.

Von Nora war Weihnachten ebenfalls ein Brief gekommen.

Meine liebe Stella, schrieb Nora. Es geht mir gut. Ich arbeite jetzt für einen Zwischenmeister, das sind Leute, die im Auftrag der Engros-Konfektion arbeiten. Viel verdiene ich nicht, aber man muß ja heute froh sein, wenn man überhaupt Arbeit hat. Endlich habe ich jetzt auch ein hübsches Zimmer gefunden, gleich am Lehrter Bahnhof. Zum Tiergarten ist es nicht weit. Ich wohne bei einer alten Dame, und sie ist sehr nett zu mir. Vor allen Dingen ist sie nicht spießig. Erich kann mich ungestört besuchen. Das war in meinem vorigen Zimmer nicht möglich. Zwischen uns ist alles unverändert. Wir sind sehr glücklich. Ich bereue es nicht, daß ich nach Berlin gekommen bin. Wenn es auch nicht immer ganz leicht ist. Erich will sich scheiden lassen, aber seine Frau macht Schwierigkeiten. Mir ist es egal. Am Heiraten liegt mir nichts. Es wäre nur, daß man zusammen sein könnte. Berlin ist wunderbar. Immer ist was los, und die Leute sind so nett. Wenn ich an unser langweiliges Leben auf der Insel denke, kann ich nicht verstehen, wie ich es so lange da ausgehalten habe. Was macht Anke? Schreibe mir doch mal von ihr. Ich habe schon oft geschrieben, aber sie antworten mir nicht. Güde kann mir den Buckel 'runterrutschen, aber Anke ist schließlich meine Tochter. Ich habe daran gedacht, Weihnachten nach Hause zu kommen. Aber die Fahrt ist zu teuer. Und wie würden sie mich wieder behandeln! Ein wenig bangt mir vor den einsamen Weihnachten, denn da muß Erich natürlich zu Hause sein. Wie geht es Dir? Und was hört man von Thies? Schreibe mir bald wieder einmal. Viele Grüße Deine Nora.

Es war ein reichlich simpler Brief, aber Nora war ja im Grunde ein einfacher Mensch. Stella hatte trotzdem ihren Spaß daran. Sie zeigte Onkel Pieter den Brief, und natürlich bekam ihn auch Stine zu sehen. Die schüttelte den Kopf.

»Nora sollte sich schämen. Ein verheirateter Mann. Güde hat schon recht.«

Dazu ließ sich nichts sagen. Stella tat Stine nicht den Gefallen, mit ihr über Nora zu debattieren. Was wußte denn Stine schon vom Leben, von der Liebe? Sie war dreiundsechzig und nie von der Insel heruntergekommen.

Der Kapitän war ein wenig verständnisvoller. »Sie muß wissen, was sie tut. Alt genug ist sie. Und daß sie hier nicht glücklich war, konnte jeder sehen. Ob das nun gerade das Richtige ist, wenn der Kerl doch verheiratet ist?«

»Das darfst du niemand erzählen«, warnte ihn Stella.

Aber ihre Rücksichtnahme auf Nora war überflüssig. Jedermann hier wußte, wie Nora jetzt lebte.

Stella konnte es natürlich nicht lassen, Anke zu ärgern. »Deine Mutter hat mir geschrieben«, sagte sie.

»So«, erwiderte Anke gleichgültig.

»Ich soll ihr schreiben, wie's dir geht.« Mit kühlem Blick betrachtete sie Anke. »Wie geht's dir denn? Wie immer, nicht? In deinem Leben wird sich wohl nie was ändern. Fleißig, artig und korrekt. Ein braves Kind von der Wiege bis zur Bahre. Bestimmt wirst du später mal Schuldirektorin.«

»Es geht dich einen Dreck an, wie es mir geht«, sagte Anke mit ungewohnter Heftigkeit.

»Mir ist es auch schnurz«, antwortete Stella. »Deine Mutter will es wissen. Warum schreibst du ihr denn nicht?«

»Das geht dich erst recht nichts an.«

»Na schön, schreibst du eben nicht. Aber für mich bist du blöd. Ich wäre froh, wenn ich eine so hübsche Mutter hätte. Und so jung. Wenn du dich nicht so aufführen würdest, könntest du sie mal in Berlin besuchen.«

»Ich will nicht nach Berlin.«

»Nein? Wo willst du denn hin?«

»Nirgends hin.«

»Willst du immer hierbleiben?« Echte Neugier klang aus Stellas Stimme.

»Natürlich.«

»Hm.« Stella krauste die Stirn und dachte nach. Anke wollte also immer hierbleiben. Wenn ein Mensch wie Anke das wollte, dann war es unmöglich, daß ein Mensch wie Stella das auch wollte.

»Ich nicht«, sagte sie.

Widerwillig blickte Anke sie an. »Das kann ich mir denken. Und wo willst du hin? Nach Asien, wie dein Vetter?«

Sieh an, Anke hatte Jan also auch nicht vergessen. Das befriedigte Stella.

»Kann sein«, sagte sie lässig. »Wenn er mich mal mitnimmt. Und das tut er bestimmt, wenn ich will.«

»So. Bildest du dir ein.«

»Nein. Das weiß ich. Und nach Berlin will ich natürlich auch mal, das ist ja klar.«

»Da paßt du auch hin«, sagte Anke. So wie sie es sagte, konnte man es nicht als Kompliment für Berlin auffassen.

19

Als der erste Monat des neuen Jahres zu Ende ging, hatte sich allerhand ereignet. Die politischen Verhältnisse hatten sich geändert. Oder wie es die neuen Herren, die Nationalsozialisten, ausdrückten, sie hatten »die Macht ergriffen«.

Wie überall in Deutschland teilten sich auch auf der Insel die Menschen in drei Gruppen: in solche, die dafür, in solche, die dagegen waren, und in die anderen, die keine besondere Meinung hatten und erst mal abwarten wollten.

Kapitän Termogen war dagegen. Von Anfang an und ohne Kompromiß. Er war ein Mensch von aufrechter Ehrenhaftigkeit, gradlinig und den Idealen der Vergangenheit verhaftet, ohne altmodisch zu sein. Und außerdem hatte er ganz entschieden etwas gegen alle »Radaubrüder«, wie er es nannte, ob sie nun rechts oder links oder sonstwo standen. Ordnung sollte herrschen; Eintracht und Zufriedenheit bei der Bevölkerung, Anstand und Verantwortungsgefühl bei der Regierung. Und von letzterer sollte man möglichst wenig merken. Nun, damit hatte es seit langem im argen gelegen, und wenn man hier auch weit entfernt war vom hektischen Betrieb der großen Städte, so spürte man doch die Auswirkungen der kranken Zeit. Nicht nur in wirtschaftlicher Beziehung, sondern vor allem war die gesellschaftliche Umschichtung der Jahre nach dem Krieg in falscher Richtung gelaufen. Jedenfalls in den Augen des Kapitäns. Die unrechten Leute waren begünstigt worden, und nun war auf diesem Wege ein Höhepunkt erreicht, der unmöglich zu einem guten Ende führen konnte.

So sah es Kapitän Termogen, ganz schlicht und einfach, ohne sich groß in politische Argumente zu verlieren. In dieser Beziehung war er sich einig mit seinem Freund, dem Strandhauptmann, mit dem er die neuesten Ereignisse bei einem steifen Grog ausführlich diskutierte.

Im übrigen war man aus dem vergangenen Jahrzehnt gewöhnt, daß die Regierungen rasch wechselten, also würde man wohl auch in Ruhe abwarten können, bis diese sich heißgelaufen hatte.

Hier in Keitum störte das wenig. An ihrem Leben, an dem Leben unter den alten Dächern der Friesenhäuser, an Sturm, Sonne, Strand und Meer würde sich sowieso nichts ändern. Die hatten immer bestanden und würden weiterbestehen, auch wenn kein Hahn mehr nach diesem komischen Herrn Hitler mit seinem schwarzen Bärtchen krähte, was wohl ganz demnächst der Fall sein würde.

Nicht alle Leute auf der Insel dachten so. Auch hier hatte es in den letzten Jahren Arbeitslosigkeit, Unzufriedenheit und Not gegeben. Es gab viele, die sich von der Veränderung eine Besserung erhofften. Temperamentvolle Auseinandersetzungen jedoch entsprachen nicht der Natur des Friesen. Man besprach die Sache bei einem Grog oder einer Sylter Welle und erhitzte sich nicht sonderlich dabei.

Überraschenderweise gab es unter den jungen Leuten eine starke positive Haltung. Auch einige Lehrer hatten von heute auf morgen umgeschaltet, gaben sich plötzlich als alte Anhänger der Nazipartei zu erkennen und beeinflußten die Schüler in diesem Sinne.

Stella war es gleichgültig. Sie hatte nie Anteil an den politischen Vorgängen genommen, hatte höchstens mal den Gesprächen zwischen Onkel Pieter und dem Strandhauptmann gelauscht. Bedächtig geführte Gespräche ohne jede fanatische Meinungsäußerung. Die ablehnende Haltung der beiden alten Herren gegenüber der neuen Entwicklung war ihr bekannt. Und sie äußerte mit unschuldsvoller Offenheit bei einem Gespräch in der Schule: »Das ist alles Unsinn und dummes Zeug, sagt Onkel Pieter. Kommt nichts Gutes dabei 'raus. Nichts wie Schreihälse, die das Maul aufreißen, weil sie denken, wenn sie möglichst laut sind, hörte keiner drauf, was für einen Quatsch sie reden.«

Ihr Klassenlehrer, ein älterer Mann schon, nahm sie nach der Stunde beiseite. »Sie tun Kapitän Termogen nichts Gutes, Stella, wenn Sie so offen seine Meinung weitergeben. Die Zeiten haben sich doch geändert. Die neuen Herren sind gefährlich. Und es dürfte ratsam sein, sich danach zu richten.«

Stella blickte ihren Lehrer fragend an. »Gefährlich? Der? Ein Mensch, der sich nicht mal ordentlich die Haare kämmen und rasieren kann?«

Der Lehrer mußte unwillkürlich lächeln. »Eine sehr weibliche Betrachtungsweise. Und gar nicht schlecht beobachtet. Trotzdem rate ich Ihnen, vorsichtig zu sein. Man weiß nie . . .« Er hob die Schultern und ließ dann die Hände in einer resignierenden Gebärde sinken. »Ich schätze Kapitän Termogen. Ich möchte nicht, daß er Schwierigkeiten bekommt.«

»Ich möchte es auch keinem raten, Onkel Pieter Schwierigkeiten zu machen. Dann kriegt er es mit mir zu tun«, erklärte Stella temperamentvoll. »Aber hier auf der Insel tut ihm keiner was. Da können Sie sicher sein, Herr Doktor. Hier lieben ihn alle.«

»Der Mensch ist ein seltsames Wesen, Stella«, sagte der Lehrer langsam. »Sie wissen noch nicht, wie er sein Verhalten ändern kann, wenn der Wind einmal aus anderer Richtung bläst. Oder eigentlich sollten Sie es wissen, falls Sie in der Geschichtsstunde aufgepaßt haben. Es ist immer wieder das gleiche. Das ist das Entsetzliche daran. Wenn einmal etwas Neues geschähe, könnte man es mit Schrecken, aber auch mit Respekt betrachten. Aber da die Menschheit immer bloß im Kreis läuft, ist sie so lächerlich wie verabscheuenswert. So töricht wie hilflos. Ja. Also nicht wahr, mein Kind, seien Sie vorsichtig mit Ihren Äußerungen. Warten wir mal ab.«

Dies war eigentlich der erste ernsthafte Hinweis auf den Nationalsozialismus, den Stella erhielt. Sie dachte sich nicht allzuviel dabei, aber es blieb ihr im Gedächtnis. Gefährlich hatte ihr Lehrer gesagt. Nein, gefährlich kam ihr der Schreier mit dem schwarzen Bärtchen nicht vor. Eher komisch.

Aber trotzdem spürte sie erstmals etwas von dieser Gefahr, als Anke gar nicht viel später als erste in der Klasse in der unkleidsamen Uniform des BDM auftrat.

Stella lachte bei ihrem Anblick hellauf. »Mensch, wie siehst du denn aus? Das hat dir gerade noch gefehlt. Jetzt ist die Tugendjungfrau perfekt.«

Anke bekam schmale Lippen, und der Blick, der Stella traf, war ausgesprochen bösartig.

»Sei du still«, sagte sie mit kalter Stimme. »Solche wie du, die passen natürlich nicht in des Führers Jugend. Rothaarige Hexen, die sich die Lippen anschmieren und bloß an ihr Vergnügen denken. Du wirst dich freundlichst ändern müssen, oder wir werden es dir zeigen.«

»Hö«, machte Stella überrascht. »Du bist ja ein Herzchen. Möchte bloß wissen, wie deine nette Mutter zu so einer greulichen Tochter kommt.«

»Ich habe keine Mutter mehr«, sagte Anke verbissen. »Sprich nicht mehr von ihr.«

»Dumme Ziege!« sagte Stella und ließ sie stehen.

Die Nachricht, daß Schwester Marie gestorben war, kam mit mehrwöchiger Verspätung. Lene hatte wieder so steife Finger gehabt, daß sie nicht schreiben konnte.

Stella war mehr erstaunt als betrübt. Im Frühjahr zu ihrer Konfirmation war Marie noch dagewesen, hatte hier bei ihnen gesessen und ihr gute Ratschläge erteilt. Und plötzlich sollte sie tot sein?

Einfach so nüchtern auf Papier geschrieben, wurde die karge Mitteilung nicht recht zur Tatsache. Das hieß also nun, daß Schwester Marie nicht mehr kommen würde, daß man ihr auch keine Briefe mehr zu schreiben brauchte.

Das letztemal hatte Stella zu Weihnachten geschrieben, sehr knapp und kurz, wie sie sich jetzt reuevoll besann. Und vorher überhaupt monatelang nicht.

Man hätte... Stella schämte sich. Sie hatte Liebe und Güte schlecht vergolten, die ihr hier vom Tage ihrer Geburt an entgegengebracht worden waren. In einem Lesebuch der unteren Klassen hatte einmal eine rührselige Geschichte gestanden. Das kleine Wort »zu spät«. Das fiel ihr jetzt ein. Ja, sie hätte viel mehr schreiben sollen. Und sie öfter einladen.

Jetzt war es zu spät. Schwester Marie war tot. Aber auch als sie noch lebte, war sie nur ein Schatten gewesen, eine flüchtige Bindung an die erste Jugend. Stella lebte jetzt in einer anderen Welt. Es war ein Teil ihres Wesens, sich leicht von Vergangenem zu lösen, sich voll und ganz etwas Neuem zuzuwenden. Auch mit Menschen erging es ihr so. Und schließlich in der Liebe. Eine neue Liebe löschte leicht eine alte aus. Oder zumindest erschien es so.

20

Im Sommer, der folgte, verliebte sie sich abermals. Nicht daß Jan vergessen war. Aber er war eben nicht mehr da. Und diese neue Verliebtheit war ergiebiger, wenn auch lange nicht so intensiv und aufregend wie das Gefühl für Jan.

Stella war nun sechzehn, ziemlich groß gewachsen, sehr schlank, mit langen Beinen, breiten Schultern und einem festen kleinen Busen, dessen Entwicklung sie ärgerlich beobachtete. Sie fand Busen greulich. Ihr Ideal waren die knabenhaften Garçonnegestalten, die sie oftmals am Strand bei besonders rassigen Frauen gesehen hatte. Sie entsprach diesem Typ durchaus, mit den schmalen Hüften, Knabenhänden und einem raumgreifenden, energischen Gang.

Leider befand sich im Termogen-Haus kein richtiger Spiegel, in dem man sich von Kopf bis Fuß betrachten konnte. Nur der kleine Spiegel in ihrem Zimmer, in dem sie ihr Gesicht und, wenn sie sich entsprechend bog und wendete, den schlanken Hals und die Schultern sehen konnte. Ihr Haar war nun wirklich ein wenig länger geworden, es reichte ein Stück über die Ohren, es war weich und voll, und wenn sie sich vorbeugte, fiel eine kupferne Welle über ihre Stirn und die rechte Wange. Auch das hatte sie vor dem Spiegel probiert, ebenso die Art, wie sie dann das Haar zurückgleiten ließ. Nicht mit einem kindischen Zurückwerfen des Kopfes, nein, sie ließ es langsam zur Seite gleiten oder strich es mit ihren langen Fingern sanft zurück.

»Du solltest dir so eine Klammer ins Haar stecken«, meinte Stine, nachdem sie das Manöver einige Male beobachtet hatte.

Stella gab ihr nur einen verächtlichen Blick. Stine hatte wirklich keine Ahnung. Von gar nichts.

Im Sommer trieb sie sich viel in Westerland herum. Zeit hatte sie genug. Es waren Ferien, kein Thies, kein Christian war da. Daß Christian zu den Semesterferien nicht nach Hause kam, ärgerte sie. Aber er hatte geschrieben, er müsse in den Ferien arbeiten, würde erst im Spätsommer auf drei Wochen kommen.

»Arbeiten kann er hier auch«, sagte Stella. »Es sind genug Studenten da über den Sommer.«

»Dat segg ick ook«, meinte Christians Mutter vorwurfsvoll. Studenten und Studentinnen waren jeden Sommer auf der Insel. Sie arbeiteten in Hotels, Gasthöfen und Cafés, in Läden oder Verkaufsständen und verbrachten so den Sommer auf verhältnismäßig angenehme Weise. Denn es blieb immer noch Zeit für einen Spaziergang am Strand und für ein Bad.

Die jungen Mädchen hatten stets viele Verehrer, denn es gab genug einschichtige Männer unter den Sommergästen. Aber es gab auch alleinreisende, und manchmal recht abenteuerlustige Damen, die einem Flirt nicht abgeneigt waren.

Da war vor zwei Jahren eine tolle Geschichte passiert. Ein junger, gutgewachsener Sportstudent arbeitete den Sommer über im Reitstall von Westerland. Eine reiche Amerikanerin, sehr extravagant, wenn auch nicht mehr ganz jung, fand großen Gefallen an dem jungen Mann. Nachdem sie eine Woche lang mit ihm ausgeritten war, beschlagnahmte sie ihn nicht nur während der Reitstunden, sie bestellte ihn an den Strand, nachmittags ins Café und abends an die Bar. Und wenn sie ihn anschließend mit hinauf in ihr Zimmer nahm, drehte der Nachtportier diskret den Kopf zur Seite, denn Mrs. Gallagher gab sehr gute Trinkgelder.

Nachdem der junge Mann einige Male zu spät und, falls pünktlich, so doch unausgeschlafen und mit übernächtigem Gesicht zu seiner Arbeit gekommen war, wurde er kurzerhand hinausgeworfen. Aber das machte ihm nicht viel aus. Er zog ganz zu seiner Dollarfreundin ins Hotel, und als diese abreiste, reiste er mit. Was aus ihm geworden war, wußte man hier natürlich nicht. Ob er mitgenommen worden war nach Amerika oder ob er brav zu seinem Studium zurückgekehrt war, das war die spannende Frage, die die Mädchen in der Schule einige Zeit interessiert erörtert hatten.

Wenn Stella jetzt die Friedrichsstraße in Westerland entlangspazierte, vorbei an den Cafés und den flanierenden Fremden, wenn sie am Strand war oder über die Mole schlenderte, geschah es immer öfter, daß die Männer ihr nachsahen. Ein paarmal war sie auch schon angesprochen worden. Es machte ihr Spaß. Sie blieb extra vor einem Schaufenster oder am Geländer vor der Kurkapelle stehen, um einem Mann Gelegenheit zu geben, sich ihr zu nähern. Sie ließ sich zwar nicht auf Gespräche ein, nahm auch keine Einladung an, antwortete kühl und abweisend oder gar nicht. Das Gefühl, beachtet zu werden, begehrt zu sein, war wundervoll und genügte vollauf, sie bestens zu unterhalten.

Bis sie eines Tages eine richtige Bekanntschaft schloß. Das geschah unten am Strand, an einem trüben stürmischen Tag, an dem sich nur wenig Badegäste eingefunden hatten. Im Wasser war niemand. Wer an den Strand gekommen war, verbarg sich tief in seinem Strandkorb und blickte auf das tobende Meer hinaus. Die Brandung donnerte gewaltig an den Strand, die Wellen hatten breite, schmutzige Schaumkronen.

Stella hatte ihr Rad am Bahnhof abgestellt, war dann mit ihren langen Schritten durch den Ort gelaufen und stand nun dicht am Wasser, mit nackten Füßen, die Sandalen in der Hand. Wenn die auslaufenden Wellen ihre Knöchel umspülten und an ihren Beinen hochsprühten, zuckte sie schaudernd zusammen. Kalt war es. Und obwohl sie wie immer den Badeanzug unter dem Kleid trug, beschloß sie, heute lieber nicht ins Wasser zu gehen. Aber der Wind war herrlich. Sie bog den Kopf zurück, ihr Haar tanzte wie eine rote Fahne im Wind.

Dann merkte sie, daß sie beobachtet wurde. Aha, das war wieder das Rüsseltier. So hatte sie bei sich den Mann getauft, der ihr schon mehrmals begegnet war und sich immer nach ihr umwandte. Einmal hatte er sie schon angesprochen. Das Rüsseltier nannte sie ihn, weil er eine auffallend große Nase besaß. Sonst sah er nicht übel aus. Groß und hager, ein zerfurchtes Gesicht, ein routiniertes Lächeln und sehr salopp in Haltung und Kleidung.

Als er sie vor einigen Tagen ansprach, hatte sie sich hochmütig abgewandt. Aber seitdem grüßte er sie, wenn sie sich begegneten. Mit einem unverschämten Lächeln, wie es Stella empfand.

Plötzlich stand er neben ihr. »Zu kalt zum Baden, wie?« sagte er. »Schade. Ich habe Ihre Schwimmkünste immer bewundert.«

Stella blickte seitwärts auf die Füße des Mannes hinab, die in weißen Tennisschuhen steckten.

»Sie werden nasse Schuhe bekommen«, sagte sie kühl.

»Das macht nichts«, sagte er. »Ich kann mir ja nachher andere anziehen.«

Sie schwieg und blickte aufs Wasser hinaus. Einfach wegzulaufen wäre albern. Wenn sie nicht sprach, würde er schon gehen.

Er ging aber nicht, sondern sagte nach einer Weile: »Wenn es schon nichts ist mit dem Baden, wie wäre es dann mit einem kleinen Cocktail?«

Stella wandte langsam den Kopf und blickte unter wehendem Haar zu dem Mann auf.

»Ich gehe ins Wasser«, sagte sie. »Heute ist es gerade schön.« Sie trat ein paar Schritte zurück, bis dahin, wo der Sand trocken war, knöpfte ihr Kleid auf, ließ es lässig hinabfallen und lief dann, ohne sich noch einmal umzusehen, mitten in die Brandung hinein.

Es war kalt. Sie preßte die Lippen zusammen und widerstand dem Wunsch, umzukehren. Nun gerade nicht. Da kam schon die erste riesige Woge auf sie zu. Den Blick fest darauf gerichtet, sprang sie mitten hinein und schrie dabei. Schrie vor Entzücken, Lust und Angst. Sie schrie immer, wenn die großen Wellen kamen. Christian hatte sie oft deswegen ausgelacht.

Gleich dahinter kam noch eine Welle, größer als die erste, überschäumte sie, riß sie hoch, daß sie den Boden verlor und herumgewirbelt wurde. Die nassen Haare klebten ihr im Gesicht, sie strich sie mit beiden Händen zurück und ging in der kurzen Pause, ehe die nächsten Welle kam, noch zwei Schritte vorwärts. Es war herrlich. Der nächsten Woge wandte sie den Rücken zu und sprang rückwärts in sie hinein.

Als sie in der sprühenden Gischt wieder auftauchte, sah sie das Rüsseltier mit dummem Gesicht am Strande stehen. Ob sie es wagen konnte, durch die Brandung zu tauchen? Krischan hatte sie gewarnt, es bei gar zu hohem Wellengang zu versuchen. Und schon gar nicht allein. Man konnte zwar schwimmen, wenn man durch die Brandung durch war, die Wellen trugen einen dort von selbst. Aber es war schwierig, wieder hereinzukommen, man brauchte viel Kraft, dem Sog zu widerstehen, den das zurückflutende Wasser ausübte und der einen hinaustrieb aufs Meer.

Ach was, dem Affen da wollte sie es zeigen.

Sie holte tief Luft, blickte der nächsten Woge entgegen, und ehe sie auf dem Höhepunkt war und sich brach, schwamm sie schräg durch, tauchte unbeschadet drüben wieder auf. Die erste Welle war nicht schwer gewesen, die nächste raubte ihr fast die Besinnung. Aber dann hatte sie die Brandung überwunden. Sie legte sich auf den Rücken und ließ sich von den Wellen tragen. Den Strand ließ sie dabei nicht aus den Augen. Man mußte achtgeben, daß man nicht zu weit abgetrieben wurde.

Das Rüsseltier stand nicht mehr allein. Ein paar Leute hatten sich um ihn versammelt, alles blickte zu ihr hinaus, einer gestikulierte wild mit den Armen.

Gleich alarmieren sie die Rettungsmannschaft, dachte Stella. Die würden ihr einen schönen Krach machen. Den Fremden verbot man das Baden bei hohem Seegang, und die Einheimischen machten es ihnen vor.

Plötzlich löste sich eine Gestalt aus der Gruppe um das Rüsseltier und lief ins Wasser hinein. Ein Mann war es, eine kräftige, athletische Figur in einer knappen Badehose. Der will mich retten, dachte Stella amüsiert. Soll nur aufpassen, daß er nicht selber absäuft.

Sie entschloß sich, umzukehren. Christian hatte sie auch gelehrt, wie man durch die Brandung zurückkam. Man mußte eine große Welle abwarten und sich von ihr möglichst weit hineintragen lassen. Dann mußte man sich von der Brandung nach vorn reißen lassen. Schwierig war es nur, Boden unter den Füßen zu finden und vor allem Halt. Sonst war man gleich wieder draußen.

Es gelang nicht gleich. Immer wieder wurde sie zurückgeschleudert, merkte, wie sie ermüdete und nur noch mühsam nach Luft rang. Zum Teufel, ertrinken wollte sie nicht gerade, bloß um dem Rüsseltier zu imponieren.

Und dann faßte sie auf einmal eine kräftige Hand, hielt sie fest und riß sie aus der Brandung heraus. Sie stand, rang nach Luft und spuckte das salzige Wasser aus, das sie geschluckt hatte.

Aber die Hand ließ sie nicht los. »Nun komm schon, du wahnsinnige Meerjungfrau«, dröhnte eine Stimme an ihrem Ohr. »Komm noch ein Stück herein.«

Sie torkelte neben ihrem Retter dem Strand zu.

Unter den verklebten Haaren blickte sie zu dem jungen Mann auf. »Sie dachten wohl, ich komme nicht mehr herein«, japste sie. »Das schaff' ich immer.«

»Ja, immer«, lachte er. »Bloß einmal wahrscheinlich nicht. So was Leichtsinniges habe ich noch nicht gesehen. Wenn die Leute nichts vom Meer verstehen, sollen sie lieber in einem Teich baden. Übers Knie sollte man Sie legen.«

Stella erwiderte nichts darauf. Der hielt sie offenbar für einen Sommergast. Ihre Knie waren weich, und nur mit Mühe hielt sie sich aufrecht, als sie endlich auf dem Trockenen waren.

Verschiedene Leute redeten auf sie ein. »So ein Leichtsinn! Wahnsinn! Wie kann man bloß so unvorsichtig sein!«

Auch das Rüsseltier grinste nicht mehr, schaute sie nur vorwurfsvoll an. Ihr Retter fragte: »Wo haben Sie Ihre Sachen?«

»Was für Sachen? Ach so.« Sie wies auf das Kleid, das im Sand lag.

»Ist das alles? Haben Sie kein Handtuch?«

Sie schüttelte den Kopf. Sie hatte das Handtuch auf dem Gepäckträger des Rades gelassen, zusammen mit der Bademütze, denn sie hatte eigentlich nicht die Absicht gehabt zu baden.

»Kein Handtuch?« entrüstete sich ihr Begleiter. »Na, Sie sind eine reichlich komische Pflanze. Kommen Sie mit.«

Er faßte wieder ihre Hand und zog sie hinter sich her, im Vorbeigehen ihr Kleid aufraffend und ohne den Leuten, die sie umstanden, einen Blick zu gönnen.

Ein Stück entfernt, in einem Strandkorb, saßen noch zwei junge Leute. Darauf steuerten sie zu.

»He, Jochen!« rief der eine ihnen entgegen. »Hast du dich als Lebensretter betätigt? Was hast du denn da an Land gezogen? Eine nasse rote Katze.«

»Gebt mir mal ein Handtuch«, sagte Jochen. »Diese kühne Schwimmerin hatte offenbar die Absicht, gar nicht mehr an Land zu kommen. Sie hat nicht mal was zum Abtrocknen da.«

Er schlang Stella ein Handtuch um die Schultern und begann, sie abzufrottieren.

»Ziehen Sie den Badeanzug aus«, sagte er.

Stella schaute ihn empört an. Sie hatte jetzt wieder Luft zum Sprechen und Kraft, sich zu entrüsten. »Hier?« fragte sie.

»Wo sonst? Oder wollen Sie vielleicht in dem nassen Badeanzug losmarschieren? Bei dem Wetter? Da können Sie sich ganz schön was holen.« Als sie noch zögerte, fuhr er sie ungeduldig an: »Los, mach schon. Ich bin Mediziner, mich stört's nicht. Und hier haben wir noch einen Bademantel, den können Sie anziehen.«

Die beiden anderen räumten den Strandkorb, Stella trat in seine Höhlung. Jochen hielt den Bademantel schützend davor, und Stella streifte sich mit klammen Fingern den Badeanzug ab. Sie zitterte jetzt vor Kälte.

Sie wollte sich den Bademantel umlegen, doch Jochen befahl: »Ziehen Sie ihn richtig an.«

Dann saß sie in der Strandkorbecke, die Beine hochgezogen, ganz verborgen in dem blaugrauen Bademantel, der sie herrlich wärmte. Jochen hatte inzwischen auch seine Badehose abgestreift und war in graue Flanellhosen geschlüpft, eine dicke Strickjacke um die Schultern gehängt.

»Na, besser?« fragte er.

»Wieso besser?« fragte Stella zurück. »Mir hat gar nichts gefehlt.«

»Frech auch noch«, stellte er fest.

Die drei jungen Männer standen vor ihr und betrachteten sie neugierig. »Glauben Sie im Ernst, Sie wären da wieder herausgekommen?« fragte Jochen.

»Warum denn nicht? Ich habe schon bei ganz anderem Wellengang gebadet«, prahlte Stella.

»Gebadet, ja. Aber nicht durch die Brandung geschwommen. Mir können Sie nichts erzählen. Ich stamme von der Küste. Aber ihr

Großstadtpflanzen habt ja keine Ahnung vom Meer. Ihr denkt, das ist so eine bessere Badewanne.«

Stella lachte. »Zufällig stamme ich von der Insel und bin in und an dieser Badewanne groß geworden.«

»Ach nee«, sagte Jochen erstaunt. »Das auch noch. Um so schlimmer. Dann sollten Sie Bescheid wissen.«

»Immerhin schönen Dank, daß Sie mich gerettet haben«, sagte Stella, der jetzt warm und friedlich wurde. »Mir war heute wirklich ein bißchen mulmig. Ich bin bloß wegen des Rüsseltiers 'reingegangen.«

»Wegen wem?«

»Na, der mit der langen Nase, der Fatzke. Der quatscht mich immer an, und ich wollt es ihm mal zeigen.«

»Deswegen brauchen Sie sich doch nicht gleich das Leben zu nehmen, wenn Sie einer anquatscht«, sagte einer von den jungen Männern. Er hatte sich in den Sand gesetzt und betrachtete sie wohlgefällig.

»Gar nicht übel, Jochen, was du da an Land gezogen hast. Wenn sie trocken ist, kann sie ganz niedlich werden.«

»Sei vorsichtig«, sagte Jochen, »sonst huppt sie gleich wieder in den Teich. Scheint ein scheues Reh zu sein.«

»Quatsch«, sagte Stella. »Gebt bloß nicht so an. Habt ihr keinen Schnaps?«

Die drei lachten, und der im Sand zog ein Fläschchen mit Aquavit aus seiner Klubjacke. »Prost, Rotkopf«, sagte er. »Nimm einen ordentlichen Schluck, damit dir inwendig wieder warm wird.«

Stella nahm wirklich einen großen Schluck. Warm und belebend lief der Schnaps durch ihre Kehle und erfüllte sie prompt mit wohliger Wärme.

»Gut«, sagte sie aufatmend und gab die Flasche zurück.

»Na, die hat keinen schlechten Zug«, stellte Jochen fest. »Gib mir auch mal.«

Die Flasche ging reihum, landete noch einmal bei Stella, dann war sie leer.

Jochen fragte neugierig: »Sind Sie wirklich hier von der Insel?«

»Nein. Ich bin die Meerjungfrau Sarnade«, erklärte Stella ernsthaft.

Die jungen Männer lachten. »Jungfrau ist immer gut«, sagte einer. »Meerjungfrau weniger. Stimmt aber wohl nicht ganz. Soviel ich weiß, haben die Damen eine andere Anatomie.«

»Sie heißen Sarnade?« fragte Jochen.

»Ja. Gefällt Ihnen der Name nicht?«

»Doch. Sehr. Außerordentlich originell.«

»Ich bin auch eigentlich keine richtige Jungfrau«, spann Stella ihr Garn weiter. »Man sagt bei uns bloß so. Ich bin die Lieblingsfrau von Meerkönig Ekke Nekkepenn und habe außerdem schon seit vielen Jahren einen spanischen Ritter unten bei mir wohnen. Der war auf einem Schiff der spanischen Armada, das unterging. Ich habe ihn gerettet und mit in mein Schloß genommen.«

»Das muß aber jetzt schon ein recht alter Herr sein«, sagte der junge Mann im Sand. »Können Sie denn überhaupt noch etwas mit ihm anfangen, Sarnade?«

»Bei uns altert man nicht«, erklärte Stella. »Er ist immer noch so schön, wie er damals war. Deswegen habe ich ihn auch gerettet. Er war der Schönste auf dem ganzen Schiff. Schwarzes Haar und schwarze Augen. Und er liebt mich.«

»Und der König, Ihr Gemahl? Der hat weiter nichts dagegen?«

»Der König hat viel zu tun«, erwiderte Stella. »Alle Meerjungfrauen gehören ihm. Zur Zeit ist er in der Südsee. Ich habe keine Ahnung, wann er wiederkommt.«

»Ein anstrengendes Leben für den guten Mann. Sofern es viele Jungfrauen im Meer gibt.«

»Millionen«, sagte Stella träumerisch. Sie fühlte sich wohl. Ihr war nicht mehr kalt, ihre Haut prickelte von dem wilden Bad. Am liebsten hätte sie sich hingelegt und geschlafen.

Jochen, der sich nun auch in den Sand gesetzt hatte, betrachtete sie unverwandt. »Sarnade«, sagte er. »Könntest du dich entschließen, ein bißchen an Land zu bleiben?«

»Warum?« fragte Stella.

»Ich würde dich gern wiedersehen. Mit trockenem Haar und vor einer Tasse Kaffee und einem Stück Kuchen. Oder essen Meerjungfrauen keinen Kuchen?«

»O doch.« Stella nickte eifrig. »Sehr gern sogar.«

»Na also«, sagte der andere junge Mann. »Hab' ich mir doch gedacht. So scheu ist sie gar nicht. Der mit der langen Nase hat es bloß falsch angefangen. Da können wir wohl gehen? Oder sind wir auch eingeladen?«

»Das wird zu teuer«, sagte Jochen.

Der dritte der jungen Männer hatte sich bisher kaum am Gespräch beteiligt. Er stand, die Hände in den Taschen, und hörte zu. Er schien der jüngste von den dreien zu sein. Er war nicht groß, schmächtig, hatte ein zartes, fast mädchenhaft hübsches Gesicht mit schwermütigen, dunklen Augen. Sein Haar war hellblond und weich. Es wehte im Wind. Als Stella ihn einmal anblickte, lächelte er schüchtern.

Der andere, der neben Jochen im Sand saß, ein untersetzter, etwas rundlicher junger Mann mit einem vergnügten rotbackigen Gesicht und blanken, braunen Augen, richtete das Wort an ihn.

»Du sagst ja gar nichts, Michael. Wir können doch Jochen diese Meerjungfrau nicht zum uneingeschränkten Gebrauch überlassen.«

Der Blonde lächelte. »Es ist sein gutes Recht, scheint mir«, sagte er mit einer weichen, sehr melodischen Stimme. »Schließlich hat er sie aus dem Wasser gezogen. Wärst du halt selber 'reingesprungen, Klaus.«

»Ich?« sagte der braunhaarige Klaus. »Gott soll mich schützen. Ich wäre eher ersoffen als diese Meerkönigin. Ich bin ein miserabler Schwimmer, das wißt ihr ja. Aber wenn es sich um eine Einladung zu Kaffee und Kuchen handelt, da bin ich konkurrenzfähig.«

»Ich kann auch zwei Stück Kuchen verdrücken«, sagte Stella vermittelnd. »Darüber werden wir uns schon einigen. Kann ich so mitkommen, oder muß ich erst zum Friseur gehen?«

Das wurden erst vergnügte und dann romantische Wochen für Stella. Sie traf die drei Freunde von nun an täglich. Später traf sie dann Jochen oft allein. Zu den unmöglichsten Zeiten. Denn die drei waren nicht zu ihrem Vergnügen hier. Sie waren Studenten aus Berlin. Jochen studierte wirklich Medizin, ein Kollege von Christian also; Klaus war Jurist und der verträumte blonde Michael studierte Musik.

Die Musik war es auch, die sie zusammengeführt hatte. In Berlin spielten sie zeitweise alle in einer Jazzband, um sich zu ihrem Studium etwas dazuzuverdienen; Jochen Klavier, Klaus Trompete, und Michael war Geiger und blies außerdem noch Klarinette. In den Semesterferien waren sie in ihrer Eigenschaft als Musiker auf die Insel gekommen. Nachmittags spielten sie in einem Café zum Tanz, abends ebenfalls, und vormittags im Kurorchester, das bei schönem Wetter auf der Mole konzertierte.

Außerhalb dieser Arbeitszeiten waren sie frei, und dann traf Stella mit ihnen zusammen. Und da Jochen die gerettete Meerjungfrau für sich beanspruchte, traf er sie auch oft allein.

Hand in Hand wanderten sie über die Heide, während die Lerchen jubelnd in den Himmel stiegen.

Jochen blieb stehen und breitete die Arme aus. »Was für ein herrliches Land! Hier hat man noch das Gefühl, daß die Erde jung ist. Und man kann nicht begreifen, wie irgendein Mensch in der Stadt leben mag.«

Stella betrachtete ihn ein wenig spöttisch. Sie kannte diese begeisterten Ausbrüche schon. Die Liebe zum Meer und zu dem Land am Meer veranlaßte Jochen zu solchem Überschwang. Dies war aber der einzige Anlaß, ihn aus seiner Ruhe aufzurütteln. Er war eher trocken und neigte zu Sachlichkeit. Nur manchmal, wenn er sie ansah, kam Wärme und Zärtlichkeit in seinen Blick.

»Du bist eine Schöne, Sarnade«, sagte er und legte seine Hände sanft um ihr Gesicht. »Und du wirst noch viel schöner werden. Das kann ich sehen.«

»Ja«, lächelte Stella. »Du kannst das sehen. Du bist Mediziner, ich weiß.«

Er lachte. »Michael sieht es auch. Er hat gesagt, dein Gesicht ist voll Musik. Er meint, es ist nur schwer zu sagen, welche. Etwas widerspruchsvolle Musik. Auf keinen Fall Mozart und kein Beethoven, und kein Lehár. Vielleicht eine Mischung aus Tschaikowsky, ein paar Takte Brahms und einen tüchtigen Schuß Ravel. So vielleicht.« Stella lächelte unsicher. Sie hatte keine Ahnung, wovon er sprach.

»Verstehst du etwas von Musik, Sarnade?«

»Nein«, gab sie widerwillig zu. »Hier gibt es keine Konzerte. Außer eurem Gedudel. Ich wollte schon immer mal ein Grammophon haben.«

»Na ja, Grammophon«, sagte er wegwerfend. »Du mußt richtige Musik hören. Ich kann mir nicht vorstellen, daß du unmusikalisch bist. Bei diesem Gesicht und diesen Händen. Du kennst bloß noch nichts.«

Dann küßte er sie. Sie wartete schon immer darauf. Manchmal vergaß er es auch im Eifer des Gespräches. Stella war sich nicht ganz klar, wie sie mit ihm dran war. Er war zweifellos sehr lieb zu ihr, küßte sie ab und zu, freute sich ihrer Begleitung, aber er blieb dabei immer zurückhaltend.

Stella gefiel das wenig. Endlich hatte sie einen männlichen Begleiter, und verlangte danach, daß ihre schwärmerischen Phantasien sich realisierten. Nur einmal kam es zu einer intimeren Zärtlichkeit zwischen ihnen.

Gegen Abend war es, sie saßen oben auf dem Roten Kliff bei Kampen und blickten aufs Meer hinaus. Die Sonne war bereits im Meer versunken, der Himmel glühte goldenrot.

»Jetzt wird es in Amerika Tag, nicht wahr?« fragte Stella.

Er nickte. »Bald.«

»Dann wird Thies aufwachen und frühstücken. Ob er schon ein Stück laufen kann?«

»Das hat er doch geschrieben, sagst du.«

»Ja. Hat er geschrieben. Er ist ja immer sehr karg mit seinen Mitteilungen über sich selbst.«

Sie hatte Jochen von Thies erzählt, und den hatte es natürlich interessiert.

»Man hätte längst etwas unternehmen sollen«, sagte er, »da hat der Amerikaner schon recht gehabt. Eine Lähmung wird nur besser, wenn man sie behandelt. Von selber geschieht gar nichts. Siehst du, das ist so ...« Und dann folgte ein längerer medizinischer Vortrag mit vielen lateinischen Ausdrücken garniert, den Stella natürlich nicht verstand. Aber sie lauschte trotzdem mit aufmerksamer Miene und nickte ab und zu mit dem Kopf, wenn es die Höhepunkte seines Vortrages verlangten.

»Du bist nicht nur eine Schöne, du bist auch eine Kluge«, sagte er endlich lachend. »Du hörst richtig zu. Entweder die Frauen sind dumm und unterbrechen einen mit albernem Gequatsche und lenken einen ab. Oder sie sind supergescheit und wissen alles besser. Beides ist furchtbar. Man muß das Gefühl haben, eine Frau hört zu und versucht zu verstehen.«

Stella war stolz, daß er sie eine Frau nannte. »Und du magst mich ein bißchen?« fragte sie lockend.

»Ich mag dich«, bestätigte er ernsthaft. Ich liebe dich, hatte er noch nie gesagt. Er würde es auch nicht sagen. Ich mag dich, ging leichter. Unter Umständen bedeutete es auch mehr, tröstete sich Stella.

Er legte den Arm um ihre Schulter und zog sie leicht an sich. Stella schmiegte sich bereitwillig in seinen Arm. Ihre linke Schulter lag an seiner Brust, durch ihr dünnes Sommerkleid spürte sie die Wärme seines Körpers. Ein Mann. Es war weder fremd noch feindlich, sie hatte keine Furcht vor seinem Körper. Es tat ihr wohl, ihn zu spüren.

Er fragte: »Hast du eigentlich eine Freundin?«

Stella schüttelte den Kopf. »Nein. Ich habe keine. Ich brauche auch keine. Ich wollte nie eine haben. Ich hatte Thies und Krischan. Das hat mir genügt.«

»Und jetzt hast du mich.«

Sie lachte. »Ja. Solange du da bist.«

Er schwieg eine Weile, dann sagte er: »Ich hab' es mir gedacht. Ich meine, daß du keine Freundin hast. Du bist keine Frauenfrau. Du bist eine Männerfrau. Du wirst immer männliche Gesellschaft vorziehen. Und wahrscheinlich wird es dir nie daran mangeln.«

»Da wäre ich froh«, sagte sie offen. »Ich mag Männer.«

»Du magst mich«, korrigierte er. »Sprich niemals mit einem Mann von der Mehrzahl seines Geschlechts. Das hören wir nicht gern.«

»Du hast damit angefangen«, verteidigte sie sich.

»Stimmt«, gab er zu. »Trotzdem klingt es für mich schrecklich, wen du sagst: ich mag Männer.«

Sie lachte leise, legte ihren Kopf an seine Wange und sagte friedlich: »Also schön, ich mag dich.«

Darauf sprachen sie eine lange Weile nichts mehr. Seine rechte Hand begann leise ihren nackten Arm zu streicheln, dann glitten seine Finger behutsam durch das weite Armloch ihres Kleides und berührten die weiche Haut unter ihren Armen, dann den Ansatz ihrer Brust.

Behutsame, zärtliche Finger waren es. Schließlich wanderten sie an ihrer Brust entlang, berührten die Brustspitze und legte sich dann warm und fest um ihre Brust.

Stella saß, ohne sich zu rühren, die Augen geschlossen. Ihr Herz klopfte in kurzen, raschen Schlägen, und sie spürte eine süße Müdigkeit, als müsse sie sich zurücksinken lassen, stumm, ohne ein Wort zu sagen, in den weichen Sand der Düne, und darauf warten, daß der weite helle Himmel über ihr zu klingen begann. Doch dann zog Jochen seine Hand zurück. »Komm«, sagte er, seine Stimme klang ein wenig heiser. »Wir müssen gehen.«

»Schon?« fragte Stella.

»Ja.« Er sprang auf und reichte ihr beide Hände, um sie hochzuziehen.

Stella blieb sitzen. »Mir gefällt es hier«, sagte sie.

»Mir auch«, antwortete er. »Trotzdem müssen wir gehen. Erstens muß ich um halb neun in meiner Kneipe sein, und zweitens bist du schließlich erst sechzehn Jahre alt.«

»Na und?« fragte sie. »Macht das was?«

»Wie man's nimmt. Es kommt auf den Standpunkt an. Meiner Meinung nach sollte ein Nichtschwimmer nicht vom Zehnmeterbrett ins tiefe Wasser springen. Er soll sich erst mal langsam Schritt für Schritt an das fremde Element gewöhnen. Einmal wird das Wasser sowieso tief, und dann muß er schwimmen.«

»Wer sagt dir denn, daß ich ein Nichtschwimmer bin?« fragte sie herausfordernd.

Er lachte. »Sarnade, gib nicht an.«

Sie nahm widerstrebend seine Hände und stand auf. Er küßte sie zärtlich auf die Augen, und dann gingen sie Hand in Hand über die Heide zurück.

Er forderte sie auch nie auf, abends in das Café zu kommen, in dem er spielte. Ebensowenig wie er den Vorschlag machte, ihn am Ende des Abends dort abzuholen. Sie wußte, daß Klaus einen heftigen Flirt mit einem Ferienmädchen, wie er es nannte, angefangen hatte und täglich abends abgeholt wurde. Von Michael, dem Blonden, wurde ähnliches nicht bekannt. Er war viel zu schüchtern, sich einem Mädchen zu nähern. Er wirkte geradezu krankhaft scheu. Jochen sagte einmal ärgerlich: »Du bist eine richtige alte Trantute geworden, Michael. Früher warst du doch auch nicht so.« Michael errötete und blickte zur Seite.

»Bist du unglücklich verliebt?« forschte Klaus.

»Nein«, sagte Michael.

»Was fehlt dir denn dann, Mensch? Du machst ein Gesicht, als ginge morgen die Welt unter.«

»Vielleicht wäre es ganz gut, wenn sie das täte«, sagte Michael. »Er ist doch unglücklich verliebt«, behauptete Klaus. »Ist es immer noch diese alte Karotte, diese Lola? Mensch, damit müßtest du endlich fertig werden.«

»Hör doch auf«, sagte Michael. »Das ist längst vorbei.«

Klaus liebte einen ausgedehnten nächtlichen Strandbummel, der dann meist in einem Strandkorb endete. Manchmal erzählte er in dunklen, aber vielsagenden Andeutungen am nächsten Tag davon.

»Na ja«, sagte Stella erwachsen, »das tun sie hier alle.«

Einige Male erzählte auch Jochen, daß er abends noch einen Spaziergang am Strand gemacht hatte.

»Allein?« fragte Stella eifersüchtig.

»Ganz allein, Sarnade. Nur der Mond hat mich begleitet, und einmal steckte Ekke Nekkepenn seinen Kopf aus den Wellen und fragte nach seiner Frau. Er ist nämlich von der Südsee zurück und kann sein liebendes Weib nicht finden.«

Stella wartete darauf, daß Jochen sie einmal zu einem nächtlichen Strandspaziergang einladen würde, aber er tat es nie. Allerdings hätte es ihr Kopfzerbrechen bereitet, wie sie zu Hause einen so späten Ausgang hätte erklären sollen. Sie hatte zwar alle Freiheit. Onkel Pieter fragte nie, wohin sie ging und woher sie kam. Zu den Mahlzeiten fand sie sich pünktlich ein, schon, um keine unnötigen Fragen herauszufordern. Aber spät am Abend aus dem Haus zu kommen, das würde schwierig sein.

Übrigens blieb es zu Hause nicht verborgen, was sie während ihrer Abwesenheit trieb. Natürlich wurde Stella manchmal von Schulkolleginnen gesehen, wenn sie mit Jochen Hand in Hand durch die Straßen schlenderte, und einmal begegnete ihr auch Anke, natürlich in ihrer geliebten BDM-Uniform, die verächtlich den Mund verzog und den Kopf zur Seite wandte.

»Blöde Gans«, murmelte Stella vernehmlich.

»Aha«, nickte Jochen, »das war wohl Anke, deine spezielle Feindin.« Denn sie hatte ihm von Anke erzählt.

»Ist sie nicht doof?« fragte Stella.

»Auf einen so kurzen Blick schwer zu beurteilen. Rein äußerlich ist sie nicht übel. So 'ne richtige nordische Jungfrau. Daß ihr euch nicht versteht, leuchtet mir ein. Ihr seid zu verschieden.«

»Ich bin anders, nicht?« fragte Stella befriedigt.

»Ganz anders, Sarnade. Du bist apart. Und sie ist nur hübsch. Das ist ein Unterschied.«

Kapitän Termogen fragte eines Tages, ganz beiläufig, beim Essen: »Du hast seit Neuestem einen Freund, wie ich gehört habe.«

Stella errötete. »Wieso? Wer sagt das?«

»Ich hörte davon. Ich war in Munkmarsch unten, als die Fischdampfer die Ware brachten. Und der junge Dressen, du weißt ja, daß er dich gut leiden kann, sagte zu mir: Immer allein jetzt, Käptn?

Jaja, die Deern wird flügge. Sie hat jetzt 'nen Freund in Westerland.«

»Der Dussel«, sagte Stella. »Was der schon weiß.«

»Stimmt's denn nicht?« fragte der Kapitän scheinheilig.

Ehe Stella sich eine diplomatische Antwort überlegt hatte, fuhr Stine dazwischen: »Natürlich stimmt's. Warum wär' sie sonst den ganzen Tag unterwegs. 'n Musiker soll's sein. Von der Kurkapelle.«

Stella starrte Stine erstaunt an. »Was du alles weißt!«

»Klar doch. Denkst du, ich bin auf den Kopp gefallen?«

»Na, nun spuck's mal aus«, sagte der Kapitän gemütlich. »Nicht daß ich was dagegen hätte. Du bist ja schon ein großes Mädchen. Aber büschen erzählen könntest du schon davon. Und ob ein Musiker gerade das Richtige ist, na, ich weiß nicht.«

»Er ist kein Musiker. Er ist Medizinstudent, genau wie Krischan. Nur schon viel weiter. Im 8. Semester. Musik macht er bloß in den Ferien.«

»Ach so, ein Student, der hier übersommert. Netter Kerl?«

»Mhm!« Stella nickte. »Sehr nett.«

Für den Kapitän schien der Fall damit erledigt, aber Stine hatte zu dem Thema noch etwas zu sagen. »Ich finde, du bist noch zu jung dazu. Mit so einem Kerl 'rumzuziehen, den keiner hier kennt, also, das finde ich nicht richtig.«

»Vielleicht könntest du ihn mal zum Kaffee einladen«, schlug der Kapitän vor. »Damit wir ihn kennenlernen.«

»Kaffee geht nicht«, erwiderte Stella. »Da muß er arbeiten.«

»Dann bringst du ihn eben zu einer anderen Zeit mal mit. Ist nur 'n Vorschlag. Denk mal drüber nach.«

Der Kapitän dachte auch darüber nach. Sechzehn war das Mädchen nun. Eigentlich mußte so ein Mädchen eine Mutter haben, die ihm verschiedenes beibrachte und erklärte. In manchen Dingen war Stine ja zu verwenden gewesen, aber in anderen eben nicht. Was wußte die kleine Kröte nun eigentlich vom Leben? Schwer zu sagen. Sechzehn Jahre und ein Mädchen. Der Kapitän war weit genug in der Welt herumgekommen. Er wußte, daß ein Mädchen mit sechzehn Jahren manchmal schon ganz gut Bescheid wußte.

Über Stella war er sich nicht klar. Manchmal war sie noch ein richtiges Kind. Dann aber wirkte sie sehr erwachsen. Konnte gehen und sich bewegen wie eine Frau. Und wie sie manchmal blickte! Dieser lächelnde, leicht ironische Blick unter halbgesenkten Lidern. Donnerwetter! Wenn das die Männer nicht aus dem Häuschen bringen würde. Und seit dem Besuch von Jan war Stella überhaupt verändert.

Jochen hatte nichts dagegen, einen Besuch im Termogen-Haus zu machen. Er benahm sich korrekt, hatte sich nichts vorzuwerfen, und daß Stellas Familie einmal sehen wollte, mit wem sie ihre Zeit verbrachte, fand er ganz verständlich.

Er lieh sich ein Rad, und eines späten Nachmittags, nach Beendigung des Fünfuhrtees, strampelten sie beide nach Keitum hinüber. Man saß im Garten, trank einen Schnaps, und der Kapitän fand den jungen Mann recht sympathisch. Kam begünstigend hinzu, daß Jochen aus der Gegend stammte, aus Meldorf in Schleswig. Sein Vater war dort Tierarzt, und es ergab sich, daß sie gemeinsame Bekannte besaßen.

»Kommen Sie doch mal wieder«, sagte der Kapitän, als Jochen sich verabschiedete. »Und denn, nöch«, er hob den Finger, »die Deern, nöch? Sie passen doch auf sie auf. Kein Unfug, nöch?«

Jochen lachte. »Keine Bange, Herr Termogen. Ich pass' schon auf sie auf.«

»Hat er immer schon getan«, kicherte Stella, die auch einige Schnäpse erwischt hatte, »er hat mich ja vor dem Ersaufen gerettet.«

»Was ist das?« fragte der Kapitän streng.

»Erzähl mal deine Untaten«, sagte Jochen. »Ich jedenfalls hab' dich nicht verpetzt.«

Auch Stine hatte gegen den jungen Mann nichts einzuwenden. Stellas Ausflüge nach Westerland wurden stillschweigend geduldet. Man dachte hierzulande nicht engstirnig über die Liebe. Hübsche Mädchen waren keine Seltenheit, und meist stellten sich schon bald die ersten Freier ein. Viele heirateten auch früh. Früher, als es in den großen Städten üblich war.

Im August kam Christian auf Urlaub. Er war von Stellas Sommerflirt wenig begeistert. Stella aber machte es Spaß, ihm gegenüber die Erwachsene zu spielen. Eine junge Dame mit einem festen Verehrer.

»Von dir ist auch nicht viel übriggeblieben«, sagte Christian mißbilligend. »Letzten Sommer bist du ständig dem Globetrotter nachgelaufen, und jetzt treibst du dich drüben herum, wie eine von den dummen Sommergänsen.«

»Du bist doch nicht etwa eifersüchtig?« fragte Stella genüßlich. »Soweit ich mich erinnere, war ich dir ja immer zu kindisch. Andere finden eben, daß ich schon erwachsen bin.«

»Du und erwachsen, daß ich nicht lache. Der Kapitän sollte besser auf dich aufpassen. Der hat keine Ahnung, was er sich da großgezogen hat.«

»Warum? Findest du mich so übel?« fragte Stella und drehte sich kokett vor ihm. »Bist du in Kiel hübschere Mädchen gewohnt?«

Er brummte etwas Unverständliches vor sich hin und tat ihr nicht den Gefallen, sie näher zu betrachten. In Wahrheit fand auch er sie ungewöhnlich reizvoll. Aber zu unruhig, besser gesagt, zu beunruhigend.

Christian scheute jede Aufregung, jede Unruhe in seinem Leben. Und es war ein festes Programm von ihm, keinesfalls durch ein Mädchen Behinderung und Schwierigkeiten in sein Leben bringen zu lassen. Er hatte sich viel vorgenommen. Das Studium war lang, und er mußte einen Teil seines Unterhaltes selbst verdienen. Da blieb keine Zeit für Flirt und Vergnügen. Er hatte die ersten zwei Semester hart gearbeitet. So würde es bleiben, und es würde eher noch schwieriger werden, Zeit und Studium durchzustehen. Nächstes Semester wollte er nach Freiburg. Das würde eine ganz neue, ganz fremde Umgebung sein; und es würde seine ganze Zeit und Kraft beanspruchen, sich dort einzuleben und das nötige Geld aufzubringen, das er brauchte.

Stella war seine Jugendfreundin. Sie war mit ihm aufgewachsen, wenn sie auch jünger war als er und er immer eine überlegene Rolle gespielt hatte. Aber er kannte sie gut, so gut wie sonst kein Mensch auf der Welt. Er sah sie nicht mit den nachsichtigen Augen des Kapitäns, nicht mit der schwesterlichen Liebe von Thies. Er war viel nüchterner, ein kühler Beobachter, hinter dessen breiter Stirn alles aufgeräumt und ordentlich aussah. Für ihn gab es keine müßigen Träume, keine unerfüllbaren Wünsche.

Stella würde so ein unerfüllbarer Wunsch sein, das wußte er. Sie war kein Mädchen von der Insel, unkompliziert, leicht durchschaubar. Ein seltsames, fremdartiges Wesen war sie für ihn, heute schon. Er brauchte sie nur anzusehen. Die schlanke, biegsame Gestalt, ihr beschwingter Gang, das schöne Gesicht, das kupferne Haar. Keine Gefährtin für einen kleinen Doktor, der sich mühsam durch sein Studium hungerte.

Wenn er auch nicht so weit dachte, er empfand es instinktiv, und daher kam sein unwillkürliche Reserve.

Der Freund in Westerland ärgerte ihn aber doch. Er hatte sich auf sie gefreut. Genau wie im vorigen Jahr hatte sie keine Zeit für ihn.

Stella sagte: »Pöh! Du! Wenn du dir aus mir etwas machen würdest, wärst du nicht erst jetzt gekommen, sondern schon vor zwei Monaten.«

Über Stellas Freund ließ sich nichts Nachteiliges sagen. Das ärgerte Christian erst recht. Er war ein paar Jahre älter und im Studium erheblich weiter. Warum sollte er nicht in den Ferien Musik machen, wenn er das konnte?

Er traf auch einmal mit Jochen zusammen. Christian war reserviert, Jochen kameradschaftlich und freundlich. Ein näheres Gespräch entwickelte sich nicht daraus.

Wütend war Stella, als sie ihn einige Male mit Anke sah. »Deine alte Liebe, was? Möchte bloß wissen, was du an der findest. Ich hätte dir einen besseren Geschmack zugetraut.«

»Anke ist auf ihre Art mindestens so hübsch wie du«, erwiderte Christian ruhig. »Allerdings ein bißchen vernünftiger.«

»Vernünftig!« sagte Stella wegwerfend. »Ist das auch was Feines? Möchte bloß wissen, wann ein Mann schon einmal mit einer vernünftigen Frau glücklich geworden ist.«

»Ich verstehe immer Frau«, lachte Christian. »Wer ist hier eine Frau? Du doch nicht etwa?«

Daß die Schule wieder begann, war Stella ein großes Ärgernis. Das störte ihr neuentwickeltes Privatleben erheblich. Den Sommer über hatte sie die Erwachsene gespielt. Nun sollte sie wieder Schulmädchen sein. Sie genierte sich vor Jochen, der noch bis Mitte September auf der Insel sein würde. Schließlich konnte sie nicht mit der Schultasche zum Rendezvous gehen.

Schließlich fand sich eine Mitschülerin, bei der sie die Tasche nach Beendigung des Unterrichts ablud, um sie später wieder abzuholen. Dort im Hausflur trat auch der Lippenstift in Aktion. Wenig später saß sie mit Jochen an der Strandbar und rauchte wie eine Erwachsene eine Zigarette.

Dann kam der Abschied von Jochen, ein zärtlicher Abschied, und das Versprechen, sich zu schreiben, und sich im nächsten Sommer wiederzusehen.

Ehe Christian abreiste, kam noch ein langer Brief von Thies, dessen Inhalt sehr erfreulich war.

»Klingt ja ganz optimistisch«, sagte Christian, und seine hellen Augen strahlten. »Er fühlt sich wohl, wie es scheint.«

Ja, Thies fühlte sich wohl. Er schrieb, daß er bereits an zwei Stöcken selbständig gehen konnte. Und die Heimwehtöne aus seinen früheren Briefen waren verstummt. Er kam viel mit jungen Menschen zusammen, besuchte Konzerte und Vorträge, hatte schon einige größere Autotouren unternommen. Der fremde Erdteil, den er als hilflos Kranker betreten hatte, erschloß sich ihm bereitwillig und mit freundschaftlicher Hilfe.

Dr. Warner meine, so schrieb er, er solle hier nun eine Universität besuchen, wenn er schon einmal da sei. Er sei sich noch nicht klar darüber. Vielleicht würde er es tun, für ein oder zwei Semester. Jetzt gleich komme es sowieso noch nicht in Frage, aber vielleicht im nächsten Jahr. »Alle sind so nett zu mir«, schloß sein Brief, »als wenn sie mich schon seit Jahren kennen würden. Es ist erstaunlich, wie leicht und selbstverständlich die Leute hier miteinander bekannt werden und wie vergnügt sie immer sind.«

»Ist ja fein«, meinte Christian. Ein wenig Eifersucht klang in seiner Stimme mit. Thies, der Gefährte seiner Kindheit, dem er alle Zeit gewidmet hatte, lebte nun ohne ihn.

21

Die Sommergäste verschwanden von der Insel, Ruhe kehrte ein. Der langweilige Winter lag vor Stella, nur die Schule und das gleichmäßige Leben zu Hause. Die einzige Unterhaltung waren das Kino und der Spiegel.

Mitte Oktober kam die überraschende Wende in ihrem Leben. Ein Brief aus Berlin traf ein. Zunächst erkannte Stella die Schrift auf dem schmuddeligen Kuvert gar nicht.

Der Brief kam von Lotte. Sie schrieb, Stella möge nach Berlin kommen. Die Mutter war auf der Treppe gestürzt und hatte sich das Bein gebrochen. Sie lag noch in der Klinik, würde aber demnächst entlassen werden, und dann brauchte sie Hilfe und Pflege. Sie selbst, schrieb Lotte, könne sich nicht um die Mutter kümmern, sie habe zwei kleine Kinder zu versorgen und müsse außerdem noch arbeiten.

»Na, und Fritz?« fragte Stella. »Was macht denn der?«

»Der arbeitet wohl auch«, sagte der Kapitän. »Außerdem ist ein junger Mann wohl nicht der geeignete Krankenpfleger.«

Aufgestört beriet man im Termogen=Haus, was zu tun sei. Doch da bot sich wohl kein Ausweg. Keine Möglichkeit für Stella, sich diesem Ruf der Pflicht zu entziehen. Sie war nicht gerade begeistert davon. Das hatte sie nicht gemeint, wenn sie von der Zukunft träumte. Zurück in die enge Hinterhauswohnung, an die sie sich kaum mehr erinnern konnte. Eine kranke Frau pflegen, die ihr fremd geworden war.

Niedergeschlagen saß sie dem Kapitän gegenüber.

»Ja, Deern«, sagte der kummervoll, »ich weiß auch nicht, was man da machen soll. Eine Mutter ist eine Mutter, nöch? Wenn sie dich eben braucht.«

Wenn sie dich braucht, dann mußt du für sie da sein. Das hatte Schwester Marie gesagt bei ihrem letzten Besuch. Vielleicht hatte sie so etwas vorausgesehen. Nicht gerade einen Beinbruch. Aber Lenes Gesundheit war schon lange erschüttert.

»Vielleicht heilt das Bein bald«, meinte der Kapitän hoffnungsvoll, »dann kommst du wieder.«

Aber er glaubte nicht recht daran. Alle verließen sie ihn. Am Ende würde er allein sein in seinem hübschen alten Haus. So war es eben immer mit den Kindern. Nur daß Stella ihn so früh verlassen würde, das hatte er nicht erwartet.

Zunächst schrieb Stella an ihre Schwester und erkundigte sich nach Einzelheiten, fragte auch nach Fritz.

Die Antwort kam postwendend. Einige Angaben über Lenes Zustand und die Mitteilung, Fritz sei nicht mehr da.

»Was heißt das, er ist nicht mehr da?« sagte Stella. »Wenn er tot wäre, hätten sie es mir doch wohl mitgeteilt.«

»Vielleicht hat er geheiratet«, meinte Stine.

»Das könnte sie ja schreiben.«

»Dann ist er eben woanders hingezogen.«

»Na ja schön, aber warum schreibt sie das nicht richtig?«

Fritz war eben nicht mehr da. Dabei blieb es.

Eine Woche später bestieg Stella in Westerland den Zug. Einen Koffer nahm sie mit, die Tasche mit den Schulbüchern. Und eine unbestimmte Angst im Herzen.

»Mach's gut, min Deern«, sagte der Kapitän und hatte Mühe, die Tränen zu verbeißen, die ihm im Hals saßen. »Schreib gleich. Und wenn deine Mutter gesund ist, kommst du wieder. Und wenn es länger dauert, mußt du in die Schule gehen. Hörst du? Ist ja man bloß noch ein halbes Jahr. Das darfst du nicht verbummeln.«

Stella nickte. Sie weinte nicht. Doch sie war nervös, unruhig und ein bißchen neugierig. Berlin. Der Gedanke, daß sie Jochen dort wiedersehen würde, tröstete sie.

1

Das Berlin jener Zeit. Die bunten, die bewegten zwanziger Jahre waren unwiderruflich vorbei. Jene Zeit, in der die kühle preußische Hauptstadt wie in einem Fieber gelebt, dabei einen Charme entwickelt, eine farbige Palette gezeigt hatte, wie wohl noch keine Stadt zuvor. Dies hatte das neue Regime mit eiserner Faust erstickt. Es gab wieder Stiefel, streng gezogene Scheitel und tierischen Ernst in diesem vierten Jahrzehnt des unruhigen Jahrhunderts. Die Herrschaft des Spießbürgers war angebrochen.

Berlin jedoch war ein denkbar ungeeignetes Pflaster für ihn. Kein Nährboden, auf dem er mühelos wachsen konnte. Hier wurde er, der ringsumher im Land zu blühen und gedeihen begann, mit dümmlichem Gesicht, vorgerecktem Kinn und einem imaginären oder wirklichen Bärtchen auf der Oberlippe, hier wurde er, der Herrscher des kommenden Jahrzwölfts, zur komischen Figur.

All die Männer, die bisher Berlins Gestalt geformt hatten, die klugen und die spöttischen, die leichtsinnigen und die tüchtigen, die einfachen und die durchtriebenen, sie verschwanden aus der ersten Reihe. Sie flohen eilig, verharrten zögernd oder zogen sich resigniert in den Schatten zurück. Je nach Temperament, Einsicht und Verstand.

Aber sie lebten im Bewußtsein dieser Stadt und machten den Spießer, obwohl er stellenweise auch hier vertreten war, zur unwichtigen Randfigur. Berlin gab sich nicht verloren. Jetzt nicht, später nicht. Nicht unter dem Marschtritt der SA-Kolonnen, nicht vor dem gereckten Arm auf dem Balkon der Reichskanzlei, nicht im Bombenhagel, nicht in der Dunkelheit und Verlassenheit, die folgen sollten. Hier, auf dem kärglichen preußischen Boden, war eine Metropole gewachsen, die weltoffen und beweglich war wie selten eine, und der Schmelztiegel der lebendigen, intelligenten Stadt hatte eine liebenswerte Menschenrasse hervorgebracht, die sich stärker erweisen sollte als das Verhängnis, das über sie hereinbrach.

Noch bewahrte die Stadt ihr Lachen und ihren Stolz. Die häßlichen roten Fahnen, die wie lästige Flecken über ihrem Gesicht wehten, verbargen ihre Schönheit nicht. Berlin unterwarf sich nicht. Es handhabte die neuen Herren mit souveräner Lässigkeit, und nicht durch sie, sondern trotz dieser neuen Herren blühten Geist, Kultur und Geselligkeit und das leichte, vergnügliche Leben in dieser Stadt.

Stellas Wiederbegegnung mit Berlin war ein Beginn. Sie hatte kaum mehr eine Erinnerung zurückbehalten. Doch nun erkannte sie rasch alles wieder, was einst ihre Welt gewesen war. Das muffige Haus, die enge, lichtlose Wohnung, der sonnenlose Hof, die gedrückte, freudlose Atmosphäre.

Sie trennte vom ersten Augenblick an die Stadt Berlin und die verhaßte Hinterhofwohnung, in die sie zurückkehrte. Die Stadt erfüllte sie mit Entzücken. Ihre nähere Umwelt mit Widerwillen und Abneigung.

Ihre Mutter war eine Fremde. Doch Stella ließ sie es nicht merken. Sie war ehrlich bemüht, ihr zu helfen und die Aufgabe, vor die sie sich gestellt sah, nach besten Möglichkeiten zu erfüllen. Lene entschuldigte sich gewissermaßen, daß man ihrer Tochter Ungelegenheiten bereitete.

»Ich war dagegen, daß Lotte an dich schrieb. Ich wäre schon zurechtgekommen. Es tut mir leid, daß du von dort fort mußtest. Aber vielleicht dauert es nicht lange. Der Arzt meint . . .«

Hilflos, fast demütig blickte sie das schöne, fremde Mädchen an, das ihre Tochter war. Seit langer Zeit dachte sie wieder einmal an Karl Termogen, ihren Mann, der so endgültig Vergangenheit geworden war. Nur er allein konnte dafür verantwortlich sein, daß ein Wesen wie Stella zur Welt gekommen war. Ein Mädchen mit dieser stolzen Haltung, dem schlanken Hals, den schmalen Händen, diesem schönen, lächelnden Gesicht unter dem kupferfarbenen Haar. War es möglich, daß sie dieses Kind geboren hatte?

Stella lächelte. Kein Kind mehr, eine fertige junge Dame. Sie sagte: »Aber das ist doch selbstverständlich, Mutter, daß ich gekommen bin. Du kannst doch jetzt nicht allein sein.«

Der Umgang mit Thies und seiner Krankheit kam Stella nun zustatten. Sie half mit geschickten Händen, stellte alles bereit, erleichterte Lene das Leben wirklich ganz erheblich. Sie massierte mit geduldigen Fingern Lenes Bein, nachdem der Arzt ihr gezeigt hatte, wie es gemacht werden mußte.

»Kind, das kannst du doch nicht tun«, jammerte Lene. »Nein, das ist wirklich zuviel verlangt.«

»Warum denn nicht? Mach' ich es nicht gut?«

»Du machst es wunderbar. Viel besser als die Schwester in der Klinik. Nur . . .« Lene schwieg verwirrt. Ihre Blicke folgten den schlanken, langen Fingern, die sanft und fest zugleich an ihrem Bein auf und ab glitten. »Daß du so etwas tust . . .«, sagte sie schließlich, und es blieb offen, warum sie sich darüber so sehr wunderte.

Aber Stella bewährte sich nicht nur als Krankenpflegerin. Sie führte mit Leichtigkeit und sehr viel Sachkenntnis den kleinen Haushalt ihrer Mutter. Es war alles ein wenig verwahrlost und schmutzig, als sie kam. Vom Termogen-Haus war Stella an Sauberkeit und Ordnung gewöhnt. Die hatte sie in kurzer Zeit hergestellt. Sodann zeigte sich, daß sie von Stines Kochkünsten allerhand gelernt hatte. Allerdings stellte sich bald heraus, daß die üppige norddeutsche Küche Lenes knapper Rente nicht sehr bekömmlich war.

Aber zunächst hatte Stella noch Geld. Onkel Pieter hatte ihr eine nicht zu geringe Summe mitgegeben, und sie verwandte den größten Teil gewissenhaft für den Haushalt, erfüllte sich nur selten mal einen kleinen persönlichen Wunsch, wenn sie nicht länger imstande war, den Verlockungen der Schaufenster zu widerstehen.

Lene betrachtete alles, was Stella tat, mit rückhaltloser Bewunderung. Sie selbst stellte keine Ansprüche. Sie lag oder saß stundenlang auf einem Fleck und rührte sich nicht, sie hatte weder Hunger noch Durst, noch sonstige Wünsche.

Nun erfuhr Stella auch, was mit Fritz geschehen war. Er war im Gefängnis. Oder wie Lotte sich ausdrückte: er sitzt. Lene fiel das Bekenntnis schwer. Sie weinte, als sie es Stella erzählte.

»Er hat eben keinen Vater. Ich war nicht imstande, ihn zu beaufsichtigen, wie es nötig gewesen wäre. Es gab ja schon immer Ärger mit ihm, schon auf der ersten Lehrstelle. Das wirst du nicht mehr wissen.«

»Na so was«, meinte Stella erstaunt. Es war beschämend. Ihr Bruder im Gefängnis. Sie war Lotte dankbar dafür, daß sie davon nichts nach Keitum berichtet hatte. Ein Termogen im Gefängnis, das wäre dem Kapitän bestimmt nahegegangen.

Wie es schien, hatte es in all den Jahren Ärger mit Fritz gegeben. Da waren immer kleine Unehrlichkeiten, undurchschaubare Geschäfte. Immer mehr geriet er in schlechte Gesellschaft, begünstigt durch die Arbeitslosigkeit, die auch ihn betraf, ohne daß er darunter litt. Einmal war er schon auf Bewährung verurteilt worden. Und nun war er bei einer Diebstahlsaffäre beteiligt gewesen. Man konnte ihm den Einbruch nicht nachweisen, wohl aber, daß er Schmiere gestanden hatte. Die Bewährung verfiel, die neue Anklage kam hinzu, und man hatte ihn eingesperrt.

Lene entschuldigte den Sohn mit allen möglichen Ausreden. Die Schuld liege bei einem Mädchen, das er nun schon seit zwei Jahren kenne und das einen denkbar schlechten Einfluß auf ihn ausgeübt habe.

»Ein richtiges Miststück«, kommentierte Lotte. »Sie war erst Bedienung in einem Lokal, da flog sie 'raus, weil sie geklaut hatte. Dann war sie Bardame. Was da vorgefallen ist, möchte ich gar nicht aussprechen.« Lotte schüttelte sich. Sie war ein wenig tuntig und behäbig geworden. »Wenn sie auf die Straße gegangen ist, würde es mich nicht wundern.«

»Lotte!« mahnte die Mutter mit einem Blick auf Stella.

»Sie muß es ja doch erfahren«, sagte Lotte ungerührt. »Oder wie denkst du dir das? Wenn Fritz im Februar entlassen wird, dann tanzt er wieder bei dir an. Und dann geht das Theater von vorn los. Er war ja immer dein Liebling. Kurt sagt auch, es ist eine Schande, wie du ihn verwöhnt hast.«

»Ich habe ihn nicht verwöhnt«, verteidigte sich Lene. Und bitter fügte sie hinzu: »Meine Kinder sind immer ihre eigenen Wege gegangen und haben nicht nach mir gefragt.«

»Hast du vielleicht an mir was auszusetzen?« fuhr Lotte auf. »Kurt hat jetzt Arbeit, er ist anständig und fleißig. Daß es uns lange Zeit so schlecht ging, dafür kann er nichts. Das waren die schlechten Zeiten.«

»Wenn er kein Roter gewesen wäre, hätte er damals auch Arbeit gehabt.«

»Das weißt du gerade. Kein Mensch hat Arbeit gehabt, rot oder nicht rot. Und jetzt ist das ja Gott sei Dank vorbei.« Ja, Lotte hatte ihre kommunistische Periode ziemlich bald überwunden, und unter ihrem Einfluß war auch Kurt in seinem kämpferischen Eifer erlahmt. Frau und Kind waren wichtiger. Das hatte Lotte ihm energisch beigebracht. Heute sprach er nicht mehr von seinen einstigen Idealen. Er stand dem Nationalsozialismus nicht gerade freundlich gegenüber, aber er hielt den Mund.

Lotte hatte das unruhige Leben längst satt gehabt. Es war schwer für sie gewesen in all den Jahren. Als das zweite Kind sich ankündigte, war sie der Verzweiflung nahe gewesen. Aber nun war alles etwas leichter geworden. Sie hatten jetzt eine kleine Wohnung, Kurt hatte Arbeit, die Kinder waren gesund. Lotte war eine fleißige Hausfrau und Mutter geworden, nebenbei übernahm sie noch Näharbeiten.

»Ich habe nur zu wenig Zeit«, erklärte sie Stella eifrig. »Wenn die Kinder größer sind, werde ich wieder eine Stellung annehmen. Oder wir ziehen in eine bessere Gegend, und ich kann mir dann Privatkunden suchen.« Das war durchaus möglich. Lotte war in ihrem Beruf immer tüchtig gewesen.

Stella tat noch ein übriges für ihre Mutter, außer den Haushalt zu besorgen und das kranke Bein zu betreuen. Sie sorgte für Lenes Unterhaltung. Zunächst erzählte sie viel und ausführlich von ihrem Leben auf der Insel, und als dieser Stoff ausgeschöpft war, machte sie Lene mit Büchern bekannt.

Stella hatte ständig mit Büchern gelebt, seit sie nach Sylt gekommen war. Dafür hatte Thies gesorgt. Sie hatte vielerlei gelesen und mit Verstand und Aufmerksamkeit. Es fiel ihr daher sofort auf, daß sich in der Wohnung ihrer Mutter nicht ein einziges Buch befand. Sie beschloß, welche zu kaufen, sobald sie das Geld dafür haben würde.

Zunächst war dieses Geld nicht da. Sie schrieb an Onkel Pieter und bat ihn, ihr einige ihrer Lieblingsbücher zu schicken. Dann suchte sie nach einer guten Leihbibliothek, schrieb sich dort ein und holte regelmäßig jede Woche Lesestoff für sich und Lene. Sie suchte die Bücher für Lene sehr sorgfältig aus, nicht zu schwer, nicht zu anspruchsvoll, doch auch keine wertlose Lektüre.

Lene empfand zunächst Scheu vor den Büchern. Und sie genierte sich vor ihrer klugen Tochter.

»Ich habe nie Zeit zum Lesen gehabt«, sagte sie.

»Natürlich«, erwiderte Stella freundlich. »Aber jetzt hast du ja Zeit. Und es wird dir dann nicht langweilig, solange du nicht ausgehen kannst.«

In der Tat, es wurde Lene nicht langweilig, seit die Bücher in ihre Wohnung gezogen waren. Bald war das Lesen nicht mehr allein eine Unterhaltung, es wurde zur Leidenschaft. Eine Traumwelt erschloß sich ihr, die sie beglückte. Als der Winter kam, und sie immer noch an die Wohnung gefesselt war, entbehrte sie die fehlende Beweglichkeit nicht im geringsten. Stundenlang saß sie über einem Buch. Sie las langsam, sehr genau und sehr sorgfältig, und vergaß kein Wort von dem, was sie gelesen hatte. Ja, sie entwickelte eine ganz neue Eigenschaft: das Bedürfnis, über das Gelesene zu sprechen.

Zuerst dachte sie, sie würde ihre Tochter damit belästigen. Doch Stella war es von Thies und Christian her gewohnt, über Bücher zu reden. Außerdem war sie froh, auf diese Weise ständig Gesprächsstoff mit Lene zu haben. An sich hatten sie sich nicht viel zu sagen. Sie waren sich fremd geworden, eine tiefe Kluft trennte sie. Die Bücher wurden zur Brücke. Stella ermunterte Lene in ihrem zaghaften Mitteilungsbedürfnis, erkundigte sich nach dem Fortgang der jeweiligen Geschichte und hörte sich geduldig an, was Lene dazu zu sagen hatte.

Auf diese Weise entwickelte sich ein merkwürdiges Verhältnis. Stella war die Führende, Lene die Geführte. Die ganze Sorge für ihr bescheidenes Leben lag bei Stella, und sie erledigte alles aufs beste.

Lene aber bewunderte sie. In ihren Augen war diese Tochter das vollendetste Geschöpf, das sie je gesehen hatte. Und hinter dieser Bewunderung entwickelte sich eine scheue, fast demütige Liebe.

Stella spürte diese Zuneigung und erwiderte sie mit Freundlichkeit und duldsamer Güte. Manchmal war sie selbst erstaunt darüber, daß sich ihre anfängliche Abneigung, zu ihrer Mutter zurückzukehren, so schnell in einigermaßen erträgliche Gefühle verwandelt hatte. Es kam dazu, daß Lene nie daran dachte, ihrer erwachsenen Tochter irgendwelche Vorschriften zu machen oder ihr Belehrungen zu erteilen. Sie war überzeugt davon, daß Stella heute schon viel klüger war, als sie jemals in ihrem Leben gewesen war. Ihre durch das Lesen angeregte Phantasie erträumte sich für Stella eine glänzende Zukunft, eine großartige Heirat, ein Leben in Reichtum und Glück.

Natürlich entging Lotte, die, von Neugier getrieben, manchmal zu Besuch kam, diese Entwicklung nicht.

»Du bist für Mutter das reinste Wunderkind«, sagte sie zu Stella. »Da kann man mal sehen. Eine muß weg gewesen sein; wenn sie dann kommt, macht sie alles richtig. Ich habe in Mutters Augen immer alles verkehrt gemacht.«

Stella quittierte diese Reden ihrer Schwester mit höflichem Lächeln. Sie fühlte sich jedoch nicht geneigt, zu ihrer Schwester in nähere Beziehungen zu treten. Sie kam ein einziges Mal in Lottes bescheidene kleine Wohnung auf einen kurzen Besuch, übersah die quengeligen Kinder, die sie nicht interessierten, faszinierte aber ihren Schwager durch ihr Aussehen und ihre Liebenswürdigkeit.

»Die sollte zum Film gehen, so wie sie aussieht«, stellte Kurt fest, nachdem Stella nach diesem ersten und einzigen Besuch gegangen war.

Lotte tippte sich an die Stirn. »Zum Film! Du spinnst wohl. Es wird Zeit, daß sie was verdient. Ewig kann sie nicht mit von Mutters Rente leben.«

»Ich denke, sie geht noch zur Schule?« fragte Kurt.

»Wozu denn das? Sie ist gerade lange genug zur Schule gegangen.«

Um die Schule hatte sich Stella bisher nicht gekümmert. Erstens hatte sie sowieso keine Lust mehr, in die Schule zu gehen, und zweitens hoffte sie, bald nach Keitum zurückkehren zu können. Aber es wurde Dezember, und der Zustand ihrer Mutter hatte sich noch nicht wesentlich gebessert.

2

Nora wohnte noch immer in der Nähe des Lehrter Bahnhofes, in einem alten, großen Haus, mit riesigen Wohnungen, hohe kühle Zimmer, in denen man immer fror.

Ihr erstes Wiedersehen spielte sich sehr stürmisch ab. Nora umarmte Stella, küßte sie auf beide Wangen und weinte dann ein bißchen. »Mein Gott, Stella, wie freue ich mich, dich zu sehen. Endlich ein Mensch von zu Hause.«

Von zu Hause, sagte Nora. Daraus war unschwer zu entnehmen, daß sie Heimweh nach der Insel verspürte.

Sehr glücklich schien Nora nicht zu sein. Sie war noch immer schlank und mädchenhaft, keiner hätte ihr ihre siebenunddreißig

Jahre angesehen. Aber sie war blaß und schmal und hatte einige feine Linien in ihrem Madonnengesicht.

Sie arbeitete für die Konfektion.

»Man muß allerhand fertigbringen«, erzählte sie, »wenn man einigermaßen davon leben will. Ich habe schon versucht, eine feste Stellung zu bekommen, aber das ist schwer für mich. Ich bin fremd hier, und ich habe keine richtige Ausbildung. Erich könnte mich ja in seinem Betrieb anstellen, aber das geht nicht. Wegen seiner Frau.«

Ihre Beziehung zu Erich Köhl bestand nach wie vor. Sie liebte ihn unverändert. Von Scheidung und Ehe war jedoch nicht mehr die Rede. Und daß oft Tage vergingen, ohne daß sie Erich sah oder von ihm hörte, erzählte sie Stella anfangs nicht. Der verliebte Traum, damals im Sommer am Meer, war einer nüchternen und enttäuschenden Wirklichkeit gewichen.

Aber zurück konnte Nora nicht mehr. Sie wollte es auch nicht. Gedemütigt und allein zurückkehren, nachdem sie so beschwingt und voller Hoffnung gegangen war, das war unmöglich.

»Erzähl mir von Anke«, bat sie.

Stella hob die Schultern. Noras unglückliche, sehnsüchtige Augen waren schwer zu ertragen.

»Da ist nicht viel zu erzählen«, sagte sie. »Anke ist, wie sie immer war. Die Beste in der Klasse, und jetzt BDM-Führerin und ganz begeistert davon. Ich verstehe mich nicht mit ihr, das weißt du ja, und daran hat sich nichts geändert. Tut mir leid.« Und widerwillig, bloß um Nora eine Freude zu machen, fügte sie hinzu: »Sie ist sehr hübsch. Jedenfalls sagen das alle.«

Nora lächelte. »Ja. Sie war schon ein hübsches Kind. Sie ist Dirk sehr ähnlich. So blond und so — so frisch. Von mir hat sie gar nichts.«

»Du hörst nie von ihr?« fragte Stella.

»Nein. Sie antwortet auf meine Briefe nicht.«

Es führte kein Weg zurück für Nora.

Im Laufe des Winters traf Stella öfter mit ihr zusammen. Sie besuchte Nora, traf sie auch einmal in der Stadt, lud sie aber nie ein, zu ihr zu kommen. Sie schämte sich der armseligen Wohnung.

»Meiner Mutter geht es nicht besonders, weißt du.«

Einige Male traf sie auch Erich Köhl. Als er Stella das erstemal sah, kniff er ein Auge zusammen. »Mein Kompliment, du bist noch hübscher geworden. So was können wir hier in Berlin gut gebrauchen. Hübsche Mädchen haben eine Menge Chancen, darüber bist du dir doch klar.«

Es störte Stella, daß er sie einfach duzte. Außerdem begriff sie nicht mehr, wieso er ihr früher gefallen hatte. Er bekam jetzt einen Bauch und hatte eine laute, selbstzufriedene Sicherheit an sich, die störend war.

Wenn er da war, schien Nora jedesmal ganz verändert. Sie hatte rote Flecken auf den Wangen, war ständig um ihn bemüht, zeigte geradezu eine Art Unterwürfigkeit, die Stella reizte und die gar nicht zu Nora paßte.

Stella hatte keine Erfahrung in diesen Dingen. Sonst hätte sie erkennen müssen, daß Nora auf verlorenem Posten kämpfte. Der Mann hatte sich bereits von ihr entfernt. Seine Liebe war erloschen. Für ihn war Nora nur noch eine bequeme Freundin, die keine Ansprüche stellte, die er gelegentlich besuchte und deren Liebe und Hingabe er mit Gelassenheit entgegennahm, ohne sich den Kopf darüber zu zerbrechen, was aus ihr werden sollte.

Stella beschäftigte gerade diese Frage besonders. Und eines Abends, als Erich nach einem kurzen Besuch gegangen war, sagte sie: »Was soll denn nun werden mit euch beiden?«

Nora lächelte müde. Sie saß still und zusammengesunken auf dem alten Sofa, enttäuscht von dem gar so kurzen Besuch.

»Was werden soll?« Sie hob in einer müden Gebärde die Hände. »Du siehst es ja. Er kommt manchmal, besucht mich. Wir — wir lieben uns auch noch, aber ...« Sie verstummte, goß sich dann aus der Schnapsflasche ein, die immer bei ihr griffbereit stand, und zündete sich mit nervösen Fingern eine Zigarette an.

»Damals, im Sommer, war alles wundervoll. Er war ganz anders. Und auch noch die erste Zeit, als ich hier war. Da sahen wir uns täglich, gingen zusammen aus, fuhren an die Havel zum Abendessen, manchmal gingen wir auch ins Theater. Er war so lieb und so zärtlich und — und ich war glücklich. Obwohl es damals schwierig war, allein zu sein. Ich hatte ein Zimmer bei so einer alten Hexe, die keine Herrenbesuche duldete. Manchmal verreisten wir. Ich begleitete ihn auf Geschäftsreisen, oder wir waren über das Wochenende unterwegs.«

Nora trank das Glas mit einem Schluck leer und goß sich wieder ein. »Willst du auch noch einen?« fragte sie.

Stella nickte.

»Ja, und dann ... Ich weiß eigentlich auch nicht, wann es anders geworden ist. Es kam so nach und nach. Als ich dann das Zimmer hier hatte, dachte ich, nun würde alles wieder werden wie früher. Die Alte hat noch drei Zimmer vermietet und kümmert sich überhaupt nicht darum, ob wir Besuch haben oder nicht. Die erste Zeit kam Erich ja auch oft. Einmal fragte ich ihn, wie es denn nun sei mit der Scheidung. Da wurde er ziemlich ungeduldig. Ich solle ihn nicht drängen, das ginge nicht so von heute auf morgen. Und dann hätten wir die neue Regierung, man müsse erst abwarten, wie sich alles entwickelt. Er hatte damals einen Juden als Teilhaber, aber der ist inzwischen ausgewandert. Jetzt hat er einen anderen Teilhaber, der ist Nazi. Mit dem versteht er sich nicht sehr gut. Ich kenne ihn natürlich nicht, aber er muß gute Beziehungen haben, und Erich hat ein bißchen Angst vor ihm. Erich meint, man dürfe sich keine Blöße geben, der macht sehr auf Tugend und Ehrbarkeit und würde es wahrscheinlich komisch finden, wenn er erführe, daß Erich eine Freundin hat. Seitdem gehen wir nie mehr aus. Na ja, wie Männer eben so sind. Es sind alles keine Helden. Das wirst du schon noch merken, Stella.«

Stella nickte. »Ich weiß es schon. Sie ändern ihre Meinung schnell. Das habe ich auf der Insel gesehen. Wie sie plötzlich alle umgeschwenkt haben. Onkel Pieter ja nicht. Und manch andere auch nicht. Aber doch die meisten. Selbst mein Schwager, der früher Kommunist war, sagt nichts mehr dagegen.«

»Vielleicht haben sie recht«, sagte Nora. »Ich verstehe nichts von Politik. Und es war ja wohl viel Unordnung in den letzten Jahren. Aber Erich sagt, er wäre mit dem Juden viel besser ausgekommen als mit seinem neuen Teilhaber. Aber das sagt er nur mir, sonst darf es keiner wissen. Nach außen ist er viel mit diesem Mann zusammen. Sie gehen zusammen aus, und dann ist immer Erichs Frau dabei. Von Scheidung hat er nicht mehr gesprochen. Ich habe ihn auch nicht mehr gefragt. Ich weiß, daß er nicht gefragt sein will. Damals, als ich ihn kennenlernte, hat er mir erzählt, er wäre mit seiner Frau schon lange fertig. Sie hätten nichts mehr miteinander, und sie verständen sich nicht. Deswegen war er auch allein verreist.« Nora stockte in ihrem monotonen, trübseligen Bericht. Sie nahm sich noch einen Schnaps und fügte dann hinzu: »Aber letzten Sommer war er mit seiner Frau zusammen in Urlaub.«

Stella blickte unsicher zu Nora hinüber. Weinte sie? Ihre Stimme klang so. Zweifellos war sie ein bißchen betrunken.

Es war schwer, dazu etwas zu sagen. Stella war zu jung, ihre Vorstellungen von Liebe waren noch naiv.

»Und du?« fragte sie schließlich. »Was hast du dazu gesagt?«

Nora hob den Kopf, in ihren dunklen Augen war auf einmal Zorn. »Ich habe ihm eine Szene gemacht. Das erstemal. Wenn du mit ihr verreist, habe ich gesagt, dann ist es Schluß mit uns.«

»Das war richtig«, stimmte Stella zu. »Man darf sich nichts gefallen lassen.«

Nora lachte kurz auf. »Sicher. Das war richtig. Weißt du, was er mir geantwortet hat? Ganz wie du willst, hat er gesagt. Dann ist eben Schluß. Ich lasse mir von dir keine Vorschriften machen, wie ich leben soll. Und dann ist er gegangen.«

»Das war gemein«, rief Stella empört. »Und da siehst du ihn überhaupt noch an?«

Nora hatte plötzlich ein kleines Lächeln auf den Lippen. »Ach

Stella, was weißt denn du ... Du weißt noch nicht, wie es ist, wenn man — wenn man einen Mann ...« Sie stockte, blickte an Stella vorbei in eine dunkle Ecke des Zimmers. »Wenn man verrückt ist nach einem Mann. Ich kann nicht sein ohne Liebe. Ich brauche ihn einfach. Ich kann es dir nicht erklären, du verstehst es noch nicht. Vielleicht wirst du es später mal begreifen. Was ich durchgemacht habe in den Wochen, wo er verreist war, das kann ich dir nicht beschreiben. Da war mir alles egal. Ich wollte bloß, daß er wiederkommt. Sonst nichts. Daß er bei mir ist. Daß er wenigstens manchmal bei mir ist.«

Noras Stimme brach mit einem Schluchzen ab. Sie legte den Kopf auf die Tischplatte und begann zu weinen.

Stella blickte sie bestürzt an. Nein, sie verstand es nicht. Was wußte sie von Liebe? In ihren Träumen waren die Männer Kavaliere, Eroberer und Helden, die den Frauen zu Füßen lagen, sie verwöhnten und um ihre Liebe flehten. Daß es so anders sein konnte, daß ein Mann ging und kam, wie er wollte, lässig ein wenig Liebe an eine Frau verstreute und sie dann wieder allein ließ, das wußte sie nicht.

Sie stand auf, setzte sich neben Nora aufs Sofa und legte ihren Arm um Noras Schulter.

»Weine doch nicht«, sagte sie und schüttelte Nora zornig, »er verdient es nicht. Mach Schluß mit ihm. Es gibt noch andere Männer.«

»Für mich nicht«, schluchzte Nora. »Ich liebe ihn. Ich kann ohne ihn nicht leben.«

Stella blickte mit leiser Verachtung auf die Weinende hinab. Konnte man jemanden lieben, der einen so behandelte? Ich könnte es nicht, dachte sie. Nie. Lieber würde ich in tausend Stücke brechen, als mich so zu demütigen.

Aber Nora war eben anders. Sie war immer weich gewesen, nachgiebig, wehrlos einem Stärkeren ausgeliefert.

Dazu kam, daß Nora auch wirtschaftlich auf Erich angewiesen war. Das teilte sie Stella mit, nachdem sie sich ein wenig beruhigt hatte.

»Ich nehme kein Geld von ihm. Aber er besorgt mir Arbeit. Ich kenne doch niemanden von der Konfektion. Der Zwischenmeister, der mir die Aufträge gibt, arbeitet für Erich.«

»Lieber Himmel«, meinte Stella ungeduldig, »du wirst auch anderswo Arbeit finden. Oder du fängst eine eigene Schneiderei an. Meine Schwester macht das sogar nebenbei. Und sie sagt, wenn man in einer guten Gegend wohnt, kriegt man ganz gut bezahlt dafür.«

»Die Kunden muß man erst mal haben«, sagte Nora verzagt. »Und ich weiß auch nicht, ob ich genug kann. Bei uns zu Hause war das anders, da sind die Leute nicht so anspruchsvoll. Aber hier in Berlin, da gibt es genügend Schneiderinnen. Ich weiß auch gar nicht, ob man das darf. Da gibt es Bestimmungen. Ich habe doch keine Meisterprüfung.«

»Dann erkundige dich eben mal. Das wird sich doch feststellen lassen.«

»Ja, vielleicht.« Nora blickte auf. Abgrundtiefe Traurigkeit in den dunklen Augen. »Man sollte vielleicht ...« Sie verstummte. Es war ihr gleichgültig. Ihre Gedanken kreisten nur um den Mann, den sie liebte. Er füllte ihr Leben aus. Die Enttäuschung, die unglückliche Liebe, nahm ihr jede Energie, jeden eigenen Willen.

Stella war zu jung, um ihr zu helfen. Sie konnte sie nur gelegentlich besuchen, sich den Kummer anhören, sie trösten. Einen Ausweg wußte sie nicht.

Nora hatte keine Hoffnung mehr, keine Wünsche an das Leben. Nur eine Angst: Daß Erich sie eines Tages ganz verlassen würde.

3

Mit ihrer eigenen Sommerliebe erlebte Stella auch eine Enttäuschung. Sie hatte eine Weile gewartet, ehe sie Jochen schrieb. Vor allem wollte sie nicht, daß er in die Wohnung ihrer Mutter käme. Eines Tages aber teilte sie ihm kurz mit, sie sei für einige Zeit in Berlin und würde sich freuen, ihn im Café Kranzler am Kurfürstendamm zu treffen.

Den Kurfürstendamm hatte sie neu entdeckt. Und wann immer sie einmal Zeit hatte, fuhr sie in den Westen und flanierte mit Vergnügen auf der unterhaltenden Straße auf und ab. In eines der Lokale hatte sie sich noch nie gewagt. Aber nun, zu ihrem ersten Rendezvous, traute sie sich.

Doch Jochen kam nicht. Statt dessen erschien Michael, der Musikstudent, begrüßte sie freundlich und teilte ihr mit, daß Jochen Vorlesung habe und nicht kommen könne. Aber er sei beauftragt, für einen der nächsten Abende einen Treffpunkt zu vereinbaren.

»Vielleicht paßt es dir am Sonnabend«, meinte Michael, und in seiner Stimme war deutlich Unsicherheit zu spüren. Der Grund hierfür zeigte sich bald. Offenbar war er beauftragt, die Verhältnisse zu klären und Stella mit den Gegebenheiten bekannt zu machen. »Wir machen einen kleinen Budenzauber. Paar Stullen und 'ne Flasche Wein. Jochens Braut hat nämlich Geburtstag.«

»Oh!« sagte Stella höflich, und keinerlei Erschrecken war ihr anzumerken. »Seine Braut? Ich wußte gar nicht, daß er verlobt ist.«

»Nein?« sagte Michael übereifrig. »Hat er dir das nicht erzählt?«

Stella lächelte spöttisch. »Das hat er anscheinend vergessen. Hat er dich deswegen geschickt, damit du mir das sagst?«

»Er hat wirklich Vorlesung.«

»Na schön.« Stella lächelte immer noch. Sie blickte einem Mann mit grauen Schläfen nach, der durch den Raum ging, zu einem Tisch in einer Ecke, wo eine reizvolle dunkelhaarige Frau saß. Eine hübsche Frau in einem grauen Kostüm, die lächelnd zu dem Mann aufblickte, ihm die Hand entgegenstreckte. Der Mann beugte sich über diese Hand und küßte sie.

Woran erinnerte sie diese Szene? Irgendwann hatte sie ähnliches gesehen. Ein Mann mit grauen Haaren, eine dunkle Frau. Ja, richtig, damals, ehe sie nach Keitum übersiedelte. Als sie mit Onkel Pieter Unter den Linden Kaffee getrunken hatte.

Es geschahen wohl immer die gleichen Dinge. Eines Tages würde auch sie irgendwo sitzen, ein Mann würde kommen und sie lächelnd ansehen. Ein Mann, der sie liebte. Sie zweifelte nicht daran, daß es geschehen würde.

Jochen. Ach ja, er hatte also eine Braut.

»Hat er die im Sommer auch schon gehabt?« fragte sie freundlich.

»Äh . . .«, begann Michael. Man konnte ihm deutlich ansehen, wie unerfreulich ihm die ganze Angelegenheit war. »Dagmar, meinst du?«

»Ich weiß nicht, wie sie heißt«, sagte Stella. »Dagmar also. Bitte sehr. Ich dachte, du wolltest mir davon erzählen. Wenn du nicht willst, kannst du es bleiben lassen.«

»Natürlich, selbstverständlich«, sagte Michael eilig. »Ich kann es dir schon erzählen. Wenn du es hören willst, meine ich. Ich weiß auch nicht recht, was ich dazu sagen soll. Jochen ist ein Esel. Er hätte es dir im Sommer sagen sollen. Aber in den Ferien, weißt du, da ist alles ein bißchen anders. Und jetzt tut es dir vielleicht weh.«

»Weh? Mir?« Stella zog erstaunt die Brauen hoch. Ganz Überlegenheit, ganz große Dame. »Aber ich bitte dich. Warum soll es mir denn weh tun? Wir haben im Sommer ein bißchen geflirtet. Was bedeutet das schon?«

»Ja.« Michael geriet in Eifer. »Natürlich. Jochen hat mir damals auch versprochen, daß er vernünftig sein würde. Ich meine, daß er nichts Unbedachtes mit dir anfängt. Du bist ja noch so jung.«

»Sicher«, sagte Stella. »Ich bin sechzehn. Und du hast Jochen also vor Unbedachtheiten gewarnt. Das ist nett von dir. Aber ich glaube, ich konnte sehr gut auf mich selber aufpassen.«

»Natürlich«, stammelte Michael, »das meinte ich auch nicht. Eben bloß auf alle Fälle habe ich es gesagt. Jochen ist manchmal . . .« Er stockte, suchte nach dem richtigen Wort. »Ein bißchen rücksichtslos, weißt du.«

»Aha!« sagte Stella kühl. Sie war nicht traurig, nicht einmal betrübt. Der Sommer lag schon so weit zurück. Die Spaziergänge mit

Jochen über die Heide, seinen Arm um ihre Schultern, seine Küsse ... »Du bist eine Schöne, Sarnade.« – Nun ja. Der Sommer war eben vorbei.

»Nein«, sagte sie und blickte Michael lächelnd an. »Jochen war nicht rücksichtslos. Keine Angst. Er war genauso vernünftig, wie du es ihm empfohlen hattest.«

»Und außerdem«, sagte Michael erleichtert, daß sie es so gleichmütig hinnahm, »bist du ja die Meerkönigin Sarnade. Grund genug, daß man dich respektiert.«

Nach einer Weile kam Stella aber doch auf die Frage zurück, die sie interessierte. »Und diese – diese Dagmar, die hat er damals schon gehabt?«

Michael verzog ein wenig schmerzlich das Gesicht über ihre Ausdrucksweise. »Was heißt gehabt? Sie kannten sich eben. Sie kennen sich schon lange. Dagmar ist Schwedin. Sie studiert ebenfalls Medizin.«

»Ist sie hübsch?« fragte Stella mit kindlicher Neugier.

Michael zögerte mit der Antwort. Aber dann siegte seine Ehrlichkeit. »Doch, das kann man schon sagen. Ganz verteufelt hübsch sogar. Ich meine«, er blickte Stella unsicher an, »wie Schwedinnen eben sind. Groß und langbeinig und sehr blond und sehr vergnügt und – und ein bißchen frei.«

»Aha!« sagte Stella. »Ich verstehe.«

Schließlich meinte sie, daß sie doch lieber nicht zu der Geburtstagsfeier kommen wolle. Vielleicht hätte Dagmar etwas dagegen. Sicher hatte ihr Jochen doch nichts von seinem Sommerflirt erzählt.

»Doch«, sagte Michael eifrig, »soviel ich weiß, hat er es erzählt.«

Das war das erste, was Stella wirklich ärgerte. Da war er also nach Hause gekommen, ihre erste Liebe, und hatte seiner sogenannten Braut Bericht erstattet. »Nettes kleines Mädchen habe ich kennengelernt. Halbes Kind noch. Sie war mächtig verknallt in mich. Wenn ich gewollt hätte ...«

Und Dagmar, die blonde, langbeinige, hatte sich wahrscheinlich sehr darüber amüsiert. Und mit ihrer Schönheit, ihrem weiblichen Reiz hatte sie die Erinnerungen an die Meereskönigin Sarnade rasch verdrängt.

Sechzehn Jahre waren eben zuwenig. Keiner mochte einen, wenn man so jung war. So war es mit Jan gewesen. Und vorher mit Krischan. Und jetzt dieser Jochen auch.

»Willst du wirklich nicht kommen?« fragte Michael. »Jochen wird schimpfen. Er hat extra gesagt, ich soll nicht nachgeben, ehe du zusagst.«

Nur damit er aufhörte, sie zu drängen, sagte sie schließlich ja, sie würde kommen.

»Ich gebe dir auf alle Fälle noch meine Telefonnummer«, sagte Michael, und kritzelte etwas auf einen Zettel.

»Gut«, sagte Stella und steckte den Zettel in ihre Jackentasche. Ich komme bestimmt nicht, dachte sie. Dagmars spöttische Augen. Und anrufen werde ich auch nicht. Nie. Ich will euch alle nicht wiedersehen.

Michael brachte sie zum Bahnhof Uhlandstraße. Sie ging eilig die Treppe hinunter, tauchte unter im Strom der Menschen. Wenn die U-Bahn abgefahren war, verschwand sie aus dem Leben der Freunde. Keiner wußte, wo sie war. Keiner würde sie finden.

Jochen hatte eine Braut. Lächerlich. Ich mag dich, hatte er gesagt.

Erledigt. Sie würde nicht mehr daran denken. Besonders viel hatte sie sich sowieso nicht aus ihm gemacht. Kein Vergleich mit ihrer Liebe zu Jan.

Ob sie heute abend über sie lachen würden? Wenn Michael erzählte. Dagmar, die Schwedin, würde sich großartig amüsieren. »Schlimmer Jochen. Verdrehst armen kleinen Mädchen den Kopf. Nun ist armes kleines Mädchen traurig.«

Zum Teufel, sie war nicht traurig. Stella, gedrängt in der abendlich gefüllten U-Bahn stehend, preßte zornig die Lippen zusammen. Ich mache mir nicht das geringste aus ihm. Und wenn ich ihn wollte, richtig wollte, könnte ich ihn auch haben. So eine blonde, langweilige Studentin kann ihn mir schon lange nicht wegnehmen.

Unversehens nahm die unbekannte Dagmar vor ihrem inneren Auge die Züge von Anke an. So eine würde die wohl sein. Deswegen hatte Jochen damals so interessiert zu Anke hingesehen. Gefielen ihm eben, diese faden, braven Blonden.

Ganz stimmte es wohl aber nicht. Ziemlich frei sei diese Dagmar, hatte Michael gesagt. Das paßte nicht in das Bild von Anke.

Na egal. Erledigt. Nicht mehr daran denken. War Jochen vielleicht ein Mann gewesen? Ein dummer Junge. Nicht der Mühe wert, einen Gedanken daran zu verschwenden.

Stellas Gefühle machten einen großen Sprung und landeten ein ganzes Jahr zurück. Bei Jan.

4

Immerhin war es dieses Erlebnis oder, besser gesagt, der Gedanke an Dagmar, was Stella nun doch veranlaßte, ihr letztes Schuljahr zu vollenden. Im stillen hatte sie nämlich vorgehabt, Schule Schule sein zu lassen. Sie hatte genug davon. Hier fragte keiner danach, und Onkel Pieter war weit.

Dabei war von Onkel Pieter erst unlängst ein Brief gekommen. Wie sie es denn nun mit der Schule halten wolle? Wenn sie nicht bald zurückkäme, wäre es wohl doch gut, in Berlin zur Schule zu gehen. Es wären doch nur noch ein paar Monate, dann hätte sie wenigstens einen Abschluß. Und er habe mit ihrem Klassenlehrer gesprochen, der sei auch dieser Meinung. Ein Übergangszeugnis würde man ihr schicken.

Stella hatte den Brief beiseite gelegt und beschlossen, diese Angelegenheit bis auf weiteres zu vergessen.

Aber nun diese Dagmar. Die studierte. Schön, studieren konnte sie nicht. Erstens hatte sie kein Geld, und dann müßte man auch noch drei Jahre in die Schule gehen. Und zweitens hätte sie beim besten Willen nicht gewußt, was sie studieren sollte. Sie wollte weder Ärztin werden wie Dagmar noch Lehrerin wie Anke.

Aber ganz so dumm, wie die vielleicht dachten, war sie auch nicht. Und die mittlere Reife zu haben, war vielleicht doch nicht ganz unwichtig.

So kam es, daß zwei Tage später dem Direktor eines Lyzeums ein Fräulein Termogen gemeldet wurde. Eine bemerkenswert sichere junge Dame erschien und teilte ihm mit, daß sie wünsche, in seine Schule zu gehen.

Stella berichtete kurz und sachlich; der Direktor, ein älterer, gemütlicher Herr, hörte ihr aufmerksam zu. Das Mädchen gefiel ihm. Es kam selten vor, eigentlich nie, daß eine Schülerin sich gewissermaßen selbst zur Schule brachte.

»Ihre Frau Mutter kann also nicht einmal zu mir kommen?« fragte er der Form halber.

»Nein«, erwiderte Stella. »Sie kann noch nicht wieder laufen. Und«, fügte sie gelassen hinzu, »sie versteht sowieso nichts davon.«

»Aha!« meinte der Direktor leicht belustigt. »Nun gut, dann machen wir beide die Geschichte unter uns ab. Sie sind sich darüber klar, daß eine Umschulung zu einem so späten Zeitpunkt gewisse Schwierigkeiten mit sich bringt. Einige Unterschiede im Lehrplan sind immer vorhanden. Sie müßten sich viel Mühe geben, um sich hier einzuarbeiten und die Abschlußprüfungen zu bestehen. Zufällig bin ich selbst der Klassenlehrer einer Oberklasse und würde Sie dann in meine Klasse nehmen.«

Stella lächelte ihn an. »Das wäre fein«, sagte sie.

Er schmunzelte. »Schön, dann sind wir uns einig.« Er betrachtete das letzte Zeugnis, das sie mitgebracht hatte und das nicht allzu glänzend war. Aber immerhin, es ging.

»Ich würde vorschlagen«, sagte er, »daß Sie die Sache nicht weiter hinausschieben und gleich bei uns anfangen. Das angekündigte Übergangszeugnis aus Westerland kann ja nachgereicht werden.«

»Ich kann morgen kommen«, meinte Stella, nun fest entschlossen, sich von ihrer besten Seite zu zeigen.

Natürlich war es nicht ganz einfach. Verschiedenheiten im Lehrplan bestanden, genau wie es der Direktor vorausgesagt hatte. Sie mußte manche Lücke überbrücken, tat es aber mit Geschick. Nun, da sie sich entschlossen hatte, zur Schule zu gehen, war sie ebenso entschlossen, sich nicht zu blamieren.

Im Januar sagte ihr der Direktor, dessen Wohlwollen ihr erhalten geblieben war: »Stella, Ihre Leistungen sind befriedigend. Wenn Sie so weitermachen, werden Sie den Abschluß schaffen. Ihre Lehrer sind durchweg zufrieden mit Ihnen. Vielleicht Mathematik, da hinkt es arg, wenn Sie da ein bißchen aufholen könnten. Und wenn Sie mal irgendwelche Schwierigkeiten oder Fragen haben, Sie können immer zu mir kommen.«

»Danke«, sagte Stella und strahlte ihn an.

Sie war ein selbständiges und sehr erwachsenes Mädchen geworden in diesen wenigen Monaten, die sie nun in Berlin weilte. Zum erstenmal hatte sie eine Ahnung davon bekommen, daß ihr Schicksal in ihrer eigenen Hand lag. Sie hatte darüber zu bestimmen, was aus ihrem Leben wurde. Das konnte ihr keiner abnehmen. Es war ein wenig beängstigend, erfüllte sie aber auch mit Stolz und einem neuen Gefühl der Kraft.

Ihrer Mutter imponierte sie gewaltig, seit sie zur Schule ging. Wenn Stella über ihren Schularbeiten saß, wagte Lene kaum zu atmen. Und immer wieder versuchte sie, alle ihr geleisteten Dienste zurückzuweisen. Aber Stella war sehr tüchtig. Sie versorgte den Haushalt, kümmerte sich um Lene und erledigte gewissenhaft wie nie ihre Arbeit.

Doch dann geriet dieses ausgeglichene Leben in Unordnung, kam es zu einer unerfreulichen, nahezu unerträglichen Situation: Fritz wurde aus dem Gefängnis entlassen und kam nach Hause.

Die Mutter war eine Fremde gewesen, doch mit ihr war es Stella leichtgefallen, eine freundschaftliche, wenn auch im Grunde unverbindliche Beziehung herzustellen. Kurz ausgedrückt: Lene störte nicht.

Lotte, die Schwester, lebte mit ihrer Familie nur an der Peripherie von Stellas Dasein. Sie war eine Außenstehende ohne jede Bedeutung.

Aber nun Fritz. Er kam zurück. Mutters verwöhnter Liebling, dem man übel mitgespielt hatte. In seiner Kindheit hatte Lene ihn keineswegs mehr geliebt als Lotte. Aber er war das einzige Kind, das ihr geblieben war. Und in all den vergangenen Jahren hatte sie daher eigentlich nur für ihn gelebt und gearbeitet.

Fritz war diese übertriebene Fürsorge schlecht bekommen. Er war ein träger, mürrischer Bursche, unreif und unfertig, in der Entwicklung weit hinter seinen Jahren zurückgeblieben, geistig eine

Null, mit unerfreulichen Anlagen, die weniger echter Verdorbenheit oder Schlechtigkeit des Charakters entsprangen, sondern einer Schwäche, der Unfähigkeit, sich zu einem erwachsenen Menschen zu entwickeln. Ein miserabler Schüler, der nicht einmal imstande gewesen war, das Volksschulwissen auch nur zum Teil aufzunehmen und zu verarbeiten. Ein Nichts in seinem Beruf, nur einige primitive Gelüste entwickelnd: den Wunsch nach Geld und nach sexueller Befriedigung.

Er hatte nichts von der Termogen-Seite geerbt. Weder äußerlich noch innerlich. Er war kein Vagabund und Träumer, wie ihn die Familie manchmal hervorgebracht hatte, er war ein Kind der engen Hinterhöfe, an dem es augenscheinlich nichts zu verbessern gab.

Sein Verhältnis zu Stella beruhte auf einer Art feindseliger Unsicherheit, seine Scheu vor ihr verbarg er hinter Unverschämtheit. »Na, du bist ja 'ne dufte Nummer geworden«, sagte er zur Begrüßung. »Ganz flotte Biene. Und nu wieder bei Muttern untergekrochen. Ham se dich 'rausgeschmissen bei die feinen Pinkels da oben?«

Stella war ganz Dame, ganz Zurückhaltung. Von Anfang an empfand sie nichts als heftige Abneigung gegen ihn. Ihr Bruder? Ein widerwärtiger Fremdling, vor dessen Nähe ihr graute.

Er bezog das kleine Zimmer, in dem sie bisher geschlafen hatte. Sie mußte nun mit der Mutter zusammen in einem Raum schlafen. Sie hatte seit vielen Jahren ein eigenes Zimmer gehabt. Und sie litt sehr unter der Beengung. Stundenlang lag sie wach, wilde Pläne im Kopf. Sie würde abreisen, sofort. Zurückkehren zu Onkel Pieter, in die saubere, glückliche Welt ihrer Kindheit.

Aber da war die Schule. Es lag noch ein Monat bis zum Abschluß vor ihr. Es war unmöglich, jetzt noch einmal umzuschulen. Sie mußte die kurze Zeit durchhalten.

Zunächst empfand sie Mitleid mit der Mutter. Aber als sie eine Zeitlang die weinerlichen Tiraden, die Bitten und Beschwörungen, die Fritz galten, mit angehört hatte, erlosch die flache Neigung, die sie Lene in letzter Zeit entgegengebracht hatte, schnell. Es war nicht daran zu zweifeln, daß Lenes Bein wohl nie wieder voll gebrauchsfähig werden würde. Immerhin war sie nun fähig, in der Wohnung umherzugehen. Das Haus verließ sie kaum. Nun beschäftigte sie sich damit, den mißratenen Sohn zu umsorgen. Sie kochte für ihn, brachte ihm morgens bereits das Frühstück ans Bett, hörte sich seine anklagenden Reden über das schreckliche Schicksal, das ihm widerfahren war, geduldig an, sprach ihm Mut zu, weinte, regte wohl auch einmal vorsichtig an, er möge sich um Arbeit bemühen.

»Später«, sagte Fritz kläglich. »Ick muß mir erst erholen. Wat ick durchjemacht habe, det jeht auf keene Kuhhaut.«

Und dann kam die Frau ins Haus, jene zweifelhafte Person, von der Stella schon durch ihre Schwester erfahren hatte. Sie hieß Milly, war einige Jahre älter als Fritz, mit einem breiten, runden Gesicht, knallrot gemalten Lippen und, was Stella am meisten empörte: sie hatte rotes Haar. Natürlich nicht echt wie ihr eigenes, sondern brandrot gefärbtes Haar, das ihr buschig um den Kopf stand. Dazu besaß sie einen herausfordernden Körper, mit vollen Brüsten, die sie in der Kleidung betonte, und breiten Hüften. Sie war nicht direkt häßlich, aber sie war ein Stück Frau, das an eine Straßenecke gehörte und auch wohl dort schon zu finden gewesen war. Zur Zeit arbeitete sie als Garderobenfrau in einem Nachtlokal.

Stella hörte die beiden spät in der Nacht nach Hause kommen, hörte sie reden, lachen und das widerliche Gekicher und Gestöhn aus dem Nebenzimmer, das die dünnen Wände kaum verbargen.

Sie lag wach. Die Augen weit aufgerissen, entsetzt in die Dunkelheit starrend, ahnend, aber doch nicht ganz begreifend, was da vor sich ging. Dann hörte sie die Mutter in dem anderen Bett weinen. Ein leises, verzweifeltes Weinen, hoffnungslos und resigniert.

Stella rührte sich nicht, stellte sich schlafend, gab vor, nichts zu hören und zu merken.

Aber sie konnte nicht schlafen. Die schrecklichen Geräusche aus dem Nebenzimmer verstummten, sie lag still, reglos, betäubt von Grauen und Angst.

Als sie am Morgen aufstand, war es noch still nebenan. Lene blickte sie unsicher an, fragend. Schließlich, als Stella ihr eiliges Frühstück verzehrte, wagte sie eine vorsichtige Erkundung: »Fritz ist spät heimgekommen heute nacht. Hoffentlich hat er dich nicht gestört.«

Stella blickte nicht von dem Schulbuch auf, das sie neben ihrer Kaffeetasse liegen hatte. »Ich habe nichts gehört«, log sie.

In der Schule war Stella unaufmerksam und zerstreut. Dem Direktor fiel auf, wie blaß sie war, übernächtig, mit Ringen unter den Augen. »Fehlt Ihnen etwas, Stella?« fragte er.

»Nein, nur ein bißchen erkältet«, sagte sie.

Nie durfte jemand erfahren, was sich bei ihr zu Hause abspielte. Als sie nach Hause kam, hatte ihre Mutter rotgeweinte Augen und lag reglos auf ihrem Bett. Sie war so schwach, daß Stella auf ihre besorgten Fragen keine Antwort bekam.

Sonst war die Wohnung leer. Fritz war fort, auch die Frau, die er in der Nacht bei sich gehabt hatte.

In ihrer Angst, allein zu bleiben mit der halb bewußtlosen Frau, holte Stella den Arzt, der in der Nähe wohnte und der auch nach dem Klinikaufenthalt das kranke Bein behandelt hatte.

»Wieder einmal ein Herzanfall«, konstatierte er, als er Lene liegen sah. »Kenne ich schon.«

Er gab Lene eine Spritze, ging dann mit Stella in die Küche und schrieb ein Rezept aus. Dann blickte er sie forschend an. »Es — ist nicht das erstemal, Fräulein Termogen. Solche Herzanfälle gab es von Zeit zu Zeit, besonders, wenn sie sich aufgeregt hatte. In letzter Zeit war es besser geworden. Sie hatte Ruhe, und Sie haben sich ja auch rührend um ihre Mutter bemüht. Das hat ihr wohl gutgetan.«

Stella errötete. »Das war doch selbstverständlich«, sagte sie.

»Selbstverständlich?« wiederholte der Arzt. »Nun ja, wie man's nimmt. Man erlebt viel in einer Gegend wie hier. Und nicht immer betrachteten es die Kinder als selbstverständlich, sich um alte und kranke Eltern zu kümmern.«

Der Arzt war schon alt. Ein müdes, zerfurchtes Gesicht, spärliches, graues Haar. Kassenarzt in einer Armeleutegegend, mit dem Elend vertraut und selber dabei elend geworden.

»Es ging los, als Sie geboren wurden. Diese Herzgeschichten, meine ich. Wissen Sie eigentlich, daß ich bei Ihrer Geburt anwesend war?«

Stella schüttelte den Kopf.

»Ja. Sie war damals schon verbraucht, über ihre Jahre hinaus. Eigentlich hätte sie kein Kind mehr haben dürfen. Ich glaubte damals nicht, daß sie die Geburt überleben würde.«

Stella zog unbehaglich die Schultern hoch. Sie konnte nichts dafür. Es war seltsam genug, daß eine Frau wie Lene sie geboren hatte, hier, in diesem Haus, in dieser Wohnung.

Der Arzt schien ähnlich zu empfinden. Er schwieg eine Weile, den Füllhalter in der Hand, und betrachtete sie nachdenklich. Als er wieder sprach, duzte er sie.

»Ich dachte auch nicht, daß du am Leben bleiben würdest. Du lagst so blaß in deinem Körbchen, schriest nicht wie andere Kinder. Deine Mutter hatte keine Nahrung für dich. Wie sie dich damals eigentlich ernährt haben, ist mir heute noch ein Rätsel. Und jetzt bist du ein großes hübsches Mädchen geworden. Dieser Aufenthalt am Meer hat dir gutgetan. Es war wohl schön dort?«

»O ja.« Stella nickt eifrig. »Wunderschön ist es dort.«

»Und hier?« fragte der Arzt. »Hast du dich einigermaßen wieder eingelebt?«

»Nein«, sagte Stella. »Ich bin nicht gern hier.«

»Verständlich.« Er nickte.

»Überhaupt jetzt, wo mein Bruder wieder da ist.«

»Ja, ich kenne die Geschichte. Ich weiß, daß er zurück ist. Und ich täusche mich sicher nicht, wenn darin der Grund für den Zustand deiner Mutter zu suchen ist.«

Fast hätte Stella ihm erzählt, was sich in der vergangenen Nacht zugetragen hatte. Aber sie brachte es nicht über die Lippen. Es war nicht zu schildern. Sie hätte auch die richtigen Worte nicht gewußt.

Sie sagte nur: »Ich glaube, es hat heute vormittag Streit gegeben zwischen meiner Mutter und meinem Bruder. Ich war nicht da, ich war in der Schule.«

»Deine Mutter hat mir schon erzählt, daß du wieder in die Schule gehst. Aber du bist bald fertig, nicht?«

»Ja. Ostern.«

»Ich finde es sehr vernünftig, daß du die Schule fertigmachst. Es wird dir später nützen. Was willst du denn nach der Schule tun?«

»Ich weiß nicht«, sagte Stella. »Ich muß wohl Geld verdienen.«

»Ja. Sicher. Aber von heute auf morgen verdient man kein Geld. Man muß erst etwas lernen. Ja, wenn dein Bruder ein ordentlicher Mensch wäre. Aber so ...«

»Von mir aus kann er machen, was er will«, sagte Stella entschieden. »Aber er soll hier 'raus. Ich will nicht mit ihm zusammen leben.«

Aber sie mußte noch eine ganze Zeit lang mit Fritz zusammen leben. Sie gewöhnte sich an Milly, die von nun an regelmäßig ins Haus kam, nicht nur in der Nacht, sondern auch am Tage. Sie gewöhnte sich wohl oder übel an Fritz, an sein träges Herumsitzen, seine Klagen, seine albernen Witze. Und sie gewöhnte sich schließlich auch daran, die Krankenpflegerin ihrer Mutter zu sein.

Lenes Zustand wechselte. An manchen Tagen ging es ihr ganz gut, dann wieder lag sie apathisch im Bett und regte sich kaum.

Natürlich verbrachte Milly noch oft die Nacht im Nebenzimmer. Stella versuchte, es zu überhören und zu übersehen. Sie ging Milly aus dem Weg, so gut es ging.

Milly selbst war immer sehr freundlich und versuchte stets aufs neue, mit Stella ins Gespräch zu kommen.

»Ich habe keine Zeit«, wehrte Stella ab. »Ich muß Schularbeiten machen.«

»Schularbeiten! So ein Mädel wie Sie. Suchen Sie sich einen reichen Freund. So wie Sie aussehen, können Sie einen Millionär haben.«

Milly schmeichelte ihr, machte ihr Komplimente über ihr Aussehen, ihre Figur. Stella blickte kühl an ihr vorbei.

Ein Gedanke überschattete bald alles andere: Ich muß 'raus hier. Ich muß Geld verdienen.

5

Das Abgangszeugnis war nicht gerade ein Prachtstück, aber sie hatte es geschafft. Die Schule lag hinter ihr. Und gleichzeitig bot sich eine Arbeitsmöglichkeit, die Stella ganz annehmbar erschien.

Nora hatte Erich von ihren Sorgen erzählt, und von ihm erhielt Stella das Angebot, in seiner Firma zu arbeiten. Köhl und Lamprecht, Damenoberbekleidung en gros, Mohrenstraße.

»Ich brauche gutaussehende Mädchen in meinem Betrieb«, erklärte ihr Erich Köhl ganz sachlich. »Das gehört zur Branche. Die Kunden kaufen dann mehr. Sie sind gut gewachsen, Stella, vor allem groß genug, Sie können mit vorführen. Die übrige Zeit im Lager arbeiten. Was dazugehört, lernen Sie schnell. Entwicklungsmöglichkeiten gibt es genug. Damenkonfektion bietet für Frauen eine Menge Chancen. Wenn Sie von der Pike auf lernen, können Sie später ins Detailgeschäft gehen, beispielsweise in ein Kaufhaus, dort können Sie die Einkäuferinnenlaufbahn einschlagen. Sie können natürlich auch im Engros bleiben. Vielleicht haben Sie Talent für die handwerkliche Seite. Je nachdem, wozu Sie Lust und Talent haben.«

Stella war im Zweifel, was sie tun sollte. Etwas Nebensächliches befriedigte sie allerdings bei diesem Gespräch: daß Köhl endlich Sie zu ihr sagte. Sein formloses Du hatte sie immer geärgert. Gerade bei ihm.

Eigentlich war er ihr auch nicht mehr sympathisch. Nach allem, was sie von Nora gehört hatte, empfand sie Abneigung gegen den Mann. Andererseits, arbeiten und verdienen mußte sie. Zu Hause zu sitzen, war unmöglich. Blieb die Rückkehr nach Keitum. Aber was sollte sie dort? Daß sie einen Beruf haben mußte, war ihr inzwischen klargeworden. Sie konnte nicht ewig von Onkel Pieter leben.

Nora redete ihr zu. »Das ist großartig, Stella. Ich wünschte, ich wäre so jung und könnte so was machen. Eine Einkäuferin verdient eine Menge Geld. Oder wenn du Modelle entwerfen kannst, ist es noch besser. Dann kannst du Direktrice werden. Dann müßte sie aber auf eine Fachschule gehen, nicht, Erich?«

»Das findet sich schon«, meinte der. »Sie soll erst mal die Nase hineinstecken, und dann werden wir sehen, wozu sie am besten geeignet ist.«

»Und was würde ich verdienen?« fragte Stella.

Erich lachte. »Zunächst nicht viel, das ist ja klar. Sie müssen erst lernen. Das ist überall so. Ich werde mit meinem Kompagnon sprechen. Wir haben jetzt bald die Musterung für Herbst und Winter, von mir aus könnten Sie gleich anfangen.«

Stella blickte grübelnd vor sich hin. Es kam alles ganz anders, als sie es sich vorgestellt hatte. Aber was hatte sie sich eigentlich vorgestellt? Sie hatte niemals entschiedene Neigung für einen bestimmten Beruf gehabt. Und es war auch keiner da, mit dem sie sich beraten konnte.

Ob sie an Onkel Pieter schreiben und ihn um Rat fragen sollte? Er verstand bestimmt nichts davon. Er würde schreiben: Komm zurück, min Deern.

Der Gedanke war verlockend. Aber etwas anderes lockte sie auch: Berlin. Sie hatte sich in der kurzen Zeit an die Großstadt gewöhnt.

Das Leben auf der Insel war manchmal ein wenig langweilig gewesen, besonders im Winter. Und immer wieder die Frage: Was sollte sie dort tun?

Weit fort war die glückliche Insel der Jugend. Der Ernst des Lebens begann. Arbeiten gehen. Jeden Morgen sich in die überfüllte U-Bahn quetschen wie tausend andere. Begraben sein in einem der großen alten Häuser um den Hausvogteiplatz herum, dem Konfektionsviertel der Stadt.

Stella war noch nicht einmal siebzehn, es war schwer, sich so selbständig zu entscheiden. Doch sie sagte ja.

DER MEISTER

1

Stella zog das burgunderrote Kleid mit einem Ruck über den Kopf und ließ es dann einfach zu Boden fallen, als sei es ein alter Lappen.

»Scheußlich«, sagte sie. »Möchte bloß wissen, warum ich den roten Fetzen immer anziehen muß. Das ist überhaupt keine Farbe für mich. Das nächstemal gibst du es gefälligst Käte.«

Elly, das blasse kleine Lehrmädchen, hob das mißhandelte Kleid auf und hängte es über den Bügel. »Herr Lamprecht hat aber gesagt, Sie sollen es tragen, weil es ganz schmale Hüften verlangt«, verteidigte sie sich.

»Lamprecht hat einen Farbsinn wie eine Kuh«, erwiderte Stella. »Und Käte ist keinen Zentimeter dicker als ich.«

»Doch«, meinte Tina, während sie sich vor dem Spiegel die Nase puderte. »Sie hat Hüfte achtundneunzig. Und du?«

»Weiß ich nicht«, sagte Stella gleichgültig. Und dann zu Elly: »Schnell, das grüne.«

»Fräulein Stella hat Hüfte zweiundneunzig«, erklärte Elly stolz und nahm mit behutsamen Händen das lange grüne Samtkleid vom Bügel. Sie bewunderte Stella grenzenlos. Deren Schönheit und Eleganz, die lässige Anmut ihrer Bewegungen und nicht zuletzt die Selbstsicherheit, mit der sie ihrer Umgebung begegnete.

Elly war erst seit drei Monaten bei Köhl und Lamprecht, ein schmales blasses Kind von vierzehn Jahren, bemüht, es allen recht zu machen, und dennoch ständig von Furcht erfüllt. Furcht vor dem ironischen Köhl, vor dem dicken, polternden Lamprecht, vor Frau Hohmann, der strengen Direktrice, vor Paula, der Lagerältesten, vor Herrn Jung, dem Modelleur, vor Mayr, dem Buchhalter, vor den Verkäuferinnen, den Expedienten, den Vorführdamen, den Kunden. Genaugenommen vor der ganzen Welt. Zu Hause hatte sie eine Stiefmutter, die sie herumschubste, einen Vater, der sie verprügelte, wenn er betrunken war, einen Bruder, der SA-Mann war und aus ihr ein sportliches deutsches Mädchen machen wollte und sie zwang, am Morgen Freiübungen bei offenem Fenster zu machen und am Sonntag Waldlauf im Grunewald. Jeder machte mit Elly, was er wollte. Sie forderte dazu heraus mit ihrer stillen Demut und ihrer angstvollen Beflissenheit.

Nur einen Menschen gab es, von dem sie ab und zu ein freundliches Wort hörte. Stella. »Elly, mein Kind, wie geht's dir heute? Du bist wieder so blaß. Komm, nimm ein Stück Schokolade.« Einige Male war ihr die schlanke, langfingrige Hand durch das spröde Haar gefahren mit einem leichten Streicheln, wenn sie die Ware verpackten und Elly unter der Last der Kleiderberge bald zusammenbrach.

Andächtig zog Elly das grüne Samtkleid an Stellas schlanker Figur zurecht, bückte sich und zupfte den Saum gerade.

»Das steht Ihnen großartig«, murmelte sie, Anbetung im Blick.

Stella sah flüchtig in den Spiegel. Sie wußte, wie gut ihr das grüne Samtkleid stand. Die Farbe paßte gut zu ihrem Haar. Das Oberteil war eng und tief dekolletiert, der Rock weit und glockig, schwingend bei jedem Schritt.

Sie fuhr sich mit der Bürste rasch durch das glatte Haar, bog dann nach alter Gewohnheit die Zipfel rechts und links über die Ohren.

»Fertig«, sagte sie.

»Nur mit der Ruhe«, meinte Tina. »Laß sie nur ein bißchen quatschen inzwischen. Und Käte läßt sich sowieso Zeit, du weißt doch, Lachner ist ihr großer Schwarm.«

»Komischer Geschmack«, meinte Stella achselzuckend.

»Kannst du nicht sagen. Er sieht gut aus. Und er hat so was Gewisses im Blick. Also, wenn ich meinen Otto nicht hätte – ich würde glatt mit Käte konkurrieren.«

»So ein Warenhausheini«, sagte Stella wegwerfend.

»Auf was wartest du denn?« fragte Tina. »Auf Goebbels? Oder einen Millionär? Gib bloß nicht immer so an. Für die gnädige Frau ist keiner gut genug. Abteilungsleiter bei Karstadt, das ist keine schlechte Sache. Was denkst du, was der verdient. Und dann die Spesen. Alle zehn Finger könntest du dir belecken nach so einem Mann.«

»Könnte ich«, sagte Stella friedlich. »Aber ich tu's nicht.«

»Auf den Führer«, sagte Elly kichernd.

»Was?« fragte Tina.

»Fräulein Stella wartet auf den Führer. Das wäre der richtige Mann für sie.«

»Das wäre der letzte«, murmelte Stella.

Tina blickte Elly kopfschüttelnd an und tippte sich an die Stirn. »Du bist ja wohl das doofste, was Berlin je hervorgebracht hat. Wieso du gerade bei uns gelandet bist, möchte ich auch mal wissen. Der Führer! Der braucht keine Frau. Der wüßte gar nicht, was er mit ihr anfangen sollte.«

Willy Lamprecht steckte seinen dicken Kopf durch die Tür. »Los, Kinder, seid ihr soweit?« Er musterte Stella prüfend. »Gut, gut«, sagte er, »das Grün steht Ihnen ausgezeichnet, mein Kind.«

»Das Grüne schon«, meinte Stella, »aber das Rote ist einfach unmöglich für mich. Ich habe Ihnen schon gestern gesagt, Käte soll es anziehen.«

»Wer was anzieht, bestimme ich«, entgegnete Herr Lamprecht würdevoll. »Käte ist zu dick. Elly, kleines Schaf, lauf mal 'runter und hol noch eine Platte mit Brötchen. Und 'n paar Russische Eier dabei, die ißt Lachner am liebsten.«

»Jawohl, Herr Lamprecht«, rief Elly eifrig und spritzte los.

An dem dicken Lamprecht vorbei tänzelte Käte ins Zimmer. Käte, blond, zierlich, keineswegs dick, nur anmutig gerundet, mit lustigen braunen Augen und kecker Stupsnase. Sie war in hellblauem Taft, mit weitem Rock und Tülleinsatz über den Schultern.

Sie lachte vergnügt. »›Ein schrecklicher Fummel‹, sagt Lachner. Aber er nimmt einen größeren Posten. Es wäre gerade das, was seine Kundinnen wollen.«

»Wieso schrecklicher Fummel«, empörte sich Lamprecht. »Ein ganz entzückendes, mädchenhaftes Kleid. Sehr gekonnt gemacht.«

»Er nimmt es ja«, sagte Käte. »Krieg' ich jetzt das Schwarze?«

Stella fuhr auf. Doch ehe sie etwas sagen konnte, bestimmte Lamprecht: »Das Schwarze nimmt Stella zum Schluß. Sie nehmen das Graue mit den Perlen.«

»Och«, maulte Käte, »ausgerechnet. Da seh' ich aus wie meine eigene Großmutter. Immer kriegt Stella die schönsten Sachen.«

»Schluß jetzt«, sagte Lamprecht energisch. »Stella ist der Typ dafür. Tina, 'raus jetzt.«

Tina und Herr Lamprecht verschwanden aus dem Umkleideraum. Käte streifte das Hellblaue über die blonden Locken und redete dabei unentwegt. Es ärgerte sie zwar, daß Stella die eleganteren Kleider bekam, aber sie nahm es Stella nicht übel.

»Sieht er nicht wieder fabelhaft aus?« plapperte sie. »Dieser hellgraue Anzug und der gestreifte Schlips dazu. Und graue Schuhe hat er an, einfach toll.«

»Ja, und die Haare so schön voll Pomade«, vollendete Stella.

Aber Käte hörte nicht darauf. »Wie er mich immer ansieht! Mir wird ganz anders. Meinst du, er wird mich heute abend einladen?«

»Keine Ahnung. Aber wenn er heute schon in drei oder vier Firmen gemustert hat, kann er unmöglich überall ein Mannequin einladen. Außerdem war er heute schon bei Lembke, soviel ich weiß.«

»Ach, du meinst Ingrid? Das Miststück. Die hat doch jetzt den Rennfahrer. Angeblich will er sie heiraten.«

»Du hast mir selber gesagt, daß Lachner immer hinter ihr her war.«

»Früher. Das letztemal ist er mit mir ausgegangen.«

Zufällig wußte Stella, wie Käte zu der Einladung gekommen war, als Lachner das letztemal zur Musterung in Berlin war. Als Stella damals am Abend zur U-Bahn ging, sah sie am Hausvogteiplatz Lachners Wagen stehen, die hellblonde Ingrid, Lembkes hübschestes Mannequin, saß darin, und gerade, als Stella vorbeiging, riß Ingrid die Wagentür auf, rief erbost über die Schulter zurück: »Du dämliche Flasche, du!« knallte die Tür hinter sich zu und verschwand in Richtung U-Bahn.

Lachner saß mit dummem Gesicht hinter dem Steuer. Stella hatte keine Miene verzogen. Aber einige Minuten nach ihr war wohl Käte vorbeigekommen, und Lachner hatte sie aufgegabelt. Das war der berühmte Abend, von dem Käte heute noch schwärmte. Abendessen bei Kempinski, nachher in die Femina. Die Angestellten der Firma Köhl und Lamprecht kannten den Verlauf des Abends auswendig.

»Was für ein Kavalier!« erzählte Käte. »Rote Rosen hat er mir gekauft. Und küssen kann der Mann! Küssen! Und er hat extra auf mich gewartet, vorn gleich am Hausvogteiplatz. Bis ich gekommen bin.«

Stella hatte nichts von der Szene erzählt, die sie beobachtet hatte. Mochte Käte ihren Spaß haben. Die Enttäuschung kam früh genug.

Stella war achtzehn und hatte nur sehr oberflächliche Erfahrungen mit Männern. Käte war vierundzwanzig und hatte allerhand erlebt, genug, um endlich klüger zu sein. Aber davon konnte keine Rede sein. Sie war ständig bereit, sich zu verlieben und an das große Glück zu glauben. Und sie gab stets mehr, als verlangt wurde. Sie gab ihr Herz dazu, wenn nur nach ihrem Körper gefragt war. Und wunderte sich immer wieder, warum all die Männer, die sie so zärtlich geliebt hatte, das unerwünschte Geschenk nachlässig fallen ließen.

Stella hingegen war erfüllt von Mißtrauen. Sie hatte genug gehört und gesehen in dem Jahr, das sie hier nun arbeitete. Sie war theoretisch aufgeklärt in jeder Richtung. Natürlich war auch sie neugierig auf die Liebe. Aber sie schreckte vor billigen Abenteuern zurück. Die Hände der Männer berührten sie immer wieder; ihre Brust, ihre Schenkel, ihre Hüften, wenn sie vorgaben, den Stoff, den Sitz und die Verarbeitung der Kleider zu prüfen, die sie vorführte.

Stella senkte die Lider und blickte hochmütig an den gierigen Gesichtern vorbei. Der dicke Lamprecht hatte sie einmal hinten im Lager in eine Ecke gedrängt, seine dicken, feuchten Lippen auf die ihren gepreßt und mit seinen Wurstfingern in ihrem Ausschnitt herumgefummelt. Und dem Modelleur hatte sie bereits einmal eine geklebt, als er gar zu zudringlich wurde. Das war alles widerlich. Das wollte sie nicht.

»Hm«, machte der elegante Lachner anerkennend, als Stella in dem grünen Samtkleid erschien. Das lange Abendkleid mit dem weiten Rock ließ sie noch größer, noch schlanker erscheinen, das kupferrote

Haar leuchtete unter dem Kronleuchter, ihre Schultern waren weiß und schimmerten wie Seide.

»Nicht schlecht«, sagte Lachner. »Aber wer kauft so was bei mir?« Er blickte Stella prüfend nach, die langsam, mit lässigem Schritt auf dem Läufer hin und her ging. Sie lächelte nicht, blickte ein wenig gelangweilt vor sich hin, ohne die drei Männer mit einem Blick zu streifen. Sie wußte, daß Frau Homann, die mit dem Bestellblock an der Wand lehnte, sie nachher wieder tadeln würde.

»Sie sind keine Fürstin, Stella. Sie könnten sich gelegentlich bequemen, etwas freundlicher zu blicken. Es ist keine Gnade, die Sie uns gewähren, wenn Sie Kleider vorführen. Soviel ich weiß, werden Sie dafür bezahlt.«

Sie lächelte trotzdem nicht. Oder sehr selten. Wozu auch? Jetzt während der Hauptmusterungszeit kamen die Kunden von früh bis spät. Man führte sechs- bis siebenmal am Tage die gleiche Kollektion vor. Spaß machte es nur am Anfang, wenn die Kleider neu waren, wenn man sich noch selbst darin gefiel.

»Ich würde sagen, zwei«, meinte Herr Lachner, »eines Größe vierzig und eines Größe zweiundvierzig.«

»Bloß zwei?« staunte Erich Köhl. »Bedenken Sie den Aufschwung, den das gesellige Leben genommen hat! Nächsten Winter wird noch mehr los sein. Premieren, Bälle. Sie müssen auch ein paar elegante Kleider anzubieten haben, nicht nur Tanzkleider für junge Mädchen.«

Lachner überlegte. »Ich kann so was nicht nebeneinanderhängen. Immer nur einzeln. Wenn die Kundin sieht, daß so ein Kleid doppelt da ist, kauft sie es nicht. Aber ich könnte eins zur Saisoneröffnung ins Fenster tun, dann kommt die Nachfrage von selbst. Schön, sagen wir je zwei. Haben wir's dann bald? Ich bin heute abend verabredet.«

»Noch ein Durchgang«, sagte Köhl. Er klatschte in die Hände und rief: »Los, Kinder, weiter!«

Stella ging rasch hinaus. Käte würde enttäuscht sein. Lachner war bereits verabredet. Ob sie es ihr gleich sagte? Ach, was ging sie das an. Mochte Käte ihre törichten Träume weiterträumen.

Es war noch hell, als Stella nach Geschäftsschluß auf die Straße trat, ein milder, durchsichtig-klarer Frühlingstag, den nicht einmal die Hetze und der Lärm der Großstadt entzaubern konnten. Man müßte ein Auto haben, dachte Stella. Dann könnte man jetzt ein bißchen hinausfahren. Sie hatte keine Lust, nach Hause zu gehen. Die Atmosphäre war so bedrückend wie eh und je.

Da war Lene. »Du mußt müde sein, Kind? Soll ich dir eine Tasse Kaffee kochen? Komm, zieh dir die Schuhe aus und setz dich her.« Liebevoll besorgt, natürlich. Aber immer die gleichen Worte, die gleichen Gesten. Sie konnte es nicht mehr sehen und hören.

Und da war Milly mit ihrem dicken Bauch. Sie war jetzt im siebenten Monat. Stella wagte nicht, daran zu denken, wie sie es ertragen würde, wenn auch noch ein Baby in der Wohnung schrie. Sie war heilfroh gewesen, als man Fritz im vergangenen Herbst wieder einsperrte, diesmal für ein ganzes Jahr. Gott sei Dank, den war man los. Jetzt würde sie endlich wieder ihr eigenes Zimmer haben.

Auf das Jammern ihrer Mutter erwiderte Stella ungerührt: »Sei doch froh. Er ist doch bloß eine Plage. Von mir aus können sie ihn gleich dort behalten.«

»Wie kannst du nur so herzlos sein, Stella. Er ist doch dein Bruder.«

Stella, mit der Zeit angesteckt vom täglichen Umgangston, erwiderte kurz: »Ein Dreck ist er. Bruder! Daß ich nicht lache. Kannst du mir sagen, wozu man so einen Bruder braucht? Ich gehe arbeiten, er sitzt zu Hause und spielt den kranken Mann. Und nebenbei geht er mal ein bißchen klauen. Du ißt nichts, nur damit du ihm das Maul vollstopfen kannst. Denkst du, ich weiß das nicht? Gott sei Dank, daß wir ihn los sind!«

Allein blieben sie trotzdem nicht. Nach vier Wochen kam Milly angerückt.

»Ich krieg' een Kind von Fritz«, verkündete sie ohne Umschweife. »Und er hat gesagt, ick soll hier wohnen, bis er 'rauskommt. Denn heiraten wir.«

Stella hatte versucht, sich zu wehren. Vergebens.

»Wat willst'n du?« sagte Milly seelenruhig. »Du spielst die feine Dame und gibst an wie 'ne Lore Affen. Ick krieg' een Kind, ick bin 'ne deutsche Mutter. Mir kann keena. Det bezahlt heute allet die Partei.«

»Auch für Leute, die im Gefängnis sitzen?« fragte Stella höhnisch.

»Für die ooch. Der Führer will, det wir Kinder kriegen. Auskratzen is nich mehr, also kriegen wir sie eben. Und wenn Fritz 'rauskommt, denn wird jeheiratet, und denn werd' ick ihm schon die Hammelbeene langziehn, darauf kannste dir verlassen. Der wird arbeeten, oder er kriegt et mit mir zu tun. Nu hört der Spaß nämlich uff. Wenn ick'n Kind habe, denn will ick ooch Ordnung in mein Leben ham.«

Wenn man Milly so ansah, kräftig, energisch, mit ihren drallen Armen, dann glaubte man ihr, daß Fritz bei ihr nichts zu lachen haben würde. Vermutlich war sie die einzige, die es fertigbringen würde, ihn an die Kandare zu nehmen.

»Ick bin jetzt dreißig«, erklärte sie offen, »es wird Zeit, det der Unsinn uffhört. Ick wer' schon dafür sorjen, det Fritz Arbeet kriegt. Und nu bleib ick erst mal hier.« Ihre Sachen hatte sie gleich mitgebracht. Wer sollte sie aus der Wohnung werfen? Stella war dazu nicht imstande.

Lene sagte nachgiebig: »Wenn sie doch ein Kind bekommt.«

»Dann ziehe ich aus«, sagte Stella.

»Det machste«, meinte Milly. »Wenn die Piepen reichen. Oder du suchst dir endlich mal 'nen reichen Freund. Hab' ick dir schon immer empfohlen.«

Stella hatte keinen reichen Freund. Sie wollte auch keinen. Nicht so einen, wie sie haben konnte in ihrer derzeitigen Lage. Und für ein eigenes Zimmer reichte das Geld wirklich nicht, das sie verdiente. Jedoch war sie fest entschlossen, auszuziehen, wenn Fritz entlassen würde. Irgendwie mußte es eben gehen.

Milly nahm übrigens energisch das Hauswesen in die Hand. Sie kochte, besorgte Lene, hielt die Wohnung sauber. Es war nichts an ihr auszusetzen. Nebenbei ging sie noch eine Zeitlang arbeiten. Trotzdem stand das Essen bereit, wenn Stella nach Hause kam.

Milly war nicht bösartig zu ihr. Behandelte sie sogar mit einem gewissen Respekt und bemühte sich um verwandtschaftliche Beziehungen. Stella blieb abweisend und kühl.

Sie ging ungern nach Hause. Auch an diesem Abend zögerte sie an der Treppe, die zur U-Bahn hinunterführte.

Käte, die mit hängendem Kopf neben ihr hergetrottet war, blickte sie an und fragte: »Findest du mich eigentlich so häßlich?«

»Nun hör schon auf mit dem Quatsch«, sagte Stella ungeduldig. »Es gibt noch andere Männer als diesen dußligen Lachner.«

»Damals, als wir aus waren . . .«, begann Käte.

»Jaja, ich weiß«, unterbrach Stella, »da hat er dir rote Rosen geschenkt und dich wunderbar geküßt. Jetzt hat er eben eine andere Braut. Denk nicht mehr dran.«

Ob sie Nora wieder einmal besuchte? Sie war lange nicht mehr bei ihr gewesen. Aber Nora war jetzt immer so unfreundlich zu ihr. Sie war eifersüchtig. Wegen Köhl. Es war inzwischen aus mit ihm. Und Nora gab Stella die Schuld daran. Sie wollte einfach nicht glauben, daß zwischen Köhl und Stella kein engeres Verhältnis bestand.

»Ich geh' noch auf eine Stunde unter die Linden«, sagte Stella. »Eine Tasse Kaffee trinken. Kommst du mit?«

Käte blickte mißmutig vor sich hin. »Ich weiß nicht. Mir tun die Füße weh.«

»Mir auch. Aber wir trinken ja den Kaffee im Sitzen. Ich mag noch nicht nach Hause.«

Der Vorgarten bei Kranzler war dicht besetzt. Kein Tisch mehr frei. Stella und Käte standen noch zögernd und sahen sich um, als plötzlich eine Stimme sagte: »Hallo, Stella!«

Sie blickte überrascht zur Seite.

Ein junger Mann erhob sich von seinem Stuhl und verbeugte sich leicht. »Guten Abend, Stella, kennst du mich noch?«

»Michael«, rief Stella erfreut.

Jochens Freund, der letzte Sommer auf Sylt. Wie lange war das her. Michael sah unverändert aus, immer noch so jung, so blond, so knabenhaft. Das hübsche, weiche Gesicht ein wenig schwermütig überschattet.

»Können wir uns zu dir setzen?« fragte Stella. »Bist du allein?«

»Ja. Natürlich. Komm, setzt euch. Ich freue mich, daß ich dich treffe. Wie geht's, Sarnade?«

Sarnade! Wie lange hatte sie das nicht gehört? Nicht einmal mehr daran gedacht.

»Warum hast du dich nie gemeldet?« fragte Michael.

»Ich, weiß ich auch nicht«, meinte Stella. »Keine Zeit.«

»Jochen war sehr böse auf mich.«

»So?«

»Ja, er meinte, ich müsse es doch sehr ungeschickt angestellt haben.«

Stella lachte. »Es war ja auch keine einfache Mission, womit er dich betraut hatte, nicht? Wie geht es ihm denn?«

»Ganz gut. Er hat das Examen bestanden und schreibt jetzt seine Doktorarbeit. Er hat eine Volontärstelle an der Charité in Aussicht. Und was machst du?«

»Ich bin in der Konfektion«, sagte Stella im üblichen Branchenslang.

»Darunter kann ich mir nichts vorstellen«, sagte Michael.

Sie gab einen kurzen Bericht von ihrer Tätigkeit.

»Und das gefällt dir?« fragte Michael zweifelnd.

»Was heißt gefällt? Man muß doch leben. Das bot sich gerade an.«

Das Gespräch plätscherte müde dahin, Käte saß abwesend dabei und hing ihrem Liebeskummer nach.

»Und was macht deine Musik?« fragte Stella. »Hast du schon dein erstes Konzert gegeben?«

»Nein. Besteht auch keine Aussicht dazu.« Warum, sagte er nicht.

Es dunkelte langsam. »Ich glaube, ich muß nach Hause gehen«, meinte Stella.

»Möchtest du – würdest du mit mir zu Abend essen?« fragte Michael und errötete.

Stella zögerte einen Moment, doch dann nickte sie. »Doch, gern.«

Käte verabschiedete sich und ging mit wundem Herzen davon.

»Kollegin von dir?« fragte Michael.

»Ja.«

»Hübsches Mädchen.«

»Das hättest du sagen sollen, solange sie da war. Sie ist sehr betrübt, weil einer der Herren, der heute bei uns zum Mustern war, sie nicht eingeladen hat.«

Sie gingen langsam die Leipziger Straße entlang. Dann bog Michael in eine Seitenstraße ein. »Ich weiß da ein kleines Lokal, da gehe ich immer hin. Es ist nicht besonders vornehm. Wenn es dir nichts ausmacht . . .« Er stockte. Blieb dann stehen und sah Stella an. »Erst muß ich dir aber etwas sagen. Ehe du mit mir da hingehst. Etwas, das du wissen mußt.«

Stella sah ihn erstaunt an. »Was denn?«

Michael war rot geworden. Dann nahm er plötzlich ihren Arm. »Ach Unsinn. Ich sage es dir nachher.«

Er führte sie in eines der kleinen gemütlichen Berliner Lokale. Er schien hier bekannt zu sein. Der Ober begrüßte ihn, brachte die Speisekarte und machte sie gleich darauf aufmerksam, was heute zu empfehlen sei.

Michael bestellte, dann sah er Stella an. »Ich freue mich, daß ich dich getroffen habe. Wir haben oft von dir gesprochen. Jochen wird sich auch freuen. Er war immer sehr traurig, daß du nichts mehr hören ließest.«

»Er war doch verlobt, nicht? Was sollte ich denn da? Ist er nun schon verheiratet?«

»Nein. Dagmar ist nach Schweden zurückgekehrt. Sie wollte, daß Jochen mitkommt. Sie sagte, sie würde ihn nur heiraten, wenn er sich entschließen könnte, in Schweden zu leben.«

»Warum denn das?«

»Es gefiel ihr hier nicht mehr. Die Zeit, weißt du.«

»Du meinst, die Nazis?«

Michael nickte. »Ja. Dagmar paßte es hier nicht mehr. Sie wollte gern, daß Jochen mitkommt nach Stockholm. Sie arbeitet jetzt dort.« Michael schwieg eine Weile und fügte dann hinzu: »Sie hat mich auch eingeladen. Sie würde mir behilflich sein. Aber ich habe doch meine Eltern hier. Ich kann nicht einfach auf und davon gehen.«

Stella wußte nicht recht, was sie dazu sagen sollte. »Soweit ich mich erinnere«, begann sie vorsichtig, »war Jochen doch ganz . . . Ich meine, er hatte doch gegen Hitler nichts einzuwenden.«

»Eben. Und darum hat sich Dagmar von ihm getrennt. Sie konnten sich in diesem Punkt nicht verständigen.«

»Aber wenn man sich liebt«, sagte Stella, »dann ist das bißchen Politik doch Nebensache. Darüber kann man sich doch einigen, finde ich.«

»Ich glaube nicht«, sagte Michael langsam. »Es ist heute sehr wichtig, daß man in diesem Punkt einer Meinung ist. Und ich habe gerade bei Dagmar und Jochen gesehen, daß sich zwei Menschen grundlegend voneinander entfernen können, wenn sie sich in dieser Richtung nicht verstehen.«

Stella blickte etwas töricht drein. Sie verstand das nicht. Außerdem interessierten sie die politischen Ereignisse der Zeit wirklich nicht. Sie nahm kaum Anteil daran.

»Hast du dich denn mit — mit Dagmar verständigt?« fragte sie.

»Wieso?«

»Weil du gesagt hast, du möchtest nach Schweden gehen. Gefällt es dir hier nicht mehr?«

»Bei mir ist es anders«, sagte Michael. Er schwieg, seine Stirn färbte sich langsam rot. Dann fuhr er fort: »Ich muß es dir wohl sagen. Damit du Bescheid weißt. Ich bin Jude.«

»Ach!« Unwillkürlich errötete Stella auch. Sie blickte ihn fassungslos an. »Du?« Und naiv fügte sie hinzu: »Du siehst aber gar nicht so aus.«

Michael lachte. Es klang bitter. »Deine Antwort ist sehr aufschlußreich. Denkst du auch schon, daß wir alle Gezeichnete sind? Abgrundhäßlich, mit großen Nasen und runden Lippen und abstehenden Ohren?«

Stella faßte erschrocken nach seiner Hand. »Bitte, Michael! So habe ich das doch nicht gemeint. Ich kenne keine Juden. Ich habe auch nichts gegen sie. Mir hat keiner was getan. Und Herr Köhl, mein Chef, hat selber gesagt, daß er mit seinem jüdischen Teilhaber viel besser ausgekommen ist als mit dem jetzigen. Der ist in der Partei. Ein schrecklicher Kerl. Wir können ihn alle nicht leiden.«

»Aber auf jeden Fall hat er seinen jüdischen Teilhaber rechtzeitig vor die Tür gesetzt.«

»Der ist von selbst gegangen. Schon 33. Nach Amerika. Er hat dort Verwandte.«

»Da hat er Glück gehabt«, sagte Michael.

Das Essen kam. Sie aßen beide mit mäßigem Appetit. Stella war mit dem eben Gehörten beschäftigt. Für sie war das alles neu. Sie kannte wirklich keinen Juden. Nicht mit Wissen. Und sie hatte keine Meinung in diesem Fall. Aber Michael paßte so gar nicht in das Bild, das man neuerdings malte.

»Es nimmt kein gutes Ende«, sagte Michael düster. »Am Anfang habe ich ja geglaubt, es dauert nicht lange. Aber es geht weiter. Jetzt haben sie die allgemeine Wehrpflicht eingeführt. Wir rüsten. Eines Tages wird es Krieg geben.«

Stella lachte unbehaglich. »Krieg! Michael! Das ist ganz unmöglich. So etwas gibt es nicht mehr.«

»Du wirst ja sehen. Jochen glaubt es auch nicht.«

»Was sagt denn Jochen — ich meine, ihr beiden ...«, sie stockte. Es war schwer, so eine Frage zu stellen.

Aber Michael verstand sie. »Ach, so verbohrt ist Jochen nun auch wieder nicht. Mir wünscht er nichts Böses. Noch nicht. Man weiß ja nicht, wie es weitergeht.«

»Und — und was wirst du tun?«

»Ich weiß nicht«, sagte Michael. »Noch kann ich studieren. Sie haben mich noch nicht hinausgeworfen. Viele wissen es auch nicht. Eben weil ich — weil ich nicht so aussehe. Ich könnte ja ins Ausland gehen. Musik versteht man überall. Ich bin zwar nicht berühmt, noch ein Anfänger. Aber meine Eltern . . .«

»Wo — wo sind denn deine Eltern?«

»In Süddeutschland. Mein Vater ist Schauspieler. Er war dort an einer Bühne. Keine große Bühne. Aber da mußte er aufhören. Jetzt sind sie nach München gezogen. Sie haben nicht viel Geld. Ich weiß auch nicht, was aus ihnen werden soll. Und mein Vater ist schon ziemlich alt, weißt du. Über sechzig. Im Ausland kriegt er bestimmt kein Engagement mehr. Er kann auch fremde Sprachen nicht so gut. Jetzt hat er sich in Wien beworben. Aber dort sind so viele Schauspieler von hier hingegangen. Berühmte Schauspieler. Mein Vater ist nicht berühmt. Ihn wird sicher keiner nehmen.«

Schon um Michael zu zeigen, daß sie kein Vorurteil habe, verabredete Stella sich für einen der nächsten Abende mit ihm. Diesmal war Jochen dabei. Er schloß Stella einfach in die Arme und gab ihr einen Kuß. »Sarnade! Wie freue ich mich, dich wiederzusehen. Und noch hübscher bist du geworden. Warst du mir auch treu?«

»Das könnte dir so passen«, sagte Stella lachend. »Warst du es denn?«

Es wurde ein vergnügter Abend. Sie gingen tanzen, lachten und unterhielten sich großartig. Stella und Jochen. Michael saß meist stumm dabei.

Beim Tanzen küßte Jochen sie leicht auf die Wange und machte ihr viele Komplimente.

»Ich denke, du bist verlobt?« konnte sich Stella nicht verkneifen zu sagen.

»Michael, der Esel. Was der dir für Geschichten erzählt hat! Er muß dich ganz verschreckt haben. Dabei hatte ich mich so gefreut, dich wiederzusehen. Verlobt! Unsinn. Tempi passati. Kleiner Studentenflirt. Kann doch vorkommen, nicht?«

Stella vergaß rasch, daß sie auf Jochen einmal sehr böse war. Er war ihr nahe, hielt sie im Arm, sie empfand seine Nähe genau wie damals als angenehm. Und er sah großartig aus. Ein hübscher, vergnügter junger Mann. Als er sie nach Hause brachte, küßten sie sich lange und leidenschaftlich.

Sie waren allein. Michael hatte sich vorher schon verabschiedet, war ganz still verschwunden. Stella war mit Jochen so beschäftigt, daß sie es kaum beachtete.

»Du hast inzwischen besser küssen gelernt, Sarnade«, sagte Jochen. »Hast du schon viele Männer geliebt?«

Stella lächelte geheimnisvoll. »Es geht«, sagte sie diplomatisch. Daß sie keinen mehr geküßt hatte seit damals, als er sie auf der Heide von Sylt küßte, das sagte sie ihm nicht.

2

In den kommenden Wochen und Monaten sah sie Jochen häufig. Sie gingen Hand in Hand, fuhren an den Sonntagen hinaus in den Grunewald, gingen baden, als es wärmer wurde, sie saßen dann irgendwo in einem kleinen Lokal bei einem Bier oder einem Glas Wein und waren ein ganz normales junges Liebespaar.

Allzuviel Zeit hatte Jochen nicht. Die Doktorarbeit sollte in diesem Sommer fertig werden. Eigentlich hatte er die Absicht gehabt, nach Hause zu seinen Eltern zu fahren und die Arbeit dort zu vollenden. Da gab es weniger Ablenkung. Stella zuliebe blieb er noch in Berlin.

Kein Zweifel daran, daß er es diesmal sehr ernst meinte. Keine Dagmar stand mehr zwischen ihnen.

Anfangs begleitete sie Michael manchmal. Dann blieb er weg. Er fühlte sich überflüssig, ja störend. Jochen behandelte ihn zwar freundlich, aber auch ein wenig nebensächlich. Der Schatten, der Michaels Leben verdüsterte, hatte auch ihre Freundschaft verdunkelt. Ohne daß er es wirklich wollte, unbewußt, aber nicht übersehbar, rückte Jochen von dem Freund ab. Er distanzierte sich. Nicht in Worten, nicht in Taten. Aber es genügte, daß er positiv zum derzeitigen Regime stand, sich anerkennend dazu äußerte, mit naiver Selbstverständlichkeit die Annehmlichkeiten, die seinem Leben in dieser Zeit geboten wurden, entgegennahm und nicht sah, vielleicht auch nicht sehen wollte, was seinem Freund genommen wurde, wie dessen Zukunft bedroht war.

Michael schwieg, wenn Jochen gelegentlich Bemerkungen fallenließ, die in dieser Richtung lagen. »Der Führer hat auch gesagt ... Wenn man bedenkt, wie sich alles verbessert hat ... Jetzt kann man doch wieder als Mensch leben ... In Zukunft wird es noch besser werden ... Wenn wir erst mal ...« Mehr war es zunächst nicht. Keine direkten politischen Bekenntnisse, kein Fanatismus. Eine fast harmlose Zustimmung, die sich nur nebenbei äußerte. Aber Michael empfand jedes dieser Worte als persönlich gegen sich gerichtet. Er war ein empfindsamer Mensch, sehr hellhörig, sehr sensibel und ohnedies bis ins Herz gedemütigt durch die Sonderstellung, die er auf einmal einnahm.

Er hatte als Kind gar nicht gewußt, daß er etwas anderes sei als die anderen. Sein Vater war an der kleinen, aber guten Provinzbühne und damit auch in der Stadt ein angesehener Mann. Seine Mutter, eine überaus charmante und gebildete Frau, die früher Pianistin gewesen war, bei aller Welt sehr beliebt. Sie hatten viele Gäste im Haus, es wurde geplaudert, musiziert, es war ein weltoffenes, kultiviertes Elternhaus, in dem er heranwuchs. Als sich sein musikalisches Talent herausstellte, fand er Förderung und Verständnis. Nachdem er das Abitur gemacht hatte, ging er nach Berlin an die Musikhochschule, vollendete seine Ausbildung als Geiger und wurde außerdem Schüler der Dirigentenklasse. Er bekam nicht sehr viel Geld von zu Hause, aber es reichte ihm. Er war bescheiden, anspruchslos, ein wenig scheu und zurückhaltend. An Mädchen traute er sich überhaupt nicht heran.

Die besten Freunde fand er außerhalb seiner Berufsumwelt. Klaus, der Bayer, der Jura studierte, wohnte bei der derselben Wirtin. Durch ihn lernte er Jochen kennen, und die drei verstanden sich auf das beste. Vielleicht auch, weil die beiden anderen sehr musikalisch waren und ebenfalls ein Instrument spielten. Sie kamen auf die Idee, daraus Kapital zu schlagen, und spielten während der Wintersaison gelegentlich in Tanzlokalen oder Varietés, später auch im Sommer in Kurorten und Bädern. Sie teilten ihre Sorgen und Freuden; wenn einer etwas verdiente, ließ er die anderen daran teilhaben, sie diskutierten Gott und die Welt und wurden mit der Zeit unzertrennlich. Eine Freundschaft, die geeignet schien, ein Leben lang zu halten, so verschieden sie auch waren.

Zwischen dem behäbigen, lustigen Klaus und dem eleganten Jochen hatte Michael gestanden, der jüngste und zarteste, von beiden bemuttert und begönnert. Seine Menschenscheu verlor sich etwas im Umgang mit den Freunden, und er brachte es dann sogar einmal zu einer Freundin. Es war eine Frau, die zehn Jahre älter war als er, zwar sehr reizvoll, aber auch recht raffiniert, und Klaus und Jochen gelang es, Michael noch rechtzeitig loszureißen, ehe er mit Haut und Haaren verspeist wurde. Zunächst war er todunglücklich, ganz versunken in seinen Gram. Später sah er ein, daß die Freunde recht gehabt hatten.

Aber nun war alles verändert. Klaus hatte sein Studium beendet und war nach Bayern zurückgekehrt, um dort seine Referendarzeit abzudienen. Es hätte nahegelegen, daß sich Jochen und Michael um so enger zusammengeschlossen hätten. Was sie trennte, war die Politik. Die Verwandlung der deutschen Kulissen.

Jochen hatte von Anfang an der neuen Bewegung positiv und sympathisierend gegenübergestanden. Klaus weniger, er war ein Skeptiker. Michael konnte sich keine unbefangene Meinung bilden, denn von vornherein stand ja fest, daß die Nationalsozialisten ihn als Feind, als Außenstehenden, ja als Schädling betrachteten. Ein Mensch wie er mußte darunter leiden, noch ehe es dazu kam, daß hinter den Worten und Phrasen der Nazis auch nur die geringste Macht stand.

Als dann die neuen Herren die Regierung übernahmen, duckte er sich ängstlich. Er hielt es für seine Pflicht, den Freunden zu sagen, daß er Jude sei. Sie hatten es bis dahin nicht gewußt. Weder im Wesen noch im Äußeren entsprach Michael im geringsten jener Art von Juden, die die Nazis als abschreckendes Beispiel einer stupiden Bevölkerung vorführten.

Die Freunde hatten es ohne große Erschütterung hingenommen. Klaus schlug ihm auf die Schulter. »Laß doch den Quatsch, Mensch. Was spielt denn das für eine Rolle?«

Jochen musterte ihn erstaunt. »Nein, wirklich, du widersprichst aber auch jeder Theorie. Bist du sicher? Auf jeden Fall, so wie du aussiehst, können dir gar keine Schwierigkeiten entstehen. Du kannst ganz beruhigt sein.«

Das war der Anfang. Keine feindselige Handlung von Jochen, keine bösen Worte hatten daran etwas geändert. Und doch – die Mauer zwischen ihnen wuchs täglich ein Stück. »Eine große Zeit ... Wir werden es der Welt schon zeigen ... Es wurde Zeit, daß in Deutschland mal aufgeräumt wurde ... Jetzt können wir endlich in Ruhe aufbauen und planen ... Schluß mit dem Anarchismus und der schlappen Haltung!«

Worte, Phrasen. Aber jeder Satz war ein Stein auf der Mauer, die sich zwischen Jochen und Michael auftürmte. Jochen sprach so nebenbei, ohne böse Absicht, mit einer wirklich ehrlichen Begeisterung. Michael empfand jedes Wort wie einen Schlag. Er schwieg. Ganz selten, daß er einmal etwas dazu sagte. Ein bescheidener Einwand, eine treffende Kritik, stets vorsichtig und zurückhaltend vorgebracht.

Jochen hörte es sich geduldig an, argumentierte dagegen, ohne verletzend zu werden, ohne auf die persönlichen Schwierigkeiten Michaels Bezug zu nehmen. Er ignorierte diesen Faktor überhaupt. Hatte offenbar nicht zur Kenntnis genommen, daß Michael eben doch, mochte er aussehen, wie er wollte, Jude war und dadurch in dieser neuen Ordnung, die Jochen begrüßte, ein Störenfried war, ein unerwünschtes Element, von dem man sich befreien wollte.

Zum erstenmal bekam dies alles Gewicht, als es zu der Auseinandersetzung mit Dagmar kam. Jochen liebte die blonde Schwedin. Nach seinen wechselnden Liebesaffären, die er alle mit Anstand und ohne übermäßigen Gefühlsaufwand absolviert hatte, war ihm hier eine ernst zu nehmende Partnerin begegnet.

Dagmar war schön und klug, sehr selbständig, sehr überlegen, dabei aber von leidenschaftlichem Temperament und Jochen von Herzen zugetan. Der gleiche Beruf, die gleichen Interessen knüpften das Band noch enger. Jochen war entschlossen, Dagmar zu heiraten.

Eine bessere Frau konnte er nicht finden. Sie verstanden sich in allen Dingen. Im natürlichen Verlangen ihrer Körper, in der gemeinsamen Arbeit, in vielseitigen musischen Neigungen.

Schon während des Jahres 1933 gab es die ersten Meinungsverschiedenheiten. Dagmar beobachtete mit wachen Augen, was vorging, wartete zunächst ab und äußerte dann in steigendem Maße klar und deutlich ihr Mißfallen. Es fing mit harmlosen Plänkeleien an, wurde noch überbrückt von Liebe, wurde vergessen in glühenden Umarmungen, war aber nicht mehr aus der Welt zu schaffen: Jochen war dafür, Dagmar dagegen.

Sie stand der sozialdemokratischen Richtung nahe, ohne sich jedoch jemals politisch betätigt zu haben. Die Ausschaltung der Sozialdemokraten im Reichstag, das Ermächtigungsgesetz, erschienen ihr jedem demokratischen Denken entgegengesetzt und empörten sie. Die Bücherverbrennungen, die die Studenten sowieso in zwei Lager spalteten, reizten sie zu wilder Wut.

Michael war oft Zeuge ihrer Auseinandersetzungen und wurde von Dagmar um seine Meinung befragt. Er zuckte die Schultern. »Was soll ich dazu sagen? Meine Meinung ist nicht mehr gefragt.«

»Warum nicht?« wollte Dagmar wissen. »Du bist doch Deutscher – oder nicht?«

Michael erwiderte: »Ich weiß es nicht mehr.«

Das ging so weiter, noch das ganze Jahr 1934 hindurch. Auf Streit folgte Versöhnung, die Politik trat wieder in den Hintergrund. Denn auch Dagmar, daran bestand kein Zweifel, liebte Jochen aufrichtig. Anfang des Jahres 1935 wurde es schlimmer. Bei irgendeiner nebensächlichen Begebenheit kam es wieder einmal zu einem ernsthaften Streit zwischen Dagmar und Jochen. Michael, von Dagmar in die Debatte hineingezogen, sagte etwas dazu, und Jochen fuhr ihn an: »Sei du doch ruhig. Du kannst doch hier nicht mitreden.«

Michael wurde totenblaß. Dagmar aber ging wie eine Furie auf Jochen los. »Das ist gemein. Das ist hundsgemein. Jetzt bist du schon soweit. Warum trittst du nicht in diese Verbrecherpartei ein, wenn du alles so herrlich findest. Du wirst schon sehen, wohin das alles führt. Mein Vater hat es Weihnachten auch gesagt. Die werden einen Krieg anfangen und die ganze Welt ins Unglück stürzen.«

»Krieg! Lächerlich«, erwiderte Jochen. »Wir werden der Welt zeigen, wie ein Land vernünftig und gesund regiert wird. Ihr werdet es alle noch sehen.«

»Ihr!« betonte Dagmar höhnisch. »Ihr und wir! Jetzt sind wir zwei Parteien, nicht? Du wirst dich entscheiden müssen, wohin du gehörst. Wenn du bei denen bleiben willst, mußt du auf mich verzichten.«

»Oder du auf deine lächerlichen Vorurteile«, fuhr Jochen sie an.

»Aufgehetzt von deinem Vater. Internationales Großkapital, kann ich mir denken. Aber davor kuschen wir nicht mehr.«

Sie trennten sich an diesem Abend haßerfüllt. Jochen und Michael verließen zusammen Dagmars Wohnung, wo das Gespräch stattgefunden hatte. Jochen war bedrückt. Ehe sie sich trennten, sagte er zu Michael: »Tut mir leid, wenn ich dich gekränkt habe. Das wollte ich nicht.«

»Schon gut«, sagte Michael. »Ich weiß, daß du es nicht so meinst.«

Dann ging alles sehr schnell. Dagmar, die ihr vorletztes Semester absolvierte, erklärte eines Tages, sie würde nach Abschluß des Semesters nach Schweden zurückkehren und dort fertig studieren. Und nicht mehr nach Deutschland zurückkommen. »Solange hier solche Zustände herrschen. Solange hier das Unrecht regiert.« Sie stellte Jochen vor die Alternative, ihr zu folgen oder die Trennung hinzunehmen.

Jochen nahm es zunächst nicht ernst. Noch immer hatte ihre Liebe jeden Streit besiegt, hatte sie vereinigt und vergessen lassen, was sie trennte.

Aber Dagmar machte keinen Spaß. Sie verließ Berlin, schrieb dann Jochen aus Stockholm und bat ihn, ihr nachzukommen. Ihr Vater würde ihm behilflich sein, auch später beim Aufbau einer Praxis. Jochen antwortete mit kalter Ablehnung. Und mit der Aufforderung, zu ihm zurückzukehren. Darauf hörte er nichts mehr von Dagmar. Aus. Vorbei.

3

In diese Situation hinein geriet nun Stella, nur oberflächlich von Michael informiert bei ihrem ersten Wiederbegegnen im Frühling.

Was sie einzig interessierte, war die Tatsache, daß Jochen sich von Dagmar getrennt hatte. Darüber empfand sie Befriedigung, wie jede Frau sie in so einem Falle empfand.

Gemessen an Dagmar war sie ein Kind. Unerfahren trotz der Sicherheit, mit der sie sich bewegte, noch träumend von der Wirklichkeit, nicht ahnend, was Liebe bedeutete.

Doch sie war bereit dazu. In ihrer jetzigen Umgebung hatte sie viel gesehen und gehört. Ein unberührtes Mädchen wie sie war in diesen Kreisen eine Seltenheit. Sie wußte es und verbarg diese Tatsache, unwissend auch, welche Kostbarkeit sie hütete. Ihre Jungfräulichkeit erschien ihr nicht als ein Schatz, den es zu bewahren galt. Sie war bereit, sie hinzugeben. Teils aus Neugier, teils aus dem Wunsch heraus, nun endlich wirklich erwachsen zu sein. Daß es nicht sogleich geschah, lag weder an Jochen noch an ihr. Soweit es Jochen betraf, wäre es sicher sehr bald geschehen. Er war tief verwundet von Dagmars rigoroser Haltung. Er hatte sie geliebt, sie hatten viele Jahre zusammen gelebt, sie wollten heiraten. Daß sie ihn von heute auf morgen verlassen konnte, daß sie dies fertigbrachte, hatte seinem jungen, männlichen Stolz einen bösen Schock versetzt. Stella kam ihm gerade recht, dies auszugleichen.

Jochen wußte nicht, daß sie unberührt war. Sie gab sich in der Art, wie sie ihn umarmte und küßte, sehr erfahren und geübt. Sie vermied es auch sorgfältig, in ihren Worten den Anschein zu erwecken, als habe sie noch nie einen Mann geliebt. Sie wollte erwachsen erscheinen und erging sich in geheimnisvollen Andeutungen und vielsagendem Lächeln, wenn die Rede auf Liebe und auf Männer kam.

Allerdings waren die Umstände ein wenig schwierig. Stella lebte zu Hause, zu ihr konnte er nicht kommen. Jochen lebte bei seiner Tante. Es war die Schwester seiner Mutter, mit einem höheren Beamten verheiratet. Bei der hatte er während seiner ganzen Studienzeit gewohnt. Er lebte dort wie ein Sohn des Hauses, hatte es wesentlich bequemer als andere Studenten, die sich mit Vermieterinnen herumärgern mußten, verbrauchte natürlich auch weniger Geld. Seine Tante hatte nichts dagegen, wenn er eine junge Dame zum Kaffee oder zum Abendessen mitbrachte. Etwas anderes stand aber nicht zur Debatte. Mit Dagmar war das kein Problem gewesen. Sie hatte eine hübsche eigene Wohnung besessen; denn ihr Vater war sehr vermögend.

Auf ihren Ausflügen in den Grunewald oder an die Havel gab es Möglichkeiten genug für Verliebte. Aber trotz aller Bereitschaft hatte es Stella immer verstanden, eine zu weitgehende Intimität zu verhindern.

Aber nun kam der Sommer. Jochen hatte sowieso die Absicht gehabt, nach Hause zu fahren. Und nun schlug er Stella vor, einen gemeinsamen Urlaub zu verbringen.

»Wann hast du Urlaub?« fragte er.

»Im August. Nur zehn Tage.«

»Und was machst du da?«

»Ich wollte nach Hause fahren, zu Onkel Pieter.«

»Ich weiß etwas Besseres. Wir verreisen zusammen.«

»Ich wollte aber gern zu Onkel Pieter«, meinte Stella. »Du könntest ja mitkommen.«

»Onkel Pieter hast du gerade lange genug gehabt«, sagte Jochen lachend. »Jetzt bin ich dran. Ich kenne da einen hübschen kleinen Ort an der Küste. Da ist ein Fischer, bei dem habe ich schon ein paarmal gewohnt. Sehr nett und nicht teuer. Da sind wir ganz ungestört.«

»Ach so«, sagte Stella.

»Möchtest du nicht mit mir irgendwo ganz allein sein?« fragte er lockend. »Wir zwei, ganz für uns.«

Stella blickte ihn von der Seite an. Wollte sie das? Ja, sie wollte gern mit ihm verreisen. Sie war bereit, Onkel Pieter dafür zu opfern. Es war schön, jetzt einen Freund zu haben. Jemand, der sie gelegentlich abends abholte, mit dem sie ausging, von dem sie erzählen konnte. Im Geschäft dachte jeder, sie habe mit Jochen ein Verhältnis, und Stella bestärkte jedermann in diesem Glauben. Ihre Mutter übrigens glaubte es auch. Und Milly sagte naserümpfend: »So 'n kleener Doktor. Wird er dich wenigstens heiraten? Viel verdient der ja nich.«

Lene machte den ungeschickten Versuch, ein paar Ermahnungen anzubringen. Sie hielt es für ihre Pflicht. Was aber sollte sie dieser eleganten jungen Dame, die ihre Tochter war — rein zufällig, wie es schien, und mehr aus Versehen —, was sollte sie diesem vollendeten Wesen an guten Ratschlägen erteilen?

»Sei vorsichtig«, sagte sie also. »Du weißt ja, wie das ist. Passiert ist schnell etwas. Du bist noch so jung.«

Sie selbst war Ende der Zwanzig gewesen, als ihr die erste und einzige Liebe begegnete. Und dann hatte sie prompt ein Kind bekommen.

Milly lachte. »Wat soll denn jroß passieren? Wenn det een angehender Doktor is, denn wird er sich wohl zu helfen wissen.«

Milly bekam ihr Kind Ende Juni. Sie traf umständliche Vorbereitungen dazu und entband selbstverständlich in der Klinik. Lene besuchte sie dort und fragte Stella, ob sie sie nicht begleiten wolle.

»Ich!« sagte Stella maßlos erstaunt. »Das kann doch nicht dein Ernst sein. Was geht mich denn diese schreckliche Person und ihr Kind an?«

»Schließlich ist es das Kind deines Bruders«, sagte Lene in ihrer Primitivität.

»Bitte, Mutter, verschone mich«, sagte Stella scharf. »Mich interessiert das ganze Kroppzeug nicht. Ich will mit ihnen nichts zu tun haben. Weder mit Fritz noch mit diesem Frauenzimmer, und schon gar nicht mit dem Balg. Das muß ja ein grauenhaftes Gewächs werden.«

Lene blickte sie bekümmert an. »Milly hat die ganzen Monate hindurch für dich gesorgt. Sie hat alle Arbeit hier getan, das mußt du doch zugeben.«

»Ich brauche niemanden, der für mich sorgt«, sagte Stella hochmütig. »Ich kann für mich allein sorgen. Sobald ich mehr verdiene, ziehe ich aus, das weißt du genau. Dann kannst du Großmutter spielen und mit deiner Milly glücklich werden.«

Lene sah sie betrübt an und sagte nichts mehr.

Als sie gegangen war, tat es Stella leid, so unfreundlich zu ihr gewesen zu sein. Sie hätte ihr wenigstens die Treppe hinunterhelfen sollen. Denn Lene lief immer noch sehr mühselig, mit einem Stock tappte sie vorsichtig die Straße entlang, und eine Treppe zu überwinden, bereitete ihr große Schwierigkeiten. Aber warum mußte sie auch in die Klinik gehen, um dieses Weibstück zu besuchen.

Von Tag zu Tag wurde es Stella schwerer, ihre Umgebung zu ertragen. Das Haus, die Wohnung, alle Menschen, die sie umgaben, waren ihr verhaßt und widerwärtig. Sie sehnte sich fort, weit fort, in eine ganz andere Welt, zu leisen Stimmen, schönen Räumen, zu Eleganz, Reichtum, einem glänzenden Rahmen. Sie sehnte sich noch nach vielen Dingen, die sie nicht zu nennen wußte. Es war eine unbestimmte Sehnsucht, die kein Gesicht trug, kein Ziel kannte.

In dieser Zeit war es auch nicht mehr die Insel ihrer glücklichen Jugend, zu der sie zurückverlangte. Nicht mehr. Es war ein anderes, bewegteres, schöneres Leben.

Pieter Termogen hatte das Kind Stella in seinen starken Händen aufgefangen, hatte die dunklen Kulissen von heute auf morgen weggeräumt und ihr eine glückliche, unbeschwerte Jugend geschenkt. Dem großen Mädchen Stella konnte er nicht helfen. Das brauchte eine andere Hand, eine andere Hilfe.

Stella war nicht klug genug, nicht selbständig genug, um zu wissen, wohin sie gehen sollte. Sie war voller Wünsche und voller Sehnsucht. Aber kein Wille stand dahinter, keine Kraft, kein Plan. Aber es geschah immer wieder, daß einer kam, der sie ein Stück weiterführte.

4

Der nächste, der kam, war Adam Gabriel Gontard.

Es begann an einem glühendheißen Hochsommertag. Im Geschäft war jetzt eine ruhige Zeit. An diesem Tag jedoch kam überraschend gute Kundschaft. Der schöne Rudi Lachner, immer noch Kätes unerreichbarer Traum, erschien am Nachmittag mit einem Mann namens Kunkel. Bei Köhl und Lamprecht waren sie schon avisiert, denn sie hatten bereits den ganzen Tag das Konfektionsviertel unsicher gemacht.

Kunkel war ein kleiner dicker Mann, der Ströme von Schweiß vergoß, sich ständig mit dem Taschentuch unter seinen aufgeweichten Kragen fuhr und sich vergebens bemühte, sein Erstaunen über die neue Welt, in die er geraten war, zu verbergen und seine Würde zu bewahren, auf die er, wie alle Emporkömmlinge, großen Wert legte.

Er war neugebackener Geschäftsinhaber. Vor kurzem hatte er für einen Pappenstiel ein großes Konfektionsgeschäft in einer mitteldeutschen Stadt erworben. Die Zeit der sogenannten Arisierungen hatte begonnen. Die Juden begannen, ihre Geschäfte zu verkaufen. Noch nicht direkt gezwungen, jedoch mehr und mehr einem Druck nachgebend, der ihnen eine weitere Existenz in Deutschland unmöglich machte.

Kunkel war altes Parteimitglied. Nach einer bescheidenen Jugend war er später in einer Fabrik als Hilfsarbeiter gelandet, hatte dann aber rechtzeitig den richtigen Anschluß erwischt. Als die SA-Truppen anwuchsen und Ausrüstung brauchten, fabrizierte er Gürtel und Koppel für die Uniformen. Damit verdiente er in kurzer Zeit eine Menge Geld. Anschließend erweiterte er sein Geschäft auf fast alle Artikel, deren die braunen Kämpen bedurften. Bei ihren Zusammenkünften tauchte er auf, bei Versammlungen und Parteitagen, verkaufte Ansichtskarten ihres Führers, Broschüren und Kampfschriften.

Im Jahre 1933 blühte sein Geschäft zu gewaltigem Umfang auf. Er sammelte das Geld in einer Zigarrenkiste, später in einem Persilkarton. Dann sah er sich nach neuen Taten um. Sein Ehrgeiz ging weiter, er wollte ein seriöses Geschäft aufziehen.

Brieflich fragte er seinen Freund Lachner um Rat, von dessen Klugheit er zutiefst überzeugt war.

Diese sogenannte Freundschaft zwischen den beiden so verschiedenen Männern, dem eleganten Rudi Lachner und dem kleinen, dicken Kunkel, begann viele Jahre zuvor, und zwar damit, daß Lachner dem dicken Kunkel Hörner aufsetzte.

Ilse, Kunkels junge Frau, arbeitete damals in einem kleinen Textilgeschäft in der Kleinstadt, in der sie mit ihrem Mann wohnte, als Verkäuferin. Lachner, noch sehr jung, aber schon ein hübscher, gutgewachsener Bursche mit sagenhaftem Erfolg bei Frauen, bereiste die Gegend als Textilvertreter. Während er in dem kleinen Laden Offerte machte, die Geschäftsinhaberin mit seinem Charme becircte, flirtete er nebenbei mit Ilse.

Gerissen, wie Frauen nun einmal sind, gelang es Ilse, den schönen Rudi in ihren Haushalt einzuführen. Wann immer er jetzt in der kleinen Stadt weilte, erschien er bei Kunkels zu Bratkartoffeln und Rollmops. Manchmal war er auch schon einige Stunden früher da, wenn Kunkel noch seinem Erwerb nachging, und hatte sich den Nachmittag mit Ilse allein vertrieben, die sich dann immer mit heftigen Bauchschmerzen im Geschäft entschuldigte.

Kunkel imponierte der schneidige junge Mann, der so amüsant zu erzählen verstand und seine kleine Ilse mit gnädige Frau ansprach und mit ihm ein ernsthaftes Männergespräch führte. Die Kunkels galten nicht viel im Ort, und darum war der Dicke über den dekorativen Bekannten entzückt.

Später, als Lachner eine Stellung fand und mit der Zeit bis zum Abteilungsleiter aufrückte, sah man sich natürlich seltener, aber eine lose Bindung blieb bestehen, dafür sorgte schon Ilse, die das große Liebesabenteuer ihres Lebens nicht vergessen konnte.

Mittlerweile war Kunkel kein kleiner Mann mehr, sondern er war ein großer geworden. Er besaß so viel Geld, wie Lachner sich nie erträumen konnte zu besitzen, und Ilse war nun wirklich eine gnädige Frau. Aber das Geld allein half nicht viel, man mußte etwas damit beginnen, mußte es so anlegen, daß es einen entsprechenden Rahmen bot.

Lachner wußte Rat. Natürlich konnte er über seine Branche nicht hinausdenken und empfahl Kunkel daher, sich ein Geschäft zu kaufen. Die Juden verkauften billig, mußten verkaufen, man sollte danach trachten, möglichst bald die günstige Gelegenheit wahrzunehmen. Lachner erklärte sich bereit, sich mit einem kleinen Betrag zu beteiligen, dann war ein Fachmann in der Firma, der mit Rat und Tat zur Seite stehen konnte. Ließ sich alles gut an, konnte er später immer noch seine Stellung aufgeben und ganz in das Geschäft einsteigen.

Kunkel war rasch entschlossen. Ilse war begeistert. Sie würde nun Frau Geschäftsbesitzerin sein. Die günstige Gelegenheit bot sich bald. In der nächstgelegenen Großstadt wurde ein Geschäft angeboten. Damenkonfektion, mittleres Genre, gut eingeführt, seit Generationen in einer Familie. Einer jüdischen Familie.

Die Stadt war für ihre nazistische Gesinnung bekannt. Dem jüdischen Geschäftsinhaber hatte man schon zweimal die Schaufenster eingeschlagen, und morgens, wenn er aus seinem Wagen stieg, fand er die Wände seines Geschäftshauses beschmiert: »Juda verrecke!« stand da. Oder auch: »Nur ein Schwein kauft bei einem Juden.«

Wirklich ließ der Geschäftsgang zu wünschen übrig. Die Leute scheuten sich, einen Laden zu betreten, der so gezeichnet war.

Der Jude war alt und herzkrank. Er entschloß sich von einem Tag auf den anderen, das Geschäft zu verkaufen und mit dem Geld dieses bösartig gewordene Land zu verlassen. Noch war es möglich. Es gab Leute, die es gut mit ihm meinten und ihn warnten. Die Zukunft mochte noch Schlimmeres bringen.

Der Käufer war Kunkel. Er drückte den Preis noch erheblich und kam schließlich mit seiner Zigarrenkiste und zahlte bar auf den Tisch. So weit, so gut. Der Dicke stand stolz, aber reichlich ahnungslos in seinem neuen Geschäft. Die Angestellten blickten ihn teils ablehnend, teils sogar mißtrauisch an und erwarteten seine Anweisungen.

Hier konnte nur Lachner helfen. Er kam, sah sich gründlich um, brachte mit seinem Charme das gesamte Personal, wenigstens soweit es weiblich war, und das war es ja zum größten Teil, auf seine Seite. Sodann setzte er alle Preise herab. »Zur Einführung«, wie er sagte.

»Und damit die alten Boofkes 'rauskommen. Dann kaufen wir neue Ware. Die Leute werden staunen.«

Zu diesem Zweck war er nun mit Kunkel und der inzwischen etwas mollig gewordenen Ilse in Berlin. Vormittags zogen sie durch das Konfektionsviertel und kauften quer durch den Garten, was an günstigen Angeboten zu haben war. Da sich die Engros=Firmen schon wieder auf die nächste Frühjahrs= und Sommerkollektion vorbe=reiteten, waren sie froh, die restliche Winterware loszuwerden, und verkauften billig.

Abends speiste man bei Kempinski oder Horcher, ging dann ins Theater oder ins Kabarett, und Lachner zeigte Ilse und dem Dicken die seriöse Seite des Berliner Nachtlebens.

Nach drei Tagen mußte Ilse zurück zu ihren Kindern. Nun ging es erst richtig los. Die Firmen mit den hübschesten Mannequins und die amüsanteren Nachtlokale hatte sich Lachner aufgespart. Kunkel kam aus dem Staunen nicht heraus.

Als das ungleiche Paar bei Köhl und Lamprecht auftauchte, war man bestens auf sie vorbereitet und hatte alles herausgesucht, was an überflüssiger Ware da war. Stella und Käte liefen mit brennenden Füßen hin und her, denn Tina war in Urlaub, und sie mußten zu zweit die ganze Arbeit schaffen.

Die Herren tranken erst Kaffee, dann Bier und Korn in beacht=lichen Mengen. Aber es lohnte sich. Man bekam die ganzen Reste los.

Kunkel saß mit schwimmenden Äuglein auf seinem Stuhl und ver=sicherte allen immer wieder, daß er nie geahnt habe, was die Berliner für reizende Menschen seien. Jedesmal blickte er wieder aufs neue begeistert, wenn Stella oder Käte den Vorführungsraum betraten. Es war schwer für ihn, zu entscheiden, welche der beiden Damen er reizvoller fand. Die Rote war zwar verteufelt hübsch, blickte aber sehr hochnäsig drein. Die Blonde gefiel ihm besser. Ihre etwas ge=rundeten Formen entsprachen mehr seinem Geschmack. Und dann strahlte sie ihn so reizend an. Er fuhr sich immer wieder in seinen Kragen oder trocknete sich die feuchte Stirn. Teufel, was für ein Mädchen! Wie sie die Hüften schwang. Und diese goldigen Grübchen in den Wangen.

Daß Kätes Strahlen weniger ihm als seinem Begleiter galt, entging ihm. Schließlich bestand er darauf, daß die Damen auch etwas zu trinken bekamen.

»Nicht bei der Arbeit«, wehrte Köhl ab.

»Bei der Hitze!« rief Kunkel. »Die armen Dinger müssen ja halb tot sein.«

Das waren sie wirklich. Und da Kunkel nicht lockerließ, tranken sie schließlich ein Bier, und dann, weil er es partout wollte, auch einen Schnaps.

Es blieb nicht bei dem einen. Die Vorführung lockerte sich auf. Alle waren angeheitert. Die Geschäftszeit war längst zu Ende, bis Stella schließlich seufzend das letzte Stück über den Kopf streifte, ein hochgeschlossenes schwarzes Abendkleid mit weitem Plisseerock, in dem sie bald erstickt war.

»Uff!« stöhnte sie. »Mir langt es. Jetzt möchte ich baden gehen.«

Aber baden gehen stand nicht in Kunkels Programm. Er forderte vielmehr die ganze Belegschaft zum Abendessen auf.

Köhl entschuldigte sich mit einer dringenden Verabredung, aber Lamprecht war sofort bereit, mitzugehen. Schließlich war Kunkel nicht nur ein guter Kunde, sondern auch ein Parteigenosse.

»Die Damen müssen natürlich auch mit«, sagte Kunkel. »Sie müssen halb verhungert sein.«

»Natürlich kommen sie mit«, sagte Lachner und schenkte Käte sein gekonntes Lächeln. Käte schmolz dahin.

»Natürlich«, hauchte sie.

»Sie auch«, rief Kunkel, zu Stella gewandt. »Ein Mädchen für uns alle ist zu wenig.«

Stella zögerte. Aber sie hatte getrunken, war entsprechend animiert, und hungrig war sie auch.

Kunkel führte sie zu Kempinski und bestand darauf, Austern zu essen.

»Im Juli gibt es keine Austern«, belehrte ihn Lachner. »Aber wir werden schon etwas hübsch Leichtes finden. Bei der Hitze kann man sowieso nicht viel essen.«

Doch um so mehr trinken. Erst tranken sie Wein, dann Sekt. Später siedelte die ganze Gesellschaft nach dem Westen über, besuchte einige Lokale am Kurfürstendamm und landete dann bei Mutter Streese, einer bekannten Künstlerkneipe in der Nürnberger Straße.

Kunkel war entzückt. Das Lokal war gefüllt mit Prominenz. Schauspieler, Filmleute, Künstler aller Sparten.

Sie waren in bester Stimmung, mehr oder weniger blau. Hier gab es wieder Bier und Schnaps, dann Sekt. Käte saß eng an Lachner geschmiegt, überließ aber ihr linkes Bein Kunkel, der es zärtlich betätschelte. Der dicke Kunkel mit seinem roten Kopf und der dröhnenden Stimme wurde ringsumher bestaunt, eine Figur wie er war eine Seltenheit hier, und die spottlustigen Künstler hatten ihren Spaß daran. Bald hatte sich die Runde vergrößert, alle tranken auf Kunkels Kosten.

»Man los, Kinder!« schrie er. »Kunkel bezahlt alles! Heute wird gefeiert.«

Stella hatte auch eine Zeit ausgelassener Stimmung gehabt, aber jetzt saß sie steif auf ihrem Stuhl, bemüht um Haltung, denn vor ihren Augen tanzte es, und in ihrem Kopf drehte sich alles. Neben ihr saß ein älterer Herr, von dem man ihr gesagt hatte, er sei ein bekannter Schauspieler, er hatte seine Hand unter ihren nackten Arm geschoben und sein Bein an das ihre gepreßt. Sie bemerkte es kaum.

»Wer bist du denn?« fragte der Schauspieler.

»Ich?« fragte Stella zurück.

»Ja, du. Ich hab' dich noch nie hier gesehen. Du bist sehr niedlich. Bist du eine Kollegin?«

Stella dachte nach. Eine Kollegin von was? »Ich bin keine Kollegin«, teilte sie dann ihrem Nachbarn ernsthaft mit. »Von niemand.«

»Das ist gut«, meinte der. »Du gefällst mir.« Er rückte noch näher und versuchte, sie zu küssen.

Stella wandte das Gesicht zur Seite. Als er nachrückte, bog sie sich noch weiter weg und geriet damit unvermutet Kunkel in die Arme, der rechts von ihr saß.

»Komm nur her!« rief der. »Komm nur ganz zu Papa Kunkel, der paßt auf dich auf.«

Stella, so bedrängt von zwei Seiten, wäre am liebsten davongelaufen, aber sie war im Moment nicht dazu imstande.

Ihr linker Nachbar hielt ihren Arm fest, preßte sich an ihren Oberschenkel. Ihr rechter, Kunkel, hatte es fertiggebracht, seine Hand so an sie heranzuschieben, daß sie an ihrer Brust lag.

Stella hob beide Hände und schob rechts und links die lästigen Freier energisch zur Seite. »Lassen Sie das!« rief sie laut und zornig.

Die Tischrunde lachte wiehernd.

In diesem Augenblick sah sie den Mann an der Theke. Er stand dort und unterhielt sich mit der Wirtin, hatte sich dabei halb umgewandt, so daß er das Lokal überblicken konnte.

Stella bemerkte, daß der Mann sie ansah. Und auch sie konnte nicht gleich wieder von ihm wegsehen. Er war ungewöhnlich; mittelgroß, breit und vierschrötig und sehr häßlich. Ein dicker, schwerer Schädel, der tief in den Schultern saß. Eine breite, gebuckelte Stirn, eine große Nase, ein voller, sinnlicher Mund. Und doch sah er nicht schlecht aus. Ein wenig zum Fürchten und ein wenig zum Staunen. Ein Mann mit einem Kopf.

Sekundenlang starrten sie sich über die Menschen hinweg, durch den Rauch hindurch, an.

Dann löste sich der Mann langsam von der Theke und kam auf den Tisch zu. Seine schwere Gestalt bewegte sich leicht, fast graziös, mit der Anmut eines Raubtieres.

Jetzt stand er hinter Stellas Stuhl und beugte sich zu ihrem linken Nachbarn hinab.

»Besäufst du dich wieder einmal, Harald?« fragte er mit einer sehr tiefen, sehr melodischen Stimme.

»He, Adam«, rief der Schauspieler begeistert. »Du bist da! Du fehlst uns gerade noch. Hau dich hin! Hier gibt es Freibier. Herr Kunkel zahlt alles. Hat ein gutes Geschäft gemacht und sich zwei hübsche Mädchen eingekauft.«

»Hat er das?« fragte der Mann, der sich Adam nannte. Er legte seine große breite Hand um Stellas Nacken, bog ihren Kopf leicht zu sich herum und blickte sie an. »Die hier auch?«

Stella schaute sprachlos zu ihm auf. Der Mann hatte zwei große dunkelbrennende Augen in seinem häßlichen Gesicht, deren Blick sie bannte.

Er beugte sich herab, brachte seinen Mund dicht an ihr Ohr und sagte: »Dann hättest du dich zu billig verkauft, Rotkopf. Für dich dürfte ein besseres Kraut gewachsen sein.«

Stella brachte noch immer kein Wort hervor.

Der Schauspieler erklärte inzwischen der Tischrunde: »Das ist Adam Gabriel Gontard, Leute. Erweist ihm eure Reverenz. Ein großer Künstler.«

»Willkommen, willkommen«, jubelte Kunkel. »Setz dich hin, Adam Gabriel, und sauf mit uns.«

Gontard gab ihm einen kurzen Blick aus dem äußersten Augenwinkel, so wie man vielleicht eine lästige Laus betrachtet, dann ließ er Stellas Nacken los, griff hinter sich, zog sich von einem anderen Tisch einen Stuhl heran und schob diesen Stuhl direkt zwischen Stella und Kunkel.

»Rück zur Seite, Dicker«, sagte er dabei. »Das ist hier kein Platz für dich.«

Kunkel rückte bereitwillig.

Stellas neuer Nachbar belästigte sie in keiner Weise. Seit er ihren Nacken losgelassen hatte, beachtete er sie kaum mehr. Er griff mit lauter Stimme ins Gespräch ein, später kamen noch andere Leute an den Tisch, die ihn kannten und seinetwegen kamen.

Harald, der Schauspieler, beugte sich vor und fragte: »Wo ist Gerry?«

»In Wien, das weißt du doch«, erwiderte Gontard. »Liest du keine Zeitung, du Trottel?«

»Ich dachte, sie käme wieder zurück?«

»Nein. Sie kommt nicht zurück. Jedenfalls nicht so bald.«

»Ach ja, ich erinnere mich. Sie spielt in der nächsten Saison dort die Beatrice. Wie lange spielt sie eigentlich noch junge Mädchen? Bis sie fünfzig ist?«

»Bis sechzig«, erwiderte Gontard. »Und dann spielt sie immer noch den ganzen Nachwuchs an die Wand.«

Stella schwieg. Kunkel war sie los. Auch Harald belästigte sie nicht mehr. Ohne weiteres schien er Gontards Anspruch auf sie zu respektieren.

Aber Adam Gabriel Gontard sprach ebenfalls kaum mit ihr. Nur einmal fragte er: »Wie heißt du?«

»Stella«, flüsterte sie eingeschüchtert.

Er blickte sie von der Seite an, aus den Augenwinkeln, das schien eine Angewohnheit von ihm zu sein. Er lächelte. »Stella«, wiederholte er. »Kleiner Stern am Abendhimmel.«

Stella lauschte seinen Worten nach. Sie erinnerten sie an irgend etwas. Ach ja. Glück der Abendstunde. Wer hatte das bloß gesagt? Sie mußte angestrengt nachdenken. Glück der Abendstunde.

»Wie alt bist du?« fragte Gontard.

»Zwanzig«, log sie. Sie wußte, daß sie wie zwanzig wirkte. Achtzehn zu sagen, war zu wenig.

Er nickte. Nach einer Weile sagte er: »Du siehst aus, als könntest du ein großer Stern der Nacht werden, kleiner Stern.«

Plötzlich fiel es Stella ein. »Jan!« sagte sie laut.

Jan hatte das gesagt. Von einer Chinesin hatte er erzählt, die ein verliebter Mann Glück der Abendstunde genannt hatte.

»Jan?« fragte Gontard und zog eine Braue hoch. Nur eine, es gab ihm etwas Diabolisches. Dichte, buschige Brauen waren es, die widerspenstig abstanden. »Ist das der Kerl, den du liebst?«

Stella nickte. Sie wußte auch nicht, warum. Es erschien ihr im Moment ganz natürlich. Warum sollte sie nicht jemanden lieben. Alle liebten jemand. Jochen hatte sie vergessen.

»Ist er hier?« wollte Gontard wissen. Er hatte sich jetzt zu ihr umgedreht und betrachtete sie aufmerksam.

Stella schüttelte den Kopf.

»Betrügst du ihn mit dem fetten Provinzschwein hier?« Er sagte es laut genug, daß Kunkel es hören konnte. Aber der hörte nichts mehr.

»Nein«, sagte Stella.

»Und was machst du?« wollte Gontard wissen. »Arbeitest du was, oder lebst du von Männern?«

Stella sah ihn erschrocken an. Aber sie war so wirr im Kopf von der Hitze, von dem vielen Alkohol, dem Rauch und diesem schrecklichen Mann, daß sie sich nicht einmal empören konnte über die seltsame Frage. Sie antwortete mechanisch. »Ich bin in der Konfektion.«

Wieder ging die buschige Braue hoch. »Ist das auch ein Beruf? Ach, ich weiß. Du bist so ein Püppchen, das sich an- und auszieht. So ein Kleiderpüppchen.«

Stella wußte keine Antwort darauf, blickte ihn nur verwirrt an.

»Schade um dich«, sagte er. »Hast du gar nichts drin in deinem hübschen Köpfchen?«

Er nahm einen Zug aus seiner Zigarette und betrachtete sie durch den Rauch mit zusammengekniffenen Augen. »Kann ich mir eigentlich nicht vorstellen. Das Sternlein ist nur noch zu klein. Gehört noch ein bißchen aufpoliert.« Und mit einer verächtlichen Handbewegung über die ganze Runde fügte er hinzu: »Aber nicht von dem Gesindel hier.« Er nahm ihre Hand und betrachtete sie. »Du hast intelligente Hände. Sensible Hände. So was täuscht nie. Hm. Wäre ganz interessant, kleiner Stern, den Fall mal näher zu untersuchen.« Dann wandte er sich ab, trank sein Glas leer und rief zur Theke hin: »Noch ein Pilsner.«

Stella wußte nicht, wie spät in der Nacht es war, als man endlich aufbrach. Gontard hatte die ganze Zeit nicht mehr mit ihr gesprochen. Als sie alle auf der Straße standen, befahl er: »Wir trinken bei mir Kaffee.«

Stella wollte sagen, daß sie nach Hause gehen müsse, aber sie würde dazu gar nicht mehr imstande sein. Vorübergehend hatte der merkwürdige Mann sie von ihrem Zustand abgelenkt. Jetzt, auf der Straße, drehte sich wieder alles vor ihren Augen, sie kämpfte mit Übelkeit.

Ich bin betrunken, dachte sie. Ich bin richtig betrunken. Wenn Stine das wüßte.

Ja, plötzlich fiel ihr Stine ein, die immer geschimpft hatte, wenn sie vom Glas des Kapitäns trank.

Die Gesellschaft verminderte sich um einige Gestalten, denn Gontard traf eine gewisse Auswahl. Kunkel versetzte er einen Klaps auf die Schulter.

»Geh nach Hause, Dicker. Für heute ist der Schnaps alle.«

Immerhin waren sie noch etwa acht Personen, als sie loszogen. Gontards Wohnung war ganz in der Nähe, oder jedenfalls erschien es Stella so, die am Arm eines fremden Mannes durch die nächtlichen Straßen zog. Gontard war nicht neben ihr. Er hatte Käte untergehakt, auf der anderen Seite noch eine Blondine, die immerzu laut vor sich hin kicherte, weil Gontard ihr etwas ins Ohr flüsterte. Von Gontards Wohnung nahm Stella kaum etwas wahr. Sie wußte nicht, wie sie in das Haus gekommen war.

Sie hatte nur den vagen Eindruck eines sehr großen Zimmers, das düster eingerichtet war mit schweren alten Möbeln, und dazwischen standen lauter tiefe Sessel, und eine große breite Couch nahm fast die ganze eine Wand des Zimmers ein.

Sie saß mitten auf der Couch, rechts von ihr der Schauspieler, der sich wieder näher an sie drückte. Der schöne Rudi war auch da, bückte sich plötzlich über sie und küßte sie.

Darauf zog Käte ihn weg und begann laut auf Stella zu schimpfen. Dann gab es Kaffee und Kognak.

Alle lachten und redeten durcheinander, keiner hörte auf den anderen. Stella hatte kaum den Kaffee ausgetrunken, da merkte sie, wie ihr übel wurde.

Sie stand taumelnd auf.

»Ich muß nach Hause gehen«, sagte sie langsam und überdeutlich. »Tut mir leid. Gute Nacht.«

Wie eine hölzerne Puppe bewegte sie sich auf die Tür zu, die sie verschwommen vor sich sah.

Die anderen achteten nicht auf sie. Nur Gontard war plötzlich neben ihr. »Ich bringe Sie hinaus«, sagte er, ganz förmlich auf einmal.

Er legte seine Hand um ihren Ellenbogen und geleitete sie in die Diele. »Ist Ihnen schlecht?« fragte er.

Stella nickte.

»Hm«, meinte er. »Kleine Mädchen sollten nicht so viel saufen.«

»Ich trinke sonst nie«, sagte Stella matt.

»Das dachte ich mir.« Er wies auf eine Tür. »Hier ist das Badezimmer.«

Stella schüttelte den Kopf, dann sank sie plötzlich vornüber. Sie merkte, wie er sie auffing, hochhob und dann irgendwo niederlegte. Als sie lag, begann in ihrem Kopf ein wilder Wirbel, alles drehte sich, ein lautes Dröhnen schien irgendwoher zu kommen, betäubte sie, Übelkeit würgte sie im Hals, und dann wußte sie nichts mehr.

5

Stella erwachte. Sie tauchte auf wie aus einem tiefen Meer. Sie war im Meer gewesen. Eben noch waren schwarze Wellen über sie hinweggerollt. Sarnade in ihrem Reich, verloren und doch zu Hause.

Sie hob langsam die Lider. Ihr Kopf schmerzte, aber nicht sehr. Sie hatte Durst.

Um sie war es dämmerig. Das Licht fiel in dünnen Streifen durch eine Jalousie. Eine Zeitlang starrte sie auf das Fenster, das ihr fremd war. Sie hob die Hand, strich über ihre Stirn, schob eine Strähne ihres Haares zurück, die auf der Wange lag.

Wo war sie eigentlich, und was war geschehen? Und dann, ganz plötzlich, kam die Erinnerung an die vergangene Nacht zurück. Und dann das Ende. — Wo war sie eigentlich geblieben?

Sie wandte den Kopf zur Seite und blickte direkt in die dunklen Augen des Mannes, der neben ihr lag. Im gleichen Moment merkte sie, daß sie nackt war. Sie lag nackt unter einer federleichten Daunendecke. Der Mann sah das Entsetzen in ihrem Blick, das endgültige Erwachen. Er beobachtete sie still, wartete, was sie tun würde.

Sie fuhr auf mit einem kleinen, erstickten Laut. Dabei glitt die

Decke herab, ihre Brüste waren nackt, und mechanisch zog sie die Decke wieder hoch. Zugleich aber hatte das plötzliche Aufrichten Schwindelgefühl verursacht, hatte einen stechenden Schmerz durch ihren Kopf gejagt. Der Mann neben ihr streckte seinen Arm aus und drückte sie behutsam nieder.

»Pst«, sagte er, »langsam! Mit einem Kater muß man behutsam umgehen.«

Stella sah, daß auch er nackt war.

Sie lag wieder still, schloß die Augen, lag steif wie ein Stück Holz. Wo war sie? Was war geschehen?

Sie suchte den Ablauf des Abends und der Nacht in ihrem Gedächtnis zusammen. Alles fand sie, bloß das Ende nicht. Sie waren in der fremden Wohnung gewesen, Käte hatte sie beschimpft, weil Lachner sie geküßt hatte, und ihr war schlecht gewesen, und dann hatte sie gesagt, sie müsse nun nach Hause gehen, und dann war sie aufgestanden und gegangen. Sie war doch gegangen? Oder doch nicht?

Nun spürte sie auch die Wärme des fremden Körpers neben sich. Der Mann berührte sie nicht, aber er lag dicht neben ihr. Er lag mit ihr unter einer Decke. Sie hatte im Bett dieses fremden Mannes geschlafen, daran bestand wohl kein Zweifel. Durch die Ritzen der Jalousie drang Licht. Wie spät mochte es sein? Sie mußte doch ins Geschäft.

»Wie spät ist es?« murmelte sie mit trockenen Lippen.

Gontard lachte. »Das ist eine vernünftige Frage. Leider weiß ich es nicht. Ich habe vergessen, meine Uhr aufzuziehen. Aber wir können nachher im Wohnzimmer nachschauen, da ist noch eine.«

Stella hatte die Augen wieder geschlossen. Es war unvorstellbar. Sie lag im Bett eines fremden Mannes, nackt neben einem nackten Mann. Was hatte er mit ihr gemacht?

Wenn er . . . War es möglich, daß sie so betrunken gewesen war und nichts gemerkt hatte? War so etwas möglich?

Unwillkürlich stöhnte sie. Es klang verzweifelt und hilflos.

»Nun, komm«, sagte die tiefe Stimme neben ihr. »Bloß keinen Katzenjammer. Willst du was trinken?«

Er griff neben das Bett, hob eine Seltersflasche hoch und füllte ein Glas.

»Hier, trink.«

Stella richtete sich auf, die Decke glitt wieder herab, sie achtete nicht darauf. War ja nun egal. Sie griff nach dem Glas und leerte es durstig.

»Noch eins?« fragte er.

Sie nickte.

Dann legte sie sich wieder hin. Sie wußte nicht, was sie tun sollte.

»Ist dir besser?« fragte er. Es klang liebevoll und weich.

Sie wandte sich zu ihm und blickte in diese großen dunklen Augen.

»Mir geht es ganz gut«, sagte sie. »Ich weiß bloß nicht ... Was ist denn geschehen? Und wie komme ich hierher? Um Gottes willen, ich weiß ja gar nicht ...«

Er hob seine Hand und strich ihr leicht das verwirrte Haar aus der Stirn. »Alles in Ordnung. Zu deiner Beruhigung: Keiner weiß, daß du hiergeblieben bist. Ich habe gesagt, ich hätte dir ein Taxi gerufen und du wärst nach Hause gefahren. Die Wohnung ist groß genug, so daß keiner was gemerkt hat.«

»Und — und dann?« fragte sie.

»Nichts weiter. Du warst blau wie ein Veilchen, mein Kind. Und schlecht war dir auch. Und dann bist du einfach umgesackt. Du solltest nicht soviel trinken, wenn du es nicht verträgst.«

»Ich wußte das nicht«, sagte sie. »Ich trinke nie. Aber gestern war alles so komisch. Und die Hitze. Und ich wollte eigentlich auch schon viel früher heimgehen.«

»Natürlich. Aber nun hast du gut geschlafen, und nun ist gleich alles viel besser, nicht?«

»Aber — wer hat mich denn ins Bett gelegt?« fragte sie verzagt.

»Na, wer wohl? Denkst du, ich habe eine Krankenschwester gerufen? Ich habe dich ausgezogen, viel hattest du ja nicht an«, er lächelte, »den kleinen leichten Fummel und darunter nur ein Höschen. Sommer ist praktisch, nicht? Und dann habe ich dich in mein Bett gelegt.«

»In Ihr Bett?«

»Ich war so frei.«

»Und — und dann?« fragte sie, kaum hörbar.

Jetzt lachte er laut. Er stützte sich auf einen Arm, hob sich über sie und blickte auf sie herab.

»Nichts weiter. Ich habe mich neben dich gelegt, was ein sehr angenehmes Gefühl war, und dann haben wir beide einträchtig zusammen geschlafen.«

Er schien vollkommen munter zu sein, von einem Kater merkte man ihm nichts an. Seine Augen waren klar, sein Gesicht ausgeruht.

Die noch nicht verstummte Frage in Stellas Augen belustigte ihn. »Weiter ist nichts mit dir passiert. Oder denkst du, ich vergewaltige ein betrunkenes oder schlafendes Mädchen? Das ist nicht der Mühe wert. Ich warte lieber, bis das Mädchen wieder wach und nüchtern ist. Dann haben wir beide mehr davon.«

Stella brachte kein Wort über die Lippen. Sie starrte zu ihm auf wie ein hypnotisiertes Kaninchen auf die Schlange. Auch als er sich näher über sie beugte, als seine Hand über ihr Haar, ihre Wange und ihre Schultern glitt, die Decke ein wenig herabstreifte und sich dann behutsam um ihre Brust legte.

Und plötzlich war auch kein Abstand mehr zwischen ihren Körpern. Der warme Körper des Mannes war an ihrem, in leichter Berührung zunächst, aber sein Fuß glitt über ihre Beine, drängte sich dann langsam zwischen ihre festgeschlossenen Knie.

»Nein«, flüsterte Stella angstvoll. »Nein.«

Er gab keine Antwort, beugte sich herab und küßte sie. Er ließ sich Zeit dazu, küßte sie lang und vorsichtig, dann eindringlicher, sein Arm umschloß sie fester, sie spürte seinen heißen Körper an ihrer Brust. Sie machte einen Versuch, sich zu befreien. Er ließ sie sofort los, betrachtete sie wie prüfend aus einiger Entfernung, beugte dann seinen Kopf herab, und seine Lippen begannen ihre Brust zu liebkosen, ganz leicht und zärtlich, aber hingebungsvoll.

In diesem Augenblick gab Stella auf. Sie konnte sich nicht wehren. Sie wollte es auch gar nicht. Dieser fremde Körper war nichts Verhaßtes, nichts, was sie fürchten mußte. Es war schön, ihn zu spüren. Dieser fremde Mund tat ihr gut. Und seine Hand, die langsam an ihrem Körper abwärts glitt, erweckte eine jähe Süße in ihr, die sie alle Angst vergessen ließ.

Sie legte den Kopf zurück in die Kissen und schloß die Augen. Aber sie war wach. Wach und nüchtern, wie er es zuvor gesagt hatte. Und der Rausch, den seine Hände, seine Lippen, seine Nähe in ihr nun erweckten, war von anderer Art als jener der vergangenen Nacht.

Sie stöhnte, als er seine Zähne in ihre Schulter grub. Das Gewicht seines Körpers spürte sie nicht. Sie spürte nur einen jähen, wilden Schmerz und schrie auf, ein kurzer, halberstickter Schrei, und dann schwieg sie, entsetzt, erschrocken, und ließ alles mit sich geschehen.

Der laute Atem des Mannes verstummte. Er lag ganz still jetzt auf ihr, ohne sich zu rühren, das Gesicht an ihren Hals gepreßt. Auch Stella rührte sich nicht. Sie war starr vor Staunen. Überwältigt. So war das also. Ein Mann und eine Frau. Jetzt war sie eine Frau.

Doch dann wurde ihr der Mann zu schwer, sie bewegte sich leicht. Er ließ sofort von ihr ab, stützte sich auf und betrachtete sie. »Sieh mich an«, sagte er.

Sie schlug die Augen auf und erblickte über sich das wilde Gesicht, das nun nicht mehr häßlich erschien, sondern von einer seltsamen, leuchtenden Schönheit erfüllt war.

Er küßte sie noch einmal, hob sich dann zur Seite, lag eine Weile neben ihr, die Hand auf ihrer Brust, den anderen Arm unter ihrer Schulter.

»Das wußte ich nicht«, sagte er. »Du hättest es mir sagen müssen.« Sie bewegte leicht den Kopf und lächelte ein wenig. Sie hatte keine Angst mehr vor ihm. Und er hatte keinen Abscheu in ihr erweckt. Die

Berührung seines Körpers war angenehm, auch jetzt noch. Jetzt erst recht.

»Das konnte ich wirklich nicht ahnen«, sagte er. »So wie ich dich gestern kennengelernt habe, mit all den Kerlen ... Es war wirklich das erstemal?«

Sie nickte.

»War es schlimm? Graut es dir vor mir?«

Sie schüttelte den Kopf, hob ihre Hand und legte sie an seine Wange. Es war eine scheue, federleichte Berührung, ein erster Versuch, Zärtlichkeit zu schenken.

Der Mann lächelte. »Ein ganz kleiner, junger Stern also. Und ich habe ihn angezündet.«

Plötzlich richtete er sich auf, saß im Bett, ein breiter, nackter Mann, und lachte glücklich.

Stella sah zu ihm auf. Sie lächelte unwillkürlich. Wie ein übermütiger Junge lachte er.

Dann nahm er sie in die Arme und küßte sie leidenschaftlich. »Das ist ein schönes Geschenk, das du mir da gemacht hast, kleiner Stern. Ich wußte gar nicht, daß es so etwas noch gibt in unserer Welt. Eine richtige kleine Jungfrau, schön und jung und süß.«

Er küßte sie wieder, fragte dann: »Wirst du eine Weile bei mir bleiben, kleiner Stern? Eine kleine Weile?«

»Wenn du willst«, sagte Stella.

Geradezu eifrig erklärte er ihr: »Du wirst sehen, das war nur der Anfang und da ist es immer ein bißchen schwierig, man muß sich erst aneinander gewöhnen. Und dann tut es dir auch nicht mehr weh. Ich will dich zum Leuchten bringen, kleiner Stern. Wenn du gern zu mir kommst und gern bei mir bist.«

»Ja«, flüsterte sie. »Ja, ich glaub' schon.«

Eine lange Weile lagen sie stumm nebeneinander, ganz vertraut schon, kaum mehr eine Fremdheit zwischen ihnen.

Dann richtete er sich auf und lachte wieder, glücklich wie ein Kind. »Weißt du, was wir jetzt machen? Jetzt machen wir uns ein großartiges Frühstück. Die Brötchen hängen vor der Tür, und ich koche dir einen wunderbaren Kaffee, heiß wie die Sünde und schwarz wie der Teufel. Das kann ich gut. Du bleibst hier liegen, ich bringe dir alles ans Bett. Und dann liebe ich dich noch einmal. Viel schöner noch, du wirst es sehen.«

Er beugte sich über sie, küßte ihre Augen, ihren Mund, ihre Schultern. »Kleine Schöne. Heute ist Geburtstag für mich. Ganz großer, einmaliger Geburtstag. Das werden wir feiern.«

»Aber ich muß ins Geschäft«, warf Stella ein.

»Zum Teufel mit dem Geschäft. Die sollen ihr Zeug heute ohne dich verkaufen. Wir feiern Hochzeit. Den ganzen Tag.«

6

Sie blieben bis nachmittags um vier Uhr im Bett liegen. Das Telefon klingelte gelegentlich, an der Wohnungstür läutete es auch einige Male. Gontard überhörte es.

»Interessiert mich nicht«, sagte er, als Stella meinte, er könne doch wenigstens ans Telefon gehen. »Ich bin nicht da für die prosaische Alltagswelt. Heute ist ein großer Festtag. Oder nicht?«

Stella sah ihn an und nickte lächelnd. Schon an diesem ersten Tag ihres Zusammenseins war sie restlos fasziniert von diesem ungewöhnlichen Mann, der ihr da über den Weg gelaufen war.

Sie war jung und unerfahren. Sie hatte noch nie einen Liebhaber besessen. Und wenn sie je darüber nachgedacht hatte, wie es sein mußte, einen Mann zu haben, so waren es höchst vage Vorstellungen gewesen: Küsse, Zärtlichkeiten, Liebkosungen. Was sonst noch sein könnte, davon hatte sie keine Ahnung gehabt.

Was nun mit ihr geschah, war überwältigend. Dieser Mann, gestern noch unbekannt, war wie ein Orkan in ihr Leben gebraust und hatte sie mitgerissen. Schon rein äußerlich entsprach er in keiner Weise dem Bild, das sich ein Mädchen machte, das von Liebe und einem Geliebten träumte. Der schwere Mann mit seinem häßlich-schönen Gesicht, den brennenden Augen, berstend vor Leben, vital und robust, manchmal fast brutal, dann wieder von einer rührenden Zartheit, war so ganz anders, wie Stella sich einen Liebhaber vorgestellt hatte. Aber er war ein guter Liebhaber. Seine kräftigen und dabei so feinfühligen Hände verstanden mit einem Frauenkörper umzugehen wie ein großer Virtuose mit seinem Instrument. Doch da war keine Routine, keine kalte Technik. Alles war Leben, war Nerven und Empfindung. Dazu kam seine Begeisterungsfähigkeit, seine geradezu kindlich-naive Freude an der Situation, an Stella; seine bewundernden Worte, seine eindringlichen und neugierigen Fragen, seine eigensinnige Beharrlichkeit, sie ganz zu kennen, zu verstehen, ganz zu verschlucken, gleich an diesem ersten Tag, all dies machte es unmöglich, daß Stella zur Besinnung kam, sich klar darüber wurde, was mit ihr geschehen war. Sie war kein selbständiger Mensch mehr an diesem Tag, sie war Wachs in der Hand dieses Mannes, der sich mit Ungestüm in ihr Leben drängte und von ihr Besitz ergriff.

Die einzige selbständige Handlung, die sie durchsetzte, war ein Anruf im Geschäft.

»Ich muß mich wenigstens krankmelden«, beharrte sie. »Die wissen ja gar nicht, wo ich bin. Es ist mir peinlich genug nach gestern abend.«

»Eben«, meinte Gontard. »Die werden sich denken, daß du einen Kater hast und damit basta.«

»Ich habe noch nie gefehlt«, sagte Stella.

»Du bist ein tüchtiges Kind. Und dann schadet es erst recht nichts.«

»Aber Käte ist allein.«

»Sie wird es schon schaffen.«

Schließlich telefonierte sie doch. Gontard holte ihr dazu das Telefon aus dem Wohnzimmer und stöpselte es neben dem Bett ein.

Es war um die Mittagszeit und daher ganz günstig, weil die Herren zum Essen waren. Stella sprach mit Frau Hohmann, der Direktrice.

Sie habe sich gestern abend den Fuß verstaucht, sagte sie, beim Nachhausegehen und müsse heute kalte Umschläge machen.

Frau Hohmann schnob verächtlich und hörbar durch die Nase.

»Ich weiß Bescheid«, sagte sie. »Käte hat mir berichtet. Ihr solltet euch schämen, alle beide. Und wenn Sie schon mit auf Sauftour gehen, Fräulein Termogen, ist das Ihre Sache. Aber am nächsten Tag einfach nicht ins Geschäft zu kommen, ist eine Unverschämtheit. Das machen Sie hier nur einmal und nicht wieder.«

Kleinlaut legte Stella den Hörer zurück auf die Gabel. So hatte man noch nie mit ihr gesprochen.

Gontard, der, den Kopf an ihre Wange gepreßt, mitgehört hatte, lachte laut auf, warf sich in die Kissen zurück und zog sie in seine Arme. »Das ist aber eine giftige Hexe«, rief er entzückt. »Richtiger alter Drachen. Schikaniert sie dich immer so?«

»So hat sie noch nie mit mir gesprochen«, sagte Stella. »Sie ist keine Gute, das ist wahr. Alle haben Angst vor ihr, sogar die Chefs. Aber sie ist sehr tüchtig und macht großartige Entwürfe.«

»Sicher fehlt ihr ein Mann«, konstatierte Gontard mit Entschiedenheit. »Allen Frauen, die keinen Spaß verstehen, fehlt ein Mann. Das ist nichts Neues.«

»Soviel ich weiß, hat sie auch keinen.«

»Siehst du. Wie alt ist sie denn?«

»Genau weiß ich es nicht. Vielleicht so Ende Vierzig.«

»Kann sie trotzdem einen Mann haben. Merk dir das, kleiner Stern: Alt wirst du erst, wenn du auf die Liebe verzichtest.« Er breitete weit die Arme aus und erklärte: »Liebe ist für die Frau Sonne, Wind und Regen zugleich. Solange sie geliebt wird, blüht sie und leuchtet. Ganz egal, wie alt sie ist. Und Frauen, die immer geliebt haben, werden gar nicht richtig alt. Schön, sie kriegen ein paar Falten und vielleicht auch graue Haare und ein paar Fettpolster. Aber ihre Augen, ihr Lächeln und ihr Herz bleiben jung. Und das genügt. So einer Frau läuft ein Mann nicht weg, auch wenn sie älter wird. Sie darf nur nie vergessen, den Ofen der Liebe nachzuheizen. Sie bestimmt seinen Hitzegrad, sie ist der Motor. Der Mann ist das Echo.«

Stella blickte ihn zweifelnd an.

Er strich ihr das wirre Haar aus der Stirn. »Du bist noch zu klein, Sternlein, dir muß man erst zeigen, wo das Feuer brennt. Aber du wirst es lernen, das kann ich dir jetzt schon mit Bestimmtheit sagen.«

Unvermittelt sprang er dann zu einem anderen Thema über, seine Neugier schien unstillbar. »Wie hat dich der Drachen genannt? Fräulein Termogen?«

Stella nickte. »So heiße ich. Termogen.«

»Natürlich, einen Namen mußt du ja haben. Sag ihn ganz.«

»Stella Termogen«, sagte sie.

»Sicher hast du doch noch andere Vornamen«, bohrte er weiter.

Stella lachte. »Was du alles wissen willst.«

»Sag sie mir.«

»Stella Maria Wilhelmina Termogen«, antwortete sie gehorsam.

Er wiederholte langsam die Namen. »Sehr hübsch. Stella Maria Termogen. Sehr gegensätzlich, teils südlich, teils nördlich. Wilhelmina stört etwas. Können wir drauf verzichten. Stammt wohl noch aus Kaisers Zeiten. Du bist zwanzig, hast du gesagt, dann bist du 1915 geboren.«

»1917«, stellte sie richtig.

»Dann hast du mich beschwindelt und bist also erst achtzehn. Drum. Ein ganz kleines Küken also. Ich hätte dir die zwanzig sogar geglaubt. Achtzehn, du lieber Himmel.« Er starrte eine Weile nachdenklich zur Decke hinauf. »Ich bin dreiundfünfzig«, sagte er dann.

Stella sagte nichts darauf. Sie hatte über sein Alter noch nicht nachgedacht. Es spielte auch keine Rolle. Er war beides zugleich, jung und alt, weise und töricht.

»Ich könnte also mehr als reichlich dein Vater sein«, sprach er weiter. »Stört dich das?«

»Nein.«

»Mich auch nicht. Und ich finde es sehr gut, daß du gerade mir in die Hände gefallen bist. Die jungen Lümmels verderben so viel an einem Mädchen. Sie sind noch zu dumm. Sie können noch nicht richtig lieben. Glaub es mir, ich weiß es. Ich war auch einmal jung.«

Stella glaubte es. Sie dachte an Jochen. Was waren seine Küsse gegen die Küsse dieses Mannes hier.

»Sicher hast du doch ein paar Verehrer. Erzähl mir davon.«

Sie erzählte bereitwillig von Jochen. Daß er jetzt zu Hause war und daß vereinbart war, ihn in vierzehn Tagen zu einem gemeinsamen Urlaub zu treffen.

»Daraus wird nichts«, sagte Gontard entschieden. »Darüber bist du dir wohl klar. Ich lasse dich nicht dahinfahren. Du bleibst bei mir.«

»Ja«, sagte Stella gehorsam.

Gontard lachte. Er freute sich. »Da bin ich gerade noch zurechtgekommen. Ferien in einem kleinen Fischerhaus, das kennen wir.

Das hat er sich so gedacht, der kleine Quacksalber. Wenn du verreisen willst, verreist du mit mir. Nach Italien oder ans Meer oder in die Berge. Oder an den Müggelsee. Da habe ich ein kleines Sommerhaus. Ganz allein, ganz ungestört, mit eigenem Ufer. Da können wir den ganzen Tag nackt herumlaufen. Wie im Paradies.«

Stella kicherte. »Da gehörst du auch hin, du Adam.«

»Gefällt dir mein Name nicht?«

»O doch, gerade. Ich wußte nicht, daß es jemanden gibt, der Adam heißt.«

»Ich«, sagte er selbstbewußt. »Weißt du, warum ich so heiße? Adam Gabriel?«

»Nein.«

»Einfall von meiner Mutter. Mein Vater wollte mich Otto nennen, nach Bismarck, den er verehrte. Meine Mutter bestand auf ihren Namen. Adam, sagte sie, weil es für mich der erste Mann und Mensch ist, der es wert ist, daß ihn die Sonne bescheint. Und Gabriel, weil er schön werden wird, wie ein Erzengel.« Er lachte. »Damit hat sie sich allerdings getäuscht. Aber das macht nichts. Oder findest du?«

»Es macht nichts«, bestätigte Stella.

Er kam auf ihren Namen zurück. »Termogen. Das klingt gut. Es hört sich holländisch an. Wie kommst du zu dem Namen? Erzähl mir von deiner Familie.«

Alles wollte er wissen. Alles. Gleich, sofort, am ersten Tag. Er hatte immer neue Fragen.

Stella erzählte. Sie verschwieg nichts. Das armselige Zuhause beschönigte sie nicht, dafür erstrahlte das Termogen-Haus in Keitum und alle, die darin lebten, in leuchtendem Glanz.

Gontard hörte aufmerksam zu. »Gut, gut«, sagte er befriedigt. »Da hast du eine schöne Jugend gehabt. Wir werden ihn besuchen, deinen alten Kapitän. Alles will ich sehen und kennenlernen. Was für ein prächtiger Menschenschlag da oben. Ich kenne die Friesen. Sylt kenne ich auch. Warum habe ich dich da nicht gesehen, kleiner Stern?«

Stella, ins Erzählen geraten, konnte gar nicht wieder aufhören. Sie sprach von Thies, von Christian, von ihren Sommern und Wintern, vom Meer, von Sarnade, von allem, was sie bewegt hatte in ihren glücklichen Kinderjahren auf der Insel.

Anschließend wollte Gontard auch noch alles über ihr jetziges Dasein erfahren.

»Das ist natürlich nichts«, sagte er. »Wir werden etwas anderes für dich finden. Du bist zu schade für so was. In dir steckt mehr, das sehe ich. Übrigens, wer ist eigentlich Jan?«

»Jan?« Von ihm hatte sie nichts erzählt.

»Jan. Du nanntest letzte Nacht seinen Namen. Ich fragte dich, ob es der Mann sei, den du liebst, und du sagtest ja. Warum unterschlägst du ihn mir?«

Er hatte sich aufgerichtet und betrachtete sie mit zusammengezogenen Brauen.

Stella lachte. »Habe ich das gesagt? Ich war mal in Jan verliebt, das ist wahr. Er ist — ungewöhnlich. Fast so wie du.«

»Das gibt es nicht«, sagte Gontard mit Bestimmtheit. »Also los, wer ist er?«

Als sie von Jan berichtet hatte, knurrte er befriedigt. »Kleiner Mädchenschwarm. Nicht weiter gefährlich. Ein Herumtreiber ist er, dein Jan. Was ist aus ihm geworden?«

»Das weiß ich nicht.«

»Sicher meldet er sich nicht so bald wieder. Er wird in den Osten zurückgekehrt sein. Wenn einer mal dort gelebt hat, läßt es ihn nicht wieder los. Soll er ruhig dort bleiben.«

Stella war inzwischen auch etwas eingefallen. »Wer ist Gerry?« fragte sie.

Gontard sah sie erstaunt an. »Was weißt du von Gerry?«

»Ich habe auch ein gutes Gedächtnis. Und so blau war ich auch wieder nicht. Dieser Mann, der neben mir saß, fragte dich nach Gerry.«

»Ach ja, ich erinnere mich«, sagte Gontard. Und ohne jede Verlegenheit fügte er hinzu, offenherzig: »Gerry ist meine Lebensgefährtin. So nennt man das.«

»Deine Lebensgefährtin?«

»Ja. Wir sind nicht verheiratet. Aber wir leben seit mehr als zehn Jahren zusammen.«

»Oh!« Stella lag still. Das war überraschend.

»Sie ist die Frau, die am besten zu mir paßt. Gescheit, temperamentvoll, eine Persönlichkeit. Schauspielerin. Gerda Thornau, das sagt dir vielleicht mehr.«

Das sagte ihr allerdings mehr. Eine bekannte Schauspielerin. Im Film hatte Stella sie bereits gesehen.

»Sie lebt mit dir zusammen?« fragte sie scheu.

Gontard nickte. »Schon lange.«

»Hier?« fragte Stella. »In dieser Wohnung?«

»Ja. An sich, heißt das. Jetzt nicht mehr ständig. Sie spielt in Wien Theater.«

Er war in keiner Weise verlegen. Stella blickte ihn unsicher an.

»Aber . . .«, begann sie, stockte und fuhr dann fort: »Was würde sie sagen, wenn sie wüßte . . .«

»Sei kein kleiner Spießer«, sagte er gutgelaunt. »Gerry weiß, daß ich ihr nicht immer treu bin. Das spielt bei uns keine Rolle. Wir leben sehr gut zusammen.«

Stella schluckte. Welche Rolle spielte sie nun eigentlich? Ein kleiner Seitensprung von Adam Gabriel Gontard, von seiner sogenannten Lebensgefährtin lächelnd geduldet?

Er erriet ihre Gedanken. »Mit dir ist es etwas anderes, kleiner Stern. Überlaß das nur mir. Ich werde dich schon einbauen.«

»Einbauen!« wiederholte Stella böse. »Mich braucht keiner einzubauen.«

Er lachte, nahm sie in die Arme, preßte ihren schlanken, zarten Körper fest an sich. »Dich hab' ich jetzt, und dich geb' ich nicht so schnell wieder her. Ich weiß, daß ich dich nicht lange behalten kann. Aber eine kleine Weile. Daran wird auch Gerry nichts ändern. Und es ist zwecklos, daß du dich dagegen sträubst. Ich werde dich glücklich machen, soweit so ein Küken schon glücklich sein kann. Und dann werde ich dich, mit einiger Kenntnis versehen, auf die Menschheit loslassen. Und später einmal, in zehn oder zwanzig Jahren, da wirst du sagen: Welch ein Glück, daß ich Adam, den ersten Mann meines Lebens, hatte.«

Unwillkürlich mußte Stella lachen. »Du bist ziemlich eingebildet, nicht?«

»Maßlos«, bestätigte er. »Aber das schadet nichts. Hüte dich vor den Bescheidenen, vor den Heuchlern und Scheinheiligen, vor den Schüchternen und Kleinmütigen, sie nehmen immer nur, sie geben nichts. Sie knabbern an dir herum, beißen Stück für Stück heraus und schlagen dabei die Augen nieder und flüstern: Oh, ich armer Wurm, ich kann nicht und ich will nicht und ich darf nicht. Und wenn sie genug von dir gefressen haben, dann gehen sie mit vollem Bauch von dannen und fangen woanders an zu fressen. Du bleibst mit leeren Händen zurück und hast auch noch ein leeres Gefühl im Herzen. Sie haben dir nichts gegeben, nicht einmal ein kleines Stückchen Glück. Weil wirkliches Glück in einer kleinmütigen Seele gar keinen Platz hat. Glück braucht Raum. Es reicht vom Himmel bis zur Hölle und wieder zurück und kann nur in einem Herzen wohnen, in dem Himmel und Hölle zu Hause sind. Und ein Mensch muß wissen, was in seinem Herzen drin ist. Bei mir wohnen sie alle beide drin, der liebe Gott und der Teufel. Und sie haben sich immer prächtig vertragen. Mit einem allein begreift man nur die halbe Welt. Und das ist zuwenig.«

Stella begriff noch gar nichts. Sie war hingerissen und abgestoßen zugleich, von Angst erfüllt und von Entzücken. Es war zuviel auf einmal. Die Entdeckung ihres Körpers, die erste Bekanntschaft mit der Liebe, dieser ungewöhnliche Mann, seine seltsamen Reden, seine Umarmungen, der Schmerz ihres Körpers und die erste Wollust.

Nachmittags gegen drei Uhr liebte Gontard sie zum viertenmal. Es tat ihr weh, sie schien eine einzige brennende Wunde zu sein.

Aber sie stieß ihn nicht zurück. Denn sie glühte bereits vor Leidenschaft, der Schmerz wurde übertönt von der herrlichen Lust, die er, ein Meister der Liebe, in ihr erweckte.

Todesmatt lag sie danach in seinem Arm, unfähig, sich zu rühren. Er drehte sanft ihr Gesicht zu sich herum, blickte auf ihre geschlossenen Lider.

»Sieh mich an, Geliebtes«, sagte er.

Stella öffnete langsam die Augen.

»Du bist müde?« fragte er.

Sie nickte.

»Mein Armes. Es war zuviel. Ich bin rücksichtslos. Verzeih mir.« Seine Stimme war weich und zärtlich. »Schlaf ein bißchen.«

Wirklich fiel Stella in einen kurzen, festen Schlaf. Die Telefonglocke weckte sie nach einer halben Stunde. Aber sie fühlte sich nun erholt und frisch. Mit blanken Augen blickte sie zu dem Mann auf, an dessen Schulter sie lag.

»Hast du auch geschlafen?« fragte sie.

»Nein. Ich bin viel zu glücklich zum Schlafen. Es wäre schade, eine Minute an Schlaf zu verschwenden. Und wie geht es dir jetzt?«

»Gut.«

»Fein. Dann paß auf, was wir jetzt machen. Ich stelle dich unter die Brause, dann werde ich dich massieren, das kann ich gut. Und dann werden wir essen. Ich habe einen Mordshunger. Du nicht?«

»Doch«, sagte Stella. »Ich auch.«

Das Essen bestellte er unten in der Kneipe an der Ecke. Berliner Kneipen, in jedem Stadtteil von hervorragender Güte, sind stets bereit, ihre Kunden zu jeder Tageszeit zu bedienen.

Sie bekamen zwei riesige Schnitzel, in Petersilie geschwenkte Kartoffeln, junge Bohnen und eine große Schüssel voll grünem Salat. Sie aßen mit großem Appetit und tranken dazu helles Bier. Stella fühlte sich frisch und munter. Die sachkundige Massage hatte ihre Müdigkeit vertrieben.

Während sie auf das Essen warteten, hatte sie Gelegenheit, die Wohnung anzusehen. Es war eine große Berliner Wohnung, sie besaß fünf riesige Zimmer. Das große, dunkel möblierte Wohnzimmer, das sie schon kannte, sein Schlafzimmer mit dem breiten Bett, noch ein Schlafzimmer mit einem ebenso breiten Bett, das sie mit gemischten Gefühlen betrachtete. Hier schlief also Gerry, die Lebensgefährtin. Gerda Thornau. Eine zierliche, kapriziöse Frau mit dunklen Haaren und dunklen Augen. Ihr Bild stand auf dem Flügel in einem vierten Zimmer, das außer dem Instrument nur eine Sitzecke und einen wunderschönen alten Barockschrank enthielt.

»Gerry spielt sehr gut Klavier«, teilte Gontard ihr mit.

Das fünfte Zimmer war als Eßzimmer gedacht. Helle, leichte Möbel, hell tapeziert, und ein runder Tisch am Fenster, das auf einen baumbestandenen Hof hinausging. An der einen Wand wieder eine breite Couch und darüber noch einmal ein Bild von Gerda Thornau. Gemalt diesmal. Das Gesicht zart und irgendwie fremdartig, geheimnisvoll, fast ein wenig schwermütig, groß und fragend die dunklen Augen, die Schultern nackt, und das alles vor einem leuchtend blauen Hintergrund.

»Von mir«, sagte Gontard. »Gefällt es dir?«

»Du bist Maler?« fragte Stella.

Er lachte. »Du hast keine Ahnung, wer ich bin, nicht?« fragte er. »Ein ziemlich bekannter Mann, weißt du. Nachdem ich nachgewiesen unbescheiden bin, kann ich es ruhig sagen. Maler? Ja, malen tue ich auch. Aber hauptsächlich arbeite ich hiermit«, er hob seine kräftigen und doch schlanken Hände hoch und spreizte sie auseinander, »ein Former, weißt du.«

Stella sah ihn verständnislos an.

»Ich werde es dir zeigen. Jetzt essen wir erst.«

Es war mittlerweile fünf Uhr geworden. Die Hitze lastete über der Stadt, der Himmel war blaßblau. Flüchtig dachte Stella daran, daß Käte nun bald nach Hause gehen würde und vermutlich auf sie schimpfen würde, nach einem Tag, den sie hatte allein bewältigen müssen. Hoffentlich waren nicht zu viele Kunden dagewesen.

Nach Hause mußte sie auch wieder mal. Ihre Mutter würde sich Sorgen machen. Es war noch nie vorgekommen, daß sie über Nacht weggeblieben war.

»Ich muß nach Hause«, sagte sie.

»Du schläfst heute nacht hier«, bestimmte Gontard.

Zum erstenmal widersprach Stella energisch. »Das geht nicht. Meine Mutter wird sich ängstigen. Wenn ich heute wieder nicht komme, geht sie zur Polizei.«

Das sah er ein. »Gut. Dann fahre ich dich nach Hause, du sagst Bescheid, und dann kommst du wieder mit.«

Stella schwieg hilflos. Bei diesem Mann schien eine eigene Meinung und eigener Wille unmöglich.

Um in sein Atelier zu gelangen, gingen sie die Hintertreppe hinab und kamen in den Hof. Kein lichtloser Hinterhof, wie ihn Stella von zu Hause kannte. Ein überraschendes Idyll tat sich auf. Es war ein Garten mit hohen, alten Bäumen, tiefes Grün, überstrahlt von der Abendsonne, die irgendwo noch einen Durchschlupf zwischen all den Dächern gefunden hatte. Ein Stück Rasen, Blumenbeete. Mittendrin das Haus. Ein zweistöckiges Gebäude, altmodisch, aber anmutig, mit schmalen hohen Fenstern.

»Berliner Gartenhäuser«, erklärte ihr Gontard, »können bezaubernd sein. Schöner als jede Vorderfront.«

Hinter dem Gartenhaus, auf einem erhöhten Sockel, stand eine Art Schuppen, ein flacher Holzbau, jedoch auf einer Seite ganz aus Glas. Darauf ging Gontard zu, zog einen Schlüssel aus der Tasche und schloß die Tür auf.

»Entrez, Madame«, sagte er. »Mein Atelier.«

Stella stieß einen überraschten Ruf aus und blieb auf der Schwelle stehen. Vor ihr lag ein heller, großer Raum, es roch nach Farben, Gips und Stein.

An den Wänden ein Bild neben dem anderen, alle in kräftigen, starken Farben gemalt, dazwischen Kohle- und Rötelzeichnungen. Und mittendrin, auf Stühlen und Hockern und Tischen, eine auf den ersten Blick nicht übersehbare Menge von Büsten, Figuren und Skulpturen in allen Größen. Auf einem erhöhten Sockel, in der Mitte, stand auch etwas, ein Tuch war darum geschlungen.

»Daran arbeite ich gerade«, sagte Gontard und zog das Tuch fort. Die Tonmasse war noch feucht. Eine Porträtbüste, fast fertig. Ein wohlgeformtes, ein wenig gewalttätiges Männergesicht, mit kräftiger Nase, schmalem Mund, ein rein nordischer Typ.

»Prominenz von heute«, erklärte Gontard lässig. »Es ist nämlich zur Zeit Mode, sich eine Büste von Gontard machen zu lassen. Ich habe die Ehre, die braune Blüte des Nazismus hier zu sehen und zu verewigen. Nicht immer ein Vergnügen, aber sie zahlen gut.«

Stella betrachtete alles respektvoll. Dann entdeckte sie in der äußersten Ecke eine Töpferscheibe.

Sie schrie entzückt auf. »Das kann ich auch!«

Gontard blickte sie überrascht an. »Du, kleiner Stern?«

»Ja, ich habe dir doch von Krischan erzählt. Sein Vater ist Töpfer. Bei ihm habe ich das gelernt.«

»Nicht möglich!« rief Gontard begeistert. »Was hast du denn da gearbeitet?«

»Och, alles mögliche. Vasen und Schalen und Tassen, alles, was eben so gemacht wird bei Vadding Hoog.«

»Ich wußte es doch«, meinte Gontard befriedigt. Er ergriff ihre Hände und betrachtete sie von allen Seiten. »Das habe ich mir doch gedacht, daß du mit diesen intelligenten, sensiblen Händen etwas anfangen kannst. Wäre doch gar nicht auszudenken, daß du weiter nichts können sollst, als Kleider an- und auszuziehen. Konfektion! Daß ich nicht lache. Mit deinen Händen und deinem Gesicht. Hast du schon modelliert?«

»Nicht richtig. Nur mal so ein bißchen zum Spaß.«

»Das werde ich mir ansehen. Das wirst du mir zeigen, kleiner Stern. Gleich morgen. Das ist eine Sache. Wußte ich es doch.«

Er war so begeistert, als hätte sie ihm offenbart, eine große Künstlerin zu sein.

»Morgen«, sagte er, »morgen zeigst du mir das. Jetzt fahren wir zu deiner Mutter. Ich hab' meinen Wagen gleich um die Ecke stehen. Du wirst sagen, daß du gesund und wohlauf bist und glücklich obendrein, und dann kommst du wieder mit.«

»Aber nein, wirklich«, sagte Stella, »das geht nicht.«

Er blickte sie maßlos erstaunt an. »Warum soll das nicht gehen? Willst du vielleicht heute nacht allein schlafen?«

Vor dieser direkten Frage verstummte Stella. Sie kannte diesen Mann noch keine vierundzwanzig Stunden. Aber er bestimmte über ihr Leben, über die Gegenwart und über die Zukunft. In eine Brandungswelle war sie geraten, die sie wild umherwirbelte, ihr den Boden unter den Füßen raubte. Wo sie landen würde, am Ufer oder auf dem offenen Meer, oder ob es sie in die Tiefe ziehen würde, das wußte sie nicht. Es war auch keine Zeit dazu, darüber nachzudenken.

»Avanti, avanti!« rief Gontard. »Fahren wir zur Mama. Dann gehen wir ein bißchen was essen. Doch, doch, eine Kleinigkeit noch, das geht schon wieder. Nach viel Alkohol muß man den Magen ausbalancieren. Und dann gehen wir schlafen. Ich tu' dir heute nichts mehr, du brauchst keine Angst zu haben. Und morgen wirst du mir was vortöpfern. Morgen fangen wir an.«

7

Adam Gabriel Gontard wurde im Jahre 1882 geboren. Das deutsche Kaiserreich war fast ein Dutzend Jahre alt und auf dem Höhepunkt seiner Macht. Bismarck noch der Herrscher des Landes.

Luise Gontard, geborene Freiin Lorenstein, war seit zwei Jahren mit Friedrich Gontard verheiratet. Sie war sehr jung, als sie ihr erstes Kind bekam, gerade zwanzig Jahre alt geworden. Eine zierliche blonde Frau von empfindsamer Natur, still und verträumt, mit musischen Neigungen, die ihre reichliche Freizeit verschönten. Sie hatte viel Zeit. Sie war meist sich selbst überlassen. Auch als sie den Sohn bekam, war ihr Mann nicht bei ihr. Er weilte in Moskau, wo gerade die Weltausstellung stattfand. Es war ihm wichtiger gewesen, daran teilzunehmen, als die Niederkunft seiner jungen Frau abzuwarten.

Luise stammte aus dem jungen märkischen Adel, in ihrem Elternhaus war es immer sehr bescheiden zugegangen. Das große, elegante Haus der Gontards am Tiergarten, in das sie nach ihrer Heirat zog, schüchterte sie ein. Sie wurde nicht recht heimisch darin. Die Schwiegereltern waren freundlich zu ihr, die Brüder ihres Mannes verwöhnten sie. Nur ihr Mann, den sie aus ahnungsloser Liebe geheiratet hatte, war meist abwesend. Er hatte die große Unruhe im Blut. Als Luise ihn kennenlernte, war er Offizier gewesen, doch noch vor der Hochzeit nahm er den Abschied. Das enge Dasein eines preußischen Offiziers behagte ihm nicht. In das Bankhaus seines Vaters einzutreten, wie es seine beiden Brüder getan hatten, interessierte ihn schon gar nicht. Von Kindheit an hatte er nur einen Wunsch gehabt: eigenes Land, Grund und Boden, ein Leben in der freien Luft.

Es kam wohl auch daher, weil er als Kind viel auf dem Gut seines Onkels in Pommern gewesen war. Nirgends hatte er sich so glücklich gefühlt wie hier. Aber auf dem Gut wuchsen zwei Söhne heran, hier würde er stets nur Gast sein können.

In den ersten Jahren ihrer Ehe sah Luise ihren Mann selten. Er kam in das Haus seines Vaters und damit zu seiner jungen Frau eigentlich nur als Besuch. Er bereiste die halbe Welt. Sein Vater war vermögend genug, ihm dies zu ermöglichen, und hoffte im stillen, daß der Sohn wohl eines Tages zur Ruhe kommen würde, wenn er genug gesehen hatte.

Friedrich kam nicht auf die Idee, für sich und seine junge Frau ein eigenes Heim zu gründen. Nach den Flitterwochen hatte er Luise wie einen überflüssigen Besitz bei seinen Eltern abgestellt, wie ein Stück Eigentum, nach dem man sich gelegentlich umsah, den man aber zum täglichen Leben nicht brauchte. Er wußte, seine junge Frau war gut versorgt, und damit war der Fall für ihn erledigt.

Kein Wunder, daß Luise alle Liebe und Zärtlichkeit, die in ihr lebten, an ihren kleinen Sohn verschwendete. Adam, der erste und einzige Mann, der ihr etwas bedeutete. Und Gabriel, schön wie ein Erzengel. Zwei Jahre darauf bekam sie noch einen Sohn und mehrere Jahre später eine Tochter. Keines ihrer Kinder liebte sie so zärtlich wie den ersten Sohn.

Mittlerweile war Friedrich Gontard seßhaft geworden. Er hatte endlich das eigene Stück Erde gefunden, auf dem er leben konnte. Als das Deutsche Reich die afrikanischen Kolonien erwarb, war er einer der ersten, der dort siedelte. Ein Grundbesitz so groß wie fast eine ganze deutsche Provinz. Er konnte stundenlang reiten, immer noch war es sein Grund und Boden, über den die Hufe seines Pferdes jagten, sein Himmel, der sich über ihm wölbte. Er liebte dieses Land, Südwestafrika, mit leidenschaftlicher Hingabe, mehr als seine Frau, mehr als die Kinder. Und es war ein Mustergut, das er dort aufbaute.

Luise war ihrem Mann nach Afrika gefolgt, wie es ihre Pflicht war. Sie war auch hier von aller Bequemlichkeit umgeben, besaß genügend Personal, ein hübsches Haus, später eine französische Gouvernante und einen Hauslehrer für die Kinder. Glücklich wurde Luise in dem fremden Erdteil nie. Und ebensowenig war sie je glücklich mit dem Mann, den sie als Achtzehnjährige geheiratet hatte. Sie fürchtete ihn mehr, als daß sie ihn liebte, und war jedesmal froh, wenn er das Haus verlassen hatte.

Friedrich Gontard hielt es für selbstverständlich, daß seine Liebe zu dem eigenen Land sich auf den ältesten Sohn übertragen würde. Zwar besuchte Adam Gabriel in seinen späteren Jugendjahren das Gymnasium in Berlin, doch sein Vater erwartete, daß er zurückkäme, nachdem er seinen Militärdienst abgeleistet hatte, um mit ihm zusammen das riesige Land unter der afrikanischen Sonne zu verwalten.

Adam hatte das Land auch geliebt, gewiß. Er war ein Reiter und Jäger wie sein Vater, er war aufgewachsen im Geist des Vaters, aber seine Interessen, als er erwachsen war, gingen in ganz andere Richtung. Er habe nicht die Absicht, nach Afrika zurückzukehren, ließ er seinen Vater wissen, er wolle Maler werden.

Friedrich Gontard fiel aus allen Wolken. Für Kunst und Künstler hatte er noch nie etwas übrig gehabt. Und Papier oder eine Leinwand vollzuklecksen, wie er es nannte, schien ihm das unnützeste und überflüssigste Geschäft von der Welt zu sein. Der Kampf zwischen Vater und Sohn war hart.

Auch Luise, die sich heftig für den ältesten Sohn einsetzte, konnte nichts ausrichten. Ihr Hinweis, daß er, Friedrich, ja sein Leben auch nach seinem Geschmack aufgebaut und nicht auf den vom Vater angelegten Gleisen weitergefahren sei, war in die leere Luft gesprochen. Friedrich konnte beim besten Willen zwischen seinem Wollen und den Plänen des Sohnes keine Parallele entdecken. Er sperrte seinem Sohn kurzerhand alle Bezüge. Dann würde der schon klein beigeben.

Aber dazu bestand für Adam kein Anlaß. Zwar konnte er von seiner Mutter nichts bekommen, aber die Berliner Gontards, seine Großeltern und ebenso seine Onkel, waren dem intelligenten und amüsanten jungen Mann sehr wohlgesonnen. Von ihnen bekam er reichlich, was er zum Leben und für sein Studium brauchte.

Es waren wunderbare Jahre für den jungen Mann. Frei und ungebunden, unbelastet von jeder Verantwortung, besessen von seiner Arbeit, aber auch von der Lust des Lebens, verbrachte er die Jahre bis zum Krieg. In Berlin, Paris, Rom und München, wohin ihn jeweils seine Studien führten.

Im Jahre 1908 gab es noch einmal ein Wiedersehen mit seiner Mutter. Luise war nie sehr robust gewesen, immer von zarter Gesundheit. Jetzt war sie ernstlich leidend und nach Berlin gekommen, um einen berühmten Arzt zu konsultieren. Sie kehrte nicht mehr nach Afrika zurück. Sie hatte endgültig genug von ihrem Mann. Und sie konnte sicher sein, daß er sie nicht entbehrte. Glücklicherweise bestand zwischen Friedrich und seinem jüngsten Sohn ein gutes Einvernehmen, in ihm wuchs der Erbe für die Farm heran.

Adam widmete sich in diesem Jahr in Berlin voll und ganz seiner

Mutter. Er war von Rom gekommen, wo er damals gerade arbeitete, und blieb bei ihr, ließ sie teilhaben an seiner Arbeit und seinem Ehrgeiz, ging mit ihr im Tiergarten spazieren, fuhr sie mit der Equipage der Großeltern durch die Stadt und führte sie in elegante Lokale, solange Luises Gesundheitszustand es noch erlaubte. Es war ein glückliches Jahr für Luise. Das schönste ihres Lebens, wie sie kurz vor ihrem Tod ihrem Sohn sagte.

In dieses Jahr fiel auch die Hochzeit ihrer jungen Tochter Clara, genannt Claire, die einen reichen Amerikaner heiratete, den sie in der Schweiz kennengelernt hatte, als sie dort ein Pensionat besuchte.

Als der Krieg ausbrach, war Adam seit drei Monaten in Spanien und malte. Und er entschloß sich sofort, den Krieg zu ignorieren. Er hatte genug gelitten, als er seine Militärzeit durchstehen mußte. Der Kommiß war ihm aus tiefster Seele verhaßt. Außerdem war er überzeugter Pazifist, politisch linksstehend, mehr aus Koketterie denn aus Kampfgeist, und auf keinen Fall wollte er sich, weder für einen deutschen noch für einen österreichischen Kaiser, seine Hände kaputtschießen lassen. Von Patriotismus hielt er gar nichts, vom Nationalismus ebensowenig. Er war Künstler, Weltbürger und liebte seine Freiheit über alles.

Er blieb in Spanien. Er hatte einflußreiche Freunde, sprach fließend Spanisch, denn er war schon immer ein phänomenales Sprachtalent gewesen, und vor allem hatte er Juana.

Juana, die erste wirklich große Liebe seines Lebens. Sie war die Tochter eines wohlhabenden Bankiers. Es war kein Zufall, daß er in dieses Haus geraten war, denn sein Großvater in Berlin hatte ihm mit vielen guten Empfehlungen den Weg zu seinem spanischen Kollegen geebnet.

In Juana waren alle Tugenden der spanischen Frau vereinigt: sie war schön wie ein Bild, stolz und treu, hingebungsvoller Liebe fähig, temperamentvoll und fromm zugleich, was eine reizvolle Mischung ergab. Wenn sie Adam leidenschaftlich geliebt hatte, so daß alle Welt um sie versank und sie danach vollkommen aufgelöst in seinem Arm lag, bekreuzigte sie sich und rief irgendeinen Heiligen oder die Madonna an, ihr diese ungestüme weltliche Lust zu vergeben. Es amüsierte Adam immer wieder.

Natürlich hatte er sie heiraten müssen. Eine sorgsam behütete Tochter aus gutem spanischen Haus — da gab es gar keinen anderen Weg. Es war auch nicht von heute auf morgen gegangen. Die Eltern zögerten eine lange Weile mit der Einwilligung. Ein deutscher Maler mit etwas wildbewegter Vergangenheit war eigentlich nicht das, was sie für ihre schöne Tochter geplant hatten. Doch da war das Bankhaus Gontard in Berlin, da war die große afrikanische Besitzung, und da war, nicht zuletzt, die faszinierende Persönlichkeit des jungen

Mannes. Juana hatte ihr nicht widerstanden, die Eltern konnten es auch nicht. Und wer hätte es übers Herz bringen können, Feind dieser großen Liebe zu sein, die die beiden erfüllte. Außerdem hatte Juana in allem Ernst erklärt, sie würde ins Kloster gehen, wenn sie Adam nicht heiraten dürfe.

Adam liebte Juana ebenfalls. Daß er sich aber so rasch zur Heirat entschloß, hatte noch einen anderen Grund: er konnte in Spanien bleiben und die Deutschen ihren Krieg allein führen lassen.

Im Jahr 1918, bei der Geburt ihres ersten Kindes, starb Juana. Adam war todunglücklich und verzweifelt. Er verließ Spanien, kehrte nach Berlin zurück und fand dort seinen Vater, alt geworden und verbittert, nicht geneigt, seinem Sohn auch nur die Hand zu reichen, den er einen Deserteur und Feigling nannte.

Adams jüngerer Bruder war im Krieg gefallen. Großvater Gontard war auch tot, die Söhne führten die Bank weiter.

Bei seinem einzigen mißglückten Zusammentreffen mit seinem Vater fragte Adam: »Wäre es dir denn lieber, ich wäre auch tot wie Georg? Wäre es dir lieber, du hättest gar keinen Sohn mehr?«

Sein Vater erwiderte darauf mit steinernem Gesicht: »Ja.«

Das erübrigte jede weitere Debatte. Da er sich so lange von seinem Vater schon getrennt hatte, räumlich wie auch seelisch, litt Adam keineswegs unter dem endgültigen Bruch.

Er war jetzt siebenunddreißig Jahre alt. Ein fertig geprägter Mensch. Schon damals breit und schwer gebaut, mit diesem düsteren, wilden Gesicht, den lodernden Augen und dazu dem hinreißenden Lachen. Er faszinierte die Frauen. Doch es dauerte eine Weile, bis er über Juanas Tod hinwegkam. Er stürzte sich in die Arbeit und hatte die schöpferischste Epoche seines Lebens. Er begann noch einmal von vorn. Der Pinsel, der Zeichenstift genügten ihm nicht mehr. Seine Hände selbst wollten formen, wollten etwas schaffen, das er in allen Fingerspitzen fühlte. Er besuchte noch einmal die Akademie und fing als Bildhauer von vorn an. Wieder folgten einige unruhige Wanderjahre, die ihn durch Europa führten. Nur nach Spanien reiste er nie wieder.

Mitte der zwanziger Jahre wurde er endlich in Berlin seßhaft. Er mietete die große Wohnung im Westen, die er noch immer besaß, und begann sich dann energisch umzusehen, ob sich nicht mit seiner Kunst auch Geld verdienen ließe. Obwohl die wirtschaftliche Lage nicht gerade rosig war, hatte er eigentlich nie große Schwierigkeiten, seine Arbeiten zu verkaufen. Sein gesellschaftliches Talent, seine Fähigkeit, Freunde zu gewinnen, wohin er kam, halfen ihm dabei. Er kannte halb Berlin. Künstler, Wissenschaftler, Kaufleute und Finanziers. Teils ein selbstgeschaffener Kreis, teils von der väterlichen Familie her übernommen.

Mit der Zeit wurde es Mode, einen Gontard zu besitzen. Eine Plastik, eine Büste oder einen seiner bizarr geformten Krüge; denn die Töpferei hatte er so nebenbei mit erlernt, weil es ihm Spaß machte, wie das lebendige Material unter seinen Händen wuchs und Form gewann. Er scheute sich auch nicht, das gleiche Motiv mehrmals zu kopieren und zu variieren, wenn es ein Erfolg gewesen war. Er war kein weltfremder Künstler, er war so ganz nebenbei und ohne daß man es recht merkte auch ein tüchtiger Geschäftsmann. Die Statuette eines schmalen, langbeinigen Mädchens mit hohen Brüsten und gestreckten Hüften, mit sehnsüchtig geöffneten Lippen und wehendem Haar wurde geradezu ein Serienerfolg.

Im Kunsthandel kannte man die Figur unter dem Namen »die Sehnsüchtige«. Gontard selbst nannte sie im Scherz »die letzte Jungfrau«, und nachdem sie mit der Zeit immer mehr Herrenzimmer, Dielen und elegante Chefbüros zierte, bekam das schlanke Mädchen den Spitznamen »die vorletzte Jungfrau«.

Adam störte das nicht. Er verdiente nicht schlecht mit seiner Kunst, hatte Freude an seiner Arbeit und ein gesundes Verhältnis dazu. Melancholie, Selbstzerfleischung, Epochen des schöpferischen Nirwanas kannte er nicht. Er arbeitete, wann er wollte, und möglichst nicht zuviel. Er wußte genau, welche unter seinen Werken wahre, echte Kunst darstellten, und er trennte sie von jenen, die er nur für den Tag produzierte. Seiner Meinung nach besaß beides seine Berechtigung.

Die alten Wunden waren verheilt. Juana gehörte der Vergangenheit an. Gerda Thornau, die Schauspielerin, kannte er seit der Zeit, da er sich in Berlin niedergelassen hatte. Das heißt, sie war mehr oder weniger der Anlaß dazu, daß er seine Wanderjahre beendete.

Sie hatten sich vom ersten Augenblick an großartig verstanden und ohne viel Umstände beschlossen, beieinander zu bleiben. Auf eine Eheschließung legte Gerda keinen Wert. Sie war bereits dreimal verheiratet gewesen und meinte, damit könne man zufrieden sein. Eine lose Bindung habe mehr Aussicht auf Beständigkeit.

Sie schien mit dieser Ansicht recht zu behalten. Ihre Zuneigung überstand all die wilden und aufgeregten Jahre und entwickelte sich zu einer tiefen Bindung. Es kam vor, auf beiden Seiten übrigens, daß die Treue mal ins Wanken geriet; ein kleiner Seitensprung lag durchaus im Bereich der Möglichkeit. Sie waren beide temperamentvolle Künstler, sehr selbständige Menschen dazu, und so ließ es sich wohl nicht immer vermeiden, einmal einen kleinen Abweg zu finden. Aber sie hatten auch in diesem Punkt viel Verständnis füreinander und machten sich damit das Leben nicht schwer.

Gerda behielt ihre eigene Wohnung in Halensee, aber so, wie in ihrer Wohnung ein Zimmer für Adam bereitstand, so hatte auch sie ihr eigenes Schlafzimmer in seiner Wohnung. Das Haus am Müggelsee erwarben sie gemeinsam. Gerda war eine gute und berühmte Schauspielerin. Kapriziös bis in die Fingerspitzen, sehr gescheit, in keiner Debatte zu schlagen und dazu von unverwüstlicher Jugendlichkeit. Sie spielte am Deutschen Theater, filmte auch gelegentlich. Da sie klein und zierlich war, hatte sie lange die Naive und jugendliche Liebhaberinnen gespielt, und wer sie auf der Bühne sah, erlag willig der Illusion, sie könne nicht älter als zwanzig Jahre sein.

Sie hatten einen großen Freundeskreis, gingen viel aus, hatten oft Gäste, und ihr Leben, da beide erfolgreich und gesund waren, schien ohne Schwierigkeiten so weiterzugehen bis in eine späte Zukunft.

Das Jahr 1933 brachte eine Veränderung. Für Gerda Thornau. Sie war Halbjüdin. Zunächst tat ihr niemand etwas zuleide, ihr Engagement blieb bestehen, an ihrer Beliebtheit beim Publikum änderte sich erst recht nichts. Aber so blieb es nicht. Ihre weitere Arbeit auf deutschen Bühnen wurde fragwürdig. Ihr Vertrag wurde nicht verlängert, man sicherte ihr zwar Gastrollen zu, meinte, man müsse abwarten und werde weitersehen. Damals war es, daß Adam ihr anbot, nun doch zu heiraten. Als seine Frau gäbe es für sie sicher keine Schwierigkeiten mehr.

Gerda lehnte eigensinnig ab. »Wenn du mich deswegen heiraten willst, nein, danke schön.«

»Doch nicht deswegen«, sagte er ärgerlich. »Ich hätte dich jederzeit geheiratet, wenn du Wert darauf gelegt hättest. Du wolltest ja nicht. So wie die Dinge nun liegen, wäre es eine rein nützliche Maßnahme. An unserem Leben ändert es nichts. Ich will dir doch bloß helfen.«

»Mir braucht niemand zu helfen«, sagte Gerda hochmütig. »Ich kann mir selber helfen. In Wien wollen sie mich gern haben. Ich gehe einfach ans Josefsstädter Theater.« Sie hatte dort oft gastiert und besaß in Wien ein ihr zugetanes Publikum. Auf ihre Arbeit konnte sie nicht verzichten, obwohl sie nun schon Mitte Vierzig war, was ihr allerdings kein Mensch ansah.

Seitdem spielte sie in Wien. Ihre Berliner Wohnung hatte sie aufgegeben. Wenn sie nach Berlin kam, was häufig der Fall war, sobald der Spielplan es erlaubte, lebte sie bei Adam. An ihrem Verhältnis hatte sich wirklich nichts geändert. Vielleicht nur das eine, daß Adam jetzt eben doch sehr viel sich selbst überlassen war. Eine andere Frau spielte in seinem Leben keine Rolle.

Aber nun war Stella da.

8

Stellas Leben veränderte sich von heute auf morgen. So wie damals, vor zehn Jahren, Kapitän Termogen sie aus der freudlosen Welt ihrer Kindheit herausgeholt und ihr den weiten Himmel über dem Meer geschenkt hatte, so war es diesmal Adam Gabriel Gontard, der sie auffing und festhielt, ehe sie in dem grauen Alltag der großen Stadt verlorenging und ihr einen neuen Himmel erschloß. Oder besser zwei. Den Himmel der Liebe und den Himmel der Kunst.

Es schien ein Gesetz ihres Lebens zu sein. Vielleicht lag es auch in ihrem Wesen begründet, in ihrer Art, die wenig Kraft und Mut besaß, daß sich niemals eine Änderung in ihrem Leben ergab, jedenfalls in diesen jungen Jahren, die sie selbst herbeiführte. Die Kraft und die Güte und die Liebe eines anderen halfen ihr. Auch diesmal.

Noch im gleichen Monat kündigte sie bei Köhl und Lamprecht. Man lächelte dort verständnisinnig. Stella hatte nicht viel erzählt, nur Käte ein paar Andeutungen gemacht. Aber ihr verändertes Wesen, die leuchtenden Augen, ihr befreites Fortfliegen jedesmal, wenn der Arbeitstag zu Ende ging, waren deutlich genug. Sie hatte also endlich einen Freund, die stolze Stella Termogen. Und natürlich glaubte jeder, daß sie in Zukunft von diesem Mann leben würde.

»Bist du jetzt soweit?« fragte Erich Köhl, als sie ihm eröffnete, daß sie seine Firma verlassen wolle und wenn es möglich sei, am liebsten sofort, ohne Kündigungsfrist. »Hast du dir einen Freund zugelegt?« Stella schwieg. Wie konnte sie erklären, daß die übliche Schablone hier nicht paßte. Viele dieser Mädchen hatten irgendwann einen Freund, von dem sie sich aushalten ließen. Eines Tages kehrten sie zurück. Stella hatte es selbst oft genug erlebt. Daß sie mehr hatte als einen Liebhaber, daß sie einen Lehrmeister, einen echten Freund gefunden hatte, das den Leuten auseinanderzusetzen, war unmöglich. Man hätte sie doch nur ausgelacht.

»Du bist noch reichlich jung«, fuhr Erich Köhl fort. »Wenn du mich fragst, dann würde ich dir zur Vorsicht raten. Besser, ein Mädchen verdient sich seinen Lebensunterhalt selbst. Auch wenn man gerade mal verliebt ist. Die Zeiten ändern sich nämlich, mein Kind. Und auf den falschen Weg gerät man schnell.«

»Bei mir ist das anders«, sagte Stella.

Köhl lächelte. »Das denken alle. Aber bitte, tu, was du nicht lassen kannst. Was sagt denn deine Mutter dazu? Du bist schließlich noch nicht mündig.«

Was sollte Lene dazu sagen? Sie stand dieser neuen Entwicklung hilflos gegenüber. Und wie tiefgreifend die Veränderung war, die sich in Stellas Leben anbahnte, erkannte sie natürlich nicht. Das lag jenseits des Begreifens für sie.

»Aber Kind«, sagte sie unglücklich, »du willst zu diesem Menschen hinziehen? Er ist doch so viel älter als du. Und überhaupt . . .«, sie sprach nicht weiter. Sie war ja der Meinung gewesen, Stella habe bereits mit Jochen ein Verhältnis gehabt. Daß nun, in so kurzer Zeit, ein zweiter Mann auftauchte, erfüllte sie mit Angst.

Adam erschien selbst bei ihr. Und Lene mußte, wie es nicht anders möglich war, vor seiner Persönlichkeit widerspruchslos kapitulieren. Still, die Hände im Schoß, kaum aufblickend, saß sie dem seltsamen Mann gegenüber.

»Sie brauchen keine Angst um Stella zu haben«, sagte Adam, und seine tiefe Stimme war voll Wärme. Er sprach mit der einfachen Frau in Worten, die sie verstand. »Sie sind ihre Mutter und haben ein Recht, zu erfahren, was ich mit Ihrer Tochter vorhabe. Eines dürfen Sie mir glauben: nichts Böses. Ich weiß, wie jung Stella ist. Daß sie ihr Leben noch vor sich hat und selbst nicht darüber entscheiden kann. Was sie braucht, ist Selbständigkeit und einen eigenen Weg für sich. Dazu will ich ihr verhelfen. Sie soll lernen bei mir. Was dabei herauskommt, kann ich heute nicht übersehen. Aber ich werde mit allen Kräften versuchen, ihr diesen Weg zu bahnen. Ich kenne eine Menge einflußreicher Leute. Aber davon abgesehen, ich habe den Eindruck, daß mehr in ihr steckt, als es diese läppische Tätigkeit verlangt, die sie jetzt ausübt.«

»Aber sie verdient doch wenigstens etwas«, wagte Lene einzuwenden.

»Wenig genug. Was ja auch nicht verwunderlich ist bei ihrer Jugend. Was hat sie dort für Aussichten? Können Sie mir das sagen?«

Das konnte Lene nicht. Sie hätte sagen mögen, daß die Aussichten, die sich bei dieser seltsamen Ausbildung, die diesem Herrn Gontard vorschwebte und unter der sie sich nichts vorstellen konnte, ihr erst recht reichlich ungewiß erschienen.

»Verdienen wird sie mit der Zeit bei mir auch«, fuhr Adam fort. »Sie wird mein kleiner Famulus sein und mir manche Arbeit abnehmen. Das wird selbstverständlich honoriert. Vor allem aber wird sie etwas lernen.«

»Aber sie könnte doch wenigstens hier wohnen bleiben«, sagte Lene in einem letzten Versuch, ihre mütterliche Autorität zu behaupten. Sie hob sogar die Augen und blickte ihr Gegenüber tapfer an.

Adam lächelte. »Hier?« sagte er. Seine Hand beschrieb dabei einen kurzen, ausdrucksvollen Kreis, der die ganze armselige Behausung zu umfassen schien. »Sie werden zugeben, daß Sie auf sehr beschränktem Raum leben. Stella hat nicht einmal ein eigenes Zimmer. Nehmen Sie es mir nicht übel, wenn ich das anführe. Stella hat mir einiges erzählt, verständlicherweise. Sie sind jetzt drei Personen, Sie, Ihre Schwiegertochter und das kleine Kind.«

Wie zur Bestätigung begann nebenan das Baby von Milly lauthals zu brüllen.

Milly, die das Ohr an die Tür gepreßt hatte, um möglichst nichts von diesem interessanten Gespräch zu versäumen, nahm das Kind eilig hoch und schaukelte es ungestüm hin und her, wodurch es noch lauter schrie.

Adam ließ eine wirkungsvolle Pause verstreichen.

Lene hatte den Blick wieder gesenkt.

»Wie ich gehört habe«, sprach Adam weiter, »wird auch Ihr Sohn in nächster Zeit wieder — äh — nach Hause zurückkehren. Dann ist noch weniger Platz. Und wie ich herausgehört habe, versteht sich Stella nicht besonders gut mit ihrem Bruder. Dort, wo ich sie unterbringen will, wird sie ein hübsches eigenes Zimmer haben, bei einer reizenden Dame, die gut auf sie aufpassen wird, da können Sie sicher sein. Außerdem wohne ich ganz in der Nähe und werde mich um Stella kümmern.«

Er sprach wie ein guter Onkel, wie ein väterlicher Freund. Wenn Stella nicht selbst zugegeben hätte, daß sie mit Adam noch ein anderes Verhältnis verband, Lene wäre nie darauf gekommen. So vernünftig und vertrauenerweckend sprach dieser Mann mit ihr.

»Ich — ich weiß nicht«, sagte sie schließlich. »Es ist schwer für mich, dazu etwas zu sagen. Stella war so lange nicht bei mir, das werden Sie ja wissen. Und sie ist — so ganz anders.«

Adam betrachtete das alte, von Sorgen zerfurchte Gesicht mit gütigen Augen. »Stella wird Ihnen nicht genommen«, sagte er warm. »Sie sind die Mutter. Und wenn ich mit Stella das erreichen kann, was mir vorschwebt, dann wird sie später einmal gut für Sie sorgen können.«

»Ach«, Lene hob müde die Schultern. »Darauf kommt es mir nicht an. Für mich reicht es, was ich habe. Ich möchte nur, daß Stella ...« Sie stockte, suchte nach dem richtigen Wort und fand es nach einer Weile des Nachdenkens. »Ich möchte, daß sie — glücklich ist.«

Glücklich! Wie fremd sich das schimmernde Wort in ihrem Munde ausnahm. Was wußte sie von Glück? Sie hatte nicht einmal eine vage Vorstellung davon.

Milly dagegen um so mehr. Sie war inzwischen mit dem schreienden Kind im Schlafzimmer von Lene und Stella gelandet, wo Stella verloren auf dem Bettrand saß. Schon nur noch ein Gast hier, eine Fremde.

Adam hatte sie geheißen, draußen zu bleiben. »Ich spreche allein mit deiner Mutter«, hatte er kurz und bestimmt gesagt, und Stella gehorchte, wie sie ihm in allem gehorchte.

»Mensch, hast du een Glück«, sagte Milly. »So ein feiner Herr. So'n schicket Auto. Der muß 'ne Menge Jeld haben. Hab' ick dir nich immer gesagt, du sollst dir 'nen reichen Freund suchen? Man muß det bißken Jugend ausnützen. Und so wie du aussiehst ...« Milly betrachtete Stella neidisch. »Mensch, wenn ick je so ausjesehen hätte, denn wär' ick heute 'ne Millionärin. Da kannste Jift druff nehmen. Sieh nur zu, wie de auf deine Kosten kommst. Der is ja rein toll auf dich, det sieht ja een Blinder. Und wenn de mal wat abzappen kannst, denn denkste ooch an uns, nich? Is nich wegen mir. Nur det Wurm hier. Du bist schließlich seine Tante.«

Stella betrachtete das krebsrote Bündel in Millys Arm. Sie war dessen Tante. Komisch. Auf die Idee war sie noch nie gekommen.

»Natürlich«, sagte sie schwach. »Wenn ich mal was verdiene ... Ich muß ja erst lernen.«

»Vadienen! So'n Quatsch, Mensch. Wenn man so aussieht wie du, braucht man nischt zu vadienen. Denn kriegt man allet jeschenkt.«

Aber Stella bekam nichts geschenkt. Adam hatte nämlich sehr bestimmte Vorstellungen von ihrer Zukunft.

Dieses Gespräch mit Lene hatte Anfang September stattgefunden. Dazwischen lagen sechs Wochen der Liebe, zwei davon am Müggelsee verbracht, aber auch bereits einige Wochen der Arbeit. Stella hatte zeigen müssen, was sie an der Töpferscheibe konnte. Nach kurzer Zeit besann sie sich auf alles, was sie bei Vadding Hoog gelernt hatte. Auch das, was sie nicht bei ihm gelernt hatte, was sie aus reinem Vergnügen an der Sache dazugelernt hatte. Sie hatte schon immer einen subtilen und sehr modernen Geschmack besessen. Und eigene Ideen. Adam erkannte es sofort. Ein paar Hinweise genügten, ein paar fachkundige Erklärungen, ein paar wirkungsvolle Demonstrationen, Stella konnte ihm zeigen, daß sie wirklich Talent besaß.

»Paß auf, was ich dir sage«, erklärte Adam. »Du mußt nur keinen Vogel kriegen. Keinen falsch gelenkten Ehrgeiz entwickeln. Künstler werden und all so was. Nein, gutes Kunstgewerbe, gekonntes Handwerk, das bringt rundes Geld. Wohin dich das führen wird, weiß man noch nicht. Die keramische Industrie ist weitgespannt. Worin dein besonderes Talent liegt, ob in der Ausführung, ob im Entwurf, das wird sich erst zeigen. Zunächst wirst du das Handwerkliche lernen, und zwar gründlich. Nicht nur bei mir allein. Im nächsten Winter wirst du die Hochschule für bildende Kunst besuchen. Ich kenne den Laden gut, kenne auch fast alle Professoren und weiß jetzt schon, zu wem du gehen wirst. Daneben wirst du modellieren. Es gibt eine gewisse Art von Kleinplastik, die für Frauenhände wie geschaffen ist. Zunächst aber eine gründliche Ausbildung, theoretisch und praktisch. Damit fängt es an.«

»Aber das kostet doch Geld«, wandte Stella ein.

»Das laß meine Sorge sein. Sieh mal, ich hätte heute schon eine erwachsene Tochter von Juana, wenn sie beide die Geburt überlebt hätten. Ich habe dir davon erzählt. Für die würde ich auch eine Ausbildung bezahlen. Vielleicht, falls du begabt bist, bekommen wir für dich sogar ein Stipendium. Du bist vaterlos, dein Vater ist im Krieg gefallen. Damit läßt sich allerhand anfangen. Unsere jetzigen Herren sind diesen Dingen gegenüber sehr aufgeschlossen. Und man kann ruhig etwas von ihnen nehmen. Sie haben uns auch genug genommen und sind vermutlich damit noch nicht fertig, wie ich die Lage beurteile.«

Stella bezog also ein Zimmer bei Frau Hermine Kaiser, in dem hübschen, alten Gartenhaus, gleich neben dem Atelier.

Adam hatte das arrangiert. Hermine, eine sehr charmante und resolute Dame, Anfang der Fünfzig, waschechte Berlinerin mit Humor und hellem Verstand, war eine alte Freundin von ihm. Hermines Mann war Maler gewesen, und Adam kannte ihn noch aus der Zeit, ehe Hermine ihn geheiratet hatte. Paul Kaiser war vor fünf Jahren gestorben, und Adam hatte sich danach um Hermine gekümmert, die nicht gerade in glänzenden Verhältnissen lebte. Er hatte ihr die Wohnung hier besorgt und immer wieder einmal Zeit gefunden, sie zu besuchen und sich ihre Sorgen anzuhören. Sofern man sie aus Hermine herauskriegen konnte; denn Hermine war nicht die Frau, die klagte. Energisch nahm sie ihr Leben in die Hand, richtete sich die Vierzimmerwohnung in dem überaus geräumigen und anmutig gebauten Haus mit ihren alten, geschmackvollen Möbeln sehr gemütlich ein und besann sich dann darauf, daß sie, ehe sie Paul Kaiser heiratete, Musik studiert hatte. Von nun an gab sie Klavierstunden.

Sie wurde nicht reich dabei, aber sie konnte davon leben. Nebenbei vermietete sie stets eins ihrer Zimmer.

Adam wußte, daß Hermines letzter Untermieter, ein junger Schauspieler, den übrigens Gerry vor zwei Jahren zu Hermine gebracht hatte, Anfang September auszog, weil er ein Engagement in Stuttgart antreten mußte.

Darauf war Adam zu Hermine gegangen und hatte das Zimmer für Stella gemietet. Es klappte alles prächtig.

Hermine konnte ihm seinen Wunsch nicht abschlagen. Erstens mochte sie Adam, und zweitens war sie ihm verpflichtet. Er holte sie eines Tages ins Atelier, damit sie Stella kennenlerne und gleichzeitig ihre ersten Arbeiten beurteilen sollte.

Hermine betrachtete erst die Arbeiten und dann Stella neugierig. »Adam, Sie altes Filou«, sagte sie dann, »was haben Sie nun wieder angestellt? Ich hab' Sie schon ein paarmal mit der jungen Dame im Atelier verschwinden sehen und habe Ihnen allerhand böse Absichten angedichtet. Jetzt wollen Sie mir einreden, Sie arbeiten wirklich.«

»Auch«, erklärte Adam ungeniert. »Böse Absichten habe ich natürlich eine Menge. Sie kennen mich ja.«

Hermine seufzte. »Wann, sagen Sie mir, wann und in welchem Alter werden Männer eigentlich mal vernünftig?«

»Nie«, erklärte Adam mit Bestimmtheit. »Das ist ja gerade das Liebenswerte an uns. Und ganz nebenbei: Finden Sie es wirklich so dumm, so etwas hier zu lieben?« Er faßte Stella am Nacken, wie einen jungen Hund, und schüttelte sie ein bißchen.

Das Lächeln aus Hermines Gesicht war verschwunden. Ihre Lider hatten sich ein wenig verengt, und sie betrachtete Stella mit einem ziemlich genauen und prüfenden Blick. »Darauf ist es schwer, zu antworten, Adam. Die süße Torheit der Liebe hat oft einen bitteren Nachgeschmack. Und ob die Kleine wert ist, was Sie einsetzen, das wird sich erst später zeigen. Achtzehn Jahre!« Sie hob mitleidig die Schultern. »Du lieber Himmel! Da kann man noch gar nicht sagen, was drinsteckt. In dem Alter sind sie alle mehr oder weniger süß, das ist kein Kunststück.«

»Süß!« rief Adam aufgebracht und schüttelte Stella wieder, die er immer noch am Nacken hielt. »Was heißt hier süß! Sie ist mehr, das sieht doch jeder. Und es wäre schade, wenn sie so einem jungen Schnösel in die Hände fiele, der nur sein billiges Vergnügen mit ihr hätte, ihr ein paar Kinder machen würde und sie in der dreckigen Vorstadt verblühen ließe. Ich werde schon das Richtige aus ihr herausholen.« – »Ja, wenn es drinsteckt«, wiederholte Hermine.

Sie sprachen über Stella wie über einen Gegenstand. Oder als wäre sie gar nicht dabei. Stella ärgerte sich darüber, es empörte sie. Sie hätte dieser Empörung gern Ausdruck gegeben, aber es fielen ihr nicht die richtigen Worte ein. Sie wußte nun auch schon, daß es nicht nur einen Adam gab. Adam, der glühende, zärtliche Liebhaber, das war nur der eine. Adam, der strenge, unbestechliche Lehrer, der erbarmungslose Kritiker, das war der andere. Und dieser zweite wurde bald wichtiger als der Adam des Beginns. Ihm war sie auf Gedeih und Verderb ausgeliefert.

»Übrigens«, meinte Hermine, »was wird Gerry dazu sagen?« Sie blickte Adam forschend an. »Wird sie es auch so sehen wie Sie, Adam?«

Auch damit war Adam nicht einzuschüchtern. »Das wird sich zeigen«, sagte er.

9

Gerda Thornau kam Ende September für einen längeren Besuch nach Berlin. Adam war an der Bahn, um sie abzuholen. Stella saß indessen in ihrem Zimmer bei Hermine, Angst im Herzen. Was würde Gerda Thornau wirklich sagen? Adam hatte nie davon gesprochen, daß er sich von ihr trennen wollte. Wenn nun diese Gerry ein entschiedenes Nein zu ihrem, Stellas, Vorhandensein sagte, was wurde dann? Mußte sie dann zurückkehren, woher sie gekommen war?

Sie hatte Adam diese Frage nie gestellt. Einmal nur eine kurze Andeutung. Er hatte sie knapp beschieden: »Überlaß das mir.«

Aus Hermines Musikzimmer kamen die Klänge einer Mozart-Sonate. Der letzte Schüler für heute, wußte Stella.

Stella hatte ein Lehrbuch vor sich. Über die Gewinnung und Verarbeitung von Ton, Kaolin und Feldspat, über die chemische Zusammensetzung ihres Arbeitsmaterials. Aber sie konnte sich nicht auf den Stoff konzentrieren. Immer wieder blickte sie von dem Buch auf, auf die grünen Bäume im Hof und durch die Bäume hindurch auf das Haus, in dem Adam wohnte. Ob er schon zu Hause war?

»Du bleibst daheim«, hatte er ihr gesagt, »vielleicht sehen wir uns heute noch.« – »Heute noch?« hatte sie schüchtern gefragt.

»Vielleicht. Ich weiß es nicht. Bleib also bitte da.«

Als ob sie nicht immer da wäre! Seit sie ihn kannte, traf sie keinen anderen Menschen mehr. Nicht einmal bei Nora war sie gewesen, obwohl sie es längst vorgehabt hatte, Nora von der Veränderung in ihrem Leben zu berichten.

Vielleicht würde Nora wieder etwas freundlicher zu ihr sein, wenn sie erfuhr, daß sie nicht mehr bei Erich Köhl arbeitete.

Jochen war noch nicht nach Berlin zurückgekehrt. Damals, im Sommer, als Stella ihm schrieb, daß sie leider auf die gemeinsamen Ferien verzichten müsse, hatte er aufgebracht zurückgeschrieben und um Aufklärung gebeten. Da sie es nicht fertiggebracht hatte, diesen Briefwechsel vor Adam zu verheimlichen – ein wenig Angabe war wohl mit im Spiel, er sollte ruhig sehen, daß auch andere Männer sich für sie interessierten –, hatte Adam entschieden, was sie antworten sollte.

»Du schreibst ganz einfach, es besteht kein Interesse mehr an einem Urlaub mit ihm. Du bist in festen Händen und damit basta.«

Stella hatte es nicht gar so kraß geschrieben, aber immerhin konnte Jochen ihren Zeilen entnehmen, daß ein Mann im Spiele war. Eine Antwort von ihm war nicht gekommen. Natürlich war auch keine Rede mehr davon, daß sie einen Urlaub in Keitum verbrachte. Adam war Herr über Leben und Tod, es gab keine Entscheidung mehr ohne ihn.

Heute jedoch entschied jemand anders über ihn. Gerda Thornau. Stella warf nervös das Buch beiseite, stand auf, zündete sich eine Zigarette an und stellte sich ans Fenster.

Draußen in der Diele verabschiedete sich der Klavierschüler, kurz darauf kam Hermine ins Zimmer.

»Nun, mein Kind?« sagte sie. »Lernst du fleißig?« Sie duzte Stella ganz ungeniert, hatte es von Anfang an getan.

»Ich kann nicht«, erwiderte Stella. »Ich bin zu nervös.«

»Kann ich verstehen«, sagte Hermine. »Keine leichte Situation für dich. Für ihn aber auch nicht. Gerry ist eine reizende Frau. Und eine so lange Verbindung verpflichtet. Wenn schon nicht gerade zur Treue – wo gibt es die denn schon –, so doch wenigstens zu Anständigkeit und Fairness. Und außerdem ...«, Hermine schwieg. Ob Stella über die prekäre Lage informiert war, in der sich Gerry befand? Wie sie Adam kannte, hatte er nicht davon gesprochen.

Und wenn es einen Grund gab, Adam zu zürnen, dann deswegen, fand Hermine. Man durfte Gerry jetzt nicht im Stich lassen. Gerade jetzt nicht. Sie brauchte einen Menschen, auf den sie sich verlassen konnte.

Aber Hermine war nicht so ungerecht, Stella irgendeine Schuld zu geben. Dieses Kind konnte nichts dafür. Sie war Adam in die Hände gefallen, und der machte mit ihr, was er wollte. Und daß Männer es verstanden, eine Situation so hinzustellen, daß eine Frau, und noch dazu eine so junge und unerfahrene, gar nicht wußte, wie die Dinge wirklich lagen, das war Hermine bekannt.

»Ob er ihr alles sagen wird?« fragte Stella ängstlich.

»Ich weiß nicht«, meinte Hermine. »Vermutlich ja. Wie ich Adam kenne, ist er der Ansicht, daß für ihn Sondergesetze gelten. Und feige ist er nicht. Komm 'rüber, wir wollen Abendbrot essen.«

»Ich kann nicht essen«, sagte Stella.

»Los, komm schon«, sagte Hermine energisch. »Für Hysterie bist du noch zu jung. Du wirst essen und deinen halben Liter Milch trinken. Keine Widerrede.«

Hermine sorgte mütterlich für Stella. Trotz ihrer Skepsis der ganzen Situation gegenüber hatte sie viel Sympathie für Stella. Und sie fand, das Mädchen sei zu blaß und dünn.

»Du bist jetzt kein Mannequin mehr«, hatte sie gesagt, »sondern mußt was Ordentliches arbeiten. Schöpferische Arbeit verlangt gute Nerven. Die bekommt man nicht, wenn man so eine halbe Portion ist und jeder Luftzug einen umpusten kann.«

Wenn Stella nicht bei Adam war oder mit ihm zum Essen ging, wurde sie von Hermine verpflegt. Auch dies war ein Grund mehr, daß sie kaum mehr einen Schritt allein aus dem Hause ging.

Ohne weiteren Widerspruch folgte sie Hermine und setzte sich mit ihr zum Abendessen nieder. Im Grunde genommen war Hermine froh, jemanden dazuhaben, für den sie kochen und wirtschaften konnte. Sie war eine gute Hausfrau und Köchin aus Leidenschaft.

»Es schmeckt wieder wunderbar«, sagte Stella höflich.

Hermine lächelte. »Freut mich. Und nun mach nicht so ein unglückliches Gesicht. Warte erst mal ab.«

10

Im Vorderhaus waren Gerry und Adam inzwischen eingetroffen. Er hatte sie mit einem Blumenstrauß und einem Kuß am Bahnhof begrüßt wie immer. Während sie nach Hause fuhren, hatte Gerry lebhaft erzählt von den letzten Ereignissen, von einer neuen Rolle, die sie nächsten Monat spielen würde.

Dabei beobachtete sie Adam von der Seite. Sie kannte ihn gut. Sie sah, daß er nervös und unsicher war. Ein seltener Zustand bei ihm. Gerry wußte, was geschehen war, noch ehe er ein Wort sagte.

Sie war auch nicht ganz unvorbereitet. Er hatte in seinen Briefen und am Telefon schon einige Male Stella erwähnt. Daß er eine Schülerin habe, ganz seltsamer Zufall, begabtes Mädchen, und daß er sie gut leiden könne.

Damit war Gerry informiert. Wann war er je auf die Idee gekommen, Schüler zu haben! Man hatte ihm früher einmal eine Professur an der Hochschule angeboten — er hatte abgelehnt.

»Das ist nichts für mich. Junges Gemüse unterrichten und sich die Seele aus dem Leib ärgern? Dazu fehlt es mir an Geduld.«

Jetzt auf einmal hatte er diese Geduld. Von heute auf morgen. Das war aufschlußreich! Kaum in der Wohnung angekommen, fand Gerry die Bestätigung ihrer Vermutungen.

Sie ging ins Bad, um sich die Hände zu waschen. Adam, ununterbrochen redend, folgte ihr und blieb auf der Schwelle stehen.

Als sie sich mit dem Kamm durch das Haar fuhr, entdeckte Gerry an dem Haken an der Tür ihren grünseidenen Morgenrock. Daß sie ihn dort nicht hatte hängen lassen, wußte sie bestimmt. Er gehörte entweder in ihr Schlafzimmer, oder er konnte auch in Adams Schlafzimmer geblieben sein. Niemals aber im Bad! Sie zog sich im Bad nicht an. Sie nahm den Morgenrock mit spitzen Fingern vom Haken, betrachtete ihn aus einiger Entfernung und ließ ihn dann zu Boden fallen wie einen schmutzigen Lumpen.

»Wenigstens einen eigenen Morgenrock hättest du ihr kaufen können«, sagte sie und ging an ihm vorbei ins Wohnzimmer zurück.

Adam war verstummt, als sie den Morgenrock in die Hand nahm. Reglos hatte er ihr zugesehen und zugehört. Er erkannte sofort, daß er einen Fehler gemacht hatte. Auch er wußte, daß Gerrys Morgenrock für gewöhnlich nicht im Bad hing. Er hätte darauf achten müssen. Sorgenvoll steckte er einen Finger in den Mund und biß kräftig darauf.

Dumm. Diese Einleitung mißfiel ihm. Er hatte sich das ganz anders ausgedacht. Und Gerrys Verhalten war nicht eben ermutigend. Wenn auch verständlich. Welche Frau mochte es, wenn eine andere ihren Morgenrock trug?

Kleinlaut geworden, folgte er Gerry ins Wohnzimmer. Sie hatte sich inzwischen aus dem Barschrank die Kognakflasche geholt und schenkte sich gerade ein.

»Auch einen?« fragte sie, die Flasche in der Hand.

»Bitte«, sagte Adam.

Sie goß ein, lächelte maliziös und bemerkte: »Du wirst es nötig haben.«

Sie war drauf und dran, ihn in die Enge zu treiben, ihn zur Verteidigung zu zwingen. Adam konnte sich gerade noch beherrschen, um nicht mit Entschuldigungen und unnötigen Erklärungen zu beginnen. Statt dessen lächelte er, sah sie an, hob sein Glas und sagte: »Prost! Ich freue mich, daß du wieder mal da bist.«

Gerry zog die Brauen hoch. »Wirklich?« Sie zündete sich eine Zigarette an, ließ sich in einem Sessel nieder und schlug die schlanken Beine übereinander.

»Also?« fragte sie einladend.

»Wollen wir nicht erst essen?« sagte Adam. »Ich hab' bei Rollenhagen eingekauft. Lauter Sachen, die du gern ißt. Ich dachte mir, du hättest heute sicher keine Lust, auszugehen.«

Gerry lächelte ihn unbefangen an. »Du bist ein Schatz. Hast du auch einen Rollmops besorgt?«

»Natürlich.«

»Hm, darauf freue ich mich. Habe ich lange vermißt.« Sie legte den Kopf zurück und überlegte laut: »Was ist nun besser? Erst essen und nachher eine Aussprache oder andersherum. Was meinst du?«

Adam nahm ihre Hand und küßte sie. »Wie du willst, meine Kluge.«

»Essen mit Ungewißheit im Bauch ist sicher nicht gesund. Aber falls wir Krach kriegen, dann essen wir nachher gar nicht mehr, und das wäre schade. Erstens um die schönen Sachen, und zweitens habe ich Hunger. Also essen wir erst.«

»Bon«, sagte Adam und stand erleichtert auf. »Du bleibst sitzen, ich decke den Tisch.«

Wirklich vermieden sie das heikle Thema, solange sie speisten. Und sie speisten ausführlich und mit Genuß. Die Ungewißheit im Bauch, wie Gerry es ausgedrückt hatte, schien ihrem Appetit nichts auszumachen. Sie erzählte beim Essen von Wien, von den Kollegen, von den Erfolgen der letzten Zeit, einem Film, den sie in den letzten Wochen abgedreht hatte, von einem Gastspiel in Budapest.

Adam hörte aufmerksam zu, bediente sie mit Bedacht und Höflichkeit, vergaß auch nicht ein gelegentliches Kompliment und ließ sich ebenfalls das Essen gut schmecken. Sie tranken zu den scharfen Sachen ein Glas Bier und später zu den kleinen Leckereien, die er besorgt hatte, eine Flasche Sekt.

Nach dem Essen ging Gerda in ihr Zimmer, um aus ihrer Tasche einige Bilder zu holen, die sie Adam zeigen wollte.

Dabei entdeckte sie ihre schwarzen Lackpantöffelchen, die, gerade ausgerichtet wie immer, vor ihrem Bett standen. Das erlaubte ihr mühelos die Überleitung zu dem aufgeschobenen Thema.

»Meine Hausschuhe passen ihr offenbar nicht«, sagte sie, als sie ins Wohnzimmer zurückkehrte. »Oder hat sie Frau Klinke wieder so ordentlich hingestellt?« Frau Klinke war die Aufwartefrau.

Adam begriff sofort. »Soviel ich weiß, sind sie immer dort stehengeblieben«, sagte er. »Sie läuft meistens barfuß.«

»Wie reizend«, meinte Gerry lässig. »Dann muß sie hübsche Füße haben. Sonst würdest du es nicht dulden.«

»Dann würde ich das ganze Mädchen nicht um mich dulden. Du weißt, daß ich viel auf Hände und Füße gebe.«

»Ich weiß. Also nun schieß los.«

»Ich dachte, du wolltest mir Bilder zeigen«, suchte Adam nach einem letzten Aufschub.

»Später. Erst mal die Hauptsache. Die Unklarheit nagt an meinem Seelenfrieden. Also?«

Adam biß wieder auf seinen Finger. Eine Angewohnheit, die Gerry kannte. Das tat er immer, wenn er sich nicht wohl fühlte in seiner Haut. Wenn ihm etwas Schwierigkeiten machte.

Es war doch schwerer, als er es sich vorgestellt hatte. Jetzt, wo Gerry ihm gegenübersaß, reizvoll, charmant, gescheit wie immer. Und so vertraut. Sie war aus seinem Leben nicht mehr wegzudenken. Er wußte in dieser Stunde ganz genau, daß er sie nicht hergeben wollte. Obwohl er Stella liebte. Es war eine andere Art von Liebe. Es war wie ein wilder, süßer Frühlingssturm, der ihn noch einmal traf. Eine zarte helle Blume, die für ihn blühte. Er konnte nicht daran vorbeigehen. Aber Gerry war mehr.

Er war im Grunde ein treuer Mann. Viele Abenteuer hatte es in seinem Leben gegeben, Flirts, Liebesaffären, Leidenschaften. Aber nur zwei Frauen hatten ihm etwas bedeutet. Juana, die Spanierin. Gerry, die Schauspielerin. Er hatte beide geliebt und nie verlassen.

Nun war Stella hinzugekommen. Seine Liebe zu ihr war mehr als die Naschhaftigkeit eines alternden Mannes. Auch diese letzte Begegnung hatte eine tiefe Bedeutung für sein Leben. Ja, in dieser Stunde erkannte er zum erstenmal klar die durchsichtige Logik, mit der die Frauen, die er wirklich liebte, in sein Leben eingebaut waren.

Juana, jung, schön und rein, die erste wahre Liebe seiner erwachsenen Männlichkeit, nachdem die tölpelhaften Versuche der jungen Jahre vorüber waren. Erste Erfüllung in einer echten Liebe und Zusammengehörigkeit. Ehe. Ein Kind. Daß es geendet hatte, wie es endete — das war nicht seine Schuld.

Dann wieder Rastlosigkeit, Einsamkeit, ein ungewisses Suchen und Fragen, daneben berufliche Kämpfe und schließlich der Erfolg, Ruhm und Geld. In diese Zeit gehörte Gerry. Die kluge, lebenserfahrene Frau, die erwachsene Gefährtin eines erwachsenen Mannes. Geliebte, Kameradin, Helferin. Mit ihr konnte man planen und aufbauen, mit ihr konnte man alles besprechen, und mit ihr konnte man schließlich die vollendetsten Feste der Liebe feiern.

Damit hätte es zu Ende sein können. So konnte es bleiben, bis der Winter kam. Aber nun, da er glaubte, die Stürme der Liebe, die Torheiten des immer neuen Spiels hinter sich zu haben, ein gefestigter Mann in sicheren Lebensumständen zu sein, nicht mehr anfällig, nicht mehr umfallend vor jedem lächelnden Frauenblick, nun war Stella gekommen.

Die Schönheit und die Jugend wiederum, die Unschuld und der Gehorsam. Ein junges Leben in seiner Hand, bereit, von ihm geformt zu werden. Anders als Juana, die Gattin war. Anders als Gerry, die ein fertiger Mensch war. Ein Geschöpf, das seinen Händen anvertraut war. Ein Körper, ein Geist, eine junge, unfertige Seele. Nichts als ein Gefäß, in das er sein Wissen, die Erfahrung seines Lebens und seiner Kunst füllen konnte. Auch dies war die Begegnung mit einer Frau, die ein Mann nicht missen durfte.

So schien es ihm in dieser Stunde.

Aber wie das Gerry klarmachen? Diese nüchterne Frage brachte ihn auf den Boden der Tatsache zurück, riß ihn aus seinen seltsamen Träumen.

Gerry hatte sein Schweigen nicht gestört. »Ist es so schwer?« fragte sie endlich. Ihre Stimme war weich und gütig. »Soll ich dir helfen? Du hast mich betrogen. Gut. Es ist nicht das erstemal, nicht wahr? Aber es war niemals wichtig und störte unser Leben nicht. Diesmal ist es wichtig. Du möchtest dich von mir trennen. Aber du hast Angst, es mir zu sagen.«

»Nein«, sagte Adam langsam. »Eins zuvor und ganz ernst gesprochen: Ich möchte mich nicht von dir trennen. Auf keinen Fall und unter gar keinen Umständen. Du gehörst zu mir. Oder besser gesagt: Wir gehören zusammen. So habe ich es immer empfunden, und daran hat sich nichts geändert. Du sollst dies vor allem wissen und nicht vergessen, bei allem, was ich dir erzählen werde.«

Gerry schwieg eine Weile. »Ich habe es gehört und zur Kenntnis genommen«, sagte sie dann und versuchte, ihrer Stimme einen leichten Klang zu geben. »Und nun erzähle mir von deiner neuen Liebe.«

Adam berichtete. Genau der Reihe nach, und er ließ nichts aus. Gerry unterbrach ihn mit keinem Wort. Am Schluß hängte er dann noch die Betrachtung dran, die ihm gerade vorhin gekommen war. Die drei wichtigen Frauen im Leben eines Mannes.

Hier lächelte Gerry. »Eine hübsche Theorie, die du dir da zurechtgezimmert hast, mein Lieber. Sie verlangt viel Verständnis von den Frauen. Jedenfalls von einer Frau in meiner Lage.«

Das sei wohl wahr, erwiderte Adam. Sie passe wohl auch in ein bürgerliches Durchschnittsleben nicht hinein, diese Theorie.

»Ach, weißt du«, meinte Gerry, »das sind schöne Worte, und sie sagen sich leicht. Aber die Gefühle einer bürgerlichen Durchschnittsfrau und einer Frau, wie ich es bin, sind vielleicht gar nicht so sehr verschieden.«

»Nein«, rief er entschieden. »Gerry, das ist nicht wahr. Du hättest das früher nie gesagt. Du bist eine Künstlerin, du bist eine selbständige Frau, gewöhnt an Freiheit, an Ruhm und Erfolg. Und an die Bewunderung der Männer. Du hast so viele Gefühle in deinem Leben empfangen und verschenkt, von denen eine Durchschnittsfrau nicht einmal zu träumen wagte. Du bist viel geliebt worden. Ich rede nicht von mir. Ich rede von all den Männern, die dich auf deinem Weg begleitet haben. Du warst immer sehr offenherzig und hast mir manches erzählt. Und ich meine nicht nur deine Ehemänner und deine Liebhaber. Ich meine auch die Verehrer, die Bewunderer, die galanten Kavaliere, die der Frau und Künstlerin gleichermaßen huldigten. Welch ein Reichtum! Und wie sieht das Leben einer Durchschnittsfrau dagegen aus? Ein oder zwei Männer; wenn sie hübsch ist und temperamentvoll vielleicht auch vier oder fünf. Die kleine Welt, in der sie lebt, engt sie ein, bietet ihr auch gar keine Möglichkeiten. Sie muß Angst davor haben, was die Leute reden. Muß schließlich Angst haben, das zu gefährden, was sie eventuell gewonnen hat oder gewinnen kann: eine mittelmäßige Ehe, Kinder, die Familie. Doch dein Leben dagegen! Souverän bist du über die Bedenken und Vorurteile der Spießer hinweggeschritten. Du bist berühmt, du wirst geliebt, du hast gewählt, wie du wolltest, und genauso verworfen. Du warst immer frei. Frei zu tun, was du wolltest.«

»Frei, Adam?« sagte Gerry leise. »Frei? Ich weiß nicht. Wer ist wirklich frei? Ich bin es nicht. Du bist es nicht. Gefangen sind wir alle. In unserer Welt, in unserer Zeit – und nicht zuletzt in unserer Liebe. Du willst für dich jetzt eine Freiheit in Anspruch nehmen, von der du glaubst, sie steht dir zu. Und weil du sie willst, redest du mir ein, ich besitze sie. Du machst es dir sehr leicht, nicht?«

»Nein«, widersprach Adam. »Ich will es mir nicht leicht machen. Dir will ich es leicht machen.«

»Mir?« wiederholte Gerry. »Was verstehst du darunter, mir die Situation leicht zu machen? Ich soll Verständnis aufbringen und geduldig abwarten, bis deine Liebe ausgeglüht ist oder bis die Kleine dich verläßt. Womit du ja sicher rechnest. Oder nicht?«

»Sie ist achtzehn«, sagte er.

»Du hast es schon gesagt. Und ich soll warten, bis es vorbei ist. Ganz genau das gleiche, was ein bürgerlicher Durchschnittsehemann in ähnlichen Fällen von seiner Frau verlangt. Ist es nicht so?«

Er schwieg verwirrt. Dann sagte er: »Nicht ganz so. Nein, wirklich, es ist anders. Wenn ich es dir nur erklären könnte. Es ist nicht nur das bißchen Verliebtheit, damit könnte ich fertig werden. Es ist einfach das Gefühl, daß ich eine wichtige Rolle in diesem jungen Leben spielen könnte. Daß ich Stella helfen kann, ihr Leben aufzubauen. Wenn sie mich verläßt, wird sie wissen, wohin sie geht.«

»Schöne Worte«, sagte Gerry. »Du machst dir etwas vor.«

»Nein!« rief er eifrig. »Ich meine es wirklich so. Achtzehn Jahre! Bedenke doch! Sie könnte meine Tochter sein. Wenn Juanas Tochter am Leben geblieben wäre, dann wäre sie heute schon älter als achtzehn. Ich hätte also eine Aufgabe zu erfüllen gehabt, die genau in dieser Richtung läge.«

»Ja«, bemerkte Gerry trocken. »Nur daß du vermutlich mit deiner Tochter nicht ins Bett gegangen wärst. Und darauf kommt es dir hier doch in erster Linie an.«

Adam blickte sie verzweifelt an. »Daß du mich nicht verstehst«, sagte er vorwurfsvoll.

Gerry lachte ärgerlich. »Du mutest mir allerhand zu. Ich soll dir also die väterlichen Gefühle glauben. Und deine amourösen Absichten großzügig übersehen. Und was erwartest du von mir? Daß ich Mutterstelle bei dem armen Kind vertrete?« Und plötzlich wütend rief sie: »Wenn ich ein Kind hätte haben wollen, dann hätte ich eins bekommen. Aber ich lasse mir von dir keins aufdrängen und unter diesen Umständen schon gar nicht.«

Adam zwang sich zur Ruhe. Er füllte die Gläser wieder und begann nach einer Weile von neuem. »Gerry, versteh mich doch. Zwischen uns ändert sich nichts. Sie wird zu uns gehören, wird bei mir lernen, und wir werden sie gemeinsam erziehen und . . .«

Gerry unterbrach ihn ungeduldig. »Sie wird nicht zu uns gehören, sie wird allenfalls zu dir gehören. So wie du dir das vorstellst, so geht das nicht. Was fällt dir eigentlich ein? Eine Ehe zu dritt? Das mutest du mir zu? Wie heißt sie? Stella? Sehr sinnig.«

Damit hatte Gerry, wohlvertraut mit Goethes Werk, die Brücke geschlagen zu Schwester Marie, die achtzehn Jahre zuvor den Namen für ihr Patenkind gewählt hatte.

»Stella«, wiederholte Gerry und lachte. »Weißt du, daß ich die Stella mal gespielt habe? In meinen Anfängerjahren. Und nun soll ich Cäcilie sein. Ein großartiger Rollentausch.« Selber überrascht, fügte sie hinzu: »Allerdings entspricht es meinem Alter, das ist wahr.«

»Dein Alter steht hier nicht zur Debatte«, sagte Adam. »Du weißt . . .«

»O doch«, unterbrach ihn Gerry. »Das steht sehr wohl zur Debatte. Vor zehn Jahren wärst du auf so eine Idee nicht gekommen. Du sagtest vorhin, ich sei frei und könne tun, was ich wolle. Könne kommen oder gehen. Nun, ich kann gehen, und du wirst dich wundern, wie das Leben ohne mich sein wird. Denn sie geht auch, und vielleicht schon bald. Ich bin sechsundvierzig, na schön, du weißt es leider, also kann ich es unter uns ruhig aussprechen.«

»Keiner würde dir mehr geben als fünfunddreißig«, sagte Adam galant.

»Danke, mein Freund. Sagen wir neununddreißig. Vielleicht auch etwas mehr. Man betrügt sich ganz gern selbst in diesem Punkt. Es ist aber durchaus nicht so, daß es für mich auf der Welt keinen Mann mehr gibt außer dir. Wenn wir uns heute trennen, kann ich sicher sein, bald wieder einen Mann zu haben. Wie du vorhin ganz richtig sagtest, Verehrer und Bewunderer habe ich auch heute noch genug. Und ich fände sicher einen geeigneten Liebhaber darunter. Aber zum Unterschied von euch Männern wechseln wir Frauen in einem gewissen Alter nicht mehr sehr gern. Bis man sich wieder an so ein bißchen Mann gewöhnt hat, die ganze Umstellung, die ganze Aufregung. Bis man ihn erzogen hat, einigermaßen so hingedreht, wie man ihn brauchen kann. Und dann sind wir wohl auch etwas selbstkritischer als ihr. Euch stört es nicht im geringsten, euren Hängebauch und eure schlaffe Haut zur Schau zu stellen.«

»Ich habe keinen Hängebauch«, warf Adam empört ein.

»Na ja, nicht gerade einen Hängebauch, aber ein schlanker Jüngling bist du auch nicht mehr. Aber das übersieht ihr bei euch selbst großzügig. Frauen sind da anders. Wir kennen die Stellen genau, die keine kritischen Augen mehr vertragen. Und wenn ich mich ausziehe vor einem Mann, heute, dann fürchte ich den Augenblick, wo er die Falten auf meinem Bauch entdecken wird. Vielleicht nicht heute und morgen, aber übermorgen.«

»Was du immerzu mit dem Bauch hast«, sagte Adam. »Du hast keine Falten auf dem Bauch.«

»O doch, mein Schatz, du hast dich nur daran gewöhnt. Und es gibt genug anderes, das uns verbindet, so daß du es leicht übersehen kannst. Bis das alles wieder so aufgebaut ist, die Gemeinsamkeit, das Vertrauen, die Sicherheit im täglichen Umgang, ja, und auch die Gewöhnung – o nein, das ist mir einfach zu unbequem. Einen Mann behalten, den man hat, nun gut. Aber noch einmal von vorn anfangen? Von einem gewissen Alter an hat man dazu keine Lust mehr.«

»Davon ist ja auch gar keine Rede«, sagte Adam. »Du und ich, wir bleiben zusammen. Und Stella wird für eine Weile bei mir bleiben. Nicht lange, du hast es selbst gesagt.«

»Und daß du sie auch noch bei Hermine untergebracht hast«, meinte Gerry, »das finde ich einfach geschmacklos.«

»Es erschien mir am praktischsten. Und Hermine hatte gerade das Zimmer frei. Du hast deinen jungen Kollegen damals auch zu ihr gebracht.«

»Ja. Aber ich hatte kein Verhältnis mit ihm.«

»Das fehlt ja gerade noch«, sagte Adam unlogisch. »Stella mußte da 'raus. Da wo sie war, konnte sie nicht bleiben. Eine grauenvolle Umgebung. Und hier habe ich sie in der Nähe und kann sie beaufsichtigen. Für die Arbeit ist das gerade richtig.«

»Für die Arbeit!« wiederholte Gerry spöttisch. »Auch das noch. Du behauptest wirklich, sie habe Talent?«

»Hat sie. Du weißt, daß ich gerade in diesem Punkt nicht leichtfertig bin. Es hat mich ja nichts dazu gezwungen, das Verhältnis in dieser Hinsicht zu erweitern. Sieh mal, ich hätte ihr irgendwo ein Zimmer oder eine kleine Wohnung mieten, sie gelegentlich besuchen können und – erledigt. Wenn es mir bloß darum ginge, was du mir unterschiebst. Aber sie hat wirklich Talent. Wir arbeiten doch jetzt schon seit zwei Monaten zusammen. Sie hat erstaunliche Fortschritte gemacht und ist mit Feuereifer bei der Sache. Vorgestern hat sie ein kleines Reh modelliert. Ganz reizend. Du wirst staunen. Als wenn sie seit Jahren nichts anderes getan hätte. Ein richtiges Naturtalent. Das Ulkige ist, sie hat nicht gewußt, daß sie das kann. Sie staunt wie ein Kind darüber und ist selig.«

»Wie rührend«, sagte Gerry, nur mäßig interessiert. »Aber nehmen wir mal an, sie hätte wirklich Talent zum Modellieren. Meinst du, sie könnte das dann nicht auch bei jemand anderem lernen als gerade bei dir? Es gibt in Berlin eine Menge Kollegen von dir, die hauptberuflich den Nachwuchs ausbilden. Mußt du es denn gerade sein?«

Er seufzte. »Aber wenn es mir doch Spaß macht!«

»Und würde es dir Spaß machen«, sagte sie hartnäckig, »wenn du nicht in sie verliebt wärst? Wenn sie nicht jung und hübsch wäre?«

Adam schwieg. Wenn er ehrlich sein wollte, dann müßte er mit Nein antworten. Gerry hatte natürlich recht. Aber begriff sie nicht, daß beides wichtig war? Seine Verliebtheit, wie sie es nannte, und die Tatsache, daß er Stella etwas lehren konnte, daß er ihr Leben formte, nicht nur als Mann?

Gerry sah müde aus. Blaß und angegriffen, nicht mehr wie fünfunddreißig. Sie merkte es wohl selbst.

Sie stand auf. »Ich gehe schlafen«, sagte sie. »Ich kann das alles heute abend nicht mehr entscheiden. Morgen fahre ich für ein paar Tage an den Müggelsee hinaus, ich muß mich ausruhen. Ich fahre allein. Und ich möchte allein bleiben. In zehn Tagen beginnen die neuen Proben. Eine große Rolle. Ich brauche Ruhe. Wenn ich wiederkomme, werde ich dir meine Entscheidung mitteilen.«

»Du willst sie also heute nicht mehr sehen?« fragte Adam betrübt, enttäuscht wie ein Kind, dem man ein Fest verdorben hatte.

»Nein«, sagte Gerry entschieden. »Ich will sie heute nicht mehr sehen. Ich gehe schlafen.« Eine Weile betrachtete sie ihn, der im Sessel saß und unglücklich zu ihr aufblickte. »Wo ist sie denn? Drüben bei Hermine?«

»Ja. Ich habe ihr gesagt, sie soll sich zur Verfügung halten.«

Unwillkürlich mußte Gerry lächeln. »Das arme Kind. Du mutest ihr allerhand zu. Glaubst du, daß sie sich wohl fühlt in ihrer Haut? Wenn sie halbwegs so ist, wie du sie mir beschrieben hast, muß sie sich reichlich komisch vorkommen. Meinst du, das, was du hier aufstellst, ist die richtige Erziehung für ein halbes Kind? Sie erst zur Geliebten machen, ihr dann einen Beruf aufschwatzen, eine künstlerische Berufung? Ihr dann eine langjährige Freundin präsentieren, vor der sie möglicherweise noch einen Knicks machen und die sie stillschweigend anerkennen soll. Mein Gott, Adam, du kommst mir vor wie ein Narr.«

Adam sagte nichts. Er starrte vor sich hin, geschlagen und vernichtet. »Du hast recht«, murmelte er, »ich bin ein Idiot.«

»Also«, sagte Gerry, wieder etwas besänftigt, fähig auf einmal, die Komik der Situation zu erkennen, »lauf hinüber und beruhige sie.«

»Nein«, sagte Adam trotzig. »Hermine hat ja Telefon. Ich kann anrufen. Ich wüßte ihr heute auch nichts weiter zu sagen.«

»Wie du willst«, sagte Gerry. »Gute Nacht.«

Sie ging aus dem Zimmer und schloß mit Nachdruck die Tür hinter sich.

Adam blieb lange reglos sitzen. Schließlich stand er auf und nahm sich eine Zigarre, was er immer nur tat, wenn er gründlich nachdenken mußte.

Dann ging er hinaus in die Küche zum Eisschrank und holte sich eine neue Flasche Sekt.

Als er sie halb geleert hatte, entschloß er sich endlich, bei Hermine anzurufen.

»'n Abend, Hermine«, sagte er. »Ist Stella bei Ihnen?«

»Natürlich«, erwiderte Hermine. »Wo soll sie denn sonst sein? Das arme Kind ist vollkommen durchgedreht. Ich habe ihr bereits mehrere Schnäpse eingeflößt.«

»Das ist gut«, rief Adam erleichtert. »Das macht ihr noch ein bißchen weiter. Bestellen Sie ihr einen schönen Gruß. Heute brauche ich sie nicht mehr. Wir sehen uns morgen früh im Atelier. Servus.«

Kopfschüttelnd legte Hermine den Hörer auf. ›Heute brauche ich sie nicht mehr.‹ Das war ein eigenartiger Ton. War Stella denn eine Angestellte, ein kleiner Soldat, der sich zur Verfügung halten mußte und dem man abends kurz vor zwölf mitteilte, daß man ihn nicht mehr brauchte?

Zunächst war sie gesonnen, die Nachricht in gemilderter Form weiterzugeben. Aber dann entschloß sie sich doch, Adams Botschaft wörtlich auszurichten. Vielleicht war es für Stella ganz lehrreich. Es war besser, wenn sie sich keine unnötigen Illusionen machte.

Stella stand mitten im Zimmer, als Hermine hereinkam. Offensichtlich bereit, ans Telefon zu eilen, wenn sie gerufen würde. Sie hatte rote Wangen und flackernde Augen. Wahrscheinlich vom Schnaps, aber hauptsächlich von der Spannung, von der Aufregung, in der sie den Abend verbracht hatte.

Wort für Wort wiederholte Hermine, was Adam gesagt hatte.

Zunächst rief Stella enttäuscht: »Er will mich nicht sprechen?« Dann aber röteten sich ihre Wangen vor Zorn, sie begriff nun erst richtig, wie er mit ihr umging.

»Was soll das heißen, er braucht mich nicht mehr?« rief sie wütend. »Was bildet er sich denn ein? Ich — ich . . .« Sie stand hochaufgerichtet da, die Augen sprühend vor Wut.

»Komm, setz dich, Kind«, sagte Hermine begütigend. »Er meint es nicht so. Ich nehme an, es war auch für ihn heute abend nicht leicht. Du mußt ein bißchen Geduld haben.«

»Geduld!« rief Stella empört. »Ich muß gar nichts.«

»Geduld, ja«, sagte Hermine ruhig. »Man nimmt nicht ungestraft einer anderen Frau den Mann weg. Da muß man wohl oder übel einiges einstecken. Das ist nun mal nicht anders.«

»Ich habe niemandem etwas weggenommen«, rief Stella ungestüm. »Ich wußte das doch alles nicht. Und er hat gesagt — er hat gesagt, ich brauche mich nicht darum zu kümmern, das sei seine Angelegenheit.«

»Das sagen Männer immer. Merke dir eins, merke es dir für dein ganzes Leben: Männer sind keine Helden. Die Helden sind wir. In der Liebe, in der Ehe, im Ertragen, im Verzicht. Du bist jung. Adam ist bereit und willens, dir Gutes zu tun. Das habe ich gemerkt. Daß er Gerry nichts Böses tun will, daß weiß ich auch. Du bist die jüngste, du bist der Eindringling. Du *mußt* Geduld haben. Und du kannst es leicht. Dein Leben liegt noch vor dir. Es wird noch andere Männer für dich geben. Es wird sicher auch *den* Mann für dich geben. Man bekommt ihn meist nicht serviert, wenn man achtzehn ist. Und das ist auch richtig so.«

Stella ließ sich wieder auf den Stuhl sinken. Der weite Rock ihres geblümten Sommerkleides bauschte sich um sie. Es war ihr schönstes Kleid, und sie hatte es extra diesen Abend angezogen.

»Geben Sie mir bitte noch einen Schnaps«, sagte sie und schob Hermine ihr Glas hin.

»Du kriegst noch einen«, sagte Hermine. »Und dann gehst du in die Klappe. Morgen werden wir schon sehen, was passiert.«

11

Gerry und Adam frühstückten zusammen wie immer. Sie sprachen allerhand belangloses Zeug, jeder vermied es, auf das Gespräch vom Abend zuvor zurückzukommen.

»Gibst du mir den Wagen?« fragte Gerry, als sie mit dem Frühstück fertig waren.

»Natürlich. Die Schlüssel sind im Schreibtisch, wie immer. Willst du heute schon fahren?«

»Ja. Nachher gleich. Ich muß nur noch ein paar Sachen zusammenpacken. Viel brauche ich nicht. Du brauchst den Wagen wirklich nicht?«

»Bestimmt nicht. Wenn ich dich draußen besuche, nehme ich die Bahn, oder Fred borgt mir seinen Wagen.«

»Ich möchte nicht besucht werden«, sagte Gerry klar und bestimmt. »Ich sagte bereits, daß ich Ruhe brauche.«

»Wie du willst«, murmelte Adam eingeschüchtert.

»Ich kann mir auch einen Wagen leihen«, sagte Gerry.

»Wozu denn?« fragte Adam gereizt. »Der Wagen steht dir zur Verfügung wie immer. Das ist doch klar.«

»Klar ist gar nichts mehr. Könnte ja sein, daß du ihn brauchst.«

»Ich brauche ihn nicht.«

»Rufe mich an«, sagte er, als er sie hinunterbrachte.

Er sah dem Wagen nach, bis er um die Ecke verschwunden war. Dann seufzte er tief auf. Mitleid mit sich selbst erfüllte ihn. Treusein war doch viel bequemer. Im Moment war seine Zuneigung zu Stella nicht besonders groß.

Eigentlich hätte er nun ins Atelier gehen können. Aber er zögerte vor der Haustür, ging dann noch einmal in die Wohnung zurück, rauchte noch eine Zigarette und grübelte vor sich hin.

Schließlich, es war schon hoher Vormittag, entschloß er sich doch, hinunterzugehen. Er konnte Stella nicht so auf die Folter spannen.

Als er ins Atelier kam, war sie schon da. Für eine Aussprache war aber im Moment keine Zeit. Der SS-Sturmbannführer Dietrich Scheermann stand vor seiner Porträtbüste, ohne ihr jedoch viel Aufmerksamkeit zu widmen. Er unterhielt sich mit Stella.

Der SS-Sturmbannführer war ein schöner Mann. Er entsprach von Kopf bis Fuß dem nordischen Rasseideal seines Führers. Groß, schlank, mit drahtiger, eleganter Figur, ein kantiges, hartes Gesicht, blondes Haar und eisblaue Augen. Augen so kalt wie das Eis eines Gletschers.

Jetzt allerdings, als Adam sein Atelier betrat, lag ein verbindliches Lächeln in diesen Augen. Scheermann plauderte mit Stella.

»Tag, Professor«, rief er Adam entgegen. Er sagte niemals Heil Hitler, über derartige Kindereien war er erhaben. »Ich bin wieder mal da.«

»Ich sehe es«, antwortete Adam mit mäßiger Begeisterung. »Wie, glauben Sie, soll ich arbeiten, wenn Sie einfach monatelang von der Bildfläche verschwinden?«

»Tut mir leid, Professor. Wichtige Aufgaben kamen dazwischen. Außerdem ist das Ding doch schon fertig.« Er wies mit einer lässigen Handbewegung auf die Büste, die auf einem Sockel mitten im Raum stand. Stella hatte das Tuch abgenommen. Das nordische Gesicht war naturgetreu noch einmal zu sehen. Stella hatte gar nicht zu fragen brauchen, wer der Mann war, der vor einer Viertelstunde plötzlich hereingekommen war.

»Ist doch ausgezeichnet, lieber Professor«, sagte Scheermann. »Ich wüßte nicht, was Sie daran noch tun wollen.«

»Aber ich«, erwiderte Adam. »Von dem Geschäft verstehe ich ein bißchen mehr als Sie.«

»Sie haben doch offenbar während meiner Abwesenheit daran gearbeitet. Das letzte Mal waren wir nicht so weit, wie ich mich erinnere.«

»Stimmt, ich habe daran gearbeitet.«

Alle drei standen sie vor der Büste und betrachteten sie. Scheermann sichtlich angetan, Adam mit ablehnendem Gesichtsausdruck, Stella, bemüht ihre Ungeduld zu verbergen, die es ihr unmöglich machte, dem kantigen Tonkopf das geringste Interesse entgegenzubringen. Ihr Blick ging einige Male zu Adam, sie wäre jetzt gern mit ihm allein gewesen. Sie mußte endlich wissen, was gestern abend geschehen war.

»Ausgezeichnet«, wiederholte Scheermann. »Ich werde das Ding in der Halle meines neuen Hauses aufstellen. Ich habe mir nämlich kürzlich eins gekauft, in Nikolassee draußen.«

»So«, konnte sich Adam nicht verkneifen zu bemerken, in deutlich ironischem Ton. »Gekauft.«

Er wußte zufällig, wem das Haus gehört hatte. Was die Brüder so »gekauft« nannten, das wußte man schließlich.

Scheermann überhörte den Einwurf. »Offen gestanden, komme ich mir ein bißchen albern dabei vor. Aber vielleicht haben meine Kinder mal ihren Spaß daran.«

»Sie haben doch gar keine Kinder«, sagte Adam.

»Das wollen wir doch nicht hoffen«, meinte Scheermann gutgelaunt. »Irgendwo werden schon ein paar herumkrabbeln. Und die richtig amtlichen, die kommen schon noch nach. Wenn ich die richtige Frau gefunden habe.«

»Ja«, meinte Adam ironisch. »So ein echtes, germanisches Heldenweib mit gebärfreudigen Hüften.«

Scheermann lachte unbeschwert. Das lockerte das harte Gesicht erstaunlich auf. Er wirkte direkt sympathisch, wenn er lachte. »Zu dumm, Professor«, sagte er, »gerade das ist nicht mein Geschmack. Ich bin mehr für etwas Kapriziöses, etwas Apartes, wissen Sie. So ein Typ wie Ihr kleiner Adjutant hier.« Er wandte sich Stella zu und betrachtete sie ungeniert. »Ganz entzückend. Sagen Sie, Professor, wo finden Sie so etwas?«

»Berlin wimmelt geradezu von aparten, hübschen Frauen. Sollten Sie das noch nicht bemerkt haben? Übrigens, Fräulein Termogen ist meine Schülerin.«

»Ich habe es bereits vernommen. Wenn sie so begabt ist, wie sie hübsch ist, wird sie Ihnen bald die Kunden wegschnappen, Professor. Jedenfalls die männlichen. Ich wäre sofort bereit, mir noch eine zweite Büste machen zu lassen. Dann aber von Ihrer Schülerin.«

Adam war heute nicht zu Scherzen aufgelegt. »Zufälligerweise machte sie keine Büsten. Sie arbeitet Gebrauchskeramik.«

»Auch etwas Hübsches. Ich könnte durchaus ein paar Stücke für mein Haus gebrauchen. Vielleicht besuchen Sie mich einmal, gnädiges Fräulein, und schauen sich ein bißchen um, wo man etwas Geeignetes placieren könnte.«

Stella, jetzt so direkt angesprochen, errötete. Zuvor hatte sie sich geärgert, daß man wieder über sie sprach, als sei sie gar nicht vorhanden. Und dieser eindringliche Blick der eisblauen Augen machte sie nervös.

Scheermann sah ihr Erröten und lächelte wieder. »Oder haben Sie etwas dagegen, Professor?« fragte er dann, ohne den Blick von Stella zu nehmen.

»Keineswegs«, brummte Adam. »Wenn sie genug kann, daß sie ihre Sachen mit gutem Gewissen verkaufen kann, werden wir Sie einmal besuchen.«

»Nicht doch.« Scheermann lächelte jetzt mit allen blitzendweißen Zähnen. »Wenn sie genug kann, um ihre Sachen zu verkaufen, kann sie auch allein beurteilen, welche Stücke passen. Sie müssen die junge Dame nicht in ihrer Selbständigkeit behindern. Das schadet der Entwicklung. Auch der künstlerischen, möchte ich annehmen.«

Die beiden Männer blickten sich an, gerade in die Augen. Scheermann lächelte weiter. Adams Miene kam fast einer wörtlichen Beleidigung gleich.

Aber Scheermann hatte mittlerweile noch anderes entdeckt. Das schlanke, hochbeinige Mädchen in Bronze, das in der Ecke des Ateliers stand. Die Figur war erst vor wenigen Tagen von der Gießerei zurückgekommen. Stella hatte Modell gestanden.

»Hübscher Akt«, meinte Scheermann. »Neu, nicht? War jedenfalls nicht da, als ich das letzte Mal hier war.«

Diesmal errötete Adam. Vor Ärger. »Da irren Sie sich wohl«, sagte er kühl. »Die Arbeit habe ich schon von einem halben Jahr gemacht.«

»Ach, wirklich?« Scheermann ließ seine Augen mit betonter Offenheit zwischen Stella und der Figur hin und her wandern. Ich hätte das Gesicht mehr verändern sollen, dachte Adam ärgerlich. Konnte ich nicht wissen, daß gerade dieser Lümmel heute hier auftaucht?

»Wo haben Sie denn so lange gesteckt, Scheermann?« fragte er, nicht weil es ihn interessierte, nur um dem Gespräch eine andere Wendung zu geben.

»Kleine Erholungsreise. In Österreich. Bei Bekannten auf dem Land.«

»So, in Österreich. Ausgerechnet. Da haben Sie also Bekannte. Will man Sie denn dort haben?« fragte Adam anzüglich.

»Aber gewiß doch, mein Bester. Sogar mit großem Vergnügen. Gute alte Freunde von mir. Wir verstehen uns prächtig. Sie haben ein herrliches altes Schloß in den Bergen. Und Verbindungen zu den allerhöchsten Regierungsstellen. Ich habe interessante Leute kennengelernt.«

»Hm«, machte Adam. »Schade, sehr schade. Und ich hatte schon einen eventuellen Umzug nach Wien erwogen.«

»Warum? Gefällt es Ihnen in Berlin nicht mehr?«

»Nicht so sehr, nein. Ich habe in letzter Zeit das Gefühl, daß mir die Luft nicht so recht bekommt. Ich dachte mir, in Wien sei das Klima vielleicht besser.«

»Ist es, ist es, ganz erstklassig sogar. Eines Tages werden Sie dort genauso angenehm leben können wie hier. Eines gar nicht allzu fernen Tages, möchte ich annehmen.«

Stella lauschte dem Gespräch, ohne es recht zu verstehen. Immerhin begriff sie, daß Adam diesen Mann nicht leiden mochte. Sie hatte seine dunklen Augen noch nie so kalt, so ablehnend gesehen. Nun, sie kannte inzwischen seine politische Einstellung. Er machte kein Hehl daraus. Warum aber arbeitete er dann überhaupt für diese Leute?

»Ja, leider«, der blonde Recke blickte auf seine Uhr. »Ich muß fort. Wie viele Sitzungen brauchen Sie noch, Professor?«

»Eine genügt«, antwortete Adam mürrisch.

»Würde es Ihnen übermorgen passen? Nachmittags um drei?«

»Schlecht«, sagte Adam, bloß um zu widersprechen. »Früh um neun wäre es mir lieber.«

»Leider.« Scheermann lächelte verbindlich. »Da bin ich von meinem Ausritt noch nicht zurück. Sagen wir etwas später, gegen elf Uhr?«

»Gut«, sagte Adam. »Damit wir es hinter uns haben.« Das klang bewußt unhöflich.

Scheermann überhörte es.

Er wandte sich zu Stella, griff nach ihrer Hand und zog sie formell an die Lippen.

»Auf Wiedersehen, gnädiges Fräulein. Werde ich dann wieder das Vergnügen haben, Sie zu sehen?«

Stella warf einen raschen Blick zu Adam, sah sein verschlossenes Gesicht, seine bösen Augen. Sie lächelte plötzlich und erprobte wieder einmal ihren oft geübten Blick unter halb gesenkten Lidern. »Aber sicher«, sagte sie.

»Das freut mich«, sagte Scheermann, und es klang ganz aufrichtig.

Als er draußen war, sagte Adam: »Ekelhafter Bursche. So was soll nun die Elite unserer Gesellschaft darstellen. Zufällig ist der Kerl noch aus ganz guter Familie. Ich kannte seinen Vater, der verkehrte bei meinem Onkel. Und dieser Kerl wächst sich zu so einer Kreatur aus.« Alle Verachtung der Welt lag in Adams Stimme.

»Wieso?« fragte Stella gewollt harmlos. »Er war doch sehr nett. Sehr höflich.«

»Du bist eine Gans«, sagte Adam, keineswegs höflich. »Burschen wie den würde ich lieber tot als lebendig sehen. Die drücken uns allen eines Tages die Gurgel zu. Hübsch langsam und mit Genuß. Ich habe dir doch schon öfter erklärt . . .«

Weiter kam er nicht. Für Stella klangen noch seine ersten Worte nach: Du bist eine Gans! Normalerweise hätte ihr das nicht viel ausgemacht. Sie war nicht empfindlich. Aber heute, nach dem gestrigen Abend, der unruhigen Nacht, die sie verbracht hatte, das Warten heute morgen auf ihn, denn er war viel später gekommen als sonst, all das hatte sie an den Rand ihrer Fassung gebracht.

»Du brauchst mich nicht zu beleidigen«, rief sie aufgebracht. »Wenn ich dir zu dumm bin und wenn du genug von mir hast, braucht du es nur zu sagen. Ich will dir keineswegs auf die Nerven fallen. Ich habe früher ohne dich gelebt und kann auch in Zukunft ohne dich leben.«

Adam war überrascht. »Aber Kind, was hast du denn?«

Aber so leicht war Stella nicht zu bremsen. Die aufgestaute Erregung mußte endlich ein Ventil haben. »Kann sein, daß du mich jetzt nicht mehr brauchen kannst. Daß ich dir lästig bin. Du brauchst es nur zu sagen. Schließlich habe ich mich dir nicht aufgedrängt. Du hast mich hierhergebracht, hier ins Atelier, und auch zu Hermine.

Jetzt bin ich wohl fehl am Platze, wie? Jetzt möchtest du mich gern wieder draußen haben, wie?«

»Ruhe, Ruhe!« rief Adam, packte sie bei den Schultern und schüttelte sie. »Was fällt dir ein, du Fratz? Wie führst du dich denn auf? Habe ich dir einen Grund gegeben, mich anzuschreien? Was sind denn das für neue Sitten?«

»Neue Sitten? Sehr richtig!« Stella war noch nicht fertig. »Gestern abend hast du gesagt: Ich brauche dich nicht mehr. Ich brauche dich nicht mehr.« Sie wiederholte die Worte, die sie so in Wut versetzt hatten, noch ein paarmal, jetzt wirklich schreiend.

»Bist du wahnsinnig?« schrie Adam nun auch. Er schüttelte sie noch heftiger. »Wann habe ich das gesagt? Nie würde es mir einfallen, so etwas zu sagen.«

»So. Dann hat Hermine also gelogen.«

»Hermine? Was hat Hermine damit zu tun?«

»Ja, sicher, Hermine.« Stellas Gesicht war verzerrt, ihre Augen sprühten helle Wut. »Mit mir hast du ja nicht gesprochen. Das ist dem hohen Herrn ja nicht eingefallen. Hermine durfte mir ausrichten, daß du mich nicht mehr brauchst.«

»So ein Unsinn. Habe ich gar nicht gesagt.«

»Gut!« schrie Stella und wandte sich zur Tür. »Dann werde ich Hermine holen, und dann wirst du ihr das sagen. Sie hat mir jedenfalls deine Worte so ausgerichtet: ›Bestellen Sie Stella einen schönen Gruß, heute brauche ich sie nicht mehr.‹ Ich wollte es erst auch nicht glauben. Aber sie hat gesagt, daß es genau deine Worte waren.«

Adam war ihr nachgelaufen und riß sie zurück, ehe sie die Tür erreichte. »Du bleibst hier!« brüllte er sie wütend an. »Vielleicht fängst du jetzt auch noch an, mir Szenen zu machen. Das fehlt mir gerade noch. Zwei verrückte Weiber auf einem Fleck, das habe ich gerade nötig. Übrigens ist Hermine genauso eine Gans wie du, wenn sie das zu dir gesagt hat.«

Stella starrte ihn mit haßfunkelnden Augen an, die Lippen leicht geöffnet, als wollte sie noch eine Flut wütender Worte hervorstoßen. Sie riß sich heftig von seiner Hand los.

»Laß mich los! Du tust mir weh! Du hast also eine Szene gehabt gestern abend? Da kann ich wohl nicht dafür, oder? Aber keine Bange, du brauchst keine zwei verrückten Weiber zu haben. Ab sofort hast du nur noch eine! Ich bin schon gegangen!«

Wieder wollte sie zur Tür, aber Adam hielt sie jetzt mit beiden Händen fest. Eisern umklammerte er ihre Arme, zog sie dicht an sich heran und blickte ihr nahe in das wütende Gesicht. »Du kleiner Teufel!« sagte er zwischen den Zähnen. »Glaubst du, ich werde mit dir nicht fertig? Glaubst du, ich kann dich nicht zähmen? Du bist mir zu grün hinter den Ohren, als daß ich mir von dir Theater vormachen lasse. Gerry hat ein Recht dazu, verdammt noch mal. Ja, das hat sie. Aber du? Du wirst hübsch still sein und tun, was ich dir sage. Sonst kriegst du eines Tages den Hintern voll! Das wirst du erleben!«

Stella setzte zu einer neuen Erwiderung an, aber sie kam nicht weit. Nach den ersten Worten versagte ihr die Stimme, und sie begann zu weinen, laut und verzweifelt wie ein Kind. Vielleicht waren seine letzten Worte daran schuld. Das war es wohl, was ihre erwachsene und durchaus berechtigte Wut in ein kindliches Weinen verwandelte. Es klang so vertraut: ›Du kriegst den Hintern voll, wenn du nicht parierst. Das wirst du schon sehen, min Deern.‹ Das hatte Onkel Pieter manchmal gesagt, im Scherz natürlich, denn wann hätte sie je ein wirklich böses Wort von ihm gehört.

Aber eben war es Ernst gewesen mit den harten Worten. Oder jedenfalls war es ihr so vorgekommen.

Adam sah ihren Zusammenbruch mit Befriedigung. Er nahm sie in die Arme und wiegte sie begütigend hin und her. Sein Ärger war im Nu verflogen.

»Ich will nach Hause«, schluchzte Stella an seiner Schulter. »Ich will nach Hause.«

Er ließ sie eine Weile weinen. Dann fragte er ruhig: »Nach Hause, kleiner Stern? Wohin denn? Zu Bruder Fritz und Schwägerin Milly? Zur Mama?«

»Nein«, rief Stella laut, in einer letzten Aufwallung von Zorn. »Zu Onkel Pieter.«

»Nun komm«, sagte Adam liebevoll und küßte sie auf die nasse Wange. »Ich bin jetzt dein Onkel Pieter. Du bist jetzt hier zu Hause.«

Er zog sie mit sich, bis zur Couch, setzte sich und nahm sie auf den Schoß, zog ein Taschentuch aus der Hosentasche und begann ihr sorgfältig die Tränen abzuwischen.

»Ich bin nicht hier zu Hause«, schluchzte Stella. »Zu Hause ist man da, wo man geliebt wird.«

»Aber ich liebe dich doch, kleiner Stern. Und Hermine liebt dich. Und sogar der verdammte SS-Kerl ist dabei, sich in dich zu verlieben. Aber da wird nichts draus. Das werde ich zu verhindern wissen.«

Stella schluchzte noch eine Weile vor sich hin. Es tat so gut, nach der Spannung, in der sie seit gestern lebte. Und es tat gut, seinen Arm um sich zu fühlen, seine warme, tiefe Stimme zu hören, sein zärtliches Streicheln zu spüren. Endlich war man nun auch zu dem Thema gekommen, das sie allein interessierte.

»Aber Gerry«, sagte sie, und eine letzte Träne rollte über ihre Wange, »die liebt mich nicht. Die haßt mich.«

»Warum soll sie dich denn hassen«, sagte Adam begütigend, wie man zu einem eigensinnigen Kind spricht, »sie kennt dich doch gar nicht.«

»Man kann auch jemanden hassen, den man nicht persönlich kennt«, beharrte Stella. »Von dem man nur gehört hat.«

Ehe Adam antworten konnte, kam eine belustigte Stimme von der Tür her. »Sicher kann man das. Ich finde, das hat er sehr gut formuliert, der kleine Stern.«

»Gerry!« Adam schob Stella hastig beiseite und sprang auf.

Überrascht blickte er zur Tür. Auch Stella starrte erschrocken zur Tür, das Haar zerzaust, die Augen rot vom Weinen.

Gerry lächelte. Ein wunderbarer Auftritt war ihr gelungen! Das genoß sie außerordentlich. Nicht so, wie er sich das gedacht hatte, gestern abend. Sie hatte Regie geführt und sich gut vorbereitet. Daß es ihr allerdings so gut gelingen würde, daß sie so uneingeschränkt Herrin der Situation sein würde, das war nicht vorauszusehen gewesen. Sie stand an der Tür, reizend anzusehen, und sie wußte es. Sie war beim Friseur gewesen und hatte ein sorgfältiges Make-up aufgelegt. Sie lächelte sicher und überlegen.

»Ich habe dich gar nicht kommen hören«, sagte Adam töricht.

»Das merke ich.«

»Ich dachte, du wärest schon hinausgefahren. Du sagtest doch...«

»Erstens mußte ich zum Friseur«, sagte Gerry langsam und blickte die beiden amüsiert an. »Zweitens hatte ich kein Geld, und mein Scheckbuch war bei dir im Schreibtisch. Ich mußte also noch mal zurückkommen. Und wollte euch eben kurz besuchen. Mal sehen, wie die Arbeit vorangeht. Ob deine Schülerin auch ordentlich bei dir etwas lernt. Ich weiß allerdings nicht, ob du die richtige Lehrmethode hast.« Sie kam einige Schritte näher, graziös und beschwingt, in ihrer gekonntesten Haltung. So, als bewege sie sich auf der Bühne. »Für Prügel ist das Mädchen eigentlich schon ein wenig zu groß, würde ich sagen.«

»Du hast uns zugehört«, sagte Adam grollend.

»Ich konnte nicht umhin«, sagte Gerry. »Erstens war die Tür nur angelehnt, und zweitens wart ihr nicht eben leise.«

Sie ging an Adam vorbei, zu Stella, die immer noch wie erstarrt auf dem gleichen Fleck stand.

»Keine Angst, mein Kind«, sagte sie mit verführerischem Lächeln, »obwohl ich von Ihnen weiß und Sie jetzt sogar auch kenne: Ich hasse Sie keineswegs.«

Stella starrte die schöne Frau verwirrt an. Ihre Kampfstimmung war verflogen. Sie hatte alles Pulver verschossen, jetzt war sie hilflos wie ein Kind.

»Den Umgang mit dynamischen Männern muß man erst lernen«, sagte Gerry freundlich. »Es ist nicht so einfach, ich weiß. Aber wie mir scheint, haben Sie das bereits begriffen und werden sicher bald in der Lage sein, sich erfolgreich Ihrer Haut zu wehren.«

Adam lachte plötzlich. Die Komik der Situation besiegte seine Verlegenheit. »Gerry, du Biest!« sagte er. »Das hast du wieder mal großartig gemacht. Eine Inszenierung wie von Gründgens.«

»Schließlich ist es mein Beruf«, sagte Gerry. »Und du solltest es langsam wissen, daß ich mir die Rolle selber aussuche, die ich spielen will.« Dann wandte sie sich wieder zu Stella, nahm sie bei der Hand und zog sie auf die Couch herab, setzte sich neben sie. »Komm her, mein Kind. Setz dich. Wir rauchen eine Friedenspfeife. Und soviel ich weiß, hat Adam hier auch einen guten alten Kognak versteckt. Du mußt dich nicht so aus der Fassung bringen lassen. Weder von mir und schon gar nicht von dem da. Merke dir: Männer genießen unsere Zusammenbrüche. Es bestärkt sie in dem Gefühl der männlichen Überlegenheit, die ja meistenteils nur in ihrer Einbildung besteht. Wir sollten ihnen daher nur gelegentlich das Vergnügen gönnen. Nur dann, wenn es sich wirklich lohnt.«

Adam, grinsend wie ein Junge, zog die Zigaretten aus der Tasche und bot ihnen an. »Sieh einer an«, sagte er erheitert. »So ist's richtig! Da kann ich ja wohl mein Lehreramt als beendet ansehen.« Und boshaft fügte er hinzu: »Anscheinend, meine Liebe, hast du dich doch zur Mutterrolle entschlossen.«

»Das wäre übertrieben«, entgegnete Gerry und nahm einen tiefen Zug aus ihrer Zigarette. »Sagen wir mal, die Rolle einer beratenden Freundin, das steht mir besser. Ich bin entschlossen, bis auf weiteres keine Mutterrollen zu übernehmen. Mein Publikum ist nicht daran gewöhnt.« Sie blickte Stella an, dann zu Adam auf, der vor ihnen stand, die Zigarette unverschämt im Mundwinkel, beide Hände tief in den Hosentaschen. »Du hast gar keinen Grund, mein Lieber, so unverschämt zu grinsen. Vergiß lieber den Kognak nicht. Wenn wir ihn getrunken haben, werde ich dir Stella entführen. Sie wird sich die Augen auswaschen, ein hübsches Kleid anziehen und dann mit mir essen gehen. Es ist zwar erst«, sie blickte auf ihre Armbanduhr, »erst kurz nach elf. Aber wir können vorher noch einen Aperitif bei Mampe trinken, da werden wir schon Appetit bekommen.«

»Und ich?« fragte Adam. »Werde ich nicht zum Essen eingeladen?«

Gerry blickte Stella an und lächelte. »Was meinst du, Stella? Wollen wir ihn mitnehmen? Wenn er verspricht, sich anständig zu betragen und uns das teuerste Menü zu bezahlen, das wir finden können . . .«

Ein schüchternes Lächeln erschien auf Stellas Gesicht. Bewunderung für die schöne, charmante Frau war deutlich in ihren Augen zu lesen.

»Ich weiß nicht«, sagte sie. »Das müssen Sie entscheiden, Frau . . ., gnädige Frau.«

»Ich heiße Gerda«, sagte die Schauspielerin. »Und man nennt mich meist Gerry. Meinst du, du könntest dich daran gewöhnen?«

Stella nickte.

Adam stand reglos. Er sah Stella nicht an, beobachtete nicht ihre Verwirrung, ihre junge Hilflosigkeit. Sein Blick hing an Gerry. Bewunderung war darin zu lesen, Dankbarkeit und — Liebe. Trotz allem, was in letzter Zeit geschehen war, fühlte er sich Gerry so eng verbunden wie nie zuvor.

Gerry, als sie ihn ansah, noch mit dem leichten, spielerischen Lächeln auf den Lippen, konnte in seinem Gesicht lesen wie in einem aufgeschlagenen Buch. Das Lächeln erlosch langsam in ihrem Gesicht, Wehmut und Trauer waren in ihrem Blick. Alles war Abschied auf einmal. Nun also auch noch Abschied von Adam. Der Abschied von Berlin war ihr sowieso schon schwergefallen. Sie war in dieser Stadt verwurzelt. Hier hatte sie ihre ersten Erfolge und dann ihren großen Aufstieg gehabt, hier lebten Freunde und Bekannte, dieser Stadt gehörten die schönsten und erfülltesten Jahre ihres Lebens. In Wien war sie noch nicht heimisch geworden, obwohl sie auch dort schöne Rollen spielte und man ihr überall liebenswürdig entgegenkam. Es war trotzdem eine andere Atmosphäre.

In letzter Zeit hatte sie mit dem Gedanken gespielt, sich nach und nach vom Theater zurückzuziehen. Ein paar Gastspiele vielleicht noch hier und da, doch sonst ein ruhiges, zurückgezogenes Leben. Ein Leben mit Adam, Anteilnahme an seiner Arbeit, Zeit für ihn — es war ihr gar nicht unmöglich vorgekommen, so zu leben.

Jetzt wußte sie, daß sie sich des Mittelpunktes ihres Lebens nicht berauben durfte. Die Kraft, von der sie lebte, war nicht Adam, wie sie gedacht hatte. Es war das Theater, und so mußte es bleiben.

Während Stella in ihr Zimmer lief, um sich umzuziehen, gingen Gerry und Adam nach vorn in die Wohnung.

»Gerry, du bist wunderbar«, sagte er.

»Wunderbar?« Sie lächelte ein wenig traurig. »Nein, Adam, ich bin nicht wunderbar. Ich bin müde. Ich will nicht mehr kämpfen, nicht um dies und nicht um das. Auch nicht um dich. Ich gehe nur den leichteren Weg.«

»Ich habe dir gesagt, zwischen uns bleibt alles beim alten«, begann er, »zwischen uns hat sich nichts geändert.«

»Sei still«, sagte sie unvermutet heftig. »Jedes Wort ist zuviel. Zwischen uns hat sich ...« Sie zögerte, überlegte eine Weile und fuhr dann fort: »Vielleicht nicht alles, aber vieles geändert. Nein, vielleicht wirklich nicht alles. Ich weiß es noch nicht.« Auf jeden Fall, dachte sie, werde ich den Vertrag mit Wien jetzt unterschreiben. Denn bisher war ihre Bindung an das Josefsstädter Theater eine sehr lose gewesen. Ein Dreijahrsvertrag war ihr angeboten worden. Sie hatte gezögert, sich zu binden. Und Adam war der Hauptgrund dafür gewesen.

Drei Jahre, dachte sie weiter. Dann bin ich neunundvierzig. Also beinahe fünfzig. Gott weiß, was in drei Jahren sein wird. Nazis gibt es in Österreich auch eine ganze Menge. Wer weiß, ob ich dann dort noch werde spielen können.

Es klingelte.

»Mach ihr auf«, sagte Gerry gelassen und überlegen. »Und, Adam, einen Gefallen könntest du mir tun: Sie braucht *davon* nichts zu wissen. Oder hast du es ihr schon erzählt?«

»Gott bewahre, nein«, sagte Adam. Er hatte sofort begriffen, was Gerry meinte. »Warum sollte ich ihr das erzählen?«

»Früher oder später wird sie es ja doch erfahren«, sagte Gerry seufzend. »Na ja, ist ja auch nicht so wichtig. Nun mach schon auf.«

Adam öffnete die Wohnungstür. Stella stand davor, in ihrem geblümten Kleid, ein erwartungsvolles Lächeln auf den Lippen.

Adam betrachtete sie fast erstaunt. Ein achtzehnjähriges Kind, dachte er, ein kleines, rothaariges Wunder, das so schnell wieder aus meinem Leben verschwinden kann, wie es hereinspaziert ist. Darum habe ich Gerry so weh getan. Gerade jetzt, zu einem Zeitpunkt, wo sowieso ihr ganzes Leben ins Wanken gerät.

Er fühlte auf einmal eine Schuld, die auf ihm lastete, ihn drückte. Wenn auch Gerry eine selbständige Frau war, die gut verdiente, so trug er dennoch eine Verantwortung ihr gegenüber. Er war ein Mann, und er hatte ein Jahrzehnt lang ihre Liebe und ihre Zeit in Anspruch genommen. Aber er hatte leichtfertig auch noch eine Verantwortung für dieses junge Kind hier übernommen. Bisher war es ihm ganz einfach vorgekommen, zwei Verantwortungen zu tragen, zwei Frauen in seinem Leben unterzubringen. Jetzt auf einmal hatte er Zweifel daran, daß er das schaffen konnte. Vielleicht war es wirklich unmöglich, zwei Frauen zu lieben und beiden gerecht zu werden.

»Was hast du?« fragte Stella. »Warum siehst du mich so an? Sehe ich nicht gut aus?«

»Doch«, murmelte er, »ganz reizend. Der Lippenstift vielleicht — er ist ein bißchen zu rot. Komm herein.«

Wie jung sie war! Wie ahnungslos!

Zum erstenmal kam sich Adam ihr gegenüber alt vor. Zum erstenmal stand die Summe gelebter Jahre, Leiden, Erfahrung und Wissen, zwischen ihnen.

Seine junge, schöne Geliebte! Ein unwissendes Kind, ein kleiner Vogel, dem er das Fliegen beibrachte. Ein Spielzeug? Nein, er wies den Gedanken zurück. Er durfte auch nicht ungerecht sein gegen sich selbst. Aber es war dennoch ein Spiel. Die Gefährtin seines Lebens, die Bleibende, die trotz allem Unverlorene – das war Gerry.

Über Weihnachten fuhr Stella nach Keitum. Adam hatte von vornherein erklärt, er werde Weihnachten in Wien verbringen. Gerry hatte Vorstellung während der Feiertage und konnte nicht kommen.

»Und es ist ausgeschlossen, daß ich sie allein lasse«, sagte er entschieden, »das mußt du einsehen, Stella.«

Stella schmollte ein bißchen, aber sie wußte, daß es nichts nützte. Andererseits fuhr sie ganz gern nach Keitum. Sie wollte Onkel Pieter und Stine endlich wiedersehen und ihnen natürlich auch von ihrem neuen Leben berichten. Sie hatte zwar davon geschrieben, doch das bot nur ein mattes Abbild von ihrem jetzigen Dasein.

Kapitän Termogen und Stine, die nun sehr ruhig und allein lebten, freuten sich natürlich sehr über Stellas Besuch. Und Stella hatte so viel zu erzählen!

»Das ist wirklich eine feine Sache, min Deern«, meinte der Kapitän. »Wer hätte das gedacht, als du früher so ein bißchen bei Vadding Hoog 'rumgepaddert hast. Und du denkst, das wird was Ordentliches? Da wirst du mal Geld verdienen mit?«

Stella nickte. »Klar. Wenn man gute Einfälle hat, dann kommt man prima ins Geschäft. Adam sagt . . .«

Adam spielte natürlich in ihren Berichten eine große Rolle. Und so wie Stella ihn darstellte, mußte er ihren Zuhörern als eine Art Schöpfer und Verwalter von Stellas neuer Welt vorkommen. Da sie aber auch von Gerry sprach, mit bewundernden Worten, kam Onkel Pieter in seiner Harmlosigkeit gar nicht darauf, dieser Adam könnte in Stellas Leben noch eine andere Rolle spielen als nur die eines Lehrers und Förderers. Wie ihre Beziehung zu Adam geartet war, das verschwieg Stella. Sie wußte, daß sie damit weder Verständnis noch Billigung bei Onkel Pieter gefunden hätte. Und bei Stine schon gar nicht.

»Diese Schauspielerin, diese Gerry«, fragte Stine einmal, »ist das die Frau von deinem Lehrer?«

»Gewissermaßen ja«, sagte Stella. »Sie sind natürlich nicht verheiratet.«

Stine machte ein mißbilligendes Gesicht. »Nicht verheiratet?« fragte sie indigniert.

Und Onkel Pieter fragte: »Wieso natürlich, min Deern?«

»Na ja«, meinte Stella, »wie soll ich euch das erklären. Es sind eben moderne Leute, nicht? Ehe und so 'n Kram, da haben sie nichts für übrig. Gerry war schon dreimal verheiratet und meint, das lange ihr nun.«

»Dreimal!« staunte Stine. »Das ist ja allerhand. Sind die Männer denn alle tot?«

Stella warf ihr einen mitleidigen Blick zu. »Natürlich nicht. Einer, glaube ich. Von den anderen ist sie geschieden.«

Stine konnte sich mit diesen komischen Verhältnissen nicht so ohne weiteres abfinden und kam immer wieder darauf zurück.

Der Kapitän nahm es gelassener auf. »Sind eben Künstler«, sagte er, »die führen ein anderes Leben.«

Er hielt es für vollkommen überflüssig, Stella irgendwelche Mahnungen mit auf den Weg zu geben. Er war weder weltfremd noch ein Spießer. Er brauchte Stella bloß anzusehen, ihre reizvolle äußere Erscheinung, ihr sicher gewordenes Auftreten, brauchte ihr nur zuzuhören, um zu wissen, daß sie kein Kind mehr war.

Einmal nur sagte er etwas, was einer Warnung gleichkam. »Die innere Balance, min Deern, weißt du, die darfst du nie verlieren. Und du mußt immer wissen, wohin du steuerst. Und dich nicht auf andere verlassen, lieber selber das Steuer in der Hand behalten. Wenn denn mal schwere See kommt, wirst du auch mit fertig.«

Als Stella abreiste, sagte er noch: »Du weißt ja, Deern, du bist hier zu Hause. Hier kannst du immer herkommen.«

»Ich weiß, Onkel Pieter«, sagte Stella und umarmte ihn stürmisch. »Ich weiß es. Und danke, Onkel Pieter, danke, danke für alles.«

»Nu laß man, min Deern. Wofür willst du mir denn danken? Du hast uns doch so viel Sonnenschein gebracht.«

Bei Vadding Hoog war Stella natürlich auch gewesen und hatte ihm vorgeführt, was sie gelernt hatte. Dabei überschüttete sie den armen Meister mit einer Flut theoretischer Kenntnisse, daß dem ganz wirr im Kopf wurde.

»'ne Menge Tügs, was du da lernst, Deern«, meinte er. »'ne Menge Tügs.«

Außerdem erfuhr sie, daß Christian, der zur Zeit in Freiburg war, vom nächsten Semester an in Berlin studieren wollte.

Auch daß Thies bis zum Sommer zurückkehren würde, hatte Onkel Pieter erzählt. Er war längst nicht mehr in der Klinik, er studierte jetzt an einer amerikanischen Universität. Ein paar Bilder von ihm waren da. Thies, lachend und vergnügt im Kreis gleichaltriger Freunde. Nur ein Stock in seiner rechten Hand wies noch auf sein Leiden hin. Sonst sah er nicht anders aus als andere junge Leute.

»Ich bin ja so froh«, sagte Kapitän Termogen. »So bannig froh, daß der Jung wieder gesund ist und laufen kann.«

Und schließlich hatte Stella ihre alte Feindin Anke getroffen. Anke, die ja studieren wollte, ging noch zur Schule. Sie war groß geworden, größer noch als Stella. Und sehr hübsch. Stella hatte Abstand genug von der Kinderfeindschaft gewonnen, um das großmütig zuzugeben.

»Tach, Anke«, sagte sie. »Wie geht's denn?«

Auch Anke schien bereit, das Kriegsbeil begraben sein zu lassen.

»Danke gut. Viel Arbeit immer.«

»Wirst du nun wirklich Lehrerin?«

»Klar. Und du?«

Mit einer gewissen Genugtuung berichtete Stella von ihren Plänen, nicht ohne ein wenig anzugeben. Aber Anke war damit nicht sonderlich zu beeindrucken. »Wenn es dir Spaß macht, ist es ja fein«, sagte sie gleichmütig. Sie ruhte so sicher in sich selbst und in ihrem Dasein, daß kein anderes Lebensbild sie mit Neid erfüllen konnte.

Am Schluß fragte sie nach ihrer Mutter.

Es kostete sie offensichtlich einige Überwindung. Sie setzte einige Male an, bis sie schließlich die Frage über die Lippen brachte. »Hast du — ich meine, hast du sie wieder mal gesehen?«

Stella blickte sie erstaunt an. »Sie? Ach, du meinst Nora? Deine Mutter?«

»Ja«, sagte Anke und errötete ein wenig.

Stella war nicht frei von Schuldbewußtsein. »Offen gestanden, nein. Ich hab' sie lange nicht mehr gesehen. Weißt du, ich hab' jetzt immer so viel zu tun. Ich habe überhaupt keine Zeit mehr. Selbst meine Mutter sehe ich sehr selten.«

»Wann hast du sie denn das letztemal gesehen?« fragte Anke.

Stella mußte erst nachdenken. »Ja, warte mal. Das war – das war, ja, Ende September, glaube ich. Damals, kurz nachdem ich umgezogen bin. Ich hatte sie eingeladen, mich doch mal zu besuchen. Aber sie ist nie gekommen. Komisch. Fällt mir jetzt erst auf.«

Nora war vollständig aus ihren Gedanken verschwunden. Sie war so ausgefüllt, so beschäftigt, daß alles andere in den Hintergrund trat. Und die Verstimmung kam noch dazu, die, von Nora ausgehend, zwischen ihnen geherrscht hatte.

Stella betrachtete Anke von der Seite. Ob Anke wußte, daß Noras Liebe, die sie damals von der Insel weggeführt hatte, so ein unrühmliches Ende gefunden hatte?

»Hörst du denn nie etwas von ihr?« fragte sie.

Anke schüttelte den Kopf. »Nein«, sagte sie knapp.

»Und warum schreibst du ihr nicht mal? Schließlich bist du ihre Tochter.«

»Ich habe ihr geschrieben«, sagte Anke. »Von einem Vierteljahr etwa. Aber der Brief kam zurück. Und die Frau, bei der sie gewohnt hat, schrieb mir dazu, daß Mutter ausgezogen sei.«

»Na und?« fragte Stella, nun ernstlich beunruhigt. »Da muß sie doch die neue Adresse haben.«

»Eben nicht. Sie schrieb, sie wisse die neue Adresse nicht.«

»Finde ich aber komisch«, meinte Stella. »Aber laß man, ich werde mich darum kümmern. Ich geh' hin und erkundige mich mal.«

Anke lächelte etwas mühsam. »Das wäre nett. Und du schreibst mir dann?«

»Klar. Ich schreibe dir.«

Aber als Stella in Berlin war, vergaß sie es wieder. Sie erzählte zwar Adam noch davon, und Adam meinte uninteressiert: »Vielleicht hat sie einen neuen Freund und wohnt bei dem. Da will sie eben nicht, daß die Leute zu Hause das wissen. Bißchen merkwürdig finde ich es ja. Wenn das ihr einziges Kind ist, diese Anke, dann sollte sie sich doch mal melden.«

»Sie haben sich nie vertragen«, sagte Stella. »Und daran war Anke schuld. Und die Alte natürlich. Noras Schwiegermutter. Alle beide haben sie Nora schlecht behandelt.«

Doch dann vergaß sie Nora wieder. Nicht ganz. Gelegentlich fiel es ihr ein. Nora. Ich wollte sie mal besuchen. Aber sie verschob es immer wieder, und langsam geriet Ankes Auftrag in Vergessenheit.

Christian war es schließlich, der Nora fand.

Stella saß in ihrem weißen Kittel auf einem Schemel. Die gebauchte, klobige Vase von sich haltend, betrachtete sie sie mit prüfend seitwärts geneigtem Kopf. Die matte Wölbung schimmerte in einem fahlen Grauton. Die Arbeit war ihr gut gelungen. Man sah kaum mehr die Wellen der Drehung.

Entschlossen tauchte sie den Pinsel in den Farbtopf und begann mit großen, energischen Strichen dicke, grüne Farbe aufzutragen.

Professor Geisener blieb auf seinem Rundgang hinter ihr stehen. »Bizarr, bizarr«, sagte er. »Wenn Sie so weitermachen, Stella, wird man Ihre Schöpfungen bald der entarteten Kunst zurechnen. Warum bleiben Sie nicht lieber bei den leichten, duftigen Mustern? Das liegt Ihnen doch viel besser. Die Schale, die Sie vorige Woche gemacht haben, mit diesem Blumenmuster drauf, war ganz reizend. Ich werde sie zu unserer nächsten Ausstellung geben.«

Stella errötete vor Freude über das Lob, verteidigte aber dennoch mit Nachdruck ihr jetziges Werk.

»Man kann nicht immer dasselbe machen«, sagte sie. »Mich reizt auch mal so etwas – so etwas Wildes.«

Der Professor lachte. »Na schön, dann seien Sie heute mal ein bißchen wild. Aber vergessen Sie nicht: Jeder Künstler hat seinen Stil, der zumeist aus seiner Veranlagung erwächst. Wenn man ihn zielbewußt entwickelt, kommt man meist zu beachtlichen Leistungen. Wenn man aber unsicher hin und her springt, wird nie was Rechtes daraus.«

Stella nickte. Es hatte wenig Zweck, mit Professor Geisener eine Debatte anzufangen. Er gehörte zu den älteren Lehrern und hatte sehr viel übrig für konventionelle Arbeiten, sehr wenig hingegen für moderne oder etwa gar abstrakte Kunst. Daher unterrichtete er auch heute wieder an der Hochschule, nachdem er protestierend Ende der zwanziger Jahre seinen Lehrstuhl aufgegeben hatte. In der derzeitigen Epoche war seine Art zu arbeiten und zu unterrichten wieder angebracht. Und obwohl er im Grunde der neuen Regierung nicht allzuviel Sympathie entgegenbrachte, war er mit der Kunstrichtung der Nazis völlig einverstanden. Sie hätte nicht gar so kraß sein müssen, fand er. Manches, was sie als entartete Kunst angeprangert hatten, war in seinen Augen echte Kunst. Anderes wieder verdiente Verbannung und Ausmerzung. Daß das Urteil oft nicht so sehr dem Kunstwerk als dem Künstler galt, der es geschaffen hatte, ignorierte der Professor hartnäckig.

Viele seiner Schüler dachten anders darüber. Stella war da in eine aufgeregte, streitbare Umgebung geraten. Grob gesprochen, teilten sich die Mitstudierenden in zwei Gruppen. Die eine, die bedingungslos dem neuen Kurs folgte, ihn zu ihrem eigenen machte und den nun wieder genau vorgeschriebenen Weg bereitwillig ging, und die andere – und das war die größere Gruppe –, die sich leidenschaftlich für das auf einmal Verfemte einsetzte, die für jetzt entstehende Kunstwerke nur das harte Wort Kitsch fanden und im geheimen abstrakter und surrealistischer malten und formten, als es sich die kühnsten Schöpfer der zwanziger Jahre je erträumt hatten.

Stella lebte ein wenig fremd unter ihnen. Sie war neu auf diesem ganzen Gebiet und wußte nicht viel davon. Die großen Namen der letzten dreißig Jahre waren ihr zumeist unbekannt. Sie begann jetzt erst, sie kennenzulernen, war noch viel zu sehr damit beschäftigt zu sehen, als daß sie hätte schon urteilen können.

Noch orientierte sich ihr Urteil an Adams Meinung. Sie fragte ihn, und was er sagte, machte sie zu ihrem eigenen Urteil. Adam aber war bei all seinem Können ein sachlicher, nüchterner Mensch, jedenfalls soweit es seine Arbeit anging. Die Verstiegenheit mancher Künstler war ihm fremd. Als er als junger Mann begonnen hatte zu malen, tat er es, weil es ihm Freude machte. Diese Freude an seinen eigenen Schöpfungen war ihm geblieben, eine fast naive Freude, die sich sowohl seinen Arbeiten wie auch seinem Publikum mitteilte, seien es nun Kunstkenner oder Kunstliebhaber, Käufer oder Kunsthändler. Ein Gontard war immer eine richtige, runde Sache, nicht von gestern, aber auch nicht von morgen. Immer etwas, das sich gut verkaufen ließ und mit dem man dennoch Ehre einlegte.

Adam hatte nie gelitten an seinem Werk. Stillvergnügt hatte er vor sich hin geschafft, mal etwas stürmischer, mal etwas nachlässiger, je nachdem, wie ihm zumute war, und meist hatte er das fertiggebracht, was er beabsichtigt hatte. Gab es einmal Schwierigkeiten, widersetzten sich Farbe und Leinwand oder später dann Ton oder

Stein seinem Wollen, dann konnte er verbissen arbeiten und sich ehrlich darum bemühen. Aber es gab für ihn keinen Grund, ein Künstlerdasein unnötig zu komplizieren. Es war eine Arbeit wie jede andere auch, so empfand er es. Talent und Fleiß und mit der Zeit wachsende Erfahrung und Reife, so gelangte man ohne große Schwierigkeiten dahin, wohin man wollte.

Allerdings kam in seinem Fall hinzu, daß er niemals finanzielle Not kennengelernt hatte. Er arbeitete zu seinem Vergnügen. Die Schecks des Bankhauses Gontard und Söhne erlaubten ihm einen großzügigen Lebensstil, ganz nach seinem Geschmack. Als er damals seine ersten Arbeiten verkaufen konnte, freute er sich wie ein Kind. Aber nicht des Geldes wegen. Verbitterung und Enttäuschung, Hunger und Not, die so oft einem Künstler nicht nur das Leben, sondern auch die Arbeit vergiften können – für ihn hatte es das nie gegeben.

Seine moderierte Einstellung zur Kunst übertrug sich ganz von selbst auch auf Stella. Denn Adam war ja in allem ihr Vorbild und Lehrer, er formte ihr Leben, ihre Meinung, ihr Denken.

»Warum denn sich echauffieren«, sagte er beispielsweise. »Es geht anders auch. Ist ja meist nur Wichtigtuerei. Man kann ein Künstler sein, ohne ein hirnverbrannter Tollkopf zu sein, der sich pausenlos den Schädel an allen Ecken und Kanten einrennt.«

Daher wurde Stella von den wilden Debatten ihrer Mitschüler wenig berührt. Abgesehen davon, daß emotionelle Bergtouren, so ein leidenschaftliches Auf und Ab, ihrem Wesen durchaus nicht lagen. Sie ließ das Geschehen an sich herankommen und hatte nie das Gefühl, sie müsse mit ihren eigenen Händen die ganze Welt- und Kunstgeschichte durcheinanderkneten wie einen zähen Kuchenteig.

Dazu kam, daß der Umgang mit Adam, mit einem so viel älteren, erfahrenen und weltgewandten Mann, ihr aufnahmebereites Wesen rasch von Unreife befreite, daß sich durch seine souveräne Persönlichkeit eine Sicherheit auf sie übertrug, die weit ihren Lebensjahren voraus war. Sie war kein gar so unfertiges Küken mehr, sie war eine rasch sicher gewordene junge Dame, die sich ihrer Schönheit und auch ihrer Wirkung auf Männer durchaus bewußt war. Was ihr an Klugheit noch fehlte, ersetzte sie durch angeborene Intelligenz und Charme. Bei letzterem hatte besonders Gerry Pate gestanden.

Es mischte sich alles recht glücklich: Herkunft, Erbe und Erziehung. Die Herkunft aus den Hinterhöfen hatte ihr eines mitgegeben: das Wissen um diese triste Welt, der sie zweimal durch unvorstellbares Glück entfliehen konnte, und die feste Absicht, nie mehr dorthin zurückzukehren. Das Erbe der Termogens, das in den Jahren in Keitum zu vollem Durchbruch gekommen war, schenkte ihr den weiten Horizont des Denkens und Fühlens, Phantasie, aber auch einen gewissen Schwerpunkt, von dem aus ihre junge Persönlichkeit sich entwickeln konnte.

Dazu kam nun, was sie von Adam lernte und erfuhr. Es war mehr, als manche Frau im Laufe eines Lebens kennenlernt. Es war nicht nur seine Bildung, sein Wissen über die kulturellen und geistigen Belange von Gegenwart und Vergangenheit, es waren auch seine Gewandtheit, sein Weltbürgertum, seine Gleichgültigkeit allen bürgerlichen Konventionen gegenüber, die auf sie abfärbten und sie so nachhaltig beeinflußten, daß sie ohne weiteres Jahre der Entwicklung übersprang. Er war kein junger, unerfahrener Mann, mit dem zusammen man täppisch erste Gehversuche machte, auf welchem Gebiete auch immer. Er servierte ihr eine fertig entwickelte Welt, in die sie nur hineinsteigen mußte und die sich einer so reizvollen jungen Frau willig entgegenneigte.

Das einzige, was sie Adam dafür geben konnte, war ihre Liebe, ihr junger Körper. Aber sie erkannte bald, daß dies nicht allzuviel war. Daß viel mehr dazu gehörte, einen Mann wie ihn zu fesseln und zu halten. Um ihm zu gefallen, ihm zu genügen, waren Jugend und Schönheit nicht genug. Die Bequemlichkeit, die es bot, einen jungen, unbedarften Mann zu lieben, lernte sie gar nicht kennen. Sie mußte sich anstrengen, um Adam eine Partnerin zu sein. Wenn er ungeduldig wurde, sie ärgerlich herumkommandierte, nützte es ihr wenig, beleidigt zu sein oder ihm schnippisch zu antworten.

Zweifellos vergaß Adam manchmal, daß er es nicht mit einer erwachsenen Frau, sondern mit einem halben Kind zu tun hatte. Er konnte rücksichtslos sein in seinen Ansprüchen. Er kontrollierte jede Minute ihres Lebens. Sie war sein Geschöpf, sein Eigentum. Und um sich ihm gegenüber eine gewisse Selbständigkeit zu bewahren, war sie nun wirklich noch zu jung.

Aber wie interessant war die Welt, die sich ihr erschloß! Adam hatte einen großen Bekanntenkreis. Er war ein geselliger Mann, der gern ausging oder Gäste bei sich sah. Es waren meist kluge und erfolgreiche Menschen, mit denen er zusammenkam, originelle und amüsante Typen darunter. Und dazu als Hintergrund die faszinierende Stadt Berlin. Jede Minute von Stellas Leben war ausgefüllt. Da war die Arbeit bei Adam im Atelier, die Kurse und Vorlesungen an der Hochschule, theoretisches und praktisches Lernen, nicht nur auf den Gebieten ihres Berufes. Da waren Ausstellungen, Einladungen, Theaterbesuche, Gäste.

In diesem Punkt überforderte Adam seine junge Geliebte. Er vergaß, daß sie noch mehr Schlaf brauchte als er. Fast immer gingen sie spät zu Bett, manchmal ging es die ganze Nacht durch, denn

Adam konnte reden und trinken ohne Ende, wenn er erst mal in Schwung war. Dann mochte er es nicht, wenn sie Müdigkeit zeigte oder ihre Spannkraft nachließ. »Sitz nicht da wie eine alte Trantute«, sagte er zu ihr. Stella sollte reden, lachen, flirten. Flirten jedoch nicht allzuviel. Adam gefiel es zwar, wenn seine junge Freundin das Interesse anderer Männer erregte, aber er duldete nie, daß sich Stella gar zu intensiv mit einem anderen Mann beschäftigte. Er ließ keinen Zweifel daran, daß einzig er ein Recht auf sie besaß. Wenn sie auch offiziell als seine Schülerin galt, so wußte doch jeder, der mit ihnen zusammenkam, wie ihr wirkliches Verhältnis zueinander war.

Adam war in diesem Punkt vorurteilslos. Seine Bekannten allerdings auch. Diese Leute brachten immer einen leichten Spott allen bürgerlichen Verbindungen gegenüber zum Ausdruck. Vielleicht noch herausgefordert durch die so ganz anders geartete Atmosphäre dieser Zeit. Die nationalsozialistische Familienpolitik predigte andere Ideale als die, denen man in diesen Kreisen huldigte. Die Nazis propagierten die Ehe zwischen möglichst jungen Menschen, baldiger reicher Kindersegen wurde erwartet und gefordert. Anmut und Charme der Frau waren nicht gefragt. Sie sollte ein Nutztier sein, das vor allem einen Zweck erfüllte: dem Führer und seinem Reich viele Kinder zu gebären.

Aber die losen und verspielten Kinder der zwanziger Jahre, unter denen Stella sich jetzt bewegte, lachten und spotteten nur darüber. Sie führten ein so ganz anderes Leben als dieser Führer, den ihnen der Himmel oder wahrscheinlicher noch die Hölle jetzt beschert hatte, forderte. Sie hatten immer nach ihrer Art gelebt, jetzt erst recht.

Stella paßte vom Typ her besser in diese Welt von gestern. Sie hatte gar nichts von einem braven deutschen Mädchen an sich. Rassig von Kopf bis Fuß, mit ihrem lässigen Charme, war sie genau das geworden, was Jochen prophezeit hatte: apart.

Gerry, die immer wieder für einige Tage zu Besuch kam, wenn sie keine Vorstellungen und Proben hatte, beriet Stella selbstlos. Sie zeigte niemals Eifersucht oder Bosheit, war gleichmäßig freundlich, gelassen und überlegen wie am ersten Tag.

Stella wußte nun auch, daß es ihr nie gelingen würde, Adam und Gerry auseinanderzubringen. Die Gemeinsamkeit so vieler Jahre ließ sich nicht auslöschen. Doch Stella lehnte sich dagegen nicht auf. Sie war keine Kämpferin, nicht der Mensch, der stur auf seinem Recht bestand, ob es ihm nun zukam oder nicht. Sie respektierte Gerry, bewunderte sie sogar und hatte sich damit abgefunden, daß sie in Adams Leben eine wichtige Rolle spielte.

Es kam vor, daß Adam sie einfach nach Hause schickte, wenn Gerry da war, kurz und bündig, ohne nach einer Ausrede zu suchen.

»Geh schlafen, Stella. Ich habe mit Gerry noch zu reden.«

Sie sagte dann artig gute Nacht und ging. Allerdings ärgerte sie sich bei solchen Gelegenheiten doch. Die Frage beschäftigte sie, ob Adam und Gerry noch ein Liebespaar seien. Sie traute sich nicht recht, danach zu fragen, und als sie es eines Tages doch tat, erhielt sie von Adam eine kurze Antwort:

»Das geht dich nichts an.«

»Das geht mich nichts an?« Stella starrte ihn fassungslos an.

Adam fuhr ihr lässig mit der Hand durchs Haar, zeigte auf die kleine Figur, die sie gerade modellierte. »Das ist kalter Kaffee, was du da machst. Siehst du nicht, daß die Anatomie nicht stimmt? Eine eigene Anatomie darfst du erst erfinden, wenn du berühmt bist.«

»Adam, ich . . .«

»Schon gut. Kümmere dich um deine Arbeit. Übrigens schlafe ich immer nur mit einer Frau.«

Damit mußte sie sich zufriedengeben, ob es nun stimmte oder nicht. Immerhin erlebte sie einmal, daß Adam Gerry eine richtige Eifersuchtsszene machte. Es war Anfang des neuen Jahres. Gerry war für einige Tage in Berlin, und sie schwärmte ganz begeistert von einem neuen Regisseur, mit dem sie demnächst ein neues Stück einstudieren würde. Sie schilderte ihn von Kopf bis Fuß, seine Arbeitsweise, seine früheren Inszenierungen, und fand lobende Worte für seine einmalige Begabung.

»Hör auf!« schrie Adam plötzlich, aus heiterem Himmel. »Was hast du mit dem Kerl? Gehst du mit ihm ins Bett?«

Gerry war einen Moment sprachlos. Dann rief sie empört: »Adam! Bist du verrückt geworden? Was fällt dir ein?«

»Ich kenne das doch«, fuhr Adam wütend fort. »Das war damals genauso mit diesem Laffen, diesem Bollwitz oder wie der Kerl hieß. Das war plötzlich der größte Regisseur aller Zeiten, und keiner hatte dich vorher so verstanden und geführt, und unter seiner Leitung konntest du spielen wie noch nie. Und dann warst du verschwunden und der Kerl auch, und später konnte ich mir erzählen lassen, daß man euch beide in Venedig gesehen hatte. Venedig!« Er schnob verächtlich durch die Nase. »Der Gipfel der Geschmacklosigkeit für diesen Zweck. Wenn der Pinsel so ein guter Regisseur war, konnte er sich auch ein anderes Reiseziel einfallen lassen für eure Flitterwochen.«

Gerry lachte ärgerlich. »Geschmacklos bist du, mein Lieber. Das ist nun bald zehn Jahre her. Und zur Zeit ist es wohl überhaupt nicht der richtige Augenblick, mir Vorwürfe in dieser Richtung zu machen. Weder über Vergangenes noch über Gegenwärtiges. Oder?«

Adam antwortete nicht. Er hatte die Augen zusammengekniffen und starrte Gerry so böse an, daß Stella verwirrt von einem zum anderen blickte. Seine Eifersucht war zweifellos echt, nicht gespielt. Wenn er aber jetzt sie, Stella, liebte und wenn seine Freundschaft zu Gerry nur noch platonisch war, wie er gesagt hatte, warum war er dann eifersüchtig? Er liebte also Gerry doch noch als Frau.

Was bin denn ich eigentlich für ihn, dachte Stella, als sie ein wenig später im Bett lag. Man hatte sie nach Hause geschickt wie ein Kind, das ungebührlicherweise einem Gespräch zwischen Erwachsenen gelauscht hatte.

Er liebt sie, und wahrscheinlich ist er jetzt mit ihr zusammen. Und morgen fährt sie fort, und dann bin ich wieder recht.

So interessant es war, es war nicht einfach, mit Adam zu leben. Es war ein Platz, den Stella noch nicht ganz ausfüllen konnte. Und das unbestimmte Wissen um diese Tatsache, das quälende Gefühl, auf einem unberechenbaren Vulkan spazierenzugehen, gab ihrem Leben auch innerlich eine Rastlosigkeit, erfüllte sie mit zitternder Nervosität, die nicht gut für ihre Entwicklung war. Das war die Kehrseite der Medaille. Manchmal, wenn sie die jungen Paare an der Hochschule sah, die sich zwar über künstlerische Probleme den Kopf heiß redeten, sonst aber glücklich und ohne Spannungen zusammen lebten, sich unkompliziert liebten, erfüllte sie etwas wie Neid. Da waren Mädchen, viel weniger hübsch als sie, viel ungewandter, aber sie konnten sich ohne Mühe einer Liebe erfreuen, die durchaus alltäglich und normal war.

Dann natürlich wieder, und das war die Zwillingsnatur in Stella, der Junigeborenen, war sie gerade auf ihre Ausnahmestellung, auf die exklusive Besonderheit ihres Lebens, die sich ja besonders in Adam ausdrückte, stolz. Sie war kein Durchschnittsmädchen, das da mit einem zwanzigjährigen Jüngling Hand in Hand durch den Tiergarten spazierte und an dem Weltbild herumradierte. Sie war Stella Termogen, schöner, klüger, begehrter als alle anderen. Sie hatte einen berühmten Mann als Geliebten, mehr als dreißig Jahre älter als sie, und sie verkehrte in den amüsantesten Künstlerkreisen von Berlin.

Manchmal konnte sie es sich nicht verkneifen, mit diesen Dingen ein wenig anzugeben. Sie erzählte von Gesellschaften, die sie besucht, von Nächten, die man durchbummelt hatte, von Leuten, die sie kannte. Oft stand auch Adams Wagen vor der Hochschule, um sie abzuholen. Die Mitschüler, die mit ihr zusammen herauskamen, wußten natürlich, wer darin saß. Adam Gabriel Gontard war ein großer Mann in ihren Augen. Manche zwar verspotteten ihn als Geschäftemacher, als Routinier und geschickten Manager seiner selbst. Aber das änderte nichts daran, daß er besaß, wovon sie alle hier noch träumten: Anerkennung, Ruhm und – Geld.

Auf diese Art blieb Stella ein Außenseiter auf der Hochschule.

Sie gewann keine Freunde, wurde nicht näher in den Kreis der jungen Leute hineingezogen. Sie hätte auch gar keine Zeit dazu gehabt. Adam wußte genau, wann ihre Unterrichtsstunden zu Ende waren. Wenn er sie nicht abholte, erwartete er sie pünktlich zu sehen.

Einmal, als sie später kam, weil sie noch mit einigen anderen auf dem Kurfürstendamm herumgebummelt und dann im Romanischen Café gelandet war, das zwar nicht mehr in der vollen Blüte der zwanziger Jahre stand, aber für Stella immer noch interessant genug war, wurde sie von Adam reichlich ungnädig empfangen.

Er kanzelte sie ab wie ein Kind, das verspätet aus der Schule kommt. »Das gibt es nicht, daß du mit dem Grünzeug herumziehst. Ein für allemal. Dafür schicke ich dich nicht auf die Akademie. Dumme Bengels, die sich Künstler nennen und noch nicht trocken hinter den Ohren sind. Dafür bist du zu schade.«

Er war der Herr ihres Lebens. Davon ließ er sich nichts abhandeln.

Stella fügte sich. Aber ganz insgeheim, ihr selbst noch nicht bewußt, wuchs eine leise Rebellion in ihr heran. Wenn sie auch seine Geliebte war, wenn sie ihm auch viel zu verdanken hatte – eine Generation trennte sie von ihm. Sie war jung. Er war reif, erfahren – und fast schon alt. Jugend aber rebelliert immer gegen Erfahrung und Alter. Ganz gleich, wie das Verhältnis zwischen zwei Menschen sein mochte.

13

Christian Hoog, Student der Medizin im achten Semester, saß im Vorgarten des Cafés Hillbrich am Kurfürstendamm, wohin ihn Stella bestellt hatte. Er saß da geruhsam, betrachtete interessiert, aber ohne besondere Neugier, das bewegte Leben des Kurfürstendamms um diese späte Nachmittagsstunde.

Dreiundzwanzig Jahre war er nun alt. Aber er wirkte älter, gesammelt und ernst mit seinem ruhigen, prüfenden Blick, dem nichts entging, einem registrierenden kritischen Hirn dahinter, das die Dinge an sich herankommen ließ und nichts so leicht überschätzte.

Ein ernsthafter, besonnener junger Mann war er geworden. Er hatte sich eigentlich kaum verändert. So wie er als Junge gewesen war, hatte er sich weiterentwickelt, auf eine gesunde, stetige Art, ohne besondere Unruhen, ohne unnötige Hindernisse beseitigen zu müssen. Noch immer war es so, daß ihn jeder schätzte und achtete, der mit ihm zu tun hatte. Die Professoren an den Universitäten genauso wie früher seine Lehrer an der Schule. Seine Kommilitonen jetzt wie früher die Schulkameraden. Und neuerdings auch die jungen Damen, die sich in steigendem Maße für ihn interessierten. Dabei war er keineswegs eine blendende Erscheinung. Ein breitschultriger, etwas stämmiger junger Mann, mit einem widerspenstigen blonden Haarschopf und sehr hellen, beobachtenden Augen. Ein echter Freund seinen Freunden und, daran zweifelte heute schon keiner, der ihn bei der Arbeit und beim Lernen beobachtete, später gewiß ein zuverlässiger und verantwortungsbewußter Arzt, der seinen Beruf als Berufung betrachten würde.

Sein bester Freund war immer noch Thies Termogen, obwohl er ihn nun seit vier Jahren nicht gesehen hatte. Und wenn es eine große Freude in seinem Leben gab, dann war es die Freude auf das Wiedersehen mit Thies, der in diesem Sommer aus Amerika zurückkehren würde, weitgehend gesundet, dem Leben neu geschenkt.

Jetzt allerdings freute sich Christian auf das Wiedersehen mit Stella. Mit einigen Vorbehalten allerdings. Er kannte ihre labile Natur, hatte sie als Junge schon erspürt. Über ihr derzeitiges Leben war er von Kapitän Termogen unterrichtet worden, der ihm alles über Stella erzählt hatte, als Christian die letzten Tage seiner Semesterferien zu Hause verbrachte. Alles über Stella, soweit der Kapitän informiert war. Christian war sich darüber klar, daß dieses Alles nur ein kleines Stück sein konnte. Nun, man würde sehen.

Er hatte sie am Tag zuvor angerufen, hatte ihren begeisterten Jubelschrei, als er seinen Namen nannte, mit einem stillen Lächeln quittiert. Laut und aufgeregt hatte sie ins Telefon hineingeplappert, sichtlich erfreut über seine Anwesenheit in Berlin, ein wenig zu nervös und sprunghaft, wie es ihm schien.

Aber man würde sehen. Christian wußte inzwischen ein bißchen mehr über die Menschen, auch über Frauen. Sein Dasein allerdings war im genau beabsichtigten Rahmen verlaufen, wie er es sich vorgenommen hatte. Zwei Semester in Kiel, und in den vergangenen Jahren war er in Freiburg gewesen.

Dort hatte es ihm gefallen. Für ihn, den Norddeutschen, war die heitere, sonnige Stadt am Rande des Schwarzwaldes, diese Stadt mit ihrer milden Luft, den verschwenderisch blühenden Blumen und Gärten, mit ihrem würzigen Wein und den lauen Sommernächten, eine neue Welt gewesen, in die er sich verliebt hatte. Er war schweren Herzens von Freiburg weggegangen. Das beschwingte Leben dort, aber auch die fruchtbare fördernde Arbeit waren ihm ans Herz gewachsen. Kameraden, Freunde und im letzten Jahr auch ein Mädchen hatten sich ganz unmerklich in seinem Leben verwurzelt.

Aber da es auf seinem Plan stand, die letzten Semester in Berlin zu studieren, und da nichts, es sei denn eine wirklich höhere, zwingende Gewalt, Christian Hoog von seinem Weg abbringen konnte, war er nun hier.

Er betrachtete dieses schillernde, von Leben sprühende Berlin mit einiger Reserve, fürchtete sich fast ein wenig davor. Die Stadt war so groß, und Menschen gab es hier so viele.

In seiner Brusttasche steckte ein Brief, der ihn vor drei Tagen in Keitum erreicht hatte. »Die Obstbäume fangen bald an zu blühen, und der Frühling kommt die Rheinebene hinauf. Es ist so schade, daß Du nicht mehr hier bist. Weißt Du noch, voriges Jahr, als die Bäume blühten, saßen wir auf dem Brunnenrand am Schwabentor, Hans spielte auf seiner Laute, und Du hattest einen kleinen Schwips, doch, ich weiß es bestimmt, wenn Du es auch immer abgestritten hast, und Du legtest Deinen Arm um meine Schultern, und dann gingen wir zusammen fort. Damals hast Du mich zum erstenmal geküßt. Ach Chris, das ist nun bald ein ganzes Jahr her. Und nun bist Du fort. Sicher blüht bei Euch noch nichts, und in Berlin wird auch noch Winter sein. Willst Du nicht doch wieder herkommen? Du warst doch hier so zufrieden mit Deiner Arbeit, mit Deinen Professoren, und Du warst doch auch ein wenig glücklich mit mir. Es ist so ein trauriger Frühling für mich, Chris. Ohne Dich.«

Es war schwer, solch einem Brief zu widerstehen. Als er in Westerland den Zug bestieg, die Fahrkarte nach Berlin in der Tasche, sah er das süße junge Gesicht vor sich, die dunklen, lachenden Augen, den weichen, zärtlichen Mund, all das, was ihm im letzten Jahr soviel Glück geschenkt hatte. Während der Fahrt spielte er mit dem Gedanken, Berlin bloß einen kurzen Besuch abzustatten und dann weiter südwärts zu fahren, zurück zu den blühenden Bäumen, dem Wein und dem geliebten Gesicht.

Aber heute morgen hatte er sich in der Berliner Universität eingeschrieben. Er war hart gegen sich selbst und gegen seine Sehnsucht und damit auch gegen sie, die ihn liebte.

Pläne waren dazu da, daß man sie ausführte. Nicht, daß man sich von seinen Träumen und Wünschen verführen ließ.

Plötzlich sah er Stella kommen. Im Strom der Menschen kam sie rasch heran, mit ihrem beschwingten Gang. Sehr elegant, in einem grauen Kostüm, das ihr wie angegossen saß. Das rote Haar immer noch glatt und halblang, die Zipfel über den Ohren nach vorn gebogen. Im Näherkommen schien es ihm, als sei es nicht mehr so rot wie früher, etwas dunkler. Wie das nachgedunkelte Rotgold einer Kupfermünze.

Als sie vor ihm stand, sah er auch, daß Brauen und Wimpern dunkel gefärbt waren. Aber die tiefblauen Augen waren die gleichen wie früher. Der Mund, rot geschminkt, lächelte vertraut und dennoch fremd. Das selbstsichere und fast schon wissende Lächeln einer Frau.

Auch sie wirkte älter, als sie war. Eine fertige junge Dame, hübsch, ein wenig fahrig, mit einem leicht morbiden Charme, der an ihr ganz selbstverständlich wirkte.

»Hallo, Krischan«, sagte sie. »Da bist du ja endlich.« Und dann, ganz ehrlich, ganz kindlich: »Menschenskind, ich freu' mich aber, daß du da bist.«

Fremd und vertraut, beides zugleich. Die Sicherheit, mit der sie ihre Bestellung aufgab, ohne seine Frage abzuwarten, die lässige Grazie, mit der sie sich eine Zigarette anzündete, ehe er ihr Feuer geben konnte. Sie war eine Großstädterin geworden. Das kleine Mädchen mit den kurzen, roten Zöpfen war ein für allemal verschwunden.

Nicht wiederzufinden in dem schmalen, blassen Gesicht mit den großen Augen unter den dunklen Wimpern. Früher waren auch diese Wimpern rötlich gewesen, erinnerte er sich. Es gab ihr immer so etwas hilflos Kindliches. Davon war nichts mehr zu finden. Früher kam sie und sagte: »Krischan, zeig mir doch ... Hilf mir doch mal. – Wie geht denn das?«

Jetzt sah sie aus, als ob sie nichts mehr zu fragen brauchte. Sie plauderte rasch und lebhaft, genauso sprunghaft wie gestern am Telefon. Erzählte von ihrem Leben, streute schnelle Fragen hinein, ohne seine Antworten richtig abzuwarten. Fragte flüchtig nach dem Kapitän, nach Stine, nach seinen Eltern, redete sofort darauf von Thies und dann wieder von ihren Studien, von Menschen, mit denen sie lebte.

Nach einer Stunde wußte Christian trotzdem eine ganze Menge von ihr. Der unbestechliche Blick des geborenen Arztes schaute durch die lächelnde Maske hindurch, erblickte Unrast, Nervosität und eine ständige Spannung dahinter.

Christian faßte seine Eindrücke in einer Frage zusammen: »Dieser Adam, von dem du da erzählst, das ist dein Lehrer? Onkel Pieter hat mir schon von ihm erzählt.«

»Ja. Adam Gabriel Gontard«, sagte Stella mit hörbarem Stolz. »Ein berühmter Mann. Du kennst ihn wohl nicht?«

Christian schüttelte den Kopf.

Stella lachte. »Vor lauter Studieren weißt du nicht viel, was sonst in der Welt vorgeht, wie? Er ist sehr in Mode, weißt du. Wir haben doll zu tun.«

»Du arbeitest bei ihm?« fragte Christian, denn die Frage interessierte ihn auf einmal.

»Ja«, erwiderte Stella. »Er hat mich gewissermaßen entdeckt. Als ich ihn kennenlernte, war ich doch noch in der Konfektion.« Sie sagte es wegwerfend, löschte es aus mit einer kurzen Geste ihrer schmalen Hand, als sei es ein Menschenalter her und nicht erst ein knappes Jahr.

»Du hast mir davon geschrieben«, meinte Christian, und nach einer kleinen Pause fügte er hinzu: »Damals hast du mir noch manchmal geschrieben.« Es war kein Vorwurf in seiner Stimme, nur eine kurze Feststellung.

Stella lachte und legte ihre Hand auf die seine. »Schlimm, nicht? Ich bin treulos, weißt du. Ich lebe immer nur in der Gegenwart. Wenn ich weg bin von einem Ort oder von Menschen, dann ... Nein, ich vergesse sie nicht, das nicht. Aber ich bin weit entfernt, ich lebe dann in einer anderen Welt.«

Du hast Wurzeln bei uns, dachte Christian, du hast Wurzeln in Keitum, im Termogen-Haus, du weißt es nur noch nicht. Du wirst dich daran erinnern, wenn die Gegenwart einmal weniger amüsant sein wird. Bestimmt wirst du dich dann erinnern. Du wirst merken, daß auch du eine Vergangenheit hast, so jung du bist.

Aber er sprach es nicht aus. Er wartete, was nun kam.

Sie winkte mit einer kleinen Kopfbewegung den Ober herbei, fragte: »Trinkst du auch einen Kognak?« wartete seine Antwort nicht ab und bestellte: »Zwei Kognak.«

Da ihr inzwischen eingefallen war, daß er vielleicht wenig Geld hatte und ihren kostspieligen Lebensstil nicht gewohnt war, sagte sie rasch: »Du bist mein Gast heute. Dein erster Tag in Berlin, das muß gefeiert werden. Nachher gehen wir fein essen. Zu Kempimski. Ich bin nämlich heute Freifrau.«

»Freifrau?« fragte er.

»Ja. Adam ist in Wien. Für ein paar Tage nur. Aber das ist die einzige Zeit, in der ich mal selbständig etwas unternehmen kann. Sonst sitzt er mir ewig auf der Pelle, und ich bin schrecklich angebunden.«

»Soviel Arbeit«, sagte Christian, nur um etwas zu sagen. Aber im gleichen Moment begriff er, daß es nicht die Arbeit allein sein konnte. Ein berühmter Mann, ein großer Künstler, möglicherweise eine eindrucksvolle Persönlichkeit, irgendwo mußte der Grund für Stellas erstaunliches Erwachsensein und auch für ihre Unruhe zu finden sein.

Etwas mühselig formulierte er an einer Frage, die nicht zudringlich sein sollte. »Du bist – ihr seid gut befreundet?«

Und Stella darauf, ganz gelassen, mit größter Selbstverständlichkeit: »Ich bin seine Geliebte.«

Es klang überwältigend aus ihrem Mund, geradezu barbarisch. Zu ihrem eigenen Ärger fühlte sie, wie sie errötete. So etwas hatte sie noch nie ausgesprochen. Aber das kleine Theater, das sie dem Jugendfreund jetzt gerade vorspielte – Stella, die Weltstädterin, Stella, die Künstlerin, die das Leben kennt und vor allem auch die Männer –, diese ganz bewußte und eben doch noch sehr jugendliche

Angabe, die ihre Worte und Gesten beflügelten, hatten ihr auch den ungeheuerlichen Satz in den Mund gelegt.

Christian sah ihr Erröten, auch den kurzen, flatternden Blick, der dem kühnen Satz folgte.

»So«, sagte er.

»Ja.« Stella lachte, ein wenig zu hoch und zu hell. Sie trank rasch den Kognak aus, den man inzwischen gebracht hatte.

Erst als sie das Glas niederstellte, sagte sie: »Prost!«

»Davon hat Onkel Pieter allerdings nichts erzählt«, sagte Christian mit einem kleinen, etwas hilflosen Versuch, zu scherzen.

»Onkel Pieter, ich bitte dich«, sagte Stella, und das klang fast ein wenig arrogant. »Das kann ich ihm doch nicht erzählen. Oder Stine vielleicht. Die würde garantiert der Schlag treffen.«

»Wenn ich Onkel Pieter recht verstanden habe, ist dieser – dieser Mann«, Christian wollte der Name Adam nicht recht über die Lippen, »doch schon ein älterer Herr?«

»Älterer Herr!« rief Stella mit gespielter Entrüstung. »Das dürfte er nicht hören. Adam ist dreiundfünfzig. Kein Alter für einen Mann.«

Christian mußte plötzlich lachen. Amüsiert und schockiert zugleich. »Na, vielen Dank. Du bist achtzehn, wenn ich mich richtig erinnere.«

»Na ja«, gab Stella zu, »das ist natürlich keine Sache für die Ewigkeit. Aber im Moment ...«, und ernst auf einmal fügte sie hinzu: »Ich habe ihm viel zu verdanken. Er hat mich da 'rausgeholt.«

Christian verstand, was sie damit meinte. Ihre Familie, das ganze Milieu, in dem sie damals lebte. Er wußte nicht viel davon, aber genug, um sich vorzustellen, daß Stella dort fehl am Platze gewesen war. Ein wenig steif saß er ihr jetzt gegenüber. Eigentlich überraschte ihn ihre Mitteilung nicht so sehr, er hatte sich so etwas gedacht. Aber irgendwie störte es ihn, störte es ihn ganz erheblich.

»Na ja«, sagte er unbeholfen, »anscheinend tut er ja allerhand Gutes an dir. Ich meine, du bist nicht nur seine ausgehaltene Freundin, sondern lernst wirklich etwas bei ihm.«

Stella zuckte bei dem unverblümt harten Ausdruck zusammen. »Ausgehaltene Freundin! Mein Gott, Krischan, sei nicht so spießig. Adam liebt mich. Und er meint es wirklich gut mit mir. Natürlich lerne ich bei ihm. Und er bezahlt auch mein ganzes übriges Studium. Ich hätte mir das doch nie leisten können.«

»Und du hast da wirklich so ein bißchen Talent?« fragte er nicht ganz überzeugt.

»Na erlaube mal«, sagte Stella empört. »Du hast das doch früher selbst immer gesagt.«

Er lachte. »Ja, deine schiefen Vasen, ich erinnere mich. Komisch, wer hätte daran gedacht, daß daraus mal ein Beruf würde, als du bei Vadding so ein bißchen an der Töpferscheibe 'rumgepaddert hast.«

»Wie geht es deinem Vater?« fragte Stella, und vergaß ganz, daß sie die gleiche Frage schon einmal gestellt hatte.

Christian begann also noch einmal von vorn und berichtete von zu Hause. Diesmal hörte Stella zu, die erste Aufregung des Wiedersehens hatte sich gelegt. Sie hatte eine Menge Pulver verschossen, aber Christian damit nicht sonderlich beeindruckt. Sie wurde ruhiger, weniger verkrampft.

Stine hatte starkes Rheuma. Der Kapitän jetzt manchmal einen sehr roten Kopf, wenn er einige Glas getrunken hatte. Zu hoher Blutdruck, sagte Christian. Anke hatte er auch gesprochen.

Stellas freundlich lauschender Gesichtsausdruck veränderte sich nicht, als der Name der ehemaligen Feindin fiel. Sie war nicht mehr eifersüchtig.

»Mein Gott, ja«, sagte sie statt dessen. »Ich sollte mich ja um Nora kümmern. Ich habe es Anke Weihnachten versprochen.«

»Und hast du nicht?«

»Nein. Ich hab's vergessen. Das heißt, ich hab' schon manchmal dran gedacht, aber ich habe immer so wenig Zeit. Hat sie sehr auf mich geschimpft?«

»Sie war enttäuscht, daß sie nichts von dir hörte.«

»Ich bin unzuverlässig, ich weiß«, sagte Stella freimütig, und es klang, als spreche sie von einer seltenen Tugend, die sie besitze.

»Nora kann doch nicht einfach vom Erdboden verschwinden«, meinte Christian. »Ich finde es ja auch albern von ihr, daß sie ihrer Tochter nicht schreibt.«

»Früher hat sie ihr geschrieben, und Anke hat nie geantwortet. Dann war eben die Sache mit Köhl. – Nora war sehr unglücklich.«

»Was für eine Sache?«

»Na, mit Köhl, meinem früheren Chef. Seinetwegen war Nora doch nach Berlin gegangen. Er sagte damals, er wolle sich scheiden lassen. Und dann hat er sich wieder mit seiner Frau versöhnt. Sie hat Geld, weißt du, und als der Jude aus der Firma ausschied und Köhl den Nazi dazunahm, mußte er seinen Anteil vergrößern, damit er nicht ins Hintertreffen geriet. Dazu brauchte er seine Frau. Nora litt sehr darunter. Mein Gott, was ich mit dem anfangen sollte! So schön war er nun auch wieder nicht. Ich habe das Nora auch gesagt, aber sie war ganz verbohrt. Sie traute ihm eben nicht. Na ja, wenn man jemandem nicht trauen kann, dann soll man ihn laufen lassen, hab' ich ihr damals auch gesagt.«

Christian hörte zu und versuchte zu verstehen. Aber das war natürlich schwer.

»Erzähl mir das noch mal genau«, unterbrach er sie. »Wer ist dieser Köhl?«

Stella berichtete genau von Anfang an, wie sich Noras Liebesgeschichte abgespielt hatte. Und was sie für eine Rolle dabei gespielt oder eben nicht gespielt hatte, obwohl Nora es annahm.

»Es war ein dummer Zufall, daß Köhl dann endgültig mit ihr Schluß machte, kaum daß ich in der Firma war. Ich hatte gar nichts damit zu tun. Aber Nora glaubte es nicht.«

Christian schien es auch nicht zu glauben. Er blickte Stella prüfend von der Seite an.

Stella bemerkte es. »Guck mich nicht so an«, fuhr sie ihn ärgerlich an. »Ich schwöre dir, ich habe mit Köhl nichts gehabt. Seine Olle kam damals ständig ins Geschäft. Und überhaupt – ich hatte gar kein Interesse daran.«

Er rechnete nach. Gerade siebzehn mußte sie gewesen sein, als sie diese erste Stellung antrat. Aber so wie sie jetzt hier vor ihm saß, erschien ihm nichts unmöglich.

»Und dann?« fragte er beharrlich. »Was war dann mit Nora?«

»Gott, sie wohnte immer noch da, in ihrer alten Wohnung, machte Heimarbeit, ich weiß auch nicht recht. Sie war ziemlich unfreundlich zu mir. Ich bin dann nicht mehr hingegangen. Jedenfalls selten. Als ich dann zu Adam zog, besuchte ich sie noch einmal, um ihr davon zu erzählen. Ich dachte, nun wird sie vielleicht wieder vernünftiger sein. Aber sie war sehr kühl.«

»Das wäre also jetzt«, überlegte Christian, »etwa ein halbes Jahr her. Nicht?«

»Ja.«

»Ich werde sie schon finden«, sagte er. »Ich hab's Anke versprochen.«

Diesmal blitzte leiser Ärger in Stellas Augen auf, als er Anke erwähnte. »Sie hat sich reichlich spät darauf besonnen, daß sie eine Mutter hat.«

Christian antwortete mit einer Frage. »Und deiner Mutter? Wie geht es ihr?«

Das brachte Stella nicht in Verlegenheit. »Wie immer. Ich komme selten da 'raus.«

»Warum?« fragte er ruhig.

»Na ja, eben so. Mein Bruder hat geheiratet. Die Frau ist unmöglich. Er übrigens auch. Und ein Kind haben sie auch. Du kannst dir nicht vorstellen, wie selig ich war, als ich dort ausziehen konnte. Es war entsetzlich.«

»Hm.« Christian schwieg. Dann zündete er sich eine Zigarette an. Er rauchte selten. Aber das Gespräch mit dieser verwirrenden Stella brachte ihn dazu, nach einer Zigarette Verlangen zu haben.

»Und jetzt wohnst du also bei diesem – Adam?« Seine Stimme war voll Mißbilligung.

»Nicht direkt. In der Nähe, bei einer Bekannten von ihm. Ganz ehrbar. Du brauchst gar nicht so eine schockierte Miene aufzusetzen. Hermine ist reizend. Und sorgt wie eine Mutter für mich. Du wirst sie gleich kennenlernen. Wir gehen jetzt hin, denn ich muß mich umziehen, wenn wir ausgehen. Wir können ja nach dem Essen noch in eine nette kleine Bar gehen, hm? Magst du?«

»Wenn du willst«, meinte er zögernd. Wann, um Himmels willen, war er schon einmal in einer Bar gewesen? Aber Stellas Zauber war verführerisch. Gegen seinen Willen, trotz aller Einwendungen, war er ein wenig von ihr eingefangen. Nicht viel, ein wenig nur.

»Du bist mein Gast heute«, wiederholte Stella. »Da gibt es keine Widerrede. Das nächstemal führst du mich aus. Heute muß ich dir Berlin zeigen. Gehen wir?«

Sie legte einen Geldschein auf den Tisch und winkte dem Ober. Christian kam auch nicht direkt vom Dorf. Aber in ihrer Gesellschaft kam er sich fast so vor.

»Ich kann nicht bei Adam wohnen«, sagte Stella, als sie zusammen den Kurfürstendamm entlanggehen. »Adam hat eine Frau.«

»Er hat eine Frau?« fragte Christian, nun ehrlich fassungslos.

»Nicht eine richtig geheiratete Frau. Aber er lebt mit Gerry seit über zehn Jahren zusammen. Sie gehört zu ihm. Und ich hab' sie sehr gern.«

»Ja, aber«, begann Christian und verstummte. Heute würde er doch nicht mehr ganz begreifen, wie Stella nun eigentlich lebte.

Das hatte Stella inzwischen auch erkannt. »Du wirst es mit der Zeit schon kapieren«, sagte sie. »Gerry ist jetzt in Wien. Gerda Thornau, die Schauspielerin. Du kennst den Namen sicher.«

Nein, Christian kannte den Namen nicht. Er war zwar in Freiburg oft ins Theater gegangen. Aber die Berliner Schauspieler waren ihm unbekannt. Und in deutschen Filmen war Gerda Thornau schon seit einiger Zeit nicht mehr zu sehen.

Übrigens wußte Stella bis heute nicht, daß Gerry Halbjüdin war. Adam hatte ihr das verschwiegen. Er stellte es so hin, als sei Gerry das Engagement in Wien aus freiem Willen eingegangen, man böte ihr dort bessere Rollen, sagte er.

Stella hatte keinen Grund, an seinen Worten zu zweifeln. Und Adams Bekannte, die den Grund von Gerrys Szenenwechsel kannten, sprachen nie darüber. Wenn Gerry in Berlin war, was immer wieder vorkam, ging man zusammen aus, alle waren reizend zu ihr, selbst der SS-Sturmbannführer Scheermann, den man vor einigen Wochen bei Horcher getroffen hatte, küßte ihr galant die Hand und machte ihr einige Komplimente.

Stella hatte sich damals noch gewundert, wieso Gerry, die doch immer so überlegen war, nach dieser Begegnung so flatternde Augenlider bekam und zwei tiefe, müde Linien um ihren Mund erschienen waren. »Ich möchte dich endlich auch mal auf der Bühne sehen«, hatte Stella einmal zu ihr gesagt. »Wann spielst du denn wieder in Berlin?« Gerry hatte gelächelt. »Das wissen die Götter. Aber komm doch mal mit nach Wien.«

Aber bisher hatte Adam sie nie aufgefordert, ihn nach Wien zu begleiten. Er fuhr oft. Fast jeden Monat für einige Tage. Stella genoß dann immer das Alleinsein. Endlich konnte sie gehen und kommen, wann sie wollte. Einmal hatte sie Jochen angerufen und sich mit ihm zum Essen verabredet.

Es war ein netter Abend geworden, nachdem Jochen seine Verstimmung, die er sich anfangs anmerken ließ, überwunden hatte.

Er hatte natürlich gleich ihr Leben durchschaut.

»Schwimmst du jetzt, Sarnade?« hatte er gesagt. »Oder muß man dich eines Tages vorm Ertrinken retten?«

»Das weiß ich nicht«, hatte Stella aufrichtig geantwortet.

»Das weißt du nicht. Das glaube ich dir aufs Wort. Du tauchst immer noch leichtsinnig durch die Brandung und verläßt dich darauf, daß einer dich bei deinem hübschen roten Schopf nimmt und herauszieht.«

Dieses Rendezvous hatte während Adams letzter Wiener Reise stattgefunden. Eigentlich hatte sie vorgehabt, Jochen diesmal wieder anzurufen. Aber nun war Christian da, er ging vor.

Christian war sehr angetan, als er Hermine kennenlernte. Endlich ein vernünftiger Mensch in Stellas Leben, dachte er.

Die Sympathie war gegenseitig. Hermine setzte ihn in ihr Wohnzimmer, während Stella sich umzog, schenkte ihm einen Wermut ein und unterhielt sich angeregt mit ihm über sein Studium und über den Schwarzwald.

»Mein Mann hat ihn gemalt«, sagte sie. »Von vorn bis hinten und von hinten bis vorn. Ich lag auf einer Wiese, träumte in den Himmel und wartete darauf, daß der Schatzhauser käme und mir einen Wunsch erfüllte. Einen nur, damit wäre ich zufrieden gewesen.«

»Was für einen Wunsch?« fragte Christian. »War es ein bestimmter?« Hermine nickte. »O ja.« Sie zögerte. Doch vor diesen ruhigen, hellen Augen sprach sie auf einmal den großen, ewig unerfüllten Wunsch ihres Lebens aus. »Ein Kind. Ich habe mir immer so sehr ein Kind gewünscht.« Christian wurde nicht verlegen vor ihren Worten, wie vielleicht ein anderer junger Mann in seinem Alter. Er nickte verständnisvoll. Er war ein kleiner Doktor, und wußte bereits, daß die Nöte des Herzens manchmal mehr schmerzen als die Gebrechen des Körpers.

»Ja«, sagte er einfach. »Ich verstehe.«

Stella kam ins Zimmer. Sie trug ein Kleid aus blauer Seide, so blau wie ihre Augen. Es zeigte den Ansatz ihrer schönen, seidig schimmernden Schultern. Das kupferne Haar hatte sie gebürstet, bis es Funken sprühte. Die Spitzen über die Ohren ins Gesicht gedreht und eine Locke in die Stirn geschoben. Sehr schön sah sie aus, ein wenig verwegen, ein ganz klein wenig verderbt mit den schwarz getuschten Wimpern und den nachgezogenen Brauen.

Christian sah es, er lehnte es ab, aber sie war so reizvoll, daß seine Ablehnung auf halbem Wege steckenblieb.

»Dein Haar«, sagte er, nur um etwas zu sagen, »es ist dunkler geworden.«

Stella lachte. »Ein wenig getönt«, sagte sie. »Das Rot war zu hell. So ist es besser, nicht?«

Sie drehte kokett den Kopf auf dem langen Hals. Und dann drehte sie sich ganz, der weite Rock schwang um ihre schlanken, hohen Beine.

»Gehen wir? Ich habe einen Riesenhunger.«

»Hast du wieder nicht Mittag gegessen?« fragte Hermine streng.

»Nö. Die Mensa war so voll. Wir waren bloß Kaffee trinken.«

»Dabei bist du so dünn. Kaffee trinken und rauchen und all so ein Unsinn in deinem Alter. Was aus dir noch einmal werden wird, das möchte ich wissen.«

»Ein Blütenblatt im Wind«, sagte Stella und lachte. »Stammt nicht von mir. Sagt Adam immer.«

»Ich weiß«, antwortete Hermine, und die Mißbilligung war ihrer Stimme deutlich anzuhören. »Er redet oft so einen Unsinn mit dir. Blütenblatt im Wind, so ein Quatsch. Er setzt dir lauter verrückte Gedanken in den Kopf. Das ist keine Lebensgrundlage.«

Stella lachte übermütig. »Lebensgrundlage ist ein herrliches Wort.«

Hermine sah Christian an. »Sie sind Stellas Jugendfreund. Sie machen mir den Eindruck, als hätten Sie den Kopf auf dem richtigen Fleck sitzen. Nicht nur das Herz. Auch den Kopf. Das ist wichtig. Hoffentlich werden Sie Stella ein bißchen beeinflussen. Vernünftiger Umgang täte ihr gut.«

Christian blickte ein wenig hilflos. Bis jetzt hatte Stella ihn verwirrt, entzückt, abgestoßen, schockiert. Er sollte sie beeinflussen? Du lieber Gott!

Ein Blütenblatt im Wind. Dieser fremde Mann, den er schon haßte, ohne ihn zu kennen, hatte Stella recht gut charakterisiert. Sie gefiel sich in dieser Rolle, das war deutlich zu sehen. Wuchs immer mehr hinein. Sie wußte noch nicht, wie verloren, wie zerstört ein Blütenblatt sein kann, wenn der Wind sich in Sturm verwandelt.

»Wir sehen uns bald wieder«, hatte Stella am Ende dieses Abends gesagt, der den von ihr geplanten Verlauf genommen hatte. Da Christian noch kein Zimmer hatte und in einer Pension wohnte, war vereinbart worden, daß er bei Hermine anrufen würde. »Vor allem mußt du Adam kennenlernen«, sagte Stella.

Christians Verlangen nach Adams Bekanntschaft war gering. Er war nicht einmal neugierig. Er lehnte diese fragwürdige Verbindung zu einem soviel älteren Mann entschieden ab. Seiner Meinung nach war so etwas widernatürlich und geradezu unanständig.

Aber dann hatte er doch zweimal bei Hermine angerufen, ohne jedoch Stella zu erreichen. Beim drittenmal traf er sie an. Sie war in Eile, eben im Begriff, fortzugehen.

»Hast du Telefon? Dann rufe ich dich an.«

Nein, Christian hatte kein Telefon. Er hatte ein Zimmer am Kottbusser Tor gemietet, ein einfaches Zimmer, und da gab es kein Telefon.

»Kottbusser Tor?« wiederholte Stella gedehnt. »Aber das ist doch eine unmögliche Gegend. Hast du nichts Besseres gefunden?«

»Du kleiner Snob«, sagte Christian, »deinetwegen werde ich eine Villa in Dahlem mieten.«

So verging ein Monat, bis sie sich wiedersahen, und das geschah rein zufällig.

Es war ein großer Abend in der Oper, ein italienisches Gastspiel. Christian war mit einem Kollegen hingegangen, um zu sehen, ob es Studentenkarten geben würde. Viel Aussicht bestand nicht, denn vermutlich würde die Oper ausverkauft sein. Manchmal kamen aber doch ein paar Karten zurück.

Sie hatten Glück und bekamen zwei Karten, sogar recht gute Plätze. Reserviert für zwei Spitzenreiter der Gesellschaft, die nicht gekommen waren.

Christian entdeckte Stella schon, noch ehe die Vorstellung begann. Sie saß in einer Loge, mit lässiger Anmut, und der Mann neben ihr, das war wohl ihr Freund, dieser Bildhauer.

Christian tat nichts dazu, in der Pause eine Begegnung herbeizuführen. Er beobachtete Stella von weitem. Sie stand neben diesem Mann in einem bodenlangen Abendkleid aus sahneweißer Georgette und sah bezaubernd aus. Zierlich und zerbrechlich wirkte sie neben der massigen Gestalt des Mannes. Christian war überrascht von dessen Häßlichkeit. Dieses dunkle, gewalttätige Gesicht, die dichten, buschigen Brauen. Brutal sieht der Kerl aus, fand Christian. Und dazu Stella. Der Vergleich mit dem Blütenblatt im Wind fiel ihm ein. Im Moment paßte das Bild vollkommen.

Der Bildhauer unterhielt sich mit einem Herrn und einer Dame, Stella stand dabei, ließ ihre Augen umherspazieren und trank mit kleinen Schlucken ein Glas Sekt.

Plötzlich sah sie Christian, der, durch die ganze Breite des Foyers getrennt von ihr, neben seinem Kollegen stand. Vielleicht hatte sein Blick, mit dem er sie angesehen hatte, ihren Blick angezogen. Sie stieß einen kleinen, überraschten Juchzer aus, wie ein kleines Mädchen, drückte Adam das leere Glas in die Hand und machte sich unverzüglich auf den Weg zu Christian.

Christians Nachbar versank in fassungsloses Staunen, als die betörende Elfe vor ihnen stehenblieb.

»Mensch, Krischan, du bist hier? Ist ja prima.« Sie streckte ihm die Hand entgegen, warf einen raschen Blick auf seinen Begleiter, fand ihn uninteressant und zog Christian mit hinüber zu ihrer Gruppe.

»Komm mit, du mußt Adam kennenlernen. Ich hab' ihm schon von dir erzählt. Warum hast du nicht mehr angerufen?«

»Aber ich habe doch ein paarmal angerufen«, kam Christian endlich zu Wort. »Du bist ja nie zu erreichen.«

Adam hatte die eine Braue auf seine diabolisch wirkende Art hochgezogen und sah ihnen entgegen. Er wußte schon vorher, wer der junge Mann war. Stella hatte ihn deutlich genug beschrieben. Ihren Wunsch, Christian einmal einzuladen, hatte er ignoriert. An Jugendfreunden hatte er kein Interesse.

»Das ist Christian«, lächelte Stella ihm strahlend zu, »Christian Hoog aus Keitum. Mein Krischan. Vor dir der beste Lehrer meines Lebens. Von ihm hab' ich so ziemlich alles gelernt, was es zu lernen gibt.«

Der Doppelsinn ihrer Worte ging ihr nicht auf. Aber Christian errötete unwillig. Diese Worte, ausgerechnet vor diesem Mann gesprochen, erschienen ihm reichlich deplaciert.

Adam unterdrückte eine zynische Bemerkung, gab dem jungen Mann die Hand und sagte ein paar verbindliche Worte. Wie es ihm in Berlin gefalle, ob er sich schon eingewöhnt habe?

Dann wandte er sich wieder zu seinen Bekannten, und Stella stürzte sich in ein Gespräch mit Christian. Wo er wohnte, was er machte, wie es ihm ginge?

Wo er wohnte hatte er ihr schon mitgeteilt, aber offensichtlich hatte sie das wieder vergessen. Zu fragen, was er machte, war unsinnig. Er arbeitete. Wie es ihm ginge – darüber hätte Christian erst ausführlich nachdenken müssen. Wie sollte es ihm schon gehen?

Er stand früh auf und ging spät zu Bett. Mußte sich in das neue Milieu einarbeiten, die Professoren und Dozenten kennenlernen. Sein Arbeitspensum war wie immer sehr groß. Private Vergnügen gab es nicht. Dieser Opernabend heute war der erste Theaterbesuch, den er sich leistete.

Aber eine Neuigkeit hatte er doch für Stella. »Ich habe Nora gefunden«, sagte er.

»Wirklich?« fragte Stella. »Wo steckt sie denn?«

»Sie liegt in der Klinik.«

»Ist sie krank?«

»Nein. Sie hat einen Selbstmordversuch gemacht.«

Stella riß die Augen auf und war zunächst stumm vor Staunen. »Nein«, sagte sie dann. »Das gibt's ja gar nicht.«

In diesem Moment klingelte es, die Pause war zu Ende.

»Krischan, das gibt's ja gar nicht«, wiederholte Stelle entsetzt. »Warum denn? Erzähl mal.«

»Jetzt ist wohl nicht der richtige Moment dazu«, sagte Christian. »Vielleicht können wir uns in den nächsten Tagen einmal treffen.«

»Nein, Krischan, das muß ich gleich wissen. Wir müssen ...«

»Komm«, unterbrach Adam das Gespräch. Er nickte Christian zu. »Hat mich gefreut, Sie kennenzulernen. Besuchen Sie uns doch mal.«

»Ich muß Krischan heute noch sprechen«, sagte Stella entschieden. »Wo gehen wir denn nachher hin? Er soll mitkommen.«

Adam zögerte etwas mit der Antwort. Dann sagte er liebenswürdig, zu Christian gewandt: »Aber bitte sehr. Wird mich freuen.«

»Es ist nämlich etwas passiert. Stell dir vor ...«

»Komm jetzt«, sagte Adam ungeduldig. »Wir reden später drüber.« Und zu Christian: »Wir haben einen Tisch bei Borchardt bestellt. Wissen Sie, wo das ist?«

»Woher soll er das wissen?« sagte Stella. »Krischan, du wartest unten im Vestibül. Bis nachher.«

Sie schob ihren Arm unter Adams, und während sie zum Zuschauerraum zurückgingen, redete sie aufgeregt auf ihn ein.

»Stell dir vor, Nora hat einen Selbstmordversuch gemacht. Sie liegt in der Klinik.«

»Wer ist Nora?« fragte Adam uninteressiert.

»Hab' ich dir doch erzählt. Meine Bekannte aus Keitum, die Mutter von Anke. Und ich sollte mich um sie kümmern. Verdammt noch mal, ich bin schuld. Ich habe gar nicht mehr daran gedacht.«

»Wieso und warum?« fragte Adam, nur um höflich zu sein. Er konnte sich an keine Nora erinnern.

»Weiß ich auch nicht. Er kam nicht mehr dazu, mir mehr zu erzählen. Gott, Adam, ist das nicht schrecklich? Wann ist denn die Oper aus?« Aber es dauerte noch eine ganze Weile, bis Stella endlich mehr über Noras Schicksal erfuhr. Das Nachtheater-Diner bei Borchardt war nicht ganz die richtige Gelegenheit für ein so ernstes Gespräch. Sie hatten einen Tisch für vier Personen, ein Schriftsteller mit seiner Frau befand sich in ihrer Gesellschaft.

Christian kam sich reichlich überflüssig vor. Es war bei Borchardt auch nicht üblich, einen überzähligen Stuhl an den Tisch zu schieben. Der gewandte Oberkellner fand jedoch einen größeren Tisch und dirigierte sie mit Eleganz um. Christian saß unbehaglich auf seinem Platz. Die Herren waren im Smoking, die Damen im Abendkleid. Er trug nur seinen alten, blauen Anzug, der an den Nähten schon etwas glänzte. Sie waren alle freundlich zu ihm, aber keiner wußte etwas Rechtes mit ihm anzufangen. Stella war eingeschüchtert. Adam hatte sie wegen der eigenmächtigen Einladung gerügt.

»Bis jetzt bestimme ich noch, wer mit uns zusammen speist«, hatte er gesagt. »Du konntest den jungen Mann ja morgen treffen. Und Gespräche über Selbstmorde und ähnliche makabre Angelegenheiten bitte nicht bei Tisch. Du kennst Mehrings sarkastische Art.« Mehring war der Schriftsteller.

Immer wenn Adam so mit ihr sprach, bestimmt und befehlend, sie gleichzeitig zurechtweisend, war Stella verärgert und hatte eine patzige Antwort auf den Lippen. Aber so weit war sie noch nicht, daß sie offen rebellierte. Einmal hatte sie einen kleinen Versuch gewagt, worauf Adam ihr kühl mitteilte: »Wenn du dich wie ein dummes Gör aufführen willst, bleibst du in Zukunft zu Hause.«

Aber Stella wollte nicht zu Hause bleiben. Sie war verliebt in dieses wunderbare, amüsante Leben. Viel mehr als in Adam. Elegante Lokale, hübsche Kleider, bewundernde Blicke. Hatte sie nicht immer davon geträumt? Damals, in Keitum schon, als sie vor dem Spiegel stand und die richtige Haltung, den verführerischen Blick ausprobierte. Schönheit und Jugend allein genügten nicht, das wußte sie nun schon. Nur ein Mann wie Adam konnte einem die Tür zu dieser Welt öffnen. Nur ein Mann seines Alters, seiner Position kannte so viele interessante Leute. Mit Christian beispielsweise könnte sie bestenfalls bei Aschinger sitzen. Und nicht in diesem Kleid. Sie saß also folgsam bei Tisch und machte Konversation. Von Nora wurde nicht gesprochen. Sie hatte Christian nur zugeflüstert: »Später. Die anderen brauchen es nicht zu hören.«

Christian war etwas verwundert. Warum war er dann eigentlich mitgekommen? Vorhin hatte sie es so eilig, Näheres zu erfahren. Und nun tat sie, als interessiere es sie nicht im geringsten. Er kam sich vollkommen fehl am Platz vor. Keiner nahm Notiz von ihm. Stella richtete ein paarmal das Wort an ihn, und Adam redete ihn aus Höflichkeit zwei- oder dreimal an.

Christian war nicht etwa ärgerlich darüber. Er sah ein, daß er in diesem Kreis ein Fremder war. Das hinderte ihn jedoch nicht daran, das Lokal und die Leute darin aufmerksam zu betrachten.

Und sich das Essen schmecken zu lassen. Für gewöhnlich lebte er sehr spartanisch. Wenn er nun schon mal hier war, dann wollte er wenigstens die gute Küche von Borchardt genießen. Austern waren ihm nichts Neues, schließlich kam er vom Meer. Das Weintrinken hatte er in Freiburg gelernt. Im übrigen lauschte er dem Gespräch, das sich zunächst um die Aufführung drehte, die man heute abend gesehen hatte.

Alf Mehring, der Schriftsteller, ließ sie zunächst wissen, daß er heute nur ausnahmsweise und seit vielen Jahren wieder zum erstenmal in der Oper gewesen sei. Eigentlich ginge er prinzipiell nicht in die Oper, die für ihn ein albernes Zwitterding sei.

Es gab mehrere so negative Prinzipien in seinem Leben, er machte eine Art Programm daraus und kokettierte damit. Wer sich öfter in seiner Gesellschaft befand, hatte sich daran gewöhnt, darüber hinwegzusehen.

Dieser Alf Mehring war kein besonderes Genie. Jahrelang fand man ihn unter »ferner liefen«. Der Anbruch der Nazizeit, der fast die gesamte Elite der deutschen Schriftsteller aus Deutschland vertrieb, wurde zum Beginn seiner Karriere. Früher schrieb er für die Illustrierten, inzwischen aber hatte er zwei recht beachtliche Bucherfolge gehabt. Keine bedeutenden Bücher, aber gut zu lesen; für die heutige Zeit in einem erstaunlich leichtflüssigen Stil geschrieben, hinter dem sich kein besonders großes, aber ein geschickt placiertes Wissen verbarg. Unter der jetzt propagierten Blut-und-Boden-Literatur, unter all den etwas schwerblütig einherstampfenden deutschen Romanen der Epoche fielen seine Bücher angenehm auf. Daher wohl auch sein plötzlicher Erfolg beim Leserpublikum.

Sein letztes Buch wurde gerade verfilmt. Und sein neuester Ehrgeiz war, für das Theater zu schreiben. Er begann, Verbindung zum Theater, zu Schauspielern und Regisseuren zu suchen.

Adam hatte ihn durch Gerry kennengelernt, und Mehring wurde dann sein Kunde, als er mit dem rasch verdienten Geld eine elegante Wohnung in Halensee einrichtete, wozu er einige kleinere Stücke von Adam kaufte.

Bei dieser Gelegenheit hatte der Schriftsteller auch Stella kennengelernt und bedachte sie seitdem mit einer etwas penetranten Aufmerksamkeit. Sie sei ein Typ, der ihn zum Schreiben inspiriere, erklärte er der geschmeichelten Stella. Und dann folgten dick aufgetragene Komplimente. Seine etwas bläßliche, in der neuen Umwelt immer etwas verlegene Frau war daran gewöhnt. Es war auch schon einmal von Scheidung die Rede gewesen. Aber da waren zwei Kinder und die angeborene Bequemlichkeit des Mannes.

Heute machte er Stella wieder lebhaft den Hof. Zunächst erzählte er ihr, daß die Frauengestalt in seinem neuen Buch ihr ähnele.

»Kupferrotes Haar und blaue Augen«, sagte er und blickte Stella nachdrücklich in die ihren. »Ich hatte noch keine Rote dabei. Bisher waren sie alle schwarzhaarig. Mein Ideal sind nämlich schwarzhaarige Frauen. Aber so ein Typ wie Sie, gnädiges Fräulein, läßt sich wunderbar beschreiben. Meist haben ja rothaarige Frauen grüne Augen.«

»In Büchern, ja«, bemerkte Adam trocken. »Ist wohl so üblich. Und meist steckt dann ein Vamp dahinter.«

»Nun, da bringe ich erst recht etwas Neues. Eine rothaarige Unschuld mit einem vielversprechenden Kindergesicht. Und kornblumenblauen Augen. Genau wie Sie, gnädiges Fräulein.«

Stella lächelte zerstreut. Sie kannte diese Reden nun schon und war nicht mehr beeindruckt davon. Sie warf einen kurzen Blick auf die Frau des Schriftstellers. Anneliese Mehring war dunkelblond und hatte graue Augen. Wahrscheinlich hat sie eine Wut auf mich, dachte Stella. Aber ich kann nichts dafür. Dabei gefällt mir ihr Mann nicht im geringsten. Ein Mann, der in Gegenwart seiner Frau einer anderen Frau so plumpe Komplimente macht und dann noch sagt, sein Ideal seien schwarzhaarige Frauen, während die eigene blond ist, das muß ein Flegel sein. Ob er nun Bücher schreibt oder nicht.

Voilà. Stella hatte ihr Urteil gefällt. Ein kleiner Hochmutszug erschien um ihre Lippen.

Sie blickte zu Christian hinüber und sah ihm an, daß sein Urteil auch nicht gnädiger ausgefallen war als das ihre. Sein Gesicht war unbewegt, aber die hellen Augen hatten einen abweisenden Ausdruck. Allerdings auch wenn er Adam anblickte, was öfter geschah.

Ein jähes Gefühl von Zärtlichkeit erfüllte Stellas Herz. Krischan! Ein Stück Heimat in dieser unruhigen Welt, in der sie jetzt lebte. So viele glückliche Jahre lang war er ihr täglicher Begleiter gewesen. Wie ist es möglich, daß sie sich so weit von ihm entfernt hatte. Kaum mehr an ihn gedacht hatte. Aber nun war er da. Und bald würde auch Thies kommen.

Dann bin ich nicht mehr so allein, dachte Stella. Allein. Trotz Adam. O nein, Adam war nicht der einzige Mensch auf der Welt. Sie hatte noch andere Freunde. Vielleicht bessere als ihn. Seinetwegen hatte sie so viele vergessen. Auch Nora. Man hätte ihr helfen müssen, als sie unglücklich war. Aber sie hatte sie im Stich gelassen, allein in der erbarmungslosen Stadt.

Ehe sie sich setzten, hatte sie Christian noch zugeflüstert: »Besteht Lebensgefahr?«

Christian hatte den Kopf geschüttelt.

Nach dem Essen siedelte man um in eine Bar am Kurfürstendamm, wo Adam interessantere Bekannte entdeckte und endlich Unterhaltung hatte. Stella gelang es, sich neben Christian zu setzen, den sie nur mit Mühe hatte veranlassen können, noch mitzugehen. Er hatte sich verabschieden wollen, als sie Borchardt verließen.

»Aber ihr hattet euch doch noch etwas zu erzählen«, meinte Adam gleichgültig. »Kommen Sie doch noch auf eine Stunde mit.«

»Also los, nun erzähle«, sagte Stella. »Was ist mit Nora?«

Christians Mißbehagen an dem Abend hatte sich noch gesteigert. Er sah sich ablehnend in dem bizarr dekorierten, halbdunklen Raum der Bar um. »Hier ist nicht der richtige Ort«, murmelte er.

»Kann ich nicht ändern«, sagte Stella ungeduldig. »Nun fang schon an.«

»Viel weiß ich auch noch nicht«, begann Christian. »Die erste Zeit war ich zu beschäftigt, der Sache nachzugehen. Aber vorige Woche war ich in Noras letzter Wohnung. Dort wußten sie nicht, wo sie hingezogen ist. Vorgestern war ich dann beim Einwohnermeldeamt.«

»Natürlich«, sagte Stella, »darauf bin ich gar nicht gekommen.«

»Sie wohnte jetzt in der Gegend vom Stettiner Bahnhof. Ein furchtbares Haus. Als ich hinkomme und nach Nora frage, ist da so ein dickes, altes Weib, das anfängt, wie eine Wahnsinnige zu toben. Nur Scherereien habe man, das ganze Haus hätte es in die Luft sprengen können, und jetzt solle man sie gefälligst in Ruhe lassen. Sie habe der Polizei schon alles gesagt, was sie wisse. Damit wollte sie mir die Tür vor der Nase zuknallen.«

»Warum das Haus in die Luft sprengen?« fragte Stella entsetzt.

»Gas«, sagte Christian lakonisch. »Nora hatte sämtliche Gashähne aufgedreht, als die Leute, bei denen sie da wohnte, am Sonntag einen Ausflug machten. Aber dann hat es doch einer gerochen, und sie haben sie 'rausgeholt, gerade noch in letzter Minute. Sie war schon dreiviertel tot.«

»Mein Gott«, sagte Stella. »Das ist ja furchtbar. Warum denn bloß?«

Christian zuckte die Achseln. »Weiß ich auch nicht. Ich war dann bei der Polizei. Erst wollten sie mir nichts sagen. Als ich dann erklärte, daß ich aus demselben Ort käme und mit Noras Tochter befreundet sei, und als sie hörten, daß ich Medizin studiere – das wirkte ulkigerweise sehr positiv auf die –, sagten sie mir, in welcher Klinik sie liegt. Da war ich gestern.«

»Und?«

»Man kann sie noch nicht sprechen. Aber sie ist außer Lebensgefahr. Noch meist bewußtlos. Die Ärzte konnten mir natürlich auch nicht sagen, warum sie es getan hat.«

»Kann ich da morgen hingehen?«

»Warte noch ein paar Tage.«

Sie waren so versunken in ihr Gespräch, daß sie die Umwelt vergessen hatten. Plötzlich beugte Alf Mehring seinen glänzenden Scheitel über Stella.

»Tanzen Sie mal mit mir, gnädiges Fräulein?« fragte er.

Stella blickte verstört zu ihm auf. Dann sah sie, daß Adam sie über den Tisch hinweg beobachtete, mit undurchdringlicher Miene. Anscheinend hatte er das schon während ihres ganzen Gesprächs mit Christian getan. Sie stand auf und ging mit Mehring zur Tanzfläche.

Der Schriftsteller zog sie viel zu fest in seine Arme. Seine Schenkel preßten sich an die ihren, was beim Tanzen sehr hinderlich war.

Stella machte sich steif und setzte eine hochmütige Miene auf.

»Sie kennen Gontard schon lange?« fragte er.

»Seit ich bei ihm arbeite«, erwiderte Stella kurz.

»Oh, arbeiten«, sagte ihr Tänzer in anzüglichem Ton. »Richtig, Sie bildhauern ja auch.«

»Ich bildhauere nicht«, klärte ihn Stella auf. »Ich modelliere.«

»Jaja, Gontard ist gut dran. So eine reizende Schülerin möchte ich auch einmal haben.«

»Lesen und schreiben kann ich schon«, sagte Stella spöttisch.

»Warum sind Sie nicht Schauspielerin geworden?« fuhr Mehring fort. »Mit Ihrem Aussehen und Ihren Bewegungen. Wissen Sie, daß Sie einen hinreißenden Gang haben? Wie eine geschmeidige Tigerin im Dschungel.«

»Wie schrecklich«, sagte Stella. »Hoffentlich schreiben Sie so etwas nicht mal.«

Mehring blickte sie gekränkt an. Er mußte dazu ein bißchen nach oben blicken, denn Stella war ein wenig größer als er. »Gefällt Ihnen der Vergleich nicht?«

»Nein, gar nicht. Ich hab' zwar noch keinen Tiger im Dschungel gesehen, nur im zoologischen Garten. Und da liegt er meist da und schläft, oder er rennt gefangen hin und her.«

»Er rennt gefangen hin und her«, wiederholte Mehring. »Das haben Sie hübsch gesagt.«

»Ich«, sprach Stella weiter, um ihn endgültig aufzuklären, »habe einen ganz normalen Gang. Wie man bei uns zu Hause eben geht, wo der Wind bläst.«

»Wieso? Sind Sie denn keine Berlinerin?«

»Nein. Ich komme von der Nordsee. Von der Insel Sylt.«

»Ach? Wie der junge Mann da?«

»Sehr richtig. Wie Herr Hoog. Er stammt aus meiner Heimat, und wir sind verlobt.«

Peng! Das war ein Volltreffer. Herr Mehring geriet aus dem Takt, verwechselte seine Füße und lockerte seinen engen Griff. Perplex schaute er zu dem Tisch hinüber, wo Christian ruhig vor seinem Sektglas saß.

»Na so was«, murmelte Mehring, »und ich dachte ...«

»Was?« fragte Stella liebenswürdig und blickte ihm gerade in die Augen. Und da sie die Nase dabei ein wenig hochnahm, kam der Blick sehr von oben herab.

Schweigend tanzten sie zu Ende.

Stella blickte zu Christian hinüber und lächelte vergnügt vor sich hin. Das war wieder ein Sarnade-Einfall, dachte sie.

Christian machte ihr beinahe einen Strich durch die Rechnung. Als Mehring sie wieder am Tisch ablieferte, machte er eine korrekte kleine Verbeugung vor Christian, was der gar nicht bemerkte. Dann sagte Christian leise zu ihr: »Ich gehe jetzt.«

Stella schob ihre Schulter leicht an seine und legte ihre Hand auf seine Hand. »Nein, Krischan, bitte nicht.« Sie beugte sich nahe zu ihm und flüsterte: »Du darfst mich jetzt nicht blamieren.«

»Blamieren?« fragte Christian verblüfft. »Wieso?«

»Tanz mal mit mir.«

»Ich kann gar nicht«, begann er, aber Stella nahm ihn einfach bei der Hand, denn eben setzte die Musik wieder ein. Er mußte ihr folgen.

Ehe sie vom Tisch wegging, sah Stella Adams Augen, die ihr folgten. – Er ist eifersüchtig, dachte sie. Nachher wird er mir eine Szene machen. Vielleicht auch nicht. Vielleicht wird er mich bloß lieben, bis ich halb tot in seinem Arm liege.

Und plötzlich entdeckte sie, daß ihr das lästig sein würde.

»Ich bin kein besonders guter Tänzer«, meinte Christian, als er den Arm um sie legte.

»Wieso denn nicht?« sagte Stella. »Beim Biikenbrennen hast du doch immer getanzt wie ein Wilder.«

»Das ist ja ganz was anderes.«

»Das ist gar nichts anderes.«

Eine Weile tanzten sie schweigend, und es ging gar nicht schlecht. Christian hatte doch in Freiburg einiges gelernt.

»Warum hast du gesagt, ich blamiere dich, wenn ich gehe?« fragte er nach einer Weile.

»Na, du kannst doch nicht einfach fortgehen und mich allein hier sitzenlassen, wo ich doch mit dir verlobt bin.«

»Verlobt?« Genau wie vorhin Herr Mehring, geriet nun auch Christian aus dem Takt.

»Au«, sagte Stella, »das war mein Fuß.«

»Entschuldige. Wieso verlobt?«

»Das hab' ich dem Idioten erzählt, weil er mich immer so schwachsinnig anquatscht. Ich dachte, das wird ihn ein bißchen abkühlen.«

Christian schwieg beeindruckt.

»Aber wissen die denn nicht ...«, begann er nach einer Weile.

»Wissen?« Genau wie zuvor reckte Stella die Nase hochmütig in die Luft. Aber mit dem Herunterblicken ging es nicht so gut. Christian war ein bißchen größer als sie. »Wissen tut kein Mensch was. So offen die Wahrheit gesagt habe ich bisher nur dir. Die können sich alle denken, was sie wollen, aber bis jetzt hat mich noch keiner bei Adam im Bett gesehen.«

»Stella!« rief Christian beschwörend und verzog das Gesicht, als habe er Zahnschmerzen.

Aber Stella hatte keine Zeit, sein Entsetzen zu beachten. Sie zwickte ihn entzückt in den Arm. »Da, guck mal. Jetzt tuschelt er mit seiner Ollen. Jetzt sagt er es ihr. Ist das nicht prima? Sie wird froh sein. Vielleicht hat sie geglaubt, ich spanne ihr den alten Bock aus.«

Wirklich hatte sich Mehring zu seiner Frau gebeugt und flüsterte ihr etwas zu. Dabei hatte er die Augen auf die Tanzfläche gerichtet, und seine Frau blickte nun auch zu ihnen her.

Stella tat, als bemerke sie es nicht. Sie legte ihre Schläfe an Christians Wange und lächelte selig vor sich hin. Dann bog sie den Kopf ein Stück zurück und blickte Christian zärtlich in die Augen, so wie sie es bei einschlägigen Tanzszenen im Film gesehen hat.

»Mach nicht so ein finsteres Gesicht«, flüsterte sie dabei. »Ich strahle dich bräutlich an, und du machst eine Miene, als würdest du skalpiert. So ein furchtbares Los ist es auch nicht, mit mir verlobt zu sein.«

Unwillkürlich mußte er lachen. Das war die alte Stella wieder mit ihren verrückten Einfällen, ihrer wildschweifenden Phantasie.

»So ist es besser«, lobte ihn Stella. »Jetzt sehen wir aus wie ein glückliches Paar. Weißt du, was der Trottel zu mir gesagt hat? Ich habe den geschmeidigen Gang einer Tigerin im Dschungel. Findste das? Ich wette, der weiß gar nicht, wie Dschungel geschrieben wird. Und wenn er wirklich einer Tigerin begegnen würde, täte er sich vor Angst in die Hosen machen, anstatt ihren Gang zu beobachten.«

Christian lachte noch mehr. Ihr Übermut steckte ihn an. Alle Blasiertheit war von ihr abgefallen. Sie war jung, fröhlich, ein wenig frech. Genau wie früher.

Unwillkürlich zog er sie fester an sich. Stella gab willig nach, schmiegte sich in seinen Arm und überließ sich seiner Führung.

»Du tanzt doch sehr gut, Krischan«, sagte sie.

»Na, es geht. Es gibt bessere Tänzer.«

»Ich tanze am liebsten mit dir. Sag mal, Krischan, ein bißchen hast du mich schon noch lieb, auch wenn du nicht mit mir verlobt sein willst. Ein bißchen schon noch, ja?«

Er sah sie mit lächelnden Augen an. »Wenn du so bist wie jetzt, dann schon.«

»War ich vorher anders?«

»Ganz anders. Und neulich auch.«

»Wirklich? Du mußt das nicht so ernst nehmen. Ich mache so ein bißchen Theater. Das macht mir Spaß, weißt du. Und du hast mich wirklich noch lieb?«

»Ich hab's doch schon gesagt«, brummte er.

»Weißt du noch, wie du mich geküßt hast, damals auf dem Tipkenhoog?« Christian wußte es noch. Er hatte sogar heute abend daran gedacht. »Damals wolltest du mich partout nicht küssen«, sagte Stella mit einem Seufzer. »Und ich wollte so gern. Ich war dir noch zu klein. Und dann hast du versprochen, du würdest mich zwei Jahre später küssen. Hast du auch nicht getan.«

»Da warst du nicht mehr da.«

»Aber wenn ich dagewesen wäre?« Sie blickte ihn fragend an. »Und jetzt, Krischan? Du könntest es nachholen.« Das war Sarnades lockender Blick unter halbgesenkten Wimpern. Christian kannte ihn noch. »Nein«, sagte er langsam. »Jetzt nicht mehr. Jetzt will ich dich nicht mehr küssen.«

Stellas Lächeln verblaßte. »Damals noch nicht. Und jetzt nicht mehr.« Sie blickte hinüber zum Tisch. »Wegen ihm?«

Christian nickte.

»Sei nicht so kleinlich, Krischan«, sagte Stella. »Du kannst doch nicht erwarten, daß ich all die Jahre einsam in der Ecke sitze und trauere.«

»Du bist achtzehn. Es hätte noch Zeit gehabt.«

»Ich werde bald neunzehn. Und es kam eben so. Ich wollte eigentlich gar nicht. Aber es war so eine komische Situation.«

Ein böser Teufel verführte sie, ihm alles zu sagen. Gerade ihm. Seine klare Anständigkeit zu verwunden, ihn zu reizen. Es hatte ihr immer schon Spaß gemacht, schon als es noch um läppische Kinderdummheiten ging.

»Ich war betrunken und schlief in seinem Bett ein«, sagte sie kurz und trocken. »So fing es an.«

Christian blickte über sie hinweg. Sein eben noch gelockertes Gesicht war hart geworden, die Augen versteckten sich hinter abweisender Kälte, damit sie nicht sah, wie weh sie ihm tat.

»Ich will das gar nicht wissen«, sagte er kurz. »Behalt es für dich. Ich – ich finde es abscheulich. Das Ganze. Widerlich. Ihn – und dich auch.«

Stella erschrak über seinen harten Ton. Sie hatte geglaubt, er würde ein paar mahnende Worte finden, so wie früher, wenn sie etwas Dummes gesagt hatte. Aber nun, mit seinen Augen gesehen, wurde ihr erst klar, was sie gesagt hatte. Was sie so wichtigtuerisch hingeplappert hatte, nur um ihn zu ärgern. Sie schwieg verwirrt. Er sprach auch nicht mehr, bis der Tanz zu Ende war. Als er die Tanzfläche verlassen wollte, hielt sie ihn fest.

»Bitte, Krischan, sei nicht böse. Ich bin dumm. Mach nicht so ein Gesicht.« Am liebsten hätte sie gesagt: Ich will's nie wieder tun. Wie sie als Kind gesagt hatte, wenn er böse auf sie war. Aber das paßte hier wohl nicht. Es gab Dinge, die tat man nur einmal. Sie ließen sich nicht zurücknehmen.

»Krischan!« Sein unverändert finsteres Gesicht machte sie wütend. Beinahe hätte sie mit dem Fuß aufgestampft.

»Schon gut«, sagte er. Sie standen allein auf der Tanzfläche, das war ihm peinlich.

»Und du gehst jetzt nicht, Krischan. Wo ich doch gesagt habe, daß wir verlobt sind.«

»Ich muß morgen arbeiten.«

»Wir gehen alle bald. Ich werde sagen, daß ich müde bin.«

Aber Adam hatte augenscheinlich auch keine Lust mehr zu bleiben. Er hatte alles genau beobachtet. Stellas Tanz mit dem Jungen, ihr Lächeln, ihre hingegossene Haltung, das eifrige Gespräch. Stella gehörte ihm. Kein anderer hatte daran zu rühren. Schon gar nicht dieser ungelenke Bauernjunge. Dieser sogenannte Jugendfreund.

Stella brauchte von ihrer Müdigkeit gar nicht erst zu sprechen. Kurz darauf winkte er dem Ober.

»Wir gehen«, sagte er. Ohne Kommentar.

Die Proteste der anderen interessierten ihn nicht. Er verabschiedete sich von seinen Bekannten, küßte Frau Mehring die Hand.

Herr Mehring hatte sich erhoben und schüttelte Christian kräftig die Hand. »Hat mich sehr gefreut, Sie kennenzulernen, Herr . . .« Er stockte und suchte nach dem Namen.

Ehe Christian etwas sagen konnte, antwortete Stella. Sie schob ihren Arm unter Christians und säuselte: »Hoog. Christian Hoog.«

Mehring lachte meckernd. »Also dann heißt es später mal: Stella Hoog. Klingt sehr hübsch.«

»Ja, nicht wahr?« lachte Stella und war froh, daß Adam schon zur Garderobe vorausgegangen war.

»Das ist ja eine schöne Geschichte«, meinte Christian verlegen, als sie auch gingen.

Das Lächeln in Stellas Gesicht verschwand. »Nur schade, daß du mich widerlich findest. Aber keine Bange, du bist gleich von mir erlöst.«

Betont eifrig wandte sie sich zu Adam, der sie mit ihrem Mantel über dem Arm erwartete. »Gott, bin ich müde. Gut, daß wir endlich gehen. Es war ziemlich blöd heute, nicht? Dieser Mehring ist eine Katastrophe.«

»Kann ich Sie irgendwohin fahren?« fragte Adam, als sie draußen bei seinem Wagen waren.

»Nein, danke«, sagte Christian steif. »Ich nehme die U-Bahn.«

»Natürlich fahren wir dich nach Hause«, sagte Stella eifrig. »Sicher fährt doch jetzt keine U-Bahn mehr.«

»Danke«, wiederholte Christian, und es klang eisig. »Nein.«

Adam zuckte die Achseln. »Wie Sie wollen. Also dann, gute Nacht.« Er reichte Christian flüchtig die Hand und schob sich dann hinter das Steuer.

»Wann höre ich von dir, Krischan?«

»Ich habe viel zu tun.«

»Und Nora?«

»Ich kümmere mich schon drum.«

»Ich will sie auch besuchen.«

Er nannte ihr den Namen der Klinik, sagte dann gute Nacht und wollte gehen. Stella hielt ihn fest.

»Krischan, bitte. Du rufst mich an?«

Er sah sie an, im matten Licht der Laternen war sie schön wie ein Bild. Und er war im Augenblick so verzweifelt wie nie in seinem Leben.

»Nein«, sagte er, und seine Stimme klang kalt und feindlich. »Nein, ich glaube nicht.«

Er drehte sich um und ging. Seine Schritte hallten in der nachtstillen Straße.

Nicht mal die Hand hatte er ihr gegeben. Stella kroch kleinlaut neben Adam in den Wagen.

Adam fuhr an, erst schweigend, doch dann sagte er: »Das war also deine Jugendliebe. Da hast du aber früher einen bescheidenen Geschmack gehabt, finde ich.«

»So, findest du«, fragte Stella gereizt. »Und du willst mir einreden, du seist ein Menschenkenner?«

Adam schwieg erstaunt. Wenn er auch verärgert war, so war er doch nicht ungerecht. Darum wußte er auch, daß Stella genau das Richtige geantwortet hatte. Dieser junge Mann war eine Persönlichkeit. Wenn er nicht gerade Stellas Jugendfreund wäre, hätte er ihm sicher gut gefallen. Aber so? Ein Mensch, der vielleicht mehr von Stella wußte als er? Nein! Das gab es nicht. Von ihr konnte keiner mehr wissen als er, Adam. Er war der erste. Der einzige. Sie gehörte ihm. In all ihrer jungen, leicht verdorbenen Unschuld. Ihre Schönheit, ihre zaghafte Hingabe. Alles ist sein.

»Was ist mit dieser Nora?« fragte er, kurz ehe sie nach Hause kamen.

Stella berichtete in wenigen Worten.

»Sicher ein Mann«, vermutete Adam. Überraschend fügte er hinzu: »Du wirst dich um sie kümmern. Man darf einen Menschen nicht verzweifeln lassen.«

So war Adam. Voller Widersprüche auch er. Manchmal könnte man ihn hassen, und dann wieder mußte man ihn lieben. Nie wußte man genau, was er sagen und tun würde.

»Ja, natürlich«, murmelte Stella. »Ich gehe übermorgen hin.«

Als sie nach Hause kamen, wandte sich Stella zu der Toreinfahrt, die in den Hof führte.

»Gute Nacht«, murmelte sie. »Ich bin müde.«

Adam griff nach ihrem Arm. »Du kommst mit«, bestimmte er.

Ohne weiteren Einwand folgte ihm Stella in seine Wohnung.

15

Drei Tage später fuhr sie zu Nora. Mit einem Armvoll Blumen, Obst, Wein, einer Riesenbonbonniere. Adam hatte das alles eingekauft. Nora lag blaß und schmal in den Kissen. Gar nicht mehr hübsch sah sie aus. Das kleine Gesicht war spitz und welk geworden, nur die großen, dunklen Augen waren so schön wie früher.

Als sie Stella sah, begann sie zu weinen.

»Nora, Liebes«, sagte Stella, setzte sich auf den Bettrand und nahm Nora in die Arme, streichelte das dunkle Haar und wartete, bis der Tränenstrom versiegt war.

Mit ihrem eigenen Taschentuch wischte Stella ihr dann die Tränen vom Gesicht.

»Nora, du alte Dumme«, sagte sie dabei. »Was machst du für einen Blödsinn? Ist dir nichts Besseres eingefallen? Stell dir vor, du wärst jetzt tot. Wo es gerade wieder Frühling wird.«

»Für mich gibt es keinen Frühling mehr«, seufzte Nora, und wieder füllten sich ihre Augen mit Tränen.

»Das werden wir erst mal sehen«, sagte Stella. »Paß mal auf, ich mache gerade meinen Führerschein, und wenn ich ihn habe, dann fahren wir beide spazieren. An die Havel hinaus, und nach Werder, wenn die Bäume blühen. Da wirst du den Frühling sehen. Und dann wirst du deinen ganzen Kummer vergessen.«

»Ach«, sagte Nora und seufzte wieder. Doch dann sagte sie rasch: »Anke darf es nicht erfahren. Keiner dort darf es erfahren.«

»Natürlich nicht. Wir werden Anke schreiben, daß du sehr viel Arbeit hattest in letzter Zeit und darum nichts hören ließest. Und wenn du dich besser fühlst, wirst du zur Erholung nach Keitum fahren.«

»Nein«, widersprach Nora. »Nein. Ich fahre nie mehr hin.«

»Na schön, dann soll Anke herkommen. Wenn sie das Abitur gemacht hat. Das macht sie doch jetzt gerade, nicht? Sie soll dich in Berlin besuchen. Tut dem dummen Stück mal ganz gut, wenn sie aus dem Dorf herauskommt. Bis dahin suche ich dir eine neue Wohnung, und ich kann dann schon Auto fahren, und dann werden wir ihr mal vorführen, wie großartig wir hier leben.«

Jetzt lächelte Nora sogar ein bißchen. »Ach, Stella. Es ist so lieb, daß du gekommen bist. Ich war nicht nett zu dir. Es tut mir leid.«

»Allerdings«, sagte Stella. »Du warst nicht nett zu mir. Und jetzt sage ich dir eins, ein für allemal, damit das endgültig ausgestanden ist: Ich habe mit deinem dußligen Erich nichts gehabt. Nicht mal andeutungsweise. Glaubst du mir nun endlich?«

Nora nickte.

»Schön. Das hätten wir. Willst du mir nun erzählen, warum du das getan hast, oder willst du nicht?«

Nora hob mit einer verlorenen Gebärde die Schultern. »Da gibt es nichts weiter zu erzählen. Ich weiß auch nicht.«

»Du weißt auch nicht?« staunte Stella. »Na hör mal, so aus purem Vergnügen bringt man sich doch nicht selber um die Ecke. Das muß doch einen Grund haben.«

»Ich war so allein«, sagte Nora.

Das war eigentlich schon die ganze Tragödie. Sie war so allein. Kein Mensch, der zu ihr gehörte, kein Mensch, mit dem sie reden konnte. Die große Stadt voller Menschen, und kein Mensch darin für sie. Das war es, was Nora nicht ertragen hatte.

»Jetzt wirst du nicht mehr allein sein« sagte Stella herzlich. »Ich werde mich um dich kümmern. Und Krischan ist da. Thies kommt auch bald. Du wirst sehen, was wir für einen Spaß zusammen haben.«

Wer sich aber zunächst um Nora kümmerte, war Hermine. Stella hatte ihr die ganze Geschichte erzählt, und Hermine mit ihrem mütterlichen Herzen wußte sofort einen Rat.

»Sie kann erst bei mir wohnen. Die kleine Stube, wo ich die beiden Schränke drin stehen habe und wo ich manchmal bügle, die räumen wir um und machen deiner Nora ein hübsches Zimmer zurecht.«

»Und wovon soll sie das bezahlen?« fragte Stella.

»Das werden wir dann schon sehen. Wenn sie die Depression überwunden hat, wird sie schon wieder Arbeit finden. Das laß mich nur machen.«

Aber der genialste Einfall in dieser Angelegenheit kam von Adam. Er war es schließlich, der über Noras Zukunft entschied.

Zunächst einmal holte er Nora von der Klinik ab. Sie saß vorn neben ihm, Stella auf dem Rücksitz. Am Schloß vorbei, Unter den Linden entlang, durch das Brandenburger Tor und über die Charlottenburger Chaussee fuhr Adam gemächlich durch die Stadt. Im Tiergarten hatten die Bäume einen hellen, grünen Schimmer. Der Himmel war blankgeputzt, ein klares Preußisch-Blau.

Einmal hob Adam die Hand und wies mit großer Geste auf den Park. »Frühling«, sagte er. »Bald fangen die Bäume an zu blühen. Dann blühen die Kastanien, darauf der Flieder. Übrigens, Sie haben einen Fliederstrauch direkt vor Ihrem Fenster stehen, Frau Nora. Er wird Sie in den Schlaf duften. Das Zeug, das Sie beim letztenmal wählten, um Ihr Einschlafen zu parfümieren, war ein Mißgriff. Davon träumt man schlecht.« Er sprach ganz ruhig, ganz ungeniert, und erläuterte auch gleich darauf, warum er so unbefangen davon sprach. »Seien Sie nicht böse, daß ich davon anfange. Sie sollen nämlich diese dunkle Stunde Ihres Lebens nicht ins Unterbewußtsein verdrängen. Sie sollen sie zu Ende denken, bejahen oder verneinen – ich hoffe, es wird letzteres sein – und dann vergessen. Wir haben alle einmal dunkle Stunden durchzumachen. Wir sind auch alle mal krank gewesen. Wenn es vorbei ist, ist es vorbei. Bloß nicht daran herumknabbern, wie ein gefangenes Mäuschen an einer alten Speckschwarte. Das bekommt nicht gut. Alter Speck ist ranzig. Ja, was wollte ich sagen? – Ach ja, der Flieder. Sie werden staunen, was der an Duft fertigbringt. Du auch, Stella. Du hast den Flieder in unserem Hof noch nicht erlebt. Du kamst ja in einer heißen Sommernacht in mein Leben spaziert und nicht auf den Düften des Flieders hereingesegelt.« Er lachte, heiter und unbeschwert. »Eigentlich schade, nicht? Wir kriegen im Atelier auch allerhand vom Flieder ab. Und kaum hat der Flieder seine Pflicht und Schuldigkeit getan, dann kommen die Rosen an die Reihe. Auch davon haben wir im Hof ein paar Sträucher. Ja, Berliner Höfe haben es manchmal in sich. Man muß das nur wissen. Flieder und Rosen haben dort schon geblüht, als hier auf dieser Straße noch Seine Majestät vierspännig entlangrollte. Und sie werden noch viele Jahre lang blühen und duften. Jedes Jahr aufs neue. Und darauf wollten Sie verzichten, Frau Nora? Das kann doch nicht Ihr Ernst gewesen sein?«

Sie waren am Knie angelangt. Adam mußte stoppen und wandte sich nun zu Nora, schaute sie mit seinen dunklen Augen groß und fragend an.

Nora errötete, aber sie erwiderte tapfer seinen Blick. Und dann auf einmal sagte sie leise: »Nein. Wenn Sie so mit mir sprechen, wie eben jetzt, dann kann ich es selber nicht glauben.«

»Bravo, bravo!« rief Adam vergnügt, kuppelte wieder aus und fuhr weiter. »Irrtümern soll man ins Auge sehen, sie ein wenig bereuen und dann zu den Akten legen. Jeder macht mal eine Dummheit. Und nun sind wir gleich da. Was meinst du, Stella, ob Hermine für uns was zu trinken hat, oder sollen wir was mitnehmen?«

Stella saß hinter ihm und betrachtete seinen Nacken. Dies war wieder mal eine Stunde, in der sie ihn zärtlich liebte. Dies war der Mann, der sie verzaubert hatte, der wie ein schöpfender und waltender Gott über ihrem Leben thronte und dem sie sich willig anvertraute.

So weit war sie noch nicht, daß sie Adam ganz durchschaute. Daß sie erkannte, daß er bei aller unbestrittenen Persönlichkeit doch auch ein großer Komödiant war. Er konnte es nicht lassen, sich in Szene zu setzen, sich in einer guten Rolle herauszustellen. Und noch weniger konnte er es lassen, Menschenherzen zu gewinnen. Jetzt war er eben dabei, Nora mit Haut und Haar einzufangen, sie zu seinem gläubigen Trabanten zu machen.

»Soviel ich weiß«, sagte Stella, »hat Hermine als Begrüßungsschluck einen Mampe Halb und Halb vorgesehen. Und dann bekommen wir Leberwurststullen und eine Flasche Bier.«

»Mampe ist gut, und Leberwurst auch«, meinte Adam. »Bier können wir noch oft trinken. Ich schlage vor, wir trinken heute eine Flasche Sekt. Neues Leben muß man feiern. Leben muß man überhaupt immer feiern. Solange man es hat. Feiern und genießen. Dann hält es sich auch besser. Wenn man es schlecht behandelt, dann behandelt es uns auch schlecht. Mit Recht.«

Er hielt vor einem Feinkostgeschäft, in dem er manchmal einkaufte, sagte: »Einen Moment, meine Damen«, und verschwand im Laden.

»Das ist also dein Freund«, sagte Nora beeindruckt.

»Hm«, machte Stella, »gefällt er dir?«

»Er ist – ein seltsamer Mann. Als ich ihn sah, im ersten Augenblick, konnte ich mir nicht vorstellen, daß du und er ... Nein, das erschien mir unglaublich. Aber jetzt – wie er redet. Und wie er lachen kann! Er ist wunderbar, Stella.«

Stella lachte unbeschwert. »Na ja, er kann wunderbar sein, wenn er will. Und verhexen kann er einen. Auch wenn er will. Bei Frauen gelingt es ihm immer.«

Adam kam wieder, zwei Flaschen Sekt unter dem Arm, die er Stella reichte.

»Halt sie fest, meine Süße, damit sie nicht herumkollern. Und nun los.« Ehe er wieder anfuhr, wandte er sich noch einmal zu Nora, betrachtete sie prüfend und fragte in ernstem Ton: »Frau Nora, eine Frage: Gefällt Ihnen das Leben?«

Und Nora, ihn fasziniert betrachtend, flüsterte: »Ja. Ich glaube, ja.«

Adam nickte befriedigt und fuhr an. »Das wollte ich nur wissen. Wenn Sie nein gesagt hätten, dann hätten Sie bloß Bier bekommen.«

17

Wie die alte, breite Kastanie im Hof, wie der Flieder vor ihrem Fenster, so erblühte Nora in diesem Frühling. Das erstemal in ihrem Leben war sie in einen harmonischen Kreis aufgeschlossener Menschen geraten, die ihr Freundschaft und Verständnis entgegenbrachten. Liebe und Wärme, wonach sie sich immer gesehnt hatte, wurden ihr plötzlich rückhaltlos geschenkt.

Vor allem war es Hermine mit ihrem gütigen, mütterlichen Herzen, die sich vom ersten Tage an liebevoll um Nora bemühte und ihr vor allen Dingen keine Zeit ließ zu fruchtlosem Grübeln.

Nora mußte im Haushalt helfen, die Einkäufe erledigen, Hermines Schüler empfangen und Bauzi, den Dackel, spazierenführen.

»Gott sei Dank«, sagte Hermine und seufzte erleichtert auf, »endlich habe ich ein wenig Zeit für mich. Kann mich mal mittags eine halbe Stunde hinlegen und auch mal wieder ein Buch lesen.«

Natürlich war das gelogen. Hermine war auch bisher spielend mit ihren täglichen Aufgaben fertig geworden. Aber es Nora gegenüber so hinzustellen, war einer von Hermines raffinierten kleinen Tricks. Und zu beobachten, wie Nora wieder Farbe bekam, wie die dunklen Augen wieder zu glänzen begannen, das verschaffte Hermine tiefe Befriedigung. Einen kranken, zerrupften Vogel gesundzupflegen, seelisch und körperlich, eine schönere Aufgabe konnte es für Hermine nicht geben. Man wußte nicht, wer mehr vom anderen hatte: Nora von Hermine oder Hermine von Nora.

Adam hatte das bald erkannt und setzte es Stella auseinander. »Schade, daß Paul so früh gestorben ist. Er hatte da eine großartige Frau gefunden. Übrigens hat er immer eine glückliche Hand mit seinen Frauen gehabt. Wenn ich denke, damals in Paris, da habe ich ihn beneidet.«

»Du?« fragte Stella erstaunt. »Hatte Hermines Mann etwa mehr Chancen bei Frauen als du?«

»Damals war er noch nicht Hermines Mann. Nein, mehr Chancen hatte er nicht. Aber wie ich schon sagte, eine glückliche Hand. Damals hauste er in einer Dachkammer und hatte überhaupt kein

Geld. Dennoch hatte er eine süße kleine Französin als Freundin, die ihn vergötterte und ihn umsorgte, für ihn kochte und ihm auch noch Modell stand. Gott, was war sie süß, la petite Gilberte. Ich beneidete Paul nicht schlecht um die Kleine. Ich hatte nämlich den Fehler gemacht, mich mit einer Kollegin zu liieren. Eine verrückte überdrehte Schraube, ein paar Jahre älter als ich. Die machte mir das Leben und vor allem das Arbeiten zur Hölle. Alles, was ich malte, kritisierte sie erbarmungslos und verdammte es in Grund und Boden. Ihre Liebe war gewalttätig und reichlich pervers. Außerdem war sie irrsinnig eifersüchtig und hetzte mich Tag und Nacht wie ein armes Wild. Kein Wunder, daß ich den guten Paul beneidete. Gilberte las ihm jeden Wunsch von den Augen ab und bewunderte vor allem rückhaltlos seine Werke. Ich höre sie noch entzückt flüstern: *Oh, mon chéri, tu es le plus grand artiste du monde!«* So etwas muß man gesagt bekommen in diesem Alter und von der Frau, die man liebt. Das hilft enorm.«

Stella, auf der Couch in Adams Wohnzimmer sitzend, die Beine unter sich gezogen, nickte verständnisvoll. »Männer wollen immer gelobt werden, das weiß ich schon. Nicht nur für ihre Arbeit. Für alles.«

Adam lächelte. »Weißt du das schon, kleiner Stern? Ja, es gäbe mehr glückliche Verbindungen, wenn Frauen diesen kleinen Trick beherzigen würden. Ein gelobter, bewunderter und in seinen Taten anerkannter Mann ist Wachs in ihren kleinen Händen. Mit dem Daumennagel können sie dann so ganz nebenbei, ohne daß er es merkt, die kleinen Verbesserungen anbringen, die ihnen notwendig erscheinen.«

»Und«, wollte Stella wissen, »wie ging es dann weiter mit Paul und Gilberte?«

»Weiß ich auch nicht. Ich ging dann weg von Paris und verlor ihn aus den Augen. Paul, der alte Dussel, kam 1914 in letzter Minute nach Deutschland zurück. Natürlich wurde er eingezogen, aber er überstand den Krieg ganz gut. Einmal wurde er verwundet. Aber nicht sehr schwer und glücklicherweise nicht an den Händen. Und nun kommt Hermine ins Spiel. Sie war während des Krieges Krankenschwester. Ganz plausibel, nicht? Sie konnte gar nichts anderes tun in so einer Zeit. Sie war nicht mehr ganz jung, ihr Verlobter war gefallen, na, und da kam es eben, wie es kommen mußte. Der kranke, sanftmütige Paul wurde für sie eine leichte Beute.«

Stella lachte. »Das dürfte Hermine nicht hören.«

»Sie haben recht gut zusammen gelebt. Ich begegnete ihm dann Anfang der zwanziger Jahre wieder. Hier in Berlin. Finanziell ging es ihnen nicht besonders rosig. Ab und zu habe ich ihm mal geholfen. Wie früher schon in Paris. Bei mir rollte ja der Rubel glücklicherweise immer, dank der Familie.«

»Und dann ist Paul gestorben?«

»Ja. Er ist nicht schön gestorben. Magenkrebs. Hermine hat ihn aufopfernd bis zuletzt gepflegt. Und nun verteilt sie ihre überschüssige Liebe auf die Schüler und ein bißchen auf mich und auf dich.«

»Und auf Bauzi.«

»Ja natürlich, auf den auch. Aber jetzt vor allem auf Nora.«

Nachdem Stella den Führerschein hatte, fuhr man manchmal hinaus ins Grüne, sie nahm Nora mit ins Theater und ins Kino, und wirklich waren in verhältnismäßig kurzer Zeit alle Schatten aus Noras Leben gewichen. Stella versuchte einige Male, Christian zu diesen Unternehmungen hinzuzuziehen, aber es gelang nie. Christian ging ihr aus dem Weg.

Eines Abends platzte Stella bei Nora ins Zimmer. »Hermine sagt, Krischan war da?«

Nora nickte. »Ja.«

»Warum hat er nicht auf mich gewartet? Und warum hast du mir nicht Bescheid gesagt? Du wußtest doch, daß ich im Atelier bin.«

»Er wollte nicht.«

»So, er wollte nicht. Was hat denn der olle Schulmeister schon wieder an mir auszusetzen?«

Nora schwieg verlegen.

»Du kannst es mir ruhig sagen«, fuhr Stella sie an. »Ihr habt ja doch von mir gesprochen.«

»Ja, das haben wir«, gab Nora zu. »Christian ist nicht sehr angetan davon, wie du jetzt lebst. Er findet, du bist zu jung, um ... Nun ja, um mit einem Mann wie Adam zu leben.«

»So, findet er das? Und was soll ich seiner Meinung nach tun? Verkäuferin bei Wertheim sein? Oder vielleicht im Konfektionsviertel alt und grau werden? Weißt du, was dieser dämliche Krischan mich kann?«

»Stella!« rief Nora beschwörend.

»Er kann mir den Buckel 'runterrutschen«, vollendete Stella artig. »Ich will etwas von meinem Leben haben. Ich will es genießen.«

Nora blickte zu ihr auf, die hoch aufgerichtet vor ihr stand, noch in dem kurzen blauen Arbeitskittel, mit dem sie aus dem Atelier gekommen war.

»Ich verstehe dich ja«, sagte Nora. »Und ich finde, daß du recht hast. Das habe ich Krischan auch gesagt. Aber du kennst ihn ja. Er war immer schon ein bißchen ... Na ja, ich meine, er hatte schon immer ziemlich strenge Ansichten.«

»Er ist eine alte Moraltunte. Von mir aus. Ich brauche ihn nicht.«

An einem anderen Tag strahlte Nora glücklich, als Stella nach Hause kam. Ein Brief von Anke war gekommen.

Vor einiger Zeit hatte Nora an ihre Tochter geschrieben. Ein schwieriger Brief. Sie hatte lange darüber gebrütet.

Und nun hatte Anke also geantwortet. Sie habe sich Sorgen gemacht, schrieb sie, daß sie so lange nichts gehört habe. Andererseits wisse sie, daß sie selber daran schuld sei, denn sie habe früher Noras Briefe nie beantwortet. Es täte ihr leid. Sie sei nun älter und vernünftiger geworden und hoffe, daß man in Zukunft in Verbindung bleiben und sich vielleicht auch einmal wiedersehen werde.

Nora freute sich wie ein Kind.

»Na siehste«, sagte Stella. »Deine supergescheite Tochter wird eines Tages noch ein brauchbarer Mensch. Wer hätte das gedacht?«

Blieb die Frage nach Noras fernerem Lebensunterhalt zu klären. Das naheliegendste war ja nun, die frühere Tätigkeit für die Konfektion wiederaufzunehmen. Doch Nora zeigte dazu wenig Neigung. Sie wollte nicht an Köhl erinnert werden, wollte gar nichts mehr hören und sehen von dem ganzen Milieu.

Adam hatte eine bessere Idee. Stella hatte ihm davon erzählt, daß Nora eine große Künstlerin am Webstuhl sei, und er bestand darauf, eine Probe dieser Kunst zu sehen. Viel besaß Nora nicht mehr. Ein paar Stoffproben und einige Kissenbezüge.

»Warum machen Sie keinen Beruf aus dem, was Sie am besten können, Frau Nora? Sie haben Farbensinn und, wie ich höre, verstehen Sie viel von dieser seltenen Kunst. Selbstgewebte Stoffe müßten sich doch eigentlich verkaufen lassen.«

»Ich habe doch keinen Webstuhl mehr«, meinte Nora. »Und überhaupt, wie soll man das denn verkaufen?«

Das wußte Adam im Moment auch nicht. »Ich werde darüber nachdenken«, sagte er.

Nicht lange danach wurde er an dieses Versprechen erinnert und hatte einen guten Einfall.

18

Jeden Monat einmal, an einem Sonntag, speiste Adam bei seiner Familie. Dieses Sonntagsessen im Familienkreis war Tradition. Schon in seiner Jugend fand man sich einmal im Monat zusammen, und seither hatte er immer daran teilgenommen, wenn er in Berlin war.

Er hatte viel übrig für seine Familie. Mit voller Berechtigung, denn er hatte immer nur Gutes von ihr erfahren. Sicher hätte er auch mit eigener Kraft erreicht, was er sich vorgenommen hatte.

Aber das Leben wäre lange nicht so angenehm verlaufen, so sorglos und großzügig. Sein Großvater schon war ein sehr liberal und weltoffen denkender Mann gewesen. Wenn dieser Junge absolut Künstler werden wollte – warum nicht?

»Wir haben noch nie einen Künstler in der Familie gehabt«, pflegte er zu sagen, »und das ist geradezu beschämend. En avant, mein Junge, zeig, was du kannst. Durch eine ansehnliche künstlerische Leistung kann unser Name nur neuen Glanz gewinnen.«

Nun lebte der alte Herr schon lange nicht mehr. Und von seinen Söhnen war auch nur noch der jüngere, Maximilian, am Leben. Er hatte das Bankhaus in bewährter Tradition weitergeführt, und sein einziger Sohn, Adams Vetter Robert, war später sein Teilhaber und Nachfolger geworden.

Onkel Maximilian war heute dreiundachtzig Jahre alt. Wer ihn sah, glaubte es nicht. Keiner gab ihm mehr als siebzig. Noch bis vor wenigen Jahren war er jeden Morgen im Tiergarten geritten. Und von den Bankgeschäften hatte er sich erst in den letzten fünf Jahren so nach und nach zurückgezogen. Widerstrebend, Schritt für Schritt. Sein Sohn Robert, der etwa in Adams Alter stand, mußte heute noch dem alten Herrn genau und ausführlich berichten, was in der Bank vorging. Ab und zu erschien der Alte in den vornehmen, bewußt im altmodischen Stil gehaltenen Räumen der Bank und sah sich um. Noch immer sah und hörte und wußte er alles. Und seine Ratschläge waren so trefflich und befolgenswert, daß Robert keine größere Aktion unternahm, ohne sich zuvor mit seinem Vater zu besprechen.

Die Krisenjahre hatte man mit Anstand hinter sich gebracht, später eine Fusion mit einer anderen Privatbank lautlos und elegant vollzogen, die das Kapital vergrößerte. Heute war Gontard und Söhne, was es schon zu Adams Kindheit war: ein zuverlässiges, sehr solides Bankhaus mit einem festen Kundenstamm und besten Verbindungen in der ganzen Welt. Die Kunden schätzten die Arbeitsweise des Hauses. Dies war kein anonymer Großbetrieb, hier stand für ernsthafte Verhandlungen, für größere Transaktionen, Käufe und Verkäufe stets der Bankdirektor und Inhaber seinen Kunden persönlich zur Verfügung.

Eine große Familie. An ihrer Spitze der Alte. Robert und seine sehr distinguierte, aber warmherzige Frau Bette, eine geborene Komtesse Waldeck, hatten vier Kinder, zwei Söhne und zwei Töchter. Die Töchter waren beide gut verheiratet, die eine allerdings mit einem Mann, der sich zu Roberts Kummer allzusehr der herrschenden Regierung verschrieben hatte.

Die Gontards schätzten die Nazis nicht sonderlich. Man duldete sie gelangweilt und hoffte auf eine Änderung. Robert allerdings, im Gegensatz zu seinem Vater, der mit dem Eigensinn des Alters nicht sah, was er nicht sehen wollte, hatte einige dunkle Befürchtungen für die Zukunft. Roberts ältester Sohn arbeitete in der Bank. Der jüngere war Architekt.

Wenn man die zahlreiche weitere Verwandtschaft bedachte, direkt oder angeheiratet, so bekam man einen Begriff von der Größe der Familie. Bei diesen Sonntagsessen fanden sich manchmal zwanzig Personen ein. Doch das bewältigte Frau Bette spielend. Die große Villa am Tiergarten wurde ebenfalls noch im Stil der vergangenen Zeit geführt. Sie hatte riesige, hohe Zimmer mit stuckverzierten Dekken, weich gerafften Portieren und war angefüllt mit alten, kostbaren Möbeln und einer liebevoll und mit Verständnis zusammengetragenen kleinen Sammlung wertvoller Gemälde. Dies alles wurde mit vornehmer, zurückhaltender Selbstverständlichkeit dargeboten.

An diesem Sonntag, Anfang Juni, befand sich ein seltener Gast an der Mittagstafel: Adams einzige Schwester, Claire Taylor, geborene Gontard, war zu einem Besuch nach Deutschland gekommen. Sie war einige Jahre nicht dagewesen. Das nationalsozialistische Deutschland kannte sie noch nicht aus eigener Anschauung.

Aber seine Bekanntschaft zu machen, war nicht der Anlaß ihrer Reise. Sie war herübergekommen, um ihre Verwandten zu besuchen, aber auch, weil in diesem Sommer die Olympischen Spiele stattfinden würden. Ihr Sohn John würde aktiv daran teilnehmen. In einigen Wochen erwartete man noch Edward, Claires Mann, und dann würde man fast die ganze amerikanische Verwandtschaft beieinander haben. Vivian, Claires Tochter, konnte allerdings nicht kommen, sie erwartete in Kürze ihr erstes Kind.

Adam hatte sich sehr darauf gefreut, Claire wiederzusehen. Fast fünf Jahre waren seit ihrem letzten Besuch in Deutschland vergangen. Doch diese Jahre schienen für Claire nicht zu zählen. Sie war noch immer schlank und mädchenhaft, ihr blondes Haar hatte seinen goldenen Schimmer bewahrt, und ihre hellen, blauen Augen lachten so vergnügt wie beim letztenmal.

Sie erinnerte Adam stets an seine Mutter. Nur war Luise niemals so fröhlich gewesen. Damals, in Afrika, in dem großen, weißen Haus, lebte Luise wie eine verlorene Seele. Von Jahr zu Jahr war sie melancholischer geworden.

Wenn Adam seine Schwester ansah, dachte er: So hätte Mama auch sein können, so heiter und zufrieden und jung. Wie wichtig war es doch, den richtigen Partner zu finden. An den negativen Beispielen erkannte man das erst richtig.

»Altern die Frauen in Amerika eigentlich nicht, Claire?« fragte er seine Schwester, als sie vor dem Essen in dem großen Biedermeiersalon bei einem Glas Portwein saßen. »Du siehst genau noch so aus wie vor fünf Jahren. Nein, wie vor zehn Jahren. Fast könnte man sagen, du seist noch hübscher geworden.«

Claire errötete ein wenig, das hatte sie sich auch in Amerika nicht abgewöhnt. Es machte sie noch jünger.

Lächelnd sagte sie: »Danke, Adam. Und du bist noch der gleiche Kavalier wie früher. Ich habe nie vergessen, was du mir für ein reizendes Kompliment machtest, als ich dich nach meinem ersten Pensionatsjahr in Berlin traf. Weißt du noch, was du sagtest?«

»Offen gestanden, nein«, sagte Adam.

»Du sagtest damals: Ich bin stolz, dein Bruder zu sein, Kleine. Es sieht so aus, als würde aus dir einmal ein verdammt hübsches Frauenzimmer. Dein Lächeln könnte einen Eisberg zum Schmelzen bringen, so warm ist es, so sonnig.«

Claires Stimme zitterte ein wenig, als sie sein damaliges Kompliment wiederholte. Sie liebte ihren Bruder zärtlich, und so gut sie sich auch in Amerika eingewöhnt hat, war es ihr doch ein ständiger Kummer, so weit von ihrer Familie und besonders von Adam entfernt zu sein.

Die ganze versammelte Gontard-Familie hatte ihr aufmerksam zugehört. Jetzt lachten sie alle. Der alte Herr, dem kein Wort entgangen war, beugte sich vor, nahm Claires Hand, die auf der Sessellehne lag, und küßte sie.

»Der Junge hat recht gehabt, Claire. Nicht nur Bruderliebe hat ihm diese Worte in den Mund gelegt.«

»Schön, schön«, meinte Adam. »Ich bekenne mich auch heute noch zu diesen Worten. Es war ein ehrlich gemeintes Kompliment. Und von dem, was ich vorhin sagte, gilt das gleiche. Kein Mensch würde annehmen, du hättest zwei erwachsene Kinder und würdest demnächst Großmutter.«

Claire lachte. »Darauf freue ich mich unbändig. Eigentlich wollte ich ja selber noch zwei Kinder haben. Meine beiden waren mir immer zuwenig. Aber da Vivian fest entschlossen ist, ihre Karriere nicht aufzugeben, werde ich den Kleinen sowieso die meiste Zeit haben.«

»Wieso *den Kleinen?*« fragte Robert. »Seid ihr schon so weit drüben, daß ihr vorher bestimmen könnt, ob es ein Junge oder ein Mädel wird?«

»Leider nicht«, sagte Claire. »Vivian bildet sich allerdings fest ein, es müsse ein Junge sein. Sie ist jetzt zwanzig und hat sich ausgerechnet, wenn er seinerseits zwanzig sein wird, dann ist sie gerade vierzig, und sie wäre dann durchaus noch jung genug, um gelegentlich mit ihrem Sohn zum Tanzen zu gehen. Sie sagt: Du wirst ihn schon zu einem richtigen Gentleman erziehen, der seine alte Mummy mal mitnimmt.«

»Wenn Vivian in deine Fußstapfen tritt«, wiederholte Adam sein Kompliment, »dann bestimmt. Wie alt bist du eigentlich jetzt, Claire?«

»Pfui!« rügte der alte Herr. »So eine Frage stellt man einer Dame nicht, Adam. Nicht einmal seiner Schwester. Du machst den ganzen guten Eindruck zunichte, den wir eben von dir hatten.«

»Du hast recht, Onkel Max«, gab Adam zu. Er machte eine kleine Verbeugung vor Claire. »Verzeihung, Claire, es soll nicht wieder vorkommen.«

Claire ließ es dabei bewenden und sparte sich die Antwort auf die überflüssige Frage.

Überflüssig auch deshalb, weil sich Adam ja leicht ausrechnen konnte, wie alt Claire heute war. Sie wurde bereits in Afrika geboren, acht Jahre später als er, und war somit heute fünfundvierzig Jahre alt. Genauso alt wie Gerry, dachte Adam überrascht.

Gerry war ebenfalls eine reizvolle Frau. Und auch noch jung genug, um begehrenswert zu sein. Auf eine andere Art freilich als Claire.

Claire, blond und weiblich, behütet in einer glücklichen Ehe, jeder Windhauch wurde in all den Jahren von ihr ferngehalten. Ein Leben wie aus dem Märchenbuch. Gerda Thornau dagegen, eine Künstlerin, ein Mensch, der aus dem vollen lebte, im härtesten Beruf, den es für eine Frau geben kann. Das Leben hatte sie anders geprägt als Claire. So jung und mädchenhaft konnte sie nicht mehr wirken, nicht so unberührt von allen Gefahren.

Der alte Herr dachte noch an Claires Enkelkind, das erst geboren werden sollte. »In zwanzig Jahren«, meinte er nachdenklich. »Lieber Himmel, das ist 1956. Was wird bis dahin alles geschehen sein!« Und ohne Sentimentalität zog er die logische Schlußfolgerung. »Da lebe ich schon lange nicht mehr.«

In das etwas betretene Schweigen hinein, das seiner Prophezeiung folgte, sagte Robert, sein Sohn: »Ich fürchte, da werden viele nicht mehr leben bis dahin. Jüngere als du, Papa.«

»Ach, du mit deinem Kriegsgeschwätz«, sagte der Alte wegwerfend. »Ihr nehmt die braunen Brüder viel zu wichtig. Regierungen kommen und gehen. Was hat sich alles ereignet in den letzten zwanzig Jahren. Hätten wir den Kaiser behalten, wäre uns wohler. Hab' ich euch immer gesagt. Jetzt habt ihr dafür diesen Schreifritzen aus Österreich. Aber so was hält sich nicht lange. So was kocht eine Weile im eigenen schmutzigen Saft und erstickt eines Tages darin. Das werde sogar ich noch erleben.«

»So was kann unter Umständen sehr gefährlich sein«, beharrte sein Sohn. »Und ehe so was in der Suppe erstickt, die es angerührt hat, tunkt es uns alle noch mit unter.«

»Pipapo«, konterte der Alte. »Du bist ein alter Schwarzseher und Hasenfuß. Wissen wir schon. Am liebsten hättest du 1929 liquidiert, als es mal ein bißchen haarig kam. Und der Pessimist bist du bis heute geblieben.«

Robert schwieg und schluckte an seinem Ärger. Diese schwache Stunde des Jahres 1929 bekam er von seinem Vater immer noch aufs Butterbrot geschmiert, so blendend er sich auch davor und danach bewährt hatte. Damals, als er angesichts der Krise auf der ganzen Welt die Nerven verlor und keinen Ausweg sah, hatte sein Vater, immerhin auch schon sechsundsiebzig Jahre alt, kurzerhand entschieden: Wir machen weiter. Es kommt auch wieder anders. Nur keine Bange.

Diese Tatsache verschönte des Alten Lebensabend und kam ihm immer wieder gelegen, um jede mißliebige Debatte mit seinem Sohn zu seinen eigenen Gunsten zu beenden.

Die im Zimmer versammelte Familie unterdrückte ein Lächeln. Man kannte das.

Adam wandte sich an seine Schwester. »Und was sagt man bei euch über unseren großen Führer?«

Claire hob die Schultern. »Teils, teils. Von der Ferne sieht sich alles etwas freundlicher an. Die zweifellos vorhandenen Erfolge und der wirtschaftliche Fortschritt machen auf unsere Leute drüben großen Eindruck. Wenn nur diese Judensache nicht wäre – das solltet ihr lassen. Es schadet euch enorm.«

Adam hob den Finger und blickte seine Schwester streng an. »Ein für allemal, meine Liebe: Du bist zwar jetzt Amerikanerin, aber sprich nie und niemals, wenn es um dieses Thema geht, per euch und ihr. Du kannst nicht mehr einfach einen gewöhnlichen Plural benutzen, wenn du von den Deutschen sprichst. *Wir* sind an der Judensache nicht beteiligt, und an vielem anderen auch nicht. Es geschehen Dinge in unserem Namen, die wir nicht gutheißen. Das ist nicht einfach eine Frage verschiedener Parteimeinung, wie es sie vielleicht bei euch und anderswo geben mag, das geht an die Grundfesten der Persönlichkeit. Und außerdem ist es eine Frage des Verstandes. Oder besser gesagt: des Geistes. Glaubst du im Ernst, wir hierzulande seien ausnahmslos von allen guten Geistern verlassen und dazu auch noch von jedem Rest Verstand?«

»Aber die Wahlergebnisse?« wandte Claire ein. »Sprechen sie nicht eine deutliche Sprache?«

»Ihr da drüben«, sagte Adam, »und ich sage jetzt mit Absicht ihr, hört nur das laute Ja. Das stumme Nein ist noch nicht bis zu euch gedrungen.«

»Warum sagt ihr es dann nicht laut?« fragte Claire logisch.

»Um diese Frage zu beantworten, meine liebe Claire«, kam Robert nun Adam zu Hilfe, »müßtest du nicht erst drei Tage hier sein, sondern auch die letzten drei Jahre dagewesen sein.«

»Papa, bitte«, kam eine schüchterne Stimme. Es war Rosemarie, Roberts Tochter. Sie hatte berechtigten Grund zu diesem leisen, flehenden Hilferuf. Ihr Mann, Emil Frey, rutschte schon eine ganze Weile unruhig auf seinem Stuhl hin und her. Sein Gesicht hatte sich gerötet und seine Stirn drohend gefaltet.

Emil war Oberregierungsrat. Und Parteimitglied. Zwar erst seit zwei Jahren, jedoch seitdem mit steigender Vehemenz ein Anhänger des Regimes. Der einzige in der Familie übrigens. Wenn ihn die Familie seiner Frau nicht immer noch so einschüchtern würde, obwohl er nun schon seit anderthalb Jahren mit Rosemarie verheiratet war, hätte er schon lange etwas dazu gesagt. Etwas Empörtes, Vernichtendes natürlich.

Adam ließ sich durch diesen Einwurf nicht stören. Im Gegenteil, er griff die Anregung auf. Er wies mit großer Geste auf Emil, der breit und rotgesichtig dasaß und ihn wütend anstarrte.

»Hier, Claire, hast du einen, auf den dein ›ihr‹ zutrifft. Emil ist, soviel ich weiß, der einzige in diesem Kreis, der die derzeitigen Zustände gutheißt. Nachdem du zweifellos daran interessiert bist, dich zu orientieren, frage ihn. Sprich mit ihm. Und was er dir dann sagt, werde ich kommentieren und – widerlegen.«

Emil fuhr auf. »Du scheinst deiner Sache sehr sicher zu sein, Adam.«

»Das bin ich«, sagte Adam.

»Möchte wissen«, fuhr Emil giftig fort, »worüber du dich zu beklagen hast. Geht dir etwas ab? Lebst du nicht großartig? In Saus und Braus? Du bist ein anerkannter Künstler, verkaufst deine Arbeiten für teures Geld und lebst unbehelligt und frei in einem freien, mächtigen Land, das von Tag zu Tag voranschreitet.«

»Ich scheiß' drauf«, sagte Adam deutlich und laut. Fügte dann artig, mit einer kleinen Verbeugung gegen die Damen, hinzu: »Verzeihung. Ich weiß, Politik vor dem Essen verdirbt den Appetit, und ich höre auch gleich auf. Nur eins, mein lieber Emil. Ich habe zuvor ja auch nicht schlecht gelebt und meine Arbeiten gut verkauft.«

»Ja, du vielleicht«, sagte Emil. »Die meisten Menschen in diesem Land hatten nicht genug zu essen. Jetzt aber haben alle, was sie brauchen.«

»Fragt sich nur, wie lange noch«, sagte Adam. »Und ein freies Land? Daß ich nicht lache. Das stelle ich mir ein wenig anders vor. Hast du nicht gehört, was Claire eben sagte? Bist du wirklich damit einverstanden, daß man die Juden aus dem Land jagt, ihnen für einen Appel und ein Ei ihre Geschäfte und Häuser abnimmt, ihre

Bücher verbietet, ihre Musik verstummen läßt und sie uns als schauderhafte Ungeheuer hinstellt?«

»Das sind notwendige Aufräumungsarbeiten«, sagte Emil. »So wie es war, ging es nicht weiter. Alles war verjudet. Einmal müssen wir Deutschen doch in der Lage sein, unsere Geschäfte selbst zu führen, unsere eigene Kunst zu gestalten. Aber du«, Emil lächelte jetzt maliziös, »du bist natürlich in diesem Punkt befangen.«

Adam betrachtete ihn kühl. »Es fehlt dir, genau wie deinem Führer, der klare Blick für Menschen. Sonst wüßtest du, daß Leute wie ich fähig sind, ein objektives Urteil abzugeben, auch wenn sie in einem bestimmten Fall persönlich engagiert sind.«

»Nicht mehr so sehr, wie ich mir habe sagen lassen«, meinte Emil gehässig. »Du hast dich ja anderweitig getröstet.«

Jetzt sah es so aus, als würde Adam gleich in Wut geraten. Seine dunklen Augen blitzten, seine Brauen schoben sich drohend zusammen. Claire blickte ein wenig erschrocken. Ihr war nicht bekannt gewesen, daß dieser Mann von Roberts Tochter, den sie heute erst kennengelernt hatte, zu jenen gehörte, von denen sich ihr Bruder so deutlich distanzierte. Die ganze Zerrissenheit der deutschen Gesellschaft war ihr nicht bekannt. Und daß der Riß mitten durch die Familie ging, war etwas Neues im Hause Gontard.

Der alte Herr genoß den Disput mit Hingabe. Er blickte mit amüsiertem Lächeln von Adam zu Emil und von Emil zu Adam. Streifte dann seinen Sohn mit einem kurzen Seitenblick und landete schließlich bei seiner Enkeltochter, eben jener Rosemarie, die mit dem komischen Mann verheiratet war.

Der alte Herr mochte die Nazis auch nicht. Aber er nahm sie nicht wichtig. Er fand es lächerlich, sich über das hergelaufene Volk zu alterieren.

»Rosemarie, mein liebes Kind«, sagte er, »wie geht es Mäxchen?«

Rosemarie lächelte dankbar. »Danke, gut, Großpapa. Jetzt kann er schon Papa sagen.«

Der alte Herr wandte sich zu Claire und erklärte ihr: »Mäxchen ist mein erstes Urenkelkind. Er heißt nach mir. Ich denke mir ...«

Er wurde unterbrochen. Der Diener war eingetreten und stumm an der Tür stehengeblieben.

»Ja?« fragte der alte Herr und betrachtete den anderen alten Herrn, der da aufrecht mit weißen Handschuhen an der Tür stand.

»Es ist angerichtet«, meldete der Diener.

»Ausgezeichnet«, sagte Maximilian Gontard und griff nach seinem Stock. »Ich habe Hunger. Ja, was ich sagen wollte, meine liebe Claire: Mäxchen ist mein erstes Urenkelkind. Er ist jetzt fünf Monate alt. Und ich denke mir, bis er das Abc lernt, werden wir alle nicht mehr wissen, wovon wir heute gesprochen haben.«

Er zog die weißen Augenbrauen hoch und blickte verschmitzt in die Runde, verweilte mit seinem Blick etwas länger auf dem zornroten Gesicht von Mäxchens Erzeuger. Zu ihm gewandt, fügte er langsam und wohlmeinend hinzu: »Es ist niemals gut, sich so offen zu engagieren, lieber Emil. Es gibt Dinge, die bleiben. Und es gibt Dinge, die vergehen. Du, lieber Emil, hast eine nette junge Frau und einen gesunden kleinen Sohn. Bitte Gott, daß sie dir erhalten bleiben. Dieser Mensch da, für den du dich so echauffierst, dieser ... – Wie heißt er gleich?« Das machte er absichtlich, denn natürlich wußte er sehr gut, wie dieser Mensch hieß. »Ach ja, dieser Hitler. Wollen wir doch hoffen, daß er dir und uns nicht allzulange erhalten bleibt. En avant, gehen wir essen. Heute gibt es den ersten Rehbraten. Die Schußzeit hat begonnen.«

Und seinen Stock lässig über den Arm hängend, bot er dem amerikanischen Gast auf altväterliche Sitte den Arm und stapfte auf die breite Tür zum Speisezimmer zu, die der Diener weit geöffnet hatte.

Politische Gespräche bei Tisch verboten sich von selbst. Der alte Herr hätte es nie geduldet. Er selber aß mit gutem Appetit und achtete darauf, daß seine Gäste das gleiche taten. Zwei Mädchen servierten bei Tisch, der Diener stand hinter dem Stuhl des alten Herrn und dirigierte das ganze Unternehmen mit stummen Blikken.

Maximilian Gontard, der dreiundachtzigjährige, speiste mit Vergnügen. Nicht sehr viel, aber mit Bedacht. Daneben machte er ein bißchen Konversation, belangloses, freundliches Gerede, hauptsächlich an Claire gerichtet, die zu seiner Rechten saß. Er erwartete, daß die anderen den Faden aufgriffen und ebenfalls ein paar Bemerkungen daran knüpften. So war es immer üblich, und dabei blieb es. Das änderte nicht Herr Hitler und nicht Herr Frey, der in die Familie geheiratet hatte, was sich als bedauerlicher Mißgriff herauszustellen begann. Anfangs hatte er ganz passabel gewirkt. Nun, so etwas kam vor. Man mußte abwarten. Kein Grund, sich den Appetit am Rehbraten verderben zu lassen.

Claire schmeckte es ebenfalls. Das Essen im Hause ihres Onkels war früher schon berühmt gewesen, und daran hatte sich nichts geändert. Sie beantwortete die Fragen des alten Herrn artig, lächelte ihm zu und machte freundliche, kleine Bemerkungen.

Nebenbei aber dachte sie über das Gespräch im Salon nach. Ihren Bruder sah sie nur in großen Abständen. Aber sie fühlte sich ihm dennoch eng verbunden. Sie schrieben sich regelmäßig, und sie wußte in großen Zügen über sein Leben Bescheid.

Worüber sie allerdings wenig wußte, das war dieses neue Deutschland. Sie lebte an der Westküste. Ihr Mann war ein wohlhabender Kaufmann, kein hetzender Businessman des Ostens, sondern ein Mensch, der zwar sein Geld verdiente, aber auch sein Leben genoß. Sie führten eine glückliche Ehe. Die Kinder waren wohlgeraten. Eine feste, sichere Welt, die kaum Untiefen kannte. Deutschland war ihr ferngerückt. Die Überfahrt hatte sie auf einem deutschen Schiff gemacht. Dort war alles so erstklassig, wie sie es von deutschen Schiffen gewohnt war. Robert hatte sie in Hamburg abgeholt. Von Politik hatten sie bisher nicht gesprochen. Alles, was sie bisher in Deutschland gesehen hatte, machte ihr den Eindruck von Ordnung und Zufriedenheit.

Natürlich, einiges, was man drüben so hörte, an der sonnigen Küste Kaliforniens, klang befremdend. Aber es lag alles so weit weg.

Heute hatte sie zum erstenmal einen kleinen Begriff davon bekommen, wie die Wirklichkeit in Deutschland aussah. Robert sprach von Krieg, sein Vater von einer baldigen Änderung. Adam stand dem neuen Regime offen feindselig gegenüber, dieser angeheiratete Mann war ebenso offen dafür. Eine Familie und vier Meinungen. War das im ganzen Land so? Wenn ja, dann erhob sich die Frage, was daraus werden sollte.

Claire, die Amerikanerin, sah jedoch darin nichts Bedrohliches. Wenn die Leute, die dagegen waren, die Mehrheit gewannen, dann würde es sich eben ändern. Ein klarer Fall.

Den Mokka nahm man auf der Veranda, die sich dem gedeckten Wintergarten anschloß. Davor lag der Garten, in dem gerade die ersten Rosen aufgeblüht waren.

Bis es soweit war, hatte Claire schon Partei ergriffen. Und nicht nur, weil Adam ihr Bruder war.

Der alte Herr, der keinen Mokka mehr trinken durfte, hatte sich zu einem kleinen Mittagsschläfchen zurückgezogen. Die jungen Leute, die sich nicht viel aus Mokka machten, gingen im Garten spazieren. Claire und Adam saßen in einer Ecke. Robert hatte sich zu seiner Tochter und zu seinem Schwiegersohn gesetzt und versuchte, die kleine Verstimmung aus der Welt zu schaffen. Sein Sohn hatte sich dazugesellt.

Claire sagte leise zu Adam, mit einer unmerklichen Kopfbewegung zu der anderen Gruppe hinüber: »Warum hat das Kind diesen greulichen Menschen geheiratet? Rosemarie ist doch so ein hübsches Mädchen.«

Adam lachte leise. »Du hast dir bereits eine Meinung gebildet, Schwesterlein? Warum findest du ihn greulich?«

Claire hob unschlüssig die Schultern. »Kann ich dir auch nicht sagen. Rein gefühlsmäßig.«

»Dein Gefühl täuscht dich nicht, Claire. Und ich werde dir

gleich die Erklärung geben. Er ist ein Nazi, nicht wahr? Das hast du schon gemerkt. Sonst weißt du nicht viel von ihm. Nicht, ob er tüchtig ist in seinem Beruf, ob er Schweißfüße hat oder nachts schnarcht, ob er seine Frau betrügt, ob er ein guter oder schlechter Liebhaber ist, ob er Mozart von Richard Wagner unterscheiden kann. Nichts weißt du von ihm. Aber du sagst, er sei ein greulicher Kerl. Merkst du, worauf ich hinaus will?«

»Nicht ganz«, gestand Claire verwirrt.

»Er ist ein Nazi. So ein richtiger, rundherum echter Nazi. Kein Bösewicht, kein Verbrecher, nicht mal ein dummer Mensch. Er kann Mozart von Wagner unterscheiden, das weiß ich zufällig. Er tut seine Arbeit, ist bei seiner Behörde sehr angesehen, er ernährt Weib und Kind, zieht sich sauber an und wäscht sich vor dem Essen die Hände. Warum also findest du ihn greulich? Ich werde es dir sagen: weil er zu einer Menschenklasse gehört, der du am liebsten aus dem Wege gehst. Wenn du erklären solltest, warum du es tust, kämst du in Verlegenheit. Rein gefühlsmäßig, hast du gesagt. Weil er eben so ist, wie er ist. Und darum ist er auch ein Nazi. So heißt es zur Zeit gerade. Du könntest es auch anders nennen. Es gibt eine Menge Namen dafür, was eben die Zeit gerade hervorbringt. Bleiben wir bei Nazi. Das ist gerade dran. Dazu Claire, wird man nämlich geboren. Das ist keine Frage der Wahl, keine Frage der Überzeugung. Das ist eine Frage des Wesens. Des Charakters, wenn du willst. Es gibt eine ganze Menge geborener Nazis. Sie haben jetzt ihre große Zeit, sie haben eine Staatsform, die ihnen genehm ist. Ein Horn, in das sie blasen können und das ihnen vortrefflich am Munde sitzt. Sie sind alle greulich, Claire. Warum, weiß ich auch nicht. Es ist eben so. Weil sie so sind, wie sie sind. Ich zum Beispiel bin kein Nazi. Nicht, weil ich aus diesen oder jenen Gründen dagegen bin. Nicht, weil ich eine andere politische Überzeugung habe. Ich habe gar keine. Ich bin es ganz einfach deswegen nicht, weil ich von anderer Art bin. Vielleicht könnte man sagen, ich bin ein Freier. Frei geboren, frei gedacht, all mein Leben lang. Die anderen sind eine Art Sklaven, auch wenn sie sich selbst als Herrenmenschen betrachten. Sie sind Sklaven ihrer selbst, ihrer eigenen minderwertigen Instinkte, ihres wuchernden Spießertums, ihres billigen Geltungstriebes, ihres kläglichen Dünkels. Sie reiten heute auf einem hohen Roß und fühlen sich als große Herren. Sie haben noch nicht gemerkt, daß sie eine Herde kümmerlicher Rinder sind, denen man einen Ring durch die Nase gezogen hat, an dem man sie zur Schlachtbank führt. Sie leben in einer Welt der Selbsttäuschung, aber du darfst es ihnen nicht sagen, sonst zertrampeln sie dich zwischen ihren Hufen. Das, Claire, ist die Situation in Deutschland.«

Claire blickte hilflos zu ihm auf. »Adam«, sagte sie leise, »das ist schrecklich, was du da sagst. Es kann nicht dein Ernst sein.«

»Es ist schrecklich, Claire, und es ist mein Ernst. Du mußt nun nicht denken, daß es mir schlecht geht in diesem Staat. Unser Freund da drüben hatte vorhin vollkommen recht. Ich habe alles, was ich brauche, und noch ein bißchen mehr. Allerdings werden meine Sachen dieses Jahr auf der großen deutschen Kunstausstellung in München nicht ausgestellt. Ich habe meine Ansichten doch immer etwas zu offen und deutlich geäußert. Macht mir nichts. Ich verkaufe sie trotzdem. Und diese Heldengestalten in Stein zu hauen, die sie heute vor ihre protzigen Bauten stellen, daran liegt mir sowieso nichts. Aber ich habe dieses Land manchmal satt. Ich war nie ein Nationalist. Meine Heimat ist bestenfalls Europa. Aber es hat mich bisher nicht gestört, ein Deutscher zu sein. Heute, Claire«, Adams Stimme war leise, aber von unterdrückter Erregung erfüllt, »heute, wenn ich das Wort deutsch schon höre, dreht sich mir der Magen um. Es kotzt mich einfach an.«

Der Diener war lautlos mit der Mokkakanne neben ihnen erschienen und beugte sich fragend vor.

Adam fuhr hoch. »Ja? Ach so, ja danke, gern.«

Eine Weile saßen sie schweigend. Dann sagte Claire: »Das ist alles für mich sehr schwer zu verstehen. Ich wußte nicht, daß es so ist.«

»Das glaube ich. Du wirst es auch auf den ersten Blick nirgends entdecken. Oh, vieles, was du hier sehen wirst, wird dir imponieren. Es ist alles da, was ein Mensch sich wünschen kann. Und diese Olympiade werden sie zu einer großen Show machen. So was verstehen sie. Aber das ist äußerlich, Claire. Laß dich nicht einseifen.«

»Wie geht es Gerry?« fragte Claire.

»Gerry ist in Wien.«

»Das hast du mir geschrieben. Und sie kann hier wirklich nicht mehr auftreten?«

»Nein. Am Anfang sah es so aus. Aber eines Tages war Schluß. Intrigen sind beim Theater nichts Neues. Intrigen dieser Art allerdings doch. Gerry bekam anonyme Briefe. Notizen fanden sich in ihrer Garderobe. Sie bekam keine anständigen Rollen mehr. Die Kritik schwieg sie tot. Und dann kündigte man ihren Vertrag. Ich weiß, daß es ihrem Intendanten schwergefallen ist. Er tat es unter Druck.«

»Es ist schrecklich«, sagte Claire. »Sie ist doch nur Halbjüdin, nicht?«

»Ja. Aber auch wenn sie Volljüdin wäre, bliebe sie das, was sie immer war: eine gescheite, liebenswerte Frau und eine große Schauspielerin.«

»Ist sie sehr unglücklich?«

Adam hob die Hände in einer ungewissen Geste. »Ehrlich, Claire, ich weiß es nicht. Solange Gerry spielen kann, ist sie wohl nicht direkt unglücklich. Sie hat in Wien sehr gute Rollen. Sie filmt auch wieder.«

»Und die Trennung von dir? Du liebst doch Gerry noch?«

»Natürlich. Ich fahre fast jeden Monat für einige Tage nach Wien. Sie kommt auch manchmal her. Obwohl sie es nicht mehr gern tut. Neuerdings hat sie Angst, Bekannten zu begegnen. Aber sie hat immer Heimweh nach Berlin.«

»Dieser – dieser Mensch da«, Claire machte eine flüchtige Bewegung zur anderen Ecke hinüber, »sagte vorhin so etwas, wie . . .«, sie stockte.

»Ich weiß, was du meinst«, sagte Adam ruhig. »Er sagt, ich hätte mich anderweitig getröstet. Das meinst du doch, nicht wahr?«

»Ja. Stimmt das?«

»Nun ja.« Adam überlegte kurz, wie er seiner behüteten Schwester seine verwickelten Verhältnisse klarmachen sollte. »Die Sache liegt ein wenig anders. Gerry und ich, das bleibt unangetastet, aber . . .«

Claire lächelte. »Also doch. Gerry ist in Wien, und du hast hier eine neue Freundin.«

»Ein junges Mädchen von neunzehn Jahren«, sagte Adam ehrlich. »Sie ist meine Schülerin. Ich bin kein Narr, Claire, das weißt du.«

»Was sonst?« fragte Claire liebenswürdig und nahm ihm gleich darauf die Antwort ab. »Ein Mann. Was manchmal das gleiche ist. Und Gerry? Ist es nicht unfair, sie gerade jetzt im Stich zu lassen?«

»Ich lasse sie nicht im Stich. Ich habe ihr angeboten, sie zu heiraten. Damit würde sich vielleicht alles beruhigen, sie könnte hier wieder auftreten.«

»Und sie will nicht? Das kann ich verstehen, wenn du außerdem eine junge Freundin hast.«

»Ich hatte es ihr schon früher vorgeschlagen, ehe Stella in mein Leben kam. Da wollte sie auch nicht. Sie wolle nicht deswegen geheiratet sein, sagte sie. Was natürlich Unsinn ist, wenn sie gewollt hätte, dann hätten wir schon vor Jahren geheiratet.«

»Und wie soll es weitergehen?« wollte Claire wissen.

»Das weiß ich nicht«, sagte Adam. »Solange in Österreich alles so bleibt wie bisher, ist es gut. Wenn allerdings . . .«

»Was?« fragte Claire.

»Es wird manchmal allerhand geredet. Auch in Österreich gibt es Nazis. Und nicht zu knapp. Auch Gerry hat es mir erzählt.«

»Und dann?«

»Dann?« Adam blickte hinunter in den Garten, wo Bettes jüngste Nichte sich graziös auf einer niedrigen Mauer niedergelassen hatte und mit den Beinen baumelte und dabei mit einem jungen Mann, der vor ihr stand, kokettierte. Das Mädchen war schlank und langbeinig, ihr rotblondes Haar funkelte in der Sonne. Ein wenig erinnerte sie ihn an Stella.

Heute hatte sie ihm den Wagen abgebettelt und war mit Nora und Hermine hinaus an den Müggelsee gefahren. In das Haus, das ihm und Gerry gehörte. Manchmal hatte Adam selbst das Gefühl, daß der Boden unter seinen Füßen weich und schwankend geworden war. Ein neues Gefühl in seinem Leben. Er hatte sein Leben kraftvoll und ohne Bedenken gelebt, es ausgekostet bis zur Neige. Und er hatte immer ein wenig mit diesem Leben gespielt, mit leichten und mutwilligen Händen. Aber nun erschien es ihm, als sei die Zeit des Spielens vorbei.

»Ich werde auf jeden Fall immer zu Gerry halten«, sagte er nach einer Weile.

Claire nickte befriedigt. Sie hatte nichts gegen das fremde Mädchen, von dem sie heute zum erstenmal hörte. Aber neunzehn Jahre, du lieber Himmel! Adam machte sich da wohl selbst etwas vor.

»Du weißt ja«, meinte sie abschließend, »du kannst immer zu mir kommen. Und Gerry auch. Wenn es euch hier mal nicht mehr gefällt.«

»Danke«, sagte Adam ganz ernsthaft. »Kann sein, daß ich mich an dieses Angebot eines Tages erinnere. Robert ist ein Pessimist, da hat sein Vater recht. Aber ich weiß nicht. Ich habe schon mal einen Krieg im Ausland verbracht. Ich würde es auch in künftigen Fällen vorziehen.«

»Das ist Unsinn«, sagte Claire entschieden. »Krieg! Heutzutage! Daran glaube ich nicht.«

Und dann am Schluß, kurz ehe Adam sich verabschiedete, kam noch ein anderes Thema zur Sprache.

»Sag mal, Robert«, sprach Adam seinen Vetter an, »der kleine Antiquitätenladen Ecke Fasanenstraße, der hat zugemacht, hab' ich gesehen. Warum denn das?«

»Es ging beim besten Willen nicht mehr«, sagte Robert. »Was ich mit dem Kerl für Ärger hatte. Ständig besoffen, Schulden über Schulden, fast seine ganze Ware war gepfändet. Miete hat er seit Monaten nicht mehr bezahlt. Und dann hat er eines Tages seine Frau verprügelt, mitten im Laden, so daß die Vorübergehenden die Polizei geholt haben. Da hatte ich genug. Ich habe ihn hinausgeworfen.«

»So eine wunderbare Lage«, meinte Adam. »Was wird denn nun mit dem Geschäft?«

»Wir werden einen neuen Mieter suchen. Ein paar Angebote habe ich schon. Es ist ja wirklich eine gute Lage. Vielleicht findet sich jemand, der den Laden weiterführt, wäre mir ganz sympathisch.« Adam war schon unten auf der Straße, wo ein Taxi auf ihn wartete, als er einen Einfall hatte.

»Warten Sie einen Augenblick«, sagte er zu dem Fahrer und kehrte noch mal um.

»Robert«, sagte er, »kannst du die Vermietung des Ladens noch etwas zurückstellen? Ich habe vielleicht jemanden dafür.«

»Du, Adam?«

»Ja. Gar keine schlechte Sache. Laß mich die Geschichte mal durchdenken. Ich komme nächster Tage mal bei dir vorbei.«

19

»Ich stelle mir das so vor, Frau Nora«, erläuterte Adam noch am gleichen Abend den drei zuhörenden Frauen. Er saß bei Hermine auf dem Fensterbrett, die Zigarette im Mundwinkel, und war ganz begeistert von seiner Idee. »Wir machen einen kombinierten Laden. Handwebereien, Keramik und kleine Plastiken. So was ganz Exquisites, Besonderes. Sie und Stella können das zusammen machen. So nach und nach werden wir den richtigen Dreh finden. Ich bin mir über die Einzelheiten noch nicht klar. Natürlich können wir nicht nur Ware aus eigener Herstellung verkaufen. Wir müssen geeignete Lieferanten finden, Künstler, von denen wir die Sachen kaufen oder in Kommission nehmen. Gutes Kunstgewerbe.« Adam hob die Hand und ließ sie formend durch die Luft gleiten. »Keine Theke, kein Verkaufsraum im üblichen Sinne. Ein paar Sessel, kleine Tische, und im ganzen Raum, oder ich glaube, es sind zwei, aufgelockert und ganz individuell verteilt, die anzubietende Ware. Und natürlich ein bestechendes Schaufenster. Wer über den Kurfürstendamm bummelt, muß bei uns hineinschauen.«

Nora war mehr entsetzt als erfreut. »Und ich soll das ... Das kann ich nicht.«

»Natürlich können Sie das. Der Laden geht auf meinen Namen zunächst. Sie und Stella werden Teilhaber. Schade, daß wir nicht gleich anfangen können. Die Olympiade wäre die richtige Zeit dafür. Oder schaffen wir es noch?«

Er schaute die drei Frauen abwechselnd an. Hermine schien ihm die Vernünftigste zu sein.

»Hermine, was meinen Sie?«

»Gott, Adam, das ist schwer zu sagen. Sie kommen hier an und haben so gewaltige Pläne im Kopf. Das muß man doch erst durchdenken und besprechen. Das Haus gehört der Bank, sagen Sie?«

»Ja. Und ich bekäme sicher günstige Bedingungen von meinem Vetter. Wenn wir dann sofort im Eiltempo die Handwerker hineinnehmen, damit alles hergerichtet ist, könnte die Geschichte in vier Wochen stehen. Und wir fahren nächste Woche nach Sylt und kaufen dort die Ware ein.«

»Nach Sylt?« fragte Nora, und es sah aus, als wolle sie gleich hysterisch werden.

Adam warf ihr einen scharfen Blick zu. »Sehr richtig, nach Sylt. Soviel ihr mir erzählt habt, gibt es dort Handgewebtes in jeder Menge zu kaufen. Und Aufträge kann man auch erteilen. Und Sie, Nora, kommen als Geschäftsfrau dorthin, als Unternehmerin, und dürfen sich alberne Sentiments nicht mehr leisten. Das werden Sie wohl fertigbringen.«

Stella, die bisher noch gar nichts dazu gesagt hatte, legte den Kopf in den Nacken und lachte. »Das ist herrlich!« rief sie. »Mensch, Nora, stell dir das vor. Güde kippt vor Erstaunen aus ihren Pantoffeln. Und deine eingebildete Tochter wird ganz klein und häßlich werden. Wunderbar, Adam! Wann fahren wir?«

»Nächste Woche, wie ich schon sagte. Sofern alles so klappt, wie ich es mir vorstelle. Und, Stella: Dies ist kein neues Spielzeug für dich, sondern eine Existenz. Nicht nur für Nora. Ich werde euch die Sache aufbauen und einrichten, und ihr werdet sie später allein führen. Du kriegst von mir die Tips, die Künstler, die Verbindungen und auch, wie ich annehme, einen gewissen Kundenkreis. Dann wird sich ja zeigen, ob du ein Pferd reiten kannst, auf das man dich gesetzt hat. Du bist noch jung und mußt noch allerhand lernen. Aber hier hast du auf alle Fälle mal einen soliden Hintergrund. Später kannst du dann eine selbständige Frau sein. Eine Mischung aus Künstlerin und Geschäftsfrau, das sind zwei gute Füße, auf denen sich stehen läßt.«

Hermines Blick ging von Stella zu Adam. Er sucht einen Rückweg, dachte sie. Er hat sich für Gerry entschieden. Aber vorher will er Stella helfen, ihr ein wenig Sicherheit geben. Er vergißt immer, wie jung sie noch ist. Er ist selber schon zu alt, um das richtig zu begreifen. Und er sollte sie besser kennen. Stella eine selbständige Frau, eine Geschäftsfrau! Du lieber Gott! Erst redet er ihr ein, sie sei ein Blütenblatt im Wind, und dann will er eine Geschäftsfrau aus ihr machen. Was sind Männer doch für Narren.

Adam hatte ihren Blick gespürt und sah Hermine an, las wohl den Zweifel, den leisen Spott in ihrem Blick.

»Nun?« fragte er. »Haben Sie etwas auszusetzen, Madame?«

»Es ist keine schlechte Idee«, sagte Hermine langsam. »Kommt ein bißchen plötzlich. Und man sollte vielleicht alles gut überlegen. Möglicherweise kann etwas daraus werden. Allerdings kann es auch schiefgehen.«

»Sie sind wirklich weise, Hermine«, sagte Adam, nun auch ein wenig spöttisch. »Diese Prophezeiung paßt ja wohl so ziemlich auf das ganze Dasein. Aber keine Bange, ich denke schon gründlich darüber nach. Und mein Vetter wird auch nachdenken, der ist sehr vorsichtig. Zumal er uns ja einen Kredit geben muß für den Anfang. En avant, sagten die alten Gontards immer, wenn sie auf etwas lossteuern. Und ich gehöre ja nun auch bald dazu. En avant, meine Damen. Oder traut ihr euch nicht?«

Stella gab Nora einen Stoß und rief, angesteckt von Adams Begeisterung: »Aber klar. Wir werden dolle Geschäfte machen. Können wir nicht gleich mal hingehen und den Laden anschauen? Wenigstens von außen?«

Adam war entzückt von diesem Vorschlag.

»Das machen wir. Es ist ja noch hell draußen. Und dann gehen wir zusammen essen und reden mal in Ruhe über alles.«

Hermine sah ihnen vom Fenster aus nach.

Nächste Woche wird Stella neunzehn, dachte sie. Und Adam will ihr einen Laden einrichten. Weiß er denn nicht, daß sie noch gar nicht die Tür zum Leben aufgestoßen hat? Daß sie erst neugierig durchs Schlüsselloch blinzelt?

1

Trotz Hermines zweifelnder Gedanken gelang Adams Vorhaben. Eine sinnvolle Arbeit zu leisten und Verantwortung zu tragen, machte Stella älter und vernünftiger, Nora dagegen jünger und fröhlicher. Es war geradezu überwältigend, mit anzusehen, wie Nora sich in wenigen Monaten verwandelte. Ihre Depression hatte sie in überraschend kurzer Zeit überwunden. Und alle bisher brachliegenden Talente und Fähigkeiten kamen zur Entfaltung. Sie hatte bisher nie Gelegenheit gehabt, unter Beweis zu stellen, ob in ihrem hübschen Kopf Verstand wohnte. Jetzt zeigte sich, daß er vorhanden war: ein klarer, nüchterner Verstand, der sie durchaus befähigte, die Aufgabe zu erfüllen, vor die Adam sie gestellt hatte. Dies, ihr Charme und das ausgeglichene heitere Wesen, das zum Teil die neue befriedigende Arbeit, zum anderen Teil die harmonische Umwelt, in der sie sich jetzt befand, hervorrief, machten sie geradezu zu einer idealen Geschäftsfrau. Dazu kam, daß der Laden in einer günstigen Zeit eröffnet wurde. Wirklich gelang es, noch die Wochen der Olympiade, als Berlin voll von Besuchern aus aller Welt war, auszunützen.

Aber auch danach blieb der Geschäftsgang befriedigend. Die wirtschaftliche Lage besserte sich weiterhin, die Leute hatten wieder Geld, genügend Geld, um es auch für nicht lebensnotwendige Dinge auszugeben.

Zudem war man, von Nora angeregt, bald dazu übergegangen, die Auswahl der angebotenen Ware wesentlich zu erweitern. Nach einem Jahr gab es bei »Kunst und Handwerk«, so nannte sich das Geschäft, nicht allein handgewebte Stoffe und Gebrauchsgegenstände, Keramiken und Kleinplastiken zu kaufen, das Warensortiment umfaßte bald alle Erzeugnisse des Kunstgewerbes. Handgemalte Schals, bedruckte Tücher, originelle Handtaschen, ausgewählt schöne Stücke der Glas- und Porzellanindustrie, auch Holzwaren der verschiedensten Art. Und als letztes hatte Nora die Idee gehabt, Modeschmuck zu führen.

Hatte früher immer noch Adam das letzte Wort gesprochen, die Waren und Lieferanten mit ausgewählt, so hatte er diesmal Nora gänzlich freie Hand gelassen. Sie war selbst zum Einkauf nach Gablonz und Pforzheim gefahren, hatte einige begabte junge Künstler gefunden, die für sie arbeiteten.

Für den Schmuck hatte sie eine Ecke im größeren Raum des Geschäfts frei gemacht, eine Glasvitrine aufgestellt, einen kleinen Tisch mit Spiegel daneben, damit die Kundinnen an Ort und Stelle und in aller Ruhe die einzelnen Stücke probieren konnten.

»Schön und gut«, sagte Adam, nachdem er alles besichtigt hatte. »Aber nun ist Schluß, Nora. Demnächst kommst du noch auf die Idee, Möbel und Klaviere zu führen. Dann müssen wir umziehen. Ich weiß sowieso nicht, wie ihr die ganze Ware unterbringen wollt.«

»Darüber habe ich schon nachgedacht«, erwiderte Nora ohne Zögern. »Könntest du nicht mit deinem Vetter mal darüber sprechen, was mit dem ersten Stock los ist?«

»Der erste Stock?« fragte Adam perplex.

»Ja. Den könnten wir doch dazunehmen. Ich weiß, da ist ein Anwaltsbüro. Aber der Anwalt könnte in den dritten Stock ziehen, wenn der Immobilienmensch im Sommer auszieht. Wir bauen eine kleine Innentreppe, das macht sich sehr gut. Und oben hätten wir dann einen wunderbaren Ausstellungsraum. Dann könnten wir nämlich noch allerlei dazunehmen. Ich dachte da zum Beispiel an ...«

Adam hob abwehrend die Hände. »Um Himmels willen, hör auf! Wenn du so weitermachst, Nora, endest du bei einem Warenhaus.«

»Wieso denn?« sagte Nora, nicht im geringsten eingeschüchtert. »Die zwei Räume sind einfach zuwenig. Und das Lager hinten brauchen wir. Sonst könnten wir das dazunehmen. Der Webstuhl nimmt uns ziemlich viel Platz weg.«

»Der Webstuhl muß aber bleiben«, meinte Stella, die bisher schweigend zugehört hatte. Sie kannte Noras Pläne schon. »Er ist eine große Attraktion.«

Adam schmunzelte. »Ob das nun gerade der Webstuhl ist, möchte ich bezweifeln. Ich würde sagen, die Weberin.«

»Und gerade jetzt, wo Jensine herkommt. Da können wir den Webstuhl nicht wegnehmen. Sie zählt schon die Tage, bis sie bei uns anfangen kann.«

»Nein, nein, das weiß ich ja«, sagte Nora. »Den Webstuhl brauchen wir. Davon bin ich wieder abgekommen. Aber mehr Platz brauchen wir auch. Und den bekommen wir nur oben. Adam, sprich doch mal mit deinem Vetter.«

»Gut«, meinte Adam. »Ich werde daran denken. Heute und morgen kommt es sowieso nicht in Frage. Das wäre dann höchstens für die kommende Wintersaison.«

»Das würde ja genügen«, sagte Nora, befriedigt, daß sie sich wenigstens keine strikte Ablehnung geholt hatte. »Wenn wir rechtzeitig bis zum Weihnachtsgeschäft fertig werden, langt es noch immer.«

»Bis zum Weihnachtsgeschäft«, wiederholte Adam kopfschüttelnd. »Falls es dir entgangen sein sollte, liebe Nora: Wir haben jetzt Februar.«

»Ich weiß«, meinte Nora ungerührt. »Aber man muß weiterdenken.«

Adam betrachtete sie eine Weile nachdenklich und nickte dann mit dem Kopf. Dieses Nicken der Zufriedenheit galt ihm selbst. Was hatte er aus dieser Frau gemacht! Aus diesem kümmerlichen, ängstlichen Nervenbündel, das er vor knapp zwei Jahren von der Klinik abgeholt hatte. Sie war jetzt zweiundvierzig Jahre alt, war etwas voller geworden, was ihr gut stand, hatte immer noch den durchsichtigen Porzellanteint und ihre dunklen schimmernden Augen. Das volle dunkle Haar war stets tadellos frisiert. Sie trug es jetzt ein wenig länger und am Hinterkopf aufgesteckt auf eine sehr kunstvolle Weise, die das Geheimnis ihres Friseurs war.

Außerdem war Nora jetzt immer sehr elegant gekleidet. Das sei sie dem Geschäft schuldig, betonte sie, wenn man sie daraufhin ansprach. Aber es kam wohl auch daher, daß sie unbändige Freude daran hatte, sich schön zu machen. Es war geradezu eine Leidenschaft geworden, sich teure und elegante Kleider zu kaufen. Und der Umsatz von »Kunst und Handwerk« erlaubte es ihr, diese Leidenschaft zu befriedigen. In diesem Winter hatte sie sich sogar einen Pelzmantel gekauft. Und kaum hatte sie ihn, entdeckte sie die dringende Notwendigkeit, nach Sylt zu reisen, um noch einige Ware einzukaufen. »Für das Weihnachtsgeschäft«, wie sie sagte.

Stella lächelte verständnisinnig. Adam meinte erstaunt: »Du warst doch erst vor sechs Wochen oben und hast eingekauft?«

»Trotzdem«, sagte Nora unbeirrt, »uns fehlt noch einiges.«

Später sagte Stella zu Adam: »Ich denke, du bist ein Frauenkenner. Sie *muß* unbedingt hinfahren und sich Güde und den staunenden Keitumern in ihrem Pelz zeigen. Das geht nun mal nicht anders.«

»Ach so«, sagte Adam. »Das sehe ich ein.«

Nein, Nora hatte keine Scheu mehr, nach Keitum zu reisen. Sie war dort hoch angesehen. Und die fleißigen Weberinnen gaben sich große Mühe, Noras gesteigerten Ansprüchen gerecht zu werden. Jede war stolz, wenn Nora sich zufrieden zeigte und für Berlin einkaufte.

Güde sagte nicht viel dazu. Aber sie behandelte ihre veränderte Schwiegertochter mit einem gewissen Respekt.

Auch an diesem Tag, Ende Februar 1938, war Nora wieder sehr elegant. Sie trug ein enges, hochgeschlossenes Kleid aus beigefarbenem Jersey und dazu eine Kette mit dicken honigfarbenen Perlen, gleiche Clips in den Ohren. Dies waren Stücke des neuen Modeschmuckes, den Adam begutachten sollte.

Auch Stella hatte sich mit der neuen Errungenschaft geschmückt. Über einem glatten schwarzen Pullover trug sie eine lange Kette aus türkisfarbenen Glasperlen und natürlich auch die passenden Clips in den Ohren.

»Hm«, meinte Adam. »Macht sich ja ganz gut. Wenn das nun mal Mode ist . . . Ich für meinen Geschmack ziehe echten Schmuck vor. Aber es sieht hübsch aus.«

Nora beobachtete ein Paar, das vor dem Schaufenster stand. Ein gutaussehender älterer Mann und eine junge Frau.

»Gleich werde ich was davon verkaufen«, sagte sie. »Wetten, daß die beiden hereinkommen?«

Sie hatte kaum ausgesprochen, da ertönte der melodische Dreiklang der Ladenglocke.

»Entschuldigt«, sagte Nora und wandte sich lächelnd zu den Kunden.

»Gehen wir nach hinten«, meinte Adam zu Stella. »Lassen wir Nora das Feld.« Sie gingen durch den zweiten Raum, blieben beim Webstuhl stehen, wo Herta, die Weberin, eben eine Pause machte und eine Zigarette rauchte.

»Wie geht es Bernd?« fragte Adam.

»Gut, nehme ich an«, sagte Herta lachend. »Wo wir uns doch heute abend treffen.«

»Ja, dann sollte man annehmen, daß er diesen Nachmittag in angenehmer Erwartung verbringt. Und wann wird geheiratet?«

»Im Mai«, sagte Herta. »Das denke ich mir hübsch.«

»Ich mir auch«, meinte Adam.

Er lächelte dem frischen blonden Mädchen zu und ging dann mit Stella weiter in den kleinen Raum, der auf der Hofseite lag und wo man privat sitzen konnte. Ein Sofa stand darin, einige Stühle, ein Tisch und Noras Sekretär, in dem sie die Geschäftsbücher aufbewahrte.

»Willst du eine Tasse Kaffee?« fragte Stella.

»Ja, gern.«

»Wann fährst du?«

»Heute abend. Bringst du mich zur Bahn?«

»Natürlich.«

Während Stella den Tauchsieder in den Wassertopf steckte, sagte er: »Wenn das so weitergeht, können wir noch ein Heiratsbüro dazu aufmachen. Herta ist nun die zweite.«

Stella lachte. »Ja, aber nur für Weberinnen. Mich will keiner. Und Nora auch nicht.«

Adam faßte sie um die Hüfte und zog sie zu sich heran. »Du, kleiner Stern? Willst du am Ende heiraten?«

»Eigentlich nicht. Ich hätte ja gar keine Zeit für einen Mann.«

»Das will ich meinen«, sagte Adam. »Du hast ja nicht mal Zeit für mich. Und deine Tänzerin ist auch noch nicht fertig, wie ich gesehen habe.«

»Gerlinde muß mir noch einmal Modell stehen. Wir haben uns für morgen verabredet. Gestern und heute hatte sie Probe in der Staatsoper.«

»Dann wird sie also fertig sein, bis ich zurückkomme?«

»Ja. Bestimmt. Wie lange bleibst du?«

»Ich weiß noch nicht. Ich muß sehen, was mit Gerry los ist. Sie war geradezu hysterisch gestern abend am Telefon. Seit dieser Seyß-Inquart Innenminister ist, scheint sich doch in Wien die allgemeine Unsicherheit weiterauszubreiten. Vorgestern hatte sie einen Zettel auf ihrer Garderobe liegen: Juden 'raus!«

»Die Schweine«, sagte Stella. »Was wirst du machen?«

Adam hob die Schultern. »Versuchen, Sie zu beruhigen natürlich. Aber so wie es aussieht, wird es ja mit Österreich bald so weit sein. Was dann aus Gerry wird . . .? Für nächsten Winter hatte man ihr die Lady Macbeth versprochen. Darauf freut sie sich.«

Das Wasser begann zu brodeln. Stella nahm mit dem Löffel den gemahlenen Kaffee aus der Büchse und tat ihn in die Kaffeekanne, goß dann das heiße Wasser darüber.

Adam sah ihr abwesend zu. »Ich möchte Gerry so gern helfen.«

»Das weiß ich«, sagte Stella. »Und du hast mir schon einmal gesagt, *wie* du es tun könntest. Also dann tu es doch endlich.«

»Und was – würdest du dazu sagen?« fragte Adam.

»Ich?« Stella lächelte. Sie wirkte blaß in dem schwarzen Pullover. Ein wenig verloren sah sie aus, preisgegeben. »Auf mich kommt es nicht an. Du mußt Gerry helfen. Und ich weiß, daß dir Gerry wichtiger ist.«

»Stella!« sagte Adam. »Sei nicht töricht. Hast du Grund, dich über mich zu beklagen?«

»Beklage ich mich?«

»Es ist anders mit Gerry und mit mir. Siehst du . . .«

»Hör auf«, sagte Stella. »Du hast es mir oft genug erklärt, und ich weiß Bescheid. Wo hat denn bloß Nora wieder den Zukker hingetan? Ach, hier. Einen Moment, ich will nur Herta eine Tasse Kaffee bringen.«

Als sie wiederkam, sagte Adam: »Ich werde Gerry jetzt heiraten.«

»Gut«, sagte Stella ruhig. »Das wird das beste sein.«

Adam betrachtete sie eine Weile schweigend, rührte seinen Kaffee um und zündete sich eine Zigarette an.

Dann sagte er: »Zwischen uns ändert sich dann einiges.«

»Ja.« Stella schien ganz unbeteiligt. »Ich weiß. Wirst du dann nach Wien ziehen?«

Adam lachte ärgerlich auf. »Hast du es so eilig, mich loszuwerden?« Stella, die ihn während des ganzen Gespräches kaum angesehen hatte, setzte sich ihm nun gegenüber und blickte ihm gerade in die Augen.

»Ich will dich nicht loswerden, Adam. Aber ich habe dieses ewige Hin und Her satt. Wir kennen uns jetzt zweieinhalb Jahre. In dieser ganzen Zeit hast du zwei Frauen gehabt. Was immer wir taten oder dachten, Gerry stand im Hintergrund. Ich habe nichts gegen Gerry, das weißt du. Ich mag sie gern. Aber ich habe es satt, die zweite Geige zu spielen. Am Anfang war ich noch ein dummes Kind, alles war für mich neu und aufregend. Aber jetzt – im Sommer werde ich einundzwanzig, ich möchte jetzt mal einen Mann für mich allein haben.«

»Wer ist es?« fragte Adam.

Stella sah ihn erstaunt an.

»Welcher Mann spukt dir im Kopf herum?«

»Kein bestimmter«, sagte Stella. »Du kennst alle Männer, die ich auch kenne. Und an mich wagt sich keiner heran, solange du mich bewachst.«

»Das ist gut«, sagte Adam. »Jetzt bin ich schon dein Bewacher.«

»Du nimmst für dich das Recht in Anspruch, zwei Frauen zu haben«, sagte Stella ein wenig lebhafter. »Doch, ich weiß, daß es so ist. Ich weiß, daß du mit Gerry zusammen bist, wenn du sie in Wien besuchst. Und wenn sie herkommt, auch. Dann schickst du mich fort. Das hast du damals schon getan. Von Anfang an. Aber das paßt mir nicht mehr.«

»Wer ist es?« fragte Adam wieder.

Stella sah ihn stumm an. Dann, ohne auf seine Frage einzugehen, fuhr sie fort: »Ich bin jetzt erwachsen. Und ich mag das nicht mehr.«

»Der kleine Doktor, nicht wahr?« sagte Adam. »Er hat immer gegen mich gehetzt.«

»Er hat nicht gegen dich gehetzt. Er war bloß – nicht dafür.«

»Liebst du ihn?«

»Gib mir bitte eine Zigarette«, sagte Stella. Eine Weile rauchte sie schweigend, trank ihren Kaffee. Dann sagte sie: »Er macht sich nichts aus mir.«

»Er macht sich eine ganze Menge aus dir. Spiel mir doch kein

Theater vor. Und du denkst, wenn es mit uns beiden aus ist, dann wird er seine Hemmungen überwinden.«

»Ich glaube, er wird mich nie mehr mögen«, sagte Stella. Und wütend fügte sie hinzu: »Er hat Ansichten wie – wie eine alte Klosterfrau.«

Adam lachte amüsiert. »Also liebst du ihn doch.«

»Nein. Ich liebe ihn nicht. Ich ärgere mich bloß, daß er sich so albern benimmt. Thies ist doch auch nicht so. Mit dem kann ich über alles reden. Aber Krischan ist eigensinnig wie ein Maulesel.«

»Vielleicht solltest du mal versuchen, ihn zu verführen. Meiner Meinung nach müßte dir das gelingen.«

»Wäre dir das so gleichgültig?«

»Das wäre mir ganz gewiß nicht gleichgültig. Aber glaubst du, ich wüßte nicht, wie es in dir aussieht? Ich kenne dich gut, kleiner Stern. Du möchtest jetzt ein großer Stern sein und alles in Grund und Boden flimmern. Und es paßt dir nicht, wenn einer sich widersetzt.«

»Ist es nicht schrecklich, wenn ein Mensch so – so starrsinnig ist?« fragte sie ärgerlich.

»Hm«, meinte Adam. »Wie man's nimmt. Aber ich warne dich! Das sind zwei sehr verschiedene Elemente, du und der kleine Doktor. Fließendes Wasser und feste Erde. Das vereint sich nicht. Nicht, wenn beides so jung ist.«

»Da ist ja auch keine Rede davon. Du hast damit angefangen. Wir sprachen von dir und Gerry.«

Aber Adam war mit dem Thema noch nicht fertig. »Was ist eigentlich mit seiner Freiburger Freundin?«

»Die habe ich ihm vermiest«, sagte Stella befriedigt. »Die hatte viel zu dicke Beine. Und einen 'runtergerutschten Po.«

Adam lachte laut auf. »Das kann ich mir denken. Aber bestimmt eine tugendhafte Seele. Das mußt du dir merken, kleiner Stern: Lange, schlanke Beine und Tugend vereinen sich selten in einer Person. Ich habe mich schon oft gewundert, woher das kommt.«

Stella lachte nun auch. »Vielleicht liegt es am Gang. Wenn man zu große Schritte macht, kommt die Tugend nicht mit. Ich glaube, sie klebt zu sehr am Boden und macht kleine Trippelschrittchen.«

Sie blickten sich verständnisinnig an. Sie waren sich doch sehr nahegekommen in diesen Jahren. Auch wenn Stella jetzt schon sehr selbständig lebte und arbeitete, so war sie doch Adams Geschöpf, dachte mit seinen Gedanken, betrachtete die Welt mit seinen Augen. Er war sich klar darüber. Und darum sagte er jetzt: »Du müßtest dich verdammt ändern, mein Kind, wenn du deinem Krischan gefallen wolltest.«

»Ich werde mich nicht ändern«, sagte Stella bestimmt. »Er muß mich nehmen, wie ich bin. Oder er muß es bleibenlassen. Ich bin anders als die anderen. Ich war es immer. Schon als Kind. Es ist mir einfach angeboren. Weißt du, daß ich nie eine Freundin hatte? Aber es macht mir nichts aus. Ich will anders sein.«

Adam betrachtete sie eine Weile ernsthaft. Dann sagte er: »Du bist anmaßend, mein Kind. Anderssein ist kein Programm. Und Individualismus ist der unverschämteste Luxus, den ein Mensch sich auf dieser Erde leisten kann. Und nicht erst in unserer Zeit, wie manche Leute behaupten. Das war immer schon so. Man leistet sich damit ein Außenseitertum, das einem die Herde zum Feinde macht. Ganz von selbst, auch wenn man nie etwas Böses tut. Bösesein ist nicht so schlimm. Anderssein heißt das größte Verbrechen. Wenn jedoch dieses Anderssein selbst gewählt ist, sei es aus einem überlegenen Geist heraus, aus Hochmut oder auch aus Angst vor den anderen, so kann man damit fertig werden. Wenn es angeboren ist, so muß es jedoch ein Ballast sein. Jedenfalls, solange es dem Betroffenen nicht gelingt, so viel Persönlichkeit zu entwickeln, daß er die Last in eine Lust verwandelt. Du bist noch keine Persönlichkeit. Auch wenn du«, er lächelte, »nun schon einundzwanzig wirst. Du suchst immer noch die einzelnen Stücke zusammen und versuchst, sie in eine Form zu bringen. Das ist dein gutes Recht, solange du so jung bist. Aber wenn du dich vor das ganze Puzzlespiel hinsetzt und stolz verkündest: Was das alles wird, weiß ich noch nicht, aber auf jeden Fall bin ich mal anders, das ist das größte Mosaiksteinchen, das ich bis jetzt gefunden habe – dann ist das ein bißchen albern. Oder findest du nicht?«

Stella hatte die Unterlippe vorgeschoben und schwieg. Wenn Adam so mit ihr sprach, war sie hilflos. Er war so viel klüger als sie. Würde es immer sein. Sein Vorsprung war nicht einzuholen. So vielen Leuten konnte sie imponieren. Ihm nicht. Krischan übrigens auch nicht, das war das Komische. Obwohl er so viel jünger war als Adam. Und Thies ebensowenig. Aber bei dem störte es sie nicht. Sie war sich dessen nicht bewußt, aber sie sehnte sich nach einem Mann, vor dem sie das ganze Feuerwerk, genannt Stella Termogen, abbrennen konnte und der es bedingungslos anstaunen würde. Adam schob ihr die Hand unters Kinn und hob ihr Gesicht zu sich.

»Schau mich an, kleiner Stern.« Er küßte sie zärtlich auf die Lippen und lächelte. »Du bist so ernst geworden in letzter Zeit. So schrecklich erwachsen. Wie eine richtige kleine Frau schon. Manchmal, wenn ich dich ansehe und dir zuhöre, bin ich wirklich gespannt, wie du in zehn Jahren sein wirst.«

»In zehn Jahren!« seufzte Stella. »Dann bin ich eine alte Frau.«

»Ganz im Gegenteil. Dann bist du einunddreißig. Das ist ein

wunderbares Alter für eine Frau. Dann fangen ihre großen Jahre an. Ich könnte mir vorstellen, daß du dann eine anerkannte Künstlerin bist, gute Aufträge hast und die Männer dir reihenweise zu Füßen liegen.«

»Meinst du?« fragte Stella kindlich.

»Ich könnte es mir vorstellen«, wiederholte er. »Es steckt drin in dir. Und ich bilde mir ein, wenn es so kommen sollte, nicht ganz unschuldig daran zu sein.«

»Ja«, gab Stella zu, »das ist wahr. Was wäre aus mir geworden ohne dich.«

Nora kam herein.

»Eine Anstecknadel«, sagte sie, »und die passenden Clips dazu. Und deinen Dackel haben sie auch noch genommen, Stella.«

»Der gute Bauzi«, sagte Stella. »Er ist wirklich ein Schlager. Ich muß ihm heute wieder ein paar Würstchen mitbringen.«

»Geh 'raus«, sagte Nora. »Einer deiner Verehrer ist da.«

»Wer denn?«

»Scheermann. Er hat nach dir gefragt.«

»Ach der!« sagte Stella. »Ist der wieder mal da? Ich denke, der heiratet.«

Adam lachte. »Nein. Ist nichts geworden. Liane hat eine unbestimmbare Großmutter. Hab' ich zufällig neulich gehört. Jetzt beehrt er dich wieder mit seiner Gunst. Sag aber nicht, daß ich hier bin. Ich habe keine Lust, den Kerl zu treffen.«

»Habt ihr noch eine Tasse Kaffee für mich?« fragte Nora. »Nun geh schon, Stella. Ich habe gesagt, daß du da bist.«

Dietrich Scheermann stand im ersten Raum und betrachtete eine Mädchenmaske aus Gips. Er war sehr elegant, in einem rehbraunen Anzug mit feinen Nadelstreifen, dazu eine moosgrüne Krawatte. In Uniform sah man ihn nie mehr. Er war jetzt beim Reichssicherheitshauptamt tätig. Was er dort eigentlich machte, wußte hier keiner. Von Zeit zu Zeit kam er vorbei, und es war ohne Zweifel Stella, die diese Besuche veranlaßte. Obwohl sie es bisher immer geschickt verstanden hatte, seinen Einladungen auszuweichen. Nicht, daß sie persönlich etwas gegen ihn hatte. Er war stets sehr höflich und zurückhaltend. Aber Adam hätte nie geduldet, daß sie mit ihm ausging.

Er kam ihr lächelnd entgegen und küßte ihr die Hand.

»In Schwarz«, sagte er. »Steht Ihnen gut. Habe ich noch nie an Ihnen gesehen.«

»Wirklich nicht?« fragte Stella. »Ich trage gern Schwarz. Ich habe mir jetzt zum erstenmal ein schwarzes Abendkleid machen lassen.«

»Schon eingeweiht?«

Sie schüttelte den Kopf. »Nein. Ich hatte noch keine Gelegenheit.«

»Wie wäre es dann am nächsten Sonntag zur Premiere im Staatstheater? Ich habe eine Loge. Sie bringen einen Shaw. Und Hermine Körner spielt die Hauptrolle. Die verehre ich seit meiner Jugend.«

Sie zögerte. Und überlegte rasch. Sonnabend würde Adam noch verreist sein. Und sie war lange nicht mehr im Theater gewesen.

»Ich weiß nicht ...« Sie legte den Kopf ein wenig auf die Seite und fragte harmlos: »Wird Ihre Verlobte auch mitgehen?«

»Wie kommen Sie denn auf die Idee, daß ich verlobt sei?«

»Ich dachte«, sagte Stella verwundert. »Als Sie das letztemal hier waren, hatten Sie doch eine außerordentlich hübsche junge Dame dabei. So eine Dunkelhaarige. Ich glaube, sie war aus Düsseldorf. Sagten Sie nicht so?«

»Das werde ich wohl gesagt haben. Aber nicht, daß ich mit ihr verlobt bin.«

»Nein? Komisch, wie komme ich denn darauf?«

»Das frage ich mich auch. Fräulein Wendel ist eine flüchtige Bekannte. Und ich brachte sie damals mit her, um ihr euren bezaubernden Laden zu zeigen. Sie ist künstlerisch sehr interessiert.«

»Ja, ich erinnere mich. Und sie kaufte die rote Tonvase.«

»Sie haben ein gutes Gedächtnis, Stella. Aber was die Verlobung betrifft, haben Sie sich getäuscht. Also, wie ist es mit dem Theater?«

»Gut«, sagte Stella rasch. »Damit ich mein neues Kleid einmal ausführen kann.«

Er lächelte. »Das ist nicht ganz der Grund, den ich mir für Ihre Zusage erhofft habe. Aber immerhin.« Er kniff das eine Auge ein wenig zusammen und fügte hinzu: »Sie brauchen es dem Professor ja nicht zu erzählen.«

Stella zog hochmütig eine Braue hoch. »Warum nicht«, sagte sie leichthin. »Glauben Sie, ich muß ihn um Erlaubnis fragen, wenn ich ausgehen will?«

»Das glaube ich allerdings. Aber wenn ich mich getäuscht haben sollte, um so besser. Aber soviel ich weiß, fährt er heute nach Wien.«

»Woher wissen Sie denn das schon wieder?«

Er lachte. »Ich weiß manches.«

In Stella stieg Ärger hoch. Sie bereute ihre Zusage. »Das muß so ein richtiger Spitzelladen sein, bei dem Sie da mitspielen.«

»Nicht doch«, sagte er. »Was für harte Worte.« Plötzlich lachte er hellauf. »Stella, Sie *sind* köstlich. Angst haben Sie wohl nicht?«

»Angst? Wovor?« fragte Stella kühl. »Vor Ihnen etwa?« Und stolz fügte sie hinzu: »Ich habe vor nichts und niemandem Angst.«

»Das gefällt mir«, sagte er. »Es würde auch nicht zu Ihnen passen. Ich verachte die Feiglinge, die ewig angewinselt kommen.«

»Bei Ihnen?«

Er warf ihr einen raschen Blick zu. »Auch«, sagte er dann kurz.

»Hatten Sie sonst noch einen Wunsch?« fragte Stella. »Außer dem, mich einzuladen?«

»Meine Kusine hat Geburtstag, und ich dachte, ich könnte bei euch etwas finden.«

»Das können Sie bestimmt. Woran dachten Sie? Als Neuestes haben wir Modeschmuck, sehen Sie da drüben.«

»Hab' ich schon gesehen. Aber das ist nichts. Meine Kusine ist sehr konservativ. Wenn sie Schmuck trägt, dann trägt sie ihre Perlenkette. Etwas anderes habe ich noch nie an ihr gesehen.«

»Na, dann schauen wir uns mal um«, meinte Stella. »Sicher finden wir etwas. Das letztemal hatten Sie, glaub' ich, einen handgewebten grünen Stoff genommen. Für ein Kostüm.«

»Sie haben ein gutes Gedächtnis. Ich hätte es nicht mehr gewußt.« Er wies auf die Maske.

»Von Ihnen?«

Stella nickte.

»Erinnert ein bißchen an die Unbekannte, nicht?«

»Wirklich?« fragte Stella und betrachtete ihr Werk prüfend. »Das wollte ich gerade vermeiden. Ich finde, der Ausdruck ist ganz anders. Aber wahrscheinlich denkt man bei jeder Mädchenmaske heute an dieses verflixte Frauenzimmer aus der Seine. Hat gar keinen Zweck, eine zu machen.«

Sie gingen im Laden umher, besichtigten dies und jenes, Scheermann ohne besonderes Interesse. Eine Weile standen sie bei Herta, die jetzt wieder mit flinken Fingern das Schiffchen laufen ließ.

»Das war ein raffinierter Trick von euch«, meinte Scheermann, »eine Weberin hereinzusetzen. Ich wette, viele Leute kommen nur in den Laden, um das anzusehen.«

»Ja«, sagte Stella. »Besonders am Anfang war es so. Es brachte uns viele Kunden. Als wir damals im Sommer 1936 anfingen, hatten wir noch gar nicht viel Ware. Aber die Leute kamen herein, um beim Weben zuzusehen. Und bestellten sogar Stoffe im voraus, die noch gar nicht fertig waren. Es war übrigens die Idee von Professor Gontard.«

»Die Weberin 'reinzusetzen? Kann ich mir denken.«

Ja, es war Adams Idee gewesen. Damals, als sie alle zusammen in Sylt waren, um den ersten Einkauf zu tätigen und als sich herausstellte, daß es schwer sein würde, genügend Ware bis zur Eröffnung bereitzustellen. Da hatte Adam plötzlich gesagt: »Wir stellen so einen Webstuhl ins Geschäft, in den zweiten Raum, da ist Platz genug, und da setzen wir das hübscheste Mädchen dran, das wir hier finden können.«

Dieser Einfall erwies sich als sehr glücklich. Sowohl für das Geschäft wie für die Weberin. Die erste, Inken, war bereits nach fünf Monaten verheiratet. Die hübsche blonde Friesin hatte sich bald vor Verehrern nicht retten können. Herta, die zweite, war nun auch verlobt und würde im Mai heiraten.

Seitdem rissen sich die Sylter Mädchen darum, in das Berliner Geschäft geholt zu werden. So fleißig war von der jüngeren Generation auf der Insel lange nicht gewebt worden. Denn natürlich sollte die Weberin nicht nur hübsch sein, sondern auch ihre Sache verstehen.

Diesmal war die Wahl auf Jensine gefallen, Christian Hoogs jüngste Schwester. Und Jensine konnte es kaum erwarten, bis sie in Berlin anfangen durfte.

»Ja, was nehmen wir denn nun?« fragte Stella, als sie wieder im vorderen Raum waren. »Vielleicht so eine hübsche Basttasche.«

Scheermann schüttelte den Kopf. »Das ist nichts für meine Kusine. Sie ist sehr etepetete. So ein modischer Kram paßt nicht zu ihr. Haben Sie nicht eine hübsche kleine Plastik? Suchen Sie etwas aus. Sie können das sicher besser.«

»Wenn es noch nicht so eilt«, meinte Stella, »dann warten Sie auf meine Tänzerin. An der arbeite ich gerade. Ich glaube, sie wird ganz nett.«

»Eine Tänzerin? Ohne was an?«

»Natürlich hat sie was an. Ein Ballettröckchen eben. Sie dreht eine Pirouette. Gerlinde Schwarz vom Staatsopernballett steht mir Modell.«

»Hören Sie, das interessiert mich. Aber natürlich nicht für meine Kusine. Das wäre doch was für mich. Ein einsamer Mann wie ich muß doch manchmal etwas haben, woran er sich in seinen vier Wänden erfreut. Es sei denn, Sie besuchen mich mal. Dann brauche ich die Tänzerin natürlich nicht.«

»Nehmen Sie lieber die Tänzerin«, sagte Stella trocken.

Scheermann betrachtete sie eine Weile schweigend. »Sie haben sich ziemlich verändert, Stella. Wenn ich denke, was Sie für ein kleines, schüchternes Mädchen waren, als ich Sie das erstemal gesehen habe.«

»Ich bin niemals ein kleines, schüchternes Mädchen gewesen«, widersprach Stella. »Ich glaube, da täuschen Sie sich.«

»Ich täusche mich nicht. Und ich täusche mich auch nicht darin, daß wir beide noch einmal etwas näher ins Gespräch kommen werden. Eines Tages werden Sie das satt haben, was Sie da treiben.«

»Was treibe ich denn?« fragte Stella mit einer kleinen Schärfe in der Stimme. »Hauptsächlich arbeite ich, falls Sie das nicht wissen sollten. Ich höre immer noch Vorlesungen auf der Hochschule, besuche einzelne Kurse, arbeite jeden Tag mehrere Stunden im Atelier, und dann bin ich noch hier im Geschäft. Privatleben wird bei mir ganz klein geschrieben.«

»Das ist aber schade, oder nicht?«

Stella hob die Schultern. »Kann sein. Aber die Männer laufen mir nicht davon. Und Professor Gontard meint, es sei besser für eine Frau, auf eigenen Füßen zu stehen und von diesem sicheren Standpunkt aus in Ruhe zu wählen. Das ist besser, als sich wählen zu lassen.«

Scheermann lachte wieder. »Ja, der Professor ist wirklich ein kluger Mann. Einen besseren Lehrer hätten Sie nicht finden können.«

»Bestimmt nicht«, sagte Stella.

Vor der beleuchteten Auslage sah sie Thies stehen. Er betrachtete offensichtlich interessiert den neu ausgestellten Modeschmuck. Ob er Denise etwas kaufen wollte? Es würde schwer sein, ihren verwöhnten Pariser Geschmack zu befriedigen.

»Also nehmen wir die Maske«, kam Scheermann auf sein Geschenk zurück.

»Mir gefällt sie. Und soviel ich weiß, hat meine Kusine so was nicht in ihrer Wohnung. Sie wird vermutlich den Kopf schütteln, sich aber mit der Zeit daran gewöhnen.«

»Gut«, sagte Stella, erleichtert, daß sie ihn bald los sein würde. Wenn Thies kam, wollte sie Zeit für ihn haben. »Ich gebe Ihnen einen Karton.«

Sie nahm die Maske herab, und während sie sie sorgfältig in ein Wattebett verpackte, kam Thies herein.

»Tach, Stella«, sagte er. »Da habt ihr aber hübsche Sachen eingekauft.«

»Nicht? Du mußt das Nora sagen. Das wird sie freuen.«

Nora kam eben aus dem hinteren Raum. Sie hatte die Türglocke gehört. Sie begrüßte Thies, sprach dann noch ein paar Worte mit Scheermann. Flüchtig machte sie die beiden Männer bekannt.

Ehe Scheermann ging, sagte er zu ihr: »Also, Sonnabend dann. Ich hole Sie ab.«

Stella nickte und biß sich ärgerlich auf die Lippe. Der Idiot! Mußte er das vor Nora und Thies sagen? Sie hätte es vorgezogen, diese Verabredung zu verschweigen.

»Hast du ein Rendezvous mit dem?« fragte denn auch Nora verwundert, kaum daß Scheermann draußen war.

»Er hat mich ins Theater eingeladen«, sagte Stella. »Aber halte bitte den Mund. Adam braucht es nicht zu wissen.«

Thies lächelte. »Du kannst es doch nicht lassen. Aber der sah ganz gut aus. Wer ist es denn?«

»Ach, niemand weiter«, sagte Stella eilig, »ganz unwichtig.«

»Ein alter Verehrer von Stella«, sagte Nora ein wenig boshaft. »Und weder ein Herr Niemand noch ein Herr Unwichtig. So eine Art Nazioberhäuptling.«

»Auch das noch«, sagte Thies. »Stella, ich muß mich über dich wundern.«

»Ich weiß gar nicht, was ihr wollt. Mit mir hat er noch nicht politisiert. Sein Beruf interessiert mich nicht. Und er hat mich schon so oft eingeladen. Schließlich ist er ein guter Kunde.«

»Also reiner Kundendienst«, meinte Thies lachend, »das Geschäft über alles. Aber verschweigen wir es Adam lieber doch.«

Sie gingen ins Hinterzimmer. Thies hatte einen Stock, den er kaum mehr benützte. Er ging ein wenig langsam und schleppend, das war alles, was von seinem Leiden übriggeblieben war.

Stella schob ihren Arm unter seinen.

»Wie geht's dir denn, alter Seeräuber? Du hast dich ja ewig nicht mehr blicken lassen.«

Thies blickte seitwärts auf sie herab und drückte ihren Arm ein wenig an sich. »Viel Arbeit, kleine Schwester. Man muß sich bloß wundern, wer so alles Bücher schreibt. Oder sich einbildet, welche schreiben zu müssen.«

»Arbeit«, wiederholte Stella, »das kannst du mir gerade erzählen. Früher hattest du auch mehr Zeit. Aber Mademoiselle beansprucht dich anscheinend sehr.«

Thies lachte. Ein frohes, glückliches Lachen. »Das auch.«

Adam stand schon ungeduldig und wartete auf sie.

»Ist er weg? Ich muß gehen, ich habe noch ein paar Erledigungen zu machen. Tag, Thies. Man sieht Sie ja gar nicht mehr.«

»*L'amour, l'amour*«, sagte Stella in übertriebenem Ton. Und zu Thies gewandt, mit echtem Zorn in der Stimme: »Ich bin eifersüchtig, daß du es nur weißt. Ich habe immer geglaubt, du liebst mich am meisten. Und dann kommt so ein kokettes Frauenzimmer aus Paris angereist, und du vergißt mich. Ich bin nur noch Nebensache. Thies, das ist Verrat.«

Die anderen lachten. Adam sagte: »Gut, wasche ihm noch ein bißchen den Kopf. Und wenn du hier fertig bist, komm nach Hause. Ich muß noch verschiedenes mit dir besprechen.«

Adam ging. Stella kochte für Thies noch einmal Kaffee und ließ sich berichten, was er in den letzten Tagen erlebt hatte.

Thies hatte seit kurzem eine Stellung. Sein Studium hatte er beendet und war nun Lektor in einem großen Verlag. Die Arbeit machte ihm Freude, aber das war es nicht allein. Es war vor allem die Tatsache, daß er überhaupt arbeiten und Geld verdienen konnte. Thies hatte die schweren, hoffnungslosen Jahre seiner Jugend nicht vergessen. Die Zeit, in der er geglaubt hatte, nie den Rollstuhl verlassen zu können, lag weit zurück. Aber noch immer nicht und vielleicht niemals würde er das neugeschenkte Leben als Selbstverständlichkeit hinnehmen. Es blieb für ihn ein großes, wunderbares Geschenk, das er jeden Tag neu bestaunte.

Als er damals im Sommer 1936 aus Amerika zurückkehrte, hatten Stella und Kapitän Termogen ihn in Hamburg abgeholt. Und natürlich dachten sie beide an den Tag, an dem sie ihn zum Schiff gebracht hatten. Als Thies dann vor ihnen stand, ein großer, braungebrannter junger Mann, dem die Freude über das Wiedersehen aus den dunklen Augen strahlte, waren sie alle beide so gerührt und erregt, daß sie lange Zeit nicht sprechen konnten. Stella weinte, und der Kapitän hielt seinen Sohn in den Armen und erlebte die glücklichste Stunde seines Lebens.

Thies war gesund. Nur eine kleine Behinderung war zurückgeblieben, die kaum störend war. Er sah sehr gut aus, reifer als seine Jahre, er hatte ein ausgeglichenes, harmonisches Wesen, das jedem guttat, der mit ihm zusammen kam. Und natürlich war er noch viel klüger geworden, denn die wiedergekehrte Gesundheit hatte seinen Eifer, zu lernen, zu lesen, zu wissen, nicht vermindert, sondern eher noch gesteigert.

In Adams Wagen, den Stella sich zu dieser Gelegenheit erbettelt hatte, fuhren sie zusammen auf die Insel, kurz darauf kam auch Christian, und sie verlebten zwei wunderbare, glückliche Wochen zu Hause. Stella konnte nicht länger bleiben, denn das Geschäft sollte eröffnet werden. Es war fast so wie früher. Nur viel schöner. Jetzt konnte Thies mit ihnen gehen. Zum Strand, zum Baden, ins Watt, über die Heide. Nach dem Kapitän war es wohl Christian, der am stärksten und tiefsten diese beglückende Veränderung empfand. Er sprach kaum darüber. Doch man sah es ihm an, hörte es aus jedem seiner Worte.

Damals war es, als Stella den Jugendfreund erstmals mit anderen Augen zu sehen begann. Das war nicht mehr Krischan, der Gespiele, der Vertraute der Kindheit, das war ein Mensch, dessen wertvolle Eigenschaften, so jung er war, keiner übersehen konnte. Er erregte in Stella ganz neue Gefühle. Vor allem den Wunsch, erwachsen zu sein und von Christian ernst genommen zu werden, als gleichberechtigter Kamerad und als Frau. Ein Gefühl, das Adam, obwohl er doch soviel älter war, nie in ihr erweckt hatte. Adam liebte ihre kindliche Verspieltheit, ihre unfertigen Torheiten, und mehr oder weniger bewußt hatte Stella, die es so gut verstand, in vielerlei Farben zu schillern, diese Rolle gespielt, in der Adam sie gern sah: die kapriziöse kleine Mädchenfrau, ein wenig verdorbene Unschuld, sprunghaft, wechselnd in Stimmung und Laune, angewiesen auf eine starke, führende Hand. Adams Geschöpf, Pygmalions bildsame Galathea.

Dafür hatte Christian kein Verständnis, damit konnte sie ihm nicht im geringsten imponieren. Das hatte sich schon bei der ersten Wiederbegegnung in Berlin gezeigt, und dabei blieb es. Auch während dieser kurzen Sommertage auf Sylt ging Christian ihr gegenüber aus seiner Reserve nicht heraus.

Stella ärgerte sich darüber, es reizte sie, und gerade darum tat und sagte sie Dinge, die ihn erst recht von ihr entfernten. Thies hatte es bald gespürt. Er hatte nicht viel dazu gesagt, denn er erkannte, daß hier ein stummes Kräftemessen im Gange war, in das man sich nicht einmischen konnte. Nur die Zeit konnte hier Helferin sein.

Über Stellas Leben wußte er aus ihren Briefen recht gut Bescheid. Natürlich erzählte sie ihm nun bereitwillig alles, was ihn noch interessierte. Und später, als Thies nach Berlin kam, um dort noch einige Semester zu studieren, sah und erlebte er aus eigener Anschauung, wie Stella lebte. Er war großzügiger und toleranter als Christian. Mit Adam verstand er sich gut. Als Christian einmal eine zornige Bemerkung machte, über das Leben, das Stella führte, sagte Thies: »Was willst du eigentlich? Er hat doch viel Gutes an ihr getan. Sie hat eine Arbeit, die ihr Spaß macht und in der sie etwas leistet, sie macht sich großartig in diesem Laden da, sieht bezaubernd aus, ist klug und amüsant. Und noch so jung. Was erwartest du von einem Mädchen in diesem Alter, Krischan? Daß sie solide und gesittet in dieses seriöse Weltbild hineinpaßt, das du dir vorstellst? Dann wäre sie nicht Stella. Dann wäre sie nicht so, wie sie ist. Ich habe nicht viel persönliche Erfahrungen mit Frauen gemacht, aber ich kenne jetzt immerhin eine ganze Menge, allein schon durch das Studium hier und in Amerika. Es gibt Durchschnittsfrauen und Ausnahmegeschöpfe. Du kannst an beide nicht die gleichen Maßstäbe legen. Oder ich kann mich auch poetisch ausdrücken: ein Feld voll nützlichem, verwertbarem Getreide, das zweifellos unentbehrlich ist. Und dazwischen ein paar leuchtende bunte Blumen, die sich beschwingter im Wind wiegen als jede Ähre. Sie erst geben dem Sommer den höchsten Glanz.«

»Ein schlechtes Beispiel, das du da gewählt hast«, sagte Christian trocken. »Wenn ich recht verstehe, sprichst du von – Unkraut.«

Es war wohl das einzige Mal, daß Christian seinen Freund ärgerlich gesehen hatte, daß ihn die sanften dunklen Augen zornig angeblickt hatten. »Wenn du Welt und Menschen immer nur vom Nützlichkeitsstandpunkt ansehen willst, Krischan, dann lebst du nur in einer Dimension. Und das ist viel zuwenig. Vielleicht sind Freude und Schönheit viel wichtiger als das, was sich in Zahlen und Verwertbarkeit ausdrücken läßt. Für jeden von uns. Auch für dich.«

»Und der Leichtsinn?« fragte Christian hartnäckig. »Ist der auch so etwas Erfreuliches?«

»Leichtsinn«, sagte Thies, »ist ein mißhandelter Begriff. Leichter Sinn, eine leichte Hand, das Leben zu fassen, ist eine glückliche Gabe. Doch um auf Stella zurückzukommen: Was wirfst du ihr vor? Sie ist gar nicht leichtsinnig. Sie ist sehr fleißig, sie arbeitet viel, und sie hat schon allerhand zustande gebracht. Vergiß nicht, wie jung sie noch ist. Du kannst nicht verlangen, daß sie schon ein fertiger Mensch ist. Wir sind es ja auch noch nicht. Was für ein schreckliches Leben, das mit zwanzig Jahren schon auf dem Höhepunkt seiner Entwicklung angelangt wäre! Es gibt natürlich auch solche Menschen. Aber wenn es mir möglich ist, mache ich einen großen Bogen um sie.«

»Du willst mich nicht verstehen«, sagte Christian grollend.

Thies lächelte. »Doch, ich verstehe dich sehr gut. Was du Stella vorwirfst, ist die Freundschaft zu Gontard. Ich gebe dir da nicht recht, sondern bleibe dabei, was ich schon sagte: Er hat viel für sie getan, und sie hat viel bei ihm gelernt. In jeder Beziehung. Ich wünschte ihr für ihr ferneres Leben, daß alle Beziehungen, die sie zu Männern eingehen wird, so glücklich sein mögen.«

Aber er konnte Christian nicht überzeugen. Der sagte nur: »Tut mir leid, Thies. Aber ich kann dir da nicht folgen.«

Das war das einzige Mal, daß sie in dieser Form über Stella sprachen.

Thies hatte in den vergangenen Jahren viel Anteil an ihrem Leben genommen, an ihrer Arbeit, an der Entwicklung des Ladens und auch an ihrer Verbindung zu Adam. Und er hatte eines begriffen: Stellas Leben hatte noch nicht begonnen. Und die Liebe war ihr noch nicht begegnet.

Christian hatte sich weiterhin zurückhaltend betragen. Als Thies dann in Berlin war, traf er zwar öfter mit Stella zusammen, doch er gab sein Vorurteil nicht auf. Stella spürte es. Sie war noch nicht geschickt und erfahren genug, dieses Vorurteil und Christian selbst mit den Waffen einer Frau zu besiegen. Ihr Verhältnis bestand in einer Art kratzbürstigem Gegeneinander, das oftmals ihre Zuhörer amüsierte. Es war eigentlich fast genauso wie in der Kinderzeit. Und nur zwei Menschen ahnten, daß eine starke Unterströmung da war, die in ganz anderer Richtung verlief: Thies und Adam. Diese beiden also, die Stella besser kannten als jeder andere und ihr Wesen tolerierten. Teils aus Liebe, teils aus Großzügigkeit. Aus angeborenem Verständnis für die Verschiedenheit der Menschen bei Thies, aus gelebter Erfahrung bei Adam, dem soviel älteren.

Wenn Christian nur eine dieser Eigenschaften besessen hätte, die Toleranz, die Erfahrung, die Liebe, vielleicht wäre dann in Stellas Leben wieder einmal rechtzeitig ein Paar helfender und haltender Hände aufgetaucht, die ihr die unruhige Fahrt aufs offene Meer hinaus erspart hätten. Zweifellos waren in Christian Keim und Bereitschaft vorhanden, er hatte nur einen großen Fehler: Er war zu jung.

2

In Thies' Leben war die Liebe gekommen. Er hatte Denise Colbert in Amerika kennengelernt, während seiner Studienzeit. Ihr Vater war Mitherausgeber einer großen Pariser Tageszeitung, und Denise bereitete sich gründlich auf die Laufbahn einer Journalistin vor. Sie bewältigte ein umfassendes Studium, zuerst in Paris, verbrachte ein Semester in England und drei in Amerika. Wer sie das erstemal sah, hätte nie vermutet, daß soviel Verstand und ein so scharfer Intellekt in diesem hübschen Mädchenkopf wohnen könnten. Sie war mittelgroß, sehr schlank und zierlich, hatte ein hübsches, pikantes Gesicht mit braunen Augen, einer frechen Stupsnase, allerdings auch mit einem sehr energischen, festen Kinn. Die Haare waren kastanienbraun und naturgelockt und umrahmten eine kluge, hohe Stirn. Als Thies sie kennenlernte, war sie einundzwanzig, sah aber aus wie neunzehn. Wenn man allerdings mit ihr sprach, gab man ihr unwillkürlich ein paar Jahre mehr. Zunächst war es eine unverbindliche Freundschaft.

Thies besaß damals schon einige Sicherheit und Gelöstheit im Umgang mit jungen Menschen. Nur Mädchen gegenüber war er noch sehr scheu.

Denise störte das nicht im geringsten. Ihr gefiel der junge Deutsche, der soviel ernster und tiefer veranlagt war als die gleichaltrigen jungen Amerikaner, die sie umschwärmten. Thies selbst war mehr als überrascht davon, daß die reizende kleine Französin ihn so unverhohlen bevorzugte. Von dieser Überraschung erholte er sich nie, solange sie in Amerika zusammen studierten. Nie hätte er gewagt, sich ihr ernstlich zu nähern.

Sie reisten auf demselben Schiff nach Europa zurück. Hier geschah es, daß sie sich das erstemal küßten. Die Initiative dazu ging von Denise aus.

Thies vergaß das Mädchen nicht. Eine Briefverbindung blieb bestehen. Und nun, vor einigen Monaten, war Denise plötzlich in Berlin aufgetaucht. Sie hatte in Paris zuletzt an der Zeitung ihres

Vaters gearbeitet und hatte es schließlich fertiggebracht, ihren Vater davon zu überzeugen, daß sie nun unbedingt noch perfekt Deutsch lernen müsse und es daher am besten wäre, einige Zeit in der Berliner Redaktion des Pariser Blattes zu arbeiten.

Das tat sie nun. Sie war mit Eifer bei ihrer Arbeit, sprach nun schon ganz gut Deutsch, ein wenig drollig manchmal, ihre Zuhörer hatten oft etwas zu lachen.

Außerdem aber hatte sie sich vom ersten Tag an zielbewußt darangemacht, Thies zu erobern. Es war ihr nicht schwergemacht worden. Nun erlebte Thies die erste Liebe seines Lebens. Und damit kam ein neues Glück in sein harmonisches, zufriedenes Dasein. Es leuchtete Thies aus den Augen, verscheuchte die letzte Melancholie, den letzten Schatten von seiner Stirn.

Stella war ein wenig eifersüchtig. Sie vertrug es schwer, daß eine andere Frau ihr etwas voraus hatte. Und das war zweifellos der Fall. Denise war klüger, gewandter und weitaus reifer als sie. Denise war schon eine richtige, fertige, kleine Frau.

Als Adam gegangen war, sagte Thies: »Wegen dieser Premiere kam ich auch. ›Frau Warrens Gewerbe‹ wird gespielt. Sicher wird es eine gute Aufführung. Fehling inszeniert. Hermine Körner spielt, die Hoppe, Minetti und Aribert Wäscher. Das könnte ein amüsanter Abend werden. Denise hat vier Karten, und ich dachte, wir könnten alle zusammen gehen. Krischan kommt auch mit.«

Stella verzog den Mund. »Da kommst du eine halbe Stunde zu spät. Mit euch wäre ich natürlich lieber gegangen. Aber ich kann jetzt nicht mehr absagen. Scheermann ist im Theater, das würde dumm aussehen.«

»Natürlich nicht«, meinte Thies. »Dann klappt es eben ein andermal.«

»Das wird wieder ein Grund für Krischan sein, mich mit strafenden Blicken zu betrachten«, sagte Stella. »Ich kann mich noch gut erinnern, wie ich ihn einmal traf, als ich mit Adam in der Oper war.« Gleichzeitig fiel ihr ein, an welchem Abend das gewesen war. Damals erfuhr sie von Noras Selbstmordversuch. Wie lange war das her! Und wie hatte sich alles gewandelt in dieser Zeit. Nora am allermeisten.

»Vielleicht geht Nora mit«, nahm Thies die unausgesprochene Anregung auf.

»Frag sie halt. Aber vielleicht wünscht sich Krischan eine andere Begleiterin.« Und neugierig fügte sie hinzu: »Hat er eigentlich noch immer keine Freundin?«

Thies lachte. »Nicht, daß ich wüßte. Er arbeitet wie ein Wilder. Das ist alles.«

Wirklich ähnelte alles ein bißchen dem lang vergangenen Opernabend. Wieder saß Stella in einer Loge, die Freunde im Parkett. Und wieder stand sie in der Pause durch die Breite des Foyers getrennt von ihnen, nicht in Weiß diesmal, sondern in einem schmalen, bodenlangen, schwarzen Kleid aus schimmernder Seide. Sie trug lange, schwarze Handschuhe dazu, ihre Schultern waren nackt und weiß, ihr rotes Haar schimmerte metallisch. Sie erregte Aufsehen, aber sie war es gewohnt, daß man sie ansah, und ebenso daran gewöhnt, ein wenig hochmütig darüber hinwegzusehen. Auch ihr Begleiter sah gut aus. Scheermann trug einen Smoking und bewegte sich mit lässiger Sicherheit darin. Er war sehr höflich und sehr galant. Einige Male traf er Bekannte, wurde angesprochen. Er machte Stella dann bekannt, sichtlich befriedigt von dem Aufsehen, das sie erregte.

»*C'est un beau couple, ces deux là*«, sagte Denise anerkennend. »*Mais je ne sais pas ... Un gros morceau pour la petite Stella. Je crois, c'est un homme dangereux.*«

Christian schwieg mit finsterer Miene. Thies lachte. »Sie wird sich schon nicht die Zähne daran ausbeißen.«

Nora aber meinte kopfschüttelnd: »Wenn Adam das wüßte, könnte sie was erleben.«

Stella hatte den Freunden nur zugelächelt. Die ganze Situation war ihr ein wenig peinlich. Und auf keinen Fall wollte sie Scheermann mit ihnen zusammenbringen.

Nach dem Theater speisten sie bei Horcher.

Mitten im Gespräch bemerkte Scheermann plötzlich beiläufig: »Sagen Sie, Stella, wie lange wollen Sie eigentlich noch so weiterleben wie bisher?«

Stella sah ihn erstaunt an. »Wie meinen Sie das?«

»Nun«, fuhr Scheermann ohne Scheu fort, »ich meine natürlich Gontard.«

Stella wollte etwas sagen, doch er hob abwehrend die Hand. »Moment, lassen Sie mich noch etwas sagen. Ich habe nichts gegen den Professor, ich schätze ihn persönlich sehr. Was keineswegs auf Gegenseitigkeit beruht, wie ich weiß. Ich habe den Professor als Junge schon bewundert. Vielleicht wissen Sie, daß unsere Familien bekannt sind. Ein begabter und ein lebenskluger Mann, zweifellos. Aber auch wieder nicht klug genug. Meiner Meinung nach hat sich der Professor in den letzten Jahren zu sehr exponiert. Nach der falschen Richtung.«

Stella wußte nicht recht, was sie dazu sagen sollte. Vorsichtig warf sie nur ein: »So, meinen Sie das?«

»Ja. Er hätte alle Chancen gehabt, ganz groß zu werden. Die besten Verbindungen hätten ihm zur Verfügung gestanden. Aber leider, er hat zuviel geredet. Es ist Ihnen ja bekannt, daß er mehr und mehr ausgebootet wurde. Die großen Ausstellungen finden ohne ihn statt.«

»Ja«, sagte Stella, »ich weiß. Aber er ist nicht darauf angewiesen.«

»Nicht?« fragte Scheermann mit leichter Ironie. »Liebe Stella, das sagt sich leicht. Ich glaube, der Professor ist sich klar darüber, daß er heute außerhalb steht. Und er hat das wohl vorausgesehen. Schön, er kann es sich leisten. Er hat die Familie Gontard im Hintergrund, er hat immerhin einen guten Namen. Aber sein Name steht nicht mehr in erster Reihe. Die großen Aufträge werden nicht an ihn vergeben. Ich finde, er hat sich töricht verhalten. Ein Künstler hat heute viele Möglichkeiten. Und doch auch, das werden Sie zugeben, alle Freiheit, die er sich wünschen kann. Wenn er sich aber feindselig zu uns stellt, dann natürlich ...«

Er hob die Schultern.

»Was heißt zu uns?« fragte Stella unschuldig. »Ich wußte gar nicht, daß Sie etwas mit Kunst zu tun haben. Ich dachte, Sie arbeiten auf einem ganz anderen Gebiet.«

»Das tue ich auch«, erwiderte Scheermann ruhig. »Und mit Kunst habe ich gar nichts zu tun, außer daß ich mich dafür interessiere. Als Privatmann, zu meinem Vergnügen.«

»Und warum«, fragte Stella, »warum sagen Sie mir das alles?«

»Weil ich, nun, weil ich Sie sehr gern habe. Sie sind ein ungewöhnliches Mädchen. Schön und begabt. Mir gefallen Ihre Arbeiten ausgezeichnet. Und ich denke, daß Sie eine beachtliche Karriere machen könnten. Falls Sie sich dazu entschließen könnten, Ihr Leben nicht so ausschließlich mit dem des Professors zu verbinden.«

»Ich verdanke ihm alles, was ich heute bin«, sagte Stella.

»Alles ist wohl ein bißchen viel gesagt. Wenn ich sage, Sie seien ein ungewöhnliches Mädchen, so meine ich damit, daß Sie das nicht erst durch ihn geworden sind. Das waren Sie schon immer. Oder zweifeln Sie daran?«

Stella hob die Schultern. Die Frage war schwer zu beantworten. Und dieser Mann hier war der letzte, dem sie sie beantworten würde, wenn sie die Antwort gewußt hätte. Ohne Adam? Was wäre sie ohne Adam? Nein, die Frage war wohl doch leicht zu beantworten. Ohne Adam säße sie nicht hier. Nicht in diesem Kleid, nicht mit diesem Auftreten. Ohne Adam hätte sie keinen Beruf, der ihr Freude machte. Ohne Adam wäre alles ganz anders geworden.

»Ich weiß nicht«, sagte sie.

»Sehen Sie«, fuhr Scheermann eindringlich fort und legte seine Hand auf die ihre, »Sie sind ihm dankbar. Das ist ein schöner Zug von Ihnen. Sie haben allerhand gelernt bei ihm, ohne Zweifel.« Ein dünnes Lächeln erschien um seinen Mund. »Nicht nur modellieren. Und Sie haben Ihr ganzes Leben mit dem seinen verknüpft. Beruht das auf Gegenseitigkeit?« Stella zog ihre Hand weg, und eine kleine Falte erschien auf ihrer Stirn. »Was wollen Sie damit sagen?«

»Das ist doch nicht schwer zu verstehen. Sie sind Professor Gontards Schülerin, er hat Ihr ganzes Leben mit Beschlag belegt, auch über seine Lehrtätigkeit hinaus. Er stellt Sie überdies noch in diesen Laden, so daß Sie überhaupt keine Zeit mehr für ein eigenes Leben haben. Der Laden – gut und schön. Aber was soll das für Sie? Von ihm war es ganz geschickt, sich diesen sicheren Hintergrund zu schaffen mit einem schönen Mädchen darin, das die Kunden anzieht. Das bleibt ihm immer.«

»Als wenn er das nötig hätte«, sagte Stella.

»Kann man nie wissen. So wie die Dinge jetzt liegen, ist Gontard auf dem absteigenden Ast. Ich sagte schon: Von all den großen Aufträgen geht keiner mehr an ihn. Sein Name kommt aus der Mode. Selber wird er sich nicht in den Laden stellen. Das macht Stella, sein kleiner Adjutant. Stella tut alles für ihn. Und was tut er für Stella? Bringt er sie in die richtigen Kreise, macht er sie groß? Das kann er nicht, denn die richtigen Kreise, die, auf die es heute ankommt, hat er sich selber verschlossen. Durch seine Haltung und – nun, durch die Thornau. Sein Festhalten an ihr ist doch eine Lächerlichkeit.«

Darauf hatte Stella die ganze Zeit gewartet. »Darauf wollten Sie also hinaus«, sagte sie mit einem leichten Lächeln.

»Nicht nur darauf«, widersprach Scheermann, »aber es gehört dazu, nicht wahr? Ich finde, so wie die Dinge nun mal liegen, sind Sie dem Professor nicht allzusehr verpflichtet. Warum sollten Sie sich ganz für ihn einsetzen? Er tut es auch nicht.«

»Er kann Frau Thornau nicht im Stich lassen«, sagte Stella bestimmt. »Das wäre eine Gemeinheit.«

»Wer redet denn davon? Aber er könnte ihr vielleicht eher behilflich sein, wenn er sich nicht außerhalb der heutigen Gesellschaftsordnung stellen würde.«

Über die »heutige Gesellschaftsordnung« mußte Stella unwillkürlich lächeln. »Glauben Sie eigentlich an das, was Sie vertreten?« fragte sie unvermittelt.

Mit dieser Frage verblüffte sie ihren Gesprächspartner. »Wie meinen Sie das?«

»Nun, das, was Sie die heutige Gesellschaftsordnung nennen. Sind Sie damit ganz einverstanden?«

»Aber natürlich.«

»Also auch damit, daß man eine Frau wie Gerda Thornau aus Berlin von den Berliner Bühnen vertrieben hat?«

»Mein liebes Kind, das ist zweifellos bedauerlich. Aber so, wie die Dinge nun einmal liegen, nicht zu ändern. Es mußte hier einmal eine gewisse Ordnung geschafft werden. Daß auch manche darunter leiden müssen, denen man es nicht wünscht, ist bedauerlich, aber unvermeidlich. Ich persönlich habe nichts gegen Frau Thornau. Aber es war nun einmal nicht mehr möglich, daß sie hier auftrat.«

»Und – in Wien?« fragte Stella.

»Was meinen Sie?«

»Ich habe gehört, daß sie – daß sie in Wien auch schon gelegentlich Ärger hat. Aus dem gleichen Grund.«

Scheermann lächelte plötzlich. »So? Hatte sie das? Nun ja, es vollzieht sich da eine gesunde und ganz natürliche Entwicklung. Vielleicht wird auch Frau Thornau eines Tages in Wien nicht mehr spielen können.«

Stella blickte beklommen in das ebenmäßige, männlich-schöne Gesicht dieses seltsamen Mannes, vor dem sie sich ein wenig fürchtete, aber der ihr auch nicht direkt unsympathisch war.

»Und dann?« fragte sie.

»Dann?« Scheermann hob die Schultern. »Dann wird Frau Thornau eben von der Bühne abtreten müssen. Das müssen alle einmal. Früher oder später.«

»Sehen Sie«, sagte Stella lebhafter und fast triumphierend, »und darum ist es wichtig, daß Adam zu ihr hält. Er kann diesen ganzen Unsinn aus der Welt schaffen.«

»Ach!« Scheermann zog amüsiert die Brauen hoch. »Das würde mich aber doch sehr interessieren, wie er das machen wollte.«

Ohne weiter zu überlegen, platzte Stella mit der erst vor einigen Tagen besprochenen Frage heraus. »Er brauchte sie bloß zu heiraten.«

Scheermann lachte, offensichtlich erheitert. »Das wäre ein Volltreffer. Allerdings fragt sich, ob man ihm diese Heirat gestatten würde. Und wenn ja, fragt sich noch sehr, ob er Frau Thornau damit helfen würde. Wenn Sie mich fragen: Nein.«

»Nein?«

»Nein. So einfach geht es ja nun auch wieder nicht.«

Stella schwieg darauf eine Weile. Sie übersah die ganze Sache so schlecht. Bisher hatte sie geglaubt, Adam wisse das alles am besten und würde immer einen Weg finden. Nicht nur für sie, auch für Gerry.

Aber diese unbekannten Mächte im Hintergrund, die für sie immer noch nur Schemen waren, keine Wirklichkeiten, wurden immer bedrohlicher, immer unheimlicher. Ich muß Adam das erzählen, dachte sie. Ich wollte eigentlich nicht sagen, daß ich mit Scheermann ausgegangen bin. Aber ich muß es ihm sagen, und auch, was wir geredet haben.

Scheermann bot ihr eine Zigarette an. Stella nahm sie gedankenverloren und rauchte eine Weile schweigend.

»So nachdenklich?« fragte Scheermann, und seine Stimme klang weich und schmeichelnd. »Sie geht das doch alles nichts an, Stella. Sie haben Ihr Leben vor sich, und wenn Sie wollen, eine große Zukunft. Gontard ist alt, die Thornau ist alt. Sie sind jung. Suchen Sie sich andere Freunde, andere Förderer, und Sie werden sehen, wie sich Ihnen die Türen öffnen.«

»Andere Freunde«, wiederholte Stella ironisch. »Damit meinen Sie sich selbst, nicht wahr?«

Er lachte vergnügt. »Sehr richtig. Sie gefallen mir, das wissen Sie ja. Sie haben mir schon gefallen, als ich Sie das erstemal gesehen habe, und daran hat sich nichts geändert. Sie sind genau der Typ von Frau, den ich meine. In jeder Beziehung. Daß Sie künstlerisch tätig sind, stört mich nicht. Im Gegenteil. Ich hätte gerne eine Frau, die etwas Besonderes darstellt.«

Stella blickte ihn sprachlos an. Dann stieg ein leichtes Rot in ihre Wangen. Das war, wenn man es richtig betrachtete, ein Heiratsantrag. Bisher hatte ihr noch niemand einen gemacht.

Scheermann lachte über ihr erstauntes Gesicht. »Eine Anregung«, sagte er leichthin. »Denken Sie mal darüber nach. Ich bin sechsunddreißig. Ich habe alles, was man sich wünschen kann. Eine große Position und noch größere Aussichten für die Zukunft. Ein schönes Haus und alle Bequemlichkeiten, die dazugehören. Was mir fehlt, ist eine Frau, die in das alles hineinpaßt. Und ich bin da sehr anspruchsvoll. In jeder Beziehung. In Ihnen ist alles vereint, was ich suche. Da ist nur ein Schönheitsfehler.«

Stella hatte sich wieder gefaßt. Sie blickte ihn schräg unter gesenkten Lidern an. »Und der wäre?«

»Das können Sie sich leicht denken. Der Professor. Mir wäre es lieber, wenn es ihn in Ihrem Leben nicht gegeben hätte. Andererseits hätte ich Sie dann nicht kennengelernt. Aber zumindest dürfte es ihn in Zukunft in Ihrem Leben nicht mehr geben. Auf keinen Fall.«

Stella lächelte spöttisch. »Das ist gewissermaßen so eine Art Bedingung, wenn ich Sie recht verstehe.«

»Gewissermaßen, ja.«

Stella nahm einen Zug von ihrer Zigarette, trank langsam aus ihrem Glas. Dabei beobachtete sie den Mann, der ihr ruhig und lächelnd gegenübersaß. Ein starker Gegner, ein ebenbürtiger Gegner. Ein Mann. Ob sie es wollte oder nicht, er imponierte ihr ein wenig. Aber das war alles. Mehr nicht.

»Sie müssen wissen«, sagte sie langsam, »ich bin Bedingungen gegenüber etwas dickköpfig. Ist mir angeboren. Ich vertrage es schlecht, wenn man Forderungen an mich stellt. Aber da ist noch etwas anderes, was Sie vielleicht nicht wissen. Oder vielleicht wissen Sie es auch, Sie sind ja immer blendend informiert. Ich bin eine Termogen. Und die Mitglieder der Familie Termogen halten treu zu ihren Freunden. Und es ist nicht einzusehen, warum es bei mir anders sein sollte, nur weil ich eine Frau bin.«

Scheermann betrachtete sie mit einem gewissen Respekt. »Alle Achtung«, sagte er. »Sie halten sich gut. Und das gefällt mir noch mehr. Vielleicht können wir zu gegebener Zeit einen kleinen Handel machen. Sie sollen Ihren Freunden helfen können. Angenommen, ich würde dem Professor und Frau Thornau die Ausreise ermöglichen, und zwar unter Mitnahme gewisser Mittel und in aller Großzügigkeit, meinen Sie nicht, daß Sie dann Ihre Freundschaft ausreichend bewiesen hätten?«

Stella lachte. »Und Adam wäre somit aus meinem Gesichtskreis verschwunden, das meinen Sie doch auch?«

»Natürlich. Das käme dazu. Trinken wir noch eine Flasche? Oder wollen Sie lieber woandershin gehen?«

Stella wäre am liebsten nach Hause gegangen. Doch andererseits empfand sie Freude an diesem untergründigen Gespräch. Ich muß es Adam erzählen, dachte sie. Und gleich darauf: Nein, ich kann es ihm nicht erzählen.

»Das ist alles ganz gut und schön«, sagte sie. »Aber sinnloses Gerede. Gerry ist in Wien. Und Adam kann auch nach Wien ziehen, falls er will. Ich glaube, Ihre Hilfe wird gar nicht gebraucht, Herr Scheermann.«

»Nun«, meinte Scheermann und lächelte liebenswürdig, »ich weiß nicht so recht. Vielleicht doch. Wir sprechen gelegentlich wieder einmal darüber.«

3

Sie sah Scheermann danach lange Zeit nicht. Er schien sehr beschäftigt zu sein. Und sie erzählte Adam einiges von diesem Gespräch. Lange nicht alles. Nicht was Scheermann über Adams angeblichen Abstieg gesagt hatte, und schon gar nicht, was er ihr, Stella, angeboten hatte.

Adam war ärgerlich. »Was triffst du dich mit dem Kerl? Du sollst dich mit diesen Leuten nicht einlassen. Es kommt nichts Gutes dabei heraus. Ist er unverschämt geworden?«

»Aber gar nicht. Er hat nicht einmal den Versuch gemacht, mich zu küssen.«

Adam betrachtete sie unter zusammengezogenen Brauen. »Das will nichts heißen. Der Bursche ist raffiniert. Und schließlich kein Rabauke. Er hat Kinderstube. Das macht ihn um so gefährlicher. Bei den anderen Gangstern weiß man immer, woran man ist. Leute wie er sind schwerer zu durchschauen und schwerer zu bekämpfen. Er wickelt dich ein. Er legt Lockspeise aus, so, wie man kleine Vögel fängt. Ich will nicht, daß du ihn triffst.«

Stella schwieg. Adam war klug. Er wußte nicht, was gesprochen worden war, aber er ahnte es. Nicht, wie weit Scheermann gegangen war. Aber in welcher Richtung er ging, das wußte Adam.

Kurz darauf kam der Anschluß mit Österreich. Und damit die erste wirklich bedrohliche Situation, die Stella als solche erkannte. Erstmals verspürte sie Angst. Es wurde von Krieg gesprochen. Und dieser unwirkliche Begriff begann vage Gestalt anzunehmen.

In den Jubel, der die Leute erfaßte, sogar die skeptischen Berliner, nachdem alles gut gegangen war und dieser offensichtliche Erfolg der Politik Hitlers errungen war, konnte Stella nicht einstimmen. Sie war zu sehr persönlich betroffen durch ihre Bindung an Adam und auch an Gerry. Sie mochte Gerry gut leiden. Trotz allem. Sie gehörte nun mal zu Adam, hatte immer zu ihm gehört. Stella hatte es von Anfang an gewußt und sich damit abgefunden.

Adam Gabriel Gontard benötigte Herrn Scheermann nicht. Er konnte sich selber helfen. Gar so arglos hatte er nicht in die Zukunft hineingelebt. Er hatte längst vorgesorgt, was, mit dem Bankhaus Gontard im Hintergrund, nicht so schwer gewesen war. Adam besaß ein Konto in der Schweiz und eines in Amerika.

Gerry verließ Wien wenige Tage nach dem Anschluß. Sie reiste in die Schweiz, wo Adam sie treffen würde.

»Zunächst«, sagte Adam, als er und Stella das letztemal in seiner Wohnung zusammensaßen, »zunächst fahren wir mal zu meiner Schwester nach Amerika. Claire hat mich schon lange eingeladen, sie zu besuchen. Warum soll ich mich hier noch lange herumärgern? Einmal muß dieser Unsinn hier ein Ende haben. Wenn aber nicht, wenn es so weitergeht, wie es jetzt manchmal aussieht, dann rate ich dir folgendes, Stella: Es zwingt dich nichts, hierzubleiben. Du kannst auch hinüberkommen. Es werden sich drüben sicher Arbeitsmöglichkeiten finden, und man kann in Ruhe abwarten, wie die ganze Geschichte weitergeht.«

»Ich weiß nicht, Adam«, sagte Stella, der ein wenig bange war vor dieser einschneidenden Veränderung ihres Lebens. »Du kannst schlecht immer so weitermachen wie bisher. Und du kannst nicht bei deiner Schwester ebenfalls mit zwei Frauen aufkreuzen. Ich glaube auch nicht, daß Gerry darüber sehr glücklich wäre.«

Adam wußte, daß sie recht hatte. Und darum wußte er auch, daß ein schöner und glücklicher Abschnitt seines Lebens zu Ende ging. Abschied von der Jugend. Abschied von Stella.

Er legte seine Hände um ihr Gesicht. »Mein kleiner Stern, ich kann mir nicht denken, daß ich mich von dir trennen muß. Fast drei Jahre sind es jetzt. So ein kleines, winziges bißchen Stern. Und hat so viel Glanz in mein Leben gebracht. Habe ich mich eigentlich schon einmal dafür bedankt?«

Stella hatte die Augen voller Tränen. Aber sie lachte ein bißchen. »Das fehlte auch gerade noch. Wenn jemand sich bedanken muß, dann ich. Was wäre aus mir geworden ohne dich, Adam? – Ach!« Zwei Tränen lösten sich aus ihren Augenwinkeln und rollten langsam über ihre Wangen. Adam küßte sie sanft fort, und dann lag sie plötzlich in seinen Armen und schluchzte.

Er streichelte sie behutsam. »Komm, komm, kleiner Stern. Weine nicht mit deinen schönen, blauen Augen. Wir wollen doch nicht jetzt zum Schluß ein trauriges Liebespaar werden. Wir waren immer ein fröhliches, lebensbejahendes, nicht wahr? Vielleicht wird auch alles nicht so schlimm. Ich mache jetzt mal eine kleine Reise. Vielleicht lasse ich Gerry dann bei Claire, oder sie findet auch wieder Arbeit drüben, sie kann ja recht gut Englisch, und ich komme wieder. Ich wüßte ja auch nicht, was ich ohne meine Arbeit tun sollte. Irgendwie schaukelt sich immer wieder alles zurecht. Nicht weinen, Liebling. Komm, wir müssen noch vernünftig miteinander reden. Weißt du, was wir jetzt machen? Wir trinken eine Flasche Champagner. Ich habe noch einen echten französischen da, und dabei besprechen wir alles Notwendige.«

Es gab wirklich allerhand Wichtiges zu besprechen. Adam hinterließ Stella eine Menge Verantwortung.

»Froh bin ich«, sagte er, »daß der Laden da ist. War doch eine gute Idee von mir. Für dich und für Nora ist gesorgt. Die Sache ist eingespielt, ihr habt die richtigen Verbindungen. Wenn du irgendwelche Sorgen hast oder es gibt mal Schwierigkeiten, gehst du zu meinem Vetter. Du hast Robert ja kennengelernt, und ich habe ihm Bescheid gesagt. Er wird immer für dich dasein. Die Miete für die Wohnung und das Atelier gehen über mein Konto, das ich bei ihm habe. Darum brauchst du dich nicht zu kümmern. Sorge nur immer ein bißchen für Ordnung hier. Ich denke, daß du hier wohnen wirst, auch Nora kann ja hier einziehen, dann bist du nicht allein. Na, und das Atelier, das brauchst du sowieso. Alles in allem habe ich doch ganz gut für dich gesorgt, nicht?«

Stella nickte. Ja, das hatte er wirklich. Er ging fort, man wußte nicht für wie lange. Aber sie hatte den Anteil am Geschäft, sie konnte in seiner Wohnung leben und sein Atelier benützen. Wem wurde soviel auf einmal geboten?

Nein. Niemand sollte etwas gegen Adam sagen. Er war mit vollen Händen in ihr Leben gekommen. Sie hatte nur Gutes von ihm erfahren. Jetzt verließ er sie. Aber er hatte ihr Leben so gut eingerichtet und so weich ausgepolstert, daß ihr nichts passieren konnte. Sie besaß eine Existenz, einen Beruf, in dem sie die ersten selbständigen Schritte getan hatte, und ein kleines Stück Lebenserfahrung. Eigentlich konnte gar nichts schiefgehen.

4

In der ersten Zeit ohne Adam kam sich Stella sehr verloren vor. Er hatte ihr Leben ausgefüllt und bestimmt. Nun mußte sie auf einmal selbst entscheiden. Über ihre Arbeit, die Belange des Geschäfts und auch über ihr Privatleben. Letzteres bereitete am wenigsten Mühe. Es gab keinen Mann in ihrem Leben mehr, doch sie hatte genügend Freunde, gute Freunde, mit denen sie reden und denen sie sich anvertrauen konnte. An erster Stelle Thies. Seine Liebesverbindung zu Denise hinderte ihn nicht daran, Stellas Freund und Berater zu bleiben.

Mit Nora war Stella, schon durch das Geschäft, eng verbunden. Wirklich zogen sie beide in Adams Wohnung, und Thies, der bisher ein nicht sehr günstig gelegenes möbliertes Zimmer bewohnt hatte, zog zu Hermine.

»Gott sei Dank, jetzt sind wir alle fein beisammen«, sagte Stella befriedigt. »Da fühle ich mich nicht so einsam. Ob wir Krischan hier noch einquartieren?«

Aber Christian zeigte sich an diesem Vorschlag nicht interessiert. Er hatte noch immer sein bescheidenes Zimmer am Kottbusser Tor und war damit zufrieden. Und in Adams Wohnung wäre er um keinen Preis der Welt gezogen.

»Das fehlte gerade noch«, sagte er zu Thies. »Der kommt eines Tages wieder, und ich hause dann dort mit den zwei Frauen. Nee, das denn doch nicht.«

Außerdem bekam man Christian jetzt sowieso kaum zu sehen. Er steckte im Examen und würde sein Studium bald abgeschlossen haben. Anschließend mußte er seinen Militärdienst ableisten.

»Wie greulich, Krischan«, sagte Stella. »Muß das sein?«

»Muß ja wohl«, meinte Christian. »Und je eher ich es hinter mir habe, um so besser.«

»Da bist du fein heraus«, sagte sie zu Thies. »Siehst du, da hat deine Krankheit doch noch ihr Gutes.«

So empfand es Thies auch. Es war eine kleine Vergeltung für die verlorenen Jahre seiner Jugend.

Auch Denise war davon sehr befriedigt. »Soldat sein nix gut«, sagte sie. »Ich nicht liebe Uniform. Macht Mann so fremd. Er ist dann so hart und viel verpackt.«

Im Mai fuhr Thies mit Denise eine Woche nach Paris, um sich ihrer Familie zu repräsentieren.

»Willst du sie denn heiraten?« fragte Stella neugierig.

Thies nickte. »Ich möchte schon. Es muß ja nicht gleich sein. Ich verdiene noch zuwenig. Und Denise hat soviel Spaß an ihrer Arbeit. Sie möchte noch ein bißchen weitermachen. Man muß ja auch erst mal sehen, was ihre Eltern zu mir sagen.«

»Was sollen sie denn sagen?« meinte Stella. »Sie können Gott auf Knien danken, daß Denise so einen wunderbaren Mann bekommt.«

Thies errötete und lachte. »Danke, kleine Schwester. Bin ja gespannt, ob sie auch so denken wie du.«

Nun, sie dachten nicht ganz so. Daß ihre Tochter ausgerechnet einen Deutschen liebte, fanden Denises Eltern gar nicht so wunderbar. Aber Thies gefiel ihnen. Sie würden keine Schwierigkeiten machen.

Im Sommer reiste dann Thies mit Denise nach Sylt. Der Kapitän mußte seine zukünftige Schwiegertochter schließlich auch kennenlernen. Und er war ein Schwiegervater wie aus dem Bilderbuch. Ein alter, aufrechter Kapitän, mit blauen Augen und einem dröhnenden Lachen, ein aufmerksamer Kavalier dazu, der außerordentlich galant zu der kleinen charmanten Französin war. Denise verstand sich von Anfang an großartig mit ihm. Sie zwitscherte und lachte den ganzen Tag, erfreute den Kapitän mit ihren wißbegierigen Fragen. Endlich konnte er wieder mal nach Herzenslust ein dickes Garn spinnen.

Stella, die auch vierzehn Tage auf der Insel verbrachte, kam sich direkt überflüssig vor. Denise hinten und Denise vorn, kaum daß sich einer um sie kümmerte.

Kapitän Termogen war jetzt achtundsiebzig. Er hatte ein wenig Fülle verloren, hatte ein paar Falten mehr, und sein Haar war dünner geworden. Sonst schien er kaum verändert. Sein Grog und der Aquavit schmeckten ihm unverändert, und er lenkte immer noch mit sicherer Hand den Wagen mit den zwei Braunen über die Straßen der Insel. Nur reiten tat er nicht mehr. Nachdem Tack in den Pferdehimmel entschwunden war, hatte er kein neues Reitpferd mehr angeschafft. Auch Tönjes war inzwischen hochbetagt gestorben. Aber natürlich gab es einen neuen Hund auf dem Hof. Einen grauen Schnauzer, der auf den Namen Boy hörte und mit dem Stella sich gut angefreundet hatte. Er begleitete sie meist auf ihren Spaziergängen, und er als einziger schien sie Denise vorzuziehen.

Im Gegensatz zu dem Kapitän war Stine ziemlich alt und klapprig geworden. Sie vergaß das meiste, was man ihr sagte, verwechselte die Namen und zerschlug so nach und nach das ganze Porzellan des Hauses. Alle wertvollen Stücke hatte der Kapitän schon vor ihr in Sicherheit gebracht und weggeschlossen. Nur am Kochherd war sie noch die alte Meisterin, da klappte alles vorzüglich.

Denise war begeistert von der Insel. »Du hast ein so schöne Heimat, Thies«, sagte sie. »Oh, ich möchten gern hier oft sein.«

Am Abend, bevor Stella abreiste, hatte der Kapitän sie zu einem Hummeressen in das Landschaftliche Haus eingeladen.

»Wir müssen Denise das zeigen«, hatte er Stella zuvor verschmitzt erklärt. »Die Franzosen denken immer, nur sie können essen und verstehen was vom guten Leben.«

»Ach so«, sagte Stella. »Wegen Denise. Ich dachte, du gäbest das Essen mir zu Ehren.«

»Das doch natürlich auch, min Deern«, sagte der Kapitän und legte seinen Arm um ihre Schulter.

»Auch«, wiederholte Stella gekränkt. »Ich bin abgemeldet, ich weiß.«

»Du bist meine tüchtige, kleine Deern«, sagte der Kapitän, »und nu sei man nicht kindisch. Ich bin stolz auf dich. Wo du jetzt sogar in der Zeitung stehst. Stella Termogen. Das liest sich fein.«

Stella hatte nämlich, kurz bevor sie nach Sylt gefahren war, ihren ersten offiziellen Erfolg verbuchen können. In einem Wettbewerb junger Künstler war eine ihrer Arbeiten ausgezeichnet worden. Und in Berlin hatte man einige ihrer Stücke in einer Ausstellung gezeigt. Besonders ihre kleinen Tierplastiken und die beschwingten Mädchenfiguren fanden viele Freunde. Außerdem hatte sie schon einige Entwürfe ihrer Keramiksachen an eine Fabrik verkauft, die Gebrauchskeramik herstellte. Und neuerdings verhandelte sie mit einer Porzellanmanufaktur, die an einigen Mustern interessiert war. Diese Verbindung hatte Adam ihr noch verschafft.

Das Essen im Landschaftlichen Haus wurde ein voller Erfolg. Denise staunte. Sie blieb überrascht stehen, als sie am Abend das Lokal betraten. Auf dem weißgedeckten Tisch brannten die Kerzen eines mehrarmigen Leuchters, ein breites Blumenarrangement stand inmitten der Tafel, duftige Ranken zartblauer Blüten lagen auf dem Tisch. Gedeckt war mit altem, ebenfalls blaugeblümtem Porzellan, in dem sich das Kerzenlicht golden spiegelte.

»Oh, comme c'est joli!« rief Denise entzückt und schlug die Hände zusammen wie ein Kind.

»Das, Mademoiselle«, sagte der Kapitän und schmunzelte, »ist alte friesische Kultur.« Er trug zur Feier des Tages einen dunkelblauen Anzug und sah sehr festtäglich aus. Auch die drei anderen hatten sich hübsch gemacht, Thies trug einen eleganten grauen Anzug und die beiden jungen Damen ihre schönsten Sommerkleider. Stella eines in Türkis, mit einem viereckigen Ausschnitt und einem weiten Glockenrock, Denise ein raffiniertes Pariser Modell, große weiße Margeriten auf schwarzem Grund.

Die Wirtin des Landschaftlichen Hauses begrüßte sie, und dem französischen Gast zu Ehren verzichtete man auf den Begrüßungsaquavit und begann statt dessen mit einem französischen Aperitif.

Die blonde Tölken servierte dann die Tassen mit der Hühnersuppe. Eine wunderbar aromatische Brühe, in der junge Erbsen, Spargelspitzen und kleine Stücke vom Brustfleisch schwammen.

»*Merveilleux*«, sagte Denise. »Die beste Suppe von Huhn, die ich habe gegessen.«

Schließlich kamen die beiden Hummer auf den Tisch, große, rote Burschen, das weiße, feste Fleisch noch duftend nach frischem Meer. Dazu gab es Toast und geschlagene Butter und, natürlich, Sekt.

Sie speisten alle vier mit Genuß und Ausdauer.

»So 'n Hummer«, erklärte der Kapitän und zuzzelte mit Hingabe eine Hummerschere aus, »ist das beste Mittel, um sich darauf zu besinnen, wie der Mensch essen soll. Mit Zeit und Muße nämlich. Nicht bloß schnell irgend etwas hinunterstürzen, kaum daß man sich Zeit nimmt, sich ordentlich hinzusetzen. Der Hummer zwingt einen dazu, sich ein bißchen gründlicher mit ihm zu beschäftigen. Das ist auch richtig so. Sind alles gute Gaben vom lieben Gott, und die muß man richtig würdigen.« Er wischte sich gründlich die Lippen ab und hob sein Glas. »Auf euer Wohl, liebe Kinder.«

Sie tranken, und der Kapitän meinte dann schmunzelnd: »Da haben wir aber heute zwei bannig hübsche Deerns dabei, Jung. Könnte uns woll jeder Mann drum beneiden.«

Thies lachte. »Könnte er, Vadding, könnte er bestimmt.«

»Und daß ich nun zwei Töchter habe auf meine alten Tage, das ist man eine feine Sache. Bin ich ordentlich stolz drauf. Tjä, denn werden wir woll noch 'ne Buddel brauchen. Tölken, haste denn noch eine kalt gestellt?«

»Aber klar doch, Herr Kapitän«, lachte die blonde Bedienung. »Nicht nur eine.«

»Du bist 'ne kluge Deern«, lobte sie der Kapitän. »Man muß immer 'ne Ecke weiterdenken, denn kommt man nich in Verlegenheit.«

5

Am nächsten Abend war Stella wieder in Berlin. Sie war müde nach der langen Fahrt, brachte den Wagen in die Garage und ging dann hinauf in die Wohnung. Nora war nicht da. Vielleicht war sie hinten bei Hermine. Vielleicht auch ausgegangen. Nora hatte in letzter Zeit einen recht beachtlichen Bekanntenkreis gewonnen. Sie wurde viel eingeladen und ergriff mit Begeisterung jede Gelegenheit, ihre elegante Garderobe spazierenzuführen. Lange hatte es gedauert. Doch nun lebte Nora genauso, wie sie es sich in den vielen einsamen Jahren erträumt hatte.

Stella überlegte, ob sie zu Hermine gehen sollte. Ach, wozu? Sie sah sie morgen auch noch früh genug.

Sie hatte ihre beiden Koffer in der Diele abgestellt, war dann durch die ganze Wohnung gegangen und hatte überall Licht gemacht.

Seltsam war so eine große, leere Wohnung. Sie machte so einsam. Und daß alles ordentlich und aufgeräumt aussah, machte es nur noch schlimmer. Solange Adam hier gewesen war, war es auch nicht unordentlich gewesen, aber belebt. Im Wohnzimmer, auf dem Tisch vor der Couch, standen früher immer Gläser und mindestens eine Flasche. Jetzt war der Tisch leer. Auch der Aschenbecher war leer und sauber ausgewischt. Stella starrte eine Weile darauf. Der leere Aschenbecher machte sie geradezu nervös. Sie sah sich nach Zigaretten um. Es waren keine da. Sie öffnete die schwere alte Dose, die auf Adams Schreibtisch stand, wo er immer einige dunkle, dicke Zigarren aufzubewahren pflegte, für Momente der Konzentration, des Grübelns, der Meditation. Zwei waren noch darin.

Stella nahm eine heraus und roch daran. Und sie sah Adam so lebendig vor sich, spürte seine Nähe, als sei er hier im Zimmer.

»Gib mir doch mal eine Zigarre 'rüber, kleiner Stern. Mir ist so nach Beschaulichkeit.« Das hatte er manchmal gesagt, wenn er drüben in einem der tiefen Sessel saß. Einmal, nachdem er die Zigarre andächtig in Brand gesetzt hatte, zog er sie auf den Schoß, und sie fragte: »Wie schmeckt denn das?«

»Gut. Willst du mal probieren?«

Sie nahm einen Zug aus der Zigarre und verzog das Gesicht. »Scharf und bitter«, sagte sie. »Versteh' ich nicht, was du daran findest.« Aber die ersten duftenden Rauchwolken der Zigarre roch sie gern.

Sie legte die Zigarre in die Dose zurück und schloß behutsam den Deckel. Die mußten hier bleiben. Die warteten auf ihn. Vielleicht kam er eines Tages wieder, und dann sollte alles so sein, wie er es gewohnt war.

Hatte sie Sehnsucht nach Adam? In dieser Stunde ja. Am Anfang, nachdem er weg war, hatte sie direkt ein Gefühl der Befreiung gehabt. So, als sei sie nun endlich erwachsen und könne tun, was sie wolle. Keiner war mehr da, der ihr etwas vorschrieb. Aber manchmal war es doch ganz gut, wenn einer da war, der einem sagte, was man tun sollte.

Adams Liebe? Nun ja, sie hatte sich daran gewöhnt. Manchmal waren ihr seine Umarmungen lästig gewesen. Manchmal hatte sie sich einen anderen Liebhaber gewünscht. Sie hatte genug Männer kennengelernt in den vergangenen Jahren, und ab und zu war einer dabeigewesen, von dem sie sich vorgestellt hatte, wie es sein würde, von ihm geliebt zu werden. Komisch eigentlich, daß sich ihr in all den Jahren kein Mann ernstlich genähert hatte. Nicht einmal einen Kuß hatte sie bekommen. Nur Adams Küsse auf ihren Lippen, seit drei Jahren nun, und jetzt nicht einmal mehr die.

Sie gefiel den Männern doch. Sie hatte viele Komplimente gehört, viele begehrliche Blicke gespürt. Aber keiner hatte sich an sie gewagt, solange Adam da war. Keiner hatte gesagt: Komm mit mir, verlaß diesen Mann, der soviel älter ist als du, der eine andere Frau hat neben dir. Ich liebe dich. Ich will dich haben.

Vielleicht auch: Ich will dich heiraten. – Warum nicht?

Aber keiner hatte es gewagt. Sie war Adams Besitz gewesen, so unbestritten und uneingeschränkt, als wäre ihr ein Zeichen auf die Stirn gebrannt worden. Scheermann fiel ihr ein. Er war der einzige, der sich etwas näher gewagt hatte. Und das war nun auch schon bald wieder ein halbes Jahr her. Seitdem hatte sie ihn nur einmal kurz gesehen. Seit dem Anschluß Österreichs war er fast ständig in Wien. Von dem, was er dort tat, wußte sie ebensowenig wie von dem, was er hier in Berlin getan hatte.

Als er einmal im Laden vorbeigekommen war, Anfang Juni war es gewesen, hatte er gesagt: »Ich habe Sie nicht vergessen, Stella, und auch nicht, was wir gesprochen haben. Sie?«

Sie hatte stumm den Kopf geschüttelt. Ein wenig neugierig, was nun kommen würde.

»Sie müssen noch ein wenig Geduld haben. Wir stecken mitten in wichtigen Entwicklungen. Ich bin nur für einen Tag in Berlin. Der Professor ist fort, nicht wahr?«

»Er ist verreist«, sagte Stella kühl.

»So. Verreist. Und wann kommt er wieder?«

»Bald. Er besucht seine Schwester in Amerika.«

»Ach ja, die kleine blonde Claire.«

Bevor er ging, hatte er gesagt: »Wir sehen uns bald wieder, Stella.« Aber seitdem hatte sie ihn nicht gesehen. War schon möglich, daß er sie gern hatte. Aber wichtiger war ihm sein merkwürdiger, undurchschaubarer Beruf. Man wußte ja wirklich nicht, was noch alles geschehen würde. Zur Zeit las man von den Unruhen in der Tschechoslowakei. Man sprach viel von Sudetendeutschen, von deren Existenz Stella früher nie etwas gewußt hatte. Und Leute, die etwas mehr davon verstanden als sie, behaupteten, daß Hitler darauf aus sei, die tschechoslowakischen Randgebiete dem Deutschen Reich einzuverleiben. Es war Stella ziemlich gleichgültig.

Ihr Blick war wieder bei dem leeren Aschenbecher gelandet. Schließlich fand sie noch einige Zigaretten in ihrer Handtasche. Sie hatte zwar auf der langen, einsamen Fahrt schon viel geraucht. Und es wäre vernünftiger, erst etwas zu essen. Aber sie hatte keine Lust.

Sie zündete eine Zigarette an, betrachtete befriedigt das Streichholz und den ersten Aschenrest im Aschenbecher. Dann ging sie zu dem alten, eichenen Schrank an der Rückseite des Zimmers, in dem Adam immer den Kognak und die Liköre aufzubewahren pflegte.

Sie nahm die Kognakflasche heraus, holte sich ein Glas und goß es bis an den Rand voll.

Eine Weile betrachtete sie nachdenklich die goldene Flüssigkeit, hob dann leicht das Glas und sagte: »Prost, Adam. Du hast mich schon verdammt allein gelassen.«

Sie trank das Glas aus und machte dann einen zweiten Rundgang durch die Wohnung. Noras Zimmer war ordentlich aufgeräumt. Nur ein Paar schwarze Pumps lagen umgekippt auf dem weißen Teppich. Nora war also wohl doch ausgegangen. Wenn sie die Pumps nicht anhatte, dann hatte sie die schwarzen Wildlederschuhe mit der Silberspange an, und dann war sie sicher im Theater. Ach ja. Und dann hatte sie sicher auch das elfenbeinfarbene Crêpe-de-Chine-Kleid an, das sie sich kurz vor Stellas Abreise hatte machen lassen. Ein raffiniertes Kleid. Nora war sehr stolz darauf. »Im Sommer kann ich das schon tragen, was meinst du, Stella? Wenn ich auch eine alte Frau bin. Aber wenn man im Sommer ins Theater geht, kann man ja auch mal etwas anderes tragen als Schwarz.«

»Du bist keine alte Frau«, hatte Stella erwidert, so wie es von ihr erwartet worden war, »und das Kleid ist fabelhaft.« Es hatte einen schmalen, langen Rückenausschnitt und nur die Andeutung eines Ärmels. Nora trug dazu schwarze Handschuhe und schwarzen Schmuck aus der eigenen Kollektion.

Stella lächelte. Nora war zwanzig Jahre älter als sie. Aber sie kam sich in diesem Moment ihr gegenüber uralt vor. Bloß um zu sehen, ob sie richtig geraten hatte, öffnete sie Noras Kleiderschrank. Das heißt, eigentlich war es ja Gerrys Kleiderschrank. Und der Teppich, auf dem die schwarzen Pumps standen, war Gerrys Teppich. Und das Bett, in dem Nora schlief, war Gerrys Bett.

Das elfenbeinfarbene Kleid fehlte im Schrank. Nora war also wirklich ausgegangen.

Stella öffnete die Tür zum Musikzimmer. Auf dem Flügel lag ein wenig Staub. Keiner spielte mehr. Sie konnten alle nicht Klavier spielen. Außer Hermine, und die hatte selbst einen Flügel. Früher hatte Gerry hier gespielt.

Im Eßzimmer schließlich blieb Stella eine Weile vor Gerrys Bild stehen. Groß, fragend und ein wenig schwermütig blickten Gerrys dunkle Augen sie an.

»Wie gefällt es dir in Amerika, Gerry?« sagte Stella laut. »Sehr weit weg, nicht wahr? Aber du bist nicht allein. Adam ist bei dir. Und wo er ist, da ist Leben. Und Liebe. Liebt er dich, Gerry? Schläfst du heute nacht in seinem Arm? Mich liebt keiner, und ich schlafe allein.«

Stella biß sich auf die Lippen. Fing sie jetzt an zu spinnen? Eine Fünfzimmerwohnung war eben zu groß, wenn man allein darin war.

Sie mußte daran denken, wie sie das erstemal vor diesem Bild gestanden hatte. Das war genau drei Jahre her. Und es war der Tag, an dem sie die Liebe kennengelernt hatte. Dann hatten sie hier in diesem Zimmer gegessen, anschließend hatte Adam ihr das Atelier gezeigt, und dann waren sie zu ihrer Mutter gefahren. Bloß um ihr mitzuteilen, daß sie auch in der folgenden Nacht nicht zu Hause sein würde.

Lenes entsetztes Gesicht damals! Ihr erschrockenes: »Aber Kind! Was treibst du denn eigentlich?«

Jetzt war Lene tot. Sie war im vergangenen Winter gestorben, ganz plötzlich und unauffällig, ohne jemanden damit zu belästigen. Als Milly vom Einkaufen zurückkam, lag sie auf dem Sofa in der Küche und atmete nicht mehr. Das alte, müde Herz hatte einfach ausgesetzt. Milly rief Stella eine Stunde später im Geschäft an und teilte es ihr mit. Drei Tage später hatten sie Lene begraben.

Seitdem hatte Stella das Haus, in dem sie geboren worden war, nicht mehr betreten. Vorher, solange Lene noch lebte, war sie, wenn auch in größeren Abständen, immer mal zu einem kurzen Besuch gekommen. Stets mit Geschenken für Millys Kind und mit einem Geldschein für Milly selbst. Damit erkaufte sie sich, daß man sie in Ruhe ließ. Fritz war nämlich anfangs, als sie den Laden erst kurze Zeit führten, einmal dort aufgetaucht. Mit seinem unverschämten Grinsen. »Muß doch mal sehen, wat meine Schwester da so treibt. Jeht denn det Jeschäft jut?« Stella hatte ihn kühl und entschieden hinauskomplimentiert. Tags darauf war sie bei Milly aufgetaucht.

»Ein für allemal, Milly, halte mir Fritz vom Hals. Ich will ihn dort nicht haben. Er ist schließlich kein Bruder, mit dem man Staat machen kann. Ich komme schon immer mal vorbei, und ich bringe dir etwas mit. Aber keine Besuche von Fritz.«

»Jotte doch«, hatte Milly maulend gesagt, »nu jib man bloß nich so an. Er hat sich doch janz ordentlich betragen in letzter Zeit. Und arbeeten jeht er ooch. Du brauchst dir doch wejen deinem Bruder nich zu schämen.«

»Ich kann auch nicht gerade stolz auf ihn sein. Also, ich verlasse mich auf dich, daß du weitere Besuche verhinderst.«

Das hatte Milly getan. Sie hatte in dieser Ehe die Hosen an, und Fritz parierte. Er ging arbeiten, verdiente den Unterhalt für seine kleine Familie und hatte sich nichts mehr zuschulden kommen lassen. Zweifellos war diese Ehe, mochte Milly sein, wie sie wollte, für ihn ein Segen gewesen.

Mit ihrer Schwester Lotte hielt es Stella ähnlich. Gelegentlich, im Jahr zwei- oder dreimal höchstens, ein kurzer Besuch, mit Schokolade für die Kinder, und Weihnachten ein paar Geschenke.

Danke zu sagen, fiel Lotte immer ein wenig schwer. »Ein Wunder, daß du einen überhaupt noch kennst. Damals, als du so'n kleener halbverhungerter Balg warst, da war ich gut genug, dich herumzuschleppen. Heute möchste am liebsten verleugnen, daß du eine Schwester hast.«

»Red doch keinen Unsinn«, hatte Stella darauf erwidert. Irgend etwas mußte sie schließlich sagen. Und natürlich hatte Lotte recht.

»'ne mächtig feine Dame biste geworden. Aber soviel brauchste dir ooch nich einzubilden. Du bist ooch nur die Freundin von 'nem reichen Mann. Is nischt Besonderes weiter. Und immer bleibt man nicht jung und hübsch. Da sollteste mal dran denken.«

Lotte hatte guten Grund, das zu sagen. Sie war erst dreiunddreißig. Aber sie sah viel älter aus. Sie war dick geworden und blickte meist etwas mürrisch drein. Daß sie einmal ein ausnehmend hübsches Mädchen gewesen war, davon war nichts mehr zu sehen.

Stella empfand auch zu ihr keine Zuneigung. Sie machte pflichtgemäß ihre gelegentlichen Besuche, brachte die Geschenke für die Kinder und vergaß, daß sie einen Bruder und eine Schwester besaß, sobald sie wieder hinter dem Steuer saß und zurückfuhr in den Westen. Ihr Bruder war Thies, ihre Familie waren die Termogens in Keitum. Es war nichts als ein alberner Zufall, daß sie in diesem grauen Haus hinter dem Alexanderplatz geboren worden war.

Stella seufzte, vergaß, woran sie eben gedacht hatte, und kehrte ins Wohnzimmer zurück. Sie trank noch einen Kognak, drückte die Zigarette im Aschenbecher aus. Sie würde auspacken und dann zu Bett gehen. Sie war doch müde. Oder nicht auspacken und gleich zu Bett gehen. Nora kam sicher spät. Sie würde morgen noch früh genug erfahren, was es Neues gab. Nächste Woche würde Nora verreisen. Nicht nach Keitum diesmal. Nora, die so mondäne Gelüste entwickelt hatte, würde diesmal zur Kur nach Bad Wiessee fahren. Sie hätte schon immer mal ins Gebirge gewollt, hatte sie Stella mitgeteilt, und eine Kur würde ihr zweifellos guttun. Von einem gewissen Alter an solle man gelegentlich etwas für sich tun, habe ihr der Arzt gesagt.

Als Stella im Bett lag, seufzte sie wieder. Das Bett war sehr groß und sehr leer. Stella war ein bißchen blutarm und fror leicht. An Adam hatte man sich immer herrlich wärmen können.

Stella schlang beide Arme um das Kopfkissen und drückte ihr Gesicht hinein.

»Ich möchte gern ein bißchen geliebt werden«, murmelte sie in das Kissen. »Lieber Gott, mach, daß Adam zurückkommt. Oder mach, daß Krischan mich endlich liebhat.«

Sie wußte nicht, welche der beiden Möglichkeiten ihr lieber wäre. Das war nicht so einfach zu entscheiden. Auf jeden Fall waren sie beide nicht da. Adam war in Amerika und Christian bei den Soldaten. An einen dritten Mann dachte sie nicht. Scheermann beispielsweise kam ihr gar nicht in den Sinn. Und auch sonst war keiner da, an den sich ihre sehnsüchtigen Gedanken wenden konnten.

Jedoch der dritte Mann kam schon kurze Zeit später.

6

Dieser dritte Mann war ihr zweiter Mann, und wenn man es genau nahm, eigentlich der erste. Es war ihre erste Liebe. Es war Jan Termogen. Er kam in den Laden, eines Abends, kurz vor Geschäftsschluß. Stella stand am Webstuhl und unterhielt sich mit Jensine.

Jensine, Christians jüngere Schwester, hatte sich als großer Gewinn für das Geschäft erwiesen. Offenbar war Christian doch nicht der einzige in der Familie Hoog, der umsichtig und intelligent war. Jensine war zwar vielleicht nicht ganz so hübsch wie ihre beiden Vorgängerinnen, sie war ein wenig stämmig, genau wie ihr Bruder, und ihr Gesicht war zu rund und überdies mit einer verwegenen Stupsnase geschmückt. Aber sie hatte sich mit wahrem Feuereifer in die Arbeit gestürzt. Natürlich konnte sie hervorragend weben, aber noch mehr Spaß machte es ihr, die Kunden zu bedienen. Hierin erwies sie sich als besonders begabt. Sie hatte sich alle nötigen Ausdrücke und Fachkenntnisse mit größter Schnelligkeit erworben. Ihren strahlenden hellblauen Augen und ihrem Überzeugungseifer konnte kein Kunde widerstehen.

Auch nachdem Nora verreist war, konnte Stella ihr ruhig das

Geschäft allein überlassen und im Atelier bleiben. Jensine war dem Verkauf gewachsen. Und sie war unbändig stolz auf jedes Stück, das sie verkaufte. Wenn Stella dann am Nachmittag kam, berichtete Jensine präzise, was verkauft worden war und was nicht und warum nicht. Sie hatte den Warenvorrat genau im Kopf und machte bald selbständige Vorschläge, was man nachbestellen müsse.

An diesem Abend, Anfang September, setzte ihr Jensine gerade auseinander, was sie als nächstes zu arbeiten habe. Ein Kunde wäre dagewesen und hätte nach etwas ganz Bestimmtem gesucht, nach einem Elefanten aus Keramik.

»Er muß den Rüssel hochhalten und den Kopf zurückgeworfen haben, so, als trompete er gerade«, erklärte Jensine eifrig. »Der Herr sagte, er habe so was gehabt, aber das sei leider kaputtgegangen, und er brauche das wieder. Ein trompetender Elefant bringe Glück, sagt er.«

»Tut er das?« fragte Stella amüsiert. »Dann müssen wir uns doch mal mit einem trompetenden Elefanten befassen.«

»Es muß aber gleich sein«, sagte Jensine. »Er kommt nächste Woche wieder vorbei.«

»Nur mit der Ruhe«, sagte Stella. »Ich bin doch keine Maschine. Also schön, ich verspreche dir, ich ziehe morgen mit meinem Skizzenbuch in den Zoo. Fragt sich nur, wie man einen Elefanten dazu bringt, auf Befehl zu trompeten.«

Doch selbst in dieser Frage wußte Jensine Rat. »Du sprichst am besten mit einem Wärter im Zoo, Stella«, sagte sie. »Der weiß das sicher. Vielleicht kitzelt der den Elefanten ein bißchen.«

»Na ja«, meinte Stella, »wollen mal sehen. Hauptsache, ich brauche ihn nicht selber zu kitzeln.«

Die Ladenglocke ertönte, und Stella wandte sich nach vorn. »Hoffentlich nicht noch einer, der nach Elefanten sucht«, sagte sie.

Nein. Der Mann, der an der Tür stehengeblieben war, suchte keinen Elefanten. Er suchte sie.

Stella blieb überrascht stehen. »Jan!« rief sie. Jan lächelte. »Du erkennst mich also wieder?«

Einen Augenblick sahen sie sich stumm an. Schon in dieser Minute wußte Stella, daß das Schicksal, ihr eigenes Schicksal, eben hereingekommen war. Daß sich in dieser Minute ihr ganzes Leben veränderte. In dieser ersten Minute, in der sie ihn wiedersah.

Jan Termogen. Er sah genauso aus wie damals. Groß und breitschultrig, die dunklen Augen voller Eindringlichkeit, die lächelnde Überlegenheit um den Mund, die scharfe, schwarze Spitze, mit der sein Haar in die Stirn wuchs.

Auch in Jans Gesicht kam Erstaunen. »Genauso hübsch, wie es damals zu erwarten war«, sagte er.

Er kam rasch auf sie zu, nahm sie einfach in die Arme und küßte sie. Stella war darauf nicht vorbereitet. Doch als sie seine Arme um sich spürte, als seine Lippen die ihren berührten, war in ihrem Körper kein Widerstand mehr. Sie erwiderte seinen Kuß.

Jan ließ sie nicht los. Sie blickten sich eine Weile stumm in die Augen. Wie schön er war! Und wie er sie ansah! Um Stella versank die Welt. Eine wilde, jähe Sehnsucht überfiel sie. Es gab keine Frage und keinen Zweifel. Hier stand der Mann vor ihr, den sie immer geliebt hatte und dem sie bestimmt war. Wenn sie je an einen Mann gedacht hatte, dann hatte sie an Jan gedacht. Wenn sie je von Liebe geträumt hatte, dann hatte sie von Jan geträumt. Sie hatte es nur nicht gewußt. Jetzt auf einmal war es klargeworden.

Das Staunen in ihren Augen war so groß, das verwunderte, hingabebereite Ach auf ihren leicht geöffneten Lippen fast hörbar, obwohl es nicht laut wurde.

Jan lächelte nicht mehr. Und das Seltsame, für ihn Überwältigende war, daß er Ähnliches empfand. Die Frau seines Lebens, die die er immer gesucht hatte, hier war sie.

»Estelle!« sagte er leise und zärtlich. *»An unconditional surrender at first sight.«* Er schloß sie wieder fest in die Arme und küßte sie noch einmal.

Jensine störte sie bei diesem zweiten Kuß. Dieser seltsame Kunde, der nicht sprach, sondern nur flüsterte, hatte ihre Neugier erregt. Sie steckte den Kopf durch die Tür und konnte einen kleinen piepsenden Schrei nicht unterdrücken, als sie Stella in der Umarmung eines Mannes sah.

Stella und Jan fuhren auseinander. Stella wandte den Kopf zu Jensine und lachte. Ein tiefes, glückliches Lachen.

Auch Jan mußte lächeln, als er Jensines entsetztes, rundes Gesicht erblickte. Er legte den Arm um Stellas Schulter und sagte: »Estelle, ich glaube, wir haben die junge Dame sehr erschreckt.«

»Kein Wunder«, sagte Stella, und Übermut schwang in ihrer Stimme, ein ganz neuer, ganz fremder Jubel, der noch nie darin erklungen war. »Besuch, Jensine. Das ist Jan Termogen. Kennst du ihn noch?«

Jensine hatte ihn bereits erkannt. »Klar doch«, sagte sie eifrig. »Er war ja mal da. Damals, als du immer mit ihm im Auto 'rumgefahren bist. Ist aber schon lange her.«

Stella wußte es genau. »Sechs Jahre, Jensine!« Sie blickte Jan wieder an und wiederholte vorwurfsvoll: »Sechs Jahre! Wo hast du bloß so lange gesteckt?«

»Das frage ich mich gerade eben jetzt auch«, sagte Jan.

Aber Jensine hatte den Bann gestört. Sie waren beide etwas verlegen und stürzten sich in ein sprunghaftes Gespräch.

»Wieder mal Europaurlaub«, sagte Jan. »War höchste Zeit. Man verblödet ganz im Dschungel. Ich bin fest entschlossen, eine Weile die Zivilisation zu genießen. Ich hoffe, du wirst mir dabei helfen, Estelle.«

»Natürlich. Wieso hast du mich so schnell gefunden?«

»Dumme Frage, *bébé*. Ich war in Keitum. Habe endlich Thies mal getroffen. Und er hat mir allerhand von dir erzählt. Du bist ja ein enorm tüchtiges Mädchen geworden. Künstlerin, und einen eigenen Laden hast du auch. Wie hast du das geschafft?«

Stella lächelte. »Ich nehme an, Thies hat dir das auch erzählt.«

»Na ja, so ein bißchen. Steckt ja wohl ein Mann dahinter. Es wundert mich nicht, wenn ich dich jetzt sehe. Ich würde dir ein ganzes Schloß schenken und den Sternenhimmel dazu, wenn du mich lieben würdest.«

Jensine kicherte begeistert. »Man zu«, sagte sie. »Wir nehmen das gern.«

Das Wir kam ihr ganz selbstverständlich über die Lippen. Sie empfand sich hier als dazugehörig.

Jan schenkte ihr sein bezwingendes Lächeln. »Thies hatte mich auch darauf vorbereitet, daß du ein sehr hübsches Mädchen geworden seist. Aber ganz richtig hat er es doch nicht beschrieben.«

»Kann ich mir denken«, meinte Stella. »Für ihn ist Denise weitaus reizvoller. Die wirst du ja sicher auch kennengelernt haben.«

»Hab' ich. Aber kein Vergleich mit dir, Estelle. Ich hab's damals schon gewußt. Mein Gott, ich erinnere mich noch genau, als du die Treppe herunterkamst, die Nase in die Luft strecktest und hoheitsvoll verkündetest: Ich bin Stella Termogen. Und den ganzen Mund hattest du verschmiert mit knallroter Farbe. Aber niedlich warst du damals schon.«

»Was hat denn Onkel Pieter gesagt, daß du jetzt auf einmal wieder da bist?«

»Was soll er sagen? Du kennst ihn ja. Vielleicht hat's ihn ein bißchen gefreut. Nicht besonders. Er hat mich abgeschrieben. Thies ist sein ganzes Glück. Und die kleine Französin hofiert er, daß einem die Augen übergehen. Aber ich freue mich jedenfalls, daß Thies wieder gesund ist.«

»Und ihr habt euch gut verstanden?«

»Selbstverständlich. Ich wüßte auch nicht, wer sich mit ihm nicht verstehen sollte.«

»Das ist wahr. Thies ist eine wahre Seelenmassage, sagt Krischan immer.«

»Wer ist Krischan?«

»Den kennst du doch auch. Christian Hoog. Jensine hier ist übrigens seine Schwester.«

»Ihr habt so eine Art Sylter Filiale in Berlin aufgemacht. Geht der Laden denn?«

»Nicht schlecht«, meinte Stella. »Man wird nicht gerade reich dabei, aber wir kommen ganz gut hin.«

»Hm. Ganz hübsche Sachen, die ihr hier habt.« Jan sah sich flüchtig um, dann kehrte sein Blick zu Stella zurück. »Wie ich mich freue, dich zu sehen, Estelle.«

»Bleibst du länger hier?« stellte Stella schließlich die Frage, die sie besonders interessierte.

»Ein halbes Jahr. Ein richtiger ausgedehnter Urlaub, den ich mir verdient habe.«

»Und – was hast du vor?«

Jan lächelte. »Bisher hatte ich unbestimmte, aber verschiedene Pläne. Jetzt habe ich nur noch einen, einen ganz bestimmten.«

Ihre Blicke lagen ineinander. Stella wußte, welchen Plan er hatte, aber sie fragte doch: »Und welchen?«

»Möglichst viel mit dir zusammenzusein.«

7

Es war, als hätte sie all die Jahre nur auf ihn gewartet. Und es wäre ihr lächerlich erschienen, große Umwege zu machen, da sie das Ziel doch genau kannte: seine geöffneten Arme, seine Liebe, sein Herz.

Kurz darauf war Feierabend, sie schlossen das Geschäft, verabschiedeten sich von Jensine und gingen zunächst in die Wohnung, damit Stella sich umziehen konnte.

Sie setzte Jan ins Wohnzimmer, stellte die Kognakflasche vor ihn hin und sagte: »Es dauert nicht lange, in einer Viertelstunde bin ich fertig.«

Aber Jan blieb nicht lange auf seinem Stuhl sitzen. Er spazierte durch die Wohnung, sah sich alles genau an und kam dann einfach zu ihr ins Schlafzimmer.

»Hübsch wohnst du hier. Und ganz allein?«

»Zur Zeit«, sagte Stella. »Sonst ist Nora da, aber sie ist momentan verreist.«

»Wie günstig«, meinte Jan.

Stella überhörte es.

»Wo wohnst du denn?«

»Im Bristol. Das kenne ich von früher. Wenn ich länger hierbleibe, werde ich mir etwas anderes suchen. Wird auf die Dauer ein bißchen teuer.«

Sie stand vor dem Spiegel und bürstete ihr Haar. Plötzlich trat er hinter sie, umfing sie mit beiden Armen und küßte sie in den Nacken.

Ein Zittern durchlief Stella. Ihre Schultern und Arme bedeckten sich mit Gänsehaut. Jan sah es und lachte.

»Du bist allein, Estelle?«

»Ich nehme an, daß Thies dir auch das erzählt hat.«

»So ungefähr. Diesen Mann – hast du ihn sehr geliebt?«

Hatte sie Adam geliebt? Jetzt auf einmal war er wirklich weit fort.

Sie hob die Schultern. »Doch«, sagte sie langsam. »Ich habe ihn liebgehabt. Er hat viel für mich getan. Er war mein Lehrer und mein Freund.«

»Na schön«, sagte Jan in leichtem Ton. »Muß es auch geben. Und was hat er dir sonst bedeutet?«

»Er war der erste Mann meines Lebens.«

»Und der einzige?«

Stella nickte in ihr Spiegelbild. »Ja.«

»Meine Schuld«, sagte Jan. »Ich hätte damals gleich dableiben müssen, nicht? Oder dich mitnehmen. Aber du wirst ihn bald vergessen haben. Ich werde dich keinem anderen mehr überlassen, das weißt du ja. Weißt du es?« Er drehte sie zu sich herum, zog sie an sich und blickte sie an. »Weißt du es, Estelle?«

Stella nickte.

»Es gibt nur noch die beiden Möglichkeiten. Ich bleibe bei dir, oder ich nehme dich mit.«

Nur dieses einzige Mal versuchte Stella sich zu wehren. »Mein Gott, Jan. Du bist heute angekommen. Wir sehen uns das erstemal. Wie kannst du so etwas sagen?«

Er schloß die Augen halb und sprach dicht über ihrem Mund. »Weil es gar keine andere Möglichkeit mehr gibt. Ich weiß es, und du weißt es auch. Warum sollen wir uns erst Theater vormachen. Es war ein echter *coup de foudre* heute zwischen uns. Ich habe nicht geglaubt, daß es so etwas gibt. Aber mein Leben lang habe ich geglaubt, irgendwo auf der Welt gibt es eine Frau für mich. *Die* Frau. Ich dachte immer, ich müßte sie eines Tages finden. Und ich war überzeugt, wenn ich sie fände, würde ich sie sofort erkennen. Und so ist es gekommen. Wenn ich fünfundzwanzig wäre, würde ich mir vielleicht mehr Zeit lassen und dir das erst in einer Woche sagen. Aber ich sage es dir heute, und ich sage es dir gleich. Und ich sage dir nicht einmal etwas Neues.«

Stella war willenlos in seinem Arm, gelähmt von Angst und Entzücken und erfüllt von Verlangen. »Ich«, sagte sie, »ich habe dich damals schon geliebt.«

Sie küßten sich. Stella vergaß, daß sie Adam geküßt hatte. Dies waren die ersten Küsse ihres Lebens. Die Küsse, auf die sie gewartet hatte, seit Jan sie damals zum Abschied im Auto geküßt hatte.

Er neigte seinen Kopf, legte seine Lippen in die Beuge ihres Halses, glitt mit diesen zärtlichen Lippen über ihre Schultern, zum Ansatz ihrer Brust.

Ein heißes Gefühl stieg Stella in die Kehle. Sie konnte doch nicht gleich, nicht in der ersten Stunde ... – Hier in Adams Zimmer, hier, wo sie damals Adams ersten Kuß empfangen hatte.

Sie schob ihn ein wenig von sich fort. »Nicht«, sagte sie, und die Stimme gehorchte ihr kaum, »bitte, Jan. – Ich muß mich anziehen.«

»Wozu?« sagte er. »Müssen wir denn unbedingt essen gehen?«

»Bitte, Jan«, bat sie. »Laß mir ein klein wenig Zeit.«

Er ließ sie los. »Gut«, sagte er, »ein klein wenig. Nicht viel, Estelle. Wir haben schon soviel Zeit verloren.«

Sie speisten bei Schlichter, ein ausgewähltes, raffiniert zusammengestelltes Menü, doch sie achteten beide kaum darauf, was sie aßen. Auf jeden Fall aber gewann Stella ein wenig die Kontrolle über sich zurück. Sie bewegte sich mit gewohnter Sicherheit und lässigem Charme, brachte es fertig, ihm über den Tisch hinweg zuzulächeln und mit diesem Lächeln wieder eine kleine Distanz herzustellen.

O nein, dachte sie. Nicht so, wie du es dir denkst! Nicht, daß du einfach kommst, und ich falle dir in den Schoß wie eine reife Frucht. So leicht will ich es dir nicht machen. Ich weiß nichts von dir. Nichts über dein Leben, nichts über andere Frauen in deinem Leben. Ich weiß nur so viel, daß du kein sehr guter Mensch bist. Daß du treulos bist und leichtsinnig. Daß du es fertigbringst, fortzugehen und dich nicht einmal mehr umzublicken. Ich werde nicht blind und bedingungslos kapitulieren. Ich bin kein ahnungsloses Kind mehr, das jedes zärtliche, verführende Wort glaubt. Du wirst mir alles sagen, du wirst bekennen, du wirst erst beweisen müssen, ob du es wert bist, daß ich dich liebe.

Sie war ein ahnungsloses Kind, und sie kapitulierte blind und bedingungslos schon nach wenigen Tagen.

Seltsame Tage waren es. Sie war manchmal erfüllt von hektischer Betriebsamkeit, schleppte Jan hierhin und dorthin, ins Theater, zu einer Ausstellung, wo einige Arbeiten von ihr zu sehen waren, und am Abend saßen sie stundenlang in Restaurants und Bars. Sie wollte das zu nahe Alleinsein mit ihm vermeiden.

Jan durchschaute sie. Und er war in diesen Tagen ein wenig zurückhaltender. Wohl auch deswegen, weil er selbst von dem heftigen Gefühl, das ihn ergriffen hatte, überrascht war. Sein unruhiges, unstetes Leben hatte ihn noch nie mit einer Frau ihrer Art zusammengeführt. Noch nie, so erschien es jetzt, war ihm die Liebe begegnet. Da waren viele Abenteuer, zweifellos. Verliebtheit, ein kurzer Rausch. Schließlich seine mißglückte Ehe.

Mit der Zeit waren ihm Frauen unwichtig geworden. Von Mabel lebte er seit langem getrennt. Und wenn er eine Frau brauchte, gab es die schlanken, willigen Geschöpfe, da, wo er herkam. Es hatte ihm bisher genügt. Oder er hatte geglaubt, es genüge ihm.

Die Arbeit auf der Plantage war die einzige vernünftige Arbeit, die er in seinem Leben getan hatte. Und dort stand er seinen Mann, war er am rechten Platz.

Jetzt auf einmal begann er, die Welt mit anderen Augen zu sehen. Stella war daran schuld. Er wollte sie gewinnen, um jeden Preis. Aber instinktiv empfand er, daß er sie nicht zu sehr erschrekken durfte. Sie war kein Mädchen, dem man einfach winkte: Komm. Und die man nachher wieder fortschickte. Sie sollte bei ihm bleiben.

Stella schien zu ahnen, was in ihm vorging. Sie war bereit. Doch eine leise Angst erfüllte sie. Und immer verstand sie es, ihm auszuweichen, die letzte Entscheidung aufzuschieben.

»Was hast du in London gemacht, Jan?«

Jan zögerte. Es wäre Zeit, von Mabel zu sprechen, von den Kindern. Bisher hatte er es vermieden.

»Ich habe mich naturalisieren lassen.«

»Oh!« sagte Stella erstaunt. »Du bist jetzt Engländer?«

Er nickte. »Ja, es erleichtert mir die Arbeit da unten. Die Deutschen sind nicht mehr sehr beliebt. Der Antrag lief schon längere Zeit, und nun war es soweit.«

»Hast du das Onkel Pieter erzählt?«

»Nein. Warum?«

»Ich meine nur.«

»Warum sollte ich es ihm erzählen? Ich dachte mir, vielleicht paßt es ihm nicht.«

»Er ist schließlich nicht engstirnig«, sagte Stella. Nach einer Weile fuhr sie fort: »Demnach willst du also immer dort unten bleiben.«

»Ich hatte es vor«, sagte Jan. »Jetzt weiß ich allerdings nicht, was ich tun werde.«

»Warum?«

»Es hängt von dir ab.«

»Von mir?«

Er nickte und sah sie an. Stella senkte den Blick. Und dann begann sie rasch, von etwas anderem zu sprechen.

In dieser Nacht, als er sie nach Hause brachte, ließ er ihre Hand nicht los, als sie ihm gute Nacht sagte.

»Stella!«

»Ja?«

»Wirst du mich immer so fortschicken?«

»Jan«, sagte sie leise, »bitte ...«

»Hast du Angst vor mir?« fragte er lächelnd.

»Nein«, sagte sie. Und dann nach einer Weile, ehrlich: »Doch. Ein bißchen.«

»Du kannst mir nicht weglaufen, das weißt du doch.«

Sie hob die Schultern. »Ich weiß gar nichts. Gute Nacht.«

Sie war kaum in der Wohnung, da klingelte das Telefon.

»Jan, du?«

»Ja. Ich habe noch etwas vergessen.«

»Was denn?«

»Ich liebe dich. Ich dachte mir, am Telefon kann ich es dir leichter sagen.«

Sie lachte. Nun, da er nicht mehr vor ihr stand, war sie mutiger.

»Das freut mich«, sagte sie.

»Wirklich?«

»Wenn du mich noch einlädst zu einem Kognak, sage ich es dir noch einmal.«

»Sag es mir morgen.«

»Nein, ich will es dir heute sagen. Denn ich will deine Antwort hören.«

»Meine Antwort? Es ist doch keine Frage, nicht?«

»Doch. Es ist eine Frage. Kann ich kommen?«

Und plötzlich, ohne weiter zu überlegen, hatte sie ja gesagt.

Nachdem Stella den Hörer hingelegt hatte, stand sie eine Weile regungslos, tief in Gedanken versunken. Liebte sie Jan? Es war wohl nicht daran zu zweifeln.

Und er war im rechten Moment gekommen. Sie war allein. Sie sehnte sich nach Liebe.

Sie dachte an Adam. In den vergangenen Tagen hatte sie nicht an ihn gedacht. Nicht eine Minute. Jetzt aber war er ihr auf einmal wieder nahe.

»Ohne Liebe, kleiner Stern, ist das Leben wie ein Diamant, dem noch kein Künstler Schliff und sprühendes Feuer gegeben hatte, ein blinder Stein ohne Leben. Erst die Liebe läßt ihn leuchten, entfaltet die Schönheit, die darin steckt. Vergiß das nicht.«

Vergessen hatte sie es nicht. Wenn Adam nur hier wäre! Wenn sie ihn fragen könnte!

Was für ein alberner Gedanke! Sie konnte nicht ihr ganzes Leben lang Adam fragen. Vielleicht war nun die Zeit gekommen, wo sie allein entscheiden mußte.

8

Stella lag wach. Sie wußte nicht, wie spät es war. Jan war von einer Minute zur anderen eingeschlafen, den Kopf auf ihrer Brust. Sie waren beide nackt. Sein Körper war stark und kräftig, er hatte einen fremden, männlichen Geruch. Seine Liebe war wild gewesen, unbeherrscht, hatte sie atemlos gemacht. Er war nicht so ein besonnener Meister der Liebe wie Adam. Gierig hatte er von ihr Besitz ergriffen, ohne Hemmung, ohne Rücksicht, und ihr Verlangen war ihm entgegengekommen, hatte es von selbst ergeben, daß Lust sie ergriff und Entzücken. Aber jetzt dachte sie, todmüde zwar und doch nicht ganz glücklich: Ich werde es dich lehren, daß du mich mit behutsamen Händen liebst. Wie ein hungriger Wolf bist du über mich hergefallen, aber ich werde dich zähmen. So will ich nicht geliebt sein. Auch nicht von dir. Du Wilder, du Barbar aus dem Dschungel!

Sie mußte darüber nachdenken, wen er wohl bisher geliebt hatte. Vielleicht eingeborene Mädchen, vielleicht fanden die Gefallen an dieser Art der Liebe. Vielleicht wurde auch nicht danach gefragt, ob sie Gefallen daran fänden.

Ein Schauder lief durch ihren Körper. Widerwillen. Sie sah eine braune, zierliche Gestalt neben ihm liegen. Vielleicht hatte er darum gesagt:

»Wie weiß deine Haut ist. Wie Seide. Wie Perlen.« Sicher hatte er es darum gesagt.

Mein Gott, was wußte sie von diesem Mann? Er war ihr fremd. Fremder, als es Adam je gewesen war. Vor ihm hatte sie sich nie gefürchtet. Jetzt, da es zu spät war, merkte sie plötzlich, daß sie sich vor diesem Mann hier fürchtete. Sie wollte ihn zähmen? Lächerlich.

Offenbar war es bisher keiner Frau gelungen, ihn zu zähmen. Warum sollte sie es gerade fertigbringen? Wußte sie denn, wie er bisher gelebt hatte? Wußte sie etwas über die Gewohnheiten seines Lebens, seiner Liebe? Aber hatte er nicht gesagt, sie sei die Frau, auf die er sein Leben lang gewartet hatte?

Du wirst es beweisen müssen, dachte sie, die Augen weit geöffnet, du wirst mir zeigen, ob es dir Ernst war mit den großen Worten. Ich bin keine Wilde, über die man herfällt. Ich brauche Zärtlichkeit, weiche Hände, geduldige Liebe.

Ein heller Schein von den Lichtern eines vorüberfahrenden Autos glitt über die Decke, dann tauchte das Zimmer wieder in Dunkelheit.

Sie hatte auf einmal Angst. Und sie wußte nicht mehr, ob sie ihn liebte.

Der helle Tag löschte die bangen Nachtgedanken wieder aus. Aber der Widerstreit ihrer Gefühle blieb. Es blieb die ungestüme Leidenschaft und daneben die ungewisse Angst in ihrem Herzen.

Jan fragte nicht danach. Er nahm nicht nur ihren Körper in Besitz, er umschloß ihr ganzes Leben mit festem Griff. Adam hatte das auch getan. Doch Jan hatte nicht seine behütenden und formenden Hände. Er nahm, aber er gab nichts dafür außer dem, was er seine Liebe nannte.

Es war kein Zweifel daran, daß er sie liebte. Aber auf eine egoistische, rücksichtslose Art, die nichts mehr auf der Welt neben sich duldete.

Er kam schon am nächsten Tag mit seinem ganzen Gepäck und zog zu ihr. Stella wurde davon überrascht und reagierte mit Ärger.

»Das hättest du mir wenigstens vorher sagen können. Schließlich kann Adam ja zurückkommen.«

Jan betrachtete sie verwundert. »Ich weiß, daß es seine Wohnung ist. Aber wenn er kommt, wird er sich ja wohl vorher ankündigen. Und dann ziehst du natürlich auch hier aus. Oder denkst du, ich lasse dich bei ihm wohnen?«

»Ich habe früher auch nicht hier gewohnt, solange Adam da war. Und es ist nicht bloß wegen Adam. Wenn Nora zurückkommt, kannst du schließlich nicht hier mit mir hausen.«

»Nora ist noch zwei Wochen lang verreist, wie du mir erzählt hast. Wenn sie kommt, kann ich ja wieder ins Hotel ziehen.« Er lachte. »Ulkige Situation. Wenn ich denke, daß ich mit Nora einmal ... Wie sieht sie denn jetzt aus? Ist sie schon sehr alt?«

»Sie ist gar nicht alt. Und sie sieht blendend aus. Gib nur nicht so an. Du bist ja inzwischen auch zwanzig Jahre älter geworden.«

Jan wohnte bei ihr, und dabei blieb es. Er kam mit ins Atlier und störte sie beim Arbeiten. Er ging mit in den Zoo, als sie sich endlich dazu aufraffte, eine Skizze von einem Elefanten zu machen. Seine Hinweise waren allerdings in diesem Fall ganz nützlich, denn er kannte wild lebende Elefanten aus eigener Anschauung. Und er versetzte den Wärter im Zoo in helles Entzücken mit seinen vielseitigen Kenntnissen über die exotische Tierwelt.

Natürlich kam er auch mit ins Geschäft, lungerte im Laden herum und brachte Jensine zum Lachen oder saß hinten in dem kleinen Hinterzimmer bei einer Flasche Whisky. Er trank übrigens viel, ohne daß es ihm was ausmachte. Als Stella ihn jedoch das erstemal wirklich betrunken sah, empfand sie tiefe Abneigung gegen ihn.

Er liebte sie auch in diesem Zustand, er tat es wilder noch und unbeherrschter als sonst, und Stella lief schließlich aus dem Zimmer und ging hinüber in Gerrys Bett und schloß die Tür hinter sich.

Er kam ihr nicht nach. Als sie am Morgen zu ihm hereinkam,

schlief er fest, den schwarzen Kopf tief in die Kissen gewühlt, und als er endlich aufwachte, lachte er sie aus, als sie ihm Vorwürfe machte.

»Du bist eine kleine Puritanerin, Estelle. Ein Mann muß doch mal besoffen sein können.«

»Bitte sehr«, sagte Stella. »Aber das nächstemal ohne meine Beteiligung. Was denkst du denn, wer ich bin?«

»Du bist eine Frau. Und Frauen haben zu schweigen.«

»Du machst mir Spaß«, sagte Stella, äußerlich ruhig, aber ihre Augen waren voll Zorn. »Vielleicht bei euch in Asien. Hier sind die Sitten ein wenig anders. Da wirst du dich wohl umstellen müssen.«

»Oder du«, sagte er ruhig und nahm sie in die Arme, küßte sie so lange, bis ihr der Atem wegblieb.

Er war ein Ungeheuer von Mann, eine Mischung aus Schönheit, Charme, Wildheit und Brutalität. Ein Orkan über blühenden Gärten, der alles mit sich riß, was nicht fest verwurzelt war.

Stella hätte zehn Jahre älter sein müssen, um zu erkennen, daß man mit so einem Mann nicht leben konnte. Zehn Jahre älter auch, um der Faszination, die von ihm ausging, zu widerstehen, um zu wissen, daß Leidenschaft allein nicht genügt, ein Leben darauf aufzubauen.

Ein zukünftiges, gemeinsames Leben sah Jan als selbstverständlich an. Es war kein Zweifel daran, daß Stella für ihn nicht nur ein Abenteuer war. Was er am ersten Abend gesagt hatte, war sein Ernst gewesen. Die Frau, auf die er ein Leben lang gewartet hatte, das war sie. Und diese Frau würde er nicht wieder hergeben, das versicherte er mit voller Überzeugung.

»Und wie denkst du dir das weiter?« fragte Stella ein wenig spöttisch, denn sie wußte inzwischen von Mabels Existenz.

»Einmal wird sie ja wohl die Nase voll haben«, sagte Jan. »Dann wird sie sich scheiden lassen. Die Kinder sind jetzt groß. Sie lebt bei ihren Eltern, es fehlt ihr wirklich nichts zu ihrem Glück. Der Alte kriegt eine Pension, und Vermögen hat er sicher auch noch.«

Es fehlt ihr nichts zu ihrem Glück! Diese Worte klangen in Stella nach. Welch rücksichtsloser, egoistischer Standpunkt auch hier. Sie wußte vielleicht nicht alles, wußte überhaupt nicht, ob es Wahrheit war, was er ihr erzählt hatte. Tatsache war, daß Mabel nun schon viele Jahre ohne ihren Mann lebte. Bei den Eltern natürlich. Mit den Kindern, die sie allein erziehen mußte. Aber war das ein Ersatz für eine richtige Ehe? Was mußte alles geschehen sein, ehe Mabel sich entschloß, für immer nach England zurückzukehren.

»Und wenn sie sich nicht scheiden läßt?« fragte sie.

»Sie wird, verlaß dich drauf. Bisher war es mir nicht wichtig, und ich habe weiter keinen Druck dahintergesetzt. Auch wegen William nicht, meinem Partner. Er ist ihr Bruder, das hab' ich dir ja erzählt. Ich wollte keinen unnötigen Streit mit ihm. Aber jetzt bist du wichtig. Und wenn du partout heiraten willst, dann werden wir auch heiraten.«

»Ich will keineswegs partout heiraten«, rief Stella ärgerlich. »Davon habe ich kein Wort gesagt. Du sagst, wir sollen zusammenbleiben. Und du wirst zugeben, daß das ein bißchen schwierig ist, solange du verheiratet bist. Du hast jetzt Europaurlaub, na schön. Und dann fährst du zurück. Und was dann?«

»Du kommst natürlich mit, das habe ich auch schon gesagt.«

»So, ich komme mit. Und auf der Plantage ist Mabels Bruder. Und du meinst, der wird davon so begeistert sein?«

»Er wird sich daran gewöhnen. Und wenn nicht, dann gehe ich gar nicht mehr zurück. Dann bleibe ich hier.«

»Und was wirst du hier machen?«

»Das wird sich schon finden. Denkst du vielleicht, ich kann nicht für dich und mich sorgen? Das wäre das erstemal in meinem Leben, daß ich nicht weiter wüßte. Bisher habe ich immer alles allein geschafft und genügend Geld verdient.«

Dessen war Stella nicht so sicher. Nach allem, was er ihr erzählt hatte, ein ziemliches Durcheinander an Bericht, aus dem sich keineswegs ein klarer Überblick über sein Leben gewinnen ließ, gab es nur eine einzige vernünftige und beständige Tätigkeit in seinem Leben, das war die Arbeit auf der Plantage. Und diese Arbeit hatte nicht etwa er sich verschafft. Die Plantage gehörte William, oder wenigstens zum Teil gehörte sie ihm, und William hatte Jan dort aufgenommen, weil er mit Mabel verheiratet war. Wie William reagieren würde, wenn Jan sich nun wirklich scheiden ließe, das blieb abzuwarten. Jan sagte allerdings: »Er braucht mich. Wir sind gut aufeinander eingespielt und haben den ganzen Laden allein geschmissen. Mit dem alten Smith, und der ist ein Trottel. Das ist unser Chief-Clerk, weißt du. Eigentlich gehört ein junger Mann auf diesen Posten. Aber William hat es nie übers Herz gebracht, ihn abzuschieben. Smith hatte früher selber eine Plantage, eine ganz kleine nur, aber er war sein eigener Herr. Dann wurden seine Bäume krank. Und verschiedene andere Schwierigkeiten kamen dazu. Er mußte verkaufen. Mit Verlust natürlich. Das heißt, es blieb ihm praktisch nichts, nachdem er seine Schulden bezahlt hatte. Und dann hat er so eine komische Tochter. Eine Verrückte. Für die mußte er auch ewig zahlen. Herzkrank ist er auch noch, ein Unding in dem Klima. Aber er will einfach nicht zurück nach England. Er liebt Malaya und ist nicht zu bewegen, es zu verlassen. Als er drauf und dran war, vor die Hunde zu gehen, hat William ihn aufgenommen.«

»Demnach hat dieser William ein besseres Herz als du«, sagte Stella.

»Wieso?«

»Na, du hättest ihn wahrscheinlich vor die Hunde gehen lassen, diesen Smith.«

»Stell mich nur nicht so als Ungeheuer hin. Man kann sich keine Sentimentalitäten leisten, wenn man bestehen will.«

»William hat sie sich offenbar geleistet und ist nicht daran pleite gegangen.«

»Smith ist in seiner Arbeit sehr tüchtig, nichts gegen zu sagen. Und er kennt nun mal den Betrieb da unten. Er ist ehrlich und zuverlässig. Nur eben schon ein bißchen trottelig. Als zweiten Clerk hat er Wang, das ist ein Chinese, weißt du. Und was der Alte zu dußlig ist, das ist der gerieben. Der hört und sieht alles. Die meiste Arbeit hängt natürlich an mir. William ist nicht gesund. Er hat einmal schwer Malaria gehabt. Und ab und zu hat er immer wieder Anfälle. Dann fällt er aus. Wenn ich wegginge, dann müßte er sich einen neuen Mann aus England kommen lassen. Wir haben schon mal einen da gehabt. Gab es nur Ärger mit.«

Daß er dessen Frau verführt hat, erzählte Jan nicht. Es war auch schon so lange her.

»Und wie kommen sie dann zurecht ohne dich?«

»Eine Weile geht es schon mal. Aber wie gesagt, William wird es sich überlegen, mich auszubooten.«

»Und du denkst, daß ich dort leben könnte?« fragte Stella nachdenklich. Das erschien ihr selbst sehr unwahrscheinlich. Hier war ihre Welt, hier fühlte sie sich zu Hause. Es klang verlockend, was Jan erzählte. Der fremde Erdteil mit seinen fremden Blumen. Sie hätte das gern einmal gesehen. Aber immer dort bleiben?

»Und meine Arbeit?« sagte sie. »Ich kann doch meine Arbeit nicht aufgeben. Was würde Adam dazu sagen?«

»Du mit deinem Adam. Ich denke, der hat eine andere Frau.«

Sie hatte Jan von Gerry erzählt und es bereut, ehe sie ganz ausgesprochen hatte. Jetzt ritt er ständig darauf herum. Und obwohl er Adam nicht kannte, ließ er keine Gelegenheit vorübergehen, ihn in ihren Augen herabzusetzen. Auch daran entzündete sich manchmal ein Streit.

Sie stritten überhaupt oft, obwohl sie sich erst so kurze Zeit kannten. Es schien aber so, als genösse Jan diese Auseinandersetzungen. Seine dunklen Augen glühten dann, und wenn er sie schließlich in die Arme riß, ihren Widerstand besiegte, lachte er glücklich. Dann wieder war er weich und nachgiebig, nur bedacht darauf, ihr alle Wünsche zu erfüllen. Wenn sie in der Stadt waren, wollte er ihr ständig etwas kaufen.

»Ein neues Kleid, *bébé?* Oder einen Ring? Was möchtest du? Sag es mir.« Auch jetzt wieder, im Anschluß an dieses Gespräch, sagte er: »Du wirst entscheiden. Du siehst dir *Green Rise* an, und wenn es dir nicht gefällt, ziehen wir nach Singapur. Oder nach Hongkong. Das ist eine wunderbare Stadt.«

»Müssen wir denn dort leben?« fragte Stella unglücklich. »Und was willst du da machen?«

»Ich kann mir eine Handelsvertretung besorgen, irgend etwas findet sich immer. Ich kenne eine Menge Leute in den verschiedensten Winkeln. Du brauchst keine Angst zu haben, daß es dir schlecht geht bei mir.«

»Und meine Arbeit?« fragte Stella wieder. »Ich kann das doch nicht einfach alles aufgeben.«

Er schob ihre Arbeit mit einer Handbewegung beiseite. »Dein bißchen Kleckserei und Klumperei, das ist doch nicht so wichtig. Deine Arbeit bin dann ich.«

»Eine schöne Arbeit«, sagte Stella ärgerlich. »Und du brauchst gar nicht so verächtlich zu sprechen von dem, was ich mache. Jeder kann das nicht.«

Jan lachte und küßte sie. »Sicher, *bébé*. Du bist eine große Künstlerin. Du kannst an mir herumformen und kneten. Das ist die richtige Aufgabe für dich. Laß andere ruhig die Männchen basteln. Du hast jetzt einen Mann.«

Seine arrogante Art, sich selbst in den Mittelpunkt der Welt zu stellen, empörte Stella. Aber ihr labiles Wesen kam gegen seine Sicherheit, seine starke Überlegenheit nicht auf. Sie hatte den Boden verloren, trieb hilflos im Meer. Sarnade war nicht mehr Beherrscherin des Elements, sie war ihm ausgeliefert.

Nora überraschte sie dann doch. Sie kam zwei Tage früher zurück als vorgesehen. In Bad Wiessee hatte sie die Bekanntschaft eines Berliners gemacht, mit dem sie im Wagen zurückreiste.

Es war spät am Abend, als sie in Berlin eintraf, und die Situation war so eindeutig, wie sie nur sein konnte.

Längst war Jan nicht mehr am Ausgehen interessiert. Nach Geschäftsschluß gingen sie meist nach Hause. Manchmal aßen sie noch unterwegs eine Kleinigkeit, manchmal kochte Stella selbst für sie. Dann trank Jan rasch hintereinander einige Whisky, klemmte sich die Flasche unter den Arm und sagte: »Wir gehen ins Bett.«

Sie schliefen meist noch lange nicht, sie redeten, stritten sich, liebten sich, Jan trank, und Stella hatte sich inzwischen auch das Whiskytrinken angewöhnt.

An einem solchen Abend war es, kurz nach zehn, als Nora kam. Stella hatte das Radio neben dem Bett eingeschaltet und hörte es nicht, als Nora die Tür aufschloß und die Wohnung betrat. Aber dann hörte sie draußen in der Diele einen Plumps. Nora hatte ihren Koffer hingestellt.

»Horch mal«, sagte Stella aufgeschreckt. »Da draußen ist jemand.«

Jan sagte: »Es war mir auch so.«

Stella wurde totenbleich. »Adam!« Sie blieb erstarrt im Bett sitzen, unfähig, sich zu rühren.

Aber da rief Nora schon, hoch und hell und sichtlich animiert: »Stella! Bist du da?«

»Ach du lieber Gott!« sagte Stella und hob erschrocken die Hand zum Mund. Sie sprang mit einem Satz aus dem Bett, griff nach ihrem Morgenrock, der auf dem Stuhl lag, aber sie hatte ihn noch nicht ganz übergestreift, da hatte Nora schon die Tür aufgerissen.

»Du bist ja da! Warum meldest du dich nicht? Ich bin nämlich ...« Nora verstummte. Sprachlos starrte sie auf den Mann im Bett. Ihre Augen waren groß und rund, sie war völlig aus der Fassung geraten.

Jan, nachdem er die Situation übersah, stützte sich auf einen Arm und grinste.

»'n Abend, Nora«, sagte er. »Nett, dich wieder mal zu sehen.«

»Jan!« sagte Nora. Dann wandte sie ihre entsetzten Augen zu Stella, die inzwischen ihren Morgenrock anhatte und mit verlegener Miene dastand.

»Ist es die Möglichkeit«, sagte Nora, immer noch fassungslos.

Jan ließ sich mit einem Plumps in die Kissen zurückfallen und lachte. Die beiden Frauen sahen sich an. Aber der lachende Mann im Bett wirkte ansteckend. Unwillkürlich kräuselten sich Stellas Lippen, die Situation war zwar peinlich, aber auch komisch.

Nora zog die Brauen hoch. Aber sie kam zu keiner rechten Empörung. Sie hatte eben unten im Auto auch einen Abschiedskuß bekommen. Es war der erste Kuß seit Jahren. Sie hatte in Wiessee schon darauf gewartet. Jetzt endlich, am Ende der Fahrt, hatte sie ihn bekommen. Das stimmte sie milde.

»Ja, so was«, sagte sie. »Das ist ja wohl die Höhe. Darum hat Hermine mir geschrieben, daß du nicht mehr zu sprechen bist.«

»Oh«, sagte Stella. »Hat sie das geschrieben?«

»Ja. Sie schrieb, Stella hat anscheinend einen neuen Freund. Ich sehe sie überhaupt nicht mehr. Und wenn sie ins Atelier geht, latscht so ein großer schwarzer Kerl hinter ihr her.«

»Das bin ich«, rief Jan, vor Vergnügen japsend. »Komm her, Nora, meine Süße, gib mir einen Kuß. Ich hoffe, du hast mich nicht ganz vergessen.«

»Ist es denn die Möglichkeit?« sagte Nora. »Stella, ich wundere mich über dich.«

»Warum?« sagte Jan. »Findest du, sie hat so schlecht gewählt?«

»So schlecht, wie sie nur konnte. Ich hoffe, du wirst bald wieder abreisen.«

»Ich denke nicht daran«, sagte Jan vergnügt. »Und wenn, dann nur mit ihr.«

Der Abend wurde noch ganz unterhaltend. Nora war nicht kleinlich. Jan stand noch einmal auf, sie tranken zwei Flaschen Sekt auf Noras Rückkehr, und anschließend war keine Rede mehr davon, daß Jan die Wohnung verließ.

Anders reagierte Thies. Als er nach Berlin zurückkehrte und erfuhr, was da im Gange war, war er verstimmt.

»Das ist doch Wahnsinn, Stella«, sagte er, als er Stella endlich einmal allein sprach, was schwierig geworden war.

»Warum?« fragte Stella trotzig.

»Liebst du ihn denn?«

»Ja«, sagte Stella, aber dann senkte sie die Augen vor Thies' eindringlichem Blick.

»Ich weiß wenig von ihm«, sagte Thies langsam. »Ich habe ihn jetzt erst kennengelernt. Aber nach allem, was ich von Vadding gehört habe . . .«

»Mein Gott, das sind alte Geschichten«, sagte Stella ungeduldig. »Damals war er ein Junge von zwanzig Jahren.«

»Und was soll daraus werden?« fragte Thies ernst.

Stella hob unbehaglich die Schultern. »Was heißt, was soll daraus werden? Das weiß ich auch nicht. Das weiß man nie. Du hast ihn doch selber zu mir geschickt. Er kam und . . . Na ja, dann war alles schon passiert. Ich war schon als Fünfzehnjährige in ihn verliebt.«

»Und Adam?«

»Adam ist fort. Das weißt du doch. Soll ich vielleicht hier sitzen und auf ihn warten, bis ich alt und grau bin? Und er hat doch Gerry. Gerry war ihm immer wichtiger als ich.«

»Ja, ist dir das denn ernst, Stella?«

Stella blickte ihn unsicher an. »Was heißt ernst? Ich liebe ihn.«

»Ja, das hast du schon gesagt. Aber ich glaube es nicht. Ich kann es mir nicht vorstellen, daß du . . . Komisch, ich habe immer gedacht . . .« Er verstummte. Beide Sätze blieben ohne Ende.

»Was hast du dir gedacht?« fragte Stella gereizt.

Thies sah sie eine Weile stumm an. Sein Blick war traurig. Dann sagte er ruhig: »Ich habe immer gedacht, daß du und Krischan, daß aus euch beiden etwas werden könnte.«

»Krischan?« Stella lachte. »Der macht sich einen Dreck aus mir. Er hat sich die ganzen Jahre hindurch kaum um mich gekümmert. Soll ich ihm vielleicht nachlaufen?«

»Du hast Krischan doch gern?«

»Natürlich hab' ich ihn gern. Aber der interessiert sich ja nicht für mich. Der interessiert sich überhaupt nicht für Mädchen. Seine Arbeit und vielleicht noch dich – und weiter liebt der nichts. Ich bin aber nicht so veranlagt, daß ich hier sitzen könnte und warten, bis er Professor ist und sich dann vielleicht herabläßt, mich zu bemerken. Ich will leben. Und ich ...« Sie stockte und fügte leiser hinzu: »Ich brauche Liebe.«

»Hm.« Thies betrachtete sie nachdenklich. »Und du denkst, hier wirst du sie bekommen?«

»Ja. Was hast du gegen Jan?«

»Ich habe nichts gegen Jan. Warum sollte ich etwas gegen ihn haben? Ich kenne ihn ja kaum. Er sieht sehr gut aus, gebe ich zu. Über seine menschlichen Qualitäten bin ich mir nicht klar. Aber du weißt doch, Stella, daß es nur auf die menschlichen Qualitäten ankommt. Auch zwischen Mann und Frau. Da erst recht. Das bißchen Verliebtheit bedeutet gar nichts. Man liebt keinen Mann. Und man liebt keine Frau. Man liebt immer nur einen Menschen. Sonst ist es keine Liebe.«

»Jetzt fängst du auch schon an zu schulmeistern, genau wie Krischan«, sagte Stella unvernünftig.

»Ich schulmeistere nicht«, entgegnete Thies ruhig. »Ich will dich warnen. Ich bin nicht viel älter als du, nur vier Jahre. Und man sagt ja immer, Frauen seien früher reif als Männer. Trotzdem, Stella, nimm einen Rat an: Laß dii Zeit. Überlege dir gut, was du tust.«

Aber Stella kam nicht mehr zum Überlegen. Plötzlich ging alles furchtbar schnell.

Es war Anfang November. Jan bereitete sich gerade vor, nach England zu fahren, um mit Mabel zu sprechen, als er eines Vormittags zu ihr ins Atelier gestürzt kam. Er war bei der American Express gewesen und hatte ein Telegramm von William vorgefunden.

William war verunglückt. Er war von einem Tiger angefallen worden und lag in Malakka im Krankenhaus.

»Ich muß sofort zurück«, sagte Jan. »Ich darf ihn nicht im Stich lassen.«

Erstmals zeigte er wirklichen Ernst und Verantwortungsgefühl.

»Ja«, sagte Stella. »Wenn du meinst ... Dann mußt du wohl zurück.«

»Du kommst mit«, sagte Jan.

»Nein!« rief Stella erschrocken. »Nein, Jan, ich ...«

»Natürlich kommst du mit«, sagte Jan bestimmt. »Du wolltest dir doch den Betrieb mal ansehen. Jetzt ist die beste Gelegenheit. William ist nicht da, du brauchst dich vor ihm nicht zu fürchten. Du kannst dich in Ruhe dort umsehen. Und wenn es dir nicht gefällt, das verspreche ich dir, dann gehen wir woandershin. Oder wir kehren nach Europa zurück.« Er nahm sie in die Arme. »Du bist für mich das Wichtigste auf der Welt, Stella. Ohne dich will ich nicht mehr leben. Komm mit. Ich bitte dich. Später kannst du bestimmen, was geschehen soll. Aber jetzt sieh dir meine Welt wenigstens einmal an. Ist das zuviel verlangt?«

Stella schwieg. Das kam so schnell, so unerwartet. Sie konnte keinen klaren Gedanken fassen.

»Aber ich«, begann sie zaghaft, »ich weiß ja gar nicht . . .«

»Du kommst mit. Für kurze Zeit nur, wenn du willst. Dann hast du ein Stück von der Welt gesehen. Und dann wirst du sagen, was du gern möchtest.«

»Ich kann doch das Geschäft nicht im Stich lassen. Jetzt, vor Weihnachten . . .«

Jan lachte. »Das macht Nora wunderbar. Und Jensine ist so tüchtig. Und eure neuverheiratete Herta hat doch auch gesagt, sie würde gern gelegentlich mal aushelfen, nachdem ihr Mann jetzt beim Militär ist. Das kann sie in den Weihnachtswochen tun. Nein, Estelle, du hast keine Ausrede. Du gehörst zu mir. Und das weißt du ganz genau. Weißt du es nicht?«

Stella sah ihn. Ihre Augen wurden dunkel. Seine Arme, die sie hielten, sein geliebtes Gesicht. Konnte sie auf ihn verzichten?

»Weißt du es nicht?« wiederholte Jan drängend.

»Doch«, sagte sie. »Ja.«

Jan küßte sie, dann ließ er sie los.

»Wir müssen fliegen«, sagte er. »Eine Schiffsreise dauert zu lange. Wer weiß, wie es William geht.«

»Fliegen, Jan?« fragte Stella entsetzt. »Ich bin noch nie geflogen.«

»Dann wird es höchste Zeit. Ich werde dir die Welt zeigen, Estelle.«

9

Viel sah Stella nicht von der Welt. Sie sah die Flughäfen von Istanbul, von Teheran und von Kalkutta, sah ein paar Hotelzimmer, ein paar Geschäftsstraßen und den Hafen von Singapur. Sie war erschöpft, blaß vor Mattigkeit und von der Hitze, als sie endlich auf dem Küstendampfer von Singapur aus nach Malakka fuhren.

In Malakka ließ Jan sie im Hotel und ging zu William ins Krankenhaus.

Stella lag todmüde auf dem Bett, starrte ängstlich auf ein großes schwarzes Tier, das an der Wand entlangkroch, und wünschte sich zurück nach Berlin.

Alles war so rasch gegangen. Die Vorbereitungen, die Abreise von Berlin, der Abschied von Nora und von Thies, die sie zum Flugplatz gebracht hatten.

Thies hatte sie geküßt. »Komm gesund wieder, kleine Schwester. Und komm bald wieder.«

Und nun war sie hier. Alles war fremd und unheimlich. Sie fürchtete sich. Der einzige Halt, den sie hatte in dieser fremden Welt, war Jan.

Jan Termogen, den sie liebte. Und den sie manchmal auch haßte. Aber in Büchern stand, daß dies immer so sei. Der Haß war der Bruder der Liebe. Das hatte sie irgendwann einmal gelesen.

Und das war wohl auch der Grund, daß man sich einsam fühlte, auch wenn man einen Mann besaß, den man liebte. Sie war noch keine Stunde in Malakka, da hatte sie schon Heimweh.

Als Jan zurückkam, lag sie immer noch auf dem Bett und weinte. »Was hast du, Estelle?« fragte er zärtlich. Setzte sich zu ihr und küßte sie. »Was ist denn los?«

»Du warst so lange fort«, klagte Stella. »Ich dachte daran, was aus mir werden soll, wenn du gar nicht wiederkommst.«

Jan lachte. »Du kleiner Dummkopf. Nun ist aber alles wieder gut, ja? Ich habe dir ein Eisgetränk bestellt. Das kommt gleich. Und dann gehen wir essen.«

»Was ist mit William?«

»Schlimm«, sagte Jan. »Der Tiger hat ihm den ganzen Arm und die Schulter aufgerissen. Sie mußten den Arm amputieren.«

»Nein! Jan! Wirklich?« Stella richtete sich auf und sah ihn entsetzt an.

»Ja. Ging nicht anders. Und jetzt hat er natürlich noch einen Malariaanfall gekriegt. Fraglich, ob er das überstehen wird. Er sieht furchtbar aus.«

»Hast du mit ihm gesprochen?«

»Soweit es möglich war. Als er mich erkannte, war er sehr beruhigt. Und er will auf keinen Fall, daß man seinen Vater benachrichtigt. Hat ja auch keinen Zweck, daß der alte Herr herkommt.«

»Und – und Mabel?«

»Mabel kann auch nicht helfen«, sagte Jan kurz. »Wenn sie ihn durchbringen, ist es gut. Wenn nicht . . .« Jan hob kurz die Schultern. »Dann nützt auch Mabel nichts.«

Am nächsten Tag holte sie der Wagen von der Plantage ab. Der Boy, der am Steuer saß, ein hübscher samtäugiger Bursche, lächelte Stella freundlich zu. Die Leute waren überhaupt alle sehr freundlich hier, das hatte sie schon bemerkt. Sie schienen heiter und vergnügt zu sein, und ihre dunklen Augen strahlten vollste Zufriedenheit aus.

Sie fuhren zwei Stunden bis zur Plantage, auf einer tadellosen Straße. Stella wunderte sich darüber.

»Was glaubst du denn?« lachte Jan. »Daß wir hier in der Wildnis leben? Die Malaien sind ein altes Kulturvolk, keine Horden von Barbaren. Und die Engländer sind schließlich lange genug hier, daß Ordnung herrschen kann.«

Auch die Plantage überraschte Stella. Sie hatte natürlich keine bestimmten Vorstellungen gehabt, wie es hier aussehen würde, aber wenn sie sich etwas vorgestellt hatte, dann war es eine romantische Wildnis gewesen: Urwald, Dschungel, ein primitives Pionierleben, fern aller Zivilisation. Davor hatte sie sich gefürchtet. Doch davon konnte keine Rede sein.

Die Plantage war eine wohlgeordnete, präzise arbeitende kleine Welt. Eine nicht breite, aber tadellos instand gehaltene Straße führte an hohen Kautschukbäumen entlang. Die Stämme der Bäume trugen dreieckige, tiefe Schnitte, und am Fuß jeden Baumes befand sich das Gefäß, das den heraustropfenden Saft auffing.

»Dies sind zapfreife Bäume«, erklärte ihr Jan. »Die hier sind etwa sieben Jahre alt. Das ist ihre beste Zeit. Wenn sie zu jung sind, geben sie wenig Saft. Drüben auf der anderen Seite züchten wir den Nachwuchs. Werde ich dir morgen zeigen.«

Zuerst fuhren sie beim Verwaltungsgebäude vor, einem niedrigen, ziemlich großen Bau mit überstehendem Dach und rings von einer Veranda umgeben.

Mr. Smith, der Chief-Clerk, von dem Jan schon erzählt hatte, kam ihnen entgegen. Er war ein kleiner hagerer Mann von etwa sechzig Jahren. Ein schütterer weißer Haarkranz stand gesträubt wie die Federn eines erschrockenen Vogels von seinem runden Kopf ab. Durch eine randlose Brille blinzelten helle angstvolle Augen ihnen entgegen.

Von der Begrüßung und dem folgenden Dialog verstand Stella nicht viel. Sie hatte schon auf der Reise die Erfahrung gemacht, daß ihr Schulenglisch nicht viel nützte. Nur wer langsam und deutlich mit ihr sprach, den konnte sie einigermaßen verstehen. Immerhin verstanden die Leute sie, das war schon etwas.

Dann machte Jan sie mit Mr. Smith bekannt. »Meine Kusine«, sagte er lässig, »Miß Termogen. Sie wollte mal ein bißchen was von der Welt sehen, da habe ich sie mitgebracht.«

Stella versuchte es mit einem zutraulichen, kindlichen Lächeln.

Der alte Buchhalter machte ihr eine altmodische, korrekte Verbeugung und sagte, daß er sich freue, Fräulein Termogen auf *Green Rise* begrüßen zu können.

Dann gingen sie in das Verwaltungsgebäude hinein. Hier erwartete sie der engste Mitarbeiter von Mr. Smith, Mr. Wang, der Chinese. Er machte eine tiefe Verbeugung vor Jan, eine zweite vor Stella und murmelte einige Begrüßungsworte, die sie nicht verstand.

»Setz dich einen Moment, Estelle«, sagte Jan, der auf einmal sehr geschäftig wirkte. »Ich muß mir bloß kurz berichten lassen. Dann fahren wir gleich zu meinem Bungalow, und du kannst dich ausruhen.«

Stella setzte sich also etwas verschüchtert auf einen Stuhl und versuchte, die neugierigen Blicke der chinesischen Clerks zu übersehen. Sie war müde von der Fahrt. Und heiß war es hier. Das Kleid klebte ihr am Körper, sie kam sich schmutzig und ungepflegt vor. Ob es in diesem Bungalow so etwas wie eine Badewanne gab? Oder wenigstens eine Dusche? Sicher doch. Nach allem, was sie bisher gesehen hatte, lebte man hier recht zivilisiert.

Als sie schließlich gar nicht mehr wußte, was sie tun sollte, denn das Gespräch der drei Männer zog sich hin, suchte sie in ihrer Tasche nach einer Zigarette. Ehe sie sie anzünden konnte, war schon Mr. Smith herbeigesprungen, mit erstaunlicher Behendigkeit, und reichte ihr Feuer.

Dankend lächelte sie ihn an. Mr. Smith lächelte ebenfalls. Dann kehrte er zu Jan zurück.

Stella betrachtete Jan verstohlen. Heute gefiel er ihr so gut wie noch nie. Sein Gesichtsausdruck war ernst, er sprach entschieden und bestimmt, gab offenbar Anordnungen, dann überprüfte er einige Papiere, die man ihm reichte.

Das ist also seine Welt, dachte Stella. Hier leistet er etwas, hier ist er am richtigen Platz. Man mußte einen Mann bei der Arbeit sehen, um ihn richtig zu beurteilen. Aber gleichzeitig fragte sie sich unglücklich: Was tue ich hier? Ihre Aufmerksamkeit wurde abgelenkt von einer seltsamen Erscheinung, die plötzlich hereinkam.

Es war eine Frau. Eine große, stattliche Frau mit kohlrabenschwarzem Haar, das sie auf verwegene Art in die Stirn frisiert trug. Sie war tief gebräunt, und im ersten Moment glaubte Stella, es sei eine Eingeborene. Die Frau trug ein Kleid in knalligem Orangerot, es war hauteng über ihren Körper gespannt, betonte einen üppigen Busen und volle Hüften. Und es war kurz. Viel kürzer, als es die Mode vorschrieb. Es reichte kaum übers Knie. Die Beine der Frau waren allerdings bemerkenswert, kräftige, gerade, sehr wohlgeformte Beine.

Der erste neugierige Blick der Eintretenden huschte zu Stella. Aber dann stolzierte sie auf Jan zu und begrüßte ihn mit lautem Wortschwall.

Mr. Smith war nervös aufgesprungen und rief: »Aber Priscilla, mein Kind, wir haben doch zu tun.«

Die Dame, die Priscilla hieß, nahm weiter keine Notiz von ihm, sie redete auf Jan ein, in einer affektierten Art, dazu lächelte sie herausfordernd. Jan gab ihr höflich, aber kurz Antwort.

Stella wußte jetzt, wer sie war. Jan hatte ihr von der Tochter dieses Mr. Smith erzählt. »Eine Verrückte«, hatte er gesagt. »Ab und zu taucht sie auf der Plantage auf, wenn sie nicht mehr weiter weiß. Und macht die ganze Gegend verrückt. Ewig auf Männerjagd. Aber sie ist so verdreht, daß es ihr noch nicht einmal gelungen ist, in den Kolonien einen Mann zu finden. Und das will schon etwas heißen!«

Jetzt steuerte Miß Priscilla auf Stella zu. »Ah?« rief sie überlaut. »Wen haben wir denn hier? Jan, Sie Schwerenöter, Sie haben sich eine Frau mitgebracht. Man kann Sie doch nicht nach Europa lassen.«

Jan trat näher und machte die beiden Damen bekannt. »Meine Kusine«, sagte er lässig, »Miß Termogen. Sie wird für einige Zeit bei uns bleiben.«

»Wie entzückend!« rief Priscilla. »Nein, wie ich mich freue. Endlich eine weiße Frau auf der Plantage, mit der man sich vernünftig unterhalten kann. Oh, Miß Termogen, ich freue mich, Ihre Bekanntschaft zu machen. Wie gefällt es Ihnen hier? Heiß, nicht? Aber man gewöhnt sich dran. Ich kann Hitze gut vertragen. Aber ich habe auch italienisches Blut. Da ist man nicht so anfällig.« Sie redete noch eine Weile weiter, während ihre schwarzen Augen Stella geradezu gierig von oben bis unten musterten.

Stella verstand von dem, was sie sagte, nur die Hälfte. Sie murmelte einige Worte und ließ den Redeschwall über sich ergehen.

»Ich hoffe, wir werden viel zusammen sein. Manchmal ist es für eine Frau wie mich entsetzlich, hier angeschmiedet zu sein. Immer die gleichen Gesichter. Dieses eintönige, trostlose Leben. Ohne jede Kultur. Für mich schwer zu ertragen. Wissen Sie, wenn man wie ich an die große Welt gewöhnt ist, an interessante Menschen, an den Beifall der Menge, den Applaus, dann wird es auf die Dauer unerträglich hier. Für eine kurze Weile mag es gehen. Zur Erholung, wissen Sie. Ich war schon auf dem Sprung, wieder abzureisen. Aber jetzt natürlich, wenn ich Gesellschaft bekomme, ist es etwas anderes. Oh, ich bin sicher, wir werden viel Spaß zusammen haben.«

Mr. Smith rückte nervös an seiner Brille und blickte herüber. »Priscilla, liebes Kind . . .«, begann er.

»Jaja, ich weiß«, unterbrach ihn seine Tochter. »Geschäfte, immer Geschäfte. Sind die Männer nicht etwas Greuliches, Miß Termogen? Kommen Sie, wir gehen hinaus auf die Veranda, da können wir ungestört plaudern.«

Sie gingen also hinaus auf die Veranda, wo Stella für die nächste halbe Stunde wehrlos Priscilla Smith ausgeliefert war.

Sie erfuhr, daß Miß Priscilla Künstlerin war, Sängerin. »Priscilla Ronca, vielleicht haben Sie den Namen schon mal gehört. Unter Smith kann man ja nicht auftreten. Meine Mutter war eine geborene Ronca, müssen Sie wissen.« Und daß sie an den größten Bühnen Englands aufgetreten war. »Keine Oper, o nein, wo denken Sie hin. Hauptsächlich in Revuen. Amerika natürlich auch.« Gelegentlich komme sie ihren Vater besuchen. Der arme Alte, man müsse sich um ihn kümmern. Seit Mama tot war, sei er doch sehr einsam.

Nachdem Miß Priscilla alles von sich gegeben hatte, was ihr erzählenswert erschien, begann sie, Stella auszufragen. Stella gab zurückhaltend Auskunft.

Priscillas listige Frage: »Sie kennen Jan Termogen schon lange?« beantwortete sie kühl mit den Worten: »Natürlich. Wir sind ja verwandt. Ich kenne ihn seit meiner Kindheit.«

Jan erlöste sie schließlich, verabschiedete sich ziemlich abrupt von Priscilla und schob Stella vor sich her zum Wagen.

Auf der Fahrt zu seinem Bungalow sagte er: »Tut mir leid, daß du der gleich in die Hände gefallen bist. Ich wußte nicht, daß sie wieder mal hier ist. Sie ist furchtbar, nicht?«

»Ziemlich. Ist sie wirklich Sängerin?«

»Das bildet sie sich ein. Manchmal, wenn sie einen Rappel kriegt, fängt sie an zu singen. Wie eine verrostete Schiffssirene.«

»Sie sagte, sie wäre in Revuen aufgetreten.«

»Ja, als Chorgirl in der letzten Reihe vielleicht. Früher, als sie jung und hübsch war. Jetzt würde sie keiner mehr engagieren, nicht im letzten Provinznest.«

»Und was macht sie jetzt?«

»Das wissen die Götter. Früher wird es wohl ab und zu einen Mann gegeben haben, der für sie bezahlt hat. Heute kann ich es mir nicht mehr vorstellen. Wenn sie in England ist, fällt sie wahrscheinlich ihren zahlreichen Bekannten auf die Nerven, indem sie sich bei ihnen einquartiert. Und wenn sie gar nicht mehr weiter weiß, kreuzt sie hier bei ihrem Vater auf und bleibt eine Zeitlang. Davor fürchten sich alle. Der alte Smith am meisten. Mit seiner Ruhe ist es dann vorbei. Sie macht das ganze Personal närrisch hetzt die Leute herum, fährt mit dem Wagen von einer Plantage zur anderen, klatscht und tratscht, daß es eine Wonne ist. Sie weiß immer alles. Du hast es ja gesehen. Du hattest kaum den Fuß auf die Plantage gesetzt, da wußte sie schon von deiner Anwesenheit. Wie sie das macht, ist mir ein Rätsel. Aber lassen wir die alte Schraube. Wie fühlst du dich, *bébé?* Müde?«

Stella nickte. »Ja. Ziemlich.«

»Jetzt sind wir gleich da. Siehst du, da ist schon mein Bungalow.

Jetzt wirst du dich duschen und umziehen, dann bekommst du einen Tee, legst dich hin und brauchst den ganzen Tag nicht mehr aufzustehen, wenn du nicht magst. Ach, Estelle, *ma petite*, wie froh bin ich, daß du hier bist. Habe ich dir heute schon gesagt, daß ich dich liebe?«

Stella lächelte matt. »Nein, ich glaube nicht.«

»Unverzeihlich von mir. Aber das hole ich noch nach. Gefällt es dir hier?«

»Doch«, sagte Stella höflich. »Es ist sehr hübsch.« Sie merkte selbst, wie wenig überzeugend das klang. Sie blickte Jan an und zwang sich zu einem Lächeln. »Es ist alles noch sehr fremd für mich. Ich muß mich erst noch eingewöhnen.«

»Das kommt schon«, sagte er. »Man braucht immer eine gewisse Zeit, mit den Tropen vertraut zu werden. Aber dann will keiner mehr hier weg.«

»Ja«, sagte Stella. Und sie dachte wieder wie vorhin schon: Was, um Himmels willen, tue ich eigentlich hier?

10

Diese Frage stellte sie sich in den kommenden Wochen und Monaten noch oft. Sie war von Adam an regelmäßiges Arbeiten gewöhnt worden. Und die Arbeit hatte ihr Freude gemacht. Nachdem Adam fort war, hatte sie zusätzlich noch ein großes Stück Verantwortung tragen müssen. Jetzt auf einmal hatte sie nichts zu tun. Absolut nichts. In Jans Bungalow gab es mehrere Bedienstete. Einen Boy für die Küche, einen zum Saubermachen, einen für die Wäsche, zwei für den Garten. Und über allem thronte Clotan, der so eine Art Kammerdiener darstellte und das Kommando führte.

Am Tag nach ihrer Ankunft hatte Jan festgestellt: »Jetzt müssen wir für dich noch ein Mädchen haben. Zu deiner persönlichen Bedienung.«

»Großer Gott, warum denn?« hatte Stella geantwortet. »Es wird ja sowieso alles getan, was zu tun ist. Ich wüßte wirklich nicht, was ich mit dem Mädchen anfangen sollte.«

»Das muß sein, *bébé*«, erklärte er ihr. »Du bist eine Mem und brauchst daher Bedienung. Sonst nimmt man dich nicht ernst.«

Nun war also noch das Mädchen Bira im Haus, ein zierliches schwarzhaariges Ding mit großen, sanften Augen und einem scheuen Lächeln. Sie huschte wie ein Schatten hinter Stella her, trug ihr gewissenhaft alles nach, was nachzutragen war, stellte den Liegestuhl im Garten auf, drehte alle paar Minuten den Sonnenschirm, wenn die Sonne ein Stück weitergewandert war, fächelte ihr Kühlung zu. Sie legte ihr die Kleider zurecht, bürstete ihr Haar, über das sie immer wieder in fassungsloses Entzücken geriet. Dann brabbelte sie unverständliche Worte hervor, hielt eine Strähne hoch, und ihr Gesicht leuchtete, als habe sie eben einen Sonnenstrahl eingefangen. Nur den Tee durfte Bira ihr nicht servieren. Das tat Boy Nummer eins, weil es sein angestammtes Recht war, und da hatte niemand hineinzureden. Clotan kam des Nachmittags mit ehrfurchtsvoller Miene anstolziert, stellte das Tablett vor sie auf den Tisch, goß ihr ein, stellte die Zuckerdose parat und wartete noch eine Minute, ob die Mem noch Befehle habe.

Stella hatte keine Befehle. Sie wußte beim besten Willen nicht, was sie den zahlreichen dienstbaren Geistern gebieten sollte. Es klappte sowieso alles wie am Schnürchen, dafür sorgte schon Jan, den sie alle fürchteten. Zog er die Brauen zusammen oder ließ er gar mal ein lautes oder ungeduldiges Wort hören, dann ging der ganze Dienerschwarm auf Zehenspitzen und spähte sorgenvoll nach seiner Miene.

Anfangs hatte sich Stella den Kopf zerbrochen, wie sie Bira beschäftigen könne. Aber es fiel ihr nichts ein. Ihre Kleider und Blusen und Shorts waren täglich zur Stelle, immer sauber gewaschen und gebügelt. Auf ihrem Toilettentisch herrschte peinlichste Ordnung, sie konnte sechsmal am Tage duschen, wenn sie kurz darauf das Badezimmer wieder betrat, war alles blitzblank, neue Handtücher lagen bereit, kein Tropfen Wasser auf dem sauberen Boden.

Die Mahlzeiten kamen pünktlich auf den Tisch und waren stets sehr wohlschmeckend. Eisgekühlte Getränke standen immer bereit.

Der Bungalow lag auf einem Hügel, hohe alte Bäume standen hier, die Schatten gaben und die Hitze einigermaßen erträglich machten. Stundenlang lag Stella im Liegestuhl, lesend oder träumend, während Bira in einiger Entfernung auf der Erde hockte und keinen Blick von ihr ließ, stets gewärtig, auf einen Wink herbeizuspringen. Aber selbst wenn Stella einen Wunsch hatte, war es schwierig, ihn Bira klarzumachen. Sie verstand nur einige Brocken Englisch. Dann lief das Mädchen eilig fort, kehrte mit Clotan zurück, er machte den Dolmetscher, und dann dauerte es nur wenige Minuten, bis Stella das Gewünschte bekam. Ein Getränk, die Zigaretten aus ihrem Zimmer, einen Schal, einen Kamm. Es waren immer nur Nebensächlichkeiten. Sie hätte sie sich ebensogut allein holen können.

»Es ist wie in einem Sanatorium«, beklagte sie sich bei Jan. »Nur daß man hier nervenkrank wird. Das Nichtstun macht mich verrückt.« Jan lachte sie aus. »Warte noch ein wenig, Estelle. Wenn ich das Durcheinander aufgearbeitet habe, habe ich mehr Zeit für dich. Dann fahren wir auch mal in die Stadt hinein, und du wirst ein paar Leute kennenlernen. Warum liest du nicht?«

»Was denn?« fragte Stella. »Die paar Bücher, die du hast? Die habe ich alle schon gelesen.«

Jan brachte ihr aus Williams Bungalow nach und nach seine Bücher. Meist waren es Fachbücher oder auch Reisebeschreibungen, Romane waren nur wenige dabei. Natürlich waren sie in Englisch geschrieben, und Stella las sich mühsam durch. Denn ein Wörterbuch war natürlich nicht da. Doch sie merkte, daß sie Übung gewann, nur manchmal gab es Stellen, die sie nicht verstand, dann fragte sie Jan. Ihre Sprachkenntnisse besserten sich durch das Lesen jedoch erheblich.

Ihren Wunsch, ihn auf die Plantage, auf dem täglichen Arbeitsweg zu begleiten, hatte Jan abgelehnt.

»Das geht nicht. Es ist nicht üblich, daß eine Frau so etwas tut. Kümmere dich um das Haus und um den Garten. Und hauptsächlich kümmere dich um mich. Dafür bist du schließlich hier.«

Ja, dafür war sie hier. Und das schien nun der einzige Zweck ihres Lebens zu sein. Im Haus ging alles seinen gewohnten Gang, da blieb für sie nichts zu tun. Im Garten – das war das Stück gezähmte Wildnis um den Bungalow – blühte alles in verschwenderischer Fülle.

Stella entwickelte sich zu einer leidenschaftlichen Briefschreiberin. Sie schrieb an alle, die sie kannte. Lange Briefe über Land und Leute und die nebensächlichsten Begebenheiten des Tages. Denn Wichtiges geschah ja nicht. Und dann wartete sie, daß eines Tages Antwort eintreffen würde.

Gelegentlich kam sie hinunter ins Verwaltungsgebäude, wo alles respektvoll verstummte, wenn sie eintrat, und sie bewundernd anstarrte. Mr. Smith eilte beflissen herbei, machte ein wenig Konversation mit ihr, dann ging ihnen der Gesprächsstoff aus, und Stella kehrte zu ihrem Liegestuhl zurück.

Jan hatte ihr die Plantage gezeigt. Sie waren in seinem Singer überall herumgefahren, sie hatte die Baumschulen der jungen Bäume besichtigt, hatte den Arbeitern beim Schneiden und Zapfen zugesehen, war auch in das Arbeiterdorf gekommen, wo man sie anstarrte wie ein Wesen von einem anderen Stern.

Aber dies war ein einmaliger Ausflug gewesen. Die übrige Zeit ging Jan allein.

Es blieb ihr wirklich nichts weiter übrig, als sich mit ihm zu beschäftigen. Die erste Zeit hatte er viel zu tun. Er ging früh am Morgen fort, kam zum Essen heim, ruhte eine Stunde und war dann wieder unterwegs. Abends natürlich hatte sie ihn für sich. Vor dem Essen streckte er sich in einen Liegestuhl neben sie, nahm ihre Hand, erzählte von der Tagesarbeit, manchmal schlief er auch ein. Immer trank er einige Whisky vor dem Abendessen.

Sie gingen niemals spät schlafen. Und obwohl Stella ihr eigenes Zimmer hatte, schlief sie meist bei Jan. Am Anfang hatte sie Bedenken gehabt, wegen der Dienerschaft.

Jan winkte ungeduldig ab. »Was kümmert dich das denn? Die wissen sowieso Bescheid. Die wissen immer alles.«

Jans Verlangen nach ihr, nach ihrem Körper, war unvermindert. Und seine Liebe war die einzige Unterhaltung, die Stella hatte. Das Vergnügen daran war unterschiedlich. Es war ihr gelungen, ihn ein wenig manierlicher zu machen, ihn an Zärtlichkeit und Behutsamkeit zu gewöhnen. Aber manchmal, wenn er zuviel getrunken hatte, war er wild und unbeherrscht wie früher. Sie konnte diese Art von Liebe nicht erwidern, zog sich erschrocken davor zurück, und er nannte sie kalt und gefühllos. Nicht selten kam es vor, daß sie sich stritten. Jan hatte sowieso ein unbeherrschtes Temperament, war launenhaft und unberechenbar. Stella aber war gereizt von der Hitze und vom Müßiggang. Sie stritten sich wegen lächerlicher Kleinigkeiten, erbittert und bösartig, um sich dann um so leidenschaftlicher zu umarmen. Manchmal dachte Stella darüber nach, wie er wohl mit Mabel hier gelebt hatte. Hier in diesem Haus, in diesen Zimmern. Ob Mabel ihn geliebt hatte? Ob er sie auch so leidenschaftlich begehrt, so wild umarmt hatte?

Einmal fragte sie ihn danach.

Jan lachte. »Ich habe mir aus Mabel nie viel gemacht. Sie ist keine Frau, die einen Mann in Brand setzen kann. Kühl und sachlich. Und immer darauf bedacht, die Haltung nicht zu verlieren.«

»Aber sie hat dich doch geliebt?«

»Sicher. Sie hat mich sogar sehr geliebt. Aber Liebe ist ein weiter Begriff, nicht? Und jeder liebt anders. Zweifellos gibt es auf der Welt Männer, die mit Mabel sehr glücklich geworden wären. Nur eben ich gerade nicht.«

»Warum hast du sie dann geheiratet?«

»Liebes Kind, diese Frage habe ich mir auch oft gestellt. Ich war ein grüner dummer Junge damals. Und was ich vorher an Frauen gekannt hatte, das verschweigt man besser.«

»Aber du hast Nora doch geliebt?«

»Was heißt geliebt! Ich habe mit ihr geschlafen. Ich war gerade zwanzig. Und die Frauen haben es mir nie schwer gemacht. Nora auch nicht. Es war sehr abenteuerlich und sehr amüsant, in Keitum eine ehrbare junge Witwe zur Geliebten zu haben. Das hat mir Spaß gemacht. Aber Liebe? Ich wußte damals noch nicht, was Liebe war.«

»Aber dann«, kam Stella beharrlich auf ihr Thema zurück, »als du Mabel geheiratet hast, da wußtest du es.«

»Nein. Da wußte ich es auch nicht. Mabel war jung und unschuldig. Sie hatte vor mir keinen Mann geliebt, und ich möchte wetten, nicht mal geküßt. Sie verlor völlig den Kopf, nachdem ich sie das erstemal geküßt hatte. Sie gefiel mir auch ganz gut, sie war recht hübsch, blond und zart und immer ein wenig erstaunt und fassungslos, was wohl mit ihr geschehen würde. Na ja, und dann das ganze Drum und Dran. Ihr Vater war ein hohes Tier in Bombay, sie führten ein großes Haus, ich lernte da interessante Leute kennen. Das imponierte mir. Aber das dauerte ja nicht lange.«

»Dann kam diese Revolution, nicht?«

»Es war nicht direkt eine Revolution. Es waren Unruhen, wie sie immer mal wieder vorkommen. Und an diesem Tag war ich im Hafenviertel gewesen und hatte dort ein paar alte Kumpels getroffen.« Er lachte. »Um ehrlich zu sein, ich trieb mich damals viel in den Hafenkneipen herum. Ich hatte kein Geld, wußte nicht genau, was ich machen sollte. Ich hätte ja wieder anheuern können, aber dazu hatte ich keine Lust. Und da hörte ich mich dort so ein bißchen um, ob sich nicht eine Verdienstmöglichkeit ergeben würde. In die Schlägerei kam ich ganz ohne mein Zutun hinein. Wir waren zu dritt. Der Steuermann und der Obermaat von dem Schiff, mit dem ich damals herübergekommen war. Wir hatten ganz schön einen verlötet und waren alle drei blau. Wie der ganze Krawall eigentlich losgegangen ist, weiß ich heute auch nicht mehr. Erst gab es eine Prügelei, und dann wurde geschossen. Die Polizei kam, und da wurde es noch schlimmer. Ich hatte einen Lungendurchschuß und einen Schuß im Oberschenkel, hatte erst Blut gespuckt und lag dann wahrscheinlich da wie tot. Als ich wieder wußte, was mit mir los war, lag ich im britischen Hospital. Wochen waren vergangen. Mabels Vater hatte mich in irgendeinem dreckigen Loch aufgegabelt, die Polizei hatte ihm von einem Europäer Meldung gemacht, der dort gerade verreckte. Na ja, so kam das. Es dauerte eine Weile, bis ich wieder herauskam. Und während dieser ganzen Zeit hat Mabel mich besucht. Sehr blond, sehr blaß, immer in ihren sauberen, weißen Kleidern, immer irgendein Geschenk in der Hand, immer ein tröstendes, liebevolles Lächeln im Gesicht. Sie erschien mir wie ein Engel. Mußte mir so erscheinen. Wundert es dich, daß ich sie dann geheiratet habe?«

»Nein«, sagte Stella. »Es ist ganz verständlich. Aber du hast es ihr schlecht gedankt.«

»Was heißt gedankt?« Jan hob ungeduldig die Schultern, leerte sein Glas und schenkte sich neu ein. »Auch noch einen?«

Stella nickte.

»Ich hab' sie geheiratet, gut. Und dann hatte ich noch immer keinen Job. Ich versuchte es hier und da, tat mal dies und mal das. Ging dann für eine Weile nach Sumatra, dort habe ich übrigens das erstemal auf einer Plantage gearbeitet. Dann war ich in Hongkong. Da verdiente ich ganz gut bei einer Handelsniederlassung, bis es Ärger gab und ich wieder fort mußte.«

»Was für Ärger?« wollte Stella wissen.

»Natürlich eine Frau, *bébé,* was sonst?«

»Was für eine Frau?«

Jan lachte. »Du bist neugierig, *bébé.* Um genau zu sein, die Frau meines Chefs.«

»Aha. Also hast du Mabel betrogen.«

»Natürlich«, sagte Jan. »Ich war mit ihr nicht glücklich. Sie konnte nichts dafür, ich konnte nichts dafür. Es war eben so.«

»Und dann?«

»Dann kam ich wieder mal zurück. Mabel hatte inzwischen ein Kind bekommen. Und ihr Vater verfrachtete mich hierher. Na ja, und seitdem bin ich hier.«

»Und dann hast du mit Mabel hier gelebt?«

»Ja. Die ersten Jahre.«

»Hier in diesem Haus, wo ich jetzt bin?«.

»Natürlich.«

»Und dann hat sie noch ein Kind gekriegt?«

»Hat sie.« Jan lachte. »Sie war nun mal da, und ich konnte sie doch nicht so bitter enttäuschen.«

»Und warum ist sie dann fort?«

»Weiß ich auch nicht«, sagte Jan, obwohl er es ganz genau wußte. »Das Klima ist ihr schlecht bekommen. Und so gut vertragen haben wir uns auch nicht. Und schließlich sollten die Kinder in England zur Schule gehen.«

»Wie alt sind die Kinder jetzt?«

»Der Junge ist vierzehn und Jane zehn.«

Ein Mädchen und ein Junge, zehn und vierzehn Jahre alt. Kinder, die einen Vater brauchten, aber keinen hatten.

»Wie lebt Mabel eigentlich jetzt?« fragte Stella.

»Gott, wie soll sie leben. Der Alte hat so ein kleines Haus in Sussex, sehr hübsch, nicht weit von der Küste. Da leben sie nicht schlecht. Mabel bekommt jeden Monat einen Scheck von meiner Bank in London. Der Junge ist im Internat, und die Kleine – das weiß ich gar nicht. Wahrscheinlich wird sie auch auswärts in eine Schule gehen. Ich hätte ja alles erfahren, wenn ich jetzt hingekommen wäre. Aber das ging ja nicht. Hast du selbst gesehen.«

Es war ein wenig schwierig, sich vorzustellen, wie Mabel lebte. Sie war noch jung, erst Mitte Dreißig. Hatte sie für immer auf einen Mann und auf Liebe verzichtet?

»Vielleicht hat Mabel einen Freund«, meinte Stella nachdenklich.

Jan lachte. »Bestimmt nicht. Erstens liebt sie mich, und zweitens ist sie eine Puritanerin. Die braucht keinen Freund.«

»Es ist häßlich, wie du redest«, sagte Stella. »Sie ist doch eine Frau. Und sie ist noch jung.«

»Sie hat ihre Eltern, und sie hat die Kinder. Glaub mir, ich kenne Mabel besser. Sie braucht wirklich keinen Mann. Meine Liebe ließ sie immer mit geschlossenen Augen und entsetzter Miene über sich ergehen.«

Unwillkürlich mußte Stella lachen. »Das kann ich verstehen. Wenn sie wirklich unerfahren war, als sie dir in die Hände fiel, dann war sie nicht zu beneiden. Da konnte sie für alle Zeiten einen Schock davontragen.«

»Warum?« fragte Jan beleidigt. »Bin ich ein so schlechter Liebhaber?«

»Jetzt nicht mehr«, sagte Stella und lächelte zu ihm auf. »Du hast bei mir einiges gelernt, nicht wahr? Als ich dich kennenlernte, konnte man wirklich Angst vor dir haben. Und das war immerhin schon fünfzehn Jahre später, als die arme Mabel das Vergnügen hatte.«

»Warst du nicht glücklich mit mir? Am Anfang, meine ich?« fragte er höchst verwundert.

»Glücklich?« Stella lächelte. »Mein Liebling, du warst eine reißende Bestie. Und ich war immer froh, aus deiner Umarmung freizukommen, ohne daß du mir die Kehle durchgebissen hast. Überall hatte ich blaue Flecken und Bißwunden und was weiß ich noch. So etwas war ich nicht gewohnt.«

»Jaja, ich weiß«, sagte er ungeduldig. »Dein wunderbarer Adam war ja so ein Meister in der Liebe.«

»Das war er auch«, erwiderte Stella ruhig. »Ich wünschte, ich könnte dich zu ihm in die Lehre schicken.«

Jan wälzte sich herum, bis er ganz über ihr lag, und sein Gesicht über dem ihren, fragte er: »Heute auch noch, *bébé?* Ich bin doch jetzt bei dir in die Lehre gegangen.«

»Ja. Gott sei Dank. War auch höchste Zeit. Ich kann es Mabel nachfühlen, wenn sie sich entsetzt von dir zurückzog.«

»Ach Mabel, die habe ich nie so geliebt wie dich. Kein Vergleich.«

Stella schob ihn fort. »Geh ein bißchen beiseite. Du bist mir zu schwer.«

»Seit wann?«

»Sei nicht frech. Und die anderen Frauen?«

»Was für andere Frauen?«

»Na, du hast doch Mabel nicht allein geliebt. Was war mit den anderen? Hast du die auch so zugerichtet wie mich?«

»Keine so wie dich«, verkündete er stolz.

»Das ist mir eine Ehre«, sagte Stella trocken. »Du Barbar, du Strandräuber. Du bist wirklich aus einem früheren Jahrhundert übriggeblieben. Bist du sicher, daß du in deinem vorigen Leben nicht Pidder Lüng warst?«

»Kann schon sein«, lachte Jan. »Vielleicht war ich es. Den haben sie doch aufgehängt, nicht?«

»Ja. Auf dem Galgenhügel in Munkmarsch. Thies hat mir das mal sehr plastisch geschildert.«

»Schön, und wenn ich es war, dann habe ich mir sicher auch irgendwo so eine rothaarige Hexe geraubt wie dich und habe sie auf mein Schiff verschleppt. Und habe sie glücklich gemacht. Du bist doch glücklich, Estelle?« Er blickte auf sie herab. »Auch wenn ich am Anfang so wild mit dir umgegangen bin? Jetzt doch nicht mehr. Jetzt bist du doch glücklich. Sag es.«

»Ja«, sagte Stella. Sie schloß die Augen unter seinem Kuß und überließ sich seiner Umarmung.

War sie glücklich? Das fragte sie sich manchmal selbst, an den langen, einsamen Tagen. Sie hatte Zeit genug, sich mit dieser Frage zu beschäftigen.

Es war schwer zu sagen, was Glück eigentlich war. Sie hatte einen Mann, der sie liebte. Nun gut. Es war derselbe Mann, in den sie als junges, ganz ahnungsloses Mädchen verliebt gewesen war. Es war ein Stück erfüllter Jugendtraum.

Sie lebte mit diesem Mann zusammen. Ganz allein für ihn und für die Liebe, die sie vereinte. Eigentlich hätte sie glücklich sein müssen.

Wie kam es, daß sie oft so rastlos war, so nervös, so ungeduldig und auch – so unglücklich. Sie dachte viel an Adam. Und sie sehnte sich nach Adam. Wenn sie sich je über ihn geärgert hatte, wenn sie eifersüchtig gewesen war auf Gerry, von hilflosem Zorn erfüllt seiner Überlegenheit gegenüber – das war vergessen. Geblieben war die Erinnerung an eine glückliche Zeit. An erfüllte Jahre. Wie anregend war das Leben mit ihm gewesen! Was hatte sie alles gelernt und erfahren. Und alles lag jetzt brach. Genügte es, nichts zu haben als einen Mann, seine Küsse, seine Umarmungen? Wenn sie immer so leben müßte wie jetzt, würde sie dabei glücklich sein?

Nein. Es dauerte nicht lange, da wußte Stella, daß nichts weiter sie mit Jan verband als die Leidenschaft. Man konnte mit ihm nicht über alles sprechen wie mit Adam. Politik, Wissenschaft, Kunst, die widerspruchsvollen Fragen des Tages, das alles hatte sie mit Adam erörtert oder hatte ihm, als sie noch zu dumm war, schweigend gelauscht. Gelauscht und gelernt.

Mit Jan gab es nicht viele Gesprächsthemen. Sie selbst, ihre Liebe, die Arbeit auf der Plantage. Sonst wußte sie kaum mehr, was in der Welt vor sich ging.

Sie stürzte sich heißhungrig auf die ersten Briefe, die kamen. Alle antworteten ihr: Nora, Thies, Hermine. Und endlich kam auch ein Brief von Adam aus Amerika. Was er ihr darin mitteilte, bestürzte Stella, nahm ihr die letzte uneingestandene Hoffnung. Er und Gerry hatten geheiratet. Und sie würden bis auf weiteres in Amerika bleiben. Adam hatte dort begonnen, wieder zu arbeiten, und, wie er schrieb, mit gutem Erfolg. Er hatte alte Freunde getroffen. Und Gerry hatte bereits eine Rolle in einem Film in Hollywood erhalten. Keine große Rolle, aber es war immerhin ein Anfang. Sie sei glücklich darüber, schrieb Adam. Vivian, Claires Tochter, die ebenfalls Schauspielerin sei, habe ihr dazu verholfen.

Stella war an diesem Abend sehr schweigsam. Adam war ihr verloren. Wie es schien, für immer.

»Jetzt hast Du also Deinen Jan bekommen«, schrieb er. »Damals, als ich Dich kennenlernte, am ersten Abend, hast Du ihn erwähnt. Ist er der richtige Mann für Dich, kleiner Stern? Man sollte es annehmen, sonst wärst Du nicht mit ihm bereitwillig fortgegangen in eine so ferne Welt. Ich wünsche von Herzen, daß Du glücklich wirst. Du hast mir soviel Glück geschenkt. Ich weiß nicht, ob Du das je ganz begreifen kannst. Ich denke viel an Dich, jeden Tag. Und ich hoffe, daß wir uns bald einmal wiedersehen werden.«

Natürlich las Jan den Brief auch. Es gab hier keine Möglichkeit, irgend etwas vor ihm zu verbergen.

Er lachte kurz auf. »Da hast du deinen geliebten Adam. Er hat sich schnell getröstet. ›Du hast mir soviel Glück geschenkt.‹ Schade um jeden Tag. Hätte ich dich nur damals gleich mitgenommen.«

»Das verstehst du nicht«, sagte Stella. »Du kannst überhaupt gar nicht verstehen, wie es war zwischen Adam und mir. Wenn ich Adam nicht gehabt hätte . . .« Sie blickte über Jan hinweg, Trauer im Herzen und eine unbestimmte Sehnsucht.

»Genug!« schrie Jan plötzlich unbeherrscht. »Ich will den Namen nicht mehr hören. Du sollst nicht mehr an ihn denken. Ich möchte ihn auslöschen aus deinem Leben. Herausreißen, als hätte es ihn nie gegeben.«

»Du kannst ihn nicht auslöschen aus meinem Leben«, sagte Stella ruhig. »Er und Onkel Pieter, sie sind das Beste in meinem Leben.« Jan stürzte auf sie zu. Fast sah es aus, als wolle er sie schlagen. Er packte sie an beiden Armen, schüttelte sie, preßte sie dann an die Wand und starrte ihr mit seinen dunklen Augen drohend ins Gesicht. »Sag das noch einmal!«, keuchte er.

Stella hatte Angst vor ihm. Aber sie erwiderte trotzig seinen Blick und wiederholte: »Er und Onkel Pieter, sie waren das Beste in meinem Leben. Und Thies. Thies natürlich auch.«

»Und ich?« schrie Jan. »Was bin ich?«

»Laß mich los«, sagte Stella heftig. »Du tust mir weh.«

»Was bin ich?«

»Das weiß ich noch nicht«, sagte sie. »Ich weiß es wirklich noch nicht.«

Jan ließ sie los, trat zurück, sah sie mit kalten, bösartigen Augen an. »Du Biest!« sagte er. »Denke nicht, daß du mit mir machen kannst, was du willst, nur weil ich gesagt habe, ich liebe dich. Das kann sich ändern. Das kann sich verdammt schnell ändern. Da wärst du nicht die erste.«

Und dann drehte er sich um, stürzte aus dem Zimmer, verschwand aus dem Bungalow und kam erst gegen Morgen zurück.

Stella, wenig beeindruckt von dem Auftritt, fragte sich, wo er wohl hingegangen war. War er nach Malakka gefahren, so spät noch? Denn es war immerhin nachmittags gegen fünf gewesen, als sie diesen plötzlichen Streit hatten.

Er fuhr jede Woche einmal in die Stadt hinunter, besuchte William im Krankenhaus, erledigte verschiedene Geschäfte und war dann im Klub der Pflanzer oder in irgendeiner Bar. Einige Male hatte Stella ihn begleitet. Sie hatte im Klub auch verschiedene Leute kennengelernt. Aber viel Vergnügen hatte sie nicht daran gefunden. Alle starrten sie neugierig an, die Männer lüstern, die Frauen abschätzend und mißtrauisch. Daß sie Jans Kusine war, glaubte sowieso kein Mensch. Mit einigem Recht, wie Stella vor sich selbst ehrlich zugab. Daß sie mit ihm verwandt war, das war mehr oder weniger Zufall. Welche Rolle sie wirklich hier spielte, daran konnte keiner zweifeln.

Sie wartete an diesem Abend lange auf ihn, ging dann schlafen. Der Boy servierte ihr stumm das Abendessen, sie neugierig betrachtend. Das Geschrei des Tuans war natürlich überall zu hören gewesen.

Spät in der Nacht hörte Stella Jan zurückkommen. Aber er kam nicht zu ihr ins Zimmer, und sie rührte sich nicht.

Als sie zum Frühstück herauskam, war er schon weg, er konnte nur wenige Stunden geschlafen haben.

Zum Mittagessen war er wieder da. Sie aßen schweigend, er blickte sie nicht an.

Nach dem Essen sagte Stella: »Du hast dich gestern ziemlich abscheulich benommen. Aber ich habe dich gereizt. Es tut mir leid.«

Er blickte sie an. Seine Augen waren immer noch kalt, abweisend.

»Wo warst du denn so lange?« fragte sie und bemühte sich um einen freundlichen, harmlosen Ton.

»Bei Smith«, sagte Jan kurz. »Wir haben ein paar Glas getrunken.«

»So lange«, wunderte sich Stella. »Du bist erst so spät heimgekommen.«

»Ich kann heimkommen, wann ich will«, knurrte Jan.

»Natürlich.« Stella lächelte. »Wann du willst, mein Liebling. War Miß Priscilla auch dabei?«

»Nein. Mir stand der Sinn nicht nach weiblicher Gesellschaft.«

»Na, das wundert mich aber, daß ihr die losgeworden seid.«

Stella erfuhr noch am selben Tag, wo Jan wirklich gewesen war. Und sie erfuhr es von Priscilla, die immer alles wußte.

Priscilla war neben Langeweile und Hitze das dritte Übel, mit dem Stella sich abzufinden hatte. Sie kam jeden Tag zu einem Besuch.

»Muß doch mal kurz hereinschauen, wie es unsrer Kleinen geht«, flötete sie. Und dann saß sie stundenlang wie festgenagelt. Redete und redete und trank dabei erhebliche Mengen Whisky. Bald kannte Stella alle Intimitäten aus dem Leben der Pflanzer und übrigen Europäer im weitesten Umkreis.

»Woher wissen Sie das bloß alles?« staunte sie manchmal.

»Aber Schatz, das ist doch ganz einfach. Diese vielen Dienstboten überall. Die sehen und hören doch alles. Und tratschen darüber. Hier bleibt nichts verborgen. Nichts«, sagte sie mit Betonung und starrte dabei Stella mit ihren runden schwarzen Augen an.

Stella bezog dies natürlich auf sich und zog unbehaglich die Schultern zusammen. Sie war Jans Kusine, das stimmte. Daß sie aber außerdem seine Geliebte war, das war kein Geheimnis. Priscilla genierte sich auch nicht, gelegentlich sehr deutliche Fragen zu stellen, die durchblicken ließen, *wie* genau sie Bescheid wußte.

Manchmal schleppte sie Stella auch in ihren Bungalow, der etwa zehn Minuten entfernt war. Trotz der kurzen Strecke kam Priscilla niemals zu Fuß. Sie fuhr ständig mit dem Ford ihres Vaters herum, auf eine waghalsige Art, knapp an Bäumen, Zäunen und Hausecken vorbei.

In ihrem Bungalow kramte sie dann in Koffern und Kästen und brachte Unmengen von Bildern hervor. Alle stellten Priscilla Ronca dar. In phantastischen Kostümen, mit Reihern im schwarzen Haar, mit Schmuck überladen.

»Alles Rollenbilder«, seufzte Priscilla. »Ach, wenn ich sie sehe, wird mir das Herz schwer. Lange werde ich es wohl nicht mehr aushalten. Das Theater läßt einen nicht los.«

Einmal fragte Stella scheinheilig, wo sie denn zuletzt aufgetreten sei.

Darauf prasselte über sie eine stattliche Reihe von Theaternamen herab. Stella, die ja englische Theater nicht kannte, hatte keine Ahnung, ob es diese Häuser wirklich gab. Es blieb ihr nichts anderes übrig, als zuzuhören und so zu tun, als glaubte sie die wilden Geschichten.

»Und Männer!« rief Priscilla und verdrehte die Augen. »Nichts als Männer. Sie liegen einem zu Füßen. Lassen einen keine Minute aus den Augen. Ah, manchmal kann ich sie nicht mehr sehen. Man wird ja auch älter, nicht wahr? Und will ein bißchen Ruhe haben. Finden Sie, daß ich schon sehr alt aussehe?«

»Aber meine Liebe«, sagte Stella. »Keine Rede davon. Sie wissen selbst, daß Sie großartig aussehen.«

»Ich bin jetzt schon fünfunddreißig«, meinte Priscilla seufzend. »Sie Küken haben natürlich keine Ahnung, was das bedeutet. Aber die Jahre laufen einem unter den Fingern weg.«

Von Jan wußte Stella, daß Priscilla dreiundvierzig war. Und so sah sie auch aus. Wenn nicht noch älter. Die Schminke, die sie sich freigebig ins Gesicht schmierte, machte sie nicht jünger. Und die gewagten Kleider, die ihr so eng auf dem Körper saßen und immer tiefe Dekolletés hatten, konnten nicht darüber hinwegtäuschen, daß ihre Jugend wirklich vorüber war.

Priscilla kicherte. »Ich muß Ihnen etwas zeigen. Wir sind ja jetzt gute Freundinnen, nicht? Damit Sie einmal sehen, wie ich früher war. Oh, *dear*, wirklich. Sie glauben es vielleicht nicht, aber ich war einmal eine schöne Frau. Die Männer haben es mir oft gesagt.«

Dann begann sie wieder in ihren Bildern zu kramen, förderte schließlich einen großen Umschlag zutage, den sie mit geheimnisvoller Miene öffnete. »Nur Ihnen, Stella, nur Ihnen. Sie dürfen niemand davon erzählen. Versprechen Sie es?«

»Aber ja«, sagte Stella. Sie war nicht besonders neugierig auf das Geheimnis in dem dicken Umschlag.

Aber dann verschlug es ihr doch den Atem. Was Priscilla da ans Tageslicht brachte, war eine stattliche Anzahl von Aktaufnahmen. Priscilla, immer wieder Priscilla, von vorn und von hinten, von oben und von unten, und immer splitternackt. Zweifellos, sie hatte einen schönen Körper gehabt, eine üppige Venus mit schwellenden Formen. Wem so etwas gefiel, der mochte an diesen Bildern seine Freude haben.

Stella betrachtete die Aufnahmen nur widerwillig. Peinlich berührt von den oft eindeutigen Posen. Sie war nicht prüde. Aber dies fand sie abstoßend.

Sie mußte daran denken, was Jan gesagt hatte: Die Götter wissen, wovon sie eigentlich lebt.

Nun, vielleicht davon. Unter anderem. Und früher natürlich. Es sollte ja Leute geben, die so etwas kaufen.

Priscilla stand hinter ihr, blickte über Stellas Schulter und verweilte mit entzücktem Ausdruck bei jedem einzelnen Bild.

»Wie finden Sie das?« fragte sie. »Nicht schlecht, was? Ja, so habe ich einmal ausgesehen. Wenn auch«, sie lachte, »gar so übel bin ich heute auch noch nicht. Es geht, es geht noch. Ich kann zufrieden sein. Aber man zollt der Zeit seinen Tribut, das ist nun mal nicht anders. Das werden Sie auch noch sehen, Kindchen. Aber daß Sie ja niemandem davon erzählen.«

Immer ein wenig benebelt kam Stella von Priscilla nach Hause. Da Priscilla viel trank und ihr immer wieder eingoß, sie zum Trinken ermunterte, trank auch Stella jedesmal mehr, als sie wollte. Aber es ging wohl nicht anders. Sonst wäre diese unmögliche Person überhaupt nicht zu ertragen gewesen.

Übrigens kannte Jan die Bilder auch. »Geheimnis!« lachte er. »Es gibt keinen, den sie noch nicht damit beglückt hätte. Ich glaube, nur ihr armer Vater weiß nichts davon. Großartig war ja William. Als sie ihm eines Tages damit kam, schob er sie beiseite und sagte: ›Ich bin kein Fleischbeschauer.‹«

»Hat sie eigentlich nie versucht, dich zu verführen?« fragte Stella.

»Und ob. Feste sogar. Aber da kann sie lange warten. Ich bin doch kein Allesfresser. Und daß ich einen guten Geschmack habe, kannst du doch bezeugen, *bébé*.«

An dem Tag, als Jan in der Nacht fortgewesen war, kam Priscilla schon sehr früh am Nachmittag, kaum nachdem Jan wieder fort war.

»Wie geht es, chérie?« rief sie Stella entgegen, kam zu ihr, küßte sie auf die Wange. »Mein Gott, blaß sehen Sie aus. Ist Ihnen nicht gut?«

»Die Hitze«, sagte Stella. »Sie bringt mich noch um.«

»Ja, ich weiß. Viele Leute klagen darüber. Mir macht es nichts aus. Ich habe italienisches Blut. Meine Mama . . .«

Nachdem Priscilla mit ihrer Mama fertig war, kam sie ohne große Umschweife zum eigentlichen Zweck ihres Besuches.

»Ei, ei, ei«, drohte sie mit neckisch erhobenem Finger. »Haben Sie unseren guten Jan gestern geärgert?«

Das wußte sie also auch schon wieder. Stella seufzte.

»Wieso?« fragte sie kühl.

»Nun, weil er auf und davon ging.«

»Ja, ich weiß. Er war bei Ihnen. Er wollte mit Ihrem Vater ein paar Whisky trinken.«

»Soso, ein paar Whiskys.« Priscilla lachte, daß sie bald vom Stuhl fiel. »Hat er Ihnen das erzählt? Aber Kindchen, wer wird denn den Männern glauben. Sie schwindeln doch, wenn sie den Mund aufmachen. Ein kluges Mädchen wie Sie sollte das längst wissen.«

Stella schwieg. Sie wollte sich nicht blamieren. Und wenn Priscilla etwas wußte, dann würde sie es schon sagen, das war sicher.

»Hier, in diesen Ländern«, begann Priscilla mit wichtiger Miene, »haben die Männer uns allerhand voraus. Wenn die eigene Frau sie ärgert oder wenn sie sie satt haben, dann sind genügend andere da. Hier braucht ein Mann bloß mit dem Finger zu winken, und schon hat er alles, was er braucht. Ja, Kindchen, so ist das. Nicht schön, aber wahr. Wenn Sie wüßten, was die weißen Frauen manchmal so erzählen. Ach, es ist eine Schande. Ein Mann ist gar nicht wert, daß man sich mit ihm abgibt.«

Stella biß sich auf die Lippen. Wollte Priscilla sie etwa eifersüchtig machen? Das war lächerlich. Jan mochte sein, wie er wollte. Eins war sicher, er liebte sie. Für ihn gab es keine andere Frau.

»Ich bin nicht Jans Frau«, sagte sie kühl. »Er kann tun und lassen, was er will. Daß ich einige Zeit bei ihm zu Besuch bin, braucht seine Freiheit nicht einzuschränken.«

»Aber chérie, lassen wir doch die Albernheiten. Was wollen Sie mir denn erzählen? Ich kenne das Leben. Ich weiß Bescheid. Aber machen Sie sich nichts daraus. Das hat hier nichts zu besagen, wenn ein Mann sich mal ein braunes Mädchen ins Bett nimmt. Das ist nun mal nicht anders. Die Männer sind daran gewöhnt. Und die Frauen müssen sich wohl oder übel auch daran gewöhnen. Jan hat früher schon mit Toljah geschlafen. Sie ist auch ein süßes Ding, nichts gegen zu sagen. Eine Haut wie Samt. Ehe er nach Europa reiste, hat sie sogar lange bei ihm im Bungalow gewohnt.«

Stella erstarrte. Sie glaubte nicht recht gehört zu haben. Was diese widerliche Person hier sagte, war unglaublich. Jan sollte in der vergangenen Nacht bei einer Frau gewesen sein? Das war unmöglich. Priscilla verbreitete sich noch einige Zeit über Toljah, die samthäutige Malaiin, ihre Familie und ihre Lebensumstände.

Stella schwieg.

Aber schließlich verlor sie doch ihre Beherrschung. »Das ist Unsinn«, sagte sie knapp. »Jan tut so etwas nicht.«

»Nein?« Priscilla lächelte. »Sind Sie sicher? Nun, bei uns war er jedenfalls nicht. Sie können meinen Vater ja fragen. Und er wird kaum die halbe Nacht im Dschungel herumgelaufen sein.«

Stella stand auf. »Ich werde uns Tee machen lassen«, sagte sie mit steifen Lippen. »Einen Moment bitte.«

Sie ging mit geradem Rücken ins Haus und brachte Clotan aus der Fassung, weil sie Tee bestellte, obwohl noch nicht Teezeit war.

»Jetzt, Mem?« fragte Clotan ungläubig.

»Jetzt!« fuhr Stella ihn an. »Ich trinke Tee, wann es mir paßt.«

Gleich darauf schämte sie sich. Es fehlte nicht viel, und sie hätte sich bei dem Malaien entschuldigt.

Sie ging in ihr Zimmer, fuhr sich mit fahrigen Fingern durch das Haar, starrte eine kleine Weile ihr Gesicht im Spiegel an.

»Wenn er das getan hat«, murmelte sie mit weißen Lippen, »wenn er das getan hat, dann ist es aus. Und wenn die Frauen hier zehnmal daran gewöhnt sind. Ich nicht. Ich habe nicht die Absicht, mich daran zu gewöhnen.«

Dann ging sie wieder hinaus zu Priscilla, lächelnd und beherrscht, und begann ohne Übergang ein neues Gespräch. Priscillas Versuche, zu dem verlassenen Thema zurückzukehren, überhörte sie.

Priscilla war noch da, als Jan kam. Als er die Schwarzhaarige bei Stella sitzen sah, wußte er sofort, was geschehen war. Ärger stieg in ihm hoch. Das hätte er sich denken können.

Den ganzen Tag lang hatte er den nächtlichen Ausflug bereut. Nicht auszudenken, wenn Stella davon erfuhr.

Er beugte sich herab und küßte Stella auf die Wange, was diese steif über sich ergehen ließ. Aber dann lächelte sie zu ihm auf. »Heiß heute wieder, nicht? Willst du Tee oder lieber etwas Kaltes?«

»Erst etwas Kaltes«, sagte Jan. »Tee später.«

Er schoß einen wütenden Blick zu Priscilla hinüber, die ihn maliziös anlächelte. Natürlich hatte das Frauenzimmer alles erzählt. Er sah es an ihrem glitzernden Blick, er merkte es Stellas gefrorenem Lächeln an. Zum Teufel mit den Weibern!

Jan versteifte sich in Trotz. Lehnte sich in seinen Stuhl zurück, rauchte schweigend und blickte über die beiden Frauen hinweg.

Als sie allein waren, wartete Jan, was kommen würde. Zunächst jedoch geschah nichts.

Stella trank noch einmal Tee mit ihm, strich ihm Butter auf seinen Toast wie immer, fragte nach der Tagesarbeit.

Jan redete eifrig, erzählte mehr als sonst.

»Übrigens«, sagte Stella endlich, nachdem es nichts mehr zu erzählen gab, »diese Priscilla ist wirklich eine Landplage. Wenn sie nur etwas zu klatschen hat, dann ist sie glücklich. Sie wollte mir in allem Ernst weismachen, du seist gestern nicht bei ihrem Vater gewesen.«

Jan schoß einen raschen Blick zu ihr hinüber. »Ich sagte dir ja bereits, daß sie nicht da war. Vielleicht hat sie irgendwo einen Besuch gemacht.«

»Das hätte sie wohl erzählt. Sie behauptet, den ganzen Abend zu Hause gewesen zu sein.«

»So.«

»Ja. Sie behauptet auch, zu wissen, wo du statt dessen die halbe Nacht verbracht hast.«

»So, behauptet sie das? Ein kluges Kind.« Stellas kühler, prüfender Blick irritierte ihn. Und er tat das Verkehrteste, was er tun konnte, er rettete sich in Zorn. Er griff an. »Zum Teufel!« schrie er unbeherrscht. »Laß mich mit dem Weibergeschwätz in Ruhe. Was geht es mich an, was diese Verrückte erzählt? Vielleicht muß ich sie vorher um Erlaubnis fragen, wo ich hingehen darf und wo nicht.«

Stella betrachtete ihn kühl. Aber das war nur äußerlich. In ihr begann es zu kochen. Sein Verhalten wirkte durchaus so, als habe er ein schlechtes Gewissen.

»Und wo warst du also wirklich?« fragte sie.

»Ich habe es dir gesagt.«

»Du hast mich angelogen. Priscilla behauptet, du seist bei so einem Mädchen gewesen. Bei einer Eingeborenen. Eine alte Freundin von dir, die früher hier sogar im Bungalow gewohnt hätte.«

Jan kniff die Augen zusammen. Sein Gesicht war hart. Es war nicht mehr schön. Es war häßlich.

»Und?« fragte er gefährlich leise. »Wenn ich da gewesen wäre? Kann sein, ich hatte meine Gründe dafür. Kann sein, ich hatte auch Sehnsucht nach einer vergangenen Liebe. Genauso wie du Sehnsucht nach deinem Adam hast. Du schwärmst mir ja auch pausenlos vor, wie wunderbar es bei ihm war, wie glücklich er dich gemacht hat. Kann ja sein, daß es hier auch eine Frau gibt, die mich glücklich gemacht hat und die ich nicht vergessen habe. Keine dünkelhafte, eingebildete Europäerin, sondern ein sanftmütiges, zärtliches Geschöpf.«

»Geh doch hin zu ihr«, sagte Stella mit bebender Stimme. »Ich halte dich nicht. Ich möchte bloß wissen, warum du mich dann gezwungen hast, mit hierherzukommen.«

»Gezwungen ist gut.« Jan lachte.

»Vielleicht nicht?« rief Stella. Ihre Stimme war jetzt laut und schrill. »Ich hatte nicht die geringste Lust, mitzukommen. Du wolltest es partout. Weil ich deine große Liebe sei. Angeblich. Weil du ohne mich nicht mehr leben könntest. Und dann rennst du zu so einer Schwarzen hier. Wie ein krähender Gockel, der einen Hühnerhof braucht. Wie viele Freundinnen hast du denn noch hier auf der Plantage? Einen ganzen Harem, was?«

»Erstens, mein Kind«, sagte Jan mit kalter Stimme, »sind das keine Schwarzen hier. Diese Malaien haben vielleicht mehr Kultur als ihr eingebildeten Europäer. Und von diesen Frauen könntet ihr weißen Frauen allerhand lernen.«

»Ja.« Stella lachte. »Ich kann mir schon denken, was.«

»Nein, das kannst du dir nicht denken. Aber es ist kein Wunder, daß die Männer, wenn sie eine Weile hier sind, ein eingeborenes Mädchen bevorzugen. Wir wissen genau warum.«

»So. Wißt ihr das?« Stellas Augen funkelten vor Wut. »Ich möchte etwas anderes wissen. Ich möchte wissen, warum ich hier bin. Warum du mich mitgenommen hast. Kannst du mir das sagen?«

Jan war ganz ruhig jetzt. Er betrachtete sie mit diesen engen, bösen Augen wie schon zuvor. Dann sagte er leise: »Nein. Das kann ich dir im Moment nicht sagen.«

Stella starrte ihn eine Weile atemlos an. Die Wut drohte sie zu ersticken. Aus dem Augenwinkel erspähte sie Bira, die drüben bei den Bougainvillea-Sträuchern stand und ängstlich zu ihnen herüberblickte. Und an der Tür vermeinte sie auch einen Schatten zu sehen. Das war sicher Clotan, der ihre Auseinandersetzung gespannt verfolgte. Kein Wunder, daß hier immer jeder alles wußte. Es gab kein Geheimnis, keine Intimität bei diesen vielen Dienstboten. Sie sahen und hörten alles, tratschten es an die anderen Dienstboten weiter, und von ihnen erfuhren es dann die Weißen. Wahrscheinlich wußte jeder hier im Haus, wo Jan die letzte Nacht verbracht hatte.

Sie stand auf und ging langsam ins Haus. Die Beine gehorchten ihr kaum. Aber sie mußte gehen. Wenn sie geblieben wäre, hätte sie ihm das Gesicht zerkratzt. Oder ihm etwas an den Kopf geworfen. Denn sie würde ihn nicht mehr berühren mit ihren Händen. Nie mehr.

Das war das Ende. Und fast empfand sie Erleichterung darüber. Das machte sie frei.

Aber es war keinesfalls das Ende. So leicht wurde sie mit Jan nicht fertig. Er kam am Abend in ihr Zimmer. Es nützte ihr nichts daß sie sich verzweifelt wehrte.

»Ich will dich nicht«, keuchte sie. »Du bist mir widerlich. Du kannst nicht die Nacht vorher mit einer Eingeborenen schlafen und in der nächsten Nacht mit mir. Ich ekele mich vor dir. Hörst du! Mach, daß du hinauskommst.«

Aber ihr Widerstand war lächerlich. Er nahm sie mit Gewalt, und wenn Stella die Kraft gehabt hätte, hätte sie ihn erwürgt. Aber er war ja soviel stärker als sie. Es war überflüssig, auch nur den Versuch zu machen, gegen ihn zu kämpfen.

11

Von da an wurde es nie mehr, wie es war. Stella brauchte nicht mehr darüber nachzudenken, ob sie glücklich sei oder nicht. Sie wußte, daß sie unglücklich war. Es änderte nichts daran, daß Jan sein Verhalten wieder änderte. Er war ängstlich darauf bedacht, jeden Streit zu vermeiden, war zärtlich, behutsam und liebevoll, fragte sie ständig nach ihren Wünschen und versicherte ihr immer wieder, wie sehr er sie liebe. Auch verließ er nie wieder am Abend das Haus.

Aber Stella kam über das Geschehene nicht hinweg. Nicht, daß er von ihr zu einer anderen Frau gegangen war, zu irgendeinem dieser samtäugigen, graziösen Geschöpfe, war das schlimmste. Übrigens hatte es Priscilla sich nicht verkneifen können, ihr Toljah zu zeigen. Sie war die Tochter des Vorarbeiters, und Stella erinnerte sich, daß sie das Mädchen schon öfter gesehen hatte. War sie nicht auch schon einmal gekommen, Bira besuchen? Schon möglich. Hier waren sie ja fast alle miteinander verwandt. Wer sagte ihr, ob Jan nicht früher auch mit Bira geschlafen hatte? Und wußte sie, wie oft er jetzt noch mit einem dieser Mädchen zusammenkam, mit Toljah oder einer anderen? Er war stundenlang unterwegs. Wenn er wollte, hatte er Gelegenheit genug, mit einer Frau zusammenzukommen.

Aber noch weniger konnte sie verzeihen, daß er ihr Gewalt angetan hatte. Wenn sie daran dachte, stieg ihr das Blut in die Wangen, ihr Herz klopfte wild vor Wut. Seine rohen, gewalttätigen Hände, sein großer Körper, der sie niederpreßte. Sie vergaß es nicht. Und sie haßte ihn, haßte ihn aus tiefstem Herzensgrund.

Da sie es nicht vergessen konnte, konnte sie auch nicht schweigen. Sie fing immer wieder davon an, warf es ihm vor, griff ihn an mit bösen und beleidigenden Worten.

Jan ertrug es erstaunlich geduldig. Er hatte sich offenbar vorgenommen, sie zu versöhnen.

Er hatte sich in aller Form entschuldigt und versuchte immer wieder, sie zu besänftigen. Stella verweigerte sich ihm, und er ertrug auch dies. Er drängte sie nicht. Rührte sie auch nicht mehr an. Vor den anderen, auch vor dem Diener, verkehrten sie mit vorbildlicher Höflichkeit miteinander.

Als Jan das nächstemal aus der Stadt zurückkam, brachte er ihr einen schweren goldenen Armreif mit, eine alte, kunstvoll geschmiedete Arbeit. Und außerdem Stoffe und Kleider und eine Menge schwer zu erhaltender Delikatessen. Sogar einige Flaschen Sekt.

Er schleppte alles in den Bungalow und baute es vor ihr auf. Dann blieb er stehen und schaute sie erwartungsvoll an wie ein Kind, das ein Lob erwartet.

Stella betrachtete die Sachen kaum. Den Armreif, den er vor sie auf den Tisch gelegt hatte, rührte sie nicht an.

»Und was hast du den anderen Damen mitgebracht?« fragte sie.

Sein Mund preßte sich zusammen, sein Kinn wurde eckig. Einen Moment lang sah es aus, als würde er einen Wutanfall bekommen. Aber er nahm sich zusammen.

»Kannst du nicht vergessen?« fragte er leise.

»Nein«, sagte sie hart.

»Estelle«, sagte er, »ich liebe dich. Aber du solltest nicht zuviel von mir verlangen. Ich bin kein Heiliger, ich weiß. Und ich bin in meinem Leben nie sehr geduldig gewesen. Wie lange, glaubst du, werde ich das noch aushalten können?«

»Was?« fragte Stella kühl.

»So, auf diese Weise mit dir zu leben.«

»Du brauchst überhaupt nicht mit mir zu leben«, sagte sie. »Ich habe dir schon gesagt, daß ich heimfahre. Ich will nicht mehr bleiben.«

»Du bleibst«, sagte er, und es klang drohend.

Mit einer herrischen Handbewegung winkte er Clotan herbei und befahl ihm, Gläser zu bringen.

Der Sekt war warm. Der Korken fuhr mit lautem Knall aus der Flasche, und der Sekt sprudelte heraus. Clotan, der neugierig zugesehen hatte, bekam eine Dusche ab und sprang mit erschrockenem Schrei zur Seite. Jan lachte, sagte etwas auf malaiisch zu Clotan und füllte dann die Gläser. Eines davon reichte er Stella.

Sie hätte es gern zurückgewiesen. Aber da war Clotan, der interessiert zusah, und nicht weit entfernt kauerte natürlich auch Bira, und wahrscheinlich lauschte hier und da noch einer von den anderen.

Wenn sie das Glas nicht nahm, sahen es alle. Und Jan sah so merkwürdig aus. Sie war nicht sicher, ob er ihr dann nicht den Inhalt des Glases ins Gesicht schütten würde.

Sie nahm also und trank einen kleinen Schluck. Schüttelte sich. »Warm«, sagte sie.

Jan gab Clotan die Flasche und befahl, sie kalt zu stellen. Clotan faßte das gefährliche Ding mit spitzen Fingern, es weit von sich haltend stolzierte er ins Haus.

Jan setzte sich zu ihr und begann zu erzählen. William würde in der folgenden Woche nach Hause kommen. Es ging ihm, den Umständen entsprechend, ganz gut.

»Er sieht immer noch sehr elend aus«, meinte Jan. »Und er wird hier die erste Zeit auch nichts arbeiten können. Das meiste hängt an mir. Du mußt Verständnis dafür haben, Estelle. Es wird auch wieder besser. Übrigens, ich soll dich grüßen von Mrs. Perkins. Sie fragte, warum du so selten mit in die Stadt kommst. Sie wollte dich gern in ihren Klub einführen. Ob du nicht Tennis spielen wolltest.«

»Tennis spielen bei der Hitze«, sagte Stella. »Ich bin doch nicht wahnsinnig.«

»Sie kam mit, als ich für dich einkaufen ging, und hat mich beraten. Es ist nämlich erst vor drei Tagen eine Sendung mit neuer Ware gekommen. Und sie meinte, diese Stoffe wären hervorragend für das Klima hier. Sie kann dir auch jemand nennen, der dir die Kleider machen kann.«

»Ich brauche keine Kleider«, sagte Stella. »Ich wüßte nicht wofür.«

»Nun, vielleicht später. Wenn ich mehr Zeit habe und wir mal eine Reise machen. Wir fahren bestimmt in nächster Zeit mal nach Singapur. Und nach Hongkong wollte ich auch mit dir.«

Stella sah ihn nicht an. Aber sie nahm den Armreif in die Hand und streifte ihn dann über das Handgelenk. Er war sehr schön.

»Gefällt er dir?« fragte Jan eifrig. »Es ist alte siamesische Arbeit. Man muß schmale Hände haben und schmale Gelenke, so wie du, damit man ihn tragen kann.«

»Er ist sehr hübsch«, sagte Stella. Sie hob langsam die Augen und sah ihn an. Dann lächelte sie ein wenig. »Danke«, sagte sie.

»Stella!« Ehe sie wußte, was geschah, kniete er neben ihrem Stuhl, umfing sie mit beiden Armen, wühlte seinen Kopf an ihre Brust. »Geliebtes! Einziges! Sag, daß alles wieder gut ist.«

Stella blickte über seinen dunklen Kopf hinweg. Natürlich wieder geradewegs in Biras erstaunt aufgerissene dunkle Augen. Denn Bira hatte sich vor den Stufen, die ins Haus führten, niedergelassen.

Stella seufzte. Alles wieder gut? »Ich weiß es nicht«, sagte sie. In dieser Nacht schlief sie wieder mit ihm. Freiwillig. Sie war ein wenig betrunken, denn sie hatten zwei Flaschen Sekt getrunken, der in der Hitze stark wirkte.

Jan umarmte sie mit großer Zärtlichkeit, wie ein aufgestautes Meer brach seine Liebe aus ihm hervor. Stella entzündete sich an seiner Leidenschaft. Aber am Morgen darauf, als er gegangen war und sie wieder in ihrem Liegestuhl lag, dachte sie: Es nützt alles nichts. Ich will nach Hause.

Die lastende Hitze, das Nichtstun, ihre zwiespältigen Gefühle, alles machte sie rastlos, nervös und gereizt. Sie sehnte sich nach Arbeit, nach Berlin, nach Sylt, nach einem Theaterbesuch, nach einem Gespräch mit Thies. Nach tausend Dingen, die sie hier nicht bekam und die Jan ihr nicht ersetzen konnte.

Aber Jan würde sie nicht gehen lassen. Nicht im Guten und nicht im Bösen. Und wie sollte sie auch hier wegkommen? Tatsache war, daß sie kein Geld besaß. Damals, als sie so überstürzt von Berlin abreisten, war sie nicht einmal dazugekommen, Geld einzuwechseln. Eine geringe Summe deutschen Geldes hatte sie bis hierher begleitet, es steckte noch in ihrer Handtasche. Aber was sollte sie damit? Es würde niemals ausreichen, eine Schiffspassage zu bezahlen. Und wie sollte sie von der Plantage herunterkommen, ohne daß Jan es erfuhr? Daß sie so töricht gewesen war, sich so bedingungslos in seine Hand zu geben, ärgerte sie maßlos.

12

Dann kam William. Als Stella ihm das erstemal gegenübersaß, war sie befangen. Der Mann sah furchtbar aus. Mager wie ein Gerippe, zeitweise fiebernd, mit brennenden, grauen Augen in tiefen Höhlen, noch ungeschickt, sich mit einem Arm zu behelfen. Ein vom Tode Gezeichneter, das erkannte selbst Stella.

Aber er war ihr nicht unsympathisch. Er war sehr ruhig, sehr gelassen, betrachtete sie prüfend, nicht feindselig und war außerordentlich höflich.

Natürlich wußte er genau Bescheid. Jan hatte ihm allerdings nur erzählt, daß er seine Kusine aus Deutschland mitgebracht habe. Aber schließlich hatten noch andere Leute William in der Klinik besucht, vor allem auch Priscilla, und er war genau unterrichtet. Davon ließ er sich jedoch nichts anmerken. Sie hatte ein weißes Kleid angezogen, trug nicht, wie sonst meist, nur Shorts und eine leichte Bluse.

Die erste Begegnung war nur kurz, doch sie sahen sich in Zukunft häufiger. Sie wurden von ihm zum Essen eingeladen, saßen dann lange in der Dunkelheit auf seiner Veranda.

Jan benahm sich sehr zivilisiert. Und Stella gegenüber spielte er vollends den Kavalier, wenn William zugegen war. Eines Abends teilte William Jan nach dem Essen mit, daß er bei der Gesellschaft in London einen Assistenten angefordert hätte.

»Warum?« fragte Jan.

»Ich denke, daß dir die Arbeit mit der Zeit zuviel wird«, sagte William ruhig. »Ich bin noch nicht wieder voll einsatzfähig. Und einmal wirst du ja deinen abgebrochenen Urlaub fortsetzen wollen. Wenn der junge Mann eingearbeitet ist, steht dem nichts im Wege. Und Miß Stella wird ja auch wieder einmal nach Hause wollen.«

»Stella bleibt hier«, knurrte Jan.

William blickte zu ihr hinüber. »Ich freue mich, daß es Ihnen hier gefällt.«

Stella zwang sich zu einem blassen Lächeln. »Doch, es gefällt mir. Aber Sie haben ganz recht. Einmal muß ich wieder heim.«

Jan blickte sie drohend an. Stella vermied seinen Blick. Sie sah William an. Sie war sich nicht bewußt, wie verzweifelt der Hilfeschrei in ihren Augen war. Wie deutlich William sehen konnte, daß sie sich fortwünschte.

Irgendwie, sie wußte selbst nicht, wie es kam, empfand sie den ruhigen Blick des todkranken Mannes als tiefen Trost. Hatte es bisher in ihrem Leben nicht immer helfende Hände gegeben, erwachsene Menschen, die ihr sagten, was sie tun sollte? Instinktiv fühlte sie, daß sie bei William Hilfe finden konnte. Nicht bei Jan.

William stopfte umständlich seine Pfeife. Ohne aufzublicken, sagte er dann: »Mabel wird mich demnächst besuchen.«

Jan blickte rasch auf. »Mabel?«

»Ja. Sie macht sich Sorgen um mich. Und ich würde sie auch gern einmal wiedersehen. Sie kommt mit den Kindern. Das heißt, ob

Jane mitkommt, ist noch nicht sicher. Sie ist ein bißchen empfindlich, das Klima ist ihr ja früher schon nicht gut bekommen. Aber Dickie kommt auf jeden Fall mit. Sobald er Ferien hat. Du weißt ja, wie sehr er an *Green Rise* hängt. Er schreibt mir jedesmal, daß er Sehnsucht nach hier hat.«

»Ja«, sagte Jan, »ich weiß. Er ist der geborene Pflanzer.« Er schwieg eine Weile, blickte ein wenig unsicher zu William hinüber. »So«, meinte er dann. »Mabel kommt also. Sehr freundlich, daß ich das auch erfahre.«

»Ich erzähle es dir ja gerade.«

»Und wann?«

»Ich sagte es bereits. Sobald Dickie Ferien hat.«

»Also ausgerechnet während des Monsuns. Das kann ja heiter werden.«

»Wenn Dickie später die Plantage übernimmt«, sagte William, »wird er sich mit dem Monsun abfinden müssen. Es hat ihm ja auch früher nichts ausgemacht. Und Mabel hat lange genug hier unten gelebt. Sie ist daran gewöhnt.«

Stella schwieg. Was sollte sie auch sagen? Mabel kam. Es machte ihr nichts aus. Im Gegenteil, sie freute sich darüber. Dann war es ja wohl sicher, daß sie hier nicht länger bleiben konnte.

Aber Jan war anderer Ansicht. Sie diskutierten das Thema noch am gleichen Abend.

»Natürlich bleibst du«, sagte er. »Sollst du vielleicht vor ihr davonlaufen? Die Ehe zwischen Mabel und mir besteht seit Jahren nicht mehr. Daß sie sich nicht scheiden läßt, ist ihr Eigensinn. Es wird ihr ganz heilsam sein, dich hier vorzufinden. Dann sieht sie, daß ich eine andere Frau habe. Vielleicht ist sie dann endlich bereit, sich scheiden zu lassen.«

»Eine komische Rolle mutest du mir da zu«, sagte Stella gereizt. »Sie ist deine Frau, das ist eine Tatsache. Und wenn du denkst, ich spiele hier vor ihren Augen die Rolle deiner Freundin, dann täuschst du dich. Es hat alles seine Grenzen. Es gibt Dinge, die kannst du mir einfach nicht zumuten.«

»Ich mute dir gar nichts zu. Mabel wohnt bei William. Daß sie hier zu mir kommt, ist sowieso ausgeschlossen.«

»Und der Junge?« fragte Stella erregt. »Dein Sohn? Er ist schließlich vierzehn Jahre alt. Du kannst ihm unmöglich dieses Schauspiel zumuten.«

»Wieso Schauspiel? Wir sind verwandt, daran ist nicht zu zweifeln.« Jan lachte. »Er kann Tante zu dir sagen.«

»Du bist geschmacklos«, fuhr Stella ihn an. »Und dumm. Ich jedenfalls spiele da nicht mit. Und ich verlange von dir, daß du mich vorher nach Hause fahren läßt.«

»Du kannst gar nichts von mir verlangen.« Und plötzlich, ganz unerwartet, nach all der Zeit der Sanftmut und Geduld, verließ ihn die Beherrschung. Er schrie sie an: »Du wirst endlich lernen, zu gehorchen.«

Stella war zunächst sprachlos. Nichts hätte er sagen können, was schlimmer gewesen wäre. Sie und gehorchen? Wem? Einem so unbeherrschten Mann wie ihm, einem Abenteurer, einem Herumtreiber, der nicht die Hälfte ihres Wissens und ihrer Bildung besaß.

Und ehe sie überlegen konnte, sprudelte sie ihm das entgegen, fand böse, verletzende Worte, warf ihm alles vor, was in dem vergangenen halben Jahr geschehen war, was sie empfand und dachte.

Sie war am Rande verzweifelter Hysterie angelangt. Sie war sich selbst kaum mehr ähnlich. Alle Wildheit, die auch in ihr verborgen lebte, das ungute Erbe der Termogens, kam zum Vorschein. Sie war wie ein Tier in einem Käfig, das seinem Peiniger an die Kehle sprang.

Vielleicht trug auch der bevorstehende Monsun dazu bei, die schwere Feuchtigkeit der Luft, die lastende Hitze, die sie schon seit langem mit nervöser Unruhe erfüllt hatte.

Jan, nachdem er sich von dem ersten Schreck über ihren Ausbruch erholt hatte, antwortete entsprechend. Die Beleidigungen, die sie ihm an den Kopf warf, reizten ihn zu wilder Wut.

Es war derböseste, erbittertste Streit, den sie je gehabt hatten. Tagelang gingen sie danach aneinander vorbei, ohne sich anzusehen. Nur in Gegenwart der Diener sprachen sie das Nötigste.

Und nun geschah auch, worauf Stella die ganze Zeit gewartet hatte. Wieder geschah es, daß Jan in manchen Nächten nicht nach Hause kam. Diesmal fragte sie nicht, wo er gewesen sei. Sie wußte es. Sie ließ sich auch mit Priscilla auf kein Gespräch darüber ein, obwohl die darauf brannte, mit ihrem Wissen zu prahlen und den erneuten Sturm im Hause Termogen hingebungsvoll genoß.

Dann auf einmal blieb Jan wieder jeden Abend zu Hause. Wieder war ein Stimmungsumschwung bei ihm eingetreten. Er wurde freundlicher, bemühte sich um Verständigung.

Stella ging scheinbar darauf ein. Sie war des Kampfes müde. Und sie mußte ihn versöhnlicher stimmen, wenn sie erreichen wollte, daß er sie fortließ.

»Ich will nach Hause«, sagte sie eines Abends zu Jan.

Er warf ihr einen kurzen Blick zu. »Du weißt, daß ich jetzt nicht weg kann«, sagte er. »Nächste Woche kommt der Assistent, den William engagiert hat. Wer weiß, was das für ein Greenhorn ist. Den muß ich erst einarbeiten. Nach dem Monsun fahren wir alle beide. Ich habe ja noch Urlaub.«

»Ich will gleich fahren«, sagte Stella mit unterdrückter Erregung.

»Das geht nicht«, beschied er sie ungeduldig. »Wir fahren Ende September, Anfang Oktober. Vielleicht habe ich mich dann mit Mabel geeinigt, und wir können in Europa heiraten.«

»Heiraten!« Stella lachte kurz auf. »Du denkst doch nicht im Ernst, daß ich dich heirate.«

Er betrachtete sie verwundert. »Warum nicht? Wir können nicht immer so zusammen leben. Die Leute sind in der Beziehung kleinlich hier. Du wirst ein *outsider* sein, solange wir nicht verheiratet sind. Hier denkt man nicht so frei wie in Europa.«

»Jan.« Stella zwang sich zur Ruhe, versuchte Überzeugungskraft in ihre Stimme zu legen. »Du mußt doch zugeben, daß es mit uns beiden nicht geht. Und hier leben? Das will ich nicht. Ich muß etwas zu tun haben. Irgendeine Aufgabe. Dieses Nichtstun macht mich krank.«

»Du wirst Kinder haben«, sagte Jan mit größter Selbstverständlichkeit, »dann bist du beschäftigt.«

»Ich will von dir keine Kinder«, sagte Stella heftig. »Und ich will dich nicht.«

Er blieb erstaunlicherweise ruhig. »Natürlich willst du. Du bist nur nervös, das ist das Wetter jetzt. Kenne ich schon. Das geht vorüber. Du wirst dich an das Leben hier gewöhnen. Und wenn du absolut nicht willst, dann kehren wir nach Europa zurück. Das habe ich dir versprochen. Aber ich würde es dir nicht empfehlen. Eines Tages gibt es doch Krieg, und dann sind wir hier besser aufgehoben.«

»Ich will hier nicht bleiben«, sagte Stella hartnäckig.

»Schön«, sagte Jan mit überraschender Geduld, »das wird sich finden. Eines ist aber sicher. Du bleibst bei mir. Ich liebe dich, Estelle.«

Stella lachte wieder. »Du liebst mich! Was du dir so unter Liebe vorstellst. Deine Liebe macht mich kaputt, frißt mich auf. Ich kann so nicht leben.«

Jan lächelte amüsiert. »Du hast eben bisher noch keinen richtigen Mann gehabt. Dein impotenter Adam war bestimmt nicht dazu geeignet, dich an einen richtigen Mann zu gewöhnen.«

Stella schwieg. Aber in den nächsten Tagen beschäftigte sie sich unausgesetzt mit dem Gedanken, wie sie von hier fortkommen könnte. Allein, ohne Jan.

Es gab nur einen, der ihr dazu verhelfen konnte: William. Im Geist führte sie unzählige Gespräche mit ihm, versuchte, ihm ihre Lage klarzumachen, seine Hilfe zu erbitten. Seine Hilfe, die vornehmlich darin bestehen mußte, daß er ihr Geld für die Rückreise gab und ihr half, nach Malakka zu gelangen. Sie hatte Angst davor, so allein loszufahren, aber irgendwie würde sie es schon schaffen.

Die Gelegenheit, mit William zu sprechen, bot sich schon wenige Tage später, als Jan in die Stadt hinuntergefahren war, um den neuen Assistenten abzuholen.

Stella blieb nach dem Mittagessen noch eine Weile überlegend sitzen. Es war eine schwierige Aufgabe, William das alles klarzumachen. Hoffentlich reichten ihre Sprachkenntnisse dazu aus.

.Sie zog sich sorgfältig an, ein weißes Kleid, wie immer taufrisch von Bira vorbereitet. Sie bürstete lange ihr Haar, zog leicht die Lippen nach und machte sich dann auf den Weg zu Williams Bungalow. Zunächst erlebte sie eine Enttäuschung. William war nicht da. Sie hatte gehofft, ihn in der nachmittäglichen Ruhestunde bestimmt anzutreffen.

»Wo ist der Tuan?« fragte sie seinen Boy.

Der Malaie kehrte in einer sprechenden Gebärde die Hände nach oben und riß die schwarzen Augen auf. »Ich nicht weiß«, sagte er. »Tuan sagen, er gehen Bäume ansehen. Zum Tee er wieder hier. Mem warten?« Er machte eine einladende Handbewegung zur Tür, doch Stella schüttelte den Kopf. Sie war viel zu unruhig, um sich wartend niederzulassen. Unschlüssig blieb sie vor dem Bungalow stehen. Sie mußte William heute sprechen. Sonst traf sie ihn nie allein. Immer war Jan dabei. Schließlich schlug sie den Weg zum Verwaltungsgebäude ein. Vielleicht wußte Mr. Smith, wo William sich befand.

Es war kein weiter Weg, doch in der Mittagshitze schien er endlos. Das Kleid klebte ihr am Rücken, und ihre Haare, die im vergangenen halben Jahr sehr lang geworden waren, wurden feucht.

Kein Luftzug regte sich. Die drückend heiße Feuchtigkeit legte sich lähmend über alles Leben. Kein Laut war zu hören. Von der kleinen Anhöhe, die sie übersteigen mußte, um in die Mulde zu kommen, in der das Verwaltungsgebäude lag, konnte sie im Osten die dichte grüne Wand des Urwalds sehen. Ein dicker, schwarzer Skorpion, der fast über ihren Fuß lief, erschreckte sie so, daß sie aufschrie.

Im Verwaltungsgebäude angekommen, brauchte sie Mr. Smith nicht nach William zu fragen. William war da. Er saß an Mr. Smith' Schreibtisch, über die Bücher gebeugt, und studierte mit aufmerksamer Miene lange Zahlenreihen. Er sah totenbleich aus, tiefe Furchen im Gesicht. Auf seiner Stirn stand Schweiß.

Er wird bald sterben, dachte Stella. Dann habe ich überhaupt keinen Menschen mehr hier. Ja, William, mit dem sie bisher nur ganz oberflächliche Konversation gemacht hatte, schien ihr weitgehend vertrauenswürdiger als Jan, der Mann, mit dem sie lebte. William war ihr letzter Rettungsanker. Er würde ihr helfen.

William stand auf, als er sie sah, und begrüßte sie höflich. Mr.

Smith machte eine artige kleine Verbeugung, und Wang verbeugte sich tief und ehrfurchtsvoll.

Drei Augenpaare sahen sie erwartungsvoll an.

»Oh, Miß Stella«, sagte William freundlich. »Haben Sie einen Spaziergang gemacht?«

Stella nickte. In Gegenwart der beiden anderen konnte sie schlecht mit William sprechen. Sie wußte im Moment auch gar nicht mehr, was sie sagen, wie sie anfangen sollte.

»Ja.« sagte sie. »Es ist so langweilig, immer nur im Liegestuhl zu sitzen und zu warten, bis der Tag vergeht.«

»Aber um diese Tageszeit ist es besser«, sagte William wohlmeinend. »Dies ist kein Wetter, um in die Sonne zu gehen.«

»Ja, es ist furchtbar heiß«, sagte Stella.

»Wenn der Regen kommt«, sagte Mr. Smith, »wird es besser.«

William lächelte. »Na, ob gerade besser, ist noch die Frage. Warm ist es dann auch, nur noch naß dazu. Dann wird hier alles grundlos, und wir versinken im Schlamm.«

»Ja«, sagte Stella wieder.

Die drei Männer blickten sie abwartend an. Sie stand vor ihnen wie ein hilfloses Kind.

»Bitte«, sagte sie leise und verstummte.

Aber William hatte ihr jetzt doch angesehen, daß sie etwas auf dem Herzen hatte.

»Wenn Sie einen Moment draußen auf der Veranda Platz nehmen wollten?« sagte er. »Ich bin bald fertig hier, und dann können wir zusammen Tee trinken. Ich habe den Wagen hier. Sie brauchen nicht zu laufen.«

»Ja«, sagte Stella erleichtert, »danke. Ich warte gern.«

Als sie eine Stunde später wieder in Williams Bungalow eintrafen, strahlte sie der Boy entzückt an. »Mem hat Tuan gefunden«, stellte er befriedigt fest.

»Sie waren schon hier?« fragte William.

Stella errötete. »Ja. Ich wollte Sie besuchen.«

»Das ist eine gute Idee.« Er rief dem Boy etwas auf malaiisch zu, führte sie dann hinters Haus zu einem schattigen Platz unter hohen Bäumen, wo ein Tisch und ein paar Stühle standen.

Sie tranken Tee und sprachen über belanglose Dinge. Über das Wetter, die Gegend, die Leute in Malakka und den neuen Assistenten.

»Es ist natürlich schwer mit den jungen Leuten, die noch nicht hier draußen waren«, sagte William, »man erlebt da manche böse Überraschungen. Manche finden sich sehr schnell zurecht. Andere nie. Ich hätte lieber jemand genommen, der die Verhältnisse hier kennt. Aber ich konnte in der Eile keinen geeigneten Mann finden.«

»Ja«, sagte Stella, nur um das Gespräch aufrechtzuerhalten, »Jan hat mir erzählt, daß einmal einer da war, der dann nicht bleiben wollte.«

William warf ihr einen prüfenden Blick zu. »So«, sagte er, »hat er das erzählt? Hat er Ihnen auch erzählt, warum Dryden nicht bleiben wollte?«

»Nein«, sagte Stella. »Er hat nur so allgemein darüber gesprochen.«

William nickte vor sich hin. Das war zu erwarten gewesen. Warum sollte Jan auch erzählen, daß er mit Drydens Frau eine Liebschaft gehabt hatte? Es war nun viele Jahre her, aber William hatte es nicht vergessen. Nicht vergessen vor allem, wie unglücklich seine Schwester gewesen war, wie sie geweint hatte in seinem Arm. Die zarte, blonde Mabel, die damals ein kleines Kind hatte.

Immer, wenn William an Mabel dachte, war sein Herz erfüllt von Kummer und Sorge. Er hatte selbst keine Frau. Es hatte eigentlich in seinem Leben nie eine Frau gegeben, die eine Rolle spielte. Aber in seiner stillen, zurückhaltenden Art hatte er seine kleine Schwester immer zärtlich geliebt. Daß Mabel so unglücklich geworden war, so betrogen wurde um ihr bißchen Frauenglück, das bekümmerte ihn tief. Er konnte es nicht begreifen, daß ein Mann es fertigbringen konnte, so einem schutzbedürftigen, schwachen Wesen weh zu tun.

Wenn er daran dachte, empfand William tiefen Groll gegen Jan. Schon manchmal war er versucht gewesen, ihn einfach an die Luft zu setzen. Aber William war kein Mann übereilter Entschlüsse, kein Mann, dessen Entscheidungen von persönlichen Sentiments bestimmt wurden.

Er brauchte Jan. Mochte man gegen ihn sagen, was man wollte, aber auf der Plantage stand er seinen Mann, war er nützlich. Und Williams schlechter, schon seit Jahren schwankender Gesundheitszustand machte es notwendig, daß jemand da war, der die Zügel in der Hand behielt.

Dazu kam, daß Jan eben doch Mabels Mann war und, was mehr zählt, der Vater ihrer Kinder.

William hatte manchmal schon daran gedacht, nach England zurückzukehren, seine Anteile an der Gesellschaft zu verkaufen und sich zur Ruhe zu setzen. Aber er liebte dieses Land. Die Plantage war sein Lebenswerk, an dem er hing. Und da war Dickie, Mabels Sohn. Dickie war hier unten aufgewachsen. Und in jedem Brief stand, was er für Sehnsucht hatte nach Onkel William und der Plantage. Und daß er gleich, wenn er mit der Schule fertig sein würde, kommen und Onkel William helfen würde. Darauf hatte sich William immer gefreut. Jetzt allerdings wußte er, daß er es nicht erleben würde. Doch wenn Jan hierblieb und alles in Ordnung hielt und weiterführte, dann würde Dickie doch eines Tages kommen und mit seinem Vater zusammen die Plantage leiten können. Wenn er jedoch Jan hinauswarf und selbst nach England zurückkehrte oder auch wenn er hier ausharrte, bis er starb, was wohl nicht mehr lange auf sich warten lassen würde, dann würde Dickie niemals hierherkommen können.

William seufzte. Dann blickte er zu Stella hinüber, die geduldig dasaß und ihn mit großen Augen ansah. Und nun war diese hübsche, rothaarige Person hier aufgetaucht. Es war kein Zweifel mehr daran, daß Jan sich nun ernstlich scheiden lassen wollte. Dann flog er hier hinaus, diesmal bestimmt. Aber dann war die Plantage für Dickie verloren. Denn die Gesellschaft in London konnte natürlich nicht warten, bis ein Schuljunge erwachsen sein würde.

William war in der Arbeit immer gut mit Jan ausgekommen. Darüber hinaus schätzte er ihn nicht sonderlich. Mabels wegen natürlich, aber auch weil das explosive Wesen des Mannes seinem eigenen zu entgegengesetzt war. Gegen Stella hegte er keinen Groll. Sie war so jung. Und sie hatte wohl nicht gewußt, in was sie hineinschlitterte, als sie sich mit Jan einließ. Sie tat ihm höchstens leid. Jetzt saß sie ihm gegenüber, und er wußte nicht recht, was er mit ihr reden sollte. Vorher, im Verwaltungsgebäude, hatte er den Eindruck gehabt, sie habe ein bestimmtes Anliegen an ihn. Aber da hatte er sich wohl getäuscht. Es war ihr vermutlich wirklich langweilig gewesen.

William fuhr sich mit der Hand über die feuchte Stirn. Er bekam wieder Fieber. Er konnte es spüren.

»Zigarette?« sagte er in das lange Schweigen hinein.

»Danke«, sagte Stella und nahm sich eine Zigarette aus der angebotenen Dose. Der Boy, der sie aus dem Hintergrund beobachtete, kam herbei und gab ihnen Feuer.

Und plötzlich, ohne weitere Umschweife, sprach Stella den Satz aus, der ihr Tag und Nacht nicht aus dem Kopf ging. »Ich möchte nach Hause.«

William zog die Brauen hoch. »Ja, ich verstehe. Es ist jetzt nicht sehr angenehm hier. Aber wie Jan mir sagte, wollen Sie beide nach dem Monsun nach Europa reisen. Jan hat noch seinen Urlaub gut.«

»Das meine ich nicht«, Stella zögerte, und dann sprudelte sie rasch alles hervor, was sie bewegte, sich verhaspelnd in der fremden Sprache, so daß William sie nur schwer verstand. »Ich will weg. Ganz. Ich will nicht auf den Urlaub warten. Ich kann hier nicht mehr bleiben. Nicht bei Jan. Ich will überhaupt nicht mehr mit Jan zusammen sein. Bitte«, sie senkte den Blick, und leiser fügte sie hinzu: »Bitte, helfen Sie mir, Mr. Jackson.«

William brauchte eine Weile, um sich von seiner Überraschung zu erholen. Man hatte ihm von gelegentlichen Streitereien in dem anderen Bungalow berichtet. Aber bisher hatte er nicht daran gezweifelt, es mit einem einigermaßen glücklichen Liebespaar zu tun zu haben. Soweit eine Frau mit Jan glücklich sein konnte.

Stella redete weiter, sie sah ihn jetzt mit kindlich bittenden Augen an, ganz Eifer, ganz bemüht, ihn zum Bundesgenossen zu gewinnen. »Ich will Jan auch nicht heiraten. Ich weiß nicht, ob Sie das wissen, aber er will sich scheiden lassen. Aber mir liegt nichts daran. Als wir uns voriges Jahr in Berlin trafen, wußte ich erst gar nicht, daß er eine Frau und zwei Kinder hat. Dann hat er es mir erzählt, aber da – da war es zu spät. Ich hätte trotzdem nicht mit hierherkommen sollen. Es – es tut mir leid. Sicher denken Sie ...« Sie schwieg. Was dachte William? Das war schwer zu sagen. Eilig fuhr sie fort: »Von mir aus braucht Jan sich nicht scheiden zu lassen. Ich heirate ihn sowieso nicht. Um keinen Preis. Und ich will zurück nach Deutschland.«

»Sind Sie deshalb heute zu mir gekommen?« fragte William ruhig. Stella nickte heftig. »Ja. Ich dachte, daß Sie mir helfen würden. Ich kenne doch hier sonst keinen Menschen. Und Sie ... Sie sind Mabels Bruder. Vielleicht wollen Sie gar nicht, daß er sich scheiden läßt.« William lächelte. Ein trockenes, dünnes Lächeln, um seine schmalen Lippen. »Liebe Miß Stella, ich bin Mabels Bruder, gewiß. Was Mabel betrifft, so hätte ich nichts dagegen, wenn die Ehe geschieden wird. Es ist ja schon lange keine Ehe mehr. Eine Zeitlang habe ich gedacht, Mabel würde zurückkommen. Ich – ich habe sie sehr gern. Aber so wie die Dinge liegen, konnte ich ihr nie dazu raten. Andererseits hat Mabel sich immer geweigert, sich scheiden zu lassen. Sie wissen vielleicht, daß die englische High Church die Scheidung mißbilligt. Und die Kirche hat Mabel immer viel bedeutet. Es ist auch wegen der Kinder, Sie verstehen? Es ist sehr fraglich, auch jetzt, nach so langer Trennung, daß sie sich scheiden läßt!«

»Aber sie soll ja gar nicht!« rief Stella verzweifelt. »Nicht meinetwegen.«

»Ja, das sagten Sie schon. Ich möchte es nicht wegen der Kinder. Wegen Richard, meinem Neffen. Er wird einmal meine Anteile erben und mein Nachfolger auf der Plantage sein. Mabel hat kein eigenes Vermögen. Und ich fürchte, Jan wird seinem Sohn auch nicht viel geben können.«

»Aber Jan hat ja auch Anteile an der Plantage«, sagte Stella. »Die wird Richard sicher auch bekommen. Allerdings wenn«, Stella stockte und überlegte, »wenn Jan wieder heiratet und selbst Kinder bekommt, dann ist es wohl anders. Aber nicht mich. Ich heirate ihn nicht.«

William lächelte. »Jan hat keine Anteile an der Plantage. Hat er Ihnen das erzählt? Dann hat er Sie belogen. Er ist Angestellter der Gesellschaft. Durch meine Vermittlung, denn für gewöhnlich engagiert die Gesellschaft keine Deutschen. Und von der Plantage gehört ihm nicht das geringste. Mit meiner Zustimmung wird er auch keine Anteile erhalten. Und erben wird er sie von mir auch nicht. Dickie, ich meine Richard, ist mein Erbe. Das einzige, was Jan tun kann: Er kann hier arbeiten, bis sein Sohn alt genug ist, die Plantage selbst zu leiten.« Williams Stimme klang kalt. Und kalt blickten seine grauen Augen.

»Ach«, sagte Stella erstaunt, »so ist das? Mir hat er erzählt, er sei hier Mitbesitzer. Das hat er damals schon erzählt, als er 1932 auf Urlaub war.«

»Ja, ich weiß«, sagte William ruhig, »er hat es hier und da erzählt, ich habe davon gehört. Nun, Jan mag ganz tüchtig sein in der Arbeit hier. Um ihn zum Teilhaber zu machen, ist er mir nicht zuverlässig genug. Und auch nicht – sympathisch genug. Wenn seine Ehe mit Mabel glücklich geworden wäre, dann wäre es etwas anderes. Aber so? Was habe ich für eine Veranlassung, einem Mann, der meine Schwester enttäuscht und betrogen hat, Anteile an dieser Gesellschaft zu verschaffen? Können Sie mir das sagen?«

Stella schüttelte den Kopf. Stumm vor Staunen. Jan hatte also gelogen. Damals schon. Und jetzt wieder. Und immer. Wer weiß, was er noch alles gelogen hatte.

»Nein«, sagte sie nach einer Weile, »dazu haben Sie wirklich keine Veranlassung, Mr. Jackson.«

William stand plötzlich auf. Er ging ins Haus hinein und kam gleich darauf wieder, in der Hand eine kleine Ledermappe, auf der ein Schloß war.

Er legte die Mappe vor Stella hin, den kleinen Schlüssel daneben. »Bitte«, sagte er, »wenn Sie das aufschließen würden.«

Stella öffnete das kleine Schloß und klappte die Mappe auf. Bilder waren darin. Obenauf die Porträtaufnahme einer blonden Frau. Ein zartes, ovales Gesicht mit großen hellen Augen. Eine hübsche Frau, nur ein wenig melancholisch blickte sie drein.

»Meine Schwester Mabel«, sagte William.

Stella betrachtete das Bild und sagte dann höflich: »Sie ist sehr hübsch.«

Sie blickte William an und fügte impulsiv hinzu: »Und auf jeden Fall war sie viel zu schade für Jan.«

William nickte. »Ja«, sagte er. »Das wissen wir inzwischen alle.« In der Mappe waren noch zwei andere Bilder von Mabel. Eines zeigte sie als junges Mädchen im Tennisdreß, hier lachte sie und blickte sehr unbeschwert und fast naiv drein. Auf dem dritten Bild trug sie große Abendtoilette. Ein Ballkleid aus einem hellen Stoff. Man sah, daß sie hübsche Schultern hatte und eine gute Figur.

»Das war kurz nach ihrer Heirat«, sagte William, und es klang bitter. »Damals war sie noch glücklich. Sie liebte Jan nämlich. Und es sah so aus, als liebte er sie auch.«

»Sicher hat er sie geliebt«, meinte Stella. »Er sagt ja auch, daß er mich liebt. Und er glaubt es selber. Bloß er weiß gar nicht richtig, was Liebe ist. Er ist ein Egoist. Und er ist rücksichtslos. Vielleicht gibt es eine Frau, die mit ihm leben könnte. Sie müßte sehr energisch sein, sehr resolut und müßte es vor allem verstehen, ihn zu quälen, so wie er eine Frau quält. Eine robuste Natur. Aber keine Frau wie Mabel. Und auch keine wie ich.« Sie blickte wieder auf das Bild in ihrer Hand.

Sie empfand eine fast schwesterliche Zuneigung für die blonde Frau. Jan hatte ihr das ganze Leben verdorben. Es war töricht von ihr, sich nicht scheiden zu lassen, auf dieser Ehe zu beharren. Vielleicht hätte sie längst einen anderen Mann gefunden, wenn sie frei gewesen wäre.

Mir wird er das Leben nicht verderben, dachte Stella. Ich kann mich nicht gegen ihn wehren, nicht, wenn er da ist. Aber so viel Kraft habe ich noch, daß ich davonlaufen kann.

Die anderen Bilder in der Mappe zeigten die Kinder. In allen Stadien ihrer Entwicklung, vom Baby angefangen bis in die jüngste Zeit. Besonders der Junge interessierte Stella. Er sah Jan geradezu lächerlich ähnlich. Das gleiche wohlgeformte, ein wenig trotzige Gesicht, das schwarze Haar wuchs auch ihm mit einer Spitze in die Stirn, große, dunkle Augen. Genauso wie Jan. Ein kleiner Termogen.

Wußte Onkel Pieter eigentlich von diesen Kindern, die ja immerhin seine Enkelkinder waren? Damals, bei seinem ersten Besuch, hatte Jan nichts davon erzählt, dessen entsann sich Stella genau.

»Richard sieht Jan sehr ähnlich«, sagte sie.

»Ja«, sagte William. »Offenbar hat er auch im Wesen einiges von ihm geerbt. Mabel schrieb mir erst kürzlich, daß es manchmal Ärger mit ihm gebe, weil er wild und ungebärdig sei. Früher, als er noch hier war, zeigte sich das noch nicht. Ich bin sehr gut mit ihm ausgekommen. Aber da war er ja auch noch klein.«

Die kleine Jane dagegen wirkte wie ein sehr artiges, wohlerzogenes Mädchen. Sie war blond wie ihre Mutter und hatte helle Augen. Sie lächelte zutraulich auf dem neuesten Bild.

Stella drehte die Fotografie um. Auf der Rückseite stand in krakeliger Kinderschrift: *for dear uncle Will with all my heart – Jane.*

Stella lächelte unwillkürlich. »Lieb«, sagte sie. »Das muß doch ein ziemlich neues Bild sein?«

»Ich bekam es vor vier Wochen«, sagte William.

Stella blickte ihn an. »Weiß – Mabel von mir? Ich meine, daß ich hier bin?«

»Von mir nicht«, sagte William ruhig. »Wozu? Kann sein, daß es ihr gleichgültig wäre, kann sein auch nicht. Ich weiß es nicht. Wenn sie herkommt, erfährt sie es früh genug.«

»Mr. Jackson«, sagte Stella mit entschlossener Stimme, »bitte, glauben Sie mir, daß ich Jan nicht heiraten will. Ich kann mit ihm nicht leben. Von mir aus braucht Mabel sich nicht scheiden zu lassen. Obwohl es für sie vielleicht besser wäre, wenn sie frei wäre und einen anderen Mann heiraten könnte. Aber das geht mich nichts an. Was mich betrifft, so möchte ich so bald wie möglich von hier fort. Und deswegen kam ich heute zu Ihnen. Ich wollte Sie bitten, mir zu helfen.«

»Ja, das sagten Sie schon«, meinte William. »Aber was kann ich dabei tun? Wenn Sie fort wollen, dann reisen Sie eben ab.«

Stella errötete. »Das ist nicht so leicht«, fuhr sie fort. »Jan läßt mich nicht reisen. Ich habe mit ihm natürlich schon davon gesprochen. Er sagt, ich soll warten, bis wir zusammen fahren. Im Herbst. Aber ich kann nicht so lange warten. Und ich will nicht. Ich ertrage ihn nicht mehr.«

William betrachtete sie ruhig. »Und?« fragte er. »Wollen Sie, daß ich mit ihm spreche?«

»Um Gottes willen, nein«, sagte Stella rasch. »Ich will keinen Streit und keinen Ärger. Ich fürchte – ich fürchte, er würde mich mit Gewalt hier festhalten. Er ist nun mal ein bißchen gewalttätig. Ich bin keine Frau, die daran Gefallen findet. Ich habe mir gedacht, ich – ich könnte heimlich fort.«

»Heimlich?«

»Ja. Wenn Sie mir helfen.«

William kratzte sich bestürzt die Wange. »Aber liebes Kind«, sagte er. »Wie soll ich das anfangen? Ich bin ein kranker Mann. Ich kann Sie schlecht von hier entführen.«

Stella lächelte unwillkürlich. »Nein, so habe ich es auch nicht gemeint. Es ist nämlich so«, sie stockte, errötete wieder und fuhr dann tapfer fort: »Es fängt damit an, daß ich Geld brauche. Ich kann es Ihnen von Deutschland aus dann zurückschicken. Oder Sie ziehen es Jan einfach vom Gehalt ab. Das wäre nicht mehr als recht und billig. Und dann müßten Sie mich beraten, wie ich es anfangen soll. Mit der Reise, meine ich.«

»Ach so.« William begann jetzt klar zu sehen. »Ja, ganz einfach. Sie fahren hinunter nach Malakka, nehmen den Küstendampfer, und gehen in Singapur auf ein Schiff.«

»Das kostet natürlich eine Menge Geld«, sagte Stella.

William winkte ab. »Das können Sie gern haben. Ich werde es ihm wirklich vom Gehalt abziehen, keine Bange. Fragt sich nur, wie wir Sie unbemerkt von hier fortbringen.«

»Ja, das ist es eben«, meinte Stella kläglich. »Das weiß ich auch nicht.«

William lächelte plötzlich. Er schien an dem Plan Gefallen zu finden. »Nun«, meinte er, »man könnte einmal eine große Inspektion ansetzen, das machen wir sonst jedes Jahr zweimal. Ist wohl alles verbummelt worden durch meine Krankheit. Wenn wir den neuen Mann hier haben, wäre eine gute Gelegenheit, dann kann er den ganzen Betrieb von vorn bis hinten kennenlernen.« Neugierig fragte er: »Und was meinen Sie, wird er sagen, wenn er Sie nicht mehr findet?«

Stella hob die Schultern. »Keine Ahnung. Vielleicht kriegt er einen Tobsuchtsanfall. Vielleicht kommt er hinterhergerast. Vielleicht«, sie errötete, sprach aber zu Ende, »vielleicht geht er bloß wieder zu einer seiner eingeborenen Freundinnen und tröstet sich da.«

»Das wissen Sie also?« fragte William verwundert.

Stella nickte. »Ja. Ich weiß nicht, wie oft er dahin geht. Ich weiß auch nicht, warum es sein muß, jetzt, wo ich hier bin. Ich habe noch nicht viel Erfahrung mit Männern, Mr. Jackson. Ich habe vor Jan erst einen Mann geliebt, und der war sehr gut zu mir.« Aber, fiel ihr ein, auch in dessen Leben gab es noch eine andere Frau. Doch das war etwas anderes.

»Und Sie haben diesen Mann wegen Jan verlassen?« fragte William, fügte aber gleich darauf, selbst erschrocken über seine ganz unenglische Wißbegierde, hinzu: »Entschuldigen Sie, das geht mich nichts an.«

»O bitte«, sagte Stella. »Das ist weiter kein Geheimnis. Nein, ich habe ihn nicht verlassen. Er verließ Deutschland. Er lebt jetzt in Amerika. Er konnte sich mit dem derzeitigen Regime in Deutschland nicht abfinden. Als er weg war, war ich sehr allein, und dann kam Jan.«

»Ich verstehe«, sagte William.

Er verstand nun wirklich besser. Er hatte sich manchmal schon gefragt, warum dieses Mädchen so Hals über Kopf mit Jan, der immerhin ein verheirateter Mann war, mochte er auch seit langem von seiner Frau getrennt leben, hierhergereist war. Und ob sie wirklich verwandt waren. Und wenn ja, wie eng diese Verwandtschaft war. Anfangs, als er noch todkrank in der Klinik lag und Jan ihm von der Kusine aus Deutschland erzählt hatte, die er mitgebracht hatte, war er wirklich geneigt gewesen, zu glauben, es handle sich um eine Verwandte, die mal eine Reise machen wollte. Aber schon während er noch in der Klinik war, hatte man ihm dies und jenes zugetragen. Und als er dann herkam, blieb ihm das wirkliche Verhältnis zwischen Jan und Stella nicht verborgen. Zuerst dachte er, sie sei eine Abenteuerin, aus demselben Holz wie er. Später hatte er manchmal daran gezweifelt, wenn er sie sah und mit ihr sprach. Heute nun begriff er endlich ganz.

William war ohne weiteres bereit, ihr zu helfen. Erstens machte es ihm Freude, Jan eins auszuwischen. Und zweitens tat ihm Stella leid. Es war nicht einzusehen, daß noch eine Frau wegen dieses verdammten Kerls unglücklich werden sollte.

Stellas Abreise, oder ihre Flucht, wie sie es bei sich nannte, bereitete einige Schwierigkeiten. Andererseits mußte es bald geschehen, denn wenn der Monsun kam, war die Straße zur Stadt zeitweise unpassierbar.

Sie versuchte es noch einmal im guten, sich mit Jan auseinanderzusetzen. Sprach mit ihm, sagte, sie wolle heimfahren, er möge ihr das Geld dazu geben und ihr behilflich sein. Erst lachte er sie aus. Als sie aber hartnäckig blieb, gab es einen bösen Streit.

»Du bleibst hier!« schrie er sie an. »Und wenn ich dich anbinden sollte! Du gehörst mir! Merk dir das ein für allemal!«

»Du kannst mich nicht zwingen, bei dir zu bleiben!« schrie Stella wütend.

»Das werden wir ja sehen, ob ich das kann.«

»Und du kannst mich erst recht nicht zwingen, dich zu lieben«, sagte sie leiser.

»Und ob ich das kann. Ich werde es dir auf der Stelle beweisen.« Das war das letztemal, daß er über sie herfiel, mit seinen brutalen, starken Händen. Und Stella fühlte Entsetzen über sich selbst, Entsetzen darüber, daß sie an dieser rohen Vergewaltigung so etwas wie Lust empfand. Es war erniedrigend.

Sie lag starr in seinem Arm, mit geschlossenen Augen, als er endlich von ihr abließ.

»Nun?« fragte er spöttisch. »Es hat dir aber offenbar recht gut gefallen.«

»Ich hasse dich«, stieß sie zwischen geschlossenen Zähnen hervor.

Er lachte. »Aber du bist eine wunderbare Geliebte, wenn du mich haßt. Und ich habe das Gefühl, du hast deinen großen Spaß daran.« Es lag eine gewisse Wahrheit darin. Und das erschreckte sie mehr als alles andere.

Am nächsten Tag gelang es ihr, William kurz zu sprechen. Und es zeigte sich, daß William bereits alles geplant hatte. Er sagte ihr, wann das nächste Schiff von Singapur auslief, und fragte, ob er telefonisch für sie buchen solle.

»Ja«, sagte Stella, »bitte.«

Jetzt kam alles darauf an, daß sie den Küstendampfer in Malakka erreichte, ehe Jan ihr folgen konnte.

William setzte die große Inspektion an einem Tage an, an dem der Küstendampfer gegen Abend auslaufen würde.

Am frühen Nachmittag fuhr sein Boy Stella nach Malakka hinab. Sie hatte nur wenig Gepäck mitgenommen, das meiste hatte sie zurückgelassen.

Bebend vor Angst wartete sie auf das Auslaufen des Schiffes. Es war nicht auszudenken, was Jan tun würde, falls er sie noch erreichte. Sie traute ihm zu, daß er sie vor allen Leuten schlagen und mit Gewalt auf die Plantage zurückschleppen würde. Als der kleine Dampfer den Hafen von Malakka verließ, atmete sie erleichtert auf. Der erste Teil ihrer Flucht war geglückt. Der Dampfer in Singapur würde am selben Tag auslaufen, an dem der Küstendampfer eintraf. Wenn sie erst auf See war, war sie sicher. Jedenfalls zunächst. Natürlich konnte Jan ein Flugzeug nehmen und sie in Deutschland erwarten. Aber davor fürchtete sie sich nicht. Nur erst einmal fort sein aus dem fremden Land, wieder daheim, dort würde sie sich ihrer Haut zu wehren wissen. Vielleicht dramatisierte sie auch alles zu sehr, und er würde sich leichter damit abfinden, daß sie fort war, als sie annahm.

Der Abschied von William war kurz gewesen.

»Danke«, hatte sie gesagt, »ich danke Ihnen so sehr. Ich werde Ihnen das nie vergessen.«

William grinste. »Bitte sehr«, sagte er. »War mir ein Vergnügen.« Was sich zwischen ihm und Jan abspielen würde, daran wagte sie nicht zu denken.

13

Die Seereise empfand Stella als Erholung. Sie schlief lange, lag stundenlang auf Deck in einem Liegestuhl und hatte nur ein Gefühl: frei! Ich bin frei! Ich fahre heim!

Sie reiste mit einem Frachtschiff, das nur wenige Passagiere an Bord hatte. Zwei Pflanzerehepaare, die auf Urlaub fuhren, eine ältliche, englische Lehrerin, die in die Heimat zurückkehrte, ein italienischer Journalist, und zwei junge Mädchen, Französinnen, die in Paris studieren wollten.

Stella war schweigsam und zurückhaltend. Sie hatte kein Interesse an Bekanntschaften. Sie gab höflich Antwort, wenn man sie ansprach, suchte aber selbst kein Gespräch. Der Italiener machte einige Tage lang angestrengte Versuche, sich mit ihr anzufreunden, gab es dann auf und flirtete nur noch mit den Französinnen.

Es war Anfang August, als sie durch den Suezkanal fuhren.

August 1939. Während der Fahrt durch das Rote Meer war es irrsinnig heiß gewesen. Man konnte nicht essen, nicht reden. Nur trinken. Stumm daliegen und dösen.

Stella machte es nichts aus. Nur kurze Zeit noch, dann würde sie zu Hause sein. Bei Thies und Nora und Hermine. Sie würde wieder arbeiten. Sie würde im Laden sein. Das Leben würde neu beginnen.

Und als erstes würde sie nach Keitum fahren. Zu Onkel Pieter und zu Stine, würde sich verwöhnen lassen, der herrliche, frische Wind würde ihr durchs Haar fahren, das kalte, frische Meer würde sie mit stürmischer Umarmung umfangen. Ein neues Leben.

Eine neue Sorge allerdings reiste mit ihr, die sich täglich vergrößerte. Als sie im Mittelmeer waren, war die Angst schon fast zur Gewißheit geworden. Es war lächerlich, sich etwas vorzumachen. Lächerlich, an eine gelegentlich übliche Verzögerung zu glauben. Ihre Brust schmerzte. Wenn sie morgens aufstand, war ihr schwindlig, und leichte Übelkeit überkam sie. Nein. Es durfte nicht sein. Es konnte nicht sein. Nach allem, was geschehen war, nach allem, was sie erlebt hatte, auch dies noch. Daß er jetzt, nachdem sie sich endlich von ihm frei gemacht hatte, ihr noch diese furchtbare Fessel anlegte.

Es sind die Nerven, tröstete sie sich. Ich bin einfach fertig. Das kann schon mal vorkommen. Wenn ich zu Hause bin, wird sich alles regulieren. Es durfte nicht sein, daß sie jetzt auch noch ein Kind bekam.

Sie hatte sich während der Wochen auf See blendend erholt. Das Essen schmeckte ihr, sie sah blühend aus. Mit Mißtrauen aber betrachtete sie ihren Körper, der sich selbständig gemacht hatte, ihr nicht mehr gehorchte, sondern ein eigenes Leben führte, blühend, wachsend, sich bereitwillig auf die neue Aufgabe umstellend.

Ein Kind von Jan! Nur das nicht! Es konnte, es durfte nicht wahr sein!

Aber sie zweifelte selbst nicht mehr daran. Es war eigentlich auch nicht zu verwundern. Jan hatte sie schon lange ohne die geringste Vorsicht geliebt. Und jetzt meinte sie zu erkennen, daß er es mit Absicht getan hatte. Ihm wäre es nur recht gewesen, wenn sie ein Kind bekam. Das würde sie für immer an ihn binden.

Stella stand an der Reling und starrte blicklos übers Meer. Was sollte sie tun? Am besten gleich hier ins Wasser springen. Sie wollte kein Kind. Und erst recht kein Kind von Jan. Ein Kind, das sie in diesen zwiespältigen Umarmungen empfangen hatte und das ihm womöglich noch ähnlich sein würde. Und sollte sie vielleicht jetzt, da sie ihm glücklich entronnen war, zu Kreuze kriechen? Sollte sie mit dem nächsten Schiff zurückfahren? Oder ihm telegrafieren, damit er käme? Damit er sie heiratete und sie für immer ihr Leben an ihn verlor? Sie dachte Tag und Nacht darüber nach, was sie tun konnte. Wie schwierig eine Abtreibung heute in Deutschland war, wußte sie. Die Nazis gingen mit aller Strenge des Gesetzes dagegen vor, und kein Arzt wagte mehr einen verbotenen Eingriff.

Was für Ärzte kannte sie? Krischan? Er war der letzte, zu dem sie gehen würde. Und daß er es nicht tun würde, wußte sie bestimmt. Der alte Doktor, der damals ihre Mutter behandelt hatte? Sein müdes, faltiges Gesicht tauchte vor Stellas innerem Auge auf. Würde er es riskieren, ihretwegen ins Zuchthaus zu kommen? Kaum. Jochen!

Das war die Rettung! Sie mußte Jochen finden. Vielleicht, daß er ihr helfen würde. Er war allerdings auch Nazi. Aber wenn sie ihn bat, konnte er es ihr nicht abschlagen. Und wenn er es wollte, würde sie bezahlen mit dem einzigen, was sie besaß: mit sich selbst.

Lächerlich. Das waren kindische Gedanken. Wußte sie, ob Jochen noch Wert darauf legte? Er konnte längst eine andere Frau haben, mit der er glücklich war. Und er würde um einer vergangenen Freundschaft willen nicht seine Existenz und Freiheit aufs Spiel setzen.

Mit wem konnte sie darüber sprechen? Nora? Die hatte bestimmt keine Ahnung. Und Hermine war zu alt, die Zeiten dieser Bedrängnis lagen hinter ihr.

Zwei Möglichkeiten blieben übrig. Denise. Sie konnte mit ihr nach Frankreich fahren, dort war man vielleicht nicht so kleinlich. Oder Adam. Wenn sie zu ihm nach Amerika reiste, er würde ihr vielleicht auch helfen können. Er oder Gerry.

Keine Ruhe, kein Frieden erwarteten sie nach der Heimkehr, wie sie gedacht hatte. Sie mußte handeln, und zwar sofort. Sie wußte nur noch nicht wie.

Und angenommen, sie käme zurück und Jan wäre schon da und erwartete sie? Was dann? Sollte sie kapitulieren? Nein. Das um keinen Preis der Welt. Nicht Jan. Er sollte sie nie mehr anrühren. Jeder andere Mann auf dieser Welt, aber nicht Jan.

14

In Genua wurde Stella wirklich erwartet, aber nicht von Jan. Dietrich Scheermann kam mit strahlender Miene auf sie zu, als sie das Schiff verließ.

Stella hätte ihn beinahe nicht gesehen. Sie war so verbissen in ihre neuen Sorgen, daß sie die ganze Welt um sich nicht mehr wahrnahm.

Plötzlich stand jemand vor ihr, versperrte ihr den Weg. Sie blickte auf.

»Stella!« sagte Scheermann. Seine Stimme war voll bewegter Freude, seine Augen blickten nicht mehr kalt, sie lachten in jungenhaftem Glück.

»Oh!« sagte Stella erstaunt. »Sie!«

Er lachte. »Da staunen Sie, was? Mich haben Sie hier nicht erwartet.«

Stella faßte sich mühsam. »Nein, wirklich nicht. Das ist ein komischer Zufall.«

»Kein Zufall. Frau Jessen hat mir erzählt, mit welchem Schiff Sie kommen. Und darum bin ich hier.«

»Meinetwegen?«

»Ihretwegen.«

Stella blickte ihn mit gemischten Gefühlen an. Das war wieder so einer. So ein großer, starker, so ein Herrenmensch, der meinte, die ganze Welt drehe sich um ihn. Er war blond und hatte blaue Augen, und der andere war schwarzhaarig und hatte dunkle Augen. Aber waren sie nicht von der gleichen Art? Männer, die über Leichen gingen, die mit rücksichtslosen Händen sich ihre eigene Welt erbauten und eine Frau dabei zerbrachen? Wenn Adam doch hier wäre, dachte Stella sehnsüchtig. Wenn er vor mir stände, dann wäre alles gut. Ihm könnte ich alles sagen, ihm könnte ich alles anvertrauen, und er würde mir helfen.

Gleichzeitig aber freute sie sich doch, daß sie ein bekanntes Gesicht sah. Daß jemand da war, der ihr alles abnahm, sich um ihr Gepäck kümmerte, dem sie, ohne zu fragen, alles überlassen konnte. Und schließlich, daß ein Mensch da war, der sich über ihre Heimkehr freute.

»Sind Sie meintwegen nach Italien gekommen?« fragte sie eine Weile später, als sie neben ihm im Auto saß. Ein großer, schwerer BMW-Wagen und offensichtlich Scheermanns eigener Wagen.

Er lachte. »Nicht nur. Ich hatte in Mailand zu tun. Für gewöhnlich fahre ich ja mit der Bahn oder ich fliege. Aber nachdem mir Frau Jessen sagte, wann Sie ankommen, habe ich es so eingerichtet, daß ich rechtzeitig hier sein konnte, und bin mit dem Wagen gefahren. Ich dachte es mir hübsch, wenn wir beide zusammen nach Deutschland fahren würden.«

»Ich soll mit Ihnen zusammen nach Berlin fahren?«

»Ja. Mögen Sie nicht? Wir fahren schön gemütlich, und ich dachte mir, wir machen noch einen kleinen Abstecher in die Ostmark, ich möchte Ihnen dort etwas zeigen.«

Ach so, dachte Stella. Und fast hätte sie laut gelacht. Scheermann verband also ganz bestimmte Absichten damit, daß er sie in Empfang genommen hatte. Amouröse Absichten, ohne Zweifel. Ein Abstecher nach Österreich und eine gemütliche Heimreise.

Du wirst dich wundern, dachte sie amüsiert. Ich komme gerade von einem anderen Mann, dem ich mit Mühe und Not davongelaufen bin. Und höchstwahrscheinlich bin ich schwanger. Du hast mir gerade noch gefehlt.

Ihr Schweigen irritierte ihn etwas. Er blickte hinüber zu ihr und fragte: »Gefällt Ihnen mein Plan nicht?«

»Doch, ausgezeichnet«, sagte Stella. Und spöttisch fügte sie hinzu: »Ich wundere mich nur, daß Sie einmal Zeit haben.«

Er legte seine Hand kurz auf die ihre, die sie im Schoß liegen hatte, zog sie aber gleich wieder zurück. »Ich weiß, ich habe mich im letzten Sommer kaum um Sie gekümmert, Stella. Sie haben ganz recht, wenn Sie mir Vorwürfe machen. Wenn Sie wüßten, wieviel ich an Sie gedacht habe und wie schwer es mir gefallen ist, Sie nicht zu sehen.«

Vorwürfe? dachte Stella erstaunt. Ich mache dir keine Vorwürfe, du fremder Mensch. Du bist mir vollkommen gleichgültig. Und es war mir im vorigen Sommer genauso gleichgültig wie jetzt, ob du gekommen bist oder nicht.

»Es ist viel geschehen, Stella«, fuhr er fort, unbeirrt von ihrem Schweigen. »Die Angliederung des Sudetengaus haben Sie ja noch miterlebt. Vorher der Anschluß Österreichs. Es gab viel zu tun, bis alles reibungslos klappte, wie der Führer es haben wollte. Na, und dieses Frühjahr haben wir das Protektorat über Böhmen und Mähren übernommen, das werden Sie ja gehört haben. Seitdem war ich fast die ganze Zeit in Prag.«

»Ach ja«, sagte Stella uninteressiert. »Die Tschechoslowakei habt ihr ja inzwischen auch gekapert. Ich habe davon gehört. Und was kommt nun dran?«

»Sie würden nicht fragen, wenn Sie hiergewesen wären. Wir sind jetzt dabei, die Polenfrage zu lösen. So oder so.«

Ein wenig beunruhigt blickte Stella zu ihm hinüber. »Was heißt so oder so?«

»Im Guten oder im Bösen. Wenn es sein müßte.«

»Wollen Sie damit sagen, daß ihr – Krieg machen wollt? Ich habe auf dem Schiff davon reden hören. Aber so verrückt könnt ihr doch nicht sein.«

»Reden Sie nicht immer per ihr, Stella«, sagte er nervös. »Sie sind doch auch Deutsche.«

»Ja, schon. Aber keine Parteigenossin, nicht? Und wenn hier einer Krieg macht, dann seid ihr es, nicht wahr? Und nicht wir.«

»Ich glaube nicht, daß es Krieg gibt«, sagte Scheermann. »Sie haben bisher immer alle recht schön stillgehalten. Es wird sich auch jeder überlegen, mit uns anzubinden, dazu sind wir zu stark. Und die Polen schon gar nicht. Da pusten wir nur einmal – und dann sind sie nicht mehr da.«

»Ich verstehe nicht viel von Politik«, sagte Stella. »Aber ich kann mir vorstellen, daß es den Russen ein Vergnügen sein würde, zurückzupusten.«

»Das nun gerade nicht«, sagte Scheermann und lachte vergnügt. »Abwarten, meine Gnädigste. Abwarten. So dumm sind wir nicht. Der Führer weiß genau, was er tut. Keiner wird wegen Polen einen Krieg riskieren. Nicht die Engländer und auch nicht die Franzosen. Denen sind die Polen vollkommen egal. Und die Russen? Abwarten, sage ich.«

»Wird wohl auch nichts anderes übrigbleiben«, sagte Stella. »In Malaya sprachen die Engländer durchaus davon, daß es Krieg geben könnte. Und sie sind uns nicht gerade sehr freundlich gesonnen, dessen können Sie sicher sein.«

»Der Erfolg hat uns bisher noch immer recht gegeben. Und wenn wir wieder Erfolg haben, wird man das stillschweigend anerkennen. Verlassen Sie sich drauf.«

»Na schön. Mir soll's recht sein«, sagte Stella. »Aber wieso sind Sie eigentlich hier in Italien? Wenn Sie doch immer so tüchtig mitspielen müssen bei unseren Eroberungen, dann müßten Sie ja jetzt eigentlich in Warschau sitzen.«

»Dazu ist es noch zu früh«, grinste er. »Aber vielleicht bald! Wissen Sie übrigens, Stella, daß Sie jetzt eben zum erstenmal wir gesagt haben statt ihr?«

»Ich? Wieso?«

»Ja. Sie haben gesagt: unsere Eroberungen. Nicht eure Eroberungen.«

»Da habe ich mich höchstens versprochen«, sagte Stella. »Ich habe nicht die geringste Lust, irgend etwas zu erobern. Ich brauche weder die Tschechoslowakei noch Polen zu meinem Glück.«

»Sie vielleicht nicht«, sagte Scheermann plötzlich ernst. »Aber denken Sie auch an unsere Landsleute, die dort leben? In Unfreiheit, unter Zwang und unter Haß? Die denken doch anders darüber.«

Stella schwieg. Was sollte sie auch dazu sagen? Was sie an politischer Meinung besaß, hatte sie von Adam bezogen. Und sie erinnerte sich noch gut, was Adam nach dem Anschluß von Österreich gesagt hatte. »Der Anfang«, hatte er gesagt. »Der erste große Bissen, nach dem sie schnappen. Und wenn sie keiner rechtzeitig aufs Maul schlägt, werden sie weiterschnappen. Bis sie einmal einen kriegen, der zu groß ist. An dem werden sie dann ersticken. Und wir mit.«

Fast war sie versucht, Scheermann das zu sagen. Aber wozu? Im Grunde war es ihr gleichgültig. Sie hatte andere Sorgen. Ob die Nazis auch noch Polen erobern würden, war ihr völlig gleichgültig. Sie interessierte nur eine Frage: wie sie das unerwünschte Kind losbekam.

»Ich hatte in Mailand eine Besprechung mit einigen Herren der italienischen Regierung«, kam Scheermann auf ihre Frage zurück. »Und paßt es nicht wunderbar, daß Sie gerade zurückkommen?«

»Hm«, machte Stella.

»Viel Zeit habe ich nicht, Stella, leider. Sie müssen das verstehen. Wenn die Polenfrage geklärt sein wird, dann wird es anders, das verspreche ich Ihnen. Ich muß eilig nach Berlin zurück.«

»Bitte«, sagte Stella, »ich habe nichts dagegen.«

»Zwei, drei Tage werden wir uns stehlen«, sagte er. »Ich dachte, wir fahren heute bis Mailand, übernachten da, und wenn es Ihnen recht ist, starten wir morgen zeitig, dann können wir am Abend dort sein, wo ich hin will.«

»Und wo ist das?« fragte Stella, mäßig interessiert.

»Das werden Sie schon sehen«, sagte er geheimnisvoll. »Wissen Sie, Stella, daß ich mich jetzt seit einem Jahr darauf freue, Ihnen das zu zeigen?«

»Ich weiß es nicht«, sagte Stella. »Und ich kann mir natürlich nichts darunter vorstellen, wenn Sie so geheimnisvoll tun.«

Er lachte wie ein übermütiger Junge. Stella betrachtete ihn von der Seite. Ein wenig verwundert. Kein Zweifel, Dietrich Scheermann hatte sich verändert. Und nicht zu seinem Nachteil. Die arrogante Überheblichkeit von früher hatte er abgelegt. Jedenfalls ihr gegenüber. Vier Jahre war es her, daß sie ihn zum erstenmal gesehen hatte. Sehr höflich war er von Anfang an gewesen. Aber es war eine kalte, unsympathische Höflichkeit gewesen.

In diesen vier Jahren schien er nicht nur älter, sondern auch ein wenig klüger und besonnener geworden zu sein. Überheblichkeit hatte sich in echte Sicherheit gewandelt. In die blonden Haare mischte sich an den Schläfen ein wenig Grau, was ihm aber gut stand. Und Gott sei Dank trug er keine Uniform mehr, sondern immer sehr elegante, salopp geschneiderte Anzüge.

»Es ist mir ja unklar, was Sie eigentlich treiben«, sagte Stella am Abend zu ihm, als sie sich in Mailand im Hotel beim Essen gegenübersaßen.

»Sie haben da so einen komischen Beruf, aus dem kein Mensch schlau wird. Das heißt, Sie reden ja auch nicht davon.«

»Das ist wahr«, sagte er. »Es läßt sich auch schwer beschreiben.«

»Bitte, bitte, ich will nicht in Ihre Geheimnisse dringen. Was mich nur wundert und, das möchte ich gleich dazusagen, angenehm überrascht, ist, daß Sie nicht mehr in dieser greulichen schwarzen Uniform herumlaufen.«

Er lachte. »Stella, Sie sind bezaubernd. Ich habe es immer so reizend gefunden, daß Sie alles sagen, was Sie denken.«

»Nicht alles«, meinte Stella. »Manches.«

»Ich habe Ihnen also in der Uniform nicht gefallen?«

»Ich mag überhaupt keine Uniformen.« Denise fiel ihr ein. Die war damals so froh gewesen, daß Thies nicht zu den Soldaten mußte. Wie hatte sie doch gesagt? »Eine Uniform macht einen Mann so fremd. Er ist dann so hart und viel verpackt.« Stella lächelte und wiederholte, was Denise gesagt hatte.

Scheermann bezog es auf sich. »Wollen Sie mich nicht hart und viel verpackt haben, Stella?« fragte er und griff nach ihrer Hand.

»Ich habe nur wiederholt, was Thies' Freundin einmal gesagt hat. Aber ich glaube, sie hat recht. An Sie habe ich dabei bis jetzt nicht gedacht.«

Das »bis jetzt« war ein Fehler gewesen. Stella bemerkte es gleich, nachdem ihr die beiden scheinbar so unschuldigen Worte herausgerutscht waren.

Auch Scheermann hatte sie registriert. Er hob sein Glas und trank ihr zu. »Ich bedanke mich für das ›bis jetzt‹!«

»Das hatte weiter keine Bedeutung«, sagte Stella kühl. »Und wo haben Sie nun eigentlich ihre hübsche schwarze Totengräberkluft?« kam sie aufs Thema zurück.

»Ich habe sie noch. Ich bin sogar inzwischen befördert worden.«

»Herzlichen Glückwunsch«, warf Stella ein.

»Aber, um die Wahrheit zu sagen, ich mache mir auch nicht besonders viel aus Uniformen. Zivil von einem guten Schneider ist mir lieber. Das habe ich von meinem Herrn Papa geerbt. Der machte furchtbar viel Wind mit seinen Anzügen. Er hatte sogar seinen Schneider in London und fuhr jedesmal nach England, wenn er einen neuen Anzug brauchte.«

»Und so was hatten Sie zum Vater?« staunte Stella. »Da hätte Ihr lieber Führer aber wenig Freude dran. All die schönen Devisen nach England tragen, das mag der Führer gar nicht.«

»Mag er auch nicht, und da hat er recht. Ich habe ja auch meinen Schneider in Berlin. Die Uniform brauche ich nur noch für gewisse offizielle Angelegenheiten. Bei meiner Arbeit ist sie nicht nötig.«

Das Gespräch mit Scheermann, das leichte Geplänkel, lenkte Stella von ihren Sorgen ab. Es machte Spaß, im Restaurant eines vornehmen Hotels zu sitzen, einen gutaussehenden Mann neben sich und die Blicke der vorbeigehenden oder im Restaurant sitzenden Frauen und Männer zu spüren. Das hatte sie lang vermißt. Das Essen schmeckte ihr großartig, und der Wein auch. Sie hatte lange keinen Wein getrunken. Das einzige, was ihr Wohlbehagen störte, daß sie kein eleganteres Kleid anhatte. Sie hatte *Green Rise* nur mit einem kleinen Koffer verlassen. Das türkisfarbene Sommerkleid hatte sie glücklicherweise mitgenommen. Es stammte natürlich aus dem letzten Sommer, und da sie es auf dem Schiff oft am Abend getragen hatte, war es nicht mehr ganz frisch.

Trotzdem sah man sie an. Ihre Haut war leicht gebräunt von Sonne und Seewind. Sehr braun wurde sie ja nie. Ihr Haar, aus dem die dunkle Tönung herausgewachsen war, sprühte wie rotes Gold im Licht der Kronleuchter. Sie wußte, daß sie gut aussah, sie hatte es zuvor im Spiegel festgestellt, oben in ihrem Zimmer. Kinderkriegen bekommt mir gut, hatte sie mit einem Anflug von Galgenhumor gedacht.

Im Gespräch mit Scheermann hatte sie das ganz vergessen. Erst als sie draußen in der Halle saßen und eine Flasche Sekt tranken, Scheermann war nicht davon abzubringen gewesen, wurde sie daran erinnert. Der Asti spumante war süßlich, und nach wenigen Schlukken wurde ihr übel. Sie lächelte mühsam und sagte zu Scheermann: »Entschuldigen Sie mich einen Moment«, und ging nach oben in ihr Zimmer.

Dort saß sie eine Weile auf dem Bett und wartete, bis die Übelkeit abflaute, was immer sehr schnell geschah. Als sie wieder in den Spiegel blickte, war das Blut in ihre Wangen zurückgekehrt. Sie war hübsch wie zuvor.

»Jan, du verdammter Schuft«, sagte sie in das Spiegelbild hinein. »Ich könnte dir die Kehle zudrücken. Ich könnte kaltblütig zusehen, wie man dich umbringt. Ich hasse dich! Ich hasse dich!«

Verzweifelt wurde sie sich darüber klar, wie ungerecht das Schicksal war. Wie ungerecht die Schöpfung es eingerichtet hatte. Die Frauen bezahlten die Rechnung bis zum letzten Pfennig, mit ihrem Körper, mit ihrem bißchen Leben. Das bißchen Lust, das bißchen Liebe, war es das wert? Und womit bezahlte ein Mann?

»Ich hasse alle Männer«, sagte Stella laut. »Ich werde nie mehr lieben. Und ich werde sie alle büßen lassen für das, was Jan mir angetan hat. In Zukunft sollen sie mir bezahlen. Sie sollen geben. Und ich werde nehmen.«

Lächelnd und scheinbar bester Stimmung kam sie zum Tisch zurück.

»Wo waren Sie so lange, Stella?« fragte Scheermann.

»Ich mußte meine Nase pudern«, sagte sie leichthin. »Ich komme mir sowieso ganz verbauert vor. Bedenken Sie, ich komme aus dem Urwald. Ich habe seit fast einem Jahr kein neues Kleid bekommen. Sehe ich sehr unmöglich aus? Genieren Sie sich nicht, mit mir hier zu sitzen?« Sie drehte kokett den Kopf auf dem schlanken Hals zu ihm und sandte den alten Stella-Blick unter gesenkten Lidern zu ihm hinüber.

Scheermann sah sie an. Es war wirklich keine Kälte mehr in seinem Blick. Und keine Lüge in seinen Augen und in seinen Worten, als er sagte: »Sie sind wundervoll, Stella. Ich hatte vergessen, wie schön Sie sind. Viel schöner, als ich Sie in Erinnerung hatte. Ich bin viel herumgekommen in den letzten Jahren. Ich habe viele schöne Frauen kennengelernt. Aber es war keine dabei, die mir besser gefallen hat als Sie.«

Stella lachte und nahm das Kompliment mit größter Selbstverständlichkeit entgegen. »Danke«, sagte sie. »Ich muß sagen, Sie bereiten mir eine hübsche Heimkehr. Und ich beginne, mich auf die deutschen Männer zu freuen.«

Scheermann war jetzt ganz ernst. »Müssen es unbedingt mehrere sein?« fragte er. »Kann ich es nicht allein sein?«

Stella begann sich immer mehr in dem aufblühenden Flirt wohl zu fühlen. Endlich schienen die Zeiten der Dramatik vorüber zu sein. Kein Mann, der mit rohen Händen nach ihr griff. Sondern einer, der mit zärtlichen Worten um sie warb.

»Sie sind unbescheiden, mein Lieber«, sagte sie. »Lassen Sie mir doch wenigstens Zeit, mich hier umzusehen.«

»Vielleicht«, sagte Scheermann, und jetzt klang echte Sorge in seiner Stimme, »vielleicht haben Sie nicht mehr viel Zeit, sich umzusehen.«

Aufgeschreckt sah Stella ihn an. Hatte er etwas gemerkt? »Wie meinen Sie das?« fragte sie rasch.

Er hob die Hand, schob den dunklen Gedanken beiseite. »Lassen wir das. Sprechen wir von etwas anderem. Erklären Sie mir um Himmels willen, warum Sie letztes Jahr so rasch auf und davon gegangen sind.«

Stella warf ihm einen raschen Blick zu. Was wußte er?

»Ich denke, Sie haben mit Nora gesprochen«, sagte sie ausweichend.

»Ja. Ich kam im Dezember in euren Laden und hörte, daß Sie nicht mehr da sind. Das war eine böse Überraschung für mich.«

»Es kann nicht so schlimm gewesen sein«, meinte Stella. »Sie haben sich monatelang nicht nach mir umgesehen.«

»Ich habe Ihnen schon gesagt, daß ich es bedauere. Und als ich hörte, daß Sie fort sind, sagte ich mir: Geschieht dir recht, du Idiot. Man läßt ein Mädchen nicht so lange allein.«

Stella lachte. »Und was hat Ihnen Nora noch erzählt?«

Scheermann mußte wirklich verliebt sein. So gerissen, so wach wie er sonst war – er bemerkte in dieser Stunde nicht, daß Stella erst einmal von ihm hören wollte, was Nora erzählt hatte.

»Nun, sie sagte, daß Ihr Vetter gekommen sei und Sie eingeladen hätte, ihn dort auf seiner Pflanzung zu besuchen.«

»Ja«, sagte Stella eifrig. »So war es auch. Ich hatte noch nichts von der Welt gesehen. Und Jan erzählte so begeistert von Malaya, daß ich von heute auf morgen beschloß, seine Einladung anzunehmen. Jan ist der Bruder von Thies. Thies Termogen, Sie haben ihn, glaub' ich, mal kennengelernt.« Während sie sprach, beobachtete sie Scheermann von der Seite. Er hörte ihr interessiert zu, kein Zug in seinem Gesicht verriet, ob er mehr wußte. Vielleicht hatte Nora wirklich keine Einzelheiten erzählt?

Stella entschloß sich kühn, ihre Geschichte durch eine Lüge aufzupolieren.

»Ich wollte eigentlich nicht so lange bleiben«, fuhr sie fort, »nur ein paar Wochen. Aber sie waren alle so reizend zu mir. Mr. Jackson zum Beispiel, Jans Teilhaber. Er hatte erst kürzlich einen Unfall gehabt, ein Tiger hatte ihn angefallen, und er war lange Zeit krank, und er war ganz froh, ein bißchen Unterhaltung zu haben. Und dann vor allem Jans Frau. Mit ihr habe ich mich großartig verstanden.«

»Ach!« sagte Scheermann, und sein Ton verriet, daß ihn dieser Teil ihrer Erzählung besonders interessierte. »Ihr Vetter ist verheiratet?«

»Ja, natürlich. Was sollte ein Mann allein dort tun? Mabel ist die Schwester von Mr. Jackson. Sie war so lieb zu mir und ließ nicht zu, daß ich bald wieder fortfuhr. Zwei Kinder haben sie auch. Das heißt, der Junge geht jetzt in England in die Schule, er war nicht da.«

Sie wartete einen Augenblick gespannt, was kommen würde. Bei früheren Begegnungen mit Scheermann hatte sie immer feststellen müssen, daß er alles wußte, daß er bestens informiert war über alle Leute, die sie kannte.

Aber diesmal nichts davon. Er lachte, beugte sich zu ihr und sagte: »Ich muß Ihnen etwas gestehen, Stella: Ich war auf diesen Vetter immer ein wenig eifersüchtig. Ich dachte, wenn ein Mann ein Mädchen so weit verschleppt, dann müsse das – nun ja, gewisse Gründe haben.«

Stella lachte. Sie blickte ihn amüsiert an, und ihre Augen glitzerten mit liebenswürdigem Spott. Ihr Lachen, ihre Stimme klangen ganz natürlich, als sie sagte: »Aber ich bitte Sie. Jan ist mein Vetter. Und meine Beziehungen zu den Termogens auf Sylt sind ja sehr eng. Jan ist für mich genauso ein Bruder wie Thies. Das wissen Sie doch.«

Scheermann nickte. »Natürlich. Nur hatte ich das Gefühl, daß Frau Jessen diesen Jan nicht – nun ja, besonders schätzte.«

Stella lächelte geheimnisvoll. »Das hat seine Gründe«, sagte sie. »Zwischen Nora und Jan gab es mal eine kleine Liebesgeschichte. Vor vielen Jahren, noch ehe Jan nach dem Osten ging. Und dann war Nora natürlich nicht gerade begeistert davon, daß ich sie allein ließ. Der Laden, nicht wahr? Sie meinte, der sei schließlich wichtiger als eine Vergnügungsreise.«

Das schien Scheermann einzuleuchten. Er hörte aufmerksam zu, was sie noch von ihren Erlebnissen erzählte. Stella schilderte lebendig das fremde Land, das sie gesehen hatte, sprach von der Pflanzung, der Arbeit dort, von Leuten, die sie kennengelernt hatte, und mehrmals noch kehrte Mabel in ihrer Erzählung wieder.

Während sie erzählte, dachte sie: Warum lüge ich eigentlich? Was geht mich dieser Scheermann an? Ist es nur, weil ich Jan aus meinem Leben herausreißen möchte, ihn auslöschen, als habe es ihn nie gegeben? Ist es, weil ich Scheermann herausfordern will, kann es sein, daß mich ein neues Spiel reizt, obwohl ich eben erst einem Mann davongelaufen bin? Ist es bloß deswegen, weil mich das Lügen reizt? Und reizt es mich, weil ich so lange jetzt mit der harten Wahrheit gelebt habe? Habe ich Spaß am Spiel, weil ich gerade aus einem Kampf komme?

Sie wußte es selbst nicht, konnte sich die Fragen nicht beantworten. Vielleicht war es die Freude darüber, wieder in Europa zu sein. Vielleicht, weil es auch hier sehr heiß war und weil sie rasch und viel getrunken hatte. Vielleicht, weil sie verzweifelt war und keinen Ausweg sah. Sie wußte es nicht. Sarnade war aus der tödlichen Tiefe aufgetaucht, glitt verspielt auf den Wellen und ließ sich treiben.

ILLUSION

1

Eine ganz neue Welt lernte Stella am nächsten Abend kennen. Sie kam aus dem Dschungel Malayas und fand sich nun auf einmal in der anmutigen Stille des Salzkammerguts wieder.

Es war eine lange und ermüdende Fahrt gewesen. Sie waren sehr früh in Mailand gestartet, waren in den Morgenstunden durch die Oberitalienische Tiefebene gefahren, dann auf die Berge zu.

Nach der kurzen Mittagspause hatte Stella Scheermann angeboten, ihn am Steuer abzulösen.

Er schüttelte den Kopf. »Nein, danke. Solange ich im Wagen bin, braucht keine Frau ans Steuer.«

»Das klingt nach einem Prinzip«, erwiderte Stella lächelnd.

»Ist es auch. Und meinetwegen können Sie es über das Autofahren hinaus erweitern. Ich habe verschiedene altmodische Prinzipien. Dazu gehört, daß ich die Führung habe und eine Frau sich mir anvertrauen soll. Und kann.«

»Demnach halten Sie nichts von der Gleichberechtigung?«

»Nein. Nicht in dem Sinne, wie Sie es jetzt meinen. Gleiche Rechte für die Frau, ja, vielleicht sogar mehr als für den Mann. Aber nicht gleiche Bedingungen. Wir sind dafür da, euch das Leben angenehm zu machen, euch Bequemlichkeit und Sicherheit zu verschaffen. Ihr schenkt uns dafür die Erfüllung unseres Lebens. Im besten Falle – Glück. Dafür haben wir euch zu danken. Und euch alle Mühe und Sorge abzunehmen.«

Das klang gut. Diese Worte taten Stella wohl. Im stillen mußte sie denken, ob Adam mit seinem abfälligen Urteil diesem Scheermann nicht doch Unrecht getan hatte. Seine politische Einstellung und Tätigkeit waren für Adam ein rotes Tuch gewesen. Das hatte genügt, den ganzen Mann in seinen Augen abzustempeln. Sah man davon ab, ließ sich eigentlich gegen Scheermann nichts Abträgliches sagen.

»Das klingt wirklich altmodisch«, meinte Stella nach einer Weile. »Aber ich sage nicht, daß es mir nicht gefällt. Ich hätte gegen diese Weltordnung nichts einzuwenden. Ein Mann, der die Verantwortung übernimmt und dem man sich anvertrauen kann – ich wüßte nicht, was es für eine Frau Schöneres geben könnte.«

Was für Töne, dachte sie gleichzeitig. Wenn das so weitergeht, komme ich als Scheermanns Verlobte nach Berlin zurück. Er hat mir ja schon mal so eine Art halben Heiratsantrag gemacht. Vielleicht war es ihm sogar Ernst damit. Das wäre ein Witz. In meiner Situation – lieber Himmel, ich dürfte so etwas nicht einmal denken.

Scheermanns Gedanken schienen sich auf ähnlichem Gleis zu bewegen. Er blickte rasch zu ihr hinüber und sagte: »Darf ich Sie bei Gelegenheit an diese Worte erinnern, Stella?«

Stella schwieg verwirrt. Nach einer Weile sagte sie, in leichtem Ton, um das Gewicht des zuvor Gesagten zu vermindern: »Es klingt überraschend aus Ihrem Mund, diese altmodische Ansicht über Frauen und Männer, meine ich. Habt ihr nicht eigentlich eine andere Einstellung dazu?«

»Wer, ihr?« fragte er ruhig zurück.

»Nun, ihr, die Nationalsozialisten«, erwiderte Stella mit einer kleinen ironischen Betonung auf dem langen Wort.

»Wir, die Nationalsozialisten«, sagte Scheermann, »kommen aus verschiedensten Kreisen und sind von sehr vielgestaltiger Herkunft und Bildung. Was uns eint, war der politische Kampf und ist heute das politische und völkische Ziel. Wir schlossen uns zusammen, um Deutschland aus seiner Erniedrigung herauszuführen. Dafür kämpften wir. Mit allen Mitteln. Aber nicht mit ungesetzlichen. Falls Sie sich daran erinnern, wir sind durchaus legal zur Macht gelangt. Daß wir dann die Macht, als wir sie besaßen, in unserem Sinne und wie es uns geboten erschien ausübten, ist wohl selbstverständlich. Und ich denke, der Erfolg gibt uns recht. Wir *haben* Deutschland aus seiner Erniedrigung herausgeführt. Jeder muß anerkennen, was wir geschaffen haben. Sogar das Ausland tut es. Daß wir unser Recht verlangt haben und es uns genommen haben, wo man es uns freiwillig nicht gab, ist genauso selbstverständlich. Was haben Sie daran auszusetzen, Stella?«

Die direkte Frage brachte Stella in Verlegenheit. Was hatte sie eigentlich auszusetzen? Wieder mußte sie auf das zurückgreifen, was sie von Adam gehört hatte.

»Was ich daran auszusetzen habe? Nun, vielleicht, daß ihr den Menschen, die ihr regiert, den Deutschen also, recht fühlbar die Freiheit beschnitten habt.«

»Die Freiheit?« fragte Scheermann erstaunt zurück. Dann lachte er. »Fühlen Sie sich unfrei, Stella? Sie kommen eben aus Asien zurück, wo Sie mal eben so zum Vergnügen einen Besuch gemacht haben. Wir haben gestern abend in Italien, in einem guten Hotel in Mailand, gewohnt. Oder hat Ihnen das Hotel nicht gefallen?«

»Doch«, sagte Stella, »natürlich. Was hat das damit zu tun?«

»Warten Sie«, fuhr er fort. »Wir haben dort gut gegessen, einen ausgezeichneten Wein getrunken. Jetzt fahren wir in einem bequemen Wagen über die Alpen. Sie könnten genauso bequem mit der Bahn fahren. Dann kommen wir über die Grenze. Sie kehren nach Berlin zurück, in ihre eigene, guteingerichtete Wohnung. Sie haben dort ein Geschäft, einen Beruf. Sie können arbeiten, Geld verdienen. Für dieses Geld können Sie sich neue Kleider kaufen oder wieder eine Reise machen oder es sparen. Vielleicht wollen Sie sich später mal ein Haus kaufen oder bauen. Sie können ausgehen, in gute Restaurants, ins Theater, ins Konzert. Wenn Sie Lust haben, können Sie in Berlin die ganze Nacht durchbummeln. Mit einem Mann, der Ihnen gefällt, oder in lustiger Gesellschaft. Sie können, wenn Sie wollen, diesen Mann, der Ihnen gefällt, heiraten, können eine Familie mit ihm gründen, Kinder haben, können auch weiter in Ihrem Beruf arbeiten und eventuell eine große Karriere als Künstlerin machen. Sie können sich, wenn Ihnen Ihr Beruf nicht mehr gefällt, eine andere Arbeit suchen. Sie können auch den Mann loswerden, wenn er Ihnen nicht mehr gefällt, Sie lassen sich scheiden und heiraten einen anderen. Sie können alles tun, was Sie wollen und wozu Sie Lust haben. Nun sagen Sie mir einmal, worin Ihre Unfreiheit besteht?«

Stella mußte unwillkürlich lächeln. Das war alles sehr geschickt gesagt. Und es ließ sich darauf kaum etwas entgegnen. Es war die Wahrheit. Aber dann fiel ihr doch etwas ein.

»Und wenn nun dieser Mann, der mir gefällt, zufällig Jude wäre? Und wenn ich nun ins Konzert gehen möchte und ein Werk von Mendelssohn-Bartholdy hören möchte?«

»Oder ins Staatstheater gehen und Gerda Thornau auf der Bühne sehen möchte«, setzte Scheermann hinzu. »Das müssen Sie auch noch sagen. Denn von dieser Seite her beziehen Sie die einzigen Einwände, die Sie machen können.«

»Egal, woher ich sie beziehe«, sagte Stella lebhaft. »Was antworten Sie mir darauf?«

»Ganz einfach. Ist es so wichtig, ausgerechnet Gerda Thornau auf der Bühne zu sehen? Sie war eine gute Schauspielerin. Und ich habe persönlich nicht das geringste gegen sie. Im Gegenteil, ich bedauere es tief, daß sie von der großen Reinigung betroffen wurde. Offen gestanden, ich habe früher nicht gewußt, daß sie Jüdin ist.«

»Halbjüdin«, verbesserte Stella.

»Nun ja, wir brauchen nicht ins Detail zu gehen. Ich habe auch nichts gegen die Musik von Mendelssohn. Ich finde die Musik zum Sommernachtstraum ganz bezaubernd. Daß Mendelssohn und Gerda Thornau mit in die Mühle gerieten, als das deutsche Volk zu sich selbst zurückfand und sich gegen die Überfremdung zu wehren begann, ist bedauerlich und für beide, genau wie für viele andere, eine Härte. Das gebe ich zu. Aber man kann nicht aufräumen, man kann nicht ein Haus neu tapezieren und sauber verputzen und neu einräumen und dabei ein paar alte, verstaubte Stücke stehen und ein paar schmutzige Flecke an den Wänden kleben lassen, nur weil sie nicht stören und weil man daran gewöhnt war. Wenn man saubermacht, muß es gründlich geschehen. Sonst ist es eine halbe Sache.«

»Das ist ein erbarmungsloser Standpunkt«, sagte Stella leise.

»Es ist ein ganz vernünftiger, von der Notwendigkeit diktierter Standpunkt. Es sind immer welche dabei, die Unrecht erleiden, Stella. Bei allen großen Umwälzungen, die es in der Menschheitsgeschichte gegeben hat. Nicht nur bei uns. Dennoch entwickelte sich die Menschheit immer weiter.«

»Wo gehobelt wird, fallen Späne«, sagte Stella ironisch. »So heißt es doch immer bei euch.«

»Es ist ein dummes Wort«, meinte Scheermann, »ich schätze es nicht besonders. Es klingt so – primitiv. Man kann es besser ausdrücken. Wo man ein hohes Ziel anstrebt, kann man sich nicht nach jedem Hindernis bücken.«

»Wenn aber diese Hindernisse Menschen sind«, sagte Stella. »Menschen, die man rücksichtslos zertritt auf diesem Weg zu hohem Ziel. Meinen Sie nicht, daß dieses Ziel davon befleckt und beschmutzt wird? Daß es gar nicht mehr so hoch und hehr ist, gar nicht mehr sehr lohnend, nach ihm zu streben? Meinen Sie nicht, daß Menschlichkeit und Barmherzigkeit mehr wert sind als das höchste Ziel?«

»Nein«, sagte Scheermann, »das meine ich nicht. Denn das Ziel besteht ja darin, den Menschen meines Volkes, meines Blutes, ein schöneres, glückliches Dasein zu verschaffen. Sie sind zu jung, Stella, Sie wissen nicht mehr, wie es vor zehn Jahren in Deutschland ausgesehen hat. Ich bin fünfzehn Jahre älter als Sie. Ich weiß es noch. Und ich habe es nicht vergessen. Und wenn ich sehe, wie heute alles geworden ist, dann muß ich darauf beharren, daß wir richtig gehandelt haben.«

»Und – wenn es Krieg gibt?«

»Es gibt keinen Krieg. Sollte es aber doch sein, dann werden wir uns behaupten. Und werden uns den Lebensraum verschaffen, den wir brauchen und der uns zukommt.«

»Lebensraum«, sagte Stella. »Gedüngt mit dem Blut von Menschen. Und nicht bloß mit dem Blut der anderen. Auch mit dem Blut des eigenen Volkes.«

»Geschichte wurde immer mit Blut geschrieben.«

»Nein!« rief Stella erregt. »Hören Sie auf. Ich kann das nicht hören. Das sind Worte aus dem Mittelalter. Sie *können* heute nicht mehr gelten.«

»Doch. Sie gelten heute noch. Sie werden immer gelten.«

Stella sagte nichts mehr. Es hatte keinen Zweck, mit diesem Mann zu diskutieren. Er glaubte an das, was er sagte. War davon überzeugt. Sie wußte dieser Überzeugung nichts ebenso Überzeugendes entgegenzusetzen. Sie hatte sich bisher nie darüber Gedanken gemacht. Aber alles in ihr wehrte sich gegen das eine schreckliche Wort: Krieg.

»Lassen wir es«, sagte Scheermann, »auch darüber sollen Frauen sich nicht die Köpfe zerbrechen. Es ist unsere Aufgabe. Sie sollen leben, Stella, in dieser schöneren Welt, die wir aufbauen. Leben und glücklich sein. Die Arbeit tun wir.«

Später fragte er: »Hören Sie eigentlich noch manchmal von Herrn Gontard?«

»Natürlich«, antwortete Stella. »Ich habe in Malaya einen Brief von ihm bekommen. Er arbeitet drüben. Mit Erfolg.« Und mit einem gewissen Triumph setzte sie hinzu: »Er und Gerry haben geheiratet. Und Gerry filmt in Hollywood.«

»Nun, sehen Sie«, sagte Scheermann heiter, »worüber beklagen Sie sich? Ist doch alles großartig. Vielleicht wollte Frau Thornau schon immer mal nach Hollywood. Dazu haben wir ihr verholfen. Und geheiratet hat er sie endlich auch. Sie hat lange darauf warten müssen.«

»Ich finde Sie gräßlich«, sagte Stella überzeugt.

Er lachte. »Nein, das tun Sie nicht. Lassen Sie das Vergangene vergangen sein. Leben Sie dem Heute. In der Gegenwart. Dann werden Sie sehen, daß alles gut und richtig ist, so wie es ist.«

Scheermann war ein großartiger Fahrer. Er hielt den Wagen auf einem gleichmäßigen, sehr schnellen Tempo, wirkte dabei gelöst und sicher, als sei die lange Fahrt keine Mühe, sondern ein Vergnügen.

Am Nachmittag war Stella eine Zeitlang sehr müde. Das lange Sitzen strengte an.

Scheermann merkte es. »Schlafen Sie ein bißchen«, sagte er. »Seien Sie nicht böse, daß ich so strikt durchfahre. Aber ich habe mir vorgenommen, heute noch dahin zu kommen, wohin ich will.«

Das wird er auch schaffen, dachte Stella, was immer dieses geheimnisvolle Ziel auch sein mag. Er kommt wahrscheinlich immer dahin, wohin er will.

Sie kamen gegen Abend an. Stella hatte wirklich eine Zeitlang geschlafen, und als sie erwachte, lag ihr Kopf an seiner Schulter.

»Nun?« fragte er. »Ausgeschlafen? Eine Zigarette?«

»Ja«, sagte sie benommen. Sie hatte an der Schulter dieses fremden Mannes geschlafen. Komisch. Vertraute sie ihm etwa doch? Ihre Gefühle ihm gegenüber waren seltsam zwiespältig.

»Habe ich Sie denn nicht beim Fahren behindert?« fragte sie.

»Nein«, sagte er, »ganz im Gegenteil. Es war die schönste Fahrt meines Lebens. Und jetzt sind wir bald da.«

»Wo?«

»Das werden Sie schon sehen.

In der ersten Abenddämmerung hatten sie die große Straße verlassen, fuhren durch ein liebliches Tal mit saftigen grünen Wiesen. Es war überschattet von blaugrünen Bergen, auf deren Spitzen noch die Abendsonne glühte.

Sie kamen durch einen größeren Ort mit alten, buntbemalten Häusern. Von einem Kirchturm läuteten die Glocken. Sie mußten langsam fahren. Auf den Straßen des Ortes, auf dem Marktplatz waren viele Menschen, sie gingen gemächlich spazieren, saßen vor den Wirtshäusern.

»Es ist Urlaubszeit«, sagte Scheermann. »Diese armen, unfreien Deutschen, die Sie so bedauern, Stella, können jetzt alle eine Ferienreise machen.«

Stella hatte keine Lust mehr, das Streitgespräch fortzuführen. »Hübsch ist es hier«, murmelte sie.

»Es wird noch hübscher«, sagte Scheermann. »Haben Sie Hunger?«

»Ich weiß nicht«, sagte Stella. »Eigentlich mehr Durst.«

»Sie bekommen einen wunderbaren österreichischen Wein. Der läuft wie Gold durch die Kehle.«

Durch das Grün der Bäume schimmerte auf einmal der glatte, dunkle Spiegel eines Sees.

»Wasser«, sagte Stella erstaunt.

»Natürlich«, lachte Scheermann. »Ein großer, warmer See. Morgen können Sie baden, wenn Sie wollen.«

»Ich habe gar keinen Badeanzug«, sagte Stella.

»Das macht nichts. Da, wo wir hinfahren, können Sie ohne Badeanzug baden. Aber wenn Sie wollen, besorge ich einen.«

Sie ließen den Ort hinter sich, fuhren auf einer schmalen Straße entlang, den dunklen See zur Rechten. Auf der anderen Seite des Sees waren hohe, bewaldete Berge.

»Es ist komisch«, sagte Stella, »ich war noch nie im Gebirge.«

»Dann wird es höchste Zeit. Das Meer ist gewiß etwas Schönes. Aber ist es hier nicht auch hübsch?«

»Sehr hübsch«, sagte Stella. »Wenn ich nur schon wüßte, wohin Sie mich entführen.«

»Gleich. Es dauert nur noch ein paar Minuten.«

Und wirklich verlangsamte sich wenige Minuten später das Tempo des Wagens, nachdem sie einen Hügel überfahren und den See aus den Augen verloren hatten. Scheermann bog rechts von der

Straße ab in einen schmalen Weg und hielt kurz darauf vor einem hohen, kunstvoll verzierten schmiedeeisernen Tor, hinter dem man nichts sah als das dichte, dunkle Grün hoher Bäume.

Er hupte. Kurz darauf tauchte aus dem Dunkel die Gestalt eines Mannes auf, die Torflügel schwangen auseinander, und der Wagen rollte langsam auf einem Kiesweg unter das grüne, dichte Blätterdach.

Dann wichen die Bäume zur Seite, Stella sah einen ovalen Rasen, von Blumen umsäumt, und dahinter die harmonische, weiße Front eines barockheiteren Hauses, vor dem zwei große, altmodische Laternen brannten. Stella blickte erstaunt. »Wo sind wir hier?«

»Schloß Seeblick«, sagte Scheermann vergnügt. »Schloß ist ein bißchen übertrieben, ich weiß. Aber es heißt nun einmal so. Und damit wären wir da.«

Der Wagen stand. Stella blieb sitzen und wunderte sich. Es war nun schon fast dunkel, sie konnte nicht mehr genau erkennen, wo sie eigentlich war. Aber das war ja egal. Auch wenn es heller gewesen wäre, hätte sie es nicht gewußt.

Die Wagentür wurde geöffnet. Ein kleiner, weißhaariger Mann im Trachtenanzug stand davor, verbeugte sich und rief ihr fröhlich zu: »Küss' d' Hand, gnä' Frau.«

Ein großer Schäferhund kam herangestürzt und begrüßte die Ankömmlinge mit aufgeregtem Gebell.

Scheermann war ausgestiegen. »Grüß' Gott, Joseph«, sagte er. »Alles in Ordnung bei euch?«

»Alles bestens in Ordnung, Herr Graf«, kam die vergnügte Antwort. »Wie ma's g'wohnt san.«

»Das ist fein. Und nun passen Sie auf. Wir haben eine lange Fahrt hinter uns und sind müde. Wir brauchen was Gutes zu essen und einen besonders guten Wein.«

»Is all's schon bereit, Herr Graf. Kommen S' nur 'rein.«

Stella kletterte etwas steifbeinig aus dem Wagen.

»Das ist Tell«, sagte Scheermann, beugte sich zu dem Hund herab und streichelte ihn. Auch Stella legte einen Moment ihre Hand auf den schönen, schmalen Kopf des Hundes. Dann stieg sie schweigend die drei Stufen hinauf, trat durch die hohe Tür, durchschritt einen teppichbelegten Gang mit weißen Wänden, nahm flüchtig zwei alte holzgeschnitzte Truhen wahr, die rechts und links standen, sah ein knicksendes Mädchen im Hintergrund und blieb dann überrascht unter einer zweiflügeligen Tür stehen, die Joseph weit vor ihr geöffnet hatte.

Dahinter war ein großer Raum, der die ganze Breite des Hauses auszufüllen schien. Alte Bilder an den Wänden, eine Unzahl von Geweihen. Der Raum war nur matt beleuchtet. An der linken

Seite brannte ein helles Feuer in einem offenen Kamin, eine Gruppe von tiefen, schweren Sesseln um einen niedrigen Eichentisch stand davor. Ihr gegenüber war eine breite Front von Fenstern, in der Mitte eine hohe Tür, die auf eine Terrasse hinausführte. Durch die Fenster dämmerte noch die letzte Spur des Tageslichtes, man sah Bäume, wieder einen Rasen, der sich sanft zum Ufer des Sees neigte, der in seiner ganzen geheimnisvollen silbernen Dunkelheit, überkrönt von den gegenüberliegenden Bergen, in die Rahmen der Fenster eingeschlossen war.

»Wie schön!« flüsterte Stella. »Das ist wie im Märchen.«

Beide Männer, Scheermann, der neben ihr stand, und der alte Diener, der einen Schritt hinter ihr geblieben war, blickten auf ihr erstauntes Gesicht, befriedigt und erfreut.

Sie blickte zu Scheermann auf. »Wo sind wir hier?«

Er lächelte. Sein kantiges, hartes Gesicht war schön in diesem Moment. Die hellen blauen Augen erfüllt von Wärme. »Bei mir zu Hause«, sagte er.

»Das ist Ihr Haus?«

»Seit einem Jahr, ja. Kommen Sie.« Er faßte sie leicht am Ellenbogen, wollte sie zu dem Tisch am Kamin führen.

»Nein, warten Sie«, sagte Stella. »Ich muß da noch hinausschauen. Das ist unbeschreiblich schön.«

Sie durchquerte den Raum und trat an die Tür, die auf die Terrasse führte und die weit geöffnet war. Eine kühle, würzige Luft strömte herein. Es roch nach Gras, nach Bäumen und nach Wasser. Kein Luftzug rührte sich. Das Schweigen der Nacht hatte sich auf den See und auf den Park gesenkt. Am Himmel blitzte ein erster Stern auf.

Stella stand stumm. Sie vergaß für eine Weile den Mann, der neben sie getreten war.

»Das ist schön«, sagte sie dann. »Hier wohnen Sie?«

»Hier möchte ich einmal wohnen. Später. Bisher bin ich leider nur immer zu kurzen Besuchen hiergewesen. Und nun kommen Sie, wir wollen einen Begrüßungsschluck trinken. Und dann wird Joseph Ihnen Ihr Zimmer zeigen.«

Er nahm sie wieder am Arm, führte sie zu dem Tisch, auf dem eine Karaffe mit goldenem Wein stand. Joseph war schon bereit. Er füllte zwei Gläser und reichte sie feierlich auf einem Tablett dar. Scheermann hob sein Glas. »Willkommen, Stella. Ich freue mich, daß Sie endlich hier sind.«

Stella begriff. »Darum haben Sie mich abgeholt.«

»Darum auch.« Er stand dicht vor ihr, sah sie an. Ein Frösteln lief über ihre Schultern. Es war alles ganz anders gekommen, als sie erwartet hatte. Sie hatte gedacht, sie würde irgendwann am

Abend oder in der Nacht oder vielleicht auch erst am Morgen in Berlin eintreffen. Zurückkehren in die vertraute Umgebung, zu Menschen, die sie kannte.

Aber nun war sie hier. Ein kleines Schloß in Österreich. Ein schlafender See. Eine fremde, neue Welt. Und ein fremder, neuer Mann, den sie kannte und doch nicht kannte. Einer, der gesagt hatte: »Ich trage die Verantwortung, und eine Frau muß sich mir anvertrauen.«

Sie hatte nach dieser Verantwortung nicht gefragt und das Vertrauen nicht gesucht. Es war von selbst gekommen. Genau wie der Mann. Sie kamen immer von selbst, diese Männer, sie suchte sie nicht. Plötzlich waren sie da. Sie hatte keine Wahl. Sie griffen nach ihr mit diesen starken, mächtigen Händen und führten sie irgendwohin. Irgendwohin, wohin sie gar nicht wollte. Auf eine glückliche Insel. In das bewegte Leben einer großen Stadt. In ein fernes, unbekanntes Land. Auf ein Schloß nach Österreich.

Konnte sie nie bestimmen, was mit ihr geschah? Immer noch nicht? War sie nicht jetzt eine erwachsene Frau, erfahren, durch Leid und Enttäuschung gegangen, beinahe verbrannt im Feuer einer tödlichen Leidenschaft? Konnte sie sich denn nicht wehren? Nicht einmal sagen: Nein. Mein Weg führt anderswohin. Laßt mich. Laßt mich allein. Laßt mich gehen, wohin *ich* will.

Sie war schon wieder zu weit gegangen, auf einem Weg, den sie nicht kannte, mit einem Mann, von dem sie nichts wußte. Sie hätte gleich in Genua sagen müssen: nein. Oder in Mailand. Oder irgendwann auf der langen Fahrt. Sie hatte nichts gesagt, sie hatte sich treiben lassen. Und nun war sie hier.

Sie hob das Glas und trank. Aus den Augenwinkeln bemerkte sie den Diener, der dicht bei ihnen stand und sie mit wohlwollendem Gesichtsausdruck betrachtete. Ihre Ankunft hier war zweifellos vorbereitet gewesen. Es war alles vorbereitet. Ein Schloß in Österreich stand bereit, um sie aufzunehmen. So wie sie hier war. Wie sie aus Malaya kam, aus Jans Armen.

2

Den Rest des Abends verbrachte Stella in einem seltsamen Schwebezustand. Es war alles so vollkommen hier, so harmonisch, und die Müdigkeit, die sie empfunden hatte, als sie ankam, verwandelte sich in eine träumerische Beschwingtheit, in das gelöste Wohlgefühl, das jeden erfüllt, der nach langer, erschöpfender Reise in einer behaglichen Umgebung zur Ruhe kommt.

Zuerst war sie, feierlich von Joseph geleitet, hinauf in das Zimmer gegangen, in dem sie schlafen sollte. Es lag im ersten Stock, seine Fenster gingen auf den See hinaus, und die frische, belebende Nachtluft des Gebirges strömte ins Zimmer.

»Was für eine herrliche Luft!« sagte Stella zu Joseph, der das Fenster schließen wollte. »Lassen Sie es bitte offen. Ich komme aus den Tropen. Da war es immer heiß und schwül. Von so einer Luft habe ich die ganze Zeit geträumt.«

»Davon haben wir hier genug, gnä' Frau«, meinte Joseph. »Hier können S' sich erholen.«

Ehe er das Zimmer verließ, fragte er, ob sie noch einen Wunsch habe. Stella verneinte. Es war alles da, was ein Mensch sich wünschen konnte. Das Zimmer war behaglich eingerichtet, mit buntbemalten Möbeln, das Bett war breit und wuchtig, das Linnen duftete gleichfalls nach frischer Luft. Ihr Koffer war schon ausgepackt, die Kleider hingen sorgfältig im Schrank. Eine kleine Tür führte in das anschließende Badezimmer, das ganz modern eingerichtet war und alles enthielt, was hineingehörte. Stella streifte rasch das Kostüm ab, das durch die lange Reise verdrückt war. Ob sie schnell baden konnte? Oder würde das zu lange dauern? Ach was, Scheermann konnte ein bißchen warten. Und vielleicht wollte auch er rasch ein wenig Toilette machen.

Sie nahm ein kurzes, heißes Bad, das sie belebte und erfrischte, verzichtete auf jedes Make-up, legte nur ein wenig Rouge auf die Lippen. Wie rot ihre Haare waren! Mißbilligend betrachtete sie sich im Spiegel. Sobald sie in Berlin war, würde sie sie wieder ein wenig tönen lassen.

Sie stand eine kurze Weile nackt vor dem großen Spiegel, der in einem kunstvoll geschnitzten Rahmen an der einen Wand stand. Sie hatte sich lange nicht mehr in einem so großen Spiegel gesehen. Ihr Körper war schön und makellos, seidig die Haut, golden getönt. Jans gewaltsame Liebe hatte keine Spur daran zurückgelassen. Noch nicht, dachte sie und verzog den Mund. Sie strich über ihre Hüften und legte dann eine Hand auf den flachen Bauch. Es war wohl alles Unsinn, was sie sich einbildete. Keine Rede davon, daß sie ein Kind bekam. Nicht die geringste Spur war ihr anzusehen. Nervosität, das war alles. Und ganz verständlich. Wenn sie zu Hause war, würde sich alles regulieren. Es wäre ja auch entsetzlich, sich vorzustellen, daß sie dick und unförmig werden würde. So häßlich wie eine Frau wurde, wenn sie ein Kind erwartete. Sie mußte an Milly denken. Wie gräßlich die ausgesehen hatte, damals, ehe sie das Kind bekam.

Eine Weile stand sie überlegend vor dem Kleiderschrank. Was sollte sie anziehen? Die Auswahl war nicht groß. Das türkisfarbene Kleid hatte sie gestern angehabt. Die weißen Sachen, die sie meist auf der Plantage getragen hatte, waren dort geblieben.

Schließlich zog sie ein Kleid heraus, das so gut wie neu war. Damals, als sie von Berlin abreiste, hatte sie es gerade von der Schneiderin bekommen. Es war für die bevorstehende Wintersaison gedacht gewesen. In Malaya hatte sie es nie getragen, auf dem Schiff auch nicht. Warum nicht heute abend?

Es war zwar Sommer, aber es war Abend, und in diesem Rahmen hier paßte es nicht schlecht.

Sie streifte das Kleid über den Kopf und trat dann vor den Spiegel. Das Bild, das ihr entgegenblickte, erfüllte sie mit tiefer Befriedigung. Das Kleid war schwarz, eine leichte Wollgeorgette, eng auf Figur gearbeitet, ganz einfach, ohne jede Unterbrechung. Die Arme waren nackt. Auf den Schultern war der Stoff zusammengerafft, so daß man den größten Teil der Schultern sah. Es ließ sie noch schlanker und größer erscheinen. Dazu weiße Schuhe und weiße Clips, das würde den sommerlichen Akzent geben. Auf dem Tisch entdeckte sie eine Vase mit Margeriten. Sie zog drei davon heraus, verkürzte die Stiele und befestigte die drei Blumen unter der Schulter. Gut. Das sah großartig aus. Sie lächelte. Wenn Scheermann in sie verliebt war, und das war er zweifellos, dann würde ihn das vollends um den Verstand bringen, wenn sie so vor ihn hintrat. Will ich das eigentlich? dachte Stella zögernd. Ich glaube, ich mache wieder alles falsch. Ich kann doch nicht darauf ausgehen, diesen Mann verrückt zu machen.

Aber sie war viel zu gefallsüchtig, als daß diese Bedenken mehr waren als ein flüchtig vorüberhuschender Gedanke. Sie konnte nicht anders, sie mußte ihre Wirkung auf einen Mann erproben, wann immer es möglich war. Ganz egal, wer dieser Mann war. Und ganz egal, was sie gerade erst mit einem Mann erlebt hatte.

An der Tür kehrte sie noch einmal um. Sie war noch nicht ganz zufrieden. Prüfend betrachtete sie sich wieder im Spiegel. Ihr Haar! Nicht nur, daß es zu rot war, es war auch zu lang. Es reichte ihr fast bis auf die Schultern, war glatt und schmucklos. Eine Weile probierte sie verschiedene Änderungen aus, dann kämmte sie es schräg an den Schläfen empor, so daß die Ohren frei blieben, verschlang es am Hinterkopf und steckte es fest.

Einfach toll! Es machte sie ein wenig älter, sehr verführerisch, sehr mondän. Wie es sich gehört in einem Schloß, dachte Stella. Sie lächelte ihrem Spiegelbild noch einmal zu und wandte sich dann eilig zur Tür. Sie hatte lange gebraucht. Fast eine Stunde war vergangen.

Aber der Aufwand an Zeit und Überlegung hatte sich gelohnt. Joseph, der sofort herbeigeeilt kam, als sie die Treppe herabstieg, riß verwundert die Augen auf, öffnete weit vor ihr die Tür und verbeugte sich tief.

Scheermann, der sie in einem Sessel vor dem Kamin erwartet hatte, stand auf und starrte sie nicht weniger verblüfft an. Langsam, sehr auf Wirkung bedacht, ging Stella auf ihn zu.

»Entschuldigen Sie«, sagte sie. »Es hat lange gedauert, nicht wahr? Aber ich habe schnell noch gebadet.«

»Stella«, sagte Scheermann, und in seiner Stimme schwang ein tiefer, erregter Unterton, »Sie sehen wunderbar aus. Schön wie ein Traum. Wie haben Sie das gemacht?«

Stella hob erstaunt die Brauen. »Wieso? War ich vorher so häßlich?«

»Sie waren genauso hübsch wie immer. Aber jetzt sind Sie einfach atemberaubend. Schön wie ein Bild.«

Stella lachte, leicht und amüsiert, ihre Augen unter halbgesenkten Lidern waren eine einzige Verlockung. Sie hatte alles vergessen, was gewesen war. Es gab nur eine Bestimmung, eine Aufgabe in diesem Augenblick: den Mann vor sich zu verwirren, ihn zu ihrem Sklaven zu machen. Sie konnte nicht anders. Es geschah ganz von selbst, war ein so selbstverständlicher Vorgang wie das Atmen, Sprechen oder Lächeln.

Scheermann hatte sich auch umgezogen. Er trug einen grauen Anzug, war rasiert, hatte sein blondes Haar fest an den Kopf gebürstet und roch nach einem herben Eau de Cologne.

»Haben Sie schon lange gewartet?« fragte Stella noch einmal, bloß um ihren Auftritt auszukosten.

»Ich warte gern auf Sie, Stella«, sagte er. »Wenn ich weiß, daß Sie kommen.« Er nahm ihre Hand, küßte sie und führte sie dann zu dem Tisch vor dem Kamin.

»Ich wollte mit Ihnen einen Barack trinken. Und dann werden wir essen.« Er wandte sich zu dem Diener, der noch an der Tür stand und dem das Entzücken über die ganze Szene aus dem Gesicht strahlte. »Sie können dann servieren, Joseph.«

»Sehr wohl, Herr Graf.« Joseph verbeugte sich und verschwand.

Scheermann nahm eine Flasche, die auf dem Tisch stand, und füllte zwei kleine Gläser.

»Sind Sie denn Graf?« fragte Stella erstaunt. Sie setzte sich in einen der Sessel und schlug die langen, schlanken Beine übereinander.

»Keine Rede davon«, sagte Scheermann, »aber Joseph ist nun mal daran gewöhnt. Früher wohnte wirklich ein Graf hier. Und Joseph ist von dieser Anrede nicht abzubringen. Am Anfang habe ich versucht, ihm das auszureden. Zwecklos. Wer hier wohnt, hat ein Graf zu sein und damit basta. Die Österreicher lieben nun mal diese alten Titel. Man kann da nichts dran ändern.«

»Finde ich schön«, meinte Stella. »Ich meine, daß man nichts dran ändern kann. Beziehungsweise, daß auch ihr nichts dran ändern könnt.«

»Jedesmal, wenn Sie in Zukunft ›ihr‹ sagen, ist eine Strafe fällig«, sagte Scheermann.

»So? Und worin soll die bestehen?«

»Nun, das muß ich mir erst überlegen. Vielleicht in einem Kuß?«

»Oh! Sind Sie der Meinung, ein Kuß von Ihnen sei eine Strafe? Sie müssen es ja wissen.«

Das war kein Flirt mehr, das war Verführung. Aber Stella war nicht mehr zu bremsen. Sie war an diesem Abend in eine neue Haut geschlüpft. Sie war dabei, die Herrscherin über einen Mann zu werden. Das war neu, das war verlockend. Es löschte alles Vergangene aus. Und es ließ ihr keine Zeit, darüber nachzudenken, ob es der richtige Mann war.

Scheermann gab keine Antwort. Er stand dicht neben ihr, blickte auf sie herab, und sein Blick war so, daß Stella ihre Augen senkte. Eine leise Angst beschlich sie. War es nicht doch sehr gefährlich, worauf sie sich hier einließ? Gleich würde er sie an sich reißen, und die Führung würde ihr entglitten sein.

Aber er tat es nicht. Auch seine Lider senkten sich, sein Gesicht wurde hart. Entschlossen sah er aus. Ein Mann, mit dem man nicht spielen konnte.

Er reichte ihr das eine Glas. »Ich werde Sie bei Gelegenheit danach fragen«, sagte er.

Stella ließ das Thema fallen. Sie blickte auf die blaßgoldene Flüssigkeit in ihrem Glas und fragte: »Was ist das?«

»Das ist Barack«, sagte er, wieder in dem gelösten Ton wie zuvor. »Eine Spezialität des Landes. Ich glaube, er kommt aus Ungarn. Eine Art Slibowitz. Schmeckt ausgezeichnet.«

Stella nippte. »Hm«, sagte sie. »Sehr gut.«

Das Essen nahmen sie auf der gegenüberliegenden Seite des Raumes ein. Hier war ein etwas größerer Tisch für sie gedeckt, weiß gedeckt mit wertvollem Porzellan und altem Silber. In einem Leuchter brannten Kerzen.

»Es ist unbeschreiblich schön hier«, sagte Stella, als sie sich niederließ. »Und ich brenne vor Neugier, von Ihnen zu erfahren, wie Sie eigentlich hierherkommen.«

»Ganz einfach«, sagte er. »Ich habe dieses Haus gekauft.«

»Für Geld?« fragte Stella naiv.

Er lächelte. »Natürlich. Oder genauer gesagt, für einen Scheck auf eine Schweizer Bank.«

»Oh! Dürfen Sie denn das?«

»Ich habe nicht um Erlaubnis gefragt. Ich wollte dieses Haus besitzen. Schon viel früher. Und als sich die Gelegenheit bot, erfüllte ich mir diesen Wunsch. Der einzige persönliche Wunsch übrigens, den ich seit Jahren hatte. Früher, meine ich. Jetzt habe ich einen anderen.«

Stella blickte auf ihren Teller und begann schweigend ihre Suppe zu löffeln, die Joseph vor sie hingestellt hatte. Sie wußte, welchen Wunsch er hatte.

»Es erschien mir fair, die Bedingungen zu erfüllen, die an den Erwerb dieses Hauses geknüpft waren. Vielleicht hätte ich es auf andere Weise auch haben können. Aber das wollte ich in diesem Falle nicht. Es ist kein unrechtmäßig erworbenes Geld, das ich dafür verwendete. Auch kein Geld, daß ich mit meiner jetzigen Tätigkeit erworben habe. Sie wissen vielleicht, daß ich nicht ganz unvermögend bin. Das Konto in der Schweiz habe ich von meinem Vater geerbt.«

»Und Sie haben das Geld in der Schweiz gelassen?« sagte Stella spöttisch. »Ich muß mich über Sie wundern, Herr Scheermann. Ich kann mir nicht denken, daß das im Sinne Ihres Führers ist.«

»Das Konto ist nun gelöscht«, sagte er leichthin. »Was dort war, genügte, um dies hier zu bezahlen. Übrigens, Stella, müssen Sie eigentlich Herr Scheermann zu mir sagen? Ich nenne Sie doch auch Stella.«

»Ich kenne nur diesen Namen«, sagte Stella, obwohl es nicht der Wahrheit entsprach.

Joseph erschien wieder. Er brachte zwei braun- und knusprig gebratene Wiener Schnitzel und eine Schüssel mit Salat.

»Wir essen heute ganz landesüblich«, sagte Scheermann. »Die österreichische Küche ist sehr gut.«

Stella lächelte zu Joseph auf und sagte: »Ich merke es. Und der Wein ist auch wunderbar.« Sie hob ihr Glas und trank.

Joseph beugte sich zu ihr herab und flüsterte, als verrate er ein Geheimnis: »Veltliner, gnä' Frau. Er schmeckt Ihnen?«

»Ganz wunderbar.«

Mit einem befriedigten Schmunzeln spazierte Joseph wieder zur Tür und verschwand.

»Sie haben eine Eroberung gemacht, Stella«, sagte Scheermann. »Eine schöne Frau im Haus bedeutet für Joseph den Höhepunkt des Daseins.«

»Vielleicht ist er daran auch gewöhnt«, meinte Stella, »genau wie an den Grafen.«

»Sie haben es erraten. Er ist wirklich daran gewöhnt.«

»Dann war also der Scheck von der Schweizer Bank für eine Frau bestimmt?«

»Nein. Für den Grafen Siccorysz.«

»Und wer war dann die schöne Frau, die hier lebte?«

»Meine Mutter.«

Stella verstummte überrascht. Die Geschichte wurde immer geheimnisvoller. Scheermanns Miene, die plötzlich verschlossen und bedrückt wurde, verbot eine weitere Frage.

»Ich werde es Ihnen erzählen«, sagte Scheermann plötzlich. »Ein wenig später.«

»Ich bin natürlich sehr neugierig«, gestand Stella.

Er lächelte wieder. »Übrigens, ich heiße Dietrich.«

»Oh, wirklich? Das klingt sehr feierlich.« Sie neigte den Kopf ein wenig schräg und seufzte. »Daran werde ich mich schwer gewöhnen können.«

»Versuchen Sie es doch mal.«

»Vielleicht könnte ich Dieter sagen«, schlug sie vor.

Er lachte. »Wenn Sie wollen.«

»Wie nannte Ihre Mutter Sie denn?«

Seine Stirn färbte sich rot. Es erheiterte Stella. Auch daß er wirklich verlegen erschien.

»Das kann ich nicht sagen. Es ist zu albern.«

»Ach, sagen Sie es doch. Bitte.«

Er zögerte noch ein wenig und stieß dann schnell hervor: »Dietli.«

Stella lachte hellauf. »Das ist wirklich drollig. Es paßt schlecht zu Ihnen. Aber schließlich müssen Sie ja auch mal ein kleiner Junge gewesen sein – Dieter.«

»Jetzt lachen Sie mich aus«, sagte er verlegen. »Ich kann nichts dafür. Meine Mutter war Schweizerin, bei ihr klang es ganz normal.«

Als letzten Gang gab es eine große Platte voll Salzburger Nokkerln.

»Ausgeschlossen«, sagte Stella. »Das kann ich nicht mehr essen.«

»Versuchen S' halt, gnä' Frau«, redete Joseph ihr zu. »Die Resi wär' untröstlich, wenn ich alles wieder 'nausbring'.«

»Die Resi ist die Köchin?« fragte Stella. »Machen Sie ihr mein Kompliment. Sie ist eine Künstlerin.«

»Wenn Sie so weitermachen, Stella«, sagte Scheermann, nachdem Joseph gegangen war, »wird man Ihnen hier Blumen streuen. Die Resi ist Josephs Frau. Und ich bin sicher, sie platzt draußen in der Küche schon vor Neugier, wen ich hier mitgebracht habe. Er wird natürlich jedesmal einen genauen Bericht geben, wenn er hinauskommt, was hier geredet und getan wurde. Und eine genaue Beschreibung Ihrer Person liegt auch schon vor. Und jetzt noch das ... Es ist nicht auszudenken, was Sie anrichten.«

Das Ergebnis ließ nicht lange auf sich warten. Joseph erschien zum Abräumen – Stella hatte wirklich noch zwei der duftigen zarten Gebilde verspeist –, und sie begaben sich wieder hinüber zu dem Platz vor dem Kamin.

Plötzlich stand in der Tür eine rundliche, kleine Frauensperson, mit dunklem, lockigem Haar und einem runden Gesicht, das selig strahlte.

Sie machte einen Knicks und rief: »Dank' schön, gnä' Frau. Küss' d' Hand, gnä' Frau.«

Einem raschen Einfall folgend, ging Stella zu ihr hin, reichte ihr die Hand und sagte: »Sie sind sicher Frau Resi. Es hat ganz wunderbar geschmeckt.«

»Küss' d' Hand, gnä' Frau«, hauchte Resi, und ihre flinken braunen Augen schienen Stella geradezu aufzusaugen. Aber da war Joseph schon zur Stelle.

»Jetzt schleich di«, knurrte er und schob seine Resi energisch vor sich her.

»Sie haben zwei Herzen erobert, Stella«, sagte Scheermann. »Wie machen Sie das so schnell?«

»Wenn ich will, kann ich schon«, sagte Stella. »Es ist keine große Kunst.«

»Nein, es scheint so«, sagte Scheermann und betrachtete sie nachdenklich. »Vielleicht kann ich es von Ihnen lernen.«

»Vielleicht«, erwiderte sie. »Es erscheint mir durchaus möglich. Wissen Sie, daß Sie sich bereits sehr zu Ihrem Vorteil verändert haben?«

»Wie meinen Sie das?«

»Nun gegenüber damals, als ich Sie kennenlernte. Sie sind ganz anders geworden. Nicht mehr so hart, so – kalt. Am Anfang habe ich mich vor Ihnen gefürchtet?«

»Und jetzt nicht mehr?«

Sie schüttelte den Kopf.

»Sie sind der einzige Mensch, der das von mir sagen würde«, sagte er nach einer Weile langsam. »Alle anderen, die mit mir zu tun haben, würden vermutlich eher das Gegenteil feststellen. Meine Arbeit bringt das mit sich. Aber für Sie will ich ein anderer sein, Stella. Und vielleicht kann ich es später mal ganz sein. Wenn die Arbeit getan ist.«

»Was für eine Arbeit?« fragte Stella leise.

»Die Arbeit, die notwendigerweise getan werden muß, auf dem Weg zu dem großen Ziel, von dem wir heute sprachen. Schwere Wege geht man nicht mit leichten Füßen. Und Hindernisse räumt man nicht mit zarten Händen aus dem Weg.«

Stella hob ungeduldig die Schultern. »Wir wollen nicht wieder politisieren. Der Abend ist zu schön. Erzählen Sie mir von dem Schloß hier. Und von dem Grafen.«

»Da ist nicht viel zu erzählen.« Er füllte ihr Glas wieder, und Stella hob es und trank. Sie hatte viel getrunken von dem hellen würzigen Wein. Sie fühlte sich leicht und frei, beschwingt und glücklich. Sie lebte wirklich nur dieser Stunde, dieser prickelnden Gegenwart. Eine neue Welt, ein neuer Mann. Schon begann sie zu vergessen, was hinter ihr lag.

»Eigentlich«, begann Scheermann, »ist es ja gar kein Schloß. Man geht hier sehr freigebig mit solchen Bezeichnungen um, genau wie mit klingenden Titeln. Es ist mehr ein Landhaus, eine Villa, wenn Sie so wollen. Allerdings von einem geschickten Baumeister erbaut. Früher war es eine Art Landsitz des Bischofs von Salzburg. Ende des vorigen Jahrhunderts erwarb es ein Graf Siccorysz, als er sich vom Hofleben in Wien zurückzog. Er hatte eine schöne, junge Frau geheiratet und wollte sie ganz für sich haben.«

»Wie romantisch«, warf Stella ein.

»Ja, das auch. Weniger romantisch allerdings war es, daß die junge Frau ihm drei Jahre später mit einem Maler, der hier in der Gegend auf Motivsuche war, davonlief.«

»Das ist auch romantisch«, meinte Stella.

»Wie man's nimmt. Es kommt auf den Standpunkt an. Aber das kann uns ja gleichgültig sein. Auf jeden Fall blieb diese Ehe kinderlos, das Haus hier fiel an den jungen Grafen Siccorysz, einem Sohn aus erster Ehe.«

»Und der lebte dann hier?«

»Lange Zeit nicht. Er war ein sehr kunstliebender Herr und zog Wien vor.«

»Sie kennen ihn?«

»Er ist es, von dem ich das Haus gekauft habe.«

»Ach, der mit den Schweizer Franken.«

»Genau der. Er ist heute fünfundsechzig. Ein kleiner, sehr eleganter Herr von ausgesuchten Manieren, kultiviert bis in die Fingerspitzen, leise und immer lächelnd. Ein Schöngeist.« Scheermann hatte dies alles knapp und fast monoton berichtet, ganz sachlich. Jetzt hob sich seine Stimme, und er sagte fast heftig: »Ich habe ihn mein Leben lang gehaßt.«

»Oh!« sagte Stella überrascht. »Warum denn das? Wenn er doch so nett ist?«

»Er ist der Mann, der mir meine Mutter genommen hat. Seinetwegen hatte ich seit meinem siebenten Lebensjahr keine Mutter mehr. Das konnte ich ihm nie verzeihen.«

»Nun ja«, meinte Stella vorsichtig, »das ist zu verstehen. Ihre Eltern waren geschieden?«

»Nein. Sie waren nie geschieden. Aber meine Mutter verließ meinen Vater, um ihr weiteres Leben mit Herrn Siccorysz zu verbringen. Auch ihr konnte ich das nicht verzeihen.«

Stella schwieg. Sie trank mit kleinen Schlucken aus ihrem Glas, nahm sich eine Zigarette. Scheermann gab ihr Feuer.

»Ich weiß nicht, ob Sie das verstehen. Von meinem Vater sah ich nicht viel. Er besaß eine große Firma in Hamburg, die hauptsächlich Exportgeschäfte machte, später hatte er eine Zweigniederlassung in Berlin. Er war viel auf Reisen. Auch er liebte das Leben. Auf eine andere Art als der Graf. Er liebte es, unterwegs zu sein, viele Menschen zu kennen, vergnügte Gesellschaft zu haben, er trank und er spielte und genoß sein Leben. Geschäftlich war er sehr tüchtig. So ganz nebenbei, mit größter Selbstverständlichkeit. Ich glaube, es zählt nach Wochen oder höchstens Monaten, daß ich mit meinem Vater zusammen war. Verständlich, daß ich ganz der Sohn meiner Mutter war. Ich liebte sie leidenschaftlich. Sie war sehr schön, sehr klug und sehr – zärtlich. Daß sie fortging, daß sie mich verließ, konnte ich nicht begreifen. Heute begreife ich immerhin, daß sie mit meinem Vater nicht glücklich werden konnte. Zumal ich später erfuhr, daß er sie immer betrog.«

»Und dann liebte sie also diesen Grafen hier?«

»Ja. Sie liebte ihn bis an ihr Lebensende. Und sie war glücklich mit ihm. Voriges Jahr ist sie gestorben.«

»Und Sie – hatten sich mit ihr ausgesöhnt?«

»Ja, ein wenig. Ich konnte meinen Groll gegen sie und den Grafen nie ganz überwinden. Daß sie meinen Vater verließ, gut. Das habe ich später verstanden. Aber daß sie mich auch verließ . . .«

»Und warum – ich meine, warum konnten Sie nicht mit ihr gehen?«

»Das hatte sie vorgehabt, wie sie mir später erklärte. Es hat sowieso Jahre gedauert, bis sie sich endgültig entschloß, meinen Vater zu verlassen. Eben meinetwegen. Aber sie war wohl mehr Frau als Mutter. Sie brachte es nicht fertig, auf ihr Lebensglück zu verzichten. Zunächst verlangte sie eine Scheidung, die mein Vater verweigerte. Sie verlangte mich. Es muß böse Szenen gegeben haben. Schließlich steckte mich mein Vater in ein Internat in der Schweiz. Damals haßte ich die ganze Welt. Meinen Vater, meine Mutter, alle. Nach dem Krieg ging ich nach München und besuchte die Universität. Ich lebte ganz allein, wollte sie beide nicht mehr sehen.«

»Jetzt verstehe ich manches«, sagte Stella. »Auch, warum Sie zu den Nazis kamen.«

»Ja. Dort fand ich eine Aufgabe, Freunde, ein Ziel, das mir das Leben lebenswert machte.«

»Und wann haben Sie sich mit Ihrer Mutter ausgesöhnt?«

»Das war Ende der zwanziger Jahre. Vorher hatte ich mich immer geweigert, sie zu sehen. Wenn sie kam, ging ich fort. Ich hatte nie mehr ein Wort mit ihr gesprochen. Dann starb mein Vater. Es gab verschiedenes zu regeln, Erbschaftsangelegenheiten, auf diese Weise trafen wir zusammen.«

»Und dann – war alles wieder gut?«

»Nicht gleich. Aber meine Mutter sagte mir damals etwa folgendes: Ich habe mit achtzehn Jahren einen Mann geheiratet, den ich nicht kannte, von dem ich nichts wußte. Ich bin nicht eine Stunde mit ihm glücklich gewesen. Doch ich begegnete später dem Mann, der mich glücklich machen konnte. Und seitdem ich mit ihm lebe, hat er es getan, hat es versucht, jede Stunde in all diesen Jahren. Daß ich doch nicht glücklich sein konnte, war nicht seine Schuld. Es war der Gedanke an dich. Ich habe mein Kind verlassen, um mit dem Mann zu leben, den ich liebe. Doch er hat nie mein ganzes Herz besessen, immer nur die Reste, die übrigblieben, damals, als es zerrissen wurde. Das sollst du wissen.«

Scheermann schwieg. Er blickte in die Flammen, die nur noch müde zuckten. Stella betrachtete ihn mit einer gewissen Neugier. War das derselbe Mann, den sie bisher gekannt hatte? Gequält sah er aus, unglücklich. Fast empfand sie Mitleid mit ihm.

»Und dann?« fragte sie leise.

»Diese Worte wirkten nicht gleich auf mich. Aber so nach und nach. Natürlich wurde ich abgelenkt von dem großen Kummer meiner Jugend. Der Kampf um die Machtergreifung beanspruchte meine ganze Kraft, mein ganzes Denken und Fühlen. Das war mein Leben geworden, und es war mir recht so. Im Herbst des Jahres 1933 reiste ich das erstemal hierher. Und ob ich es wollte oder nicht, dieses Land, dieses Haus verzauberten mich von Anfang an. Das Glück meiner Mutter mit anzusehen, ihre Freudentränen, als ich kam, freiwillig und von selbst, waren eine große Erschütterung für mich. Ich sah, wie diese beiden Menschen hier lebten. Wie sie sich verstanden, wie harmonisch und erfüllt ihr Dasein war. Ich vergaß es nicht wieder. Und ich begann zu begreifen, so nach und nach, daß das Leben nur dort vollkommen ist, wo zwei Menschen zusammen leben, die sich verstehen. Ich sage nicht: die sich lieben. Liebe ist ein trügerischer Begriff. Zwei Menschen, die sich verstehen. Auch nach so vielen Jahren noch, die ja überschattet waren von der Schuld, an der meine Mutter trug.«

»Es war gut, daß Sie hergekommen sind«, sagte Stella. »Es war das Wichtigste, was Sie getan haben. Wichtiger als eure ganze Machtergreifung und alles andere.«

Er löste seinen Blick aus den Flammen und blickte zu ihr hinüber. »Sie haben eben wieder ›eure‹ gesagt, Stella. Wissen Sie noch, was wir ausgemacht haben?«

»Ausgemacht haben wir gar nichts. Sie hatten einen Vorschlag gemacht.«

Er stand auf, trat zu ihr, stützte beide Hände auf die Lehnen ihres Sessels und beugte sich über sie. »Gilt es?« fragte er.

Sie gab keine Antwort, blickte stumm zu ihm auf. Er legte beide Hände um ihr Gesicht, beugte sich herab und küßte sie.

Stella erwiderte seinen Kuß nicht, aber sie hielt still. Es war nur ein kurzer Kuß. Seine Lippen waren fest und hart. Er schien ans Küssen nicht gewöhnt zu sein.

Wieder einer, dachte Stella, dem ich erst alles beibringen muß. Der vorige ein rauher Wildling, daran gewöhnt, die Frauen mit seiner Liebe zu mißhandeln. Und hier ein alter Kämpfer mit einem Komplex aus der Jugendzeit, an Liebe überhaupt nicht gewöhnt. Wahrscheinlich hat er bis jetzt nur billige Abenteuer gehabt. Ach, Adam, warum hast du mich verlassen?

Aber Adam war auch nicht vollkommen gewesen. Er hatte eine andere Frau, die zu ihm gehörte.

Offenbar war nichts auf der Welt vollkommen. Kein Mann und keine Liebe.

Vollkommen sei das Leben nur da, wo zwei Menschen sich verstehen, hatte dieser hier eben gesagt.

Ob es für mich diesen Mann irgendwo gibt, dachte Stella, irgendwo auf der Welt? Ich fürchte, ich werde ihm nie begegnen.

Scheermann ließ sie los und trat zurück. Er schien ein wenig befangen. Doch er versuchte, es zu überwinden. Blieb vor ihr stehen, blickte auf sie herab und sagte: »Ich hoffe, Stella, du wirst noch oft ›ihr‹ und ›euer‹ sagen.«

Stella lächelte. Jetzt war er also beim Du angelangt. Alles hübsch der Reihe nach. Und er wirkte gar nicht mehr so überlegen und selbstsicher wie bei den früheren Begegnungen.

Sie löste den Blick von seinem Gesicht und nahm sich eine Zigarette. »Wenn es sich so ergibt«, sagte sie leicht. Sein Kuß hatte keinen Eindruck auf sie gemacht. Und sie brachte es beim besten Willen nicht über sich, die verwirrte Jungfrau zu spielen. Heute hatte sie die Rolle der überlegenen Frau. Ulkig war es mit Männern. Dieser hier war ein Mächtiger. Aber jetzt lag alle Macht in ihrer Hand. Was er wollte, war Liebe und Zärtlichkeit. All das, was er nie bekommen hatte. Er wollte es von ihr. Sie konnte es ihm geben oder verweigern.

»Nun setzen Sie sich wieder artig hin und erzählen Sie weiter«, sagte sie.

Er setzte sich wirklich. Aber es fiel ihm offensichtlich nicht leicht, eine gleichmütige Haltung zurückzugewinnen.

»Sie sind also dann öfter hergekommen?« nahm Stella den Faden wieder auf, als sei nichts geschehen.

»Nicht oft«, sagte er. »Gelegentlich. Ich war ja sehr beschäftigt in den letzten Jahren. Ich hatte Bekannte in der Nähe von Innsbruck. Dort war ich manchmal. Und dann kam ich auch hierher.

Ich verstand mich zuletzt recht gut mit meiner Mutter.« Er zögerte und setzte dann halb widerwillig hinzu: »Auch mit dem Grafen.«

»Obwohl er ein Schöngeist war«, meinte Stella.

»Ja. Obwohl er ein Schöngeist war. Sein Wesen beeindruckte mich.«

»Und jetzt ist er also fort?«

»Ja. Er und natürlich auch meine Mutter konnten sich mit meiner – eh, mit meiner Tätigkeit nie so recht abfinden. Sie standen dem Nationalsozialismus, nun, nicht gerade feindlich, aber ablehnend gegenüber.«

»Also neue Komplikationen.«

»In gewisser Weise, ja. Obwohl wir es vermieden, davon zu sprechen. Wir waren alle darauf bedacht, das dünne Eis der Verständigung nicht zu beschädigen. Meine Mutter wurde dann krank. Sie starb kurz nach dem Anschluß. Der Graf wollte nicht mehr hierbleiben. Und so kam es zu dieser Einigung. Er verkaufte mir dieses Haus und lebt heute in der Schweiz. Nun kennen Sie die Geschichte, Stella.«

Er sagte wieder »Sie«. Stella lächelte unwillkürlich. Wie ungeschickt er war, wie unerfahren, dieser Held der großen Macht.

»Ihre Geschichte war ein wenig traurig«, sagte Stella. »Aber sie hat einen halbwegs guten Ausgang. Ich finde, Sie haben sich richtig betragen. Jedenfalls in den letzten Jahren.«

»Denken Sie das wirklich?« fragte er. Es klang eifrig, fast wie eine Bitte.

»Ja. Ich sagte ja vorhin schon, daß Sie sich eigentlich zu Ihrem Vorteil verändert haben. Jedenfalls soweit ich Sie kenne und soweit ich es beurteilen kann.«

Er schwieg, blickte sie auch nicht an. Dann bemerkte er ihr leeres Glas.

»Sie haben nichts mehr zu trinken, Stella.«

Er stand auf, nahm den Krug und füllte die Gläser.

»Ich glaube, ich habe bald genug getrunken«, meinte Stella. »Es wird Zeit, daß ich schlafen gehe. Es ist schon spät. Morgen werde ich mir Ihr kleines, verzaubertes Schloß ansehen.«

»Der Park ist sehr schön«, sagte er. »Und der See ist herrlich zum Schwimmen. Schwimmen Sie gern?«

»Leidenschaftlich gern. Ist das Wasser kalt?«

»Um diese Jahreszeit nicht.«

»Nun, ich bin nicht empfindlich. Schließlich bin ich an der Nordsee groß geworden. Ich habe schon bei tollen Temperaturen gebadet. Morgen gehe ich mindestens dreimal ins Wasser. Wann fahren wir eigentlich nach Berlin?«

»Leider habe ich nicht viel Zeit. Ich wünschte, ich könnte wochenlang mit Ihnen hierbleiben. Aber übermorgen müssen wir fahren. Leider.«

»Das ist schade«, sagte Stella, und sie meinte es ehrlich.

»Wirklich?« fragte er erfreut. »Gefällt es Ihnen hier? Würden Sie gern noch bleiben?«

Stella nickte. »Ja, es gefällt mir.«

»Sie können natürlich bleiben«, sagte er eifrig. »Das Haus steht Ihnen zur Verfügung.«

Sie lachte. »Danke. Sie sind sehr großzügig. Aber ich muß jetzt wirklich nach Hause. Schließlich muß ich mich wieder mal um das Geschäft kümmern. Nora wird sowieso auf mich schimpfen, daß ich so lange fortgeblieben bin.«

»Aber Sie fahren jetzt nicht mehr fort, Stella. Sie bleiben in Berlin?«

Sie nickte. »Ja, natürlich. Ich fahre höchstens mal zu einem kurzen Besuch nach Sylt. Ich muß Onkel Pieter von seiner tropischen Sippe berichten, das wird ihn interessieren.«

Scheermann stand jetzt wieder dicht vor ihr. Er nahm sein Glas in die Hand. »Auf Ihr Wohl, Stella.«

»Danke«, sagte sie.

Sie trank, stellte das Glas auf den Tisch zurück. Dann stand sie auf, ging an ihm vorbei, hinüber zum Fenster, und blickte hinaus.

»Schwarze Nacht«, sagte sie. »Und Wind ist auch aufgekommen.«

Man hörte den See jetzt. Er atmete und gluckerte. Es mußten kurze, bewegte Wellen sein, die da im Dunkel an die Brüstung schlugen.

»Das hat nichts zu sagen«, meinte Scheermann. »Das tut er oft in der Nacht. Morgen ist es bestimmt wieder schön.«

Er trat neben sie und blickte auch hinaus in die Nacht. »Es gefällt Ihnen wirklich hier?« sprach er gegen die Scheibe.

»Ja«, antwortete sie. »Ganz außerordentlich.«

»Könnten Sie sich vorstellen ...« Er stockte. Stella wußte, was er sagen wollte. Nein, dachte sie. Sei ruhig, frag mich nicht, ich weiß nicht, was ich antworten soll. Ich komme von weit her. Viel weiter, als du denkst.

»Gibt es eigentlich Fische im See?« fragte sie rasch.

»Ja, natürlich. Brachsen und Zander und Hechte und Forellen. Und sicher andere auch noch. Wenn Sie wollen, können Sie angeln.«

»Nein, das will ich nicht. Ich brächte es sowieso nicht übers Herz, so einen kleinen silbernen Fisch umzubringen.«

»Joseph ist ein großer Angler. Er versorgt uns immer mit Fischen.«

»Na ja, wenn sie fertig gekocht oder gebraten auf dem Tisch stehen, ist es etwas anderes«, sagte Stella. »Dann kann ich meine Sentimentalität überwinden.«

Sie blickten immer noch aus dem Fenster, obwohl nichts zu sehen war. Stella wartete. Eine Weile blieb es ganz still. Die große Standuhr neben der Tür tickte überlaut.

Plötzlich, geradezu heftig, wandte sich Scheermann ihr zu. Er faßte mit beiden Händen nach ihren Armen und zog sie dicht an sich heran.

»Stella!« sagte er. Er legte sein Gesicht in ihr Haar und blieb so reglos stehen. Sie spürte seinen großen, kräftigen Körper, hörte sein Herz klopfen.

Er liebt mich, dachte Stella. Er liebt mich wirklich. Er ist blind und taub vor Liebe, denn er fragt nicht einmal, wo ich herkomme. Was geschehen ist.

Sie bewegte sich leicht in seinen Händen, hob dann langsam den Kopf.

»Du bist so schön«, sagte er. »So zart. Ich möchte dich beschützen vor allem Bösen. Ich habe damals gleich gewußt, als ich dich das erstemal sah ...«

Er vollendete nicht, was er sagen wollte, zog sie aber nun fest in die Arme und küßte sie. Diesmal blieb Stella nicht passiv. Sie drückte seinen Mund, der sich viel zu fest, viel zu ungeschickt auf den ihren preßte, ein wenig zurück, dann öffneten sich ihre Lippen weich und willig, sie küßte ihn, erst zart, doch als sie merkte, daß er begriff, erwiderte sie die aufsteigende Leidenschaft seines Kusses.

Erst als sie keine Luft mehr bekam, stemmte sie die Hände gegen seine Brust.

»Nein«, sagte sie, »bitte ...«

Immer die gleichen Worte, die gleichen Gesten.

Aber nun war es zu spät. Er riß sie in die Arme, preßte sie an sich, daß sie stöhnte.

»Laß mich. Du tust mir weh.«

»Stella!« Er vergrub den Mund wieder in ihrem Haar. »Stella, Geliebtes. Muß ich noch lange warten?«

Sie bog den Kopf zurück, versuchte sich frei zu machen.

»Muß ich noch lange warten?« wiederholte er. »Stella!«

»Lange? Erst gestern ...«

»Nicht gestern. Wir kennen uns vier Jahre. Und seitdem warte ich auf dich. Hast du das nicht gewußt?«

Sie schüttelte den Kopf. »Nein. Du hast es nie gesagt.«

»Ich weiß. Es war so schwer, etwas zu sagen. Du lebtest in einer anderen Welt. Und ich ... Ich habe eigentlich nie Zeit gehabt für Frauen.«

»Und jetzt?« fragte Stella. »Hast du jetzt Zeit?«

»Für dich. Nur für dich. Ich wußte damals gleich, daß du es bist. Daß nur du es sein kannst. Vielleicht habe ich mich ungeschickt benommen. Habe alles falsch gemacht. Aber jetzt ...«

Jetzt, dachte Stella. Was ist jetzt? Wenn ich nur wüßte, was ich tun soll? Aber ich kann wohl nicht mehr zurück. Ich bin zu weit gegangen.

Er hatte sie wieder in die Arme geschlossen, preßte sie an sich. Sie spürte den Aufruhr in seinem Körper, wurde davon angesteckt.

Ich werde Jan vergessen, dachte sie. Er wird ausgelöscht sein. Als hätte es ihn nie gegeben.

»Muß ich noch warten, Stella?«

»Nein«, flüsterte sie. »Nein.«

Plötzlich fühlte sie sich hochgehoben. Wie eine Feder lag sie in seinen Armen, er trug sie durch das Zimmer, lachte dabei wie ein glücklicher Junge.

Lieber Himmel, dachte Stella, er wird mich doch nicht durch das ganze Haus tragen?

Aber an der Tür setzte er sie behutsam nieder.

»Geh voraus«, sagte er. Seine Stimme klang heiser. »Ich komme dann nach.«

3

Drei Tage später war Stella in Berlin. Sie traf alles so an, wie sie es verlassen hatte. Adams Wohnung, das Atelier, den Laden. Hermine, Nora und Thies. Die größte Veränderung bestand darin, daß Nora nun einen festen Freund besaß und sogar Heiratspläne hegte. Sie war so erfüllt davon, daß sie gar nicht abwartete, was Stella zu erzählen hatte.

»Ich muß mir das natürlich gut überlegen. Er ist etwas jünger als ich, weißt du. Aber ich mag ihn furchtbar gern. Und er ist so verliebt in mich. Ich würde das Geschäft natürlich weiterführen. Es bleibt alles wie bisher. Sehr viel verdient er ja nicht.«

»Darauf kommt es ja auch nicht an«, meinte Stella gefällig. »Wenn du dich sonst gut mit ihm verstehst «

»So gut wie mit keinem Mann bisher. Es hat noch kein böses Wort zwischen uns gegeben.«

»Dann ist es ja gut«, sagte Stella. »So einen Mann hast du dir doch immer gewünscht.«

»Und du?« fragte Nora.

Stella winkte ab. »Reden wir nicht davon. Auf jeden Fall bin ich dir dankbar für deine Diskretion.«

»Wieso?«

»Ich traf Scheermann, und er war offenbar von dir sehr zurückhaltend unterrichtet worden.«

»Ich hielt es für besser«, meinte Nora. »Man kann ja nie wissen, wie und wann man so einen mächtigen Mann einmal braucht, nicht? Und er hat dich sehr gern, das habe ich immer schon gemerkt. Er hat dich wirklich abgeholt?«

»Ja. Wußtest du davon?«

»Er sprach davon. Er kam gerade an dem Tag, als dein Kabel vom Schiff gekommen war, und ich zeigte es ihm. Und was war dann?« fragte Nora neugierig.

»Ich war kurz mit ihm in Österreich. Er hat dort ein sehr hübsches Haus.«

»Ja, er erzählte davon. Stella, hast du etwa . . .?«

»Sei still«, sagte Stella. »Ich weiß selber noch nicht, was ich tun soll.«

Etwas anderes bewegte Nora. »Was sagt er denn? Wird es Krieg geben?«

»Er meint, nein. Für ganz ausgeschlossen hält er es aber nicht.«

»Alle Leute reden jetzt vom Krieg. Mit diesen Polen, weißt du. Aber vielleicht geht alles gut. Ist ja bis jetzt immer gut gegangen. Wirst du wieder arbeiten?«

»Natürlich.«

»Du hast uns gefehlt. Deine Sachen haben doch gut eingeschlagen. Und die Leute fragten immer wieder danach. Die Keramikfirma allerdings, für die du damals die Entwürfe gemacht hast, war ziemlich böse. Sie hat jetzt einen anderen.«

»Sie werden mich schon wiedernehmen«, meinte Stella. »Oder ich finde etwas anderes. Ich werde jetzt schlanke, malaiische Mädchen modellieren. Ich habe wunderbare Skizzen.«

»Nun erzähl doch mal endlich.«

»Später«, sagte Stella wieder.

Am Abend konnte sie nicht mehr ausweichen. Sie saßen alle vier zusammen, Hermine und Thies waren auch gekommen.

Thies betrachtete sie prüfend. »Du siehst ein wenig abgespannt aus«, sagte er. »Bist du für immer wieder da, oder gehst du zurück?«

»Nicht um ein Königreich«, erklärte Stella.

Hermine lächelte. »War es die falsche Richtung, Stella?«

»Ja«, sagte Stella. »Die ganz falsche Richtung. Ich habe den größten Blödsinn meines Lebens gemacht. Dein Bruder ist sehr anstrengend, Thies. Wißt ihr, daß ich heimlich dort auf und davon gegangen bin? Und daß ich von jetzt an ständig Angst haben muß, er kommt mir nach und bringt mich um?«

»Ganz so schlimm wird es wohl nicht sein«, meinte Thies.

»Es ist so schlimm. Er ist ein Ungeheuer. Und wenn ihr mir einen Gefallen tun wollt, reden wir nicht mehr von ihm.«

»Es geschieht dir recht«, sagte Hermine. »Wer nicht auf die Ratschläge seiner Freunde hören will, der muß bitter für seine Erfahrungen bezahlen. Aber wie es scheint, bist du ja noch mit einigermaßen heiler Haut davongekommen. Und in Zukunft wirst du es dir hoffentlich überlegen, ehe du dich in neue Abenteuer stürzt. Gründlich überlegen.«

Stella erwiderte nichts. Sie blickte Hermine an und dachte: Wenn du wüßtest. Ich bin weder mit heiler Haut davongekommen noch habe ich gelernt zu überlegen, ehe ich mich in neue Abenteuer stürze. Ich stecke schon wieder mittendrin.

Nora kicherte. »Ich fürchte, da täuschst du dich, Hermine. Sie spielt schon wieder mit dem Feuer.«

»Wieso?« fragte Hermine bestürzt.

»Du bist eine alte Klatschtante, Nora«, sagte Stella ärgerlich.

»Scheermann hat sie in Genua abgeholt, und sie war mit ihm in Österreich«, klatschte Nora weiter. »Was sagt ihr dazu?«

»Ausgerechnet der. Stella, du mußt verrückt sein. Wenn Adam das wüßte, würde er dir was erzählen.«

»Adam hat mir gar nichts mehr zu erzählen«, sagte Stella. »Er ist fort und hat mich sitzenlassen. Und Scheermann ist gar nicht so, wie ihr denkt. Das ist bloß äußerlich. Er frißt mir aus der Hand.«

»Paß nur auf, daß er dir nicht eines Tages die Hand abbeißt«, warnte Hermine.

Stella zuckte die Achseln. Es war nun mal geschehen. Was daraus wurde, wußte sie auch nicht. Die Erinnerung an die vergangenen Tage war noch lebendig. Sie kannte einen Scheermann, den keiner kannte. Sie kannte einen Mann, dem zum erstenmal die Liebe begegnet war. Einen Mann, den sie unbeschreiblich glücklich gemacht hatte. Sie hatte gar nichts dazu tun müssen. Und einen Mann, der die Stiefel, die Härte und die Arroganz fortgelassen hatte, solange er bei ihr war.

»Er hat da ein wunderbares Haus in Österreich«, sagte sie träumerisch. »Ein kleines Schloß an einem See. Ein Paradies.«

»So was ist nicht zu verachten«, meinte Nora.

»Du hast hier eine Wohnung«, sagte Hermine streng, »die auch nicht übel ist. Eine Arbeit und eine Verantwortung, die du sowieso sträflich vernachlässigt hast. Wenn Adam das wüßte.«

»Er weiß es«, meinte Stella ungeduldig. »Und wie ich schon sagte, er ist ja fort. Du wirst dich daran gewöhnen müssen, Hermine. Ich mußte es auch.« Und außerdem kriege ich ein Kind, dachte sie. Wenn ihr das erst wüßtet!

Stella erkundigte sich nach Denise. »Liebst du sie noch, Thies?«

»Natürlich«, sagte Thies ruhig. »Ich bin nicht so flatterhaft wie du. Denise ist zur Zeit in Amerika. Sie macht eine Reportage über das Leben amerikanischer Frauen. Ihre erste, große, ganz selbständige Arbeit.«

Onkel Pieter ging es gut, auch Stine wurschtelte immer noch weiter. Christian war beim Militär. Zur Zeit in Ostpreußen. Man hörte selten von ihm.

Thies übte noch seine Lektoratstätigkeit aus, außerdem schrieb er sein erstes Buch.

»Wirklich, Thies?« fragte Stella überrascht. »Was wird es denn?«

»Das wirst du schon sehen«, meinte Thies. »Erst mal abwarten.«

4

Eine Woche später begann der Krieg. Obwohl man nun schon so lange davon sprach, war es eine Überraschung. Keiner hatte daran geglaubt, keiner hatte daran glauben wollen.

Gott sei Dank, daß ich wenigstens zurück bin, war Stellas erste Reaktion. Was hätten sie dort mit mir gemacht. Sicher wäre ich interniert worden oder irgend so was.

Im übrigen war ihre Erschütterung über den Ausbruch des Krieges verhältnismäßig gering, weil sie viel zu sehr mit sich selbst beschäftigt war. Es hatte keinen Zweck mehr, sich etwas vorzumachen. Sie mußte den Tatsachen ins Auge sehen. Sie war bei einem Arzt gewesen, der ihr natürlich noch keine Gewißheit verschaffen konnte, eine Schwangerschaft jedoch für wahrscheinlich hielt. Ihre Frage, ob sich dagegen nichts unternehmen ließe, hatte er bestimmt und entschieden zurückgewiesen.

Es war genau wie mit dem Krieg. Sie hatte es befürchtet, aber nicht daran glauben *wollen*.

Einige Tage lief sie verstört umher. Sie sprach mit keinem Menschen davon. Sie suchte noch einige andere Ärzte auf und holte sich überall einen ablehnenden Bescheid.

»Sehen Sie, liebes Kind«, sagte einer. »Der Preis ist zu hoch, den ich und auch Sie dafür zahlen müßten. Es steht heute Zuchthaus darauf. Und durch den Krieg werden alle Gesetze noch verschärft. Ich weiß genau, daß es Situationen gibt, in denen eine Frau kein Kind haben will. Ich habe durchaus Verständnis dafür und komme Ihnen nicht mit sentimentalen Gemeinplätzen. Meiner persönlichen Meinung nach hinkt die medizinische Entwicklung und auch unsere Gesellschaftsordnung in diesem Punkt ganz erheblich unsrer Zeit nach. Sie sehen also, daß ich keineswegs starr und unverständig bin. Eine Abtreibung ist keine große Affäre, wenn auch immer mit einer gewissen Gefahr verbunden, aber die ist nicht größer als das Kinderkriegen selbst. Vorausgesetzt, daß die Sache fachmännisch und zu einem frühen Zeitpunkt gemacht wird. Aber wie gesagt, heute ist es unmöglich. Ich könnte Ihnen Fälle von Kollegen erzählen, die in den letzten Jahren sehr teuer dafür bezahlt haben, daß sie die Gesetze in diesem Punkt mißachteten. Wir leben eben nicht mehr in den zwanziger Jahren. Es hat sich so viel verändert, Dinge, die viel schlimmer sind. Tut mir leid, ich kann Ihnen nicht helfen.«

»Und Sie wissen niemand, zu dem ich gehen könnte?«

»Ich weiß niemand. Sicher gibt es in einer Stadt wie Berlin immer noch genügend Möglichkeiten. Die müßten Sie sich aber selber suchen. Und zwar rasch. Die Zeit ist jetzt Ihr Feind, wenn Sie etwas Derartiges vorhaben. Aber ich warne Sie vor Pfuschern. Das ist wirklich eine tödliche Gefahr. Warum wollen Sie das Kind nicht bekommen?«

Stella hob die Schultern. »Ich will nicht.«

»Und wenn Sie heiraten würden? Ist das denn so ausgeschlossen? Sie sind doch eine sehr reizvolle Frau. Ich könnte mir nicht vorstellen, daß ein Mann nicht gern mit Ihnen verheiratet wäre.«

Der Arzt lächelte ihr freundlich zu. Er war schon ein älterer Mann und wirkte sehr sympathisch, sehr vertrauenerweckend.

»Der Mann, um den es sich handelt«, sagte Stella, »ist im Ausland. In Asien, um genau zu sein. Daß er nach Deutschland kommt, dazu besteht wohl im Moment keine Möglichkeit. Und wenn er käme, würde ich ihn auch nicht heiraten.« Sie sagte es ganz ruhig, ohne die Stimme zu heben. Aber es klang überzeugend.

»Aha«, meinte der Arzt. »Tja, das ist natürlich eine dumme Sache. Mit guten Ratschlägen nachträglich ist Ihnen auch nicht mehr genützt. Eine Frau sollte sich vorher überlegen, mit wem sie sich einläßt.«

»Das weiß ich inzwischen auch«, sagte Stella. »Aber es nützt mir wenig.«

»Dann kriegen Sie dieses Kind eben ohne den Mann. Auch das kommt alle Tage vor. Und ich glaube nicht, daß eine Frau wie Sie sich damit spätere Chancen verbaut. Auch mit einem Kind bleiben Sie so hübsch wie jetzt.«

Stella lächelte resigniert. »Danke, Herr Doktor. Sie sagen zwar nein, aber Sie sagen es sehr liebenswürdig.«

»Schauen Sie, liebes Kind, auch in dieser Beziehung hat sich die Welt gewandelt, und das ist nun eine Änderung, die ich begrüße. Eine uneheliche Mutter ist heute kein mißachtetes, herumgestoßenes Geschöpf mehr. Sie kann genauso weiterleben wie bisher. Unser Staat ist in dieser Beziehung sogar sehr großzügig, damit macht er die Strenge gegenüber verbotenen Eingriffen wieder wett. Sie werden behördlicherseits jede Hilfe finden.«

»Darauf pfeife ich«, sagte Stella. »Das brauche ich nicht.«

»Um so besser. Wenn Sie Vermögen haben oder selbst verdienen, unabhängig sind, dann ist doch alles halb so schlimm.«

»Wie man's nimmt«, sagte Stella. »Vielen Dank, Herr Doktor. Ich werde darüber nachdenken, was Sie gesagt haben.«

Der nächste Weg führte Stella zu dem alten Vorstadtarzt, der ihre Mutter behandelt hatte. Er war gestorben.

Als sie noch zwei andere Ärzte aufgesucht hatte, die nicht so liebenswürdig waren wie der eine, geriet sie in eine Nervenkrise. Es war ihr unmöglich, noch eine Untersuchung über sich ergehen zu lassen.

Blieb Jochen. Sie rief bei seiner Tante an, nur um zu erfahren, daß Jochen sofort bei Kriegsbeginn einberufen worden war und nun in einem Lazarett in Schlesien eingesetzt war.

Ach ja, Krieg war ja auch. Stella hatte es über ihren eigenen Sorgen fast vergessen. Der Polenfeldzug hatte drei Wochen gedauert und war siegreich beendet worden. Optimisten sprachen davon, daß der Krieg bald zu Ende sein würde. Die Kriegserklärungen der Westmächte wurden nicht ernst genommen, das war wohl mehr eine Formsache gewesen. Bisher war von dieser Seite keine feindliche Handlung erfolgt.

Stella machte einen letzten Versuch. Sie fuhr nach Schlesien, um Jochen zu treffen.

Am schwierigsten war es, ihrer Umgebung gegenüber diese Reise zu motivieren. Sie hätte sagen können, sie fahre zu einem Rendezvous mit Scheermann. Aber wenn es der Teufel wollte, dann kam der gerade während dieser Tage nach Berlin und suchte sie. Das konnte sie nicht riskieren. Bisher hatte sie ihn nur einmal kurz gesehen und zweimal Post von ihm erhalten.

Die freundlichen Gefühle, die sie vorübergehend für ihn gehegt hatte, waren verschwunden. Die verdammten Nazis sind nur schuld, dachte sie erbost. Nur ihretwegen bin ich jetzt so in der Klemme. Sonst wäre alles schon erledigt. Und er ist auch einer von denen. Wieso maßen sich Männer überhaupt an, darüber zu entscheiden, ob eine Frau Kinder kriegen soll oder nicht. Es ist unsere Sache. Es ist unser Körper und unser Leben. Sie gehen fort, und wir bezahlen. Und die Nazis verbieten einfach, daß wir uns helfen können.

Stella empfand auf einmal tiefen Haß gegen das Regime. Haß auch gegen Scheermann, der dazugehörte. Gegen alle Männer überhaupt. Eine Frau so erbarmungslos ihrem Schicksal zu überlassen.

Ihr werdet mir dafür bezahlen, dachte sie grimmig, ihr alle. Und du auch, Dietrich Scheermann.

5

Die Reise zu Jochen hätte sie sich sparen können. Sie wußte es schon, noch ehe sie mit ihm über den Anlaß ihres Kommens gesprochen hatte.

Erstmals empfand Stella den Krieg als Tatsache, als sie nach Gleiwitz kam, wo Jochen in einem Lazarett arbeitete, das man in einer Schule eingerichtet hatte. Unzählige Soldaten, ein lebhaftes Hin und Her, ein Kommen und Gehen, eine Welt, die sehr geschäftig war und, wie es schien, mit wichtigen Dingen beschäftigt.

Anscheinend nehmen die Männer dieses komische neue Spiel ernst, dachte Stella spöttisch. Sie empfand Überlegenheit und Verachtung gegenüber dieser aufgeblähten, wichtigtuenden Welt der Männer, die sich mit Begriffen einer vergangenen Zeit abgab und offenbar noch nicht begriffen hatte, daß man mittlerweile im zwanzigsten Jahrhundert angelangt war. Krieg! Du lieber Himmel, wozu sollte das gut sein? Jetzt hatte man die Polen geschlagen, war daran, ihr Land zu besetzen oder, genauer gesagt, es ihnen wegzunehmen. Wie in barbarischer Vorzeit. Konnte ein vernünftiger Mensch so etwas ernst nehmen? Konnte er wirklich mit all seinem Verstand, mit seinem Herzen an diesem Unternehmen teilhaben? Sie mußten wohl keinen Verstand haben, diese Männer. Und Herz? Wenn sie Herz und Gefühl besaßen, scheuten sie sich, es zu zeigen. Sie sagten nicht: Menschlichkeit, Barmherzigkeit. Liebet einander, helfet einander, laßt es uns miteinander versuchen. Sie hatten andere, klingendere Vokabeln, an denen sie sich berauschten und die sie einander zeigten wie glitzerndes Spielzeug: Ehre, Macht Prestige, der Eid auf die Fahne, das Vaterland und schließlich – der heldenhafte Tod. Sie hatten immer noch nicht gemerkt, nach so vielen Jahrhunderten voll Blut und Tränen, daß sie die Ehre verrieten, wenn sie einander töteten. Die Ehre, ein Mensch zu sein, das Ebenbild Gottes. Daß die Macht nichts weiter war als eine papierene Narrenkappe, die sie sich aufs Haupt stülpten und die der erste heftige Windstoß hinunterfegte in den Schmutz. Daß das Prestige ein Deckmantel für ihren Minderwertigkeitskomplex war, der Eid auf die Fahne austauschbar, sogar mehrmals in der gleichen Generation, und daß das Vaterland oder die Nation, wie es heute sachlicher hieß, nichts anderes war als ein Stück dieser Erde, die den Menschen von Gott als Heimstatt gegeben wurde, damit sie auf ihr lebten, sich von ihr ernährten und sich an ihr freuten, an ihrer Güte, ihrem Reichtum und ihrer Schönheit. Nicht daß sie sie zerrissen mit mörderischen Händen und sie tränkten mit ihrem eigenen Blut. Denn der heldenhafte Tod, den sie priesen in Liedern und Gedichten, war das sinnloseste, nutzloseste Sterben, das es geben konnte. Sie brachten ihr ungelebtes Leben mit vor Gott, und er konnte sehen, immer und immer wieder, daß sie sein größtes Geschenk mißachteten, daß sie undankbar waren, die Menschen seiner Erde, nicht wert seines größten Geschenkes: Leben.

Das große Ziel, dachte Stella, es gibt gar kein hohes und großes Ziel. Es gibt nur ein nahes und kleines Ziel, das täglich erreicht werden muß, das einzige Ziel, um das sich alle Mühe lohnt: das bescheidene bißchen Menschenglück. Das Dach über dem Kopf, das Essen auf dem Tisch, der Blick auf Blumen im Sonnenschein und auf den Sternenhimmel in der Nacht; den verstehenden und liebenden Gefährten, die kleine geschlossene Welt der Familie, ihre Zufriedenheit, ihr Glück!

Scheermann hatte unrecht mit seinem großen Ziel. Er ging den falschen Weg. Sie gingen alle den falschen Weg, ob sie ihn nun freiwillig gingen oder gezwungen. Es gab gar keinen Weg zu gehen. Sie konnten bleiben, wo sie waren, dort gab es Arbeit genug, dort wurde die ganze Kraft ihrer Hände und Herzen gebraucht. Und dort, wenn sie eines Tages starben, würde es der wahre, heldenhafte Tod eines Siegers sein, eines Mannes, der sein Werk getan hatte, zur Zufriedenheit des Schöpfers.

Stella mußte eine ganze Weile warten. Sie hatte Zeit für diese neuen, noch nie gedachten Gedanken.

»Ich werde dem Herrn Oberarzt Bescheid sagen«, hatte ihr eine Schwester versichert. »Er ist gerade zur Visite.«

Und dann kam der Herr Oberarzt also. Er war zunächst sprachlos, sie zu sehen.

»Du, Stella! Was machst du denn hier?«

Das fragte sich Stella in diesem Moment auch. Sie war blindlings hierhergefahren, verrannt in das einzige Ziel, das sie zur Zeit kannte. Sie hatte zu Hause ziemlich unwirsch alle Fragen zurückgewiesen, die sich mit dieser Reise beschäftigten. »Ich verreise eben. Aus. Ich kann ja auch mal was vorhaben, ohne daß ich zwanzig Leute um Erlaubnis fragen muß.«

»Bitte, bitte«, hatte Nora beleidigt erwidert, »von mir aus kannst du zum Mond fahren.«

Und nun Jochen. Als Stella ihn vor sich sah, sehr eindrucksvoll in seinem weißen Mantel, etwas älter und reifer geworden, aber immer noch ein sympathischer, gut aussehender junger Mann und eigentlich ein Fremder geworden, sagte sie sich: Ich muß verrückt gewesen sein, hierherzukommen. Ausgerechnet Jochen.

»Hast du hier etwas zu tun?« fragte Jochen. »Willst du jemanden besuchen? Bei mir im Lazarett?«

»Nein«, erwiderte Stella langsam. »Ich will dich besuchen. Ich bin allein deinetwegen da.«

Jochen betrachtete sie einen Moment mit prüfendem Blick. Wenn er in diesem Augenblick schon ihr Anliegen ahnte, so ließ er sich nichts anmerken.

Sie verabredeten sich für den Abend in einem Lokal.

Es war sehr voll, sie bekamen nicht einmal einen Tisch allein, was das Gespräch natürlich erschwerte. Während des Essens sprachen sie daher über belanglose Dinge. Jochen erzählte über sein Leben in den vergangenen Jahren. Stella berichtete ihrerseits. Jedenfalls so viel, wie ihr angebracht erschien.

»Also noch nicht verheiratet?« sagte Jochen schließlich.

»Nein. Ich habe auch nicht die Absicht. Jedenfalls nicht in nächster Zeit. Und du?«

Er lachte. »Ich schon. Wenn ich Weihnachten Urlaub kriege, dann soll es passieren.«

»Ach!« sagte Stella scheinbar interessiert, doch im Grunde ihres Herzens enttäuscht. Nicht, daß sie Jochen nachtrauerte, Gott behüte, nein. Aber im stillen hatte sie gehofft, seine frühere Verliebtheit ließe sich wieder beleben, sie habe noch Einfluß auf ihn und könne auf diesem Weg erreichen, was sie wünschte.

Sie betrachtete ihn, während er sprach. Nicht zu verstehen eigentlich, was ihr einmal an ihm gefallen hatte. Nun ja, er sah gut aus. Aber das war auch alles. Sonst war er wohl doch sehr durchschnittlich. Kein Schwung in ihm, kein Glanz. Ein Mann wie viele andere auch. Studium, eine ganz normale Karriere, zur Zeit Militärdienst, was ihn augenscheinlich nicht im geringsten störte – »es hätte sowieso noch ein paar Jahre gedauert, bis ich eine eigene Praxis hätte eröffnen können. Und hier kriegt man doch alles in die Finger. Es ist eine gute Lehrzeit« – und nun also eine Frau, die er in Kürze heiraten und mit der er einige Kinder haben würde. Wenn er einmal ein Besonderer gewesen war, wenn einmal ein hellerer Glanz über seinem Selbst gelegen hatte, dann war es damals, als er die erschöpfte Sarnade aus dem Wasser zog und später Hand in Hand mit ihr über die Heide ging.

Nicht meinetwegen, dachte Stella ehrlich, ich war ja noch ein Kind. Aber vielleicht hatte diese Schwedin das fertiggebracht. Dagmar hieß sie ja wohl. Oder das Zusammensein mit den Freunden. Das vielseitig schillernde, atemberaubende Bild der Welt, wie man es nur in der Jugend sieht. Und sich selbst verbessernd, fügte sie hinzu: wie manche es nur in der Jugend sehen.

Sie unterbrach ihn mitten in der Erzählung von der Braut, die sie nicht im geringsten interessierte, und fragte nach den Freunden. Es stellte sich heraus, daß die Verbindung ganz unterbrochen war. »Klaus wird wohl in der Anwaltskanzlei seines Vaters arbeiten«, meinte Jochen, »so war es ja vorgesehen. Wenn er nicht jetzt auch eingezogen ist.«

»Und Michael?«

Jochen hob die Schultern. »Michael? Tja, du weißt ja selbst, was mit ihm los war. In seinem Interesse würde ich wünschen, er wäre ausgewandert.«

»So, du würdest das wünschen«, sagte Stella, und ein rascher Zorn stieg in ihr hoch. »Du hast dich nicht mehr um ihn gekümmert? Gerade jetzt, wo er so notwendig einen Freund gebraucht hätte?«

»Aber Stella, was kann ich denn tun? Beim besten Willen, ich konnte auch keinen Arier aus ihm machen. Und wie gesagt, er sprach ja damals davon, daß er ins Ausland wollte.«

»Hast du denn gar keine Verbindung mehr zu ihm? Du konntest ihn doch nicht einfach seinem Schicksal überlassen.«

»Was heißt, ›seinem Schicksal überlassen‹. Er wußte ja, wie er dran ist. Wenn er nicht gegangen ist, ist es seine Schuld.«

»Ausgerechnet Michael«, sagte Stella, »so ein sensibler, zarter Mensch. Ich wünsche, daß er fortgegangen ist. Aber du – du bist ein schlechter Freund.«

»Ich hatte genug mit mir zu tun«, sagte Jochen. »Ich sprach ihn noch mal vor ungefähr zwei Jahren in Berlin. Damals wollte er zu seinen Eltern nach München. Die waren dort gelandet. Sein Vater war ja wohl Schauspieler, irgendwo in der Provinz. Da konnte er nicht mehr bleiben. Und in München lebten, glaub' ich, Verwandte oder so was.«

»Hast du die Adresse?« fragte Stella rasch.

»Warum?«

»Ich könnte mal schreiben. Um zu erfahren, wo er ist. Vielleicht ist er in Amerika. Da ist Adam, der könnte ihm helfen. Dem geht es nicht schlecht.«

»Und wenn er noch in München ist?«

»Dann schreibe ich ihm erst recht. Es würde ihm guttun, wenn er sieht, daß nicht alle alten Freunde ihn im Stich lassen.«

»Du bist eine edle Seele«, sagte Jochen spöttisch.

»Das bin ich keineswegs. Nur finde ich, man darf das ganze Unrecht nicht stumpfsinnig hinnehmen. Und wenn einer im Unglück ist, dann soll er wissen, daß er noch Freunde hat.«

»Laß es lieber bleiben«, warnte Jochen. »Wenn er noch da ist, kannst du ihm sowieso nicht helfen. Du gefährdest dich nur selbst damit.«

»Ein feiner Grundsatz«, meinte Stella. »Besonders für einen Arzt.«

»Mein liebes Kind«, sagte Jochen schulmeisterlich, »es ist nun mal, wie es ist. Wir ändern nichts daran. Ich würde es Michael nicht wünschen, daß er noch da ist. Natürlich verschärfen sich jetzt alle Maßnahmen auf diesem Gebiet. Das ist verständlich. Der Krieg bringt nun mal härtere Bedingungen mit sich. Aber in den Zeiten wie den unsrigen kann man auf einzelne keine Rücksicht nehmen.«

»Ein feiner Grundsatz für einen Arzt«, wiederholte Stella. »Du solltest dich schämen! Auf dem Weg zum großen Ziel darf man sich nicht nach Hindernissen bücken, nicht wahr? Auch wenn es Menschen sind. Das hat mir erst neulich einer gesagt. Einer von euch, der es wissen muß. Mein Gott, was bin ich dumm gewesen! Adam hat es immer schon gesagt. Aber ich habe die ganzen Jahre hindurch nicht gemerkt, was vor sich geht. Mir ist es gut gegangen, und ich dachte, das müßte so sein. Und daß ihr alle dabei verroht, oder fast alle, ihr Männer, das ist mir gar nicht aufgefallen. Jetzt ist Krieg und wer weiß, wie lange der dauert. Und alles wird noch viel schlimmer werden. Es fängt erst an.«

»Der Krieg dauert nicht lange. Laß den Führer nur machen! Der weiß, was er tut.«

»Einen Dreck weiß er«, sagte Stella scharf. »Der ist genauso ein Trottel wie ihr alle. So – so ein Verbrecher!«

»Pst!« machte Jochen erschrocken und blickte zu den Leuten, die bei ihnen am Tisch saßen.

Stella lachte. »Ihr Helden!« sagte sie ironisch. »Ihr strahlenden Helden mit dem ›Pst!‹ auf den Lippen. Der Teufel soll euch alle holen!«

Das war eine unerwartete Wendung, die ihr Gespräch mit Jochen genommen hatte. Stella bemerkte es in diesem Moment. Das war wohl nicht die richtige Art und Weise, um Jochen ihren Wünschen geneigt zu machen.

Sie bezwang die plötzlich in ihr aufgestiegene Erbitterung. Es war wohl die Fortsetzung ihrer Gedanken von diesem Nachmittag, als sie im Lazarett auf Jochen gewartet hatte. Es schien, sie hatte jetzt erst begriffen, daß Krieg war. Jetzt erst ganz verstanden, in welcher Zeit sie lebte.

Ruhiger fragte sie: »Hast du seine Adresse noch?«

»Ich weiß nicht«, sagte Jochen mürrisch. »Hier jedenfalls nicht. Wenn sie noch vorhanden ist, könnte sie bloß bei meiner Tante in Berlin sein. Dort ist noch der größte Teil meiner Sachen, meine Bücher und auch alte Notizbücher, wo so was drinstehen könnte.«

»Ich werde zu deiner Tante gehen und sie fragen«, sagte Stella hartnäckig. »Gibst du mir die Erlaubnis dazu?«

»Bitte sehr. Wenn du partout willst. Ich weiß zwar nicht, was du dir davon versprichst.«

Das wußte Stella auch nicht. Alles war eine Eingebung des

Augenblicks gewesen. Eine neu erwachte Rebellion in ihr. Widerspruchsgeist, den das Gespräch mit Jochen entfacht hatte.

»Vielleicht ist er bei Dagmar, deiner verflossenen Liebe?« sagte Stella. »Sie hatte ihn doch mal eingeladen.«

»Das glaube ich nicht. Er hat nie mehr davon gesprochen. Und Dagmar ist schon lange nicht mehr in Schweden. Sie ging nach Amerika an ein Forschungsinstitut und hat später dort geheiratet.«

»Na, auf jeden Fall hat sie recht gehabt mit allem, was sie gesagt hat«, meinte Stella. »Wenn sie heute an dich denkt, wird sie sagen: ›Siehst du, du verblendeter deutscher Idiot!‹«

Jochen lachte. »Du bist ja außerordentlich kratzbürstig heute. Von der Seite kenne ich dich gar nicht. Und ob Dagmar recht gehabt hat, ist noch sehr die Frage. Der Krieg ist noch nicht zu Ende.«

»Eben«, sagte Stella.

»Streiten wir uns nicht«, sagte Jochen friedfertig. »Darum bist du kaum hergekommen.«

Nein, darum war sie nicht hergekommen. Stella besann sich auf den Zweck ihres Besuches.

»Nein«, sagte sie.

»Und warum kamst du hierher? Meinetwegen, hast du gesagt. Es würde mich interessieren, was du für einen Grund hattest, dich nach so langer Zeit auf mich zu besinnen.«

»Ja«, sagte Stella. Und schwieg.

»Kamst du zu mir privat oder – als Arzt?«

»Als Arzt«, sagte Stella.

»Bist du krank?«

Sie schüttelte den Kopf.

Jochen betrachtete sie prüfend. »Dann gibt es eigentlich nur eine Erklärung«, meinte er dann.

»Ja«, sagte Stella. »Das ist es auch.«

Er schwieg eine Weile. Dann legte er behutsam seine Hand auf ihre, die nervös ein Stück Brot zerkrümelte.

»Aber liebes Kind, das ist doch Wahnsinn!«

»Ich kenne niemanden sonst«, sagte Stella. »Schließlich bist du Arzt und ein alter Freund von mir. Du bist doch mein Freund?«

»Natürlich. Aber diesen – Freundschaftsdienst, den du erwartest, den muß ich leider ablehnen.«

»Jochen!« Sie sah ihn an. »Du kannst es mir nicht abschlagen.«

»Doch, Stella«, sagte er ernst. »Das lehne ich ab. Du kennst die Gesetze.«

»Ach, laß mich in Ruhe mit euren lächerlichen Gesetzen. Nazigesetze. Kein Gesetz für mich.«

»Es sind durchaus keine Nazigesetze. Das Gesetz bestand schon immer. Daß es früher fahrlässig gehandhabt und oftmals mißachtet wurde, verurteile ich tief. Was mich betrifft, ich täte es auch nicht unter einer anderen Regierung. Ich täte es nie. Kennst du den Eid des Hippokrates?«

Stella schüttelte ungeduldig den Kopf. »Ich kenne ihn nicht, aber ich habe davon gehört. Er interessiert mich nicht.«

»Aber mich. Ich habe ihn geschworen. Wir schwören ihn alle. Und ich würde ihn niemals brechen, zu keiner Zeit und unter keiner Regierung. Ich bin kein Mörder.«

»Hör auf mit den Phrasen!« fuhr ihn Stella an. »Damit ist mir nicht geholfen.«

»Komm«, sagte Jochen, »wir wollen gehen. Ich muß bloß noch zahlen.«

Schweigend gingen sie eine Weile durch die Straßen.

»Sieh mal«, sagte Jochen dann, »was du dir da vorgenommen hast, ist ein Wahnsinn. Abgesehen von meiner Einstellung dazu, könnte ich es nicht tun, selbst wenn ich wollte. Ich wüßte gar nicht wo. Ich arbeite hier in einem Lazarett, ich habe keine private Ordination.«

»Du könntest nach Berlin kommen«, sagte Stella. »Bei mir, in meiner Wohnung ...«

»Du stellst dir das zu einfach vor. Und, wie gesagt, ich tue es nicht. Niemals.«

»Du tust es nicht«, wiederholte Stella bitter. »Niemals. Und was soll ich tun?«

»Nun, am besten heiraten.«

»Und wen?«

»Naheliegenderweise den dafür Verantwortlichen.«

»Zufällig ist der ziemlich weit weg. Außerhalb Europas. Und wenn er hier wäre, möchte ich ihn auch nicht haben.«

»Sarnade, Sarnade«, sagte Jochen kopfschüttelnd. »Was hast du da wieder angestellt? Ist es dieser – Adam?«

Stella schüttelte den Kopf. »Nein. Der würde mir bestimmt helfen.«

»Dann hängt es also mit der Reise nach Malaya zusammen, von der du mir erzählt hast?«

»Ja.«

»Hast du nicht gesagt, du hättest deinen Vetter dort besucht? Ist es der?«

»Das spielt ja keine Rolle«, sagte Stella ungeduldig. »Hier geht es allein um mich. Willst du, oder willst du nicht?«

»Nein«, sagte Jochen langsam. »Um keinen Preis und auf keinen Fall. Du kannst dir jedes weitere Wort sparen.«

»Kannst du mir – jemand nennen?«

»Nein. Auch das nicht. Ich kann dir nur den Rat geben, dich mit deinem Schicksal abzufinden. Ein Kind zu bekommen, ist keine so ungewöhnliche Angelegenheit. Das tun alle Frauen.«

»Das geht mich nichts an«, sagte Stella. »Ich jedenfalls will nicht.«

»Das hättest du dir vorher überlegen müssen. Du bist alt genug, um zu wissen, worauf du dich einläßt und was geschehen kann, wenn du mit einem Mann zusammen bist. Die Frauen sind nun mal in diesem Punkt benachteiligt.«

Stella lachte bitter. »Das kann man wohl sagen. Ihr macht es euch leicht. Oh, ich hasse alle Männer!«

Jochen lachte auch. »Nun, komm. Das geht vorüber. Und wenn du dein Kind erst hast, wirst du bestimmt glücklich mit ihm sein.«

»Hör bloß auf mit den Phrasen. Damit ist mir nicht geholfen.«

»Es gibt keine andere Hilfe«, sagte Jochen. »Ich kann dir nicht helfen.«

Am nächsten Tag fuhr Stella nach Berlin zurück. Stumm, verbissen vor sich hin starrend, saß sie im Zug. Sie war in eine Falle geraten, und es schien keinen Ausweg zu geben. Nur eine Möglichkeit blieb noch. Das würde sie aber nicht befreien, sondern nur noch fester binden. Es würde ihre Niederlage nicht in einen Sieg verwandeln. Nein, das nicht. Aber es würde die Niederlage vor der Welt verschleiern.

6

Stella und Dietrich Scheermann heirateten Anfang November. Als Stella ihren Freunden ihre bevorstehende Eheschließung mitteilte, stieß sie auf Erstaunen, Abwehr, ja Entsetzen.

»Das kann doch nicht dein Ernst sein«, sagte Hermine. »Adam wäre außer sich. Und das ist doch keine Art und Weise, sein Leben zu verplempern. Du bist kaum zurück von diesem verrückten Ausflug mit deinem sogenannten Vetter und jetzt ... Stella, das kann nicht gut gehen. Bist du denn von allen guten Geistern verlassen? Du hast eine Arbeit, einen Beruf. Du standest am Anfang einer aussichtsreichen Karriere.«

»Jetzt gibt es keine Karrieren mehr«, erwiderte Stella, »jetzt ist Krieg.«

Auch Nora ließ einen erregten Wortschwall hören. Nur Thies blieb ruhig. Er betrachtete Stella mit ernsten und ein wenig traurigen Augen. Erst als die beiden Frauen mit ihren Einwänden fertig waren, sagte er: »Du hast das Steuer losgelassen, Stella. Dein Schiff treibt. Das würde Vadding sagen.«

Stella sah alle drei der Reihe nach an, dann sagte sie gelassen: »Ich bekomme ein Kind.«

»Von Scheermann?« fragte Nora naiv.

»Natürlich«, sagte Stella ruhig. »Würde ich ihn sonst heiraten?«

Scheermann selbst hatte die Tatsache, daß sie ein Kind bekam, ohne große Erschütterung, sondern mit offensichtlicher Freude aufgenommen.

»Auf diese Weise kriege ich dich wenigstens«, sagte er. »Sonst wärest du mir doch wieder davongelaufen.«

Stella lächelte undurchsichtig. »Das kann sein«, sagte sie.

Sie hatte sich jede Teilnahme der Partei oder seiner Kampfgenossen bei der Hochzeit verbeten. Er hatte nichts dagegen einzuwenden. Beruf und Privatleben trennte er streng. Er hielt überhaupt eine gewisse Distanz zu seinen Kameraden und war ihrem Handeln und Auftreten gegenüber nicht ohne Kritik. Man verargte es ihm nicht von führender Stelle aus. Auf seinem Arbeitsgebiet war er eine hochgeschätzte Kraft. Man konnte gerade ihm die schwierigsten und kompliziertesten Aufgaben anvertrauen und ließ bei ihm daher ein gewisses Abseitsstehen durchgehen. Er war etwas, was viele seinesgleichen nicht waren: ein Herr. Er konnte sich auf schwierigem Terrain ebenso gut und sicher bewegen wie in anspruchsvoller Gesellschaft, er sprach fließend Englisch und Französisch, seine Herkunft und Erziehung machten ihn besonders für Aufgaben geeignet, die Takt, Weltgewandtheit und gute Haltung verlangten.

So kam es auch, daß Stella zwar verheiratet war, aber allein lebte. Es hatte sich kaum etwas geändert gegen früher.

Zunächst verbrachten sie eine knappe Woche in Österreich. Mehr Urlaub konnte der neue Ehemann im Moment nicht erhalten.

Im Schloß Seeblick wurde Stella mit offenen Armen aufgenommen. Die Herzen des Personals hatte sie schon bei ihrem ersten Besuch gewonnen. Daß sie nun als Herrin hier einzog, fand die Zustimmung aller hier Lebenden.

Danach kehrte Scheermann nach Warschau, Stella nach Berlin zurück. Er hätte es am liebsten gesehen, wenn sie ganz auf Schloß Seeblick geblieben wäre.

»Dort bist du sicher und ungefährdet.«

»Wieso?« fragte Stella mit leichtem Spott. »Wer tut mir denn in Berlin etwas? Ich denke, Fliegerangriffe sind unmöglich?«

»Man kann nie wissen«, meinte er.

Aber Stella wollte sich wenigstens noch einige Zeit ihrer Arbeit widmen. Wie die Zukunft des Ladens aussehen würde, war ungeklärt. Die spürbaren Einschränkungen auf allen Gebieten, die gleich zu Anfang des Krieges eingesetzt hatten, ließen vermuten, daß die Beschaffung neuer Ware bald sehr schwierig, wenn nicht unmöglich werden würde.

Als erstes stand der Webstuhl still. Stella hingegen bekam zunächst noch die Materialien für ihre Arbeit. Den Laden überließ sie in dieser Zeit ausschließlich Nora und Jensine. Sie arbeitete meist im Atelier. Die Schwangerschaft machte ihr kaum Beschwerden. Im Gegenteil, sie blühte auf, wurde ein wenig voller und sah so hübsch aus wie noch nie.

Was ihr hingegen Sorgen machte, war der Zeitpunkt, zu dem man die Geburt des Kindes erwarten konnte.

Dietrich Scheermann, der Ehemann und vermeintliche Vater, hatte ausgerechnet, es müsse Mitte Mai so weit sein. Stella hatte zugestimmt. In Wirklichkeit mußte das Kind Ende März, Anfang April geboren werden.

Nun, Frühgeburten kamen vor, und da Dietrich sowieso der Meinung war, sie sei empfindlich, wie aus Porzellan gemacht und von einmaliger Zartheit und Fragilität, weswegen er ihr auch ernste Ermahnungen zurückgelassen hatte, sich ja zu schonen und vorsichtig zu sein, würde er vermutlich eine zu frühe Geburt, hervorgerufen aus was für Gründen immer, ohne große Zweifel hinnehmen. Daß ein Kind, das sechs Wochen zu früh zur Welt kam, anders aussehen mußte als ein normal geborenes, würde von ihm kaum festgestellt werden. Kleine Kinder sehen immer mickrig aus, dachte Stella. Und wahrscheinlich würde er ja gar nicht da sein, wenn sie niederkam. Ihn zu täuschen war nicht schwer.

Aber niemals würde sie einen Arzt, den Geburtshelfer, täuschen können. Da konnte sie keine Frühgeburt vortäuschen, wenn es eine Normalgeburt sein würde.

Um also den begonnenen Betrug erfolgreich durchzuführen, brauchte sie die Hilfe eines Arztes. Oder, besser gesagt, sein schweigendes Einverständnis. Sie durfte nicht bei einem beliebigen Arzt, nicht in irgendeiner Klinik entbinden. Sie mußte sich genau überlegen, zu wem und wohin sie ging.

Viel Auswahl gab es nicht. Es kam eigentlich nur einer in Frage. Jener freundliche, ältere Arzt, den sie aufgesucht hatte, ehe sie zu Jochen fuhr und der so vernünftig und menschlich mit ihr gesprochen hatte.

Sie meldete sich telefonisch zur Untersuchung an und bat darum, man möge sie für eine ruhige Stunde vormerken, da ihr Fall ein wenig kompliziert läge.

Sie hatte sich unter dem Namen Scheermann angemeldet, und natürlich konnte Dr. Wendt nicht wissen, wer sich hinter dem Namen verbarg. Als Stella jedoch in einer späten Nachmittagsstunde Anfang Dezember sein Sprechzimmer betrat, erkannte er sie gleich wieder.

Er stand auf, kam ihr entgegen.

»Ich freue mich, Sie wiederzusehen, gnädige Frau«, sagte er. »Sie sehen großartig aus.« Er ließ einen raschen, prüfenden Blick über ihren Körper gleiten.

»Nun?« fragte Stella. »Wenn Sie mich so ansehen, was stellen Sie fest?«

Er lachte. »Schwer zu sagen mit einem Blick. Rein äußerlich ist Ihnen nichts anzusehen. Bloß meine Erfahrung lehrt mich, daß Frauen, die solche Absichten hatten wie Sie, nicht mehr wiederkommen, falls sie erfolgreich waren.«

»Schön«, sagte Stella. Sie setzte sich und schlug die Beine übereinander.

»Stört es Sie, wenn ich rauche? Und rauchen Sie eine mit?«

Der Arzt willigte ein. Er wollte ihr das Sprechen leicht machen, die kleine Ablenkung einer Zigarette würde ihr dabei helfen. Und er war ehrlich gespannt, was dieses ungewöhnliche Mädchen, das heute unter einem anderen Namen hier auftrat, ihm zu berichten hatte.

Stella nahm einen tiefen Zug aus ihrer Zigarette und sagte dann in leichtem Plauderton: »Ihre Erfahrung täuscht Sie auch diesmal nicht. Ich war nicht erfolgreich. Vielleicht war ich zu ungeschickt, um die richtige Quelle zu entdecken. Wie Sie mich hier sehen, ist alles unverändert, und wenn kein Wunder geschieht, werde ich dieses Kind wohl bekommen müssen.«

»Sie haben sich mehr oder weniger damit abgefunden, wie ich sehe?«

»Es blieb mir nichts anderes übrig. Ich konnte ins Wasser gehen oder mich vor die U-Bahn werfen. Dazu hatte ich keine Lust. Es blieb noch eine dritte Möglichkeit, und die habe ich zur Tatsache gemacht. Ich habe geheiratet.«

»Bravo«, sagte Dr. Wendt und lachte. »Daher also der veränderte Name. Sie sind eine patente kleine Frau, nicht nur hübsch, sondern auch gescheit und vernünftig. Ich gratuliere. Sowohl zu Ihrem Entschluß wie auch zu Ihrer Heirat. Und ich möchte wetten, daß Sie ein sehr reizendes Kind haben werden.«

»Danke, Herr Doktor«, sagte Stella lächelnd. »Aber ehe Sie so lobende Worte für mich finden, sollten Sie mich erst zu Ende anhören. Mein Besuch hier bei Ihnen ist nicht ganz so harmlos, wie er aussieht. Ich brauche nach wie vor Ihre Hilfe. Die Bitte, die ich vor drei Monaten an Sie richtete, haben Sie abgeschlagen. Ich habe heute wieder eine Bitte. Ich brauche Ihren Rat und Ihre Hilfe. Sie können wieder nein sagen. Dann stehe ich auf und gehe, und wir wollen beide dieses Gespräch vergessen.«

»Sie machen mich neugierig«, sagte der Arzt.

Er beugte sich ein wenig über seine Schreibtischplatte nach vorn und blickte in das schöne, ruhige Frauengesicht vor sich, auf diesen stolzen, geschwungenen Mund, der erst ein wenig lächelte, ehe er weitersprach. Ein kleines, leichtes Lächeln war es. Es bog die Winkel dieses Mundes ein wenig nach oben und gab dem Gesicht eine lockende, verführerische Überlegenheit.

»Sie sagten eben«, fuhr Stella fort, »ich hätte gescheit und vernünftig gehandelt. Kann sein. Ich weiß aber nicht, ob Sie sagen können, daß ich anständig gehandelt habe. Wissen Sie noch, was Sie damals sagten, als ich hier war? Sie sagten, unsere Gesellschaftsordnung hinke unserer Zeit in diesem Punkt ganz erheblich nach. Und ich sage: Die Benachteiligung der Frau gegenüber dem Mann in diesem Punkt ist ein himmelschreiendes Unrecht der Schöpfung. Ich bin nicht bereit, dieses Unrecht hinzunehmen. Ich wehre mich dagegen. Warum sollen die Männer triumphieren und die Frauen bezahlen? Ich habe mir mein Recht genommen. Ich habe geheiratet. Nicht aus Liebe. Sondern weil ich ein Kind erwarte.«

Dr. Wendt hatte ihr erstaunt und ein wenig verständnislos gelauscht. »Nun ja«, sagte er. »Dies ist Ihr gutes Recht, das Recht jeder Frau in dieser Lage. Und daß manche Ehe ohne Liebe geschlossen wird, sei es wegen eines Kindes oder aus irgendeinem anderen Grund, ist eine bedauerliche, aber leider alltägliche Tatsache. Gewiß kein Grund für mich, etwas Unanständiges dabei zu finden.«

»Warten Sie«, sagte Stella. »Ich bin noch nicht fertig. Dieser Mann, der – nun, der dies alles veranlaßt hat, sei in Asien, sagte ich Ihnen damals.«

»Ich erinnere mich. Ist er trotz des Krieges doch noch zurückgekehrt?«

»Nein«, sagte Stella, und es klang fast triumphierend. Sie legte den Kopf in den Nacken, und die Winkel ihres Mundes hoben sich wieder in einem belustigten, leicht spöttischen Lächeln. »Nein. Er ist nicht zurückgekehrt. Aber ich war trotzdem nicht geneigt, die Rechnung allein zu bezahlen. Ein Mann ist ein Mann, nicht wahr? Die Bevorzugung dieses Geschlechts in dieser Hinsicht ist ja allgemein. Also kann auch ein anderer an meiner Rechnung mitbezahlen.«

Dr. Wendt starrte sie verblüfft an. »Soll das heißen, Sie haben einen Mann geheiratet, der nicht der Vater des Kindes ist?«

Stella nickte. »Ja.«

Sie hatte keine Ahnung gehabt, wie die Reaktion des Arztes sein würde. Aber was nun geschah, überraschte sie. Dr. Wendt legte den Kopf zurück und brach in schallendes Gelächter aus.

Stella zog die Brauen hoch. »Finden Sie das komisch?« fragte sie erstaunt.

»Mein liebes Kind, ich finde es großartig. Tut mir leid, wenn ich mich in diesem Moment nicht seriöser verhalten kann. Ihre Einleitung und die Erklärung für Ihr Handeln ist von so bezwingender

Logik und so urweiblich gedacht und empfunden, daß meine erste Empfindung darauf nichts anderes sein konnte als diese unpassende Heiterkeit. Verzeihen Sie mir.«

»O bitte«, sagte Stella. »Ich bin froh, wenn Sie es von der komischen Seite nehmen.«

»Sehen Sie, ich bin jetzt seit dreißig Jahren Frauenarzt. Man hat in diesem Beruf wirklich Gelegenheit genug, zu versuchen, das Rätsel Weib zu lösen. Wollen Sie mir glauben, ich habe es bis heute nicht gelöst. Nicht annähernd. Was in den Köpfen und in den Herzen der Frauen vorgeht, ist immer wieder eine Überraschung. Besonders dann, wenn sie gut aussehen, wenn sie ein bißchen Verstand haben und das gewisse Etwas, das sie aus der Masse ihrer Geschlechtsgenossinnen hervorhebt.

Sie sagen, die Frauen sind benachteiligt? O nein, mein Kind. Wenn sie Evas wirkliche Töchter sind, erhaschen sie sich die bessere und leichtere Seite des Lebens. Auch wenn die Ungerechtigkeit der Schöpfung sie gelegentlich dazu zwingt, ein Kind zu gebären. Eine wirkliche Frau, eine schöne, kluge und raffinierte Frau, wird immer ihren kleinen Fuß auf den gebeugten Nacken der törichten Männer setzen. Sehen Sie, Sie selbst sind wieder einmal der lebendige Beweis meiner Theorie. Schön, jung, charmant und sehr verführerisch. Da gibt es andere Wege als in die Havel oder unter die U-Bahn. Und der Ausweg einer richtigen Frau ist immer der Mann. Aus jedem Dilemma. Selbst aus einem so zutiefst weiblichen. Sie haben also geheiratet, sehr verehrte gnädige Frau. Ihr Herr Gemahl ist zu beneiden um diese Frau, die ihm die Hand reichte. Dies ist trotz allem meine Meinung. Und Sie erwarten ein Baby. Sehr schön. Sehr gesund, nebenbei gesagt, für eine Frau. Sie werden dadurch noch hübscher werden. Wollen Sie mir nun sagen, welchen Rat und welche Hilfe ich Ihnen zuteil lassen werden kann. Ich stehe Ihnen zur Verfügung.«

Sie blickten sich lächelnd an, der frauenkennende Frauenarzt und seine reizvolle Patientin. Und dann kam Stella sachlich zu ihrem Anliegen. »Erstens«, sagte sie, »glaubt mein Mann natürlich, das Kind sei von ihm. Der Zufall hat es so gefügt, daß dies möglich wäre. Allerdings sind da sechs Wochen, die mir Sorgen machen. Wie kann ich die überbrücken? Das ist meine Aufgabe. Zweitens habe ich keinen Grund, diesem Mann, den ich geheiratet habe, etwas Böses anzutun, ihm Kummer zu bereiten. Diese sechs Wochen fortzuzaubern, das ist mein Wunsch.«

»Hm!« Dr. Wendt kratzte sich nachdenklich am Kinn. »Nicht so einfach. Aber eventuell durchführbar. Eingezogen ist Ihr Mann nicht zufällig?«

»Nein. Aber meist abwesend.« Sie stockte, überlegte kurz, ob sie sagen sollte, was vielleicht nebensächlich war, aber dennoch gesagt werden sollte. »Eine kleine Zwischenbemerkung, die Sie ruhig überhören können. Ich kenne Ihre politische Einstellung nicht. Aber ich kenne Sie jetzt ein wenig und meine, ich könnte deswegen darauf schließen. Auf die politische Einstellung, meine ich. Mein Mann ist kein bedauernswertes Opfer der Zeit. Er ist in führender Position tätig und ein Anhänger des bestehenden Regimes. Ein Nutznießer der Zeit, wenn Sie wollen. Hart und stark genug, um in diese Umgebung zu passen, die er sich gewählt hat. Sein einziger schwacher Punkt, den ich bisher kenne, bin ich. Das braucht er aber nicht zu erfahren.«

Sie schwieg, blickte eine Weile den Arzt abwägend an, der ebenfalls schwieg und lächelte.

Stella machte eine rasche, abschließende Bewegung mit der Hand. »Genug davon. Sie brauchen darauf nicht zu antworten. Kommen wir zu den Notwendigkeiten. Wenn ich Glück habe, wird mein Mann nicht anwesend sein, wenn es soweit ist. Eine Frühgeburt würde er sicher nicht anzweifeln, sofern kein gegenteiliges ärztliches Urteil vorliegt.«

Dr. Wendt hatte begriffen. Auch er hielt sich nun nur noch an die Tatsachen. »Sie dürften dann nicht in einer Klinik entbinden«, sagte er. »Eine unvorhergesehene Entbindung zu Hause, etwas zu früh, von Mutter und Kind aber gut überstanden.«

Stella lächelte. »So habe ich es mir gedacht. Würden Sie mir bei der Entbindung zur Seite stehen?«

»Mit Vergnügen«, sagte Dr. Wendt.

Stella seufzte unwillkürlich erleichtert auf. Dann sagte sie: »Bliebe noch die eine Frage zu klären: Wie kann ich meinen – nun, sagen wir, meinen frühzeitig zu weit entwickelten Zustand verbergen?«

»Deswegen würde ich mir keinen Kummer machen«, meinte Dr. Wendt. »Das ist sowieso bei allen Frauen verschieden. Manchen sieht man schon sehr bald alles an, anderen wieder später. Sie scheinen mir zu dem schlankwüchsigen und sportlichen Typ zu gehören, der sowieso nicht so rasch aus der Form gerät. Außerdem verstehen Männer davon meist sehr wenig. Ist es das erste Mal, daß Ihr Gatte Vater wird?«

Stella lachte. »Meines Wissens ja. Und ich glaube nicht, daß er viel davon versteht.«

»Nun sehen Sie. Er ist keine Gefahr. Schlimmer sind Schwiegermütter und Schwägerinnen mit Erfahrungen auf diesem Gebiet. Ist so etwas vorhanden?«

»Gott sei Dank nicht.«

»Ausgezeichnet! Dann lassen Sie die Dinge mal ruhig an sich

herankommen. Sie sind meine Patientin, stehen in meiner Behandlung. Sie können jederzeit mit meinem Beistand rechnen. Wir legen heute eine neue Karteikarte für Sie an. Die alte lassen wir verschwinden. Und jetzt würde ich Sie gern einmal anschauen, gnädige Frau. Wenn ich bitten dürfte.« Er wies mit der Hand zu dem Vorhang, hinter dem sich seine Patientinnen auszukleiden pflegten.

Nach der Untersuchung sagte er: »Ausgezeichnet. Alles in bester Ordnung. Ich würde mich freuen, wenn Sie von Zeit zu Zeit vorbeikämen, damit ich den Ablauf kontrollieren kann.«

Stella verließ den Arzt, versehen mit einigen guten Ratschlägen, tiefbefriedigt. Sie hatte ihr Schicksal gemeistert. Wenn alles gutging, würde sie glänzend aus der Geschichte herauskommen. Sie hatte dann eben ein Kind. Nun ja. Es war nicht so schlimm, denn sie war verheiratet mit einem wohlhabenden und mächtigen Mann.

Dietrich Scheermann zu bedauern kam ihr nicht in den Sinn. Er hatte sie bekommen. Er selbst sah es als ein großes Geschenk des Himmels an. Stella tat es auch. Wäre ihre Situation eine andere gewesen, sie hätte ihn bestimmt nicht geheiratet. Schon aus Treue zu Adam nicht. Aber jetzt gab es wichtigere Punkte zu bedenken.

7

Das Glück stand Stella zur Seite. Sie gebar ihren Sohn am 3. April des Jahres 1940. Es war ein kleines und zartes Kind, das ihr kaum Mühe machte. Ihr schlanker, trainierter Körper überstand die Geburt spielend. Nach drei Stunden war alles vorüber. Und es klappte so vorzüglich, als sei es einstudiert. Man hatte Stella die Schwangerschaft erst ziemlich spät angesehen. Sie kleidete sich sehr geschickt, so daß keiner auf die Idee kam, ihr Zustand könne weiter fortgeschritten sein, als sie angab. Dietrich am wenigsten.

Er verstand wirklich nichts von diesen Dingen, und bei seinem letzten Besuch, Anfang Februar, sah er alles, auch Stellas Äußeres, als ganz normal an.

Stella war an dem Morgen des 3. April gegen 9 Uhr aufgestanden, hatte gefrühstückt und war ins Atelier gegangen. Nora war natürlich schon im Geschäft. Auf dem Weg in den Hof traf sie Hermine, die in die Stadt gehen wollte.

Sie sprachen ein paar Worte zusammen, dann setzten beide ihren Weg fort. Kurz darauf spürte Stella die ersten Wehen, die gleich sehr heftig auftraten. Sie kehrte ins Vorderhaus zurück und rief Dr. Wendt an. Er war gerade im Begriff fortzugehen, um Besuche zu machen. Er sagte ihr, wie sie sich verhalten solle und daß er in Kürze bei ihr eintreffen würde.

Gegen Mittag kehrte Hermine aus der Stadt zurück. Sie klingelte bei Stella.

»Wenn es Frau Hermine Kaiser ist«, sagte Stella zwischen zusammengebissenen Zähnen zu Dr. Wendt, »dann kann sie Ihnen helfen. Ich glaube nicht, daß sie etwas merken wird. Sie hat nie Kinder gehabt.« Dr. Wendt öffnete Hermine also die Tür, fragte: »Frau Kaiser?« Und als Hermine erstaunt nickte: »Dr. Wendt. Frau Scheermann hat mich vorhin angerufen. Eine Frühgeburt. Es ist leider keine Zeit mehr für eine Überführung ins Krankenhaus, es wäre zu riskant. Könnten Sie mir helfen?«

Die vollkommen fassungslose Hermine kam nicht dazu, etwas zu sagen, geschweige denn einen Verdacht zu hegen. Bleich und entsetzt eilte sie in Stellas Zimmer und rief immer wieder: »Aber Kind! Aber Kind! Wie konnte das nur passieren?«

Stella, obwohl geschüttelt von Schmerzen, vergaß auch jetzt nicht, die richtige Antwort zu geben. »Ich habe eine von Adams alten Skizzen gesucht«, japste sie, »die oben auf dem Schrank lagen. Und da bin ich abgerutscht und vom Stuhl gefallen.«

»Aber Stella! Stella!« rief Hermine außer sich. »Wie konntest du! Mein Gott, Herr Doktor, ist es schlimm? Besteht Gefahr?«

Dr. Wendt mußte sich Mühe geben, ein Lächeln zu verbeißen. Diese Frau, dieses Mädchen, dieser verflixte kleine Rotkopf, der da stöhnend in den Wehen lag, nötigte ihm Bewunderung und Respekt ab. Hoffentlich wurde es ein Junge, was da zur Welt kam. Das mußte ein Prachtkerl werden.

Es wurde ein Junge. Ein kleines, verschrumpeltes rotes Etwas, mit einem dichten Büschel kohlschwarzen Haares und einer kräftigen Stimme. Einer viel zu kräftigen Stimme für ein knappes Achtmonatskind. Aber das fiel niemandem auf. Auch Nora nicht, die schreckensbleich kurz darauf angestürzt kam. Es war lange her, daß sie ein Kind geboren hatte. Keiner zweifelte daran, daß Stella vom Stuhl gefallen sei.

Der glückliche Vater, der zur Zeit in Bukarest weilte, erfuhr es drei Tage später. Stella telefonierte selbst mit ihm.

»Ich wollte nicht, daß sie dir früher Bescheid geben«, sagte sie. »Mein Zustand war noch sehr bedenklich. Aber nun ist alles gut. Uns beiden geht es großartig. Freust du dich, daß du einen Sohn hast?«

Sie hatte Dietrich so aus der Fassung gebracht, daß seine ersten Sätze nicht zu verstehen waren. Als sie von dem Sturz im Atelier berichtete, geriet er außer sich. Minutenlang lächelte Stella schweigend in die Muschel des Telefons hinein. Er schimpfte abwechselnd, beschwor sie, doch ja vorsichtig zu sein, fragte tausend Dinge.

Sie war gerührt. Sie empfand viel Zärtlichkeit in diesem Moment für ihn. Mochte er sein, wie er wollte, auch wenn er ein Nazi war, zu ihr war er immer gut gewesen. Er liebte sie. Ich habe dich betrogen, dachte sie. Ein großer Betrug. Aber es wird der einzige bleiben. Ich will dir eine gute Frau sein.

Es war das erste Mal, daß sie das dachte. Bisher hatte sie vielmehr mit dem Gedanken gespielt, sich eines Tages wieder scheiden zu lassen. Aber dieser gefährliche Mensch, dieser große, gefährliche Wolf, unter dessen dickem gesträubtem Pelz sich für sie, und nur für sie, ein kleines, frommes Schaf verbarg, wurde in dieser Zeit wirklich zu ihrem Mann. Sie wußte nicht, was er tat mit diesen Händen, die sie streichelten, die sie immer nur zärtlich und sanft berührt hatten, ob er tötete, ob er vernichtete, ob Blut an ihnen klebte, ob eine schreckliche Verantwortung in ihnen ruhte. Sie hatte immer nur noch eine vage Vorstellung von seiner Tätigkeit. Aber fast war sie geneigt, nun zu glauben, daß er nichts wirklich Bösartiges, Verderbenbringendes tun würde. Er hatte sogar einmal eine Andeutung in dieser Richtung gemacht. Das war, als er über Weihnachten bei ihr war.

»Ein komischer Zustand«, hatte Stella damals gesagt. »Wenn eine Frau nicht einmal weiß, was ihr Mann für eine Arbeit verrichtet. Du sprichst nicht darüber. Gut. Ich frage dich auch nicht. Vielleicht hat es mit – Geheimdienst zu tun, mit militärischen Sachen, mit Diplomatie, ich weiß es nicht. Manchmal aber«, sie stockte, suchte nach Worten, »manchmal habe ich Angst, daß du irgend etwas Schreckliches tust. Etwas Böses. Etwas, was den Menschen Verderben bringt. Ich weiß nicht, ob du das verstehst, Dieter, aber das wäre mir unerträglich.«

Er hatte sie stumm angesehen, dann auf seine Hände geblickt. »Was machst du dir für Gedanken, Stella.«

Sie flüsterte fast, als sie weitersprach. »Du weißt, ich bin kein Anhänger der Partei. Auch jetzt nicht, obwohl ich mit dir verheiratet bin. Ich glaube, es geschieht heute viel Böses auf der Welt. Durch euch. Man hört doch hier und dort Sachen, die einem Angst machen. Was sich in Polen abgespielt hat, mit den Juden, das ist ein Verbrechen.«

»Was weißt du davon?« fuhr er auf. »Wer erzählt dir davon?«

»Man spricht davon, Dieter«, sagte sie unbeirrt. »Leise zwar, aber doch. Darüber solltet ihr euch keiner Täuschung hingeben. Und wenn mir jemand Bestimmtes davon erzählt hätte, dann würde ich dir nicht sagen, wer. Obwohl du mein Mann bist.«

»Eine seltsame Ehe, findest du nicht?« hatte er ruhig gefragt, aber seine Augen zeigten deutlich, daß er sich verletzt fühlte.

»Ja«, sagte Stella, »aber ich kann es nicht ändern. Meine Einstellung zu unserer Führung kennst du. Meine Einstellung zum

Krieg auch. Ich habe nie einen Hehl daraus gemacht. Auch ehe wir geheiratet haben. Ich wünschte, du hättest einen anderen Beruf. Dann wäre mir wohler.«

Er blickte wieder auf seine Hände herab und sagte dann ruhig und beherrscht: »Du hast keinen Grund, dir Gedanken zu machen. An meinen Händen klebt kein Blut. Ich habe nicht getötet. Ich jage auch keine Menschen. Nicht hier bei uns, nicht in Polen, nirgends. Wenn es geschieht, so muß es vielleicht manchmal sein. Man darf nicht sentimental sein in einer Zeit wie der unseren. Wir sind zu einem Kampf auf Leben und Tod angetreten. Meine Aufgabe darin ist eine andere, als du befürchtest. Man braucht meinen Kopf. Mein – Geschick in manchen Dingen. Fäuste gibt es genug. Köpfe weniger. Zugegeben, meine Aufgaben sind meist geheim, oder sagen wir, delikat zu behandeln. Aber ich habe bisher noch nie mit eigenen Händen einen Menschen töten müssen.«

»Nicht mit eigenen Händen«, wiederholte Stella. »Aber vielleicht setzt du Hände in Bewegung, die töten?«

Er schüttelte den Kopf. »Nein. Auch nicht. Sei beruhigt.«

Sie wußte nicht, ob er die Wahrheit sprach. Er hatte viele Gesichter. Und dies eine Gesicht, das sich liebend über sie neigte, paßte manchmal schlecht zu den anderen, die sie kannte oder früher gekannt hatte.

Seit einiger Zeit war Dietrich Scheermann in Bukarest. Was er dort tat, hatte er Stella sogar angedeutet. Rumänien war für das Deutsche Reich, das sich im Krieg befand, von großer Wichtigkeit und Bedeutung. Rumänien besaß das größte Erdölvorkommen Europas. Ohne das rumänische Öl konnten keine Autos und keine Panzer rollen, keine Flugzeuge aufsteigen. Ohne das rumänische Öl wäre der Krieg in wenigen Tagen zu Ende gewesen.

Und Stella dachte, als sie davon hörte: Wenn es doch aufhören würde zu fließen, dieses Öl. Warum kann Gott diese Quellen nicht versiegen lassen? Dann hätten wir Frieden.

Aber Gott half den Menschen nicht. Er überließ sie ihrer Torheit, die sie selbst vernichtete.

Wie wichtig das rumänische Öl für Deutschland war, wußten natürlich die feindlichen Mächte auch. Bukarest war daher zu dieser Zeit ein brodelnder, kochender Vulkan, ein schwankender Boden, wo vielerlei Karten gemischt wurden. Und es kam für Deutschland erschwerend hinzu, daß die großen Ölgesellschaften vornehmlich in englischen, französischen und niederländischen Händen waren. Viele Hände panschten in diesem Öl herum, viele Köpfe beschäftigten sich mit dem schwärzlichen, schmierigen Strom. Die einen, wie man ihn schneller und breiter nach Deutschland leiten konnte, die anderen, wie man ihn für Deutschland abdrosseln konnte.

Rumänien war neutral. Zunächst verdiente es an diesem Krieg. Aber daraus kam kein Wohlstand. Die innenpolitischen Zustände des Landes waren unsicher und unberechenbar. Ein schwacher, schwer entschlossener König, eine hinterlistige Frau, ehrgeizige, machtlüsterne Politiker, wilde Patrioten und kühle Rechner, sie alle torkelten mit in diesem hektischen Tanz um das schwarze Kalb, das aus der Erde floß.

Das Deutsche Reich brauchte Männer von Geschick und Fähigkeiten, die seine Interessen in diesem Land und an diesem Hof vertraten. Dietrich Scheermann war einer von ihnen.

Es war eine Tätigkeit, die ihm gefiel. Eine Aufgabe, die all seine Intelligenz und Findigkeit beanspruchte, kalte Überlegenheit und wendige Glätte, Eleganz und Sicherheit, und die dennoch seine Finger sauber ließ von Blut. Sabotage machten hier die anderen, seine Aufgabe war es, sie zu verhindern.

So ungefähr hatte er es Stella dargestellt, und sie begriff es. »Das einzig schlimme daran ist«, sagte er zu ihr, »daß ich so weit von dir fort bin. Ich möchte auch nicht, daß du mit mir dort lebst. Es ist nicht direkt gefährlich, aber dennoch zu riskant.«

Stella war damit zufrieden. Sie hatte keine Lust, in Bukarest zu leben. Ihr Verlangen nach fremden Welten war fürs erste gestillt. Und die Trennung von ihrem Mann bekümmerte sie nicht im geringsten.

Als Pieter, ihr kleiner Sohn, zwei Monate alt war, reiste sie nach Schloß Seeblick, begleitet von Hermine. Sie reiste sehr bequem im eigenen Wagen, in kleinen Etappen. Dank Dietrichs Stellung genoß sie immer noch die Vergünstigung, einen Wagen zu fahren. Sie blieb den Sommer über in Österreich. Hermine war lange Zeit bei ihr, dann verbrachte Nora ihre Ferien auf Schloß Seeblick, teilweise begleitet von ihrem Freund; und später kam auch noch Thies für einige Zeit.

Joseph, der gute Geist des Hauses Seeblick, war entzückt von den Gästen. Endlich war wieder Leben auf Schloß Seeblick, er hatte zu tun, er konnte zeigen, wie formvollendet und elegant er das Haus leitete. Stella brauchte sich um nichts zu kümmern. Es lief alles wie am Schnürchen. Als ihr das Nichtstun zu langweilig wurde, ließ sie im Park eine Art Schuppen errichten, den sie als Atelier benützte, und begann wieder zu arbeiten. Gemächlich, zu ihrem Vergnügen.

Der kleine Pieter gedieh und wurde von allen im Haus verwöhnt. Aus dem Ort war ein junges Mädchen als seine Betreuerin engagiert worden.

Stella aber war so schön wie zuvor. Oder noch schöner, wie Dr. Wendt es prophezeit hatte. Wieder schlank und beweglich, die Haare sprühend in leuchtendem Glanz, die blauen Augen strahlend. An Jan dachte sie selten. Und wenn, geschah es ohne Zorn. Die große Liebe, die große Leidenschaft. Nun ja, sie hatte sie gehabt. Man konnte daran zurückdenken, ohne daß es schmerzte.

Ihren kleinen Sohn liebte sie zärtlich. Er hatte tiefblaue Augen wie sie und wie Kapitän Termogen. Er hatte schwarzes Haar wie Jan. Aber es wuchs nicht in einer trotzigen Spitze in die Stirn. Das befriedigte sie sehr.

Daß der Krieg wieder sein Haupt erhob, davon merkte man hier zwischen den Bergen, am Ufer des stillen Sees, kaum etwas. Was sie von den Feldzügen in Norwegen und in Frankreich wußte, erfuhr sie aus den Zeitungen und aus dem Rundfunk. Irgendwo war Krieg. Und die Deutschen siegten. Einmal würde wohl ein Ende sein. Mit dem Siegen oder mit dem Krieg. Man mußte es abwarten.

8

Eigentlich hatte Stella die Absicht gehabt, im Herbst nach Berlin zurückzukehren. Aber der September ging vorbei, es wurde Oktober, sie war immer noch auf Seeblick. Sie hatte sich an das behagliche Leben in Österreich gewöhnt. Für alles wurde hier bestens gesorgt, alle Arbeit, alle Verantwortung waren ihr abgenommen, der kleine Pieter gedieh prächtig in der guten Gebirgsluft; und schließlich, nicht zuletzt, war Stella die gepflegte, kultivierte Atmosphäre des Hauses ans Herz gewachsen. Seit sie Sylt verlassen hatte, war ihr Leben nicht mehr so geruhsam, so reibungslos verlaufen. Hier war der Rahmen ein größerer, viel bequemerer als in Keitum, und das behagte ihr auch. Arbeiten konnte sie in aller Ruhe. Es war eine fruchtbare Schaffensperiode.

Erstmals wagte sie sich an ernsthafte, künstlerische Aufgaben. Bisher hatten ihre Arbeiten mehr in das Gebiet des Kunstgewerbes gehört. Aber nun begnügte sie sich nicht mehr mit bloß gefälligen kleinen Arbeiten. Zunächst formte sie wieder Tierplastiken. Modelle hatte sie hier auf dem Lande genug. Dann aber, immer mehr, reizte sie das Menschengesicht. Büsten, Porträtplastiken waren Adams Stärke gewesen. Stella begann nun, der Reihe nach, alle Mitbewohner von Seeblick zu verewigen, was einige mit großem Stolz, andere mit beträchtlicher Verlegenheit über sich ergehen ließen.

Außerordentlich gut gelang ihr die Büste von der Theres, dem Kindermädchen. Ein junges, noch unberührtes, immer ein wenig staunendes Mädchengesicht, sanft gerundete Wangen, eine kecke und doch energische Nase, ein rundes, festes Kinn. So ähnlich mußten die Mädchen ausgesehen haben, nach denen die süddeutschen Meister des Barocks ihre Madonnen gebildet hatten.

Nach einigen Anläufen machte sich Stella an ein größeres Werk. Theres, den kleinen Pieter im Arm, ein mütterliches Mädchengesicht, das sich mit einem sanften Lächeln über das Kind neigte. Kein origineller Vorwurf, aber ein ewig gültiger.

An dieser Plastik arbeitete sie lange. Begann mehrmals von vorn, geriet oftmals in Zorn, wenn sich der sonst so willige Ton ihren Händen und ihren Wünschen widersetzte. Theres machte ihre Sache gut. Aber natürlich war Pieter mit längeren Sitzungen nicht einverstanden und verkündete lebhaft seinen Unwillen. Am besten ging es, wenn er schlief. Aber schließlich war Stella nicht nur Künstlerin, sondern auch Mutter. Es ging nicht an, das Kind während seiner Schlafstunden allzuoft aus dem Bett zu nehmen. Hierbei stieß sie auch auf energischen Widerstand bei Theres, der bei allem guten Willen das ihr anvertraute Kind wichtiger war als die Kneterei der Frau Gräfin.

Den Grafentitel hatten alle Stella von Anfang an aufzuhängen versucht.

»Ein für allemal, Joseph«, hatte sie gleich während der ersten Tage opponiert. »Ich bin keine Gräfin. Und mein Mann ist kein Graf. Was soll das alles? Die Leute denken, wir sind Hochstapler.«

»Wann ich mir erlauben dürft, das zu sagen, Frau Gräfin ... T'schuldigen S', gnä' Frau, Sie san die geborene Gräfin im ganzen Auftreten. Und die Leut san halt mal dran g'wöhnt. Da können S' nix machen.«

Joseph benützte von da an beide Anreden. Gnä' Frau oder Frau Gräfin, auch seine Resi hielt es so. Aber Stella wußte, daß Joseph außerhalb des Hauses von ihr nur per Frau Gräfin sprach. Es hatte keinen Zweck, sich dagegen zu wehren. Und Theres gewöhnte sich von vornherein keine andere Anrede an.

Eine andere Büste, die Stella ganz ausgezeichnet gelang, war der Kopf des Reitinger-Bauern. Der Reitinger-Bauer besaß den größten Hof in dem kleinen Ort, zu dem Schloß Seeblick gehörte. Stella hatte ihn manchmal auf ihren Spaziergängen gesehen, hatte ihm zugeschaut, wenn er mit seinen Füchsen zum Holzschlagen in die Wälder fuhr, oder mit eigener Hand das Gras an dem steilen Hang mähte. Hier konnte man mit einer Mähmaschine nichts anfangen. Mit Sense und mit Sichel ging die Ernte vor sich. Auch die Felder zogen sich oft recht weit die Hänge hinauf.

Der Reitinger-Bauer war ein Prachtstück von Mann. Eine kräftige, drahtige Figur, ein geprägtes, kantiges Gesicht unter weißem Haar, wettergegerbt, sehr sprechend im Ausdruck. Er war siebzig Jahre, aber das sah ihm keiner an. Und seit seine beiden Söhne eingezogen waren, versah er selbst wieder die meiste Arbeit auf dem Hof.

Wenn er Stella sah, zog er seinen grünen Tirolerhut oder hob grüßend die Peitsche, wenn er kutschierte.

Einmal sagte Stella zu Joseph: »Der Reitinger, den tät' ich gern mal modellieren. Er hat einen fabelhaften Kopf.«

»Ja mei«, sagte Joseph. »An Bauernkopf halt.«

»Einen Idealbauernkopf«, sagte Stella. »Nicht alle Bauern sehen so prachtvoll aus. Aber ich trau' mich nicht, ihn zu fragen, ob er mir mal sitzen würde. Sicher hat er keine Zeit.«

Die Wünsche seiner Herrin zu erfüllen, war Josephs liebste Aufgabe.

Schon am nächsten Tag kam er an und verkündete: »Also, ich hab' mit dem Reitinger gesprochen. Er tät's schon. Wenn die Ernte vorbei ist.«

»Menschenskind, Joseph«, rief Stella, »Sie haben wirklich mit ihm gesprochen? Das ist mir aber peinlich. Was hat er denn gesagt?«

»Warum sollt' Ihnen dös peinlich san, gnä' Frau. Is doch a Ehr' für den Bauernlackl, wann Sie a Buildl von ihm machen.«

Stella wagte nicht, dem Reitinger zu viele Sitzungen zuzumuten. Sie versuchte, mit drei Sitzungen auszukommen, machte noch eine Skizze von ihm, und vollendete dann die Arbeit allein. Als sie fertig war, war sie unbändig stolz auf dieses Werk. Das sollte Adam sehen! Er hätte sie gelobt, dessen war sie sicher.

Nach und nach versammelte sich das ganze Dorf im Atelier, immer wieder kam einer vorbei, von Neugier getrieben, und verlangte den Reitinger zu sehen. Joseph übernahm diese Führungen. Wenn Stella spazierengegangen oder anderweitig beschäftigt war, führte er die Neugierigen ins Atelier, sagte gönnerhaft: »Dann schaut's halt, aber schaut's rasch. Damit ihr amoal seht, was a Kunst ist, ös Hammeln ihr!«

Die Dorfbewohner schauten und staunten. Das war der Reitinger, wie er leibte und lebte. Jede Furche in seinem Gesicht, die gebuckelte Stirn, die Falte zwischen den Brauen, alles war deutlich zu sehen. Und respektvoll stellten sie übereinstimmend fest, daß die Frau Gräfin doch eine große Künstlerin sei. Wenn sie auch eine Preußin war, was man aber geneigt war, Stella zu vergeben, da sie immer sehr freundlich und niemals hochfahrend war. Zwar bestand ein großer Unterschied zwischen den Friesen und den österreichischen Bergbauern, aber dennoch war ihnen eins gemeinsam: Sie waren einfache Menschen, verbunden mit der Natur, mit einem gesunden Stolz, festverwurzelt im Heimatboden. Stella fand mühelos den richtigen Ton zu ihnen, wenn sie auch nicht in ihrer Mundart sprechen konnte.

Unter diesen Umständen konnte sich Stella nicht entschließen, nach Berlin zurückzukehren. Das Haus in Nikolassee hatte Scheermann sowieso damals verkauft, als er Schloß Seeblick erwarb. Er besaß nur eine kleine Wohnung am Olivaer Platz, die jetzt leerstand. Es sei denn, er befand sich in Berlin, was vorübergehend immer wieder der Fall war. Dann reiste Stella auch für einige Tage hinauf und überließ Pieter der Obhut von Theres.

Manchmal traf sie Dietrich auch in Wien. Überhaupt fuhr sie ab und zu einmal nach Wien. Die Stadt gefiel ihr, und von Krieg war dort noch nichts zu spüren. Dann ergab sich, daß sich ihr die Kunstsalons und Galerien Wiens öffneten.

Eines Tages, Ende Oktober, an einem milden, blauen Herbsttag, bekam sie überraschend Besuch. Sie hatte vormittags gearbeitet, jetzt am Nachmittag saß sie auf der Terrasse vor dem Haus, neben ihr schlief Pieter in seinem Wagen.

Stella blickte ein wenig verträumt auf den See hinaus, der spiegelglatt war. An den Hängen der Berge auf der anderen Seite des Sees flammten die Wälder in leuchtenden Farben, unterbrochen vom tiefen Grün des Nadelholzes. Welch eine friedliche Welt! Gerade hatte sie in der Zeitung triumphierende Berichte von versenkten Schiffen, von abgeschossenen Flugzeugen gelesen, von Bombenangriffen auf die britische Insel.

Darüber triumphierte man nun, berichtete in prahlerischen Tönen. Und was erwartete man eigentlich von den Menschen? Daß sie sich darüber freuen sollten, daß sie darauf stolz sein sollten? Auf die Tatsache, daß wieder unschuldige Menschen eines grauenhaften Todes gestorben waren? Anstatt daß sie sich dieser Entartung schämten, priesen sie den Mord als Heldentat. Jene gesichtslosen, konturlosen Mächte, die hinter dem ganzen Unheil standen und eine Menschheit, die nichts wollte, als in Frieden leben, zum Töten, Morden und Sterben zwangen.

Stella blickte auf das schlafende Kind neben sich. Wie gut, daß Pieter noch so klein war. Ob es in der Welt, in der er einmal leben würde, keine Kriege mehr geben würde? Sie hatte ja auch geglaubt, in solch einer Welt zu leben, und war eines Besseren belehrt worden.

Gewiß, für sie war der Krieg noch immer ein sehr fernes Unheil. Sie spürte hier nichts davon. Sie litt keinen Mangel. Sie lebte ohne Zwang, ohne Druck und ohne Angst. Paradoxerweise deswegen, weil sie sich mit einem Mann verheiratet hatte, der zu jenen gehörte, die das Morden und Töten erneut in die Welt gebracht hatten.

Joseph erschien plötzlich auf der Terrasse, beugte sich zu ihr und flüsterte angeregt: »Gnä' Frau – Besuch wär' da.«

Stella blickte auf. »Besuch? Wer denn, um Himmels willen?«

»Der Graf Rautenberg bittet um die Ehre, von der gnädigen Frau empfangen zu werden«, sagte Joseph mit Feierlichkeit und in reinstem Hochdeutsch.

»Noch 'n Graf«, meinte Stella unbeeindruckt. »Wer ist denn das?«

»Ein echter Graf«, verwahrte sich Joseph entschieden. »Und ich hab' der gnä' Frau schon davon erzählt. Der wo das Jagdschloß bewohnt, drüben am Attersee. Sehr gute, alte Familie. Der Herr Graf kam früher oft daher. Er war mit dem Herrn Grafen befreundet.«

»Mit Ihrem Herrn Grafen?«

»Ganz recht, mit meinem Herrn Grafen. Und ein großer Verehrer von der verehrten Frau Schwiegermama war er auch.«

»Von meiner Schwiegermama?« fragte Stella ernst.

»Von der gnä' Frau ihrer Frau Schwiegermama«, bestätigte Joseph ebenso ernst.

»Aha. Verstehe. Und was will nun der Graf – eh ...«

»Rautenberg, gnä' Frau.«

»Graf Rautenberg von mir?«

»A Visit machen, würd' ich sagen. Wie er's halt früher auch getan hat. Er ist mit dem Jagdwagen da und seinen zwei Rappen. Buildschöne Pferderln, gnä' Frau, die sollten's Ihnen nachher mal anschaun. Vielleicht hat der Herr Graf in der Gegend zu tun gehabt. Es gehören ihm verschiedene Wälder hier auf unserer Seiten.«

»Na schön, dann bringen Sie ihn mal 'raus, Ihren Grafen. Wie seh' ich denn aus? Kann ich Besuch empfangen.«

»Aber klar doch, gnä' Frau. Gnä' Frau san schön wie immer.«

»Dann ist es gut. Eh – Moment, Joseph, da müssen wir ja auch was anbieten, nicht?«

»Aber gwiß doch, gnä' Frau. Der Herr Graf trinkt am liebsten an leichten Roten. Oder an Schwarzen mit am Kirsch. Fragen's halt, was er lieber mag.«

»Gut. Also her mit ihm.«

Der Graf Rautenberg war ein mittelgroßer, älterer Herr mit eleganter Reiterfigur, eisgrauem Haar, einem aristokratischen Gesicht mit Adlernase und einem koketten kleinen grauen Schnurrbärtchen. Er kam rasch auf Stella zu, ergriff ihre ausgestreckte Hand und beugte sich zu einem Handkuß darüber.

»Verzeihen S', gnädige Frau«, sagte er dazu, »meinen formlosen Überfall. Ich weiß, ich benehm' mich wieder amal schlecht. War schon immer eine Untugend von mir, und ich hab' eigentlich wenig Hoffnung, daß ich sie auf meine alten Tag' noch ableg'.«

Er lächelte auf sehr charmante, sehr gewinnende Art, und Stella lächelte zurück.

»Aber ich bitte Sie«, sagte sie. »Ich lebe so einsam hier, daß ich mich ehrlich freue, wenn ich einmal Besuch bekomme. Bitte.«

Sie wies mit der Hand auf einen Sessel, aber der Graf beugte sich zuerst einmal über den Kinderwagen.

»Was für ein goldiges Putzerl«, sagte er. »A Bub?«

Stella nickte. »Ja.«

»Bravo, bravo. Und ganz schwarze Haar hat er. Bei so einer jungen, hübschen Mama wird das amoal ein Staatsbub werden. Sprechen wir leis', daß wir den jungen Herrn net aufwecken.«

»Er ist nicht empfindlich«, sagte Stella. »Wenn er schläft, dann schläft er. Und wenn er munter sein will, dann können wir schweigen wie die Standbilder, dann wacht er auf.«

»Dös is recht«, meinte Graf Rautenberg und ließ sich nun auf dem angebotenen Stuhl nieder. »A Mannsbild muß wissen, was es will. Je früher es damit anfängt, um so besser.«

Er lächelte Stella wieder an, mit bemerkenswert regelmäßigen und weißen Zähnen übrigens. Seine grauen Augen waren von einem liebenswürdigen Kranz kleiner Fältchen umgeben, aber Stella hatte dennoch das Gefühl, daß diese Augen sie sehr aufmerksam und kritisch musterten.

Der Charme und die Galanterie des alten Herrn durften sie nicht darüber hinwegtäuschen, daß sie es hier mit einem ebenso klugen wie welterfahrenen Mann zu tun hatte. Das erkannte Stella sogleich. Aber sie selbst war nun weltgewandt und sicher genug, um auch dem kritischen Blick eines Menschenkenners standzuhalten.

Der Graf begann wieder zu sprechen, in seiner leichten mundartlich gefärbten Sprache, die sehr anheimelnd klang.

»Ich bin Ihnen eine Erklärung schuldig, gnädige Frau, wieso ich da hereinplatz'. Ich bin ein alter Mann. Darf ich mir die Ausred' sparen und ehrlich sein?«

Stella lachte. »Aber natürlich.«

»Die Neugier, gnädige Frau. Die Neugier hat mich hergetrieben. Ich bin früher oft in dieses Haus gekommen. Ich war mit dem Grafen Siccorysz gut befreundet. Und mit der Gräfin natürlich auch. Es ist mir damals so nah' gegangen, daß sie uns verlassen hat. So eine schöne und charmante Frau. Ein Herz wie Gold. Sie haben sie nicht mehr gekannt?«

»Nein«, sagte Stella. Sie war gespannt, was weiter kommen würde.

»Ja, und der Ferdl, ich mein' der Graf Siccorysz, der hat uns dann auch im Stich gelassen. No ja, ich kann's verstehen. Wenn man so lang an einem Platz mit einer Frau gelebt hat und da mit ihr glücklich war, dann ist es schwer, allein dort zu bleiben.«

Joseph erschien diskret unter der Tür, die ins Haus führte, und blickte fragend zu Stella hinüber.

»Was darf ich Ihnen anbieten, Graf Rautenberg?« fragte Stella. »Eine Tasse Kaffee? Oder lieber ein Glas Wein?«

Der Graf hob abwehrend die Hand. »Bittschön, gnä' Frau, bittschön, machen's Ihnen wegen mir keine Umständ'.«

»Sie sehen, Joseph wartet schon auf unsere Wünsche. Wir können ihn nicht so enttäuschen.«

»Ja, dann würd' ich halt sagen, eine Schale Kaffee, is' ja eh' grad Jausenzeit.«

»Stimmt«, sagte Stella. »Ich wollte auch gerade Kaffee trinken.«

Joseph verschwand mit einem zufriedenen Kopfnicken, und Stella blickte ihren Gast wieder an.

»Ich war grad' in der Gegend«, fuhr der Graf fort. »Wir schlagen da oben, hinter Bruck, einen Stand Fichten, und ich wollt' mal sehen, wie weit sie mit der Arbeit sind. Auf dem Rückweg kam ich hier vorbei. Dacht' ich mir, schaust mal 'rein. Die Neugier, gnä' Frau. Die Neugier. Je älter man wird, um so schlimmer wird sie. Jetzt hab' ich schon so oft gehört, daß hier eine junge, schöne Frau eingezogen ist, eine große Künstlerin dazu, dacht' ich mir, schaust dir's mal an, die neue Herrin vom Seeblick. Wir sind ja gewissermaßen Nachbarn. Mein Schlösserl ist das nächste Schlösserl zu ihrem Schlösserl. Mit 'm Auto ist's überhaupt nur an Katzensprung, da is' ma' in zwanzig Minuten drüben. Bloß hier bis zum End' vom See, dann durch das kleine Tal, ein Stückerl an unserm See entlang, und schon san S' bei mir. Und ich hoff', Sie werden von dieser Wegbeschreibung recht bald amal Gebrauch machen.«

Stella lächelte. »Lieber noch als mit dem Auto führe ich mit Ihrem Wagen. Joseph sagte mir, Sie sind mit Pferden da. Das ist mir weitaus lieber als ein Auto.«

Der Graf war entzückt. »Gehn S', gnä' Frau, dös kan net Ihr Ernst sein. Die jungen Leut' von heute, die wissen ja gar net mehr, wie an Gaul ausschaut.«

»Ich schon«, sagte Stella. »Ich bin mit Pferden aufgewachsen. Ich hab' selber kutschiert und bin natürlich auch geritten.«

Nach diesem Bekenntnis kannte das Entzücken ihres Besuchers keine Grenzen mehr. Und natürlich waren sie sofort mitten in einem angeregten Gespräch. Es begann mit Pferden, wechselte dann nach Sylt hinüber, denn der Graf wollte natürlich wissen, in welch gottgesegnetem Landstrich ein Kind heute noch mit Pferden aufwachsen könne. Und von da an entwickelte sich ein Thema aus dem anderen. Der Graf Rautenberg war ein ebenso gewandter Plauderer wie ein aufmerksamer Zuhörer. Sie tranken zusammen Kaffee, mit Kirsch natürlich, später wechselten sie zum Rotwein über.

Dazwischen erwachte Pieter, benahm sich manierlich wie immer, er lachte und quietschte dem Besucher vergnügt etwas vor, bis Theres ihn holen kam.

Stella hatte sich lange nicht mehr so angeregt und amüsant unterhalten. Und einen Gesprächspartner wie diesen hatte sie überhaupt noch nie gehabt. Ein österreichischer Aristokrat von alter Schule, der noch das Kaiserreich gekannt hatte, Offizier und später Kammerherr der Habsburger Majestät gewesen war, dazwischen ein ganzes Stück von der Welt gesehen hatte, ein Reiter, Jäger und ein Kavalier par excellence. So etwas hatte es natürlich weder auf Sylt noch in Berlin gegeben.

Sie saßen auf der Terrasse, bis es dunkelte. Joseph brachte Stella vorsorglich eine Jacke, später wechselten sie ins Haus hinein, wo der unvergleichliche Joseph bereits ein Feuer im Kamin entzündet hatte.

Der Graf sah sich in dem schönen, getäfelten Raum mit seinen alten Bildern und Stichen, den Geweihen an den Wänden, den alten Zinnkrügen über der Tür eine Weile um. Ein wenig wehmütig, wie es schien.

»Alles so, wie's immer war. Ich hab' dieses Zimmer stets geliebt. Das Zimmer ist geblieben, der Joseph ist geblieben, aber sonst hat sich manches geändert. Die Menschen kommen und gehen. 's ist halt nicht anders auf der Welt. Und je älter man wird, um so häufiger sieht man sie gehen. Wenn man aber dann amal erleben kann, daß jemand kommt, so jemand wie Sie, gnädige Frau, eine liebreizende, junge Frau, die gut hereinpaßt in so ein Haus, dann macht einem das eine besondere Freud'. Ist's nicht so, Joseph?« fragte er, zu dem Diener gewandt, der an der Tür stand, abwartend, ob man einen Wunsch habe. Der Weinkrug, die Gläser standen bereits auf dem Tisch am Kamin.

Joseph machte einen kleinen Diener und bestätigte: »Es ist so, Herr Graf. Wenn ich mir das erlauben darf, zu bemerken, der junge Herr von unserer Frau Gräfin hat sehr gut gewählt. Sehr klug.«

Der Graf und Joseph blickten sich eine kleine Weile in die Augen. Es war ein stummes Zwiegespräch, dessen Inhalt fast von ihren Gesichtern abzulesen war. Stella jedenfalls wußte genau, was die beiden Männer, der Graf und der Diener, dachten, was sie sich ohne Worte mitteilten. Sie wußte es so genau, als wäre es ausgesprochen worden.

Der Graf Rautenberg und der Graf Siccorysz waren Freunde gewesen, alte Freunde, noch von der Jugend her, wie sie inzwischen erfahren hatte. Und Franz Joseph Rautenberg hatte zweifellos am Leben seines Freundes regen Anteil genommen. Er hatte miterlebt, wie Dietrichs Mutter hier einzog, wie sie hier lebte, die späte Heirat und die endliche Versöhnung mit dem Sohn, der politisch Wege ging, die keiner hier gebilligt hatte. Daß er Dietrich flüchtig kannte von einem seiner Besuche her, hatte der Graf vorhin einfließen lassen. Und daß der Sohn der glücklich-unglücklichen Frau hier nun der Besitzer von Seeblick geworden war, hatte zweifellos ebenfalls nicht die Billigung des Grafen Rautenberg gefunden. Andererseits war es durchaus fair dabei zugegangen. Graf Siccorysz hatte verkauft und war ins Ausland gegangen, wie er es wünschte. Dietrich hatte mit gutem Geld bezahlt. Daß er dennoch nicht hierher gehörte, war zweifellos die Ansicht des Grafen Rautenberg. Was er nun für eine Frau geheiratet und hierhergebracht hatte, war dem Grafen dennoch wichtig gewesen, zu erfahren. Er hatte sich Zeit gelassen mit seinem ersten Besuch. Nun war er da. Und was er gesehen hatte, hatte ihn befriedigt. Die Frau, die er kennengelernt hatte, fand seine Billigung.

Darin war er sich mit Joseph, dem Diener, einig.

Stella lächelte vor sich hin und setzte sich in einen Sessel vor den Kamin.

»Kommen Sie, Graf, trinken wir noch ein Glas. Ich denke, Joseph wird uns dann etwas zum Abendessen bringen.«

Der Graf hob abwehrend die Hand. »Dank schön, gnädige Frau. Ich muß heim. Ein Glas trinke ich noch mit Ihnen, damit ich Ihnen nicht die Ruh' heraustrag'. Aber dann muß ich fahren. Meine Pferde gehören in den Stall. Sie sind lange unterwegs und brauchen ihr Abendessen.«

Joseph machte wieder einen kleinen Diener und sagte: »Ich hab' mir erlaubt, den Rappen eine Kleinigkeit zu servieren.«

»Was denn?« fragte Graf Rautenberg erstaunt. »Habt's ihr vielleicht an Hafer im Haus?«

»Das nicht«, meinte Joseph, »aber ich hab' zum Reitinger-Bauern geschickt und hab' was holen lassen.«

»Du bist tüchtig, Joseph«, lobte der Graf. »Warst du ja schon immer. Ja alsdann, bleib' ich noch eine kleine Stund'. Aber wirklich nicht länger. Ich bin unbescheiden, ich weiß. Aber wann hat man schon mal Gelegenheit, sich in Gesellschaft einer charmanten Frau zu befinden. Das muß man ausnutzen in meinem Alter.«

Von dieser Zeit an wurde der Graf ein häufiger Gast in Schloß Seeblick. Ein Gast, dessen Kommen Stella immer freute. Auch sie fuhr manchmal zu ihm hinüber, am liebsten mit den Pferden, und der Graf überließ ihr bereitwillig die Zügel, nachdem er gesehen hatte, daß sie sich aufs Kutschieren verstand. Im nächsten Sommer meinte er, könnten sie dann auch zusammen reiten.

Im Winter lernte Stella zunächst von ihm einmal Schachspielen. Sie waren ungleiche Partner, der Graf ein Meister im königlichen

Spiel, Stella eine Anfängerin. Aber er war geduldig und lobte sie, weil sie rasch begriff und jedesmal lernte. Joseph stand dann meist hinter ihr und kiebitzte, und daß er die strengen Kiebitzregeln manchmal unterbrach und Stella mit einem geflüsterten Hinweis weiterhalf, duldete der Graf stillschweigend.

Ja, Stella hatte sich entschlossen, auch den Winter über hier zu bleiben. Es war so friedlich. Was sollte sie in der Stadt? Manchmal hatte sie zwar den Wunsch, ins Theater zu gehen, ein Abendkleid zu tragen, dann aber sagte sie sich, daß das abendliche Leben im verdunkelten Berlin vielleicht doch nicht so verlockend sei. Ab und zu fuhr sie nach Wien, wobei sie der Graf zweimal begleitete. Durch ihn lernte sie in Wien einen Kreis liebenswerter, kultivierter Menschen kennen. Und er vermittelte auch, daß ihre Plastiken im Januar in einer Privatgalerie ausgestellt wurden, was ihr eine lobende Presse und einige Aufträge einbrachte.

Denn ihre Freude an der Arbeit hielt an. Graf Rautenberg, der viel Kunstverständnis besaß, er selbst malte ein wenig zu seinem Vergnügen, hatte schon bei einem zweiten Besuch ihre Arbeiten besichtigt und seine Anerkennung ausgesprochen.

Es war Krieg. Aber Stella lebte wie auf einem anderen Stern. Der Krieg war fern. Und die Rastlosigkeit, die ihr Leben so lange erfüllt hatte, war von ihr gewichen. Sie war ausgeglichen, heiter, glücklich bei ihrer Arbeit und mit ihrem Kind. Mit allen Freunden unterhielt sie einen regen Briefwechsel. Thies kam im Winter zu einem längeren Besuch. Er brachte das Manuskript seines inzwischen vollendeten ersten Romans mit. Stella las eifrig und war beeindruckt.

»Du bist ein Dichter, Thies«, sagte sie. »Komisch, ich hab' mir so was immer schon gedacht. Du wirst einmal ein berühmter Mann werden.«

Thies lachte. »Warten wir erst mal ab.«

Auf jeden Fall hatte er keine Mühe gehabt, sein erstes Werk unterzubringen. Einige Erzählungen und Novellen von ihm waren bereits erschienen, und der Roman würde im kommenden Herbst in dem Verlag erscheinen, bei dem er noch immer als Lektor tätig war.

Thies' Leben hatte seine Erfüllung gefunden. Nur ein Kummer drückte ihn: Denise. Seit sie im späten Frühjahr 1939 Berlin verlassen hatte, hatte er sie nicht wiedergesehen. Nach dem Frankreichfeldzug hatte er versucht, mit ihren Eltern Verbindung aufzunehmen. Doch offenbar war man in Paris nicht gesonnen, weiterhin mit Denises deutschem Freund zu verkehren. Immerhin konnte er ermitteln, daß sich Denise noch in Amerika befand. Aber mehr nicht.

»Es war deine erste Liebe, Thies«, versuchte ihn Stella zu trösten.

»Eine erste Liebe geht immer einmal zu Ende. Du wirst eine andere Frau finden.«

Thies blickte sie ernst an mit seinen dunklen Augen. »Ja«, sagte er, »vielleicht. Ich habe schon viele andere Frauen kennengelernt. Aber keine konnte mir bisher Denise ersetzen.« Die Treue der Termogens, in ihm war sie unerschütterlich.

Dafür gab es ein anderes glückliches Liebespaar. In diesem Winter heiratete Nora. Sie fragte bei Stella an, ob sie etwas dagegen habe, wenn sie zunächst mit ihrem Mann in Adams Wohnung leben würde. Falls Stella zurückkäme, würde man sich natürlich etwas anderes suchen. »Andererseits«, schrieb Nora, »sehe ich ja nicht ein, warum die Wohnung leerstehen soll. Und es ist so praktisch für mich, nicht weit zum Geschäft.«

›Kunst und Handwerk‹ bestand immer noch, man verkaufte jetzt eben, was noch zu haben war, auch Stella lieferte gelegentlich kleine Arbeiten. Sie nahm nur noch wenig Anteil daran. Die Kulissen ihres Lebens hatten sich wieder einmal verschoben. Und natürlich hatte sie nichts dagegen, wenn Nora mit ihrem neuen Mann weiterhin in Adams Wohnung blieb. Für sie war immer noch Platz dort, wenn sie nach Berlin kam. Außerdem war ja noch Dietrichs Wohnung da.

Das Leben war großzügig und vielgestaltig für sie. Der enge Hinterhof endgültig Vergangenheit geworden. So Vergangenheit, daß sie fast ganz darüber vergaß, welche familiären Bindungen noch bestanden. Ganz selten einmal, daß sie von Milly oder Lotte hörte. Beider Männer waren eingezogen. Fritz war in Frankreich, Kurt, der ehemalige Kommunist, in Norwegen. Für Lotte und Milly und ihre Kinder war gesorgt. Der einzige Mensch, nach dem Stella Sehnsucht empfand, war Kapitän Termogen. Sie hatte ihn lange nicht gesehen. Schon im Herbst hatte sie eigentlich die Absicht gehabt, ihn zu besuchen. Er sollte ja endlich auch einmal den kleinen Pieter kennenlernen. Aber dann scheute sie doch die weite Reise mit dem noch zu kleinen Kind. Sie hatte den Besuch auf den nächsten Sommer verschoben. Allerdings hatte sie Kapitän Termogen eingeladen, sie doch einmal zu besuchen. Aber dazu war er nicht zu bewegen.

»Nee, min Deern«, schrieb er, »das ist zu weit auf meine alten Tage. Ein büschen wacklig bin ich ja nun doch. Komm du man lieber her.«

Einen Mann hatte Stella natürlich auch, obwohl sie es zeitweise ganz vergaß. Dietrich kam in unregelmäßigen Abständen. Gelegentlich traf sie ihn in Wien, manchmal erschien er überraschend auf Seeblick, und nur über Weihnachten konnte er einmal einige Zeit bleiben.

Natürlich konnte man das, was sie beide verband, kaum eine

Ehe nennen. Er liebte Stella unverändert, zärtlich und hingebungsvoll, behandelte sie nach wie vor als große Kostbarkeit. Sie hatte ihn schätzengelernt, empfand durchaus Zuneigung zu ihm. Keine leidenschaftliche Liebe wie für Jan, kein inniges Vertrauen und keine uneingeschränkte Hingabe wie bei Adam. In dieser Verbindung war sie die Überlegene, die Gebende. Doch sie war Dietrich eine zärtliche und hingebungsvolle Geliebte. Schon allein deswegen, weil er so selten da war, weil es sonst keinen anderen Mann in ihrem Leben gab. So leicht waren die einsamen Nächte nicht zu ertragen. Stella sehnte sich oft nach Liebe, nach der Umarmung eines Mannes. Und darum begrüßte sie Dietrich auch immer mit ehrlicher Freude. Es kostete sie keine Überwindung, mit ihm zusammen zu sein. Ein wenig Angst hatte sie allerdings, daß sie wieder ein Kind bekommen könnte. Danach verspürte sie nicht die geringste Sehnsucht. Pieter war nun da, und sie liebte ihn. Aber damit war es genug.

Jedoch war Dietrich in diesem Punkt sehr vernünftig. Auch hierin kein blinder Gefolgsmann seines Führers.

»Unser Leben kommt erst«, sagte er. »Du mußt Geduld haben, mein Liebes. Ich habe es mir anders vorgestellt. Aber wenn der Krieg vorbei ist, dann werde ich nur noch für dich dasein. Ich tue dann keine politische Arbeit mehr, das habe ich mir fest vorgenommen. Ich weiß noch nicht, was ich machen werde. Aber ich habe die Nase voll davon. Ich will mein Leben genießen. Mit dir.«

Manchmal fragte sich Stella, ob er ihr wohl immer treu sei. Er war weit weg, in einer großen, erregenden Stadt, ein gutaussehender kräftiger Mann wie er. Sicher gab es dort Frauen, die sich für ihn interessierten. Und war es sicher, daß er standhaft blieb? Nicht, daß es ihr sehr viel ausgemacht hätte. Aber der Gedanke war doch irgendwie unangenehm. Allerdings, so sagte sie sich ehrlich, wäre sie die letzte, die sich hätte darüber beklagen können. Wenn er sie betrog, würde sie schweigen. Sie hatte ihre Ehe selbst mit einem Betrug begonnen. Vielleicht würde es ihre Schuld ihm gegenüber verringern, wenn er eine andere Frau neben ihr liebte. Es war eine kindliche Rechnung, sie wußte es. Aber sie dachte es trotzdem.

Als sie einmal so etwas sagte, lachte er sie aus.

»Es hat einmal eine Zeit gegeben«, sagte er dann, »da war ich ziemlich wahllos, was Frauen betraf. Ich gebe es zu. Aber nicht mehr, seit ich dich kenne. Du bist meine Frau. Du bist die einzige Frau, von der ich mir je gewünscht habe, sie zu heiraten. Sie zu behalten. Mit ihr zusammen zu leben. Daran hat sich nichts geändert. Und ich freue mich auf die Zeit, wenn ich mit dir leben werde. Ich träume davon. Stella, du mußt wissen, ich habe nie geträumt. Du hast mich das Träumen und Wünschen gelehrt. Alles hast du mich gelehrt. Die Sehnsucht und die Liebe. Alles, was mich zum Menschen macht. Glaubst du wirklich, ich hätte Freude an billigen Abenteuern?«

Stella schlug die Augen nieder. Sie legte ihren Kopf an seine Schulter, und fast erschien es ihr, auch sie könne sich auf die Zeit freuen in der sie mit ihm leben würde.

»Du bist ganz anders, als ich früher dachte«, sagte sie.

»Ich bin anders geworden«, erwiderte er. »Durch dich. Ich kann den Mann, der ich früher einmal war, manchmal selbst nicht wiederfinden.«

Daß er sich Sorgen machte um die Entwicklung des Krieges, das wußte sie. Er sprach jetzt ziemlich offen mit ihr darüber.

»Es dauert zu lange«, sagte er. »Der Krieg wird zu einer bestehenden Tatsache, und er hätte nichts anderes sein dürfen als ein rascher Blitzschlag. Unsere Feinde richten sich darauf ein. Und was ich fürchte: es werden mehr.«

»Du meinst Amerika?« fragte Stella.

»Ja, ich meine Amerika. Genaugenommen beteiligt sich Amerika bereits an dem Krieg gegen uns. Es liefert an England in großem Stil. Es greift unsere Schiffe an. Es hat seine Hände überall im Spiel. Wenn der Führer nicht um jeden Preis vermeiden wollte. mit Amerika in den Kriegszustand zu geraten, dann wäre es längst soweit. So tun wir, als ob wir nicht sehen und hören, was vorgeht. Aber Amerika ist es nicht allein. Die größte Sorge für uns ist Rußland.«

»Aber mit Rußland haben wir doch ein Bündnis?« fragte Stella naiv.

»Ja, das haben wir. Aber wenn du mich fragst, ist es nichts als ein Fetzen Papier. Das weiß die ganze Welt. Das weiß auch England. Und Amerika. Es ist ihr Ziel, daß wir Krieg mit Rußland bekommen. Mit diesem Feuer spielen sie alle. Zündstoff gibt es genug. Ich sitze schließlich nahe genug daran und weiß, was los ist. Rußland liegt ständig auf der Lauer, wo es sich aus dem verworrenen Balkankuchen ein Stück herausschneiden kann. Sie haben Rumänien Bessarabien und den nördlichen Teil der Bukowina weggenommen. Frech und gottesfürchtig, als hätten sie das größte Recht dazu. Wir müssen zusehen, müssen die Rumänen beschwichtigen. Ungarn und Bulgarien stellen ebenfalls Gebietsforderungen. Einer belauert den anderen, und nur der geschicktesten Diplomatie kann es gelingen, daß sie nicht aufeinander losgehen. Hinter allem aber steht der Engländer. Sie warten auf den Tag, bis wir uns mit Rußland in den Haaren liegen, und tun alles dazu, diese schwierige Situation im Balkan noch weiter zu erschweren. Wir brauchen aber Ruhe da unten, wir brauchen das verdammte Öl. Seit der König abgedankt hat und Antonescu das Land regiert, ist wenigstens eine einigermaßen feste Hand am Zügel. Antonescu seinerseits ist davon überzeugt, daß ein Krieg zwischen uns und Rußland unvermeidlich ist. Er sagt das ganz offen. Dabei hat er selbst schwer zu kämpfen im eigenen Land. Er sitzt nicht sehr sicher im Sattel. Es ist ein furchtbares Durcheinander, Stella. Man kann es nicht in wenigen Worten erklären, man müßte ein Buch darüber schreiben. Da sind konservative Gruppen, da sind kommunistische Gruppen, jeder kämpft gegen jeden, intrigiert und sabotiert. Wir müssen uns darum kümmern, ob wir wollen oder nicht, denn Unruhen im Land gefährden die Öllieferungen. Die Ölgesellschaften selbst, die den Engländern und Franzosen und Niederländern gehören – es ist paradox, ich weiß –, sabotieren uns natürlich auch. Und das schlimmste ist dieser idiotische Krieg, den Mussolini angefangen hat. Sein Überfall auf Griechenland hat den ganzen Balkan noch mehr in Unruhe gestürzt. Er richtet ja nichts aus. Die Italiener werden geschlagen, sind schlecht gerüstet, kaum vorbereitet. Sie haben Badoglio heimgeschickt, obwohl er sein möglichstes getan hat. Kein Mensch, auch nicht der größte Stratege, konnte mit diesem unbrauchbaren Haufen einen Krieg führen. In Afrika ist es genauso. Hinzu kommt, daß Mussolinis unbedachtes Vorgehen England die Möglichkeit gegeben hat, wieder aktiv zu werden. Und recht erfolgreich. Und vergiß nicht, im Hintergrund lauert der Russe und wartet. Jetzt haben wir schon ewig diese Konferenz in Bukarest. Und was wird dabei herauskommen? Nichts.«

»Was für eine Konferenz?« fragte Stella, die sich nur schwer ein Bild von der komplizierten Lage im Osten machen konnte.

»Die See-Donau-Konferenz. Es geht um die Schiffahrt auf der Donau, um das Schwarze Meer, die Dardanellen und noch um vieles andere, was damit verknüpft ist. Um Dinge, die ausgesprochen werden, und um Dinge, die man verschweigt, die man vorsichtig vermeidet.«

»Das ist ein schreckliches Durcheinander«, meinte Stella.

»Das kann man wohl sagen«, erwiderte Dietrich grimmig. »Ich selbst, der ich nun seit einem Jahr drinstecke, finde mich manchmal nicht durch. Als Molotow im November in Berlin war, verlangte er, daß die deutsche Militärmission aus Rumänien abberufen würde. Das können wir uns einfach nicht leisten. Wir haben sowieso zu wenig Leute da. Wir brauchten ein schlagkräftiges Heer dort. Denn am Ende wird uns nichts anderes übrigbleiben, als den verdammten Italienern zu helfen. Allein schaffen sie es nicht. Und dann haben wir also einen Kriegsschauplatz auf dem Balkan. Das wäre ein gefundenes Fressen für die Briten. Dann können sie Rußland aufstacheln. Und sie erreichen die Ölfelder, wenn sie wollen, von Kreta oder Malta aus, und können sie bombardieren. Weißt du, was das bedeutet?«

»Ich glaube ja«, sagte Stella. »Ach, Dieter, ich finde das alles greulich. Warum kann man nicht Schluß machen mit dem Krieg? Wir haben doch nun Polen, und Frankreich haben wir auch besiegt, jetzt könnten wir doch mit allen Frieden machen, einen möglichst großzügigen Frieden, und wieder so weiterleben wie früher.«

Unwillkürlich mußte Dietrich lachen. »Du bist ein Kind, Stella.« Und ernst fügte er hinzu: »Wir werden nie mehr so weiterleben wie früher. Ich weiß nicht, wie man einen Rückweg finden soll.«

Stella betrachtete das sorgenvolle Gesicht ihres Mannes. Er sah gar nicht gut aus, war nicht mehr der blonde, nordische Held mit der ruhigen Überlegenheit im ebenmäßigen Gesicht. Arbeit, Sorgen und die Verantwortung der letzten Jahre hatten ihn verändert, hatten ihn älter gemacht, als es seinen Jahren entsprach.

»Und wie soll es weitergehen?« fragte Stella leise. »Wenn wir wirklich Krieg mit Rußland kriegen? Und mit Amerika? Was wird dann?«

»Ich weiß es nicht«, sagte Dietrich. »Das ist etwas, was ich wirklich nicht weiß. Ich kann nur so viel sagen, daß ich dann mit großer Sorge in die Zukunft blicken würde. Deutschland ist ein kleines Land. Alles Material, aller Rohstoff, der zum Kriegführen gebraucht wird, ist bei den anderen, besonders bei Amerika, im Überfluß vorhanden oder kann in Kürze beschafft werden. Bei uns ist alles knapp, vieles nur mühselig und vielleicht eines Tages gar nicht mehr zu beschaffen. Und nicht viel anders ist es mit den Menschen. Wir haben schließlich schon einmal einen Krieg gegen die halbe Welt geführt. Und wir wissen, was es bedeutet. Auch unser Menschenmaterial ist begrenzt.«

»Menschenmaterial ist ein gräßliches Wort«, sagte Stella.

»Ja, ich weiß. Ich meine es auch nicht so. Es ist nur ein gebräuchlicher Ausdruck.«

»Ich finde es sehr bedenklich, daß es ein gebräuchlicher Ausdruck ist. Die Mißachtung des Menschen, des einzelnen Lebewesens, die daraus spricht, ist für mich bezeichnend für den Geist der Zeit. Das ist keine gute Zeit, Dieter. Und daraus kann nichts Gutes werden.«

Dieses Gespräch fand während der Weihnachtsfeiertage statt. Dieter saß in einem der Sessel vor dem Kamin, Stella auf einem hohen Kissen auf dem Boden, direkt vor den Flammen. Sie hatte sich abgewandt und schaute in die Flammen. Dieter erblickte sie im Halbprofil. Über ihrer hohen, klaren Stirn bauschte sich seidig das dichte, rote Haar. Sie hatte es vor einer Stunde gewaschen. Jetzt war es in der Wärme der Flammen getrocknet, und im Widerschein des Feuers schien es Funken zu sprühen.

Dietrich schob seinen Sessel ein wenig nach vorn, bis er dicht hinter ihr saß und fuhr mit leichten Fingern durch die leuchtende Pracht. Stella lehnte sich zurück an seine Knie.

»Manchmal«, sagte Dietrich nach einer Weile, »habe ich das auch schon gedacht.«

»Das sind erstaunlich neue Gedanken für dich«, meinte Stella. »Glaubst du also nicht mehr so bedingungslos an die überragende Persönlichkeit deines Führers? An seine magischen Fähigkeiten? An seine von Gott gewollte Sendung? Oder vielmehr von der Vorsehung gewollt. Mit dem lieben Gott hat er es ja nicht so besonders.«

Dietrich ließ sie eine Weile auf Antwort warten. Und dann war es kein klares Ja oder Nein. »Man muß abwarten«, sagte er. »Der Führer kennt die Gefahren auch, die eine Erweiterung des Krieges mit sich bringen. Er ist nicht so dumm, wie du immer denkst.«

»Wenn ich ihn ansehe, das heißt, wenn ich sein Bild irgendwo sehe, in der Zeitung oder in der Wochenschau, denn leibhaftig habe ich ihn noch nicht gesehen, ich habe auch kein Verlangen danach, aber jedenfalls wenn ich ein Bild von ihm sehe, dann fällt es mir schwer, daran zu glauben. Ich finde nämlich, er sieht dumm aus. Ich habe das immer gefunden. Schon damals, als er anfing. Da war ich noch ein Gör, aber ich fand ihn unsympathisch, aufgeblasen und ziemlich dämlich aussehend. Tut mir leid, wenn ich deine Gefühle damit verletze. Aber es war so. Und ich kann ihn bis heute nicht anziehender finden.«

Ihre Worte brachten Dietrich weder in Zorn, noch reizten sie ihn zu streitbarem Widerspruch. Seine Hand glitt wieder über ihr Haar. Nur seine Augen, die jetzt auch in die Flammen blickten, waren traurig. »Ich kenne deine Ansichten, Stella«, sagte er. »Du hast nie damit hinter dem Berg gehalten.«

»Nein«, erwiderte Stella lebhaft. »Und das wirst du auch nicht erleben. Es fällt mir schwer genug, mich anderen Leuten gegenüber zurückzuhalten. Aber ich kann nicht einsehen, warum ich zu meinem eigenen Mann nicht sagen kann, was ich denke.«

»Du kannst es ja sagen. Und du sollst es sagen. Es ist natürlich eine absurde Situation, wenn man bedenkt, daß zwischen Mann und Frau so grundlegend verschiedene Ansichten in dieser wichtigen Frage herrschen. Aber ich habe es mir ganz fest vorgenommen, damals, als wir heirateten, daß es niemals zwischen uns aus diesem Grund Streit geben soll. Du hast ein Recht auf deine eigene Meinung, und du sollst sie aussprechen können. Wenigstens zu mir. Daß du es anderswo nicht kannst, das weißt du selbst.«

Stella drehte sich rasch um, legte ihr Kinn auf sein Knie und lachte erheitert zu ihm auf. »Weißt du auch, mein Liebling, daß du eben in diesem Moment bekannt hast, daß du gar kein Nazi mehr bist? Daß du dich meilenweit entfernt hast von deines Führers Bannkreis? Daß du außerhalb stehst?«

Er blickte fragend auf sie hinab. Es war nur eine leichte Frage in seinen Augen, die sie ermunterte, weiterzusprechen. Aber kein Erstaunen.

»Du hast gesagt«, wiederholte Stella, »ich habe ein Recht auf meine eigene Meinung und ich soll sie aussprechen können. Weißt du, Dieter, daß das ungeheuerlich ist aus deinem Mund? Weißt du, daß das offene Rebellion ist? Eine Absage an alles, was du bisher vertreten hast?«

»Du mußt nicht übertreiben«, wehrte er ab.

»Ich übertreibe gar nicht«, sagte Stella. »Schön, du gestehst das im Moment nur mir zu. Aber warum nur mir? Genaugenommen ist dies ein Recht, das allen Menschen gebührt. In eurem Staat aber ist dieses Recht erloschen, ist mit Gewalt und Drohung ausgerottet worden. Daß du es mir zugestehst, Dieter, gut, bis jetzt erst mal mir allein, vielleicht auch weil du mich liebst, aber immerhin, das ist ein deutlicher Beweis, wie sehr du dich verändert hast. Wenn das so weitergeht, dann wirst du das Recht auf freie Meinungsäußerung eines Tages auch anderen Menschen zubilligen. Und dann bist du deinem Führer verloren. Dann stehst du auf meiner Seite.« Es klang triumphierend.

Dietrich runzelte nun doch ein wenig die Stirn. Aber als er ihr in die Augen blickte, die lachend zu ihm aufblickten, mußte er unwillkürlich lächeln. »Du hast eine ganz geschickte Art zu polemisieren, Spatz. Das hast du wohl vom Professor gelernt. Und die politischen Ansichten hast du schließlich auch von ihm übernommen.«

»Kann sein«, gab Stella zu. »Wenigstens zum größten Teil. Aber ich konnte bis heute nicht feststellen, daß er mich etwas Falsches gelehrt hat. Was er mir sagte, kam meinem Denken und Fühlen entgegen, wenn ich vielleicht damals auch noch zu dumm war, um mir eine richtige Meinung zu bilden und alles zu verstehen. Aber Adams Einstellung entsprach auch meiner. Es liegt wohl im Wesen begründet. Auch wenn man es noch nicht mit dem Verstand begründen kann. Die Nazis hatten mir nichts getan. Aber ich mochte sie nicht. Sie waren mir unsympathisch. Gar nicht mal so sehr politisch, davon verstand ich nichts. Sondern wegen vieler kleiner lächerlicher Dinge, die ich wahrscheinlich auch mit sehr weiblichen Augen sah: ihre Aufmärsche und ihre Uniformen, ihre Stiefel und ihr Geschrei und Gesinge, ihre aufgeblasene Wichtigtuerei, ihr tierischer Ernst, Menschen und Dinge zu betrachten. Die deutsche Frau raucht nicht, sie schminkt sich nicht und färbt sich nicht die Haare, sie hat dafür einen dicken Hintern und ein doofes Kleid an und bekommt möglichst viele Kinder. Kannst du im Ernst annehmen, daß eine Frau wie ich mit einer Partei, die solche Spielregeln verfaßt, auch nur fünf Minuten sympathisieren kann?« Eifrig blickte sie zu ihm auf.

Dietrich mußte unwillkürlich lachen. »Das ist ja nun wirklich kein Standpunkt, von dem aus man sich eine politische Meinung bilden kann. Eine sehr kindliche und naive Betrachtungsweise, das mußt du doch zugeben.«

»Bitte sehr, gebe ich zu«, sagte Stella. »Ich war ja damals auch noch ein halbes Kind. Aber ich finde auch heute noch, meine kindliche und naive Betrachtungsweise hat die Sache doch ganz richtig betrachtet. Kleinigkeiten? Na schön. Äußerlichkeiten. Aber sind sie nicht symptomatisch für alles? Ich bin kein Politiker. Ich bin eine Frau. Ich war damals ein junges Mädchen. Ich habe Dinge gesehen, gehört und gelesen, die mir mißfielen, die mich abstießen. Und dabei ist es geblieben. Mein Wesen paßt nun einmal nicht für den Nationalsozialismus. Und da könnten sie ein Schlaraffenland um mich herum erbauen, das änderte nichts daran. Mir geht es ja jetzt auch nicht gerade schlecht, nicht wahr? Es ist zwar Krieg, aber ich merke nicht viel davon. Ich lebe hier in einem Schloß in Österreich, bin so'ne Art Gräfin, habe zu essen und zu trinken, alles was ich brauche, mein Sohn kriegt die beste Milch, die man sich wünschen kann, mein Mann ist ein hohes Tier. Gerechterweise müßte ich lauthals ›Heil Hitler!‹ schreien. Ich tu's aber nicht. Ich kann nicht. Ich mag ihn trotzdem nicht. Und seine ganze Clique auch nicht. Nun mach was!«

»Aber mich doch wenigstens«, sagte Dietrich und strich ihr wieder durchs Haar.

Stella nickte. »Dich schon. Aber du bist gar kein richtiger Nazi. Wenn du es vielleicht auch nicht zugibst. Damals, als du angefangen hast, warst du ein junger Bengel mit vernebelten Idealen. Heute bist du ein Mann mit einem denkenden Kopf geworden. Und im Verlauf dieser Entwicklung hast du dich Schritt für Schritt von den Nazis entfernt. Du weißt selber noch nicht, wie weit. Was du jetzt da unten arbeitest, ist so eine Art Diplomatentätigkeit gemixt mit Geheimdienst, nicht? So ungefähr stelle ich mir das vor. Dazu brauchst du Intelligenz und Geschicklichkeit, einen kühlen Kopf und ruhige Überlegung. Aber keine knallenden Stiefel und keine markigen Lieder. Und wenn du morgen wieder deine Totengräberuniform anziehen solltest und irgendwo mitmarschieren müßtest, etwa so ...« Stella sprang plötzlich mit einem Satz auf und begann im Stechschritt durchs Zimmer zu marschieren und sang dabei aus vollen Kräften: »Es zittern die morschen Knochen ...«

Dietrich hatte zunächst vor Staunen den Mund aufgesperrt, dann mußte er lachen, daß ihm die Tränen in die Augen traten. Die Tür wurde aufgerissen und Joseph steckte überrascht seinen Kopf herein.

Stella ließ sich nicht stören, sie marschierte weiter, immer im Zimmer hin und her, und sang das Lied zu Ende. Das frischgewaschene Haar wehte wie eine Fahne um ihren Kopf.

Nach dem letzten gewaltigen Schmettern ließ sie sich mit einem Plumps wieder auf ihr Kissen fallen und rief: »Fein, was? Kämst du dir schön dämlich dabei vor.« Und zu Joseph gewandt: »Keine Bange, ich bin nicht übergeschnappt, war nur 'ne kleine Illustration. Wenn ich vielleicht noch um ein Glas Wein bitten dürfte, ich bin jetzt ganz heiser.«

Joseph schmunzelte, streifte mit einem raschen Blick das Gesicht seines Herrn, ein wenig Spott in den Augen, den Gedanken im Kopf: Die gnädige Frau gibt's ihm, die wird ihm den ganzen Unfug noch ausreden, nahm den leeren Krug vom Tisch und verschwand.

»Stella, du bist ein Fratz«, meinte Dietrich kopfschüttelnd.

»Nun sag mal«, drängte sie. »Kämst du dir dämlich vor?«

Die direkte Frage verlangte eine direkte Antwort. »Ich kann's nicht leugnen«, sagte Dieter. »Ich käme mir wahrscheinlich dämlich vor. Aber das verlangt ja auch kein Mensch von mir.«

»Aber damals hast du's gemacht, nicht?«

»Selten«, sagte er. »Und eigentlich niemals gern. Das war nicht meine Art von politischem Kampf. Mir ging es ums Ziel.

»Ziel«, sagte Stella verächtlich. »Du siehst ja jetzt dein Ziel. Krieg haben wir. Ist das etwa ein großartiges Ziel? Bedenke doch mal: Leute, die singen ›wir werden weitermarschieren, bis alles in Scherben fällt‹, Dieter, bedenke doch mal, das sind doch Irre!«

»Lieber Himmel, das sind Lieder«, erwiderte er, nun doch ein wenig ungeduldig, »man muß das alles nicht wörtlich nehmen.«

»Muß man doch«, beharrte Stella. »Lieder bestehen aus Worten. Und mit Worten drücken sich Menschen nun mal aus. Sagen sie ihre Meinung, ihre Ansicht, ihre Absichten, ihre – nun ja, verkünden sie ihre Ziele. Und darum soll man niemals achtlos irgendwelche Worte sagen, schreiben oder singen. Man soll immer bedenken, was man sagt, schreibt oder singt. Mit Worten drückt man Gedanken und Gefühle aus. Sie sind die tägliche Münze, mit der der Geist ausgibt und einnimmt. Und man soll das Geld nicht gedankenlos entwerten. Auch nicht das Geld des Geistes. Das rächt sich.«

Und ehrlich fügte sie hinzu: »Hat Adam gesagt. Stammt nicht von mir.«

»Immer Adam«, sagte Dietrich. »Wirst du ihn nie vergessen?«

»Nein. Warum sollte ich? Ich habe nur Gutes von ihm erfahren. Das meiste, was ich an Schätzen auf der Bank meines Geistes eingesammelt habe, kommt von ihm. Hättest du lieber eine dumme Frau?«

Dietrich schüttelte den Kopf. »Nein. Das nicht. Aber vielleicht eine Frau, deren Ansichten nicht so grundlegend verschieden von meinen wären.«

»So schrecklich verschieden sind sie gar nicht«, meinte Stella und lächelte dabei. »Manchmal habe ich den Eindruck, wir kommen uns auch in dieser Beziehung gegenseitig immer näher. Auf jeden Fall aber rechne ich es dir hoch an, daß du mich meine Meinung ungehindert aussprechen läßt. Du hast gesagt, du willst mit mir über diese Dinge nicht streiten. Jetzt werde ich dir etwas sagen: Ich würde mich nicht streiten. Wenn nicht wenigstens du mir das Recht zubilligen würdest, zu sagen, was ich denke, würde ich nicht bei dir bleiben.«

»Du würdest nicht bei mir bleiben? Ich denke, du liebst mich?«

»Trotzdem. Wenn ich immer lügen müßte oder ständig Streit mit dir hätte, dann wäre es keine Liebe, nicht? Unterwerfen würde ich mich nicht.«

»Auch nicht aus Liebe?«

»Nein.« Stella schüttelte entschieden den Kopf. »Liebe kann nur in Freiheit gedeihen. Sonst ist es keine Liebe. Und die größte Liebe stirbt an Zwang und Gewalt. Und sogar an politischen Meinungsverschiedenheiten. Das habe ich schon mal erlebt.«

»Du?« fragte er erstaunt. »Gibt es also noch einen Mann, den du mir verschwiegen hast?«

»Es betrifft nicht mich persönlich. Das waren Dagmar und Jochen. Habe ich dir nie davon erzählt?«

»Nein«, sagte er. »Von einem Jochen habe ich, glaub' ich, schon mal gehört. War das nicht so eine Jugendliebe von dir?«

»Ja. Und Dagmar war die Frau, die er liebte. Eine Schwedin.« Sie erzählte ihm, was sie von Dagmar und Jochen wußte. In dieser Erzählung tauchte auch Michael auf. Sie sagte nicht, was mit Michael gewesen war.

Aber im Verlauf des Abends dachte sie an ihn. Damals als sie Jochen das letztemal getroffen hatte, bei ihrem unüberlegten Besuch in Gleiwitz, hatte sie großartig verkündet, sie würde sich um Michael kümmern. Das hatte sie, ganz beschäftigt mit ihren eigenen Problemen, wieder vergessen. Was mochte wohl aus ihm geworden sein? Sicher war er längst in Amerika oder sonst irgendwo. Er hatte Zeit genug gehabt, den Weg in die Freiheit zu gehen.

9

Als Graf Rautenberg das nächstemal nach Seeblick kam, diskutierte Stella mit ihm das veränderte Wesen ihres Mannes. Der Graf kam niemals, wenn Dietrich anwesend war. Er sprach nicht darüber, begründete es nicht, aber Stella wußte auch so, daß dieser österreichische Aristokrat kein Anhänger des Regimes war.

Mit Stella hingegen hatte er sich gut angefreundet. Sie trafen sich jede Woche zwei- bis dreimal, er war ihr Vertrauter und engster Freund geworden. Und Stella dachte manchmal: Ältere Herren haben eigentlich immer eine große Rolle in meinem Leben gespielt. Und ich habe mich immer wunderbar mit ihnen verstanden.

Der Graf hörte sich aufmerksam an, was sie über Dietrich berichtete.

»Es ist sehr komisch, das mit anzusehen«, sagte sie. »Als ich ihn das erstemal sah, das war im Herbst 1935, da war er so der Prototyp eines echten Nationalsozialisten. Ein SS-Mann von einigem Rang, ein wenig arrogant, überlegen und sehr kalt und zum Fürchten. Und dann ist er immer menschlicher geworden. Eigentlich umgekehrt wie bei den meisten anderen, nicht? Und seit ich mit ihm verheiratet bin, ist er überhaupt ein anderer Mensch geworden. Ich habe noch nie von ihm ein böses Wort gehört. Er ist immer freundlich, geduldig und liebevoll. Wenn mir früher einer gesagt hätte, dieser Mann kann zärtlich und liebevoll sein, dann hätte ich ihn ausgelacht.«

»Wenn S' dös gedacht haben, Stella«, sagte der Graf, »wundre ich mich, daß Sie ihn geheiratet haben.«

»Na ja«, meinte Stella, »das war eine gewisse Verkettung von Umständen. Kam ganz plötzlich. Früher hatte ich nie daran gedacht.«

Da der Graf immerhin wußte, wie alt der kleine Pieter war, erübrigte sich eine weitere Erklärung. Er konnte sich diese »Verkettung der Umstände« zweifellos selbst entketten.

»Für ihn selbst«, meinte der Graf, »ist es gar keine so glückliche Entwicklung, möcht' ich sagen. Wenn's so ist, wie Sie sagen, daß er sich von den Idealen seiner Partei da immer mehr entfernt, so muß er ja zwangsläufig in einen tiefen Konflikt geraten. Er steckt nun mal drin in der G'schicht und kann nicht eines Tages aussteigen.«

»Nein«, sagte Stella. »Zur Zeit sicher nicht. Solange Krieg ist. Später ... Er hat gesagt, später will er sich zurückziehen von der Politik und einen anderen Beruf ergreifen.«

»Hm«, meinte der Graf. »Da wird ihm wohl gar nichts anderes übrigbleiben.«

Stella und der Graf blickten sich eine kleine Weile stumm in die Augen. Jeder wußte vom anderen, was er dachte.

»Und was wird dann sein?« fragte Stella.

Der Graf hob die Schultern. »Schwer zu sagen. Hoffen wir, daß es einigermaßen gnädig abgeht und daß der Krieg nicht zu lange dauert. Eins steht jedenfalls fest: Die Freiheit erkaufen wir uns nicht durch einen Sieg. Sondern durch eine Niederlage. Und darum wird diese Freiheit einen hohen Preis haben. Hoffen wir, daß wir nicht gar zu teuer dafür bezahlen müssen. Aber selbst, wenn es teuer wird: Freiheit wird nie überzahlt.«

Nein, das wußte natürlich noch keiner, wie hoch der Preis für die Freiheit sein würde. Das Jahr 1941 hatte erst begonnen. In diesem Jahr würde Stella ihren vierundzwanzigsten Geburtstag feiern. Und der kleine Pieter seinen ersten.

Wo Stella ihren Geburtstag feiern würde, stand auch schon fest. Anfang Juni wollte sie nach der Insel Sylt fahren und mehrere Wochen dort bleiben. Sie freute sich darauf. Und sie war gespannt, was Kapitän Termogen zu dem kleinen Mann, der seinen Namen trug, sagen würde.

Eigentlich, dachte Stella manchmal, eigentlich müßte er Pieter Termogen heißen. Wenn ich nicht geheiratet hätte, hieße er so, und das gäbe erst den richtigen Klang. Andererseits natürlich wäre ihr Sohn dann ein uneheliches Kind. Also war es so wohl schon besser.

»Übrigens«, setzte Graf Rautenberg das begonnene Gespräch fort, »wissen Sie, Stella, wer sehr froh wäre über das, was Sie die Veränderung Ihres Mannes nennen? Seine Mutter. Die Gräfin war so glücklich über die späte Versöhnung mit ihrem Sohn. Andererseits aber immer sehr bedrückt über den Weg, den er eingeschlagen hatte. Sie war eine sehr gescheite und charmante Frau, weltoffen, kunstverständig, und eine Schweizerin dazu. Mit den Nazis konnte sie sich nicht anfreunden. Der Ferdl natürlich erst recht nicht. Drum ist er ja auch weggegangen. Und meine Meinung kennen S' eh. Aber ich bin dageblieben. Man muß abwarten können.«

Anschließend sprachen sie über die bevorstehende Ausstellung in Wien, bei der Arbeiten von Stella in der österreichischen Hauptstadt gezeigt werden sollten.

»Wann S' an guten Erfolg haben«, meinte Graf Rautenberg, »dann werden S' sich vielleicht doch an Atelier in Wien mieten müssen.«

Stella schüttelte den Kopf. »Nö. Ich denke nicht dran. Ich bleibe hier. Wenn ich in eine Stadt gehe, dann nach Berlin. Und warum sollte ich in Wien leben? Wenn ich wirklich Aufträge kriege, wie Sie Optimist annehmen, kann ich hier auch arbeiten. Das wäre höchstens, wenn es sich um Porträtaufträge handelt. Warten wir erst mal ab.«

Die Ausstellung wurde ein erfreulicher Erfolg, und wirklich erhielt Stella verschiedene Aufträge, darunter zwei offizielle. Eine Kindergruppe für den Neubau einer Schule in der Steiermark und ein Relief für eine Bibliothek in Linz.

Sie war stolz und machte sich gleich an die Arbeit. Bis zum Sommer wollte sie alle Arbeiten abgeliefert haben.

In der letzten Märzwoche traf Stella ihren Mann wieder einmal in Wien. Sie hatte ihn seit Weihnachten nicht mehr gesehen. Der Balkan war immer unruhiger geworden, und Dietrich war deshalb ständig eingespannt. Im Januar hatte der Putsch in Rumänien stattgefunden, in dem die Legionäre der Eisernen Garde sich gegen Antonescu erhoben. Aber Marschall Antonescu war von deutscher Seite gestützt worden, die deutsche Militärmission in Bukarest war zum Einsatz auf seiner Seite bereit. Antonescu triumphierte, Horia Sima, der Führer der Aufständischen, wurde nach Deutschland gebracht, ehe Antonescu ihm den Prozeß machen konnte, und hier in Ehrenhaft gehalten.

Deutschland war es mittlerweile gelungen, Ungarn, Bulgarien und die Türkei in einem Nichtangriffspakt zu vereinen, dem sich im März auch Jugoslawien anschloß. Bei dieser Gelegenheit war Dietrich in Wien, und Stella traf ihn dort. Viel Zeit hatten sie nicht. Einige flüchtige Gespräche, ein paar Informationen, das war alles. Stella fiel auf, wie schlecht Dietrich aussah.

»Schläfst du denn so wenig?« fragte sie.

»Stimmt«, sagte er. »Ich mache mir Sorgen. Alle Bemühungen sind vergebens. Es kann sich nur noch um Tage handeln, dann beginnt im Balkan auch der Krieg. Und dann kommt der Russe. Das wächst uns alles über den Kopf.«

»Und was wird dann mit dir?« fragte Stella ehrlich besorgt.

»Mit mir?« Er lachte kurz auf. »Mit mir geht es immer so weiter. Wir müssen dann vermutlich den ganzen Balkan besetzen und vor allem weiter das rumänische Öl hüten wie den Gralsschatz. Britische Truppen sind in Griechenland gelandet. Wir müssen sie hinauswerfen. Wir müssen Kreta besetzen, damit sie von dort nicht in das Ölgebiet fliegen können. Aus dem gleichen Grund müssen wir uns um Malta und Zypern kümmern und weiter den Italienern in Afrika helfen. Auf jeder Seite steht einer und lauert und wartet.«

»Amerika und Rußland«, sagte Stella verständnisvoll. »Ach, Dieter, was soll daraus bloß noch werden?«

»Tu mir einen Gefallen«, sagte Dietrich, »bleibe mit dem Jungen auf Seeblick. Dort bist du am sichersten. Die großen Städte muß man meiden, denn mit der Zeit werden die Luftangriffe zunehmen.«

»Aber im Sommer will ich nach Keitum fahren, das weißt du doch.«

»Wenn es unbedingt sein muß. Aber bleibe nicht zu lange. Dein Onkel kann dich doch auf Seeblick besuchen.«

»Das tut er nicht. Aber ich kann ihn ja noch mal einladen.«

Wie recht Dietrich mit seiner Besorgnis gehabt hatte, zeigte sich bald. Am 6. April begann der Balkanfeldzug. Er begann mit schweren Bombenangriffen auf Belgrad. Denn die Männer, die in Wien den Nichtangriffspakt unterzeichnet hatten, wurden bei ihrer Rückkehr nach Jugoslawien als Verräter von kommunistisch beeinflußten Kreisen verhaftet. Prinzregent Paul verließ sein Land. Jugoslawien war von heute auf morgen zu einem Gegner geworden.

Der Feldzug auf dem Balkan zeichnete sich durch Kürze und Erfolg aus. Jugoslawien war rasch besiegt und besetzt, und schon am 27. April erreichten deutsche Truppen Athen. Damit war dieser Krieg praktisch beendet.

Aber längst war die deutsche Bevölkerung nicht mehr so naiv, von einem Sieg den Frieden zu erwarten. Jetzt war es so weit, daß jeder sich bang fragte: Und was kommt nun?

10

Stella feierte ihren Geburtstag nicht in Keitum. Und Kapitän Termogen bekam den kleinen Pieter nicht zu sehen.

An einem sonnigen, warmen Nachmittag Anfang Mai arbeitete Stella im Atelier. Plötzlich kam Theres angesaust.

»Telefon!« rief sie laut. »A G'spräch aus Berlin. Für Sie, Frau Gräfin.«

Stella blickte unwillig von der Arbeit auf und begann, die Tonklumpen von den Fingern zu streifen.

»Wer denn?« fragte sie.

Das wußte Theres nicht. Aber Joseph, der gemessen nachgekommen war und unter der Tür des Ateliers stand, sagte: »Der Herr Termogen aus Berlin, gnä' Frau.«

»Thies?« Stella stand auf. »Ich komme schon.« Und im Laufen fügte sie ahnungsvoll hinzu: »Hoffentlich ist nichts passiert.«

Es war etwas passiert. Kapitän Termogen war in den Morgenstunden dieses Tages gestorben. Plötzlich und unerwartet, wie man so sagt, an den Folgen eines Schlaganfalles. Ein rascher, schmerzloser Tod. Er war einundachtzig, und die Zeit war wohl reif gewesen.

Thies teilte Stella mit knappen Worten das Geschehen mit. »Ich fahre mit dem Nachtzug nach Hamburg«, sagte er. »Kommst du auch?«

»Natürlich«, erwiderte Stella. »Morgen. Ich glaube, heute nacht habe ich keinen Anschluß mehr nach Berlin. Oder doch? Ich werde mich gleich erkundigen. O Thies, das ist furchtbar!«

Als sie abgehängt hatte, stand sie eine Weile stumm, mit starrem Blick neben dem Telefon. Ihre Finger kratzten mechanisch den trocken gewordenen Ton von den Händen, der auf den Teppich bröselte. Joseph stand einige Schritte entfernt und betrachtete sie mit kummervoller Miene. Er hatte begriffen, daß etwas Böses geschehen war. Die blonde Theres stand mit angstvoll geweiteten Augen unter der Tür zur Terrasse.

Joseph hüstelte diskret. »Sie verreisen, Frau Gräfin?«

Stella blickte ihn an. »Wie? Ja. Joseph, stellen Sie sich vor, Kapitän Termogen ist gestorben.« Denn natürlich wußte jedermann hier im Haus, wer Kapitän Termogen war. Stella hatte oft von ihm erzählt.

»Das tut mir leid, Frau Gräfin«, sagte Joseph und neigte ein wenig das Haupt. »Mein herzlichstes Beileid, Frau Gräfin.«

Während der ganzen Reise machte sich Stella die heftigsten Vorwürfe, daß sie nicht doch im letzten Sommer oder Herbst nach Keitum gefahren war. Warum hatte sie es nur so lange hinausgeschoben? Warum bedachte man nicht vorher, daß es plötzlich zu spät sein konnte? Für einen Brief, für einen Besuch, für ein Wort der Liebe. Achtzig Jahre, nun ja. Aber wer hätte gedacht, daß Onkel Pieter auch sterben konnte?

Bei der Beerdigung auf dem alten, windüberbrausten Friedhof von Keitum, wo so viele Seefahrer und Kapitäne schliefen, die das Meer wieder an Land gelassen hatte, weinte Stella wie noch nie in ihrem Leben. Thies hatte den Arm um sie gelegt und tröstete sie leise. Aber sie weinte auch noch am Abend, als sie zusammen im Termogen-Haus waren, und konnte nicht aufhören, bis sie schließlich erschöpft, mit roten Augen und schmerzendem Kopf, still auf dem Sofa lag.

Hier war ihre Heimat. Die glückliche Insel ihrer Jugend. In diesem Haus hatten Liebe und Geborgenheit auf sie gewartet, hier hatte Kapitän Termogen mit sorglichen Händen das kümmerliche kleine Leben angepflanzt, mitten in die Sonne, in den Wind, in das Licht einer hellen Welt. Onkel Pieter. Zärtlich geliebter, stolz bewunderter Onkel Pieter, lachend, froh, gesund, auf dem Rücken von Tack. »Na, wie ist es, min Deern, willst du mitkommen? Ich reite an den Strand.« Und schon saß das kleine Mädchen vor ihm im Sattel, ein wenig ängstlich, aber bemüht um gute Haltung und Fassung. »Hast du Angst, min Deern?« Überflüssige Frage. Solange Kapitän Termogens Hände einen hielten, gab es nichts, wovor man Angst haben mußte. Noch zwei Tränen lösten sich aus Stellas Augen und rollten ihr über die Wangen.

»Hör auf, Stella«, sagte Thies, der neben ihr saß, und strich ihr das verwirrte Haar aus der Stirn. »Ist ja nicht mit anzusehen. Vadding würde schimpfen. Olle Heulsuse, würde er sagen, nun nimm dich mal 'n büschen zusammen.«

»Ach Thies, du weißt ja nicht, wie unglücklich ich bin.«

»Doch, Stella, ich weiß. Er war nicht nur dein Vater. Er war auch mein Vater.«

Stella richtete sich plötzlich auf und schlang beide Arme um Thies' Hals.

»Aber du verläßt mich nicht, Thies. Nie. Schwör mir das. Du stirbst nicht. Jedenfalls nicht vor mir. Ich habe niemanden weiter auf der Welt außer dir.«

»Aber Stella«, sagte Thies und küßte sie zärtlich auf die Schläfe, »du hast einen Mann. Und du hast ein Kind. Die sind doch wichtiger als ich.«

»Nein«, sagte Stella und schüttelte den Kopf. »Nein.«

»Ich habe wirklich niemanden außer dir«, sagte Thies langsam. »Keine Frau, kein Kind. Ich bin allein.«

»Du hast mich«, sagte Stella. »Und du bist mir der wichtigste Mensch auf der Welt. Pieter? Er ist noch so klein. Ein Kind. Das ist noch kein Mensch, weißt du. Natürlich liebe ich ihn. Vor allem, weil er mich braucht. Aber ich brauche auch jemanden. Ich brauche ein Herz, dem ich mich anvertrauen kann. Das mich versteht.«

»Und dein Mann?« fragte Thies langsam.

»Dietrich?« sagte Stella. »Natürlich, er ist mein Mann. Ich mag ihn auch. Ich kann nichts Schlechtes von ihm sagen. Absolut nichts. Aber ich kenne ihn kaum. Wir waren ja kaum zusammen. Wenn du es zusammenrechnest, sind es keine zwei Monate. Da ist noch ein weiter Weg zwischen uns. Den müssen wir noch gehen. Jeder die Hälfte. Später einmal, wenn Zeit dazu sein wird. Und dann wird man ja sehen, ob wir in der Mitte zusammentreffen. Zusammen ins Bett zu gehen, das bedeutet gar nichts. Man muß zueinander finden, man muß sich verstehen. Dieter weiß das übrigens. Er ist nicht so dumm, daß er sich da etwas Falsches einbildet. Und was mich betrifft, so bin ich bereit, den Weg zu ihm zu gehen, wenn es soweit sein wird. Ich will mich ehrlich bemühen, ihn zu treffen. Schon weil ich etwas gutzumachen habe.«

»Was meinst du?« fragte Thies.

Stella blickte hinüber zu dem Stuhl neben der Tür. Aber Stine, die dort die ganze Zeit gesessen hatte, mit wackelndem Kopf, und unverständliche Worte vor sich hingebrabbelt hatte, war eingeschlafen. Außerdem hörte sie sowieso nicht mehr gut.

»Gib mir eine Zigarette«, sagte Stella. »Und dann könnte ich einen Schnaps vertragen.«

Thies schenkte für jeden einen Aquavit ein und entzündete die beiden Zigaretten. Dann reichte er eine Stella.

Stella nahm einige Züge, trank die Hälfte von dem Schnaps und sagte: »Ich werde dir etwas sagen, was keiner weiß. Und was außer dir auch keiner zu wissen braucht. Und was man vielleicht auch nur einem Menschen wie dir sagen kann. Pieter ist nicht Dietrichs Kind. Sein Vater ist Jan.«

Eine Weile blieb es still. Thies betrachtete Stella durch die dünne Wolke blaugrauen Zigarettenrauches, die zwischen ihnen hing. Der Ausdruck seines Gesichtes hatte sich nicht verändert.

»Jetzt bist du entsetzt, nicht wahr?« sagte Stella nach einer Weile, als er noch immer schwieg. »Du findest mich gemein. Aber ich bin nicht gemein. Ich habe bloß versucht, mir zu helfen. Erst auf andere Weise, und als das nicht ging, auf diese Weise. Ich war zu stolz, weißt du, um irgendeine Demütigung hinzunehmen. Nicht zu stolz für einen Betrug, wirst du vielleicht denken. Nein. Ich betrachtete diesen Betrug als mein Recht. Das Recht des Schwachen gegenüber dem Stärkeren. Und in diesem Punkt sind wir Frauen nun einmal die Unterlegenen. Und ich glaubte, Dietrich würde immer noch gut dabei wegkommen. Er war schließlich Nazi, nicht? Adam konnte ihn nie leiden. Und ich habe mir eigentlich auch nie viel aus ihm gemacht. Auf diese Weise bekam er mich. Das erschien mir immer noch eine ganze Menge Gewinn für ihn. Daß ich später fand, er ist viel besser, als ich annahm, vergrößert das meine Schuld? Was meinst du?«

»Was für ein Unsinn«, sagte Thies endlich. »Du hast dir da eine Menge Theorien zusammengebastelt. Du brauchst dich auch vor mir nicht zu verteidigen. Und du hast mir gar nichts Neues gesagt.«

»Nein?« Stella richtete sich erstaunt auf. »Thies! Du wußtest das?«

»Wissen ist nicht ganz der richtige Ausdruck. Ich dachte mir so etwas. Diese zu frühe Geburt, die ihr beide, das Kind und du, so glänzend überstanden habt, gab mir zu denken. Wenn man nachrechnete, ging die Rechnung auf.«

»Dieter hat nie nachgerechnet.«

»Warum sollte er? Er ist der letzte, der an dir zweifeln konnte. Du hast ihm ja die Geschichte mit deiner Malaya-Reise sehr geschickt serviert, wie ich gemerkt habe.«

»Und meinst du, außer dir hat noch jemand etwas geahnt?«

»Ich glaube nicht. Hermine vielleicht. Aber ich weiß es nicht. Wir haben nie darüber gesprochen. Und Nora ist zu schußlig. Sie hat auch zuwenig Phantasie.«

»Findest du schlimm, was ich getan habe?«

Thies hob die Schultern. »Schlimm? Schlimm ist ein kindliches Wort. Es gibt zweifellos Leute, die es schlimm finden könnten, und andere, die es nicht so schlimm finden würden. Für manchen wäre es ungeheuerlich, und ein anderer würde es bagatellisieren. Ich finde es nicht so wichtig. Es geschehen so viele schlimme und ungeheuerliche und wahnwitzige Dinge in der Welt, gerade jetzt, und es wird noch viel mehr geschehen, das glaube ich bestimmt. Warum sollte man an solch nebensächliche Begebenheit einen Gedanken verschwenden. Der einzige Mensch, der sich darüber empören könnte, wäre Dietrich. Aber er weiß es ja nicht. Wenn etwas gemein wäre, dann wäre es gemein, es ihm zu sagen. Das solltest du dir auf alle Fälle immer verkneifen.«

»Aber das ist doch klar.«

»Kann man nie wissen. Angenommen, ihr findet nicht zueinander auf diesem Weg, von dem du vorhin sprachst, angenommen, aus eurem Zusammensein wird keine Liebe, kein Verstehen, dann könnte es natürlich auch geschehen, daß es Streit und Ärger gibt oder auch eine Trennung. Und auch bei solch einer Gelegenheit, selbst im Zorn, solltest du dein Geheimnis bewahren. Was auch immer zwischen euch sein mag. Das bist du ihm schuldig.«

»Ja«, murmelte Stella, »das verstehe ich.«

»Und sonst würde ich mir an deiner Stelle keine Gedanken machen. Mir, offen gestanden, hat es imponiert, wie du dich aus der Klemme gezogen hast. Mir imponieren immer Leute, die nicht billig kapitulieren. Und das Recht zu einer gewissen Selbsthilfe spreche ich den Frauen zu. Mit Dietrich braucht kein Mensch Mitleid zu haben. Er hat dich bekommen, wie du gesagt hast, und damit hat er etwas Besonderes bekommen. Außerdem gehört er zu einem Menschenkreis, der viel Unheil in die Welt gebracht hat. Tausendfaches Sterben. Daß er da einem kleinen, neuen Menschenleben Heimat und Schutz gewährt, ist nur ein winziger Ausgleich. Von dem er nicht einmal etwas weiß. Ob eure Ehe glücklich werden wird« – Thies hob die Hände in einer zweifelnden Gebärde –, »ich weiß es nicht. Das ist schwer zu sagen. Jetzt ist es ja keine Ehe, wie du ganz richtig gesagt hast. Und später, nach dem Krieg, fürchte ich, daß für Dietrich schwere Zeiten kommen werden. Die müßtest du mit ihm durchstehen. Heute sagst du, daß du es versuchen willst. Ich weiß es nicht, Stella. Denn du liebst ihn nicht.«

»Ich mag ihn gern«, meinte Stella leise.

»Ja, sicher. Du empfindest außerdem Dankbarkeit. Wegen des Kindes, und dann lebst du ja auch in sehr guten Verhältnissen. Und er ist nett zu dir, sagst du. Man weiß es nicht, Liebe entsteht auf vielerlei Art. Vielleicht wirst du ihn eines Tages lieben. Das wird sich alles finden, sagte Vadding immer. Im Moment kannst du an den gegebenen Verhältnissen sowieso nichts ändern. Du kannst ebenso nett zu ihm sein, wenn er bei dir ist, dein Kind aufziehen und alles andere der Zukunft überlassen. Wir leben in einer Zeit, die uns wenig Raum läßt für eigenes Handeln und Planen. Und was Pieters Vater betrifft – darüber würde ich mir gar keine Gedanken machen. Vergiß es.«

Stella legte ihren Kopf an Thies' Schulter. »Du bist wunderbar, Thies. Du bist der klügste Mensch, den ich kenne. Du hast nicht nur einen klugen Kopf, sondern auch ein kluges Herz. Ich glaube, das ist etwas sehr Seltenes. Und du wirst lachen, manchmal vergesse ich wirklich, was geschehen ist. Genau, wie ich Jan so rasch vergessen habe. Und damals bildete ich mir ein, ihn wahnsinnig zu lieben. Ist das nicht komisch?«

Thies lächelte. »Komisch ist etwas ganz anderes. Komisch ist, daß die Menschen immer so schwer erkennen können, was Liebe ist. Ob Männer oder Frauen. Sie reden ewig von Liebe, reden davon und denken daran und träumen davon. Und bilden sich immer wieder ein zu lieben. Du hast dir eingebildet, Jan wahnsinnig zu lieben, hast du eben gesagt. Und dann hast du ihn vergessen und einen anderen Mann geheiratet. Ein bißchen vorsichtiger bist du nun schon geworden und sagst: Ich mag ihn gern. Liebe, Stella, ist keine Einbildung. Sondern eine Tatsache. Eine gewaltige Tatsache, die vom Himmel bis zur Erde reicht. Alles andere ist eben keine Liebe, sondern Einbildung.«

»Und du«, fragte Stella leise, »du liebst Denise so?«

»Ja«, antwortete Thies ruhig. »Genauso. Ich werde warten, bis sie wiederkommt.«

»Und wenn – sie inzwischen einen anderen hat?«

»Dann werde ich es ertragen und werde mich damit abfinden, daß die Liebe nur auf meiner Seite bestand. Und werde noch immer dankbar dafür sein, daß ich sie empfinden konnte. Denn das ist ja die Hauptsache dabei: lieben können. Nicht fragen, was kriege ich dafür? Liebe empfangen ist gewiß schön. Aber Liebe geben, das ist viel mehr. Das ist es, was einen Menschen wandelt, ihn entwickelt und reifen läßt. Wenn man ihn in sich trägt, diesen großen, kostbaren Schatz der wirklichen Liebe, wenn man immer wieder von ihm nehmen und verschenken und verströmen kann, und er erneuert sich stets von selbst, wird immer größer und kräftiger und beständiger, wem es so ergeht, Stella, meinst du nicht, daß dies ein reicher Mensch ist?«

Stella nickte. »Doch.« Sie griff nach der Schachtel und nahm sich eine Zigarette heraus. »Doch, Thies. So wie du es sagst, leuchtet es mir ein. Aber ich glaube, dann habe ich noch nie geliebt. Jedenfalls keinen Mann. Dich liebe ich so. Und Onkel Pieter habe ich so geliebt. Und vielleicht Adam ein wenig in dieser Art. Manchmal. Aber auch nicht richtig, ich war noch zu jung und zu dumm. Man müßte das natürlich wissen, was du jetzt eben gesagt hast, man muß das erkennen. Solange man es nicht weiß, kann man natürlich auch gar nicht verstehen, ob Liebe nun Liebe ist oder nur Illusion.«

»Du hast es vorhin sehr hübsch formuliert«, meinte Thies. »Ein kluges Herz muß man haben, um den richtigen Weg zu finden.«

»Werde ich es eines Tages haben, Thies?« fragte Stella, und es klang zweifelnd.

Thies lächelte ihr zu. »Warum nicht? Es wäre schade, wenn du darauf verzichten müßtest. Schade für dich und – schade für den Mann, dem es gehören könnte.«

11

Stella und Thies blieben nicht lange auf der Insel, nur bis die notwendigen Formalitäten erledigt waren. Hier erinnerte alles an Kapitän Termogen, jeder, mit dem sie sprachen, fing von ihm an, und ihr Schmerz wurde jeden Tag neu aufgewühlt.

Thies würde im Sommer für längere Zeit auf der Insel bleiben. Und, wie er Stella sagte, habe er die Absicht, sich in Zukunft die meiste Zeit hier aufzuhalten.

»Schreiben kann ich auch hier«, meinte er. »Wenn mein erstes Buch einigermaßen ankommt, beginne ich gleich mit dem nächsten.«

»Möchtest du nicht einmal ein Buch über Sarnade schreiben«, sagte Stella.

Er lächelte. »Über Sarnade? Oder über dich?«

»An mir ist gar nichts Sarnadisches mehr«, sagte Stella. »Ich bin eine ganz normale Ehefrau und Mutter geworden. Ich lebe sehr solide, weißt du.«

»Hm«, meinte Thies. »Fragt sich nur, wie lange.«

Stine blieb zunächst allein im Haus, was ein wenig beunruhigend war. Aber sie war sehr entrüstet, wenn man andeutete, daß sie besser nicht allein bleiben sollte.

»Ihr denkt vielleicht, ich spinne«, sagte sie beleidigt. »Noch lange nicht. Und wo soll ich denn hin?«

Keiner wollte sie hinaussetzen, das natürlich nicht. Aber sie war doch schon recht zerfahren und hilflos geworden. Die Angst, sie sich selbst zu überlassen, war berechtigt. Eine Nachbarin versprach, sich um sie zu kümmern.

Tiere waren nicht mehr im Haus. Nur der Hund, und der war selbständig und vernünftig. Die Schafe und die Pferde hatte Thies verkauft.

»Es ist im Moment besser«, sagte er. »Ich kann mich nicht darum kümmern, die Pferde hätten keine Bewegung und keine Betreuung. Später kann ich wieder welche kaufen, wenn ich das Geld dazu habe. Aber ich fürchte, die Zeiten sind auch hier vorbei.«

»Das wäre also das Ende der Termogenschen Schafzucht«, sagte Stella. »Eigentlich schade.«

»Ja, schon«, gab Thies zu. »Dann hättest du eben Schafzüchterin werden müssen, wie du es mal vorhattest.«

Stella kehrte nicht gleich nach Österreich zurück, sondern blieb einige Wochen in Berlin. Sie schlief wieder in Adams breitem Bett, arbeitete in seinem Atelier, war manchmal im Laden und verbrachte die Abende mit Hermine und Thies, mit Nora und deren Mann. Manchmal schien es ihr, als sei sie niemals fortgewesen, als sei alles noch wie früher. Aber das war nicht mehr als eine freundliche Illusion, aus der sie vollends geweckt wurde, als am 22. Juni der Krieg gegen Rußland begann.

»Also doch«, sagte Stella. »Dietrich hat es immer befürchtet. Das kann nicht gut gehen. Das sagt er auch.« Und plötzlich schrie sie wütend: »Hat denn dieser Wahnsinn nie ein Ende? Sind wir denn diesem Verrückten hilflos ausgeliefert bis ans bittere Ende?«

Hermine, die zugegen war, zuckte die Achseln. »Es sieht so aus. Wir haben zwar viele Helden in Deutschland. Aber keinen entschlossenen Mann.«

Die Berliner empfanden ähnlich wie Stella. Kriegsbegeisterung hatte es in Berlin nie gegeben. Aber jetzt waren Widerwille, Ablehnung des Regimes und Überdruß an dem Geschehen deutlich zu spüren und oft sogar zu hören. Stella, die gelegentlich mit früheren Bekannten zusammentraf, stellte immer wieder erstaunt fest, wie ungeniert und erbost die Leute ihre Meinung äußerten. Freilich, es waren alles keine Anhänger der Partei, waren es nie gewesen, Adams ehemalige Freunde und Bekannte. Und Optimismus begegnete ihr fast nirgends, obwohl auch der Rußlandfeldzug mit Sieg über Sieg begann.

Ein Kollege Adams, mit dem er gut befreundet gewesen war und der Stella früher in der Hochschule eine Zeitlang unterrichtet hatte, verhielt sich ihr gegenüber sehr zurückhaltend, als sie ihn eines Tages besuchte. Bis sie herausfand, daß der Name, den sie jetzt trug, schuld daran war.

»Ich habe meine Meinung nicht geändert«, sagte Stella ruhig. »Ich habe geheiratet, weil ich ein Kind erwartete.«

Professor Hartmann hob mit einem Ruck seinen breiten, kahlen Schädel, und seine hellen Augen kniffen sich zusammen.

»Ihr Weiber«, knurrte er, »ihr seid alle gleich. Du hast einen Mann gehabt, an dem alles dran war. Und dann gehst du hin und läßt dich mit so einem Kerl ein und läßt dir ein Kind machen. Wie jedes kleine Pipimädchen. Glaubst du, Adam hat dir deswegen so viel beigebracht und einen vernünftigen Menschen aus dir gemacht?«

Stella war nicht im mindesten gekränkt. Sie wußte, daß Professor Hartmann Adam schätzte und auch sie immer gern gehabt hatte. Seine rauhe Sprache war ihr nichts Neues.

»Schließlich habe ich Adam nicht verlassen«, verteidigte sie sich. »Er ist gegangen. Und nicht allein. Das wissen Sie sehr gut, Herr Professor.«

»Trotzdem. Und er hat verdammt recht gehabt, zu gehen. Ich wünschte, ich hätte es auch getan. Hörst du manchmal von ihm?«

»Selten. Wir korrespondieren über die Schweiz. Aber mit der Zeit – ich weiß auch nicht, warum, ist die Entfernung nicht nur eine räumliche geworden.«

»Verständlich«, sagte der Professor. »Er kann ja mit dir nicht zufrieden sein. Weiß er, daß du diesen Kerl geheiratet hast?«

Stella nickte. »Ja.«

»Und das hat er dir übelgenommen, was?«

Stella nickte. »Ich glaube ja«, sagte sie.

»Kann ich verstehen. Hat es denn auf der ganzen Welt keinen anderen Mann für dich gegeben?«

»Er ist nicht so schlimm, wie ihr alle denkt. Nicht mehr. Er hat seine Ansichten in manchen Punkten sehr gemäßigt. Und über den Krieg mit Rußland würde er dasselbe sagen, was wir hier sagen.«

»Kann ich mir nicht vorstellen«, knurrte Professor Hartmann. »Ich hab' ihn ein einziges Mal kennengelernt, da war er reichlich arrogant. So ein typischer Vertreter dieser Clique.«

»Nein, das ist er eigentlich nicht«, sagte Stella. »Und ich glaube, wenn er jetzt noch aussteigen könnte, dann täte er es.«

»Das hätte er sich früher überlegen müssen. Jetzt können wir alle nicht mehr aussteigen. Wir bleiben sitzen, bis der Zug in den Abgrund gefahren ist.«

»Ich denke immer«, meinte Stella, »der Krieg wird vielleicht eines Tages plötzlich zu Ende sein. Vielleicht haben es alle mal satt.«

»Das denk du man«, sagte Professor Hartmann. »Du wirst dich wundern. Der Krieg fängt erst an. Was bisher war, das war ein Kinderspiel. Jetzt wird es Ernst. Und wenn dein Brauner da seine Meinung geändert hat, was ich nicht glaube, wahrscheinlich macht er dir bloß was vor, dann wäre er eine große Ausnahme. Ich kenne mehr von den Burschen. Komischerweise habe ich nämlich das zweifelhafte Vergnügen, mich ihrer Anerkennung zu erfreuen.« Er grinste. »Ich verstehe auch nicht ganz, warum. Ich gebe mir gar keine große Mühe, mich zu verstellen. Aber sie beehren mich immer wieder mit Staatsaufträgen. Momentan mache ich einen überlebensgroßen Heldenjüngling für irgend so eine Offiziersschule.«

»Warum machen Sie es denn?« fragte Stella lächelnd. »Wenn Sie doch so sehr dagegen sind.«

»Das frage ich mich auch manchmal. Aber ich bin geldgierig. Weißt du auch warum? Weil ich mich bald zurückziehen möchte. Ich will aus Berlin 'raus.

Viele Luftangriffe haben wir ja noch nicht gehabt. Aber ich denke mir, daß das schlimmer wird. Und mir genügt schon der Alarm. Wenn ich schlafen will, dann will ich, verdammt noch mal, schlafen. Und wenn ich mir die Nacht um die Ohren schlage, dann gehe ich einen saufen, aber ich setze mich nicht in den Luftschutzkeller. Das paßt mir nicht.«

»Sie wollen von Berlin fort?« staunte Stella. »Sie sind der anhänglichste Berliner, den ich kenne.«

»Stimmt. Aber ich gehe trotzdem weg. Ich habe mir ein Grundstück in Oberbayern gekauft. Und da werde ich bauen. Dazu brauche ich erstens noch Geld und zweitens gute Beziehungen, damit ich bauen kann. Drum klopfe ich denen ihre nordgermanischen Standbilder zusammen. Nach Maß, verstehst du.« Er grinste wieder. »Ich bin hoch angesehen bei denen. Bei der Kunstausstellung in München fungiere ich als Star. Hitler hat mir selber voriges Jahr die Hand geschüttelt und ein paar lobende Worte geäußert.«

»Pfui Teufel!« sagte Stella. »Und Sie reden über mich. Ist das vielleicht Charakter?«

»Charakter?« Professor Hartmann reckte sich zu voller Größe auf. »Charakter, mein Kind, der ist bei uns heute im Arsch. Sich Charakter zu leisten, das kommt einem Selbstmord gleich. Ich ziehe es aber vor, mich am Tegernsee zur Ruhe zu setzen und zu überleben. Ich werde nächstes Jahr sechzig, und ich stamme aus einer zähen Familie. Ich habe gut und gerne noch zwanzig erstklassige Jahre vor mir. Das Essen schmeckt mir, der Wein ebenfalls und die Frauen auch noch. Davon lasse ich mir nichts vorzeitig wegnehmen. Zwanzig Jahre machen die es nicht mehr. Sagen wir noch zwei oder drei, dann bleiben mir immer noch siebzehn runde, volle Jahre in Ruhe und Beschaulichkeit. Die werde ich mir gerade mit Charakter vermasseln.«

Stella lachte. »Das ist natürlich auch eine Betrachtungsweise, die man eigentlich nur mit vernünftig bezeichnen kann.«

»Siehst du. Ist ja nicht meines Amtes, hier aufzuräumen. Ich bin Künstler. Sollen doch mal die Herren Generale zeigen, was sie für Kerle sind und ob ihnen was an Deutschland liegt. Die sitzen näher und haben eine Pistole in der Tasche. Ich nicht.«

»Und daß wir den Krieg gewinnen, das halten Sie für ausgeschlossen?«

Professor Hartmann nickte nachdrücklich mit dem Kopf. »Ausgeschlossen. Ganz und gar ausgeschlossen. Wäre auch gar nicht zu wünschen. Gewinnen und die Nazis behalten? Nee, danke. Aber davon kann auch keine Rede sein. Wir haben uns zu viele Feinde gemacht. Rußland ist nicht das Schlimmste dabei. Aber England und Amerika. Amerika vor allem. Wenn Hitler Krieg führen wollte, um im Osten Lebensraum zu gewinnen, wie er sich das so schön denkt, dann durfte er vor allem den Westen nicht verärgern. Und dann mußte er die Juden in Ruhe lassen. Das war das Dümmste, was er tun konnte. Vielleicht hätte er die Anglo-Amerikaner davon überzeugen können, daß es gut sei, den Kommunisten aufs Haupt zu schlagen. Das hätte er vielleicht mit einigem Geschick fertigbringen können. Aber nachdem er die Juden erst rechtlos gemacht hat, sie enteignet hat, sie zusammenschlagen ließ und 'rauswarf und heute abtransportieren läßt wie Vieh zur Schlachtbank – da gibt es keinen Pardon mehr. Das verzeiht man ihm in Amerika nicht. Mit Recht. Ich habe nichts für und nichts gegen Juden. Aber es sind Menschen wie wir auch. Und darum kann dieses Verbrechen nicht hingenommen werden.«

»Sind denn eigentlich noch viele Juden in Deutschland?« fragte Stella naiv.

»Du dummes Luder«, erwiderte der Professor mit schöner Deutlichkeit, »lebst du eigentlich auf dem Mond?«

»Beinahe«, antwortete Stella. »Auf einer Art Schloß in Österreich.«

»Fein mit Ei«, sagte Professor Hartmann, »hat sich also gelohnt die Heirat, wie?«

»Wenn man's von dieser Seite betrachtet, schon«, sagte Stella ehrlich. »Mir geht nichts ab. Ich habe sogar noch ein Auto in der Garage stehen, das ich benutzen kann, wenn ich will. Ich fahre selten, schon, um kein Ärgernis zu erregen. Aber ich wohne in einem bildschönen Schlößchen an einem See, habe dort mein Atelier, einen Diener, eine Köchin, ein Kindermädchen, ein Stubenmädchen. Und beliebt bin ich außerdem noch«, schloß sie triumphierend.

»So was gibt's also«, sagte der Professor versonnen. »Na ja, wenn man es also von der richtigen Seite betrachtet, wie du sagst, dann hast du es gar nicht dumm gemacht. Fragt sich nur, wie du einmal dafür bezahlen mußt.«

»Das weiß man nicht«, meinte Stella. »Das weiß keiner zuvor, nicht? Es gibt Leute, die tun nie etwas Böses und haben keinerlei Nutzen von was auch immer und müssen doch eines Tages büßen.«

»Das ist wahr«, gab der Professor zu. »Ich stehe ja auch auf dem Standpunkt, daß man sich das Leben so angenehm wie möglich machen soll. Nicht auf Kosten anderer natürlich. Und das tust du ja nicht. Jedenfalls nicht unmittelbar.«

»Nein, gewiß nicht. Und Dietrich, mein – mein Mann, meine ich, auch nicht.«

»Das denkst du.«

»Nein. Wirklich nicht. Jedenfalls jetzt nicht mehr. Er hat da eine Tätigkeit, die weder kriegerisch ist noch Menschenleben kostet. Ich glaube, wenn man das von ihm verlangen würde, da würde er nicht mitmachen.«

»Er gehört dazu«, sagte der Professor. »Ob er sich nun direkt die Hände schmutzig macht oder nicht. Es gibt auch Schmutz, den man nicht sieht. Und du arbeitest also?«

»Ja.«

»Ich weiß es. Ich habe ein paar Sachen von dir in Wien gesehen. Gar nicht schlecht. Bißchen weiblich halt. Die Frau mit Kind war kitschig. Aber so was gefällt den Leuten. Hast du sicher verkauft.«

»Ja. Warum finden Sie es kitschig? Das ist doch ein altes Thema.«

»Schon. Aber die alten Meister hatten eine andere Einstellung zu dem Thema. Und dadurch kam es echter heraus. Na ja, ist auch nicht kitschiger als meine Heldenjünglinge. Aber der Bauernkopf war gut.«

»Ja, wirklich?« Stella strahlte. »Das ist der Reitinger-Bauer. Ein Mordsmannsbild. Besuchen Sie mich doch mal, Herr Professor.«

»Ich kann mich beherrschen. Aber sag mal, etwas anderes würde mich interessieren. Was tust du eigentlich, um die Götter mit deinen glücklichen Lebensumständen zu versöhnen?«

»Um die Götter zu versöhnen?« fragte Stella erstaunt.

»Ja. Hast du schon mal was vom Ring des Polykrates gehört? Darin steckt allerhand Weisheit. ›Mir grauet vor der Götter Neide: Des Lebens ungemischte Freude ward keinem Irdischen zuteil. – Drum willst du dich vor Leid bewahren, so flehe zu den Unsichtbaren, daß sie zum Glück den Schmerz verleihn ...‹ Na und so weiter.«

»Ich tue niemand etwas«, sagte Stella. »Und sooo glücklich bin ich wieder auch nicht. Ich habe keinen Grund, den Neid der Götter zu fürchten. Und auch keinen Grund, ihnen ein Opfer zu bringen. Freiwillig, meine ich, wie Polykrates es getan hat. Wenn es von mir verlangt würde, wenn die Forderung an mich gestellt würde ...«

»Ja?« fragte der Professor. »Würdest du es dann bringen, das Opfer?«

»Ich weiß nicht«, erwiderte Stella ehrlich. »Vielleicht wäre ich auch zu feige. Oder zu dumm, zu erkennen, welches Opfer den Göttern genehm wäre.«

»Zu dumm?« wiederholte der Professor. »Nein, zu dumm wärst du nicht. Du spürst es. Du spürst es ganz genau. Da.« Er streckte einen Finger aus und deutete auf ihr Herz. Und dann auf ihren

Kopf. »Und da. Zu feige wirst du vielleicht sein. Aber deswegen wird es dir nicht erlassen. Nur ist es dann kein Opfer mehr. Sondern eine Strafe.«

Zum Abschied sagte der Professor: »Aus alter Freundschaft zu Adam und weil du ein ganz verfluchtes Frauenzimmer bist, könnte ich dich ein bißchen lancieren. Möchtest du in München mit hinein? Ich könnte dir da helfen. Dieses Jahr ist es zu spät. Aber wenn bis nächsten Sommer nicht die Welt untergegangen ist, könnten wir vielleicht ein oder zwei Stücke von dir stellen.«

»Das wäre fein«, sagte Stella freundlich, aber ohne besonderen Enthusiasmus.

»Wenn du eine gescheite Arbeit hast, laß es mich wissen.«

Als sie nach Hause ging, langsam, durch die sommerwarmen Straßen der Stadt, dachte Stella darüber nach. Es bedeutete viel, bei der Großen Deutschen Kunstausstellung in München vertreten zu sein. Sie wußte es. Aber fast ein wenig erstaunt stellte sie fest, daß es ihr selbst nicht gar so viel bedeutete. Ich bin nicht ehrgeizig, dachte sie. Mir macht meine Arbeit Freude. Und ich freue mich auch, wenn ich Anerkennung finde oder etwas verkaufe. Aber richtig ehrgeizig bin ich eigentlich nicht. Wie kommt das wohl? Ist es immer noch Adams Einfluß? Seine überlegene Lebensphilosophie, sich nicht zu echauffieren, sondern die Dinge an sich herankommen zu lassen? Oder bin ich überhaupt zu passiv? Alles hat sich eigentlich immer von selbst ergeben. Alles kam eines Tages und war da. Meine Arbeit, die Männer, die ruhigen Inseln, auf denen ich leben konnte. Aktiv bin ich eigentlich nur zweimal in meinem Leben gewesen: als ich Jan davonlief und als ich Pieter einen Vater geben wollte. Und auch da war es nicht schwer, auch da streckten sich mir hilfreiche Hände entgegen. Sie würde bezahlen müssen, hatte Professor Hartmann gesagt. Wofür? Daß Dietrich sie geheiratet hatte und daß er sie liebte? Daß sie unter seinem Schutz geruhsam lebte? War damit eine Schuld verknüpft? Wenn eine Schuld bestand, dann gegen ihn. Aber Thies hatte gesagt: Vergiß es!

12

Im Juli kehrte Stella nach Österreich zurück. Die Züge waren sehr voll. Sie fuhr erster Klasse, trotzdem war im Abteil jeder Platz besetzt. Es war sehr heiß, die Reise ermüdend und lang. Ein netter, blonder Oberleutnant, der ihr gegenübersaß, betrachtete sie interessiert und versuchte dann einen Flirt mit den Augen. Er trug die graublaue Uniform der Flieger und war noch sehr jung.

Als Stella einmal draußen auf dem Gang eine Zigarette rauchte, trat er neben sie und begann ein Gespräch. Stella antwortete freundlich. Warum sollte man sich die langweilige Reise nicht durch eine Unterhaltung verkürzen?

»Sie sind Berlinerin, gnädiges Fräulein?«

Stella nickte.

»Man sieht es«, meinte der Oberleutnant eifrig. »So schicke Frauen sieht man nur in Berlin. Überhaupt heute.« Er ließ den Blick an ihrem weiß-grau gestreiften Kostüm entlanggleiten. Maßarbeit von einem Wiener Schneider, aus einem leichten Stoff von guter Qualität, den Dietrich ihr mal aus Bukarest mitgebracht hatte. Es stand ihr gut, sie wußte es. Grau und Weiß waren, genau wie Schwarz, die Farben, die am besten zu ihrem Haar kontrastierten.

Sie trug keine Trauer. Onkel Pieter hatte für solchen äußerlichen Kram nie etwas übrig gehabt. Und Stella teilte seine Meinung. Es wäre ihr als billige Zurschaustellung vorgekommen, wenn sie sich von Kopf bis Fuß in Schwarz gehüllt hätte. Außerdem hätte man sie in der heutigen Zeit vermutlich für eine junge Kriegerwitwe gehalten. Das fehlte gerade noch.

Der Oberleutnant begann ihr weitschweifig und begeistert von seinen Studienjahren zu erzählen, die er, kurz vor dem Krieg, in Berlin verbracht hatte. Das brachte das Gespräch sehr in Schwung. Es stellte sich heraus, daß sie die gleichen Lokale kannten und daß jeder berühmte Theateraufführungen der damaligen Zeit gesehen hatte. Als der junge Mann Stella nach einiger Zeit fragte, ob man nicht zusammen im Speisewagen essen wolle, stimmte sie zu. Es war das erstemal seit Onkel Pieters Tod, daß sie wieder gelacht hatte.

»Entschuldigen Sie die neugierige Frage«, sagte der Oberleutnant, als sie am Tisch saßen, »aber ich möchte furchtbar gern wissen, was Sie in München machen und ob Sie länger dort bleiben.«

Stella lächelte. »Warum?«

Er errötete ein wenig. »Na ja, ich dachte nur so – bitte, seien Sie nicht böse, wir Flieger haben es immer ein bißchen eilig, bringt der Beruf mit sich, ich dachte, wir könnten uns vielleicht einmal treffen in München. Oder was noch feiner wäre, Sie kommen mal nach Garmisch hinaus. Da fahre ich nämlich hin.«

»Nach Garmisch?« fragte Stella und wich zunächst einer Beantwortung seiner Frauge aus. »Sie haben Urlaub?«

»Ja. So ein Restchen Genesungsurlaub noch. Ich hatte eine Verwundung. Nicht sehr schlimm. Glatter Schulterdurchschuß.« Er wies auf seine linke Schulter. »Uns ballerte einer in die Kanzel. Ich war bei der Besetzung von Kreta dabei.«

»Ach ja, Kreta«, sagte Stella. Und um ihm einen Gefallen zu tun, fügte sie hinzu: »Das war ja ein toller Sieg.«

»Wie man's nimmt«, meinte der Oberleutnant. »Es war vor allem ein teurer Sieg. Er hat uns viel gekostet. Viel Menschenleben. Und das war die dumme, kleine Insel nicht wert. Meiner Ansicht nach. Auch mit ihr werden wir das Mittelmeer auf die Dauer nicht beherrschen können. Es hilft der Führung nicht, und wir können auch von dort aus keine neuen Aktionen starten. Es war mehr so ein Prestige- und Hurrastückchen, damit wir der Welt wieder mal zeigen konnten, was wir für Teufelskerle sind.«

»Hm!« meinte Stella. »Nun, ich glaube, der Hauptgrund war, daß wir den Engländern einen Stützpunkt wegnehmen wollten.« Wie albern, dachte sie. Ich gebe hier an, mit dem einzigen bißchen, was ich weiß. Der Junge wird mich für eine siegeswütige Heldenjungfrau halten.

Der junge Mann war auch sichtlich beeindruckt. »Respekt«, sagte er. »Sie wissen gut Bescheid. Arbeiten Sie etwa auf einer Militärdienststelle?«

»Da sei Gott vor«, sagte Stella lachend. »Ich arbeite in einem Laden.«

Warum schwindle ich eigentlich? dachte sie weiter. Aber es kommt wohl daher, daß ich immer noch nicht daran gewöhnt bin, eine verheiratete Frau zu sein. Spielt ja auch keine Rolle, was ich sage. Seinen weiteren Fragen nach ihrer Beschäftigung wich sie aus.

»Erzählen Sie mir, was Sie im Urlaub vorhaben. In Garmisch ist es hübsch, nicht?«

»Doch, sehr hübsch. Meine Mutter hat sich dorthin zurückgezogen. Wir lebten früher in Frankfurt. Aber sie wollte nicht mehr in der Stadt bleiben. Hat auch immer Angst vor Fliegerangriffen. Sie hat in Garmisch ein kleines Haus gekauft, und es gefällt ihr recht gut da. Und ich habe mir gedacht, daß Sie uns vielleicht dort einmal besuchen könnten für einige Tage.«

Stella lachte. »Ich bleibe nicht in München«, sagte sie. »Ich fahre weiter nach Österreich.«

»Ach, auch auf Urlaub?«

Sie nickte.

»Muß es Österreich sein? Kommen Sie doch mit nach Garmisch. Wäre doch prima. Wir haben Platz genug. Sie bekommen ein hübsches Zimmer, und wir könnten zusammen spazierengehen, ja?« Er hatte vor Eifer rote Wangen bekommen, und seine blauen Augen strahlten sie erwartungsvoll an.

Wie jung er ist, dachte Stella. Wahrscheinlich freut er sich, daß er noch lebt. Wenn die Kugel ein bißchen tiefer getroffen hätte, säße er nicht hier.

»Sie wissen doch gar nicht, ob Ihrer Mutter das recht wäre. Sicher ist es ihr lieber, Sie ein bißchen allein zu haben.«

»Ach, Mutti ist ein feiner Kerl. Die freut sich, wenn ich ein hübsches Mädchen mitbringe. Kommen Sie doch mit, ja?«

Stella schüttelte lächelnd den Kopf. »Das geht nicht. Ich fahre zu Verwandten. Ich werde erwartet.«

»Sicher haben Sie einen Freund«, sagte er enttäuscht.

Sie nickte. »Ja. Das auch.«

»Kann man sich ja denken. Wenn man so aussieht wie Sie. Ich habe immer so ein Pech. Wenn ich schon mal ein Mädchen treffe, das mir gefällt, hat es einen Freund oder einen Verlobten.«

»Sie können doch gar nicht wissen, ob ich Ihnen gefalle. Wir kennen uns gerade eine Stunde.«

»Erstens kennen wir uns schon länger, wir sitzen uns schließlich seit Berlin gegenüber. Zweitens habe ich gleich gesehen, daß Sie mir gefallen. Beim ersten Blick. So was merkt man doch, nicht? Wissen Sie«, sagte er zutraulich, »ich kann diese Trampel nicht leiden. Und die meisten jungen Mädchen sind heute Trampel. Aber Sie haben Schick und Charme. Sie sehen aus wie eine Friedensfrau. Alles an Ihnen ist gepflegt und hübsch, von Kopf bis Fuß. Wie Sie angezogen sind, dies Kostüm, die Schuhe, bis in die Fingerspitzen keine Spur von Krieg an Ihnen zu sehen. Kommen Sie doch mit. Wenigstens für eine Woche. Dann können Sie immer noch nach Österreich fahren.«

Stella blickte auf ihre Hände, die glatt und gepflegt waren, die Nägel mit einem hellen Lack überzogen. Wenn sie arbeitete, waren sie nicht immer ganz so ordentlich. Aber zur Zeit sah es wirklich aus, als seien sie noch nie mit Arbeit in Berührung gekommen. Eine Friedensfrau. Und das gefiel dem Jungen. Das gefiel den Männern, die Krieg führten. Warum machten sie dann eigentlich Krieg? An der linken Hand trug sie als einzigen Schmuck den großen Saphir, den Dietrich ihr geschenkt hatte. Es war ein schöner Ring in einer alten, kostbaren Fassung. Er stammte noch von seiner Mutter.

Ich sollte lieber meinen Ehering tragen, dachte sie. Dann würde sich das ganze Gespräch erübrigen. Aber sie konnte sich nie dazu entschließen.

»Vielleicht gibt es auch in Garmisch ein Mädchen, das nicht nach Krieg aussieht«, sagte sie liebenswürdig. »Ich bin nicht die einzige. Und wenn nicht, dann finden Sie später eine. Sie haben ja noch Zeit. Es eilt nicht so.«

»Zeit?« Der junge Mann schüttelte den Kopf. »Zeit haben wir nicht mehr viel. Zeit hat heute keiner mehr, wenn er noch leben will. Was glauben Sie, wieviel Flieger schon verheizt worden sind. Bei uns geht das schnell. Und ich habe sowieso Bammel davor, daß mein Geschwader nach Rußland verlegt wird. Das wäre das letzte, wo ich hin möchte.«

»Kann ich verstehen«, meinte Stella.

Sie schieden in München als gute Freunde. Der Oberleutnant drückte ihr die Garmischer Adresse in die Hand.

»Vielleicht überlegen Sie es sich noch. Dann kommen Sie. Und schreiben müssen Sie mir auf alle Fälle mal.« Vorgestellt hatte er sich natürlich auch. Klaus hieß er. Klaus Wegner.

Das hatte Stella auf eine Idee gebracht. Klaus hieß auch Jochens Freund. Und hatte dessen Vater in Garmisch nicht eine Anwaltskanzlei betrieben?

»Sie könnten mir einen Gefallen tun«, sagte sie, kurz ehe sie schieden. »Ein früherer Bekannter von mir, er heißt übrigens auch Klaus, genau wie Sie, stammte aus Garmisch. Sein Vater war dort Rechtsanwalt. Ich glaube, er hieß Obermaier oder so ähnlich. Könnten Sie nicht einmal, wenn Sie in Garmisch spazierengehen, nachschauen, ob es den dort gibt?«

»Das sollte mir einfallen«, sagte der Oberleutnant, »ich werde Ihnen gerade helfen, alte Freunde wiederzutreffen. Sie sollten sich um einen neuen kümmern.«

Sie lachte. »Das ist ganz harmlos. Es ist bloß, weil ich diesen Klaus von damals gern nach der Adresse eines gemeinsamen Freundes fragen möchte.«

»Noch ein Freund?« meinte der junge Mann ablehnend.

»Einer, der vielleicht Hilfe braucht«, sagte Stella. Und ohne Scheu fügte sie hinzu: »Der, den ich meine, ist nämlich Jude. Ich würde gern wissen, was aus ihm geworden ist.«

Wie dumm von mir, dachte sie. Ich hätte in Berlin einmal bei Jochens Tante vorbeigehen und mir Michaels Adresse holen sollen. Das habe ich ganz vergessen.

»Ach so«, meinte der Oberleutnant Wegner. »Ja, da machen Sie sich mal keine Hoffnung. Ein jüngerer Mann?«

Stella nickte. »Ja. Er müßte heute etwa Ende Zwanzig sein.«

»Den haben sie längst geschnappt«, meinte Herr Wegner. »Der muß irgendwo arbeiten.« Er beugte sich näher zu ihr. »Wissen Sie, ich war in Polen dabei. Ich weiß, was sie mit den Juden machen. Die haben nichts zu lachen heute.«

»So kann man es auch nennen«, sagte Stella zurückhaltend.

»Auf jeden Fall müssen Sie mir dann Ihre Adresse geben«, meinte Herr Wegner triumphierend. »Wie soll ich Ihnen Bescheid geben, wenn ich nicht weiß, wo Sie wohnen?«

Nach einem kleinen Zögern nannte Stella ihm ihre Berliner Adresse.

»Warum nicht die, wohin Sie jetzt fahren?« fragte er enttäuscht.

»Dort bleibe ich nicht lange«, sagte sie freundlich, aber bestimmt.

Herr Wegner resignierte. »Ich gefalle Ihnen eben nicht, das ist es. Ich habe Pech.« –

Eigentlich hatte Stella vorgehabt, gleich nach ihrer Heimkehr an Frau Koßfeld, Jochens Tante, zu schreiben, und sie um Michaels alte Adresse zu bitten. Aber dann vergaß sie es wieder. Sie hatte neue Sorgen.

Der kleine Pieter wurde krank. Sehr plötzlich und sehr heftig. Es sah zunächst nach einer harmlosen Erkältung aus, doch als das Fieber rasch stieg, bekam es Stella mit der Angst. Sie hatte nicht vergessen, was Kapitän Termogen erzählt hatte, wie Thies damals krank geworden war. Das hatte auch scheinbar harmlos angefangen. Der Arzt stellte jedoch bei Pieter Diphtherie fest, einen ziemlich schweren Fall, der das noch kleine Kind sehr mitnahm. Der restliche Sommer und der ganze Herbst gingen darüber hin, bis es sich einigermaßen erholt hatte.

Stella wurde fast selber krank vor Sorge und Angst. Sie kam kaum zum Arbeiten, der ganze Haushalt drehte sich um das Kind. Von einer Überführung ins Krankenhaus hatte man abgesehen. Das nächste Hospital war ziemlich weit entfernt, und Stella war beruhigter, wenn Pieter in ihrer Nähe war.

Über Berlin erhielt sie dann eines Tages einen Brief von dem jungen Flieger aus dem Zug. Dieser Klaus Obermaier, nach dem sie sich erkundigt habe, sei im Frankreich-Feldzug gefallen. Sehr bedauerlich, daß er ihr keine bessere Nachricht übermitteln könne. Von dem Verbleib seines jüdischen Freundes wüßten seine Eltern nichts. Er selber ginge nun an die Front. Schade, daß sie nicht gekommen sei.

13

Stella dachte erst wieder an Michael, als sie das nächstemal nach Berlin kam, was im Frühling des folgenden Jahres geschah.

Ein ruhiger Winter auf Seeblick lag hinter ihr. Ihren Mann sah sie selten wie zuvor. Einmal hatte sie ihn in Bukarest besucht, dann war er genau wie im vergangenen Jahr über die Weihnachtsfeiertage zu Hause.

Mit Amerika befand sich Deutschland nun auch im Kriegszustand. »Was denn nun noch alles?« fragte Stella liebenswürdig. »Werdet ihr demnächst mit dem Mond Krieg anfangen?«

»Du sagst wieder ›ihr‹«, meinte Dietrich tadelnd. Er war nervös und rastlos, rauchte unausgesetzt und trank neuerdings sehr viel.

»Ich fürchte, das werde ich immer sagen«, erwiderte Stella ruhig.

Er lachte. »Das fürchte ich auch. Bloß es nützt euch nichts mehr.

Ich sage jetzt auch ›euch‹ und ›ihr‹, du hörst. Wir sitzen alle im gleichen Boot.«

»Das ist immerhin ein Trost«, meinte Stella spöttisch. »Der Krieg dauert jetzt zweieinhalb Jahre. Mir langt es.«

»Du wirst lachen, mir auch. Aber ich fürchte, so schnell geht er nicht zu Ende.«

»Dabei siegen wir doch immerzu«, sagte Stella. »Wo man hinschaut: in Rußland, in Afrika, auf dem Meer und in der Luft. Und die Japaner kommen auch aus dem Siegen nicht heraus. Stimmt das nun alles, oder beschwindelt ihr uns?«

»Stella«, sagte Dietrich nervös, und erstmals war seine Stimme ein wenig unfreundlich. »Es ist keine Zeit mehr für solche Scherze. Wir müssen es durchstehen, und leichtfertige Reden kann sich keiner mehr leisten. Auch du nicht.«

»Was meinst du?« fragte Stella ruhig. »Leichtfertige Reden oder aufrichtige Reden?«

Er gab keine Antwort.

Obwohl sich Stella über Dietrichs Besuche freute, sie hatte ja sonst keine Abwechslung, war sie doch ständig von der Angst erfüllt, wieder ein Kind zu bekommen. Das fehlte gerade noch. Leider teilte Dietrich diese Gefühle nicht. Und verhielt sich auch entsprechend.

Einmal, als sie ihrem Freund, dem Grafen Rautenberg, ihr Herz ausschüttete, sprach sie auch davon. Er nickte verständnisvoll.

»Ist vielleicht auch besser«, meinte er, »man weiß ja net, was noch kommt. Ihr Mann sollte da vielleicht a bisserl vernünftiger sein.«

»Sollte er. Ist er aber nicht. Ich pfeife auf Männer, wenn sie einem bloß Ungelegenheiten machen.«

Der Graf lachte. »Ungelegenheiten ist nett gesagt. Jaja, dö Frauen san arme Hascherl. Hab' ich mir immer gedacht.«

Nora beklagte sich aus Berlin über die ständigen nächtlichen Alarme. Keine Nacht könne man mehr ungestört schlafen. Sie sei schon ganz nervös. Und was sie im Laden eigentlich verkaufen solle, wisse sie auch nicht mehr. Man könne ihn genausogut schließen. Ihr Mann war nun auch eingezogen. Den harten, kalten Winter in Rußland hatte er bereits mitgemacht und sich die Füße erfroren.

»Es ist eine Schande«, schrieb Nora. »Jedes Kind weiß, daß in Rußland der Winter kalt ist. Und dann haben die armen Jungen nicht einmal etwas Warmes anzuziehen.«

Über die Leiden der Soldaten im kalten russischen Winter gingen viele Gerüchte um. Auch die Krise in der Befehlsführung hatte Aufsehen erregt. Daß Hitler den Oberbefehlshaber abgesetzt hatte und nun selbst den Oberbefehl führte, war bei der Bevölkerung skeptisch aufgenommen worden.

»Dös wird a Pallawatsch geben«, meinte der Graf. »A G'freiter und build sich ein, er sei der Napoleon. Aber selbst den ham s' aus Rußland nausgeschmissen. 's wär' Zeit, daß es an netten, kleinen Frieden gäb'.«

Aber den gab es nicht. Als Stella wieder einmal nach Berlin kam, konnte sie sich selbst von den schlaflosen Nächten der Berliner überzeugen. Es war kein Vergnügen, jede Nacht aus dem Bett zu müssen und im Keller zu sitzen. Noch waren die Auswirkungen der Luftangriffe gering. Jedoch die nervliche Belastung machte sich bemerkbar.

»Wenn's dir zu dumm wird«, sagte sie zu Nora, »machst du hier Schluß und kommst zu mir.« Auch Hermine lud sie ein. Vielleicht würde es Dietrich nicht recht sein. Aber das war ihr egal. Das große Haus in Österreich konnte einige Besucher aufnehmen. Dietrich war sowieso nicht da, und es war nicht einzusehen, warum sie allein in Ruhe dort leben sollte.

Zwei Tage bevor Stella wieder abreiste, hatte sie eine seltsame Begegnung.

Herta, die Sylterin, die früher im Laden gearbeitet und dann geheiratet hatte, war eines Tages im Geschäft vorbeigekommen, gerade als Stella zugegen war, und hatte sie eingeladen, sie zu besuchen. Sie hatte inzwischen ein Kind bekommen, ihr Mann war natürlich auch eingezogen. Sie wohnte in Schöneberg bei ihrer Schwiegermutter.

»Du mußt mich besuchen«, hatte Herta gesagt. »Bitte.« Stella hatte zugesagt, dann dieses Versprechen aber vergessen.

»Du mußt mal hingehen«, sagte Nora. »Herta hat so ein süßes Kind. Ein kleines Mädchen wie aus Marzipan, blond und rosig. Erinnert mich immer an Anke, als sie klein war.«

Anke war inzwischen Lehrerin geworden und an einer Schule in Husum angestellt. Nora sah sie selten. Noras neue Heirat hatte Anke wieder kopfscheu gemacht.

»Ist sie immer noch so pütterig?« fragte Stella.

»Ziemlich«, gab Nora zu. »Das Richtige wird es wohl nie werden mit uns beiden. Wir benehmen uns sehr zivilisiert, weißt du. Aber im Grunde sind wir Fremde. Daran wird sich wohl nichts ändern. Ich weiß auch nicht, woran es liegt.«

Aber Nora machte es nicht mehr viel aus. Sie war sehr glücklich mit ihrem neuen Mann und vermißte ihre Tochter nicht.

»Wird Anke denn nicht heiraten?« fragte Stella.

Nora lachte vor sich hin. »Die bildet sich einen ganz bestimmten Mann ein. Das habe ich schon herausgefunden.«

»So? Wen denn?« fragte Stella neugierig.

»Wen wohl? Krischan natürlich.«

»Krischan?« fragte Stella, und die alte Empörung aus den Kindertagen schwang in ihrer Stimme.

»Ganz genau den. Und es sieht so aus, als würde aus den beiden etwas werden. Er hat jedenfalls seinen letzten Urlaub mit ihr verbracht. Zu Hause natürlich, und möglicherweise in allen Ehren. Ich habe keine Ahnung.«

Stella dachte darüber nach, wie lange sie Krischan nicht gesehen hatte. Seit damals seine Militärzeit begann, waren sie einander nicht mehr begegnet. Sie hatte von Thies erfahren, daß er inzwischen viel herumgekommen war. Daß man ihn aus dem Militärdienst entlassen würde, darauf bestand jedoch keine Hoffnung. Er hatte in Lazaretten in Frankreich, in Norwegen und zuletzt in Jugoslawien gearbeitet. Ein tüchtiger Arzt sollte er geworden sein.

»Ich möchte Krischan gern einmal wiedersehen«, sagte sie.

Nora lachte. »Damit wäre Anke wohl kaum einverstanden. Du hast ihr Krischan schon einmal weggenommen, als kleines Mädchen.«

»Schließlich bin ich verheiratet«, sagte Stella mit Würde.

Nora betrachtete sie spöttisch. »Aber Krischan zu verführen würde dir Spaß machen, nicht? Erst recht, wenn er mit Anke liiert ist.«

Stella erwiderte nichts darauf. Aber sie lächelte. Anke den Krischan wegzunehmen, dürfte eigentlich nicht schwer sein. Aber für sie kam es nun nicht mehr in Frage.

»Krischan macht sich nichts aus mir«, sagte sie. »Den habe ich enttäuscht. Ich glaube, er paßt ganz gut zu Anke.« Aber das sagte sie gegen ihre Überzeugung.

Stella rief eines Nachmittags bei Herta an und sagte zu, am nächsten Tag zum Kaffee zu kommen. Sie fuhr mit der U-Bahn bis zum Bayerischen Platz und ging dann hinüber zur Kufsteiner Straße, wo Herta wohnte. Sie war ein wenig zu früh dran. Berliner U-Bahnen fuhren immer noch schnell. Sie war immer wieder überrascht davon.

Herta, frisch und jung und blond, lachte nicht so fröhlich wie sonst. Ihre blauen Augen waren ernst, als sie Stella empfing.

»Komm herein«, sagte sie und öffnete weit die Tür zum Wohnzimmer. Während sich Stella vor dem Spiegel die Haare kämmte, kam aus einer Tür im Hintergrund neugierig ein winziges blondes Etwas herausgetrippelt. Gleichzeitig hörte Stella durch diese Tür das Schluchzen einer Frau.

Herta schloß die Tür rasch und nahm ihre kleine Tochter an die Hand. »Das ist Mätzchen«, sagte sie. »Mätzchen, sag der Tante schön guten Tag.«

Mätzchen mit den hellen blauen Augen ihrer Mutter blickte gebannt auf Stella, machte einen tiefen Knicks und piepste: »Tag.«

Herta schob das Kind hinter Stella ins Wohnzimmer.

»Bitte, setz dich«, sagte sie zu Stella, »wir kommen gleich, Mama und ich. Entschuldige bloß noch einen Moment. Mama hat noch Besuch.«

Stella blieb eine Weile mit Mätzchen allein und versuchte, sich mit ihr zu verständigen. Zunächst ging es ganz gut, aber dann wurde es Mätzchen doch ein bißchen unheimlich in Gegenwart einer fremden Frau. Sie strebte energisch von Stellas Schoß hinab und steuerte zur Tür.

»Wo willst du denn hin?« fragte Stella.

»Mami«, erklärte das Kind entschieden.

»Mami kommt ja gleich. Du sollst jetzt hierbleiben.«

Aber davon war Mätzchen nicht zu überzeugen. Sie angelte zur Klinke hinauf, und als sie nicht erreichte, was sie wollte, begann sich ihre Miene zu einem Weinen zu verziehen. Stella stand also auf und öffnete ihr die Tür. So wurde sie Zeuge einer merkwürdigen Szene.

Im Hintergrund des Korridors kamen Herta und zwei ältere Frauen aus einem Zimmer. Die eine der Frauen hatte ihren Arm um die Schulter der anderen gelegt, die den Kopf gesenkt hielt und trostlos vor sich hin weinte. Als sie an ihr vorübergingen, sah Stella den gelben Stern auf der Jacke der Frau leuchten. Sie begriff. Eine Jüdin.

Rasch zog sie sich ins Zimmer zurück. Aber natürlich hatten Herta und ihre Schwiegermutter sie gesehen.

Nach einer Weile kamen sie herein. Beide hatten ernste Gesichter. Und kaum hatte Herta den Besuch mit ihrer Schwiegermutter bekannt gemacht, fing diese auch schon an zu reden.

»Es ist eine Schande«, sagte sie. »Es schreit zum Himmel. Und man kann nicht helfen.«

»Hör auf, Mama«, sagte Herta leise. »Ich mache jetzt Kaffee.«

Hertas Schwiegermutter war eine noch junge, sehr gepflegt und gebildet aussehende Dame. Und Temperament hatte sie auch. Sie mußte sich einfach Luft machen.

»Sie haben sie gesehen, nicht wahr?« fragte sie Stella. »Ich kenne sie seit vielen Jahren. Wir wohnen seit 1928 zusammen in diesem Haus. Sie hat niemals etwas Böses getan. Und er – lieber Himmel, er schon gar nicht. Er hätte keiner Fliege was zuleide getan. Ein Literaturprofessor! Haben Sie schon mal gehört, daß ein Literaturprofessor gemeingefährlich ist? Daß man ihn einfangen muß wie ein wildes Tier? Ewig saß er über seinen Büchern. Er kannte den ganzen Goethe auswendig, vorwärts und rückwärts. Er liebte die deutsche Literatur. Er hat Vorlesungen darüber gehalten, jahrzehntelang. Er hat die jungen Leute die deutsche Sprache lieben gelehrt, ihre Dichter. Und heute verschleppen sie ihn wie einen Verbrecher. Ich könnte diese Kerle umbringen.«

»Mama, bitte«, sagte Herta wieder und blickte Stella hilflos an.

»Was ist denn geschehen?« fragte Stella.

»Ihren Mann haben sie abgeholt. Heute in aller Herrgottsfrühe. Wie einen Verbrecher haben sie ihn abgeholt. Schreit das nicht zum Himmel? Nicht genug, daß die armen Menschen nichts zu essen kriegen, daß sie mit diesem idiotischen Stern 'rumlaufen müssen, jetzt auch noch so was. Und man kann nichts machen. Man kann nichts machen.«

Stella sah die zierliche, schlanke Dame erschrocken an. Und unwillkürlich teilte sich die Empörung der anderen Frau ihr mit.

»Einfach abgeholt?« fragte sie.

»Ja. Stellen Sie sich vor! Früh um fünf poltert es an der Tür. Sie müssen sich einmal vorstellen, was die beiden Menschen mitgemacht haben in all den Jahren. All die Demütigungen, das Ausgestoßensein. Für einen Mann von dieser Bildung und diesem Ansehen! Und vor dem Klopfen an der Tür haben sie Angst gehabt, immer und immer. Ich weiß es. Ich habe sie ja besucht. Erst recht und gerade. Wenn auch die anderen im Haus sie am liebsten nicht mehr kennen wollen. Und heute nacht ist es passiert. Nun ist der Mann weg. Die Frau ist allein und weiß nicht, was mit ihm geschieht. Können Sie sich da hineindenken? Können Sie sich vorstellen, was das bedeutet? – Sie verstehen sich so gut, die beiden. Sie haben so glücklich miteinander gelebt.«

Herta sah Stella an und hob hilflos die Hände. Dann sagte sie: »Mama, bitte. Darum ist Stella doch nicht hergekommen. Hör jetzt davon auf. Und sieh mal, Mätzchen. Sie ist auch schon ganz entsetzt.«

Ja, Mätzchen stand bei ihnen, das kleine Gesicht angstvoll verzogen, die blauen Augen mit verständnislosem Staunen gefüllt.

Der Hinweis auf das Kind brachte die erregte Frau zur Besinnung. »Entschuldigen Sie bitte«, sagte sie zu Stella. »Sie müssen mich für verrückt halten. Aber ich kann Ihnen nicht sagen, wie mich das alles mitnimmt.«

Sie wandte sich abrupt zur Tür. »Ich werde Kaffee kochen«, sagte sie und verschwand.

»Sei nicht böse«, meinte Herta. »Du siehst ja. Mama kann sich maßlos darüber empören. Sie kennt Frau Levinski schon so lange. Sie waren gut befreundet.«

»Sie sind es offenbar noch«, sagte Stella.

»Ja. Natürlich. Mama geht immer zu ihnen in die Wohnung und hat beide auch immer eingeladen, obwohl sie nicht kommen wollten. Du weißt ja, wie die Leute sind. Man muß ja Angst haben.«

»Natürlich«, sagte Stella. »Aber es ist schrecklich. Deine Schwiegermutter hat schon recht.«

Dieses Erlebnis hatte Stella wieder einmal an Michael erinnert. Zwei Jahre war es fast her, daß sie damals zu Jochen gesagt hatte, sie werde sich nach seinem Verbleib erkundigen. Großsprecherisch hatte sie es verkündet. Und was hatte sie getan? Aber nun würde sie es nicht mehr aufschieben. Nun würde sie dieses lang vergessene Versprechen einlösen.

Die Frau Oberregierungsrat Koßfeld war inzwischen verwitwet.

Aber sie lebte immer noch in der großen alten Wohnung am Lützowufer und erkannte Stella gleich wieder.

Man unterhielt sich zunächst ein wenig über alltägliche Dinge, dann erkundigte sich Stella nach Jochen und erfuhr, daß er inzwischen Stabsarzt geworden sei, Chef eines Lazaretts im Generalgouvernement Polen, außerdem verheiratet sei und bereits ein Kind hatte.

Es ginge ihm den Umständen entsprechend gut, meinte die Frau Oberregierungsrat befriedigt, seine junge Frau sei ganz reizend und Jochen mit ihr sehr glücklich. Die junge Ehefrau sei aus guter Familie, sehr wohlerzogen und bescheiden und für Jochen die ideale Frau.

Dabei musterte die Sprecherin Stella streng über ihre Brille, das elegante Kostüm, die gepflegte Frisur und das dezente Make-up der Besucherin.

Stella unterdrückte ein Lächeln. Wahrscheinlich, dachte sie, hat die liebe Tante befürchtet, Jochen würde an mir hängenbleiben. In ihren Augen war ich wohl ein recht fragwürdiges Mädchen. Rote Haare, geschminkte Lippen, nicht sehr wohlerzogen und gar nicht bescheiden.

»Ich freue mich, daß Jochen glücklich geworden ist«, sagte Stella sanft. »Und daß er seine große Liebe überwunden hat.«

»Große Liebe?« fragte die Frau Oberregierungsrat und zog die Brauen hoch. »Was meinen Sie damit?«

»Nun, Dagmar, seine schwedische Kollegin. Es hat ihn doch damals tief getroffen, daß sie ihn verließ.«

Die Frau Oberregierungsrat bekam schmale Lippen. »Da müssen Sie sich täuschen, mein liebes Fräulein Termogen. Eine kleine Studentenliebelei, wie es eben mal vorkommt bei jungen Leuten. Diese Schwedin wäre nie die richtige Frau für Jochen gewesen. Nie. Sie hatte viel zu freie Ansichten.«

»Ich glaube auch, daß sie nicht die richtige Frau für ihn gewesen wäre«, sagte Stella liebenswürdig. »Sonst wäre er mit ihr gegangen.«

»Bis jetzt ist es ja immer noch üblich, daß eine Frau dem Mann folgt und nicht umgekehrt«, bekam sie zur Antwort.

»Leider«, sagte Stella und lächelte freundlich.

Dann kam sie ohne Umschweife zum Zweck ihres Besuchs.

»Michael?« sagte die Frau Oberregierungsrat. »Ach ja, ich erinnere mich. So ein kleiner, schmächtiger Blonder. Michael Keller.« Und da fiel es ihr auch schon ein. »Aber der war doch Jude.«

»Ich weiß, sagte Stella. »Eben darum bin ich hier. Ich hatte Jochen nach Michaels Adresse gefragt, als ich ihn das letztemal sprach. Er wußte sie nicht auswendig, aber er meinte, bei seinen Sachen, die sich noch bei Ihnen befänden, müßte sie noch zu finden sein. In einem alten Notizbuch oder so. Könnten Sie wohl bitte mal nachschauen?«

»Aber ich bitte Sie!« Die Frau Oberregierungsrat war sichtlich peinlich berührt. »Was wollen Sie damit?«

»Ich möchte herausfinden, ob Michael noch in Deutschland ist, oder ob er rechtzeitig ausgewandert ist. Die Ungewißheit beunruhigt mich. Es wäre schrecklich, wenn er noch hier wäre. Das werden Sie ja wohl zugeben.«

Die Frau Oberregierungsrat gab gar nichts zu. »Nun ja«, sagte sie. »Aber wie dem auch sei, Sie könnten ja doch nichts daran ändern.«

»Nein. Das nicht. Aber vielleicht, falls er noch da ist, wäre es für ihn ein Trost, daß nicht alle alten Freunde ihn vergessen haben. Ich könnte mich ein wenig um ihn kümmern.«

»Sie!« Das klang empört.

»Ja«, sagte Stella ruhig. »Ich lebe in sehr guten Verhältnissen. Wie Sie sicher wissen, bekommen Juden nur eine sehr unzureichende Lebensmittelzuteilung. Ich könnte ihm vielleicht gelegentlich ein Päckchen schicken.« Energisch fügte sie hinzu: »Aber vor allen Dingen möchte ich es wissen. Es gibt sicher viele Juden, denen man helfen könnte. Aber er ist der einzige Jude, den ich persönlich kenne. Und darum möchte ich es bei ihm versuchen. Obwohl ich hoffe, daß er diese Hilfe nicht mehr braucht und längst in Amerika ist.«

»Sie haben seltsame Gelüste«, meinte die Frau Oberregierungsrat. »So etwas habe ich noch nicht gehört. Sind Sie sich denn nicht klar darüber, daß Sie sich damit selbst gefährden? Den Juden ist der Umgang mit deutschen Frauen streng verboten.«

Stella hob mit einem kleinen, verächtlichen Lächeln den rechten Mundwinkel und sagte kühl: »Sie haben mich mißverstanden. Ich will nicht mit ihm umgehen. Ich möchte wissen, ob er da ist, und wenn er da ist, möchte ich versuchen, ihm ein wenig behilflich zu sein. Finden Sie das so ungewöhnlich?«

»Außerordentlich ungewöhnlich. Und ich möchte dazu meine Hand nicht geben.«

Stella bezwang ihren aufsteigenden Zorn. Sie mußte liebenswürdig bleiben, sonst erreichte sie nichts.

»Jochen hat mir ausdrücklich die Erlaubnis gegeben, bei Ihnen nach Michaels Adresse zu fragen. Wenn Sie mir nicht glauben, müßte ich ihm erst schreiben. Das wäre eine unnötige Verzögerung. Außerdem verlasse ich Berlin morgen schon. Ich lebe zur Zeit nicht hier. Ich habe ja auch geheiratet.«

»Sie haben geheiratet?« Es klang verwundert. »Ach, das wußte ich nicht. Wo wohnen Sie denn jetzt?«

»In Wien«, sagte Stella. »Mein Mann ist ein hoher Offizier und in leitender Position tätig.«

»Und da wollen Sie sich mit einem Juden abgeben?«

Alte dämliche Schraube, dachte Stella. Hoffentlich regnen dir mal ein paar Bomben aufs Dach.

Aber mit verbindlichem Lächeln sagte sie: »Eben gerade. Ich kann mir das leisten.«

Die Frau Oberregierungsrat schüttelte in tiefem Nichtverstehen das graue Haupt. Tiefe Mißbilligung stand in ihren Zügen.

»Können wir gleich einmal nachsehen?« fragte Stella hartnäckig. »Ich will Ihnen gern behilflich sein. Sind Jochens Sachen im Keller? Oder haben Sie alles verpackt?«

»Jochens Zimmer ist stets für ihn bereit und unverändert«, sagte hoheitsvoll die Dame. »Seine Frau lebt bei ihren Eltern in Breslau. Falls Jochen nach Berlin kommt, wohnt er nach wie vor bei mir.«

»Fein«, meinte Stella, »dann ist es ja ganz einfach.« Sie stand auf. »Schauen wir mal nach?«

Die Frau Oberregierungsrat schien dieser Aufforderung nur ungern Folge zu leisten. »Gut, wenn Sie partout wollen, kann ich ja mal nachsehen.«

Aber als sie langsam zur Tür ging, folgte ihr Stella unaufgefordert. »Ich komme mit«, erklärte sie entschieden.

Jochens Zimmer, das sie von früher kannte, war wirklich unverändert, der Schreibtisch, der Bücherschrank ordentlich aufgeräumt.

»Aber liebes Fräulein Termogen«, sagte die Witwe tadelnd, als Stella ungeniert die Schreibtischschublade aufzog, »eh, verzeihen Sie, wie heißen Sie doch jetzt gleich?«

»Lehmann«, sagte Stella und ließ sich nicht stören. Im Seitenfach des Schreibtischs fand sie, was sie suchte. Ordentlich, nach Jahreszahlen aufgestapelt, befand sich dort eine Reihe von Taschenkalendern. Stella nahm sie heraus.

»Aber«, rief die Frau Oberregierungsrat vernehmlich, »das geht doch nun wirklich nicht.«

»Alte Kalender, gnädige Frau«, sagte Stella. »Da werden kaum Geheimnisse drinstehen.« Sie ließ sich nicht stören, nicht von dem Protest, nicht durch empörte Blicke.

Im Kalender des Jahres 1936 fand sie, was sie suchte.

Mi., stand da, München, Mozartstraße 12.

Das mußte es sein. Der vorsichtige Jochen hatte sich nicht einmal getraut, Michaels vollen Namen einzutragen. Aber es war zweifellos Michael. Stella entsann sich, daß er ihr damals erzählt hatte, seine Eltern seien nach München gezogen.

Sie blätterte rasch weiter, nahm dann noch den Kalender des nächsten Jahrgangs. Hier war die Notiz nicht mehr zu finden. Jede Spur an einen alten Freund getilgt.

Sie zog ihr Notizbuch aus der Tasche, schrieb die Adresse ab.

Dann blickte sie mit strahlendem Lächeln die Frau Oberregierungsrat an.

»Vielen Dank, gnädige Frau. Mehr wird wohl nicht zu finden sein. Ist ja schon ein bißchen lange her, aber ich werde es versuchen. Und wie gesagt, ich hoffe, er ist schon über alle Berge und braucht die Schweinerei hier nicht mitzumachen.«

Sie hatte das letzte absichtlich gesagt. Jetzt, da sie die Adresse hatte, brauchte sie auf die alte, schon sehr komische Dame keine Rücksicht mehr zu nehmen.

»Ich muß schon sagen . . .«, begann die Frau Oberregierungsrat, und die Entrüstung ließ ihre Stimme beben.

»Sie finden doch sicher auch, gnädige Frau, daß es eine unsagbare Schweinerei ist, was hier bei uns passiert, was sie mit den Juden machen?« fragte Stella und blickte der Frau gerade in die Augen.

»Ich!« sagte die Dame abwehrend. »Ich habe damit nichts zu tun. Was gehen mich die Juden an. Mein Mann und ich, wir haben nie mit Juden verkehrt.«

»Nein? Aber Sie können es kaum für richtig halten, daß man sie als Gezeichnete herumlaufen läßt mit diesem lächerlichen Stern auf der Brust. Daß man sie nachts aus den Wohnungen holt und wie Verbrecher abtransportiert, mit unbekanntem Ziel?«

»Ich weiß davon nichts«, sagte die Dame.

»Sie sollten es nicht übersehen«, sagte Stella. »Man wird uns die Rechnung dafür sicher einmal präsentieren. Und nun muß ich gehen. Vielen Dank für Ihre Hilfe. Wenn Sie an Jochen schreiben, grüßen Sie ihn bitte von mir.«

»Ich werde ihm allerdings schreiben«, sagte Jochens Tante in drohendem Ton. »Und Sie? Sind Sie an seiner Adresse nicht interessiert?«

»Nein«, sagte Stella und lächelte. »Ich wollte Michaels Adresse haben. Auf Wiedersehen.«

Bis Stella die Treppe hinunter und auf der Straße war, hatte sie sich bereits entschieden auf die Seite der Verfolgten und Mißhandelten gestellt. Zugegeben, sie hatte sich bisher nicht darum gekümmert, was mit den Juden geschah. Hatte es so nebenbei zur Kenntnis genommen und wieder vergessen. Aber gestern die weinende Frau und heute diese eingebildete, kaltherzige Person, die nicht sehen *wollte,* was vorging, hatten in Stella einen geradezu kämpferischen Geist erweckt.

Ich weiß nichts davon, hatte die Frau Oberregierungsrat gesagt. Stella wußte auch nicht viel davon. Aber was sie wußte, genügte, um sie Partei ergreifen zu lassen.

14

In München unterbrach Stella die Heimfahrt. Aber in der Mozartstraße zwölf fand sie Michael natürlich nicht. In der Wohnung traf sie eine jüngere Frau, um die einige Kinder herumwirbelten und die von früheren Mietern namens Keller nichts wußte. Sie wohnte selbst erst seit zwei Jahren hier.

»Fragens halt den Hausmeister«, riet sie Stella.

Der Hausmeister besann sich. »Ja mei«, sagte er. »Dös war doch der Jud. Na, na, die wohnen scho lang nimmer hier. Was denken Sie denn? In unserem Haus san koane Juden. Die ham mir scho achtunddreißge nausg'setzt. Nach dera Kristallnacht. Da ham's dene die Fenster eingeschmissen. So was können wir net brauchen im Haus. San alles gute Mieter.«

»Die Fenster eingeschmissen?« wiederholte Stella entsetzt. »Warum denn das?«

»Ja mei, des war damals überall so mit die Juden. Wissen Sie des denn net? San's net von hier?«

»Wann war denn das?«

»Im November.«

»Da war ich im Ausland«, sagte Stella. »Was ist denn da passiert?«

Dem Hausmeister war die Gelegenheit, einen längeren Vortrag halten zu können, durchaus willkommen. Und als Stella ihm schließlich eine Zigarette anbot, frischte sich sein Gedächtnis erheblich auf.

»War'n ganz nette Leut', die Kellers. I hab' nix gegen sie g'habt. Die alte Frau war leidend. Na ja, koa Wunder net bei dene Aufregungen. Und er, der Alte, war immer sehr freundlich. Doch, muß mer sagen. Alles was recht is.«

»Und der Sohn, war der auch noch da?« fragte Stella.

»Natürlich. Der is auffa kemma von Berlin droben. So a Kloaner, Blonder. Mei, hätt' koa Mensch denkt, daß des a Jud sein soll. I hab' damals scho zu moaner Alten g'sagt, des muß a Irrtum sein. So siecht doch koa Jud' net aus.«

»Und dann sind sie also ausgezogen nach dieser Sache?«

»Freili! Der Hausherr hat eahna halt kündigt. Koa ma eahm a net verdenken, net wahr? Die Leut' ham niemand nix getan, aber so was geht halt net in oam guten Haus.«

»Und Sie wissen nicht, wo sie dann hingezogen sind?«

»Naa, des woaß i net. Warum wollen S' denn des wissen?«

Stella warf dem Mann einen raschen Blick zu. »Das ist so«, begann sie und suchte nach einer Erklärung, »ich komme aus Berlin, wissen Sie. Und die Dame, bei der der junge Herr Keller damals wohnte, als er studierte, hat immer noch verschiedene Sachen von ihm auf dem Boden stehen. Koffer und Bücher und noch verschiedenes andere, ich weiß nicht genau. Und die Böden müssen ja nun geräumt werden. Wegen der Brandgefahr, nicht? Und da . . .«

»Ah, so«, unterbrach sie der Hausmeister, »Sie moanen die Speicher. Ja freili, müssen die g'räumt werden. Ham die des in Berlin droben no net g'macht? Des ham wir hier scho lang g'macht.« Er schüttelte tadelnd den Kopf. Diese Preußen! Großes Mundwerk, aber nicht mal die Speicher rechtzeitig geräumt.

»Nun eben«, nahm Stella den Faden wieder auf. »Es ist höchste Zeit. Und da ich gerade nach München fuhr, bat mich die Dame, wir sind ganz gut bekannt, doch mal hier nach Herrn Keller zu forschen und ihn zu fragen, ob man ihm die Sachen schicken soll.«

»Ja mei.« Der Hausmeister kratzte sich am Kopf. »Da müßt ma halt wissen, wo die san. Freili, die armen Hund', die täten des Zeigl vielleicht jetzt scho brauchen. Ham ja eh nix mehr und kriag'n aa nix. Ja, was machen wir denn da?«

Stella streckte dem Mann wieder die Zigarettenschachtel entgegen. Dabei dachte sie: Er ist nur ein einfacher Mann, aber er empfindet ein wenig Mitleid. Nicht so wie diese greuliche Person in Berlin, die ohne Mitleid und ohne Herz ist.

»Gengan S' halt zur Polizei«, meinte der Hausmeister nach einer Weile angestrengten Nachdenkens.

»Na ja«, sagte Stella, »ich weiß nicht . . .«

»Naa, da ham S' scho recht. Besser net. Ma soll auf die Juden gar net erst aufmerksam machen. Wann's wirklich irgendwo in 'm Loch noch hausen. Die finden's eh no früh gnua. Wissen S', mir hat die alte Frau damals leidgetan. Sie war so zart und so blaß, a ganz weiß' G'sicht hat's gehabt. Und wia die SA-ler dann die Stoaa auffig'schmissen ham und dann nauf san mit der Axt und die Möbel z'sammghaut ham, hab' ich zu meiner Alten g'sagt, eigentli, hab' i g'sagt, is des a Schand. Arme, alte Leit, die niemand nix toa. Dös is koa Art net, mit die Menschen umzugehen.«

»Mit der Axt?« fragte Stella entsetzt. »Mit der Axt die Möbel zerschlagen?«

»Freilich. Hergangen is damals ... Grad zugangen is. Und am Morgen bin i mit meiner Alten dann naufgangen. Da saßen's alle drei zwischen die Trümmer. Die alte Frau, der san die Tränen immer so nunterlaufen, oane hinter der anderen, gar net abg'wischt hat's. Und vor sich hin starrt hat's, als wenn's taub und blind wär'. 's konnt oam scho 's Herz abdrücken. Des kennen S' mer glauben. San do aa Menschen. San's net?«

»Doch«, sagte Stella mit enger Kehle. »Es sind auch Menschen.« Und einem raschen Impuls folgend, sagte sie: »Ich gebe Ihnen hundert Mark, wenn Sie mir helfen, die Kellers zu finden. Ich kenne mich ja in München nicht aus. Aber Sie haben vielleicht eine bessere Idee, wie Sie das anfangen könnten. Und zehn Schachteln Zigaretten dazu. Ja? Aber es wäre vielleicht besser, niemand etwas davon zu erzählen.«

Der Hausmeister warf ihr einen pfiffigen Blick zu. »Mei, Sie wer'n ja wissen, warum's finden woll'n. Wann i aber nix red', kann i aa net nach eahne fragen, net wahr? Hundert Mark und zehn Schachteln Zigaretten?«

Stella nickte. »Ja.«

»Hm. I schau halt mal. I hab' da an Spezi im Polizeirevier, der is net a so, der is ganz vernünftig. A gstandener Mann, wissen S'. Den kunnt i mal fragen, so nebenbei.«

»Aber Sie sagten doch, man solle die Polizei lieber aus dem Spiel lassen?« meinte Stella.

»Scho. Aber wie wollen S' sonst was erfahr'n? Und wie i scho sag', der is net so.«

Stellas Gefühle waren zwiespältig, als sie zurückging zum Hotel. In was hatte sie sich da eingelassen? Wahrscheinlich war ja alles Unsinn, was sie tat. Sicher waren Michael und seine Eltern nicht mehr da. Wenn solche Dinge passiert waren, wie ihr dieser Mann eben erzählt hatte – die Fenster eingeworfen, die Möbel zertrümmert –, wer würde denn freiwillig in solch einem Land bleiben?

Sie ballte im Gehen die Hände zu Fäusten. Ein blinder, jäher Zorn stieg in ihr auf. Und sie empfand auf einmal tiefe Abneigung, fast Haß gegen ihren Mann. Davon hatte er nie etwas erzählt. Und man mochte es drehen und wenden, wie man wollte: Er gehörte eben doch zu diesen Leuten, die all dies Unheil in die Welt gebracht hatten.

Und was tat sie? Sie, seine Frau, war hier in München, um eine jüdische Familie zu finden, um ihre Hilfe anzubieten.

»Ja«, sagte Stella im Gehen vor sich hin. »Ja, nun gerade. Und gerade ich.«

Aber wie sollte sie helfen? Was sie sich da vorgestellt hatte, war geradezu lächerlich. Michael gelegentlich einen Brief schreiben und ein Päckchen zu schicken, mit Butter und geräuchertem Fleisch, genau wie sie Nora und Hermine hin und wieder etwas schickte.

Wieder dachte sie: Sie werden nicht mehr hiersein. Es wäre Wahnsinn gewesen, in Deutschland zu bleiben. Freilich, das sagte sich leicht. Früher waren die Juden nach Wien gegangen, nach Prag. Heute war der Weg weiter. In Europa gab es kaum noch einen sicheren Hafen für sie. Und eine Reise nach Amerika? Wie hätten die drei Kellers das finanzieren sollen. Sie sah den blonden, zarten Michael vor sich. Mein Gott, er war der letzte, sich mit einer schwierigen Situation, mit einem gewalttätigen Schicksal auseinanderzusetzen. Seine Mutter sei krank gewesen, hatte der Hausmeister gesagt; der Vater sicher auch schon alt.

Je mehr Stella darüber nachdachte, desto sicherer wurde sie, daß sie doch noch hiersein würden. 1938 war die Sache passiert mit den eingeworfenen Fenstern. Ein Jahr darauf war Krieg. Und wie die Verhältnisse lagen, hatte Michael gar keine Möglichkeit gehabt, Geld zu verdienen.

Stella saß zerstreut im Hotel vor ihrem Essen. Es schmeckte ihr nicht. Hatte sie eigentlich all die Jahre auf dem Mond gelebt? In einem Schloß in Österreich, in Ruhe und Frieden? Lächerlich. Eine törichte Illusion. Es gab keine Ruhe und keinen Frieden. Es war nicht Michael allein. Es waren Hunderte, Tausende. Und nicht nur Juden. Dieses Deutschland, dieses Europa war ein mörderischer Hexenkessel voll unglücklicher, verzweifelter Menschen, war ein Meer voll von Ertrinkenden, deren hilfeflehende Arme keiner ergriff, weil jeder selber mit dem Untergehen kämpfte. Alle, alle waren sie betroffen: Männer, Frauen, Kinder. Die Soldaten an den Fronten, die Menschen in den besetzten Ländern, die Juden und alle anderen Verfolgten, aber auch die Deutschen, die sich geschützt glaubten unter dem starken Arm ihres Führers. Es war eine Mörderhand, die sie beschützte, und aus dieser Mörderhand konnte nur das Grauen, das Elend und der Tod kommen. Daran änderte kein Vormarsch, kein Sieg etwas. Nicht die schmetternden Fanfaren, die aus dem Radio dröhnten und die Triumphe in Rußland verkündeten. Imponierende Zahlen dröhnte das Führerhauptquartier in das lauschende Volk hinein. Fremde Namen ferner Orte, Einkesselung, Zerschlagung, Zermalmung, Hunderttausende von Gefangenen, nur zu ahnen die Toten und Verwundeten, erbeutete Geschütze und Panzer. Stella hörte nicht mehr hin. Hunderttausend Gefangene, das waren hunderttausend Menschen. Schlagende Menschenherzen, Väter und Söhne und Brüder, Menschen, die irgendwo geliebt wurden, um die man bangte, für die man betete und die nun einer ungewissen Zukunft ausgeliefert wurden. Und es waren Hunderttausende von Herzen, die aufgehört hatten zu schlagen, Millionen Tropfen von Blut, die aus zerfetzten Körpern rannen. Es waren unvorstellbare Schmerzen und Leiden, es war ein einziger Schrei der Qual, der von dieser Erde auf zum Himmel stieg. Zu einem fernen, stummen Himmel, der keine Antwort gab, keine Hilfe sandte.

Stella schob heftig ihren Teller zurück. Und sie hatte geglaubt auf einer Insel des Friedens zu leben, sich am Lachen ihres Kindes zu freuen, mit glatten, unberührten weißen Händen den Ton kneten und sich der Umarmung ihres Mannes hinzugeben, wenn er einmal da war, das, hatte sie geglaubt, wäre genug, sich einen eigenen Frieden zu erkaufen. Ein Schloß in den Wolken war es, das sie bewohnte. Eine Illusion, in der sie lebte.

»Was tust du, um die Götter zu versöhnen?« hatte Professor Hartmann sie gefragt. »Womit bezahlst du für das Glück?«

Am nächsten Morgen fand sie sich schon zeitig in der Mozartstraße ein. Der Hausmeister hatte nichts ermittelt. Der Polizist, den er kannte, hatte keine Auskunft geben können. In dieser Gegend wohnten die Kellers offensichtlich nicht mehr.

»'s tut mir fei leid um die hundert Markl«, meinte der Hausmeister aufrichtig. »Kunnt ma brauchen heutzutage. Da koa ma scho was kaufen dafür. A Schweinernes oder aa am End a Gansl. Die Bauern ham scho gnua Sach', sie geben's halt nur um a Mordsgeld her. Wissen S', i hätt' no a Idee. Gengan S' do amoal nauf in' ersten Stock. Fragen S' den Herrn Hofschauspieler. Der woaß vielleicht was. I hab's eahm gestern abend g'sagt, daß da a Dame wär', die den Herrn Keller sucht. Der Herr Hofschauspieler hat sich manchmal mit dem Jud' unterhalten. Der laßt sich koa Vorschriften net macha. Is aa scho alt gnua, daß er sich des leisten koa.«

»Und? Hat er gesagt, er wüßte was?«

»Naa. Wissen tat er nix, hat er g'sagt. Aber er tat die Dame gern amoal sprechen.«

Während Stella die Treppe zum ersten Stock hinaufstieg, war sie nahe daran, das ganze Unternehmen aufzugeben. Was sie sich da vorgenommen hatte, war wohl doch Unsinn. Nach so vielen Jahren war die Spur verwischt. Und was konnte sie schließlich helfen? Wenn man es genau nahm, war sie doch nur eine flüchtige Bekannte von Michael.

Aber die neugierigen Augen des Hausmeisters, die sie verfolgten, veranlaßten sie weiterzugehen.

An der Tür war ein ovales weißes Namenschild, auf dem in schwarzer, altmodisch-verschnörkelter Schrift stand: Rudolf Thalhammer. Auf ihr Klingeln öffnete ihr eine runde, ältliche Frau in einer sauberen weißen Schürze.

»Entschuldigen Sie bitte«, sagte Stella. »Kann ich wohl den Herrn Hofschauspieler Thalhammer sprechen?«

Was für ein Wort! Hofschauspieler. Ein Klang aus vergessener Zeit. Aus einer von ihr nie erlebten Zeit. Aber da sie den alten Titel eben gehört hatte, wiederholte sie ihn brav.

Die Frau musterte die elegante Besucherin prüfend. »In welcher Angelegenheit?« fragte sie.

Schwer zu beantworten, diese Frage. »Privat«, sagte Stella.

Aber ihre Erscheinung und die ruhige Sicherheit ihrer Stimme öffneten ihr die Tür ganz.

»Bitte, kommen Sie herein«, sagte die Haushälterin oder wer immer das war. Sie öffnete eine Zimmertür in dem langen, dunklen Korridor, ließ Stella eintreten und fragte: »Wen darf ich melden?«

»Frau Termogen«, sagte Stella.

»Bitte, nehmen Sie Platz. Einen Moment bitte.«

Als Stella allein war, sah sie sich um. Ein hübsches Zimmer, eingerichtet mit hellbraunen Biedermeiermöbeln. Ein grünseidenes Sofa mit hellen Kissen, zwei gleichfarbige niedrige Sessel, ein paar Stühle, bespannt mit rosa- und grüngestreifter Seide, eine Glasvitrine und an den Wänden viele Bilder.

Sie trat näher. Der Herr Hofschauspieler in seinen Rollen. Szenenbilder, Porträts, auch Bilder anderer Künstler, wohl Kollegen, mit schwungvollen Unterschriften. Aber hauptsächlich Rudolf Thalhammer. Manche Bilder zeigten ihn als jungen Mann, als Romeo, als Ferdinand, als Hamlet. Ein schöner junger Mann, mit einem schmalen, edlen Gesicht und dunkel blitzenden Augen. Dann wurden die Rollen gewichtiger, König Philipp, Wallenstein, Egmont. Vor einer Aufnahme blieb sie stehen. Das war wohl König Lear. Ein hageres Gesicht, von Schmerz und Qual zerrissen, das Leid der ganzen Menschheit stand darin, wirr das graue Haar, aber immer noch beherrschend im Gesicht die großen dunklen Augen.

Ein leises Hüsteln ließ sie herumfahren. Unter der Tür, die in ein Nebenzimmer führte, stand eine schlanke, ein wenig gebeugte Gestalt. Alt war der Herr Hofschauspieler, sehr alt. Tausend Runzeln im Gesicht, das Haar schlohweiß, aber noch immer groß und fast schwarz die Augen. Er stützte sich auf einen Stock und betrachtete die Besucherin stumm. Im Hintergrund gewahrte Stella die weiße Schürze.

»Es ist gut, Mizzi«, sagte Rudolf Thalhammer. Er sprach laut und klingend, mit dem geschulten Organ eines alten Mimen.

Die Tür schloß sich hinter ihm. Er kam zwei Schritte ins Zimmer hinein. Ein kleines, verbindliches Lächeln erschien um seinen schmalen, alten Mund.

»Wie ich sehe, gnädige Frau, haben Sie mich in meiner Lieblingsrolle betrachtet.«

Stella lächelte auch. »Ich habe mir alle Bilder angesehen. Man kann aus diesen Bildern Ihre ganze Laufbahn ablesen. Ein ganzes Theaterleben, eine Rolle schöner als die andere.«

»Sie sind vom Fach?«

Stella schüttelte den Kopf. »Nein. Nur eine große Liebhaberin des Theaters.« Sie blickte wieder auf das Bild des Lear. »Das ist eine wunderbare Aufnahme. Wenn ich sie sehe, tut es mir direkt leid, daß ich Sie in dieser Rolle nicht gesehen habe, Herr Thal... Herr Hofschauspieler.«

Er hob die schmale, welke Hand und winkte leise ab. »Bleiben Sie nur bei meinem Namen, gnädige Frau. Der Hofschauspieler ist lang vergangen und vergessen. Er war schon nicht mehr gültig, als ich den Lear gespielt habe. Er war meine Lieblingsrolle. Und meine letzte. Mit ihm bin ich abgegangen vom Theater. Besseres konnte nicht mehr nachkommen.«

Er wies auf einen der Sessel und sagte: »Bitte.«

Stella setzte sich und zog sittsam den kurzen Rock übers Knie. Rudolf Thalhammer setzte sich in den anderen Sessel und sah sie aufmerksam an. Was er sah, gefiel ihm offensichtlich. Seine Züge entspannten sich, und er lächelte wieder.

»Selten«, sagte er, »sehr selten geworden, daß eine junge, schöne Frau mich besucht. Womit kann ich Ihnen dienen, gnädige Frau?«

Stella überlegte, wie sie am besten anfangen sollte. »Ja«, sagte sie, »die Geschichte ist ein bißchen merkwürdig. Es ist nämlich so... Ich...«

Die schmale Hand hob sich wieder. »Moment«, sagte Rudolf Thalhammer, »sind Sie am Ende die Dame, von der Herr Huber mir gestern erzählt hat?«

»Der Hausmeister, ja«, bestätigte Stella. »Er sagte mir, daß er Ihnen gegenüber eine Andeutung gemacht hätte.«

»Hm.« Rudolf Thalhammer legte die Hände gekreuzt auf den Griff seines Stockes, den er vor sich stehen hatte. »Sie sind das also. Herr Huber beschrieb Sie mir recht treffend. Wenn ich ihn recht verstanden habe, haben Sie sich nach dem Verbleib meines Kollegen Alexander Keller erkundigt.«

Stella nickte. »Ja«, sagte sie. »Das heißt eigentlich nach seinem Sohn. Michael Keller.«

»Und darf ich fragen, warum?« Die dunklen Augen waren verschlossen jetzt, prüfend und sehr distanziert.

Stella entschloß sich zu voller Offenheit. »Ich kenne Michael von früher her. Von Berlin. Als ich ein junges Mädchen war, trafen wir gelegentlich zusammen. Wir hatten gemeinsame Freunde.«

»In Berlin?«

»Ja. In Berlin. Das erstemal habe ich Michael allerdings auf der Insel Sylt gesehen. Dort lernte ich ihn kennen. Es war«, sie überlegte kurz, »es war im Sommer 1933.«

»Ach!« Die marmorne Strenge des alten Gesichtes ihr gegenüber lockerte sich wieder. Der Herr Hofschauspieler lächelte. »Rote Haare«, murmelte er, »und Augen so blau wie die Kornblumen auf dem Feld. Nun weiß ich schon. Sie müssen Sarnade sein, die Meerkönigin.«

Stella lächelte auch. »Hat Michael von mir erzählt?«

»Ja. Natürlich. Was hatte denn der arme Junge noch von seinem Leben? Nur die paar schönen Erinnerungen. Das sind Sie also. Stella Termogen. Sie sehen, ich weiß den Namen noch. Ich habe immer noch ein gutes Gedächtnis. Was man sein Leben lang geschult hat, verrostet nicht so leicht.«

»Wissen Sie, wo Michael ist? Und seine Eltern? Sind sie ausgewandert?«

»Warum wollen Sie das wissen?«

Stella hob die Schultern. »Wie soll ich Ihnen das erklären. Ich weiß es selber nicht genau. Ich hatte immer ein schlechtes Gewissen. Ich war ganz gut mit einem von Michaels Freunden bekannt, Jochen Kröger. Vielleicht hat er von dem auch einmal erzählt.«

»Doch ja, ich erinnere mich.« Die Augen des Hofschauspielers waren wieder ernst und abwartend.

»Jochen hatte sich ganz von Michael abgewandt. Er stand ... Nein, ich wollte sagen, er steht dem heutigen – eh, den heutigen Verhältnissen ziemlich positiv gegenüber. Mir tat es immer leid. Sie müssen verstehen, persönlich hatte ich mit Michael weiter nichts zu tun. Aber ich hatte immer das Gefühl, irgend jemand müsse einmal nach ihm fragen. Vielleicht täte es ihm gut, zu erfahren, daß nicht alle alten Freunde ihn vergessen haben. Helfen kann man ihm ja leider nicht. Oder ist er doch fortgegangen?«

»Nein«, sagte Rudolf Thalhammer langsam. »Er ist nicht fortgegangen. Und helfen kann man ihm leider wirklich nicht. Ich habe es damals versucht, soweit es mir möglich war. Ich habe Alexander die Wohnung hier im Hause verschafft, als er sein letztes Engagement verlor und nach München kam. Ich habe auch immer versucht, zu helfen, als sie hier waren, mit Geld, mit Lebensmitteln. Mein Gott, ich habe selbst nicht mehr viel.«

»Sie sind also noch da?« fragte Stella erregt. »Und wo?«

»Ob sie noch da sind, Alexander und sein Sohn, das weiß ich

nicht. Man muß ja täglich damit rechnen, daß sie fortkommen. Auf Nimmerwiedersehen. Das ist nun heute mal so. Eine böse Zeit, meine liebe, gnädige Frau. Eine sehr böse Zeit. Wenn ich – wenn ich Sie recht verstehe, dann teilen Sie nicht ganz die Ansichten dieses Herrn Jochen Kröger?«

Stella antwortete auf die vorsichtig formulierte Frage mit einem entschiedenen Nein. »Nein. Ich teile sie ganz und gar nicht. Ich kann Michael und seinen Eltern natürlich auch nicht helfen. Vielleicht mal ein Päckchen, ein paar Lebensmittel. Natürlich auch Geld. Aber vor allem dachte ich, es täte ihm gut, zu sehen, daß jemand da ist, der ihm nicht aus dem Wege geht, der mit ihm sprechen will.«

»Und das würden Sie also wagen?« Welch ein Gesicht dieser alte Mann hatte! Welch ein Blick! Wie ein guter, alter König aus dem Märchenland sieht er aus, dachte Stella. Nein, nicht Märchenland. Wie der kluge alte Herrscher eines mächtigen Zauberreiches, jenseits der schäbigen Menschenwelt.

»Ja«, sagte sie rasch und lebhaft, »ja, das würde ich wagen. Ich habe keine Angst. Und ich verabscheue die Gedankenlosigkeit und die Herzlosigkeit, mit der die Menschen heute am Unglück ihrer Mitmenschen vorübergehen.«

»Ja, das ist wohl wahr«, sagte Rudolf Thalhammer. »Aber das haben sie immer schon getan. Die fromme Lüge, Gottes Kinder und gute Christen zu sein, auf den Lippen, und die erbärmliche Feigheit und die höllische Kälte im Herzen. Und die Angst. Wir wollen die Angst nicht vergessen, mein liebes Kind. Die Angst ist eine mächtige Triebfeder und ein tödlicher Hemmschuh zugleich. Sie fesselt des Menschen Fuß an den Staub der Erde und läßt ihn nie zu Gott gelangen. Denn Gott liebt die Feigen nicht. Und er verachtet die Ängstlichen. Er gab uns ja ein starkes Herz und einen eigenen Willen, damit wir handeln. Handeln. Und nicht nur zagen.« Die Stimme des alten Schauspielers hatte sich dramatisch gehoben, Stella lauschte ihm gebannt, sah in dieses alte Gesicht, das ihr schön erschien wie das Gesicht des lieben Gottes selber.

Rudolf Thalhammer unterbrach sich selbst mit einem kleinen Lächeln. »Entschuldigen Sie, ich will nicht deklamieren. Aber wenn ich daran denke, daß ich inmitten eines Volkes lebe, daß keine Männer mehr hervorbringt, nur noch Schwächlinge, die zwar zu sterben verstehen, aber nicht zu handeln und zu leben, ergreift mich immer Zorn. Zorn steht aber dem Alter schlecht zu Gesicht. Kehren wir zu unserem Thema zurück.«

»Wir haben es nicht verlassen«, sagte Stella. »Sie kennen mich nicht, und ich kenne Sie nicht, aber wir haben beide das Gefühl, daß wir einander vertrauen können. Bitte, wenn Sie wissen, wo ich Michael und seine Eltern finden kann, sagen Sie es mir.«

»Er ist jetzt allein mit seinem Vater. Seine Mutter ist vor zwei Jahren gestorben. Es war zuviel für sie. Ich habe Valerie Keller gekannt, als sie eine ganz junge Frau war. Sie müssen wissen, mein Kind, Alexander und ich waren als Anfänger zusammen engagiert. Wir verehrten Valerie damals beide. Sie war auch Künstlerin. Eine hochbegabte Pianistin. Ein Mädchen wie aus Wolken und Blüten geformt. Alles an ihr war hauchzart, duftig, ein leuchtendes Lächeln auf einem samtenen Hintergrund von Traurigkeit. Ein bezauberndes Geschöpf. Alexander gewann sie, ich mußte verzichten. Aber wir blieben Freunde. Ich war Michaels Pate. Und nun dieses Ende. Valerie gestorben in diesem elenden Loch, elend und verzweifelt. Aber gewiß jetzt in den Armen ihres Gottes behutsam und nahe seinem Herzen aufgenommen.«

»Und die beiden?« fragte Stella, atemlos fast, denn die Worte des alten Schauspielers waren so fremd und so bewegend zugleich, daß es schmerzte, ihnen zuzuhören.

»Sie mußten hier ausziehen, das wird Ihnen Herr Huber ja gesagt haben. Eine neue Wohnung bekamen sie nicht. Es war ihnen nur erlaubt, ebenfalls zu einer jüdischen Familie zu ziehen. Sie hatten zu dritt ein möbliertes Zimmer, kärglich möbliert, und da lebten sie. Wovon? Mein Kind, ich weiß es auch nicht. Ich ließ ihnen gelegentlich etwas zukommen. Dann wurde Michael arbeitsverpflichtet, später auch sein Vater, obwohl auch er alt und krank ist und kaum mehr imstande, körperliche Arbeit zu leisten.«

»Körperliche Arbeit?«

»Natürlich, was sonst? Michael arbeitet in einer Rüstungsfabrik, Alexander in einer kleineren Fabrik, die Wolldecken herstellt. Die Trambahn zu benützen ist ihnen untersagt. Sie laufen jeden Morgen zu ihrer Arbeitsstätte, bei Wind und Wetter, durch Schnee und Kälte. Michael muß früh um vier das Haus verlassen, denn sein Weg führt quer durch die ganze Stadt. Und am Abend geht er den gleichen Weg zurück.«

»Mein Gott!« Stella vergrub das Gesicht in den Händen. »Das ist ja unmenschlich.«

»Unmenschlich. Kein Wort könnte es besser treffen. Wir leben in einer Zeit der Unmenschlichkeit. Und die Frage bewegt mich immer, woher diese Unmenschlichkeit eigentlich kommt, wer sie in die Welt gesetzt hat. Sie nicht, mein Kind, das merke ich. Ich auch nicht. Wir verurteilen sie, verdammen sie. Und es gibt eine ganze Reihe von Menschen, die ich kenne, alte Bekannte von früher, aber auch Menschen der jüngeren Generation, sie denken alle so wie wir. Sie empfinden genau wie Sie und ich. Wie also kann die Unmenschlichkeit in der Gesamtheit triumphieren, da doch der Mensch als Einzelwesen sie ablehnt, sich von ihr abwendet, sie verabscheut. Es ist für mich eins der ewig ungelösten Rätsel dieser Welt. Und ich bringe nur zwei Antworten auf die Fragen heraus, die dieses Rätsel mir aufgibt: Angst und Dummheit. Die größten Geißeln des Menschengeschlechts. Die lähmenden, erstickenden Fesseln auf dem Weg voran und aufwärts. Sie binden uns an die graue Vorzeit, an das finsterste Mittelalter, an die Hölle selbst. Angst und Dummheit.«

Eine Weile blieb es still zwischen ihnen. Stella war aufgewühlt von dem, was sie gehört hatte. Und wie schon am Abend zuvor dachte sie: Wo lebe ich eigentlich? In einem Schloß am See, unter einem blauen Himmel? In einem Wolkenschloß, in einer Illusion. Was hatte Professor Hartmann noch gesagt: Lebst du eigentlich auf dem Mond? Ja, sie hatte bisher wirklich auf dem Mond gelebt. Warum hatte sie sich nicht längst um Michael gekümmert?

»Was kann man tun?« fragte sie leise.

Der Schauspieler hob die Hand. »Nichts, mein Kind. Nichts. Das ist ja das Furchtbare.«

»Sehen Sie die beiden manchmal?«

»Gewiß. Es ist ein wenig schwierig. Es gibt kein Auto mehr. Der Weg ist nicht allzu weit, aber für mich eben doch. Am Wochentag sind sie ja nicht da. Ich könnte sie nur in der Nacht treffen. Aber bei der Verdunkelung kann ich nicht mehr auf die Straße gehen. Im Winter war ich einige Zeit krank, da konnte ich überhaupt nicht mehr hingehen. Und als ich es endlich schaffte, vor einem Monat etwa, hatte ich auf dem ganzen Weg die Befürchtung, sie nicht mehr anzutreffen.«

»Was kann denn mit ihnen geschehen?« fragte Stella leise. Aber sie wußte es. Sie hatte es in Berlin, in der Wohnung von Hertas Schwiegermutter gehört.

»Man bringt die Juden aus den Städten, aus Deutschland heraus. Irgendwo nach dem Osten. In Arbeitslager, wo sie unter unmenschlichen Bedingungen leben und arbeiten müssen. Was sage ich? Leben? Vegetieren! Ich habe einen Bekannten, der lange Zeit im besetzten Gebiet im Osten war. Er hat mir davon erzählt. Es ist eine unvorstellbare Tragödie. Eine unauslöschliche, ewige Schande für das deutsche Volk wird es bleiben bis in fernste Zeit. Und wer alt und krank ist, für den ist es sowieso das Ende. Man tötet die alten Juden wie lästiges Ungeziefer.«

Rudolf Thalhammer richtete sich auf. »Bedenken Sie, mein Kind, man tut es in unserem Namen. Im Namen der Deutschen. Es ist ein Verbrechen, das wir alle begehen, obwohl viele nichts davon wissen. Eine Schuld, die man uns auflädt vor Gott und den Menschen, an der wir unschuldig sind.«

Ehe sie ging, beschrieb ihr Rudolf Thalhammer den Weg.

»Es ist nicht weit. Auf der Schwanthaler Höhe. Sie überqueren die Theresienwiese und gehen ein Stück geradeaus. Dann ist es eine Querstraße. Ein armseliges Viertel. Und, mein Kind, Sie geben besser acht, wenn Sie das Haus betreten, damit Sie keiner sieht. Es ist im dritten Stock. Und noch eins: Falls Sie den Hausmeister unten treffen, sagen Sie nicht, daß Sie von mir eine positive Auskunft bekamen. Es ist vielleicht besser.«

»Ich werde eine Ausrede finden«, sagte Stella. »Ich werde sagen, die Familie Keller sei nicht mehr in München.«

»Gut. Sie wollen also wirklich hingehen?«

»Ja. Jetzt sofort.«

»Sie werden niemanden antreffen. Wie gesagt, sie müssen beide arbeiten.«

»Dann gehe ich heute abend hin«, sagte Stella entschlossen. »Ich habe es begonnen und werde es zu Ende führen.«

Aber sie wußte noch nicht, was sie begonnen hatte.

15

Der Hausmeister wartete unten auf sie.

»Leider«, sagte Stella. »Sie sind nicht mehr in München.«

»Ham's weggeschafft?« fragte der Hausmeister neugierig. »Mei, dös is arg.«

»Immerhin habe ich eine Auskunft bekommen«, sagte Stella. »Und das verdanke ich Ihnen. Ich möchte darum ...« Sie klappte ihre Tasche auf und zog die bereitgelegten Geldscheine hervor. »Bitte.«

»Mei«, der Mann war verlegen. »Dös gilt ja eigentlich net. Ich hab' ja nix ausgerichtet.«

»Doch. Ich wollte Bescheid haben, und den habe ich bekommen. Bitte.«

»Na, dann bin i halt so frei. Und schönen Dank auch, gnä' Frau. Gott vergelt's.«

Nach einigem Suchen fand sie die Straße, das graue alte Haus, das sie ein wenig an das Haus ihrer Kindheit erinnerte. Sie ging einmal daran vorbei, blickte sich dann um. Doch dann ging sie entschlossen durch die Haustür. Lächerlich, sie tat doch nichts Böses.

Im dritten Stock klingelte sie an der bezeichneten Tür, Kohn stand daran. Eine Weile blieb es still. Dann war ein Gewisper und Gehusche hinter der Tür. Dann ein atemloses Schweigen. Stella klingelte noch einmal.

Angst, dachte sie. Auch sie haben Angst. Nein, Angst ist nicht nur ein Verbrechen, sie kann auch eine Folter sein.

Endlich ging die Tür auf, einen Spalt nur, und ein altes, verrunzeltes Frauengesicht erschien.

»Ja?« fragte eine bebende Stimme.

»Entschuldigen Sie«, sagte Stella, wie schon einmal heute. »Darf ich hineinkommen?«

Ein enger Korridor, in dem es muffig roch. Die Frau in der schmutzigen Schürze stand zitternd vor ihr.

»Ich wollte zu Herrn Keller«, sagte Stella.

»Zu Herrn Keller?«

»Ja. Er ist sicher nicht da. Herr Michael Keller.«

»Nein. Der ist nicht da. Nur sein Vater. Heut' noch.«

»Sein Vater ist da?« fragte Stella rasch. »Dann führen Sie mich bitte zu ihm.«

»Er ist krank«, sagte die Frau.

»Trotzdem«, sagte Stella. »Ich muß ihn sprechen.«

Die Frau verschwand hinter einer der Türen. Stella hörte sie flüstern. Da ging sie einfach hinterher, trat durch die Tür, hinter der die Frau verschwunden war, in eine kleine Kammer. Ein Bett stand in der Ecke. Auf dem Boden lag eine Matratze, ein alter wackliger Schrank stand im Zimmer, ein kleiner Tisch, ein Stuhl. Sonst nichts.

Die Frau hatte sich über das Bett gebeugt und sprach mit dem Mann, der darin lag. Als Stella hereinkam, richtete sie sich auf. Und Stella sah in zwei angstvolle Augenpaare. Der alte Mann im Bett stützte sich mühselig auf einen Arm.

»Sie wollten zu meinem Sohn?« fragte er mit zitternder Stimme. »Er ist nicht da.«

»Ich weiß«, sagte Stella ruhig. »Kann ich dann einen Augenblick mit Ihnen sprechen, Herr Keller?«

»Wer – wer sind Sie?«

Stella zögerte. Sie blickte auf die alte Jüdin, die neben dem Bett stand und sie anstarrte wie eine Erscheinung aus einer anderen Welt. Flüchtig kam ihr in den Sinn, wie merkwürdig sie sich ausnehmen mußte in dieser Umgebung, wie seltsam sie in den Augen dieser beiden Unglücklichen erscheinen mußte. Elegant gekleidet, die Lippen nachgezogen, das Haar sorgfältig frisiert, duftend nach einem französischen Parfüm. Sie trat näher zu dem Bett.

»Ich bin eine alte Bekannte Ihres Sohnes«, sagte sie. »Aus Berlin. Ich wollte ihn besuchen.«

»Besuchen?« fragte der alte Mann. »Uns?« Das Staunen in seiner Stimme war so groß, als hätte sie ihm gesagt, sie sei soeben vom Himmel herabgestiegen.

Sollte sie ihren Namen nennen? Den Namen des Hofschauspielers? Sie zögerte. Dann sagte sie: »Hat Ihr Sohn Ihnen einmal von Sarnade erzählt?«

Sie sah am Gesicht des alten Mannes, daß er sich erinnerte.

»Ja«, sagte er. »Ja. Das ist lange her.«

»Ihr Kollege in der Mozartstraße nannte mir Ihre Adresse. Ich war vorhin bei ihm.«

»Der Rudolf?«

»Ja.«

Schweigen. Alexander Keller saß jetzt im Bett. Er war totenblaß, abgezehrt und krank sah er aus. Aber die Angst war aus seinem Blick gewichen.

Er sagte: »Bitte, Frau Kohn, geben Sie der Dame einen Stuhl.«

Frau Kohn stellte den Stuhl neben das Bett, sah von einem zum anderen, aber da beide schwiegen, sagte sie schließlich: »Alsdann geh' ich«, und verschwand aus dem Zimmer.

Stella setzte sich.

»Ich bin Stella Termogen«, sagte sie. »Vielleicht hat Ihr Sohn Ihnen einmal von mir erzählt. Ich habe mir immer Sorgen gemacht, was aus Michael geworden ist. Es war ein bißchen schwierig, Ihre Adresse zu erfahren. Aber nun bin ich da. Ich möchte fragen, ob ich Ihnen irgendwie behilflich sein kann.«

Alexander Keller schien sie nicht zu verstehen. »Was – was wollen Sie?«

»Ich wollte fragen, ob ich Ihnen helfen kann«, wiederholte Stella. Der blutleere Mund verzerrte sich zu der Grimasse eines Lächelns.

»Helfen? Helfen? Nein. Uns kann keiner helfen.«

»Ich habe von Herrn Thalhammer gehört, wie Sie jetzt leben. Und Sie sind krank, wie ich sehe. Da brauchen Sie ja zur Zeit nicht arbeiten zu gehen. Das ist doch ganz gut, nicht?« Alles Unsinn, was ich rede, dachte Stella. Aber was soll ich bloß sagen? Was spricht man zu solch einem Menschen?

»Nein«, antwortete Alexander Keller. »Ich brauche nicht arbeiten zu gehen. Das ist wahr. Ich brauche bloß noch zum Sterben zu gehen. Ich bin heute den letzten Tag hier.«

»Den letzten Tag?« fragte Stella. »Wie soll ich das verstehen?«

»Ich habe heute morgen die Aufforderung bekommen, mich morgen früh zu melden. Mit einer Decke. Aber ich denke, ich werde auch die Decke nicht mehr brauchen. Sie machen kurzen Prozeß mit Leuten wie ich. Michael, der kann wenigstens noch arbeiten. Der ist noch etwas wert. Aber ich – alt und krank«, er hob resigniert die Hand, »mit so was wie mir machen sie kurzen Prozeß. Da gibt es nicht einmal mehr einen Prozeß. Bis morgen abend werde ich es vielleicht schon überstanden haben.«

»Was reden Sie da?« sagte Stella. »Das ist doch unmöglich. Und Michael? Was soll aus ihm werden?«

»Er kommt auch bald dran. Es sind nicht mehr viele Juden hier. Nach und nach werden wir alle abtransportiert.«

»Morgen früh, sagen Sie?«

»Morgen früh.«

»Und – und was geschieht da?«

»Haben Sie noch nichts von den Todeszügen gehört? Sie fahren ab und kommen niemals an. Vielleicht fahren sie auch gar nicht mehr ab. Ich weiß es nicht. Ich werde es ja sehen.«

»Wann kommt Michael nach Hause?« fragte Stella.

»Nicht vor acht, halb neun.«

Stella stand auf. Sie wußte nicht, was sie tun sollte. Sie hatte noch keinen Plan, noch nicht die geringste Ahnung, was geschehen sollte. Sie hatte nur das eine, alles überschattende Gefühl: daß etwas geschehen mußte.

Sie streckte dem Mann im Bett die Hand hin. »Ich komme heute abend wieder, Herr Keller. Ich werde überlegen, was zu tun ist.«

Alexander Keller betrachtete ihre Hand, diese schmale, gepflegte Frauenhand, die sich ihm entgegenstreckte.

»Sie – Sie geben mir die Hand?« fragte er ungläubig.

»Natürlich«, sagte Stella. »Warum nicht? Heute abend bin ich wieder da. Sagen Sie Frau Kohn Bescheid, damit sie mich hereinläßt. Ich klingele dreimal kurz. Ich werde mir überlegen – ich weiß noch nicht – aber vielleicht, ich kenne einige Leute. Bitte, machen Sie sich keine Sorgen.«

Während Stella den Weg zurücklief, den sie gekommen war, gingen ihr tausend Gedanken durch den Kopf. Tausend Pläne. Bis sie wußte, was sie tun würde. Dummheit und Angst. Sie war nicht dumm. Und Angst hatte sie auch nicht. Sie war schließlich mit Dietrich Scheermann verheiratet. Zu irgend etwas mußte das ja gut sein. Niemand würde es wagen, sich an ihr zu vergreifen. Und erst recht würde niemand auf den Gedanken kommen, sie zu verdächtigen. Sie stand außerhalb jeden Verdachtes. Sie gehörte zur Elite dieses Staates. Und davon würde sie jetzt Gebrauch machen.

Eine Stunde später saß sie im nächsten Zug, der nach Salzburg fuhr. Zuvor hatte sie Joseph telegrafiert, daß er sie mit dem Wagen am Bahnhof in Salzburg erwarten sollte. Noch besaß sie die Fahrerlaubnis für das Auto.

16

Am nächsten Tag traf Stella am späten Vormittag mit Alexander Keller und Michael auf Seeblick ein. Als sie den Wagen durch das Tor lenkte, merkte sie, daß ihr die Bluse unter der Kostümjacke am Rücken klebte. Und in ihren Schläfen hämmerten wilde Kopfschmerzen. Aber sie hatte es geschafft. Sie war hier. In Sicherheit. Zunächst einmal.

Bis zu dieser Stunde hatte sie besonnen und aufmerksam gehandelt, aber jetzt hatte sie das Gefühl, nicht mehr die Kraft aufzubringen, aus dem Wagen zu steigen.

Sie blickte zu Michael, der neben ihr saß. Das Gesicht mit den ausgehöhlten Wangen war totenbleich. An seinen Schläfen klebte schweißnaß sein blondes Haar.

Angst, dachte Stella. Jetzt habe ich zum erstenmal auch kennengelernt, was Angst ist. Aber wo Angst ist, muß auch Mut sein. Damit kann man die Angst besiegen. Nein, nicht besiegen. Aber überspielen. Sie zwang sich zu einem Lächeln. »Wir sind da«, sagte sie.

Joseph war am Wagenschlag erschienen und öffnete.

Stella stieg aus, langsam und steifbeinig, ihre Knie zitterten.

»Alles in Ordnung, Joseph?« fragte sie und versuchte, das Zittern ihrer Stimme zu bezwingen.

»Selbstverständlich, gnä' Frau. Küss' die Hand, gnä' Frau«, sagte Joseph.

Stella atmete zitternd aus. »Haben Sie die Zimmer bereit?«

»Selbstverständlich, gnä' Frau.«

»Bitte, helfen Sie meinem Onkel aussteigen und die Treppe hinauf. Es geht ihm nicht gut. Er wird sich hinlegen wollen.«

Joseph blickte in den Wagen hinein, auf den alten Mann, der hinten mehr tot als lebendig in einer Ecke lehnte. Flüsternd fragte er: »Soll ma' an Doktor holen, gnä' Frau?«

»Nein«, sagte Stella. »Vielleicht später. Ich sagte Ihnen ja bereits, daß mein Onkel herzkrank ist. Die Ausbombung hat ihn sehr mitgenommen. Aber wir werden ihn schon wieder gesund pflegen.«

»Aber gewiß, gnä' Frau. Hier hat der Herr Onkel sei Ruh'.«

Tell, der Hund, war herangetrabt und begrüßte Stella erfreut. Sie streichelte flüchtig seinen Kopf.

»Wo ist Pieter?« fragte sie.

»Die Theres füttert ihn gerad'.«

»Gut. Wir wollen sie nicht stören.«

Sie ging um den Wagen herum, sagte zu Michael: »Steig aus«, und gemeinsam halfen sie dann Alexander Keller aus dem Wagen.

Sie brachten ihn ins Haus, die Treppe hinauf, in das vorbereitete Zimmer.

Alexander blieb auf der Schwelle stehen. Zum erstenmal schien er wahrzunehmen, wo er sich befand. »Mein Gott«, flüsterte er, und Stella sah, daß Tränen in seine Augen stiegen.

Unwillkürlich sah Stella das Zimmer mit seinen Augen. Es war behaglich eingerichtet, mit hellen Möbeln, Blumen standen auf dem Tisch am Fenster, durch das die Sonne leuchtend hereinströmte.

Stella schob ihren Arm unter den Alexander Kellers und sagte mit heiterer Stimme: »Siehst du, Onkel Alexander, jetzt sind wir da. Gefällt es dir? Hier wirst du dich bald erholt haben. Ich denke mir, du legst dich ein bißchen hin. Oder willst du dich lieber hier ans Fenster setzen?« Sie deutete auf den hellgeblümten Sessel, der neben einem runden Tisch direkt am Fenster stand.

Alexander schwieg. Eine Träne rollte über sein ausgezehrtes Gesicht, langsam, zögernd.

Stella führte ihn zum Sessel und sagte dabei: »Joseph, ich denk', Sie lassen uns einen guten Kaffee machen. Und einen kleinen Bissen zu essen. Und bringen Sie den Barack mit herauf.«

»Sehr wohl, gnä' Frau«, sagte Joseph mit einem Diener und verschwand.

Alexander saß und starrte blicklos vor sich hin. Immer noch die Träne auf der Wange.

»Setz dich auch«, sagte Stella zu Michael, der an der Tür stand. Sie selbst setzte sich aufs Bett, fingerte in ihrer Kostümtasche nach einer Zigarette. Aber da war natürlich keine.

Eine Weile saßen sie alle drei schweigend.

»Stella ...«, begann Michael erstickt, »ich weiß nicht – ich habe keine Worte. Ich – ich ...«

»Du brauchst jetzt nichts zu sagen, Michael«, sagte Stella sanft. »Wir sind da. Jetzt kann ich es euch ja sagen, ich habe auch allerhand ausgestanden auf dieser Fahrt. Aber nun ist es vorbei. Nun ist alles gut.«

»Vorbei? Gut?« sagte Michael. »Stella, das kann nicht gut gehen. Das kann nicht gut gehen. Du hast dich selbst ins Unglück gebracht. Unseretwegen.«

»Hier sucht euch keiner«, sagte Stella. »Keiner käme auf die Idee, ihr könntet hier sein. Ich werde dir später erklären, warum. Ich weiß noch nicht, wie ich es weitermachen werde, ich muß mir das erst überlegen.«

»Der Diener«, sagte Michael. »Er wird reden. Die Leute werden sich wundern. Wo sind wir hier eigentlich? Du wohnst hier?«

»Ja. Das Haus gehört meinem Mann. Und Joseph wird nicht reden. Oder jedenfalls nichts, was uns schaden kann. Er weiß ja auch nichts. Dein Vater ist mein Onkel, der im Rheinland ausgebombt wurde. Du hast eine schwere Kopfverletzung gehabt in Rußland und bist ausgemustert. So habe ich es erzählt. Ihr seid beide krank, könnt das Haus und den Park nicht verlassen, und dabei bleibt es.«

Sie stützte den Kopf in die Hände. »Das andere wird sich finden. Moment, ich muß mir nur eine Zigarette holen.«

Sie stand auf und lief in ihr Schlafzimmer, das am anderen Ende des Ganges lag. Als sie zurückkam, fand sie Michael hinter seinem

Vater stehen, beide Hände auf seiner Schulter. Der alte Mann weinte. Still saß er im Stuhl, und Schluchzen schüttelte ihn.

Stella trat zu ihm und nahm seine kalte Hand.

»Keine Angst«, murmelte sie. »Sie brauchen keine Angst mehr zu haben. Hier geschieht Ihnen nichts. Wenn wir vorsichtig sind, kann nichts passieren.«

Sie nahm sich mit fahrigem Finger eine Zigarette, bot auch Michael eine an. Schweigend rauchten sie eine Weile.

»Dein Mann . . .«, sagte Michael.

»Er ist nicht da, ich habe es dir schon gesagt. Und er kommt selten. Meist ruft er vorher an.«

»Willst du ihm auch erzählen, daß wir – daß wir verwandt sind?«

»Das weiß ich noch nicht«, sagte Stella, ein wenig Ungeduld in der Stimme. »So weit habe ich noch nicht nachgedacht. Seit gestern mittag habe ich nur daran gedacht, wie ich euch hierherbekomme. Das war zunächst die Hauptsache.«

Sie hatte besonnen und überlegt gehandelt. Schon auf der Heimfahrt im Zug hatte sie sich jeden Schritt überlegt. Und sie hatte kühn beschlossen, sich von oberster Stelle Deckung zu besorgen. Sie war, gleich nachdem sie Joseph am Bahnhof in Salzburg getroffen hatte, in die Gauleitung gegangen. Sie kannte den Gauleiter durch Dietrich. Er war schon einmal als Gast auf Schloß Seeblick gewesen. Und sie hatte Glück, sie traf ihn an. Ein weiteres Glück war es, daß sie eine Frau war, eine schöne, junge Frau. Bittend hatte sie ihn angelächelt.

»Wie Sie wissen, habe ich ja noch den roten Winkel und die Genehmigung, den Wagen meines Mannes zu fahren. Für gewöhnlich mache ich keinen Gebrauch davon. Ich bin dafür, daß man jeden Tropfen Benzin für unsere Soldaten sparen sollte. Aber heute möchte ich gern nach München fahren.«

»Dann fahren Sie doch, gnädige Frau«, hatte der Gauleiter freundlich erwidert. »Das ist doch kaum von Belang. Wenn wir uns das nicht einmal leisten könnten«, er lachte, »das wäre schlimm.«

Stella lächelte so bezaubernd, wie sie konnte. »Ja, da haben Sie recht. Wissen Sie, es hat eine besondere Bewandtnis mit dieser Fahrt. Mein Onkel – es ist mein Patenonkel, und ich habe einen Teil meiner Kindheit bei ihm verbracht – ist in Köln ausgebombt worden. Er hat so ein hübsches Haus da gehabt, alles kaputt.«

»Wie bedauerlich«, meinte der Gauleiter höflich. »Aber das wird er alles ersetzt bekommen.«

»Natürlich«, sagte Stella. »Es ist nur – wissen Sie, er ist schwer krank, herzleidend, und die ganze Sache hat ihn furchtbar mitgenommen. Dazu kommt, daß sein Sohn, mein Vetter, auch nicht gesund ist. Er wurde Anfang des Rußlandfeldzuges schwer verwundet. Eine Kopfverletzung. Einige Zeit fürchtete man, er würde blind werden. Und es geht ihm auch heute noch sehr schlecht.«

Der Gauleiter wiegte bedauernd den Kopf. »Wie schrecklich. Ja, in manchen Familien kommt das Unglück doppelt.«

»Ja, wirklich«, erwiderte Stella. »Jetzt sind die beiden Männer ganz allein, sich selbst überlassen. Meine Tante lebt nicht mehr. Und da habe ich sie eingeladen, mich zu besuchen. Jetzt rief mein Vetter heute morgen an, daß mein Onkel einen schweren Herzanfall in München erlitten hat und daß sie nicht weiterfahren könnten. Die Züge sind ja heute sehr überfüllt, Sie wissen es ja selbst. Darum bin ich nun hier. Ich möchte gern mit dem Wagen nach München fahren und sie holen.«

»Aber selbstverständlich, gnädige Frau. Sie haben ja die Fahrgenehmigung. Fahren Sie ruhig.«

»Ich dachte, Sie könnten mir vielleicht irgendeine Bescheinigung mitgeben. Krankentransport oder so. Falls mich jemand anhält; daß ich keinen Ärger habe.«

»Aber mit Vergnügen, gnädige Frau. Das können Sie gleich haben.«

Das war der erste Schritt. Dann jagte Stella mit dem BMW, den eingeschüchterten Joseph neben sich, zum See hinaus, nach Hause.

Unterwegs instruierte sie Joseph. Mit den gleichen Tatsachen. Dann zog sie ein blaugraues Kostüm an, das ihr einen etwas militärischen Anstrich gab, setzte auf alle Fälle die Standarte auf den Wagen, warf zwei Anzüge Dietrichs und zwei alte Regenmäntel in den Fond und brauste los. Am Abend kam sie in München an.

Unterwegs war sie wirklich einmal angehalten worden, von einer Militärstreife. Ihre Bescheinigung, die korrekten Wagenpapiere und die Fahrbewilligung bewirkten, daß man sie ungehindert weiterfahren ließ.

Vater und Sohn Keller erwarteten sie. Beide aufgeregt, beide ratlos und beide außer sich vor Entsetzen, als Stella ihren Plan entwickelte. Das Wiedersehen zwischen ihr und Michael war herzzerreißend gewesen.

»Du bist es wirklich«, stammelte Michael. »Ich habe geglaubt, Vater phantasiere. Mein Gott, Stella, wie ist das nur möglich?«

Als er hörte, was Stella vorhatte, wehrte er entschieden ab.

»Nein. Nein, das kommt nicht in Frage. Was denkst du, was dir passiert, wenn man uns erwischt! Wenn es herauskommt. Und es muß herauskommen. Wir können nicht einfach von der Bildfläche verschwinden.«

»Was soll aber sonst geschehen, Michael? Dein Vater soll morgen früh fortkommen. Es bedeutet den Tod, sagt er. Stimmt das?«

Michael nickte. »Ich fürchte, ja.«

»Auf mich kommt es nicht mehr an«, sagte Alexander Keller. »Mein Leben ist so und so zu Ende. Sie sollen sich meinetwegen nicht in Gefahr begeben.«

»Und Michael?« sagte Stella. »Er ist jung. Soll er so weiterleben? Und vielleicht auch eines Tages verschleppt werden? Was habt ihr zu verlieren?«

»Wir nichts«, sagte Michael. »Aber du, Stella. Du hast alles zu verlieren.«

»Es kann gar nicht schiefgehen«, sagte Stella. »Ich habe dir erzählt, wie ich mich geschützt habe.«

»Und du warst wirklich beim Gauleiter?« fragte Michael. Plötzlich lachte er. »Es wäre unvorstellbar. Der Gauleiter verhilft zwei Juden zur Flucht. So etwas gibt es gar nicht. Und warum hast du überhaupt noch ein Auto?«

»Mein Mann ist in hoher Position tätig. Darum.«

Schließlich überredete sie die beiden. Nur zögernd, von tausend Zweifeln geplagt, willigten sie schließlich ein.

»Und was ist mit Frau Kohn?« fragte Stella. »Wird sie schweigen? Sie sollte möglichst keine Beschreibung von mir geben. Immerhin habe ich hier zwei Nächte im Hotel gewohnt, bin da gemeldet. Und leider habe ich nun mal die roten Haare. Für heute bin ich in einem anderen Hotel abgestiegen.«

»Frau Kohn verrät nichts«, meinte Alexander Keller. »Wir müssen sie nur genau instruieren, was sie sagen soll.«

»Am besten gar nichts«, meinte Stella. »Von meinem Besuch soll sie schweigen. Und ihr seid eben beide morgens weggegangen, Michael zur Arbeit, wie immer, der Vater zu dem bezeichneten Sammelplatz. Von da an seid ihr spurlos verschwunden. Ist ja möglich, daß jemand in solch einem Fall auf und davon geht. Vielleicht sich das Leben nimmt. Ist sicher schon vorgekommen.«

Die beiden Kellers nickten. O ja, das war vorgekommen.

»Dann geht ihr also hier weg, und ich warte irgendwo mit dem Wagen auf euch. Die Stelle müssen wir vereinbaren.«

Schwierig war bloß, was sie anziehen sollten. Dietrichs Anzüge waren viel zu groß. Das ging nicht. Den gelben Stern einfach abzutrennen, wie Stella vorschlug, erwies sich auch als ungeeignet. Die Stelle, wo er gesessen hatte, hob sich deutlich ab. Aber Michael besaß noch einen alten Pullover, den würde sein Vater anziehen. Michael selbst würde einfach Dietrichs Mantel über das Hemd ziehen.

Es klappte alles wie einstudiert. Stella war der Kopf dieser Entführung. Hellwach, aufmerksam, auf alles bedacht. Die beiden Männer waren in einen lähmenden Fatalismus verfallen. Sie handelten blindlings, verboten sich selbst, zu denken. Denn wenn sie nachgedacht hätten, wenn sie wirklich erfaßt hätten, was geschah, so wäre ihnen jeder Schritt unmöglich geworden.

Die Fahrt von München nach Salzburg verlief ohne Zwischenfall. Die SS-Standarte wehte im scharfen Fahrtwind. Niemand hielt den Wagen an.

Als Joseph mit dem Kaffee und den belegten Broten kam, saß Stella mit ihren beiden Gästen schweigend zusammen. Sie waren alle drei zu erschöpft von der tödlichen Anspannung, um sprechen zu können.

»Fein«, sagte Stella und stand auf. »Jetzt gibt's Kaffee. Erst mal einen Schnaps zur Begrüßung. Und dann wird sich Onkel Alexander hinlegen und ein bißchen ruhen. Und du vielleicht auch, Michael. Du siehst ganz angegriffen aus, mein Armer. Aber bei uns fallen keine Bomben. Hier könnt ihr jede Nacht schön schlafen. Nicht, Joseph?«

»Das sollt' man meinen«, sagte Joseph. »Bei uns gibt's höchstens amal an Gewitter.«

Mit der Ruhe und dem sorglosen Leben auf Schloß Seeblick war es für Stella nun vorbei. Auf die Erschöpfung nach der geglückten Entführung der beiden Männer folgte ein wildes Triumphgefühl, das sie tagelang geradezu berauschte. Sie verlangte danach, sich jemandem mitzuteilen, irgendeinem Menschen, der dies mitfühlen konnte, von ihrer Tat zu erzählen. Aber das verbot sich von selbst. Nur untereinander, wenn sie allein waren und niemand in Hörweite, konnten die drei Verschworenen über das Geschehene sprechen.

Sie sprachen viel darüber. Alexander und Michael mußten immer wieder davon anfangen. Diese Stunden der Todesangst waren unvergeßlich. Und es dauerte lange, bis sie in der Sicherheit von Schloß Seeblick ein wenig von ihrer Angst verloren. Nie ganz. Bis sie sich an den Rhythmus des Hauses gewöhnt hatten, an das Kommen und Gehen der Dienerschaft, verging einige Zeit. Wenn der Postbote kam, wenn der Gendarm zu einem Stamperl Schnaps einkehrte, selbst wenn das Telefon schrillte, zuckten sie zusammen, hätten sich am liebsten verkrochen. Stella mußte ihnen energisch zureden, damit sie sich etwas ungezwungener und weniger scheu bewegten.

»Ihr seid zwar krank«, sagte sie den beiden gedemütigten und gehetzten Menschen, »schonungsbedürftig, empfindlich, bitte sehr. Aber ihr dürft keine Angst, keine Unsicherheit merken lassen. Das geht nicht. Damit fallt ihr auf.«

Aber Stella war von dieser Angst auch angesteckt. Was war geschehen, nachdem man in München die Flucht der beiden Juden entdeckt hatte? Was tat die Polizei, die Gestapo in solch einem Fall? Stellte man Recherchen an, ließ man die Sache auf sich beruhen, gingen Steckbriefe im Land umher? Sie hatte keine Ahnung.

Schließlich, als sie die Unruhe gar nicht mehr aushielt, schrieb sie Thies: Bitte komm, ich muß Dich unbedingt sprechen. Es ist wichtig.

Thies erschien Anfang Mai auf Seeblick. Ihm konnte Stella alles anvertrauen. Er hörte sie schweigend an.

»Du bist ja eine tolle Nummer«, murmelte er dann. Plötzlich stand er auf, nahm ihre Hand und küßte sie. Stella schlang beide Arme um seinen Hals und legte ihr Gesicht an seine Schulter.

Thies strich ihr übers Haar. »Kleine Schwester«, murmelte er zärtlich. »Ich bin stolz auf dich. Und Vadding wäre es auch.«

»Und du hast nirgends etwas gelesen? In der Zeitung, meine ich?«

»Unsinn. Denkst du, die suchen so was in der Zeitung? Falls sie suchen, geschieht es geheim.«

»Und falls die Polizeireviere Steckbriefe haben? Angenommen, einer von meinen Leuten hier sieht so einen mal?«

»Ja, das weiß ich natürlich auch nicht.«

»Joseph und Resi würden mich nicht verraten. Aber das Mädchen. Oder Theres. Nicht mit Absicht. Aber sie sind beide Dummchen. Sie könnten mal was plappern.«

»Es wäre ein dummer Zufall«, meinte Thies. »Ihr lebt hier so von der Welt zurückgezogen, daß eigentlich keiner auf euch verfallen könnte. Viel mehr Sorgen macht mir dein Mann. Was geschieht, wenn er kommt?«

»Eben«, sagte Stella. »Was geschieht, wenn er kommt?«

»Sie könnten natürlich genausogut zu mir nach Keitum kommen«, sagte Thies. »Aber eine Reise durchs ganze Land, das läßt sich wahrscheinlich nicht bewerkstelligen.«

»Und in Keitum könntest du sie noch viel weniger verbergen«, meinte Stella. »Hier leben wir doch viel isolierter. Außerdem würdest du dann noch hineingezogen. Schlimm genug, daß ich es dir gesagt habe. Aber ich mußte einfach mal mit jemand darüber sprechen. Ich habe schon daran gedacht, mich Graf Rautenberg anzuvertrauen. Aber es ist eigentlich eine Gemeinheit, jemand da hineinzuziehen.«

Thies sah deutlicher noch als Stella, wie groß die Gefahr war, in der Stella schwebte. Die beiden Flüchtlinge waren polizeilich nicht gemeldet. Sie bezogen keine Lebensmittelkarten. Bei aller Loyalität mußte sich das Personal darüber wundern. Theres und auch das Stubenmädchen hatten ihre Familie in der Nähe wohnen. Sicher erzählten sie zu Hause von dem Besuch. Auf diese Weise konnte der Aufenthalt der beiden Männer nicht ganz verborgen bleiben.

»Ja«, sagte Stella, »das habe ich alles bedacht. Das gute ist eben, daß gerade Dietrich mein Mann ist und kein anderer. Schließlich gelten wir als hohe Nazis. Keiner würde es wagen, mir mit lästigen Fragen zu kommen.«

Thies war nicht so sicher. Man wußte es nicht, aber vielleicht gab es auch Leute in der Gegend, die dem feudalen Haushalt des hohen Nazis feindselig gesonnen waren.

»Was soll ich machen?« sagte Stella. »Ich kann sie schließlich nicht im Keller verstecken und vor aller Welt verborgen halten. Das ginge, wenn ich allein hier lebte. Aber so geht es eben nicht.«

Vor Alexander und Michael ließen sie keine Besorgnis erkennen. Beide hatten sich schon etwas erholt. Als die Frühlingssonne wärmer wurde, saß Alexander auf der Terrasse, in eine Decke gehüllt. Er war schwer dazu zu überreden gewesen. Anfangs hätte er das Zimmer am liebsten nie verlassen.

»Das geht nicht«, sagte Stella. »Damit machen wir uns unnötig verdächtig.«

Wo Stella nun hinkam, mit wem sie sprach, jeden Menschen betrachtete sie mit heimlichem Argwohn. Schaute jemand sie forschend an? Stellte jemand verhüllte Fragen?

Diese tiefe innere Unrast brachte es mit sich, daß sie überhaupt keine Ruhe mehr fand zu arbeiten. Sie war den ganzen Tag lang gespannt, wach, ständig auf der Lauer.

Am leichtesten hatte Michael sich mit den gegebenen Umständen abgefunden. Er bewegte sich ungezwungen, ging im Park spazieren, saß unten am Ufer und blickte verträumt auf den See hinaus. Stundenlang konnte er so sitzen, die Berge betrachten, die wechselnde Farbe des Wassers, den hellen Frühlingshimmel. Er genoß jeden Tag, jede Stunde dieses neugeschenkten Lebens, als sei es der letzte Tag, die letzte Stunde.

Zu Thies sagte er einmal: »Wenn ich wüßte, daß ich morgen sterben muß, ich würde gern sterben. Obwohl ich nie gewußt habe, wie schön das Leben ist. Wie schön die Welt ist. Und wie gut die Menschen sind.«

»Na«, meinte Thies, »ob die Menschen gerade so gut sind ...«

»Stella«, sagte Michael. »Durch sie habe ich erfahren, daß die Menschen gut sind. Ich weiß, daß sie Bestien sein können. Aber sie können auch so etwas tun, was Stella getan hat. Und wenn sie der einzige Mensch auf der Welt wäre, der so etwas täte, es würde mich mit der ganzen Menschheit versöhnen.«

Sie standen am Seeufer und blickten beide hinauf zur Terrasse, wo Stella auf den Stufen stand und den Hund kämmte. Sie hatte sich über ihn gebeugt und redete auf ihn ein. Man hörte ihre Stimme nicht, sah aber ihr Lächeln, ihr Mienenspiel und Tells Kopf, der ein wenig schief zu ihr gehoben war. Er stand ganz still, die Beine auf eine halb widerwillige Art von sich gespreizt, und ließ die Prozedur geduldig über sich ergehen.

Pieter saß auf der obersten Terrassenstufe auf einem Kissen und begleitete das Unternehmen mit vergnügten kleinen Juchzern.

»Was ist das eigentlich für ein Mann, mit dem sie verheiratet ist?« fragte Michael auf einmal. »Ist sie glücklich mit ihm?«

Thies hob die Schultern. »Das ist eine Frage, die ich Ihnen nicht beantworten kann.«

»Ich kann mich nicht an den Gedanken gewöhnen, daß er – daß er einer von diesen Leuten ist. Wenn man bedenkt, daß wir in seinem Hause leben. Man kann nicht darüber nachdenken. Sonst müßte man verrückt werden.«

»Es kam damals sehr plötzlich, daß sie ihn geheiratet hat«, meinte Thies. »Sie kannte ihn zwar schon einige Jahre, aber sehr flüchtig. Und redete eigentlich immer sehr wegwerfend von ihm. Heute sagt sie, er sei gar nicht so schlimm, wie es erst geschienen habe. In seiner politischen Überzeugung, meine ich. Aber die Tatsache bleibt nun mal bestehen, daß er zu der Führungsschicht gehört. Zu Stella ist er offenbar immer sehr anständig gewesen.«

»Sie muß ihn ja lieben«, murmelte Michael, »sonst hätte sie ihn nicht geheiratet. Und das Kind ... Stella ist sehr stolz. Sie ist keine Frau, die aus Berechnung heiraten würde.«

»Ja«, sagte Thies, »natürlich. Das Kind. Das war wohl der Anlaß für die Heirat.«

Michael errötete flüchtig. »Ich weiß«, sagte er. »Sie hat mir das ganz ungeniert erzählt. Wann sie geheiratet hat, meine ich. Und wann das Kind kam. Glauben Sie ...«, er stockte, suchte nach richtigen Worten, »glauben Sie, sie hätte ihn auch geheiratet, wenn sie das Kind nicht erwartet hätte?«

Thies warf Michael einen leicht erstaunten Blick von der Seite zu. Es paßte so gar nicht zu dem scheuen jungen Mann, diese indiskreten Fragen zu stellen. Lieber Himmel, dachte Thies, er wird sich doch nicht obendrein in Stella verlieben. Aber er mußte zugeben, daß es naheliegend war. Die erste Frau, die er seit Jahren kannte. Die einzige Frau, die in seiner Nähe war. Und eine so reizvolle Frau dazu, die ihm überdies wie ein Engel erscheinen mußte.

Armer Kerl, dachte Thies. Auch das noch. Kannst du dich nicht damit begnügen, den See und die Berge anzusehen? Dich zu freuen, daß du lebst? In Freiheit lebst. In einer beschränkten Freiheit, gewiß, aber gemessen an dem, was vorher war, wie im Paradies. Mußt du dir einen neuen Käfig schmieden?

»Nein«, erwiderte Thies nach einem kleinen Schweigen auf Michaels Frage. »Ich glaube, sie hätte ihn vielleicht nicht geheiratet. Stella hatte eine andere große Liebe, und zu der wäre sie wohl zurückgekehrt, wenn der Krieg nicht begonnen hätte.« Es war vielleicht ganz nützlich, Michael das zu sagen.

»Eine andere große Liebe?« fragte Michael, löste den Blick von der Gestalt auf der Terrasse und blickte Thies an. Die Enttäuschung in seinen Augen war deutlich zu sehen.

»Ja. Mein Bruder. Jan Termogen. Er lebt in Malaya, und Stella war einige Zeit bei ihm. Was heute aus ihm geworden ist, weiß ich nicht. Wir sind daran gewöhnt. Wir haben eigentlich nie gewußt, was er machte. Es war mehr oder weniger Zufall, wenn er mal auftauchte.«

»Ja«, sagte Michael, »ich erinnere mich. Als wir Stella damals kennenlernten, in jenem Sommer auf Sylt, schwärmte sie bereits von diesem Jan. Und ihn liebt sie heute noch?«

»Ich nehme es an«, sagte Thies vorsichtig. »Sie spricht nicht davon. Und ich werde mich hüten, sie danach zu fragen. Der Krieg kam dazwischen, wie gesagt. Sonst wäre sie wohl zurückgegangen nach Malaya. Zu Jan.«

»Aber«, begann Michael, stockte und konnte doch nicht verschweigen, was er dachte, »aber dann hat sie doch mit diesem – diesem – ihrem jetzigen Mann – ich meine ...« Er verhedderte sich vollends und schwieg verlegen.

Thies lächelte. »Frauen sind nun einmal so. Frauen wie Stella jedenfalls.«

»Sie ist so schön«, murmelte Michael.

»Ja. Das auch. Aber das ist es nicht allein. Es gibt zweifellos auch schöne Frauen, die einem Mann jahrelang die Treue halten können. Stella ist eine Zwillingsfrau. Einen Mann zu verführen, ist ihr Lebensnotwendigkeit. Jedenfalls jetzt noch. Vielleicht wird sie ruhiger, wenn sie ein wenig älter ist. Und die Männer haben es ihr natürlich immer leicht gemacht. Sie ist schön, ja. Und was noch mehr ist, ist sie verlockend. Ganz von selbst, sie braucht gar nicht viel dazu zu tun.«

»Sarnade«, murmelte Michael. »Die Nixe mit den roten Haaren und weißen Armen. Sie haben ihr diesen Namen gegeben, nicht wahr?«

»Nein, so war es nicht«, sagte Thies. »Sarnade war eine Phantasiegestalt. Wie Sie vielleicht wissen, war ich als Junge gelähmt. Und außer mit Lesen vertrieb ich mir die Zeit damit, Geschichten zu erfinden und meiner Familie zu erzählen. Sarnade war eine von Stella bevorzugte Heldin dieser Geschichten. Und mit der Zeit ergab es sich, daß sie mit ihr identisch wurde. Wenn ich Sarnade schilderte, nahm sie unwillkürlich Stellas Züge an.«

Bin ich der Verlockung eigentlich nie erlegen, die von ihr ausgeht? dachte Thies. Ich liebe sie. Aber ich liebe sie wie eine Schwester. Und sie war ja auch meine Schwester. Sie war mir zu nahe, als daß ich hätte die Frau in ihr sehen können. Es gehört immer Fremdheit dazu, die man überwinden muß, ein Stück Weg, das man gehen muß, ein wenig Kampf, den man bestehen muß, um eine Frau zu begehren. Ein räuberischer Griff nach einem fremden Leben, das man an sich zu reißen versucht. Ein Geheimnis, das es zu entdecken gilt. Ein Widerstand, den man überwinden muß. Stella war ein Stück von meinem Leben, sie bot mir kein Geheimnis, denn keiner wie ich kennt ihr Herz und ihre Gedanken. Sie bot mir keinen Widerstand, denn sie legte sich mir vertrauensvoll in die Hände. Kleine Schwester für mich. Geheimnisvolle, lockende Sarnade für alle anderen. Einen Menschen mußt du haben, der dir Ruhe gibt. Das will ich dir sein. Bis vielleicht einmal ein Mann kommt, der dir beides gibt: Liebe und Frieden.

Er betrachtete Michael von der Seite, dessen Blick gebannt an dem Idyll auf den Terrassenstufen hing. Die junge Frau, über den Hund gebeugt, das jauchzende Kind, ein Stück entfernt saß Alexander in seinem Sessel, das blasse Gesicht der Sonne zugewendet, und dahinter die harmonische Fassade des weißen Hauses.

Der Dichter in Thies wurde von dem Bild erregt. Wer es sähe, dachte er, könnte nichts anderes sehen als ein Bild des Friedens und des Glücks. Der alte Mann, geruhsam in seinem Stuhl, der Lebensabend; die junge Mutter, des Lebens leuchtende Mitte; das Kind, der Beginn. Unter einem blauen Frühlingshimmel, am Gestade eines sanften Sees, in einer lieblichen Landschaft. Und selbst wir beiden hier unten am Seeufer, hinaufblickend, der Bruder, der Freund. Ein Bild des Friedens, des Glückes. So müßte, so nur könnte es ein Maler darstellen. Ich, wenn ich darüber schreiben sollte, ich könnte darstellen, daß der Frieden trügerisch ist, das Glück nur Schein. Zwei Wesen nur in diesem Bild, deren Dasein ausgeglichen und selbstverständlich ist. Das Kind und der Hund. Weil es in ihrem Dasein keinen Trug und keinen Schein geben *kann.*

Stella hatte ihr Werk beendet. Sie gab Tell einen kleinen Klaps und richtete sich auf. Sie sagte etwas zu Alexander, dann sah sie die beiden jungen Männer am See stehen. Sie winkte ihnen zu, nahm den kleinen Pieter an die Hand, der eilfertig neben ihr die Stufen hinabkletterte, und kam dann auf sie zu. Tell, befreit und sichtlich erleichtert, die Reinigung hinter sich zu haben, lief in großen Sprüngen voraus.

»Na, ihr beiden«, sagte Stella, als sie herangekommen war. »Ihr macht so nachdenkliche Gesichter. Was für Probleme wälzt ihr denn?«

Sie lachte ihnen zu. Jung sah sie aus, mädchenhaft, in den langen grauen Hosen und der weißen Bluse. Sie wirkte heiter und ausgeglichen. Thies wußte, es war Täuschung.

»Wir haben dir zugesehen«, sagte Thies.

»Einen schönen Hund haben wir jetzt wieder«, sagte Stella und legte ihre schmale Hand auf Tells Kopf, der hingebungsvoll zu ihr aufblickte. »Unglaublich, was er jetzt im Frühjahr für Haare verliert.« Sie faßte Michael fester ins Auge, zog die rechte Braue leicht hoch.

»Nun, Michael, so ernst? Wirst du nachher wieder ein bißchen Klavier spielen? Ich möchte gern das Stück noch einmal hören, das du gestern nachmittag gespielt hast.«

»Das Nocturno von Chopin?« fragte Michael eifrig. »Hat es dir gefallen?«

Sie nickte. »Sehr.«

Sie will ihn beschäftigen und ablenken, wie man ein Kind, das sich geschlagen hat, beschäftigt und ablenkt. Sie hat noch gar nicht gemerkt, daß er dabei ist, sich eine neue Schlinge um den Hals zu legen. Oder vielleicht hat sie es doch gemerkt. Frauen merken ja so etwas immer sehr schnell, ging es Thies durch den Kopf. Und dann streifte er Michael mit einem kurzen Blick. Der sah sie an, wie der Hund Stella anblickte. Nur war der Blick des Hundes nicht so unglücklich.

Thies seufzte. »Gefangene sind wir alle«, sagte er. »Gefangene der dunklen Erde, des Staubes, Gefangene unserer selbst, unserer Wünsche, unserer Träume, unserer Torheit. Wo ist eigentlich Freiheit? Wir wissen nicht einmal, ob sie im Tode ist. Nicht einmal das wissen wir. So arm und unfrei sind wir. Früher glaubte ich, Freiheit sei in der Kunst und in der Stärke eines überlegenen Geistes. Aber Kunst ist eine neue Fessel, die wir uns anlegen. Und der überlegene Geist? Wie alt muß man werden, wie reif, wie weise, wie – leer; leergebrannt, leergeliebt, leergelebt, um wirklich frei zu sein, vom Verlangen des Körpers, von der Sehnsucht der Seele, vom Heimweh des Herzens, nichts als ein klarer, nüchterner, befreiter Geist, schwebend im Nirwana, nicht mehr gebunden an Himmel, Hölle und Erde. Und dann? Was ist man dann? Ist man noch Mensch?«

Stella sah ihn erstaunt an. »Dichtest du?«

Thies lachte. »Nein. Ich habe laut gedacht. Gewissermaßen ins unreine. Das habe ich mir in letzter Zeit angewöhnt. Ich bin sehr viel allein.«

»Du wirst noch mehr allein sein, wenn du wirklich in Keitum leben willst.«

»Ich habe genug von der Stadt«, meinte Thies. »Ich sehne mich nach dem Himmel über dem Meer.«

»Ein schöner Himmel«, sagte Stella. »Ein Himmel, aus dem es Tod und Verderben regnet. Und ein Meer, das Tod und Verderben speit. Oh, wie ich ihn hasse, diesen Krieg! Wie ich sie hasse, diese Menschen, die ihn hinnehmen! Glaub mir, ich hasse die, die den Kopf beugen und ihn widerspruchslos über sich ergehen lassen und gehorsam sterben, mehr als die, die ihn begonnen haben und ihn führen. Es ist ungerecht, ich weiß. Aber warum wehrt sich keiner? Warum schreit keiner? Warum geht keiner hin und schlägt den Krieg tot mit denen, die ihn gemacht haben? Warum nicht?«

Am nächsten Tag erhielt Stella einen Brief von Dietrich, der sie in tiefe Unruhe stürzte. Er teilte ihr mit, daß er hoffe, dieses Jahr ihren Geburtstag mit ihr zusammen zu feiern. Er würde sich einige Tage frei machen und nach Hause kommen. Endlich wieder einmal, schrieb er.

Stella saß vor dem kleinen Schreibtisch, an dem sie ihre Korrespondenz erledigte und die Wirtschaftsbücher prüfte, die Joseph ihr pünktlich vorlegte, und biß sich kräftig in den Knöchel des linken Zeigefingers. Das war eine Angewohnheit, die sie von Adam übernommen hatte. Der hatte es in Momenten der Ratlosigkeit oder Verlegenheit immer getan.

Jetzt war es also so weit. Einmal mußte ja Dietrich wieder nach Hause kommen. Was sollte sie tun? Sie konnte ihm doch nicht plötzlich eine Verwandtschaft servieren, von der er nie gehört hatte? Zumindest hätte sie es vorbereiten müssen. Und wie, wenn er die ganze Geschichte durchschaute? Michael sah nicht jüdisch aus, so viel war sicher. Aber sein Vater? Vielleicht ein wenig. Früher wäre es nicht aufgefallen. Aber jetzt, nachdem man jahrelang so nachhaltig darauf aufmerksam gemacht worden war, jetzt war es vielleicht doch nicht zu übersehen. Und davon abgesehen, Dietrich konnte es nicht verborgen bleiben, daß die beiden Männer hier lebten ohne Papiere, ohne angemeldet zu sein, ja sogar ohne Garderobe. Nebenbei zermarterte sie sich den Kopf, ob sie Dietrich nicht einmal von Michael erzählt hatte? Sie hatten ja auch manches Streitgespräch über die Judenfrage geführt. Es war durchaus möglich, daß sie Michael in diesem Zusammenhang erwähnt, ihn vielleicht sogar beschrieben hatte?

Stella schlug mit der geballten Faust wütend vor sich auf die Tischplatte. Was konnte sie tun? Es mußte ihr einfach etwas einfallen. Sie konnte auf keinen Fall Dietrich mit den beiden Männern konfrontieren. Es war auch gar nicht abzusehen, wie Alexander und Michael sich benehmen würden. Es hatte sie schwer genug erschüttert, daß Stella ausgerechnet mit einem Angehörigen des Reichssicherheitshauptamts verheiratet war, mit einem hohen SS-Mann.

»Das ist ja gerade das Gute daran«, hatte Stella ihnen erklärt.

»Hier wäre der letzte Ort auf der Welt, wo man euch suchen würde.«

Dem war eine gewisse Logik nicht abzusprechen. Aber wie würden sie sich verhalten, wenn dieser Mann vor ihnen stünde? So erholt und gekräftigt waren sie beide noch nicht, daß sie genügend Fassung bewahren würden, um keinen Verdacht bei Dietrich zu erwecken.

Eine verdammte Situation! Stella sprang auf und lief ein paarmal im Zimmer hin und her. Auch Dietrich gegenüber fühlte sie sich schuldbeladen. Gewiß, es war keine leidenschaftliche Liebe, die sie mit ihm verband. Aber bisher hatte sie sich immer gefreut, wenn er nach Hause kam, und hatte versucht, ihm die wenigen Tage so schön wie möglich zu machen. Jetzt mußte sie sein Kommen fürchten. Mußte ihn selbst fürchten.

Sie blieb stehen. Bereute sie also, was sie getan hatte? Nein. Nein, das nicht. Aber sie hatte so impulsiv gehandelt, so aus wildem Trotz der Zeit und den Gegebenheiten gegenüber, sie hatte nicht überlegt, was für Folgen das alles hatte.

Sie stürzte aus dem Zimmer. Vor allem mußte sie mit Thies darüber sprechen. Ein Glück, daß er da war.

Im Terrassenzimmer traf sie Joseph, der die Bilder und Geweihe abstaubte. Das tat er immer selbst.

»Wo ist Herr Termogen?« fragte Stella ungeduldig.

»Zum See 'nuntergangen«, sagte Joseph, »zum Angeln.«

So wie sie war, im Morgenrock, stürmte Stella aus dem Haus, raffte im Laufen den schleppenden Rock auf und lief, den Brief in der Hand, zum Wasser hinunter.

Thies war am Ende der Bucht, wo man um die Landspitze herumsehen konnte, in den größeren Teil des Sees. Aber er war nicht allein. Michael war bei ihm. Stella steckte hastig den Brief in die Tasche des Morgenrocks. Vor Michael konnte sie nicht davon anfangen.

Sie stoppte den raschen Lauf und ging die letzten Schritte langsam auf die beiden jungen Männer zu.

»Schon was gefangen?« fragte sie, scheinbar gleichmütig.

»Wenn du deswegen hier angebraust kommst, um Fische für die Mittagstafel zu holen«, sagte Thies, »muß ich dich enttäuschen. Die scheinen heute alle noch zu schlafen. – Keinen Schwanz!« Er wies auf den leeren Eimer neben sich.

»Schlimm«, sagte Stella abwesend. Sie stand, starrte ins Wasser und nagte an der Unterlippe.

Thies betrachtete sie besorgt von der Seite. Sie war nervös und aufgeregt, das sah er. Irgend etwas mußte vorgefallen sein. Deswegen war sie hier heruntergekommen zu ihm. Er schloß ganz logisch, daß Michaels Gegenwart sie am Sprechen hinderte. Was würde nun wieder los sein?

Michael in seiner Harmlosigkeit bemerkte natürlich nichts. Er redete auf Stella ein, zeigte ihr etwas am anderen Ufer drüben und betrachtete sie dabei wieder mit diesem anbetenden Blick, mit dem er sie jetzt immer ansah.

Stella hörte nicht zu. »Heute werde ich schwimmen«, sagte sie auf einmal.

»Ist noch zu kalt«, meinte Thies.

»Mir nicht. Ich bade heute. Schade, daß es keine Wellen hier gibt. Ich möchte Wellen haben, hoch wie ein Haus. Solche, vor denen man sich fürchtet, die einen umreißen und atemlos machen.« Sie hatte rasch gesprochen, leidenschaftlich.

Thies begann, seine Angel einzuziehen. »Schon allein, wenn du so redest, machst du die Fische scheu. Komm, gehen wir hinauf. Ich glaube, heute nachmittag gibt es Regen. Dann beißen sie besser.«

Stella blickte ihn rasch an. Thies hatte verstanden, daß sie etwas von ihm wollte. Er verstand immer. Man brauchte ihm gar nichts zu sagen. Er war klug. Und vielleicht wußte er auch diesmal einen Rat.

17

Der Zufall kam Stella zu Hilfe. Einige Tage darauf telefonierte Dietrich, daß es ihm leider unmöglich sei, zu kommen. Er müsse nach Berlin. Er würde sich freuen, Stella dort zu treffen.

Sie war gleich wieder obenauf. »Ich habe eben Glück«, sagte sie leichtherzig zu Thies. »Das ist mein Schloß hier, nicht Dietrichs Schloß. Ich habe es verhext.«

»Sarnade auf einem Schloß in den Alpen«, sagte Thies. »Das kann auf die Dauer nicht gut gehen.«

»Wenn ich zurückkomme«, meinte sie leichtsinnig, »werden wir beraten, wie man für die Zukunft vorbaut. Vielleicht kann ich beim Reitinger ein Zimmer für meinen Onkel und meinen Vetter mieten. Was hältst du davon?«

»Schwer zu sagen. Du ziehst die Leute dadurch hinein.«

»Oder ich bereite bei Dietrich die Geschichte jetzt schon vor. Ausgebombter Onkel und so weiter.«

»Was für ein Onkel?«

»Na, eben irgendeiner. Ich kann doch noch irgendwo Verwandtschaft haben, von der er nichts weiß.«

»Sei vorsichtig«, warnte Thies. »So dumm ist Dietrich nun auch wieder nicht.«

»Ich werde mal sehen, irgendwas wird mir schon einfallen.«

Erleichtert reiste sie ab nach Berlin. Thies hatte versprochen, inzwischen noch dazubleiben und wachsam zu sein.

Wie sich herausstellte, hatte Dietrich in Berlin bei Canaris zu tun. »Ich bin einer der wenigen, mit dem er reden mag«, sagte er lachend. »Ich muß nach Afrika.«

»Nach Afrika?« staunte Stella. »Du Armer, so weit weg. Für längere Zeit?«

»Ich weiß noch nicht.«

Nach dem Zweck der Reise zu fragen erübrigte sich. Er würde es ihr doch nicht erzählen.

Er hat seine Geheimnisse, dachte Stella. Und ich auch.

Sie verschob die vorbereitende Erzählung von ihrer Einquartierung. Afrika war weit.

Die wenigen Stunden, die sie ungestört zusammen sein konnten, waren von Leidenschaft erfüllt. Auch Stella, um ihr schlechtes Gewissen zu betäuben, war zärtlich und liebevoll zu ihrem Mann wie nie zuvor.

»Ich liebe dich, Stella«, sagte Dietrich in einer Nacht zu ihr. »Ich liebe dich so, wie ich nie gewußt habe, daß man lieben kann. Ich lebe erst, seit du bei mir bist. Früher waren mir so viele Dinge wichtig. Jetzt bist nur noch du wichtig. Wenn der Krieg vorbei ist, lebe ich allein für dich. Jede Stunde, die ich jetzt versäume, will ich zehnfach nachholen.«

Stella dehnte sich schläfrig. Sie spürte Dietrichs großen, kräftigen Körper an ihrem, sie lag eng an ihn geschmiegt, und es war ein angenehmes Gefühl. Sie hatte oft Verlangen nach Liebe, nach einem Mann. Es mußte nicht unbedingt dieser sein. Doch wenn er bei ihr war, wenn er sie umarmte, dachte sie an keinen anderen. Er war kein erfahrener Künstler der Liebe wie Adam. Sie kam ihm nicht so leidenschaftlich entgegen wie Jan. Aber er war ein Mann. Ein starker, großer Mann, ein liebender Mann, und das Entzücken, das sie in ihm erweckte, strahlte auf sie zurück und entflammte auch sie.

»Und wann wird der Krieg aus sein?« fragte sie.

»Ich weiß nicht«, antwortete er.

»Wenn du es nicht weißt – wer weiß es denn?«

»Ich fürchte, niemand weiß es.«

»Und wenn wir den Krieg verlieren?«

Sie spürte, wie sein Körper sich straffte. »Das darf nicht sein.«

»Weil nicht sein kann, was nicht sein darf«, murmelte Stella spöttisch. »Soviel ich weiß, haben wir schon mal einen Krieg verloren.«

»Diesen nicht. Das wäre das Ende. Das Ende für uns alle.«

Stella lag es auf der Zunge zu sagen: das Ende für euch.

Aber sie sagte es nicht. Sie wollte ihn nicht ärgern, in den wenigen Tagen, die sie zusammen waren. Aber sie dachte anders. Das

Ende für die Nazis. Das gewiß. Und in ihren Augen war das kein Unheil. Sie selbst? Daß sie mit einem Nazi verheiratet war, daß es sie gleichermaßen betreffen könnte, daran dachte sie noch nicht.

»Und wie wird das sein, wenn du nur für mich allein lebst?« fragte sie spielerisch.

Er lachte und preßte sie an sich. »Das wirst du dann schon sehen. Ich werde dich jeden Tag lieben. Jeden Tag und jede Nacht. Du wirst überhaupt nicht mehr wissen, ob die Sonne scheint oder der Mond.«

»Aber zu essen kriege ich dazwischen gelegentlich mal was?«

»Kriegst du. Ganz feine Sachen. Und dann machen wir schöne Reisen. Und Kinder kriegen wir auch noch.«

»Was!« Sie richtete sich auf und blickte auf ihn herab. »Ich soll noch Kinder kriegen?«

»Natürlich. Warum denn nicht? Bist du nicht froh, so einen hübschen, kleinen Sohn zu haben?«

»Ja, schon. Aber das langt doch.«

Er lachte und zog sie wieder in seine Arme. »Nein, das langt nicht. Ich möchte noch einen Sohn haben. Und eine Tochter. Die soll genau sein wie du. So schön und so zart. Und rote Haare muß sie natürlich auch haben.«

»Das ist sehr zweifelhaft«, sagte Stella. »Soviel ich weiß, bin ich der einzige in der Familie Termogen, der rote Haare hat. Ob das klappt . . .? Ich glaube, wir lassen es lieber bleiben.«

»Wir lassen es ganz bestimmt nicht bleiben. Ich fände es ja ganz vernünftig, wenn du die Kinder noch im Kriege bekommst. Da hast du es dann hinter dir und hast deine Ruhe. Aber du willst ja immer nicht.«

»Ich will auch nicht.« Und kläglich fügte sie hinzu: »Ich eigne mich gar nicht zur mehrfachen Mutter.«

»Um ehrlich zu sein«, sagte Dietrich, »ich konnte mir dich überhaupt nicht als Mutter vorstellen. Aber du siehst, es geht ganz gut. Du bist eine süße, kleine Mama. Was denkst du, was wir für Aufsehen erregen werden, wenn wir später irgendwo hinkommen. So eine bildschöne junge Mama, zwei kräftige Jungen und so eine kleine rote Göre dabei, mit blauen Augen und langen, schlanken Beinen.«

»Und so ein stattlicher, prächtiger Papa«, fügte Stella hinzu. »Alle wie aus dem Bilderbuch. Das einzige, was wir nun noch brauchen, ist ein kleines Stückchen Frieden dazu. Das andere erledigen wir selber.«

Sie tat ihm den Gefallen, auf seine Träume einzugehen. Aber sie sah diese Zukunft niemals vor sich. Keine Zukunft mit ihm, geschweige denn mit drei Kindern. Sie hatte ein Kind. Einen Sohn. Ein

Termogen war es. Kein Scheermann. Und wenn sie es verhindern konnte, würde sie kein Kind mehr bekommen. Jedenfalls nicht, solange Krieg war.

Später ... Was später sein würde, das wußte keiner. Der Krieg verbaute die Welt, die Zukunft. Es war unmöglich, über ihn hinauszu denken. Es gab nur ein einziges, großes Ziel, das hieß: Wenn der Krieg zu Ende sein würde. – Ob es danach noch eine Zeit geben würde, daran dachte sie nicht. Daran dachte keiner. Man dachte ja auch nicht darüber nach, ob es am Ende der Welt noch Raum geben würde.

Von Berlin aus meldete Stella ein Gespräch mit München an. Mit dem Herrn Hofschauspieler Rudolf Thalhammer. Sie hatte schon oft darüber nachgedacht, wie sie ihn verständigen könnte.

»Hier ist Sarnade«, meldete sie sich.

Ein kleines Schweigen auf der anderen Seite, dann die sonore, tiefe Stimme: »Ah, Sarnade. Wieder einmal aus dem Meer aufgetaucht?«

»Ja. Und ich soll Ihnen Grüße bestellen von guten Freunden. In Sarnades Reich geht es ihnen gut.«

»Das kann nicht wahr sein«, sagte die Stimme aus München, hörbar erregt.

»Doch. Später einmal, wenn das Meer sich beruhigt hat und die Sonne wieder scheint, werden wir Ihnen erzählen, wie wir damals davongeschwommen sind. Haben Sie irgendwelchen Ärger gehabt?«

»Nein. Nichts. Gar nichts.«

»Wunderbar. Dann denken Sie manchmal an Sarnade und halten Sie den Daumen, daß kein böser Fisch in ihr Schloß schwimmt. Auf Wiedersehen.«

»Auf Wiedersehen, Sarnade. Gott segne Sie.«

18

Im Herbst sah Stella sich gezwungen, die Hilfe des Grafen Rautenberg in Anspruch zu nehmen. Der Graf war nach wie vor häufiger Gast auf Seeblick. Natürlich kannte er die beiden Besucher, die auch ihm als Stellas Onkel und Vetter vorgestellt worden waren. Es erwies sich, daß Alexander Keller ein ausgezeichneter Schachspieler war. Daraufhin war Stella vom Schachspielen erlöst. Die beiden alten Herren saßen stundenlang über das Schachbrett gebeugt und unterhielten sich aufs beste.

Alexander hatte sich wirklich wieder ganz gut erholt. Er war noch immer dünn und blaß, schreckhaft und ängstlich. Aber manchmal lächelte er auch, besonders, wenn der kleine Pieter auf seinem Schoß saß, dem er Geschichten erzählen mußte.

Der Graf hatte nie eine neugierige Frage gestellt. Er hatte als gegeben hingenommen, was Stella ihm bei der ersten Begegnung mit den beiden Kellers gesagt hatte.

An diesem Abend, Anfang November, saßen sie alle im großen Zimmer vor dem Kamin. Joseph hatte ein Feuer angemacht, denn abends war es schon sehr kühl. Graf Rautenberg und Alexander Keller hatten das Schachbrett vor sich. Stella strickte, die Füße in das weiche Fell des Hundes vergraben. Michael hatte ein Buch in der Hand. Doch er hatte schon seit einiger Zeit aufgehört zu lesen. Er blickte Stella an. Alles, was er empfand, stand in seinen Augen.

Stella wußte genau, daß er sie ansah. Doch sie hütete sich, seinen Blick zu erwidern. Sie wußte längst, daß Michael sie liebte. Er war wie ein ständiger Schatten, der sie begleitete. Wo sie ging und stand, Michael war nicht weit. Und bei allem, was sie tat, folgte ihr sein Blick.

Manchmal machte es sie nervös. Auch daß er es so unverhüllt zeigte. Sie hatte sich einen burschikosen Ton ihm gegenüber angewöhnt, sprach kameradschaftlich zu ihm, sagte manchmal Dinge, von denen sie hoffte, daß sie ihn schockierten. Vergebens. Michaels Herz, dieses arme, ausgestoßene Herz, gehörte ihr.

Schließlich, als sie das Schweigen nicht länger ertragen konnte, blickte sie doch auf.

»Nun?« fragte sie leichthin. »Ist das Buch langweilig?«

Michael faßte es als Zurechtweisung auf. »Entschuldige«, sagte er und errötete ein wenig. »Ich habe nur nachgedacht.«

Die beiden Herren am Schachbrett hatten ebenfalls aufgeschaut. Der Graf mit einem leichten Lächeln, Alexander mit besorgter Miene.

Sie wissen es beide, dachte Stella. Lieber Himmel, diese Komplikationen auch noch. Wenn Michael nicht ausgerechnet Jude wäre, ich würde schleunigst ein Mädchen besorgen und es ihm eigenhändig ins Bett legen.

»Dein Vater hat nichts mehr zu trinken, Michael«, sagte sie. »Ist noch was drin im Krug?«

»Danke, danke«, sagte Alexander. »Für mich nicht mehr.«

»Ach, gengan S'«, sagte der Graf. »Man muß das Hirn ölen. Und das geht am besten mit einem Schluck Wein. Samma froh, daß wir noch ein' haben.«

»Das haben wir Graf Siccorysz zu danken«, meinte Stella. »Er hat wirklich vorgesorgt, auch für einen langen Krieg.«

Michael war aufgestanden und hatte die Gläser gefüllt. Jetzt stand er mit dem Krug vor Stella. »Du auch noch?«

»Natürlich. Ich muß mein Hirn auch ölen. Kann nie schaden. Man weiß nicht, wann man es wieder einmal braucht.«

Sie brauchte es schon wenige Minuten später. Das Telefon klingelte, und gleich darauf erschien Joseph unter der Tür.

»Der gnä' Herr«, meldete er.

»Legen Sie das Gespräch herein«, sagte Stella. »Oder nein, warten Sie. Ich komm' 'rüber ins Arbeitszimmer.«

Es dauerte nicht lange, bis Stella wieder erschien. Sie blieb an der Tür stehen, sah die drei Männer an und sagte dann kurz: »Dietrich kommt morgen.«

Alexander, der gerade einen Zug machen wollte, ließ die Figur fallen und blickte sie erschrocken an. Der Graf fragte: »Für länger?«

»Das weiß ich nicht«, sagte Stella und kam langsam näher. Sie schien ruhig und gelassen, keiner sah die hastigen Gedanken hinter ihrer weißen Stirn.

»Er ist eben in Wien gelandet. Und er bringt einen Gast mit. Irgendein hohes Tier. Für morgen mittag sollten wir ein einigermaßen präsentables Mahl vorbereiten, hat er gesagt.« Sie wandte sich um zu Joseph, der hinter ihr ins Zimmer gekommen war. »Sie haben's gehört, Joseph. Können wir das schaffen?«

»Aber g'wiß doch, gnä' Frau. Vom Reitinger kriagn wir a paar Hendl. Und a paar Fisch' hab' ich auch noch im Fischkasten.«

»Ja, aber . . .«, sagte Alexander. Seine Stimme zitterte.

Stella schwieg. Sie nahm eine Zigarette aus der Dose, die auf dem Tisch stand. »Ja«, sagte sie.

Joseph gab ihr Feuer. »Ja«, wiederholte sie nervös, »da müssen wir mal sehen . . .«

Sie verstummte. Keiner konnte ihr helfen.

Doch, der Graf. Er lächelte freundlich und sagte: »Wissen S' Stella, falls Sie Schwierigkeiten haben mit der Unterbringung, die beiden Herren könnten ja derweil bei mir wohnen. Ich hab' Platz genug. Wär' mal eine ganz nette Abwechslung für mich. Und für die Herren auch. Was meinen S', Herr Keller? Sie warn noch nie bei mir drüben. Ich hab' schon immer gesagt, Sie sollten sich mein Schlössl auch amal anschauen.«

Alexander Keller blieb stumm und blickte hilflos zu Stella auf. Stella aber stand, gerade aufgerichtet, die Brauen ein wenig hochgezogen, den Blick unter halb gesenkten Lidern auf den Grafen Rautenberg gerichtet. Was wußte der? Was ahnte er?

Das verbindliche Lächeln war vom Gesicht des Grafen verschwunden. Er stand auf, trat zu Stella und sagte ruhig: »Es ist ein ernstgemeintes Angebot. Ich denke mir, daß Sie dann leichter disponieren könnten.« Er sprach hochdeutsch. Und an seinem Blick sah Stella, daß er doch etwas wußte.

»Ja«, sagte sie, »natürlich – das wäre vielleicht ...« Sie blickte auf den Diener. Mußte der sich nicht wundern? Im Haus war Platz genug, noch einen dritten Gast unterzubringen.

Der Graf wandte sich ebenfalls Joseph zu. »So machen wir's«, sagte er heiter. »Was meinen S', Joseph? Können S' den Herren helfen, a bisserl was z'sammzupacken, da nehm' ich's nachher gleich mit.«

»Freilich«, sagte Joseph, »dös is' schnell g'schehn.« Wenn er sich wunderte, ließ er sich nichts anmerken.

»Alsdann«, meinte der Graf.

»Es ist gut, Joseph«, sagte Stella nervös. »Informieren Sie die Resi wegen morgen.«

Joseph verschwand.

»Lieber Graf«, begann Stella, »das ist reizend von Ihnen. Aber ich kann Ihnen nicht zumuten, daß Sie meine Gäste übernehmen, und überhaupt ...« Sie verstummte ratlos.

»Meine liebe Stella«, sagte der Graf ruhig. »Ich täusche mich doch nicht, Ihr Mann weiß nichts von dem Besuch?«

»Nein.« Stella schüttelte den Kopf.

»Und Sie wollen auch nicht, daß er es erfährt.«

Stella hob hilflos die Schultern. »Es ist anders«, murmelte sie. »Sie müssen einen falschen Eindruck bekommen. Ich ...«

Die beiden Kellers sagten nichts. Mit schreckgeweiteten Augen lauschten sie dem Gespräch.

»Sie brauchen mir nichts zu erklären, Stella«, sagte der Graf ruhig. »Wir haben bisher nicht davon gesprochen, und wir brauchen es auch jetzt nicht zu tun. Ich weiß ein wenig mehr, als Sie annehmen.«

»Ich weiß nicht, was Sie wissen«, sagte Stella. »Aber ehe Sie diese – mir diese Gefälligkeit erweisen, müßten Sie zumindest wissen, daß – daß eine gewisse Gefahr damit verbunden ist.«

»Gehn S', Kind«, sagte der Graf freundlich. »Halten S' mich nicht für dümmer, als ich bin. Sie sind eine tapfere Frau, Stella. Meine Hochachtung. Ich werd' mich doch nicht von einer kleinen Frau beschämen lassen. Ich bin ein alter Mann, wovor sollte ich mich fürchten? Und schließlich, wann ich das ausnahmsweis' einmal sagen darf, ich bin ein Rautenberg. Ich selber habe mich mein ganzes Leben lang nicht sonderlich ausgezeichnet. Aber meine Vorfahren haben mit sehr viel Aplomb in den Türkenkriegen gekämpft. Ich erwähn' das nur als Beispiel. Glauben S', daß ich ein Feigling bin?«

Stella mußte unwillkürlich lächeln. »Nein«, sagte sie. »Und – ich danke Ihnen.«

Der Graf verbeugte sich. »Es ist mir ein Vergnügen, Ihnen, gerade

Ihnen, einen Dienst erweisen zu können.« Dann wandte er sich zu Alexander Keller, der stumm vor dem Schachbrett saß und mit starren Augen zu ihnen aufblickte. »Machen S' net so ein Gesicht, mein Lieber. Bei mir san's genauso gut aufgehoben wie hier. Und an guten Wein hab' ich auch im Keller. Allerdings keine so schöne Frau im Haus.«

Dabei blickte er zu Michael hin und lächelte verschmitzt. »Aber das wird sich für ein paar Tag' ertragen lassen. Net wahr, Herr Michael?«

Michael errötete.

»Wir machen allen nur Ungelegenheiten«, sagte er gepreßt. »Wir sind einfach zuviel auf der Welt.«

»Gehn S', mei Lieber, wern S' net dramatisch. Das schlagt sich mir immer auf den Magen. Ich denk', wir spielen unsere Partie zu End' und trinken noch a Glaserl, und dann packen S' zusammen, was Sie brauchen, und wir fahrn nüber zu mir.«

Stella blickte Michael an, dann Alexander. »Es tut mir leid«, sagte sie. »Aber ich glaube, es ist die beste Lösung. Ich weiß nicht, wen Dietrich mitbringt. Und Sie können dem Graf Rautenberg vertrauen.«

»Das will ich meinen«, sagte der Graf. »Alsdann, mein Lieber. Sie san dran.«

19

Am nächsten Tag konnte Stella ihren Mann und den Gast, den er mitbrachte, in aller Ruhe und mit vollendeter Anmut empfangen. Sie machte sich gut als Herrin des kleinen Schlosses, und sie wußte es. Ihrem Haushalt war nichts von Krieg anzumerken. Alles war da, was zu einem angenehmen Leben gehörte: die schönen, gepflegten Räume, ausreichende Dienerschaft, gutes Essen und Trinken und eine schöne, lächelnde Hausfrau.

Dietrichs Gast war sichtlich beeindruckt. Er kam in einer Generalsuniform, genau wie Dietrich, doch trugen beide Herren während der drei Tage, die sie auf Seeblick weilten, Zivil.

Nach dem Essen, als sie ein wenig im Park spazierengingen – es war ein schöner, milder Herbsttag –, sagte der General zu Dietrich: »Mein Lieber, Sie sind zu beneiden. Das ist ein Paradies hier.«

Dietrich schob seinen Arm unter Stellas: »Zu beneiden wäre ich, wenn ich hier sein könnte. Aber ich bin ein seltener Gast in diesem Haus. Und langsam beginne ich daran zu zweifeln, ob ich einmal in Ruhe hier werden leben können, so wie ich es mir wünsche.«

»Tja, mein Lieber«, sagte der General und blickte auf den See hinaus, »das verstehe ich. Es gibt leider keinen Weg zurück. Und der

Weg, der vor uns liegt...« Er beendete seinen Satz nicht, sondern wandte sich zu Stella und begann ein leichtes Gespräch mit ihr.

Als sie ins Haus zurückgingen, flüsterte Stella Dietrich zu: »Sieht es schlecht aus?«

Dietrich zuckte die Achseln und schwieg.

Den ganzen Nachmittag saßen die Herren allein im Arbeitszimmer. Erst zum Abendessen sah Stella sie wieder.

Es wurde ziemlich spät, bis sie schlafen gingen. Als sie allein waren, fragte Stella: »Was gibt es eigentlich?«

»Was soll es geben?« erwiderte Dietrich scheinbar sorglos.

»Was habt ihr geredet den ganzen Nachmittag?«

Er schloß sie in die Arme und legte, wie er es gern tat, sein Gesicht in ihr Haar. »Mein kleiner Spatz«, murmelte er, »wenn ich nur bei dir sein könnte.«

»Ist der Krieg bald zu Ende?« fragte Stella. Die Frage, die sie immer stellte, wenn sie ihn sah.

»Ich wünschte, er wäre es«, sagte Dietrich. »Aber so, wie es jetzt aussieht...« Plötzlich ließ er sie los und begann mit großen Schritten im Zimmer hin und her zu laufen. »Wir haben uns festgefahren«, sagte er erregt. »Afrika ist verloren. Rommel kann sich nicht länger halten. Die Amerikaner sind in Tunis gelandet, und wir haben es versäumt, uns mit den Franzosen zu arrangieren. Es nützt nichts, ganz Frankreich nun noch zu besetzen. Es bindet uns noch mehr. Und in Rußland stehen wir viel zu tief drin. Der Kaukasus, Stalingrad... Es kann nicht gut gehen. Nein, Stella«, er blieb vor ihr stehen, umfaßte ihre Arme und sah ihr in die Augen. »Ich gehöre nicht zu denen, die sich etwas vormachen. Wir schaffen es nicht. Wir schaffen es nicht. Es ist zuviel.«

»Das habe ich dir ja immer gesagt«, erwiderte Stella ruhig. »Und was geschieht also? Geben wir auf?«

Erschüttelte den Kopf. »Nein. Er gibt nicht auf. Er wird nie aufgeben.«

»Du sprichst von Hitler?«

Dietrich nickte. »Er begreift nicht, daß wir verloren sind. Das einzige, was er sagen kann, ist immer dasselbe. Aushalten. Bis zum letzten Mann, bis zur letzten Patrone. Er opfert sinnlos Menschen und Material. Er ist blind verrannt. Und das wird sich nicht ändern, das wird immer schlimmer. Die Wehrmacht weiß es. Die Generäle trauen ihm nicht mehr.«

»Sie haben ihm vermutlich nie getraut«, sagte Stella. »Sie haben eben mitgemacht. Und jetzt traust auch du ihm nicht mehr. Dann muß es schlimm aussehen.«

»Von außen gesehen gar nicht so schlimm«, sagte er. »Aber ich sehe weiter. Ich sehe, was daraus werden wird. Jetzt kommt der Winter wieder. Noch ein Winter in Rußland. Und wir so tief drinnen. Und der Russe wird immer stärker, immer angriffslustiger. Nein, Stella, wir können es nicht schaffen.«

»Und – was geschieht dann?«

Er ließ sie los, ließ die Arme sinken. »Ich weiß es nicht.«

Stella betrachtete ihn aufmerksam. Sein früher so beherrschtes, gutgeschnittenes Männergesicht war verändert. Hager und grau war es, tiefe Furchen zwischen Mund und Nase, glanzlos und müde seine Augen.

»Wir müssen eben ein Friedensangebot machen«, sagte Stella.

Dietrich lachte. Es klang bitter.

»Dazu ist es zu spät. Und er tut es nicht. Nie. Es wäre sein Ende. Es wäre unser aller Ende.»

»Deins auch?« fragte Stella.

»Vermutlich. Ich gehöre nun mal dazu. Auch wenn ich heute anders darüber denke.«

»Dieter«, sagte Stella, und jetzt war auch ihre Stimme voll Erregung. »Du denkst anders darüber? Du hast es eben selbst gesagt.« Sie schlang plötzlich beide Arme um seinen Hals. »Ich bin so froh darüber. Auch wenn wir den Krieg verlieren. Ich bin so froh.«

Dietrich sah sie an. »Ja, du bist froh darüber«, sagte er langsam.

»Es war eine Jugendtorheit von dir, das Ganze. Und du wolltest es nicht zugeben. Aber jetzt bist du klüger geworden. Du bist kein Mörder, kein Verbrecher. Es wäre schrecklich, wenn ich mit einem Mann verheiratet wäre, der verbohrt und töricht ist. Ich habe schon lange gewußt, daß du nicht der bist, der du scheinst.«

Sie war nahe daran, ihm von Alexander und Michael zu erzählen. Alles, die ganze Wahrheit. Aber dann wagte sie es doch nicht. Sie sprach von seiner Mutter.

»Weißt du noch, wie wir das erstemal hier in diesem Haus waren? Wie du mir von deiner Mutter erzählt hast? Daß sie betrübt über den Weg war, den du gingst? Du hast spät zu deiner Mutter gefunden. Aber nicht zu spät. Und du erkennst spät, daß es der falsche Weg war, das falsche Ziel. Aber nicht zu spät.«

»Doch«, sagte er, »doch, Stella. Diesmal ist es zu spät.«

»Warum?« drängte sie. »Du sagst, es denken viele so wie du. Generäle und hohe Militärs. Warum jagt ihr Hitler nicht zum Teufel? Warum erschießt ihr ihn nicht? Einer wird doch so viel Mut haben. Dann ist der Weg frei zum Frieden. Und dann wird die Welt sehen, daß Hitler nicht Deutschland ist.«

Er blickte nahe in ihr schönes, erregtes Gesicht, in ihre blitzenden Augen.

»Mein Gott«, murmelte er, »was redest du? Du, meine Frau. Ich kann nicht zurück, Stella. Wir können alle nicht zurück.«

Stella ließ die Arme sinken. »Nein«, sagte sie, »ich weiß Wir bleiben sitzen, bis der Zug in den Abgrund fährt. Das hat mir schon voriges Jahr jemand gesagt.«

»Wer?«

»Das tut ja nichts zur Sache. Jeder sagt es, jeder«, ihre Stimme wurde plötzlich laut, zornig, »jeder, der Hirn im Kopf hat, um zu denken. Und jetzt sagst es du auch noch. Aber keiner will die Notbremse ziehen. Männer wollt ihr sein. Aber Feiglinge seid ihr alle. Ihr macht die Augen zu und wartet auf ein Wunder.«

»Manchmal«, sagte Dietrich leise, »manchmal geschehen Wunder.«

»Nein«, sagte sie. »Es geschehen keine Wunder. Und ich möchte es gar nicht haben, dieses Wunder. Ich möchte in einem freien Land leben. Nicht mehr in einem Land, wo Menschen gehetzt und getötet werden. Wo man nicht sagen kann, was man denkt. Wo man Angst haben muß. Wo man lügen muß. Ich will es nicht, dein Wunder. Daß du es weißt.«

»Wenn das Wunder nicht geschieht«, sagte Dietrich, »dann werden wir es sein, die gehetzt und getötet werden.«

»Wer? Du? Und ich?«

»Du bist eine Frau«, sagte er. »Dir geschieht nichts.«

»Weißt du das so sicher? Ihr sperrt die Frauen genauso ein wie die Männer. Aber«, sie legte den Kopf in den Nacken und sagte mit ruhiger Sicherheit, »mir wird nichts geschehen. Ich habe keinem Menschen geschadet. Ich habe keinen gehetzt und gejagt.« Und im Geist setzte sie hinzu: Ich habe den Gehetzten und Gejagten geholfen. Habe mich dadurch in Gefahr gebracht. Aber einmal wird es vielleicht *dir* helfen, was ich getan habe.

Als die Herren abfuhren, stand Stella lange unter dem Portal und blickte ihnen nach. Beide waren nun wieder in Uniform, der General mit allen möglichen Orden am Hals und auf der Brust. Er hatte ihr zeremoniell die Hand geküßt und sich in wohlgesetzten Worten für die freundliche Aufnahme bedankt.

»Man vergißt, daß es so etwas noch gibt«, hatte er gesagt mit einer knappen Handbewegung, die das Haus, die Berge und Stella umschloß. »Aber man erkennt dann wieder, wofür allein es sich im Grunde zu kämpfen lohnt.« Und nach einer winzigen Pause hatte er hinzugefügt: »Zu verteidigen.«

Dietrich schloß sie in die Arme und küßte sie auf den Mund. »Ich hoffe, wir sehen uns bald wieder«, murmelte er.

Als er sie losließ, fing Stella einen leicht spöttischen Blick des Fahrers auf, der am geöffneten Wagenschlag stand. Es war ein noch junger Mann, keineswegs auf den Kopf gefallen, wie Joseph ihr erzählt hatte. In der Küche hatte er das große Wort geführt, und die

Kriegslage geradezu verheerend beurteilt, nebenbei hatte er versucht, die Theres zu verführen.

»Paßt mir auf das Mädel auf«, hatte Stella zu Resi und Joseph gesagt, »ich denk', sie hat einen Bräutigam?«

»Ich sorg' schon dafür, daß die zwaa net allein san«, hatte die Resi energisch geantwortet, »dös is a Filou, a ganz gehängter. Und die Theres is a Dantscherl, a dumms.«

Stella hatte sich auch darum gekümmert. Jeden Abend war sie mehrmals in das Zimmer der Theres gegangen, wo auch der kleine Pieter schlief. Einmal war sie sogar spät in der Nacht noch aufgestanden. Aber sie fand beide friedlich schlafend, den schwarzhaarigen Pieter, die Lippen trotzig vorgeschoben, und die blonde Theres, unschuldig und weich das runde Mädchengesicht im Schlaf.

Nun waren sie also wieder fort. Stella seufzte erleichtert auf. Sie wandte sich zu Joseph um, der einen Schritt hinter ihr stand. »Das hätten wir«, sagte sie. »Haben wir gute Figur gemacht?«

»Kloar doch, gnä' Frau, wie immer.«

Sie lächelten sich zu.

»Es wird Winter«, sagte Stella. »Es kann nicht mehr viel fehlen zu null Grad.«

»Kalt is'«, bestätigte Joseph. »Gengan S' lieber ins Haus, Frau Gräfin.« Aber Stella blieb noch stehen und blickte auf den nun leeren Weg, der zum Tor führte. Die Bäume waren schon fast kahl. Der Boden bedeckt mit braunem Laub. Es roch feucht und modrig, nach Winter, nach Tod. Zwischen den Bäumen hingen weiße Nebelschleier. Als sie heute morgen aufgestanden war, hatte sie die Berge am gegenüberliegenden Ufer nicht gesehen, und über dem See lag eine dicke, weiße Nebelschicht. Das würde der dritte Winter sein, den sie hier verbrachte. Und der zweite Winter, den die Soldaten in Rußland überstehen mußten.

»In Rußland liegt bestimmt schon Schnee«, sagte sie aus ihren Gedanken heraus. »Die armen Jungen. Noch einen Winter dort.«

»Dös is' g'wiß wahr«, stimmte Joseph zu. »Wir ham unlängst erst davon gesprochen, die Resi und ich. Immer war'n ma traurig, daß wir koane Kinder haben. Aber jetzt san mir froh. Wann i denk', i hätt' an Bub, und der müßt' dös alls mitmachen. Varruckt könnt' ma werden, bei dem Gedanken.«

»Ja«, sagte Stella. »Jede Mutter in Deutschland, die heute morgen ihren Ofen heizt, wird sicher daran denken, ob ihr Junge frieren muß.«

Gedämpft fragte Joseph: »Schaut's schlecht aus?«

Stella hob die Schultern. Sie blickte Joseph schräg von der Seite an und lächelte mit leichtem Spott. Sie war nicht die Frau, Durchhalteparolen auszugeben. Joseph gegenüber war das gewiß nicht nötig. »Gut bestimmt nicht. Wenn sich jetzt schon die Wehrmacht mit der SS verbündet ...«

Und Joseph erwiderte darauf erstaunlicherweise: »Dös ham wir uns aa schon dacht'.«

Stella lachte kurz auf. Schade, daß Dietrich dieses Gespräch nicht hörte.

»Wissen S', gnä' Frau«, sagte Joseph leise, »unser Herr Graf, der hat das schon vorausgesehen. Damals, im achtunddreißiger Jahr, als die Preißen hier kommen san, hat er g'sagt: Joseph, hat er g'sagt, das is der Anfang vom Ende. Wir san bloß noch a arm's klaans Binkerl in Europa, seit wir den letzten Krieg verloren ham. Is uns net grad gut gangen, aber leben ham wir können. Aber jetzt wird er uns das letzte bisserl Lebenslicht aa no ausblasen, der Herr Hitler aus Berlin. Der reit' an scharfen Parcours, 's geht über alle Hürden, aber mit verbundene Aug'. Und der steigt net aus dem Sattel, bis er sich den Hals brochen hat. Wissen S', gnä' Frau«, fügte Joseph ein, »der Herr Graf war als a Junger a großer Reiter. Auf alle großen Turniers is er gestartet.«

»Ich weiß«, sagte Stella. »Ich habe die Bilder gesehen.«

»Ja, und dann hat er weiter g'sagt: Leider reit' er auf keinem ungebärdigen Gaul. Der wirft ihn net ab. Solang' die Deutschen die Zügel und die Sporen spüren, galoppieren's weiter, und wann ihnen die Zung' auch kilometerweit zum Hals naushängt. Und uns hams' jetzt angehängt, an den Schwanz von dem depperten Gaul, und ziagn uns hintennach. Dös is koa gut's Gefühl für an alten Reiter, Joseph.«

Stella lachte. »Ein sehr bildhaftes Beispiel. Nur habt ihr eins vergessen. Dieser Reiter auf dem frommen deutschen Gaul ist gar kein Deutscher. Den habt ihr uns 'rübergeschickt.«

»Scho«, meinte Joseph. »Bloß im Reich drüben, da konnt' er das machen, was er gemacht hat. Bei uns herüben net. Dös is der Unterschied.«

»Ihr wart ganz schön begeistert, als ihr heimgekehrt seid ins Reich. Oder nicht?«

»Naa«, sagte Joseph mit entschiedenem Kopfschütteln. »Wir hier net. Aber scho gar net. Und wann die Frau Gräfin net so krank gewesen wär', dann wär'n wir damals glei in die Schweiz gangen. Da wär'n wir aa mitgangen, die Resi und i.«

»Und warum seid ihr dann nicht mitgegangen?«

»Mei, wie's halt so geht. Der Herr Graf wollt' ja gar koan Haushalt mehr führen. Im Hotel wollt' er wohnen oder vielleicht nur a kloane Etag' mieten. Was hätten wir da tun soll'n? Und dann dös Haus hier, ma hängt ja dran, net? Und weil doch der gnä'

Herr der Sohn von der Frau Gräfin war, drum san wir halt blieben. Wir ham doch gewußt, wie sie sich immer um ihn gebangt und gesorgt hat. All die vielen Jahr' lang, der Dietli, der Dietli. 's war a rechter Jammer mit anzusehen. Und als er dann endlich kommen is, glauben S', gnä' Frau, daß wir all miteinand froh war'n. Ob er a Brauner war oder net, dös hat uns damals gar net kümmert. Daß nur die Frau Gräfin froh werden konnt', dös ham wir alle gewünscht.«

»Ihr habt sie geliebt, nicht wahr?« fragte Stella.

»Ja. Jeder hat sie geliebt. Sie war so gut. Und sie und der Herr Graf war'n so glücklich miteinand. Sie ham gar net reden müssen, er hat sie ang'schaut und sie hat ihn ang'schaut, und da wußten sie immer schon, was g'meint war. Nur zwegn dem Buben halt – ich mein' zwegn dem gnä' Herrn, dös war a Kummer. Und daß sie dös no hat erleben können, daß er kommen is, da warn ma alle froh drum. Und wissen S', was schad' is', daß' net erlebt hat?«

»Na? Was denn?«

»Sie, gnä' Frau. Daß' net erlebt hat, wie ihr Sohn a schöne und gute Frau g'heirat' hat. Entschuldigen S', gnä' Frau, i sag, wie's is, wir reden halt grad' mal. Ich glaub', die Frau Gräfin hätt' Sie sehr gut leiden mögen. Dös glaub' i bestimmt. Und mei Resi aa.«

Stella lächelte dem alten Diener zu. »Danke, Joseph. Und Sie meinen, ich habe keine Feinde in der Gegend?«

»Aber naa, gnä' Frau, wo denken S' hin? Warum denn dös?«

»Nun, wir leben doch für Kriegszeiten in recht großem Stil, nicht? Und die Position meines Mannes, das alles könnte ja doch die Leute hier und da ärgern.«

»Was der gnä' Herr is, dös wissen die meisten gar net. Schaun S' die Bauern hier, die san net so schlau. Und er hat ja niemand was tan. Und Sie, gnä' Frau, san immer freundlich zu die Leut'. Gar net preißisch, wie's alle sagen.«

»So schlimm sind die Preußen gar nicht, wie ihr hier immer denkt«, sagte Stella lächelnd.

»No ja, ma redt' halt so. Is halt so a G'wohnheit hier.«

»Die Preußen«, belehrte ihn Stella, »und ganz besonders die Berliner, sind weder von Hitler begeistert und schon gar nicht vom Krieg.«

»Dös kann ma sich schwer vorstellen«, gestand Joseph.

»Es ist aber so. Solche Reden, wie Sie Ihr Graf geführt hat, können Sie in Berlin auch hören. Und nicht erst jetzt. Aber das glaubt ihr hier ja nicht. Sie hätten mal hören müssen, was mein Lehrer gesagt hat, der Professor, der mich ausgebildet hat. Schon 1935. Und alle seine Freunde. Du lieber Himmel, wenn er hiergeblieben wäre, hätten sie ihn sicher eines Tages eingesperrt.«

»Is er fortgangen?«

»Er ist in Amerika. Mit seiner Frau. Die ist Halbjüdin.« Stella beobachtete Joseph, ob er auf das Wort Jüdin reagierte.

Aber Joseph erwiderte, ganz harmlos: »Dös is ja auch a Schand', wie s' mit dene umgehen. Der Herr Graf hat an Freund' gehabt, an Arzt aus Wien. Auch a Jud'. So a feiner und vornehmer Herr. Er war oft hier. Der is auch ausgewandert. Gleich schon, wie der Anschluß kam. Aber die hier blieben san, die können einem leid tun.«

Nein, Joseph hatte offenbar keinen Verdacht. »Das können sie wirklich«, sagte Stella abschließend. »Und jetzt geh' ich noch ein Stück spazieren.« Sie pfiff dem Hund, der sich unten bei den Bäumen herumtrieb.

»Wird Ihnen net zu kalt sein, gnä' Frau?« warnte Joseph. »Ziagn S' lieber an Mantel an.«

»Ich hab' ja die Jacke an. Ich bleib' nicht lange. Und sagen Sie der Resi, heut' zu mittag nur ganz was Leichtes. Ein Omelett oder so.«

»Is recht, gnä' Frau«, sagte Joseph und sah ihr nach, wie sie um das Haus herum verschwand, hinunter in Richtung See.

»Die hätt' die Frau Gräfin kennen müssen«, murmelte er vor sich hin. »Froh wär's gewesen.«

Stella ging zum See und blickte lange auf seine graue, unbewegte Fläche hinaus. Er schlief schon den Winterschlaf. Der Nebel war gestiegen, nur drüben um die Gipfel der Berge zog er noch in weißen Fetzen.

Der Nebel erinnerte sie an die Insel. Thies war jetzt dort. Er hatte in Berlin einen längeren Urlaub genommen und schrieb an einem neuen Buch. Allein war er, im Nebel des Meeres, wie sie hier im Nebel der Berge.

Regelmäßig trafen Briefe von ihm ein, und immer stand die besorgte Frage darin: Ist alles in Ordnung?

In Ordnung war gar nichts. Den Krieg würde man verlieren, die besorgte Miene ihres Mannes und ihres Gastes hatten es ihr verraten. Und was kam dann? Adam hatte gesagt: Eines Tages werden wir sie alle an die Laterne knüpfen. Die Freiheit wird uns nicht geschenkt, wir müssen sie mit Blut bezahlen. Aber es wird das Blut derer sein, die sie uns gestohlen haben.

Aber Adam war gegangen, er überließ das blutige Geschäft den anderen. Und die Nacht der Laternen war weit. Auch wenn der SS-Gruppenführer Scheermann und ein General der Wehrmacht an einem stillen See besorgte Gespräche geführt hatten. Es gab nicht viele Gespräche zwischen so ungleichen Partnern. Und es gab unter Dietrichs Kampfgenossen wenige, vielleicht gar keine, die stehengeblieben waren auf dem verhängnisvollen Weg und um sich blickten. Vielleicht war er der einzige. Stella war sich klar darüber, daß das Gefahr für ihn bedeutete.

Und vielleicht, dachte sie, vielleicht bin ich mit schuld daran. Mein Einfluß hat ihn auch verändert. Aber warum soll es nicht möglich sein, daß Männer, die klüger sind als das Gros, die denken und erkennen können, warum soll es nicht möglich sein, daß diese Männer uns helfen?

Gestern abend noch hatte Dietrich zu ihr gesagt: »Wenn wir jetzt Frieden machen könnten, dann bliebe uns vieles erspart. Noch haben wir alle wichtigen Positionen in der Hand. Noch sind wir nicht geschlagen. Wir könnten Forderungen stellen und als gleichberechtigte Partner verhandeln.«

»Dann tut es doch«, hatte Stella eifrig erwidert, »tut es gleich.« Und wieder, wie schon zwei Tage zuvor, hatte Dietrich gesagt: »Er tut es nicht. Er will es zwingen.«

Nein, Thies, nichts ist in Ordnung, dachte Stella über den schweigenden See hinaus. Nichts. Die ganze Welt ist friedlos und unordentlich. Und mein Leben war friedlos und unordentlich, seit ich die Insel verlassen habe. Bei euch war Frieden, unter den Bäumen von Keitum, im reinen Atem des Meeres. Frieden und Glück. Warum bin ich fortgegangen?

20

Wie unruhig das kommende Jahr werden würde, was für neue Sorgen ihr bevorstanden, konnte Stella an diesem Herbstmorgen noch nicht wissen.

Zunächst einmal fuhr sie nach dem Mittagessen nach Schloß Rautenberg hinüber. Sie nahm nicht den Wagen, sondern lieh sich, wie sie es öfter tat, vom Reitinger-Bauern die alte Familienkutsche mit Plotz, dem braven Braunen.

Schloß Rautenberg trug genau wie Seeblick den stolzen Titel Schloß nicht ganz zu Recht. Es war eigentlich nichts anderes als ein großes, etwas düsteres Herrenhaus, nicht so licht und heiter gebaut wie Seeblick, sondern mit dicken Mauern, einem angebauten Turm, der die westliche Seite des Gebäudes abschloß und oben mit einem Kranz von mittelalterlichen Zinnen gekrönt war. Es lag nicht am See, sondern hinter dem Ort, im sanft aufsteigenden Gelände. In früherer Zeit gehörte viel Grund, eine weitgedehnte Landwirtschaft, Wiesen und Wald zu dem Besitz.

Die Äcker hatte Graf Rautenberg schon vor langem verkauft. Er besaß noch ein paar Wiesen und ein allerdings recht beträchtliches Waldgebiet. Zum Haus gehörte ein großer Gemüsegarten, der von einem alten Gärtner liebevoll betreut wurde, so daß die Erzeugnisse nicht nur dem eigenen Haushalt zugute kamen, sondern auch noch verkauft werden konnten. Auch einige Stück Vieh hielt der Graf noch, Kühe und Schweine und vor allem seine Pferde.

Das Schloß selbst lag ganz für sich, weit von den Wirtschaftsräumen entfernt. Der Graf bewohnte nur einige Zimmer darin, betreut von einer alten Wirtschafterin. Er lebte sehr zurückgezogen.

Wie Stella von Joseph erfahren hatte, besaß die Familie früher in Wien ein Stadtpalais, das in den Notzeiten nach dem ersten Weltkrieg verkauft werden mußte. Und in den folgenden Jahren trafen den Grafen einige harte Schicksalsschläge. Sein einziger Sohn kenterte bei einem plötzlich aufkommenden Gewitter mit seinem Segelboot auf dem See und ertrank. Seine Frau starb zwei Jahre darauf an einem Krebsleiden. Und schließlich verließ ihn der einzige Mensch, der ihm geblieben war, seine Tochter Maria. Nach allem, was Joseph, sehr vorsichtig formuliert, berichtet hatte, mußte sie eine sehr hübsche, aber lebenshungrige und leichtsinnige junge Frau gewesen sein.

Sie wollte Schauspielerin werden, wollte zum Film, ihr Vater verbot es. Bei ihren häufigen Aufenthalten in Wien hatte sie schließlich die Bekanntschaft eines Schauspielers gemacht, irgendeines mittelmäßigen Komödianten eines kleinen Theaters, der überdies verheiratet war. Um diesen Mann verließ sie ihren Vater, ging dann selbst auch zum Theater, konnte sich in Wien jedoch nicht durchsetzen. Sie spielte einige Jahre in verschiedenen Provinztheatern, die Bindung an ihre erste Liebe, den ebenfalls erfolglosen Schauspieler, hielt an. Als dieser sie jedoch eines Tages verlassen wollte, schoß sie auf ihn. Sie verletzte ihn nicht schwer, er war nach einigen Wochen wieder gesund. Maria aber floh unmittelbar nach der Tat aus Österreich, und man hatte seitdem nie mehr von ihr gehört.

Es war eine wüste Kolportagegeschichte, und sie paßte so gar nicht zu dem eleganten, liebenswürdigen Grafen.

Stella hatte ihn nie auf diese Affäre hin angesprochen. Und er schwieg natürlich auch darüber. Nur von dem Tod seines Sohnes hatte er einmal kurz gesprochen.

Nach all diesen traurigen Ereignissen hatte sich Graf Rautenberg ganz in sein altes Haus zurückgezogen, lebte für seine täglichen Pflichten, seine Gesellschaft waren die Pferde, die beiden Hunde und die Bücher. Erst später begann er sich wieder um die Umwelt zu kümmern, pflegte einige kleine Bekanntschaften, machte hier und dort einen Besuch. Denn im Grunde war er ein heiterer, geselliger Mensch, der unter der unverschuldeten Einsamkeit litt.

Und gerade das führte der Graf an diesem Nachmittag an, als er Stella vorschlug, daß Alexander und Michael bei ihm bleiben sollten.

»Schaun S', Stella«, sagte er, »a bisserl a Egoismus ist auch dabei. Ich bin ganz allein hier. So hätt' ich a bisserl Gesellschaft, wann jetzt der Winter kommt. Sie wissen eh, daß ich im Winter net viel zu Ihnen nüberkomm'. Jetzt haben sie mir das zweite Pferd auch beschlagnahmt, ich hab' bloß noch die Bella, die ich vor den Schlitten spannen kann. Ist auch schon eine alte Dame, man muß sie schonen. Aber mit dem Herrn Keller kann ich Schachspielen. Er ist ein gebildeter Mann, man kann sich gut mit ihm unterhalten. Und dem Jungen tut's ganz gut, wann er nicht ständig in Ihrer Nähe ist. Sie wissen eh', daß er verliebt in Sie ist. So wie die Dinge liegen, tut das nicht gut. Ich werd' ihn schon beschäftigen, er kann a bisserl bei der Arbeit helfen, Bücher hab' ich genug, an Flügel ist auch da, und wir haben sogar noch eine Geige. Von meinem Sohn. Er hat schon auf ihr gespielt und gemeint, sie wär' tadellos. Klavier spielen kann ich selber, wir werden also zusammen musizieren, tut mir auch ganz gut wieder mal, und so werden wir den Winter schon überstehen.«

»Sie wissen also Bescheid?« sagte Stella.

Das Gespräch fand in der alten, etwas düsteren Bibliothek statt, in die der Graf seine Besucherin gebeten hatte. Alexander und Michael hatte sie noch nicht gesehen. Alexander schlafe noch, und Michael sei im Garten, hatte es geheißen.

Der Graf nickte. »Ja. Herr Keller hielt es für seine Pflicht, wie er mir sagte, mich aufzuklären. Nun, er hat mir nicht viel Neues gesagt. Ich hab' so was vermutet. Dem Michael sieht man's ja nicht an. Seinem Vater schon a bisserl. Is unrecht, einem Menschen sein Aussehen vorzuhalten, ich sag's ja auch bloß, weil's nun mal heut' eine Rolle spielt.«

»Und Sie wollen sie trotzdem hierbehalten?« fragte Stella. »Wissen Sie auch, in welche Gefahr Sie sich begeben?«

»Liebes Kind«, sagte der Graf, »Sie haben ja diese Gefahr auch auf sich genommen. Sie sind genauso wenig mit diesen beiden Menschen verwandt oder sind Ihnen sonstwie verbunden wie ich. Sie wollten helfen, weil Sie das Gefühl hatten, daß Hilfe notwendig sei. Wollen Sie mir das verwehren?«

»Aber . . .«, begann Stella.

»Lassen S' mich ausreden«, fuhr der Graf fort. »Schaun S', was hab' ich zu verlieren? Ich bin allein, ich hab' kein Kind, keine Frau. Ich bin ein alter Mann. Mir ist viel genommen worden in meinem Leben. Ich irre mich sicher nicht, wenn ich annehme, daß Sie darüber informiert sind. Was bleibt mir also noch? Das bisserl schöne Landschaft hier, meine Pferd', die haben sie mir genommen bis auf eins, im Sommer meine Blumen, na ja, Sie wissen's eh'. Die größte Freude, die ich in den letzten Jahren hatte, waren die Besuche bei Ihnen oder Ihre Besuche bei mir. Wenn ich jetzt auf meine alten Tage noch etwas Gutes tun kann an zwei unglücklichen Menschen, und dabei Ihnen vielleicht noch eine kleine Sorge abnehmen kann, dann können S' mir glauben, dös ist mir mehr wert als das ruhige, langweilige Leben, das ich bisher geführt hab'. Wir wollen uns doch darüber klar sein, daß es für Sie viel gefährlicher ist als für mich. Denken S' bloß an Ihren Mann. Vor vier Tag' hat er angerufen. Was aber, wann er amal kommt, ohne vorher anzurufen? Er ist nun mal Nazi, kann man nehmen, wie man will. Und eigentlich, wenn man's genau nimmt, ist es ja eine Art Vertrauensbruch, was Sie ihm gegenüber begehen. Net wahr? Is net so? Sie haben Gäste im Haus, von denen er nichts weiß. Verbotene Gäste überdies.«

»Ja, das ist schon wahr«, gab Stella zu. »Und es hat mir ja auch viel Sorgen gemacht.«

»Sehn S', das ist ja auch ganz klar. Die Sorgen möcht' ich Ihnen abnehmen. Wann S' Ihre Freunde sehen wollen, kommen S' 'rüber. Ist ja net weit. Und die zwei sind hier grad so gut aufgehoben wie bei Ihnen. Ich sag's noch mal.«

»Haben Sie schon mit den beiden davon gesprochen?«

»Hab' ich getan.«

»Und? Was sagen sie?«

»Ja, der Herr Papa ist einverstanden, nach einigem Hin und Her, er könnt's net annehmen und so weiter. Ich hab' ihm gesagt: Schaun S', lieber Herr Keller, Sie nehm's ja von der Frau Scheermann auch an. Es bleibt Ihnen ja gar nix anderes übrig. Für Sie selber, für alle, die davon wissen, ist es das beste, sich ruhig und still zu verhalten und zu warten. Warten, bis der Krieg zu Ende ist. Wenn wir Pech haben, können wir immer noch mit Haltung sterben. Müssen wir alle mal. Haben wir Glück, dann können wir uns gratulieren und werden am End', wann alles vorbei ist, ein gutes Flascherl Wein drauf trinken. Das hat er dann auch eingesehen.«

»Und Michael?«

»Ja, der Michael. Das ist natürlich was andres. Der Bub liebt Sie, dös wissen S'. Und dös geht net. Weiß er selber. Ist besser, er sieht Sie net jeden Tag, sondern nur manchmal. Wann's ging', tat ich ihm a Madl besorgen. Geht aber nicht.«

Stella lächelte. »Daran habe ich auch schon gedacht.«

Graf Rautenberg lachte. »No ja, er ist a junger Mann. Und Sie sind eine schöne Frau. Könnt' ja gar net anders sein. Muß er halt auch warten, kann ihm keiner helfen. Später, nach dem Krieg, kann er dann lieben, soviel er will. Net grad' Sie, Stella, damit wird er sich abfinden müssen. Sie sind net das rechte Kaliber für ihn.«

»Der arme Michael«, sagte Stella. »So was konnte ich ja wirklich nicht voraussehen. Wenn ich denke, in welchem Zustand er damals war.«

»Ist ganz verständlich, ich sag's ja. Schad't aber net viel. Schließlich ist er ein Künstler, und einem Künstler schadet ein bisserl Liebeskummer net so sehr. Kommt alles seiner Kunst zugute, hab' ich mir sagen lassen.«

So blieben Alexander und Michael also zunächst auf Schloß Rautenberg. Stella, als sie am späten Nachmittag wieder abfuhr, sah auf der ganzen Heimfahrt Michaels wehen, unglücklichen Blick vor sich, mit dem er sie ansah, als sie die Zügel in die Hand nahm.

Aber schon vierzehn Tage später war sie dem Grafen Rautenberg tief dankbar. Eines Abends gegen neun Uhr kam überraschend Dietrich. Sie saß allein mit Tell vor dem Kamin, das Radio spielte, sie hatte zuvor gelesen und war jetzt dabei, ein Kreuzworträtsel zu lösen. Sie war ein wenig einsam und verlassen und war daher auf diesen unsinnigen Zeitvertreib geraten.

Plötzlich, sie hatte zwar eine kleine Bewegung im Vorraum wahrgenommen, aber weiter nicht darauf geachtet, ging die Tür auf, und Dietrich stand auf der Schwelle.

Einen Moment lang starrte sie sprachlos zu ihm hin. Gleichzeitig fuhr ihr durch den Kopf: Mein Gott, noch vor drei Wochen hätten jetzt Michael und sein Vater hier bei mir gesessen.

Dietrich blickte sie eine Weile schweigend an.

»Dieter!« rief Stella. »Du? Ist etwas geschehen?«

Da war er schon bei ihr, kniete bei ihr nieder, so wie er war, in dem schweren Ledermantel, und schloß sie fest in die Arme.

»Mein Armes«, sagte er, »mein armer, kleiner, verlassener Spatz. So allein sitzt du hier am Feuer. Wie ein ausgestoßenes Kind. Keiner ist bei dir. Mein armer, kleiner Spatz.«

Unwillkürlich empfand Stella Mitleid mit sich selbst. »Ja«, sagte sie, »da siehst du es mal. Wenn ich keinen Mann hätte, wäre es genauso.« Aber dann lächelte sie. »Aber ich sitze hier wenigstens warm und sicher. Keine Bombenangriffe, keine Kohlrüben, und einen Wein hab' ich auch.« Sie umfaßte seinen Kopf mit beiden Händen. »Mein Gott, schaust du wieder schlecht aus. Du wirst immer dünner. Ißt du denn überhaupt nichts bei deinen ollen Rumänen?«

Dietrich lachte ein bißchen, küßte sie und sagte: »Eben darum bin ich hier.«

»Warum?«

»Erzähl' ich dir später. Könnte ich noch eine Kleinigkeit zu essen haben?«

»Aber natürlich. Wo ist denn überhaupt Joseph? Hat den der Schlag getroffen über dein unvermutetes Erscheinen?«

»Ich hab' ihn draußen gelassen. Ich sagte, ich wollte dich überraschen.«

Stella schloß eine kleine Sekunde die Augen. O Dietrich, du ahnungsloser Engel, du. Vor einigen Wochen, wenn du das getan hättest ...

Sie stand auf. »Was willst du essen? Ein paar Eier?«

»Ja, so was. Was Leichtes.«

Nach dem Essen erzählte ihr Dietrich den Grund seines Besuches. Er kam, weil er krank war.

»Krank?« fragte Stella erschrocken.

»Nichts Schlimmes. Ein Magengeschwür.«

»Darum siehst du so schlecht aus und bist so dünn geworden«, sagte Stella. »Und was geschieht?«

»Wir haben schon eine ganze Weile daran herumbehandelt. Aber mein Arzt in Bukarest meinte, es sei besser, wenn es operiert würde.«

»Operiert?« fragte Stella erschrocken.

»Keine Angst, das ist keine große Affäre.«

»Und du hast das schon lange?«

»Seit einiger Zeit.«

»Warum hast du mir nie davon erzählt?«

»Wozu, mein Spatz? Wenn ich sowieso so selten bei dir bin, will ich dich auch nicht noch mit meinen Leiden behelligen. Du weißt ja, ich bin dafür, eine Frau mit allem Unerfreulichen zu verschonen.«

»Ja, ich weiß. Das hast du mir damals schon auf der Fahrt von Mailand her mitgeteilt. Aber das ist doch Unsinn. Jetzt mußt du es mir doch sagen.«

Er lachte. »Ja. Einmal in meinem Leben möchte ich mal an mich denken. Ich habe jetzt seit zwanzig Jahren nicht an mich gedacht. Aber wenn ich schon operiert werden muß, kann ich ebensogut hier operiert werden. Dann habe ich dich in der Nähe, und wenn ich aus der Klinik 'rauskomme, kann ich mich von dir ein bißchen verwöhnen lassen. Lach mich aus, wenn du willst, aber ich stelle mir das herrlich vor.«

Stella lachte wirklich. Sie stand auf, ging zu ihm und setzte sich auf seinen Schoß. Wieder, wie schon manchmal, empfand sie viel Zärtlichkeit und Zuneigung für ihn. »Mein starker Germanenheld«, sagte sie, »du wirst mir immer sympathischer. Weißt du, daß nichts so greulich ist wie diese ewig starken, unerschütterlichen Männer? Ich bin bestimmt keine mütterliche Frau. Aber einen Mann ein bißchen zu bemuttern und zu streicheln und zu trösten, das tut einer Frau sehr gut. Nicht nur dem Mann. Manchmal müßt auch ihr ein bißchen schwach sein, nicht nur immer wir.«

»Du wirst dich noch wundern«, sagte Dietrich, zog sie an sich und legte seinen Kopf an ihre Brust. »Du wirst dich noch wundern, wie schwach ich bin. Wenn ich einmal Zeit dazu haben werde, dann lasse ich mich pausenlos von dir bemuttern.«

»Und jetzt fangen wir gleich damit an. Wann wirst du operiert? Und wo? Und ist es wirklich nicht gefährlich?«

»Dieser Oberstabsarzt, der mich in Bukarest behandelt hat, ist Wiener. Ein sehr tüchtiger Arzt. Aber Internist. Er hat einen Kollegen hier in Salzburg. Ein großartiger Chirurg, wie er sagt. Dem hat er geschrieben, und der wird das machen. Er meint, es wäre keine große Affäre. Ein paar Wochen Ruhe brauche ich halt hinterher, das ist alles. Und zur Zeit kann ich gerade mal weg. Weihnachten ist bald, da wäre ich sowieso hergekommen, also geht es gleich in einem.«

»Du wirst dich lange und ausführlich erholen«, sagte Stella energisch. »Die können ihr dämliches Öl auch ohne dich mal verhökern.«

»Freust du dich, daß ich da bin?«

Stella zog die Stirn kraus. »Das ist eine schwierige Frage. Schwierig zu beantworten, meine ich. Ich freue mich, daß du da bist, aber ich freue mich nicht, weil du krank bist. Wenn du aber nicht krank wärst, wärst du nicht da. Freue ich mich also oder freue ich mich nicht?«

Er lachte. »Einigen wir uns darauf, daß du dich heute freust. Und jetzt gehen wir schlafen, und ich werde dich lieben, bis du nicht mehr weißt, wo oben und unten ist.«

»Lieber Himmel!« rief Stella. »Kann man denn das mit einem Magengeschwür?«

Dietrich lachte. »Ich kann. Das wirst du sehen.«

Sie nahmen beide das Magengeschwür leicht. Man lebte nun einmal in einer Zeit, in der kranke und zerstörte Menschenleiber zur täglichen Gewohnheit geworden waren. Was war ein Magengeschwür im Vergleich zu den Verwundungen, zu den unsäglichen Leiden und Schmerzen, die die Soldaten erlitten?

Als Dietrich am nächsten Tag nach Salzburg fuhr, um den Arzt zu treffen, begleitete Stella ihn. Während sie im Café Glockenspiel auf ihn wartete, telefonierte sie mit dem Grafen Rautenberg und berichtete von den neuesten Ereignissen.

»Sie können sich denken, lieber Graf«, schloß sie, »mit welch tiefer Dankbarkeit im Herzen ich gestern abend an Sie gedacht habe.«

»Ich kann mir's denken«, sagte der Graf. »Und ich bin froh, daß wir rechtzeitig den Dreh gefunden haben. Wann wird denn operiert?«

»Weiß ich noch nicht. Werde ich nachher hören.«

»Wenn er im Hospital ist, kommen S' mal 'rüber zu uns, ja?«

»Natürlich. Und grüßen Sie Herrn Keller und Michael schön, ja?«

Eine Woche blieb Dietrich noch zu Hause. Dann war ein Einzelzimmer für ihn frei, und er siedelte in die Klinik über. Die Operation verlief reibungslos. Stella fuhr in der folgenden Zeit zweimal wöchentlich nach Salzburg und besuchte ihren Mann. Weihnachten war Dietrich noch in der Klinik. »Aber«, so sagte Stella, »das macht nichts. Wir verlegen Weihnachten einfach und feiern nach.«

21

Als die verlegte Weihnachtsfeier dann glücklich stattfand, es war Mitte Januar, hatte Stella alle Mühe, einigermaßen heiter und ausgeglichen zu erscheinen. Es war sehr kalt geworden, tiefer Schnee lag um das Haus, aber drinnen war es warm und gemütlich, die Kerzen brannten, und Resi übertraf sich selbst, um für den Herrn des Hauses eine ebenso leichte wie abwechslungsreiche Kost auf den Tisch zu zaubern.

Dietrich ging es den Umständen entsprechend ganz gut. Die Operation war glatt verlaufen, die Genesung machte Fortschritte, aber er würde noch einige Wochen zu Hause bleiben müssen.

Aber Stella hatte Sorgen. Jetzt, ausgerechnet jetzt, war eingetreten, was sie immer befürchtet hatte. Sie erwartete wieder ein Kind. Und es war unmöglich, jetzt nach Wien zu fahren. Sie hätte nicht gewußt, wie sie es vor Dietrich hätte begründen sollen.

An dem Abend, als sie Weihnachten feierten, betrank sie sich zum erstenmal in ihrem Leben mit voller Absicht.

Mit schwimmenden Augen und wirrem Kopf lag sie in ihrem Sessel und redete allerhand Unsinn.

»Du hast einen Schwips«, lachte Dietrich. »Stella, so hab' ich dich noch nie gesehen. Aber du bist süß, wenn du einen Schwips hast.«

Und Stella, da der Alkohol ihre Zunge löste, verriet, was sie bisher verschwiegen hatte. »Mir ist aber gar nicht süß zumute«, sagte sie kläglich. »Es ist nämlich passiert.«

»Was ist passiert?« fragte Dietrich ahnungslos.

»Du mit deinem verflixten Magengeschwür«, sagte Stella. »Das hab' ich jetzt davon. Ich kriege ein Kind.«

Dietrich lachte, bis ihm die Tränen kamen. »Komm her, meine kleine Säuferin. Das ist doch kein Grund, sich Sorgen zu machen. Das hatten wir doch sowieso vor.«

»Du vielleicht. Aber ich nicht.«

Er zog sie in die Arme und küßte sie stürmisch. »Ich hab mir's immer gewünscht, das weißt du ja. Und jetzt hörst du sofort auf zu trinken. Das gibt es jetzt nicht mehr. Wird es ein Bub oder ein Mädel?«

»Das ist mir egal«, sagte Stella. »Ach, Dieter, ich bin so unglücklich.«

Vierzehn Tage später wurde die katastrophale Niederlage von Stalingrad bekannt.

Dietrich regte sich maßlos darüber auf. »Jetzt geht's los«, sagte er. »Ich habe die ganze Zeit darauf gewartet, daß so etwas passiert. Weiß du, was das bedeutet?«

»Was es bedeutet?« wiederholte Stella. »Ich weiß wohl, was es für jeden einzelnen dieser Männer bedeutet, die dort so elend sterben mußten. Aber im großen gesehen? Mein Gott, wir haben eben mal eine Niederlage erlitten. Wir können nicht immer siegen.«

»Wir siegen schon eine ganze Weile nicht mehr«, sagte Dietrich. »Und jetzt kommt es anders herum, du wirst sehen.« Er starrte eine Weile brütend vor sich hin. »Ich muß nach Berlin«, sagte er dann.

»Dieter, sei vernünftig«, warnte Stella. »Du bist noch nicht gesund. Sechs Wochen Ruhe hat der Arzt dir verordnet, du bist noch keine drei Wochen zu Hause.«

Aber er hatte keine Ruhe mehr. Eine Woche darauf reiste er ab. Und Stella sah ihn lange nicht mehr.

Sie war allein. Allein im kalten, einsamen Winter, der sie lange Zeit von der Welt abschloß, allein mit ihrem Zustand, der ihr diesmal, weit mehr als das erstemal, große Beschwerden verursachte. Sie war nervös, rastlos, wie ein gefangenes Tier im Käfig. Sie konnte sich weder auf Arbeit konzentrieren noch auf ein Buch, ihr ganzes Dasein wurde ihr mit einemmal zum Überdruß.

Ende Februar, als sie es gar nicht mehr aushielt, reiste sie, einem plötzlichen Entschluß folgend, nach Berlin. Sie wollte wieder einmal ins Theater gehen, Nora und Hermine wiedersehen, und vielleicht Dr. Wendt konsultieren, warum sie sich gar so elend fühlte. Es war ihr ständig schwindlig, alles drehte sich um sie, sie konnte fast nicht mehr essen weil ihr sofort übel wurde, wenn sie die Speisen nur sah. Sie rauchte nur viel und trank gelegentlich einen Schnaps oder ein Glas Wein, obwohl es bei ihrem Zustand eigentlich verboten war. Aber es zeigte sich, daß sie den Zeitpunkt für einen Besuch in Berlin schlecht gewählt hatte. Einige Tage nach ihrem Eintreffen, am 1. März 1943, erlebte Berlin seinen ersten schweren Angriff, der straßenweise die Häuser in die Luft jagte und viele Menschenleben kostete. Eine erste Panikstimmung ergriff die große Stadt. Bisher hatte man die Luftangriffe nicht gar zu ernst genommen, wenn es auch lästig war, seit Jahren nun schon Nacht für Nacht aus dem Schlaf gerissen zu werden.

»Aber nun wird es anscheinend Ernst«, sagte Hermine. »Das habe ich immer schon befürchtet.«

Nora war nur noch ein zitterndes Bündel Angst und erklärte,

sie würde nicht länger in Berlin bleiben. Stella war damit einverstanden, daß man den Laden aufgab. Zu verkaufen gab es sowieso nicht mehr viel. Jetzt, bei dem Luftangriff, war er ohnedies schwer beschädigt worden. Alle Fensterscheiben kaputt, die Tür aus den Angeln gerissen.

Stella suchte Adams Vetter auf, um mit ihm alles Nötige zu besprechen. Robert Gontard war einverstanden. Er meinte, daß er sicher auch jetzt noch einen Mieter für das gutgelegene Geschäft finden würde.

Aber um einen neuen Mieter brauchte er sich nicht mehr zu bemühen. Haus und Geschäft wurden bereits im folgenden Monat bis auf die Grundmauern zerstört. Und im Sommer ereilte Adams Wohnung das gleiche Schicksal. Nora befand sich zu der Zeit bereits in Keitum und brauchte die Schrecken der Ausbombung nicht mitzuerleben. Von Hermine erfuhr Stella, daß das Atelier ebenfalls restlos ausgebrannt war. Das Gartenhaus war zwar schwer beschädigt, aber noch bewohnbar. Stella lud Hermine trotzdem ein, sofort nach Seeblick zu kommen.

»Ich bin froh, wenn Du hier bist. Ich brauche Dich. Meine kleine Theres hat geheiratet. Sie erwartet selbst ein Baby. Es war höchste Zeit mit dem Heiraten, sie war schon im vierten Monat und wartete die ganze Zeit sehnsüchtig, daß ihr Alois Urlaub bekam. Jetzt hat sie es mir gestanden. Ulkig, jetzt kriegt mein Kindermädchen zur gleichen Zeit ein Kind wie ich. Oder vielmehr nicht ulkig. Meine Gefühle kennst Du ja. Mir geht es immer noch elend. Damals war ich eine ganz hübsche werdende Mutter. Diesmal bin ich eine Vogelscheuche. Ich kann gar nicht mehr in den Spiegel sehen. Also, komm her, Hermine. Hier kannst Du wenigstens in Ruhe schlafen. Warum sollst Du warten, bis Dir eine Bombe auf den Kopf fällt.«

Hermine sagte zu. Es fiel ihr schwer, ihre Wohnung und ihre Sachen im Stich zu lassen. Aber den sich ständig steigernden Luftkrieg zu ertragen war eine schwere Belastung. Wer eine Möglichkeit hatte, ihm zu entfliehen, machte davon Gebrauch.

Die Lage hatte sich im letzten halben Jahr katastrophal verschlechtert. Nur wer blind und verbohrt war, konnte noch an einen guten Ausgang des Krieges, an einen Sieg glauben, In Rußland war ein großer Teil der weit vorgeschobenen Front zusammengebrochen, der Kaukasus mußte geräumt werden. Abgesehen davon hatte der große Triumph von Stalingrad dem Gegner neuen Mut und neue Kraft gegeben. Afrika war verloren, die Feinde beherrschten den Luftraum und die Meere. Deutschland war auf dem Rückzug. Die vielen Gegner des Naziregimes sahen es mit geheimer Befriedigung. Nun konnte es nicht mehr lange dauern. Aber sie schätzten Hitler und seine verbrecherische Clique noch immer falsch ein. Die

Partei machte gewaltige Anstrengungen, das Kriegsglück zurückzuzwingen, und gleichzeitig legte sich die eiserne Hand des Zwanges mit tödlicher Kraft um das deutsche Volk. Der Krieg war in sein totales Stadium getreten, die Nazis kämpften um ihre Macht, um ihre bloße Existenz. Und sie zwangen dies unglückliche Volk, diesen Kampf mitzukämpfen, mit Gewalt, Drohung und Mord.

Dazu kam, daß die Westmächte inzwischen die eiserne Barriere der bedingungslosen Kapitulation um Deutschland gezogen hatten. Zweifellos war zu jener Zeit ein großer Teil der führenden Köpfe der Wehrmacht bereit, sich gegen Hitler und seinen wahnwitzigen Krieg zu wenden. Aber die bedingungslose Kapitulation galt auch für sie. Nicht nur für die Nazis, sie galt für Deutschland.

Der Krieg ging weiter. Eine harte Zeit war auch für Dietrich Scheermann angebrochen. Stella sah ihn im Laufe dieser Monate ein einziges Mal für zwei Tage in Wien. Sie begriff nicht alles, was er ihr flüchtig andeutete. Nur so viel, daß in Rumänien der Boden täglich schwankender wurde. Zwar regierte dort nach wie vor die starke Hand Antonescus. Die rumänischen Verbündeten stellten an der Front tapfere und brauchbare Soldaten. Jedoch im Lande selbst gab es Unruhe, unübersichtliche Intrigen. Geheime Verbindungen zu Moskau und zu England wurden angeknüpft, Bestrebungen, Antonescu zu stürzen, waren ständig im Gange. Die deutsche Militärmission in Bukarest, der Geheimdienst, die Wirtschaftsexperten, die für die Ölausfuhr verantwortlich waren, alle saßen wie auf einem Pulverfaß, nie wissend, was hinter ihrem Rücken vorging, wo eine Lunte gelegt wurde, in welcher Gefahr sie persönlich und, was letztlich wichtiger war, das Bündnis mit Deutschland schwebte.

Dietrich sah wieder schlecht aus. Die Operation war zwar gut verlaufen, aber er hatte sich weder Zeit genommen, richtig gesund zu werden, noch sich die dringend notwendige Erholung zu gönnen. Als Stella ihn sah, erschrak sie. Er wirkte wie ein alter Mann. Ganz grau das Haar, die hohe, stattliche Gestalt zusammengesackt in den Schultern, mager und kraftlos geworden. Er war nervös, rauchte und trank, und natürlich war sein Magen bereits wieder von der Krankheit ergriffen. Stellas Ermahnungen verhallten ungehört.

»Nicht mehr wichtig«, sagte er. »Entweder wir schaffen es, wir beißen uns durch, da kann ich mich dann lange genug erholen. Oder wir gehen unter. Da ist es egal, ob man gesund oder krank ist.«

»So«, rief Stella zornig, »es ist egal! Und ich? Kannst du mir sagen, warum ich dann ein Kind bekommen muß? Warum du das partout immer wolltest? Stellst du es dir vielleicht lustig vor, wenn ich dann allein auf der Straße sitze mit zwei Kindern und wir haben den Krieg verloren? Bin ich dir denn so ganz unwichtig? Geht es dir bloß um deinen verdammten Hitler, um diesen verdammten Krieg?«

»Es geht um Deutschland«, sagte er.

»Das fällt euch reichlich spät ein«, sagte Stella bitter. »Nachdem ihr Deutschland zugrunde gerichtet habt, wollt ihr es plötzlich retten. Da ist nichts mehr zu retten. Weißt du, wie Berlin aussieht?«

Er nickte. »Ich bin vor zwei Wochen dort gewesen. Übrigens habe ich die Wohnung am Olivaer Platz zur Verfügung gestellt. Wir sind doch nicht dort, und solange sie steht, kann jemand von den Ausgebombten darin wohnen.«

»Sie wird nicht mehr lange stehen, verlaß dich drauf. Wenn es so weitergeht, wird ganz Berlin bald ein Trümmerhaufen sein. Von den Städten im Rheinland und von Hamburg gar nicht zu reden. Fein habt ihr das gemacht. Das große Ziel!« Ihre Stimme war voll Hohn.

»Siehst du es jetzt vor dir, dein großes Ziel? Bist du ihm jetzt nahe gekommen? Deutschland zu vernichten, Millionen Menschen umzubringen, das war ein feines Ziel, das ihr euch da gesteckt habt, du und dein Führer. Darauf könnt ihr stolz sein.«

Sie hatte sich in wilde Wut geredet. Alle Erbitterung, die sie empfand, Erbitterung gegen das Regime aber auch gegen ihr eigenes Schicksal, das ihr gerade jetzt wieder eine verhaßte Fessel auferlegte, legte ihr die bösen Worte in den Mund. Da war es wieder, das feindselige *ihr*, das von Anfang an zwischen ihnen stand. Dreieinhalb Jahre waren sie jetzt verheiratet, sie bekam nun ein Kind von ihm, aber aus dem ›ihr‹ war trotzdem kein ›wir‹ geworden. Es lag nicht an ihnen beiden, nicht an dem Mann, nicht an der Frau, es lag an dem, was er darstellte in diesem Staat. Er war noch das, als was ihn Stella bei der ersten Begegnung erkannt hatte: ein SS-Mann, ein führendes Mitglied des nationalsozialistischen Staates, er gehörte zur Elite des zusammenbrechenden Regimes, dessen Zusammenbruch ganz Deutschland zerstörte. Und wenn er auch zu den wenigen seinesgleichen gehörte, die erkannten, welches Verhängnis sie über das Land und das Volk gebracht hatten, so änderte es doch nichts daran, daß er dazugehörte.

Dietrich stand vor seiner Frau und sah sie mit traurigen Augen an. Sie war das einzige wirkliche Glück seines Lebens gewesen, und sie wandte sich auch gegen ihn.

»Sieh mich nicht so an«, fuhr ihn Stella wütend an. »Ich weiß, daß ich häßlich bin. Ein Kind muß ich kriegen, jetzt, wo die ganze Welt in Trümmer geht. Das hat mir gerade noch gefehlt.«

Dietrich streckte die Arme nach ihr aus, zog sie an sich, und Stella brach in verzweifelte Tränen aus.

Er streichelte über ihr Haar. »Du bist nicht häßlich. Und das geht ja vorüber. Drei Monate noch, dann hast du's überstanden. Und dann wirst du wieder froh sein.«

»Froh«, schluchzte Stella, »ich möchte wissen, warum.«

»Jetzt kommt Hermine«, redete er weiter auf sie ein, wie auf ein unvernünftiges Kind, »die wird sich um dich kümmern. Und sobald ich Zeit habe, komme ich dich besuchen. Vielleicht kommt es wieder anders. Wir wollen mal abwarten.«

Aber das sagte er gegen sein besseres Wissen. Es konnte nicht mehr anders kommen, er wußte es.

22

Stella bekam ihr zweites Kind nicht. Auf gespenstische Weise wurde die Lüge, mit der sie Pieters Geburt umgeben hatte, jetzt zur Wahrheit. Mitte Juli war es, sie war im siebenten Monat, als sie den Unfall hatte.

Sie war hinübergefahren nach Schloß Rautenberg. Während sie dort war, zogen schwarze, dicke Wolken über die Berge.

»'s gibt ein Gewitter«, meinte der Graf.

»Dann will ich machen, daß ich heimkomme«, sagte Stella.

Der Graf warnte sie. Sie solle lieber das Gewitter hier abwarten.

Aber Stella meinte: »So schnell geht es nicht. Ich komme schon noch nach Hause.«

Aber das war ein Irrtum. Das Gewitter zog schnell herauf und begann mit einem riesigen gezackten Blitz, der mitten in den See fuhr und dem ein gewaltiger Donnerschlag folgte.

Der brave Plotz verlor die Nerven und ging durch. Stella gelang es nicht, das scheu gewordene Pferd zu zügeln. An einer Kurve wurde sie aus dem Wagen geschleudert, rollte die Böschung hinab und blieb bewußtlos am Seeufer liegen.

Als Plotz allein auf dem Reitinger-Hof eintraf, wurde sofort Schloß Seeblick alarmiert. Bis man Stella fand, war sie fast verblutet. Und bis man endlich einen Arzt auftrieb, schien es, als lebe sie nicht mehr.

Sie hatte eine schwere Gehirnerschütterung und Prellungen davongetragen, der linke Arm war gebrochen. Und das Kind hatte sie verloren.

Sie war tagelang bewußtlos und wußte nichts davon.

Und anschließend war sie monatelang krank.

1944, das letzte schreckliche Jahr des Krieges hatte begonnen, als sie endlich blaß, matt, zum Skelett abgemagert, in einem Sessel vor dem Kamin sitzen und langsam wieder Anteil an dem Geschehen um sie herum nehmen konnte.

Ein Glück war es in dieser Zeit, daß Hermine zugegen war. Sie hatte ruhig und besonnen die Führung übernommen, pflegte Stella, versorgte den kleinen Pieter, der jetzt fast vier Jahre alt war, und war der ruhende Pol in dieser Zeit des Unglücks.

Die Deutschen verteidigten sich in Rußland noch immer zäh und gingen nur schrittweise zurück. Aber sie mußten zurück. In Italien waren die westlichen Alliierten gelandet, die Schlacht um den Monte Cassino tobte. Und Deutschland selbst war wehrlos den verheerenden Luftangriffen der Engländer und Amerikaner ausgesetzt.

Am See, zwischen den Bergen, lebte man noch immer in einem scheinbaren Frieden. Bis zum Sommer 1944 war Stella wieder einigermaßen hergestellt. Sie war ruhiger geworden, wirkte ernst und nachdenklich, aber ihre Schönheit war zurückgekehrt, stiller geworden, vergeistigter. Sie war jetzt siebenundzwanzig Jahre alt. Eine Frau, kein Mädchen mehr.

Sie hatte einen Mann, der nichts war als eine ferne Schattengestalt. Was Liebe war, die Umarmung eines Mannes, Zärtlichkeit, Leidenschaft, das wußte sie fast nicht mehr. Es war lange her. Sie hatte Dietrich ein halbes Jahr lang nicht mehr gesehen.

Als das Attentat des 20. Juli bekannt wurde und als man nach und nach erfuhr, welche Männer darin verstrickt waren und mit einem ehrlosen Tod bestraft wurden, fand Stella auch den Namen jenes Generals, der einmal mit Dietrich für drei Tage auf Schloß Seeblick gewesen war.

»Er war auf dem richtigen Wege damals«, sagte sie zu Hermine. »Warum haben sie nicht gehandelt? Damals schon. Warum hatte Dietrich nicht den Mut, den letzten Mut, nicht nur zu erkennen, sondern auch zu handeln?«

»Dann würden sie ihn jetzt auch aufhängen«, meinte Hermine.

»Warum haben sie damals nicht getan, was sie heute getan haben? Kann man denn nie umkehren auf einem begonnenen Weg, wenn man erkennt, daß es der falsche Weg ist?«

»Nein«, sagte Hermine, »offenbar nicht. Das Verderben hat eine magnetische Kraft. Es ist in jedem Menschenleben so.«

»Die Dummheit und die Angst«, sagte Stella. »Die großen Geißeln der Menschheit. Werden wir sie nie besiegen?«

In diesem Sommer siedelten Alexander Keller und Michael wieder nach Seeblick über. Auf Schloß Rautenberg gab es jetzt Einquartierung. Nachdem die Zahl der Ausgebombten, Evakuierten und Obdachlosen ständig zunahm, wurde aller freie Wohnraum beschlagnahmt. Der Graf, der offiziell allein mit seiner Wirtschafterin das große Haus bewohnte, bekam eine Frau mit mehreren Kindern zugewiesen, später noch ein älteres Ehepaar, und schließlich noch die Frau eines bekannten Naziführers mit ihren Kindern, für die eine ganze Etage frei gemacht werden mußte.

Der Bürgermeister sagte ihm, ehe die letzte Gruppe eintraf: »Tut mir leid, Herr Graf, daß ich Ihnen die 'neinsetzen muß. Geht aber nicht anders. Die alte Wachtel kennt nämlich zufällig unsere Gegend hier und auch Ihr Schloß. Sie hat darauf bestanden, hier zu wohnen.«

»Bitte, bitte«, meinte der Graf. »Ich werde auch das noch überstehen.«

Nachdem die ersten fremden Leute im Haus waren, wurde sowieso für Alexander und Michael die Bewegungsfreiheit stark eingeschränkt. Aber nun wurde es ernstlich gefährlich.

Stella sagte: »Dann kommen sie eben wieder zu mir. Mir wird man keine Leute einweisen. Und an mich traut sich auch kein Verdacht heran.«

Eines Abends, bei Dunkelheit, wurde der Transport vorgenommen. Hermine war natürlich eingeweiht und blickte dem Unternehmen mit einiger Besorgnis entgegen. Aber es ging alles glatt. Stella und auch Graf Rautenberg waren bekannte Persönlichkeiten in dieser Gegend. Kein Mensch fragte danach, wer bei ihnen im Wagen fuhr und wen sie zu Besuch hatten.

Allerdings, darüber war sich Stella klar, würde die Verpflegung in Zukunft einige Beschwerden machen. Auch auf Seeblick konnte man jetzt nicht mehr friedensmäßig leben, und zwei Männer, die keine Lebensmittelkarten bekamen, mit zu ernähren, bereitete einiges Kopfzerbrechen. Aber das sollte die geringste Sorge sein, dachte sich Stella. Hauptsache, es geht für die wenigen Wochen noch alles gut. Denn daß der Krieg nur noch Wochen dauern könnte, das glaubte sie im Sommer 1944 bestimmt.

Am Morgen nach der Übersiedlung gingen Stella und Michael im Park spazieren.

»Hier habt ihr doch ein bißchen mehr Bewegungsfreiheit«, sagte Stella. »Bei mir sind keine fremden Menschen im Haus und im Park, und ihr könnt wenigstens mal an die Luft.«

Michael blieb stehen und sah sie mit hungrigen, flammenden Augen an. »Das ist mir alles einerlei«, sagte er heiser. »Mir ist nur eins wichtig: daß ich wieder bei dir bin.«

»Michael!«

»Ja«, rief er leidenschaftlich, »daß ich dich sehen kann, jeden Tag, daß ich deine Stimme höre, dein Lachen, dir nachsehen kann, wenn du durch das Zimmer gehst mit deinem wunderbaren Gang. Deine Hände sehe, wenn sie irgend etwas tun, ganz egal was, deine schönen, schlanken Hände.«

Er nahm ihre Hände, die sie ihm nachgiebig überließ. Er küßte die Innenflächen, legte dann sein heißes Gesicht in die kühle Muschel ihrer Hände, blieb so eine Weile regungslos und flüsterte immer wieder: »Stella! Stella!«

»Aber Michael«, sagte Stella mütterlich, »sei doch vernünftig.«

Er hob sein Gesicht aus ihren Händen, blickte sie an. Sie erschrak über seinen Blick, den wilden Blick eines gefangenen Tieres, das ausbrechen will.

»Vernünftig?« stieß er hervor. »Vernünftig, sagst du? Stella, ich kann nicht mehr. Ich lebe jetzt seit Jahren in einem Käfig. Ich bin nicht undankbar, ich weiß, was du für mich getan hast. Für Vater und für mich. Ohne dich lebten wir wahrscheinlich nicht mehr. Und ich soll hier sitzen und stillhalten und warten, was geschieht oder nicht geschieht. Ich kann nichts tun. Ich kann nichts tun für dich. Ich möchte dich beschützen, möchte dir helfen, möchte dich wegtragen in eine schönere Welt, wo es keinen Krieg gibt und wo ich, ich allein, für dich sorgen kann. Stella!« Es war ein Aufschrei.

Und plötzlich riß er sie in die Arme, mit einer Kraft, die sie ihm nie zugetraut hätte, und bedeckte ihr Gesicht mit wilden, leidenschaftlichen Küssen, schließlich blieb er auf ihrem Mund und saugte sich dort hungrig fest.

Stella war überrascht und erschrocken. Und erfüllt von Mitleid. Sie ließ ihn gewähren und stieß ihn nicht fort. Vielleicht brauchte er dieses Ventil. Er mußte ihr einmal sagen können, was er empfand. Einmal mußte er sie im Arm halten.

Schließlich schob sie ihn sanft von sich fort. »Aber Michael!« sagte sie noch einmal, und wieder war der mütterliche Klang in ihrer Stimme. »Bitte!«

»Ich liebe dich, Stella«, flüsterte er. »Ich liebe dich so unbeschreiblich. Ich kann es nicht mehr ertragen. Ich muß es dir sagen.« Tränen standen in seinen Augen, seine Stimme bebte.

»Aber ja, Michael«, sagte Stella und strich mit sanfter Hand über seine heiße Stirn. »Ich weiß es ja.«

»Wirst du zu mir kommen? Wirst du bei mir bleiben, Stella? Später, wenn der Krieg vorbei ist?«

»Aber Michael«, Stella versuchte sich, unwillig jetzt, von seinen klammernden Händen zu lösen. »Was sind das für Fragen? Ich habe einen Mann. Ich habe ein Kind. Wie stellst du dir das vor?«

»Aber du liebst ihn nicht. Nicht wahr, du liebst ihn nicht?«

Stella blickte ruhig in sein aufgewühltes Gesicht. Eine Antwort zu finden, fiel ihr im Moment schwer.

»Ich bin seine Frau. Und wenn wir den Krieg verloren haben, wird er mich brauchen.«

»Er braucht dich nicht. Er hat seinen Triumph gehabt. Du wirst ihn verlassen. Wenn der Krieg vorbei ist, werde ich wieder arbeiten. Ich werde berühmt werden, und du wirst bei mir sein. Nur für dich will ich alles erreichen. Ohne dich ...«, er zögerte, Schwermut und Düsternis kam in seine Augen, »ohne dich ist mir alles gleichgültig. Dann würde ich lieber heute als morgen sterben. Dann brauche ich mich nicht mehr zu verstecken. Dann gehe ich heute noch hin und stelle mich der Polizei.«

Stella faßte ihn an den Armen und schüttelte ihn zornig. »Jetzt hör auf!« rief sie. »Du bist nicht allein auf der Welt. Denk an deinen Vater, denk auch an mich, an uns alle hier. Ich brauche dir nicht zu erklären, was passieren würde, wenn das alles herauskommt.« Ruhiger sagte sie: »Sei vernünftig. Du hast einen Gefangenenkoller, ich versteh' es ja. Aber sieh mal, schau dich um, es ist doch ein ganz schönes Gefängnis hier. Die kurze Zeit, die es noch dauert, wirst du es aushalten.«

»Ich liebe dich, Stella«, murmelte er. Und wieder wollte er sie küssen.

»Hör auf jetzt damit«, sagte Stella energisch. »Man kann uns sehen.«

»Wirst du mich lieben, Stella?«

»Mein Gott, laß doch diese Fragen. Ich habe dir schon geantwortet. Ich bin verheiratet.«

Sie wandte sich um, ließ ihn stehen und ging rasch aufs Haus zu. Fast körperlich spürte sie seinen verzweifelten, sehnsüchtigen Blick im Rücken. Wie schon so oft dachte sie: Wenn man ihm bloß eine Frau besorgen könnte. Es ist ja kein Wunder. Alles, was an ihm an Liebesfähigkeit ist, an Sehnsucht, an ungenutzter Zärtlichkeit, konzentriert sich auf mich.

In Zukunft vermied sie jedes Alleinsein mit Michael und auch jedes persönliche Gespräch. Aber wie er gesagt hatte: sein Blick folgte ihr, wo sie ging und stand.

Natürlich blieb es Hermine nicht verborgen.

»Lieber Himmel, das ist ja nicht mit anzusehen. Der Junge ist verrückt nach dir.«

»Vielleicht redest du mal mit ihm«, sagte Stella. »Vielleicht kannst du ihm klarmachen, daß mich das nervös macht, daß ich Personal im Hause habe und daß ich meinen Mann liebe.«

»Hm. Ein schwieriger Auftrag«, meinte Hermine, »aber wenn sich eine Gelegenheit ergibt, werde ich mit ihm sprechen.«

»Gelegenheit hast du doch genug. Ihr musiziert ja immer zusammen.«

»Glücklicherweise, ja. Das ist so ziemlich das einzige, womit man ihn wenigstens etwas von dir ablenken kann. Apropos, Stella – liebst du eigentlich deinen Mann?«

Stella lachte kurz auf. »Jetzt fängst du auch noch an. Von dir bin ich so indiskrete Fragen nicht gewohnt.«

»Weißt du«, sagte Hermine nachdenklich, »ich habe manchmal

über diese Frage nachgedacht. Und darum habe ich sie jetzt mal ausgesprochen. Es kommt wohl daher, daß ich dich als so junger Fratz gekannt habe. Und weil ich Adam eben gern mochte und mich daher ein bißchen für dich verantwortlich fühle. Adam hat es gut mit dir gemeint, das weißt du ja.«

»Natürlich weiß ich das«, erwiderte Stella ein wenig ungeduldig. »Und wenn es dich beruhigt, ich habe mich bei keinem Mann so wohl gefühlt wie bei Adam.«

»Das glaube ich gern«, sagte Hermine ohne jede Überraschung. »Er war ein Mensch, weißt du. Nicht nur so ein bißchen Mann. Übrigens wäre Adam ziemlich enttäuscht, wenn er dich heute sehen könnte.«

»Warum denn?« fragte Stella gereizt.

»Nun, er wollte aus dir eine Künstlerin machen. Er hatte ziemlich hochfliegende Vorstellungen, was deine Zukunft betraf.«

»Ich kann nichts dafür, daß Krieg ist«, antwortete Stella.

»Ich kenne keinen Menschen, der einen so angenehmen Krieg verbracht hat wie du. Bis jetzt jedenfalls. Man weiß ja nicht, was noch kommt. Anfangs hast du ja auch gearbeitet. Du hast ein sehr hübsches Atelier hier. Seit ich da bin, warte ich darauf, dich dort mal hingehen zu sehen. Der Krieg sollte für dich kein Hindernis sein, etwas zu tun. Du bist nämlich einer der wenigen Menschen, von dem keiner was will. Keinen Arbeitseinsatz, kein Opfer, nicht die geringste Unbequemlichkeit. Nein, Stella, du hast bestimmt keine Ausrede dafür, daß du nichts arbeitest.«

»Schließlich war ich monatelang krank«, sagte Stella.

»Sicher. Aber jetzt bist du gesund.«

»Ich habe gar kein Material mehr.«

»Doch. Ich war neulich mal drin in deinem verwaisten Atelier. Da ist noch allerhand da. Du könntest ruhig ein bißchen was tun.«

Unwillkürlich lachte Stella nun. »Du bist ein Quälgeist. Na schön, ich werd's mal wieder versuchen.«

»Um noch mal auf meine erste Frage zurückzukommen«, sagte Hermine hartnäckig. »Liebst du deinen Mann?«

»Warum willst du das denn eigentlich wissen?«

»Du wirst lachen, es interessiert mich. Mit deiner Heirat, das ging damals so schnell. Jahrelang hast du Scheermann über die Schulter angesehen. Mit Adams Augen gewissermaßen. Dann hast du ihn von heute auf morgen geheiratet. Du hast ein Kind gekriegt. Gut. Also bist du zuvor von heute auf morgen mit ihm ins Bett gegangen. Dazu noch unmittelbar, nachdem du von dem Ausflug in die ganz große Liebe zurückgekommen bist.«

»Großer Gott, Hermine«, rief Stella ärgerlich, »jetzt langt es mir aber. Du wärmst da uralte Geschichten auf, an die ich mich kaum mehr erinnern kann. Wir haben doch wirklich jetzt andere Sorgen.«

»Wie man's nimmt. Meine Frage hängt durchaus mit heutigen Sorgen zusammen. Bist du dir schon einmal darüber klargeworden, in welcher Lage dein Mann sein wird, wenn der Krieg vorüber ist? Daß man ihn vielleicht einsperren wird? Oder töten? Oder was weiß ich. Ich habe nicht die geringste Vorstellung, was mit den Nazis geschehen wird. Adam sprach davon, daß man sie aufhängen würde.«

»Ja, ich erinnere mich. Aber ich weiß es genauso wenig wie du. Soll ich mir jetzt den Kopf darüber zerbrechen?«

»Nun, vielleicht gelegentlich einmal daran denken. Auf jeden Fall wird dein Dietrich, wenn er lebt und wenn sie ihn eines Tages ungeschoren laufen lassen, vor dem absoluten Nichts stehen. Was wird er tun? Wovon wird er euch ernähren? Du hast deinen Beruf mehr oder weniger an den Nagel gehängt, er hat gar keinen. Was soll da eigentlich werden? Daß man euch so quietschvergnügt hier auf dem sogenannten Schloß wohnen lassen wird, das bezweifle ich. Die Österreicher werden vermutlich erst mal alle Deutschen 'rauswerfen. Kann man ihnen nicht übelnehmen. Und wo werdet ihr dann hingehen? Und was werdet ihr tun? Und wie wirst du dich damit abfinden? Deswegen habe ich dich nämlich gefragt, ob du ihn liebst. Soweit ich dich kenne, bist du eine Frau, die ganz gern auf der Butterseite lebt. Richtig schlechte Zeiten hast du noch nicht kennengelernt. Bisher war immer ein Mann da, der dir alle Hindernisse und Unbequemlichkeiten aus dem Weg räumte. Vielleicht wirst du aber dann die Initiative ergreifen müssen, um deinen Mann und dein Kind zu erhalten. Das wirst du aber nur fertigbringen, wenn du ihn liebst. Deswegen meine Frage.«

Stella schwieg eine Weile verblüfft. »Offen gestanden«, sagte sie, »so weit habe ich noch nicht gedacht.«

»Das solltest du aber tun. Wenn ich du wäre, würde ich mir mal überlegen, wie man wenigstens etwas in die Zukunft retten könnte. Du hast doch Schmuck, nicht? Ich weiß nicht, ob ihr Vermögen habt. Auf jeden Fall würde ich irgend etwas bereitstellen, was ich später brauchen könnte. Es ist sehr schade, daß das Geschäft in Berlin kaputt ist. Und Adams Wohnung.«

»Das Geschäft!« sagte Stella. »Wie stellst du dir eigentlich das Leben nach einem verlorenen Krieg vor? Daß wir einfach wieder einen Laden aufmachen und lustigen Krimskrams verkaufen?«

»Nein. Das nicht. Aber vielleicht warme Würstchen und Kartoffelsalat.«

»Ich kann mir überhaupt nicht vorstellen, wie das Leben weitergehen soll«, sagte Stella. »Das Kriegsende ist für mich gleichbedeutend mit dem Stillstand der Erde. Ich sehne es herbei, lieber heute als morgen. Aber was dann wird – davon habe ich keine Vorstellung.«

»Nun«, meinte Hermine, »man soll sich da nicht täuschen. Die Erde steht nicht still. Und wenn etwas gewaltig ist auf dieser Erde, dann ist es der Lebenswille der Menschen. Den soll man nicht unterschätzen. Sie wollen essen, sie wollen schlafen, sie wollen lieben. Das alles geht weiter, noch unter den wüstesten Trümmern. Eine Bude mit Würstchen und Kartoffelsalat wäre vielleicht gar nicht schlecht.«

Hermine starrte nachdenklich vor sich hin, und Stella mußte unwillkürlich lachen.

»Hermine, du bist köstlich. Der Krieg ist noch nicht zu Ende, und du gründest bereits eine Nachkriegsfirma. So etwas wie dich sollte es öfter geben.«

Die kleine weißhaarige Dame lächelte. »Och, keine Bange. Das gibt es. Die Menschen sind ein seltsames Geschlecht. Ängstlich und dumm seien sie, hast du neulich gesagt. Das stimmt durchaus. Aber sie sind genauso mutig und stark und gerissen schlau, wenn es darauf ankommt.«

»Warten wir ab«, sagte Stella. »Aber wenn du eine Würstchenbude aufmachen willst, dann werde ich mich mal lieber im Kartoffelsalatmachen üben als im Modellieren.«

Stella wunderte sich insgeheim. Obwohl Hermine mehr als doppelt so alt war wie sie, beschäftigte sie sich mit der Zukunft. Dachte sie überhaupt an eine Zukunft.

Sie selbst tat das nie. Nicht an ihre Zukunft, nicht an Dietrichs, an die des Kindes. Sie ließ sich treiben. Aber war es nicht immer so gewesen? Eine Welle kam, erfaßte sie, und sie wußte nicht, wohin sie getrieben wurde.

23

Obwohl Hermine gern die Gelegenheit wahrgenommen hatte, den nervenzermürbenden Luftangriffen zu entgehen, hatte sie sich keineswegs von Berlin gelöst. Berlin war nun mal ihre Heimatstadt, und da gehörte sie hin. Wenn sie an die Zukunft dachte, und das tat sie, wie sich gezeigt hatte, dachte sie an Berlin.

Darum geriet sie auch ein wenig aus der Fassung, als Thies ihr schrieb, es bestehe Gefahr, daß ihre Wohnung mit fremden Mietern belegt würde.

Thies war wieder in Berlin. Man hatte ihn dienstverpflichtet. Er arbeitete auf einer Pressestelle der Wehrmacht. Allerdings hatte er die Absicht, sobald es möglich war, nach der Insel zurückzukehren.

»Warum ist er denn überhaupt wieder nach Berlin gekommen?« sagte Stella. »Das fehlt gerade noch, daß Thies etwas passiert.«

Hermine war um ihre Wohnung besorgt. »Ich muß nach Berlin«, erklärte sie. »Ich kann mir nicht die Wohnung wegnehmen lassen. Wo soll ich denn dann später hin? Ich muß sofort nach Berlin.«

»Den Teufel wirst du tun«, sagte Stella. »Du bleibst hier. Ich werde fahren.«

»Du?«

»Ja, sicher, ich. Als Frau Gruppenführer habe ich viel mehr Möglichkeiten. Sowohl was deine Wohnung betrifft als auch was Thies angeht. Ich werde ihn dort schon loseisen. Dietrich hat mich da mal mit einem Kollegen von ihm bekannt gemacht, und der war die Liebenswürdigkeit in Person. Den werde ich einschalten. Ob Thies da Radiomeldungen aufnimmt oder nicht, deswegen werden wir den Krieg auch nicht mehr gewinnen.«

Stella fuhr also nach Berlin. Schon auf der Reise bereute sie das Unternehmen. Reisen war schon lange kein Vergnügen mehr. Jetzt war es eine einzige Strapaze. Die Züge überfüllt, meist verspätet, unzuverlässig.

Als sie spät am Abend in Berlin eintraf, kam sie gerade zurecht, um einen Luftangriff mitzumachen, der ihr einen Begriff davon gab, was die Berliner auszustehen hatten.

Eine Fahrtmöglichkeit gab es nicht, als sie endlich nach der Entwarnung wieder auf der Straße stand. Durch die brennende, vom Feuersturm durchbrauste Stadt lief sie vom Anhalter Bahnhof bis zum Kurfürstendamm. Was sie sah, glich einem Inferno. War es möglich, daß Menschen hier lebten, daß sie es aushielten, dabei noch ihrer Arbeit nachgingen und normale Handlungen vornahmen? Mußten nicht alle hier dem Irrsinn nahe sein, der kopflosen Verzweiflung?

Berlin brannte. Wie eine höllische Fackel loderte es zum Himmel. Und wo es nicht brannte, starrten Ruinen, geborstene Mauern, leere Fensterhöhlen in die Luft, lagen Trümmer und Steinbrocken im Weg. Immer wieder mußte Stella umkehren. Sie fand den Weg nicht. Alles war gespenstisch verändert, keine Straße, kein Platz wiederzuerkennen. Unter ihren Tritten knirschten Glasscherben. Ihre Augen brannten vom beißenden Rauch, man konnte kaum atmen. Immer wieder stand sie vor brennenden Häusern, vor ganzen lodernden Straßenzügen, die jedes Weitergehen unmöglich machten.

Welch ein Wahnsinn! Welch ein unvorstellbares Verbrechen! Eine lebendige Stadt zu zerstören, Hab und Gut zu vernichten und Menschenleben so sinnlos hinzuopfern.

Bis sie hinauskam in den Westen, hatte die Verzweiflung der

sterbenden Stadt auf sie übergegriffen. Sie war bloß noch ein zitterndes Nervenbündel. Erst die Stunden in dem überfüllten Bunker, nach der langen, anstrengenden Fahrt, und nun der Marsch durch diese Hölle. Keiner achtete auf sie. Menschen hasteten an ihr vorüber, ausgehöhlte Gespenster, vom Feuerschein rot beleuchtet, von Funken übersprüht. Hier und da explodierte noch eine späte Bombe, fiel eine Mauer krachend zusammen, sonst war es fast gespenstisch still. Nur das Heulen des Sturmes in den Straßen. Die Menschen sprachen nicht. Sie schleppten Koffer mit herum, zogen Kinder hinter sich her, hatten ihre Betten auf den Schultern und liefen durch die Straßen. Wohin eigentlich, fragte sich Stella. Wohin gingen sie, die Heimatlosen, die dem Tode Geweihten? Auch Verwundete sah sie liegen, stöhnend am Straßenrand. Und einmal sah sie, wie man aus den Trümmern eines zusammengestürzten Hauses Tote und Verletzte hervorzog und einfach ohne viel Rücksichtnahme auf einen Lastwagen verlud.

Im Vorübergehen hörte sie, wie eine Frau zu einer anderen sagte: »Mensch, die ham Jlück jehabt. Gleich 'rausgezogen, ehe se kalt jeworn sin.«

»Det kann man wohl sagen«, meinte die andere. »In det Haus, wo meine Schwiejamutter jewohnt hat, ham se drei Tage drunterjelegen und ham immer noch jekloppt. Wie se denn endlich unten warn, war keener mehr lebendich.«

Stella hastete weiter. Es war drei Uhr nachts, als sie ans Ziel gelangte. Das Haus, in dem Adams Wohnung gewesen war – eine nackte Ruine. Sie war darauf gefaßt, daß auch das Gartenhaus, in dem Hermine wohnte, dem Erdboden gleichgemacht sein würde, daß Thies unter den Trümmern lag.

Aber als sie über die Steine geklettert war und in den Hof gelangte, sah sie, daß das Haus noch stand. Sogar verhältnismäßig normal sah es aus. Nur das oberste Stockwerk war ausgebrannt. Die Fenster mit Brettern vernagelt, tot und still und dunkel lag es da. Auch die Kastanie im Hof stand noch.

Und als sie an dem ovalen Beet in der Mitte des Hofes vorbeiging, sah sie im grausigen Licht der Flammennacht, daß noch ein paar Rosen hier blühten.

Sie blieb stehen. Eine wilde Verzweiflung überschwemmte ihr Herz. Die zerrupften, kümmerlichen Rosen inmitten dieses Infernos ließen die Anspannung, die entschlossene Willenskraft, mit der sie ihren Weg hierhergefunden hatte, mit einem Schlag zusammensinken.

Tränen stiegen ihr in die Augen. Es war alles zu Ende. Hermine war eine Närrin, wenn sie glaubte, man müsse die Wohnung hier bewahren. Es konnte keine Zukunft, kein Weiterleben geben. Sie würden alle sterben müssen. Vernichtung kam über sie, der Jüngste Tag stand bevor.

Sie wandte sich mit tränenden Augen um, starrte in die Luft, wo ungefähr Adams Wohnung gewesen sein mußte. Und dort drüben hatte das Atelier gestanden. Zehn Jahre war es fast her, daß sie das erstemal in diesem Hof gestanden hatte. Ein kleiner Stern, den ein kluger und liebender Mann angezündet hatte.

Wo, um Himmels willen, waren diese zehn Jahre geblieben? War sie das noch? War das noch Stella Termogen, die hier stand? Es schien keine Verbindung mehr zu geben zu jenem jungen Mädchen, das damals neben Adam hier über den Hof gegangen war. Das war nicht ein Jahrzehnt, das war Jahrhunderte her. Das mußte in einem anderen Leben, auf einem anderen Stern geschehen sein.

Plötzlich fiel ihr etwas ein, was Adam damals gesagt hatte, an jenem ersten Tag ihrer Liebe. »Später einmal, in zehn oder zwanzig Jahren, wirst du sagen: Welch ein Glück, daß ich Adam, den ersten Mann meines Lebens, hatte.«

Während ihr die Tränen über das rußverschmierte Gesicht liefen, lächelte sie. Ja, Adam. Welch ein Glück, daß ich dich hatte. In jenem anderen Leben, auf jenem anderen Stern. Jetzt bist du nur noch Erinnerung. Nichts mehr ist von dir da. Nicht dein breites Bett, deine Zigarrendose, deine Bilder und deine Büsten. Nicht deine warmen Hände, deine klugen Augen, dein tiefes Lachen. Nichts ist mehr da.

Auch der kleine Stern ist nicht mehr da. Er ist ein großer, aber müder und verlassener Stern geworden. Hier steht er nachts in deinem Hof und weint, mitten in einer untergehenden Welt.

In diesem Augenblick begannen die Sirenen wieder zu jaulen. Stella schrak auf. Panik erfaßte sie. Ging es noch einmal los? Auf einmal erschien ihr alles klar. Sie war hierhergekommen, um zu sterben. Es war ganz logisch. Die nächste Bombe, die fiel, würde sie treffen.

Sie blickte wild um sich. Sie hatte wenig Erfahrung, wie man sich während Luftangriffen verhielt. Sie mußte in den Keller. Oder in einem Bunker.

Ob hier einer in der Nähe war?

Ringsumher schien alles still. Wohnte kein Mensch mehr in diesem Haus? Wohnte ringsum kein Mensch mehr? Sie riß ihre Tasche auf und suchte mit bebenden Fingern nach Hermines Schlüssel. Aber sie brauchte keinen Schlüssel, das Haus war offen.

Sie lief hinein wie gejagt und blieb im dunklen Hausflur stehen. Wo ging es hier in den Keller? War überhaupt ein Keller da?

Draußen war es still. Noch waren keine Flugzeuge zu hören. War Thies denn nicht da?

Sie lief die Treppe hinauf, zu Hermines Wohnungstür, und versuchte aufzuschließen. Aber ihre zitternde Hand fand das Schlüsselloch nicht.

Da ging die Tür plötzlich auf. Im matten Licht, das durch eine geöffnete Zimmertür fiel, sah sie die Gestalt eines Mannes vor sich.

»Thies!« schrie sie.

Aber es war nicht Thies. Es war ein Fremder. Ein Mann in Uniform. Blondes Haar, das Gesicht nur undeutlich zu sehen.

Nein, kein Fremder.

»Krischan!« flüsterte Stella und fiel mit einem Schluchzen gegen ihn.

Er legte beide Arme um sie und hielt sie eine Weile fest. Sie hatte das Gesicht an seine Brust gepreßt, die Uniform roch nach Brand und Rauch. Alles roch nach Brand und Rauch.

Stella weinte. Alle Angst und Erregung der letzten Stunden machten sich in einem wilden Tränenstrom Luft. Sie weinte vor Erleichterung.

Sie hatte auf einmal keine Angst mehr. Sie war geborgen, sie war in Sicherheit. Ihr konnte nichts mehr geschehen.

Christian Hoog stieß mit dem Fuß die Tür zu, nahm sie an der Hand und sagte: »Komm herein.«

Er zog sie ins Zimmer, Hermines vertrautes Wohnzimmer, das Stella undeutlich durch einen Tränenschleier sah. Da war das honigfarbene Sofa, daneben der grüngetupfte Sessel, der kleine runde Tisch, die Stehlampe brannte, ein Buch lag aufgeschlagen da, ein dampfendes Glas stand daneben. Offensichtlich hatte Christian hier geruhsam gesessen und gelesen.

Stella schaute verwirrt zu ihm auf. Es war Krischan, und er war es auch nicht. Ein hageres, ernstes Männergesicht, die Augen tief in den Höhlen, eine brennendrote Narbe lief von der Schläfe hinab bis in die halbe Wange hinein. Aber es waren die gleichen ruhigen, grauen Augen, die sie kannte, sein blondes, widerspenstiges Haar, das immer noch am Wirbel ein wenig in die Höhe stand.

Und jetzt lächelte er. Heimat war dieses Lächeln. Geborgenheit, Hilfe, Ruhe. Es hielt die Bomben auf, es verbannte den Krieg, es löschte die Zeit aus.

»Krischan!« flüsterte sie wieder, erstaunt, fassungslos wie ein Kind vor einem Märchenwunder. »Krischan! Du bist hier?«

»Ja«, sagte er. »Und du, Stella, wo kommst du her mitten in der Nacht?«

Aber sie gab keine Antwort. Sie schluchzte noch einmal auf, befreit jetzt, glücklich, schlang beide Arme um seinen Hals, und wie von selbst lag ihr Mund auf seinem Mund. Sie küßte ihn, selig, selbstvergessen. Heimgekehrt.

Auch Christian küßte sie. Wie lange sie so standen, eng umschlungen, alles um sich vergessend – es lag außerhalb jeder Zeit. Waren es Minuten, Stunden, Jahre? Es war eine Ewigkeit.

Die Ewigkeit der Liebe. Die Ewigkeit des Glücks.

Dann begann draußen die Flak zu bellen, hörte man die ersten Bomben fallen.

Christian löste sich von ihr.

»Wir müssen in den Keller«, sagte er.

»In den Keller?« fragte Stella verwirrt.

»Ja, ist besser. Der Keller ist ganz ordentlich hier.« Er schob sie zur Tür, dann kehrte er noch einmal um, ergriff das Glas, steckte die Zigaretten in die Tasche, die auf dem Tisch lagen, nahm sie an der Hand und lief mit ihr aus der Wohnung, die Treppe hinunter.

Stella sprach kein Wort. Sie hatte jedes Gefühl verloren, außer dem einen, das sie auf einmal erfüllte.

War das nun Liebe? Das, was sie eben empfunden hatte, als er sie küßte. Wenn es Liebe war, dann hatte sie bisher nicht gewußt, was Liebe bedeutete. Dann war sie eben zehn Jahre jünger geworden und begann noch einmal von vorn.

Sie waren allein im Keller. Anscheinend wohnte niemand mehr in diesem Haus.

Der Keller war nicht groß, einige Stühle standen darin, ein Feldbett, ein Tisch, eine trübe Lampe brannte.

Aber Stella kam nicht weiter dazu, sich umzusehen. Sie waren kaum eingetreten, als es ganz in der Nähe heftig einschlug. Nicht weit entfernt schien eine Bombe niedergegangen zu sein.

Sie schrie auf. Alles begann sich vor ihr zu drehen, wie eine schwarze Woge kam es auf sie zu, dunkel war es, tief und unergründlich.

Am Boden des Meeres war sie angelangt, und die schwarzen Wassermassen stürzten über ihr zusammen.

Christian, der das Glas auf den Tisch gestellt hatte, kam gerade noch zurecht, sie aufzufangen.

Als sie wieder zu sich kam, lag sie auf dem Feldbett. Er saß neben ihr und hielt den Finger an ihrem Puls.

Stella, als sie erwachte, wußte zunächst nicht, wo sie war. Das Licht war ausgegangen, und im flackernden Schein einer Kerze tanzte über ihr die schmutzigweiße Decke. Aber dann sah sie ihn.

»Krischan!« sagte sie. »Halt mich fest. Bleib bei mir. Wo sind wir hier? Sind wir begraben?«

»Aber nein«, sagte er. »Keine Angst. Der Keller ist gut abgestützt. Komm, trink einen Schluck.«

Er nahm das Glas vom Tisch und hielt es ihr an die Lippen.

Stella trank gehorsam, es schmeckte stark, belebte sie.

»Leider nicht mehr heiß«, meinte Christian. »So 'ne Art Grog, den ich mir gebraut habe. Allerdings nicht von Rum, sondern Kognak. Besser?«

»Ja. Bin ich ohnmächtig geworden?«

»So was Ähnliches.«

»Und wir leben noch?«

Er lächelte sie tröstend an. »Es sieht so aus.«

»Krischan!« Sie nahm seine Hand und legte sie an ihre Wange. »Was bin ich froh, daß du da bist. Ich hatte so schreckliche Angst. Dieser Weg hierher vom Bahnhof. Alles brannte. Und diese Menschen ... Und dann kam wieder Alarm. Sag mir, wie halten die Menschen das aus? Wie können sie leben? Ich glaube, ich würde verrückt, wenn ich hier wäre.«

»Man hält viel aus, wenn man muß«, sagte Christian. »Ich habe mich oft schon gewundert, was Menschen alles überstehen können.«

Stella hob die Arme zu ihm auf. »Küß mich noch einmal.«

Christian zögerte. Er blickte sie an.

»Bitte«, sagte Stella. Sie zog ihn zu sich herab, bis er auf ihrer Brust lag, hielt ihn fest mit beiden Armen, und ihre Lippen versanken ineinander, ewig, unlösbar, als seien sie ein Paar, das von Anfang aller Zeiten an bis ans Ende aller Zeit zusammengehörte. Sie waren getrennt gewesen, aber nun hatten sie sich wiedergefunden. Die Decke über ihnen bebte, ein Heulen und Zischen war in der Luft. Stella klammerte sich noch fester an ihn, aber ihr Mund ließ ihn nicht los.

Schließlich richtete sich Christian auf. Er war blaß, nur die Narbe auf seiner Wange flammte.

»Mein Gott!« sagte er. Es klang erschüttert, fassungslos.

»Ich liebe dich«, sagte Stella. »Ich liebe dich, Krischan. Ich habe dich immer geliebt. Nur dich. Ich war ja so dumm, so blind ... Warum hast du mich fortgehen lassen? Warum bist du nicht bei mir geblieben?«

Er saß auf dem Bettrand und blickte auf sie herab. Sie konnte in seinem Gesicht nicht lesen, es war undurchdringlich, Trauer stand darin, Scham, Entsetzen. Und Liebe? Sie wußte es nicht.

Draußen war es still geworden. Christian stand auf.

»Ich muß mal sehen, was los ist«, sagte er. »Nicht, daß es oben schon brennt, und wir werden hier unten geröstet.«

Stella richtete sich auf. »Nein!« rief sie. »Bleib da. Geh nicht fort.«

»Ich komme gleich wieder.«

Er verschwand aus dem Keller. Stella lag eine kleine Weile reglos, dann setzte sie sich auf, blickte um sich, benommen und verwirrt, sie wußte kaum, wo sie sich befand.

Das flackernde Licht der Kerze tanzte über die Wände und die Decke. Die Stühle schienen lächerlich verzerrt.

Sie war in Berlin. Im Keller von Hermines Wohnung. Und Krischan war hier. Wieso war er eigentlich hier? Und wo war Thies? Aber alle Gedanken fielen aus ihrem Kopf, wie sie hineingefallen waren. Sie legte beide Hände an die Wangen und sagte laut, mit heller, erstaunter Stimme: »Ich liebe ihn.« Und nach einem kleinen Schweigen: »Ich habe ihn immer geliebt. Das ist ja ganz klar. Es konnte gar nicht anders sein.«

Plötzlich lachte sie. Darum also war sie hierhergekommen. Vorhin, als sie im Hof stand, hatte sie gedacht, sie wäre gekommen, um zu sterben. Nein. Sie würde nicht sterben. Sie war hierhergekommen, um die Liebe zu finden. Hier hatte Adam den kleinen Stern auf die Reise geschickt. Sein guter Geist wachte noch über diesem Haus. Die Tür ging auf, und da stand Krischan. Er nahm sie in die Arme und küßte sie. Alles war ganz einfach, ganz selbstverständlich.

Stella lachte noch einmal. Sie fuhr mit allen zehn Fingern durch ihr Haar, bemerkte verwundert, wie steif und verklebt es war. Wohl von all diesem Ruß und Rauch. War kein Wunder. Wie sah sie denn überhaupt aus? Sie blickte sich nach ihrer Tasche um, entdeckte sie auf einem Stuhl, beugte sich herüber und zog sie heran. Der Spiegel.

Sie kramte eifrig nach dem Spiegel, und gerade als sie ihn in der Hand hielt und hineinblickte, kam Christian zurück. Er blieb vor ihr stehen und lächelte.

»Wie ich sehe, geht es dir besser«, sagte er.

»Mir geht es überhaupt wunderbar«, erwiderte Stella. »Seit ich bei dir bin, ist alles kein Problem mehr. Bloß ich muß furchtbar aussehen.«

»Das macht ja nichts«, sagte er. »Hier ist es dunkel. Außerdem glaube ich, wir können bald hinaufgehen. Es ist ruhig draußen geworden.«

»Ist viel passiert?«

»Kann ich dir nicht sagen. Aber ich glaube, nicht allzuviel. Hier ganz in der Nähe muß es eingeschlagen haben, aber da sind sowieso nur noch Ruinen. Jetzt sag mir bloß um alles in der Welt, wo kommst du her?«

»Nein, erst du. Wieso bist du hier?«

»Ich hatte Urlaub. Genesungsurlaub. Ich komme von Keitum und wollte noch einen Tag bei Thies bleiben.«

»Wo ist er denn überhaupt?«

»Er hat Nachtdienst.«

»Großer Gott. Hoffentlich ist ihm nichts passiert.«

»Er hat einen guten Bunker da in der Nähe, wo er arbeitet.«

»Und du sitzt einfach hier, ganz allein, liest in aller Gemütsruhe, trinkst einen Grog.« Stella griff nach dem Glas, nahm noch einen Schluck und verzog das Gesicht. »Ganz kalt geworden.« Sie lächelte zu ihm auf. »Und dann komme ich.«

»Ja«, sagte Christian. Er lächelte nicht. »Dann kommst du. Sehr spät kommst du.«

Stella verstand den verborgenen Sinn seiner Worte nicht.

»Ich mußte bis hierher laufen.« Sie begann eifrig zu erzählen, was sie an diesem Abend und in dieser Nacht erlebt hatte. Dazwischen streckte sie die Hand aus und versuchte, ihn wieder auf das Bett herabzuziehen.

Christian widerstrebte.

»Setz dich zu mir«, sagte Stella. »Ich will dich in der Nähe haben. Wenn ich auch greulich aussehe. Ich werde mich nachher waschen. Dann bin ich wieder hübsch.«

»Ja, falls es noch Wasser gibt«, meinte er. »Das ist sehr fraglich.« Aber dann setzte er sich doch neben sie.

Stella berührte seine Wange unterhalb der Narbe. »Du warst verwundet?«

»Ja. Ein Splitter.«

»Schlimm. Gerade ins Gesicht. Es hätte in die Augen gehen können.« Sie richtete sich auf, kniete jetzt neben ihm, beide Arme um seinen Hals. Küßte ihn zärtlich zu beiden Seiten der Narbe, dann seine Augen. »Der liebe Gott hat dich beschützt«, murmelte sie. »Er hat dich für mich beschützt. Wenn ich sauber gewaschen bin, kann man mich schon ansehen. Dazu brauchst du deine Augen. Ach Krischan!«

Sie seufzte tief auf, schmiegte ihre Wange an seine. »Ich bin so froh, daß ich bei dir bin. Bist du auch froh?«

Er schwieg. Sie bog den Kopf zurück, sah ihm in die Augen. »Bist du nicht froh?«

Er nickte. »Doch. Aber wir haben keinen Grund dazu.«

»Warum nicht? Liebst du mich nicht?«

Er sagte lange nichts. Sie blickten sich in die Augen. Stella legte ihren Mund sanft auf den seinen. Auch diesmal erwiderte er ihren Kuß. Preßte sie einen Augenblick an sich, mit hartem, schmerzhaftem Griff, und ließ sie dann jäh los.

»Du liebst mich auch«, sagte Stella, noch atemlos. »Wir haben uns immer geliebt. Ich war zu dumm, und du warst zu dumm, sonst hätten wir es früher schon gewußt.«

»Ich war nicht zu dumm«, sagte er, »ich habe es gewußt. Aber das ist lange her. Und du warst immer weit weg von mir. Nicht zu erreichen.«

»Wenn du gewollt hättest«, sagte sie. »Wenn du es gewagt hättest, dann hättest du mich auch erreichen können.«

»Ich weiß nicht. Ich weiß nicht einmal, ob ich es wollte. Du und ich, wir waren so verschieden.«

»Nein«, sagte Stella. »Wir waren nicht verschieden. Wir haben uns immer verstanden. Du hast dich bloß damals abschrecken lassen, wegen Adam. Und überhaupt ... Mein Gott, Krischan, ich war so jung. Ich wußte ja nichts vom Leben. Und nichts von der Liebe.«

Sie lächelte, ihre Augen leuchteten, als goldener Punkt spiegelte sich die Kerzenflamme darin. »Aber jetzt, jetzt weiß ich es. Jetzt bin ich klüger geworden. Heute abend. Ich gehöre dir, Krischan. So, wie ich hier bin. Auf der Stelle. Alles, was ich bin, gehört dir.«

»Es ist zu spät«, sagte er leise.

Stella schüttelte den Kopf. »Nein«, sagte sie bestimmt. »Es ist nie zu spät für die Liebe.«

»Du bist verheiratet«, sagte er.

Sie schob den Einwand mit einer raschen Handbewegung beiseite. »Das wird sich finden.« Kapitän Termogens Worte. »Das wird sich alles finden, Krischan. Wenn der Krieg zu Ende ist.«

»Du hast ein Kind.«

»Ja, sicher. Aber ich liebe dich. Und ich will bei dir sein. Du bist mein Krischan. Es war ja immer so. All die dummen Jahre, die wir verschwendet haben. Aber wir sind noch jung. Und heute leben wir. Heute, Krischan. Küß mich.«

Aber er küßte sie nicht. Er blickte sie gerade an und sagte: »Ich habe vor fünf Tagen Anke geheiratet.«

Stella starrte ihn an, als habe sie ihn nicht verstanden. Ihre Lippen waren ein wenig geöffnet, weich und rund noch von der Seligkeit der Küsse. Dann schloß sich ihr Mund langsam, sie senkte die Lider, ihr Blick verweilte einige Sekunden auf dem obersten Knopf seines Rockes.

Oh!« sagte sie dann, es klang höflich-interessiert. »Anke.« Sie hob die Lider wieder und blickte ihm ins Gesicht. Ein kleines triumphierendes Lächeln bog die Winkel ihres Mundes auf. »Du hast Anke geheiratet. Ausgerechnet Anke. Sie wollte dich immer haben, nicht wahr? Sie wollte dich mir immer wegnehmen. Aber es ist ihr nie gelungen. Auch jetzt nicht. Du liebst mich. Nicht wahr, du liebst mich?«

Sie warf sich gegen ihn, preßte sich an ihn, küßte ihn, wieder und wieder. Und zwischen diesen wilden, atemlosen Küssen stammelte sie: »Und du kannst mich haben. Gleich. Sofort. Hier. Ich liebe dich. Und es ist mir egal, ob du Anke geheiratet hast. Ich weiß, daß du sie nicht liebst. Du wirst sie nie lieben. Du bist mein

Krischan. Und Anke ist die letzte, die dich mir wegnehmen könnte. Anke!«

Sie starrte ihm höhnisch ins Gesicht. »Diese langweilige, stumpfsinnige Anke. Was kann einem Mann an ihr gefallen? Hat sie dich glücklich gemacht? Du hast sie geheiratet. Und vielleicht ist sie schon lange deine Geliebte. Nora hat mal so was gesagt. Aber hat sie dich glücklich gemacht? Hast du sie je so geküßt wie mich eben? Wirst du sie je so umarmen, wie du mich umarmst? Ich liebe dich. Und ich gehöre dir. Und ich will dich lieben. Jetzt. Gleich. Und du wirst vergessen, daß es je eine Anke gegeben hat.«

Christian riß ihre Arme von seinem Hals, schob sie zurück, hielt sie an den Handgelenken fest, als sie sich wehrte. »Du bist ja verrückt«, keuchte er. »Stella! Sei vernünftig. Ich habe geheiratet. Vor fünf Tagen. Und du bist verheiratet. Sei doch bloß vernünftig!«

Stella lachte. Sie warf den Kopf in den Nacken. »Ich bin nicht vernünftig, Krischan. Ich will nicht das sein, was du vernünftig nennst. Oder was Anke vernünftig nennen würde. Willst du mich nicht lieben, Krischan? Ich bin schöner als Anke. Ich war immer schöner. Und ich bin vor allem anders als Anke. Ganz anders.«

Die Sirene heulte Entwarnung. Christian stand auf. Er strich sich das zerstrubbelte Haar aus der Stirn, trat zurück vom Bett und blickte, sichtlich aus der Fassung geraten, auf sie herab.

»Komm«, sagte er dann, es klang barsch. »Wir können hinaufgehen.«

Stella schwang langsam die Beine auf den Boden, strich den hochgerutschten Rock glatt. Sie nahm ihre Tasche, das Glas und die Zigaretten und ging langsam vor ihm her aus dem Keller.

24

Oben, in der Wohnung, kam über beide Ernüchterung. Es brannte kein Licht. Christian entzündete zwei Kerzen.

»Wann kommt Thies nach Hause?« fragte Stella.

»Ich weiß nicht. Ich hoffe bald.«

»Hast du Angst, mit mir allein zu sein?«

Er gab keine Antwort. Stella nahm die eine Kerze und ging durch die Wohnung. Abgesehen davon, daß die Fenster mit Brettern vernagelt waren, sah alles so aus wie früher. Ein bißchen unordentlich und verwahrlost halt, wie es in einer Wohnung aussah, in der die Frau fehlt.

Im Badezimmer probierte sie den Wasserhahn, aber es lief kein Wasser. Als sie zurückkam ins Wohnzimmer, sagte sie: »Ich nehme an, ich kann hier bei euch schlafen. In ein Hotel möchte ich jetzt nicht mehr gehen. Es lohnt sich ja nicht. Meinen Koffer habe ich am Bahnhof gelassen.« Sie sprach ruhig und schien wieder ganz normal zu sein.

»Natürlich«, meinte Christian, ebenso ruhig. »Thies hat sicher einen Schlafanzug für dich.«

»Ich würde mich gern ein bißchen waschen«, sagte sie. »Ich muß bös aussehen. Aber es gibt kein Wasser.«

»Och, Wasser haben wir genug. In allen Töpfen und Kannen ist welches drin.«

»Fein. Dann können wir uns einen Kaffee kochen.«

»Gas wird es auch nicht geben. Vorhin gab es wenigstens noch Strom, da konnte ich mit dem Tauchsieder Wasser heiß machen.«

»Ach so.« Stella ging in die Küche. Aber natürlich war auch der Gasherd tot.

»Was trinken wir denn da?« fragte sie.

»Wenn du willst, eine Flasche Wein. Thies hat ein paar Flaschen da.«

»Prima. Und ich gehe mich jetzt ein bißchen zurechtmachen. Oder willst du lieber schlafen gehen?«

»Nein«, sagte er. »Ich könnte doch nicht schlafen, ehe Thies zu Hause ist.«

Stella zog das zerdrückte, schmutzig gewordene Kleid aus, reinigte sich notdürftig mit ein wenig Wasser und Seife. Viel konnte sie nicht sehen bei dem spärlichen Licht der Kerze. Aber mehr sah er auch nicht von ihr.

Sie hielt die Kerze neben den Spiegel und betrachtete ihr Gesicht. Es war jetzt nackt, ohne Puder, ohne Schminke. Die Augen übergroß und wie im Fieber glühend. Ihre Lippen brannten von den Küssen. Er hatte sie nicht gewollt. Jähe Wut wallte in ihr auf. Er war der einzige, der ihr widerstand. Sie hatte nie Macht über ihn besessen. Nein, das stimmte nicht. Wie er sie im Arm gehalten hatte, wie er sie geküßt hatte. Wenn er Anke nicht geheiratet hätte, dann ...

Sie stampfte mit dem Fuß auf. Immer Anke. Wie sie sie haßte! Dieses fade, blonde, langweilige Geschöpf. Diese Narzisse. Und gerade jetzt, vor fünf Tagen. Fünf Tage war sie zu spät gekommen.

Daß sie selbst einen Mann besaß, daran dachte sie nicht. Er war ihrem Gedächtnis so vollkommen entschwunden, als hätte es ihn nie gegeben.

Und nun? Was nun? Sie hatte ihm gesagt, daß sie ihn liebte, hatte sich ihm angeboten. Wiederholen ließ sich das nicht. Ja, wenn sie Zeit hätte. Es würde ihr ein Vergnügen sein, ihm jeden Gedanken an Anke zu vertreiben.

Aber Zeit hatte man heute nicht.

Sie ging in Thies' Zimmer, holte sich seinen Morgenrock und zog ihn über ihren nackten Körper.

Christian hatte inzwischen eine Flasche Wein geöffnet und zwei Gläser gefüllt.

»Willst du etwas essen?« fragte er.

»Nein, danke. Gib mir eine Zigarette.« Sie hatte zwar den ganzen Tag nichts gegessen außer einigen Broten im Zug. Aber sie war nicht hungrig. Sie war erregt, fast ein wenig fiebrig. In ihren Schläfen hämmerte es. Und sie war voll Verlangen. Voll Verlangen nach diesem Mann, den sie so gut kannte und der doch jetzt ein Fremder für sie war.

»Wo bist du eigentlich jetzt?« fragte sie.

»An der Ostfront.«

»Ausgerechnet. Gibt es eigentlich noch eine Front?«

»Kaum.«

»Und wann ist Schluß?«

»Ich weiß es nicht. Hoffentlich bald.«

»Ich wußte gar nicht, daß du ein Nazi geworden bist«, sagte sie boshaft.

»Ich? Wie kommst du darauf?«

»Nun, nachdem du eine Frau geheiratet hast, die ja eine begeisterte Anhängerin der Nazis ist, mußt du schließlich auch einigermaßen positiv zu unserem großen Führer stehen.«

»Wenn es danach ginge«, erwiderte er ruhig, »dann wärst du noch ein viel größerer Nazi.«

Stella biß sich ärgerlich auf die Lippen. Das hatte sie nötig gehabt. Aber sie ließ nicht locker.

»Und du liebst Anke wirklich?«

»Wollen wir nicht davon aufhören?«

»Warum? Schließlich sind wir doch alte Freunde, nicht? Es interessiert einen doch, wenn ein alter Freund heiratet. Man möchte doch, daß er glücklich wird.«

Er schwieg, und sie sprach weiter. »Seit wann bist du denn schon mit ihr zusammen?«

»Stella, bitte ...«

»Warum willst du es mir denn nicht erzählen? Es interessiert mich wirklich.« Sie lachte kurz auf. »Weißt du noch, das erste Jahr, als ich auf der Insel war, wie Anke mich beim Biikenbrennen wegschubste? Sie hat mich damals schon gehaßt.«

»Was für ein Unsinn«, sagte er gereizt. »Von Hassen kann keine Rede sein. Das waren Kindertorheiten.«

»So klein waren wir nicht mehr. Und Mädchen wissen in diesem Alter schon sehr gut, was Haß und Liebe ist. Sie wollte dich immer haben. Und sie war wütend, weil du lieber bei mir warst. Und du wirst doch zugeben, wenn ich dagewesen wäre, hättest du dich nie mit Anke eingelassen.«

»Stella, du redest, als wenn du sechzehn wärst. Ich dachte, du bist eine erwachsene Frau.«

»Ach? Hast du das gedacht? Da hast du dich getäuscht. So erwachsen wie du oder wie Anke werde ich nie sein.«

Er lachte. »Das scheint mir auch so.«

Sie trank aus, schob ihm ihr leeres Glas hin. »Gib mir bloß eine Antwort. Liebst du sie?«

»Ja, natürlich«, sagte er. »Hätte ich sie sonst geheiratet?«

»Ich hätte dir einen besseren Geschmack zugetraut. In all den Jahren hättest du eigentlich eine andere Frau finden müssen. Aber du warst ja immer viel zu beschäftigt, um dich mit Frauen abzugeben. Deine Freiburger Freundin damals, das war ja auch so ein verbautes Gestell.«

»Stella, lassen wir das doch. Müssen wir uns streiten, wenn wir uns nach so langen Jahren einmal wiedersehen?«

Sie lächelte plötzlich, glitt neben ihn auf das Sofa und schmiegte ihren Kopf an seine Schulter. »Aber wir streiten uns ja gar nicht. Haben wir uns vielleicht gestritten, seit ich hier bin? Ich war so glücklich, dich zu sehen, Krischan. Und ich bin auch jetzt noch glücklich. Auch wenn du mich nicht mehr leiden magst.«

Er saß steif wie ein Stock. Aber Stella sah, wie angespannt seine Wangenmuskeln waren.

»Wer sagt denn, daß ich dich nicht leiden mag? Ich hab' mich auch gefreut, dich zu sehen. Und ich habe oft an dich gedacht.«

Stella lachte leise:

»Du sagst das mit einem Gesicht, vor dem man sich fürchten könnte. Aber ich fürchte mich nicht vor dir, Krischan. Eines Tages . . .«, sie sprach nicht weiter.

Und er fragte nicht, was eines Tages sein würde. Er wußte, was sie dachte.

Ablenkend sagte er: »Erzähl mir lieber, wieso du plötzlich nach Berlin kommst.«

Stella erzählte. Ihre Hand unter seinen Arm geschoben, den Kopf an seine Schulter gelegt. Der Morgenrock war auseinandergeglitten, zeigte ihre weiße, leuchtende Haut, den Ansatz ihrer Brüste.

»Und Hermine gefällt es also bei dir?« fragte er schließlich, als sie verstummte.

»O ja. Es ist wirklich hübsch bei uns. Warum hast du mich in all den Jahren nicht mal besucht?«

»Ich war nicht oft auf Urlaub. Ein Arzt wird ständig gebraucht. Wenn ich mal Urlaub hatte, fuhr ich nach Hause.«

»Zu Anke.«

»Und dein Mann? Jetzt frage ich dich mal: Bist du glücklich mit ihm?«

»Gott«, Stella hob die Schultern, »ich sehe ihn kaum. Wenn ich keinen Mann hätte, wäre es genauso. Aber er ist immer sehr nett zu mir. Ich kann mich nicht beklagen. Er ist zwar ein Nazi, aber trotzdem ein Gentleman. Und so ein richtiger Nazi ist er auch gar nicht. Er hatte seine Meinung schon lange geändert. Aber er kann nicht aussteigen. Mal hat er so was wie einen Versuch gemacht, aber damit ist er nicht weit gekommen.«

»Ja, Thies hat mir einiges erzählt. Und Nora auch.«

»Ihr habt über mich gesprochen?« fragte sie eifrig. »Oft?«

Er wandte ein wenig den Kopf und lächelte seitwärts auf sie herab.

»Manchmal.«

Zärtlichkeit überflutete Stellas Herz. Sie hatte nur einen Wunsch, nur ein Verlangen: daß er sie wieder in die Arme nehmen und küssen würde, daß er endlich seinen verdammten Stolz, seine ständige Reserve aufgeben und tun würde, wonach auch ihn verlangte: sie zu lieben, sie im Arm zu halten.

»Du warst lange krank, habe ich gehört«, sagte er.

Sie nickte. »Hm. Sehr krank. Nach der Fehlgeburt. Das Pferd ist mit mir durchgegangen, und ich bin aus dem Wagen geflogen. Arm gebrochen hatte ich auch. Mir ging's sehr schlecht. Und du hast dich nicht einmal um mich gekümmert. Du bist mir ein schöner Doktor.«

Eine schwebende Leichtigkeit erfüllte sie. Der Wein, rasch getrunken und in den leeren Magen, nach all der Aufregung, begann zu wirken.

»Nach dem Krieg, wenn ich dann mal krank bin, dann wirst du mich behandeln, ja?«

»Natürlich.«

»Wo du auch bist, du kommst zu mir. Versprich es mir.«

Er lachte.

»Nein, versprich es«, beharrte sie eigensinnig. »Wenn du mich auch nicht liebst, du bist doch mein Freund.«

»Also gut, ich verspreche es.«

»Komisch«, sie lachte, »dann wirst du also mit Anke zusammen leben. In einem Bett mit ihr schlafen. Ausgerechnet mit Anke. Ist es nicht sehr langweilig mit ihr?«

Als er keine Antwort gab, ließ sie sich einfach an ihm herabgleiten und fiel in seinen Schoß. Dort lag sie, die Augen zu ihm aufgeschlagen, mit halb entblößtem Oberkörper.

Er zog den Morgenrock über ihrer Brust zusammen.

»Ich bin schrecklich, nicht? Du hast schon immer deinen Ärger mit mir gehabt. Immer hast du an mir herumerzogen, und es hat nichts genützt. Und jetzt bin ich immer noch nicht erwachsen. Ich bin eine Zwillingsfrau, weißt du, die werden nie ganz erwachsen. Man muß sie wie ein Kind behandeln, ein bißchen mit Strenge, aber mit viel Liebe. Streng warst du immer zu mir. Aber lieb gar nicht. Heute ein bißchen. Aber das war nur vorübergehend. Aber ich liebe dich trotzdem. Ich habe dich immer geliebt. Deswegen habe ich dich auch geärgert. Weißt du noch, damals auf dem Tipkenhoog, nach meiner Konfirmation? Als ich dich küssen wollte, und du wolltest nicht? Damals hast du mir versprochen, du wirst es später tun. Heute hast du mich geküßt. Wirst du mich wieder küssen?«

»Du hast einen Schwips«, sagte er.

»Das macht doch nichts. Wir könnten jetzt schon tot sein. Wenn uns eine Bombe getroffen hätte . . . Dann wären wir zusammen gestorben. Dann wäre ich gestorben mit dem Mann, den ich als einzigen richtig geliebt habe.«

»Und dein Mann? Adam? Jan?«

Stella hob die Hand, ließ sie eine Weile in der Luft schweben und dann müde herabfallen.

»Natürlich, die auch. Aber das war immer etwas anderes. Liebe hat viele Gesichter, weißt du. Sie haben mich alle geliebt. Sehr geliebt. Aber ich . . .«, sie hob die Hand wieder und berührte mit den Fingerspitzen leicht seine Lippen. »Ich liebe nur dich. Küß mich noch einmal.«

»Du solltest jetzt schlafen gehen.«

»Wenn ich bei dir schlafen darf. Ich will auch ganz brav sein. Dich nicht verführen. Ich liege ganz still und rühre mich nicht. Es ist gut, mit mir zu schlafen. Das sagen alle.«

»Stella«, bat er gequält.

»Ich möchte einmal in deinem Arm schlafen. Ist das zuviel verlangt? Ich käme mir dann vor wie zu Hause.«

Er hob langsam seinen Arm, auf dem sie lag, hob sie dicht zu sich empor, bis ihr Gesicht vor seinem war. Sekundenlang blickten sie sich in die Augen.

»Du hast recht«, sagte er, »ich hätte dich festhalten sollen. Jetzt ist es zu spät.«

»Nein«, flüsterte Stella. »Es ist nicht zu spät. Wir leben noch.« Sie schloß die Augen und wartete. Er küßte ihre geschlossenen Augen, dann legte sich sein Mund auf den ihren. Er hielt sie in den Armen, fest an seiner Brust. Und auch er erkannte in dieser Stunde, daß er nie gewußt hatte, was Liebe war.

In diesem Augenblick kam Thies ins Zimmer.

Er hatte leise aufgeschlossen, weil er dachte, Christian schlafe.

Er blieb an der Tür stehen, betrachtete die zwei Menschen auf dem Sofa.

»Guten Morgen«, sagte er.

Christian hob den Kopf. Er war blind und taub gewesen, fern der Welt und fern der Zeit. Ein Liebender, ein Glücklicher, mitten in einer zusammenstürzenden Welt.

»Stella!« rief Thies. »Wo kommst du denn her?«

Stella richtete sich auf, ohne jede Verlegenheit, zog den Morgenrock über ihre nackten Brüste. Sie streckte Thies beide Arme entgegen und sagte: »Geliebter Bruder! Du lebst und bist gesund nach Hause gekommen. Und ich bin da und bin glücklich. Krischan ist zwar ein Ekel, aber er mag mich doch noch ein bißchen. Und du magst mich auch. Und jetzt sind wir drei wieder zusammen, da kann gar nichts mehr schiefgehen.«

Thies trat zu ihnen, beugte sich herab und küßte Stella auf die Stirn. »Ihr macht mir Spaß. Alle Leute sind froh, wenn sie mal ein paar Stunden schlafen können, und ihr sitzt hier und treibt Unfug.«

»Gar keinen Unfug«, verwahrte sich Stella. »Wir lieben uns. Krischan hat es nicht glauben wollen. Aber ich wußte es. Frauen sind immer viel klüger als Männer. Jetzt weiß er es auch.«

Thies warf Christian einen raschen Blick zu, sah die Verlegenheit in dessen Gesicht und auch das Leuchten in seinen Augen.

»Es ist bereits hell draußen«, sagte er.

»Das macht nichts«, sagte Stella. »Hier ist es fein dunkel.« Sie ließ sich einfach wieder zurückfallen in Christians Schoß. »Wir trinken gerade eine Flasche Wein. Und wenn du noch eine hast, trinken wir noch eine. Wir müssen Wiedersehen feiern. Wir drei gehören zusammen. Immer. Und es war gemein von euch, mich so weit fortzulassen. Ihr wißt doch, daß ich nicht allein sein kann. Ich mache dann immer nur dummes Zeug. Onkel Pieter hat immer gesagt: Paßt mir auf die Deern auf. Aber ihr habt nicht auf mich aufgepaßt. Ich habe es Krischan schon gesagt, ich bin nicht erwachsen. Ich werde nie erwachsen sein. Ich bin eine dumme, kleine Deern. Und ich brauche Thies, damit er mir sagt, was ich tun soll. Und Krischan, damit er auf mich aufpaßt. Alles andere ist Tüddelkram. Kommt nichts Gutes bei 'raus. Hat Onkel Pieter euch immer gesagt. Ihr seid schuld, wenn ich dummes Tüg mache. Ich kann nichts dafür.«

Sie plapperte wie ein kleines Kind, die Augen waren schläfrig geschlossen.

Thies hob die Flasche und hielt sie gegen das spärliche Licht.

»Wieviel habt ihr denn schon getrunken?«

»Nur die eine«, sagte Stella. »Aber wir wollen noch eine. Ich bin nicht beschwipst. Ich bin glücklich. Weil ich bei euch bin. Und wenn ich beschwipst wäre, machte es auch nichts. Ich habe so viel Angst ausgestanden heute nacht. Erst bin ich mit dem ollen Zug gefahren, der war so voll. Und dann war ich im Bunker. Und dann bin ich bis hierher gelaufen, immer mitten durch das Feuer durch. Und dann war ich endlich hier. Und da war ich traurig, wie ich unten im Hof stand und die Kastanie sah und die armen Rosen, die voller Ruß und Asche sind. Die ganze Welt ist voller Ruß und Asche. Dann war wieder Alarm. Und ich dachte, ich muß sterben. Aber dann war Krischan da, und alles war gut. Er hat mich gerettet. Und ich liebe ihn, und er liebt mich auch. Und daß er die dumme Anke geheiratet hat, war nur ein Irrtum. Ist auch egal. Er braucht mich nicht zu heiraten. Ich habe einen Mann. Er soll mich nur lieben. Und das tut er.«

Thies und Christian sahen sich an, und dann lachten sie beide.

»Ihr seid gut«, sagte Thies.

»Ich kann nichts dafür«, meinte Christian.

»Das kann ich mir denken«, erwiderte Thies. »Stella braucht bloß aufzutauchen, dann bringt sie alles durcheinander.«

»Ich bringe nichts durcheinander«, sagte Stella mit geschlossenen Augen. »Ich bringe alles in Ordnung.«

Thies ging zum Fenster und wollte das Brett entfernen.

»Nein«, rief Stella, »laß dunkel, Thies. Draußen ist die olle garstige Welt. Laß sie draußen. Ich will das Feuer nicht sehen. Setz dich zu uns. Sag, daß du mich liebhast. Ich brauche Liebe. Ich bin so allein auf der Welt.«

Thieß ließ das Fenster unberührt, kam zurück. »Na schön«, sagte er. »Trinken wir noch eine Flasche Wein. Das Wiedersehen muß gefeiert werden.«

Christian wollte aufstehen. »Ich werde sie holen.«

»Nein.« Stella rührte sich nicht. »Du bleibst sitzen. Thies holt sie. Ich will hier bei dir liegenbleiben. Ich habe nie in meinem Leben so gut gelegen. Du willst nicht mit mir schlafen, also laß mich wenigstens hier in deinem Schoß liegen. Das ist das mindeste, was ich verlangen kann.«

Christian blickte zu Thies hinüber und hob ratlos die Schultern.

Thies lächelte. »Bleib nur«, sagte er, »ich hole den Wein. Vielleicht betätigst du dich heute mal als Psychiater und bringst Stella wieder zur Räson.«

»Ich brauche keinen Psychiater«, murmelte Stella, »ich brauche Liebe.«

Thies ging in die Küche, um den Wein zu holen. Stella hob die Arme und zog Christians Kopf zu sich herab. »Küß mich«, murmelte sie. »Ich liebe dich so.«

»Stella«, sagte Christian, »was soll Thies bloß denken?«

»Thies weiß, daß ich dich liebe. Er hat es immer gewußt. Thies ist mein großer Bruder. Er ist der klügste von allen. Und er versteht alles. Thies hat ein Herz so groß wie die Welt. Weißt du das nicht, Krischan?«

»Doch«, sagte Christian, »ich weiß es.«

»Küß mich.«

Und Christian, angesteckt von der seltsamen Stimmung dieser Nacht, auch er nun weit von aller Wirklichkeit der Welt entfernt, küßte sie. Diese sehnsüchtigen, zärtlichen Lippen! Diese Frau! Dieses Mädchen. Stella. Sarnade. Die Königin aus dem Meer. Der Traum einer schwebenden Unwirklichkeit. Das Glück, die Liebe in seinen Armen, an seinem Herzen. Nein, nicht unwirklich. Wirklicher als die hellste Wirklichkeit. Hatte er eigentlich je gewußt, daß er lebte? Ein Mann wie er, seit Jahren nun Auge in Auge mit einer grausamen, mit einer verzweifelten Wirklichkeit. Alles war versunken und vergessen. Eine Frau in seinem Arm, ein Mund an seinem Mund, alle Sehnsucht, alles Verlangen, alle Liebe, die je zwischen Himmel und Erde war, mündete in diese Stunde.

Als sie die Flasche halb ausgetrunken hatten, war Stella in Christians Schoß eingeschlafen. Sie trugen sie beide hinüber in Hermines Bett. Dann gingen sie ins Wohnzimmer zurück. Thies öffnete die Fenster. Draußen war heller Tag. Eine strahlende Sonne schien über die geschändete Stadt.

Thies blickte den Freund an. Die rote Narbe glühte an dessen Schläfe.

»Und nun?« fragte Thies.

»In einer Stunde geht mein Zug«, sagte Christian. »Ich bin froh darum, daß er geht. Ich habe Anke in dieser Nacht verraten und betrogen, wie ein Mann nur eine Frau verraten und betrügen kann. Vor fünf Tagen haben wir geheiratet.«

»Du lebst außerhalb aller Gesetze in dieser Zeit«, sagte Thies.

»Nein«, sagte Christian. »Man lebt nie außerhalb aller Gesetze. In keiner Zeit. Aber ich habe das Gesetz der Liebe nicht erkannt. Ganz einfach, weil ich nicht wußte, was Liebe ist.«

»Und jetzt weißt du es?«

»Ja«, sagte Christian. Er blickte hinab in den Hof, wo die rußbedeckten Rosen ihr Gesicht der Sonne zuwandten. »Jetzt weiß ich es. Ich war zu stolz, Thies, zu hochmütig. Vielleicht auch zu dumm und – zu jung. Wir sind rasch älter geworden in den letzten Jahren. Aber man muß älter sein, klüger vor allem, um der Liebe ins Gesicht sehen zu können.«

»Du brauchst ein kluges Herz, Krischan, damit die Liebe darin wohnen kann. Ein kluger Kopf und kluge Hände, das bekommt man schnell. Aber das Herz läßt sich Zeit. Es hat seine eigenen Gesetze. Das weiß ich schon lange. Es braucht Zeit.«

»Du warst immer der klügste von uns allen, Thies«, sagte Christian.

25

Als Stella gegen Mittag aufwachte, brachte Thies ihr das Frühstück ans Bett.

Kaffee kochen konnte er nicht, es gab noch immer weder Gas noch Strom. Aber er hatte Milch geholt und zwei Brote mit Butter und Marmelade bestrichen.

Thies saß neben ihrem Bett, und sie frühstückten beide einträchtig.

»Hm, das ist gut«, sagte Stella. »Ich habe prima geschlafen. Sollte man nicht für möglich halten, nach all der Aufregung gestern nacht. Menschen sind wirklich was Komisches, Thies. Geht es jedem so, daß er das Leben so doppelt genießt, wenn es so fragwürdig geworden ist?«

»Doch, ich glaube ja. Es geht einem jedesmal so, wenn man aus dem Keller kommt. Man weiß, daß es vielleicht nur für kurze Zeit ist, daß es bald wieder losgeht. Aber jedesmal, wenn es vorbei ist, freut man sich dieses neugeschenkten Lebens.«

»Auf die Dauer ist es trotzdem kein Zustand. Ich wundere mich, daß nicht viel mehr Leute den Verstand verlieren. Ich meine, richtig, in der vollsten Bedeutung des Wortes.«

»Mancher wird sicher etwas davontragen. Das wird man später erst sehen.«

»Wo ist Krischan? Schläft der alte Faulpelz noch? Warum frühstückt er denn nicht mit uns?«

Thies zögerte einen Moment mit der Antwort. Dann sagte er ruhig: »Krischan ist fort. Er läßt dich grüßen.«

Stella starrte ihn erschrocken an. »Fort?«

»Ja. Er hat gar nicht geschlafen. Sein Zug ging früh um sechs.«

»Mein Gott, Thies.« Stella sah ihn unglücklich an. »Das wußte ich nicht. Warum habt ihr mir das nicht gesagt?«

»Wozu? Ist doch besser so.«

»Ich habe ihm nicht mal auf Wiedersehen gesagt.« Sie legte das halbgegessene Brot auf den Teller zurück. »Dieser verdammte Krieg! Wird er auch zurückkommen?«

»Wir wollen es hoffen«, sagte Thies. »Und nun iß schön.«

»Ich habe mich verrückt benommen heute nacht, nicht wahr? Aber du kannst das vielleicht nicht verstehen. Als ich hierherkam, so ganz aufgelöst und verzweifelt, und dann war Krischan da...

Aber es war nicht alles Unsinn, was ich heute nacht geredet habe. Mir war so, als ich Krischan sah...«, sie stockte, suchte nach Worten. »Gibt es das, Thies? Daß man einen Menschen sieht und gleich weiß, daß man zu ihm gehört?«

»Nun, er war schließlich kein Fremder für dich.«

»Nein. Es war, als wenn ich nach Hause gekommen wäre. Warum hat er bloß diese blöde Anke geheiratet? Ob sie sich scheiden läßt?«

Thies lachte. »Stella, du bist ein Kindskopf. Sie sind noch keine Woche verheiratet.«

»Aber er liebt mich. Und er gehört mir. Das weißt du doch, Thies.«

»Ich habe eigentlich immer gedacht, daß ihr beide zusammenkommen solltet«, sagte Thies langsam. »Aber vergiß nicht, Stella, du warst es, die fortgegangen ist. Zu anderen Männern. Sehr rasch immer und vielleicht unüberlegt.«

»Er hätte es nicht zulassen dürfen. Du auch nicht.«

»Vielleicht. Aber nun ist nichts mehr daran zu ändern. Trink deine Milch.«

»Komisch, in Hermines Wohnung muß ich immer Milch trinken. Damals schon. Warum ist nichts daran zu ändern, Thies? Von Anke kann er sich scheiden lassen, nicht? Nach dem Krieg.«

»Und du?«

»Na, ich werde mich eben auch scheiden lassen.«

»Du willst Dietrich im Stich lassen? Ich kann mir denken, daß er dich gerade nach dem Krieg besonders brauchen wird.«

»Ja, das hat Hermine auch schon gesagt.«

Stella trank ihr Glas leer und legte sich dann in die Kissen zurück, die Arme unter dem Kopf verschränkt. »Das wird sich finden. Hat Onkel Pieter immer gesagt. Heute kann man das noch nicht wissen.«

»Nein. Heute kann man gar nichts wissen. Jetzt müssen wir erst mal den Krieg gesund überstehen. Was dann wird?« Thies hob die Schultern. »Das weiß der klügste Prophet nicht.«

»Wenn er mir wenigstens auf Wiedersehen gesagt hätte«, murmelte Stella. »Hat er mir nichts ausrichten lassen?«

»Wir waren bei dir hier drin. Du hast fest geschlafen. Krischan sagte: ›Paß gut auf Stella auf.‹«

»Das hat er gesagt? Genau wie Onkel Pieter. Was hat er für ein Gesicht dabei gemacht?«

Thies lächelte. »Ein richtiges Krischangesicht. Ein bißchen nachdenklich, ein bißchen traurig und sehr ernst.«

»Ein bißchen glücklich auch?«

»Ja, das vielleicht auch.«

»Schön. Dann müssen wir eben abwarten. Jetzt stehe ich auf. Und dann werde ich mal schauen, ob ich diesen Bonzen sprechen kann. Ich brauche eine Freistellung von Hermines Wohnung, und ich muß dich von Berlin wegschicken.«

»Ach, ich weiß nicht ...«, begann Thies.

»Doch, Thies«, unterbrach ihn Stella energisch. »Du bleibst nicht hier. Es ist zu gefährlich.«

»Ich möchte meinen Posten nicht gern verlassen. Gerade jetzt.«

»Mensch, hör auf. Was für einen Posten denn?«

»Die anderen müssen auch bleiben.«

»Aber du nicht. Sicher kannst du auf der Insel auch irgendwas arbeiten, wenn es unbedingt sein muß. Aber ich hätte keine ruhige Minute mehr, wenn du in Berlin bist. Entweder du fährst heim, oder du kommst mit zu mir. Hier bleibst du nicht. Auf keinen Fall.«

Stella erreichte sofort, was sie wollte. Dietrichs mächtiger Kollege im Reichssicherheitshauptamt, den sie einmal bei einem gemeinsam verbrachten Abend kennengelernt hatte, war nur zu gern bereit, der schönen Frau seines Kameraden einen Dienst zu erweisen.

Thies' Dienstverpflichtung wurde gelöst, er bekam die Erlaubnis, nach der Insel Sylt heimzukehren und sich dort für eine neue Arbeit zur Verfügung zu stellen. Hermines Wohnung wurde auf den Namen Dietrich Scheermann überschrieben.

»Wir müssen ja auch mal eine Wohnung haben, wenn wir nach Berlin kommen. Mein Mann ist doch ab und zu hier. Dann braucht er nicht im Hotel zu wohnen.«

»Selbstverständlich«, sagte der mächtige Mann. »Das ist gar kein Problem, gnädige Frau.«

Stella lächelte ein wenig boshaft. »Wenn sie stehenbleibt, die Wohnung, meine ich, dann sind Sie jetzt schon dort zur Siegesfeier eingeladen.«

Der mächtige Mann zuckte nervös mit den Augenlidern, dann sagte er: »Vielen Dank, gnädige Frau. Ich werde mich rechtzeitig einstellen.«

Als Stella wieder nach Hause kam, war Thies gerade im Begriff, fortzugehen.

»Du bleibst hier«, bestimmte Stella. »Mit der Arbeit ist Schluß.«

»Aber ich kann doch nicht einfach wegbleiben.«

»Klar, kannst du. Wir rufen an. Und wenn das Telefon nicht geht, rufen wir nicht an. Die werden's überleben. Dann schreibst du morgen einen Brief und schickst den Wisch hier mit. Heute abend gehörst du mir. Morgen reisen wir beide ab. Du nach Norden und ich nach Süden. Von Berlin habe ich wieder mal genug.«

Die halbe Nacht verbrachten sie wieder im Keller. Ganz allein.

»Wohnt eigentlich kein Mensch mehr hier?« fragte Stella.

»Doch, im Parterre wohnt noch das Ehepaar Helmke, die kennst du ja noch. Aber sie sind meist bei ihrer Tochter in Lichterfelde draußen. Die Frau hier gegenüber ist vor drei Tagen mit ihren Kindern aufs Land gefahren. Zu den Schwiegereltern, glaube ich. Vor Kriegsende wird sie nicht zurückkommen. Und der alte Lehmann im Parterre liegt im Krankenhaus.«

»Auch das noch. Der war immer so nett. Was fehlt ihm denn?«

»Er hat einen Balken auf den Kopf gekriegt.«

»Siehst du, das kann einem noch alles dazu passieren. Ich bin wirklich froh, Thies, daß du hier wegkommst. Jetzt kann es ja nicht mehr lange dauern. Und wenn der Krieg vorbei ist, sehen wir uns wieder. Hoffentlich alle gesund und am Leben. Und hoffentlich kommt auch Krischan wieder.«

»Soll ich Anke vielleicht Grüße bestellen?« fragte Thies. »Und ihr deine Glückwünsche zur Hochzeit ausrichten?«

»Den Teufel wirst du tun. Was macht sie eigentlich jetzt?«

»Sie unterrichtet an der Mädchenschule. An derselben Schule, in die ihr damals gegangen seid.«

»Bin ich froh, daß ich sie nicht als Lehrerin haben muß. Sicher ist sie sehr unbeliebt bei den Schülerinnen.«

»Ganz im Gegenteil. Ich habe mir sagen lassen, daß sie sogar außerordentlich beliebt ist.«

»Eine komische Jugend muß das sein, heutzutage«, meinte Stella.

Am nächsten Morgen brachte Thies Stella zum Bahnhof. Der Bahnhof war ein einziges Trümmerfeld. Es war ein Wunder, daß überhaupt noch Züge fuhren.

»Aber das ist die deutsche Tüchtigkeit«, meinte Thies. »Wir würden sogar die Hölle organisieren, wenn es sein müßte.«

»Ja, leider«, sagte Stella. »Wenn wir etwas weniger tüchtig wären, dann hätte der Krieg längst aufgehört.«

Der Zug fuhr mit Verspätung ab. Es dauerte lange, bis man überhaupt auf den Bahnsteig gelassen wurde. Und dann setzte ein wilder Ansturm auf den Zug ein. Zu den Fenstern stiegen die Leute ein. Stella stand ratlos davor. Es war aussichtslos, einen Sitzplatz zu bekommen. Schließlich aber setzte sie sich seelenruhig in das fast leere Abteil für Mutter und Kind.

»Ich sage einfach, ich kriege ein Kind. Soll mir erst mal einer nachweisen, daß nicht.«

»Dazu mußt du sicher eine Bescheinigung haben«, meinte Thies.

Stella richtete sich zu voller Größe auf und setzte eine würdige, hoheitsvolle Miene auf. »Wer? Ich? Die Frau Gruppenführer? Das werden wir ja sehen.« Sie steckte die Nase in die Luft und erklärte:

»Mein Mann, der Gruppenführer, produziert dem Führer jedes Jahr ein Kind. Das ist bei uns so üblich.«

Thies mußte lachen. »Du bist eine Nummer.«

»Ich bin eine Frau«, klärte ihn Stella auf. »Und daher ist es mein gutes Recht, die Vorteile da wahrzunehmen, wo sie sich bieten.«

»Und die Nachteile?« fragte Thies.

»Das wird sich finden«, sagte Stella. »Das wird sich finden.«

Sie küßte ihn zärtlich zum Abschied. »Auf Wiedersehen, großer Bruder. Bleib gesund. Und im Hintergrund. Es kann nicht mehr lange dauern.«

»Auf Wiedersehen, kleine Schwester«, sagte Thies. »Bleib auch gesund. Und paß gut auf dich auf.«

Stella neigte sich zu seinem Ohr und flüsterte: »Dich liebe ich. Und Krischan liebe ich. Und wenn er wieder da ist, wirst du mir dann helfen?«

»Wozu?«

»Daß er mich auch liebt. Daß er – zu mir kommt.«

»Mein Gott, Stella«, sagte Thies. Und dann rettete er sich auch in Kapitän Termogens alten Spruch: »Das wird sich finden.«

26

Aber Christian Hoog kam nicht wieder. Anfang 1945 erhielt seine Frau Anke die Mitteilung, daß er bei einem Fliegerangriff auf sein Lazarett gefallen sei. Fünf Tage hatte Ankes Ehe gedauert. Und die Tage der Liebe, die es zuvor zwischen Christian und ihr gegeben hatte, machten zusammen nicht mehr als drei Wochen aus. Das Schicksal ihrer Mutter wiederholte sich an ihr. Auch Noras Ehe war kurz gewesen.

Aber Anke war nicht Nora. Sie war nicht achtzehn, sondern achtundzwanzig Jahre alt. Sie war klug, beherrscht, ein wenig kühl. Christian war der erste und einzige Mann ihres Lebens gewesen. Sie blieb dennoch nicht so verloren zurück wie Nora damals. Sie weinte nicht, tobte nicht und stieß keine wilden Verwünschungen aus. Sie hatte ihren Beruf, den sie liebte, der sie ausfüllte. Wenn etwas sie betrübte, so war es die Tatsache, daß ihr kurzes Zusammensein mit Christian ohne Folgen geblieben war. Sie hatte sich so sehr ein Kind gewünscht.

Stella erfuhr von Christians Tod Anfang Februar. Tagelang lief sie verstört umher. Es traf sie viel mehr als Dietrichs Tod sie getroffen hatte.

»Die Männer sterben«, sagte sie zu Hermine. »Und wir Frauen bleiben übrig. Kannst du mir sagen, wozu das gut sein soll? Eine

Welt, voll von einsamen Frauen. Was sollen wir denn bloß machen?«

Stella hatte bereits seit dem Herbst keinen Mann mehr. Und Dietrichs Ende war bis jetzt ungeklärt. Ende August war Antonescu gestürzt worden, der rumänische König hatte einen neuen Ministerpräsidenten eingesetzt, Rumänien legte die Waffen nieder. Dies ermöglichte den Russen einen weittragenden Durchbruch in Südosteuropa.

Rumänien hatte zunächst erklärt, sich Deutschland gegenüber neutral zu verhalten. Hitler jedoch, in völliger Verkennung der Lage, befahl, die neue Regierung zu stürzen, Ordnung zu schaffen in Bukarest und die vorherige Situation wiederherzustellen. Es fanden Kämpfe statt, deutsche Flugzeuge warfen Bomben auf Bukarest, es gab Aufruhr im Ölgebiet, schließlich wurden alle Deutschen, soweit sie noch lebten, verhaftet. Rumänien behauptete sich in seiner neuen Form.

Stella bekam die Nachricht, daß ihr Mann bei den Unruhen in Rumänien ums Leben gekommen sei. Sie empfing den Besuch des Gauleiters, kurze Zeit darauf kam sogar eine Abordnung aus Berlin, um ihr das Beileid des Führers auszudrücken. Wie aber Dietrich gestorben war, das erfuhr sie nie. Ob er ermordet worden war, im Gefängnis umgekommen, bei dem Aufruhr im Ölgebiet oder bei Kämpfen in Bukarest oder auf der Flucht aus dem aufgewühlten Land getötet worden war – keiner wußte es. Oder falls es einer wußte, dann sagte man es ihr nicht. Wenn man es ihr aber nicht sagte, dann mußte sein Ende schrecklich gewesen sein. Manchmal hatte sie auch den Verdacht, daß er vielleicht versucht hatte, in letzter Minute mit der Gegenseite zu verhandeln, vielleicht gar mit den Russen, und daß er von seinen eigenen Gefährten umgebracht worden war. Sie wußte es nicht. Sie würde es nie wissen.

Dietrich Scheermann war ausgelöscht. Viereinhalb Jahre war sie mit ihm verheiratet gewesen. Sie hatte ihn zum Vater ihres Kindes gemacht, das sie von einem anderen empfangen hatte. Er hatte es nie gewußt. Und er hatte sie geliebt. Sie war nicht viel mit ihm zusammen gewesen, aber wenn er bei ihr war, so war er gut zu ihr gewesen, gut und zärtlich und liebevoll. Und außerdem hatte er es ihr ermöglicht, den Krieg auf ungewöhnlich angenehme Weise zu verbringen. Sie war, obwohl sie sich immer gegen Hitler und seinen Staat gestellt hatte, ein Nutznießer dieses Regimes geworden. Sie hatte jedoch keinen schlechten Gebrauch davon gemacht. Sie hatte zwei Menschen das Leben gerettet.

Noch allerdings war dies Werk nicht vollendet. Der Krieg war nicht zu Ende.

ZWISCHEN DEN ZEITEN

1

Stella stand an den Baum gelehnt und blickte auf die Tür gegenüber. Es dauerte wieder ewig. Zuerst hatte sie in der Anlage auf einer Bank gesessen. Aber dort schien die Sonne zu prall, und es war unerträglich heiß heute. Hier, unter dem Baum, war wenigstens Schatten.

Drüben trat ein großer, breitschultriger Amerikaner aus dem Haus. Er war blond und hübsch. Gesund und wohlgenährt sah er aus. Er pfiff vor sich hin, blinzelte in die Sonne und schob seine Mütze ein wenig schief aus der Stirn. Er erinnerte sie an Dietrich. So ähnlich hatte der auch ausgesehen, damals, als sie ihn kennenlernte. Vor hundert Jahren.

Als er die Straße überqueren wollte, wäre er beinahe über den kleinen, blassen Jungen gestolpert, der auf dem Bordstein saß und mit den nackten Zehen einen Stein hin und her schob.

Der Amerikaner beugte sich herab, fuhr dem Jungen durch den blonden Schopf. Dann zog er eine Grimasse, lachte, griff in die Tasche und brachte eine kleine Stange in buntem Papier heraus. Er hielt sie dem Jungen hin.

Das kleine, hungrige Gesicht strahlte selig auf. Candy! Der Amerikaner nickte vergnügt, gab ein kleines Grunzen von sich, stopfte dem Jungen die Süßigkeit in die Hand und setzte seinen Weg fort.

Schräg vor Stella, an der Bordkante, stand der Jeep. Der Amerikaner stoppte sein vergnügtes Schlendern, als er Stella sah. Er grinste. Schob die Mütze noch ein Stück zurück und pfiff anerkennend.

Stella lächelte unwillkürlich. Wie vergnügte Kinder waren sie, diese Sieger.

Der Amerikaner war bei seiner ungenierten Musterung bei ihren nackten Beinen angelangt. Er pfiff nochmals.

»Hello, Fraulein«, sagte er.

Stella blickte ihn gerade an. Ihre Augen hatten die Farbe des tiefblauen Sommerhimmels. Ein kleines, spöttisches Lächeln lag um ihre Lippen.

Der Amerikaner stand jetzt breit vor ihr. Drüben trat Michael aus dem Haus. Auch er blinzelte in die Sonne, sah sie, und eine steile Falte erschien auf seiner Stirn.

»*Look here, redhead*«, sagte der Amerikaner. Dann verstummte er. Das Fraternisierungsverbot war ihm wohl eingefallen. So am hellen Tag, direkt vor den Fenstern seiner Dienststelle, konnte er schlecht ein Rendezvous vereinbaren. Er machte ein listiges Gesicht, wies mit dem Daumen zur nächsten Ecke.

»*You come along there?*« Dann grinste er noch mal, kletterte in seinen Jeep und fuhr langsam bis zur nächsten Ecke, um die er verschwand.

Da war Michael schon bei ihr.

»Was wollte der Kerl von dir?« fuhr er sie an.

»Er hat es mir nicht mitgeteilt«, sagte Stella ruhig. »Aber er wartet da vorn, hinter der Ecke, auf mich. Da kannst du ihn fragen.«

»Kannst du es nicht endlich lassen, mit allen Männern zu flirten?« sagte Michael wütend.

»Ich habe gar nicht geflirtet«, sagte Stella müde. »Ich stand hier und wartete auf dich.«

»Du mußt dich ja nicht gerade vis-à-vis von der Tür aufstellen, wo die Kerle alle herauskommen. Das müssen sie ja als Aufforderung betrachten.«

»Gehn wir«, sagte Stella.

»Aber bitte da hinunter«, sagte Michael scharf und wies nach der anderen Seite.

»Da müssen wir sowieso hin, wenn wir zur Straßenbahn wollen«, sagte Stella ruhig.

Sie setzten sich in Bewegung. Michael schob besitzergreifend seinen Arm unter den ihren.

»Hast du ihn gesprochen?« fragte Stella.

Sein gespanntes Gesicht lockerte sich. »Ja. Nächsten Monat gebe ich mein erstes Konzert.«

»Oh! Gratuliere.« Sie lächelte ihm von der Seite zu. »Nächsten Monat? Ist das nicht ein bißchen früh?«

»Wieso?« fragte er mißtrauisch.

»Du hast mir selbst gesagt, du brauchst noch mindestens ein halbes Jahr, um wieder ganz in Form zu sein.«

»Ach, es geht schon. Ich habe noch vier Wochen Zeit zum Üben. Und wir nehmen kein anspruchsvolles Programm.«

Stella schwieg. Sein Auftreten war ihr vollkommen gleichgültig. Sie war keine große Musikkennerin, aber so viel verstand sie immerhin, daß sein Spiel zur Zeit nicht konzertreif war. Aber darauf kam es wohl jetzt gar nicht an. Sollte er sein Konzert geben. Es würde ihn beschäftigen, seinen Ehrgeiz befriedigen und würde ihn hoffentlich ein wenig von ihr ablenken.

Während sie auf die Straßenbahn warteten, starrte sie abwesend vor sich hin.

»Woran denkst du?« fragte er. »An den dicken Kerl?«

Stella sah ihn erstaunt an. »Was für einen dicken Kerl?« Sie hatte den Amerikaner vollkommen vergessen.

»Na, der Bursche, der dich eben angequatscht hat. Tut es dir leid, daß ich dazwischengekommen bin?«

»Michael, sei nicht so albern. Erstens war der nicht dick, und zweitens habe ich nicht die Absicht, mich mit einem Amerikaner einzulassen. Ich als ehemalige Frau eines SS-Mannes, du weißt, daß das ganz unmöglich ist.«

»Also deswegen.«

Sie machte ihren Arm los und sagte leise und scharf: »Hör auf mit deiner ewigen Eifersucht. Du machst mich krank.«

Sein Zorn fiel zusammen wie ein Luftballon, den man angestochen hatte. Er blickte sie unglücklich an und sagte leise und niedergeschlagen:

»Ich bin dir zuwider, nicht wahr?«

Die Straßenbahn kam. Aber es war unmöglich, hineinzukommen. Sie war überfüllt. Die Menschen hingen in einer dicken Traube auf den Trittbrettern.

»Vielleicht kommt bald wieder eine. Puh, wenn ich daran denke, in dieser Hitze in so einer vollen Bahn zu fahren, wird mir schlecht. Lieber laufen wir.«

»Es ist zu weit«, sagte Michael. »Aber du kannst ja umkehren. Vielleicht steht der noch an der Ecke, da kannst du im Auto heimfahren.«

Stella fuhr herum und sah ihn wütend an. »Wenn du jetzt noch ein Wort von diesem verdammten Amerikaner sagst, lasse ich dich hier stehen, und du hast mich das letztemal gesehen.«

Und wieder dieser unglückliche, trostlose Blick. »Ich bin dir zuwider, ich weiß.«

»Du bist mir nicht zuwider. Aber du tust alles, damit es dahin kommt. Kannst du mir sagen, was diese sinnlose Eifersucht soll? Wo wir gehen und stehen, fängst du damit an. Demnächst muß ich noch einen Schleier tragen wie eine Moslemfrau, bloß damit mich kein Mann ansieht.«

»Du bist eben so schön«, sagte er. »Jeder Mann begehrt dich.«

»Quatsch!« sagte Stella. »Ich bin überhaupt nicht mehr schön. Ich bin viel zu dünn, ich habe Löcher unterm Hals, und meine Haare sind strähnig, und ich habe Falten, weil ich nicht mal eine Creme für mein Gesicht habe.«

»Ich werde dir Creme besorgen«, sagte er eifrig. »Amerikanische. Du brauchst keinen Amerikaner dazu. Du kriegst das alles von mir. Und du bist die schönste Frau, die ich kenne. Jeder Mann sieht dich an.«

»Na schön, da sieht er mich eben an. Die Männer haben mich immer angesehen. Aber ich gehe nicht mit jedem ins Bett, der mich ansieht.«

Die nächste Bahn kam. Sie war genauso voll. Es war unmöglich, hineinzukommen.

»Ich glaube, wir laufen doch«, sagte Stella.

»Ich liebe dich«, sagte Michael, und seine Hand glitt streichelnd über ihren nackten Arm. »Ich kann nichts anderes sehen und denken als Stella, Stella, Stella. Ich habe immer Angst, es nimmt dich jemand mir weg.«

»Du solltest lieber an dein Konzert denken«, sagte Stella nüchtern. »Wenn du Karriere machst, können wir vielleicht bald hier fort.«

»Wir gehen nach Amerika«, sagte er, »ich habe es dir versprochen. Du kriegst ein weißes Haus am Meer, ein riesiges Auto, die schönsten Kleider und den teuersten Schmuck. Wie eine Königin sollst du leben.«

Stella hob ein wenig den Mundwinkel. Ein schräger Blick traf ihn, ein spöttischer Blick. »Vielen Dank inzwischen«, sagte sie. »Ich wäre schon froh, eine eigene kleine Wohnung zu haben und genug zu essen. Auf jeden Fall aber mußt du erst mal so berühmt werden, daß man dich nach Amerika holt.«

»Das kommt alles«, sagte er mit Bestimmtheit. »Es dauert nicht lange.«

Stella war nicht so sicher. Die Nervenbelastung der letzten Jahre teilte sich seinem Spiel mit. Es war fahrig, unsicher, ungleichmäßig. Er war nicht stabil und robust genug, um so rasch damit fertig zu werden. Später vielleicht einmal, nach Jahren.

Sie blickte über die graue Straße hin, die vor Hitze erstarrt schien. Vor ihren Augen tanzten bunte Ringe.

»Ich habe Hunger«, sagte sie, »und ich bin müde.«

»Wir sind bald zu Hause. In die nächste Bahn müssen wir unbedingt hinein. Und zu Hause lege ich dich ins Bett. Erst dusche ich dich. Und dann koche ich dir starken Kaffee.«

Ja, dachte Stella, und dann legst du dich neben mich. Und dann willst du mich wieder lieben. Mit deinem unstillbaren, heißhungrigen Verlangen nach mir. Und kein Millimeter meines Körpers ist sicher vor deinen Händen, deinen Augen, deinem Mund. Wenn du könntest, würdest du mich verschlingen mit Haut und Haar. Oder zerteilen und einpökeln und in Büchsen füllen, um bei Bedarf jedes Stück einzeln herunternehmen zu können.

Unwillkürlich mußte sie lachen über das drastische Bild. Das war gewiß kein lyrischer Gedanke. Kein Gedanke für eine liebende Frau.

»Warum lachst du?« fragte Michael mißtrauisch.

»Mir fiel gerade etwas ein.«

»Was?«

Zum Glück kam die Straßenbahn.

»Los!« rief Stella. »Diesmal müssen wir hinein. Sonst stehen wir morgen früh noch hier.«

Und das Wunder geschah wieder, das ihr immer geschah. Was an Männern in der überfüllten Bahn stand, machte ihr Platz, drückte sich zusammen, um sie hineinzulassen. Und einer stand sogar auf und bot ihr seinen Platz an.

Stella lächelte ihn strahlend an. »Danke«, sagte sie.

Die Umstehenden und die Sitzenden sahen dieses selten gewordene Wundertier von einem Kavalier staunend an. Ein paar Frauen in der Nähe blickten gehässig auf Stella herab.

Sie unterdrückte ein Lächeln. Auch ohne Creme für ihr Gesicht, mit strähnigem Haar und Löchern unterm Kinn schien sie immer noch attraktiv zu sein. So gesehen, war Michaels verrückte Eifersucht schon zu verstehen.

Der Mann, der ihr den Platz angeboten hatte, ein breiter, stiernackiger Kerl mit buschigem, schwarzem Haar und rotem Gesicht, hatte es nicht ganz umsonst getan. Er stand vor ihr. Seine Beine preßten sich an ihre Knie. Nach und nach drängte er ihre Knie auseinander und schob ein Bein dazwischen. Sicher, es war voll. Abstand konnte man nicht verlangen. Aber das war wohl doch reichlich kühn.

Stella hielt die Lider gesenkt und verzog keine Miene. Aber es kam noch schlimmer.

Bei der nächsten Kurve verlor der Mann die Balance oder tat jedenfalls so, er kippte nach vorn, sein Atem fuhr Stella ins Gesicht. Seine Hand, scheinbar Halt suchend, streifte ihre Brust. Gar nicht mal so flüchtig. Da sie nackt war unter dem dünnen Sommerkleid, spürte sie die Berührung deutlich.

»Hoppla«, sagte er.

Sie blickte starr geradeaus. Aber das Spiel wiederholte sich. Und mit Entsetzen merkte Stella, daß bei der zweiten Berührung ein jäher Schauer sie durchlief.

Die Brauen ein wenig unwillig zusammengezogen, blickte sie auf. Der Mann grinste freundlich auf sie herab. »Tschuldigens scho«, sagte er. »'s is wieder voll da herin.«

Er hatte die niedrige Stirn eines Affen. Und seine Augen glühten sie begehrlich an. Sein Bein steckte jetzt fest zwischen ihren Oberschenkeln.

Was für eine Zeit! dachte Stella. Die ganze Welt ist aus den Fugen. Wenn dieser Mensch jetzt hier Gelegenheit hätte, würde er mich auf der Stelle vergewaltigen.

Und der Amerikaner vorhin hätte sie wahrscheinlich in seinen Jeep gesetzt und wäre mit ihr hinter den nächsten Busch gefahren.

Ob das immer so war nach einem Krieg? Dieser wilde Hunger nach Liebe? Ach Unsinn, was hatte das mit Liebe zu tun! Nicht mal mit Erotik. Sexuelle Gier war es, animalische Freßsucht. Sie war ja selber nicht ganz frei davon. Ekel und Abscheu vor dem dicken, schwitzenden Kerl vor sich erfüllten sie, und trotzdem empfand sie eine seltsame, erniedrigende Lust daran, sein Bein zwischen ihren Schenkeln zu halten, die Berührung seiner Hand an ihrer Brust zu spüren.

Sie hatte das Gefühl, sie würde wortlos mitgehen, wenn der sie jetzt an der Hand nahm, aus der Straßenbahn zog, in die nächste Ruine stieß und dort wie ein hungriges Tier über sie herfiel.

Sie schloß die Augen. Was für eine entsetzliche Vorstellung! Es mußte der Hunger sein, den man immer hatte. Oder die Verlorenheit, in der man lebte. Oder die Demütigung, die die Zeit über sie brachte, daß man sich auch in diesem Punkt demütigen und erniedrigen wollte. Was war man denn? Eine Frau? Ein Stück Körper, das der Lust der Männer diente. Es gab ja so wenig Männer und so viele Frauen. Wenn irgendwo einer winkte, kamen die Frauen bereitwillig. Hier bin ich. Nimm mich. Mach, was du willst.

Man lebte in einer Welt und in einer Zeit ohne Stolz und ohne Würde. Warum sie auf diesem Gebiet bewahren? Was bedeutete Hingabe heute schon? Die Russen hatten die Frauen vergewaltigt. Hier gaben sich die Frauen willig und oft für eine Schachtel Zigaretten, für eine Dose Kaffee, ein Pfund Butter. Und sie taten es nicht einmal ungern. Es war Lüge, wenn sie das behaupteten.

Der Mann stützte sich hinter ihr an die Scheibe, tat, als blicke er auf die Straße. »Ich muß jetzt aussteigen«, raunte er ihr zu und blickte sie auffordernd an.

»Denn man zu«, sagte Stella.

Er gab ihr einen enttäuschten Blick und drängelte sich durch die Menge zur Tür.

Stella fing den belustigten Blick einer jungen Frau auf, die neben ihr saß. Eine nette junge Frau. Sie blickte nicht so giftig wie die anderen. Jetzt lächelte sie.

Sie beugte sich nahe zu Stella heran und flüsterte: »Die Männer sind wirklich komisch heute. Sie bilden sich ein, man müsse für alles bezahlen. Auch für einen Sitzplatz, den sie einem anbieten.«

Stella lächelte zurück. »Ja«, sagte sie, »Kavaliere mit Rückversicherung. Demnächst werden sie fragen, ehe sie einen Platz frei machen, ob man ...« Sie vollendete den drastisch gemeinten Satz nicht. Aber ihre Nachbarin hatte ihn verstanden. Sie kicherte amüsiert.

Eine Welt voll Hunger und Begierde. Und sie hatte sogar einen Mann, der sie liebte, der sie bewachte, als sei sie die einzige Frau auf der Welt. Wo war er eigentlich?

Stella verdrehte den Kopf und suchte nach Michael. Da stand er, dicht an der Tür. Hoffentlich fiel er nicht hinaus oder wurde hinausgeschubst. Er war manchmal so unbeholfen.

Natürlich hatte er die ganze Zeit zu ihr hingestarrt. Jetzt sah er ihren suchenden Blick, hob die Hand und winkte ihr zu.

Halt dich lieber fest, dachte Stella. Sie wandte den Kopf zurück. Und blickte wieder mal dem Problem ihres Daseins in die Augen. Sie war müde und freute sich auf das Nachhausekommen. Aber gleichzeitig graute ihr vor dem Heimkommen. Da waren die beiden alten Männer, die sie bestaunten wie das achte Weltwunder. Da war die mißtrauische Mizzi. Da war Michael. Immerzu und ohne Ruhepause Michael. Am Morgen, am Abend, in der Nacht. Anbetend, bewundernd, selig und verzweifelt. Michael, der in ihr alle Frauen liebte, die er nie besessen hatte. Für den sie der Höhepunkt der Schöpfung war und der sie doch für sich, für sich ganz allein beanspruchte, jetzt und in alle Ewigkeit.

Sie lebte jetzt seit zwei Monaten mit ihm zusammen. Und sie hatte ihn bereits gründlich satt. Seine unersättliche, demütige Liebe. Sein Mißtrauen, seine Eifersucht, seine Komplexe.

Als Schloß Seeblick damals beschlagnahmt wurde, als man sie auswies aus Österreich, hatte sie nicht gewußt, wohin. Wäre sie doch nach Berlin gegangen, wie sie es vorgehabt hatte. Hermine war zurückgekehrt. Ihre Wohnung war wirklich erhalten geblieben. Aber was sie von Berlin schrieb, klang nicht sehr verlockend. Und dann natürlich die Russen. Die Lage war in Berlin noch ungeklärter als anderswo. Dietrich war zwar tot, aber sie war seine Frau. Sie hatte es in den letzten Monaten zu spüren bekommen, was das bedeutete. Fragen, Verhöre, Ablehnung, wohin sie kam. Sie sei mit dem Gauleiter befreundet gewesen, hieß es in Österreich, sie sei im Auto gefahren, habe in Saus und Braus gelebt. Kein Mensch glaubte ihr, daß Schloß Seeblick rechtmäßig gekauft und bezahlt worden war. Natürlich, der ganze Besitzwechsel von Schloß Seeblick war unterderhand und ohne Aufsehen vorgenommen worden. Bezahlt mit Schweizer Franken.

Stella besaß keine Unterlagen darüber. Die Besatzungsmacht nahm an, Dietrich habe Seeblick einfach genommen, nachdem er den rechtmäßigen Besitzer vertrieben hatte. Später würde sich das vielleicht einmal aufklären. Jetzt, in dem ganzen Durcheinander nach Kriegsende, bestand darauf keine Aussicht. Zumindest war es deutscher Besitz. Sie hatte keinen Anspruch mehr darauf. Man hatte sie dort weggejagt wie eine Verbrecherin.

Wo sollte sie hin? Da war Pieter, da war Tell, den sie nicht zurücklassen wollte.

Man hatte sie über die Grenze abgeschoben. Ein wenig Gepäck, nur das Nötigste. Sorglich verwahrt in einem Ledertäschchen, das sie unter dem Kleid trug, ihr Schmuck. Viel war es nicht. Meist stammte er aus dem Besitz von Dietrichs Mutter.

Sie kam nach München. Und hier war Michael.

Überglücklich, daß sie kam. »Du bleibst natürlich bei mir«, sagte er. »Ich wollte sowieso versuchen, zu dir zu kommen.«

»Ich dachte, ich könnte nach Berlin weiter«, meinte Stella.

»Nach Berlin? Ganz unmöglich. Mit dem Kind, mit dem Hund. Bei den Russen durch? Wie denkst du dir das? Bleib lieber hier in München. Hier lebt es sich ein bißchen besser.«

Michael und sein Vater waren bei dem Hofschauspieler Thalhammer untergekommen. Dem hatte man bis Kriegsende die ganze Wohnung vollgesetzt. Michael, der ja gewisse Sonderrechte beanspruchen konnte, war es gelungen, daß man die anderen Leute ausquartierte, so daß er mit seinem Vater bei dem Schauspieler wohnen konnte. Und Stella zog nun auch dort ein.

Hier waren endlich einmal Menschen, die sie kannten, die sie nicht als Aussätzige behandelten. Rudolf Thalhammer küßte ihr die Hand.

»Ich bin stolz, gnädige Frau«, sagte er, »mich zu Ihren Bekannten zählen zu dürfen. Und glücklich, Ihnen behilflich sein zu können.«

Der Hausmeister Huber hatte erstaunt die Augen aufgerissen. »Ja, da schaugst«, hatte er überrascht gesagt. »Mei, dös ham S' fei sauber hinkriegt, gnä' Frau.«

Stella bekam das Biedermeierzimmer. Dort sah es inzwischen sowieso ein wenig verändert aus. Eine alte Couch stand darin, ein wackliger Kleiderschrank. Für Pieter wurde ein Feldbett aufgeschlagen. Und Tell bekam eine alte Wehrmachtsdecke auf den Boden.

Mizzi, die Wiener Haushälterin des Schauspielers, betrachtete ihren Einzug mit schiefem Blick. In ihr hatte Stella eine Feindin vom ersten Tag ihres Dortseins. Kein Charme, kein Lächeln, kein Lob halfen da etwas.

Aber das war nicht das schlimmste. Das schlimmste war Michael. Er lag gewissermaßen vom ersten Tag an vor ihr auf den Knien. Er war zwar jetzt frei, er war in vieler Beziehung weit besser dran als der Durchschnitt der Bevölkerung; aber an seiner

Liebe zu Stella hatte das nichts geändert. All das, was er in den vergangenen Jahren unterdrückt hatte, brach jetzt mit Macht hervor.

Er wich nicht von ihrer Seite. Hatte er irgendeinen Gang zu erledigen, mußte sie ihn begleiten. Was er bekam an Sonderzuteilungen, brachte er ihr. Er war voller Zukunftspläne, und immer schloß er sie ein in diese Pläne. Am Anfang war Stella gerührt. Dankbar für ein bißchen Liebe und Fürsorge.

»Willst du nicht lieber in meinem Zimmer schlafen? Da steht ein richtiges Bett drin. Soll ich dir einen Tee kochen? Ich habe von einem Mann gehört, da bekommt man zu einem anständigen Preis erstklassigen Kaffee. Ich habe dir Zigaretten mitgebracht, Stella. Soll ich ...? Kann ich ...? Darf ich ...? Möchtest du ...?« So ging es von früh bis spät. Aber dabei blieb es nicht. Er nahm ihre Hand, küßte sie, ihren Arm. Er lag vor ihr auf den Knien und bohrte seinen Kopf in ihren Schoß wie ein Kind.

»Ich liebe dich, Stella. Ich liebe dich. Bleib bei mir. Geh nie mehr fort von mir. Ich werde berühmt werden, ich werde Karriere machen. Alles für dich, Stella. Ohne dich will ich nicht mehr leben.«

Ja, dieses neugeschenkte Leben, das für ihn wie ein Wunder sein mußte, es bedeutete ihm nichts ohne sie. Das Wunder war sie für ihn.

Natürlich sahen und hörten die anderen das alles auch. Man lebte zu eng zusammen.

Alexander Keller betrachtete das Idyll, seinen verliebten Sohn mit gerührtem Blick. Mizzi schnaufte verächtlich durch die Nase. Für sie war Stella ein ganz durchtriebenes Frauenzimmer. Die Juden hatte sie gerettet? Die hatte genau gewußt, warum sie das tat. Frau von einem Nazi, hatte sich rechtzeitig rückversichert und machte nun den armen Buben verrückt.

Ein Bub war Michael in aller Augen. Auch in Stellas, obwohl er nun bereits einunddreißig Jahre alt war. Aber er sah immer noch aus wie höchstens fünfundzwanzig. Blond, zart, mit seinen gläubigen Kinderaugen, mit seiner sensiblen Künstlerseele.

Der einzige, der mit einiger Besorgnis diese Entwicklung beobachtete, war Rudolf Thalhammer. Er bemerkte, daß Stella weit davon entfernt war, Michael zu lieben. Daß sie freundschaftlich, ja mütterlich für ihn empfinden konnte. Aber daß er kein Mann für diese Frau war, das erkannte der Hofschauspieler gut.

Stella gab schließlich nach, weil sie seinem Drängen und Bitten nicht mehr gewachsen war.

An einem heißen Juninachmittag wurde sie seine Geliebte. Sie waren allein in der Wohnung. Mizzi besuchte ihre Freundin am anderen Ende der Stadt. Die beiden alten Herren und Pieter waren zu Kaffee und selbstgebackenem Kuchen eingeladen. Eine Kollegin des Herrn Hofschauspielers, eine alte Dame, einst seine Julia, seine Luise, seine Ophelia, die jetzt in Bogenhausen in einer feudalen Villa wohnte, weil sie gescheit genug war, rechtzeitig einen sehr reichen Mann zu heiraten.

Michael war auch eingeladen worden. Und Stella hatte sich schon auf den Nachmittag, an dem sie allein sein würde, gefreut. Aber Michael lehnte ab. Er müsse üben.

Stella hörte eine Weile seine Geige. Sie saß auf dem Biedermeiersofa in einem leichten, dünnen Kittel, unter dem sie nackt war, die Beine unter sich gekreuzt, und stopfte Pieters zerrissene Höschen.

Und dann kam er natürlich zu ihr.

»Möchtest du Kaffee?« fragte er.

»Gern«, sagte sie. »Wenn du sowieso einen kochst.«

»Ja. Ich kann nicht arbeiten. Es ist einfach zu warm. Mir klebt der Bogen in der Hand. Was machst du denn da?«

»Siehst du doch.« Sie wies auf all die kaputten Strümpfe und Hosen und Hemden. »Alles ist hin. Und neues kriegt man nicht. Und wachsen tut der Junge auch wie verrückt. Ich weiß nicht, wie das werden soll.«

Aber er sah nicht auf die zerrissenen Kleidungstücke, er sah natürlich sie an.

»Wie schön du bist!«

»Kann ich nicht finden«, meinte Stella. »Ich sehe aus wie eine Vogelscheuche.«

Plötzlich saß er neben ihr auf dem Sofa. Seine Finger glitten zärtlich über ihren nackten Arm.

»Ich denke, du kochst Kaffee«, sagte Stella irritiert.

»Gleich. Ich muß dich nur noch ein bißchen ansehen. Deine Hände ... Ich habe noch nie eine Frau mit solchen Händen gesehen.«

Stella blickte ihn von der Seite an und lächelte. »Deine Bewunderung tut mir gut, Michael. Manchmal komme ich mir vor wie ausgestoßen. Allein in einem finsteren Wald.«

Das hätte sie nicht sagen sollen.

Er schob sein Gesicht dicht vor das ihre. »Stella! Ausgestoßen! Du! Allein? Wo du bist, ist die Welt hell. Wo du gehst, blühen Blumen.«

Sie lächelte mit leichtem Spott. »Michael, ich denke, du bist Musiker. Am Ende fängst du noch an zu dichten.«

»Für dich könnte ich alles tun. Stella, bitte ...«, er schob ihre Hand mit der Nadel herab. »Sieh mich an, bitte.«

»Michael, sei doch gescheit. Fang nicht wieder an.«

»Stella, ich liebe dich. Warum willst du nicht bei mir sein? Es gibt für mich keine andere Frau auf der Welt. Ich liebe dich jetzt seit Jahren und Jahren. Ich habe dich schon geliebt, damals, als Jochen mit dir auf der Heide spazierenging.«

»Das ist nicht wahr, Michael. Jetzt schwindelst du«, sagte sie und versuchte, einen leichten, harmlosen Ton zu finden.

»Doch. Ich schwöre es dir. All die Jahre gab es für mich keine Frau, Stella. Nur dich. Immer nur dich.«

Er schlang die Arme um sie, spürte ihren schlanken, festen Körper und wurde immer erregter. Er bog sie zurück in die Ecke des Sofas, küßte sie leidenschaftlich, gierig, ohne Ende. Dann schob er den Kittel von ihrer Schulter zurück, begrub seinen heißen Mund an ihrem Hals, glitt hinab mit seinen Lippen, in den Ausschnitt des Kittels, merkte, daß sie nichts darunter trug. Seine zitternden, ungeschickten Hände kamen, glitten an ihr entlang, faßten endlich ihre Brust.

Stella versuchte, sich zu befreien, ihn fortzustoßen, aber er war stark, hielt sie fest, drückte sie mit seinem Körper in das Sofa. Und dann lagen seine Lippen auf ihrer Brust, saugten sich da gierig fest, es tat ihr weh, aber in diesem Moment empfand auch sie Lust und Verlangen.

Es war Jahre her, seit ein Mann sie umarmt hatte. Nach ihrer Krankheit war Dietrich nicht mehr bei ihr gewesen. Und vorher die Schwangerschaft. Seine Leidenschaft sprang auf sie über, ihre Brüste richteten sich verlangend auf, die süße, bekannte und lang vergessene Schwäche glitt ihren Rücken entlang, in die Kniekehlen, ihr Kopf sank zurück, ihre Hände sanken herab, sie wehrte ihn nicht mehr ab.

Es war keine Liebe, natürlich nicht, es war nicht einmal Verliebtheit. Es war weiter nichts als ein ganz primitives Verlangen ihres Körpers, eine natürliche Reaktion auf die Nähe des erregten Mannes.

Der Liebesakt war kurz. Sie fand keine Befriedigung darin. Michael war viel zu aufgeregt, viel zu begierig. Und zu unerfahren wohl auch. Er lag danach mit dem Kopf auf ihrer Brust und weinte. Große, dicke Kindertränen, so erschüttert hatte es ihn, sie zu besitzen.

Stella lag starr und steif, sie blickte zur Decke auf, streichelte abwesend sein blondes Haar.

Ihr Körper war enttäuscht, unbefriedigt, er verlangte nach Lust, nach Erfüllung und Befreiung. Sie sehnte sich nach einem Mann. Eben hatte einer sie geliebt. Und jetzt, gleich danach, sehnte sie sich nach einem Mann. Sie hätte in diesem Moment nicht zu sagen gewußt, nach welchem. Alle Männer, die sie geliebt hatten und die sie, jeder auf seine Art, glücklich gemacht hatten, waren ihr in diesem Moment nahe.

Und ganz dicht bei ihr, ganz nah ihrem Herzen, so deutlich vor ihren Augen, daß sie meinte, ihn greifen zu können, war der eine, der sie nicht geliebt, den sie nicht besessen hatte und der nun tot war.

Krischan! Fast ein Jahr war es her, daß er sie geküßt hatte. Die Nacht im Luftschutzkeller, wo er sie in den Armen gehalten hatte. Und dann in Hermines Wohnung, sie lag in seinem Schoß und blickte in sein Gesicht. Krischan! Krischan! Es kann nicht wahr sein, daß du tot bist. Es kann nicht wahr sein, daß du nie mehr kommst. Du bist mir alles schuldig geblieben. Dich wollte ich lieben. Dich allein, bis ans Ende aller Zeit, nur noch dich. Versinken wollte ich in dir und deiner Liebe. Nie mehr aufwachen von deinen Küssen.

Du bist tot. Tot! Tot!

Sie hatte Mühe, nicht zu schreien. Zu schreien vor Not und Schmerz und ungestillter Sehnsucht.

Aber sie lag still. Und die Tränen rollten auch ihr über die Wangen. Tränen der Sehnsucht, der Verlassenheit, Tränen des Schmerzes um den Toten.

Und sternenweit war sie von dem Mann entfernt, der sie eben geliebt hatte. Der an ihrem Herzen lag und weinte. Vor Glück.

Von dieser Zeit an betrachtete Michael sie als seinen Besitz. Sie war die Göttin seines Lebens. Nichts sonst war von Bedeutung. Aber er erwartete das gleiche auch von ihr.

Stella gab sich eine Zeitlang redlich Mühe, ihm Zuneigung und Zärtlichkeit entgegenzubringen. Aber es gelang ihr nicht. Und seine nimmermüde Liebe wurde ihr zur Last. Er wollte, daß sie jede Nacht bei ihm schlief. Er kam in ihr Zimmer und holte sie.

Stella versuchte, ihn abzuwehren. Es sei ihr peinlich, sagte sie. Jeder in der Wohnung würde es merken.

Michael schob diesen Einwand beiseite. Was machte das? Jeder hier wußte sowieso, daß er sie liebte. Und daß sie inzwischen seine Geliebte geworden war, wußte man auch.

Aber etwas Neues empfand Stella in diesem Verhältnis, was sie zuvor nie empfunden hatte: Scham. Sie schämte sich, Michaels Geliebte zu sein. Schämte sich vor seinem Vater, vor Rudolf Thalhammer, der Haushälterin, vor Pieter, der es ja noch nicht verstand, ja selbst vor Tell, und am meisten vor sich selbst.

Früher, bei den anderen Männern, hatte es ihr nie etwas ausgemacht, wenn die Umwelt über das Liebesverhältnis unterrichtet war. Diesmal hätte sie es am liebsten vor allen versteckt.

Es gab nur eine Erklärung dafür. Sie liebte Michael nicht. Sie würde ihn nie lieben können. Und einem Mann zu gehören, mit einem Mann zusammen zu sein, den man nicht liebte, nicht einmal begehrte, das war beschämend. War Verrat an sich selbst, an dem Wunder der Liebe. Manchmal fragte sie sich erstaunt, wie es überhaupt dazu kommen konnte. Und dann fand sie die Antwort: Es war ihr Tribut an die aus den Fugen geratene Zeit.

Michael wollte sie heiraten. Er drängte sie ständig dazu. Dann wäre alles in Ordnung, dann könnten sie offiziell zusammen leben, niemand würde dabei etwas finden, und ihre Ausreden wären hinfällig.

Aber Stella dachte nicht daran. Woran sie dachte, Tag und Nacht, war das Problem, wie sie hier wegkommen sollte. Und das Ziel, das sie vor Augen hatte, war Berlin. Hermine war dort, sie hatte die Wohnung, dort konnte sie in Ruhe leben und sich eine Arbeit suchen.

Denn eine Arbeit mußte sie haben. Auch jetzt beschäftigte sie sich täglich mit der Frage, was sie tun sollte. Sie besaß noch eine Summe Geld, die aber täglich zusammenschrumpfte. Sie besaß den Schmuck, von dem sie bereits ein Stück gegen Lebensmittel eingetauscht hatte. Früher oder später aber mußte sie unbedingt etwas verdienen.

Michael wollte davon nichts hören. Sie würden heiraten, und später, bald, in gar nicht allzu ferner Zeit, würde er ihr die Welt zu Füßen legen.

Eine Arbeit im gegenwärtigen Zeitpunkt zu finden, war gar nicht so einfach. Sie hatte ja nichts gelernt. Modellieren, Zeichnen, Töpfern, das waren jetzt überflüssige Künste. Außerdem hatte sie kein Atelier. Sie konnte weder stenografieren noch Schreibmaschine schreiben, also war sie auch für eine Bürotätigkeit nicht zu gebrauchen. Natürlich gab es andere Möglichkeiten. Das Nächstliegende war, eine Stellung bei den Amerikanern zu suchen. Die stellten viele Frauen ein für alle möglichen Arbeiten.

Aber davon wollte Michael nichts hören. Als sie davon sprach, wurde er das erstemal richtig ausfallend. Mit Gewalt, sagte er, würde er sie daran hindern, bei den Amerikanern eine Arbeit anzunehmen. Überhaupt seien das ganz überflüssige Gedanken, die sie sich mache. Seine Frau brauche nicht zu arbeiten.

Michaels erstes Konzert wurde ein mäßiger Erfolg. Konzerte gab es zur Zeit viel. Berühmte Künstler mit großen Namen, die der Krieg hier stranden ließ, standen zur Verfügung. Die Musikliebhaber kamen auf ihre Kosten. Was gab es denn auch für Abwechslung für die hungrigen, besiegten Menschen? Kunst und die Theater, die nach und nach wieder zu spielen begannen, Kabarett, Musik und Gespräche, Gespräche.

Noch zwei Tage vor dem Konzert gab es einen bösen Streit zwischen Stella und Michael. Da keiner in diesem Haushalt Klavier spielen konnte, kam regelmäßig ein junger Mann, um Michael zu begleiten. Ein schmaler, blasser Junge von zweiundzwanzig Jahren. Er hatte begonnen, Musik zu studieren, war durch die Einberufung unterbrochen worden und schlug sich jetzt mühselig und allein durchs Leben. Stella hat sich einige Male mit ihm unterhalten, was Michael bereits mit scheelen Augen sah.

An diesem Tag hatte sie dem jungen Mann eine Tasse Kaffee gekocht und zwei Brote zurechtgemacht. Er sah so elend aus, so verhungert, daß man befürchten mußte, er würde jeden Moment zusammenklappen.

Er hatte sich überschwenglich bei ihr bedankt, und in Windeseile waren Tasse und Teller leer. Stella lächelte mütterlich auf ihn herab.

Michael stand blaß und zornig dabei.

»Wenn du uns jetzt bitte allein lassen wolltest«, sagte er zu ihr mühsam beherrscht, »wir haben zu arbeiten.«

Stella warf ihm einen kurzen, erstaunten Blick zu und ging aus dem Zimmer.

Später, als der junge Mann gegangen war, kam Michael zu ihr.

»Du solltest dich schämen«, sagte er.

Stella blickte mit hochgezogenen Brauen zu ihm auf. Sie saß am Tisch und bewachte Pieters Abendessen.

»Warum?« fragte sie kühl.

»Jedem Mann, der in deine Nähe kommt, mußt du den Kopf verdrehen. Es ist schamlos, wie du dich benimmst. Man könnte meinen, du seist ...«

»Sei still«, sagte Stella zwischen schmalen Lippen. »Sei auf der Stelle still, oder es passiert etwas. Und mach, daß du hinauskommst!«

Er wollte weiterreden, aber sie stand auf, stellte sich mit wutblitzenden Augen vor ihn hin und sagte gefährlich leise:

»Siehst du nicht, daß Pieter hier ist? Es genügt, wenn du mir das Leben verbiesterst. Aber ich dulde nicht, daß der Junge davon etwas hört. Scher dich 'raus!«

Sie war so wütend, daß sie ihm am liebsten etwas an den Kopf geworfen hätte. Michael merkte es. Er drehte sich um und verließ den Raum. Pieter, mit vollen Backen kauend, sagte anteilnehmend: »Onkel Michael is' ein Depp, nich?«

Stella seufzte. »Nein. Er ist kein Depp. Bloß manchmal ein bißchen komisch. Und nun iß schön.«

»Wenn ich alles aufgegessen habe, erzählt mir dann Onkel Alexander eine Geschichte?«

»Weiß ich nicht. Du kannst ihn ja mal fragen.«

»Hab' ich schon. Er hat gesagt, ja, er erzählt mir eine.«

»Dann ist es ja gut.«

Nach dem letzten Bissen rutschte Pieter vom Stuhl und machte sich auf den Weg zu Onkel Alexander. Er hing an beiden alten Herren gleichermaßen. Alexander Keller erzählte ihm unermüdlich Märchen und Geschichten, und Rudolf Thalhammer deklamierte Monologe der Klassiker, die Pieter sehr imponierten.

Erst vor einigen Tagen hatte Stella ihn erwischt, wie er mitten im Zimmer stand, die Hand theatralisch an die Stirn gelegt, und mit tiefer Stimme erklärte: »Sein oder Nichtsein, das ist hier die Frage!«

Sie hatte lachen müssen. Später sagte sie zu Rudolf Thalhammer: »Wenn das so weitergeht, wird Pieter mal Schauspieler.«

»Ist doch kein schlechter Beruf«, meinte der alte Hofschauspieler lächelnd, »haben Sie was dagegen, Stella?«

»Gar nicht. Von mir aus kann er alles werden, was er will, nur kein Soldat. Dagegen würde ich mich mit Händen und Füßen wehren.«

»Nun, die Gefahr besteht ja auch nicht mehr. Ich glaube, dieses Kapitel ist für Deutschland für alle Zeiten abgeschlossen.«

»Gott sei Dank!« sagte Stella. »Dann hat der Krieg doch wenigstens etwas Gutes bewirkt.«

Nachdem Pieter sicher bei Onkel Alexander in einem großen Lehnstuhl untergebracht war, ging Stella, immer noch wutgeladen, zu Michael.

»Jetzt hört der Spaß langsam auf«, sagte sie ohne weitere Einleitung. »Wenn du schon anfängst, mir vor dem Jungen Szenen zu machen, werde ich bösartig. Merke dir ein für allemal: ich bin frei und ledig, ich kann tun, was ich will, ich kann gehen und kommen, wie ich will. Ich habe es in meinem ganzen Leben nicht vertragen, wenn man mich anbinden wollte. Auch nicht mit Liebe. Außerdem machst du dich im höchsten Grad lächerlich. Dein Klavierspieler ist ein halbes Kind. Denkst du vielleicht, ich kann keinen anderen Mann finden, wenn ich einen will? Aber ich habe genug von Männern, von allen, auch von dir.«

Diese Auseinandersetzungen dauerten nie lange. Michael war nicht der Mann dazu, einen Streit erbittert auszufechten. Nach kurzer Zeit brach er zusammen, klagte sich an, weinte manchmal sogar, bettelte um ihre Verzeihung, ihre Liebe.

Als der Winter kam, als sie noch mehr als zuvor auf das enge Miteinanderleben angewiesen waren, war Stella so gereizt, so überdrüssig dieses Daseins, das sie jetzt führte, daß sie meinte, es nicht mehr aushalten zu können.

Sie mußte fort, sie mußte eine Arbeit haben. Sie wollte, ja, zum Teufel, sie wollte einen anderen Mann. Oder gar keinen. Sie wußte, was es für Michael bedeuten würde, wenn sie ihn verließ. Manchmal, wenn sie sich mit diesen Gedanken beschäftigte, kam ihr die schreckliche Vorstellung, daß er sich das Leben nehmen würde. Oder vielleicht auch sie töten würde. Er war labil, schwach, verstört von der Zeit, die hinter ihm lag, was verständlich war. Zwölf Jahre des Ausgestoßenseins, der Verdammung, der Demütigung, das mußte auf einen Menschen wie Michael verheerend gewirkt haben. Vielleicht war es ihre Aufgabe, ihm zu helfen. Vielleicht war sie der einzige Mensch auf der Welt, der ihn wieder ins Gleichgewicht bringen, der ihm Kraft und Mut verleihen konnte.

Aber sie war dieser Aufgabe nicht gewachsen. Sie war selbst aus dem Gleichgewicht geraten, es fehlten ihr ja selber Kraft und Mut, sie lebte von heute auf morgen, wußte nicht, was aus ihr und Pieter werden sollte, sie hatte Angst vor der Zukunft, und vor allem, sie liebte Michael nicht. Seine Nähe, seine Liebe, seine Umarmungen waren ihr eine Plage. Und wurden es täglich mehr.

An einem Abend im Januar saß sie mit Rudolf Thalhammer allein in seinem Zimmer. Alexander war schon zu Bett gegangen, da er erkältet war. Und Michael hatte an diesem Abend eine Verabredung mit einem Agenten. Er wollte, daß sie mitkäme, aber sie hatte abgelehnt. Auch Pieter fühlte sich nicht ganz wohl, er fieberte leicht, und Stella wollte ihn nicht allein lassen.

Es war kein Wunder, daß man krank wurde. Man bekam keine Kohlen, kein Holz. Die Wohnung mit den alten, hohen Zimmern war eiskalt. Auch jetzt hatte sie ihren Pelz umgehängt, die Beine in eine Decke gehüllt. Und wie meist stopfte sie die Strümpfe der Männer.

Sie hatten einen dünnen Tee getrunken, jeder eine teure amerikanische Zigarette geraucht. Das Radio spielte. Der Schauspieler las in einem Buch.

Als er einmal aufblickte, sah er Stella an, die, einen zerrissenen Strumpf im Schoß, mit düsterer Miene vor sich hin starrte.

»Was machen Sie für ein Gesicht, Stella?« fragte er.

Stella schrak auf. Sie merkte selbst, wie schlaff und unvorteilhaft ihr Gesicht eben ausgesehen haben mußte. Sie straffte sich, lächelte ein wenig.

Aber dann sagte sie: »Ich bin so unglücklich.«

Rudolf Thalhammer antwortete nicht, sah sie nur wartend an.

»Ich habe es satt«, sagte Stella mit unterdrückter Heftigkeit. »Ich habe mich in eine Falle manövriert und weiß nicht, wie ich herauskommen soll.«

»Ja, ich weiß es«, sagte Rudolf Thalhammer langsam. »Ich sehe das schon lange. Ich weiß, daß Sie unglücklich sind und daß Sie es satt haben, Stella. Ich habe das von Anfang an vorausgesehen. Sehen Sie, ich bin ein alter Mann. Aber ich habe mein Leben gelebt, und zum Unterschied zu vielen anderen alten Menschen habe ich nicht vergessen, wie es war. Die Liebe ist das kostbarste Geschenk der Götter an uns Menschen. Sie kann aber auch ein Präsent vom Teufel persönlich sein. Ist beides gegeben.«

Er hob seine weiße, schmale Hand, die so ausdrucksvolle Gesten zu machen verstand. »Die meisten Menschen machen den Fehler, zunächst einmal blindlings in die Liebe oder in das, was sie dafür halten, hineinzurennen, sobald sie nur um die Ecke kommt. Ist es die richtige Liebe, dann segeln sie auf einer leuchtenden Wolke durch das Leben, auf die tagaus, tagein die Sonne scheint, und spüren weder Stein noch Fels. Ist es aber die falsche Liebe, dann stecken sie plötzlich bis zu den Knien im Sumpf und sinken täglich tiefer.«

»Schön«, sagte Stella, »alles zugegeben. Und was soll ich tun? Können Sie mir das auch sagen?«

»Allerdings.« Die dunkle Stimme des Schauspielers klang bestimmt und hart. »Sofort, mit aller Rücksichtslosigkeit und Kraft, heraus aus dem Sumpf. Ohne sich umzusehen.«

Stella blickte ihn erstaunt an. »Das sagen Sie? Können Sie sich vorstellen, was das für Folgen hat?«

»Und können *Sie* sich vorstellen, was es für Folgen hat, wenn es so weitergeht wie bisher?« fragte der Schauspieler zurück. »Sehen Sie, mein Kind, ich bin wohl der einzige hier in diesem Haushalt, außer Ihnen natürlich, der die Dinge so sieht, wie sie sind. Ich kenne die ganze Geschichte. Sie haben die beiden damals aus dem Schlamassel 'rausgeholt, sie haben einigermaßen erträglich gelebt in den vergangenen Jahren, und Michael hat Sie täglich vor sich gesehen. Die einzige Frau weit und breit. Und dazu eine Frau wie Sie. Alles ganz verständlich. Er mußte Sie lieben, es konnte gar nicht anders sein. Und nun ist er aus dem Wasser, und Sie liegen drin. Er kann gewissermaßen Ihre gute Tat zurückzahlen. Teilweise, nur zu einem geringen Teil, würde ich sagen. Denn was Sie getan haben, war viel mehr. Genaugenommen braucht eine Frau wie Sie keine Hilfe. Ganz egal, mit welchem Mann Sie verheiratet waren. Jeder Mann, der Sie sieht, heute, morgen, übermorgen, wird vermutlich glücklich sein, Ihnen das Leben erleichtern zu dürfen. Daß Frauen nicht in dem Maß einen Krieg verlieren wie Männer, das erleben wir ja täglich. Jedenfalls schöne und junge Frauen nicht. Ich kann das nicht so verurteilen, wie es viele Leute heute verurteilen. Die Frau lebte jahrhundertelang in einer großen Benachteiligung gegenüber dem Mann. Er konnte das Leben meistern, wie er wollte, konnte sich nehmen, wonach ihm der Sinn stand.

Die Frau mußte sich mit dem zufriedengeben, was er ihr zuteilte. Und sie war stets die Beute des Siegers. Ist es ein Wunder, daß die Frauen eine Art Selbstverteidigung entwickelt haben? Daß sie sich mit List und Schläue das zu nehmen versuchten, was sie freiwillig nicht bekamen? Sie sollte die Dienerin des Mannes sein. Aber wenn sie schön und klug war, eine richtige Frau, dann wurde sie seine Herrscherin. In dem Bereich zumindest, der ihr zugewiesen war. Und sie wurde letzten Endes auch immer die Siegerin über die Sieger. Manchmal amüsiert es mich, zu sehen, daß diese uralten Gesetze auch heute, mitten im zwanzigsten Jahrhundert, noch Gültigkeit haben. Und der Mann, dieser törichte Gimpel, der diese Gesetze zu seinem eigenen Nutz und Frommen aus purem Egoismus eingeführt hat, ist genaugenommen der Dumme. Er denkt, er besitzt eine Frau, wenn er sie erobert hat. Er bildet sich ein, er sei der Herr, und die Frau sei Sklavin. Er beschenkt sie gütigst mit seiner Liebe, und sie ist ihm dankbar dafür und schmilzt ihrerseits vor Liebe dahin. Sie denkt nicht daran. Sie nimmt seine Liebe entgegen als gebührenden Lohn, hüllt sich darin ein wie in ein kostbares, wärmendes Gewand. Was sie ihm dafür wiedergibt, ist sehr unterschiedlich. Ihr Lächeln lügt, ihre Küsse lügen, ihre ganze Liebe lügt. Sie ist nämlich keine Sklavin, sie ist frei. Sie geht und kommt, wie sie will. Sie streift seine Liebe ab wie einen lästig gewordenen alten Fetzen, steigt darüber hinweg und sieht sich nach einem anderen Mantel um. Es gibt nur eine Tragik in ihrem Leben: das ist das Alter. Dann behält sie schließlich einen Mantel an, auch wenn er ihr nicht behagt. Und manche Frauen denken schon sehr früh ans Alter. Manche sind auch feig und fürchten sich, vorübergehend wieder nackt zu sein. Aber hat das etwas mit Liebe zu tun?«

Stella mußte lachen. »Das dürfte kein Mann hören. Und die meisten Frauen würden es auch entschieden ableugnen.«

»Sie lügen, ich sage es ja. Oder sie sind dumm. Das gibt es natürlich auch, und sogar sehr häufig. Aber Sie, Stella, Sie sind weder feig noch dumm. Und Sie wissen auch, wann Sie lügen. Und darum sage ich Ihnen eins: Wenn Sie gehen wollen, gehen Sie. Lieber heute als morgen. Ich sage Ihnen das, obwohl ich Sie sehr vermissen würde. Aber Mitleid ist keine Basis für ein Zusammenleben, Duldung kein wohlmeinender Gefährte der Liebe. Für keinen. Eine Frau wie Sie braucht keine Angst vor der Zukunft zu haben. Nicht einmal vor dem Alter, denn das ist noch weit entfernt.«

»Und – was soll aus Michael werden?«

»Er wird darüber hinwegkommen. Er muß endlich ein Mann werden. Diese Entwicklung ist bei ihm aufgehalten worden. Verständlicherweise. Und es wird sicher auf der Welt noch eine Frau für ihn geben, mit der er glücklich werden kann. Er wird es mit

Ihnen nicht werden, auch wenn er sich jetzt einbildet, es zu sein. Und vor allem werden Sie nicht mit ihm glücklich sein können. Nie.«

»Ich liebe ihn nicht«, sagte Stella.

»Ich weiß es«, erwiderte der Schauspieler. »Sie sind ununterbrochen dabei, Verrat zu begehen. An ihm und an sich selbst. Und das Unbehagen darüber sieht man Ihnen täglich mehr an.«

»Sehe ich sehr häßlich aus?« fragte Stella erschrocken.

»Nicht häßlich. Aber nicht so schön, wie Sie aussehen könnten, wenn Sie glücklich lieben würden. Sie brauchen kein Mitleid mit ihm zu haben. Sie haben auch keinen Grund zur Dankbarkeit. Sie sind mitleidig gewesen, als es not tat, und haben sogar gehandelt. Das genügt. Mehr brauchen Sie nicht zu tun. Daß er Sie haben konnte, zusätzlich noch, war ein unerwartetes Geschenk für ihn. Daß er Sie behalten kann, ist unmöglich.«

»Was soll ich denn tun?« fragte Stella unglücklich, unentschlossen.

»Ich spreche aus eigener Erfahrung«, sagte der Schauspieler. »Wie es mein Beruf und der Ruhm, den ich einmal besaß, so mit sich bringen, gab es viele Frauen in meinem Leben. Schöne Frauen, leidenschaftliche Frauen, liebende Frauen. Als ich noch verhältnismäßig jung war, gab es mal eine, die ihr ganzes Herz bedingungslos vor mich hinlegte. Und ihr Leben dazu. Es war, denken Sie an das, was ich zuvor sagte, keine sehr kluge Frau. Vielleicht eine gute Frau. Bestimmt sogar. Aber das genügt nicht. Mir jedenfalls hat es nicht genügt. Nicht ihre Jugend, nicht ihre Schönheit, nicht ihre Bereitwilligkeit. Ihre Liebe wurde mir lästig, ihre Gegenwart zur Plage. Aber da ich ihre Gefühle kannte und da vor allem eine Art Schuld auf mir lastete, die Schuld nämlich, daß ich der Anlaß war für ihr bedingungsloses Aussteigen aus einem anderen Leben, wagte ich nicht, sie zu verlassen. Sie hatte für mich alles aufgegeben. Einen wohlhabenden Mann, Kinder, ein gesichertes Dasein in Luxus und Ordnung. Sie hatte, um bei meinem vorigen Bild zu bleiben, einen goldenen Mantel ausgezogen, um sich in Zukunft nur noch mit dem Mantel meiner Liebe zu bekleiden. Ich mußte sie frieren lassen. Aber natürlich verbarg ich das zunächst vor ihr. Und sie war nicht klug genug, um zu merken, daß sie nackt war.«

»Und was geschah?« fragte Stella.

»Was früher und später immer geschieht. Schließlich hatte ich den Mut und die Kraft, mein Mitleid zu besiegen. Aber ich ließ ein vernichtetes Leben zurück. Ich war noch einmal schuldig geworden. Aber ich habe es trotzdem nicht bereut. Keiner kann einen verantwortlich machen für die Torheit eines anderen. Der Törichte muß seine Rechnung selber bezahlen. Versuchen Sie nicht, ihm dabei zu helfen. Die Rechnung wäre dann überzahlt. Und am Ende bleiben Sie doch eine große Summe schuldig.«

Lange Zeit blieb es still zwischen ihnen. Dann sagte Stella: »Sie sind so gut zu mir. Ich würde gern bei Ihnen bleiben. Aber ich kann nicht mit Michael leben. Ich werde es nie können.«

»Dann trennen Sie sich von ihm, je früher, um so besser«, sagte Rudolf Thalhammer. »Versuchen Sie, eine elegante Ausrede zu finden. Man muß nicht unbedingt hart sein, wenn es nicht nötig ist.«

»Ich möchte nach Berlin«, sagte Stella. »Oder nach Sylt. Ich weiß es noch nicht. Wenn ich allein wäre, hätte ich es längst versucht. Aber ich habe schließlich eine Familie.«

»Sie können Tell hier lassen. Es geht ihm doch nicht schlecht hier. Sogar Mizzi hat ihn ganz gern.«

»Jedenfalls mag sie ihn lieber als mich, das ist wahr.«

»Er ist ja auch schon ein alter Herr, genau wie wir. Große Spaziergänge will er nicht mehr machen, und großen Hunger hat er auch nicht mehr. Wir werden schon unseren Lebensabend friedlich verbringen, nicht wahr, mein Alter?« Tell war gekommen, als er seinen Namen hörte, und hatte seinen Kopf auf das Knie des Schauspielers gelegt. Er liebte die ruhige, sonore Stimme. Er liebte die schlanken, beweglichen Finger, die ihn liebkosten.

Aber er liebte Stella auch. Nach einer Weile kam er zu ihr herüber, setzte sich vor sie hin und sah sie an.

Stella nahm seinen schmalen Kopf zwischen ihre Hände. »Bist du ein alter Herr, Tell? Stimmt, du hast schon einen grauen Bart. Wärst du traurig, wenn ich fortgehe? Siehst du, Menschen müssen auch manchmal Abschied nehmen. Das ist nun mal im Leben nicht anders.«

Tell blickte sie mit verständigen Augen an. Er hatte schon oft Abschied genommen. Da war die Gräfin, die ihn großgezogen hatte und an der er mit seinem ganzen Hundeherzen hing. Da war der Graf, der auch eines Tages verschwunden war. Da war die Resi, bei der es immer so gut roch, und der Joseph, der so fein Stöckchen werfen konnte. Da war das große neue Herrchen, das er sowieso selten gesehen hatte. Da war der Schnauzer vom Reitinger-Hof. Da war das Kind, das er hatte heranwachsen sehen. Und da war die schöne, zärtliche Herrin mit den weichen Händen.

Aber er war eben nun alt, er sah es ein. Hier befand er sich wohl in einer Art Altersheim. Und schlecht ging es ihm ja wirklich nicht.

2

Aber Stella brauchte Tell nicht zurückzulassen. Anfang März mußte sie ihn einschläfern lassen. Er wurde krank, bekam Krämpfe, konnte sich nicht mehr auf den Beinen halten. Sie hielt seinen Kopf, als er die tödliche Spritze bekam, er starb in ihren Händen.

Und die elegante Ausrede bot sich auch. Nicht lange danach kam ein Brief von Hermine, in dem sie mitteilte, daß sie operiert werde. Eine Unterleibsgeschichte, nicht weiter gefährlich. »Wenn es nicht Krebs ist«, schrieb Hermine, »was man nie wissen kann. Die Ärzte sagen einem ja nie die Wahrheit.«

Stella aber erkannte ihre Chance. Abgesehen davon, daß es ihr ein echtes Bedürfnis war, Hermine nicht einfach ihrem Schicksal zu überlassen, bot sich nun endlich die Gelegenheit, Michael zu entfliehen.

Aber er war nur schwer von der Notwendigkeit ihrer Reise nach Berlin zu überzeugen.

»Ich kann Hermine nicht im Stich lassen«, sagte Stella. »Sie hat keinen Menschen. Es wäre gemein von mir, wenn ich mich nicht um sie kümmern würde. Sie hat mich damals auch gepflegt, als ich krank war. Ich muß mich über dich wundern, Michael. Ich habe nicht gewußt, daß du herzlos bist.« Sie brachte das im Ton echter Entrüstung heraus.

Michael errötete unwillig. Rudolf Thalhammer, der Stella gegenübersaß, unterdrückte ein Lächeln. Seine und Stellas Blicke trafen sich. Er nickte ihr leicht zu. Er wußte, sie wollte gehen, und sie würde gehen. Mit Michael war sie fertig.

Das Gespräch fand beim Abendessen statt, sie saßen alle um den runden Tisch bei ihrem kümmerlichen Mahl. Bratkartoffeln mit einem Minimum an Fett und für jeden eine Scheibe Brot. Der Herr Hofschauspieler, in seinem dunkelgrauen Anzug und der getupften Weste, speiste mit Grandezza und Anmut, als säße er an einer königlichen Tafel. Er hob sein Glas, trank einen kleinen Schluck Magermilch, richtete dann die dunklen Augen auf Michael und sagte in einem Ton, der jeden Widerspruch ausschloß: »Stella hat recht, Michael. Es ist kein schöner Zug, wenn ein Mensch immer nur an sich denkt. Und das tust du. Stella ist nicht allein für dich auf der Welt. Und wenn sie mit dieser alten Dame befreundet ist und ihre Hilfe dort gebraucht wird, dann solltest du das verstehen und anerkennen. Hast du schon vergessen, daß man im Leben manches Mal die Hilfe eines Freundes brauchen kann? Sehr dringend brauchen kann?«

Das Rot auf Michaels Stirn vertiefte sich. Seine Lippen schoben sich trotzig vor. Er schwieg.

Sein Vater beeilte sich, seinem großen Kollegen zuzustimmen. »Das ist wahr, Michael. Wenn es sein muß, dürfen wir Stella nicht zurückhalten.«

Michael blickte auf und sah Stella an. »Kommst du wieder?« fragte er.

»Warum denn nicht?« sagte Stella nervös und lachte unsicher.

Rudolf Thalhammer hatte sein Mahl beendet. Er lehnte sich im Stuhl zurück, hob den Finger und sagte mit Betonung: »Man kann eine Frau wie Stella nicht anbinden und als alleinigen Besitz betrachten, Michael. Wenn du so eine Frau haben willst, dann mußt du dir unter den Chargen eine suchen.« Er machte eine leichte Verbeugung in Stellas Richtung und fügte hinzu: »Nicht bei den Primadonnen.«

Stella lächelte ihm dankbar zu. »Darüber sind Sie sich ja klar, Herr Thalhammer«, sagte sie mit dem alten Stella-Blick unter halbgesenkten Lidern, »ich hätte mich nicht nur damit begnügt, als Ihre Verehrerin im Parkett zu sitzen.«

»Das hätte ich auch bedauert, mein Kind«, erwiderte er.

Der Abschied von Michael war herzzerreißend.

»Schwör mir, daß du wiederkommst. Schwör es mir.«

Und Stella antwortete: »Aber ja, Michael. Ich schwöre es.«

Aber sie wußte bestimmt, daß sie nicht zu ihm zurückkehren würde.

Die Fahrt nach Berlin mit dem erst artigen, doch dann unruhigen und unlustigen Pieter war eine Strapaze.

Aber dann war sie da. Im zerstörten, im vernichteten Berlin. Wo war die Stadt der leuchtenden, glücklichen Jahre geblieben, wo ihr Charme, ihre Lebendigkeit, ihr Witz? Ein Trümmerfeld, eine Grabstätte, in der Menschen lebten.

Aber diese Menschen waren immer noch Berliner. Und sie hatten das Lachen nicht verlernt, trotz allem, was geschehen war. Ihr Witz war so trocken, treffend und unverwüstlich wie früher. Und genauso war ihre Hilfsbereitschaft am Leben geblieben.

Stella bekam schon am Bahnhof eine Kostprobe davon. Sie hatte Hermine nicht geschrieben, wann sie kam, ganz einfach, weil es sich nicht vorausberechnen ließ bei dem unsicheren Zugverkehr. So quälte sie sich allein mit ihren beiden Koffern, mehreren Taschen und dem Jungen ab.

Plötzlich war ein älterer Berliner neben ihr, nahm ihr die Koffer aus der Hand.

»Soll ick Ihnen helfen, Frollein? Sie wer'n sich noch die Fingerchen verbiegen. Jotte doch, wat ham Se denn da allet drin. Bringen Se vielleicht een paar Steine mit zum Aufbau? Wir ham Steine genug hier, jede Menge. Na, nu komm, Jungchen, zieh keen

Flunsch. Sonst kommt der Russe und steckt dir in'n Sack. Siehste, dein Frollein Mutter lacht schon. Nu lach mal ooch.«

Berliner waren für Pieter etwas Neues. Aber er lachte wirklich.

»Das ist sehr liebenswürdig«, sagte Stella. »Vielen Dank. Sie machen mir die Heimkehr nach Berlin zur doppelten Freude.«

»Wat denn, wat denn?« fragte der freundliche Helfer. »Ick hab' woll 'nen kleenen Mann im Ohr? Sie komm' nach Hause? Woher denn, wenn ick fragen darf?«

»Ich habe zuletzt in München gewohnt.«

Der Mann stellte die Koffer hin und schaute sie erstaunt an. »Und denn komm' Se nach Berlin zurück? Det nenn' ick Treue. Det freut mir aber. Sonst woll'n die nischt mehr von uns wissen, wenn se erst mal bei die joldenen Bayern jelandet sind. Det Leben bei uns hier is nämlich jrade keen Honiglecken.«

»Das ist es jetzt nirgends«, meinte Stella. »Aber wo man zu Hause ist, fühlt man sich am wohlsten, nicht?«

»Det will ick meenen. Wo wolln Se denn nu hin?«

»Zu einer Bekannten. Bei der kann ich wohnen.« Sie nannte Hermines Adresse, und der Mann kratzte sich hinter dem Ohr.

»Steht da wirklich noch'n Haus? Sind Se sicher?« Und dann erbot er sich, einen Handkarren zu holen und ihr die Koffer hinzufahren. Die Schachtel amerikanischer Zigaretten, die ihm Stella dann vor Hermines Tür anbot, wollte er um keinen Preis annehmen.

»Nee, det wär' ja noch schöner. Wo Se doch von hier sind. Wissen Se denn, wat so 'ne Packung heute kostet?«

»Sicher weiß ich das«, sagte Stella. »Und nun nehmen Sie schon. Wie wäre ich denn sonst mit dem ganzen Gepäck hergekommen?«

Von Hermine, die Stella selig um den Hals gefallen war, bekam der freundliche Helfer noch einen Schnaps angeboten. Hermine und Stella tranken auch einen mit. Zur Begrüßung, so war es bei Adam üblich gewesen, und der alte Brauch war bestehen geblieben. Alle drei verzogen das Gesicht.

»Det is 'n Jesöff«, meinte der Mann. »Kartoffelschnaps erster Jüte. Wenn ick früher an unsern Köhm denke. Det ham wir nötich jehabt. Erst die Welt erobern und denn nich mal 'nen anständigen Schnaps kriejen. 'n Jroschen hat früher 'n Köhm jekostet. Und det war 'ne Wonne. Und nu saufen wir für teures Zeug det pure Jift. Na, mit uns könnset machen, wir sind een erprobtes Heldenvolk. Det bringt uns ooch nich mehr um.«

Hermines Wohnung hatte wirklich den Krieg überdauert. Stella bekam ihr altes Zimmer. Außerdem wohnte noch ein älteres Ehepaar bei ihnen, von dem man kaum etwas sah und hörte.

»Ich weiß ja auch nicht, womit ich so ein Glück verdient habe«, meinte Hermine. »Die Wohnung behalten, stell dir mal vor. Und alle Möbel. Nicht mal geplündert haben sie bei mir. Und im britischen Sektor bin ich auch noch.«

Ja, man war bescheiden geworden, bescheiden und dankbar in dieser Zeit.

Als Stella sich an diesem Abend in dem Bett ausstreckte, in dem sie so viele Jahre geschlafen hatte, war sie seit langer Zeit zum erstenmal wieder so etwas Ähnliches wie glücklich.

Sie lag hier in ihrem alten Zimmer, sie war bei Hermine, die fast so etwas wie eine Mutter für sie geworden war. Und kein Michael würde kommen und seine Liebe mitbringen.

Sie hatten lange an diesem Abend zusammengesessen, nachdem Pieter eingeschlafen war. Und Stella hatte Hermine den Verlauf des letzten Jahres erzählt.

»Du wirst auch nie gescheit«, hatte Hermine gesagt. »Gut und schön, ist ein lieber Junge, der Michael. Aber deswegen brauchst du doch kein Verhältnis mit ihm anzufangen. Daß das schiefgeht, konntest du doch vorher wissen.«

»Das wußte ich auch«, sagte Stella. »Ich wollte gar nicht. Aber ich war nun mal dort, und er ... Ach, ich kann dir das nicht so genau erzählen. Es war einfach nicht zu vermeiden.«

»Du wirst nicht erwarten, daß ich dir das abkaufe«, sagte Hermine streng. »Du bist kein kleines Mädchen mehr. Du bist eine erwachsene Frau. Du mußt doch endlich mal so weit kommen, daß nicht jeder Mann mit dir machen kann, was er will. Und wenn du schon einen Freund gebraucht hast, dann hättest du dir wenigstens einen Ami aussuchen sollen. Das lohnt sich dann.«

»Na, vielen Dank«, sagte Stella erstaunt. »Du hast ja Ansichten. Ist das auch noch eine Moral?«

»Was heißt Moral?« sagte Hermine. »Moral wird heute klein geschrieben. Heute geht es um Sein oder Nichtsein. Oder besser gesagt, um Haben oder Nichthaben. Wenn du etwas hergibst, was du hast, mußt du es jemand geben, der etwas hat, was du nicht hast, und der es dir gibt.«

»Das war ein feiner Satz«, lachte Stella. »Den muß ich mir merken. Wenn ich dich richtig verstanden habe, hättest du nichts dagegen, wenn ich mir einen Ami anlache und gelegentlich mit hierherbringe.«

Hermine machte ein listiges Gesicht. »Ich hätte nichts dagegen, wenn du es richtig machst. Also nicht bloß so zum Herumalbern, sondern einen vernünftigen Ami, der dich heiratet. Dann kannst du nach Amerika gehen und bist aus dem ganzen Schlamassel 'raus.«

»Soviel ich weiß«, sagte Stella, »kann von Heiraten gar keine Rede sein.«

Hermine winkte ab. »Das kommt schon. Die Amis haben sich so an ihre deutschen Freundinnen gewöhnt, und heiratslustig sind sie von Natur aus, eines Tages werden sie unsere Mädchen auch heiraten.«

»Aber ohne mich«, sagte Stella. »Ich heirate nicht mehr.«

»Warum denn nicht?«

»Weil ich keine Lust dazu habe. Ich habe einmal geheiratet, mehr oder weniger, weil ich mußte. Bitte sehr, ich bin nicht schlecht dabei gefahren. Aber heute graust mir bei dem Gedanken, daß ich mich wieder an einen fremden Mann gewöhnen sollte, ihn ständig um mich haben müßte. Nein. Ich habe nicht das geringste Verlangen danach. Ich werde etwas arbeiten und versuchen, Geld zu verdienen. Ich möchte nicht von einem Mann abhängig sein.«

»Meine liebe Stella«, sagte Hermine gelassen, »seit ich dich kenne, bist du immer von einem Mann abhängig gewesen. Meiner Meinung nach bist du keine Frau, die sich selbständig durchs Leben boxt. Das sind andere Typen. Du wirst garantiert wieder heiraten.«

»Und ich sage dir nein. Der einzige Mann, den ich bedingungslos geheiratet hätte, ist tot. Ich habe überhaupt keinen Mann behalten können. Sie sind gestorben, oder sie haben mich verlassen. Ich habe kein Glück in der Liebe. Und darum werde ich jetzt arbeiten.«

»Und was, wenn ich fragen dürfte?«

»Das weiß ich noch nicht. Irgend etwas.«

Irgend etwas war zunächst Trümmerräumen. Aber nur für kurze Zeit. Stella, als ehemalige Frau eines Naziführers, wurde kurzerhand dazu beordert. Sie würde sonst keine Lebensmittelkarten erhalten, hieß es. Aber das dauerte nicht lange.

Als Hermine drei Wochen nach Stellas Ankunft ins Krankenhaus Westend kam, war der erste Mensch, den Stella dort traf, Jochen. Er war Oberarzt der Station.

Es gab ein freudiges Wiedersehen. Hermine bekam ein besseres Zimmer und Stella ein Attest, das besagte, daß ihr Gesundheitszustand körperliche Arbeit verbiete.

Jochen hatte den Krieg gut überstanden. Er sah verhältnismäßig wohlgenährt aus, war ausgeglichen und von sich selbst überzeugt wie immer, glücklich verheiratet nach wie vor und hatte bereits drei Kinder.

»Drei!« sagte Stella respektvoll. »Du hast Mut.«

Aber Jochen, der Optimist, lachte nur. »Es kommt schon wieder anders. Wir sind kein Volk, das untergeht. Da gehört mehr dazu als ein verlorener Krieg.«

Erbitterung stieg in Stella hoch, als sie es hörte. »Hm!« sagte sie. »Hört sich gut an. Und alle die, die diesen Krieg nicht so gut überstanden haben wie du? Die man irgendwo verscharrt hat, falls überhaupt noch was zu verscharren war, an die denkst du nicht. Die sind untergegangen.«

»Natürlich, das weiß ich ja«, sagte Jochen ruhig. »Ich war den ganzen Krieg lang an der Front eingesetzt. Denkst du, ich habe nicht gesehen, wie sie gestorben sind? Aber das ist nun mal nicht anders. Das wird immer so sein.«

»Wenn ich das denken würde, wenn wir nicht einmal mit diesem Krieg das eine erreicht hätten, daß es eben nie mehr so sein wird, dann möchte ich lieber heute als morgen sterben«, sagte Stella.

»Meine liebe Stella«, sagte Jochen. »Bist du blind und taub? Der Keim des nächsten Krieges ist schon gelegt. Hast du die Russen vergessen?«

»Ihr habt sie 'reingeholt«, sagte sie. »Ihr habt die Tür aufgemacht, ihr habt ihnen die Möglichkeit gegeben, nach Europa zu kommen.«

»Wer, ihr?« fragte Jochen erstaunt.

»Ihr, die Nazis.«

»Du nennst mich einen Nazi?« fragte er, erstaunte Unschuld im Gesicht. »Ich war kein Nazi. Ich war nie in der Partei.«

»Nein, du warst nie in der Partei. Vielleicht kannst du das den Amerikanern erzählen oder den Engländern und den Franzosen. Aber mir nicht. Ich habe zufällig hier gelebt in den letzten zwölf Jahren. Ich weiß, daß es gar nicht so viel bedeutet, ob einer in der Partei war oder nicht. Die einen sind hineingegangen, weil sie Idealisten waren und dachten, es nütze Deutschland. Die anderen, weil sie jung, dumm und verblendet waren. Und wieder andere, weil sie dachten, sie müßten dabeisein. Manche mußten vielleicht wirklich. Und dann waren welche, die gingen hinein, weil sie sich einen Vorteil davon versprachen. Und dann gab es die, die nicht hineingingen. Weil sie nicht konnten oder durften oder weil sie überhaupt nie einen Schritt gehen, wenn man sie nicht stößt. Partei ist nicht so wichtig. Wichtig war das Ja. In euerm Denken, in euerm Handeln und euerm Reden. Und noch wichtiger war das Nein, das ihr nie gesagt habt. Warum hat Dagmar dich denn verlassen? Weil du ja gesagt hast und nicht nein. Warum gibt es so wenig Menschen, die nein sagen, die nein gesagt haben? Ist es so schwer, nein zu sagen?«

»Hast du denn nein gesagt?« fragte Jochen ruhig.

»Ja. Ich habe nein gesagt.«

»Hast du es laut gesagt?«

Stella schüttelte den Kopf.

»Siehst du. Was hat es für einen Zweck, das stumme Nein? Und das laute Nein bedeutete Vernichtung. In welchem Volk findest du so viele Helden, die nein sagen, wenn sie wissen, daß sie dafür sterben müssen? Die Menschen lieben nun mal ihr Leben. Und ehe sie so ein teures Nein sagen, sagen sie eben ja oder schweigen bestenfalls. Auch das war immer so. Und auch das wird immer so bleiben.«

Er sprach die Wahrheit. Stella wußte es.

Die Angst und die Dummheit. Sie waren geblieben, und sie würden bleiben bis in alle Ewigkeit. Sie überlebten jeden Schrekken, jeden Krieg, jede Vernichtung. Erst mit dem letzten Menschen würden sie sterben.

Sie erzählte ihm von Michael und was sie getan hatte. Nicht allerdings, was im letzten Jahr geschehen war.

»Meine Hochachtung«, sagte Jochen. »Du bist ein mutiges Mädchen. Und wo, sagst du, hast du gelebt? In Österreich?«

Sie nickte. Es fiel ihr schwer, nach den großen Worten von ihrer Ehe zu erzählen. Aber es ließ sich nicht verschweigen.

Jochen lachte. »Na siehst du. Worüber empörst du dich?«

»Ich erwartete ein Kind«, sagte Stella. »Deswegen.«

»Nun ja, immerhin hast du dir das Kind von einem Nazi machen lassen«, sagte Jochen mit der Deutlichkeit des Arztes. »Das war auch nicht sehr konsequent gehandelt.«

Stella schwieg darauf. Ihr Geheimnis sollte keiner wissen außer Thies. Das wenigstens war sie Dietrich schuldig.

Hermines Krankheit war wirklich nicht gefährlich. Ein Myom. Nach drei Wochen war sie wieder zu Hause.

Stella hatte inzwischen bei den Schwarzhändlern am Bahnhof Zoo den Saphirring verkauft. Und dann fand sie eine Arbeit. Den Sommer über war sie in der Kantine einer amerikanischen Dienststelle tätig. An der Essenausgabe. Keine sehr angenehme Arbeit. Aber sie bekam ausreichend zu essen und dabei konnte sie noch allerhand mit nach Hause nehmen. Das war wichtig in dieser Zeit.

Ende des Sommers kam Thies nach Berlin. Stella war überglücklich, als sie ihn sah. Sie fielen sich in die Arme, und einen Abend lang redeten sie ununterbrochen. In Keitum war alles unverändert, wie sie hörte. Auf der Insel war britische Besatzung, mit der man kaum Ärger hatte. Die Friesen waren ein stolzes und ein vornehmes Volk. Sie verloren ihre Würde nicht so leicht, und das wieder imponierte den Siegern. Man kam soweit gut miteinander aus.

Thies hatte die letzten Jahre sehr ruhig in Keitum gewohnt. Stine war gegen Ende des Krieges gestorben. Jetzt war Jensine bei ihm und führte ihm den Haushalt.

»Aber«, sagte Thies, »sie redet jeden Tag davon, wann denn

endlich das Geschäft in Berlin wieder eröffnet wird. Das war der Höhepunkt ihres Daseins, und dahin möchte sie wieder zurück. Sie hat schon zwei Heiratsanträge ausgeschlagen. Zur Zeit macht ihr ein englischer Sergeant lebhaft den Hof. Sie läßt es sich gefallen, ohne sonderlich beeindruckt zu sein. Aber wenn ihr den Laden wieder aufmacht, ist sie am nächsten Tag hier.«

»Der ahnungslose Engel«, sagte Stella.

Thies lebte sehr bescheiden. Aber er brauchte nicht viel. Jetzt hatte er, wie er Stella erzählte, Verbindungen zu einem Hamburger Verlag angeknüpft. Dort würde er eventuell wieder als Lektor arbeiten können, falls die Produktion einmal anlief. Der Hamburger Verleger war ein sehr rühriger und einfallsreicher Mann. Bücher wurden zur Zeit kaum gedruckt. Aber es bestanden Pläne, wenigstens in primitiver Form dem aufnahmefähigen Publikum Lesestoff zu liefern.

Außerdem aber hatte Thies fleißig weitergeschrieben. Ein Buch hatte er fertig, ein neues war in Arbeit.

»Also denkst du, daß einmal wieder normale Zeiten kommen?« fragte Stella.

In diesem Punkt war Thies genauso optimistisch wie Jochen.

»Ja«, sagte er. »Das Leben geht immer weiter. Abwärts geht es natürlich schneller. Aber aufwärts geht es auch wieder. Und in unserem Volk stecken starke Kräfte. Wir gehen nicht unter, Stella. Auch Hitler hat das nicht fertiggebracht. Eines Tages wird es wieder anders aussehen, davon bin ich fest überzeugt. Unsere ehemaligen Gegner wissen heute schon, daß sie Deutschland nicht einfach untergehen lassen können. Daß sie Millionen Menschen nicht dem Elend und der Verzweiflung preisgeben können. Elend und Verzweiflung stecken an. Wenn an irgendeinem Punkt der Welt Desperados leben, Millionen von Desperados leben, dann ist das sehr gefährlich. Sieg bedeutet Verantwortung und Verpflichtung. Das werden sie erkennen müssen.«

»Und dann?« fragte Stella. »Was geschieht dann?«

»Dann beginnt ein neuer Weg. Gewiß, die Welt ist in Unordnung. Mitten in Europa hat der Bolschewismus Fuß gefaßt. Das ist letztlich das Ergebnis dieses Krieges. Der Bolschewismus ist der wahre Sieger. Wir aber sind zum Kampf aufgerufen gegen diesen Sieger. Wir alle. Und so groß kann unsere Niederlage nicht sein, daß wir dagegen nicht kämpfen können. Kämpfen müssen, wenn wir nicht das einzige verlieren wollen, und diesmal vollständig verlieren, was uns das Dasein lebenswert macht: die Freiheit. Du kennst unseren alten Spruch noch, Stella? Lewer duad üs Slaav! Er ist heute moderner denn je. Wir haben für Hitler geblutet und haben uns schließlich die Freiheit damit errungen. Auch wenn es heute nicht so aussieht. Wir sind frei, und wenn auch überall die Hand der Sieger auf uns liegt, wir sind dennoch frei. Und wir werden für diese Freiheit wieder kämpfen. Und wenn wir sie nicht erringen, untergehen.«

»Wie du redest«, sagte Stella unbehaglich, »ich kenne dich gar nicht wieder.«

»Die Freiheit des Geistes zu erringen«, sagte Thies, »dafür ist kein Opfer zu groß. Denn in Unfreiheit zu leben ist schlimmer als der Tod. Und alle die, die Unfreiheit bringen, haben noch nicht erkannt, daß sie nicht bestehen *können.* Wenn du die Menschen heute betrachtest, könntest du denken, sie seien erbärmliche Geschöpfe. Das sind kleine Schritte der Menschheit. Sekunden in der Menschheitsgeschichte. Bis die Stunde voll ist, sind sie bereit, für ihre Freiheit zu kämpfen. Nur der Freie verdient es, ein Mensch zu sein. Nur ihm gehört die Erde. Nur für ihn scheint die Sonne. Wenn wir die Freiheit verraten, wählen wir die Finsternis. Aber noch nie hat die Menschheit lange in der Finsternis leben können.«

»Ich habe Angst, wenn du so redest«, gestand Stella.

Er nahm ihre Hand und hielt sie zwischen seinen warmen Händen. »Du brauchst keine Angst zu haben, kleine Schwester. Du sollst das Leben lieben, auch heute noch. Du sollst ihm mutig begegnen. Der Tag und die Nacht sind Geschwister. Und am Tag sollst du leben.«

»Aber ich muß immer an die denken, die in der Nacht verschwunden sind.«

Daran mußte sie denken. Jeden Abend, wenn sie im Bett lag, war Christian bei ihr. Vom ersten Tag an, an dem sie in Hermines Wohnung war, in der ersten Nacht, die sie hier schlief, war er bei ihr. Hier war sie ihm das letztemal begegnet. Und gleichzeitig war es das erstemal gewesen.

Sie hatte die Liebe erkannt, den Gefährten gefunden, als es zu spät gewesen war. Und jene Nacht im letzten Kriegssommer, die sie in diesen Räumen mit ihm verbracht hatte, war lebendiger als alles andere, das sie je erlebt hatte.

Schon gehörte Schloß Seeblick der Vergangenheit an, war Dietrich versunken in einem fernen Schattenreich. Und alles, was vorher kam, war blasse Erinnerung geworden. Aber Christian lebte. Er war bei ihr. Jedes Wort, das er gesprochen hatte, klang ihr im Ohr.

Natürlich sprach sie mit Thies auch über ihn. Aber sie taten es beide ungern, nur zögernd, mit wenigen Worten. Denn sie wußten, daß sie einander weh taten mit jedem Wort. Sie wußten beide, was sie verloren hatten. Es war eine Wunde, die nie verheilen würde.

Schließlich erkundigte sich Stella nach Anke.

Was sie erfuhr, war überraschend. Anke hatte einen Verehrer. Es war der neue Direktor ihrer Schule.

»Wie es scheint«, sagte Thies, »verstehen sich die beiden sehr gut. Man sieht sie viel zusammen. Und wie ich Anke kenne, wird es wohl eine Heirat geben. Anke ist nicht die Frau, ein illegales Verhältnis zu haben. Es geht wohl auch in dieser Position schlecht, bei beiden.«

»Sie hat sich schnell getröstet«, meinte Stella.

»Es war ja nicht viel gewesen«, sagte Thies verständnisvoll. »Du kannst es kaum eine Ehe nennen.«

»Und du?« fragte Stella. »Wirst du auch heiraten?«

Thies blickte sie an und lächelte. »Ich weiß es nicht, kleine Schwester. Es ist ein weiter Weg gewesen. Und wir sind noch nicht angelangt.«

Denn das hatte er ihr gleich zu Anfang erzählt, daß er endlich die erste Nachricht von Denise bekommen hatte. Ein kurzer, zurückhaltender Brief, der sich erkundigte, ob er am Leben sei.

»Ich kann nicht nach Frankreich fahren«, sagte Thies. »Zu meiner kleinen Siegerin. Ich muß warten, ob sie eines Tages kommt.«

»Sie ist also nicht verheiratet?«

»Ich weiß es nicht. Aber hätte sie mir geschrieben, wenn sie es wäre?«

Stella hätte ihn gern gefragt: Und in all den Jahren? Hast du keine andere Frau geliebt?

Aber bei aller Vertrautheit, das war eine Frage, die sie nicht zu stellen wagte.

Vielleicht hatte Thies irgendwann eine andere Frau geliebt. Oder mehrere. Vielleicht auch war er Denise treu geblieben. Die wunderbare Treue der Termogens. Wenn nicht bei ihm, wo wäre sie zu finden gewesen?

3

Eines Tages hatte Stella ihre Schwester Lotte aufgesucht. Es hatte eine Weile gedauert, bis sie sie gefunden hatte. Das Haus, in dem Lotte zuletzt gewohnt hatte, war zerstört. Aber Lotte lebte mit ihren Kindern noch in Berlin.

Sie war über vierzig Jahre jetzt. Als Stella die früh alt gewordene, fremde Frau wiedersah, erschien es ihr unwahrscheinlich, daß das ihre Schwester sein sollte. Aber seltsamerweise fühlte sie das erstemal eine aufrichtige Zuneigung zu Lotte. Ihr Leben und Lottes Leben, was für eine Welt lag dazwischen! Aber die gleiche Mutter hatte sie geboren. Und Karl Termogen war ihr Vater.

Lotte ging es nicht einmal so schlecht. Ihre älteste Tochter Irma, so hübsch und temperamentvoll, wie Lotte es einst gewesen war, hatte einen amerikanischen Freund, der sie zärtlich liebte. Aus diesem Grund litt die Familie keine Not. Irma würde den Sergeanten heiraten, sobald es erlaubt wurde.

»Denn jeht se nach Amerika«, sagte Lotte. Ihre verklärten Augen, dazu ihre Stimme. Es klang, als sage sie: Sie geht ins Paradies.

»Das ist ja fein«, sagte Stella. Und weil es immer so üblich gewesen war, meinte sie auch jetzt, sie sei eine Erklärung für ihr Versagen schuldig. »Ich kann euch leider nicht helfen. Ich habe zur Zeit selber nichts.«

»Wir brauchen nischt«, erklärte Lotte. »Und wenn de mal Zigaretten brauchst, kannste es ruhig sagen. Dein Mann ist ooch je fallen, nich?«

Stella nickte. Lotte wußte so wenig von ihrem Leben. So gut wie gar nichts. Und jetzt war es wohl zu spät, eine nie bestandene Bindung herzustellen. Sie hatte immer mit anderen Menschen gelebt.

Kurt, der Kommunist, war im Kampf gegen die Russen gefallen. Eine bösartige Ironie des Schicksals lag darin, die Lotte allerdings nicht erkannte. Die kommunistische Zeit lag weit hinter ihr. War so gründlich vergessen, als hätte es sie nie gegeben.

Aber Stella dachte: Wie ist das Leben der Menschen lächerlich.

Bei der Gelegenheit erfuhr sie auch, daß Fritz den Krieg gut überstanden hatte. Er war in amerikanischer Gefangenschaft und würde sicher bald zurückkehren. Milly war mit ihrem Kind aus Berlin geflüchtet, als die Bombenangriffe schlimmer wurden. Sie lebte in der Ostzone.

»Aber«, meinte Lotte, »da wird se wohl nicht mehr lange bleiben. Wie ich Milly kenne, kommt se eines Tages hier wieder an.«

Mit der Zeit hatte sich Stella auch nach alten Freunden und Bekannten umgesehen. Alte Freunde, das hieß meist Freunde von Adam.

Sein Vetter, Robert Gontard, lebte nicht mehr. Sein Sohn war Stella unbekannt. Er empfing sie höflich, aber uninteressiert. Aha, eine Bekannte von Onkel Adam. Ach richtig, der Laden am Kurfürstendamm. Natürlich, er erinnerte sich. Onkel Adam ginge es gut. Ob sie die Adresse haben wollte? Er lebte immer noch in Kalifornien.

»Danke«, sagte Stella und steckte den Zettel mit der Adresse ein. Aber sie schrieb Adam nicht. Wozu auch? Nicht nur der Ozean lag zwischen ihnen. Die Zeit war ein weiteres und tieferes Meer.

Aber dann hatte sie eine Begegnung, die bedeutungsvoll wurde. Professor Hartmann.

»Na, Mädchen«, sagte er, »da bist du ja wieder. Alles gut überstanden? Siehst immer noch ganz reizvoll aus. Wie alt bist du jetzt eigentlich?«

Stella blieb die Antwort schuldig. Sie lächelte.

»Was machst du denn?«

Stella hob die Schultern. »Ich arbeite in einer Kantine. Bei den Amerikanern.«

Professor Hartmann lachte schallend. »Da paßt du hin. Was anderes ist dir nicht eingefallen?«

»Ich muß was arbeiten«, sagte Stella. »Sonst bekomme ich keine Lebensmittelkarten. Und ich habe ein Kind.«

»Weiß ich, weiß ich«, winkte der Professor ab. »Haben die meisten Frauen. Was Besseres fällt euch ja nicht ein. Und dein Mann, der große Boß?«

Stella erzählte kurz, was geschehen war.

»Na ja, war das Beste, was ihm passieren konnte«, meinte der Professor ungerührt. »Auch für dich. Und was ist mit deiner Arbeit?«

Stella winkte ab. »Nichts. Vorbei.«

»Das denkst du dir so. Jetzt geht es wieder los. Und das, was du kannst, das brauchen wir gerade. Du kannst bei mir anfangen, wenn du willst. Wir produzieren Pipapo. Geht prima. Heute kaufen die Leute alles. Du kannst Väschen bemalen und Schächtelchen und Töpfchen und all so'n Kram. Große Zeit für Kunstgewerbe. Gulaschkanonen können andere machen. Wir machen Nippespippes. Und nebenbei so'n bißchen abstrakte Kunst. 'n altes Gestänge mit Löchern drin wirste ja wohl noch zustande bringen. So was ist heute Kunst.«

Der Professor hatte in seinem Garten in Zehlendorf einen Schuppen errichtet, in dem mehrere seiner ehemaligen Schüler emsig am Werke waren. Seine Villa war zwar beschädigt, aber noch bewohnbar. Außer seiner Frau und seinem Hund hatte er drei seiner Mitarbeiter dort wohnen, zwei junge Männer und ein blutjunges achtzehnjähriges Mädchen, das während des Krieges bei ihm gelernt hatte und das er als phänomenales Talent bezeichnete.

Jetzt stieß Stella zu dieser Gruppe. Jeden Morgen fuhr sie nach Zehlendorf hinaus und blieb dort bis spät am Abend, oft noch die halbe Nacht. Einige Male kam es vor, daß sie auf einem alten Sofa in Professor Hartmanns Wohnzimmer schlief, wenn es zu spät zum Heimfahren geworden war.

Der Bildhauer und die jungen Menschen bildeten ein erfolgreiches Arbeitsteam. Professor Hartmann, der einen international bekannten Namen besaß und eine sehr selbstsichere Persönlichkeit war, dabei wirklich politisch unbelastet, genoß eine ganze Menge

Privilegien. Vor allem die Amerikaner hatten einen Narren an ihm gefressen. Er fand bei ihnen immer offene Türen und großzügige Hilfsbereitschaft. Und einige der amerikanischen Offiziere, mit denen der Professor sich im Laufe der Zeit angefreundet hatte, kamen häufig zu einem kürzeren oder längeren Besuch. Sie brachten Kaffee, Zigaretten und Whisky mit, sahen den jungen Künstlern bei der Arbeit zu, unterhielten sich mit ihnen und fanden offensichtlich die Atmosphäre in Professor Hartmanns Haus sehr amüsant und anziehend.

Das meiste Interesse konzentrierte sich, verständlicherweise, auf Cornelia, das achtzehnjährige Wunderkind. Jedesmal, wenn einer der Herren in der gutgeschneiderten Uniform dagewesen war, häuften sich auf Cornelias Arbeitstisch die Camel-Schachteln, die Nescafédosen, die Candies und Kaugummis, bunt eingepackte Seifenstückchen und sogar Nylons, der Traum jeder Frau.

Cornelia nahm dies alles mit größter Selbstverständlichkeit entgegen. Sie sagte kaum danke. Und irgendwelche Gunstbeweise ihrerseits standen außerhalb jeder Debatte. Wenn der Spender einen kurzen Blick aus ihren schmalgeschnittenen dunklen Augen erhielt, ein knappes Lächeln von ihren vollen, stets ungeschminkten Lippen, dann war es viel.

Für Cornelia gab es nur eine Leidenschaft auf der Welt: ihre Arbeit. Sie fabrizierte nebenher, gewissermaßen mit der linken Hand, all den kunstgewerblichen Kram, aus dem ausgefallensten Material, für die unnützesten Zwecke, den Professor Hartmann mit seinen Schülern herstellte und gut verkaufte. In einer Zeit, wo es nichts gab, wurde praktisch alles verkauft.

Hauptsächlich aber arbeitete Cornelia Plastiken. Sehr moderne, sehr gewagte und oftmals mitreißende Kompositionen. Aus Ton und Stein, was immer sie auftreiben konnte.

Stella blickte bewundernd und ein wenig neidisch auf das überlegene, erwachsen wirkende junge Mädchen. Hier begegnete ihr echte, künstlerische Besessenheit, ein aufblühendes Talent, neben dem ihr das eigene Können geradezu dilettantisch vorkam. Und zum erstenmal in ihrem Leben fühlte sich Stella alt.

Cornelia behandelte sie kühl, aber das tat sie mit allen Leuten. Einzig Professor Hartmann konnte sie zu einem längeren Gespräch, zu wirklicher Anteilnahme bewegen. Sie war sehr hübsch. Weizenblondes Haar, das ihr lang und glatt bis auf die Schultern fiel und das sie oftmals bei der Arbeit mit einem roten Tuch zurückband. Ein schmales, ebenmäßiges Gesicht mit einem energischen Kinn, kleiner, gerader Nase und sehr schönen dunklen Augen. Trotz ihrer reizvollen Erscheinung und des Aufsehens, das sie bei Männern erweckte, existierten Männer für sie nicht, sie sah einfach über sie hinweg. Sie war kühl, sachlich, geradezu zynisch, leidenschaftlich nur in ihrer Arbeit.

Neben der Arbeit im Atelier versorgten die jungen Künstler noch den großen Garten des Professors, in dem systematisch Gemüsezucht betrieben wurde. Sie organisierten Lebensmittel, Holz und Kohle, einfach alles, was zum Leben notwendig war. Die fertiggestellten Arbeiten wurden im Kollektiv verkauft, die anspruchsvolleren Stücke an die Herren der Besatzungsmächte, der Krimskrams an Läden und Warenhäuser und fliegende Händler. Ganz egal, an wen. Wer kam, konnte kaufen, was da war. Die Einnahmen wurden gleichmäßig verteilt. Begehrter war natürlich Bezahlung in Naturalien, weswegen man auch mit Vorliebe an die Amerikaner verkaufte, die großzügig mit PX-Waren dafür bezahlten.

Professor Hartmann dirigierte das ganze Unternehmen mit sehr viel Geschick und Umsicht.

Stella, die einmal zugegen war, als er mit einem amerikanischen Colonel den Preis für eine Plastik aushandelte, konnte nur staunend zuhören. Es war eine Arbeit von Cornelia. Eine sehr gewagte Aktgruppe, ein Mann und eine Frau in fast obszöner Umarmung. Der Amerikaner war ganz verrückt darauf. Professor Hartmann, nachdem er das gemerkt hatte, verstieg sich zu einer gewaltigen Forderung.

Aber, so erklärte ihnen der Amerikaner, er müsse die Plastik unbedingt haben. »*That 'll make a splash! My wife will be shocked, I'm sure. But my friends will droole over it.*«

Als er schließlich strahlend das Kunstwerk im Wagen verpackt und damit abgezogen war, sagte Professor Hartmann befriedigt:

»Das war ein Geschäft! Also merkt's euch, Kinder: Sex zieht. Ihr müßt so 'n bißchen unanständige Sachen machen.«

Stella meinte kopfschüttelnd: »Ich muß mich über Sie wundern, Professor. Das war der reinste Wucher. Solche Talente hätte ich in Ihnen nicht vermutet.«

Professor Hartmann grinste. Auf seinem kahlen Schädel spiegelte sich das grelle Licht der nackten Birne, die über seinem Arbeitstisch hing.

»Bist du eigentlich doof, Stella?« fragte er. »Jede Zeit verlangt ihre eigenen Spielregeln. Wer zu lange braucht, um die zu lernen, oder sich überhaupt dagegen sträubt, braucht sich nicht zu wundern, wenn er auf dem trockenen sitzt.«

Stella lachte. »Wir haben schon einmal so ein ähnliches Gespräch geführt. Erinnern Sie sich noch?«

Doch, der Professor erinnerte sich.

»Hat sich ja alles bestätigt, was ich damals sagte. Oder nicht? Und jetzt stimmt's auch wieder.«

»Und was ist eigentlich aus Ihrem Haus am Tegernsee geworden?« fragte Stella. »Damals wollten Sie doch von Berlin fort.«

»Ist immer noch nicht gebaut. Ich hab' 'ne Menge Geld gebraucht. Weißt du auch wofür?« Er beugte sich zu Stella und sagte: »Um meinen Sohn vom Militär freizukaufen. Ja, da guckst du! Aber auch das gab es. Auch so etwas war zu bezahlen. Aber jetzt lebt der Junge, ist gesund und kann studieren. War nicht zu teuer bezahlt. Wird das Haus eben bißchen später gebaut, langt auch noch. Und wir haben Glück gehabt, die Bude hier ist stehengeblieben. Na, und du siehst ja, irgendwie geht es immer weiter. Wir leben doch gar nicht schlecht mit unserm Kitsch, den wir hier fabrizieren? Geht's dir vielleicht schlecht bei mir?«

»Aber gar nicht«, sagte Stella. »Ich habe mich seit Jahren nicht mehr so wohl gefühlt.«

»Siehst du. Endlich kannste wieder mal anwenden, was du gelernt hast, Frau Gruppenführer. Und wenn du es ein bißchen gescheit anstellst, kannst du dir nebenbei einen flotten Ami anlachen. Kommen doch immer ganz annehmbare Typen her.«

»Darauf bin ich weniger scharf«, sagte Stella. »Ich mach' mir nichts mehr aus Männern.«

Der Professor prustete vergnügt los. »Ausgerechnet du. Das kannst du deiner Großmama erzählen. Wer hat dich denn so verschreckt? Der SS-Hengst?«

Stellas Miene verschloß sich. »Mein Mann ist tot«, sagte sie.

»Ist mir bekannt«, antwortete der Professor ungerührt. »Hast du vielleicht nachträglich noch die große Liebe zu ihm entdeckt und machst jetzt auf trauernde Witwe? Liebes Kind, das überzeugt mich schon gar nicht. Und originell ist es auch nicht. Ist die übliche Masche der Frauen. Und man muß schon gar kein Frauenkenner sein, wenn man es ihnen abkauft.«

»Ich mache gar nicht auf trauernde Witwe«, sagte Stella ein wenig ärgerlich. »Aber ich habe keinen Grund, meinem Mann etwas Schlechtes nachzusagen. Abgesehen von seiner politischen Einstellung. Zu mir war er immer anständig.«

»Schon gut, schon gut, komm wieder 'runter von der Palme. Friede seiner Asche. Sag mir lieber, warum willst du nichts mehr von Männern wissen?«

Stella zuckte die Schultern. »Nur so. Kommt ja doch nichts dabei 'raus.« Das Gespräch war ihr peinlich. Sie waren nicht allein im Atelier. Cornelia war da und zwei von den jungen Männern, die grinsend dem Gespräch lauschten. Cornelia allerdings verzog keine Miene. Sie hatte eine neue Arbeit begonnen, blickte nicht einmal auf. Es schien, als höre sie kein Wort von dem Gespräch.

Den Professor störten die Zuhörer nicht im geringsten.

»Du glaubst doch nicht im Ernst, daß ich dir das abkaufe«, sagte er. »So, wie du hier vor mir stehst, bist du die Person gewordene Versuchung. Obwohl du nicht mehr ganz jugendfrisch bist. Aber das macht bei Frauen deiner Art nicht viel aus. Im Gegenteil. Wenn der Reiz des Wissenden, des ein wenig Verderbten dazukommt, seid ihr erst recht begehrenswert.«

Stella war nun ernstlich schockiert. »Na, wissen Sie, Professor«, sagte sie und kam nicht weiter.

Professor Hartmann lachte. »Bist du beleidigt? Das sollte ein Kompliment sein. Ich hab' für Frauen deiner Art immer viel übrig gehabt. Wenn damals nicht Gontard die Hand über dich gehalten hätte, es wäre mir ein Vergnügen gewesen, dich zu verführen. Jetzt bin ich so ein bißchen über diese Dummheiten hinaus. Man muß zur Zeit seine Kräfte schonen. Aber, um das Gespräch abzuschließen, wenn es stimmt, daß du zur Zeit ohne Mann lebst, dann kann das höchstens vorübergehend sein. Das prophezeie ich dir in allem Ernst.«

»Na schön«, meinte Stella in leichterem Tod, »warten wir es ab. Aber ich glaube, ich bin zu alt, um mich noch einmal zu verlieben. Wir leben in einer sehr harten, illusionslosen Zeit. Liebe ist heute meist ein Tauschgeschäft. Ihr Männer habt uns Frauen so hart gemacht, so – gefühllos. Nun beklagt euch nicht. Und was wollen Sie überhaupt von mir. Hier«, sie wies mit der Hand zu Cornelia hinüber, »hier haben Sie eine Vertreterin der jungen Generation. Wenn jemand dran ist, sich zu verlieben, dann ist es Cornelia. Sie war noch ein Kind während des Krieges. Ihr ist weder ein Mann noch ein Geliebter gefallen. Sie müßte noch Illusionen genug haben, um sich zu verlieben. Aber soweit ich sie bis jetzt kenne, hat sie nicht das geringste Interesse an Männern. Vielleicht ist es der Zug der Zeit.«

Alle blickten zu Cornelia hinüber. Der Professor mit einem seltsamen, fast mitleidigen Ausdruck in den Augen.

»Ich?« sagte Cornelia in das Schweigen hinein. Sie blickte nicht auf. Ihre schlanken, beweglichen Finger formten hingebungsvoll an dem Tonklumpen. Und dann sagte sie, kühl und sachlich, wie immer: »Mich haben vierzehn Russen vergewaltigt. Vierzehn. Einmal waren es acht Stück hintereinander, ohne Zwischenpause. Und ich hatte vorher noch nicht einmal einen Mann geküßt.«

Darauf blieb es still im Atelier. Stella machte ein betroffenes Gesicht. Das war die Erklärung. Sie blickte scheu zu dem jungen Mädchen hinüber. Die Gelassenheit, die Unbewegtheit, mit der Cornelia gesprochen hatte, machten ihre Worte noch viel schrecklicher.

Auch Professor Hartmann sah zu Cornelia. Der lächelnde Spott war aus seinem Gesicht verschwunden. Mitgefühl und Trauer standen darin. »Du wirst es vergessen, Cornelia«, sagte er weich. »Du bist so jung. Die Zeit heilt auch solche Wunden.«

»Ein wunderbarer Gemeinplatz«, sagte Cornelia kühl.

4

Stella arbeitete bei Professor Hartmann bis zum nächsten Sommer. Es war eine Zeit, in der eigentlich wenig geschah. Sie verließ jeden Morgen ziemlich zeitig Hermines Wohnung, fuhr nach Zehlendorf hinaus und blieb dort bis zum späten Abend. Es gab wenig zu essen, der Hunger war ihr täglicher Begleiter. Zu verkaufen hatte sie nichts mehr. Die wenigen Schmuckstücke waren längst in Lebensmittel umgesetzt. Und was zu bekommen war, erhielt hauptsächlich Pieter. Stella war ängstlich darauf bedacht, daß wenigstens der Junge einigermaßen ausreichend ernährt wurde. Sie selbst lebte hauptsächlich von Zigaretten und Kaffee, sofern beides vorhanden war.

Sonst brauchte sie sich um Pieter keine Sorgen zu machen. Er war bei Hermine bestens aufgehoben. Hermine, die sich ihr ganzes Leben lang ein Kind gewünscht hatte, ging ganz auf in der Mutterrolle. Allerdings versagte hier erstmals ihr sonst so energisches, bestimmtes Wesen. Pieter hatte bald herausgefunden, daß er mit ihr so ziemlich alles machen konnte. Und Stella mußte immer wieder feststellen, daß ihr Sohn, der trotz der knappen Ernährung im letzten Jahr erstaunlich gewachsen war, ein recht eigenwilliger und manchmal handfest ungezogener Bursche geworden war. Ein Vater war nicht da, sie selbst konnte sich kaum mit ihm beschäftigen, und Hermine war zu gutmütig. Aber er würde ja nun bald in die Schule kommen, tröstete sie sich, dann hörte das freie Leben auf. Denn Pieter hatte sich in letzter Zeit angewöhnt, recht eigenmächtig in der Stadt herumzustreunen, die komischsten Bekanntschaften zu schließen und selbständige Tauschgeschäfte vorzunehmen. Er war ein rechtes Nachkriegskind geworden. Stella erblickte darin eine Gefahr. Für seinen Charakter, aber auch für seine Sicherheit. Die Stadt war voller undurchsichtigem Gesindel. Schwarzhändler und kriminelle Elemente gaben den Ton an. Aber ihre ernsten Ermahnungen halfen nichts. Pieter blickte sie mit trotzig vorgeschobener Unterlippe an, die dunklen Augen verschlossen, das schwarze Haar meist unordentlich in der Stirn hängend. Ein kleiner Zigeuner war er geworden. Diese Selbständigkeit war erschreckend für sein Alter.

Zu Stella war er sachlich, manchmal fast kühl, was sie verletzte.

Viel zu früh, fand sie, wuchs er aus der Kinderzeit heraus. Aber dies war wohl auch eine Folge der Zeit. Und vielleicht, so dachte sie manchmal angstvoll, vielleicht auch das Erbe seines Vaters. Hatte Onkel Pieter nicht erzählt, daß Jan schon als kleiner Junge schwer zu bändigen gewesen war? Daß es manchmal der ganzen Autorität des Kapitäns bedurft hatte, sogar strenger Strafen, um den kleinen Lausbub einigermaßen zu zähmen?

Welcher Autorität sah sich Pieter gegenüber? Und wer bestrafte ihn für Unarten und Frechheiten? Hermine gewiß nicht. Er hatte längst heraus, daß er mit Hermine machen konnte, was er wollte. Auch den Charme seines Vaters hatte er geerbt, sein wohlgestaltetes Äußeres. Mit diesem Charme umgarnte er Hermine ziemlich schamlos und bewußt. Wenn er sie dann anstrahlte, die Arme um sie schlang oder eifrig auf sie einredete, konnte sie ihm nicht böse sein.

Dabei kam sie aus den Sorgen um den Bengel nicht heraus. Manchmal war er stundenlang, ja ganze Tage verschwunden, kam schmutzig, hungrig und noch ein Stückchen mehr verwildert nach Hause. Hermine hatte währenddessen eine unruhige, bange Zeit verbracht. Meist war sie dann so froh, daß er überhaupt gesund wieder da war, daß jedes Schimpfen unterblieb, geschweige, daß er einmal ein paar hinter die Ohren bekam, was ganz nützlich gewesen wäre.

Kam Stella spät nach Hause, schlief er schon. Sie hörte dann von Hermine, was er wieder angestellt hatte, und beide Frauen sahen sich jedesmal etwas ratlos an.

»Ich hab' den Bengel furchtbar gern«, sagte Hermine einmal, »das weißt du ja. Aber ich fürchte, ich bin nicht die richtige Erzieherin für ihn. Er brauchte eine energische Hand.«

»Ja«, sagte Stella, »das scheint mir auch so.«

»Heute hat er mir was erzählt«, fuhr Hermine fort, »so ganz en passant, also, mir standen die Haare zu Berge. Da sind so ein paar von den Fratzen zusammen, alles solche Dreikäsehochs wie er, die machen doch wirklich so eine Art Handlangerdienste für eine Bande von Schwarzhändlern. Die müssen da hinter dem Bahnhof Zoo in einer Ruine ihre Sammelstelle haben. ›Wir stehen Schmiere‹, erklärte mir dein Sohn. ›Wenn die Polente kommt, flitzen wir vorneweg und warnen den Boß. Und am Bahnhof gabeln wir die Kunden auf.‹ – ›Was für Kunden?‹ frage ich. ›Na, die was kaufen wollen. Sieht man den Leuten ja immer schon an, ob sie dort sind, um Geschäfte zu machen. Die quatschen wir dann an und bringen sie an eine bestimmte Ecke, und dann holen wir den Boß. Heute haben wir ein tolles Devisengeschäft gemacht.‹«

Hermine schwieg und sah Stella vorwurfsvoll an.

Die schüttelte den Kopf. »Ist ja nicht zu glauben. Sieben Jahre ist der Balg jetzt. Mein Gott, Hermine, was soll ich bloß machen? Das geht doch nicht. Der Junge wächst sich ja zu einem Verbrecher aus.«

»Es schreit zum Himmel«, sagte auch Hermine. »Da ist es ja im Krieg geradezu anständig zugegangen. Stell dir bloß mal vor, was aus diesen Kindern werden soll. Du hast ganz recht, bis sie groß sind, werden das perfekte Gangster sein.«

»Bin ich froh«, meinte Stella, »daß ich nur den einen habe. Was machen bloß die Frauen, die heute mit drei und vier Kindern allein dasitzen? Kannst du mir das vielleicht sagen?«

»Weiß ich auch nicht«, sagte Hermine. »Aber ich weiß, was du machen solltest.«

»Na?«

»Heiraten.«

»Heiraten!« Stella lachte. »Kannst du mir vielleicht sagen, wen? Männer sind heute Mangelware, besonders für meine Generation. Das kannst du fast jeden Tag in der Zeitung lesen.«

»Unsinn«, meinte Hermine, »eine Frau, die so aussieht wie du, kriegt immer einen Mann.«

»Vielen Dank«, sagte Stella. »Aber ich glaube, du hast mich lange nicht mehr genau betrachtet. Ich werde dieses Jahr dreißig. Und ich bin mager wie eine alte Ziege. Ich sehe höchstens noch älter aus, als ich bin.«

Erstaunlicherweise erwiderte Hermine darauf: »Das stimmt.«

Das hatte Stella nicht erwartet. Sie blickte Hermine geradezu entsetzt an. »Ist das wirklich wahr?«

»Meine liebe Stella«, sagte Hermine uneingeschüchtert. »Ist das ein Wunder? Seit ich dich kenne, treibst du Raubbau mit deinen Kräften und mit deiner Schönheit. Doch, du warst ein hübsches Mädchen. Und du bist auch heute noch eine ganz hübsche Frau. Wenn du nicht so nervös und gereizt und zerfahren wärst. Aber sieh dir doch mal das Leben an, das du führst. Du rauchst immerzu diese schweren amerikanischen Zigaretten. Du arbeitest viel, und wie mir scheint, nicht mit Vergnügen und Freude, sondern gehetzt und hektisch, lieblos und unlustig. Du hast keine Freunde, keinen Mann, gar keine Entspannung und Ablenkung. So was muß sich einem Menschen ja ins Gesicht prägen. Mager? Na gut, sind wir heute alle. Aber in deinem Alter brauchtest du weder Falten zu haben noch diesen gejagten Ausdruck in den Augen, noch diese zitternden Hände.«

Unwillkürlich blickte Stella auf ihre Hand, die die Zigarette hielt. Wirklich, die Hand zitterte.

»Habe ich so viel Falten?« fragte sie kleinlaut.

»Mehr, als deinem Alter entsprechen«, sagte Hermine schonungslos. »Wir leben in keiner leichten Zeit, das ist wahr. Und es wird sich wohl auch so bald nichts ändern. Sieht jedenfalls nicht so aus.«

»Na ja, was willst du dann von mir?« sagte Stella, Resignation in der Stimme. »Meine Jugend ist vorüber. Ich weiß nicht, was aus mir werden soll. Aber die meisten Leute wissen es heutzutage nicht. Und ich weiß auch nicht, was ein Mann daran ändern sollte. Angenommen, ich lernte einen kennen, dem ich nicht zu alt und häßlich wäre, was hätte das für einen Zweck? Den Männern geht es auch nicht besser. Es sei denn, ich suche mir einen Schwarzhändler.«

»Oder einen Amerikaner.«

Stella lachte ärgerlich. »Jetzt fängst du auch noch damit an. Professor Hartmann hat mir das schon geraten. Bis jetzt hat sich jedenfalls noch keiner für mich interessiert, der mir gefallen hätte. Irgend so einen dummen kleinen Boy wirst du mir wohl nicht zumuten. Die Offiziere, die manchmal zu Hartmann kommen, sind alle verheiratet, oder sie sind jünger als ich. Einem General in passendem Alter und ohne Frau bin ich leider noch nicht begegnet.«

»Es muß ja nicht gerade ein General sein«, sagte Hermine. »Muß überhaupt kein Berufsoffizier sein. Dafür bin ich gar nicht. Es gibt doch auch andere, die irgendwie sonst hier beschäftigt sind. Ich weiß ja auch nicht genau, was sie alle machen. Und es heißt doch immer, sie sind auf deutsche Frauen ganz verrückt.«

»Auf mich jedenfalls nicht. Vermutlich bin ich wirklich zu dünn. Und wie gesagt, ich kenne keine Amerikaner.«

»Ja, weil du nirgends hingehst.«

»Wo soll ich denn hingehen? Soll ich mich vielleicht abends auf dem Kurfürstendamm 'rumtreiben und Bekanntschaften schließen?«

»Du weißt ganz genau, daß ich so etwas nicht meine. Aber du solltest Bekannte haben, Freunde. Manchmal ausgehen oder eingeladen werden. Du kommst überhaupt nicht mehr unter Menschen.«

»Ich bin nicht interessiert daran«, sagte Stella. »Ich habe einfach keine Lust. Und dann – um noch mal auf deine amerikanische Heirat zurückzukommen –, mich würde sowieso kein Amerikaner heiraten können, nachdem ich mit einem SS-Führer verheiratet war.«

»Das könnte natürlich sein«, gab Hermine zu. »Aber einen Mann müßtest du trotzdem haben. Du für dich einen Mann und für Pieter einen Vater. Meiner Meinung nach ist beides dringend notwendig.«

Aber der einzige Mann, der zur Zeit für Stella zu haben war, war Michael. Regelmäßig trafen Briefe von ihm ein. Bittende, flehende, drohende Briefe. Er beschwor sie, zurückzukommen. Erinnerte sie an ihr Versprechen, klagte, wie unglücklich er ohne sie lebte.

Anfangs gebrauchte Stella Ausflüchte, später wies sie auf ihre Arbeit hin. Zuletzt hatte sie gar nicht mehr geantwortet. Aber sie fürchtete, daß Michael eines Tages nach Berlin kommen würde. Jedenfalls hatte er das angekündigt. Glücklicherweise war er den Winter über sehr beschäftigt gewesen. Er hatte Konzerte in der amerikanischen Zone gegeben, auch in vielen kleinen Provinzstädten. Ein ansehnlicher Erfolg war ihm bisher jedoch nicht beschieden gewesen. Und auch ein Angebot, in Amerika zu gastieren oder gar dorthin überzusiedeln, war bisher nicht an ihn ergangen. Stella konnte sich vorstellen, daß er mit seinem Vater ziemlich bescheiden leben mußte.

Sie wollte auf keinen Fall zu ihm zurück. Damit war sie fertig. Lieber verzichtete sie auf einen Mann.

Wenn sie allerdings großspurig behauptete, sie wolle keinen Mann, sie brauche keinen, so entsprach das nicht ganz der Wahrheit. Sie war nie eine Frau gewesen, die selbständig und energisch ihr Leben in die Hand nahm. Und es war immer ein Mann dagewesen, der gewissermaßen die Sonne für sie scheinen ließ. Das hatte mit Kapitän Termogen angefangen und war eigentlich immer so weitergegangen.

Sie fühlte sich oft einsam. Sie hatte Sehnsucht nach Liebe und Zärtlichkeit, manchmal auch Verlangen nach Umarmung und Leidenschaft. Aber Michael? Nein.

Der nächste Tag nach dem abendlichen Gespräch mit Hermine war ein Sonntag. Stella hatte gehofft, ein bißchen länger schlafen zu können. Aber Pieter war zeitig wach, saß munter in seinem Bett und wollte sich mit ihr unterhalten. Schließlich sagte sie: »Steh endlich auf und scher dich 'raus. Ich höre Tante Hermine in der Küche mit den Tellern klappern. Frühstückt schon inzwischen. Ich möchte noch ein bißchen schlafen.«

Aber sie konnte nicht mehr schlafen. Sie lag wach, die Augen an die Decke gerichtet, und dachte über ihr Leben nach.

Und sie kam zu dem Schluß, daß es unbefriedigend war auf der ganzen Linie. In knapp zwei Monaten wurde sie dreißig. Kein Alter für eine Frau von heute. Natürlich nicht. Adam hatte ihr prophezeit, da begännen die schönsten Jahre einer Frau. Sie würde geliebt, begehrt und eine anerkannte Künstlerin sein. Nichts davon war der Fall.

Keiner liebte sie, keiner begehrte sie, wenn man von Michael absah, den sie nicht wollte. Und von anerkannter Künstlerin konnte überhaupt keine Rede sein. Sie machte so ein bißchen mittelmäßiges Kunstgewerbe, was eben gerade in dieser Zeit zu machen war, und das war alles. Sie hatte auch kein Zutrauen mehr zu ihrem Können. Seit sie Cornelia bei der Arbeit sah, seit sie sah, was das junge Mädchen leistete, war ihr Selbstvertrauen auf diesem Gebiet restlos geschwunden. Es waren kein Schwung und keine Kraft mehr in ihr. Sie würde nie mehr etwas Bedeutendes schaffen. Adam hatte sie wohl überschätzt.

Es war auch kein Verlangen mehr in ihr, etwas zu schaffen. Ihr Herz und ihre Hände waren müde. Man lebte von einem Tag zum anderen. Alle Gedanken waren darauf gerichtet, wo man für den nächsten Tag etwas zum Essen herbekam. Im Winter war die Sorge um Heizmaterial dazugekommen. Was hatten sie gefroren in diesem Winter! Es lief ihr jetzt noch ein Schauer durch den Körper, wenn sie daran dachte. Nun war Frühling. Aber der Frühling bedeutete nicht wie früher Hoffnung und Glück. Nur eben gerade, daß es nicht mehr so kalt war.

Manchmal hatte sie schon daran gedacht, zu Thies auf die Insel zu gehen. Aber was sollte sie da? Sie mußte auf jeden Fall etwas verdienen, sie mußte für sich und Pieter sorgen. Und dafür sah sie dort keine Möglichkeit. Thies hatte selbst sehr wenig. Von ihm konnte sie nicht leben. Und wenn wirklich Denise eines Tages zu ihm kam, was er in seinem letzten Brief angedeutet hatte, dann war sie dort sowieso überflüssig.

Ja, Thies war glücklich. Für ihn bedeutete der Frühling Hoffnung. Er schrieb sich jetzt regelmäßig mit Denise, die wieder in Paris und wirklich noch nicht verheiratet war. Sobald es möglich war, wollten sie sich wiedersehen. Und wenn Denise ihn also auch noch liebte, was offenbar der Fall war, dann würde für Thies ein neues Leben beginnen.

Stella gönnte es ihm von Herzen. Ein wenig Eifersucht verspürte sie allerdings auch. Thies war der Mensch, der ihr am nächsten stand. Wenn er heiratete, würde sie ihn verlieren.

Und dann war noch etwas anderes, das sie davon abhielt, nach Sylt zu gehen: die Erinnerung an Krischan. Sie dachte viel an ihn, obwohl sie sich diese Gedanken immer wieder selbst verbot. Auf der Insel würde es nur noch schlimmer sein.

Und schließlich kam noch etwas Drittes hinzu: Sie war zu stolz, um allein und geschlagen nach Keitum zurückzukehren. Stella Termogen, von der alle geglaubt hatten, und sie selbst nicht zuletzt, ein glänzendes Leben läge vor ihr, Erfolg, Ruhm, Liebe, sollte still und bescheiden im Termogen-Haus leben, vielleicht irgendeine untergeordnete Arbeit annehmen? Nein. Das brachte sie nicht über sich.

Anke übrigens hatte im vergangenen Winter geheiratet, den Direktor ihrer Schule. Thies hatte es ihr geschrieben.

Anke hatte mehr Glück als sie. Erst hatte sie Krischan bekommen, und jetzt einen neuen Mann. Eine gute Partie dazu.

Nein. Sie würde nicht in Keitum unterkriechen. Lieber so weiterleben wie bisher. Aber dieses Leben machte ihr keine Freude. Es war nicht wert, gelebt zu werden.

Schließlich stand sie auf, trat ans Fenster und blickte hinunter in den Hof. Die Kastanie hatte Knospen. Und die Fliederbüsche waren schon grün. Frühling. Aber ihr Frühling war vorbei.

Eine Weile blieb sie vor dem Spiegel stehen und betrachtete sich prüfend. Hermine war gestern nicht sehr freundlich gewesen mit ihren Bemerkungen. Sah sie wirklich so alt aus? Sie hatte ein paar Falten bekommen, ihr Haar war glanzlos, und dieser Zug von Resignation um den Mund war auch nicht sehr kleidsam. Das kam alles zu früh. Sie war eine ungeliebte Frau, und das sah man ihr an. Liebe ist für die Frau Sonne, Regen und Wind zugleich, hatte Adam gesagt. Er hatte wohl recht gehabt.

Mit Adam bestand jetzt auch wieder eine Briefverbindung. Eines Tages, im letzten Herbst, hatte Hermine von ihm Post bekommen. Eine erste Anfrage, ob sie lebe, wie es ihr gehe. Hermine hatte ausführlich geantwortet, natürlich auch mitgeteilt, daß Stella bei ihr lebte. Inzwischen hatte er Stella auch geschrieben, und einmal war ein Care-Paket gekommen. Stella hatte geantwortet. Es war ein müder, unlustiger Brief gewesen, widerstrebend geschrieben. Und es stand nichts Wesentliches darin. Adam hatte es wohl gespürt. Er war nicht weiter darauf eingegangen, schrieb manchmal, freundlich und lieb, aber von weit her. Was Hermine ihm über sie geschrieben hatte, wußte Stella nicht. Aber sicher war Adam mittlerweile über ihr derzeitiges und vergangenes Leben informiert.

Er würde selbstverständlich einmal nach Berlin kommen, hatte er geschrieben. Sobald sich die Verhältnisse einigermaßen geklärt hätten und das Reisen erleichtert sein würde. Er sei ja nun auch schon ein älterer Herr und müsse ein wenig auf sein Herz aufpassen.

Nun ja. Die Zeit war ein tiefes Meer. Keine Brücke führte darüber. Stella hatte kein Verlangen, Adam wiederzusehen. Es war die schönste Zeit ihres Lebens gewesen, die Zeit mit ihm. Frühling, Hoffnung, Beginn. Jetzt schien es, als sei sie vom Frühling übergangslos in den Herbst geraten. Den Sommer hatte wohl der Krieg mit verschluckt. Er besaß einen großen Magen und fraß gierig alles, was er bekommen konnte. Und am liebsten fraß er das Leben und das Glück der Menschen.

Stella warf einen letzten Blick in den Spiegel. Sie haßte diesen hoffnungslosen, resignierten Ausdruck in ihrem Gesicht. Sie haßte sich selbst, diese Zeit, das ganze Leben. Haß war kein guter Gefährte für eine Frau. Sie wußte es. Auch er war ein gieriger Fresser, und er würde verschlingen, was von ihr übriggeblieben war.

Sie versuchte, ihrem Spiegelbild zuzulächeln. Aber es war ein so trauriges, trostloses Lächeln, daß sie erschrocken die Augen davor verschloß und sich hastig abwandte. Um sie herum war toter, luftleerer Raum. Und keine Hand mehr da, die ihr half, ins Leben zurückzukehren.

Sie kleidete sich rasch an und ging hinaus in die Küche. Hermine kochte ihr neuen Kaffee. Muckefuck. Bohnenkaffee war keiner mehr im Hause. Diese letzte Tücke des Schicksals reizte Stella fast zu Tränen.

Sie beherrschte sich mühsam.

Aber Pieter bekam ihre schlechte Laune zu spüren, als er wenige Minuten später Anstalten machte, die Wohnung zu verlassen.

»Wo willst du hin?« fragte Stella scharf.

»Weiter nirgends«, erklärte er vage. »Bloß 'n bißchen 'raus.«

»Du bleibst hier«, sagte Stella. »Wir gehen dann zusammen spazieren.«

»Och!« Pieter schob die Unterlippe vor. »Ich bin aber verabredet.«

»Mit wem?«

»Paar Freunde.«

»Ich will nicht, daß du dich ständig auf der Straße herumtreibst«, sagte Stella. »Das hört mir jetzt auf. Tante Hermine hat mir erzählt, was du da für komische Leute kennst. Schämst du dich nicht, dich in den Ruinen herumzudrücken mit diesen alten, widerlichen Schwarzhändlern?«

»Tante Hermine ist eine Petze«, stellte Pieter ungerührt fest.

»Tante Hermine hat vollkommen recht, mir das zu erzählen. Was denkst du dir eigentlich? Eines Tages wird dich die Polizei fangen und einsperren.«

»Mich schnappen sie nicht«, sagte Pieter bestimmt. »Und Kindern tun sie weiter nischt. Drum will der Boß ja gerade, daß wir den Strich ziehen.«

»Was für einen Strich?« fragte Stella irritiert.

»Den Strich für die Gimpel«, erklärte ihr Sohn seelenruhig. »So nennt man das.«

»Aha. Du verständigst dich also bereits in einer Art Gangstersprache. Das kann ja heiter werden. Werde ich froh sein, wenn du in die Schule kommst.«

»Schule interessiert mich überhaupt nicht«, meinte Pieter. »Die Großen, die schon in die Schule gehen, sagen alle, Schule ist kalter Kaffee und vollkommen überflüssig.«

»Na, ihr müßt es ja wissen. Stellst du dir das Leben eigentlich angenehm vor, wenn du dämlich bleibst?«

Und Pieter, mit aller Entschiedenheit: »Zum Geldverdienen

braucht man nicht viel zu lernen. Nur 'n bißchen rechnen. Und das kann ich schon.«

Stella blickte hilfesuchend zu Hermine hinüber, die am Herd stand und sich bisher nicht in das Gespräch gemischt hatte.

»Mein Vater«, sagte Hermine jetzt, »war ein sehr kluger Mann. Professor der Botanik übrigens, dies nur nebenbei. Er sagte immer: Es gibt nur einen Reichtum auf Erden, den dir keiner nehmen kann. Das Wissen in deinem Kopf und die Güte in deinem Herzen.«

»Viel Geld wär' mir lieber«, sagte Pieter frech.

»Halt den Mund«, fuhr ihn Stella zornig an. »Du bist noch viel dümmer, als ich dachte. Und ich schäme mich, so einen Sohn zu haben. Ich müßte mich vor jedem Menschen schämen, der dich kennenlernte. Was würde Onkel Thies sagen, wenn er dich heute sehen würde? Und dein Vater, wenn er das erlebt hätte?«

»Mein Vater war ein Nazi«, sagte Pieter, kalte Bosheit in den dunklen Augen, »der hätte gar nischt mehr zu sagen.«

Darauf bezog er von Stella eine Ohrfeige. Anschließend blieb es still in der Küche. Pieter stand mit trotziger Miene, er weinte nicht, er zuckte nicht mit der Wimper. Sein hübsches, dunkles Gesicht war voller Haß und Kälte. Voller Haß und Kälte waren seine Augen, als Stella zu ihm sagte: »Geh hinüber ins Schlafzimmer. Ich will dich hier nicht mehr sehen.«

Er ging. Ohne sich noch mal umzublicken, und die Tür fiel ziemlich unsanft ins Schloß.

Stella setzte sich an den Küchentisch, stützte den Kopf in die Hände und hatte Mühe, nicht zu weinen. Sie nahm eine Zigarette aus dem Päckchen, das auf dem Tisch lag, und zündete sie mit zitternden Händen an.

»So ein elender Fratz«, sagte sie. »Er ist wie sein Vater, ganz wie sein Vater.«

Hermine blickte zu ihr hinüber, setzte zum Sprechen an, zögerte aber noch einmal, rührte in der Kartoffelsuppe herum und sagte dann doch: »Du sprichst nicht von Dietrich?«

Stella blickte auf. »Nein«, sagte sie hart. »Du weißt gut, daß ich nicht von Dietrich spreche.«

»Ich weiß gar nichts«, meinte Hermine ruhig. »Ich hatte bloß immer so meine Vermutungen. Dann habe ich mich also nicht getäuscht. Meine Hochachtung. Das hast du raffiniert hingekriegt.«

»Das nützt mir jetzt gar nichts mehr«, sagte Stella gereizt. »Sag mir lieber, was ich mit dem Bengel machen soll?«

»Tut mir leid«, sagte Hermine, »das weiß ich auch nicht. Ich hab' dir ja gesagt, du sollst heiraten. Du sagst, du hast keinen Mann. Na schön. Hoffen wir also, daß es besser wird, wenn er in die Schule kommt.«

»Und wenn es nicht besser wird«, sagte Stella entschieden, »dann kommt er in das strengste Internat, das ich finden kann. Irgendwie werde ich es schon finanzieren. Ich will mir nicht so ein Unkraut aufziehen.«

Sie stützte beide Arme auf den Tisch und legte den Kopf auf die geballten Fäuste. »Zweimal Termogen-Blut«, sagte sie, »das ist natürlich nicht abzusehen, was daraus wird. Das kann ein Prachtstück werden, aber auch eine Katastrophe.«

5

Und dann hatte das stagnierende Leben auf einmal ein Ende. Zum drittenmal, wieder ganz unerwartet, wieder mit dem Plus des Überraschungseffektes auf seiner Seite, trat der Mann in Stellas Leben, der ihr Verhängnis und Schicksal zugleich war: Jan Termogen.

Der Zufall fügte es, und zwar auch dies zu Jans Gunsten, daß in der Woche zuvor Michael nach Berlin gekommen war.

Es war kurz vor Stellas Geburtstag. Michael kam, wie er sagte, um ihn mit ihr zu feiern. Dies war mehr oder weniger ein Vorwand. Er kam hauptsächlich, um Stella endlich zur Rückkehr zu bewegen. Und er brachte seine unveränderte, tiefe Liebe zu ihr mit.

Er hatte die Reise lange geplant, nur war es nicht so einfach gewesen, bis er die Voraussetzungen geschaffen hatte. Der Krieg war nun zwei Jahre vorüber. Aber eine Fahrt nach Berlin war nicht leichter, sondern schwerer geworden. Die Fronten hatten sich verhärtet, der Russe war immer mehr zum Feind der ehemaligen Verbündeten und damit Westdeutschlands und des freien Teiles von Berlin geworden.

Aber Michael hatte es schließlich fertiggebracht. Er war da und schien entschlossen, entweder bei Stella zu bleiben oder sie mitzunehmen. Es gab endlose Debatten und herzzerreißende Szenen, als Stella ihm schließlich klar und deutlich mitteilte, sie habe nicht die Absicht, wieder mit ihm zu leben.

Anfangs hatte sie sich um Freundlichkeit bemüht, hatte um sein Verständnis gebeten. Aber Michael wollte nicht verstehen. Sie war die einzige Frau auf der Welt. Sie würde es bleiben für ihn bis in alle Ewigkeit.

»Du liebst mich doch, Stella«, sagte er verzweifelt, »du hast doch gesagt, daß du mich liebst.«

Nein. Sie hatte es nie gesagt. Oder vielleicht hatte sie einmal auf sein endloses Fragen mit Ja geantwortet. Sie wußte es nicht mehr.

»Michael«, sagte sie, »bitte, mach es uns doch nicht so schwer.

Wir waren eine Zeitlang zusammen. Aber das ist vorbei. Können wir nicht gute Freunde sein? Du wirst eine andere Frau finden, die besser zu dir paßt.«

Er schwieg. Blickte sie an mit diesen hellen, unglücklichen Kinderaugen, die es ihr so schwer machten, hart und rücksichtslos zu sein.

»Ist es«, fragte er schließlich mit gebrochener Stimme, »ist es, weil ich Jude bin?«

»Sei doch nicht so albern«, fuhr ihn Stella wütend an. »Was hat denn das damit zu tun? Du weißt genau, daß ich danach nie gefragt habe. Möchtest du nicht endlich mit diesem Komplex fertig werden? Außerdem ist es unfair, mit diesen Waffen zu kämpfen.«

Es waren zerquälte, unglückliche Tage. Alle fühlten sich unbehaglich. Hermine, von Michael als Beistand angerufen, nicht weniger als die beiden Hauptbeteiligten. Selbst Pieter, der so wach und altklug geworden war in letzter Zeit, verstand aus dem, was er zu Stellas Ärger zu hören bekam, worum es ging.

Als Stella ihn eines Abends zu Bett brachte, fragte er sie mißtrauisch: »Wirst du ihn heiraten?«

»Wie kommst du denn darauf?« fragte Stella.

»Das will er doch, nich? Ich möchte aber lieber mit euch allein bleiben, mit Tante Hermine und mit dir.«

»Ich heirate nicht«, sagte Stella. »Und wenn ich es täte, würde ich dich nicht um Erlaubnis fragen, du Fratz. Dir täte es gar nicht schaden, wenn du einen Vater bekämst, der dir mal die Ohren lang zieht.«

»Michael?« fragte Pieter und grinste über sein ganzes gescheites Lausbubengesicht.

Stella hätte beinahe gelacht. »Schlaf jetzt«, sagte sie. »Und misch dich gefälligst nicht in meine Angelegenheiten.«

Aber so viel war sicher: Michael würde kaum der richtige Erzieher und Vater für Pieter sein. Der brauchte ja selbst noch Erziehung und Leitung, suchte Schutz und Wärme. Ausgerechnet bei mir, dachte Stella. Nein. Wenn ich einen Mann möchte, dann soll es einer sein, der die Zügel in die Hand nimmt. Sonst brauche ich keinen.

Mitten in dieses ganze Dilemma hinein erschien Jan. Als Stella eines Abends aus Zehlendorf nach Hause kam, war er da. Saß bei Hermine im Wohnzimmer, ganz selbstverständlich, als gehöre er dahin.

Hermine, die ihn ja von früher kannte, hatte ihn mit gemischten Gefühlen empfangen. Ein wenig mit Erleichterung, daß nun endlich ein starker Mann im Hause war. Ein wenig mit Bedenken, was nun aus diesem seltsamen Dreieck werden sollte.

Michael, der ja auch zur Zeit bei Hermine wohnte, betrachtete den fremden Mann mit Mißtrauen und Scheu. Er wußte vom Vorhandensein dieses Vetters. Er wußte nicht, welche Rolle er in Stellas Leben gespielt hatte. Das hatte ihm bisher niemand erzählt.

Stella war vollkommen unvorbereitet. Als sie die Wohnung betrat, hörte sie Stimmen aus dem Wohnzimmer. Dann Pieters begeisterten Aufschrei: »Mutti ist da!«

Sie erwartete, daß er herausstürzen würde. Aber er kam nicht. Statt dessen war es still geworden. Sie konnte nicht ahnen, daß Jan seinen Sohn mitten im Start noch erwischt und festgehalten hatte.

»Pst«, hatte er gesagt. »Wir wollen Mutti überraschen.«

Pieter war einverstanden. Er nickte begeistert und schaute wie alle anderen erwartungsvoll zur Tür.

So traf Stella das Quartett. Sie blieb erstarrt an der Tür stehen. Sie war nicht mehr das fünfzehnjährige Kind im Termogen-Haus, das mit seinen wilden Phantasien lebte. Sie war nicht mehr die junge, eben erwachte Frau, neugierig und lebenshungrig. Aber genau wie jene beiden anderen Male traf sie auch diesmal Jans Gegenwart wie ein Schlag. Es war vor allem das Bild, das sich ihr bot.

Jan im Sessel, Pieter am Arm haltend, und beide blickten sie an. Zweimal die gleichen Augen.

Und Stella dachte: Jetzt kann es jeder sehen. Jans Sohn. Ich habe nicht gewußt, daß er ihm so ähnlich sieht.

Und sie sah Jan in dieser ersten Minute an, daß er alles wußte.

Er stand auf, kam auf sie zu, legte seine Hände um ihre Arme.

»Estelle!« sagte er. Sein Gesicht war weich, seine Stimme voller Zärtlichkeit.

Ein Zittern lief durch Stella. Das also war es. Sie war ihm entflohen. Aber sie hätte ebensogut dort bleiben können. Man lief seinem Schicksal nicht davon.

Jan beugte sich vor, küßte sie auf die Stirn. Und als sie sich nicht rührte, auf den Mund. Dann ließ er sie los und lächelte. Sein altes, selbstsicheres, ein wenig spöttisches Lächeln.

»Jan!« sagte Stella fassungslos.

Jetzt war Pieter heran. Er hopste aufgeregt von einem Bein auf das andere. »Das ist Onkel Jan!« schrie er begeistert. »Aus Malaya. Von dem du mir erzählt hast. Onkel Jan ist da.«

Stella faßte sich langsam. Erst seufzte sie, ein langer, zitternder Seufzer war es. Dann sagte sie zu Pieter: »Das sehe ich.«

Jan lächelte immer noch. »Dein Sohn und ich haben schon Freundschaft geschlossen. So einen großen Jungen hast du, Stella. Ist ja nicht zu glauben. Im April ist er sieben Jahre geworden, wie ich gehört habe. Wie die Zeit vergeht.« Jetzt war offener Spott in seinen Augen, aber auch Wärme, Freude.

Stella zog die Brauen hoch. Sie wußte, daß sie Jan nichts vormachen konnte. Und wenn es Hermine nicht gewußt hätte, dann hätte sie es jetzt erfahren. Und eigentlich mußte Michael auch Bescheid wissen. Und es war eigentlich über alle Maßen lächerlich.

Sie legte den Kopf in den Nacken und lachte. Sie hätte nicht zu sagen gewußt, worüber sie lachte. Es war kein glückliches, kein frohes Lachen. Sie hätte ebensogut weinen können.

Tief in ihr war ein wildes Aufbegehren. Würde sie niemals frei sein? Gab es für eine Frau keine Freiheit? Da war Michael, der sie heiraten wollte und dem sie davongelaufen war. Und da war Jan, den sie geliebt hatte und der der Vater ihres Sohnes war und dem sie auch davongelaufen war. Jetzt hatte er sie eingeholt. Inzwischen war die Welt untergegangen. Aber Jan hatte sie eingeholt. Jan oder ihr Schicksal.

All das hatte sie nicht gewollt. Auf einmal war noch ein dritter Mann im Zimmer. Keiner sah ihn, nur sie. Aber er stand so deutlich vor ihren Augen, daß sie meinte, ihn berühren zu können. Er sah aus wie damals, als sie ihn hier getroffen hatte. In der verblichenen Uniform, das verbrannte Gesicht mit der Narbe, das widerspenstige blonde Haar, die hellen ernsten Augen.

Krischan! Warum war er nicht gekommen, sie zu holen? Warum hatte das Schicksal nicht ihn für sie bestimmt?

Krischan! Warum bist du nicht wiedergekommen? Warum gerade du nicht, wenn doch alle anderen kommen?

Wie ein wirrer, wilder Traum zogen die nächsten Stunden an ihr vorbei. Man saß zusammen, man redete, miteinander oder aneinander vorbei, man aß und trank, und da waren all die Augen, die sie ansahen.

Hermines mütterlich-besorgter Blick, Mitleid in ihren Augen, Verstehen und Ratlosigkeit.

Michaels verwirrte blaue Augen, seine Bestürzung, sein Trotz, sein langsames Begreifen.

Und schließlich Jans dunkle Augen, lächelnd, spöttisch, überlegen und doch zärtlich und vertraut. Er war älter geworden, das Gesicht hatte scharfe Züge bekommen, tiefe Falten, das Haar war an den Schläfen ergraut, doch noch immer wuchs die schwarze Spitze tief in die Stirn, und noch immer war Kraft in ihm, Stärke, Sicherheit.

Das Gespräch ging bunt durcheinander. Jan fragte. Stella berichtete knapp. Der Krieg, ihre Ehe, die Zeit danach. Auf diese Weise gelang es ihr auch, Michael einzubauen.

Jan blickte flüchtig zu ihm hinüber. »Ah«, sagte er begreifend, »so ist das.« Offenbar hatte er sich gewundert, wer der junge Mann sei. Denn Stella hatte gleich von Anfang an gemerkt, daß vor ihrem Kommen diese Dinge nicht berührt worden waren. Hermines deutliche Reserve hatte wohl auch Michael gezwungen, zurückhaltend zu sein.

Jetzt errötete Michael. »Ja«, sagte er, »ich habe Stella viel zu verdanken.«

Jan beachtete ihn nicht weiter. Er lächelte Stella zu. »Du bist ein mutiges Mädchen«, sagte er. »Kein Wunder, du bist eben eine Termogen.«

Ihre Ehe interessierte ihn wesentlich mehr. Er wollte alles genau darüber wissen, aber er verschob es auf einen späteren Zeitpunkt. »Das wirst du mir gelegentlich mal erzählen«, sagte er. Und dann grinste er. Pieters freches Lausbubengrinsen. »Vor allem, wie es anfing. Im November 1939, sagst du, hast du geheiratet?«

Ihre Blicke lagen starr ineinander. Seine Augen waren voller Spott, in Stellas Augen saß ein Funke Wut und stand eine deutliche Warnung.

»Ja«, sagte sie. »Hab' ich dir schon erzählt.«

»Genial«, meinte er. »Mein Kompliment.«

Hermine lenkte das Gespräch von dem gefährlichen Thema ab. Ihr tat Michael wohl leid.

Michael, der selbst bemerkte, wie an diesem Abend all seine Hoffnungen in Trümmer gingen, benahm sich ungeschickt, Verzweiflung und Trotz im Herzen. Da war Stella, die er liebte. Die ihm schon entglitten war und die nun mit Windeseile von ihm fortgerissen wurde.

»Stella und ich«, sagte er, »wir wollen heiraten.«

Stella schwieg.

Jan sagte kühl, uninteressiert: »Ach?«

Und Pieter mischte sich vorlaut ein. »Nee«, rief er, »sie heiraten nich.«

»Du gehst jetzt ins Bett«, sagte Stella energisch. »Es ist zehn Uhr durch. Los.«

»Nee, ich will nicht. Onkel Jan soll noch von den Japanern erzählen.«

»Andermal, Pieter«, sagte Jan und lächelte ihm zu. »Das läuft uns nicht davon. Da gibt es noch viel zu erzählen. Für heute langt's.«

Pieter strahlte ihn an. Er war begeistert von dem weitgereisten, abenteuerumwitterten Onkel. Der war noch viel interessanter als die Schwarzhändler.

»Und du erzählst nichts, wenn ich nicht dabei bin?« forschte er eifersüchtig.

»Nein. Heute nicht mehr. Ich werde deine Mutti noch entführen zu einem Drink.«

Pieter nickte Einverständnis. »Das ist gut«, sagte er. »Wir ham ja nischt da. Schnaps ist teuer.«

»Los!« kommandierte Stella ungeduldig. »Sag gute Nacht und verdufte.« Sie ging selbst mit ihm, stand daneben, als er die Zähne putzte, zog die Bettdecke über ihn, als er endlich im Bett lag. Bis dahin hatte sein Mund nicht stillgestanden.

Sie setzte sich neben ihn auf den Bettrand. Ihr war, als würden ihre Beine sie nicht mehr tragen.

»Onkel Jan ist prima, nich?« fragte Pieter.

Sie nickte.

»Bleibt er lange da?«

»Ich weiß es nicht. Schlaf jetzt.«

Sie blieb vor dem Spiegel stehen, kämmte abwesend ihr Haar, nahm dann zögernd den Lippenstift und malte langsam den Bogen ihrer Lippen rot. Der erste Lippenstift. Sie hatte ihn von Jan erhalten. Nein, vorher hatte sie sich einen gekauft. Einen ganz billigen in einem knalligen, furchtbaren Rot. Und als er damals kam, hatte sie sich gerade damit angemalt.

Fünfzehn Jahre war sie alt gewesen. Und jetzt war sie doppelt so alt. Und was hatte sie alles erlebt.

Sie blickte auf das schmale, blasse Gesicht im Spiegel. Fremd und flammend stand der rote Mund darin. Die Augen übergroß, dunkel vor Erregung. Der Hals hob sich schlank und lang aus dem Ausschnitt der weißen Bluse. Die Bluse war nicht mehr ganz sauber und zerdrückt.

Was hatte Jan gesagt? Er wollte noch mit ihr fortgehen? Sie war müde. Müde zum Umfallen. War Freude in ihr? Glück? Liebe?

Nein. Da war nichts als eine große Leere. Und keine Kraft. Nicht die kleinste Spur von Kraft mehr. Sie war müde. Sie wollte nicht mehr kämpfen. Sie konnte sich nicht wehren. Eine große Welle kam und trug sie fort. Wohin? Es war gleichgültig. Keine Heimat für sie, kein Frieden. Aber das Meer war groß.

Wie fremd ihr Gesicht war! Das Gesicht einer unbekannten Frau. Stella Termogen. Mitten im Meer und allein. Eines Tages würde eine große, schwarze Woge kommen und sie mit in den Grund reißen. Vielleicht war dort Frieden und Heimat.

Pieter sah ihr vom Bett aus zu.

»Du bist hübsch, Mutti«, sagte er plötzlich.

Stella drehte sich zu ihm um und lächelte. Dann ging sie zu ihm ans Bett, beugte sich herab. Er schlang beide Arme um ihren Hals, preßte sein heißes Gesicht an ihres. »Bist du traurig, Mutti?«

»Nein, Pieter. Nur müde. Ich gehe auch bald schlafen.«

»Aber Onkel Jan hat doch gesagt, ihr wollt noch ausgehen. Zu einem Drink.« Er wiederholte stolz den fremden Ausdruck.

»Ich glaube, heute gehe ich nicht mehr fort. Vielleicht morgen. Und nun, gute Nacht.«

Sie küßte ihn noch einmal, ging dann zur Tür, löschte das Licht und verließ das Zimmer.

Aber draußen, auf dem Gang, blieb sie noch einmal stehen.

»Krischan!« flüsterte sie. »Krischan!«

Aber sie erhielt keine Antwort.

6

Eine halbe Stunde später kam sie wieder ins Schlafzimmer, um sich umzuziehen. Pieter schlief schon, den dunklen Kopf in die Kissen gebohrt, das Gesicht kindlich und weich im Schlaf.

Jan hatte darauf bestanden, noch mit ihr auszugehen. Stellas Einwand, daß sie müde sei, schob er achtlos beiseite.

»Nur auf eine Stunde«, sagte er. »Wir gehen zu mir ins Hotel und trinken einen Whisky. Dort kriegen wir alles, was wir wollen. Ich muß dich allein sprechen.« Er sagte es entschlossen, ohne Rücksicht auf die beiden anderen zu nehmen. Von der ersten Stunde an betrachtete er sie als seinen Besitz und dachte nicht daran, das vor irgend jemandem zu verhehlen.

Stella blickte zu Hermine hinüber, die ihr zunickte. »Geh nur mit«, sagte sie. »Fährst halt morgen ein bißchen später nach Zehlendorf. Ihr habt euch doch viel zu erzählen.« Sie blickte Michael an, mit einem Lächeln. »Dafür haben wir schon Verständnis, nicht wahr, Michael?«

Michael gab keine Antwort. In diesem Augenblick tat er Stella leid. Wie unglücklich er aussah, wie verlassen. Mein Gott, alles fiel ihr aus den Händen. Selbst diese gute Tat ihres Lebens richtete sich nun gegen sie. Sie hatte Michael gerettet, und jetzt zerstörte sie sein Leben.

»Der ist aber verliebt in dich«, sagte Jan, als sie die Treppe hinuntergingen. »Als wir eben gingen, hat er dich angesehen wie der sterbende Schwan. Bildet er sich wirklich ein, du würdest ihn heiraten?«

»Bitte«, sagte Stella nervös, »das ist nicht zum Lachen. Mir tut es furchtbar leid, daß er sich in die Idee verrannt hat. Ich hab' dir ja erzählt, wie es war. Jahrelang lebte er bei mir in Österreich. Er war ständig um mich. Und seitdem liebt er mich eben. Ich weiß auch nicht, was ich tun soll.«

»Er wird sich daran gewöhnen müssen, daß eine Stella Termogen nicht für ihn gewachsen ist«, sagte Jan kühl. »Ich muß immer lachen, wenn ich höre, daß jemand unglücklich verliebt ist.

Irgendwann sollte jeder Mensch lernen, in welchem Garten sein Gemüse wächst. Und nicht immer über den Zaun auf anderer Leute Beete gucken.«

Sie waren im Hof. Über der Ruine des Nachbargrundstückes stand ein heller, silberner Mond. Die Kastanien waren verblüht. Und am Fliederstrauch hingen noch einige wenige, schon welkende Dolden. Bald würden die ersten Rosen aufblühen.

Direkt vor dem Rosenbeet blieb Jan stehen. Stella wollte weitergehen, doch er hielt sie fest, drehte sie an den Schultern zu sich herum, sah sie an, lange, eindringlich.

»Estelle!« sagte er. »Warum bist du mir damals weggelaufen?«

Stella hob die Schultern. »Du weißt es.«

»Nein. Ich weiß es nicht. Sag es mir.«

»Ich konnte mit dir nicht leben. Du hast mich immer wieder verletzt. Du warst rücksichtslos und hart. Ich kam mir so sinnlos und überflüssig dort vor. Du hast mich betrogen.« Sie stockte. Es klang alles matt und wenig überzeugend, was sie sagte. Warum war sie eigentlich wirklich weggelaufen? Es war so lange her, und sie hatte es vergessen. Zuviel anderes war geschehen. Anderes, das schwerer wog als Überdruß und Langeweile und Gekränktheit eines jungen Mädchens.

»Ich habe dich geliebt«, sagte Jan. »Die einzige Frau meines Lebens, die ich wirklich geliebt habe. Weißt du eigentlich, was du mir damit angetan hast, daß du mich verlassen hast?«

Stella schwieg. Sie sah ihn nicht an. Ihr Blick ging an seinem Kopf vorbei, verlor sich in dem mondhellen Nachthimmel. Immer noch waren diese Leere und Kälte in ihr. Die Einsamkeit stand um sie wie eine kalte Wand aus Eis. Sie fror in dieser warmen Sommernacht. Sie fürchtete sich. Sie hatte das Gefühl, irgendwohin flüchten zu müssen. Fortzulaufen, jetzt gleich, so wie sie hier stand. Weit fort. Aber es gab kein Ziel für ihre Flucht. Da war unter diesem weiten Himmel kein Ort auf der Welt, an dem sie geborgen sein würde. Und kein Herz wartete auf sie. Nur das eine, das jetzt dicht vor ihr schlug. Und was besser sein würde, die Einsamkeit oder dieses Herz, das konnte sie in diesem Moment nicht entscheiden.

»Sieh mich an«, herrschte Jan sie an und schüttelte sie ein wenig. Sie löste zögernd ihren Blick aus dem Nachthimmel und blickte in sein Gesicht. In dieses schöne, einst so geliebte Gesicht.

»Ich habe dich geliebt«, wiederholte er. »Und du warst nichts als ein dummes Kind. Aber du bist mir nicht entkommen, das hast du ja gemerkt. Ich bin mit dir gereist.«

Jetzt lächelte er. Triumph war dieses Lächeln, Sieg. »Du hast ein Kind von mir. Darum konntest du mich nie ganz vergessen. Stella.

Und nie ganz verlassen. Hast du dann eingesehen, daß es töricht war, mir davonzulaufen?«

Sie gab keine Antwort. Trotz und Rebellion im Herzen. Aber sie wußte schon, daß sie besiegt war.

Seine Hände glitten über ihre Schultern hinab, schlossen sich um ihren Rücken. Er zog sie dicht an sich heran, bis ihre Körper sich berührten. »Du gehörst mir, Estelle. Weißt du es jetzt?«

»Nein«, sagte Stella laut in den nächtlichen Hof hinein. »Nein.«

Aber sie wehrte sich nicht, als er sie küßte. Sein Mund stürzte sich auf ihren, hart, besitzergreifend, rücksichtslos wie früher. Sie war ganz wach, als der Kuß begann, bereit zum Widerstand. Aber es war zuviel. Der Kuß, seine Hände, sein starker, großer Körper. Nur ihr Wille nährte diesen Widerstand und eine vage Erinnerung an vergangene Schmach. Ihr Körper widerstand nicht. Er kapitulierte bereitwillig, vom ersten Augenblick an. Ihre Lippen öffneten sich, hinter ihren Augen brannten Tränen. Sie war bereit, sich blindlings in starke Hände fallen zu lassen.

Als er sie losließ, blickte er stumm auf das bleiche Gesicht mit den geschlossenen Augen. Triumph, Sieg war in seinem Gesicht. Aber niemals zuvor war auch er dem Herzen der Liebe so nahe gewesen.

»Nein«, sagte Stella noch einmal, leiser jetzt, ein Schluchzen in der Stimme.

»Ja«, sagte Jan. »Du gehörst mir. Ihr beide gehört mir, Pieter und du.«

Er küßte sie auf die Augen, dann ihre Wangen, dann wieder den Mund. Leidenschaftlich, sehnsüchtig und verlangend jetzt. »Meine schöne Estelle. Meine Geliebte. Heute nacht schläfst du bei mir. Und wenn ich den Portier vorher erschlagen muß, um dich in mein Zimmer zu bekommen. Aber vielleicht tut es auch eine Pfundnote. Ich habe eigentlich furchtbare Dinge mit dir vorgehabt, wenn ich dich wiedersehe. Ich wollte dich schrecklich bestrafen für deine Flucht. Und ich werde es auch tun. Ich werde dich zu Tode lieben. Und ich werde dich, solange ich lebe, nie mehr eine Stunde aus den Augen lassen. Du bist ab heute meine Gefangene. Eine Gefangenschaft, aus der du nie mehr freikommst.«

7

Die Schlacht war entschieden, ehe sie geschlagen wurde. Das einzige, was Stella zustande brachte, war ein mattes Rückzugsgefecht. Alle wohlgerüsteten Truppen waren auf Jans Seite.

Sie war allein und brauchte einen Mann. Sie hatte ihn einst geliebt und war auch jetzt wieder seine Geliebte geworden. Er hatte sie nicht gefragt, ob sie wollte. Aber sie hatte sich nicht gewehrt. Er war Pieters Vater, und daß Pieter einen Vater brauchte, darüber gab es keinen Zweifel. Das Leben in Deutschland war hoffnungslos, trostlos, unerträglich. Jan war Engländer. Und er öffnete ihr die Tür. Und schließlich: war es nicht egal? Sie war allein, es gab keinen Mann, den sie liebte, Krischan war tot. Ob sie nun mit Jan ging oder mit einem anderen, das spielte keine Rolle.

Jan liebte sie, soviel war sicher. Und er war ruhiger geworden, vernünftiger, führte ihr sachlich die Vorteile vor Augen.

Er hatte viel mitgemacht. Vier Jahre in japanischen Lagern. Was er darüber erzählte, war schrecklich.

»Es war die Hölle manchmal«, sagte er. »Obwohl ich einigermaßen gut mit ihnen auskam. Und mich bringt so schnell nichts um. So gesehen war es natürlich ein Nachteil, daß ich die englische Staatsbürgerschaft hatte. Wäre ich Deutscher gewesen, wäre es mir besser gegangen. Aber dann hätten sie mich jetzt vermutlich 'rausgeworfen. Aber lange bleibe ich nicht mehr unten. Dickie ist seit einem Jahr bei mir. Sobald er die Sache versteht und den Laden allein schmeißen kann, gehen wir nach London. Oder irgendwo in England aufs Land. Du brauchst nicht mehr lange in Malaya zu leben. Zwei oder drei Jahre noch. Ich habe es auch satt. Und ich bin nicht mehr so gesund. Vier Jahre hinter Stacheldraht hinterlassen Spuren. Und ein paar Jahre möchte ich noch in Ruhe leben. Ja, soweit bin ich jetzt. Ich sehne mich nach Ruhe und Beschaulichkeit. In zwei Jahren bin ich fünfzig, und dann habe ich mich zur Ruhe gesetzt, soviel ist sicher. Dickie schafft es dann schon. Und wir haben jetzt einen großartigen Assistenten. Der Mann ist Gold wert. Kennt den Osten wie seine Hosentasche, und alter Kautschukmann ist er auch. Die Ruhe in Person. Erinnert mich immer ein bißchen an William. War ein feiner Kerl, wenn er mich auch nicht leiden konnte. Aber du hast dich ja prima mit ihm verstanden, nicht? Wenn ich denke, was es ihm für Spaß gemacht hat, dich damals auf die Heimfahrt zu schicken und mich hineinzulegen. Er grinste übers ganze Gesicht, als er mir sagte, daß du fort bist.«

Stella lächelte. »Ja, er war sehr anständig zu mir.«

William hatte das Lagerleben nicht lange ertragen. Er war während des ersten Jahres der japanischen Besetzung gestorben. Und Mabel war auch tot. Ende des Krieges war sie bei einem V-Angriff auf London ums Leben gekommen.

Sie konnten also jetzt heiraten. Und Jan war dafür, es sofort zu tun. »Dann gibt es gar keine Schwierigkeiten«, sagte er. »Als meine Frau bist du Engländerin, kannst aus- und einreisen, wie du willst. Pieter werde ich adoptieren. Dann hat alles seine Ordnung.

Pieter Termogen, dachte Stella. Es würde also wieder einen Pieter Termogen geben. Das gab schließlich den Ausschlag. Sie durfte nicht an sich allein denken. Pieter war wichtiger.

»Aber was soll er in Malaya«, sagte sie, »er muß in die Schule gehen.«

Aber auch darüber hatte Jan schon nachgedacht. »Später kommt er nach England in ein gutes Internat, so in zwei oder drei Jahren. Und jetzt wird Helen ihn mitunterrichten. Sie unterrichtet ihre Kinder auch. Schließlich versteht sie das Geschäft. Und Pieter muß ja auch erst ordentlich Englisch lernen.«

Helen war die Frau von Duff Grant, dem tüchtigen Assistenten. Sie war vor ihrer Heirat Lehrerin an der englischen Schule in Singapur gewesen. Sie hatte drei Kinder, ein Mädchen und einen Jungen, etwa in Pieters Alter, und ein Baby.

»Sag selber«, meinte Jan, »könnte es besser klappen?«

Stella mußte zugeben, daß sich alles geradezu ideal fügte. Und der Gedanke, das trostlose Nachkriegsdeutschland zu verlassen, war verlockend.

»Deutschland ist erledigt«, meinte Jan. »Hier wird nie mehr grünes Gras wachsen. Keine Zukunft für dich und Pieter. Als mein Sohn wächst er als Engländer auf. Er kann später zu Dickie auf die Plantage gehen, er kann etwas anderes machen, ganz wie er will. Du hast mir selber gesagt, daß er hier verwildert. Das wundert mich auch nicht. Und du weißt ja auch gar nicht, wie es weitergeht. Eines Tages marschieren die Russen hier ein und stecken alles in die Tasche. Oder es gibt wieder Krieg. Möchtest du dann vielleicht hier sein?«

Nein. Stella schüttelte den Kopf. Sie mochte dann nicht hier sein. Und alles, was Jan sagte, klang wunderbar. Es war die ideale Lösung all ihrer Schwierigkeiten. Eine Ehe, ein gesichertes Auskommen, ein Vater für Pieter, eine hoffnungsreiche Zukunft für ihn.

Für mich? dachte Stella. Was wird es für mich?

Sie wußte es nicht. Wieder einmal kam alles ganz anders, als sie erwartet hatte. Oder eigentlich hatte sie gar nichts erwartet. Jan am wenigsten. Aber nun war er da, er liebte sie, wollte sie heiraten und mitnehmen. Jede andere Frau wäre glücklich gewesen.

Warum sie zögerte, woher ihre Bedenken kamen, sie konnte es selbst nicht genau sagen. Nicht einmal sich selbst gegenüber wurde sie sich klar darüber.

Daß sie damals genug von ihm hatte, ihn manchmal gehaßt hatte, das war so lange her, erschien heute unwirklich. Sie waren beide älter geworden. Und vielleicht konnten sie jetzt zusammen leben.

Sie fragte Hermine um Rat.

»Mein Gott, was soll ich dir raten, Stella?« sagte Hermine. »Es ist ein schwerer Entschluß, das verstehe ich. Du hast eigentlich nie richtig erzählt, warum du damals nicht bei Jan bleiben wolltest. Erst warst du begeistert von ihm, dann auf einmal bist du ausgerissen. Wenn du mich fragst, ich finde ihn sehr nett. Er macht einen guten Eindruck. Ein bißchen ungewöhnlich, sicher. Aber das ist bei einem Mann seiner Art kaum anders zu erwarten. Und du bist schließlich auch keine Durchschnittsfrau. Ich könnte mir vorstellen, daß es auch heute einige Differenzen zwischen euch geben wird. Aber die gibt es schließlich in jeder Ehe. Immerhin besteht wohl kein Zweifel daran, daß er dich liebt. Und da solltest du auch mit ihm fertig werden.«

Stella mußte lachen. Jans Charme, sein Zauber wirkten heute noch auf Frauen, auch auf die nüchterne Hermine und das, obgleich er einige Jahre älter geworden war.

»Du bist also dafür?« fragte sie ratlos.

»Liebes Kind, meine Meinung ist nicht maßgebend. Es ist dein Leben. Aber du weißt ja, daß ich immer der Ansicht war, du solltest wieder heiraten. Du bist keine Frau, die allein mit dem Leben fertig wird. Na, und hier 'rauszukommen, ist doch auch sehr schön. Du bist jung, du hast den größten Teil deines Lebens noch vor dir. Wenn ich so jung wäre wie du, ich bliebe nicht hier. Nichts zu essen, nichts zu heizen und die Russen vor der Tür. Einen Mann, der dich hier hält, gibt es nicht. Deine Arbeit ist dir auch nicht so wichtig. Versuch es also. Sieh mal, ich rede ja eigentlich gegen meine Interessen. Ich werde sehr einsam sein ohne euch. Aber darum geht es nicht. Und wenn ihr dann in England seid, kann ich euch ja mal besuchen. Bis da 'runter nach Asien ist es mir zu weit. Aber nach London käme ich ganz gern mal, falls du mich einlädst.«

Hermine dachte also schon weit voraus. Und Jan gefiel ihr. Auch wie Jan mit Pieter umging. Der Junge war wie verwandelt. Die Schwarzhändler interessierten ihn nicht mehr. Er wich Jan nicht von der Seite, hatte tausend Fragen und war täglich mehr begeistert von ihm. Stella sah es mit Erstaunen. Auch wie gut Jan sich in die Vaterrolle fand. Um seine anderen Kinder hatte er sich doch kaum gekümmert. Aber mit Pieter schien es anders zu sein. Die beiden steckten ständig zusammen, lachten und alberten herum, führten ernste Männergespräche, nebenbei begann Pieter, von Jan Englisch zu lernen.

Und natürlich war Pieter Jans Verbündeter geworden. Jan hatte ihm von Anfang an mitgeteilt, daß er seine Mutter zu heiraten wünsche und sie beide mitnehmen wolle auf seine Plantage.

Pieter war Feuer und Flamme. Und es war nicht auszudenken, was er aufführen würde, falls Stella schließlich doch nein sagte.

Aber das erwartete keiner. Hermine nicht, Pieter nicht, und Jan schon gar nicht. Und Stella? Sie sollte entscheiden. Aber eigentlich war gar nichts mehr zu entscheiden. Sie hatte sich vor neun Jahren entschieden, als sie Jan folgte. Sie hatte ein Kind von ihm. Sie war allein, er war frei. Blieb nur noch übrig, ihr Herz zu fragen. Und das war das einzige, worüber sie keine Klarheit gewinnen konnte.

Liebte sie Jan? Sie wußte es selbst nicht. Sie waren zusammen, Leidenschaft vereinte sie wie damals. War es Liebe?

Nein, dachte Stella. Ich weiß gar nicht mehr, was Liebe ist. Ich habe es nie gewußt, bis auf das eine Mal, diese eine Nacht, als ich mit Krischan im Keller saß. Da war ich der Liebe nahe. Alles andere ... Was war das andere gewesen? Natürlich auch Liebe. Oder zumindest sah es ihr ähnlich. Man konnte auch damit leben, konnte auch damit glücklich sein. Die einmalige Sternstunde der großen Liebe, der tiefen Erfüllung, vielleicht war sie nicht für den Alltag bestimmt. Vielleicht war sie ihr nicht bestimmt. Vielleicht gab es nur wenige glückgesegnete Menschenkinder, denen sie zuteil wurde, die sie behalten durften ein Leben lang.

Im Hintergrund dieser zweifelerfüllten Tage stand Michael. Er konnte und wollte nicht fassen, daß Stella ihm verloren war. Aber nachdem Stella einige Male nachts nicht nach Hause gekommen war, weil sie bei Jan im Hotel geschlafen hatte – es war ein sehr komfortables Hotel, nur für Angehörige der britischen Besatzungsmacht und für britische Staatsbürger bestimmt –, konnte auch Michael die Augen vor den Tatsachen nicht mehr verschließen.

Es gab einige Auseinandersetzungen zwischen Stella und ihm, meist waren es Verzweiflungsausbrüche von seiner Seite. Tröstungsversuche von ihrer, dann nahm Hermine die Sache in die Hand. Sie redete ihm energisch zu, stellte die Dinge klar und sagte ihm schließlich, daß Jan Pieters Vater war. Da endlich gab sich Michael geschlagen. Er kehrte nach München zurück.

Jan, dem natürlich diese Nebenhandlung nicht entgangen war, ignorierte Michael und alles, was zwischen ihm und Stella war. Er schien gar nicht auf die Idee zu kommen, daß zwischen Stella und Michael etwas anderes bestanden haben könnte als eine unverbindliche Freundschaft. Jedenfalls gab er vor, dies zu glauben.

Michael, der zwar gedroht hatte, mit Jan zu sprechen, ihm zu enthüllen, wie er zu Stella stand, tat es nie. Jan war einfach kein Gegner für ihn. Und Michael kein Kämpfer. Nie gewesen. Und nach den Demütigungen der vergangenen Jahre war keine Kraft in ihm geblieben.

Als er abgereist war, schrieb Stella einen langen Brief an Rudolf Thalhammer. Sie berichtete ihm alles, was geschehen war und vor welcher Entscheidung sie stand. Und sie bat ihn, Michael zu helfen.

»Was er vor allem braucht«, schrieb sie, »ist eine Frau. Ich weiß, es klingt albern, wenn ich das hier so einfach hinschreibe. Und ich weiß auch, daß Sie ihm nicht von der nächsten Straßenecke eine Frau besorgen können. Aber Sie, lieber Freund, verstehen so viel von der Liebe und von Frauen. Vielleicht haben Sie einen guten Einfall, wie man Michael glücklich an die Frau bringen könnte. Man liest und hört doch ständig von dem Männermangel und daß so viele Frauen keinen Mann bekommen können. Irgendwo muß doch ein nettes, liebenswertes Mädchen sein, bei dem Michael gut aufgehoben wäre. Vielleicht eine Kollegin von ihm, ein Mädchen, das etwas von Musik versteht und mit dem er auf diesem Weg zusammenkäme. Er ist doch ein gutaussehender und sympathischer junger Mann. Und es ist so viel Zärtlichkeit und Liebesfähigkeit in ihm. Ich gebe zu, ich bin nicht fair. Ich habe eine Schuld Michael gegenüber auf mich geladen, habe nach all den schweren Jahren sein Leben noch verworrener gemacht, und nun vertraue ich die Lösung Ihren Händen an. Aber Sie sind der einzige, den ich darum bitten kann. Der einzige, der versteht.«

Schon eine Woche später erhielt sie Antwort.

Rudolf Thalhammer schrieb: »Michael ist wieder da. Wie nicht anders zu erwarten, entsprechend deprimiert. Sein Vater und ich, wir beide tun alles, um ihn abzulenken und zu beschäftigen. Mizzi kocht ihm seine Leibgerichte, soweit das möglich ist, und schimpft nebenbei kräftig auf Sie, liebe Stella, was sich übrigens Michael ganz gern anhört. Aber wir wollen ihm diesen kleinen negativen Trost im Augenblick gönnen. Über das, was Sie schreiben, eine Frau betreffend, habe ich gründlich nachgedacht. Natürlich ist das nicht so einfach. Aber Sie haben natürlich vollkommen recht, es wäre die beste Lösung. Ebenso ein besserer Erfolg im Beruf. Wie ich fürchte, hat Michael doch nicht das Zeug zu einem großen Künstler in sich, er ist, bei aller Begabung, nicht die Natur, die sich durchsetzt. Ich habe zwar auf einem anderen Gebiet gearbeitet, aber ich kenne genügend Musiker aus meiner Theaterzeit. Und eins ist sicher: auf welchem Gebiet der Kunst auch immer, Begabung allein genügt nicht. Eine gewisse Härte, sich durchzusetzen, die Kraft und die Ausdauer durchzuhalten gehören dazu. Michael ist nicht aus dem Holz geschnitzt, aus dem die großen erfolgreichen Künstler wachsen. Das ist leider eine Tatsache. Und er ist genausowenig der Mensch, sich von heute auf morgen mit einer neuen Liebe zu trösten. Da nun Männer in dieser Beziehung allemal ungeschickter sind als Frauen, habe ich mich mit einer klugen Frau beraten. Sie wissen vielleicht noch, daß ich eine alte Kollegin habe, die heute in sehr guten Verhältnissen lebt. Gut verheiratet, der Mann ist bereits wieder auf dem Weg nach oben. Glücklicherweise gibt es so etwas heute auch noch. Bei ihr war ich gestern und habe lange mit ihr über Michael gesprochen, den sie ja kennt. Gemeinsam haben wir nun einen Schlachtplan entworfen. Meine alte Freundin ist aus Neigung und Interesse förderndes und führendes Mitglied mehrerer künstlerischer Institutionen. Unter anderem kennt sie den Leiter eines privaten Konservatoriums gut, auch den Direktor der Musikakademie. Alle diese Institute sind wieder im Aufbau begriffen, arbeiten teilweise schon wieder sehr rege. Wir wollen nun versuchen, sobald sich eine Möglichkeit ergibt, Michael hier oder da als Lehrer unterzubringen. Ich glaube, daß er für diese Tätigkeit gut geeignet sein wird. Sie verlangt Können, Gewissenhaftigkeit, Zuverlässigkeit und erfordert nicht den Kampf, den der Ruhm auferlegt. Außerdem hat meine Freundin einen großen, weitgespannten Bekanntenkreis, in dem sich zweifellos viele junge Mädchen und Frauen befinden. So nach und nach werden wir Michael da einführen. Und vielleicht, wenn wir Glück haben, finden wir, beziehungsweise findet Michael eine geeignete Partnerin. Meine alte Freundin ist eine weitaus bessere Kennerin der Liebe, der Frauen und der Männer, als ich es bin. Ich habe also die Aufgabe, die Sie mir übertragen haben, ihren Händen überlassen. Und da es eine Aufgabe ist, die Frauen immer viel Vergnügen bereitet, sehe ich eigentlich recht hoffnungsvoll in die Zukunft. Sind Sie zufrieden mit mir, Stella? Machen Sie sich keine Gedanken mehr. Beginnen Sie Ihr neues Leben mit Mut und Vertrauen. Ich wünsche Ihnen alles Glück der Welt dazu. Und vergessen Sie Ihre alten Freunde nicht, wenn Sie am anderen Ende der Welt weilen werden.«

Stella zeigte diesen Brief Hermine. Die nickte befriedigt.

»Muß ein kluger Mann sein, dieser alte Schauspieler.«

»Einer der klügsten, den ich kenne«, sagte Stella. »Ein Glück, daß Michael bei ihm ist.« Sie seufzte. »Um Michael brauche ich mir keine Sorgen mehr zu machen.«

»Und du?« fragte Hermine.

»Ich?« fragte Stella kläglich. »Kann ich denn eigentlich noch zurück?«

»Ich würde sagen, nein«, erwiderte Hermine. »Ich werde überhaupt nicht recht klug aus dir, Stella. Einerseits bist du mit Jan ... Na ja, du weißt schon, was ich meine. Da kannst du ihn ja ebensogut heiraten.«

»Das ist wahr«, gab Stella zu. »Aber ich werde abwarten, was Thies schreibt.«

An Thies hatte sie auch einen langen Brief geschrieben und ihm ihr ganzes Dilemma klargelegt.

Thies antwortete postwendend: »Du hast einmal gesagt, Stella«, schrieb er, »Du wärest weit davon entfernt, erwachsen zu sein und würdest es wohl nie werden. Das scheint mir jetzt auch so. Wer in aller Welt kann Dir raten in dieser Frage? Du bist damals zurückgekommen aus Malaya und hattest reichlich genug von Jan. Er sei ein Ungeheuer, sagtest Du mir. Erinnerst Du Dich? Heute fragst Du mich, ob Du ihn heiraten sollst. Du führst Pieter an, die schlechten Verhältnisse in Deutschland, Dein Alleinsein, die trostlose Zukunft, die vor Dir liege. All das sind keine Gründe, einen Mann zu heiraten, den Du nicht liebst. Andererseits, wie ich Deinen Andeutungen entnehme, ist es, was die Liebe betrifft, schon zu einer Entscheidung gekommen. Du warst immer sehr schnell entschlossen, Dich mit einem Mann zu vereinen. Du hast niemals begriffen, und anscheinend bis heute noch nicht, daß die körperliche Liebe, ohne die Übereinstimmung der Seelen verschenkt, ein armseliges Ding ist. Ich bin mir klar darüber, daß viele Frauen und vielleicht noch mehr Männer sich selbst vom wirklichen Glück verbannen, weil sie leichtfertig dem rasch entflammten Ruf des Geschlechts folgen. Sie halten für Liebe, was nichts anderes ist als Verlangen oder Leidenschaft. Oder bestenfalls vertrauen sie darauf, daß die Liebe nachfolgt. Manchmal geschieht das. Denn Liebe ist niemals eine Ausgangsposition. Liebe ist ein Endprodukt. Jede Gemeinschaft zwischen Mann und Frau ist ein Versuch. Wenn glückliche Voraussetzungen da sind, wenn auf beiden Seiten das Wissen vorhanden ist, daß ein weiter Weg vor einem liegt und nicht immer ein leichter Weg, und wenn jeder seine besten Kräfte, sein gutes Wollen einsetzt, dann wird man eines Tages vielleicht die Liebe als Dritten im Hause wohnen haben. Zuvor weiß es eigentlich keiner. Das ist die Gefahr in der Bindung zwischen Mann und Frau, daß beide nicht wissen, ob sie den langen, mühseligen Weg, der zur Liebe führt, glücklich bewältigen werden. Ich kann Dir nicht raten, Stella. Ich kenne Dich zwar gut, kenne die Widersprüche in Deinem Wesen, Deine Labilität, auch Deine Unfähigkeit, mit Dir und Deinem Leben selbst fertig zu werden. Entschuldige, daß ich das sage, aber ich will ehrlich sein. Ich kenne dagegen Jan sehr wenig. So gut wie gar nicht. Was mir von seinem Leben bekannt ist, hauptsächlich durch Deine Erzählungen bekanntgeworden, läßt es geraten erscheinen, daß sich eine Frau ihm mit Vorsicht nähert. Er ist älter und vernünftiger geworden, schreibst Du, vertrauenerweckender. Nun ja, es mag sein. Soweit ich die Menschen kenne, ändern sie ihren Charakter eigentlich wenig. Sie gehen durch Leid und Erfahrung, haben gute und böse Erlebnisse und bleiben letztlich doch die, die sie sind. Du kennst Jan am besten von uns allen. Du mußt wissen, ob Du mit ihm leben kannst. Was Dir das Leben mit ihm bietet, spielt dabei keine Rolle. Auch in einer Welt, in der es sich angenehmer lebt als im Nachkriegsdeutschland wirst du nicht glücklich sein, wenn Du mit einem Mann lebst, der Dich nicht versteht und den Du nicht verstehst. Ich bin kein blinder Tor und sage: Raum ist in der kleinsten Hütte ... Aber zwei Menschen, die sich lieben und verstehen, können auch unter mißlichen Umständen glücklich sein. Die Liebe ist eine gewaltige Kraft. Der größte Energiespender, den es gibt, um mich einmal technisch auszudrükken. Wenn Du Deiner Sache sicher wärst, würdest Du nicht fragen. Laß Dich nicht versuchen von Bequemlichkeit, von einem leichten Ausweg, von vagen Träumen. Auch daß Jan Pieters Vater ist, darf kein Grund sein, ihn zu heiraten, wenn Du nicht das Gefühl hast, das Richtige zu tun. Prüfe Dein Herz. Laß Dir Zeit. Es muß ja nicht gleich sein. Du bist nicht allein und verlassen auf der Welt. Du hast ein Kind, Du hast mich. Hier in Keitum bist Du immer daheim. Dein Zimmer steht bereit.«

Diesen Brief zeigte Stella niemand. Thies' warnende Worte machten Eindruck auf sie.

Aber Jan war da. Jeden Tag, jede Nacht. Seine Liebe, seine Umarmungen, seine Küsse. Sie war nicht mehr ausgeschlossen vom Leben. Sie gingen aus, sie saßen in der Bar seines Hotels, Stella lernte andere Engländer kennen, und man nahm sie freundlich auf. Schließlich ging sie nicht mehr zum Arbeiten nach Zehlendorf. Das bisherige Leben versank langsam. Und da war Pieter, erfüllt von der erregenden Zukunft, die sich ihm aufgetan hatte. Er drängte. Jan sagte: »Komm.« Hermine sagte: »Warum eigentlich nicht?«

Und Stella sagte schließlich auch: »Warum eigentlich nicht? Was habe ich zu verlieren?«

Sie heirateten Ende August. Und damit öffneten sich die Grenzen für Stella. Zunächst reisten sie nach London, und einen Monat später bestiegen sie ein Schiff, das nach Südostasien bestimmt war.

1

Das erste, was Stella an *Green Rise* auffiel, war die erstaunliche Tatsache, daß sich hier eigentlich nichts verändert hatte. Fast zehn Jahre waren vergangen, der Krieg hatte die halbe Welt verändert, hier, in Malaya, wie in all den anderen Kolonialgebieten Südostasiens waren die Japaner als Eroberer und Sieger gekommen, als Besatzung geblieben.

Aber heute ging das Leben auf der Plantage seinen gewohnten Gang, in den sie sich überraschend schnell hineinfand. Was lang vergessen schien, kehrte in ihr Gedächtnis zurück. Jans Bungalow lag noch immer auf dem grünen Hügel unter den alten Bäumen. Das ganze Haus war genau wie damals peinlich sauber und aufgeräumt. Eine neue Klimaanlage war eingebaut worden, die den Aufenthalt in den Räumen auch bei größter Hitze erträglich machte. Der Garten blühte in verschwenderischer Fülle, und wenn man von der Spitze des Hügels aus nach Osten blickte, sah man die dunkle, geheimnisvolle Wand des Urwalds.

»Das muß man den Japanern lassen«, sagte Jan, »sie haben uns alles in tadelloser Ordnung hinterlassen. Hier ist in den vier Jahren unter japanischer Leitung gearbeitet worden, wie wir es auch nicht besser gekonnt haben. Sie haben natürlich die Rohstoffe gebraucht. Und tüchtig und fleißig sind sie, da gibt es nichts.«

»Und wie ist die Bevölkerung mit ihnen ausgekommen?« fragte Stella.

»Das kommt darauf an, welchen Teil der Bevölkerung man betrachtet. Die Malaien sind so gutartige, sanftmütige Geschöpfe, die kommen mit jedem aus. Allerdings, du weißt ja, die Hälfte der Bevölkerung in diesem Land besteht aus Chinesen. Politisch gesehen sind und waren vor allem damals die Chinesen und die Japaner Feinde. Praktisch ist es aber so, daß ein Chinese sich immer und überall und in jeder Situation zurechtfindet. Es gibt auf der ganzen Welt kein Volk, das so realistisch denkt, so ausgeglichen fühlt und so geschickt und besonnen handelt wie die Chinesen. Im Durchschnitt, wollen wir mal sagen. Die Einschränkung kommt gleich hinterher. Und diese Auslandschinesen hier, in deren Händen mehr oder weniger der ganze Handel, das ganze Geschäftsleben liegt, die sind so gerissen und überlegen, die konnten auch die Japaner spielend verdauen.«

»Und was meinst du mit der Einschränkung?« fragte Stella.

»Ja, das ist eine neuere Entwicklung. Seitdem China, das Mutterland, meine ich, zunehmend unter russischen, das heißt also unter kommunistischen Einfluß gerät und man noch gar nicht weiß, wohin das führen wird, gibt es allerdings eine neue Art von Chinesen, die uns ziemlich zu schaffen macht. Die chinesischen Kommunisten, die von einem kommunistischen Asien träumen. Von einer neuen Weltordnung muß man da sagen, die alles in den Schatten stellen würde, was die russische Revolution bewirkt hat.«

»Haben wir hier auch Kommunisten?«

»Ja«, sagte Jan. »Es ist ganz eigenartig. Sie beginnen, von China aus wie unterirdische Ströme alle Länder Asiens zu durchziehen. Und da es so viele Chinesen gibt und in fast allen Ländern Asiens Chinesen leben, finden sie überall Brückenköpfe und Stützpunkte. Von China aus die Direktiven, das Kampfmaterial, die Schlagworte, die Pläne. Hier bei uns und anderswo die Ausführenden. Vielleicht geführt und unterstützt von einem eingereisten Kommunisten. Junge Leute, die man für eine Neuordnung der Welt begeistern kann, findet man überall. Asien den Asiaten heißt das Schlagwort. Kein neues natürlich. Daß in unserem Jahrhundert die Kolonialmächte auf dem Rückzug sind, wissen wir längst. Freiheit ist in allen Teilen der Welt ein arg strapaziertes Schlagwort geworden. Daß Freiheit nicht nur ein bunter Luftballon ist, mit dem sich vergnügt spielen läßt, sondern Verantwortung und Verpflichtung, das hat sich allerdings noch nicht überall herumgesprochen. Und unsere europäischen Politiker, die so energisch fordern, die Kolonien müßten verschwinden, die unterdrückten Völker sollten frei und selbständig werden, sind sich nicht ganz darüber im klaren, was das für Folgen haben kann. Europa lebt im zwanzigsten Jahrhundert. Also in einem verhältnismäßig erwachsenen Stadium. Viele der asiatischen und afrikanischen Staaten sind noch ein Jahrhundert oder vielleicht sogar mehrere zurück. Sie sind nicht bösartig, aber sie sind wie Kinder, jedenfalls in ihrer Allgemeinheit. Man kann ihnen nicht von heute auf morgen die Möglichkeiten eines Erwachsenen in die Hand geben und sagen: Nun macht, was ihr wollt. Sie werden sie benutzen wie Kinder und Unheil damit anrichten. Meine Malaien hier fühlen sich recht wohl in ihrer Haut. Sie wollen keine Unabhängigkeit, keine Freiheit und keinen Kommunismus. Aber wenn man es ihnen oft genug erzählt und ihnen die ganze Geschichte plastisch und farbig ausmalt, dann werden sie eben eines Tages doch glauben, das wäre eine feine Sache, und sie müßten sie unbedingt haben.«

»Aber du sagst, hauptsächlich seien die Chinesen Kommunisten«, wandte Stella ein.

»Lange nicht alle. Die reichen Handelsherren unten in Singapur in ihren schönen, eleganten Häusern, mit Schwimmbassins in den Gärten und mit ihren großen Wagen sind weit davon entfernt, Kommunisten zu sein. Dreiviertel der Bevölkerung von Singapur ist chinesisch. Sie leiten praktisch das Leben der Stadt. Natürlich ist auch ein gewisses Proletariat vorhanden, verstiegene Intellektuelle, fanatische Jugendliche. Sie bekommen schon Anhänger. Und die ziehen dann im Land umher, stänkern hier ein bißchen und ballern dort ein bißchen und beschwatzen die ahnungslose Landbevölkerung. Ich habe erst, ehe ich abgereist bin, so einen Burschen hier im hohen Bogen hinausgeworfen. Er war ungefähr ein halbes Jahr da. Arbeitete als Clerk im Büro. Er war neu nach Malaya gekommen, hatte sich vorher schon in Indochina und in Korea herumgetrieben. Ein echter Kantonchinese übrigens. Kluger Kerl, nichts gegen zu sagen. Sprach fließend Englisch und Französisch. Im Büro war er sehr anstellig, sehr tüchtig. Und dann kam ich dahinter, daß er so ganz nebenbei kommunistische Propaganda betrieb. Mr. Smith hatte natürlich nichts davon gemerkt. Der war ja immer schon ein bißchen dußlig. Einer von den jüngeren Clerks machte mich so ganz vorsichtig, durch die Blume, darauf aufmerksam. Ein netter Junge übrigens. Ich habe ihn jetzt zum ersten Clerk gemacht, er arbeitet gleich als zweiter Mann hinter Mr. Smith. Er kam damals von Kuala Lumpur, hatte dort eine schlechte Zeit gehabt und war sehr froh, daß ich ihn aufnahm, obwohl er nicht mal ein anständiges Zeugnis hatte.«

»Und der hat dir erzählt, daß dieser andere Kommunist war?«

»Na, was heißt erzählt, er hat so ein bißchen drumrumgefaselt. Dann habe ich dem Burschen mal eine Zeitlang auf die Finger gesehen. Er war recht gerissen. Aber immerhin merkte ich, daß er nicht nur im Büro hetzte, sondern auch abends in die Arbeiterdörfer ging und dort die Leute wild machte. Na, und da war er schon draußen.«

»Und was macht er jetzt?«

»Mein liebes Kind, das weiß ich nicht. Wir haben zwar eine malaiische Polizei, und die Japaner haben es sogar fertiggebracht, ein malaiisches Heer aufzubauen. Und dann haben wir schließlich die englischen Truppen. Aber in diesem Land ist es nicht möglich, den Weg eines einzelnen zu verfolgen. Vielleicht ist er auf einer anderen Plantage untergekommen und stänkert da, vielleicht ist er in einer Stadt. Vielleicht ist er auch in die Wälder gegangen.«

»In die Wälder gegangen? Was heißt das?«

»Seit der japanischen Besetzung gibt es hier Partisanen. Sie nennen sich Befreiungsarmee und bestehen hauptsächlich aus Chinesen. Damals haben sie die Japaner angegriffen. Heute kämpfen sie gegen alles, was legal ist. Für die Freiheit und Unabhängigkeit Malayas, sagen sie, und hinzusetzen muß man, unter kommunistischer Herrschaft. Wie viele solcher Partisanengruppen es gibt, weiß kein Mensch. Der Urwald ist groß. Fest steht nur, daß sie immer mehr werden. Gelegentlich machen sie einen Überfall. Und sie haben ihre Spitzel und Zuträger überall sitzen. Zweifellos auch hier auf meiner Plantage. Der Chinese, den ich 'rausgeworfen habe, war ein Agitator. Wer sonst noch unter meinen Leuten für die Partisanen arbeitet, ihnen Nachrichten und sicher auch Lebensmittel zukommen läßt, das weiß ich nicht. Wenn irgendwo mal etwas passiert ist, ein Überfall, wie gesagt, oder sie haben jemanden umgelegt, dann wird mal eine Expedition in den Urwald gestartet. Aber viel kommt dabei nicht 'raus. Nicht mal den Japanern ist es gelungen, den Urwald aufzuräumen. Das gelingt keinem.«

»Aber das ist ja schrecklich«, sagte Stella.

»So schrecklich wieder auch nicht. Es ist nun mal der Zug der Zeit. Wir haben uns alle angewöhnt, nicht mehr ohne Pistole aus dem Haus zu gehen. Und niemand von den Frauen und Kindern darf ohne Schutz die Plantage verlassen. Das habe ich euch ja schon gesagt, und du mußt es Pieter noch eindringlich klarmachen. Man weiß nicht, wie es weitergeht. Diese kommunistischen Gruppen beziehen immer wieder Nachwuchs und Verstärkung aus den Städten. Von China herüber kommen ihre Befehle und vermutlich auch die Führer. Und dann darfst du die Minen nicht vergessen. In den Zinnminen finden sie ein reiches Betätigungsfeld. Dort können sie am ehesten den Hebel ansetzen, dort finden sie dankbares Publikum. Die Malaien selber? Die weniger. Sie neigen nicht zum Kommunismus. Und wir kommen ihnen ja auch entgegen. Sie haben ihre eigenen Parteien. 1946 haben wir sie die Malaiische Union gründen lassen. Das ging so vor sich, daß die verschiedenen Sultanate sich zusammenschlossen, gleichzeitig aber die Oberhoheit der englischen Krone anerkannten. Singapur blieb aus diesem Bund draußen. Allerdings sind die Malaien mit dieser Regelung nicht einverstanden. Nicht ganz zu Unrecht, wenn man ehrlich ist. Denn man hat sie nicht gefragt, was ja nicht sehr demokratisch ist. Wir und die Sultane haben das allein ausgekocht. Das Hin und Her in dieser ganzen Frage geht nun weiter. Eines Tages wird man eine neue Regelung finden müssen. Und irgendwann einmal, das erscheint mir unvermeidlich, wird man Malaya wirklich die Unabhängigkeit geben müssen. Aber das kann man nicht von heute auf morgen riskieren. Wir müssen erreichen, daß sie uns als schützende Freunde anerkennen, daß sie unseren Handel, unsere Arbeit hier nicht behindern, und daher müssen wir vor allem verhindern, daß radikale Kreise an Einfluß gewinnen. Das wären vor allem die einheimischen Nationalbewegungen und die Kommunisten. Unsere größte Hilfe sind dabei die konservativen chinesischen Kreise. Sie haben Geld und dadurch Macht und Einfluß. Sie stehen allerdings auch meist auf der Abschußliste der Partisanen und leben zunehmend gefährlich.«

»Das ist alles ziemlich verwickelt«, meinte Stella.

»Kann man wohl sagen. Du wirst mit der Zeit schon dahinterkommen. Aber ich hoffe, daß es ruhig bleibt, solange wir noch hier sind. Und lange ist das nicht mehr. Dann sollen sie ihren Kram hier allein machen.«

Stella, vom Nachkriegsdeutschland her ohnehin mit der Kommunistenangst infiziert, betrachtete von nun an ihre Umgebung mit einem gewissen Mißtrauen. Die zahlreiche Dienerschaft im Hause, die, genau wie früher auch, alles hörte, alles sah und alles wußte. Die chinesischen Clerks in der Verwaltung, die indischen Arbeiter auf der Plantage. Rein äußerlich waren die Lebensformen die gleichen geblieben wie damals. Sie war die uneingeschränkte Herrin im Haus, die Mem, jetzt erst recht, nachdem sie die Frau des Tuan war. Weibliche und männliche Dienerschaft stand bereit, um dem kleinsten Wink zu gehorchen. Übrigens war Clotan noch immer im Haus. Während der japanischen Besetzung war er untergetaucht. Jan hatte heute noch keine Ahnung, was er damals getrieben hatte. Nach dem Krieg war er dann eines Tages wieder da. Eine Frau hatte er sich inzwischen zugelegt und zwei Kinder. Jan hatte am Hang des Hügels ein kleines Haus errichten lassen, dort lebte Clotan jetzt mit seiner Familie, die mittlerweile auf fünf Köpfe angewachsen war.

Er hatte übrigens Stella mit offensichtlicher Freude begrüßt. Und sie hatte das Gefühl, er sei ihr treu ergeben und mochte sie leiden. Nach allem, was Jan ihr aber erzählt hatte, war sie sehr vorsichtig in allen Worten und Bewegungen. Wußte man denn, ob Clotan nicht vielleicht während des Krieges bei den Partisanen gewesen und zurückgeschickt worden war, um die Vorgänge auf der Plantage zu beobachten?

»Das halte ich für ziemlich ausgeschlossen«, hatte Jan ihr auf diese Befürchtung erwidert. »Ich kenne Clotan seit vielen Jahren. Er ist sehr stolz und sich seines Ranges als Führer des Haushalts eines Europäers sehr wohl bewußt. Ich könnte mir nicht vorstellen, daß er kommunistische Neigungen hat.«

Auf alle Fälle war Stella immer und zu jeder Zeit sehr höflich und sehr freundlich zu allen Dienstboten und hielt auch Pieter dazu an. An ihr sollte es nicht liegen, daß jemand kommunistische

Gelüste bekam. Sie war weder ein Sklavenhalter noch ein Unterdrücker. Wenn sie auch diesmal, nach all den Jahren der Entbehrungen und Mühsal, das bequeme Leben auf der Plantage viel mehr genoß als damals. War es möglich, daß sie vor gar nicht so langer Zeit stundenlang um ein Brot, ein paar Pfund Kartoffeln angestanden hatte? Daß man sich mit widerlichen Subjekten abgeben mußte, um ein paar Schachteln Zigaretten oder eine Dose Kaffee zu bekommen? Daß man sich in eine volle U-Bahn drängte, in ungeheizten Räumen saß, eine magere Rübensuppe verspeiste, mit klammen Fingern immer und immer wieder Wäsche, Kleider und Strümpfe stopfte und mit irgendeiner grauen Masse, die sich Seife nannte, Kleidungsstücke wusch, die ebenfalls grau waren und nie mehr weiß wurden?

Hier mußte sie nicht mehr frieren, hier war es warm, und im Gegensatz zu damals war sie geradezu dankbar für die Hitze, besonders als der Winter begann und sie sich vorstellen konnte, wie kalt es jetzt wieder in Hermines Wohnung sein würde. Sie bekamen ausreichend und genauso gut wie früher zu essen, und sie mußte keinen Finger dazu rühren. Zigaretten, Kaffee, Tee und Whisky waren vorhanden, heiß oder eisgekühlt, ganz wie sie es verlangte. Kleider, Shorts und Blusen lagen genau wie damals blendend weiß und akkurat gebügelt jeden Tag frisch bereit. Wahrscheinlich mußte man erst so gelebt haben wie sie in den letzten Jahren, um dies alles richtig schätzen zu können.

Auch ihr Tatendrang war nicht mehr so groß wie während ihres ersten Aufenthaltes auf *Green Rise.* Es machte ihr wenig aus, ihre Tage mit Nichtstun zu verbringen. Jedenfalls die erste Zeit. Und diesmal war ja auch Pieter da, der sie beschäftigte. Hier gab es zwar keine Schwarzhändler, aber andere Gefahren. Und Stella sorgte sich anfangs sehr um ihn, lief ihm ewig nach. Überall sah sie Gefahren für ihn. Partisanen, Schlangen, Skorpione, wilde Tiere und was sonst ihm wohl noch alles über den Weg laufen könnte.

Jan lachte sie aus. Er hatte seinem Sohn einen deutlichen und umfassenden Vortrag gehalten, von allem, was ihm hier an Gefährlichem und Bedrohlichem begegnen könnte, hatte ihn energisch ermahnt, Augen und Ohren offenzuhalten, und schließlich hinzugefügt, er möge sich gefälligst nicht wie ein verdammtes Greenhorn benehmen und den wilden Abenteurer spielen und in alle Gefahren hineintapsen, sondern sich wie ein Mann benehmen, der sich den Gegebenheiten des Landes anpaßt.

Besonders dieser letzte Appell hatte auf Pieter Eindruck gemacht. Er wollte auf keinen Fall ein verdammtes Greenhorn sein. Und darum überwand er die Zeit, in der er das Leben auf *Green Rise* als eine Art aufregendes Indianerspiel betrachtete, ziemlich rasch und begann, sich wirklich vernünftig in dem gegebenen Rahmen zu bewegen.

Natürlich hatte er eine Amah bekommen, die sich wie ein stummer Schatten ständig hinter ihm herbewegte.

Stella hatte Mr. Grant und seine Frau Helen kennengelernt, die den Bungalow neben dem Verwaltungsgebäude bewohnten. Grant war ein ruhiger, wortkarger Mann, der vertrauenerweckend und zuverlässig wirkte und die Tatsache, daß Mr. Termogen geheiratet hatte, ohne größere Gemütsbewegung hinnahm.

Helen war eine im ersten Augenblick etwas langweilig wirkende Blondine in den Dreißigern. Wenn man sie näher kennenlernte, gewann sie. Sie war Stella reserviert, aber ohne Feindseligkeit entgegengekommen. Stella ihrerseits wandte ihren ganzen Charme auf, um sich mit Helen anzufreunden. Sie wußte, daß man aufeinander angewiesen war. Und sie war eine Deutsche. In den Augen aller Leute hier war ihr ein unvermutetes, unwahrscheinlich großes Glück in den Schoß gefallen, daß Jan sie geheiratet und aus dem unglückseligen, geschlagenen Land hierhergebracht hatte. Sie mußte überall die ersten Schritte tun, um Freunde zu gewinnen.

Aber Stella hätte nicht Stella sein müssen, wenn es ihr nicht gelungen wäre. Bei den Männern war es sowieso nicht schwer. Unter den Pflanzersfrauen der Umgebung gab es manche, die sie noch von früher her kannten. Damals hatte sie sich nicht bemüht, besondere Freundschaften zu schließen. Auch jetzt blieb sie zurückhaltend. War aber stets hilfsbereit und stand zur Verfügung, wenn jemand einen Wunsch an sie hatte.

Helen gewann sie hauptsächlich über Pieter. Die Engländerin hatte ihr Leben mit Kindern verbracht, sie war Lehrerin aus Neigung gewesen. Jetzt hatte sie selbst drei Kinder und hatte erleben müssen, daß ihre pädagogischen Fähigkeiten beinahe Schiffbruch erlitten hätten. Die beiden ältesten, ein Junge und ein Mädel, nur ein reichliches Jahr auseinander, konnten sich einfach nicht vertragen. Die beiden Kinder waren grundverschieden, aber beide von heftigem Temperament. Besonders letzteres war der ruhigen Helen unverständlich. Sie stand oft fassungslos den wilden Streitereien und Prügeleien ihrer Sprößlinge gegenüber.

Pieter trat hier als großer Vermittler auf. Er gewann rasch die Freundschaft von Philip, dem Jungen, der höchst erfreut war, endlich einen männlichen Gespielen zu finden. Er war nur ein halbes Jahr älter als Pieter, und was sie paradoxerweise rasch zusammenführte, waren Pieters noch mangelnde Sprachkenntnisse. Das gab Philip ein echtes Überlegenheitsgefühl, und er sah sich veranlaßt, Pieter bei jeder Gelegenheit zu verbessern und zu belehren. Klugerweise nahm Pieter das nicht übel. Im Gegenteil, es spornte ihn an.

Und Philip sah es als ernsthafte Aufgabe an, dem fremden Jungen seine Sprache beizubringen und ihn mit dem Leben auf der Plantage vertraut zu machen. Darüber wurden sie rasch Freunde.

Helens Tochter Gwen, einige Monate jünger als Pieter, wurde dabei von ihrem Bruder zunächst achtlos beiseite geschoben. Aber das verhinderte Pieter wiederum.

Denn Stella hatte ihm gesagt: »Du mußt dich wie ein Kavalier zu Gwen benehmen. Die Engländer achten einen Mann nur, wenn er ein Gentleman ist. Und das beweist sich am besten im Umgang mit Frauen und Mädchen. Auch wenn es noch kleine Mädchen sind und du noch ein Junge bist. Man wird dich nicht als Herrn betrachten, wenn du dich ruppig zu Gwen benimmst.« Aber Pieter wollte als Gentleman betrachtet werden, er wollte dazugehören. Deswegen war er von ausgesuchter Höflichkeit Gwen gegenüber, sehr rücksichtsvoll und geduldig und bezog sie immer in ihre Gespräche und Unternehmungen ein. Gwen, von ihrem Bruder an ein hartes Leben gewöhnt, genoß das sichtlich und freundete sich gut mit Pieter an. Das färbte wieder auf ihren Bruder ab, und so wurden die drei ein verträgliches, höchst erfreuliches Kleeblatt.

Das gewann Helens Herz. Zunächst für Pieter und über ihn für Stella. Sie hatte sich gern bereit erklärt, Pieter genau wie ihre Kinder zu unterrichten.

Diese Unterrichtsstunden, die regelmäßig jeden Tag stattfanden, waren eine Quelle ungetrübter Freude für alle Beteiligten. Dafür sorgte Pieter, der mit seinen Sprachschwierigkeiten genügend Erheiterung in den Unterricht brachte.

Stella konnte mit dieser Entwicklung zufrieden sein. Nach dem Frühstück marschierte Pieter in Begleitung seiner Amah zum Bungalow der Grants und kam erst zum Lunch wieder. Dann hatte er viel zu erzählen und war erfüllt von allem, was er gehört und gelernt hatte. Nachmittags spielten die Kinder meist zusammen.

Was Pieter betraf, so zeigte sich schon nach kurzer Zeit, daß die Veränderung in Stellas Leben zu seinem Vorteil war.

Sie selbst traf oft am Nachmittag mit Helen zusammen, sie tranken Tee, unterhielten sich, was wiederum Stellas eingerosteten Sprachkenntnissen gut bekam. Helen war ohne Ressentiments. Im Gegenteil, es interessierte sie, von authentischer Seite nun einmal zu erfahren, was sich in Deutschland während der vergangenen Jahre abgespielt hatte. Stella verschwieg den Rang ihres ersten Mannes, sie machte kurzerhand einen Wehrmachtsoffizier aus ihm, wogegen Helen nichts einzuwenden hatte.

Als sie schließlich von Michael erzählte und was sie für ihn getan hatte, gewann sie vollends Helens Sympathie. Diese Geschichte machte die Runde und öffnete Stella viele Türen und Herzen.

Eine weniger angenehme Beigabe zu den nachmittäglichen Plauderstündchen mit Helen war Priscilla Smith oder Priscilla Ronca, wie sie sich immer noch nannte, die wieder auf *Green Rise* lebte und zu einer noch größeren Nervensäge geworden war als früher. Sie war inzwischen auch zehn Jahre älter geworden und ihre Erscheinung dadurch noch grotesker, denn Priscilla bevorzugte nach wie vor kniekurze Kleider, tiefe Dekolletés; die schwarzen Ponys endeten noch immer kurz über den Augen. Und ebenfalls noch immer waren Männer und die Erfolge, die sie bei ihnen gehabt hatte und ihrer Ansicht nach auch jetzt noch hatte, ihr liebstes Gesprächsthema.

Dieses Gesprächsthema hatte durch den Krieg noch allerhand Bereicherung erfahren. Priscilla und ihr Vater hatten nämlich das Glück gehabt, der japanischen Besetzung zu entgehen. Sie weilten damals, als die Japaner die Halbinsel besetzten, gerade zu Besuch bei Mr. Smith' Schwester auf Ceylon. Dort verbrachten sie den Krieg verhältnismäßig angenehm.

Mr. Smith hatte dies das Leben gerettet. Japanische Gefangenschaft hätte er wohl kaum überstanden. Auf Ceylon hatte er ruhig und unbehelligt gelebt, und das hatte ihm gutgetan. Er war jetzt siebzig, noch zusammengeschrumpelter und mickriger als früher, aber wie eh und je voll Beflissenheit und Eifer; der erste am Schreibtisch, der letzte, der ihn verließ. Er vergaß zwar manches, brachte hier und da etwas durcheinander, was stillschweigend von Mr. Lo Yu-tse, dem jungen chinesischen Clerk Nummer zwei, von dem Jan schon erzählt hatte, ausgebügelt wurde. Wenn es eine Plage in Mr. Smith Leben gab, war es seine Tochter Priscilla, die sich nun offenbar damit abgefunden hatte, den Rest ihres Lebens auf *Green Rise* zu verbringen. Mr. Smith hatte sich ebenfalls mit dieser Tatsache abfinden müssen. Ohne Priscilla wäre es leichter für ihn gewesen. Er tat niemand etwas zuleide, war freundlich zu jedermann, konnte jederzeit auf Hilfe und Beistand rechnen. Priscilla hingegen mit ihrem furchtbaren Klatschmaul war überall gefürchtet. Selbst die geduldigen malaiischen Diener gingen ihr im großen Bogen aus dem Weg und fürchteten sie wie die Pest.

Priscilla hatte auf Ceylon noch einmal einen Höhepunkt ihres Lebens gehabt, wenn man glauben konnte, was sie davon erzählte. Die ganze Insel voll Besatzung, Engländer und Amerikaner vor allem, und alle, alle Offiziere, vom jüngsten Leutnant angefangen bis zum General, hatten Priscilla heiß und innig verehrt. Sie habe sich vor verliebten und heiratswütigen Männern nicht retten können, berichtete sie, und vergaß auch nicht, die kleinsten Details hinzuzufügen.

Natürlich glaubte ihr niemand. Stella und Helen tauschten manchen amüsierten Blick, wenn Priscilla ihre wohlbekannte Platte ablaufen ließ. Aber die sah es nicht. Sie lebte in einer phantastischen Traumwelt und war auf ihre Art glücklich darin.

»Meiner Stimme hat es den letzten Rest gegeben«, erzählte sie. »*Dear me*, ein Konzert nach dem anderen. Ich war der Star aller Veranstaltungen. Und dann wurde durchgefeiert bis zum Morgen. Und die Amerikaner!« Sie kicherte. »Nie hätte ich gedacht, daß sie so temperamentvoll seien. Ich hatte keine ruhige Stunde mehr. Gewiß, ich war nicht mehr die jüngste. Aber bei einer Künstlerin ist es eben etwas anderes. Und damals war ich ja noch ganz gut in Form.« Sie blickte Stella antwortheischend an. »Sie kannten mich doch damals, Darling. Sagen Sie selbst, Helen wird es sonst vielleicht nicht glauben, war ich nicht noch eine ganz attraktive Frau?«

»Sie waren die schönste Frau, die mir in ganz Malaya begegnet ist«, erwiderte Stella mit ernster Miene. »Und ich kann mir lebhaft vorstellen, was Sie für Erfolge bei den Offizieren auf Ceylon hatten.«

Von Priscilla wurde Stella, genau wie damals, genau informiert, was rings im Land, auf den Plantagen und in den Städten vorging. Sie kannte bald präzise das Privatleben aller Europäer, die im weiteren Umkreis lebten.

Helen mochte Priscilla nicht leiden. Sie war zwar höflich, sie konnte gar nicht anders, aber von eisiger Zurückhaltung. Und sie sorgte stets dafür, daß die Kinder bei Priscillas Erzählungen außer Hörweite waren.

Priscillas Sympathie für Helen war dementsprechend gering.

»Eine unmögliche Person«, vertraute sie Stella an. »Eine Frau ohne Sex und ohne Charme. Sie hat gar nichts, aber schon gar nichts, was einen Mann anziehen könnte. Ich wundere mich immer, wie sie zu den drei Kindern gekommen ist. Wahrscheinlich im Dunkeln.« Sie kicherte amüsiert. »Duff ist ja zwar auch ein langweiliger Pinsel. Wäre kein Mann für mich. Für Sie auch nicht, Stella, was?«

»Er ist ein anständiger Kerl«, erwiderte Stella ausweichend, »und sehr tüchtig.«

»Sicher«, gab Priscilla zu, »das ist aber auch alles. Da ist Ihr Jan schon ein anderer Typ. Er sieht immer noch fabelhaft aus, nicht? Und die Liebe hat also so lang gehalten! *Oh, dear*, was müssen Sie für Sehnsucht gehabt haben in all den Jahren! Es war ja ein bißchen übereilt, daß Sie damals so Hals über Kopf abgereist sind. Wegen ein bißchen Streit und Ärger verläßt man doch einen Mann wie Jan nicht. Und wo sie dazu noch ein Kind von ihm erwarteten.« Denn daß Pieter Jans Kind war, wußte hier jeder. Es ließ sich schon rein äußerlich nicht übersehen, und wer damals hier gewesen war, brauchte nur zwei und zwei zusammenzuzählen.

»Sie haben ja keine Vorstellung«, fuhr Priscilla fort, »was er aufgeführt hat, nachdem er entdeckte, daß Sie fort waren. Wir befürchteten alle, er würde Amok laufen. Er war nicht bleich, er war grün im Gesicht. Dann betrank er sich drei Tage und zerschmiß dabei die ganze Einrichtung in seinem Bungalow. Dann holte er sich einen Harem von mindestens einem Dutzend brauner Mädchen ins Haus, und nach einiger Zeit warf er sie alle wieder hinaus. Es war furchtbar. Wir erwarteten jeden Tag ein schreckliches Unheil. Und natürlich war er fest entschlossen, gleich nach dem Monsun nach Europa zu fahren. Wir dachten, er würde Sie umbringen. Oder in Ketten legen und zurückschleppen. Aber dann ging ja der Krieg los. Na, und da hatte er dann bald andere Sorgen. War Ihr Glück, Kindchen. Aber die Liebe ist geblieben, das ist die Hauptsache. In all den Jahren, und obwohl Sie inzwischen verheiratet waren. Na ja, ich weiß schon, wie es geht. Frauen wie wir können den Männern schlecht entkommen. Sie sind immer hinter uns her.«

»So ist es«, sagte Stella ernsthaft.

»Mein Gott, aber die arme Mabel! Sie tut mir sooo schrecklich leid. So ein furchtbares Ende! Für euch hat ihr Tod natürlich alles leichter gemacht. Ja, so geht es im Leben zu. Sie kam ja damals, bald nachdem Sie fort waren. Nun, Jan war für sie kaum zu sprechen. Er war zu sehr in den Kummer um Sie vergraben. Natürlich bekam Mabel hier alles zu erfahren, was vorgefallen war.«

Wahrscheinlich von dir, dachte Stella.

»War natürlich nicht sehr schön für sie. Andererseits wußte sie ja längst, daß sie Jan verloren hatte. Aber damals eigentlich gingen die Schwierigkeiten zwischen Jan und Dickie los. Der Junge war immerhin vierzehn. Er kapierte schon alles ganz gut. Und er sah seine Mutter weinen. Tja, und das läßt sich anscheinend nicht mehr ändern. Ist wirklich schade. Auch jetzt wegen Ihnen. Und wegen Ihrem Pieter. Er ist so ein reizender Junge. Ich habe neulich erst zu meinem Vater gesagt, Daddy, hab' ich gesagt, dieser Pieter ist ein Goldschatz. Der wird mal genauso ein attraktiver Mann wie sein Vater. Ist ja zum Lachen, wie er ihm ähnlich sieht. Jan muß eine starke Erbanlage haben, meinen Sie nicht? Daß es immer bei seinen Kindern so durchschlägt. Dick ist ihm ja auch sehr ähnlich, nur eben ganz anders im Wesen. Jane allerdings sieht ihm gar nicht gleich. Sie ähnelt ihrer Mutter. Ein liebes Ding. Aber nicht viel Paprika in ihr drin, braves, kleines Mädchen. Genau wie Mabel es war.«

Man konnte nur die Augen halb schließen, rauchen, Tee oder Whisky trinken und dösend Priscillas Redestrom über sich ergehen lassen. In dieser kleinen Welt der Plantage gab es keine Flucht vor ihm. Aber man mußte sich schließlich mit Moskitos, Schlangen, Skorpionen, Kakerlaken und dem Monsun abfinden. Warum also nicht mit Priscilla? Sie war ein Übel, das zu *Green Rise* gehörte.

2

Stella und Jan lebten recht gut zusammen. Sie gingen beide sehr vorsichtig miteinander um. Besonders seit sie wieder auf *Green Rise* waren, hatten die Erinnerungen von damals Gestalt und Gesicht angenommen und waren zu einer deutlichen Warnung geworden. Sie hatten die Fehler, die sie beide in jener Zeit gemacht hatten, nicht vergessen.

Stella bemühte sich, verständnisvoll und geduldig zu sein, sich von Mißtrauen und Eifersucht freizuhalten und gar nicht erst wieder die verdrossene Langeweile aufkommen zu lassen, die ihr damals die Tage verbittert hatte. Sie hatte sich reichlich mit Lesestoff eingedeckt, bestellte größere Mengen von Zeitungen und Zeitschriften, die der Wagen immer aus der Stadt mit herausbrachte. Im übrigen versuchte sie, sich so gut es ging zu beschäftigen, was jetzt dank Pieter und auch dank Helen, mit der sie sich zunehmend besser verstand, einigermaßen gelang.

Jan seinerseits behandelte sie wie ein rohes Ei. Er war höflich, geradezu galant, zwang sich, weniger zu trinken und ihr möglichst viel Zeit zu widmen. Unvermindert war sein Verlangen nach ihr. In all den Jahren, sagte er ihr einmal, habe er keine Frau geliebt.

»Wenn es dir zuviel wird, wenn ich rücksichtslos bin, bitte, sage es mir. Aber du weißt, daß ich dich auffressen könnte vor Liebe. Und vielleicht vergesse ich manchmal, daß du eine schwache, kleine Frau bist. Du hast mir damals vorgeworfen, ich sei ein brutaler Kerl. Diesem Vorwurf möchte ich mich nicht noch einmal aussetzen.«

»Du lügst ja«, sagte Stella lächelnd. »In all den Jahren keine Frau? Das kannst du mir nicht erzählen.«

»Na ja«, gab Jan zu, »vielleicht mal ein braunes Mädchen hier und da. Aber nichts Festes, nichts zum Lieben. Nie mehr, nachdem du fort warst.«

Er bemühte sich auch, alles anzuwenden, was er einst bei ihr gelernt hatte. Liebkoste sie mit zarten, behutsamen Händen, war ein zärtlicher, aufmerksamer Liebhaber, immer zuerst darauf bedacht, sie glücklich zu machen; und riß ihn der Sturm der eigenen Leidenschaft einmal fort, betrachtete er sie stets danach mit besorgten Augen von Kopf bis Fuß, ob auch keine blauen Flecken und kein Kratzer an ihr zu entdecken seien.

Stella rührte dies immer ein wenig. Und natürlich blieb seine Leidenschaft bei ihr nicht ohne Echo. Sie war eine junge Frau, und ein Mann und seine Umarmung hatten ihr immer viel bedeutet. Aber auch als sie schon ein Jahr auf *Green Rise* lebte, war sie sich noch nicht darüber klargeworden, ob sie Jan liebte. Sie war sehr vorsichtig geworden mit dem Gebrauch des Begriffes Liebe. Seit sie das Gefühl kennengelernt hatte, das Krischan in ihr erweckte, wußte sie, welch ein Unterschied zwischen Liebe und Liebe bestand. Dann aber dachte sie wieder an das, was Thies ihr geschrieben hatte. Liebe ist keine Ausgangsposition, sie ist ein Endprodukt. Vielleicht, wenn sie nur lange genug und in der jetzigen Harmonie mit Jan zusammen lebte, vielleicht würde sie ihn dann lieben. So wie sie Krischan geliebt hätte, wenn ihr die Zeit geblieben wäre.

Am Tag ihrer Ankunft auf *Green Rise*, als sie abends ins Bett ging, lag auf ihrem Kissen der breite goldene Armreif, den Jan ihr damals geschenkt und den sie bei ihrer Flucht zurückgelassen hatte.

Sie nahm ihn in die Hand und betrachtete ihn nachdenklich.

Jan beobachtete sie dabei.

»Du hast ihn aufgehoben?« fragte sie.

»Er hat auf dich gewartet. Und immer, wenn ich ihn ansah, wußte ich, daß du ihn eines Tages wieder tragen würdest.«

»Gut, daß ich ihn hiergelassen habe«, sagte Stella. »Wenn ich ihn mitgenommen hätte, wäre er wahrscheinlich für Kaffee und Butter eingetauscht worden.«

Sie streifte den Reif langsam über ihre Hand und betrachtete dann prüfend ihren Arm. »Ein schönes Stück«, sagte sie. »Ich werde ihn jetzt immer tragen.«

Jan kam zu ihr und schloß sie in die Arme. »*Ma petite!*« sagte er zärtlich. »Weißt du, daß du noch viel schöner geworden bist?«

»Wirklich?« fragte Stella verwundert. »Ich finde mich gar nicht mehr schön. Ich bin ja viel älter, nicht? Und erlebt habe ich schließlich auch allerhand.«

»Du warst damals ein hübsches Mädchen«, sagte er, »ein ungewöhnlich hübsches Mädchen sogar. Aber jetzt bist du schön. In deinem Gesicht ist so viel Geheimnis. Und Klugheit und Wissen, Erfahrung. Alles einfach. Ich bin kein Dichter, ich kann es nicht richtig ausdrücken. Es ist, als wenn ein Licht dahinter angezündet wäre, und das leuchtet durch deine Haut, durch deine Augen hindurch. Wovon bist du so schön geworden, Estelle? Wer hat dieses Licht in dir angezündet? Welcher Mann? Welche Liebe?«

»Das könnte ich dir nicht sagen«, antwortete Stella. »Es hat gar nicht so viele Männer in meinem Leben gegeben. Da war nur Dietrich, und der war selten bei mir. Er hat mich gern gehabt. Aber ob er ein Licht anzünden konnte?« Sie legte den Kopf zurück, noch gehalten von seinem Arm, und blickte lächelnd zur Decke, »das glaube ich eigentlich nicht. Es war mehr so, daß er das Licht von mir gebraucht hat.«

»Und dann?« drängte er. »Wen hast du noch geliebt?«

Stella prüfte sein Gesicht kurz aus dem Augenwinkel. Seine Eifersuchtsausbrüche früher, wenn sie von Adam sprach, hatte sie nicht vergessen. Sollte sie bekennen, daß zwischen Michael und ihr mehr gewesen war als Freundschaft auf ihrer, Schwärmerei auf seiner Seite? Wozu? Sie schämte sich ein wenig des Verhältnisses zu Michael, weil sie sich ihm hingegeben hatte, wirklich ohne Liebe, von vornherein mit dem klaren Bewußtsein, daß es nur für kurze Zeit sein würde. Aber es gehörte zum Ende des Krieges, zur ersten Nachkriegszeit, zu der Verlorenheit damals. Man konnte das niemand klarmachen. Die Atmosphäre, dieses befreite Losgelassensein und gleichzeitig der ungeheure Druck, unter dem man lebte, das konnte nur jemand verstehen, der es selbst erlebt hatte. Man vergaß es besser. Außerdem hatte auch Michael gewiß kein Licht in ihr angezündet.

»Ich habe eine Nacht lang einen Mann geliebt«, sagte sie, und sie sprach wie unter einem inneren Zwang, als müsse sie es einmal aussprechen, »so verzweifelt und hingerissen geliebt wie nie in meinem Leben. Es war im letzten Jahr des Krieges, in Berlin, und wir saßen in einem Luftschutzkeller. Über uns heulten die Bomben, und ich glaubte, ich müsse sterben.«

»Und wer war dieser Mann?« fragte Jan, und das Beben in seiner Stimme verriet, daß er ihn haßte, diesen Unbekannten.

»Es war Krischan. Thies' Freund und auch mein Jugendfreund. Ich traf ihn zufällig in Hermines Wohnung, als ich nach Berlin kam. Er war auf Urlaub. Und mir war, als sei ich eben auf die Welt gekommen.«

»Und dann hast du ihn also geliebt, im Luftschutzkeller«, sagte Jan, und sie sah an der harten Linie seines Kinns, daß er niemals seine Eifersucht bezwingen würde, nicht auf ihre Vergangenheit und nicht auf ihre Zukunft, nicht auf die Luft, die sie atmete.

»Komischer Geschmack.«

»Nicht so, wie du jetzt denkst«, sagte Stella. »Es war eine rein platonische Angelegenheit. Aber das war nicht meine Schuld. Krischan hatte vor wenigen Tagen geheiratet. Und er war nicht der Mann, seine eben angetraute Frau zu betrügen.«

»Aber du – du hättest es getan.«

Sie nickte. »Ja. Wenn er gewollt hätte. Aber er wollte nicht. Ich weiß nicht einmal, ob er mich auch liebte. Aber ich liebte ihn in dieser Nacht. Als ich am nächsten Morgen aufwachte, war er fort. An die Front zurück.«

»Und?«

»Er kam nicht wieder. Er ist gefallen.«

Jan konnte die Befriedigung darüber nicht verhehlen. Eine Weile starrte er sie unter zusammengezogenen Brauen mit schmalen Augen an. Das kalte, gefährliche Glitzern in seinen Augen meinte Stella zu kennen. Sie wußte, jetzt eben, im Geist, tötete er Krischan noch einmal.

War es falsch gewesen, ihm das zu erzählen? Hatte sie dadurch gleich wieder Eifersucht und Szenen heraufbeschworen?

Sie strich mit der Hand über seine gefaltete Stirn.

»Er ist tot«, sagte sie. »Ich bin mit ihm aufgewachsen, und er stand mir sehr nahe, auch ohne diese letzte Begegnung. Darf ihn nicht einmal mehr ein Gedanke, ein Erinnern von mir begleiten, dahin, wo er jetzt ist?«

»Nein«, sagte Jan, und seine Arme faßten sie fester. »Nichts von dir. Alles, was du bist, was du hast, was du fühlst und denkst, soll bei mir sein. Ich kann alles ertragen, nur eines nicht: daß mir ein Teil von dir, und sei es der allerwinzigste, nicht gehört.«

Stella gab willig nach in seinem Arm. »Aber es gehört dir ja alles. Jetzt gehört alles dir.«

Sie sagte es, um ihn zu besänftigen. Aber es war nicht die Wahrheit. Sie war kein kleines Mädchen mehr. Alles, was an ihr gewachsen war in den vergangenen Jahren, konnte nicht von heute auf morgen in einen anderen Besitz übergehen. Vielleicht würde sie niemals mehr bedingungslos einem Mann gehören können. Und Jan irrte sich, wenn er glaubte, darin den Höhepunkt einer Liebe zu sehen, daß einer dem anderen gehörte. Daß eine Frau einem Mann gehörte mit allem, was sie dachte, tat und fühlte.

Dazu war sie nicht mehr dumm genug. Sie war schließlich doch das geworden, was Adam einst von ihr erwartet hatte: eine Persönlichkeit. Oder sie war auf dem Weg dahin, eine zu werden. Eine Persönlichkeit aber war der Mittelpunkt einer eigenen kleinen Welt. Eine eigene Welt mit bestimmten Gesetzen und Ordnungen. Auch mit selbstgezogenen und bewachten Grenzen. Das konnte man nicht bedingungslos ausliefern. Damit konnte man nur ein gleichberechtigtes Bündnis schließen, mit einer anderen, festgefügten Welt, mit einer anderen Persönlichkeit. Und jeder mußte die Gesetze des anderen achten, durfte seine Grenzen nicht verletzen. Dann konnte die Liebe ungehindert einreisen, empfangen wie ein hochgeachteter, geliebter Besuch, umsorgt, umhegt und zärtlich betreut. Konnte Heimatrecht genießen in der anderen Welt. Aber niemals würde eine Persönlichkeit sich ihrem gewalttätigen Ausschließlichkeitsanspruch beugen, niemals mit geschlossenen Augen bedingungslos kapitulieren. Das mochten Völker tun, die besiegt waren. Aber ein starkes, ein kluges Herz war nicht zu besiegen. Denn wenn es zu besiegen wäre, dann konnte es nie mehr der Partner für ein anderes starkes und kluges Herz sein.

Dies lernte man im Laufe der gelebten Jahre. Für dieses Wissen hatte man mit der Unschuld, mit dem gläubigen Vertrauen der Jugend bezahlt. Aber der Preis war nicht zu hoch. Man hatte mehr dafür bekommen, als der Gegenwert ausmachte.

Dies Gespräch war das einzige dieser Art, das sie führten für lange Zeit. Sie waren beide zu ängstlich darum bemüht, ihre Ehe zu einem Erfolg zu machen. Und sie hatten beide aus den Fehlern der Vergangenheit gelernt.

Was ihre Bindung von Anfang an erleichterte und enger knüpfte, war Pieter. Jan faßte eine tiefe Neigung zu seinem jüngsten Sohn. Er wollte ihn, sooft es ging, um sich haben. Und Stella, wenn sie auch nicht die geborene Mutter war, konnte diesem innigen Verhältnis ihre Zustimmung nicht versagen. Außerdem war Pieter wie umgewandelt. Die Ungezogenheit, die sie oft in letzter Zeit an ihm erschreckt hatte, war verschwunden. Er war vernünftig und zugänglich, von Trotz und Widerstand war nichts mehr zu spüren. Allgemein galt er als ein besonders lieber und aufgeschlossener Junge.

Aber da war Jans ältester Sohn. Und er war es, der verhinderte, daß das Leben auf *Green Rise* in reine Harmonie mündete.

Er verstand sich nicht besonders gut mit seinem Vater. Schon vorher nicht, ehe Jan mit seiner neuen Familie aus Europa zurückkehrte. Und er brachte Stella und seinem Halbbruder von Anfang an offene Feindschaft entgegen.

Dick glich zwar seinem Vater äußerlich auf geradezu lächerliche Art. Aber er konnte nie vergeben, was dieser seiner Mutter angetan hatte. Er hatte bei Mabel gelebt, hatte ihr einsames, unglückliches Dasein mit angesehen und früh mitempfunden. Hatte vielleicht auch manchmal von seinen Großeltern abfällige Bemerkungen über Jan gehört.

Und dann war seine Mutter auf so schreckliche Weise ums Leben gekommen. Stella war für ihn die Feindin. Eine Deutsche. Von ihrer Seite war das Geschoß gekommen, das Mabel getötet hatte. Keiner war da, dem er die Schuld geben konnte, daß seine Mutter tot war. Also gab er sie Stella.

Natürlich wußte er von dem damaligen Verhältnis. Er hatte davon gehört, als er mit seiner Mutter kurz nach Stellas Abreise nach *Green Rise* gekommen war. Er hatte Stella damals schon gehaßt, ohne sie zu kennen. Und er haßte sie jetzt. Sie und ihren Sohn.

Stella war ihm natürlich freundlich entgegengekommen, hatte versucht, zu ihm in ein freundschaftliches oder wenigstens erträgliches Verhältnis zu kommen. Aber hier hatte ihr Charme versagt. Offene Feindschaft blickte sie aus Dicks dunklen Augen an. Das dritte Paar dunkle Termogen-Augen, das nun um sie war. Das hatte sie nervös und unruhig gemacht von Anfang an, hatte ihr das Leben auf *Green Rise* erschwert.

Bald nach ihrer Ankunft war Dick aus Jans Bungalow ausgezogen. Nachdem es einige Male unfreundliche Äußerungen von seiner Seite und bei Stella Tränen gegeben hatte, war der Vorschlag von Jan gekommen, Dick sollte Williams Bungalow beziehen, der leer stand.

Dick hatte gern Gebrauch davon gemacht. Dort lebte er jetzt. Erst allein mit seinen Dienern, dann war ein Mädchen bei ihm. Stella sah ihn selten. Er ging ihr aus dem Wege. Und sie hatte es bald aufgegeben, ein besseres Einvernehmen zu erreichen.

Ab und zu kam Dick zum Essen, aber nur, wenn Jan es ihm befahl. Zwischen Jan und Dick war es zu mehreren häßlichen Szenen gekommen. Denn Jan war bemüht, diese Unstimmigkeit aus der Welt zu schaffen, was ihm aber nicht gelang. Sie trafen täglich bei der Arbeit zusammen, erledigten die notwendigen Pflichten in vorbildlicher Einigkeit, dann gingen sie auseinander.

Dick war der geborene Pflanzer. Schon heute konnte Jan ihm den größten Teil der Arbeit überlassen. Anfangs war er stolz auf Dicks Tüchtigkeit gewesen. Dann, als Dick gar zu eigenmächtig zu schalten und zu walten begann, ergab das neuen Anlaß für Reibereien und Streit. Und die Beherrschung, die Jan in seinem Zusammenleben mit Stella bewies, verließ ihn hier nur zu oft.

Dazu kam, daß Dick durch die Anteile, die er von William geerbt hatte, genaugenommen mehr Befugnisse auf *Green Rise* besaß als Jan. Darauf pochte er gelegentlich. Jan war es zwar auch gelungen, nach dem Krieg einige Anteile von der Gesellschaft in London zu erhalten. Aber Dick besaß die Vorhand. Jan hingegen besaß zunächst noch die größeren Erfahrungen, die notwendigen Kenntnisse für die Arbeit auf der Plantage. Doch das änderte sich von Tag zu Tag. Jan mußte es, wenn auch widerwillig, zugeben.

»Es dauert nicht mehr lange, dann bin ich hier überflüssig«, sagte er Stella, als sie ungefähr ein Jahr auf *Green Rise* lebten. »Der Bengel weiß bestens Bescheid. Heute hat er einen Stunk gemacht in der Pflanzung, der sich sehen lassen konnte, und das, weil die Bäume unsauber angeschnitten waren. Die Arbeiter fürchten ihn alle. Und sie parieren. Vielleicht ist sein Ton manchmal noch zu herrisch, das ist heute nicht mehr angebracht. Aber das wird er schon noch lernen.«

Dick lernte es sogar schon ziemlich bald und ziemlich nachhaltig. Eines Nachmittags, Stella und Jan saßen beim Tee im Garten, kam er überraschend an. Das kam sonst nie vor.

Sie blickten beide erstaunt, als Clotan kam und meldete: »Mr. Dick«, und dabei die Augen entsetzt aufgerissen hatte und seine Erregung nicht verbergen konnte. »Mr. Dick verletzt. Alles voll Blut.«

Da kam auch Dick schon in den Garten. Sein weißes Hemd war auf der linken Seite blutgetränkt, und auch über die Wange lief ein breiter Blutstrom.

Jan sprang auf: »Um Gottes willen! Was hast du denn gemacht?«

»Diese Kommunistenschweine«, keuchte Dick. »Sie haben auf mich geschossen.« Und dann brach er zusammen.

Jan und Clotan trugen ihn ins Haus und legten ihn auf Jans Bett, zogen ihm die blutigen Sachen vom Leib.

Stella stand entsetzt dabei. »Ist es schlimm?« fragte sie.

»Weiß ich noch nicht. Fahr am besten gleich zu Helen und bring sie her. Sie versteht was davon. Und du rufst den Arzt an, Clotan. Nein, laß, ich mach' es selber.«

Stella setzte sich in Dicks Wagen, der noch vor der Tür stand, und fuhr den Hügel hinunter zu dem Bungalow der Grants. Die drei Kinder spielten im Garten. Helen saß mit Priscilla am Teetisch. Auch das noch, dachte Stella. Aber es hatte keinen Zweck, etwas zu verschweigen. Priscilla erfuhr es doch.

»Bitte, kommen Sie mit«, sagte sie zu Helen. »Dick hat zwei Schüsse abgekriegt.«

Helen fragte nicht viel, holte ihr Verbandszeug, das sie immer bereitstehen hatte, und kletterte zu Stella in den Wagen.

Priscilla war aufgeregt nachgelaufen gekommen. »Ich fahre mit«, rief sie.

»Nein«, sagte Stella entschieden. »Bitte, bleiben Sie bei den Kindern. Sie brauchen es nicht zu wissen.«

Priscilla sah sie wütend an und blickte dem Auto beleidigt nach. Auf der kurzen Fahrt berichtete Stella, was sie wußte. Viel war es nicht.

Bis der Arzt zur Plantage herauskam, hatte Helen umsichtig die Erste Hilfe besorgt: die Wunden desinfiziert und Dick verbunden. Eine Kugel steckte noch im Oberarm, die mußte der Arzt herausholen.

Gefährlich war es nicht. Der Blutverlust war das schlimmste. Dick war auch bald wieder zu sich gekommen und konnte berichten, was geschehen war. Als er von den Zapfern am unteren Feld weggegangen war, zu seinem Wagen zurück, waren ihm aus dem Dikkicht die beiden Kugeln nachgeflogen. Er hatte sogar noch kehrtgemacht und versucht, den Täter zu fangen. Aber was er hörte, war nur das Rascheln der Blätter und Zweige. Es war zwecklos, tiefer in den Dschungel zu dringen, der hier, an der äußersten Grenze der Plantage, begann. Die Arbeiter, die er gerufen hatte, um ihm zu folgen, hatten sich taub gestellt. Dann war ihm schwarz vor Augen geworden. Mit letzter Kraft hatte er sich zum Wagen geschleppt und war hierhergefahren.

»Hm«, meinte Jan, »da ist nicht viel zu machen. Die Brüder erwischen wir doch nicht.«

»Man müßte den ganzen Dschungel ausräuchern«, sagte Dick wütend. »Wir sollten ein paar zuverlässige Leute nehmen und gleich losgehen.«

»Das tu man«, sagte sein Vater. »Da wärst du der erste, dem es gelingt. Da kriegst du höchstens noch ein paar Kugeln dazu. Nicht einmal General Templer ist es gelungen. Ein Glück, daß die Brüder nicht besser schießen können.«

Mitte des Jahres 1948 war es zu einem Aufstand gekommen. Und seitdem schwelte ein stiller, erbitterter Kampf zwischen den Aufständischen und der englischen Kolonialmacht. Wenn sie jetzt hinunter nach Malakka fuhren, nahmen sie meist zwei Wagen und hatten die geladenen Gewehre und ihre Pistolen auf den Sitzen liegen.

Jan war schon einmal mit einem Loch in der Windschutzscheibe zurückgekehrt. Und einmal war es gelungen, einen flüchtenden Dschungelkrieger zu töten.

»Wir sind auf die Solidarität unserer Arbeiter und Angestellten angewiesen«, sagte Jan jetzt. »Ich habe dir schon gesagt, daß du den falschen Ton zu den Leuten hast. Wenn sie aufsässig werden, sind wir verloren.«

»Das Pack!« sagte Dick verächtlich.

»Es ist kein Pack«, widersprach Jan. »Aber wir leben nun mal in einer Welt, in der die Gesetze von gestern nicht mehr gelten. Wir müssen uns umstellen. Oder wir können einpacken.«

Bis seine Verwundung einigermaßen ausgeheilt war, blieb Dick in Jans Bungalow. Zwar hatte er schon am nächsten Tag den Wunsch geäußert, in seinen Bungalow zurückzukehren. Aber Jan hatte bestimmt: »Du bleibst hier. Du brauchst Pflege.«

Diese Pflege war Stella anvertraut. Sie tat alles, um dem bockigen jungen Mann das Leben angenehm zu machen, und versuchte, Dicks mißtrauischen Blick zu übersehen. Bei seinem Boy hatte sie sich erkundigt, was er gerne aß, und ließ diese Speisen in ihrer Küche zubereiten. Sie brachte ihm Zeitschriften und Bücher, stellte ihm das Grammophon ins Zimmer und legte Jazzplatten auf, weil sie wußte, daß er die mochte. Dazwischen versuchte sie immer wieder, ein Gespräch in Gang zu bringen, was sich aber als schwierige Aufgabe erwies. Dick antwortete einsilbig, wenn überhaupt.

Pieter gelang es, das Eis etwas zum Tauen zu bringen. Er fand die ganze Geschichte höchst interessant und bemerkenswert. Als man ihm erlaubte, zu Dick hineinzugehen, hörte ihn Stella drinnen aufgeregt plappern. Offenbar war Pieter genauso eine Kämpfernatur wie Dick.

»Wir werden es ihnen zeigen«, hörte Stella ihn sagen, »nicht, Dick? Wenn ich groß bin, jagen wir sie aus dem Busch.«

Zu ihrer Überraschung antwortete Dick. »Das dauert aber noch eine Weile. Und dann mußt du auch erst ordentlich schießen lernen.«

»Bringst du es mir bei?« fragte Pieter. »Du kannst es gut, nicht? Besser als die Partisanen. Die schießen immer daneben, sagt Onkel Jan.«

»Glücklicherweise«, antwortete Dick trocken.

Pieter nannte seinen Vater noch immer Onkel Jan. Die Anträge auf die Adoption liefen. Aber das ging nicht so schnell. Jan hoffte, daß er die Angelegenheit bei seinem nächsten Europaurlaub in Ordnung bringen konnte.

Sie waren übereingekommen, Pieter nicht über die wirklichen Familienverhältnisse aufzuklären. Dazu war er noch zu klein. Später einmal, wenn er sechzehn oder siebzehn Jahre alt war, konnte man ihm die Wahrheit sagen.

Wenn Priscilla beispielsweise von Jan zu Pieter als »dein Daddy« sprach, nahm Pieter dies als ganz selbstverständlich hin. Jan war mit seiner Mutter verheiratet und folglich auch sein Daddy. Er fand nichts Ungewöhnliches daran. Und selbst Priscilla hielt es wohl für ungehörig, Pieter genau über seine Herkunft aufzuklären.

Sie kam übrigens jeden Tag zu Besuch, solange Dick bei ihnen war. Und sie tat alles, um ihn zu unterhalten und aufzuheitern, wie sie sagte.

Dick allerdings sagte am vierten Tag zu Stella: »Ich glaube, Priscillas Besuche machen einen Toten wieder lebendig. Selbst der lernte gern wieder laufen, um ihr zu entkommen.«

Stella lächelte ihm zu und bekam dafür das seltene Geschenk eines kleinen Lächelns auch von ihm. Zwar machte er gleich darauf eine doppelt bitterböse Miene, wohl um zu dokumentieren, daß er nur aus Versehen gelächelt habe, aber gelächelt hatte er dennoch.

Sie schieden nicht gerade als Freunde, als Dick schließlich, einigermaßen wiederhergestellt, in seinen Bungalow zurückkehrte, aber ihre Beziehungen zueinander waren auch nicht mehr gar so gespannt. Dick kam gelegentlich zu einem kurzen Besuch, und man machte höfliche Konversation. Als seine kleine braune Freundin ein Kind bekam, schwang sich Stella zu einem Besuch am Wochenbett auf. Denn das mußte man Dick lassen, rücksichtslos und herzlos war er nicht. Bestimmt nicht zu diesem zierlichen, samtäugigen Geschöpf, das schon lange Zeit mit ihm lebte. Er hatte sie nicht hinausgeworfen, als sie ein Kind erwartete, wie es manchmal die weißen Herren taten. Nicht einmal, als sie das Kind bekam. Sie bekam es bei ihm im Hause, und sie blieb auch nach der Geburt bei ihm.

»Ich weiß ja nicht«, sagte Jan zweifelnd. »Das ist nun weniger nach meinem Geschmack. Wenn er ein Mädchen hat, na schön, das läßt sich vielleicht nicht vermeiden. Aber ihr ein Kind machen und sie dann noch dabehalten, also, das ist eigentlich nicht üblich.«

»Gibt es von dir keine Kinder auf der Plantage?« fragte Stella sanft.

Jan blickte sie unsicher an. »Meines Wissens nicht. Aber ganz bestimmt weiß ich es natürlich nicht.«

»Männer sind was Widerliches«, sagte Stella aus tiefstem Herzensgrund.

Jan lachte. »Wirklich, Bébé? Sieh mal, wir können doch auch nichts dafür. Der liebe Gott hat es nun mal so eingerichtet.«

»Ich habe mich schon oft gefragt, was er sich eigentlich dabei gedacht hat«, sagte Stella.

»Ach«, meinte Jan, »sicher eine ganze Menge. Und ich finde, er hat das ganz gut gemacht.«

»Das finde ich gar nicht. Etwas Dümmeres hätte ihm nicht einfallen können.«

»Sag das nicht«, meinte Jan. »Er hat das ganz klug eingerichtet. Siehst du, die Frauen machen mit uns, was sie wollen. Sie sind alle kleine Biester und setzen uns den Fuß in den Nacken. Und wenn sie könnten, wie sie wollten, würden sie uns restlos versklaven. Glücklicherweise gibt es aber eben diesen einen Punkt, wo wir die Stärkeren sind. Wo wir sie an die Leine kriegen und wo sie nicht mehr so können, wie sie wollen.«

»Ja«, sagte Stella, »so kann man es nennen.«

»Ich stelle mir das so vor, daß der liebe Gott nach der Erschaffung der Frau selber überrascht war, was er da zusammengebastelt hat. So ein verdammtes, kleines Luder, wird er sich gedacht haben. Folgt mir nicht, folgt niemand, schon gar nicht meinen braven, schönen Männern, denkt, die ganze Weltgeschichte muß sich nach ihrem kleinen, verdrehten Kopf richten. Da werden wir doch mal einen Riegel vorschieben. Werden doch mal sehen, ob wir die kleinen Biester nicht dazu bringen, artig auf ihrem Popo sitzen zu bleiben und abzuwarten. Irgendwo müssen sie ja doch mal schwach werden und den Mund halten.«

Jan grinste. »Und so kam es dann ja auch. Von da an, wenn ein Mann kam und so eine kleine Frauensperson richtig in die Hände nahm, dann hielt sie schön still und war bereit, alles widerspruchslos entgegenzunehmen, was ihr da geboten wurde. Und wenn der Mann dann gegangen war, dann mußte sie ebenfalls schön still da sitzen bleiben und warten, was dabei herauskam. Frech konnte sie eigentlich immer nur noch in der Zwischenzeit werden. Und was unsere Altvorderen betraf, die waren da ziemlich clever. Die sorgten dafür, daß die Zwischenzeiten nicht zu lang wurden. Da ging es immer munter hintereinander weg.«

»Nun hör aber auf«, empörte sich Stella. »Das ist ja Paschawahn in höchster Vollendung, den du da proklamierst. Und mit so was bin ich verheiratet. Mir graust es.«

Jan lachte und nahm sie in die Arme. »Was ist eigentlich mit uns beiden, Estelle? Hättest du keine Lust mehr auf ein Baby?«

»Nein«, sagte Stella entschieden. »Ganz bestimmt nicht. Mir langt der eine. Und du hast schließlich drei Kinder, drei mindestens, sagen wir mal, und das langt auch. Ich möchte den kärglichen Rest meines Lebens in Ruhe verbringen.«

»Schade«, sagte Jan. »Du hättest doch hier wirklich Zeit genug. Wir haben Platz, Bedienung ist da, du hättest gar keine Arbeit damit. Später, wenn wir in England sind, wird das nicht mehr so einfach sein. Ich an deiner Stelle würde das lieber gleich erledigen und nicht bis später warten.«

»Weder jetzt noch später«, sagte Stella, »schlag dir das aus dem Kopf. Lieber Himmel, mein ganzes Leben lang habe ich geglaubt, du seist ein Abenteurer. Und jetzt entpuppst du dich als verhinderter Familienvater.«

»Die Termogens sind eine gute Rasse«, sagte Jan stolz, »es wäre schade, wenn man ihre Triebe beschneidet. Ich hätte gern noch einen Sohn und eine Tochter.«

»Das kannst du machen«, sagte Stella. »Aber ohne mich.«

Tatsache war, daß Jan alles dazu tat, um diesen Sohn oder diese Tochter zu zeugen. Stella war ihm widerstandslos ausgeliefert. Die Angst, daß es einmal glücken würde, war ihr ständiger Begleiter.

Andererseits bildete sie sich ein, daß sie, als Folge ihrer Fehlgeburt und der sich daran anschließenden Krankheit, gar kein Kind mehr bekommen könne. Bis jetzt sah es ja auch so aus. Aber sicher war sie natürlich nicht. Ein Arzt, den sie früher einmal gefragt hatte, war mit seiner Antwort sehr vorsichtig gewesen.

»Das kann sein oder auch nicht sein. Vielleicht nur vorübergehend. Die Natur ist auf diesem Gebiet sehr erfinderisch und hilft sich oft selbst auf erstaunliche Weise. Manche Frauen denken jahrelang, sie bekommen keine Kinder mehr, und dann auf einmal klappt es doch.«

Nein, Stella wollte kein Kind mehr. Sie hatte nie eines gewollt und hatte dann doch Pieter bekommen müssen. Na gut, er war nun da, aber das genügte.

Aber sie wußte, daß Jan bei seinen Umarmungen auch daran dachte. Und daß er es mit Vergnügen gesehen hätte, wenn sie ein Kind bekäme. Und dann dachte sie: Kein Wunder, daß Feindschaft ist zwischen Frau und Mann. Wir triumphieren über sie, immer und immer wieder, wir sind die Stärkeren, die Überlegenen. Und dann, wenn es darauf ankommt, sind sie doch die Sieger. Und wir unterliegen. Und bezahlen für das bißchen Liebe.

3

Nun war es keineswegs so, daß es zwischen Stella und Jan nie Streit gegeben hätte. Dazu waren beide viel zu heftige Naturen. Es gab also gelegentlich einen Streit oder eine Szene, aber das hielt sich in erträglichen Maßen, war nicht schlimmer als in jeder normalen Ehe. Auch sie taten, was alle Eheleute taten: warfen sich die Sünden der Vergangenheit vor, Wunden, die sie sich einst zugefügt hatten, wurden aufgerissen und vorgezeigt, ein Wort, das einst zuviel gesagt worden war oder zuwenig, flog über ihre Lippen. Stella warf ihm vor, daß er sie damals betrogen hatte, obwohl er behauptete, sie zu lieben. Und Jan brachte immer wieder die Männer ins Spiel, die Stella geliebt hatte, angefangen bei Adam und endend bei Männern seiner Einbildung, die es nie gegeben hatte.

Aber das kam und ging vorüber. Beide suchten und fanden den Weg zurück zu ihrem gewohnten, rücksichtsvollen Alltagston und auch zu den zärtlichen Stunden der Liebe.

Wenn Stella sich manchmal fragte, ob sie eigentlich glücklich sei, dann konnte sie sich diese Frage schwer beantworten. Man hätte erst einmal wissen müssen, was Glück war. War sie eigentlich schon einmal in ihrem Leben glücklich gewesen? Wenn man absah von der glücklichen Zeit der Kindheit und Jugend, wo man nicht wußte, daß man glücklich war. Wenn man den glücklichen Rausch von Liebesstunden beiseite ließ, die ja immer außerhalb des gewöhnlichen Lebens standen, besonders bei einer Frau wie Stella, die es so wunderbar verstand, Liebe zu erwecken, zu empfangen und zu verschwenden. Diese eine gewisse Art von Liebe, die Thies ein armseliges Ding genannt hatte, wenn sie allein für sich stand.

Und dann sagte sich Stella mit ihrem so vernünftig, nun fast doch erwachsen gewordenen Verstand, daß es müßig sei, diese Frage zu stellen. Glück war kein Dauerzustand. Es war eine flüchtig vorübersegelnde Wolke, ein Regentropfen, der vom Himmel fiel und in der Erde versank, ein Sonnenstrahl, der einen traf durch das

Laub dichter Bäume. So betrachtet, war ihr das Glück oft begegnet. Und mit ihrem jetzigen Leben konnte sie zufrieden sein. Sie hatte einen Mann, einen Sohn, lebte in guten Verhältnissen. Und wenn man an das Nachkriegsdeutschland dachte, geradezu in glänzenden Verhältnissen.

War es vielleicht nicht Glück zu nennen, daß es ihr immer gelungen war, den schlimmsten Härten der Zeit auszuweichen? Dietrich hatte sie vor der harten Hand des Krieges bewahrt. Und Jan vor Not und Elend der Nachkriegszeit.

Daß ihr die Plantage dennoch mit der Zeit zum Überdruß wurde, das tägliche Einerlei des Daseins, die Hitze, die Langeweile, die braunen, gleichgültigen Gesichter, nun, das ging wohl allen Europäern so, die hier lebten. Damit mußte jeder fertig werden. Daß sie sich danach sehnte, in ein Theater zu gehen, ein Konzert zu besuchen, Bilder anzusehen und vielleicht auch einmal in einem sehr eleganten Kleid abends in einem sehr eleganten Restaurant zu sitzen, war verständlich, und vermutlich teilte sie auch diese Sehnsüchte mit den hier lebenden europäischen Frauen.

Eines Tages würde sie das bekommen. In zwei oder drei Jahren, wenn sie nach London übersiedelten, war sie auch noch jung genug, um diese Dinge zu genießen.

Einmal hatte sie Jan gefragt, wie denn die Finanzverhältnisse sein würden, wenn man in England leben würde.

»Na ja, nicht gerade überwältigend«, hatte er gesagt. »Aber für uns wird es schon reichen. Ich sage ja auch nicht, daß ich gar nichts mehr tun will. Vielleicht findet sich dort in einer der Übersee-Handelsgesellschaften eine Position für mich; denn Erfahrung habe ich ja genug. Außerdem besitze ich jetzt einige Anteile an der Gesellschaft, die mir zwar nicht viel Zinsen abwerfen, aber wenigstens etwas. Und gespart habe ich auch. Ja, du brauchst mich gar nicht so erstaunt anzusehen. Was hatte ich in all den Jahren denn für Gelegenheit, Geld auszugeben? Da ist immerhin so einiges zusammengekommen. Du brauchst keine Angst zu haben, Stella. Es wird dir nicht schlecht bei mir gehen.«

Stella schaute träumerisch in das üppige Grün der Büsche. »Ich möchte viele schöne neue Kleider haben«, sagte sie. »Ein blaues und ein grünes und ein schwarzes für den Abend. Und dann wünsche ich mir vor allem einen todschicken Pelz.«

Jan war verblüfft. »Einen Pelz?«

»Natürlich. Was denkst du, wie mich frieren wird, wenn ich von hier nach England komme? Und außerdem ist ein Pelz für eine Frau kein Kleidungsstück, sondern ein Programm.«

»Ah, so ist das«, sagte Jan. »Dann natürlich – du sollst deinen Pelz bekommen.«

4

Im Laufe der Zeit beschäftigte sich Stella immer mehr mit der Rückkehr nach Europa, mit dem Leben, das sie dort führen würde. London hatte sie nur kurz kennengelernt, aber Jan meinte, es ließe sich da gut leben.

Es würde wieder eine fremde Welt sein. Da sie jetzt viele englische Bücher las, war ihr das Leben auf der britischen Insel nicht mehr ganz unbekannt. Freilich, wenn sie ihren zukünftigen Aufenthaltsort hätte wählen können, dann hätte sie bedingungslos gesagt: Berlin.

Aber man mußte dazusetzen: Berlin, wie es früher war. Jetzt war Berlin auch zu einer Insel geworden, zu einer unglücklichen Insel. Seit dem Sommer herrschte die Blockade. Man las in der Zeitung darüber, und Stella erfuhr Näheres aus den Briefen von Hermine.

Hermines Briefe klangen meist sehr trübselig. Sie war viel allein, gab wieder Klavierstunden und hatte wohl nur das Nötigste zum Leben. Die Ernährungslage in Berlin mußte katastrophal sein. In Westdeutschland dagegen schien es seit der Währungsreform bergauf zu gehen.

Thies beispielsweise blickte recht hoffnungsvoll in die Zukunft. Auf Sylt, schrieb er, wäre im vergangenen Sommer schon wieder eine stattliche Anzahl von Sommergästen gewesen, und für die kommende Saison träfen Bestellungen ein. Er selbst schrieb an einem Buch, nebenbei war er für einen Hamburger Verlag als Lektor tätig. Aber das war alles nicht so wichtig. Die Hauptsache war ihm, daß er endlich Denise wiedergesehen hatte.

Anfang des Jahres 1949 erhielt Stella einen Brief von ihm, in dem er mitteilte, daß sie nun heiraten würden. »Es hat sich gelohnt zu warten, kleine Schwester. Ich bekomme die Frau, die ich von Anfang an haben wollte. Auf das echte Glück zu warten, lohnt sich immer. Daran kann man ruhig viel Geduld wenden.«

Thies hatte diese Geduld aufgebracht. Und Denise offenbar auch.

Stella stand etwas beschämt vor dieser Tatsache. Hatte sie je gewartet? Hatte sie je die Geduld aufgebracht, zu warten, bis das Glück in ihre Nähe kam? Immer hatte sie sich eingebildet, etwas Besonderes zu sein. Schöner als andere, klüger, begehrenswerter und daher vom Schicksal dazu auserwählt, auch glücklicher zu sein als alle anderen.

Heute dachte sie das nicht mehr. Männer? Natürlich, die waren immer gekommen. Aber der eine, auf den es angekommen wäre, den hatte sie verpaßt. Allerdings, wenn sie wirklich auf Krischan gewartet hätte – was nützte das heute? Er war tot. Nein, dachte sie, wenn wir zusammen gewesen wären, wenn wir uns geliebt hätten, dann wäre er am Leben geblieben.

Kindische, lächerliche Gedanken. Sie wußte es. Wie viele Frauen hatten wohl in jener Zeit gedacht, ihre Liebe beschütze den geliebten Mann. Aber so mächtig war die Liebe nicht.

Thies schrieb ihr immer sehr ausführlich über das Leben auf der Insel. Jensine habe nun doch geheiratet. Sie habe nun wohl endgültig die Hoffnung begraben, daß der Laden in Berlin wieder eröffnet werde. Auch die drei anderen Schwestern von Christian seien verheiratet. Meister Hoog sei recht alt geworden und mit der Arbeit nicht mehr ganz im Schwung, sonst aber munter und guter Dinge.

Das wunderte Stella. Sie wußte, wie stolz der alte Meister auf seinen Sohn gewesen war. Aber alte Leute, die so nahe der Schwelle des Todes lebten, trösteten sich wohl leichter über den Verlust eines Menschen. Sie hielten selber nicht mehr so sehr am Leben fest und darum auch nicht an Menschen, die sie liebten oder geliebt hatten.

Anke ginge es gut, sie habe ein Kind bekommen und sei die glücklichste Mutter, die man sich vorstellen könne. Sie habe ja auch allerhand schwere Zeiten mitgemacht.

Möchte wissen, wo und wann, dachte Stella. Christian war gefallen. Gewiß. Aber Anke hatte sehr bald einen neuen Mann gehabt.

Und immer wieder, in jedem Brief, fragte Thies eindringlich: Wie fühlst Du Dich? Bist Du glücklich? Bist Du zufrieden mit Deinem Leben? Kommst Du gut mit Jan aus? Bereust Du es nicht, fortgegangen zu sein?

Jan, der die Briefe natürlich auch las, lachte ärgerlich.

»Mein Bruder scheint zu glauben, du hättest so eine Art Hölle bei mir. Hast du mich so schlechtgemacht?«

»Damals schon«, erwiderte Stella. »Ich habe den größten Fehler meines Lebens gemacht, sagte ich, als ich zurückkam.«

»Na, dann ist es ja kein Wunder, wenn Thies so um dich besorgt ist.« Jan grinste, legte den Arm um ihre Schulter und zog sie an sich. »Den größten Fehler deines Lebens, Estelle? Und dann hast du ihn noch mal gemacht? Dann kann er ja wohl nicht so schlimm gewesen sein.«

Der Zeitpunkt, von dem an Stella von Heimweh überfallen wurde, ließ sich nicht genau feststellen. Es war wohl so nach und nach gekommen, aber eines Tages war es da, wurde täglich größer und quälender. Immer mehr begann ihr das Leben auf der Plantage, das zwar bequem, aber auch sehr eintönig war, auf die Nerven zu gehen. Das Haus und der Garten waren eine enge Welt. Praktisch war man eingesperrt hier. Zwar lag ringsum die tropische Landschaft mit ihrer üppigen Vegetation, aber dort konnte man nicht einfach spazierengehen wie daheim im Wald oder über die Heide. Es war eine feindliche Welt, die man nur unter ausreichendem Schutz und mit Begleitung betreten konnte. Früher waren es die wilden Tiere, die Schlangen, das Ungeziefer gewesen. Jetzt kamen noch die Partisanen dazu, die im Urwald lebten. Seit sich in China die kommunistische Macht etabliert hatte, bekam man auch hier mehr von kommunistischer Untergrundarbeit zu spüren.

Die Menschen auf der Plantage waren immer dieselben. Immer gleich waren auch die Themen der ermüdenden, sinnlosen Gespräche, denen das Salz neuen Erlebens fehlte. Tagaus, tagein die schwüle, lastende Hitze, die jede Energie, jede Unternehmungslust tötete.

Und woran sich Stella nie gewöhnen würde, was ihr ein täglich wachsendes Mißbehagen schuf, das waren die vielen kleinen und größeren Tiere, die die eigentlichen Herren des Landes zu sein schienen.

Mit der Eidechse in jedem Zimmer hatte sie sich abgefunden. Tagsüber sah man sie kaum, abends lugte sie plötzlich über einen Schrank, eine Lehne, saß dann an der Decke neben der Lampe und lauerte auf Insekten. Sie wenigstens erfüllte einen Zweck, war zum Helfer des Menschen geworden. Aber die schwarzen, ekelhaften Kakerlaken, die überall krochen und saßen, im Bett, zwischen den Kleidern, bei den Lebensmitteln, waren verhaßte Feinde. Dazu kamen die Moskitos, die Spinnen und Skorpione, alles was kroch und flog und krabbelte und nicht zu bekämpfen und zu vernichten war.

Einmal überfielen fliegende Termiten das Haus. Stella lag im Bett, sie hatte noch gelesen und erlebte mit Entsetzen, wie die weißen kleinen Ungeheuer zu Millionen ins Zimmer drangen. Sie lag zwar unter dem Moskitonetz, aber sie schrie dennoch vor Entsetzen. Es gab keine Rettung davor. Am nächsten Tag schaufelten die Diener Berge von den toten Tieren aus dem Haus.

Auch ihre Angst vor Schlangen konnte sie nicht überwinden. Nachdem Pieters geliebtes silbergraues Eichhörnchen von einer Tike getroffen worden war und binnen weniger Sekunden tot vor ihnen lag, war die ständige Angst vor Schlangen bei Stella fast zu einer Hysterie geworden. Vor der Tike gab es keine Rettung. Da half kein Serum, ihr Gift tötete in Sekundenschnelle. Sonst hatte man jedes Serum natürlich im Haus. Jan erzählte, daß er schon einmal einen Biß von einer Kobra erhalten hatte.

»Wichtig ist es«, schärfte er Pieter und Stella ein, »zu wissen, von welcher Schlange man gebissen wurde. Das Serum, das in dem einem Falle hilft, kann in einem anderen das Gegenteil bewirken.«

»Woher soll ich das wissen?« meinte Stella. »Ich weiß doch nicht, wie die Biester aussehen.«

»Ich habe sie dir oft genug beschrieben«, sagte Jan.

Aber Stella war sicher, sie würde vor Schreck tot umfallen, wenn sie wirklich eines Tages einer Schlange gegenüberstand.

Die einzige Abwechslung, die sich bot, war eine gelegentliche Fahrt nach Malakka. Aber was bedeutete das schon? Man landete schließlich im Klub, trank irgendein Eisgetränk oder Whisky und hörte auch hier wieder nichts anderes als den Klatsch von den Plantagen ringsum, den man von Priscilla schon kannte, und die Männer ergingen sich in düsteren Prognosen über die Zukunft Asiens.

Einige Male war Stella auch in Singapur gewesen. Dies war wenigstens eine große, lebendige Stadt: Geschäfte, Basare, reges Leben und Treiben, eine Ahnung von der weiten Welt.

Im Frühsommer des Jahres 1949 war sie wieder einmal mit Helen in Singapur. Helen wollte sich von ihrem Zahnarzt behandeln lassen. Bisher waren sie nie zusammen gefahren, weil sie es nicht über sich gebracht hatten, die vier Kinder ausschließlich der Betreuung der Amahs zu überlassen. Und auf Priscilla war kein Verlaß.

Doch nun weilte seit einem Monat Jane, Jans Tochter, auf *Green Rise*. Ihr Besuch war schon lange geplant gewesen, jetzt hatte sie sich für einige Zeit frei gemacht und würde erst im Herbst, nach dem Monsun, zusammen mit Dick, der einen längeren Europaurlaub nahm, nach England zurückkehren.

Stella hatte ein wenig Angst gehabt vor Janes Besuch. Die Schwierigkeiten, die es mit Dick gab, genügten ihr. Zwar verhielt er sich nicht mehr ganz so feindselig wie in der ersten Zeit, aber es bestand nach wie vor so gut wie gar keine Verbindung zwischen ihnen. Er lebte mit seiner kleinen Freundin ganz für sich und zurückgezogen und schien damit zufrieden zu sein.

Als Jane kam, wurde Talih allerdings ausquartiert. Sie kehrte mit ihrem Kind zu ihren Eltern zurück.

Das würde wohl das Ende dieser Geschichte sein, dachte Stella. Bis Dick aus Europa zurückkehrte, verging einige Zeit. Und vielleicht brachte er sich sogar eine Frau aus England mit. Es bestand ein regelmäßiger Briefwechsel mit einer von Janes Busenfreundinnen, von denen diese anscheinend eine große Anzahl besaß.

Jane bedeutete eine angenehme Überraschung. Unwillkürlich hatte Stella ein schüchternes, junges Mädchen erwartet, so in der Art, wie es Mabel einmal gewesen sein mochte.

Aber davon konnte keine Rede sein. Jane war jetzt einundzwanzig, blond und hübsch, ein bißchen kühl und sachlich, aber sehr sicher und selbständig. Ein junges Mädchen von heute, das genau wußte, was es wollte, und sich ohne große Mühe in der Welt zurechtfand.

Sie hatte eine Modeschule besucht, sich dann als Modezeichnerin spezialisiert und arbeitete jetzt für einige große Zeitschriften, versuchte sich auch neuerdings, wie sie erzählte, in reiner Werbegraphik.

Sie kam Stella ohne Feindseligkeit entgegen, war auch ihr gegenüber kühl und sachlich, weder beeindruckt von Stellas Aussehen noch von ihrem Wesen. Stella erging es ähnlich mit ihr wie damals in Berlin mit Cornelia. Sie kam sich plötzlich alt vor. Diese jungen Mädchen waren so ganz anders geworden. In was für romantischen Vorstellungen hatte sie gelebt, wie wichtig hatte sie sich selbst genommen, ihre Schönheit, ihre Liebesaffären.

Jane behandelte dies alles sehr nebensächlich. So ganz en passant teilte sie ihrem Vater mit, daß sie nach ihrer Rückkehr heiraten werde. Es sei ein junger Kollege, Werbefachmann, und es bestände die Absicht, sich später einmal selbständig zu machen, ein eigenes Werbebüro aufzuziehen.

Jane sprach weniger über das Wesen des jungen Mannes als über seine beruflichen Fähigkeiten.

»Er ist sehr tüchtig«, meinte sie. »Seine Mutter war Amerikanerin, er hat lange drüben gelebt und gelernt, wie man in dieser Branche arbeiten muß.«

Jan war verblüfft von dieser unerwarteten Situation.

»Heiraten?« fragte er gedehnt. »Aber du bist doch noch so jung.«

»Ich bin alt genug zum Heiraten«, sagte seine Tochter ruhig. »Wir wollen zwei Kinder haben, und die möchte ich gleich hintereinander kriegen, damit wir dann ungestört arbeiten und das Geschäft aufbauen können.«

Jan machte ein so dummes Gesicht, daß Stella hell auflachen mußte.

»Somit wirst du also bald Großvater, mein Liebling«, sagte sie. »Wer hätte das je von dir gedacht.«

Jane hatte schon weitergedacht. »Wenn Dickie nach Hause kommt, werden wir eine lustige Zeit haben«, meinte sie. »Vielleicht können wir eine Doppelhochzeit machen.«

»Wieso?« fragte Jan. »Will Dick denn auch heiraten?«

»Ich denke, daß er Jennifer heiraten wird«, meinte Jane. »Meine Freundin, weißt du. Sie ist ein patentes Mädchen, sehr sportlich, sehr praktisch, sie würde eine gute Pflanzersfrau abgeben. Sicher,

Dickie ist noch jung. Aber hier braucht ein Mann doch eine Frau. Immer kann er ja nicht mit einer Eingeborenen leben.«

Jane wußte also von Talih und nahm auch das ohne große Erschütterung hin.

»Wenn sie ganz demnächst zwei Kinder haben will«, meinte Helen, als Stella ihr von diesem Gespräch erzählte, »dann kann sie sich jetzt schon etwas üben. Eigentlich könnten Sie mich nächste Woche nach Singapur begleiten, Stella, und Jane soll sich um die Kinder kümmern.«

Jane war sofort bereit dazu. Sie hatte einen burschikosen, freundschaftlichen Ton zu Pieter, Philip und Gwen, und Helens Jüngsten, den kleinen Ben, schleppte sie mit besonderem Vergnügen hinter sich her.

Stella genoß die wenigen Tage in der Großstadt aus vollem Herzen. Sie wohnten in Raffles Hotel, ließen sich auch hier bedienen, speisten in eleganten Restaurants, gingen jeden Tag ins Kino und kauften mit kindlicher Freude in Singapurs schicken Läden alles ein, was ihnen gefiel. Besonders Stella verfiel in einen wahren Kaufrausch. Jan hatte ihr einen großzügigen Scheck gegeben, und sie war entschlossen, das Geld bis auf den letzten Pfennig auszugeben.

Am vorletzten Tag ihres Aufenthaltes traf sie, wieder einmal von Kopf bis Fuß neu eingekleidet, mit Helen zum Lunch zusammen. Helen hatte an diesem Vormittag eine ehemalige Kollegin besucht, und so war Stella allein in der Stadt herumgebummelt. Es war irrsinnig heiß, und eigentlich hatte sie nicht die Absicht gehabt, wieder etwas zu kaufen. Aber dann hatte sie doch nicht widerstehen können.

»*My goodness!*« rief Helen hingerissen, als sie Stella erblickte. »Das ist apart. Du hast dir noch ein Kleid gekauft. Daß du überhaupt noch Geld hast!«

»Nicht mehr viel«, sagte Stella vergnügt, »du wirst wohl die Hotelrechnung für mich mitbezahlen müssen.«

Sie wußte, daß sie gut aussah. Nein, sie war noch nicht alt, wie sie manchmal in letzter Zeit gedacht hatte. Wenn sie sich in den großen Spiegeln der Modehäuser ansah, war sie zufrieden. Schlank, rassig und hochbeinig. Auch ihr Gesicht hielt einer genauen Prüfung stand. Die Falten waren wieder verschwunden und jetzt, während dieser Tage hier, auch der Zug von Verdrossenheit und Langeweile um ihren Mund.

Das Kleid, das sie heute gekauft hatte, war aus blauer Chinaseide, das gleiche Blau wie ihre Augen, es war ganz eng, an den Seiten gewagt geschlitzt, die Arme blieben nackt. Sie trug einen breiten weißen Strohhut dazu, sogar weiße Handschuhe, obwohl es bei der

Hitze lästig war, und weiße Sandaletten mit schwindelnd hohen Absätzen.

»Schick«, meinte Helen, ein wenig neidisch. »Du kannst eben alles tragen.«

An einem Tisch, nicht weit von ihnen entfernt, saß ein Mann, ein braungebrannter Europäer mit einem intelligenten, scharf geschnittenen Gesicht. Er blickte ständig zu Stella hinüber. Und als er ihr einmal zulächelte, lächelte sie zurück. Genau wie früher, unter halbgesenkten Lidern. Eigentlich, dachte sie, hätte ich gern einmal einen neuen Flirt. Und ich möchte wieder einmal leben.

Leben, dachte sie. Und fragte sich gleich darauf: Aber lebe ich jetzt nicht? Nein, nicht so, wie sie es sich wünschte. Sie war jetzt zweiunddreißig, zu jung, um zufrieden zu sein mit dem eintönigen Leben, das sie führte.

Am späten Nachmittag ging Helen noch einmal zu ihrem Zahnarzt, der draußen in der Nähe der Docks wohnte.

Es war ein Engländer, der eine Chinesin geheiratet hatte, zu viel trank und ein wenig heruntergekommen war, wie Helen erzählte. Aber in seinem Beruf nach wie vor ein Könner.

»Ich begleite dich«, sagte Stella. Sie wollte noch ein wenig ihr neues Kleid spazierenführen. Sie nahmen einen Wagen, und als Helen ausgestiegen war, ließ sich Stella zum Hafen fahren. Dort entlohnte sie den Fahrer.

Sie war gerade zurechtgekommen, um die Ausfahrt eines großen Dampfers mitzuerleben. Ein wenig verloren stand sie inmitten der bewegten Menge, hörte um sich herum Abschiedsworte, aufgeregtes Rufen und Schreien der Träger.

Plötzlich fiel ein Schatten über sie. Als sie aufblickte, stand der Mann neben ihr, den sie beim Lunch gesehen hatte.

»Ich sah Sie vom Schiff aus«, sagte er, ohne weitere Einleitung, »und hatte einen Augenblick die wahnwitzige Hoffnung, Sie würden vielleicht mitreisen.«

»Nein«, sagte Stella, kaum verwundert. »Ich muß hierbleiben.«

»Schade.« Der Fremde blickte sie an. Er hatte klare graue Augen mit kleinen braunen Punkten darin. Sein Haar war blond, an den Schläfen ein wenig grau. Und sein Lächeln war so, daß ihr Herz schneller zu klopfen begann.

»Wohin fährt das Schiff?« fragte sie.

»Nach Europa. Rotterdam.«

Stella blickte hinüber zu dem weißen, leuchtenden Traumschiff. »Ich wünschte, ich könnte mitfahren«, sagte sie.

»Und warum nicht? Kommen Sie herauf. Sie können sicher eine Passage bekommen.«

Sie lächelte. Einmal war sie geflohen aus diesem Land. Vor Jan. Diesmal hatte sie keinen Grund dazu. Sie mußte hierbleiben, mußte ausharren. Und wenn sie nach Europa zurückkehrte, dann mit Jan.

Sie blickte in die grauen Augen und lächelte. »Es geht nicht. Ich wünsche Ihnen eine gute Reise.«

Vom Schiff her tutete mahnend die Sirene.

»In einem halben Jahr werde ich zurück sein«, sagte der Fremde. »Werde ich Sie dann wiedersehen?«

Stella lächelte. »Wer kann das sagen? Vielleicht.«

Plötzlich beugte er sich vor, legte seinen Arm um sie und küßte sie leicht auf die Wange. »Good bye, schöne Unbekannte«, sagte er dann. »Wenn ich zurück bin, werde ich Sie suchen.«

»Warum?« fragte Stella.

»Das werde ich Ihnen dann sagen.«

Er wandte sich um und eilte mit großen Schritten zum Fallreep.

Stella stand still und starr und sah dem Schiff bei der Ausfahrt zu. Etwas würgte sie im Hals, das Herz tat ihr weh. Und dann merkte sie, daß ihr Tränen über die Wangen liefen.

Ich will nach Hause, dachte sie wie ein sehnsüchtiges Kind. Ich will nach Hause.

Und wie ein Kind wischte sie sich mit der Hand die Tränen ab.

Als sie aufblickte, bemerkte sie einen älteren Chinesen, der nur wenige Schritte von ihr entfernt stand. Es war ein kleiner, älterer Herr, sehr sorgfältig in einen hellgrauen, tadellos sitzenden Anzug gekleidet, den hellen Strohhut trug er in der Hand. Er lächelte, machte zwei Schritte auf sie zu und sagte mit sanfter, melodischer Stimme: »Hinter der Regenwolke des Abschieds wartet die strahlende Sonne des Wiedersehens.«

»Ich habe von niemandem Abschied genommen«, sagte Stella. »Ich kam nur zufällig an die Pier.«

Ein leises Erstaunen kam in das Gesicht des Chinesen. Vielleicht hatte er den Kuß bemerkt, den sie so überraschend empfangen hatte. Doch das ließ sich wohl nicht erklären.

Ihr Blick ging auf das Meer hinaus, auf das das leuchtende Schiff hinaussteuerte. Plötzlich sagte sie auf deutsch, ganz leise: »Ich habe Heimweh.«

Sie hatte nicht erwartet, verstanden zu werden. Zu ihrer Überraschung antwortete der Chinese in reinem, fast akzentfreiem Deutsch.

»Heimweh ist eine üble Krankheit, Madame. Es gibt nur ein Mittel, sie zu kurieren: die Heimkehr.«

Stella blickte ihn erstaunt an. Ihre noch tränenfeuchten Augen leuchteten auf. »Sie sprechen Deutsch, Monsieur?«

Der Chinese neigte leicht den Kopf. »Ein wenig, Madame. Ich hatte die Ehre und das Glück, als junger Mann eine Zeitlang in Ihrem schönen Heimatland zu weilen und Goethes Sprache einige Worte abzulauschen.«

Nun, das war höflich untertrieben. Der kleine, lächelnde Herr sprach ein sehr vollkommenes Deutsch.

»Wo waren Sie denn da?« fragte Stella, begierig, mehr zu hören.

»In Heidelberg, Madame. Und später in Berlin.«

»In Berlin?« Es war fast ein kleiner Aufschrei. »Da bin ich auch her.«

Die freundlichen Augen vor ihr nahmen einen gemessenen Ausdruck von Trauer an. »Eine schöne Stadt, Madame. Und heute so geplagt und tief verwundet.«

»Ja«, sagte Stella, »das ist wahr. Aber ich habe trotzdem Heimweh. Ich wünschte, ich könnte zurück.«

»Sie sind schon lange hier, Madame?«

»Über zwei Jahre.«

»Oh! Dann waren Sie während des Krieges in Deutschland?«

Sie nickte. »Ja. Krieg und Nachkriegszeit. Vermutlich werden Sie sagen, ich könnte froh sein, jetzt hier zu leben.«

»Das sage ich keineswegs, Madame. Nur die Luft der Heimat hat die Süße, die unser Herz erquickt. Aber wir wollen gehen, Madame. Die Sonne ist erbarmungslos hier.«

Sie wandten dem Meer den Rücken und gingen langsam zum Parkplatz hinüber. Die Hochhäuser Singapurs standen weiß und mächtig vor dem blauen Himmel.

»Sie haben Ihren Wagen hier, Madame?«

»Nein«, sagte Stella. »Ich bin mit einem Taxi gekommen.«

»Darf ich Sie bitten, in meinem armseligen Gefährt Platz zu nehmen?«

Das armselige Gefährt entpuppte sich als ein riesiger schneeweißer Cadillac neuesten Baujahres. Ein weißuniformierter Chauffeur stand bereit, die Mütze in der Hand, und riß den Wagenschlag auf.

Stella stieg ein wenig befangen ein. Sie hatte schon viel von den sagenhaft reichen Handelsherren Singapurs gehört. Die Stadt der chinesischen Millionäre nannte man Singapur auch. Ob der kleine freundliche Herr einer von ihnen war?

Während sich der große Wagen geschmeidig durch die vollen Straßen bewegte, sagte ihr Begleiter: »Sie wohnen in Singapur, Madame?«

»Nein«, sagte Stella. »Ich lebe auf einer Plantage hinter Malakka. Ich bin nur für einige Tage in der Stadt. Ich wohne im Hotel.«

»Gestatten Sie, Madame«, sagte der Chinese ein wenig später, »daß ich mich Ihnen vorstelle?« Er machte wieder eine Verbeugung, ein wenig tiefer diesmal. »Tsing Wu ist mein bescheidener Name.«

»Oh!« sagte Stella. Sie lächelte. »Ihr Name ist mir nicht unbekannt, Mr. Wu.«

Sie hatte von Tsing Wu gehört. Jan hatte gelegentlich von ihm gesprochen, auch Priscilla hatte mehrmals von ihm erzählt. Er war von all den reichen Herren der Hafenstadt einer der reichsten und angesehensten.

»Ich bin Stella Termogen«, sagte sie.

Herr Wu besaß ein gutes Gedächtnis. »Dann ist Ihr ehrenwerter Gatte Mr. Jan Termogen von *Green Rise?*«

»Ja«, Stella lachte. »Das wissen Sie?«

»Gewiß. Ich habe des öfteren das Vergnügen gehabt, mit dem ehrenwerten Herrn Gemahl einige Geschäfte abzuwickeln.«

Der Chinese betrachtete sie von der Seite. In seinen dunklen, schmalen Augen stand offensichtlich Wohlwollen.

»Würden Sie mir die große Ehre geben, Madame, in meinem bescheidenen Haus eine Tasse Tee zu nehmen?«

»Oh«, sagte Stella wieder. »Danke. Vielen Dank. Und – wann, meinen Sie?«

»Wenn Sie nicht wichtige Obliegenheiten versäumen, Madame, wäre es mir eine große Freude, wenn Sie mich heute begleiten würden. Mrs. Wu wird sich hochgeehrt und glücklich schätzen, Sie empfangen zu dürfen. Sie war ein wenig betrübt, als ich sie heute verließ. Ihr Anblick wird die Sonne wieder für sie leuchten lassen.«

Unwillkürlich verfiel auch Stella in eine langsame, gewählte Ausdrucksweise. »Betrübt? Das tut mir leid. Hoffentlich bedrückt Mrs. Wu kein ernster Kummer.«

»Nun, ernst genug für eine Mutter. Ich brachte heute Ältesten Sohn zum Schiff. Er hat für längere Zeit von uns Abschied genommen.«

»Das ist schlimm«, sagte Stella. »Macht Ihr Sohn eine Europareise?«

»Er wird an den klugen Universitäten Europas studieren«, sagte Mr. Wu mit hörbarem Stolz, »und versuchen, mit seinem dummen Kopf ein wenig von der Weisheit der Welt aufzunehmen.«

Sie fuhren über die breite Brücke, verließen die vorgeschobene Insel der City und kamen in einen ruhigen Vorort, wo verschwenderisch Sträucher und Bäume vor den Villen blühten.

Stella war durchaus darauf vorbereitet, daß Mr. Wus Haus prächtig und vornehm sei. Aber was sie zu sehen bekam, verschlug ihr den Atem.

Das war kein Haus, keine Villa, kein Schloß, das war ein Märchenpalast, erbaut von Feenhänden, mitten hineingesetzt in die blühende, duftende Pracht eines Gartens, der das Zauberhafteste darstellte, was Stella je gesehen hatte. Blumen in allen Farben und Formen, und dabei schien es, als sei jede Blume einzeln gezüchtet und betreut worden, ganz bewußt an einen bestimmten Platz gesetzt, an dem sie voll zur Geltung kam. Silberne Bächlein rieselten dazwischen, geschwungene Brücken führten darüber, kleine Tempelchen leuchteten aus dem tiefen Grün der Büsche. Und überall spazierten Tiere herum. Ein Pfau mit seinem Harem erging sich auf dem tiefgrünen Rasen vor dem Haus, und an den Bächen sah man zwei schillernde Königsfischer. Auf den Bäumen turnten Äffchen herum, und ein schneeweißer Zebu stand träumend unter einem breitästigen Regenbaum. Über den Blumen schwebten große, leuchtende Schmetterlinge, Papageien saßen im Geäst eines großen Banyanbaumes.

»Das ist ja zauberhaft!« sagte Stella hingerissen. »Wie im Märchen. So etwas habe ich noch nicht gesehen.«

Mr. und Mrs. Wu betrachteten sie mit zufriedenem Lächeln. Beide genossen das Entzücken ihres Gastes sichtlich.

»Ich freue mich«, sagte Mr. Wu mit einer Verneigung, »daß mein bescheidenes Heim Ihren Beifall findet, Madame.«

Mrs. Wu war eine zierliche, mandeläugige Dame mit einem Gesicht wie aus feinstem, dünnstem Porzellan. Sie mußte viel jünger sein als ihr Mann. Und sie war sehr schön, sehr anmutig, jede Bewegung, jede Geste wie die wohleinstudierte Pose einer graziösen Tänzerin. Sie war nicht wie ihr Mann westlich gekleidet, sondern trug einen Cheong-sam aus leuchtend blauer, buntbestickter Seide Frisiert allerdings war sie modern. Ihr glänzendes, lackschwarzes Haar lag wie die Schwingen eines Vogels eng an ihrem schmalen Kopf und stand nur hinter den Ohren und am Hinterkopf mit kleinen, koketten Spitzen ab. Stella hätte sie nicht älter geschätzt als achtundzwanzig, höchstens dreißig. Aber wenn der Sohn, der heute nach Europa abgedampft war, schon studierte, dann mußte Mrs. Wu auf jeden Fall einige Jahre älter sein.

Man nahm den Tee unter einem Sonnensegel auf der Terrasse hinter dem Haus, wo man den ganzen märchenhaften Garten überblicken konnte. Das Gespräch war angeregt, und Stella taute immer mehr auf. Zu lange hatte sie immer mit den gleichen Menschen geredet, hatte dieselben Themen erörtert. Aber keiner auf *Green Rise* und keiner im Klub in Malakka war so kultiviert, so gescheit und amüsant wie diese beiden Menschen hier.

Nicht nur Mr. Wu, auch seine ehrenwerte Frau Gemahlin hatte einiges von der Welt gesehen. Sie war in Amerika gewesen, in Europa, kannte London, Paris und die Schweiz. In Zürich, meinte sie, habe es ihr am besten gefallen.

»Ich kenne gar nichts von der Welt«, sagte Stella. »Das einzige fremde Land, das ich kennengelernt habe, ist Malaya. Und es ist sehr schön hier«, fügte sie höflich hinzu.

»Trotzdem bringt das Heimweh Traurigkeit in Ihr Herz«, meinte Mr. Wu. Er erzählte seiner Frau, wie betrübt er Stella am Hafen angetroffen hatte.

»Das kann ich verstehen«, sagte Mrs. Wu. »Ich war auch immer froh, wieder daheim zu sein.«

»Nur die Erde der Heimat gibt uns die Kraft, glücklich zu leben«, verkündete Mr. Wu mit Feierlichkeit.

»Gehört Kraft dazu, glücklich zu sein?« fragte Stella. »Ich dachte, Glück käme von allein.«

»Glücklichsein«, sagte Mr. Wu, »ist eine große Aufgabe. Nur die Kraft der Seele und die Klugheit des Kopfes können es erringen.«

»Ein kluges Herz gehöre dazu, sagte einmal mein Bruder«, meinte Stella.

»Ihr verehrter Herr Bruder ist ein weiser Mann«, sagte Mr. Wu.

»Ja«, sagte Stella, »das ist er wirklich. Er schreibt sogar Bücher.«

Und dann erzählte sie von Thies. Von Thies, von der Insel Sylt, von ihrer glücklichen Kindheit dort. Es war wunderbar, wieder einmal davon zu sprechen. Sie konnte gar nicht wieder aufhören.

Die beiden Wus hörten ihr höflich und aufmerksam zu.

Und am Ende sagte Mr. Wu: »Sie werden das Glück auf dieser Insel Ihrer Jugend finden, Madame. Dort ist Ihre Heimat. Und dorthin fährt das Schiff Ihres Heimwehs.«

Stella blickte nachdenklich in den Garten hinab. »Es besteht keine Aussicht, daß ich dorthin zurückkehre.«

»Sie werden zurückkehren«, sagte Herr Wu mit Bestimmtheit.

5

Jan war sehr beeindruckt, als Stella von ihrer Einladung in das Haus Wu berichtete.

»Ein kluger und ein reicher Mann«, sagte er, »und ein gerissener Fuchs dazu. Wenn Malaya eines Tages die Unabhängigkeit erlangen wird, was zweifellos früher oder später der Fall sein wird, dann wird ein großer Teil der Macht in seinen Händen liegen. Er wird mitbestimmen, wer hier regiert.«

Von dieser Zeit an nahm die Unruhe in Stella täglich zu. Manchmal meinte sie, es nicht länger aushalten zu können, dieses gleichmäßige, ereignislose Leben. Wie früher schon, begann das Nichtstun sie zu zermürben. Die Depression der Nachkriegszeit war überwunden. Sie sehnte sich nach Arbeit.

Eine Zeitlang dachte sie ernsthaft darüber nach, ob es nicht möglich wäre, Arbeitsmaterial kommen zu lassen. Warum sollte sie nicht auch hier modellieren können?

Aber die Trägheit, die das Klima, das ganze Dasein hier verursachte, ließ die vagen Pläne nie zur Tat werden.

Sie begann Jan wegen der Heimkehr zu drängen. »Ich habe es satt hier. Ich möchte nach Europa zurück.«

»Bald«, vertröstete Jan sie. »Erst muß Dick noch seinen Urlaub nehmen. Und Duff auch. Er hat seit Jahren keinen gehabt. Philip soll nach England kommen, in die Schule. Die Grants werden fahren, sobald Dick wieder da ist.«

Also müssen wir mindestens noch ein Jahr hierbleiben, dachte Stella. Wie soll ich das bloß ertragen?

Es war gut, daß sie zu diesem Zeitpunkt noch nicht wußte, wie lange sie es noch auf *Green Rise* aushalten mußte. Ebensowenig wie sie wußte, daß nun die Zeit der Schwierigkeiten begann.

Im Oktober reisten Jane und Dick zusammen nach Europa. Das bedeutete mehr Arbeit für Jan. Und nicht nur doppelte, sondern sogar dreifache Arbeit, denn Duff Grant, der immer schon gelegentlich Malariaanfälle gehabt hatte, erkrankte im Herbst besonders schwer und war danach längere Zeit kaum arbeitsfähig.

Jan sagte zu Stella: »Ich fürchte, er wird es nicht mehr lange machen hier. Die Leber ist angegriffen. Genaugenommen ist er für die Tropen nicht mehr geeignet.«

Duff versuchte den ganzen Winter über mit Gewalt, seine Arbeit auszuführen. Aber es war offensichtlich, daß es weit über seine Kräfte ging. Jan entlastete ihn so gut es ging. Alle warteten sehnsüchtig auf die Rückkehr von Dick, damit die Familie Grant ihren Europaurlaub antreten konnte.

Und dann hatte Stella den furchtbaren Schock mit Pieter. Eines Nachmittags, sie saß bei Helen im Garten, kam Philip atemlos angestürzt. Er war so aufgeregt, daß er kaum reden konnte. Sie hätten auf dem Hügel gespielt, und plötzlich, so berichtete Philip, sei eine riesige Schlange aus dem Buschwerk gekommen und habe Pieters Maki-Äffchen, das jetzt sein ständiger Begleiter war, angegriffen. Pieter, der sehr an dem Tier hing, habe sich dazwischengeworfen, und die Schlange habe ihn gebissen.

»Was für eine Schlange?« fragte Helen scharf.

»Ich weiß nicht«, keuchte Philip, »eine ganz große.«

»Los, Philip, besinn dich! Wie sah sie aus? War sie grau? Hatte sie gelbe Ringe?«

Philip schwieg. Das Entsetzen in seinem Gesicht zeigte deutlich, daß er begriff, wie verhängnisvoll es war, daß keiner die Schlange genau angesehen hatte.

Stella stand schreckerstarrt. Auch sie wußte, was diese Ungewißheit bedeutete. War es eine Krait gewesen, dann benötigte man ein anderes Serum als bei einer Kobra.

Helen war schon ins Haus gelaufen und holte ihre Arzneitasche. Alle drei liefen sie dann hinauf zum Hügel, wo Pieter regungslos im Gras lag, Gwen, ein Bild des Jammers, saß neben ihm und hielt seine Hand, und die Amah stand fassungslos dabei. Nur das Äffchen hockte unbekümmert im Baum und blickte mit erstaunten Augen herab.

Helen befragte Gwen und die Amah. Die Meinungen gingen auseinander. Gwen war die einzige, die mit Bestimmtheit behauptete, die Schlange habe gelbe Ringe gehabt.

Helen biß sich auf die Lippen und blickte auf Stella herab, die im Gras kniete und Pieters Kopf in wilder Verzweiflung an sich drückte.

»Halt ihn fest«, sagte Helen. Sie kniete sich ebenfalls neben Pieter, nahm das scharfe Messer und machte rasch einen tiefen Kreuzschnitt über der Bißstelle im Oberschenkel.

Pieter, der halb bewußtlos war, fuhr hoch und schrie. Stella preßte ihn fest an sich.

»Es ist gleich gut, Liebling.«

Sie blickte starr auf das schwarzrote Blut, das über Pieters Bein lief und ins Gras tropfte.

Helen sah ihre Tochter streng an. »Gelbe Ringe? Gwen?«

»Ich glaube«, sagte Gwen eingeschüchtert.

Helen nahm die Spritze, und ihre Hand zögerte, ehe sie die Ampulle mit dem Gegengift aufschlug. Wenn es doch eine Kobra gewesen war, und sie spritzte nun das falsche Serum, dann war Pieter verloren.

Sie wußten es alle.

Helen sah Stella an.

»Ich weiß es nicht«, schluchzte Stella. »Ich weiß es nicht.«

Mit zitternder Hand injizierte Helen das Gegengift, von dem keiner wußte, ob es das richtige sei. Dann trugen sie Pieter ins Haus.

Stella verbrachte eine furchtbare Nacht. Sie saß neben Pieters Bett und ließ keinen Blick von seinem Gesicht. Jan saß neben ihr.

Aber es war wohl doch eine Krait gewesen. Das Serum wirkte, und einige Tage später war Pieter wieder gesund.

Aber dieses Erlebnis gab Stella den Rest. Sie war nervös und gereizt, ihre Umgebung bekam es zu spüren. In Zukunft duldete sie nicht mehr, daß die Kinder außerhalb des Gartens spielten. Obwohl natürlich auch hier ständig Gefahr bestand.

Deshalb auch stimmte sie zu, als Jan vorschlug, Pieter solle mit den Grants nach Europa fahren und zusammen mit Philip in dem vorgesehenen Internat eingeschult werden. Besser noch war es, sich von Pieter zu trennen, als ewig in Angst um sein Leben zu sein.

»Du kannst natürlich mitfahren«, sagte Jan. »Dann wartest du eben in England auf mich.«

Am liebsten hätte Stella dieses Angebot angenommen. Aber sie brachte es nicht übers Herz, Jan allein zu lassen. Auch er sah schlecht aus, war überarbeitet und nervös. Sie würde es das halbe Jahr noch aushalten.

Pieter trennte sich ungern von *Green Rise*. Aber daß er in England in die Schule gehen mußte, war eine ihm längst bekannte Tatsache. Und mit Philip zusammen zu bleiben, das besaß auch seine Reize. Er würde dann nicht so allein in der fremden Umgebung sein.

Als Stella diesmal an der Clifford-Pier in Singapur stand, weinte sie mit gutem Grund. Sie mußte daran denken, wie Mr. Wu sie damals hier angetroffen hatte. Ihr ältester Sohn war nach Europa gefahren. Und nun fuhr ihr Sohn auch. Es war das erste Mal, daß sie sich für längere Zeit von Pieter trennte.

Kurz darauf kehrte Dick aus Europa zurück. Und er brachte wirklich eine Frau mit. Allerdings nicht die von Jane vorgesehene Jennifer, die, laut Jane, tüchtig, praktisch und sportlich sei, sehr geeignet, eine tüchtige Pflanzersfrau abzugeben.

Das Mädchen, das Dick geheiratet hatte, war das ganze Gegenteil. Und sie war vollkommen ungeeignet, als Dicks Frau hier zu leben.

Stella und Jan waren bereits auf sie vorbereitet, durch einen Brief von Jane. Einen ziemlich zornigen und unverblümten Brief.

»Dick ist ein Idiot«, schrieb Jane. »Er hat sich verliebt wie ein kleiner Junge. Ist er ja auch noch. Aber daß er dieses Mädchen heiraten mußte, war der größte Blödsinn, den er machen konnte. Du wirst ja sehen, Pa, es gibt eine Katastrophe.«

Jane sollte recht behalten. Mona war gerade achtzehn Jahre alt.

Ein zierliches, fragiles Geschöpf mit dunkelbraunen Locken und dunklen Augen. Das erste, was an ihr auffiel, waren diese großen, sanften Augen und das scheue Lächeln um den weichen, runden Mund.

Er ist seinem Geschmack treu geblieben, dachte Stella, als sie das Mädchen sah. Er hätte genausogut Talih behalten können.

Mona war Tänzerin und hatte in einem Ballett gearbeitet. Dick hatte sie gesehen in einer Vorstellung, in der sie ein winziges Solo tanzte, und war so hingerissen, daß er umgehend beschlossen hatte, ihre Bekanntschaft zu machen. Das gelang nach einigen Umwegen, und vier Wochen später waren sie verheiratet.

Die junge Frau hatte keine Ahnung, was sie hier erwartete. Zweifellos war sie anfangs guten Willens, alles zu tun, was das neue Leben erforderte. Aber die fremde Umwelt verstörte sie tief. Und sie hatte eine geradezu hysterische Angst vor allem, was sie hier umgab. Die Tiere, das Ungeziefer, die Eingeborenen. Sie tat keinen selbständigen Schritt, konnte sich von Entsetzen nicht fassen, und schon am fünften Tag kam Dick ganz unglücklich angelaufen.

»Sie weint schon den ganzen Tag und will nach Hause«, sagte er verzweifelt. »Was soll ich bloß machen?«

»Deine Schwester hat geschrieben, daß du ein verdammter Idiot bist«, sagte Jan ärgerlich. »Und damit hat sie zweifellos recht. Warum hast du denn in Gottes Namen nicht diese Jennifer geheiratet, wenn du schon unbedingt heiraten mußtest. Das sieht doch ein Blinder, daß dieses Kind sich hier nicht wohl fühlen kann. Und du bist ja selber noch kein Mann, du bist ein Hornochse, mein Sohn.«

Dick saß mit so verzweifelter Miene da, daß es einen erbarmen konnte. Stella ging mit hinab zu seinem Bungalow, um die junge Frau zu trösten. Aber Mona hatte zweifellos Anlage zu Hysterie. Es war wenig bei ihr auszurichten. Als sie noch kurz darauf auf einen Skorpion trat und einen schmerzhaften Biß davontrug, war es ganz aus.

Sie wolle nach Hause, zu Mammy und Daddy, das war das einzige, was man von ihr zu hören bekam. Unglücklicherweise war sie aber bereits in anderen Umständen. Das mußte gleich in der Hochzeitsnacht geschehen sein. Noch einmal erklärte Jan seinem Sohn, daß er ein verdammter Idiot sei, aber das nützte nun nicht mehr viel.

»Wenn sie das Kind hier kriegt, werde ich verrückt« sagte Stella. »Sie dürfte überhaupt noch kein Kind haben. Sie ist viel zu zart und jung. Ich kann mir nicht vorstellen, wie das gutgehen soll.«

Aber es war nicht daran zu denken, daß Mona blieb noch daß sie in Malaya ihr Kind bekam. Als sie im sechsten Monat war, reiste Dick mit ihr nach England. Sie hatte sich strikt geweigert, allein zu fahren. Sie würde sich das Leben nehmen, wenn er nicht mitkäme, erklärte sie.

Mehr denn je waren Jan und Stella an *Green Rise* gebunden, zumal es nun feststand, daß die Grants nicht zurückkehren würden. Duff hatte sich zwar in England behandeln lassen und eine Kur gemacht, aber das Endergebnis blieb das gleiche: Er war nicht mehr tropentauglich.

Helen schrieb Stella einen langen Brief. »Es tut mir leid. Ich habe gern auf *Green Rise* gelebt und habe mich dort wohl gefühlt. Und wir wissen beide, was es für Mr. Termogen bedeutet, wenn Duff ihn im Stich lassen muß. Hoffentlich findet Ihr bald einen guten Mann.«

Aber das war nicht so einfach. Alle Arbeit lastete auf Jan. Und das wiederum erschwerte ihr Leben ungemein. Auch er war nun gereizt und nervös, hatte wieder angefangen, viel zu trinken; die so vorsichtig ausbalancierte Harmonie zwischen ihm und Stella war gestört. Denn auch Stella konnte ihre Ungeduld, ihren Überdruß an diesem Leben nicht mehr verbergen. Sie stritten viel und entfernten sich täglich mehr voneinander.

Nach der Geburt seiner Tochter kehrte Dick zurück. Ohne Mona. Sie hatte sich entschieden geweigert, nach Malaya zurückzukehren, und lebte wieder bei ihren Eltern.

»Und nun?« fragte Jan seinen Sohn. »Wie soll das weitergehen? Wirst du in Zukunft eine Briefehe führen?«

Dick zuckte die Achseln. Er war mürrisch und schlecht gelaunt. Zwischen ihm und seinem Vater kam es wiederholt zu ernsten Zusammenstößen. Auch verfiel Dick in seinen alten Fehler, zu barsch und rigoros mit den Arbeitern umzugehen. Er war unbeliebt auf der Pflanzung. Jan wagte es nie, ihn allein gehen zu lassen.

Nach einiger Zeit zog Talih wieder zu ihm, und alles war wie früher. Daß er geheiratet hatte, eine Frau und ein Kind besaß, erschien allen wie ein flüchtiger, unwirklicher Traum. Ihm selbst am meisten. Mona schrieb ihm selten. Und wenn, waren es ein paar kurze, nichtssagende Zeilen. Nach einiger Zeit kehrte sie zu ihrem früheren Beruf zurück.

Sonst allerdings hörte man aus England Gutes. Jane war inzwischen auch verheiratet, sie hatte offenbar eine bessere Wahl getroffen als ihr Bruder. Ihre Briefe klangen glücklich und zufrieden.

Auch von Pieter kamen gute Nachrichten. Helen kümmerte sich

ständig um ihn, als sei er ihr eigener Sohn. Wenn die Jungen Ferien hatten oder ein freies Wochenende, dann kam Pieter stets mit Philip zu ihr. Sie schrieb Stella, daß Pieter ein guter Schüler sei und von seinen Lehrern allgemein gelobt würde.

Zu seinem elften Geburtstag schrieb Stella ihm einen langen Brief. Und endlich konnte sie ihm schreiben, was sie sich so lang gewünscht hatte. Im Laufe des Jahres würden sie und Jan nach Europa reisen. Allerdings nicht für immer, wie sie gehofft hatte. Jan war zwar nun über fünfzig Jahre alt geworden, aber es bestand keine Aussicht darauf, daß er sich zur Ruhe setzen konnte. Ein neuer Assistent war zwar auf der Plantage, der zur Zeit eingearbeitet wurde. Aber so, wie die Dinge lägen, meinte Jan, müsse man doch wohl noch zwei oder drei Jahre hierbleiben.

Stellas Augen blickten ihn kalt an, als er ihr dies eröffnete. Sie war versucht, ihm zu sagen: Ich nicht. Ich komme nicht mehr mit zurück. Sie sprach es nicht aus; aber Jan verstand den Ausdruck ihrer Augen. Er legte seine Hand auf ihre.

»Du kannst mich nicht allein lassen, Stella«, sagte er. »Du mußt bei mir bleiben.«

Stella senkte den Blick. Mußte sie das wirklich?

»Versprich mir, daß du bei mir bleibst«, bat Jan.

Stella hob den Blick wieder und sah ihn an. Er war alt geworden in diesen mühsamen letzten Jahren, sein Haar war fast ganz grau, sein Gesicht müde und zerfurcht.

»Müssen wir wirklich zurückkommen?« fragte sie leise.

»Ja«, sagte Jan. »Dick schafft es nicht allein. Und mit diesen ewigen Unruhen hier. Man weiß nicht, wohin das noch führt. Unten am Bach haben mir die Partisanen wieder die ganzen jungen Bäume gekappt. Und drüben auf Millers Plantage haben sie sogar einen Feuerüberfall gemacht.«

»Ich weiß«, sagte Stella. »Priscilla hat mir davon erzählt. Sie war ganz außer sich.«

»Warum geht sie eigentlich nicht nach England zurück?« fragte Jan. »Kannst du mir sagen, was sie hier noch tut?«

Nein, das konnte keiner sagen. Der alte Smith war im vergangenen Winter gestorben. Und seitdem lebte Priscilla ganz allein mit den Dienern in seinem Bungalow. Sie hatte absolut nichts zu tun. Sie war nun nicht mehr nur schrullig, sie war jetzt sogar ein wenig irre. Sie lachte kichernd nach jedem zweiten Wort, redete wie ein Wasserfall, kramte stundenlang in ihren alten Bildern und erzählte von vergangenen Zeiten, die in ihrer krankhaften Phantasie immer glänzender und phantastischer wurden. Und außerdem trank sie. Stella hatte sie schon mehrmals restlos betrunken angetroffen. Ihr Boy schleifte sie dann in ihr Zimmer und legte sie aufs Bett. Dort schlief sie röchelnd ihren Rausch aus. Die Diener tuschelten über sie, die Chinesen im Verwaltungsgebäude blickten ihr mit seltsamem Ausdruck in den dunklen Augen nach.

Auch Priscilla war etwas, das Stella kaum mehr ertragen konnte. Manchmal hatte sie das Gefühl, sie müsse sich hinsetzen und hemmungslos weinen, so wie Mona es damals getan hatte, und immer nur sagen: Ich will nach Hause. Nach Hause!

Aber wo war dieses Zuhause? In England? In Deutschland? Sie hatte kein Zuhause mehr.

Da war nur Jan. Und er sagte: Bleib bei mir. Du kannst mich nicht allein lassen.

Sie mußte wohl wirklich bei ihm bleiben.

Aber manchmal hatte sie eine panische Angst, daß sie überhaupt nie zurückkehren würde. Oder erst dann, wenn es zu spät war. Wenn der letzte Rest ihrer Jugend vorüber war, wenn sie alt und verbraucht sein würde und das nun wieder friedensmäßige Leben in Europa nicht mehr genießen konnte.

In Deutschland schienen die Spuren des Krieges rasch zu verschwinden. Sie konnte es kaum glauben, was Thies ihr schrieb. Aufbau, Sicherheit, Wohlhabenheit in weiten Kreisen der Bevölkerung. Nora, die seit Kriegsende wieder in Keitum lebte, betrieb dort wieder ihre Webstube und plante als nächstes, in Westerland einen Saisonladen aufzumachen.

»Sie stellt sich so etwas Ähnliches vor, wie Ihr es damals in Berlin hattet«, schrieb Thies. »Sie ist ganz begeistert davon. Oft sprechen wir von Dir und wie schade es ist, daß Du nicht mitmachen kannst.«

Wenn Stella das las, stieg ihr das Blut in die Wangen. Lieber heute als morgen wäre sie heimgekehrt. Einen hübschen kleinen Laden zu haben in Westerland, zusammen mit Nora – es erschien ihr als das Paradies auf Erden. Im Sommer würde man verkaufen, im Winter würden sie die Ware produzieren. Nora in ihrer Webstube und sie bei Meister Hoog in der Werkstatt. Was für ein herrliches Leben mußte das sein! Der frische Wind blies vom Meer her, über der Heide jubelten die Lerchen, die Nächte waren kühl und klar, und im Winter tropfte der feuchte Nebel von den Bäumen.

Wenn sie sich einige Zeitlang diese Bilder ausgemalt hatte, war sie geradezu krank vor Heimweh. Ihr Kopf schmerzte, ungeweinte Tränen brannten in ihren Augen, und sie fühlte ihr Herz wie einen großen, schweren Stein in der Brust. Keitum, die Insel, das war ihre Heimat. Sie wollte nicht hierbleiben, sie wollte nicht nach London. Sie wollte dort leben, wo sie die glücklichste Zeit ihres Lebens verbracht hatte.

Zu Jan sprach sie von diesen Träumen nicht. Sie wußte, sie würde kein Verständnis bei ihm finden. Und daß Jan nach Sylt zurückkehrte, um sich dort niederzulassen, war ganz ausgeschlossen.

6

Die einzigen Menschen, zu denen Stella von ihrer Sehnsucht sprechen konnte, waren Mr. und Mrs. Wu, die sie jedesmal besuchte, wenn sie nach Singapur kam. Es geschah selten. Ein-, höchstens zweimal im Jahr. Dann rief sie an in dem Feenpalast mit dem Märchengarten und wurde zum Tee eingeladen.

Im Juni 1951 war es, als sie dort eine überraschende Begegnung hatte. Als der Diener sie auf die Terrasse geleitete, bemerkte sie, daß bereits ein Besucher da war.

Mr. Wu kam ihr entgegen, begrüßte sie auf seine höfliche Art, und dann kam seine Frau angetrippelt.

»Mr. Gontard kennen Sie ja bereits«, sagte Mr. Wu und wandte sich zurück zur Terrasse.

Stellas Herzschlag setzte aus. Sie drehte sich hastig um und blickte erschrocken auf den Mann, der am Teetisch gesessen hatte und jetzt aufgestanden war.

Aber es war nicht Adam, wie sie im ersten Augenblick geglaubt hatte. Dennoch erkannte sie den Mann, der ihr mit einem kleinen, erwartungsvollen Lächeln entgegenblickte. Es war der Fremde, der damals auf das Schiff ging, an dem Tag, als sie Mr. Wu kennenlernte.

Mr. Gontard verbeugte sich leicht. »Ich hatte einmal das Vergnügen«, sagte er, »allerdings nur sehr flüchtig.«

Stella begrüßte ihn ein wenig befangen. Der Schreck saß ihr noch in den Gliedern. Und sie hatte nicht vergessen, wie dieser Mann sich damals von ihr verabschiedet hatte.

Lionel Gontard war jung, Mitte der Dreißig höchstens. Er war breitschultrig, nicht sehr groß, aber athletisch gebaut und wirkte sehr selbstsicher. In seinem Gesicht war schwer zu lesen. Es war undurchdringlich wie das eines Chinesen.

Eine Weile machte man oberflächliche Konversation. Dann benutzte Stella eine Gesprächspause, um die Frage zu stellen, die sie bewegte:

»Ich hatte einen guten Freund«, sagte sie, »in Berlin. Er hieß Adam Gabriel Gontard. Deswegen erschrak ich, als ich vorhin Ihren Namen hörte. Sind Sie etwa mit ihm verwandt?«

Lionel Gontard lächelte. »Nicht, daß ich wüßte. Allerdings – warten Sie mal – ich glaube, ein Cousin meines Großvaters lebte in Deutschland.«

»Sicher«, sagte Stella eifrig. »Die Gontards sind eine große Familie. Sie hatten auch einen Zweig in Amerika. In Berlin besaßen sie ein Bankhaus. Können Sie sich erinnern?«

Lionel lächelte. »Sorry. Ich weiß darüber nichts. Zu meiner Zeit bestand niemals eine Verbindung nach Berlin. War es ein guter Freund, den Sie in Berlin besaßen, Mrs. Termogen?«

»Ja«, Stella nickte. »Ein sehr guter Freund. Er ging später nach Amerika, und ich habe ihn nie wiedergesehen.«

Daß dieser Mann, dem sie damals so flüchtig begegnet war und den sie nun wiedertraf, Gontard hieß, erschien ihr voll geheimer Bedeutung zu sein. Es bewirkte, daß sie dieser Begegnung mehr Gewicht zumaß, als ihr zukam.

»Ein guter Freund, den Sie also nicht vergessen haben«, forderte dieser Gontard sie heraus.

»Nein, gewiß nicht«, erwiderte Stella ruhig. »Er gehört in die glückliche, hoffnungsvolle Zeit meiner Jugend. Ich habe ihm viel zu verdanken.«

»Ihrer Jugend?« fragte Lionel, und seine grauen Augen betrachteten sie fast mit Zärtlichkeit. »Sie sprechen davon, als sei sie vergangen. Mir kommt es eher vor, als befänden Sie sich mitten darin.«

»Danke«, sagte Stella lächelnd. »Komplimente aus dem Mund eines Engländers sind ein verhältnismäßig seltenes Ereignis. Ich weiß es daher zu schätzen.« Sie blickte nachdenklich in den Garten hinab. »Aber es kommt mir vor, als läge meine Jugend in unendlich weiter Ferne. Als gehöre sie gar nicht mehr mir. Das Mädchen, das ich damals war . . .«, sie hob die Schultern in einer hilflosen, fast verzagten Gebärde. »Und die Frau, die ich heute bin – manchmal scheint es mir, als gehöre es nicht in das gleiche Leben.«

Als sie das ausgesprochen hatte, wunderte sie sich selbst darüber. Es war ein sehr vertrauliches Bekenntnis gegenüber einem Wildfremden. Aber vielleicht war die Atmosphäre dieses Hauses daran schuld. Sie hatte sich längst daran gewöhnt, zu Mr. und Mrs. Wu sehr offen zu sprechen. Auch wenn sie sie nur selten sah, waren es doch die vertrautesten Freunde, die sie hier besaß. Auch wenn es Chinesen waren, auch wenn sie aus einer ganz anderen Welt stammten, fühlte sich Stella in ihrer Gegenwart so leicht und frei, sie fühlte sich verstanden, so daß sie stets Dinge sagte, die sie sonst nie über die Lippen brachte. Auch nicht im Gespräch mit Jan. Aber eigentlich gab es schon lange kein Gespräch mehr mit Jan. Er war gehetzt und überarbeitet, sie war gereizt und ungeduldig. Wenn man es genau nahm, hatte es diese Art von vertrautem, nahem Gespräch zwischen ihnen nie gegeben. Was sie aneinander band, war Leidenschaft, das Begehren ihrer Körper. Doch auch dies war im Laufe der Zeit müde geworden. Ihr Zusammenleben war nicht zu einer innigen Gemeinschaft geworden. Und Liebe? Was Liebe ist, wo sie sein konnte, darüber dachte Stella schon lange nicht mehr nach.

Mr. Wu betrachtete sie eine Weile mit seinen klugen dunklen Augen. Dann sagte er: »Die Zeit ist wie ein Strom. Je näher er zum Meere gelangt, desto breiter wird er und desto ferner sind die Ufer. Das, was sich einst im Wasser des Flusses spiegelte, mit ihm zu gleiten schien, das Grün der Bäume, das Bunt der Blumen und das Lächeln eines geliebten Menschen, der am Ufer stand, ist ferngerückt. Aber der Strom selbst ist stark und mächtig geworden. Die Dinge des Randes widerzuspiegeln, ist nicht mehr seine Aufgabe. Er lebt aus sich selbst. Er ist fähig, zu tragen und zu leiten und seinen Weg allein zu finden. Haben Sie es nie empfunden, Mrs. Stella, wie mächtig und stark und zugleich wie beruhigend und souverän das Bild des breiten, gewachsenen Stromes ist? Eins mit dem Himmel über sich, den er mit sich trägt und unter dem er nicht nur flüchtig dahingleitet, sondern befruchtend und bildend das Land an seinen Ufern durchwandert, das ebenso zu ihm gehört wie er zu dem Land.«

Stella blickte ihn unsicher an. »Ich weiß nicht«, sagte sie. »So, wie Sie es sagen, klingt es sehr schön. Aber mir scheint, es war leichter, auf diesem Fluß zu reisen, als die Ufer näher waren. Ich komme mir so verloren und allein vor in diesem breiten Strom der Zeit.«

Gleich darauf bereute sie ihre Worte. Sie bekannte damit, daß sie nicht nur mit ihrem Leben unzufrieden, sondern auch in ihrer Ehe nicht glücklich war. Aber sie hatte keinen Grund, sich über Jan zu beklagen. Und es war unrecht, diese Fremden so etwas glauben zu lassen.

Sie fügte rasch hinzu: »Ich glaube, es kommt daher, daß man zuviel erlebt hat und wurzellos geworden ist. Der Krieg. Und alles, was vorher und nachher war. Man weiß nicht mehr, wohin man gehörte.«

Auch das war falsch gewesen. Wohin sollte eine Frau gehören, wenn nicht zu ihrem Mann? Sie verstummte verlegen.

Der Chinese übersah ihre Betroffenheit. Er lächelte ihr zu und sagte: »Eines Tages werden Sie es wissen. Wenn Sie heimgekehrt sind, in das Land Ihrer Sehnsucht.«

Stella seufzte. »Die Hoffnung habe ich schon aufgegeben.«

Lionel Gontard interessierte etwas ganz anderes. Er kam hartnäckig auf den Ausgangspunkt des Gesprächs zurück. »Haben Sie ihn geliebt, diesen Namensvetter von mir in Berlin?«

»Aber«, sagte Mrs. Wu mit einem kleinen, hohen Lachen, »aber *mon ami*, so etwas fragt man nicht. Wie kann ein Engländer so neugierig und indiskret sein?«

»Sie wissen, Madame, daß ich kein sehr vornehmer Mann bin«, antwortete Lionel lachend und nicht im mindesten verlegen. »Ich stelle immer viele Fragen. Das ist eine angeborene Unart von mir.«

Stella kicherte plötzlich. »Das tat Adam auch. Es scheint eine Familieneigentümlichkeit zu sein. Vor ihm konnte man nichts verbergen. Und er bekam auch alles heraus, was er wissen wollte.»

»Auch von Ihnen, Mrs. Stella?« Der Blick der grauen Augen war fast ein wenig unverschämt. Aber Stella parierte ihn ungeniert.

»Ja«, sagte sie. »Aber ich war damals achtzehn Jahre alt. Das macht es vielleicht verständlicher.«

»Es geht nichts über den schmetterlingszarten Traum einer Jugendliebe«, meinte Mr. Wu. »Je blasser er wird, um so süßer erscheint er uns. Und die Bitterkeit, die jeder wahren Liebe innewohnt, vermögen wir nicht mehr zu schmecken. Die erste Liebe ist rein wie der Tau im Morgengrauen.«

»Ja«, setzte Lionel trocken hinzu. »Und ebenso rasch verdunstet, wenn die Sonne dann wirklich scheint.«

Sie lachten alle. Stella am meisten. Sie mußte an Adam denken. Schmetterlingszart war seine Liebe wirklich nicht gewesen. Aber sonst stimmte es, was Mr. Wu gesagt hatte, das Bittere und das Süße hatten sich die Waage gehalten, und das Bittere hatte sie mittlerweile vergessen.

Mrs. Wu klopfte sich entzückt mit dem Fächer auf das Handgelenk. »Es gibt kein schöneres Gesprächsthema als die Liebe«, sagte sie heiter. »Ich jedenfalls spreche am allerliebsten darüber.«

Mr. Wu lächelte ihr zärtlich zu. »Ja, meine Blume, wie könnte es auch anders sein. Du lebst für sie und in ihr, denkst in ihrem lichtesten Goldgespinst und atmest sie noch mit deiner äußersten Fingerspitze.«

Mrs. Wu errötete ein wenig. Sie blickte ihren Mann an, und auch ihr Blick war Liebe.

Zwei glückliche Menschen, dachte Stella. Sie sind reich, sehr reich. Aber es gibt andere, die sind reich und kennen trotzdem das Geheimnis des Lebens und der Liebe nicht. Ich glaube, diese beiden wären glücklich, auch wenn sie in bescheidenen Verhältnissen leben müßten.

Mrs. Wu blieb bei ihrem Thema. »Und man spricht am besten über die Liebe in einem Quartett, das richtig verteilt ist«, sagte sie. »Das habe ich schon oft festgestellt.«

Wieder machte Lionel eine sachliche Bemerkung dazu. »In einem gemischten Doppel gewissermaßen.«

»Was das Schöne an der Liebe ist«, sagte Mr. Wu, »ist ihre Allgegenwärtigkeit. Die Menschen mögen verschiedene Sprachen sprechen und in noch so unterschiedlichen Welten leben, das schönste Gefühl ihres Herzens, die Liebe, macht sie einander gleich. Nicht nur im Raum, auch in der Zeit. Unser erlauchter Vorfahre, der vielleicht vor tausend Jahren gelebt hat, unter ganz anderen Bedingungen und in einer ganz anderen Welt, rückt uns nahe, ist uns vertraut, wenn wir daran denken, daß auch sein Herz von Liebe erfüllt war, daß er empfand und liebte und fühlte wie wir. Daß die Sonne für ihn aufging, wenn er in die Augen seiner Geliebten blickte. Und daß das silberne Licht des Mondes auf seine geschlossenen Augenlider träufelte, wenn er sein lächelndes Gesicht in ihrem Haar verbarg.« Mr. Wu hob ein wenig die linke Hand und zitierte leise: »Zwei Dinge waren stets die gleichen seit der Zeit der Götter: das Fließen des Wassers und der Weg der Liebe.«

Darauf war es eine Weile still. Sogar Lionel unterließ eine ironische Bemerkung. Sein Blick hing an Stella. Sie bemerkte es nicht. Sie blickte Mr. Wu an mit den großen, erstaunten Augen eines Kindes, in denen sich noch immer, trotz allem, was geschehen war, die Hoffnung auf das Wunder spiegelte. Die Hoffnung auf das einmalige, unverwechselbare Wunder der großen Liebe, an das sie glauben und auf das sie warten würde, solange sie lebte.

Sehr jung sah sie aus in diesem Augenblick, fast unschuldig, das schöne, manchmal jetzt ein wenig müde Gesicht erleuchtet von einer tiefen Sehnsucht.

Als Lionel Gontard sie so ansah, empfand er auf einmal eine tiefe Zuneigung zu dieser Frau, eine wehe Zärtlichkeit, eine fast schmerzhafte Sehnsucht.

»Das war schön«, sagte Stella. »Was ist das?«

»Ein alter Spruch des Ostens«, erwiderte Mr. Wu.

»Bitte, sagen Sie es noch einmal«, bat Stella.

»Zwei Dinge waren stets die gleichen seit der Zeit der Götter: das Fließen des Wassers und der Weg der Liebe«, wiederholte Mr. Wu.

Wenig später allerdings verließ man Mrs. Wus Lieblingsthema. Die Herren gerieten in ein Gespräch über Politik.

Stella erfuhr hierbei, daß Mr. Gontard Angehöriger einer Sonderkommission war, die sich damit befaßte, die kommunistische und revolutionäre Untergrundbewegung im Lande zu erforschen und zu kontrollieren. Soweit das möglich war.

»Wir sind im großen und ganzen ja machtlos«, sagte Lionel Gontard. »Urwald und Dschungel sind nicht zu beherrschen. Es hat gar keinen Zweck, hier militärisch einzugreifen. Es lebt heute noch so eine Art Guerillakrieger in den Wäldern, die aus der Zeit der japanischen Besetzung übriggeblieben ist. Damals hatte das Ganze einen patriotischen Hintergrund. Heute? Teilweise haben sich die Männer an dieses Leben gewöhnt. Sie wollen gar nicht in die Zivilisation, zu einer geordneten Arbeit zurück. Manche leben einfach in freier Wildbahn, stehlen oder plündern, wenn sie etwas brauchen. Andere wieder lassen sich von irgendeiner Macht einkaufen, für die sie dann kämpfen. Etwa so wie die Landsknechte des Mittelalters. Und leider sind nun viele in Verbindung zu kommunistischen Gruppen getreten. Manche waren es vielleicht schon damals. Wie gesagt, es läßt sich gar nicht übersehen. Feststeht nur das eine, daß ständig kommunistische Funktionäre ins Land geschleust werden, um die Führung und die Organisation zu übernehmen. Eine straff durchorganisierte kommunistische Partisanengruppe ist keineswegs ein wüster, disziplinloser Haufen. Das sind Soldaten. Noch haben sie wenig Waffen und haben damit zu kämpfen, sich ihren Lebensunterhalt zu verschaffen.«

»Ja«, sagte Stella, »das wissen wir wohl. Mr. Termogen meint, daß die Partisanen auch von den Arbeitern auf der Plantage unterstützt und mit Nachrichten und Lebensmitteln versorgt werden. Die Leute tun es meist nicht freiwillig. Sie werden dazu gezwungen, so zu Tode geängstigt, daß sie bereit sind, alles zu tun. Man weiß überhaupt nicht mehr, wem man trauen kann. Immer wieder werden von Zeit zu Zeit die Vorräte geplündert, es ist Geld verschwunden. Unlängst wurde dem jungen Mr. Termogen das Jagdgewehr gestohlen. Er war mit seinem Boy auf Wildschweinjagd. Als sie einen Keiler erlegt hatten, brach er ihn auf, und dann transportierten sie ihn zu der Lichtung, wo er den Wagen stehen hatte. Dabei war ihm das Gewehr lästig, und er schob es unter einen Busch. Es war nicht weit entfernt, nur etwa fünf Minuten von seinem Wagen. Bis er zurückkam, war das Gewehr verschwunden. Also müssen Partisanen ganz in der Nähe gewesen sein, sie wahrscheinlich sogar beobachtet haben.«

Lionel Gontard schüttelte mißbilligend den Kopf. »Man legt das Gewehr nicht aus der Hand. Der junge Mann kann von Glück reden, daß sie ihn nicht abgeknallt haben.«

»Es wurde schon einmal auf ihn geschossen«, sagte Stella. »Vor einigen Jahren.«

»Ich erinnere mich«, sagte Mr. Gontard. »Ich habe den Bericht darüber gelesen.«

Stella blickte ihn erstaunt an. »Sie wissen das?«

Er nickte. »Natürlich. Wir haben alle diese Vorfälle gesammelt. Schon damit man ungefähr die einzelnen Dschungelgruppen lokalisieren kann. Für gewöhnlich beherrscht eine Partisanengruppe ein bestimmtes Gebiet. Sie hat ihre Zuträger, ihre Spitzel, beispielsweise auf den Plantagen, und kennt natürlich dort in der Gegend jeden Busch und jeden Baum. Es ist daher nicht gegen sie anzukommen. Und wenn man zur Jagd geht, sollten sich immer mehrere Männer zusammentun. Es ist sträflicher Leichtsinn, wenn der junge Mann allein mit seinem Boy geht. Sie müssen bedenken, jeder Erfolg macht die Brüder übermütig und stärkt ihnen das Rückgrat. Glücklicherweise haben sie jetzt noch wenig Waffen. Aber ich fürchte, das wird bald anders werden. Je mehr sich die kommunistische Macht in China festigt, um so mehr können sie daran denken, die Kämpfer in den außerchinesischen Ländern zu unterstützen.«

»Und dann die Erpressung«, sagte Mr. Wu. »Vergessen Sie die Erpressung nicht. Sie ist eine der stärksten Waffen der Kommunisten. Gerade hier in Singapur bekommen wir das zu spüren.«

»Was für eine Erpressung?« fragte Stella.

»Nun«, sagte Lionel Gontard, »Sie wissen ja, Chinesen stammen meist aus großer, zahlreicher Familie. Und das Zusammengehörigkeitsgefühl ist sehr groß. Lebt nun ein Chinese hier, und in China selbst leben beispielsweise noch seine Eltern oder sein Bruder oder andere Verwandte, so setzt man ihm die Pistole dadurch auf die Brust, daß man ihm einfach sagt: Mein Lieber, wenn du nicht tust, was wir wollen, die und die Verbindung herstellen, uns jene Tür öffnen oder eine bestimmte Information verschaffen, so werden es deine Eltern zu büßen haben. Wir ziehen ihnen das Fell bei lebendigem Leib über die Ohren. Das schlimme ist, daß dies keine leeren Drohungen sind. Und das weiß jeder. Auf diese Weise erreichen die Brüder fast immer, daß die Erpreßten zu einer Mitarbeit bereit sind. Auch wenn sie im Grunde ihres Herzens durchaus antikommunistisch eingestellt sind.«

»Eine schreckliche Welt«, sagte Stella. »Wird denn das immer so weitergehen? Werden die Menschen nie vernünftig werden?«

»Vernünftig?« fragte Lionel Gontard zurück. »Glauben Sie daran noch? Eher geht wirklich das berühmte Kamel durch das Nadelöhr. Die Welt kann nur mit Härte und Gewalt regiert werden, nicht mit Vernunft. Leider. Aber fragen Sie mich nicht, warum das so ist. Sie können zehn Menschen haben, davon ist jeder einzelne ein anständiger, vernünftiger, sogar liebenswerter Mensch. Aber fassen Sie diese zehn zusammen, hämmern Sie eine Idee in ihren Kopf, legen Sie ihnen eine Parole in den Mund und stellen Sie vor allem einen an die Spitze, der befiehlt, dann haben Sie keine vernünftigen Einzelwesen mehr, dann haben Sie ein unvernünftiges Stück Masse. Und wenn alle zehn in ihr Verderben marschieren, das ist egal. Sie marschieren. Und solange dieses Übel in der Welt vorhanden ist, müssen wir anderen ihnen notgedrungen entgegenmarschieren, auch wenn es uns aus tiefstem Herzen zuwider ist. Sie sind Deutsche, Mrs. Stella, nicht wahr? Nehmen Sie Deutschland als Beispiel. Es hat bestimmt bitter für seinen Übermut und seine Unvernunft bezahlt. Es hat die Waffen weggeworfen und war bereit und willens, sie nie wieder zu ergreifen. Aber es wird müssen. Nur, wie wir alle hoffen, diesmal auf seiten der Vernunft.«

»Glauben Sie das wirklich?« fragte Stella.

Er nickte. »Ganz bestimmt. Sie werden an mich denken.«

»Nur ist eines immer noch ungeklärt«, meinte Mr. Wu. »Auf welcher Seite ist nun die Vernunft und wo die Unvernunft? Jede Seite behauptet von sich, das Richtige zu tun. Die Kommunisten sind ihrerseits davon überzeugt, vernünftig zu denken und zu handeln, genau wie es der Westen von sich glaubt. Vernünftig und unvernünftig, das sind genauso relative Begriffe wie gut und böse. Erst die Geschichte lehrt rückblickend, auf welcher Seite Vernunft herrscht und auf welcher Unvernunft. Sie lehrt allerdings auch, daß Vernunft nicht immer der Sieger sein muß.«

Lionel Gontard hob die Hände. »Das mag sein. Aber wir müssen nun einmal auf der Seite kämpfen, an deren Vernunft wir glauben.«

»Und die anderen auf der anderen Seite«, sagte Mr. Wu ruhig. »Und damit ist die Vernunft selbst das erste Opfer dieses Kampfes. Ehe der Kampf noch warm wird, ist sie auf der Strecke geblieben. Und dann weiß keiner mehr, wofür er eigentlich kämpft. Nein, mein ehrenwerter Freund, es geht nicht um die Vernunft. Es geht um das Mißverständnis. Es ist ein einziges großes Mißverständnis zwischen Himmel und Erde. Und die Götter gaben dem Menschen die Gabe des Sprechens, damit er es kläre und aus der Welt schaffe. Bisher aber hat er es immer nur genährt und gestärkt. Es scheint, als habe es das ewige Leben. Das All schenke uns eine Gottheit, die uns die rechte Sprache lehrt, solange noch Menschen auf dieser Erde leben, um sie sprechen zu können.«

Stella blickte ein wenig scheu zu Mr. Wu hinüber. Was wußte man von ihm? Daß er sehr reich und mächtig war. Aber sonst?

Wer wußte, auf welcher Seite er wirklich stand? Aus seinem lächelnden Gesicht war es nicht abzulesen. Und aus seinen Worten auch nicht.

Beim Abschied erzählte ihr Mrs. Wu, daß sie im nächsten Monat in die Berge fahren würde, nach den Cameron Highlands, zu einem längeren Urlaub. Sie verbrachte die Sommermonate nie in der Stadt. Zuvor hatte sie sich, wie stets, nach Pieter erkundigt. Stella erzählte, was sie wußte, und zeigte das letzte Bild, das Helen Grant ihr geschickt hatte.

»Was für ein schöner Sohn!« meinte Mrs. Wu bewundernd. »Sie können sehr glücklich sein, Mrs. Stella.«

»Ja«, sagte Stella und lächelte.

Mr. Gontard nahm das Bild ebenfalls in die Hand. »Das ist Ihr Sohn? Wie alt ist er denn?«

»Elf Jahre«, sagte Stella. »Ich habe Ihnen ja vorhin schon gesagt, daß ich nicht mehr achtzehn bin.«

Lionel Gontard lächelte. Und fast glaubte Stella in diesem Lächeln eine Ähnlichkeit mit Adam zu entdecken.

»Ich betrachte das als einen Vorzug«, sagte er.

Als sie zur Stadt hinunterfuhren, fragte er, ob er sie wiedersehen könne.

»Ich fahre morgen mit dem Dampfer nach Malakka zurück«, sagte Stella. »Und warum auch?«

»Warum auch? Sie haben recht«, sagte er. »Sie sind verheiratet, haben einen schönen großen Sohn, wie Mrs. Wu sagte, und warum sollte ich Sie wiedersehen? Denn es geht mir, offen gesagt, nicht darum, mich bei einer Tasse Tee mit Ihnen zu unterhalten. Ich möchte sie aus einem ganz anderen Grunde wiedersehen. Ich habe es damals schon gewünscht, als ich Sie das erstemal sah.«

Er hatte sich ihr zugewandt, blickte ihr nahe in die Augen. Und sein Blick war so eindringlich, daß Stella das Lächeln auf den Lippen erstarb. Das war kein Mann, mit dem man ein wenig flirtete, ein kleines, unverbindliches Spiel. Das war ein Mann, der ernst genommen werden wollte und der es seinerseits sehr ernst nahm. Jedenfalls in diesem Falle.

Sie schwieg.

Nach einer kleinen Pause fragte er plötzlich ohne Umschweife: »Sind Sie glücklich in Ihrer Ehe?«

Stella zog ärgerlich die Brauen zusammen. »Finden Sie nicht, daß diese Frage ein wenig zu weit geht?«

»Mag sein. Ich werde mich gleich deswegen entschuldigen. Aber antworten Sie mir trotzdem.«

»Warum wollen Sie das wissen?«

»Das werde ich Ihnen sagen«, erwiderte Lionel Gontard langsam. »Wenn Sie mir mit Ja antworten, werde ich in Zukunft vermeiden, Ihnen jemals wiederzubegegnen. Ich würde so unhöflich sein, einen großen Bogen um Sie zu machen. Denn jedesmal, wenn ich Sie wiedersehe, werde ich Sie mehr begehren als das letztemal. Wenn Sie mir allerdings mit Nein antworten ...« Er verstummte.

»Ja?« fragte Stella. »Was dann?«

Der Blick, der sie aus schmalen Augenlidern traf, war so, daß sie unwillkürlich zusammenschauerte.

»Das wissen Sie ganz genau«, sagte Lionel Gontard, »was dann sein wird. Also ja oder nein?«

»Ich glaube«, sagte Stella, »Sie sind doch mit Adam Gabriel Gontard verwandt. Ich entdecke immer mehr Ähnlichkeiten.«

»Sie haben mir noch nicht geantwortet«, sagte Lionel hartnäckig.

»Ich weiß«, sagte Stella und blickte ihn jetzt voll an. »Und ich habe auch nicht die Absicht, es zu tun.«

Er schwieg, bis sie an ihrem Hotel waren. Er stieg aus und begleitete sie zum Portal.

»Sie fahren wirklich morgen zurück?«

»Ja«, sagte Stella.

»Schade. Ich könnte Sie fragen, ob wir heute abend zusammen essen wollen. Aber leider habe ich eine wichtige dienstliche Verabredung. Aber wir werden uns wiedersehen. Dessen bin ich sicher. Und da Sie mir nicht mit Ja geantwortet haben, ist das auch eine Antwort. Und darum werde ich mich bemühen, Sie wiederzusehen. Bald.«

Stella erwiderte nichts darauf. Sie reichte ihm die Hand, die er, etwas Seltenes für einen Engländer, an die Lippen zog und küßte.

»Auf Wiedersehen also«, sagte sie und lächelte ein wenig. Sie konnte sich selbst gegenüber nicht verhehlen, daß dieser Flirt – oder was immer es war – begann, ihr Spaß zu machen. War es ein Wunder, bei dem eintönigen Leben, das sie führte?

»Übrigens«, sagte Lionel Gontard, »etwas fällt mir gerade ein, ich wollte es vorhin schon bei Mr. Wu sagen, aber es erschien mir besser, es Ihnen allein zu sagen.«

»Ja?«

»Bestellen Sie doch Mr. Termogen, daß Sen Ling wieder im Lande ist.«

»Sen Ling? Wer ist das?«

»Das ist ein Chinese, den er vor einigen Jahren mal kurze Zeit in seinem Verwaltungsbüro beschäftigte. Er trieb ziemlich lebhafte kommunistische Propaganda auf der Plantage, und Mr. Termogen warf ihn hinaus.«

»Ach ja«, sagte Stella, »ich erinnere mich. Jan hat mir davon erzählt.«

»Sen Ling war längere Zeit verschwunden, und wir können mit einiger Sicherheit annehmen, daß er mittlerweile in China war und dort die entsprechende Ausbildung für seine weitere Tätigkeit hier bekam. Er kam vor kurzem mit tadellosen Papieren eingereist. Wir konnten nichts gegen ihn unternehmen. Zur Zeit ist er in Singapur. Er wird ständig bewacht. Doch ich möchte als sicher annehmen, daß er bald Richtung Dschungel verschwindet. Es wäre gut, wenn Mr. Termogen niemals allein die Plantage verläßt und niemals ohne Waffe.«

Stella blickte den seltsamen Mann erstaunt an. »Vielen Dank«, sagte sie. »Ich werde es Jan ausrichten. Es ist auf jeden Fall sehr – fair von Ihnen.«

Lionel lächelte; ein hintergründiges, ein wenig amüsiertes Lächeln. Und wieder glaubte Stella, Adams Lächeln darin wiederzufinden.

»Ich bin zwar in gewisser Weise Mr. Termogens Gegner«, sagte er. »Aber unser Kampf vollzieht sich auf anderer Ebene. Es besteht keine Notwendigkeit, daß Sie Witwe werden, Mrs. Stella.«

»Da bin ich sehr beruhigt«, sagte Stella ironisch. »Also dann, auf Wiedersehen. Und zu Ihrer Information noch etwas: Mich könnte überhaupt nur ein Mann interessieren, der in Europa lebt. Hier will ich nicht bleiben auf die Dauer.«

»Das paßt großartig«, meinte Lionel Gontard, und jetzt grinste er ganz jungenhaft. »In zwei oder drei Jahren kehre ich nach Europa zurück. Für immer.«

7

Eine Gefahr, an die man seit Jahren gewöhnt ist, nimmt man nicht so ernst. Die Partisanen waren vorhanden, genau wie Schlangen, Skorpione und giftige Insekten. Alles trug natürlich dazu bei, einem das Leben zu verleiden. Aber Jan war ständig darauf gefaßt, seine Bäume beschädigt zu sehen; auch gelegentliche Einbrüche oder ein verirrter Schuß wurden nicht so wichtig genommen.

Als Stella ihm nach ihrer Rückkehr von Sen Ling erzählte, zuckte er die Achseln.

»Ich hab' gar nicht gewußt, daß der Bursche außer Landes ist. Ob er also nun wieder da ist oder nicht, spielt weiter keine Rolle. Das Land ist groß. Hier in unsere Gegend kommt er bestimmt nicht mehr. Ich hab' ihm damals gesagt, er kriegt eine Kugel, wenn er sich noch einmal blicken läßt. Das wird er sich wohl gemerkt haben.«

Sen Ling hatte es sich gemerkt. Stella erfuhr zwar nie, ob er es war, der den Überfall auf *Green Rise* inszenierte, aber sie war davon überzeugt.

Zunächst vergingen mehrere Wochen in geradezu erstaunlicher Ruhe. Man merkte überhaupt nichts mehr von einer Partisanentätigkeit. Das beunruhigte Jan die erste Zeit.

Er und Dick waren noch wachsamer als bisher. Aber es blieb alles still. Man hörte auch von den anderen Plantagen nichts von einer Tätigkeit der Partisanen.

»Ich kann mir nicht helfen«, sagte er, »aber ich habe das Gefühl, die Brüder bereiten was vor.«

»Vielleicht haben sie neue Direktiven aus China«, meinte Jan, »oder sie stellen ihre Methode überhaupt völlig um. Wollen mal abwarten.«

Im Klub in Malakka diskutierte er den Fall mit anderen Pflanzern. Jeder hatte eine andere Meinung dazu, aber die meisten blickten hoffnungsvoll in die Zukunft. Einige vertraten die Meinung, die Kommunisten hätten wohl alles, was kämpfen könne und kämpfen wolle, nach Korea gebracht.

Eines Mittags kam Jan zum Essen nach Hause und erzählte, daß Lo Yu-tse, seit Mr. Smith' Tod der erste Clerk im Büro, nicht zur Arbeit erschienen sei.

»Vielleicht ist er krank«, meinte Stella.

»Er ist verschwunden«, sagte Jan. »Und kein Mensch weiß, wohin.«

»Er kann doch nicht einfach verschwinden«, sagte Stella. »Wenn er in die Stadt gefahren wäre, wüßte man es doch.«

»Eben«, sagte Jan. »Das beunruhigt mich auch. Er war bis jetzt die Zuverlässigkeit in Person.«

»War das nicht der, der dich damals auf das Treiben von Sen Ling aufmerksam machte?«

»Ja. Und daran habe ich bereits auch gedacht.«

»Hältst du es für möglich, daß Sen Ling ihn einfach hier herausgeholt hat? Geraubt gewissermaßen? In Berlin kamen ja auch manchmal Fälle von Menschenraub vor.«

»Das wäre nur eine Möglichkeit. Genausogut kann es sein, daß er ihn umgedreht hat und daß er nun auf der anderen Seite mitspielt.«

»Das kann ich mir nicht vorstellen«, sagte Stella. Sie sah die kleine schmächtige Gestalt des Chinesen vor sich. Er sah gar nicht so aus, wie man sich einen Untergrundkämpfer vorstellte. Er war immer leise und überaus höflich gewesen. Nie hatte sie einen zudringlichen oder neugierigen Blick von ihm bemerkt. Und zu Pieter war er immer besonders nett gewesen. Er besaß große Fertigkeit im Schnitzen und hatte oftmals für die Kinder Figuren geschnitzt, auch einmal kunstvolle kleine Gebilde für ein Brettspiel. Lo Yu-tse als finsterer Guerillakrieger im Dschungel? Eine unmögliche Vorstellung.

»Unmöglich ist hierzulande gar nichts«, sagte Jan. »Ich habe schon die tollsten Dinge erlebt.«

»Vielleicht haben sie ihn erpreßt«, sagte Stella nachdenklich, »wie Mr. Wu es damals erzählte. Irgendeinen Druck ausgeübt wegen Verwandten oder so. Hat er Angehörige in China?«

»Keine Ahnung«, sagte Jan. »Ich weiß praktisch von ihm gar nichts.«

»Vielleicht ist er morgen wieder da«, meinte Stella, »warten wir mal ab. Kann ja sein, er hat irgendwo ein Mädchen und ist da mal eben schnell hin.«

»Kann sein«, sagte Jan. »Aber ich weiß nicht, ich habe so eine komische Ahnung, als wenn etwas in der Luft liegt.«

Jans Ahnung sollte sich zu einer schrecklichen Wirklichkeit verdichten.

Mitten in der Nacht wachte Stella auf. Es war irrsinnig schwül, jetzt kurz vor der Regenzeit. Sie hatte lange nicht einschlafen können. Nun fuhr sie plötzlich auf. Sie hatte unruhig geträumt, hatte geschrien im Traum, und mit diesem Schrei auf den Lippen erwachte sie. Sie war schweißnaß. Es war unerträglich heiß unter dem Moskitonetz. Sie sah, daß Jan aufgestanden war. Durch die offene Schlafzimmertür fiel Licht, Clotan stand unter der Tür.

Jan sagte eben: »Pst. Die Mem braucht nichts zu merken.«

»Was ist los?« fragte Stella, im Augenblick hellwach.

»Jetzt bist du doch aufgewacht«, sagte Jan bedauernd. »Bleib liegen. Und mach vor allem kein Licht.«

»Was ist denn passiert?«

»Feuer, Mem«, sagte Clotan, der mit schreckverzerrtem Gesicht unter der Tür stand.

»Feuer? Wo?«

»Anscheinend das Verwaltungsgebäude. Ich muß gleich hinunter. Das fehlte noch, daß mir die ganzen Bücher verbrennen.«

»O Jan!« rief Stella unglücklich. »Mußt du wirklich hin?«

»Aber selbstverständlich. Ich muß doch sehen, was los ist.« Er war angezogen, nahm die Pistole, die er immer neben dem Bett liegen hatte, eine schwere Smith-and-Wesson, und schob sie in den Gürtel.

»Clotan, du bleibst hier und paßt auf die Mem auf!« befahl er. »Alle Türen fest zu. Niemanden hereinlassen. Auf keinen Fall. Ich mache mich dann schon bemerkbar.«

»Jan«, sagte Stella kläglich, »ich habe Angst.«

»Du brauchst keine Angst zu haben«, beruhigte er sie. »Wahrscheinlich haben sie Feuer gelegt und sind längst wieder abgehauen. Das ist so ihre Methode.«

Damit ging er aus dem Haus. Und das war das letzte Mal, daß Stella ihn lebend sah.

Clotan verriegelte hinter ihm die Tür, prüfte angstvoll jedes Fenster, ob es auch gut verschlossen sei. Die Luft im Bungalow war zum Ersticken.

Stella stand ebenfalls auf, zog sich flüchtig an und holte sich dann den kleinen Revolver, den Jan ihr gegeben hatte, damit sie ihn im Notfall bei sich hatte. Er hatte ihr auch gezeigt, wie sie damit umgehen mußte. Stella war nur widerwillig zu bewegen gewesen, das Ding in die Hand zu nehmen. Aber jetzt fühlte sie sich doch ein wenig beruhigt, als sie das kühle Metall in der Hand spürte.

Clotan starrte sie mit ängstlich aufgerissenen Augen an, als er sie bewaffnet sah.

»Nur zur Beruhigung«, sagte sie und versuchte zu lächeln. »Hoffentlich ist Mr. Dick auch aufgewacht.«

»Bestimmt, Mem«, meinte Clotan. »Mr. Dick immer passen gut auf.«

Es war totenstill im Haus. Auch von draußen kam kein Laut herein. Angenommen, dachte Stella, die Partisanen machen jetzt einen Überfall auf das Haus, dann haben sie leichtes Spiel. Kein Kunststück, mich hier herauszuholen. Aber es war bis jetzt noch kein Fall bekanntgeworden, wo sie sich an Frauen vergriffen hätten.

Sie wäre gern hinausgelaufen, um nach dem Feuer Ausschau zu halten. Hier vom Hügel aus konnte man es sicher sehen.

Vermutlich würde nichts zu retten sein. Wenn das Feuer wirklich gelegt worden war, dann brannte alles lichterloh. Bis Hilfe kam, war es zu spät. Aber wer würde helfen? Jan, Dick, der neue Assistent und bestenfalls noch einige der chinesischen Clerks, wenn sie es wagten. Aber wußte man denn, wer mit den Kommunisten im Bunde war? Das geheimnisvolle Verschwinden von Lo Yu-tse fiel ihr wieder ein. Ob es damit zusammenhing? War der nette, junge Chinese ein Verräter? Oder hatte man ihn wirklich entführt? Vielleicht hatte er etwas entdeckt, irgendwelche Vorbereitungen beobachtet, ein Gespräch belauscht. Letzteres schien ihr wahrscheinlicher.

Es war schwer, in Gesichtern zu lesen. In chinesischen Gesichtern erst recht. Aber sie konnte einfach nicht glauben, daß Lo Yu-tse ein Schurke war.

Plötzlich hörte man undeutlich einige Schüsse aus der Ferne. Sie mußten von unten kommen, vom Verwaltungsgebäude her. Und dann noch einmal.

Dann war es still.

»Wir sollten mal hinausschauen«, meinte Stella.

Clotan hob entsetzt die Hände. »Nein, Mem, nein. Wir nicht dürfen. Tuan sagt, wir bleiben in Haus.«

Der Malaie zitterte vor Angst. Und auch Stella hatte wenig Verlangen, das schützende Haus zu verlassen.

Es war totenstill. Diese Stille war schwer zu ertragen. Sie setzte sich ins Wohnzimmer und zündete eine Zigarette an. Es war dunkel, nur im Gang brannte eine kleine Lampe, und durch die Tür fiel schwaches Licht.

Die Minuten schienen zu Stunden zu werden. Kam denn keiner zurück? Freilich, ein Feuer zu bekämpfen, das ging nicht so schnell. Wahrscheinlich hatte man erst Hilfskräfte holen müssen. Warum aber war geschossen worden?

Pieters Äffchen war erwacht. Es hatte eine Zeitlang verdattert auf der Türschwelle gehockt. Jetzt kam es, kletterte zu Stella auf den Schoß und schmiegte sich an sie. Das kleine Tier zitterte. Im Halbdunkel sah Stella seine Augen leuchten.

Sie streichelte über das weiche Fell.

»Keine Angst, mein Kleiner. Dir tut bestimmt keiner was. Schlimmstenfalls kannst du immer noch in den Urwald laufen und dich dort verstecken.«

Aber Bobby wollte nicht in den Urwald. Er wollte hierbleiben, wo es ihm gefiel und wo alle nett zu ihm waren.

Es schien Stella, als seien Stunden vergangen, als sie draußen vor dem Haus Motorengeräusch hörte.

»Endlich«, sagte sie. Sie stand auf und zerdrückte den Rest ihrer vierten Zigarette im Aschenbecher.

»Erst warten«, meinte Clotan. »Erst hören, wer kommen.«

Dann wurde an die Tür geklopft.

»Wer da sein?« rief Clotan ängstlich.

»Mach schon auf«, sagte Stella. »Die Partisanen werden kaum mit dem Auto hier vorfahren und anklopfen.«

Aber es war nicht Jans Stimme, die sie hörte. Es war Parker, der neue Assistent.

Clotan öffnete die Tür, und Parker kam herein. Er sah verschwitzt aus, das Haar hing ihm in die Stirn, eine blutige Schramme ging über seine rechte Wange.

»Nun?« fragte Stella. »Was ist? Alles abgebrannt?«

»Ja«, sagte Parker. »Das auch.«

»Und?« Stellas Herz klopfte plötzlich wie wild. »Was noch?«

»Mrs. Termogen«, begann Parker. Er schluckte. Sein Blick irrte an ihr vorbei.

Stella trat rasch auf ihn zu. »Was ist geschehen? Ist Mr. Termogen etwas passiert?«

Parker nickte.

»Waren die Partisanen noch da? Ist er – verwundet?«

Parker blickte sie jetzt an, helle Verzweiflung in den Augen.

Stellas Augen weiteten sich. Ihr Mund öffnete sich, sie hob die Hand und legte sie erschrocken an die Lippen.

»Ist er – ist er ...?«

Parker senkte den Kopf. »Ja«, sagte er gepreßt. »Alle beide.«

Stella hatte Mühe, einen hysterischen Aufschrei zu unterdrücken.

»Was heißt alle beide?«

»Mr. Termogen – und Mr. Dick.«

»Tot? Alle beide?«

Parker nickte.

Vor Stellas Augen schien sich der Raum zu drehen. Sie stöhnte auf, tastete nach einem Halt. Parker sprang hinzu und stützte sie.

»Es tut mir leid«, stotterte er, »ich habe es vielleicht ungeschickt gesagt, aber Sie mußten es doch erfahren.«

»Natürlich«, sagte Stella. »Natürlich. Wie – wie kam das denn?«

»Sie lagen im Hinterhalt. In den Büschen hinter dem Verwaltungsgebäude. Wir sahen gleich, daß nichts mehr zu retten war. Aber es waren verschiedene Leute gekommen, von den Clerks und auch ein paar von den Arbeitern. Mr. Termogen ordnete an, daß man vor allem die Umgebung schützen solle, damit das Feuer sich nicht zu den Lagerschuppen ausdehnte. Mr. Dick ging hinters Haus, und dort traf ihn ein Schuß. Er muß sofort tot gewesen sein. Mr. Termogen folgte ihm, als er den Schuß gehört hatte, und dann durchsuchten wir die Büsche. Er erwischte auch einen von den Kerlen und schoß ihn nieder. Und dann traf ihn selbst ein Schuß.«

»War er – war er auch gleich tot?« fragte Stella.

»Nicht gleich«, sagte Parker. »Ich wollte Sie holen, aber er ließ es nicht zu. Erst sollten wir das Feuer bekämpfen. Von den Partisanen war keiner mehr zu sehen. Sie waren fort. Ich hatte inzwischen meinen Boy nach Verbandzeug geschickt und ans Telefon.

damit er den Arzt anrief. Aber da war nichts mehr zu verbinden. Und einen Arzt brauchten wir auch nicht mehr.«

»Sie sind auch verwundet«, sagte Stella starr.

»Nicht der Rede wert. Es war nur ein Splitter, der mir ins Gesicht flog, als wir das Buschwerk abhieben.«

»Ich muß hinunter.«

»Nein«, sagte Parker, »bitte nicht. Wir bringen ihn her.«

»Ich komme mit«, sagte Stella.

Man hatte Vater und Sohn nebeneinandergelegt. Eine Menge Menschen stand schweigend umher. Keiner sprach. Nur Talihs Schluchzen war zu hören, die neben Dick am Boden kniete. Als sie Stella sah, huschte sie scheu zur Seite.

Stella kam es vor, als sei es nicht sie selbst, die das erlebte. Als sei es ein Traum. Oder ein Film, den sie sah. Ihre Beine waren steif, ihr Rücken schmerzte. Sie beugte sich zu den Toten, bewußt all der Blicke, die auf ihr lagen. Kein Laut war zu hören. Von der Brandstelle her knisterte es nur noch leise.

Aber dann plötzlich ein Schrei, grell und laut stand er in der Nacht. In einem wehenden Morgenrock durchbrach Priscilla den Kreis der Leute, stürzte auf Stella zu, blieb stehen, als sie die beiden Leichen liegen sah, starrte entsetzt und schrie dann wieder. Schrie immer weiter, wild und gellend, als habe sie den Verstand verloren.

Stella richtete sich auf, ergriff Priscilla am Arm und schüttelte sie heftig.

»Seien Sie ruhig«, sagte sie. »Still!«

Aber Priscilla konnte nicht still sein. Es schrie aus ihr heraus. Ihr längst schon kranker Geist schien sich endgültig verwirrt zu haben.

Das lenkte Stella zunächst von den Toten ab. Zusammen mit Parker führte sie die tobende Priscilla zurück zu ihrem Bungalow, der nicht weit vom Verwaltungsgebäude lag. Wahrscheinlich hatte Priscilla alles weit besser gehört und miterlebt, das Feuer und auch die Schießerei, und war halb umgekommen vor Angst, allein im Haus mit ihren unzuverlässigen, schlampigen Dienern, die ihr längst nicht mehr gehorchten. Aber es war keiner der Diener im Haus. Anscheinend waren sie alle fortgelaufen.

Mit zitternden Händen suchte Stella nach Priscillas Schlaftabletten. Sie goß ein großes Glas voll Whisky, steckte Priscilla die Tabletten in den Mund und goß den Whisky hinterher.

Priscilla war verstummt, seit sie im Haus waren. Sie wimmerte nur noch leise vor sich hin. Sie schluckte alles gehorsam und saß dann steif und reglos auf einem Stuhl.

»Ob sie übergeschnappt ist?« fragte Stella.

Parker hob die Schultern. »Wäre kein Wunder. Aber vielleicht war es bloß der Schock. Aber es wäre wohl besser, sie käme hier weg.«

»Sie gehört in ein Hospital«, sagte Stella. »Und dann sollen sich gefälligst ihre Verwandten um sie kümmern. Die sind, glaub' ich, in Ceylon.«

Priscilla kippte langsam zur Seite. Sie hoben sie aus dem Sessel und trugen sie hinüber in ihr Schlafzimmer, legten sie aufs Bett. Die Frau war schwer, und Stella keuchte angestrengt, als sie sich wieder aufrichtete.

Sie strich sich das verwirrte Haar aus der Stirn. Noch war sie zu gelähmt vor Entsetzen, um das Geschehene voll zu begreifen.

»Und nun?« fragte sie und sah Parker hilfesuchend an.

Aber der junge Mann blickte nicht weniger hilflos als sie.

»Wir müssen die Polizei anrufen, denke ich«, meinte er schließlich. »Sie können hier sein, bis es Morgen ist. Und ich denke, daß Major Derring selbst herauskommt. Der wird dann bestimmen, was geschehen soll.«

»Ja«, sagte Stella erleichtert, »natürlich, der wird bestimmen, was geschehen soll.«

Sie war plötzlich zum Umfallen müde. Sie zitterte von Kopf bis Fuß, und obwohl sie sich alle Mühe gab, konnte sie dieses Zittern nicht bezähmen. Sie griff nach der Whiskyflasche, die noch auf dem Tisch stand, hob sie an die Lippen und trank. Dann reichte sie sie Parker.

»Wollen Sie auch?«

Parker nahm ebenfalls einen tiefen Zug.

»Haben Sie eine Zigarette?« fragte Stella.

Er fuhr in seine Taschen, aber fand keine Zigaretten.

»Es tut mir leid«, sagte er.

Aber da hatte Stella schon Priscillas Zigaretten entdeckt.

»Hier«, sagte sie, nachdem sie eine herausgenommen hatte, und hielt Parker die Packung hin.

Ihre Hand zitterte so, daß sie die Zigarette kaum zwischen die Lippen bekam.

Jan war tot. Und Dick war auch tot. Zwei Termogens auf einmal.

Und plötzlich dachte sie: Wie gut, daß Pieter nicht mehr hier ist. Daß er das nicht erleben mußte. Daß ihm nichts geschehen ist. Lieber Gott, ich danke dir, daß Pieter nicht hier ist.

Keine Heimkehr für Jan Termogen. Und wie oft hatten sie davon gesprochen, wie es sein würde, in Europa zu leben. Aber nun gab es keine Heimkehr für Jan.

8

Stella wäre am liebsten gleich abgereist, aber so schnell ging es nicht. Zunächst gab es eine langwierige Untersuchung des Falles, deren Verlauf Stella allerdings in Malakka abwartete. Sie hatte sich geweigert, länger auf *Green Rise* zu bleiben, wofür jedermann Verständnis hatte. Überhaupt ließ man ihr jede Rücksichtnahme und Schonung angedeihen.

Natürlich war das schreckliche Geschehen auf *Green Rise* das Hauptgesprächsthema in Malakka und auf allen umliegenden Plantagen. Von allen Seiten brachte man Stella Mitgefühl entgegen und bot ihr Hilfe an. Leute, meist waren es Frauen, von denen sie kaum wußte, daß sie sie einmal kennengelernt hatte, suchten sie im Hotel auf, versuchten sie zu trösten und sie abzulenken. Es war alles sehr gut gemeint, aber Stella litt unter diesen Besuchen mehr, als sie unter Alleinsein gelitten hätte. Es war so schrecklich, immer wieder über die grauenvolle Nacht sprechen zu müssen. Sie hatte nur den einen Wunsch, allein zu sein, ganz zurückgezogen irgendwo zu leben, wo keiner sie kannte, vielleicht, sicher sogar verfolgt von den furchtbaren Bildern jener Nacht, aber vielleicht auch imstande, sie beiseite zu schieben, nach und nach zu vergessen.

Es wurde besser, als Lionel Gontard, der die abschließende Untersuchung führte, nach Malakka kam. Er hielt ihr die Leute vom Hals, war liebevoll um sie besorgt, ohne sie mit Neugier und lästigen Fragen zu quälen. In wenigen Tagen wurde er Stella zu einem guten, zuverlässigen Freund.

In seiner Begleitung besuchte sie zum letztenmal *Green Rise*, um ihre Sachen abzuholen, die noch dort waren.

Lionel betrachtete sie besorgt von der Seite, als sie den Bungalow betraten, in dem Stella nun fast vier Jahre gelebt hatte. Ihr Blick war starr, nichts regte sich in ihrem Gesicht. Sie schien nichts zu sehen und zu hören und hatte nur den einen Wunsch, möglichst schnell wieder von hier fortzukommen.

Clotan folgte ihr mit ängstlicher Miene durch das Haus und half beim Packen.

»Ich hoffe, Clotan«, sagte Stella zu ihm, als sie im Schlafzimmer standen, »du wirst einen guten neuen Herrn bekommen.«

»Ja, Mem«, sagte Clotan unglücklich.

»Ich wünsche dir Glück und Gesundheit. Auch deiner Familie.«

Zur Zeit war von einer benachbarten Pflanzung ein junger Mann zu Parkers Hilfe gekommen, der hier bleiben würde, bis Jans Nachfolger, den die Gesellschaft in London engagieren würde, hier eintraf. Außerdem war eine Gruppe malaiischer Polizisten hierher beordert worden. Sie hatten nicht viel zu tun. Patrouillierten lässig auf der Plantage ein wenig umher, saßen jedoch die meiste Zeit auf der Veranda oder im Garten von Mr. Smith' Bungalow, der leerstand.

Priscilla war in Malakka im Krankenhaus. Sie schrie nicht mehr, saß oder lag meist apathisch herum, redete manchmal wirres Zeug, war aber in keiner Weise gefährlich oder unberechenbar. Jedoch bestand nun kein Zweifel mehr daran, daß ihr Geist verwirrt war.

Die Schwester ihres Vaters war nicht mehr in Ceylon, sondern lebte mit ihrem Mann nun in einem Vorort in London. Stella hatte ihr selbst geschrieben und sie von dem Geschehenen unterrichtet. Es waren beides schon ältere Leute, aber sie schrieben sofort zurück, wenn es möglich sei, solle Priscilla zu ihnen kommen. Sie könne bei ihnen leben, oder wenn es nötig sei, würde man Priscilla in England in einer Anstalt unterbringen.

Jetzt, als Stella im Schlafzimmer stand und auf die beiden Betten starrte, dachte sie: Keiner wird mehr hier sein, der hier gelebt hat. Für *Green Rise* beginnt eine neue Epoche. Andere Menschen werden hier leben. Ob sie glücklich sein werden? Oder lag ein Fluch über *Green Rise,* der auch sie verfolgen würde? William war gestorben, Mabel war unglücklich gewesen, Duff Grant war als kranker Mann von hier abgereist, und Priscilla hatte einen zerstörten Geist. Die beiden Termogens, Vater und Sohn, hatten ihre Liebe und Treue zu diesem Stück Erde mit dem Leben bezahlen müssen.

Nur ich, dachte Stella weiter, nur ich bin noch übrig. Ich bin einmal von hier geflohen, weil ich unglücklich war, und bin zurückgekehrt. Und nun fliehe ich noch einmal, lasse Jan wieder zurück, aber diesmal werde ich nicht wiederkommen.

Ihr Blick fiel auf den breiten goldenen Armreif, der auf dem Nachttisch neben ihrem Bett lag. Sie hatte ihn in den vergangenen Jahren stets getragen. Aber seit der Schreckensnacht lag er hier. Sie ging langsam, wie zögernd, hin, nahm den Reif in die Hand und streifte ihn dann über das Handgelenk. Er hatte ihr kein Glück gebracht, aber sie würde ihn mitnehmen. Zum Andenken.

Andenken? Sie brauchte kein Andenken. Was hier geschehen war, würde sie nie vergessen.

Erstmals, als sie auf den Armreif blickte, schien die Beherrschung sie zu verlassen. Tränen stiegen ihr in die Augen.

Sie riß sich den Reif vom Arm und warf ihn auf die Bettdecke. Er rollte darüber hin und fiel klirrend zu Boden.

Clotan, der sie angstvoll beobachtet hatte, bückte sich und hob ihn auf, hielt ihn ihr schüchtern hin.

Stella nahm den Reif. Dann sagte sie: »Trag die Koffer hinaus. Und dann rufe mir Talih.«

Lionel, der im Wohnzimmer auf sie gewartet hatte, blickte ihr prüfend entgegen, als sie kam.

»Nun?« sagte er. »Fertig?«

»Ja«, sagte Stella. »Es war nicht mehr viel da.«

»Und sonst wollen Sie nichts mitnehmen?« Er wies mit einer Handbewegung über den Raum.

»Nein«, sagte Stella. »Nur meine persönlichen Sachen. Ehrlich gesagt, ich weiß nicht, was in diesem Haus Jan gehört hat und was der Gesellschaft. Aber ich habe nicht die Absicht, einen Umzug zu veranstalten.«

»Nun, zweifellos gehörte Mr. Termogen ein Teil der Einrichtung und auch Haushaltsgegenstände und ähnliches. Wollen Sie darauf verzichten?«

»Ja«, sagte Stella bestimmt. »Ich habe keine Lust, mich damit auseinanderzusetzen. Ich will nichts davon mitnehmen.«

Lionel nickte. »Ich verstehe es. Dann wollen wir fahren?«

»Ja«, sagte Stella, »so bald wie möglich.«

Sie nahm Abschied von Parker, der sich inzwischen eingefunden hatte. Und dann kam Clotan mit Talih.

Das schlanke, graziöse Mädchen blickte Stella scheu an.

»Hier«, sagte Stella und gab ihr den goldenen Reif. »Der ist für dich, Talih. Und alles Gute, dir und deinem Kind.«

Seltsam, zu denken, daß es auch ein Termogen war, der hier aufwuchs. Ein Mischling. Ein Eurasier. Wie würde sein Leben sein, glücklich oder unglücklich? Was würde aus ihm werden? Meist wurden diese Menschen, die zwischen Europa und Asien standen, nicht sehr glücklich. Schöne Menschen waren es oft. Aber sie waren heimatlos und entwurzelt von Anfang an, von beiden Seiten wurden sie nie recht anerkannt.

Wenn Dick am Leben geblieben wäre, hätte er sich bestimmt um sein Kind gekümmert. Er hatte Talih sehr gern gehabt und das Kind auch. Beide hatten ihm nähergestanden als seine Frau und sein Kind in England. Seine Ehe mit Mona war kurz gewesen, ein paar Monate, und die hatte er in Unfrieden und mit Sorgen verbracht. Mit Talih hatte er viele Jahre gelebt, glücklich, friedlich und so fröhlich, wie das anmutige Geschöpf immer gewesen war.

Was wurde aus ihr, was aus dem Kind?

Ich kann mich nicht darum kümmern, dachte Stella. Ich habe selbst ein Kind, ich weiß nicht, was aus mir und aus Pieter wird. Ich kann Talih auch das Kind nicht wegnehmen. Dick Termogens Kind mußte hierbleiben, anvertraut seiner Mutter und der Güte

Gottes. Vielleicht würde Talih heiraten. Sie war ja jung und schön. Stella beugte sich zu dem Kind hinab, das sich an Talih schmiegte, und strich leicht mit der Hand über seinen Kopf.

»Viel Glück!« sagte sie. »Der liebe Gott beschütze dich! Und vielleicht tut es auch Onkel Pieter, von da aus, wo er jetzt ist. Er wäre der Richtige dafür.«

Sie hatte deutsch gesprochen, keiner hatte sie verstanden. Als sie sich aufrichtete, sah sie Lionels Augen, die mit Zärtlichkeit und Weichheit auf ihr lagen.

»Es gibt verschiedene Stellen«, sagte er, »die sich solcher Kinder annehmen. Man sorgt auch dafür, daß sie zur Schule kommen. Meist sind es Missionsschwestern, in deren Händen die Betreuung dieser Kinder liegt. Sie sind an solche Fälle gewöhnt. Wenn Sie wollen, Stella, werde ich mich darum kümmern und alles Notwendige veranlassen.«

»Danke«, sagte Stella. »Aber man soll nichts tun, ohne Talih zu fragen. Sie ist die Mutter. Man darf ihr das Kind nicht wegnehmen.«

»Natürlich nicht. Vielleicht kann man eine Arbeit finden, später, wenn das Kind zur Schule gehen soll, wo sie in seiner Nähe sein kann. Vielleicht heiratet sie auch.«

»Das dachte ich auch«, meinte Stella. Sie seufzte. »Man weiß natürlich nicht wen. Und was dabei für das Kind herauskommt. Aber was soll ich tun?«

»Sie können nichts tun«, sagte Lionel.

Stella öffnete ihre Handtasche und gab Talih einige Geldscheine. Auch Clotan bekam eine ansehnliche Summe als Abschiedsgeschenk. Und dann verließ sie *Green Rise* für immer.

9

Sie fuhr mit Lionel zusammen nach Singapur. Dort wohnte sie noch einige Zeit im Raffles Hotel, bis alle Untersuchungen und Formalitäten abgeschlossen waren. Ganz geklärt wurde der Überfall auf *Green Rise* nie. Lionel neigte zu der Ansicht, daß es sich um einen persönlichen Racheakt Sen Lings gehandelt habe. Er war verschwunden, keiner wußte, wo er steckte.

Auch Lo Yu-tse tauchte nicht mehr auf. Stella dachte manchmal über den jungen Chinesen nach. Sie glaubte nach wie vor nicht daran, daß er freiwillig zu den Partisanen gestoßen war. Entweder hatte man ihn dazu gezwungen, oder er war überhaupt ermordet oder verschleppt worden. Der Urwald war groß. Keiner konnte ihn suchen oder nach ihm forschen.

Mr. und Mrs. Wu waren von ihrem Urlaub noch nicht zurückgekehrt, und Stella traf sie nicht mehr, bis sie abreiste.

Aber täglich war sie mit Lionel Gontard zusammen. Sie waren sich sehr nahgekommen in dieser Zeit. Von Liebe, von seinem Begehren war nicht mehr die Rede gewesen. Stella rechnete ihm das hoch an. Er war rücksichtsvoll, höflich und hilfsbereit. Und nur in seinem Blick konnte sie lesen, daß sie ihm täglich mehr bedeutete.

Erst am Tag ihrer Abreise, als er sie aufs Schiff begleitete, sprach er wieder von seinen Gefühlen für sie.

»Ich habe Ihnen hier schon einmal auf Wiedersehen gesagt, Stella«, sagte er. »Wissen Sie es noch? Damals war es nichts als ein übermütiger Einfall von mir. Ich hatte Sie gesehen, und Sie gefielen mir. Diesmal sage ich es in allem Ernst. Ich möchte Sie wiedersehen, Stella. Ich weiß, daß ich zu Ihnen jetzt noch nicht von Liebe sprechen darf. Aber Sie sollen wissen, daß Sie mir viel bedeuten. Ich weiß auch, daß Sie hier nicht mehr leben wollen. Aber ich sagte Ihnen ja bereits, daß ich nicht mehr lange in Malaya bleiben werde. In einem Jahr werde ich einen längeren Urlaub bekommen. Wenn ich nach England komme, darf ich dann mit Ihnen sprechen, Stella?«

»Mein Gott«, sagte Stella. »Ein Jahr ist lang. Und Sie sind jung, Lionel.«

»Ich bin dreiunddreißig«, sagte er, »meinen Sie nicht, daß ein Mann da alt genug ist, um zu wissen, was er redet? Um zu erkennen, wann er der richtigen Frau begegnet ist?«

Stella lächelte ein wenig. Sie hätte antworten mögen: Nein, er weiß es nicht. Man weiß es vielleicht nie. Ich bin sogar schon ein Jahr älter als du, und ich weiß auch nicht, ob du der richtige Mann bist. Ich kann auch jetzt nicht darüber nachdenken. Über gar keinen Mann der Welt. Später? Vielleicht – Man weiß es nicht.

Aber sie sagte nur: »Ich werde mich immer freuen, Sie wiederzusehen, Lionel. Ich weiß nicht, was ich in diesen letzten Wochen ohne Sie getan hätte. Sie waren ein wirklicher Freund. Und ein Mann, von dem man weiß, daß er ein guter Feund sein kann, ist bestimmt auch ein Mann, den man gern lieben würde.«

»Stella!« rief Lionel. Er nahm ihre Hand und küßte sie heftig. Seine Stirn hatte sich gerötet.

»Aber lassen Sie mir ein wenig Zeit«, sagte Stella. »Wenn wir uns wiedersehen und wenn Sie noch so denken wie heute, dann – dann werden wir darüber sprechen.«

Priscilla reiste auch auf diesem Schiff. Stella hatte sich erboten, sie bei ihren Verwandten in London abzuliefern. Außerdem hatte Lionel einen jungen Arzt, den er kannte und der zufällig auch mit diesem Schiff reiste, gebeten, ein Auge auf Priscilla zu haben. Aber sie war ja still und friedlich, tat niemandem was zuleide. Sie war auch nicht mehr so geschwätzig wie früher. Es bestand die Hoffnung, sie ohne unangenehmen Zwischenfall nach England zu bringen.

Stella stand an der Reling, als das Schiff ablegte. Sie winkte Lionel, solange sie ihn aus der Menge herauserkennen konnte. Dann senkte sie die Hand, stand reglos und blickte auf die versinkende Stadt, auf das versinkende Land zurück.

Wieder einmal war ein Abschnitt ihres Lebens zu Ende. Die Zukunft lag in dunkler Ungewißheit vor ihr. Sie hatte keine Ahnung, was aus ihr werden würde.

Es gab nur eine Gewißheit darin, das war Pieter, ihr Sohn. Zu ihm fuhr sie, bei ihm würde sie bleiben, von ihm würde sie sich nie mehr trennen.

Und Thies war da. Aber Thies war verheiratet. Denise erwartete im Herbst ein Kind. Er gehörte jetzt nicht mehr ihr allein, er gehörte Denise.

Sie konnte wieder nach Berlin gehen, zu Hermine. Von ihr hatte sie kürzlich die Nachricht erhalten, daß Adam kurz in Berlin gewesen war. Nun war er wieder in Amerika. Stella hätte ihn gern einmal wiedergesehen. Aber diese Gelegenheit hatte sie verpaßt. Und sonst waren alle tot, die sie geliebt hatte. Krischan war tot, Dietrich, und nun auch Jan.

Stella öffnete mutlos die Hand. Das kleine weiße Taschentuch, mit dem sie Lionel gewinkt hatte, fiel zu Boden, der leichte Wind faßte es, trug es über die Reling, in das Blau des Meeres hinein.

Das Meer. Sarnades trügerisches Element. Keine Heimat, keinen Hafen, kein Ziel bot es ihr. Sie trieb genauso widerstandslos und hilflos darin wie der kleine weiße Fetzen Tuch, der ihr eben aus der Hand gefallen war. Und es war nicht einmal ihre Schuld. Sie hatte kein Glück. Sie war viel geliebt worden. Und blieb doch immer wieder allein. Und vielleicht würde sie auch wieder geliebt werden. Eine Hoffnung reiste mit ihr. Aber würde sie Lionel nicht auch nur Unglück bringen?

War es nicht vielleicht besser, auf Liebe, auf einen Mann zu verzichten? Und nur noch für *eine* Liebe zu leben? Für die Liebe zu ihrem Kind?

Tränen verdunkelten Stellas Blick. Sie blickte zurück auf die malaiische Küste, die bald im Meer versunken sein würde.

»Dein Kind, Jan«, flüsterte sie. »Pieter Termogen. Ich werde ihn gut behüten. Adieu, Jan. Adieu!«

DIE INSEL DES FRIEDENS

1

Stella blieb den ganzen Herbst und Winter über in England. Es war eine stille, friedliche Zeit, die es ihr möglich machte, neue Kräfte zu sammeln. Aber die Zurückgezogenheit, in der sie lebte, machte es auch unmöglich, das Erlebte zu vergessen. Sie schlief schlecht, kam sich fremd und verloren vor und wußte nicht recht, was nun eigentlich werden sollte. Finanzielle Sorgen hatte sie nicht. Jans Ersparnisse standen ihr zur Verfügung und entrückten sie für einige Zeit der Sorge um ihren und Pieters Lebensunterhalt.

Jane hatte sie am Schiff abgeholt. Sie hatte Vater und Bruder verloren und war natürlich sehr unglücklich darüber. Stella mußte ihr genau erzählen, wie alles geschehen war, und dann weinten beide zusammen.

Aber Jane würde darüber hinwegkommen. Sie lebte gut mit ihrem Mann, die beiden arbeiteten zusammen, außerdem erwartete Jane ein Baby. Ihr Leben war geordnet und ausgefüllt, sie hatte zwei Menschen verloren, die ihr nahestanden, aber sie hatten keine Lücke in ihrem Leben hinterlassen.

Jane hatte Stella angeboten, bei ihnen zu wohnen, doch das lehnte Stella ab. Die beiden jungen Leute hatten eine kleine Wohnung in Chelsea, dort war wirklich kein Platz für einen Gast. Eine zweite Einladung kam von Helen Grant, die einen Tag nach Stellas Ankunft bei ihr im Hotel auftauchte. Duff, dem es etwas besser ging, arbeitete jetzt im Büro der Gesellschaft. Die Grants bewohnten ein kleines Haus in einem Vorort.

Hier traf Stella das erstemal ihren Sohn wieder. Es kostete sie große Selbstbeherrschung, dieses Wiedersehen mit einiger Haltung zu überstehen. Pieter war alt genug, um zu begreifen, was geschehen war. Aber er machte es ihr leicht. Ein großer, schlanker Junge war er geworden, mit einem klugen, ernsthaften Gesicht. Stella fand, daß er jetzt mehr Thies ähnlich sah als Jan.

»Du brauchst dir keine Sorgen zu machen, Mutti«, sagte er. »Wenn ich groß bin, werde ich alles für dich erledigen. Du brauchst dich dann um nichts mehr zu kümmern. Und wenn du nicht willst, dann gehe ich nicht nach Malaya, sondern bleibe bei dir.«

Stella legte ihren Arm um seine Schulter und lächelte. »Damit tätest du mir einen großen Gefallen, Pieter. Ich möchte dich lieber in der Nähe haben.«

In der Schule zeichnete sich Pieter durch beachtliche Leistungen aus. Schwierigkeiten hatte er keine. Er sprach perfekt Englisch, war ein guter Sportler, was in einem englischen Internat von Vorteil war, er war ruhig und besonnen und kam mit Lehrern und Mitschülern gut aus. Nationale Ressentiments gab es auch nicht. Vor zwei Jahren schon war die Adoption genehmigt worden, und Pieter hieß nun Termogen und war Engländer.

Stella machte einmal einen Besuch in seiner Schule, um die Lehrer und den Schulleiter kennenzulernen. Sie wurde dort sehr höflich und aufmerksam empfangen, hörte über Pieter nur Günstiges. Die Nachkriegszeit in Berlin, wo sie sich einmal ernsthaft Sorgen um ihren Sohn gemacht hatte, war längst vergessen.

Natürlich hatte Pieter in der Schule erzählt, was in Malaya geschehen war. Aber dies war wohl nicht der einzige Grund, weshalb man Stella mit so viel Anteilnahme und Liebenswürdigkeit entgegenkam. Sogar hier huldigte man ihrer Schönheit, dem zur Zeit etwas melancholischen Charme ihres Lächelns.

Sie war Zuschauer bei einem Kricketmatch der Jungen. Pieter erzählte ihr nachher stolz: »Weißt du, was die Jungens gesagt haben? Ich hätte die schönste Mutter von allen.«

Stella lächelte und sagte, wie immer, wenn sie ein Kompliment entgegennahm: »Danke.«

Im stillen fragte sie sich, ob nun die Zeit gekommen sei, wo sie nur noch von ihrem Sohn Komplimente hören würde.

Aber das war wohl nicht zu befürchten. Regelmäßig trafen Briefe von Lionel ein. Es waren nicht gerade Liebesbriefe, dazu war er nicht der Typ, und so eng war ihr Verhältnis noch nicht geworden. Aber zwischen den Zeilen standen doch eine Menge Dinge, die einer Liebeserklärung sehr nahekamen und seine Sehnsucht nach ihr deutlich widerspiegelten.

Stella dachte nicht sehr viel über Lionel und über eine eventuelle gemeinsame Zukunft nach. Das Vergangene war noch zu nahe, war noch nicht vergessen. Sie war nicht bereit zu einer neuen Liebe, geschweige denn zu einer neuen Ehe.

Manchmal dachte sie, daß sie am liebsten gar nicht wieder heiraten würde. Wozu eigentlich? Sie war zweimal verheiratet gewesen, beide Ehen hatten nicht sehr lange gedauert. Mit Dietrich hatte sie kaum zusammengelebt. Mit Jan um so enger, schon weil die

Gegebenheiten auf der Plantage ihr gar kein eigenes Leben ermöglichten.

Jetzt, wenn sie manchmal darüber nachdachte, was aus ihr werden sollte, schien es ihr wünschenswert, dieses eigene Leben nun endlich zu führen. Wie es aussehen sollte, davon hatte sie keine genaue Vorstellung.

Aber so nach und nach, je mehr ihre Nerven sich beruhigten, erwachte in ihr das Verlangen nach Arbeit. So wie jetzt konnte sie sowieso nicht ewig weiterleben.

Zuerst hatte sie in London im Hotel gewohnt. Doch dann hatte sich eine günstige Lösung ergeben, wo sie ungestört und ruhig leben und sich erholen konnte.

Das kleine Landhaus in Sussex, etwa auf halbem Wege zwischen London und Brighton, wo Mabel all die Jahre mit ihren Eltern gelebt hatte, befand sich noch im Besitz der Familie. Mabels Eltern waren tot. Jane hatte das Haus vermietet, aber im oberen Stockwerk zwei Zimmer behalten, wo sie gelegentlich ein Wochenende verbrachte. Früher allein oder mit einer Freundin, jetzt mit ihrem Mann. Das Haus lag sehr hübsch. Mitten in einer grünen, weiten Landschaft, am Rande eines Ortes, umgeben von einem gepflegten Garten. Das nahe Meer machte die Luft frisch und prickelnd, schickte oft einen herben Seewind über die Wiesen.

Anfangs fühlte sich Stella sehr wohl hier. Sie lebte ganz unbehelligt. Keine Neugier, kein lästiges Mitleid bedrängte sie. Sie war eine Frau, die in den Kolonien ihren Mann verloren hatte, Ausländerin zwar, was man aber geneigt war, freundlich zu übersehen, da sie stets sehr höflich war und sehr zurückgezogen lebte. Die meisten Leute, die in den anderen kleinen Häusern im näheren oder weiteren Umkreis lebten, erinnerten sich noch an Mabels Eltern, an Mabel natürlich auch und an ihre Kinder. Mabels Mann hingegen hatte fast niemand gekannt. Man war in großen Zügen informiert, natürlich auch über Stella, aber es gab eigentlich nichts, was man ihr zum Vorwurf machen konnte.

Der Winter war kühl, neblig und feucht, auch im Haus fror man manchmal ganz beträchtlich. Aber nach all den Jahren, im schwülen, drückenden Klima Malayas verbracht, genoß Stella den Regen und den Nebel mit ehrlichem Vergnügen. Sie ging manchmal ziellos im Regen spazieren, begleitet von Pet, dem goldbraunen Spaniel des Ehepaares, das im Hause wohnte. Pet trabte vor ihr her, seine buschigen Ohren schleiften auf dem Boden, das feuchte Laub blieb in ihnen hängen. Manchmal blieb er stehen und schüttelte sich temperamentvoll, bis alles weggeflogen war, was ihn störte. Falls es nicht so gelang, wie er es sich vorstellte, wartete er, bis Stella herangekommen war, die sich dann bückte und verfangene kleine Zweige und Erdklumpen aus seinem Fell löste.

»Wie kann man auch nur so lange Ohren haben, daß sie den Boden aufkehren«, sagte sie. »Wenn du aber wenigstens den Kopf hochtragen würdest, Pet, könnte gar nichts passieren.«

Pet blickte ernsthaft zu ihr auf, trabte dann wieder los, den Kopf nach unten, die Ohren auf der Erde.

Sie sprach immer deutsch mit dem Hund, und es schien ihm nichts auszumachen. Es war die einzige Möglichkeit, deutsch zu sprechen, außer wenn Pieter gelegentlich über das Wochenende kam. Aber dann mußte sie damit anfangen. Pieter hatte sich vollkommen in die englische Sprache eingelebt und kam von sich aus nie darauf, seine Muttersprache zu gebrauchen.

Stella sprach jetzt auch recht gut Englisch. Aber sie hatte immer noch einen starken Akzent, der sie als Ausländerin auswies, und sie hatte sich nie daran gewöhnt, in der fremden Sprache auch zu denken. Ihre Selbstgespräche, ihre Gedanken hatten deutsche Worte.

Sie hatte viel Zeit zum Denken. Und das war nicht so gut. Es fehlte an Menschen, am Gespräch, an Ablenkung. Mit der Zeit verfiel Stella in eine Art Schwermut, mit der sie morgens schon erwachte, die sie den ganzen Tag über begleitete und in der Nacht noch ihren Schlaf drückend und düster machte.

Das Leben in Malaya war viel Müßiggang gewesen, hatte ihr keine Gelegenheit geboten, ihre Fähigkeiten, ihre Persönlichkeit weiterzuentwickeln. Damals hatte sie immer große Pläne gehabt, was sie alles tun würde, wenn sie erst wieder in Europa leben würde. Doch nun war der tropischen Trägheit schwermütige Lethargie gefolgt.

Die ganzen langen Monate des Winters tat sie eigentlich nichts als träumen, lesen, ein wenig Radio hören und spazierengehen. Am Anfang hatte sie noch eifrig Briefe geschrieben. Aber selbst dazu hatte sie bald keine Lust mehr. Sie raffte sich nur noch gelegentlich auf, um Lionel zu antworten oder an Thies zu schreiben. Thies schrieb auch oft. Er machte sich Sorgen um sie. Und er konnte nicht begreifen, warum Stella in England blieb und nicht nach Sylt gekommen war.

Stella schrieb ihm einmal: »Es ist doch vollkommen gleichgültig, wo ich lebe. Pieter geht nun mal hier zur Schule und fühlt sich ganz wohl dabei. Und Du brauchst mich nicht. Du hast Denise und die Kleine. Ich wäre sicher vollkommen überflüssig bei Euch. Nora hat ihren Mann. Und wer sollte sonst bei Euch nach mir fragen?«

Sie war immer noch eifersüchtig auf Denise. Persönlich hatte sie nie etwas gegen Denise gehabt. Aber daß sie Thies bekommen hatte und vor allem daß Thies all die vielen Jahre in unwandelbarer Liebe und Treue an ihr festgehalten hatte, das gönnte sie Denise nicht ganz. Das hätte sie keiner Frau gegönnt. Sie war immer daran gewöhnt gewesen, daß Thies da war, daß er für sie da war, selbst sein langer Aufenthalt in Amerika hatte dieses Gefühl nicht wesentlich beeinträchtigt. Daß Denise dann aus seinem Leben wieder verschwunden war, hatte Stella im Grunde ihres Herzens sogar befriedigt. Es war sehr egoistisch gedacht, das wußte sie, aber sie konnte gegen dieses Gefühl nicht an. Thies, das Termogen-Haus auf Sylt und früher auch Krischan, das sollte ihr gehören, niemand sonst.

Sie hatte Anke nicht Krischan gegönnt, und sie gönnte Denise nicht Thies. Und sicher wäre sie ohne Umweg nach Sylt gefahren, wenn Thies nicht geheiratet hätte.

Aber so? Sollte sie dort leben als Gast, wo sie eigentlich zu Hause war? Denise würde die Hausfrau sein und sie der Besuch. Es war ein törichter, kindischer Trotz, der sie davon abhielt, nach Sylt zu fahren; sie wußte es. Und sie hätte es nie jemand eingestanden. Aber es war letztlich der Grund, warum sie sich nicht zu dieser endgültigen Heimkehr entschließen konnte.

Thies drängte sie in jedem Brief zu kommen. »Ich habe mit Dir zu reden«, schrieb er. »Es gibt Dinge, die kann man nicht schreiben, über die muß man sprechen. Und ich mache mir Sorgen um Dich.«

»Du brauchst Dir keine Sorgen um mich zu machen«, antwortete ihm Stella. »Mir geht es ausgezeichnet. Und ich komme bestimmt bald. Noch vor Weihnachten.«

Aber Weihnachten ging vorbei, und von da an vertröstete sie Thies auf das Frühjahr.

Weihnachten hatte Pieter Ferien und war bei ihr. Stella gab sich alle Mühe, ihm ein schönes Weihnachtsfest zu bereiten. Sie besorgte sogar einen Christbaum und schmückte ihn liebevoll, sie kochte und sie buk. Aber eine richtige Weihnachtsstimmung kam bei beiden nicht auf.

»Ohne Daddy ist es nicht das richtige«, meinte Pieter. »Findest du nicht auch, Mutti?«

Zu ihr sagte er übrigens immer Mutti, auch wenn er englisch sprach. Von Jan sprach er stets als von Daddy. Von Dietrich, den er ja immer noch für seinen richtigen Vater halten mußte, sprach er nie.

»Ja«, erwiderte Stella. »Vielleicht hätten wir doch zu Onkel Thies fahren sollen. Da wäre es vielleicht anders gewesen. Hier sind wir eben doch ein bißchen fremd.«

»Ich nicht«, sagte Pieter. »Mir gefällt es hier. Aber du, nicht? Du lebst eben hier zu einsam. Helen hat es auch gesagt.«

Helen hatte ihren Sohn mit dem Wagen abgeholt und für Stella ein Geschenk mitgegeben. Und außerdem hatte sie anscheinend mit Pieter über Stella gesprochen.

Auch Helen hatte Stella eine ganze Weile nicht mehr gesehen. Anfangs war sie öfter mal nach London gefahren, aber in letzter Zeit hatte sie auch dazu keine Lust mehr. Und Helen kam nicht von selbst. Sie erwartete wohl, daß sie eingeladen wurde. Stella lachte ein wenig ärgerlich. »So? Sagt sie das? Und was soll ich ihrer Meinung nach tun? Jan ist schließlich erst ein halbes Jahr tot, ich kann schlecht auf Parties gehen und mich amüsieren.«

»Aber Tante Helen meint, es sei falsch, daß du hier draußen lebst«, fuhr Pieter hartnäckig fort. »Du solltest in London sein, da könntest du auch mal ausgehen oder ins Theater gehen oder irgend so was.«

»Ich fühle mich sehr wohl hier«, sagte Stella. »Ich habe gar kein Bedürfnis nach Gesellschaft. Es genügt mir, wenn du ab und zu kommst.«

Mit der Zeit begann sie aber doch immer mehr über zukünftige Arbeitsmöglichkeiten nachzudenken. Bei sparsamer Einteilung würde Jans Geld noch einige Jahre reichen. Aber Sparen war noch nie Stellas Stärke gewesen. Und sie war einfach zu jung, um sich schon für alle Zeit zur Ruhe zu setzen.

Einige äußere Anlässe kamen dazu, die die Arbeitslust in ihr langsam wiedererweckten. Beim Kramen in ihren Sachen fand sie in einer Schreibmappe alte Briefe. Darunter einen Brief von Adam. Während des Krieges hatte sie überhaupt nichts mehr von ihm gehört. Nach dem Krieg hatte Hermine dann die Verbindung wiederaufgenommen, und gelegentlich hatte Stella ebenfalls an ihn geschrieben. Das letztemal von Singapur aus, nachdem sie Lionel kennengelernt hatte. Sie berichtete Adam, daß sie einem Mann namens Gontard begegnet sei, der möglicherweise sogar mit ihm verwandt sein konnte.

Nach einiger Zeit war Antwort von Adam gekommen. Er schrieb, seines Wissens habe es in England einen Zweig der Familie gegeben, zu dem allerdings schon seit Beginn des Jahrhunderts kaum mehr eine Verbindung bestanden habe. Daß der junge Mann also ein entfernter Verwandter sei, könne durchaus möglich sein. In diesem Brief standen auch die Sätze, die Stella jetzt beim Wiederlesen nachhaltig beschäftigten.

»Wie es scheint, hast Du Dich jetzt fest in Asien niedergelassen. Als ich Hermine in Berlin sprach, meinte sie, Du würdest bald nach Europa zurückkehren, und Du seist nicht so recht glücklich da unten. Weißt Du, daß ich sehr enttäuscht war, kleiner Stern, Dich nicht in Berlin anzutreffen? Ich habe immer gehofft, Dich einmal wiederzusehen. Als ich damals Deutschland verließ, konnte ich nicht ahnen, daß es so eine lange Trennung sein würde. Ich weiß nicht, wann wir das nächstemal nach Europa kommen werden. Gerry fühlt sich in letzter Zeit gesundheitlich nicht sehr wohl, und ich, na ja, ich will es zwar immer nicht wahrhaben, aber ich bin nun auch schon ein älterer Herr. Aber noch ganz ansehnlich, wie man mir immer wieder sagt. Das schreibe ich nur, damit Du nicht denkst, ich tappe hier als wackliger Greis durch die Gegend. Das denn doch nicht. Und ich arbeite auch noch immer, und erfreulicherweise mit Erfolg und allseitiger Anerkennung. Das ist es nun auch, kleiner Stern, was mir Sorgen macht, wenn ich an Dich denke. Ich war einmal so stolz auf Dich, auf Deine Begabung, Deine erfreulichen Leistungen. Und das soll alles vorbei und vergessen sein? Für immer? Ich kann es mir nicht vorstellen. Ich weiß, daß Du keine *career-woman* bist, wie man hier sagt, und auch nicht sehr ehrgeizig und zielstrebig. Du neigtest immer dazu, Dich ein wenig treiben zu lassen. Es mußte schon jemand hinter Dir stehen, der Dir gelegentlich einen Schubs gibt und Dich zur Arbeit anhält. Das war mir ja sehr fein gelungen. Aber ich fürchte, nach mir hat es keiner mehr getan. Deine verschiedenen Ehemänner haben Dich vermutlich immer nur von einer Seite gesehen, so wie es die meisten Männer mit Frauen tun. Sie wollen eine Geliebte, eine Frau, sie soll schön, zärtlich, liebevoll sein, und vielleicht noch eine einigermaßen gute Hausfrau. Das genügt ihnen. Mir hat es nie genügt. Mir hat es immer an einer Frau gefallen, wenn sie eine selbständige Persönlichkeit war, einen Beruf besaß und darin etwas leistete. Die Erfahrung hat mich gelehrt, daß diese Frauen auf die Dauer die angenehmeren Gefährtinnen sind, auch wenn sie vielleicht einmal nicht dazu kommen, gleich zerrissene Socken zu stopfen und jeden Tag das Parkett zu bohnern. Eine Frau, die etwas tut, vielleicht sogar etwas Ansehnliches leistet, ist meist hübscher, jugendlicher, gescheiter, und sie um sich zu haben, ist daher natürlich auch weitaus amüsanter, als eine andere, die sich nur mit Mann, Kindern und den eigenen vier Wänden beschäftigt. Es kommt natürlich immer auf den Menschen an. Du erinnerst Dich ja vielleicht noch an meine Ansicht, die besagt: Man kann immer nur dort etwas herausholen, wo etwas drin ist. Oder mit anderen Worten: Auf Steinboden kann man keinen Weizen säen. Ganz gleich, ob es sich nun um Beruf, Kunst oder Liebe handelt. Aber ich hatte damals den Eindruck, meine Saat wäre doch bei dir recht gut aufgegangen. Du warst ein hübsches, anmutiges Mädchen und wurdest eine recht beachtliche, kluge und tüchtige Frau. Ich sah Dich im Geist schon Karriere machen, viel Geld verdienen und zu einer angesehenen Persönlichkeit heranwachsen. Schön, es war Krieg, dafür konntest Du nichts. Aber Du bist immer sehr rasch und, wie mir scheint, unüberlegt in einer Ehe untergekrochen und hast nie versucht, auf Deinen eigenen hübschen Beinen zu stehen.

Als ich in Berlin war, hat Hermine mir sehr ausführlich von Dir und Deinem Leben erzählt, das kannst Du Dir ja denken. Ich war neugierig, und Hermine hat immer gern mitgeteilt, was sie wußte. Ich weiß also nun, wie Du gelebt hast in all den Jahren. Ich kann auch jetzt Deine Heirat mit dem Nazi verstehen, die mich damals tief erschüttert hat. Das weißt Du ja. Deine zweite Ehe zu begreifen, ist etwas schwieriger. Du bist schon einmal mit Deinem Vetter losgezogen und ziemlich kleinlaut, wie Hermine sagte, zurückgekehrt. Und nun machst Du den gleichen Fehler noch einmal? Warum hast Du es nicht jetzt einmal allein versucht? Wie ich bei meinem Deutschlandbesuch gesehen habe, scheint es doch wieder aufwärts zu gehen. Allerdings ist vielleicht gerade Berlin zur Zeit kein sehr glückliches Pflaster. Ich war zum Beispiel ein paar Wochen in München, wo ich alte Freunde habe. Dort hat es mir ausgezeichnet gefallen. Und wie ich hörte, warst Du nach Kriegsende dort. Warum bist Du da nicht geblieben? Auf künstlerischem und geistigem Gebiet geht es doch zur Zeit in Deutschland sehr rege zu. Hättest Du in München versucht, beruflich Fuß zu fassen, vielleicht wäre es mit der Zeit gelungen, die leeren Jahre zu überbrücken. Aber Du hast offenbar nicht einmal den Versuch dazu gemacht. Ich sprach auch mit Hartmann, der jetzt am Tegernsee lebt, und er berichtete von Eurer Nachkriegsarbeit in Berlin. ›Die Stella ist ein begabtes Mädchen‹, sagte er. ›Aber da ist kein Schwung und keine Kraft dahinter. Da muß immer einer danebenstehen, der ihr einen Tritt gibt. Dann geht's.‹ Du kennst ja seine Ausdrucksweise, aber rein sachlich hat er recht.

Du bist noch jung genug, kleiner Stern, um noch einmal zu beginnen. Schön, Du wirst vielleicht keine große Künstlerin werden, aber eine selbständige, unabhängige Frau. Denn ich kann mir nicht helfen, ich habe das Gefühl, Deine jetzige Ehe wird nicht von Dauer sein. Es sollte mich freuen, wenn ich mich täuschte.«

Stella blickte auf von dem Brief und starrte auf die gegenüberliegende Wand mit ihrer leicht verblichenen altmodischen Tapete. Grauer Grund mit hellroten Röschen. Die Tapete verursachte ihr ein ständig wachsendes Mißbehagen. Die alten Empiremöbel von Mabels Eltern waren sehr hübsch. Aber die Tapete, die Lampen und ein paar Bilder beleidigten ihr Künstlerauge. Doch bisher hatte sie an der Wohnung nichts geändert. Es schien ihr, als hätte sie kein Recht dazu. Wenn, dann mußte es Jane tun. Sie war schließlich ein modernes Mädchen und künstlerisch begabt. Aber vermutlich war sie von Kindheit an diese Einrichtung gewöhnt und kritisierte sie daher nicht.

Stella blickte wieder auf den Brief. Ihre Ehe würde nicht von Dauer sein, hatte Adam geschrieben, und damit hatte er recht gehabt. Allerdings war das Ende auf andere Weise gekommen, als er gedacht hatte.

Flüchtig mußte sie daran denken, wie empört Jan wohl gewesen wäre, wenn er diesen Brief gelesen hätte. Aber als sie diesen Brief erhielt, war Jan schon tot. Sie erinnerte sich genau, der Brief war ihr nach Singapur ins Hotel nachgeschickt worden, kurz ehe sie abreiste. Sie hatte ihn damals nur flüchtig gelesen. Und nie beantwortet.

Aber jetzt war es wohl an der Zeit, Adam mitzuteilen, wie sich ihr Leben wieder einmal verändert hatte. Und daß sie jetzt manchmal darüber nachdachte, ihre Arbeit wiederaufzunehmen.

2

Sie fing den Brief an Adam an, ließ ihn aber dann unvollendet einige Tage liegen. Und dann erhielt sie einen Brief von Nora, der weiter belebend auf ihre erwachende Unruhe wirkte.

»Wann kommst Du nun endlich?« schrieb Nora. »Ich könnte Dich so gut hier gebrauchen. Mein Laden wird süß. Er ist nicht weit vom Strand, im letzten Drittel der Friedrichstraße. Nicht groß, aber schick. Herbert ist dabei, sich hier seinen Elektrohandel wiederaufzubauen, er kann mir also nicht helfen. Übrigens sieht es für ihn ganz hoffnungsvoll aus. Es wird doch wieder viel gebaut, und er hat neulich den ganzen elektrischen Einbau für einen Hotelumbau geliefert. Er hat sich jetzt einen Volkswagen gekauft, kutschiert ewig auf der Insel herum und kennt hier schon bald mehr Leute als ich. Er meint, das sei wichtig für sein Geschäft.

Na ja, die Männer haben ja immer eine Ausrede. Ich weiß ja nicht, ob es auch so wichtig ist, daß er stundenlang mit irgendwelchen Leuten in der Kneipe sitzt und einen Grog nach dem anderen trinkt. Er hat sich geradezu erstaunlich schnell an die Bräuche hier gewöhnt. Und es gefällt ihm großartig. Er möchte nie mehr in die

Stadt zurück, sagt er. Dabei ist er ein waschechter Berliner. In Berlin ist es natürlich jetzt nicht mehr sehr schön. Du weißt, daß ich gern dort war, aber ich glaube, ich ginge unter den derzeitigen Umständen auch nicht zurück. Man weiß ja nie, was den Russen plötzlich einfällt. Ich habe Hermine auch angeboten, ob sie nicht lieber zu uns kommen will. Platz haben wir genug. Güde ist gestorben, das schrieb ich Dir ja, wir wohnen allein im Haus, unten habe ich die Werkstatt. Herbert möchte allerdings lieber nach Westerland ziehen, er meint, es sei geschäftlich günstiger für ihn. Na, das wird sich finden. Jedenfalls könnte Hermine prima hier wohnen, und wenn ich dann im Mai den Laden aufmache, wäre es für mich eine große Hilfe, wenn sie da wäre. Sie könnte sich um den Haushalt kümmern und um die Mädels unten in der Webstube. Es sind zwar bis jetzt nur zwei, aber falls das Geschäft geht, werden es sicher mal mehr.

Ja, liebe Stella, und da wäre ich wieder angelangt, wo ich hinwollte. Bei dem Laden. Dieses Jahr wird er ja noch etwas bescheiden ausfallen, mein Betriebskapital ist mehr als mickrig, aber ich denke, daß wir das schon schaffen werden. Natürlich möchte ich auch kein Personal engagieren, eben aus Finanzgründen. Ich muß es ganz allein machen, was nicht so einfach ist. Jensine wollte mir ja während der Hochsaison helfen, aber sie hat vor vierzehn Tagen ein Kind gekriegt, und da wird sie ja nicht viel Zeit haben. Übrigens ist Anke auch wieder in anderen Umständen, wie findest Du das?

Ich schreibe wieder mal wie Kraut und Rüben durcheinander, aber das habe ich ja immer gemacht. Also kurz und gut, ich dachte, Du kommst, wir lösen uns im Geschäft ab, und Du fängst vor allem wieder an zu töpfern und lieferst Ware für das Geschäft. Du könntest Meister Hoogs Werkstatt übernehmen, so, wie sie ist. Seine Frau lebt noch und ist frisch und munter, und die würde Dich ja nicht stören. Ein neuer Töpfer ist bis jetzt nicht da. Thies meint, der Brennofen und das alles wäre wohl ein bißchen veraltet, aber Du könntest ja zunächst damit anfangen, später kann man vielleicht mal etwas Neues anschaffen. Komm doch endlich, Stella. Wir alle warten auf Dich. Thies hat Dir auch etwas sehr, sehr Wichtiges zu sagen. Er hat mir verboten, es Dir zu schreiben, obwohl es mir fast die Seele abdrückt, den Mund zu halten. Aber er will es Dir selber sagen. Du wirst staunen.«

Dieser Brief von Nora war wie ein lockender Ruf, dessen Echo nicht verstummte. Und langsam, noch blaß und unwirklich, aber nicht mehr zu übersehen, begannen sich für Stella die Konturen eines neuen Lebens abzuzeichnen. Als sei alles, was sich in dem letzten Dutzend Jahre abgespielt hatte, nur ein Intermezzo gewesen, Variationen, weit vom Thema entfernt, doch nun kehrte sie zu den vollen Akkorden der Grundmelodie zurück. Die Insel, das Rauschen des Meeres, die grünen Bäume von Keitum und davor, als nüchterne Realität des Alltags, ein Laden in Westerland und die Töpferei im Hause Meister Hoogs.

Das ist Krischan, dachte Stella wehmutsvoll, noch aus der unbekannten Ferne sorgt er für mich, sagt mir, was ich tun soll. Keiner hat mich in Wirklichkeit verlassen. Alle diese Männer, die mich liebten, die mein Leben begleiteten, gaben mir etwas. Jan gab mir Pieter, Dietrich ersparte mir das Grauen des Krieges, Adam gab mir einen Beruf, und wenn ich jetzt seinen Brief lese, dann mahnt er mich zur rechten Stunde, und Krischan endlich, der Geliebteste von allen, gibt mir eine Heimat. Er hat immer gesagt, ich würde eines Tages zurückkehren. Bei seinem Vater habe ich töpfern gelernt. Und in dieser Werkstatt werde ich jetzt selbständig arbeiten. Und von irgendwoher wird Krischan lächelnd zusehen.

Beide Briefe lagen mehrere Tage auf ihrem Nachttisch, der alte von Adam und der neue von Nora.

Und dann vollendete sie schließlich den Brief an Adam und berichtete ihm genau, was Nora geschrieben hatte. Was er davon halte?

Als Stella schließlich den vollendeten Brief im Ganzen durchlas, er war sehr lang, hatte sie Bedenken, ihn abzuschicken. Es war ein seltsamer Brief geworden. Auf einigen Seiten war ein Überblick über das ganze vergangene Jahr enthalten. Der erste Teil handelte von Jans Tod, der letzten Zeit in Malaya, er klang deprimiert, trostlos und verloren. Und der zweite Teil, den sie geschrieben hatte, nachdem Noras Brief eingetroffen war, enthielt Pläne, war voller Zukunft, Leben und Hoffen. Der erste Teil war Ende, Abschied, Tod. Der zweite Teil sprach von einem neuen Beginn.

Doch dann schickte sie den Brief doch ab. Adam würde sie richtig verstehen. Er war klug genug, zu begreifen, daß beide Stimmungen jetzt in ihrem Dasein Raum hatten.

Nicht lange danach, es war Anfang März, kam Pieter über das Wochenende nach Hause. Sie zeigte ihm Noras Brief.

Er las ihn aufmerksam und fragte dann: »Was meint sie mit dem Wichtigen, das Onkel Thies dir zu sagen hat?«

»Ich habe keine Ahnung«, sagte Stella. »Ich habe auch schon viel darüber nachgedacht. Wahrscheinlich übertreibt Nora. Das hat sie immer gern getan.«

»Aber Onkel Thies hat doch auch schon geschrieben, daß er mit dir reden müßte.«

Stella nickte. »Ja.«

Pieter lächelte. Sehr verständnisvoll, fast schon männlich-überlegen. Ein Lächeln, das an Thies erinnerte.

»Dann wirst du ja wirklich mal hinfahren müssen, Mutti«, sagte er. »Sicher bist du doch neugierig.«

Das konnte sie nicht leugnen. »Ja, das bin ich wirklich. Ich werde dann also nächsten Monat mal verreisen, Pieter. Und nun sag mir noch eins. Bitte, ganz ehrlich.«

»Ja?« Pieters dunkle Augen blickten sie fragend an.

»Wenn ich nun ... Wenn ich ...« Stella stockte. »Nehmen wir mal an ...«

Pieter verstand und kam ihr zu Hilfe. »Du willst sagen, was ich davon halte, wenn du Noras Vorschlag annimmst?«

Stella nickte erleichtert. »Ja. Was bin ich froh, daß ich so einen gescheiten Sohn habe! Ja, Pieter, das meine ich. Irgend etwas muß ich schließlich tun, nicht? Ich kann nicht mein ganzes Leben hier auf dem Lande verbringen und in die Wolken gucken. Wenn du mal groß bist und studierst oder was du auch machst, werde ich immer allein sein. Wenn ich aber wieder arbeiten würde, und wenn ich zu Hause wäre ...«

»Ich finde, es ist ein großartiger Vorschlag«, meinte Pieter ruhig, »ich kann mich noch gut erinnern, wie du in Berlin modelliert hast. Und wenn dort eine Werkstatt ist, die du haben könntest, und Tante Nora hat einen Laden und da könntest du mitmachen, da wäre doch alles prima.«

»Du meinst also, ich sollte ja dazu sagen?« Sie fragte es zaghaft, unsicher, noch ein wenig ängstlich vor dem Neuen, das auf sie zukam.

Aber Pieter, ihr großer, verständiger Sohn, ein richtiger Termogen, ein kleiner Mann schon bald, nickte nachdrücklich.

»Das meine ich. Du fährst mal hin, siehst dir das alles an, und wenn es dir gefällt, dann übernimmst du die Werkstatt und arbeitest im Sommer in Noras Laden mit.«

»Und du?« fragte Stella. »Kommst du mit?«

»Natürlich«, sagte Pieter. »Ich kann dich doch nicht allein lassen. Du bist eine Frau. Und Frauen brauchen einen Mann, der auf sie aufpaßt.«

Stella lachte, obwohl ihr fast mehr zum Weinen zumute war. Sie ging zu Pieter hin, legte beide Arme um ihn und schmiegte ihre Wange an seine.

»Du hast recht«, sagte sie. »Das brauche ich wirklich. Ich glaube, das habe ich immer gebraucht. Und ob jemals so eine richtige selbständige Frau aus mir wird, bezweifle ich. Wenn du auf mich aufpassen willst, bin ich sehr froh. Arbeiten täte ich sehr gern wieder, weißt du. Nachgerade fällt mir hier die Decke auf den Kopf. Aber ohne dich würde ich natürlich nicht gehen. Du würdest also mitkommen nach Sylt?«

Sie drehte ihr Gesicht ein wenig und küßte ihren Sohn leicht auf die Wange.

Pieter war es ein wenig peinlich, aber er ertrug es mit Haltung.

»Ich komme mit«, sagte er. »Du hast mir so viel von Sylt erzählt. Und wie schön es dort war. Und eigentlich gehören wir Termogens ja auch dorthin.«

»Ja, das ist wahr«, sagte Stella. »Du gehörst bestimmt dorthin. Du bist jetzt der einzige junge Termogen, den es gibt. Vielleicht bekommt Onkel Thies noch einen Sohn, das weiß man ja nicht. Aber bis jetzt hat er nur eine Tochter, und du bist der einzige Termogen.«

»Kein ganz richtiger«, wandte Pieter ein. »Aber beinahe, nicht?«

»Ein ganz richtiger«, sagte Stella mit Nachdruck. »Richtiger geht es gar nicht.« Sie war nahe daran, Pieter zu erzählen, was für ein echter Termogen er war, Jans und ihr Sohn. Aber sie beherrschte sich. Es war noch zu früh für dieses Bekenntnis. Bei aller Vernunft war Pieter erst zwölf Jahre alt. Ein paar Jahre mußte man wohl noch warten.

»Du bist Onkel Thies sehr ähnlich«, fuhr sie statt dessen fort. »Und wenn du von Onkel Pieter etwas geerbt hättest, wäre es wunderbar. Dann könntest du der neue starke Stamm in der Mitte werden. Ein Termogen auf Sylt.« Sie lachte plötzlich, kindlich froh. »Dann kaufen wir wieder Pferde und fangen eine neue Schafzucht an.«

Pieter lachte auch. »Ja. Aber erst müßte ich mal Kapitän werden, nicht?«

»Das wäre keine schlechte Idee.«

»Du wirst lachen, Mutti«, sagte Pieter, »ich hätte sogar Lust dazu.«

»Das wird sich alles finden, sagte Onkel Pieter immer. Jetzt gehst du erst noch ein bißchen zur Schule. Du müßtest dann natürlich in Westerland zur Schule gehen.«

»Genau wie du, nicht?«

»Ja. Würde es dir sehr schwerfallen, Philip zu verlassen?«

»Na ja, 'n bißchen schon. Aber er könnte mich ja in den Ferien besuchen, nicht?«

»Natürlich. Und dann geht ihr zusammen in die Brandung baden und Muscheln suchen im Watt und holt euch Krabben von den Fischkuttern.«

»Und die Pferde? Kaufen wir die bald?«

»Wenn wir Geld haben. Erst müssen wir mal sehen, wie das Geschäft geht.« Sie breitete plötzlich die Arme aus und seufzte. »Ach, Pieter, ich freue mich auf Zuhause.«

Ihre Augen standen plötzlich voll Tränen, und Pieter sagte, ein wenig scheu: »Aber du weinst ja, Mutti.«

»Ja«, flüsterte Stella, »ja. Weil ich glücklich bin. Weil ich nach Hause fahre. Mr. Wu hat immer gesagt: Sie werden heimkehren, zur Insel ihres Heimwehs, Mrs. Stella.«

Lionel fiel ihr ein. Sie hatte in den letzten Tagen kaum an ihn gedacht. Im Laufe des kommenden Sommers würde er nach England kommen und erwarten, sie hier zu finden. Und erwarten, daß sie für ihn dasein würde. Wenn sie aber jetzt zurückkehrte nach Sylt, wenn sie dort ein neues Leben begann?

Sie schob den Gedanken rasch beiseite. Das wird sich alles finden. Onkel Pieters alter Trostspruch paßte auch hier. Erst mußte Lionel kommen. Er konnte sie auch auf Sylt besuchen. Und dann würde sich zeigen, was aus ihnen wurde. Ob sie ihn lieben konnte.

»Wann fährst du, Mutti?« fragte Pieter.

»Nächsten Monat, dachte ich«, sagte Stella. »Gleich nach deinem Geburtstag.«

3

Stella nahm das Flugzeug bis Hamburg, und von da aus den Nachmittagszug nach Westerland.

Der Zug war um diese Jahreszeit leer. Sie saß allein in einem Abteil. Die vierstündige Fahrt kam ihr endlos vor. Es war ein heller Vorfrühlingstag mit einem blassen hohen Himmel, der hier über den Wiesen und Weiden von Schleswig endlos schien. Die Nähe des Meeres spiegelte sich in ihm. Und für Stella noch etwas anderes. Es war der Himmel der Heimat. Der Himmel ihrer glücklichen Jugend.

Während der Zug unter ihm entlangrollte, wußte sie auf einmal ganz bestimmt, daß sie hier bleiben wollte. Kapitän Termogen hatte sie damals hierhergebracht, und alles war gut gewesen. Jetzt kehrte sie zurück, und es würde wieder alles gut sein. Arbeit wartete auf sie, Freunde, eine Heimat.

Sie begann Pläne zu machen. Die Werkstatt von Meister Hoog würde unverändert sein. Sicher war es möglich, sie mit der Zeit zu modernisieren. Im Sommer würde sie zusammen mit Nora im Laden sein. Im Winter in der Werkstatt arbeiten. Gebrauchskeramik, Tierplastiken, genau wie früher auch. Vielleicht würde sie auch wieder modellieren, künstlerische Arbeit machen.

Sie spreizte ihre Finger auseinander und blickte sie lange Zeit an. Lange, schlanke Finger, Hände, die sich nach Arbeit sehnten. Und sobald sie etwas geschaffen hatte, was sich sehen lassen konnte, würde sie Adam schreiben, daß er kommen solle.

Wo würde sie wohnen? Im Termogen-Haus, dort war Platz genug. Oder wenn Thies mit seiner Familie lieber allein sein wollte, bei Mutter Hoog. Die würde jetzt sehr einsam sein. Und Pieter würde jeden Morgen mit dem Rad nach Westerland zur Schule fahren, genau wie sie es getan hatte. Ein neuer Pieter Termogen lebte dann in Keitum, und vielleicht würde es eines Tages sogar ein neuer Kapitän Termogen sein. So schloß sich der Kreis.

Sie würde in diesem Sommer fünfunddreißig Jahre alt werden. Zeit, daß endlich Ordnung und ein Ziel in ihr Leben kamen. Hatte sie nicht immer geglaubt, etwas ganz Besonderes, Einmaliges zu sein? Ich bin anders als die anderen, hatte sie zu Adam gesagt. Und er hatte geantwortet: Du bist anmaßend, mein Kind.

Damit hatte er recht gehabt. Aber er hatte nicht recht gehabt, als er sie ein Blütenblatt im Wind nannte. Sie war es gewesen, doch das würde vorbei sein. Sie besaß Wurzeln, die sie festgehalten hatten.

Oder war das ein Selbstbetrug? Was würde geschehen, wenn Lionel kam? Wenn er sagte: Komm mit!

Eine neue Liebe, ein neuer Mann. Würde sie dann wieder fortgehen, in ein ungewisses Schicksal? Was wußte sie von ihm? So gut wie gar nichts. Sie kannte sein Gesicht, sein Lächeln, die Art, wie er sie ansah. Aber er hatte sie nie richtig geküßt, nicht in den Armen gehalten, sie wußte nichts von seinem Leben, seinen Plänen, seiner Zukunft. Was würde er tun, wenn seine Aufgabe in Malaya beendet war? Falls sie überhaupt so schnell beendet sein würde, wie er annahm. Wo würde er leben, welchen Beruf würde er haben, und was erwartete sie bei ihm? Er war klug, er wirkte männlich und überlegen, aber er war ein wenig jünger als sie. Und vor allem, würde sie ihn lieben können?

Liebe! Alles begann dann wieder von vorn. Das Suchen, das Tasten und vielleicht das Zueinanderfinden. Vielleicht. Man konnte es vorher nie wissen. Der Weg war weit, den zwei Menschen gehen mußten, bis sie einander wirklich trafen. Wußte Lionel das eigentlich? Sicher nicht. Aber sie wußte es jetzt. Und sie hatte ein wenig Angst vor diesem Weg, den man so oft vergebens ging.

Wozu brauchte sie eigentlich einen Mann? Die Insel, Pieter, ihre Arbeit. Das genügte doch. Es bedeutete Frieden, Ruhe, Glück. Glück?

Das wußte man natürlich nicht. Vielleicht nur Zufriedenheit, aber das konnte mehr sein.

Als der Zug in Niebüll ankam, der letzten Station vor der Insel, war sich Stella darüber klargeworden, daß sie keinen Mann brauchte. Sie würde nicht wieder heiraten.

Und als der Zug aus den Wiesen heraus auf den Damm rollte, der die Insel mit dem Festland verband, war sie noch einen Schritt weitergegangen und hatte beschlossen, überhaupt in Zukunft auf die gefährliche Unruhe der Liebe zu verzichten.

Eine dicke weiße Wolke kam von der Insel her, ihr entgegen, über das Meer gesegelt. Und wenn Stella hinaufgeblickt hätte, dann hätte sie über den Rand der Wolke das Gesicht von Kapitän Termogen sehen müssen, der zu ihr hinunterblickte und vergnügt schmunzelte, ein wenig spöttisch und sehr weise. Und wenn sie dem Wind gelauscht hätte, der diese Wolke vor sich hertrieb, dann hätte sie darin die Stimme von Kapitän Termogen gehört, der ihr zurief: »Das wird sich finden, min Deern. Das wird sich alles finden.«

Aber sie hörte nur das Rollen der Räder auf den Schienen, die silberblitzend über den Hindenburgdamm liefen. Und ihre Augen, mit denen sie hinaus auf das Wasser blickte, standen voller Tränen.

4

Am Bahnhof in Westerland wurde sie von Thies abgeholt. Sie fiel ihm in die Arme und begann noch einmal zu weinen.

Thies hielt sie eine kleine Weile fest und sagte liebevoll: »Nun, nun, kleine Schwester. Ist ja alles gut.« Dann schob er sie ein Stück von sich und betrachtete sie. »Endlich bist du da. Hat lange gedauert.«

Stella nickte. »Kennst du mich überhaupt noch? Bin ich sehr alt geworden?«

Er lachte. »Überhaupt nicht. Hübsch wie immer. 'n büschen blaß vielleicht. Aber das wird hier bald verschwinden.«

»Und du magst mich noch, Thies?«

»Warum denn nicht?«

»Du hast doch jetzt Denise. – Ich dachte, ich bin dir ganz gleichgültig geworden.«

»Du bist 'nen klein' Döskopp, nöch? Biste ja woll. Hast du jemals in deinem Leben zuwenig Liebe gekriegt?«

Stella seufzte. »Ach, ich weiß nicht. Manchmal denke ich doch.«

Thies schmunzelte. »Finde ich zwar nicht. Aber das wird sich woll noch ausbügeln lassen. Und nun komm!«

Er nahm ihren Koffer, und sie verließen den Bahnsteig.

Während sie mit dem Taxi nach Keitum hinüberfuhren, fragte Stella: »Und bei euch ist alles in Ordnung? Es geht euch gut?«

»Danke«, sagte Thies. »Wir können nicht klagen. Denise wird jeden Tag hübscher. Und Corinne ist einfach süß. Ich bin närrisch in meine Tochter verliebt.«

»Na ja«, meinte Stella ein wenig spöttisch, eine kleine Eifersucht im Herzen, »das ist nichts Originelles. Das geht jedem jungen Vater so.«

»Wahrscheinlich«, sagte Thies.

Stella betrachtete ihn liebevoll von der Seite. »Sie wird einmal ein hübsches Mädchen werden. Sie hat eine schöne Mama und einen gutaussehenden Vater.«

»Danke«, lachte Thies. »Hoffen wir das Beste.«

»Sag mal«, fragte Stella, »was ist das eigentlich für eine geheimnisvolle Geschichte, die du mir anvertrauen willst? Nora hat so was geschrieben.«

»Später«, sagte Thies. »Erst komm mal nach Hause.«

»Und was macht die Arbeit?«

»Danke, es läßt sich alles gut an. Mein neues Buch ist bald fertig. Es soll im Herbst herauskommen.«

Thies war jetzt neununddreißig. Er sah wirklich gut aus, Stella hatte nicht übertrieben. Sein schmales, ernstes Gesicht war sehr männlich geworden, in seinen dunklen Augen wohnte noch immer die Güte, auf seiner hohen Stirn die Klugheit.

Und Denise, der Stella kurz darauf gegenüberstand, war noch hübscher geworden, Thies hatte recht. Sie war nun siebenunddreißig, sah aber viel jünger aus. Schlank und zierlich, wie früher, sehr beweglich und lebhaft, die Augen strahlend vor Glück.

Sie hatten beide lange warten müssen, bis sie zusammenkamen. Und sie waren beide in der langen Zeit nicht schwankend geworden in ihrer Liebe, trotz allem, was sie trennte. Die verschiedene Nationalität, der Krieg, die böse, haßerfüllte Zeit. Denise und Thies, deren Namen so ähnlich klangen, hatten nie daran gezweifelt, daß sie zueinander gehörten. Und heute waren sie zusammen. Und man konnte jetzt schon mit Sicherheit wissen, daß sie zusammenbleiben würden. Liebe ohne Zweifel, Vertrauen auf das eigene Gefühl, und Geduld, der feindlichen Zeit zu trotzen, das hatten sie beide besessen.

Stella empfand ein wenig Neid, als sie die beiden sah. Ihr eigenes Leben erschien ihr armselig dagegen. Das Wunder der großen Liebe war ihr nicht beschieden gewesen. War es ihre Schuld?

»Ihr seid glücklich«, sagte sie zu Thies, als sie allein waren.

Denise brachte die kleine Corinne zu Bett. »Man braucht gar nicht zu fragen. Man sieht es euch an. Ich habe bisher erst einmal so ein glückliches, zutiefst miteinander einiges Ehepaar gesehen wie ihr beiden.«

»Und wer war das?« Er saß in Kapitän Termogens altem Ohrensessel und hatte sich eine Pfeife angezündet.

Stella beobachtete es ein wenig amüsiert.

»Du rauchst Pfeife?« sagte sie. »Genau wie Onkel Pieter. Steht dir aber gut.«

Thies lachte. »Findest du? Denise meint es auch. Ich fürchtete erst, sie würde etwas dagegen haben. Aber sie meint, in dieses Haus passe eine Pfeife. Das sei bester Stil. Und wer war nun das glückliche Paar?«

»Mr. und Mrs. Wu in Singapur«, sagte Stella. »Sie sind viel älter als ihr. Und sehr reich dazu. Aber bei ihnen hat man auch das Gefühl, daß ihr Leben eine einzige Harmonie ist.«

»Ich erinnere mich«, sagte Thies. »Du hast mir einmal darüber geschrieben.«

»Ich mochte sie sehr gern. Und ich werde Mr. Wu von hier aus schreiben. Er hat mir immer prophezeit, daß ich hierher zurückkehre.«

»Warum?«

»Weiß ich auch nicht. Ich habe ihm erzählt von hier, von dir, von allem. Und er sagte: Sie werden heimkehren, Mrs. Stella, zu der Insel ihres Heimwehs, und glücklich sein. Er sagte mir einmal einen Satz, den ich nicht vergessen habe. Sie haben da unten viel solche alten Sprüche.«

»Und wie heißt der Spruch?«

»Jene Schiffe, welche verließen denselben Hafen, einem unbekannten Geschick entgegen, haben sie sich voneinander entfernt?«

Thies blickte sie erstaunt, geradezu betroffen an. »Das hat er dir gesagt?«

»Ja. Es klingt gut, nicht? Es stimmt zwar nicht ganz. Ich bin ein einsames Schiff gewesen, das ausfuhr, und einsam kehre ich zurück. Aber es ist derselbe Hafen. Wenn ich hierbleibe, heißt das. Wenn ihr mich wieder hier haben wollt.«

»Das wollen wir«, sagte Thies herzlich. »Wir werden das alles in den nächsten Tagen besprechen. Und noch vieles andere.«

»Ich glaube, ich habe es dir schon einmal gesagt, Thies. Ich habe niemanden auf der Welt außer dir. Du bist der einzige Mensch, mit dem ich reden kann und der mich versteht. Das war immer so, und das ist so geblieben.«

»Du warst verheiratet«, sagte Thies. »Sogar zweimal. Schön,

Dietrich war kaum bei dir, diese ganze Ehe mit ihm war eine etwas merkwürdige Angelegenheit. Ihr seid eigentlich nie recht vertraut miteinander geworden. Aber Jan?«

»Jan?« Stella legte den Kopf in den Nacken und überlegte.

»Du hast ihn doch geliebt, nicht wahr?«

»Du wirst es vielleicht komisch finden, Thies, aber darüber bin ich mir nie recht klargeworden. Natürlich habe ich ihn geliebt. Aber irgend etwas hat gefehlt. Ich bin immer noch zu dumm, um zu erkennen, was. Aber es muß das sein, was man spürt zwischen Denise und dir. Was ist es eigentlich?«

»Was es ist? Nun, man könnte es mit vielen langen Worten erklären. Ich könnte einen Vortrag darüber halten. Aber ich kann es auch mit einem Wort sagen: Es ist Liebe. Sie bindet uns und macht uns dennoch frei. Sie gibt uns Kraft, und sie macht uns reich.«

»Dann habe ich alles falsch gemacht in meinem Leben«, sagte Stella. »Ich habe immer geliebt. Und ich bin ständig ärmer geworden.«

»Du hast nicht geliebt«, erwiderte Thies. »Du bist den Versuchungen erlegen. Nur du selbst kannst die Kraft aufbringen, dein Leben zu meistern. Keiner kann dir helfen. Aber in der echten Liebe ist dennoch Hilfe. Sie gibt dir Kraft und Mut, den richtigen Weg zu erkennen. Du hast immer nach dem gegriffen, was gerade da war. Oder hast dich greifen lassen von dem, was da war. Man muß auch einmal warten können, Stella. Man muß Geduld haben. Das ist nicht nur in der Liebe so. In der Arbeit, im Beruf, in jeder Beziehung zu Zeit und Menschen ist es so. Man muß die Hände frei haben, wenn das gute Schicksal kommt und sie ergreifen will. Man darf sie sich nicht immer fesseln lassen von unwichtigen Dingen. Wenn du klug genug bist, das zu erkennen, wirst du auch die wahre Liebe und damit den Frieden deines Herzens finden.«

Stella schüttelte den Kopf. »Nein«, sagte sie. »Für mich gibt es keine Liebe mehr.«

Thies lächelte. »Das glaube ich nicht. Wie hieß der Spruch von Mr. Wu? Jene Schiffe, welche verließen denselben Hafen . . .«

Denise kam ins Zimmer. »Nanu, ihr sitzt ja ganz im Dunkeln«, sagte sie. Sie knipste das Licht an. Es war die gleiche Lampe wie früher. Rund und altmodisch hing sie tief über dem Tisch, der vor dem Sofa stand und an dem man zu essen pflegte.

Stella stand auf von ihrem Stuhl, ging durch das Zimmer und schob sich hinter den Tisch auf das Sofa.

»Hier habe ich immer gesessen, in dieser Ecke«, sagte sie.

»Ja, ich weiß«, meinte Thies. »Und Vadding saß in der anderen

Ecke. Und manchmal schnurrtest du wie ein Kätzchen um ihn herum.«

»Wenn ich von seinem Grog trinken wollte, nicht?«

»Ja. Oder die Schularbeiten nicht gemacht hattest.«

»Dann schimpfte Krischan. Und wegen des Grogs schimpfte Stine.« Stella sah zu Denise hinüber, die neben der Tür stand. »Nur Thies schimpfte nie. Er saß in seinem Rollstuhl und lächelte. Weißt du, Denise, es ist immer noch wie ein Wunder, daß er wieder gesund ist. Heute hat er mich vom Bahnhof abgeholt, hat meinen Koffer und meine Tasche getragen, als wenn es gar nichts wäre. Und wenn er will, kann er aufstehen und zur Tür hinausgehen, zum Kliff oder durchs Dorf. Oder sonstwohin. Und damals ... Was hat es uns immer bedrückt, Krischan und mich, daß er nicht mit uns gehen konnte.«

»Ja«, sagte Denise, »das kann ich mir denken.« Sie blickte jetzt Thies an, eine kleine Frage in den Augen.

Thies erwiderte ihren Blick. Dann sah er Stella an. Keiner sprach.

»Was ist denn?« fragte Stella. »Du siehst mich so komisch an? Stimmt es nicht, was ich sage?«

Thies nickte. »Doch. Es stimmt genau. Und ich gucke dich nicht komisch an. Ich bin sehr glücklich, Stella, daß du hier bist. Ich habe mir immer Sorgen um dich gemacht.«

Stella lachte ein wenig befangen. »Da bist du der einzige.«

»Nein«, antwortete Thies. »Wir haben viel von dir gesprochen in den letzten Jahren.«

»Ihr hier?«

»Ja. Auch Nora und ...«

»Wo steckt sie eigentlich?« unterbrach ihn Stella. »Ich wundere mich, daß sie noch nicht da ist. Sie weiß doch, daß ich heute gekommen bin?«

»Ja. Sie kommt auch sicher noch vorbei. Aber jetzt ist sie drüben in Westerland. Anke hat heute Geburtstag.«

»Ach ja, richtig. Das habe ich ganz vergessen. Sie kriegt wieder ein Kind, hat Nora mir geschrieben. Lebt sie gut mit ihrem Mann?«

»Sehr gut. Die zwei passen großartig zusammen.«

»Na ja«, sagte Stella, »so geht das. Ich konnte sie nie leiden. Und sie mich auch nicht. Ich war eingebildet, und sie war überheblich. Und dann war es auch wegen Krischan.«

»*Mon Dieu*, Thies«, sagte Denise plötzlich, ein wenig ungeduldig. Sie ging rasch durchs Zimmer, nahm die Tischdecke aus der linken Schublade der Anrichte und breitete sie mit raschen Handgriffen über die hellbraune Fläche des Tisches. »Ich mache jetzt Abendbrot.« Sie ging zur Tür, doch ehe sie das Zimmer verließ, blieb sie noch einmal stehen, blickte zu Thies hinüber und sagte energisch: »Nun sag es ihr endlich.« Dann ging sie hinaus.

Stella sah Thies erstaunt an. »Was sollst du mir sagen?«

Thies stand auf. Er legte seine Pfeife langsam in den Zinnaschenbecher, kam durchs Zimmer und stand ihr gegenüber, vor dem Tisch.

»Ja, ich will es dir sagen. Du mußt nicht erschrecken, Stella.«

»Ist es etwas Schlimmes?« fragte Stella, Angst im Gesicht.

»Nein. Im Gegenteil. Es ist ...« Thies stützte sich auf den Tisch und beugte sich ein wenig vor. »Es ist etwas Gutes. Krischan lebt.«

Es blieb totenstill im Zimmer. Von draußen hörte man den Wind, der durch die Bäume fuhr.

Stella saß wie erstarrt. Das Blut wich aus ihrem Gesicht. Sie wurde totenbleich. »Nein«, flüsterte sie, »nein ... Thies!«

»Doch, Stella, er lebt. Und er ist hier.«

»Hier?«

»In Hamburg.«

»Ist er – gesund?«

»Jetzt wieder. Er arbeitet im Eppendorfer Krankenhaus.«

»Ja, aber ...« Plötzlich schrie sie fast. »Aber um Himmels willen, Thies, warum wußte ich das nicht? Warum – warum hast du mir das verschwiegen?«

»Ich habe es mir lange überlegt, Stella, ob ich es dir schreiben sollte. Ich – wollte dir und Jan eine Chance geben. Ich wollte nicht neue Unruhe in dein Leben bringen.«

»Ja, aber um Himmels willen, wie lebt er? Und wann ...?«

»Er kam wenige Wochen, nachdem du mit Jan nach Malaya gegangen warst. Er war in russischer Gefangenschaft. Du weißt ja, es hieß damals, er sei bei einem Fliegerangriff ums Leben gekommen. Das Lazarett, in dem er arbeitete, war eben dabei, einzupacken, es sollte nach rückwärts verlagert werden. Und Krischan überwachte den Abtransport der Verwundeten. Er wurde bei dem Angriff durch den Luftdruck der Bomben beiseite geschleudert, prallte gegen eine Mauer und blieb bewußtlos liegen. Ein Bein hatte er auch gebrochen. Und ein Splitter riß ihm eine tiefe Wunde im Rücken. In dem Durcheinander nach dem Angriff fand man ihn nicht, und dann kam auch schon die Panzerspitze der Russen. Ja, so war das.«

»Er lebt«, flüsterte Stella. »Und – es geht ihm gut?«

»Ja. Er war noch lange Zeit krank, nachdem er hier war. Aber jetzt ist er schon seit drei Jahren in Hamburg.«

Stellas Kopf sank vornüber. Sie legte die Stirn auf die Tischplatte und weinte.

Denise kam herein. Sie stellte das Tablett ab, das sie in den Händen trug, schob sich dann neben Stella auf das Sofa und legte ihren Arm um die Schulter der Weinenden.

»*Ah, mais non, ma pauvre chérie*«, sagte sie weich, »*c'est une bonne nouvelle, n'est-ce pas?* Nicht weinen, Stella. Wir warten noch mit essen, rauchen eine Zigarette und trinken eine kleine Schnaps. Das wird dir guttun. Ich habe Thies schon lange gesagt, er soll dir schreiben.«

»Ich wollte, daß sie heimkommt«, sagte Thies. »Sie sollte es hier erfahren.«

Er seufzte, wandte sich um, nahm seine Pfeife aus dem Aschenbecher und steckte sie zwischen die Zähne. Er war sich all die Jahre nicht klar darüber gewesen, ob er richtig gehandelt hatte. Was war zwischen Stella und Krischan gewesen außer dem einen Abend damals in Berlin, im letzten Kriegsjahr? Er wußte allerdings auch, wie Stella nach dieser Begegnung empfunden hatte. Und dann war sie mit Jan fortgegangen, kurz ehe Krischan kam. Sie hatte Jan geheiratet. Er war der Vater ihres Sohnes. Sie war das zweitemal mit Jan gegangen. Und es war ihre zweite Ehe. Er wollte ihr neue Verwirrung ersparen.

»Eine Schnaps«, mahnte Denise ihn. »Das brauchen wir alle.«

Thies nahm die Flasche aus dem Schrank und goß drei Gläser randvoll. Zwei stellte er vor die beiden Frauen auf den Tisch. Das dritte nahm er in die Hand.

»Auf deine Heimkehr, Stella.«

Stella hob den Kopf. Ihre Augen waren vom Weinen gerötet. »Weiß er, daß ich hier bin?« fragte sie.

»Natürlich«, sagte Denise. »Er hat viel Arbeit, weißt du. Aber wenn er ein freies Wochenende einmal haben kann, wird er kommen. Prost, Stella.«

Stella blickte sie an. Denises braune Augen waren voll Wärme und Verständnis auf sie gerichtet. Noch einmal stieg Stella ein Schluchzen in die Kehle. Sie legte ihre Stirn an Denises Wange und sagte: »Ihr müßt mir helfen.«

Denise stellte ihr Glas wieder zurück, nahm Stellas Kopf und küßte sie.

»Aber das tun wir doch. Du bist doch kleine Schwester von Thies. Du gehörst zu uns.«

»Du mußt ein wenig Geduld haben, Stella«, sagte Thies. »Die Zeit ist dein Freund, nicht dein Feind. Und nun trinken wir endlich, Vadding konnte es nie leiden, wenn die Gläser so lange auf dem Tisch standen. Dann fliegt der gute Geist hinaus, sagte er immer.«

5

Das wurde ein langer Abend. Sie hatten sich unendlich viel zu erzählen. Viel Zeit war vergangen, seit Stella und Thies sich das letztemal gesehen hatten. Und Briefe waren nur eine unvollkommene Brücke über den Abgrund der langen Jahre.

Natürlich wollte Stella zunächst alles über Krischan wissen. Thies erzählte, was er wußte. Die Russen hatten ihn verwundet und immer noch bewußtlos aufgelesen. So geriet er in Gefangenschaft. Er arbeitete dann später als Arzt in einem Gefangenenlager, obwohl er selbst nicht gesund war. Seine Verwundung heilte schlecht. Daher kam es auch, daß man ihn so bald entließ. Er kam als begleitender Arzt mit einem Trupp schwerkranker Heimkehrer nach Deutschland zurück.

Fast zwei Jahre lebte er dann in Keitum. Seine Mutter pflegte ihn gesund. Auch Meister Hoog lebte damals noch und war natürlich überglücklich, daß sein Sohn heimgekehrt war.

Eine Tragödie war es dagegen für Anke. Sie hatte Christian Hoog ihr ganzes Leben lang geliebt. Fünf Tage war sie mit ihm verheiratet gewesen. Dann hatte man ihr mitgeteilt, er sei tot. Sie hatte wieder geheiratet und erwartete ein Kind. Daß Krischan nun zurückkam und alles so verändert vorfand, trieb sie fast zum Wahnsinn.

»Du kennst Anke«, sagte Thies. »Sie war immer ein ruhiges, sehr beherrschtes Mädchen. Aber damals merkte man zum erstenmal, daß sie Noras Tochter ist. Sie war unbeschreiblich verzweifelt. Fühlte sich schuldig, machte sich die schwersten Vorwürfe, obwohl sie ja wirklich keine Schuld hatte. Krischan war schließlich nicht als vermißt, sondern als tot gemeldet worden. Sie wollte ihren Mann verlassen und zu Krischan zurückkehren. Aber da war das Kind, nicht wahr? Glücklicherweise ist Ankes jetziger Mann sehr vernünftig, ein kluger und ruhiger Mensch. Er hat sehr viel Geduld und Verständnis aufgebracht. Er und Krischan sind übrigens heute gute Freunde. Die Ehe zwischen Anke und Krischan wurde dann formell geschieden, und sie heiratete ihren Mann ein zweites Mal. Keiner konnte etwas dafür.«

»Darum hast du mir einmal geschrieben, Anke hätte so viel mitgemacht«, sagte Stella.

»Ja, das hat sie wirklich. Sie hat es furchtbar schwer genommen. Wir haben uns alle bemüht, ihr zu helfen. Nora war natürlich immer bei ihr. Anke war von ihrem Mann fortgegangen, sie war wieder vorn im Jessen-Haus. Und wir hatten alle Angst, sie tut sich etwas an.«

»Anke?«

»Ja. Du hättest sie nicht wiedererkannt. Ich habe selten einen Menschen in einen so abgrundtiefen Schacht der Verzweiflung stürzen sehen. Und gerade bei Anke hat es einen so aufgeregt, weil es gar nicht zu ihr paßte. Sie war doch immer ruhig, gelassen, fast kalt, könnte man sagen. Und es schien, als wenn alles, was an Leidenschaft und Empfindungsfähigkeit in ihr war, damals zum Ausbruch kam. Das was andere Menschen ein Leben lang an Emotionen verbrauchen, das schien sich bei Anke auf dieses eine Jahr zusammengedrängt zu haben.«

»Und jetzt?« fragte Stella. »Wie ist sie jetzt?«

»Man könnte, rein äußerlich, sagen, so wie früher. Aber das stimmt nicht. Sie ist wärmer geworden, verinnerlichter, eine schöne und liebenswerte Frau. Ich möchte sagen, das Kind hat sie gerettet. Mit ihrem Mann lebt sie jetzt sehr gut. Er hat, wie gesagt, eine großartige Haltung gezeigt in dieser schrecklichen Geschichte. Und mit Nora versteht sie sich jetzt auch sehr gut.«

Christian war dann nach Hamburg gegangen und arbeitete wieder in seinem Beruf.

»Ist er – allein?« fragte Stella.

»Ehrlich gestanden«, sagte Thies, »ich weiß es nicht. Verheiratet ist er jedenfalls nicht. Aber er ist mit einer Kollegin sehr gut befreundet. Wie weit diese Freundschaft geht, weiß ich nicht. Ich habe ihn nicht danach gefragt. Und er hat von selbst nichts darüber erzählt. Deswegen möchte ich dich bitten, Stella, nichts Törichtes und Übereiltes zu tun. Du solltest vor allem dich selbst davor bewahren. Ich sagte dir vorhin schon, du mußt Geduld haben. Vielleicht – vielleicht mußt du auch verzichten. Krischan war dein Freund. Sonst war nichts zwischen euch.«

»Nein«, sagte Stella. »Er hat sich nie sehr viel aus mir gemacht. Auch damals in Berlin war ich es ...« Sie verstummte und blickte vor sich hin.

»Wenn Krischan eine ernsthafte Bindung in Hamburg hat, dann kannst du nichts daran ändern. Man kann jetzt überhaupt noch nichts sagen. Das einzige, was du nun weißt: Er lebt. Alles andere ...?« Thies hob die Hände.

»Ja«, sagte Stella, »ich weiß. Ich habe dich verstanden.«

»Er wird vermutlich in nicht zu ferner Zeit nach Sylt zurückkehren«, fuhr Thies fort. »Dr. Svensen ist nun schon ziemlich alt und will die Praxis aufgeben. Er kennt ja Krischan von Kindheit an und hat ihm angeboten, seine Praxis zu übernehmen. Krischan hat sich noch nicht entschieden. Er arbeitet ja jetzt als Chirurg, und wie ich gehört habe, sehr erfolgreich und anerkannt. Er hat natürlich eine andere Karriere vor sich, wenn er in der Großstadt bleibt.«

»Und *mademoiselle le docteur* erbt Klinik«, warf Denise ein. Sie schickte zwar einen leicht besorgten Blick zu Stella, hielt es aber für besser, alles gleich zu klären.

»Ja«, sagte Thies. »Diese – Bekannte, die er dort in Hamburg hat, sie arbeitet auch im Eppendorfer Krankenhaus, ist Frauenärztin. Sie stammt aus einer Arztfamilie. Der Vater ist Chirurg, die Mutter Frauenärztin. Sie haben eine sehr renommierte Privatklinik in Hamburg.«

»Na, das paßt ja wie bestellt«, sagte Stella ein wenig spöttisch. »Wenn Krischan dort einheiratet, ist er ein gemachter Mann.«

Sie war jetzt wieder ruhig und beherrscht. Sie konnte ein normales Gespräch führen, sie konnte wieder lächeln. Der Aufruhr in ihr hatte sich nicht gelegt, aber es war ihr möglich, ihn zu verbergen.

»Du kennst Krischan gut genug«, sagte Thies ruhig, »um zu wissen, daß ihn rein materielle Gründe nicht zu einer Heirat bewegen könnten. Aber vielleicht versteht er sich mit dieser Frau sehr gut. Sie hat schließlich den gleichen Beruf und die gleichen Interessen. So etwas bindet.«

Stella lächelte. Ihr Lächeln war ein wenig hochmütig und ein wenig resigniert. »Wenn ich dich richtig verstanden habe, Thies, willst du mich schonend darauf vorbereiten, daß ich mir keine falschen Hoffnungen machen soll. Sei beruhigt. Ich tue es nicht. Krischan war mein Freund, wie du vorhin gesagt hast, und er wird immer mein Freund bleiben. Etwas anderes hat das Schicksal nicht gewollt.«

»Ob immer das Schicksal daran schuld war, weiß ich nicht«, sagte Thies. »Vielleicht hast du recht. Wir werden ja sehen. Die Zeit . . .«

»Ja«, unterbrach ihn Stella. »Die Zeit ist mein Freund, hast du vorhin gesagt. Aber vielleicht war sie doch mein Feind. Ich ging immer zu früh, oder ich kam zu spät. Wer weiß es, wann die rechte Stunde ist?«

Wenig später kam Nora.

Sie kam lebhaft und vergnügt, offensichtlich auch animiert von einigen Getränken, die es anläßlich von Ankes Geburtstag gegeben hatte. Herbert, ihr Mann, begleitete sie.

Noras erste Frage, nachdem sie Stella umarmt und geküßt hatte, war: »Hast du es ihr gesagt?«

Thies nickte, und Stella antwortete für ihn. »Ja, er hat es mir gesagt.«

»Und?« fragte Nora begierig.

»Ich habe mich gefreut«, sagte Stella ruhig. »Und ich habe geschimpft, daß ihr es mir nicht längst mitgeteilt habt.«

»Siehst du, das habe ich auch gesagt«, rief Nora. »Ich habe doch gewußt, wie du an Krischan hängst. Und daß man es dir unbedingt schreiben sollte. Aber Thies hatte Angst, daß du irgend etwas Unbedachtes tust.«

Stella blickte Thies an und lächelte. »Thies kennt mich gut.«

»Du bist so ruhig«, sagte Nora enttäuscht. »Ich dachte, das würde dich mehr aus der Fassung bringen.«

Stella lächelte. Wenn du wüßtest, wie sehr es mich aus der Fassung gebracht hat, dachte sie. Ich habe es erst einmal ganz tief in mich hinein versteckt. Ich weiß es jetzt. Aber sonst – sonst weiß ich gar nichts.

»Du machst dir ja keine Vorstellung, was ich mit Anke mitgemacht habe«, begann Nora.

Und dann hörte Stella die ganze Geschichte noch einmal.

Sie ließ Nora reden, fragte dann am Ende: »Und jetzt? Ist jetzt alles in Ordnung mit ihr?«

»Ja. Gott sei Dank. Manchmal hat man das Gefühl, die ganze Sache hat sie richtig umgekrempelt. Sie ist viel weicher geworden, viel – viel fraulicher. Sie kriegt wieder ein Kind, das weißt du ja. Sie ist im sechsten Monat. Und mit Karl versteht sie sich gut. Karl ist ihr Mann.«

Nun folgte die Geschichte von Ankes Ehe, Karls Vorzüge wurden ins rechte Licht gerückt.

Es war eine lange Geschichte. Stella sagte nicht viel dazu. Sie blickte Nora an. Und wieder dachte sie, wie schon gleich, als Nora ins Zimmer gekommen war: Wieviel Zeit ist doch vergangen.

Nora war keine junge Frau mehr. Sie war nun Ende der Fünfzig. Ihr Haar war noch immer dunkel, aber sie hatte es in Berlin schon gefärbt. Ihre Augen lebhaft wie sonst. Aber sie war eben doch keine junge Frau mehr, man sah es ihr an.

Herbert war etwas jünger. Es fiel aber nicht mehr so auf. Der Krieg hatte ihn altern lassen, und nun war er ein wenig korpulent geworden. An Noras Redestrom war er gewöhnt. Er saß still dabei und trank seinen Grog.

Ich bin auch älter geworden, dachte Stella. Fünfunddreißig. Das halbe Leben, wenn nicht schon mehr. Vielleicht dreiviertel, vielleicht auch das ganze. Wenn Nora mich ansieht, wird sie dasselbe denken wie ich bei ihrem Anblick. Komisch, daß man selbst immer nicht merkt, wie man älter wird. Man sieht die eigenen Falten nicht, die eigene Müdigkeit. Der Spiegel ist ein freundlicher Betrüger.

Wie die Stunden so vergingen, wurde Stella immer schwermütiger, immer bedrückter. Sie beteiligte sich kaum am Gespräch. Sie trank nur rasch und viel und rauchte eine Zigarette nach der anderen. Eine tiefe Mutlosigkeit befiel sie. Sie hatte kein Glück. Alles entglitt ihren Händen. Sie war zurückgekehrt, und sie war doch nicht da. Sie war nicht allein, aber sie war dennoch einsam. Sie war leer und ausgehöhlt, keine Spur von Kraft mehr in ihr, keinen Mut. Und kein Vertrauen.

Ich will nicht mehr, dachte sie. Ich kann nicht mehr.

6

Diese Depression, die Stella so plötzlich am Tag der Ankunft befallen hatte, hielt lange an. Jeder Schwung, alle Energie schienen sie verlassen zu haben. Sie war sehr ernst, die blauen Augen überschattet von Schwermut, einen Zug von Resignation um den schönen Mund. Wer sie sah, hätte kaum mehr die junge Stella von einst entdeckt. Eine schlanke, hochgewachsene Frau, mit schmalem, blassem Gesicht, verhärmt fast sah sie aus, nur das flammende Haar schien das einzig Lebendige an ihr zu sein. Sie lachte selten, ging gelassen die alten Wege, war nicht sehr mitteilsam, wenn sie Bekannte traf und nach ihren Erlebnissen gefragt wurde.

Und sie konnte vor allem zu keinem Entschluß kommen, was sie tun sollte. Bleiben oder wieder gehen? Zunächst beteiligte sie sich an der Einrichtung von Noras kleinem Laden in Westerland. Und da Nora sie drängte, begann sie schließlich auch mit der Arbeit in der Werkstatt, bestellte das nötige Material und produzierte in rascher Folge eine Reihe konventioneller Vasen, Töpfe und Schalen. Nichts Besonderes. Nachdem sie sich eingearbeitet hatte, ging ihr die Arbeit rasch von der Hand. Aber sie tat es mechanisch, ohne besondere Liebe, und es kam nichts Originelles dabei heraus. An künstlerische Arbeit wagte sie sich gar nicht erst heran.

Ein junger Töpfer aus Sachsen, den das Kriegsende nach der Insel verschlagen hatte und der bisher als Hausdiener in einem Hotel gearbeitet hatte, kam eines Tages und fragte, ob sie ihn nicht brauchen könne.

»Ich bin erst im Aufbau«, meinte Stella, »ich kann Ihnen noch nicht viel zahlen. Wir wissen selbst noch nicht, was daraus wird.«

Das schade nichts, erwiderte der junge Mann. Er sei allein, habe für niemanden zu sorgen, würde aber gern wieder in seinem Beruf arbeiten.

Bald stellte sich heraus, daß Stella einen Künstler getroffen hatte. Der junge Mann hatte kühne Einfälle, einen ausgeprägten Form- und Farbensinn. Sein Beispiel spornte Stella an, sie gab sich von da an mehr Mühe. Auch in anderer Beziehung war die Anwesenheit des jungen Mannes von Vorteil. Während der Saison würde sie viel bei Nora im Laden sein, in der Werkstatt konnte indessen die Produktion weitergehen.

Dann endlich sah sie Christian wieder. Und es geschah gar nichts. Er kam im Juni über ein Wochenende nach Keitum. Sie begegneten sich wie flüchtige Bekannte. Zwei alte Freunde, die sich nach langen Jahren wiedersahen, erfreut, einander zu treffen, jedoch ohne tiefere Bewegung zu empfinden.

Sie gaben einander die Hände. Wie geht es dir? Gut? Danke, mir auch. Der Strom der Zeit war zu breit geworden, er trennte sie. Die Schiffe hatten sich voneinander entfernt.

Christian Hoog sah wieder recht gut aus. Er war ein wenig hager, die hellen Augen blickten sehr ernst, er war sehr zurückhaltend. Er hinkte ein wenig beim Gehen, sonst merkte man ihm nichts von Verwundung und Krankheit mehr an. Auch die Narbe auf der Wange war nur noch wenig zu sehen, sie war verblaßt. Und verblaßt, wenn nicht ganz verschwunden, war die Erinnerung an die Nacht in Berlin. Während sie sich gegenübersaßen, im Wohnzimmer im Termogen-Haus, Sonntag nachmittag beim Kaffeetrinken, wurde Stella immer ruhiger, immer verschlossener.

Es war nichts mehr da. Was sie damals geglaubt hatte, zu wissen und zu fühlen, hatte wohl nur in ihrer Einbildung bestanden. Vielleicht war es die Zeit gewesen, der Krieg, die seltsame Stimmung jener Nacht, die sie in Krischans Arme geführt hatte. Denn wenn auch von ihr damals alle Initiative ausgegangen war, so war doch von ihm eine Antwort gekommen. Darin hatte sie sich nicht getäuscht.

Aber das war lange her. Einmal hatten sich ihre Wege gekreuzt, diese Wege, die so lange nebeneinander hergelaufen waren und sich dann in die Ferne verloren. Jene Stunde ließ sich nicht zurückholen.

Man durfte auch nicht vergessen, wieviel Zeit vergangen war. Acht Jahre. Sie hatte viel erlebt indessen und Krischan auch. Er war durch eine Hölle gegangen. Und hatte ein neues Leben begonnen. In diesem Leben aber nun war eine andere Frau an seiner Seite. Das erklärte wohl auch seine Befangenheit, seine gar so offensichtliche Zurückhaltung ihr gegenüber.

Diese Gedanken gingen Stella durch den Kopf, während sie alle beisammensaßen. Es war ein trüber, stürmischer Sonntag, der Westwind blies heftig über die Insel. Mittags hatte es sogar geregnet. Dann hatte der Wind zugenommen, war zum Sturm geworden und hatte die Regenwolken vertrieben. Sie kamen nicht mehr dazu, ihre feuchte Last loszuwerden, zogen auf eiliger Flucht wie graue, ungestüme Reiter über die Insel. Die Bäume von Keitum bogen sich unter der wütenden Peitsche des Sturms, und die ersten Blumen des Sommers senkten erschrocken die Köpfe.

In den Gesprächspausen hörten sie den Sturm um das Haus heulen. Thies, der diese seltsame Begegnung zwischen Stella und Krischan mit stillem Staunen und einiger Besorgnis beobachtete, aber nichts dazu sagte, fragte Stella in einer Gesprächspause: »Hörst du Odin durch die Lüfte brausen, Stella? Er tut es immer noch. Egal, was auf der Erde geschehen mag. Odin reitet weiter.«

Stella lächelte. Es war ein blasses, müdes Lächeln, es glitt verloren über ihr blasses, müdes Gesicht. »Ja, Thies, ich weiß es noch«, sagte sie. »Du hast mir schon als Kind von Odins wilden Reitern erzählt. Ich habe oft an sie gedacht und mich nach ihnen gesehnt in den heißen Nächten Malayas. Einmal wieder ein richtiger wilder Sturm, habe ich gedacht. Und ich möchte oben stehen am Roten Kliff, und er sollte mich packen und mir mit seinen kalten Fingern ins Gesicht fahren und mich durchschütteln von oben bis unten.«

»*Ah, mais non!*« rief Denise und schüttelte sich. »Das ist nicht gut, Stella. Besser hier sitzen im Warmen.«

Denn Thies hatte im Kachelofen ein Feuer angemacht, da er wußte, daß Denise leicht fror und nicht gern in einer kalten Stube saß.

»Na ja«, gab Stella zu, »im Moment habe ich auch kein Verlangen danach und sitze lieber hier. Aber damals habe ich mir das eben herrlich gedacht.«

»Und jetzt willst du wirklich hierbleiben?« fragte Krischan. »Oder wirst du dich im Winter wieder nach den warmen Nächten und den bunten Blumen Malayas sehnen?«

Der leichte Spott in seiner Stimme war Stella nicht entgangen. Er hielt sie immer noch für unbeständig und wankelmütig. Und er hatte ja recht. Sie war seit zwei Monaten hier, doch sie hatte noch keinen Plan und Ziel, lebte von heute auf morgen, war da und doch nicht da, überlegte, ob sie gehen oder bleiben sollte. Wartete wieder darauf, daß einer sagen würde: Komm! Oder: Geh!

Krischan würde es nicht sagen, ihm war es total gleichgültig, ob sie hier blieb oder nicht. Er hatte eine kluge und tüchtige Frau an seiner Seite, die eine Aufgabe erfüllte, die ihm Gefährtin war.

Er hat mich immer mit Mißtrauen betrachtet, dachte Stella. Wie eine fremde, seltsame Blüte, einen unbekannten, bunten Vogel, wie etwas, das man gern ansah, aber nicht in seinem Leben brauchen konnte.

Aber er sollte nicht glauben, daß sie hier war, um auf ihn zu warten. Er sollte nicht wissen, daß sie keine Lust mehr dazu besaß, sich von Odins Reitern über die Meere blasen zu lassen. Stella legte den Kopf ein wenig zurück, sie senkte die Lider, ein kleines, hochmütiges Lächeln erschien um ihren Mund.

»Das weiß ich nicht«, erwiderte sie auf seine Frage. »Vielleicht. Vielleicht werde ich mich wieder danach sehnen. Und vielleicht kehre ich auch zurück. Es gibt in Singapur einen Mann, der auf mich wartet.«

Es war töricht. Es waren die Worte einer Zwanzigjährigen, sie wußte es.

Denise blickte sie erstaunt an und zog die Brauen hoch.

Christian lächelte gutmütig. Er schien weder überrascht noch enttäuscht. Er sagte: »Das kann ich mir denken. Eigentlich hat immer irgendwo ein Mann auf dich gewartet.«

Der einzige, der genau verstand, warum sie das gesagt hatte, war Thies. Und fast hätte er gelacht. Hatte die Zeit doch stillgestanden? Es war das alte Spiel. Stella mußte Krischan herausfordern, ihn reizen, seinen Widerspruch erregen.

Aber es gelang nicht mehr. Er ließ sich nicht herausfordern. Oder doch? Thies beobachtete seinen Freund verstohlen. Es war nicht mehr so leicht, in der gelassenen Miene des Dr. Christian Hoog zu lesen wie im offenen Gesicht des jungen Krischan. Stella würde den kürzeren ziehen. Vielleicht. Man wußte auch dies nicht.

»Dieser Gontard, von dem du erzählt hast?« sagte Thies freundlich.

Stella sah ihn ein wenig unsicher an. »Ja.«

»Gontard?« fragte Krischan.

»Ein englischer Vetter von Adam. Ich traf ihn zufällig in Singapur. Er hat mir sehr geholfen, als das – das Unglück mit Jan passiert war.«

»Und warum bist du nicht bei ihm geblieben?« fragte Krischan.

Stella sah ihn an. Und in diesem Moment wußte sie, daß sie ihn liebte. Nur ihn. Keinen anderen mehr. »Ich hatte Heimweh«, sagte sie leise.

»Heimweh kann man nur nach einer Heimat haben«, sagte Christian. »Bist du dir endlich darüber klargeworden, daß du eine hast?«

»Nein«, erwiderte Stella, »vielleicht habe ich es mir auch nur eingebildet.«

Danach sah sie Christian lange Zeit nicht mehr. Er kam nicht auf die Insel, man hörte überhaupt nichts von ihm. Thies, der einmal nach Hamburg fuhr, um die letzten Einzelheiten über die Herausgabe seines neuen Buches zu besprechen, traf ihn auch nur kurz.

Krischan habe viel Arbeit, erzählte er. Sie wären nur einmal zusammen beim Abendessen gewesen.

Stella zögerte, doch dann konnte sie die Frage doch nicht unterdrücken. »War er allein?«

»Nein«, sagte Thies. Es war wohl besser, die Wahrheit zu gestehen. Sie hätte weiterfragen mögen, doch sie schwieg.

Aber Thies tat ihr den Gefallen zu berichten.

»Eine sehr nette Frau«, sagte er. »Nichts dagegen zu sagen. Anfang der Dreißig etwa, sieht gut aus, scheint sehr intelligent zu sein.«

»So«, sagte Stella. Und mühsam setzte sie hinzu: »Das freut mich für Krischan.«

»Es freut dich nicht«, sagte Thies. »Wir brauchen uns doch nichts vorzumachen, nicht? Offen gestanden, weiß ich selber nicht recht, was ich davon halten soll. Man kann ja diesem verflixten Krischan nie in die Karten gucken. Er war noch nie sehr mitteilsam, und jetzt schon gar nicht mehr. Seine Arbeit war ihm immer das wichtigste. Frauen allgemein haben nie eine große Rolle in seinem Leben gespielt. *Eine* Frau müßte es sein, die zu ihm paßt, die zu ihm gehört und die er liebt. So gut kenne ich ihn wieder, daß er das im Grunde seines Herzens wünscht und braucht.«

»Die hat er ja anscheinend nun«, sagte Stella.

»Vielleicht. Aber warum heiratet er dann nicht? Mit dieser Ärztin ist er seit zwei Jahren befreundet. Und wenn sie die richtige Frau für ihn wäre, könnte er sie heiraten. Ich habe das Gefühl, daß sie ihn sehr gern hat. Er ist schließlich bald vierzig. Ein Mann muß auch einmal ein Heim haben, Familie. Er hat da ein kleines Zimmer in der Klinik, wohnt und lebt nicht anders als ein junger Assistenzarzt. Ich habe einmal davon gesprochen, da sagte er kurz: Es genügt mir. Aber ich glaube es einfach nicht. Meiner Ansicht nach wäre Krischan ein großartiger Ehemann.«

»Vielleicht hat er es sehr schwergenommen mit Anke«, meinte Stella.

»Den Eindruck hatte ich nicht. Selbst damals nicht, als er die erste Zeit hier war und es ihm doch ziemlich schlecht ging, nahm er das alles sehr gelassen auf. Wenn man nur einmal mit ihm richtig sprechen könnte. Ich bin schließlich sein Freund. Wir waren früher so vertraut. Aber seit er zurück ist aus Rußland, hat er sich gegen alles abgeschlossen. Auch gegen mich.«

Stella hob mutlos die Hände. »Ich kann nichts tun«, sagte sie.

»Ich weiß es nicht«, sagte Thies. »Wir müssen abwarten. Du mußt Geduld haben.«

»Ich habe keine Geduld«, sagte Stella. »Ich habe nie viel Geduld gehabt. Aber es ist mir gleichgültig.«

Das war eine Lüge, und Thies wußte es.

7

Es wurde alles besser, als Pieter im Sommer kam. Stella nahm sich zusammen, als er da war, und verbarg ihre Niedergeschlagenheit. Bis dahin war sie sich immer noch nicht klar darüber geworden, ob sie auf der Insel bleiben sollte.

Sie überließ Pieter die Entscheidung, und er sagte ja.

Ihm gefiel es vom ersten Tag an. Er hatte viel von Stella über das Leben hier gehört, er kam mit der Bereitschaft, hier heimisch zu werden, und wurde es in kurzer Zeit.

Pieter war ein hübscher Junge geworden, sehr gewachsen in letzter Zeit, mit langen Beinen und Armen, ein wenig schlaksig, aber sehr selbständig, mit einem ausgeprägt kritischem Verstand. Er schloß sich von Anfang an eng an Thies an, der nun endlich wieder einmal einen Zuhörer für seine alten Sylter Sagen und Geschichten hatte.

Pieter wollte alles wissen, was es hier zu wissen gab. Er durchforschte im Laufe seiner Ferien die ganze Insel, schloß eine Menge Freundschaften. Überall kam man ihm bereitwillig entgegen. Kapitän Termogen war unvergessen. Man fand allgemein, dieser junge Pieter Termogen passe auf die Insel und gehöre dazu.

»Was meinst du?« fragte Stella ihn, nachdem er drei Wochen da war. »Sollen wir hier bleiben?«

»Ich denke schon«, meinte Pieter bedächtig. »Du hast doch hier nun mal den Betrieb angefangen. Und mir gefällt es gut. Ich habe mit Onkel Thies schon darüber gesprochen.«

»So«, sagte Stella leicht amüsiert. »Du hast mit Onkel Thies darüber gesprochen.«

»Ja. Er meint, daß du hierher gehörst. Du müßtest was arbeiten, und das könntest du hier am besten. In England bist du fremd. In Berlin sei es jetzt doch auch ziemlich schwierig zu leben, und hier würde sich das alles gut entwickeln.«

»Schön«, sagte Stella, »dann bleiben wir. Jedenfalls bis auf weiteres«, fügte sie vorsichtig hinzu.

Wenige Tage später kam Pieter stolz am Termogen-Haus vorgeritten. Er hatte sich mit einem Bauernsohn aus Archsum angefreundet, wo auf dem Hof mehrere Pferde im Stall standen.

»Ich darf jetzt mit beim Ringreiten üben«, verkündete er begeistert.

»Das tu man«, sagte Thies. »Wenn du es ordentlich kannst, werden wir mal bei einem Wettbewerb zusehen.«

Vom Herbst an besuchte Pieter dann die Schule in Westerland. Ende Oktober schlossen Nora und Stella ihren Laden mit einer recht erfreulichen Bilanz. Die Saison war gut gewesen. Und sie würde, wie Nora sicher annahm, von Jahr zu Jahr besser werden. Die wirtschaftlichen Verhältnisse in Westdeutschland besserten sich ständig. Deutschland war in zwei Teile zerrissen. Der Krieg hatte das Land verwüstet und zerstört. Aber der Wille der Menschen zum Leben triumphierte. Was in den letzten vier Jahren geleistet worden war, setzte die ganze Welt in Erstaunen.

Als Stella für einige Tage in Hamburg weilte, konnte sie sich selbst davon überzeugen. Überall wurde gebaut. Die Geschäfte in der Stadt gingen gut, in den Schaufenstern wurde alles angeboten, was ein Mensch sich zum bequemen Leben wünschen konnte. Komfort und Luxus zogen wieder ein.

In Hamburg traf sich Stella mit Lionel Gontard, von dem immer von Zeit zu Zeit ein Brief gekommen war. Sie selbst hatte selten geantwortet, und dann auch meist nur kurz und nicht sehr aufschlußreich.

Sie saßen abends zusammen im Restaurant des Atlantik-Hotels, in dem Lionel wohnte.

Er erwartete sie in der Halle. Als sie kam, eilte er ihr entgegen, nahm ihre Hand und küßte sie. Er half ihr aus dem Mantel, übergab ihn dem Pagen und betrachtete sie dann, während Stella sich vor dem Spiegel die Haare richtete.

Sie trug ein enges schwarzes Kleid und Schuhe mit hohen Absätzen. Noch immer stand ihr Schwarz gut. Als sie ihr Bild im Spiegel betrachtete, war sie seit langer Zeit zum erstenmal wieder mit sich selbst zufrieden.

»Schön wie immer«, sagte Lionel. Und dann, etwas leiser: »Und noch immer so fern.«

Stella lächelte. Sie freute sich, ihn wiederzusehen.

Während des Essens hatten sie sich viel zu erzählen. Lionel berichtete aus Singapur und Malaya und bestellte Grüße von Mr. und Mrs. Wu.

»Mrs. Wu hat mir ein Geschenk für Sie mitgegeben, Stella«, sagte er.

»Wirklich?« fragte Stella überrascht und erfreut.

»Ja. Einen wunderbaren Brokat. Sie meinte: Mrs. Stella soll sich ein schönes Abendkleid daraus machen lassen, es hätte genau die richtige Farbe für Ihre Augen und Ihr Haar.«

Stella lachte. »Mein Gott, ein Abendkleid. Ich möchte wissen, wann ich das tragen soll.«

Aber sie hatte in der gleichen Sekunde beschlossen, sich ein Abendkleid machen zu lassen. Warum eigentlich nicht? Irgendwann einmal würde sie es schon anziehen können. Es gab wieder Bälle, man konnte ins Theater gehen. Und vielleicht würde man jetzt im Winter öfter einmal nach Hamburg kommen. Thies' neues Buch hatte Aufsehen erregt und schien ein Erfolg zu werden. Vielleicht würde es ihm jetzt Spaß machen, sich ab und zu in Gesellschaft sehen zu lassen.

»Woran denken Sie, Stella?« fragte Lionel. »Sie machen so ein fröhliches Gesicht.«

Stella lachte. »Ich dachte darüber nach, wie ich dieses Kleid machen lassen werde.«

Später erzählte sie von ihrem Leben. Lionel hörte aufmerksam zu.

»Wenn ich Sie recht verstehe, haben Sie die Absicht, auf der Insel Sylt zu bleiben?«

Stella zögerte eine Sekunde mit der Antwort. Es hing viel ab von dieser Antwort. Die Frage war nicht ohne Überlegung gestellt worden.

»Ja«, sagte sie dann. »Ich möchte dort bleiben.«

Lionel blickte sie eine Weile schweigend an. Dann sagte er: »Ich hatte gehofft, Stella, ich würde mit Ihnen zusammen von hier wieder fortreisen.«

Sie legte ihre Hand auf seine und schüttelte leicht den Kopf.

»Nein, Lionel, ich kann nicht mitkommen.«

»Also gibt es hier einen Mann, den Sie lieben«, sagte er mit Bestimmtheit.

»Ja«, sagte Stella.

Lionel nickte. Er blickte vor sich nieder. »Mr. Wu hat es mir prophezeit.«

»Mr. Wu?«

»Ja. Als ich ihn das letztemal vor meinem Abflug besuchte und sagte, daß ich versuchen wolle, Sie zu treffen, sagte er mir: ›Sie nehmen einen großen Koffer voll Hoffnung mit auf die Reise, Mr. Gontard. Aber ich glaube, ein kleiner würde genügen. Mrs. Stella hatte nicht nur Heimweh nach einem Land. Sie hatte Heimweh nach einem Menschen.‹ Sie sehen, Stella, ich bin nicht ganz unvorbereitet. Ich habe es schließlich auch aus Ihren Briefen gemerkt. Aber ich wollte meinen kleinen Koffer voll Hoffnung wenigstens auspacken. Und nun schließe ich ihn wieder ab und werde ihn dann eben hier im Hotel stehenlassen müssen.«

»Es tut mir leid«, sagte Stella leise.

»Es braucht Ihnen nicht leid zu tun, Stella«, sagte Lionel. »Ich wünsche Ihnen, daß Sie glücklich werden. Ich werde immer Ihr Freund sein. Ich bin es auch jetzt. Ich will das weiche Nest nicht zerstören.«

»Was für ein Nest?« fragte Stella.

»Das Herz eines Mädchens ist wie ein leichtes Blütenblatt im Wind. Aber das Herz einer Frau ist ein großes, schmiegsames Blatt vom Baum des Lebens, darin sich der Vogel der Liebe sein Nest baut. Und wenn es weich gepolstert ist, bleibt er dort wohnen.«

»Ein Blütenblatt im Wind«, wiederholte Stella betroffen. »Woher haben Sie das?«

»Es ist natürlich auch ein Spruch von Mr. Wu. Sie wissen ja, er kennt viele solche alten chinesischen Weisheiten und schmückt seine Reden damit. Ich finde, es ist wirklich sehr klug gesehen, die Liebe als einen Vogel zu betrachten, der fliegt, der kommt und geht. Es liegt an der Frau, ob er kommt. Es liegt tausendmal an ihr, ob er bleibt.«

»Ja«, sagte Stella, »vielleicht haben Sie recht. Es liegt an ihr, ob er kommt.«

Unter dem Eindruck dieses Gesprächs rief Stella am nächsten Tag in der Klinik an und fragte nach Dr. Hoog. Sie erfuhr, daß er nicht da war. Er war bei einem Ärztekongreß in München.

8

Im Laufe des Winters gewann Stella in zunehmendem Maße Freude an ihrer Arbeit. Sie begann wieder zu modellieren. Als erstes machte sie eine Büste von Pieter. Daß sie gut gelang, steigerte ihren Arbeitseifer. Die Lethargie verschwand, mit ihr das Gefühl der Verlorenheit, der Mutlosigkeit.

Auch Noras Webstühle liefen eifrig. Als die neue Saison begann, war der Laden gut ausgestattet, und der Verkauf war zufriedenstellend. Stella hatte einige ihrer Plastiken an eine Hamburger Kunsthandlung verkauft. Andere wurden in Kommission genommen und ausgestellt. Und da die Leute ihre Wohnungen wieder mit Liebe ausstatteten, sich Häuser bauten, fanden sich auch Käufer. Im Sommer verbrachte ein wohlhabender Fabrikbesitzer aus dem Rheinland seinen Urlaub in Westerland. Er war sehr kunstverständig, ein Liebhaber schöner Dinge, und kam öfter mit seiner Frau in Noras Geschäft. Stella freundete sich mit ihm und seiner Frau gut an. Er besuchte sie in Keitum, besichtigte die Werkstatt und erwarb mehrere Stücke. Das hatte erfreuliche Folgen. Es kamen Aufträge und Bestellungen. Das »Studio für Kunst und Keramik«, wie Meister Hoogs Werkstatt nun hieß, wurde nach und nach bekannt. Die Werkstatt wurde vergrößert. Der Pesel des Hoog-Hauses sollte eine Glaswand erhalten und zum Atelier avancieren.

Stella hatte das mit Christian bei einem seiner seltenen Besuche besprochen. Er war vorbehaltlos einverstanden.

»Mir scheint, du wirst noch eine berühmte Frau«, sagte er.

»Wäre doch fein, nicht?« Stella lachte ihn unbefangen an. Sie war sehr geschäftig, heiter und ausgeglichen. In ihren Augen leuchtete wieder die alte Lockung.

»Ich habe sogar einen Porträtauftrag. Ja, von meinen Bekannten aus dem Rheinland. Ich fahre im Winter hin und modelliere den Senior des Hauses, der gleichzeitig der Gründer der Firma ist. Sie feiern nämlich nächstes Jahr ein großes Jubiläum, und da soll die Büste von dem alten Herrn aufgestellt werden. Er soll einen großartigen Charakterkopf haben. Bisher kenne ich ihn allerdings nur von einem Foto, und da lacht er über das ganze Gesicht. Danach kann man natürlich schlecht urteilen.«

Christian schien ihr Eifer Freude zu machen. »Na, dann mach deine Sache nur gut. Ich kann mir denken, daß solch ein Auftrag andere Aufträge nach sich zieht.«

»Das hoffe ich auch«, sagte Stella. »Ehrlich gestanden, ich habe einen Riesenbammel davor. Eine Büste habe ich noch nie nach Auftrag gearbeitet. Bisher habe ich immer Modelle nach eigener Wahl gehabt. Hoffentlich blamiere ich mich nicht.«

»Du wirst schon nicht«, sagte Christian. »Du bist ja 'ne tüchtige Deern.«

Stella schwieg. Sie schluckte. Einen Moment lang sahen sie sich schweigend an. Sie waren sich sehr nahe. Stella hatte das Gefühl, sie brauchte nur die Hand auszustrecken oder sich einfach in seine Arme fallen zu lassen, wie sie es damals in Berlin getan hatte. Aber sie wagte es nicht.

Sie sagte vielmehr, ein wenig befangen: »Das ist wohl das erstemal, daß du das zu mir sagst.«

Auch Christian schien verlegen. »Früher hatte ich ja auch nicht viel Gelegenheit, dich zu loben, nicht?« brummte er.

»Nein«, sagte Stella lächelnd. »Da hattest du immer etwas an mir auszusetzen. Habe ich dich viel geärgert, Krischan?«

»Manchmal schon«, sagte er.

»Das wollte ich aber nicht«, sagte Stella. »Oder nein, das stimmt nicht, manchmal wollte ich es doch. Irgend etwas hat mich dazu herausgefordert. Aber das war es eben gerade. Das war ...« Sie stockte, blickte zur Seite und dann errötete sie auch noch.

»Ja?« fragte Christian. Es war ein neuer Ton in seiner Stimme. Stella hörte es wohl.

In diesem Augenblick kam Mudding Hoog herein.

»Krischan«, rief sie, »der Dr. Svensen ist draußen mit seinem Wagen. Er wollte wissen, ob du ihn begleitest.«

»Ich komme«, sagte Christian.

Stella blieb mit einem seltsamen Gefühl im Herzen zurück. Sie war glücklich, und sie ärgerte sich zugleich ein wenig. Über sich selbst und über Krischan. Da lief er einfach weg und ließ sie stehen. Und sie selbst benahm sich nicht wie eine erwachsene, erfahrene Frau, sondern wie ein dummes Ding von achtzehn Jahren. Nein, das stimmte nicht. Damals war sie viel sicherer gewesen, viel frecher. Aber jetzt, mit diesem Krischan, fand sie einfach nicht die richtigen Worte. Mit jedem fremden Mann, aber nicht mit ihm. Daß es so schwer war, wenn man sich so gut kannte. Aber kannte sie ihn denn? Sie kannte den halbwüchsigen Jungen. Schon der Jüngling war ihr entglitten, der junge Mann ihr fremd geworden. Eine unerklärliche Scheu befiel sie immer ihm gegenüber. Bei keinem anderen Mann hatte sie das gekannt. War es, weil sie ihn wirklich liebte? Weil es dieses eine Mal nicht Spiel war, sondern tiefer Ernst. Was hatte Adam einmal gesagt? »Du hast jetzt genug gelernt. Du müßtest ihn eigentlich verführen können.«

Zum Teufel, nein, sie konnte es nicht. Gerade bei ihm nicht. Es war auch diese schreckliche Ungewißheit, daß sie nicht wußte, was eigentlich mit dieser Frau in Hamburg los war. Er war nicht zu durchschauen, dieser Krischan, das machte es so schwer. Er war ihr Kamerad gewesen, solange sie Kinder waren. Aber ein starker Gegner, seit er ein Mann war. Warum brachte sie nicht noch einmal den Mut auf, dieses blinde Sich-hinein-Werfen in ein Gefühl wie damals in jener Bombennacht in Berlin? Sie konnte ihn überrumpeln, und dann würde man ja sehen, was geschah.

Beim Mittagessen war sie sehr schweigsam. Thies betrachtete sie einige Male forschend von der Seite.

»Ist Krischan schon weggefahren?« fragte er.

»Ich weiß nicht«, antwortete Stella. »Er wollte heute abend fahren. Wir besprachen gerade den Umbau wegen des Ateliers, da kam Dr. Svendsen, und Krischan fuhr mit ihm fort. Ich glaube nicht, daß er noch einmal zurückkommt.«

»Nicht mal auf Wiedersehen gesagt hat er«, meinte Thies. »Ja, der Herr Doktor wird langsam ein großer Mann. Uns arme Künstler beachtet er gar nicht mehr.«

»Sag nichts gegen Krischan«, warf Denise ein. »Außer dir ist er der netteste Mann, den ich kenne.«

»Kennst du denn noch viele Männer, ma petite?« fragte Thies zärtlich.

»Oh, große Menge«, sagte Denise. »Eine Frau braucht Vergleichsmöglichkeiten, nicht wahr, Stella? Solang sie die nicht hat, macht sie nichts als Dummheiten. Darum habe ich mich erst in der Welt umgesehen, ehe ich zu dir gekommen bin, mon petit chou. Männer, die heiraten dummes, kleines Mädchen, sind selbst schuld, wenn sie ihnen fortläuft mit nächstem Mann. Und Frauen, die heiraten erstes bißchen Mann, schielen ganzes Leben lang über Zaun zu andere Männer hin.«

Pieter lachte mit rauher Stimme. »Das muß ich mir merken«, sagte er.

»Das wird gut sein«, meinte Denise ernsthaft.

Corinne aber, in ihrem Stühlchen, patschte vergnügt in die Hände. »Sie versteht es«, lachte Denise. »Seht ihr, meine Tochter ist schon sehr gescheit.«

»Demnach war ich also nicht erstes bißchen Mann«, sagte Thies. »Hab' ich mir immer eingebildet. Oder schielst du über den Zaun?«

»Ich schiele nicht über Zaun, und du warst zweites bißchen«, sagte Denise. »Und bist geworden bestes bißchen.«

»Na, dann geht's ja«, meinte Thies. »Muß ich mich wohl mit zufrieden geben.«

Er blickte Stella lächelnd an. Stella lächelte auch. Aber es war ein trauriges Lächeln.

Krischan war weggefahren und hatte nicht auf Wiedersehen gesagt. Doch am Abend zeigte sich, daß er noch da war.

Stella war mit ihren Bekannten, dem Ehepaar aus dem Rheinland, zum Hummeressen im Landschaftlichen Haus verabredet. Denise und Thies sollten ebenfalls mitkommen.

Der Hummer im Landschaftlichen Haus wurde immer noch in althergebrachter, feierlicher Weise zelebriert, bei Kerzenlicht, auf der mit Blumen geschmückten Tafel.

»Ich muß immer daran denken«, sagte Denise, »wie ich habe gegessen ersten Hummer hier. Mit liebe, gute Papa Kapitän. Weißt du noch, Stella, wie wir hier saßen? An die gleiche Tisch. Wir waren beide so wunderbar jung. Und es war an kein Krieg zu denken. Und Papa Kapitän war stolz, mit zwei hübsche Mädchen auszugehen. Das sagte er uns.« Denise blickte Thies an und lächelte zärtlich. »Und ich war so verliebt.«

»Doch nicht etwa in ihn?« fragte Herr Bongers, der Rheinländer, scherzend, mit einer Kopfbewegung zu Thies.

»Abeı ja. Schon damals in ihn. Denken Sie bloß. Das sind nun ...? Nein, man darf gar nicht ausrechnen, wie viele Jahre. Dann merkt man, wie alt man schon ist. Warst du eigentlich damals auch verliebt, Stella, oder gerade nicht?«

Denise brachte diese Frage mit so drolligem Ernst heraus, daß alle lachten. Stella auch. Sie sagte: »Nein, ich glaube, wenn ich mich richtig erinnere, damals gerade nicht. Adam war weg und Jan noch nicht da. So war es doch. Oder?«

»Wenn du es nicht einmal weißt«, meinte Thies. »Es war gewissermaßen ein Interregnum, und du bist dir bloß nicht klar welches. Du hättest Tagebuch führen sollen, Sarnade.«

»Nein, nein, ich weiß bestimmt«, versicherte Denise eifrig, »Stella hatte damals ein freies Herz und fand darum Leben ein bißchen langweilig.« Denise seufzte ein wenig, kniff verschmitzt ein Auge zusammen, spitzte die Lippen auf kokett-charmante Art, wie sie es manchmal tat, wenn sie eine kleine Frechheit, eine kleine Frivolität, verlauten ließ oder ein wenig auf den Busch klopfen wollte. »Heute sind wir, Thies und ich, ein altes würdiges Ehepaar. Aber Stella findet Leben zur Zeit gar nicht langweilig, *n'est-ce pas?*«

Stella blickte sie über den Tisch hinweg mit leicht resigniertem Lächeln an, sie zog die Brauen ein wenig hoch und meinte seufzend:

»Du mußt mich zu allem Pech auch noch auf den Arm nehmen.«

Denise wollte antworten, plötzlich sah sie, da sie mit dem Gesicht zur Tür saß, Christian eintreten. »Wieso Pech?« sagte sie. »Du wirst das gleich zurücknehmen.«

Jetzt hatte Thies den neuen Gast auch gesehen. Er stand auf.

»Hallo, Krischan. Du bist noch da? Das ist fein. Trinkst du ein Glas Sekt mit uns?«

Stella hatte sich nun auch umgedreht, ihr Herz klopfte erfreut, sie errötete ein wenig, doch beim Kerzenlicht war das nicht zu sehen.

Christian kam an den Tisch, wurde mit dem Ehepaar Bongers bekannt gemacht und setzte sich dann zu ihnen.

»Ja«, sagte er. »Dr. Svensen hat mich den ganzen Nachmittag festgehalten. Er hat da einen schwierigen Fall in seiner Praxis, und er wollte mal meine Meinung hören. Ihr habt Hummer gegessen? Gar nicht schlecht. Ich wünschte, ich hätte dafür auch einmal Zeit.«

»Wärst du halt gleich mitgekommen«, sagte Thies. »Jetzt ist

nichts mehr da. Wir haben alles aufgegessen. Aber sicher bekommst du noch etwas anderes.«

»Ich habe schon bei Mudding gegessen«, sagte Christian. »Ich kam dann zu euch hinüber und wollte mich verabschieden, weil ich morgen sehr früh fahren will, da sagte mir Hermine, daß ihr hier seid.«

Hermine weilte seit einigen Wochen in Keitum. Sie wohnte bei Nora, im Jessen-Haus, heute abend allerdings hatte man sie als Babysitter für Corinne angeheuert.

»Wir fühlen uns geehrt«, sagte Thies, »von wegen verabschieden. Da haben wir ganz unnötig auf ihn geschimpft, nicht, Stella?«

Christian blickte zu Stella, die ihm gegenübersaß. »Du hast auf mich geschimpft, Stella? Warum denn das?«

»Ich habe Thies erzählt, daß du mich mitten im Gespräch stehen gelassen hast, einfach weggefahren bist und wahrscheinlich gleich nach Hamburg weiterfahren würdest.«

»Sie hat es nicht nur erzählt«, stellte Thies richtig, »sie hat sich darüber beschwert.«

Christian blickte sie immer noch an. Sein Gesicht war unbewegt. Und in dem ungewissen Licht war es schwer, in seinen Augen zu lesen. Aber eins war sicher, Stella spürte es heute zum erstenmal, daß zwischen ihm und ihr ein Spannungsfeld bestand. Daß ein Strom hinüber- und herüberging, daß es ihr endlich gelungen war, in diese Isolation, in die er sich zurückgezogen hatte, einzudringen. Es war ein winziger, fast unsichtbarer Schritt erst. Nichts, was man fassen oder greifen konnte, nichts auch, was Erfolg verhieß. Aber allein, daß er heute abend hierhergekommen war, bedeutete viel. In Stellas Augen brannte die Frage: Bist du meinetwegen gekommen? Aber sie erhielt keine Antwort.

Der Abend bot ihr noch eine große Chance. Eine Stunde etwa ging das Gespräch angeregt hin und her, dann machte Herr Bongers den Vorschlag, das Lokal zu wechseln. Er schlug vor, in die Kupferkanne zu gehen.

»Da können wir ein bißchen tanzen. Ich finde es reizend dort.«

Thies schaute fragend auf Denise. »Möchtest du?«

»Ich möchte furchtbar gern«, rief Denise. »Ich tanze doch so gern, du weißt ja. Aber was machen wir mit Hermine? Wir müssen ihr noch Bescheid sagen. Und ihr sagen, daß sie ins Bett gehen soll.«

»Das kann ich ja übernehmen«, meinte Christian. »Ich gehe schnell mal hinüber, ehe ich nach Hause gehe, und sage ihr Bescheid.«

»Wollen Sie denn nicht mitkommen?« fragte Frau Bongers.

»Leider, ich kann nicht. Ich muß sehr früh aufstehen, weil ich um zehn Uhr in Hamburg sein muß.«

Thies sah die Enttäuschung in Stellas Gesicht. »Komm doch eine Stunde mit, Krischan. Wir bleiben auch nicht lange.«

Aber Christian schüttelte entschieden den Kopf. »Es geht nicht, Thies.«

Thies schickte einen raschen Blick zu Stella. Während Herr Bongers bezahlte, flüsterte er ihr zu. »Versuch's du doch mal, ihn herumzukriegen. An sich bin ich ja dagegen, Leute, die früh aufstehen müssen, zum Ausgehen zu verführen. Aber in diesem Fall wäre ich mal dafür.«

Sie lächelten sich an, verständnisinnig, wie Verschworene. Jeder wußte, was der andere dachte.

Thies traut mir viel zu, dachte Stella. Ich mir selber ja eigentlich auch. Aber ich bin machtlos, wenn Krischan eine andere Frau liebt. Solange ich nicht weiß, was diese Frau in Hamburg ihm bedeutet, weiß ich nicht, wie ich mich verhalten soll.

Als sie sich von der blonden Wirtin des Landschaftlichen Hauses verabschiedet hatten und draußen vor dem Haus standen, Herr Bongers sperrte seinen Wagen auf, die anderen redeten lebhaft miteinander, wagte Stella es. Sie schob ihre Finger vorsichtig in Christians Hand. Als er sich überrascht zu ihr umwandte, bat sie leise:

»Komm doch noch ein bißchen mit. Mir zuliebe. Ich hab' doch keinen Kavalier heute abend. Und ich komme mir dann so verlassen vor.«

Es war hell hier draußen. Der Mond stand über ihnen, und der Himmel war voll blitzender Sterne. Ihre Augen waren sich nahe. Und Christian hatte seine Hand fest um ihre Finger geschlossen.

Stella wartete atemlos auf seine Antwort. »Wenn du gern möchtest«, sagte er schließlich zögernd.

»Bitte«, wiederholte Stella.

»Einsteigen«, rief Herr Bongers. »Die Reise geht los.«

»Ich fahre mit Krischan«, sagte Stella. »Wir haben doch nicht alle Platz im Wagen.«

»Kommen Sie doch mit?« fragte Herr Bongers. »Das ist recht.«

Thies sagte nichts. Aber er schmunzelte befriedigt vor sich hin. Und dann stieß er einen kleinen Schrei aus, weil Denise ihn vor Entzücken heftig in den Arm gekniffen hatte.

Herr Bongers verlud seine Mannschaft und fuhr ab. Stella und Christian gingen schweigend die Dorfstraße entlang zum Termogen-Haus.

Stella war von ihrem Erfolg so überrascht, daß sie zunächst einmal aller Mut wieder verlassen hatte. Eine innere Stimme riet ihr, vorsichtig zu sein. Sie durfte nichts verderben, durch ein vorschnelles Wort, durch zu eindeutiges Entgegenkommen. Er war nun mal anders als andere Männer. Und ihr gegenüber besonders mißtrauisch. Ein leichter Flirt war nicht am Platze.

Hermine machte ihnen auf.

»Sie schlafen alle beide«, sagte sie. »Dein Großer, Stella, und Denises Kleine. Übrigens hat mir Pieter heute abend in allem Ernst auseinandergesetzt, daß er eigentlich später mal Corinne heiraten könne. Er sagte: Wenn sie wird wie ihre Mutter, könnte ich mir das ganz hübsch vorstellen. Was sagst du dazu?«

Stella lachte. »Ich bin sprachlos. Aber Denise hat es ihm angetan. Sie redet mit ihm, als wenn er schon ein Mann wäre. Und das imponiert ihm. Aber warten wir erst mal ab.«

»Das denke ich mir auch«, sagte Hermine trocken. »Man sollte die Inzucht auch nicht zu weit treiben.«

Sie lachten. Stella fragte sich, ob Krischan eigentlich wußte, daß Pieter Jans Sohn war. Sie hatte es ihm nie erzählt. Und ob Thies davon gesprochen hatte, war die Frage. Sie unterdrückte einen Seufzer. Krischan würde wahrscheinlich diesen eleganten Salto, der Pieters Geburt vorausgegangen war, nicht billigen. So weit kannte sie ihn.

»Wir wollen noch ein bißchen nach Kampen hinüberfahren«, sagte sie rasch. »Du kannst dich in mein Bett legen, und ich schlafe dann drüben bei Nora.«

»Nö«, sagte Hermine, »fahrt man beruhigt. Ich geh' noch nicht ins Bett. Ich sitze gerade so gemütlich und lese Thies' letztes Buch. Ich finde es großartig. Es ist mir gerade recht, wenn ich noch ein bißchen weiterlesen kann.«

»Wir bleiben nicht lange«, meinte Stella. »Krischan muß sowieso morgen zeitig aufstehen.«

»Geht nur«, sagte Hermine, und ihr Blick wanderte mit offensichtlicher Neugier zwischen Krischan und Stella hin und her. »Und viel Spaß.«

Auf der Fahrt nach Kampen hinüber sprachen sie von Hermine.

»Wird sie hierbleiben?« fragte Christian.

»Sie hat sich noch nicht entschieden. Aber es wäre das beste, nicht? In Berlin ist sie ganz allein. Und hier lebt sie doch ein bißchen freier.«

Christian nickte. »Das ist wahr. Sie war sicher recht einsam in den letzten Jahren. Und Hermine ist so ein Mensch, der immer etwas zu tun haben muß und jemand betreuen möchte. Wie sie es damals mit dir gemacht hat.«

»Ja, wie sie es mit mir gemacht hat«, bestätigte Stella. »Sie war wie eine Mutter zu mir. Ich wüßte nicht, was ich ohne sie getan hätte in der Nachkriegszeit, als ich in Berlin war. Ich hatte damals ernsthaft Sorgen mit Pieter. Er war ein richtiger Fratz geworden.«

»Das hat er aber schnell ausgewachsen, wie es scheint.«

»Doch. Sobald wir in Malaya waren, wurde er recht vernünftig. Er mochte Jan gern. Das war auch der Hauptgrund, warum ich mich dazu entschloß, Jan zu heiraten. Ein Junge braucht eben einen Vater.«

Sie blickte seitwärts zu Krischan, was er für ein Gesicht machte. Aber man konnte auch jetzt nicht in seiner Miene lesen.

Aber plötzlich fragte er, ruhig und ohne Umschweife: »Jan war also Pieters Vater, nicht wahr?«

Stella schluckte.

»Ja«, sagte sie dann. Mehr nicht.

»Hm«, machte Krischan. Und dann schwieg er, bis sie in Kampen waren und in den Heideweg einbogen, der zur Kupferkanne führte.

Stella sagte auch nichts mehr. Es hatte wenig Zweck, langwierige Erklärungen oder Entschuldigungen hinzuzufügen. Die Tatsachen sprachen für sich. Und Krischans Gedanken kannte sie ohnedies.

Die Kupferkanne war ein originelles Nachtlokal, errichtet in einem Bunker, der mitten in der Heide lag. Hier ging es während der Saison jede Nacht hoch her. Man hatte die Improvisation der Nachkriegszeit beibehalten und einen Stil daraus gemacht. Die Gäste saßen auf Fässern und Kissen, über die Felle und bunte Stoffreste gebreitet waren, auch die Gläser standen auf Fässern, man trank und tanzte bei Kerzenlicht.

Auch heute war es wieder gesteckt voll. Es war unergründlich, wie die Leute alle Platz fanden. Thies winkte ihnen zu, als Stella und Christian kamen. Sie hatten sich in eine Ecke gequetscht, man rückte noch enger zusammen, und Stella und Christian fanden Platz. Sie saßen dicht beieinander. Es war nicht zu vermeiden, daß ihre Körper sich berührten. Stella zitterte innerlich. Sie war so aufgeregt, als hätte sie noch nie einen Mann an ihrer Seite gehabt. Wie alt bin ich eigentlich? dachte sie. Zwanzig, achtzehn, siebzehn? Begann das Leben von vorn? War dies ihre erste Liebe? Sie empfand so.

Aber sie wußte nicht, was Krischan dachte.

Sie wußte auch nicht, wie hübsch sie aussah. Ihre Augen glänzten, ihre Wangen waren gerötet, ihr Lachen, jedes Wort war eine zärtliche Lockung. Herr Bongers hatte Bekannte aus dem Hotel entdeckt, die Runde vergrößerte sich. Die Stimmung war glänzend.

Nachdem Stella einige Male getanzt und einige Komplimente eingesteckt hatte, wagte sie es, Krischan zu fragen: »Tanz doch mal mit mir. Oder magst du nicht?«

»Doch«, sagte Krischan. Er lächelte, nahm sie an der Hand und zog sie mit sich fort.

Als er den Arm um sie legte, seufzte Stella. Wie lange hatte sie sich das gewünscht!

»Krischan!« sagte sie leise.

Er antwortete nicht, aber er sah sie an. Und jetzt war sie ihm nahe genug, um auch in seinen Augen Zuneigung und Zärtlichkeit zu lesen.

»Es ist schade«, sagte sie, »daß du nicht öfter hier bist.«

»Warum?«

»Du fehlst mir. Ich bin gern hier, das weißt du ja. Aber so lange du nicht hier bist, fehlt etwas. Etwas sehr Wichtiges.«

Sein Arm schloß sich fester um sie. Stella dachte: Warum küßt er mich nicht? Jetzt hier, gleich. Mich stören die Leute nicht.

Aber er tat es nicht. Und sie durfte es nicht tun. Diesmal nicht. Du mußt Geduld haben, hatte Thies zu ihr gesagt. Die Zeit ist dein Freund.

»Hast du dich nun entschlossen, hierzubleiben?« fragte Krischan.

Stella nickte. »Ja. Wir haben es ja heute besprochen, wie ich alles umbauen werde. Ich bleibe hier.«

»Und dein – Freund in Singapur? Von dem du mal erzählt hast?«

Das hatte er also behalten. »Er war nicht mein Freund. Oder schon mein Freund, aber nicht in dieser Art, wie du vielleicht denkst. Ich habe ihn inzwischen einmal getroffen, in Hamburg. Und ihm gesagt, daß ich ihn nicht heiraten kann.«

»Warum nicht?« Die Frage klang leicht, aber seine Augen waren ernst.

»Weil ich ihn nicht liebe«, sagte Stella. »Weil ich . . .«, sie stockte und fügte dann rasch hinzu: »Weil ich einen anderen liebe.«

Er fragte nicht, wer dieser andere sei. Stella war versucht, es ihm zu sagen. Zu sagen: weil ich dich liebe, Krischan.

Aber er wußte es ja. Er mußte es wissen.

Doch auch dieser Abend ging vorüber, und danach war alles wieder wie zuvor. Man sah Christian monatelang nicht mehr auf der Insel. Nicht einmal Weihnachten kam er nach Hause.

Das machte Stella wieder sehr mutlos. Sie war hier, er war in Hamburg, und er war dort nicht allein. Er mußte diese Frau lieben, sonst wäre er wenigstens Weihnachten gekommen.

Seinen nächsten Besuch verpaßte sie, da war sie gerade im Rheinland. Sie arbeitete einige Wochen im Hause Bongers, und die Büste des alten Herrn Bongers gelang ihr gut. Es war alles in allem eine amüsante Zeit. Sie lernte eine Menge netter Leute kennen, wurde eingeladen, ging viel aus. Es waren auch Männer da, die sich für sie interessierten. Eine aparte, rothaarige Frau, eine Künstlerin dazu, eine Frau mit Charme und Anmut, fand Beachtung genug, um damit zufrieden sein zu können. Aber all das interessierte Stella nicht besonders. Sie war nicht mehr so leicht zu verführen. Denn jetzt wußte sie, was sie wollte. Endlich wußte sie es.

9

In nächster Zeit hatte sie viel Arbeit. Das Atelier war fertig, es war sehr hübsch geworden, und Stella stürzte sich mit Begeisterung in ihre Arbeit. Es war das einzige, was sie voll befriedigte. Für den Sommer hatte Nora bereits hochfliegende Pläne mit ihrem Laden. Wie schon einmal, gab sie sich nicht zufrieden mit dem, was da war. Sie wollte vergrößern, sowohl die Räume als auch das Warenlager.

Stella hörte ihr kopfschüttelnd zu, genau wie damals Adam. Sie sagte: »Du bist und bleibst die geborene Geschäftsfrau, Nora. Wenn das so weitergeht, endest du wirklich eines Tages bei einem Warenhaus. Adam hatte schon recht.«

»Ach ja, Adam!« seufzte Nora. »Ihm habe ich das alles zu verdanken. Ohne ihn wäre ich so doof geblieben, wie ich war. Wollte er nicht einmal zu Besuch kommen?«

»Er hat es jedenfalls in Aussicht gestellt. Ich würde mich auch freuen, ihn wiederzusehen. Ich habe ihm von Düsseldorf aus geschrieben. Und habe ihm genau geschildert, was ich dort fertiggebracht habe. Ich denke mir, daß er zufrieden sein wird mit mir.«

»Das denke ich auch«, sagte Nora. »Lange genug hat es ja gedauert, bis aus dir das geworden ist, was er sich vorgestellt hat.«

»Ja«, Stella lachte. »Bei dir hat er eher Erfolg gehabt.«

Christian kam das nächstemal Anfang März, zum Geburtstag seiner Mutter. Sie feierten diesen Geburtstag, es war Mutter Hoogs fünfundsechzigster, in großer Runde. Sie waren heiter und vergnügt, auch Christian erschien so gelöst und unbeschwert, wie man ihn lange nicht mehr gesehen hatte. Stella kam allerdings nicht dazu, allein mit ihm zu sprechen. Der Abend vom letzten Sommer war nun schon wieder ferngerückt. Man konnte nicht übergangslos daran anknüpfen.

Als sie am Tag nach der Geburtstagsfeier, später als sonst, in die Werkstatt kam, war er nicht da.

»Ist Krischan schon weggefahren?« fragte sie Mutter Hoog.

»Ja, ich denke doch«, bekam sie zur Antwort. »Er wollte noch nach Westerland und mit Dr. Svensen sprechen, und dann hatte er noch irgendwas vor. Er hat mir aber nicht gesagt, was. Aber vielleicht kommt er noch mal.«

Doch der Tag ging vorüber, und Christian kam nicht.

Also war er doch schon nach Hamburg gefahren, und nun würde es vermutlich wieder Monate dauern, bis sie ihn wiedersah.

Es war schwer, soviel Geduld zu haben. Stella arbeitete den ganzen Tag in verbissenem Schweigen. Und erstmals verspürte sie eine stille Wut in sich. So ging es nicht weiter. Sie mußte damit fertig werden.

Sie mußte aufhören, in Krischan etwas anderes zu sehen als einen guten Freund. Es war ja doch sinnlos. Er liebte sie nicht. Er hatte sie nie geliebt. Damit mußte sie sich einfach abfinden.

10

Aber Christian war noch nicht weggefahren. Sein Wagen hielt am späten Nachmittag noch einmal vor dem Hoog-Haus. Stella hörte ihn nicht kommen. Sie saß in der Werkstatt vor der Töpferscheibe. Ihr Gehilfe war gerade dabei, den Brennofen auszuräumen.

Plötzlich stand Christian hinter ihr. Sie merkte es erst, als ein Schatten über die Scheibe fiel, und wandte flüchtig den Kopf.

»Nanu«, sagte sie, »du bist noch da. Ich dachte, du wärst schon weggefahren.«

»Nein. Ich hatte noch in Westerland zu tun. Ich wollte dir nur auf Wiedersehen sagen. Aber laß dich nicht stören. Ich weiß, daß man beim Drehen nicht unterbrechen darf.«

Er stand dicht hinter ihr und sah ihr zu, wie sie mit geschickten Fingern den schlanken Hals eines Kruges in die Höhe zog. Die Form wuchs wie von selbst unter ihren Händen, glatt und makellos, eine edle, vollkommene Linie.

»Vadding hätte seine helle Freude an dir«, sagte er.

»Meinst du?« fragte Stella.

Sie ließ die Scheibe langsam auslaufen, stellte dann den Motor ab. Sie saß vor dem Fenster. Es war schon fast dunkel draußen, über ihr brannte das Licht, und in der Fensterscheibe spiegelten sich ihr Gesicht und Christian, der hinter ihr stand. Wie in einem Spiegel konnte sie ihn sehen.

»Du willst jetzt noch fahren? Es ist schon so spät.«

»Ich muß morgen früh operieren.«

Sie wandte sich nicht um. Blickte weiter auf seine Gestalt im Spiegel der Fensterscheibe.

»Fahr vorsichtig«, sagte sie leise. »Es ist wieder sehr stürmisch draußen.«

»Hast du Angst um mich?« fragte er.

»Natürlich. Das weißt du doch.«

»Woher sollte ich das wissen?«

»Ach, Krischan!« Sie ließ sich ein wenig zurücksinken, bis ihr Kopf an seinem Arm lag. »Natürlich weißt du es. Du weißt alles. Du hast immer alles viel besser gewußt als ich.«

Plötzlich spürte sie seine Hände auf ihren Schultern. Erst lagen sie leicht darauf. Doch während er sprach, wurden sie zu einem festen Griff.

»Ich bin nicht so sicher«, sagte er. »Ich habe manchmal gar nichts gewußt.«

Stellas Herz schien stillzustehen. »Und jetzt?« fragte sie atemlos. »Weißt du es jetzt?«

Christian antwortete nicht auf diese Frage. Die Hände noch immer fest um ihre Schultern geschlossen, sagte er: »Man hat mir heute die Chefarztstelle im Krankenhaus in Westerland angeboten.«

»O Krischan!« rief Stella. Nun fuhr sie doch herum auf ihrem Schemel und sah ihn endlich an. »Was hast du gesagt?«

»Ich habe mich noch nicht entschieden und mir Bedenkzeit ausgebeten.«

Albert, der Gehilfe, kam herüber.

»Die Sachen sind in den Regalen«, sagte er. »Dann geh' ich jetzt, Frau Termogen.«

»Ist gut, Albert«, sagte Stella. »Bis morgen dann. Gute Nacht.«

»Gute Nacht, Frau Termogen. Gute Nacht, Herr Hoog.«

Sie schwiegen, bis Albert draußen war. Christian stand jetzt in der Mitte der Werkstatt.

Stella stand auf, streifte den Ton von den Händen und tauchte die Hände dann in die Wasserschüssel.

Dann wandte sie sich ihm wieder zu. »Würdest du gern in Westerland arbeiten?«

»Das kommt darauf an«, sagte er. »In Hamburg habe ich natürlich sehr viele Möglichkeiten. Aber hier wäre es eine selbständige, leitende Position.«

»Wann wäre denn das?«

»Im nächsten Herbst.«

»Da kannst du es dir ja noch überlegen.«

»Sehr lange natürlich nicht.«

»Würdest du viel in Hamburg – aufgeben?« fragte Stella. Und rasch fügte sie hinzu: »Ich meine nicht nur die Klinik.«

Christian lächelte. »Was meinst du denn?«

»Das weißt du ganz genau«, antwortete Stella.

Christian kam langsam auf sie zu. Dicht vor ihr blieb er stehen und sah sie mit einem seltsamen Blick an. »Du denkst immer, ich weiß alles«, sagte er. »Ich möchte aber endlich einmal klipp und klar von dir hören, ob du nun endlich weißt, was du willst.«

»Krischan«, sagte Stella rasch, »ich weiß es schon lange. Schon seit vielen Jahren. Und eigentlich, wenn ich es richtig überlege, schon immer. Du hättest es mir nur sagen müssen.«

»Was?« fragte er.

»Daß ich dich liebe. Mein Gott«, sie spreizte ihre nassen Hände von sich ab. »Wo hat denn dieser dußlige Albert wieder das Handtuch hingetan? Sieh mal, es war doch eigentlich ganz klar. Warum wollte ich denn nicht, daß du zu Anke gehst? Schon als Kind nicht. Und an meinem Konfirmationstag wollte ich dich küssen. Und später auch und ...«

»Später?«

»Ja. Später«, sagte sie nachdrücklich. »Trotz allem. Adam hat es gewußt, daß ich dich liebe. Aber du nicht. Du warst eben doch nicht so klug. Und ich auch nicht. Oder wir waren zu jung. Aber dann in Berlin habe ich es dir gesagt, nicht wahr? Und da warst du auf einmal mit Anke verheiratet. Aber es hätte mir nichts ausgemacht.«

»Ja, ich weiß. Es hätte dir nichts ausgemacht. Du warst immer wild und bedenkenlos. Ein Kind des Augenblicks. Sarnade, die durch den Algenschleier hinaus- und hineinschwamm, wie es ihr paßte. Du gingst und kamst, wie es dir gerade einfiel. Und jedesmal, wenn ich dich wiedersah, hattest du eine andere Liebe. Du kamst aus Malaya zurück, und wenige Wochen danach hast du einen anderen Mann geheiratet. Und wenn ich herkam, liefst du mit einem Fremden Hand in Hand über die Insel. Und dann erklärtest du mir, du seist Adams Geliebte geworden, weil du betrunken warst und in seinem Bett eingeschlafen bist. Und einmal sagtest du: Ich bin treulos. Ich lebe nur der Gegenwart. Wenn ich fort bin, vergesse ich alles.«

»Du hast dir alles gut gemerkt«, sagte Stella tonlos.

»War das alles Liebe? Oder wie nennst du das?«

»Aber damals, in Berlin ...«, begann sie wieder.

»Das zählt nicht«, sagte er. »Das war eine Nacht, die außerhalb jeder Zeit und jeder Ordnung stand.«

Stella hob den Kopf und sah ihn gerade an. »Vielleicht für dich«, sagte sie ruhig. »Für mich war es das eine, das *ich* mir gemerkt habe. Das einzige, was zählt.« Jetzt lächelte sie. »Von mir aus kannst du gehen und brauchst nicht wiederzukommen. Es ist mir auch egal, ob du hier Chefarzt wirst oder ob du bei dieser Frau in Hamburg bleibst. Es ist mir auch gleichgültig, ob du mir alles vorwirfst, was gewesen ist, was ich getan habe und was ich nicht getan habe. Du weißt, wie ich bin. Du kennst mich so gut. Nur Thies kennt mich auch so. Ich habe nie gelogen. Oder doch, natürlich habe ich gelogen. Aber nicht jetzt. Nicht damals in Berlin. Und nicht jetzt, als ich dir sagte, daß ich dich liebe. Du wirst es vielleicht nicht glauben, aber ich habe es noch nie zu einem Mann gesagt. Sie haben es mir gesagt. Oder sie haben mich danach gefragt, und ich habe ja gesagt. Aber ich habe es nie von selbst gesagt. Aber jetzt sage ich es. Ich liebe dich. Aber nun werde ich es nie wieder sagen.«

Sie sprach laut, sie war zornig. Ihre Augen blitzten, und ihre Wangen hatten sich gerötet.

Und dann kam das Lächeln in sein Gesicht. Es begann in seinen Augen und glitt langsam zum Mund hinab. »Nie wieder, Stella?« fragte er weich.

Ihre Augen öffneten sich erstaunt, als sie sein verändertes Gesicht sah.

»Doch«, sagte sie leise. »Wenn du es hören willst ... Und wenn du mich endlich in die Arme nimmst.«

Zehn Jahre, dachte Stella, als er sie küßte, fast zehn Jahre sind es her seit jener Nacht in Berlin. Seit damals wußte ich, daß ich ihn liebe. Warum mußte ich so lange warten?

»Warum mußten wir so lange warten?« flüsterte sie, als ihre Lippen sich voneinander lösten. Ihre Augen standen voller Tränen. Sie hatte nicht gewußt, daß Glück weh tun konnte.

»Jetzt ist es gut. Alles wird gut«, sagte Christian. Er küßte ihre Augen, ihre Stirn, ihre Lippen.

»Kannst du nicht bleiben?« fragte Stella. »Mußt du wirklich fahren? Ich will nicht länger warten.«

»Ich muß fahren«, sagte er. »Aber ich komme nächste Woche wieder. Ich habe noch Urlaub. Und dann bleibe ich eine Woche hier. Oder wenn du willst, fahren wir weg.«

»Es ist mir egal«, sagte Stella. »Wir können wegfahren, wir können hierbleiben ..., wenn du nur bei mir bist.«

Thies wußte die Antwort auf ihre Frage. Sie traf ihn, als sie kurz darauf zum Termogen-Haus hinüberkam. Er stand vor dem Gartentor und hielt nach ihr Ausschau.

»Wo bleibst du so lange?« fragte er. »Ich wollte gerade mal zu dir hinüberschauen. Du weißt doch, daß Nora heute da ist. Mit Anke und ihrem Mann.«

»Oh!« sagte Stella verwirrt. »Das habe ich vergessen. Anke?« Sie ergriff Thies' Hand und zog ihn mit fort. »Komm mit, ich muß dir etwas erzählen. Aber ich muß es dir zuerst allein sagen. Und nicht gerade, wenn Anke ...«

Sie lief mit großen Schritten am Steinwall entlang, der um den Garten herumführte.

»Wo willst du denn hin?« fragte Thies verwundert.

»Bloß einen Moment zum Kliff. Ich will aufs Wasser hinausschauen.«

»Aber du siehst ja gar nichts mehr. Es ist schon dunkel.«

»Das macht nichts«, sagte Stella.

Erst als sie oben über dem Meer standen, hielt sie an. Atemlos, mit wildklopfendem Herzen.

»Was ist eigentlich los, Stella?« fragte Thies energisch.

»Krischan!« sagte sie. »Er war eben bei mir. Man hat ihm die Chefarztstelle angeboten in Westerland. Und er hat mich gefragt, ob ich ... und wir haben ... O Thies! Es ist alles gut. Er liebt mich doch.«

Thies nahm sie an den Armen, drehte sie zu sich herum, versuchte ihr Gesicht zu sehen, aber es war schon zu dunkel. Doch er hörte ihre glückliche Stimme und wußte, wie sie aussah in diesem Moment.

Er küßte sie sanft auf die Wange und sagte: »Ich bin so glücklich, kleine Schwester.«

Und dann wiederholte Stella ihre Frage.

»Warum mußten wir so lange warten, Thies?«

Thies legte den Arm um ihre Schulter, sie standen eng nebeneinander und blickten auf das Wasser hinaus, das dunkel zu ihren Füßen schimmerte.

»Weil das Meer so groß ist«, sagte Thies.